Bragelonne

10 ans – 10 romans – 10 euro

En 2010, les éditions Bragelonne ont fêté le dixième anniversaire de leur création. À l'origine, une petite bande de copains, des bouts de ficelle, les moyens du bord et beaucoup de passion.
La maison est très rapidement devenue le premier éditeur francophone de littératures de l'imaginaire grâce au soutien des libraires et à la ferveur de centaines de milliers de lecteurs en France, en Belgique, en Suisse, au Québec… et ailleurs.
Grâce à vous !
Grâce aussi à des auteurs et à leurs agents qui nous ont fait confiance à un moment où nous avions encore tout à prouver.
À vous, à eux, merci, merci du fond du cœur.

Pour les dix ans, nous avons fêté cet événement avec une opération qui a connu un immense succès. Aussi avons-nous décidé de la réitérer : une édition spéciale – unique en son genre et à tirage limité – de dix romans-phares publiés durant nos premières années d'existence, au prix exceptionnel de 10 euros pour qu'ils puissent être partagés par le plus grand nombre.

Les anniversaires, c'est encore mieux quand on les fête plusieurs fois.

Avis aux collectionneurs !

David Gemmell : *Le Roi sur le Seuil*
Fabrice Colin : *Vengeance*
Peter Crowther présente : *Faux rêveur*
Magali Ségura : *Leïlan* (L'Intégrale de la trilogie)
David Gemmell : *Jon Shannow* (L'Intégrale de la trilogie)
Michael Marshall : *Avance rapide*
David Gemmell : *Dark Moon*
James Barclay : *AubeMort*
Robert Rankin : *Toute la vérité* (L'Intégrale)
David Gemmell : *Druss la Légende*

Du même auteur, aux éditions Bragelonne :

Leïlan – L'Intégrale de la trilogie

Chez Milady, en poche :

Leïlan :
1. *Les Yeux de Leïlan*
2. *Pour Éloïse*
3. *Une nuit sans lunes*

www.bragelonne.fr

Magali Ségura

Leïlan

L'Intégrale de la trilogie

suivie de *À Chloé*

Bragelonne

Collection dirigée par Stéphane Marsan et Alain Névant

ÉDITION « BRAGELONNE 10 ANS »

Le présent ouvrage est la réédition en un seul volume
de la trilogie *Leïlan* parue de 2002 à 2003.

1er tirage : avril 2007
2e tirage : septembre 2007
3e tirage : octobre 2009
2e édition : mai 2011

Cartes :
© Michaël D'Auria

ISBN : 978-2-35294-493-5

Bragelonne
60-62, rue d'Hauteville – 75010 Paris

E-mail : info@bragelonne.fr
Site Internet : www.bragelonne.fr

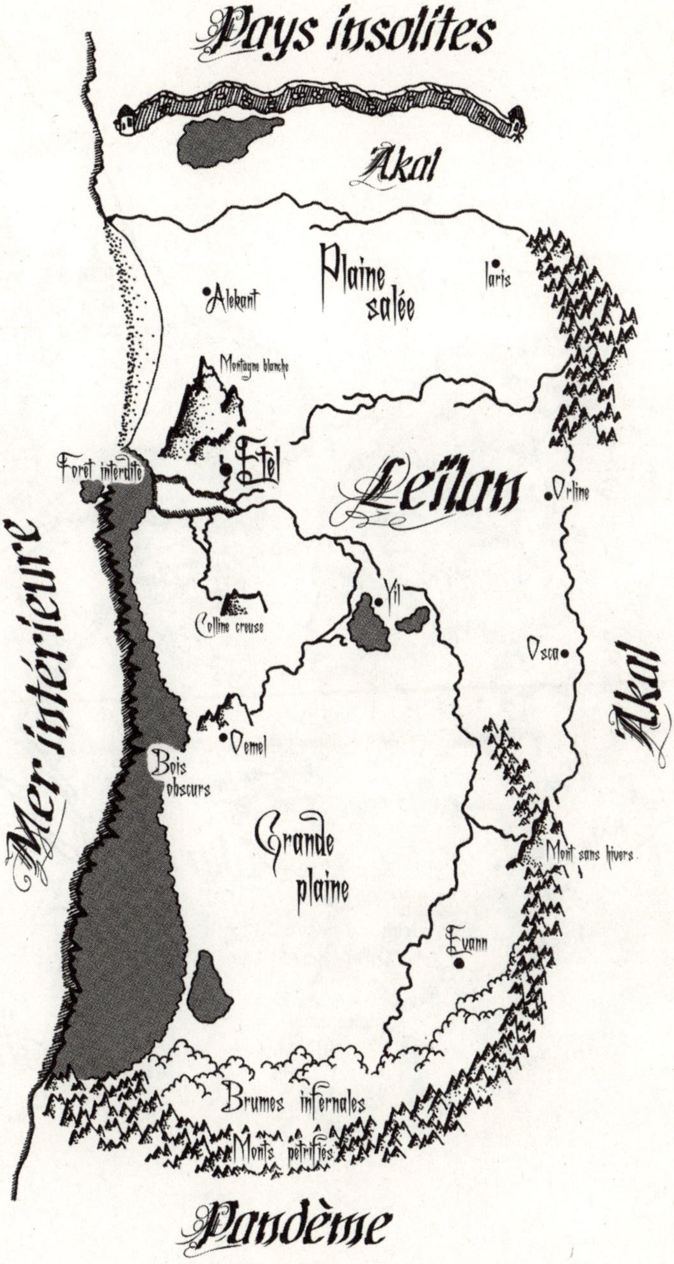
Pays insolites
Akal
Plaine salée
Alekant
Iaris
Montagne blanche
Etel
Forêt interdite
Leïlan
Orline
Mer intérieure
Colline creuse
Yil
Osca
Akal
Demel
Bois obscurs
Grande plaine
Mont sans hivers
Evann
Brumes infernales
Monts pétrifiés
Pandème

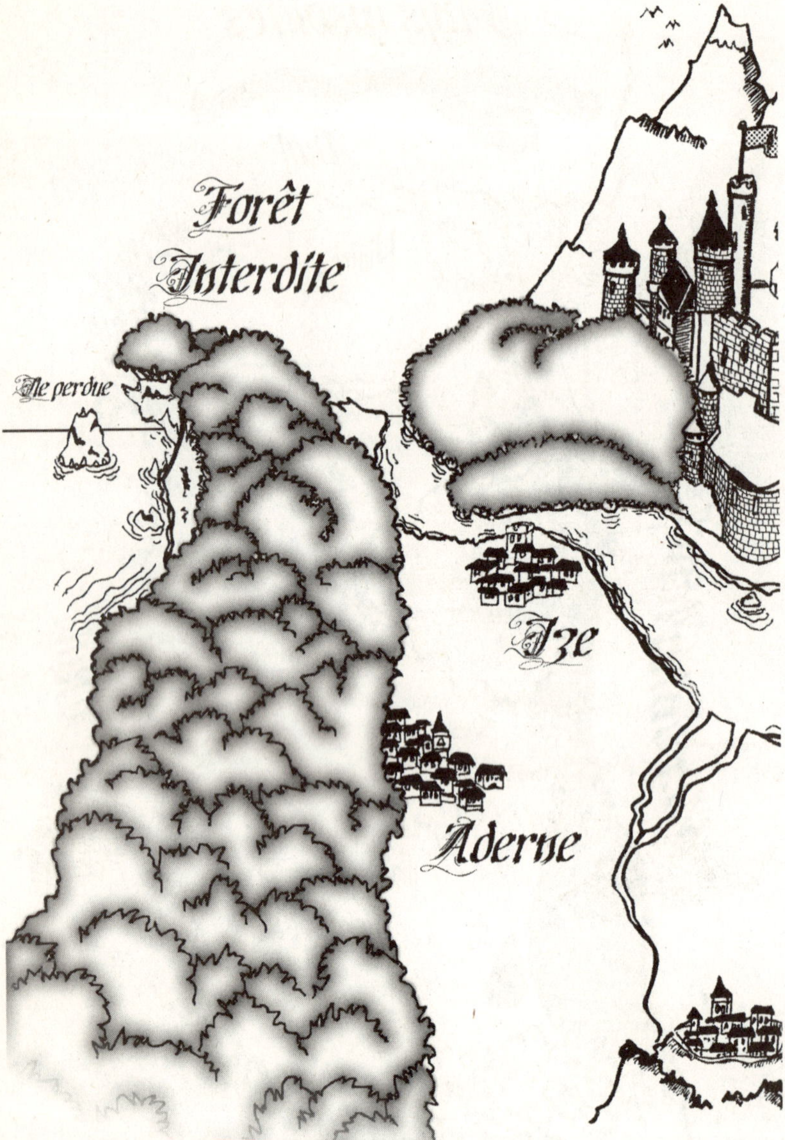

Forêt
Interdite
Ile perdue
Ize
Aderne

Etel
Olase
Orilen
Azel
Vil
Aces

Les Yeux de Leïlan

Leïlan – livre premier

Je dédie ce roman à ma mère, pour toutes les histoires abracadabrantes qui ont accompagné mon enfance et construit mon imaginaire.

Mais je n'oublie pas :

Stéphane, pour ce rêve et tous ceux qui rendent sa tête désordonnée,
Barbara, pour sa persévérance, sa gentillesse et sa complicité,
Marianne, Micky et Sandrine qui m'ont follement poussée
dans cette aventure,
Mike dont les caricatures d'Axel, de Nis et de Jerry me font toujours rire,
Anne et « notre » Seb dont les mails m'ont été des plus précieux,
Fabrice que Nis, Erwan et Sten ne remercieront jamais assez,
Et Charles pour… Charles et sa patience sans égale.

Première partie

Le Masque

L'enfant s'assit au soleil, sur l'épais chaume d'un toit. Le ciel à perte de vue lui procurait toute la tranquillité qu'il recherchait depuis trois jours. De la poche arrière de son pantalon râpé, il sortit un petit livre, mou, fermé par un lien tressé. La couverture de cuir brun était de bonne facture ; peu de mains curieuses l'avaient consulté. Les lettres d'or, les ornements étoilés chargés d'enluminures, si délicatement reproduites par le copiste, laissaient imaginer que l'original était somptueux, et vieux de plusieurs siècles.

Le petit garçon était impressionné malgré lui, il hésitait encore à l'ouvrir. Peur de découvrir un secret effrayant... Peur de ne pas ressentir toute l'émotion qu'il espérait... Il se rappelait le regard lointain et soucieux de sa mère quand elle lisait ce livre. Avait-il bien fait de le lui emprunter sans lui demander ? Il avait fui comme à son habitude, pour s'assurer qu'il avait envie de revenir auprès d'elle, mais aussi pour être sûr de pouvoir lire le précieux fruit de son vol.

Ce n'était pas un roman d'aventures, pas même un récit de voyage qui aurait pu intéresser n'importe quel enfant de huit ans. Trop de morts erraient dans l'esprit du petit garçon pour lui permettre de s'évader avec ce genre de littérature. Le livre qu'il tenait entre les mains, traduit en langue commune, contenait les mémoires du premier roi de Pandème. Et parce qu'il venait d'un grand royaume voisin, considéré comme idéal de par les Mondes, ce message à la postérité était plus passionnant que la meilleure des histoires.

Prenant une inspiration décidée, l'enfant délaça le lien et ses petits doigts fébriles ouvrirent la première page du passé.

« La Guerre des Siècles est finie. Et moi, Enkil, un enfant des rues, je suis devenu roi. Ironie des Divinités du Bien et de la Vie : le plus insignifiant des humains est devenu Leur héros, Leur Champion, et ma victoire a apporté une paix irréelle dans un pays du Monde de l'Est où vivre signifiait forcément voler ou tuer les autres.

Je devrais être heureux, paisible ; mon bonheur est parfait et j'ai la certitude qu'il le restera jusqu'à ma mort ; mon peuple est comblé et bien peu de souverains peuvent se vanter de cette félicité. Pourtant, au fur et à mesure que le temps s'écoule, que la vieillesse prend ses droits sur ma personne, je ne peux m'empêcher de craindre l'horreur de la guerre pour ma descendance. Quatre cents ans, c'est si vite passé, c'est juste ce qu'il faut pour oublier le pouvoir du Mal ou même Son existence.

Je sais qu'Il n'est pas vaincu. Le sera-t-Il un jour ? Sa puissance est enfermée ou enterrée quelque part, mais certainement pas suffisamment. Trop d'affrontements entre les Divinités Contraires ont affaibli les Fées de la Vie. Je sais que ma victoire ne Leur a pas rendu tous Leurs pouvoirs ; le rayonnement de Leur bienfaisance s'étend à peine aux pays voisins. Les Pays Insolites ne cesseront pas de sitôt leurs attaques contre le nord d'Akal. Je me demande même si les Fées pourront un jour insuffler de l'amour à des peuples n'ayant vécu que de haine pendant huit siècles.

Les Divinités du Bien ont besoin d'une nouvelle victoire, d'une assise sur un point plus central du Monde de l'Est.

Pourquoi ne puis-je m'arrêter d'y penser ? Je ne saurai jamais l'avenir, je ne verrai pas la prochaine bataille. Pourtant, je ne peux m'empêcher de calculer la date, d'imaginer le lieu et de passer des nuits à me demander si je dois graver mes trouvailles sur les murs de mon royaume, pour prévenir le Monde de l'Est du danger à venir, ou si je dois me taire pour ne pas provoquer d'inutiles paniques et des guerres de préventions.

Le Bien et le Mal s'affrontaient bien avant moi et s'affronteront encore pendant des millénaires. Pourtant, je n'arrive pas toujours à dormir. J'ai la désagréable sensation de ne pas avoir fini ce que j'avais à faire. Y aura-t-il quelqu'un après moi pour continuer dans la même direction et prolonger la victoire ? Ma volonté était guidée par un besoin vital de paix : je n'avais plus rien à perdre. Quelle sera la motivation de mon successeur si son pays a oublié l'horreur dans laquelle il pourrait tomber ? »

L'enfant referma le livre. Son cœur battait vite, fort.

Il ne pouvait pas répondre aux questions d'Enkil. Trop de choses lui échappaient encore. Le Bien, le Mal ? Il ne connaissait que l'existence des Fées. *Un lieu pour un combat, une assise sur un point central…* Le petit garçon avait parfaitement conscience qu'il habitait un royaume situé au cœur des Mondes de l'Est. *Quatre cents ans…* C'était peut-être proche. Est-ce que tous les affrontements dans son pays annonçaient cette date et la fin de l'attente pour les Divinités ?

L'enfant serra le livre contre sa poitrine et se rappela le visage inquiet de sa mère.

Un Messager

Il faisait froid. Un froid intense qui pénétrait la chair jusqu'aux os. Axel était tellement emmitouflé que seules quelques mèches blondes dépassaient du haut col de sa cape.

Il faisait noir. Un noir profond qui ne laissait filtrer qu'un soupçon de rayon lunaire. Le jeune homme distinguait à peine les flancs de rochers descendant cette chaîne de montagnes.

Que faisait-il dans les Monts Pétrifiés ?! Nis, sa belle jument alezane, avait renâclé longtemps pour lui signifier qu'elle n'appréciait pas le chemin choisi. L'obstination de son maître à vouloir prendre ce raccourci était de la folie, même s'il ne voulait pas le reconnaître. Son père aurait parlé d'*entêtement juvénile*. Le message qu'Axel devait porter n'était pas si urgent ! Son envie de flâner dans Leïlan pouvait lui coûter très cher.

Le jeune homme s'était peu arrêté en cinq jours. L'étroit sentier qu'il empruntait avait été enseveli plus d'une fois, effacé, même, par les violentes bourrasques. Sur des dizaines de lieues, il avait dû faire attention aux crêtes escarpées et aux redoutables crevasses. Il manquait de sommeil et avait mal aux yeux : le souvenir du feu des glaciers brûlait encore ses iris d'un vert trop clair. Il ne pensait plus aux dangers qu'il pouvait de nouveau rencontrer. Il se redonnait seulement du courage en écoutant les sabots de sa jument sur les pierres ; leurs trébuchements annonçaient la fin des tempêtes de neige, et le retour vers les plaines.

Cependant, la descente à tâtons dura des heures. Axel en venait à croire qu'elle ne finirait jamais. De tous ses voyages celui-ci se montrait de loin le plus pénible. Il s'attendait à voir le jour se lever – depuis le temps qu'il avançait dans le noir ! – mais lorsque le vent sifflant se calma, la seule lueur qui apparut à l'horizon émanait d'une brume.

La vapeur s'éleva lentement, aussi diffuse que le souffle blanc qui s'échappait des narines laiteuses de Nis. Elle dessina les courbes des pierres qui jonchaient le sol, s'accaparant la moindre lumière environnante. Gonflant progressivement, elle finit par cerner les alentours de son voile chaud et humide.

— Eh bien, tu vas finir par ne plus voir le bout de ton nez, Nis.

La jument coucha les oreilles. Axel sourit de sa mauvaise humeur, malgré ses lèvres gercées, et se laissa tomber lourdement de la selle. Il se déplia, soulagé de pouvoir encore bouger. La besace accrochée en bandoulière à son dos glissa. Elle semblait s'alourdir alors qu'elle était presque vide. Il eut un mouvement d'épaules et resserra la courroie pour qu'elle ne le gêne plus.

Il voulut continuer à avancer dans les caillasses, une main sur la paroi rocheuse. Mais quelques pas lui suffirent pour sentir que le mur naturel ne l'aiderait pas : il se divisait, les roches s'espaçaient, le chemin s'élargissait. Après tant de lieues abruptes, la pente se faisait plus douce. Axel eut le mauvais pressentiment qu'il atteignait juste un nouveau plateau, mais l'espoir d'arriver enfin au terme de cette damnée montagne lui redonna du courage et lui permit de repartir d'un pas plus assuré vers l'inconnu.

Depuis que le vent s'était tu, le roulement des cailloux se détachait parfaitement du craquement de cuir de la selle ou du froissement de la toile qui protégeait Nis. Axel n'aimait pas ce genre de silence : cela mettait ses sens en alerte. Il avançait tout droit, mal à l'aise de perdre ses repères. Des effluves de pourriture se répandaient dans l'air, lui confirmant qu'il avait bel et bien franchi les Monts Pétrifiés.

Les pierres se faisaient rares, laissant apparaître la terre. Le sol et l'air devenaient de plus en plus humides et l'odeur infecte plus insistante. Des mouches faisaient leur apparition. En forçant son attention, Axel distinguait seulement quelques ombres de rochers dans le brouillard. Une plaine semblait s'étendre devant lui, ou peut-être même un marécage. Ses doutes se dissipèrent quand ses bottes s'enfoncèrent dans la boue. Son réflexe pour les en extirper amplifia l'odeur de décomposition.

— Divinités ! Je comprends pourquoi personne ne veut passer par ici ! toussa-t-il.

Nis renâcla en signe d'accord et tourna la tête pour partir dans la direction opposée, mais son maître la retint. Il était loin de mesurer les risques qu'ils encouraient tous les deux, mais il n'avait pas fait tout ce chemin pour rien ! Tentant de dissimuler la méfiance que l'endroit lui inspirait, il passa une main encourageante sur l'encolure de sa jument.

— As-tu vraiment envie de retourner dans les tempêtes ?! Nous sommes presque arrivés ! Leïlan est tout près ! Une demi-journée de marche tout au plus par là… Dois-je te promettre un bon toilettage après ? Allez, ma belle, viens.

Il tira sur la bride et s'enfonça dans la brume. Nis céda à regret. Les mouches commençaient déjà à la harceler. Un frisson d'inquiétude et de dégoût parcourut son échine. La boue était gluante et profonde ; ils pataugèrent rapidement dans un véritable marécage où il était impossible de voir à plus de dix pas. Axel eut beau éviter soigneusement les sables mouvants, il se retrouva bientôt embourbé jusqu'aux mollets.

— Recule, Nis. Doucement… doucement…

Comme une sangsue collée à sa proie, la boue ne lâchait pas les bottes du jeune homme. Les mouvements qu'il faisait pour se dégager finirent par le déséquilibrer. Avant d'avoir pu se rattraper, il se retrouva au sol, les mains et les genoux dans la terre détrempée. Il maugréa tout son saoul et, quand il réussit à se redresser, jura en sentant la boue glisser dans ses cuissardes. Nis secoua la tête ; ses yeux noirs lui adressèrent un regard malicieux, lui faisant comprendre qu'il ne pouvait s'en prendre qu'à lui-même.

— Je sais ! Ce n'est pas le chemin que tu aurais choisi ! Pour apporter un simple message à Leïlan, j'aurais pu te faire ce plaisir !

Il chassa cinq mouches, retira sa cape, ses gants et s'essuya les mains comme il put sur son pantalon de cuir.

— Mais nous allons gagner plus d'une semaine en passant par là ! Je t'assure que tu auras des plaines bien claires et de l'herbe croquante ! Pour l'heure, tu peux faire la tête que tu veux ! Dussé-je y perdre mes bottes, je ne rebrousserai pas chemin !

Sa voix, jusque-là étouffée, s'amplifia soudain et parut s'étendre à des lieues à la ronde. La brume s'éleva plus haut au-dessus des marais, pareille à un corps qui se redresse au réveil. En même temps, elle s'agita de brusques bouillonnements autour d'Axel, comme si elle découvrait sa présence.

Étonné par ce phénomène, le jeune homme se tint immobile. L'espace de trois respirations difficiles, l'univers devint cloisonné, suffocant et cotonneux. Une brise glaciale se remit à souffler, telle la plainte gémissante de milliers de voix graves. Comme si, dans ce paradoxe de chaud et de froid, l'haleine de ce chœur lugubre créait une gigantesque buée…

Axel coinça rapidement ses affaires trempées sous une lanière de son chargement. Il ne pouvait plus quitter du regard les masses instables de la brume. Menaçantes, elles semblaient chercher à prendre une forme sans y parvenir. Axel ne pensait plus à la fatigue de ses yeux, ni même à la boue liquide qui s'insinuait dans ses bottes. Il reprenait conscience de la garde en rameaux de laurier de son épée, appuyée contre sa hanche ; sa main droite s'en était rapprochée tandis que la gauche tenait fermement les rênes de sa jument. Déjà peu rassurée, Nis percevait à présent l'inquiétude de son maître.

— Ce n'est rien, ma belle. C'est juste du vent.

Il n'y croyait pas lui-même. Il y avait du danger dans le moindre déplacement d'air. Rien de tout cela ne semblait naturel. Pourtant, Axel ne pouvait admettre ce qu'on lui avait raconté sur cet endroit : *les Brumes*

Infernales… Malgré lui, il se souvint des mises en garde qui l'avaient fait sourire :

« Personne passe la frontière par là ! C'est interdit ! »

« Un gardien invincible attend tous ceux qui violent son territoire ! »

« Fais attention, bonhomme. J'en ai vu plus d'un revenir fou… »

Mais aucun de ces braves gens ne donnait la même description du visage de l'ennemi. Sans doute parce qu'il n'existait que dans leur esprit… L'un d'eux dépeignait un monstre vomissant des rivières de lave, le deuxième détaillait les mandibules d'un insecte qui avaient failli mutiler un ami, un troisième s'attardait sur l'armure d'ossements d'un guerrier géant. Il n'y avait pas autant de Bas-Esprits décrits dans les quatre Mondes réunis !

Du brouillard, du silence, de l'obscurité et des odeurs immondes : cela suffisait à l'imagination populaire pour créer des légendes à dormir debout. Ce n'étaient que des contes effrayants pour enfants indisciplinés. Axel n'avait foi que dans les Fées de la Vie. Leurs décisions suprêmes guidaient ses pas, au point même qu'il s'en était révolté plus d'une fois ! Il n'avait pas besoin de s'embarrasser de superstitions.

Les traits tirés, les joues mal rasées, les vêtements souillés, il avançait avec tout le courage intrépide de ses vingt ans.

Axel avait pris la route très jeune. *Trop, pour certains.* Mais bien des combats lui avaient appris à observer sérieusement son environnement. Il n'aimait pas celui-ci. Les nappes de brume n'arrivaient toujours pas à prendre consistance. Elles se modulaient et se transformaient, fantasques et perfides. Une lourde lumière phosphorescente en émanait, disposant des miroirs flottants dans le paysage funèbre. L'atmosphère était oppressante et malsaine.

Axel se sentait épié. Les mouches ne le gênaient plus, à moins qu'elles n'aient disparu. Il ne prêtait pas plus attention aux naseaux soucieux que lui tendait sa jument. Son esprit était trop accaparé pour s'occuper de ce genre de détails. *Qui l'attendait ?* Quelqu'un qui aurait le pouvoir de commander aux éléments ? Réalité ou appréhension de sa part, sa décision était irrévocable : il passerait, avec ou sans gardien ! Il rêvait de campagnes ensoleillées ou d'un feu calme dans un coin de forêt, sous l'artifice du légendaire double clair de lune de Leïlan. Il en avait plus qu'assez du noir, du blanc, du vent et du froid ! La sortie de cet enfer ne pouvait plus être loin.

Une forme floue apparut à quelques pas de lui dans un tourbillon. Mais la vision fut brève, vite remplacée par le gris du décor. Axel avait eu juste le temps de voir un homme vêtu d'oripeaux. *Un sorcier !* Instinctivement, il sortit son épée. Le murmure de mécontentement qui s'éleva alors lui ôta tout doute : il y avait bien un gardien et Axel avait enfreint une loi en venant ici !

Comme une risée dans les voiles d'un bateau, les brumes s'écartèrent pour découvrir une forme humaine. De ses épaules aiguës, une nuée d'oiseaux aux cris stridents s'envola brusquement ; ils s'abattirent, toutes serres devant, sur le jeune homme et sa monture.

— Recule, Nis !

D'un coup d'épée, Axel para l'attaque. Mais parce qu'il était trop engourdi par le froid, son geste n'eut pas la justesse nécessaire ; l'acier fendit l'air ; d'un battement d'ailes, les assaillants s'éparpillèrent comme une gerbe d'eau. Le deuxième coup d'Axel ne fut pas plus efficace, le sol spongieux manqua même de le faire trébucher. En réponse à sa maladresse, l'énigmatique personnage en oripeaux eut un ricanement macabre. De ses mains décharnées, il rappela ses compagnons ailés et ils disparurent dans l'épaisseur de la brume, avec l'écho lointain du cri des oiseaux.

Axel se tourna vers la droite, vers la gauche. Le brouillard était si épais tout à coup qu'il ne voyait pas le bout de ses doigts lorsqu'il tendait le bras ; il discernait à peine sa jument à côté de lui. Il voulut la rassurer, lorsqu'il réalisa qu'elle n'avait même pas eu un mouvement de recul. Il n'eut pas le temps de s'appesantir sur le sujet. Un clapotis de pas dans la boue gluante et fétide attira son attention. L'adversaire n'était pas loin. Axel pressentait la prochaine attaque. Son jeune visage avait soudain pris les plis d'une vieille expérience.

L'étrange individu réapparut au même endroit dans la brume. Quelques fils d'argent brillaient encore dans le vieux tissu broché de sa cape. Les oiseaux, au nombre de sept, dressèrent leurs cous déplumés. Leurs becs étaient aussi pointus et acérés que les serres plantées dans les bras tendus de leur maître. Ouvrant leurs ailes, ils s'élancèrent de nouveau.

— Retourne d'où tu viens ou meurs ! gronda le sinistre sorcier.

Mais Axel était avare de sa vie et de sa liberté. Depuis huit ans, personne ne l'empêchait d'aller où il voulait. Bien campé dans la boue, il était prêt à repousser l'attaque. L'effet de surprise n'opérait plus sur lui et, chose étrange, malgré les épaisses vapeurs mouvantes, il avait maintenant l'impression de distinguer parfaitement les oiseaux. Lorsque deux d'entre eux passèrent près de sa lame, celle-ci fut bien plus précise : l'un perdit une aile, l'autre sa tête. Les corps mutilés disparurent sous la couche de brume couvrant le sol.

Devant la soudaine adresse de leur adversaire, les derniers volatiles esquivèrent lestement les coups d'épée suivants. Ils poussèrent des cris à percer les tympans et profitèrent de la gêne qu'ils provoquaient pour reprendre leurs assauts agressifs. Malgré plusieurs tentatives, Axel ne parvint pas à s'approcher du maître immobile qui proférait toujours des menaces. Puis, brusquement, ce dernier rappela ses oiseaux d'un grondement et disparut une nouvelle fois, sans raison.

Brume et bruits de pas. La troisième attaque se préparait.

Axel profita de l'accalmie pour planter son épée dans le sol. Il fit glisser autour de son bras les rênes de sa jument immobile et retira d'un seul mouvement l'arc et les flèches accrochés à la selle. La brume dévoilait de nouveau ses adversaires. Le jeune homme tendit puissamment les deux grandes courbures de bois de son arc. Trois fois consécutives, les cordes frôlèrent le bracelet de cuir recouvrant son avant-bras. Les sifflements des flèches s'élevèrent dans l'air en direction des oiseaux qui s'élançaient. Deux furent stoppés en vol, le cou transpercé, et chutèrent dans les nuages bas. Avant même de pouvoir l'anticiper, leur maître, dégagé de leur protection, reçut la troisième flèche en plein cœur.

La brume s'enroula au ras du sol, dissimulant le corps de l'homme qui s'effondrait. Axel s'apprêta à se débarrasser des trois derniers oiseaux mais ceux-ci avaient disparu en même temps que le sorcier. Tout était silencieux. Des mouches volaient de nouveau. Le brouillard formait un mur à vingt pas.

Axel enfila l'arc autour de son épaule et reprit son épée. Il fit quelques pas prudents pour récupérer ses flèches. À son grand étonnement, il retrouva les deux premières plantées dans des branches mortes tombées au sol. Et lorsqu'il arriva à l'endroit où le sorcier aurait dû mourir, il découvrit un arbre blessé par sa flèche en plein milieu du tronc.

Le jeune homme passa sa main sur l'écorce et arracha la pointe de métal. Il avait pris un arbre des marais pour un homme, sa base large pour un tour de robe et le feuillage chevelu et rampant pour une cape déchirée. Les bras tendus n'étaient que deux branches mortes.

Axel se trouvait sot devant sa victime. Ses yeux devaient être plus mal en point qu'il ne le croyait, et les histoires de paysans avaient eu sur lui un impact insoupçonné ! Mais la confusion n'expliquait pas tout : il n'avait pas pu inventer les menaces, les cris des oiseaux et leurs attaques répétées. Il se remit en marche, troublé. Il avait perdu la notion de temps, il ne savait plus s'il faisait jour ou s'il faisait nuit, abusé par la luminescence persistante de la brume. Ces lieux déroutaient toute logique.

Une illusion… Une illusion agressive… Pour lui faire peur, pour le faire fuir… Sa jument semblait aussi perplexe que lui. Elle orientait les oreilles dans toutes les directions et l'interrogeait du regard. Mais Axel ne pouvait dire si elle était étonnée par les apparitions ou par son propre comportement. Il lui caressa l'encolure et passa la main sur le haut de sa jambe.

— Tu n'as rien vu, toi. À cause des brumes ou… parce qu'il n'y avait rien à voir ?

Nis bougea encore les oreilles pour chasser les mouches et souleva les mèches un peu trop longues d'Axel du bout de ses lèvres barbues. Il caressa sa gorge, toujours mal à l'aise malgré le calme qu'elle affichait.

—Oui, c'était une illusion. Le gardien est une simple illusion…

À peine avait-il dit ces mots qu'une énorme tête de varan surgit derrière l'arbre et pointa avec colère sa langue fourchue. Prenant appui sur ses pattes trapues, la bête se jeta à la gorge du jeune homme avec un feulement de tcharas. Axel écarta Nis et esquiva l'attaque. Faisant volte-face, il abattit un coup d'épée sur la tête de l'animal. Trop lourd, celui-ci n'eut pas le temps de reprendre appui sur le sol. La lame toucha juste et trancha en profondeur. Le sang répandit sa couleur vermeille sur le sol gris. Cette fois, la peau écailleuse du varan ne se transforma pas, ni ne disparut. Une odeur amère et piquante, se détachant des relents de putréfaction des alentours, monta du corps sans vie.

—Doux, Nis, fit Axel en se retournant vers sa jument paniquée. Doux, ma belle. C'est fini. C'est fini…

Elle se laissa calmer en jetant des yeux inquiets vers l'étrange cadavre.

—Eh bien, tout n'est pas mirage ! observa Axel. Drôle de gardien, tu ne trouves pas ? On dirait plutôt son chien… Arrête de trembler, Nis, regarde ! Ce n'est qu'un petit lézard de rien du tout !

Sans la tête, l'animal par terre faisait tout de même cinq pieds de long ! Nis avait le droit d'être effrayée ! Axel la sentait prête à fuir et maintenait solidement ses rênes. Restant sur le qui-vive, il essayait de trouver des mots plus rassurants pour la retenir sans parvenir à y mettre le ton. Que le reptile soit le gardien ou non, l'illusion ne s'expliquait pas pour autant ! Le grand mur de brume attira son attention en creusant brusquement un tunnel. Il semblait indiquer la sortie et la solution aux questions d'Axel : un Esprit contrôlait les lieux.

Un Esprit Supérieur ou un Bas-Esprit ? Axel penchait pour ses Divinités : les Trois Fées de l'Est. À cause des brumes. Elles s'approchaient plus de l'idée qu'il se faisait d'un Esprit Supérieur : sans forme propre, sans toucher, uniquement fait de sensations. Les Bas-Esprits étaient des créatures de rebut possédant un corps et des pouvoirs très limités par rapport à leurs aînés. Mais ils pouvaient tuer ; ils n'avaient aucun intérêt à utiliser un pouvoir d'illusion pour faire peur.

Les Fées avaient certainement voulu tester Axel. Le grand reptile n'était qu'un habitant du coin. Après un nouvel encouragement, Nis se décida à suivre son maître, concentrée sur son regard vert et son air confiant.

Mais les brumes ne se dissipèrent pas comme Axel l'avait cru. Bien au contraire, l'atmosphère redevint vite lourde et inquiétante. Le jeune homme en perdit sa mine triomphale. Une dizaine de pas plus loin, il se demanda si le reptile tué n'avait pas plus d'importance et si ses Divinités étaient bien avec lui. L'angoisse qu'il ressentait ne s'accordait pas à leur pouvoir bienfaisant.

Un craquement d'os et un grincement de dents l'arrêtèrent net. Sur ses gardes, il avisa la brume alentour. Une ombre se dessinait au milieu des petits rochers que la vapeur changeait en hautes tours ondulantes. Elle ressemblait à une étrange créature, ailée et squelettique, de huit pieds de haut. Un monstre! *Un Bas-Esprit!*

La brume se déchira comme un tissu. Axel se retrouva brusquement face à un visage noir charbon, trop chargé de crocs pour être humain! Son rire strident ébranla la résolution du jeune homme. Le frisson qui le parcourut n'était plus dû au froid. Il aurait dû fuir, il le savait. Mais l'impassibilité de Nis réprima ce mouvement. Il n'eut que le réflexe de projeter son épée en avant vers la créature. Elle s'empala dessus sans même tenter de l'esquiver.

Le Bas-Esprit ne s'effondra pas. La main anguleuse et crochue tendue vers Axel redevint de l'écorce. Le monstre n'était qu'un arbrisseau chétif, dont les branches déformées avaient accroché deux étoffes vieilles de cent ans.

Axel était plus abasourdi encore que la première fois. Il était si près de l'arbre qu'il ne pouvait pas accepter de s'être trompé à ce point! Il se retourna vers Nis. Elle dardait de nouveau sur lui un regard inquisiteur. De toute évidence, elle n'avait pas compris la raison de son agitation. *Comment pouvait-elle ne rien remarquer?!* Énervé, Axel empoigna son arme et appuya son pied sur l'arbre pour la retirer du tronc.

À ce moment précis, Nis redressa les oreilles en signe d'alerte et tira sur sa longe. Axel partit à la renverse et percuta le sol dans une épaisse éclaboussure. Avant qu'il ait pu dire un mot, un nouveau reptile atterrit dans la boue à côté de lui. L'instinct qui poussa Axel à rattraper son épée tombée l'empêcha de retenir sa jument: elle s'enfuit dans la brume.

— Nis! Reste là! Nis!!!

L'énorme reptile était déjà sur lui. Axel repoussa la gueule de justesse du plat de sa lame. Les bords tranchants entaillèrent les écailles mais le varan ne s'en soucia pas. Il écrasait le jeune homme de tout son poids, enfonçant ses griffes sur sa poitrine, ouvrant la gueule tout près de son visage.

L'odeur du sang qui gouttait était abominable. Un miasme de mort et de pourriture! Axel en avait des haut-le-cœur. Il réussit à se dégager en flanquant un violent coup de pied dans le ventre de l'animal. Celui-ci roula dans la boue. Vivace, sa masse l'empêchait pourtant d'être agile. Il put se remettre sur ses pattes mais ne parvint pas à anticiper la nouvelle attaque d'Axel. Tirant une longue dague d'une de ses cuissardes, le jeune homme lui sauta sur le dos et lui trancha la gorge d'un coup net.

Axel se releva immédiatement pour vomir. Il avait senti ce sang nauséabond de trop près. Il avait l'impression qu'on lui retournait l'estomac avec un crochet. Il essuya ses lèvres et ses joues maculées de boue en reportant son attention sur la brume environnante.

— Nis!

Il ne la voyait plus. Elle ne s'éloignait jamais d'habitude… Cette fois la peur avait été trop forte… Comment allait-il la retrouver ? Il avança avec prudence tout en l'appelant. Un petit hennissement lui rendit le sourire. Elle le cherchait aussi.

— Je suis là, ma belle ! C'est fini… Pas une de ces bêtes ne te touchera ! Viens !

Un chanfrein alezan, orné de naseaux blancs, s'enfonça dans son cou. Axel eut un soupir de soulagement et la flatta de sa main sale.

— Tu m'as fait peur, Nis. Tu ne dois pas t'enfuir !

La jument acquiesça, les oreilles tombantes et l'œil implorant. Il était son maître. Elle l'aimait assez pour le suivre au bout des quatre Mondes, mais rester ici était un supplice. Il lui adressa l'un de ses sourires accentués par une fossette charmeuse.

— Courage, Leïlan n'est pas loin.

Un mouvement des brumes l'empêcha de poursuivre son argumentation : un nouveau tunnel se formait. Était-ce la récompense de l'épreuve ? Axel ne cherchait plus à savoir de qui il était le jouet. Il voulait en finir. Il s'engagea sans hésitation dans le couloir de brume.

Il distingua bientôt une ombre glissant sur la boue. À peine songeait-il qu'elle évoquait un grand taryl des marécages que les vapeurs épaisses se déchirèrent et que le taryl apparut, la gueule ouverte sur une rangée de crocs et un cri effrayant. Mais Axel eut du mal à le prendre au sérieux. L'absence de réaction de sa jument à cette arrivée insolite lui fit comprendre que ce n'était qu'une illusion. Sans la moindre peur, il attaqua l'animal et, malgré les mouvements rapides du taryl, il fit taire les grondements graves et puissants. Un coup d'épée bien placé dévoila le véritable aspect de la bête : un vieux tronc flottant dans la terre détrempée.

Axel le contempla un moment, pensif. Chaque fois qu'il croyait identifier une ombre, une illusion se créait à l'image de ses cauchemars. Comme si des génies malfaisants devinaient ses moindres pensées… Lorsqu'un troisième varan apparut, il comprit le rituel qui se déroulait ici, ainsi que sa méprise : les reptiles étaient les Bas-Esprits.

Les doigts d'Axel trouvèrent immédiatement leur place sur la poignée de l'épée pour permettre un mouvement transversal. Comme il s'y attendait, l'animal bondit vers lui. Axel le frappa en pleine poitrine. Le sang gicla suivant le tracé de la lame. La masse d'écailles éclaboussa le jeune homme dans sa chute et se convulsa violemment pendant encore quelques secondes avant de rendre l'âme. L'odeur aurait dû faire comprendre à Axel, dès le début, qu'il n'avait pas affaire à de simples *lézards* !

Un bref instant, Axel se rappela l'enseignement de son père. Ce dernier lui avait souvent répété que les Bas-Esprits n'avaient pas forcément une apparence extraordinaire. Le jeune homme en eut un pincement agacé des lèvres : il ne s'était jamais intéressé à la théologie de son Monde. Mais pourquoi ce jeu d'illusions ? En tout cas, les varans n'avaient plus grand-chose de monstrueux comparé à ce que son esprit était capable d'inventer dans un tel environnement. Il n'avait décidément rien à envier à l'imagination populaire !

S'écartant de son troisième cadavre visqueux pour éviter l'abjecte odeur qui en émanait, il félicita la jument de son calme.

— Bien, Nis. Bien. Cette partie du voyage devient… intéressante.

Elle le regarda de travers. Il éclata de rire et sembla s'évader un instant de ce triste endroit. La fatigue accentuait cet excès de joie, bien sûr, comme la douce folie qui le faisait converser avec Nis depuis cinq ans, pour oublier sa solitude.

— Hé ! Je ne suis pas fou ! Je vois des monstres et toi non. C'est une situation intéressante, même si tu penses le contraire.

Elle leva la tête avec dédain. Elle ne pouvait pas rester indifférente à une réflexion ou à un geste, même ici. Il fallait toujours qu'elle donne son avis. Axel avait pris l'habitude de se justifier pour la convaincre. Sa peur des endroits insolites ou sa coquetterie déplacée en faisait plus une compagne qu'une monture.

— Je suis persuadé que je peux te faire changer d'avis… Que dirais-tu si on gageait des carottes sur le véritable aspect de ces apparitions ?

Au mot *carotte*, les oreilles de la jument s'étaient redressées. Cette gourmandise avait autrefois eu raison de sa méfiance, dans les collines herbeuses et sauvages des Pays Noirs, et l'avait conduite vers un adolescent inconnu aux cheveux blonds. Axel savait qu'il était déjà parvenu à lui faire oublier sa peur.

— Une carotte si je ne trouve pas, aucune si je trouve.

Elle semblait intéressée mais pas vraiment convaincue. Avait-elle conscience qu'elle pouvait obtenir davantage en se faisant prier ?

— Une de plus chaque fois que tu resteras sage à l'apparition d'un lézard.

Elle accepta de se diriger vers le nouveau tunnel de brume. Axel sourit. Elle semblait suffisamment motivée pour le suivre. Il n'avait plus qu'à espérer qu'ils finissent par sortir d'ici.

Le bruit clapotant des sabots et des bottes se répercutait en écho dans le décor désertique. Chaque pas libérait davantage l'odeur pestilentielle de la boue. Celle des reptiles emplissait toujours les poumons d'Axel et lui retournait l'estomac. Le bruissement des mouches était aussi agaçant que leur contact insistant. Mais le plus gênant restait le manque de visibilité. Les apparitions en devenaient plus saisissantes. Perçant la brume, d'extraordinaires serpents d'eau s'élancèrent vers eux pour les avaler. Une vieille et hideuse femme lacéra les vapeurs de ses ongles aussi longs que des bras pour tenter de les embrocher. Un colosse au visage brûlé arracha les voiles d'air au moyen de son gourdin avec la volonté de les écraser.

Leurs hurlements de menaces glaçaient le sang. Leurs souffles passaient très près du visage du jeune homme, mais les griffes redevenaient toujours des branchages. Un coup d'épée ou une flèche mettait fin à l'artifice.

La seule difficulté demeurait les gros reptiles surgissant du néant. Mais ceux-ci apparaissaient régulièrement près des arbres quand l'illusion était rompue, légèrement précédés par l'odeur écœurante. Ils se montraient plus furieux qu'un magicien dont on aurait percé le tour le plus prestigieux. Axel n'aurait jamais imaginé que des Bas-Esprits puissent être si faciles à terrasser !

Combattant ses fantômes, il progressait dans ce lieu de terreur en oubliant sa fatigue et ses questions. Les Monts Pétrifiés ne lui avaient donné qu'une leçon d'endurance. Les Brumes Infernales recelant monstres, pièges et épreuves convenaient mieux à sa nature curieuse et audacieuse. Nis paraissait à peine moins exaltée que son maître malgré ses mouvements de recul. Peut-être trouvait-elle son courage dans le nombre croissant de carottes qu'il lui promettait ?

Au bout de plusieurs heures, une brise se décida à calmer toute cette folie illusoire. Elle dissipa légèrement le brouillard et amena les premières percées de soleil. À son grand soulagement, Axel distingua les contours flous d'une forêt en contrebas. Il avait atteint Leïlan.

Il aurait dû accélérer le pas. Il avait réussi. Il était sorti. Pourtant, il s'arrêta.

Axel avait parcouru bien des pays dans les quatre Mondes mais Leïlan demeurait la seule contrée où sa soif d'aventures ne l'avait jamais conduit. Il avait pleinement étudié les sentiers du pays au point qu'il pouvait se rendre droit au palais, les yeux fermés, malgré le difficile Passage des Cinq Rivières. Mais quelque chose, une impression, l'avait toujours empêché de franchir la frontière. Ce royaume était pourtant à côté du sien. Pourquoi n'en prenait-il conscience que maintenant ?

Une dernière hésitation, un dernier pas. Que craignait-il ? Il ne comprenait pas sa brutale paralysie.

Il tourna la tête. Derrière les Brumes Infernales, au-delà des Monts Pétrifiés, se trouvait son royaume. Reverrait-il un jour le beau château de Pandème ? Il ne s'était jamais posé la question auparavant. À l'âge de douze ans, il avait quitté son pays et la demeure familiale. Depuis, il allait par monts et par vaux, sans que personne ne comprenne ce besoin d'errance. Son père encore moins que les autres… Mais il n'avait jamais regretté son départ. Cette nostalgie était étrange… Était-ce encore une illusion ? Ou cette odeur atroce lui attaquait-elle l'esprit ?

Les petits tourbillons de brume dégagèrent progressivement le paysage. Axel ne pouvait pas reculer. Il avait promis qu'il mènerait à bien la mission qui lui était confiée. Cette crainte d'avancer devenait vraiment ridicule ! Après tout ce qu'il venait de traverser, comment pouvait-il hésiter ?! Il se souvenait de ce que lui avait dit le prince Cédric, héritier du trône de Pandème, juste avant de partir :

« J'ai entendu dire que le pays des Deux Lunes est un royaume parsemé de démons et de Divinités. L'illusion y serait maître de la réalité. »

Après son passage dans les Brumes Infernales, Axel admettait qu'il pouvait y avoir une part de vérité dans cette réputation. Mais toutes ces élucubrations avaient pour seul rôle de faire peur à l'étranger ! Il n'allait pas céder maintenant !

Cette angoisse ne venait pas de lui, il en était certain. Des sentiments forts comme celui-là portaient toujours l'empreinte d'un Esprit Supérieur. Après avoir voulu le faire fuir par tous les moyens, on l'empêchait de quitter les Brumes Infernales. La première question revenait : *qui était le gardien ?*

Malgré l'environnement qui ne leur ressemblait en rien, Axel était persuadé que ces mouvements de brume provenaient des Trois Fées. Parce que depuis l'enfance, il ressentait quelquefois leur volonté par des envies, et parce qu'il ne pouvait imaginer être en face d'une autre Divinité Supérieure.

Les Fées avaient dû lui insuffler cette angoisse pour lui signifier qu'elles étaient contre sa décision de passer par là. Axel pestait qu'elles se rangent du côté de son père. Malgré tout l'amour qu'il pouvait leur porter, il n'admettait pas d'être testé pour le plaisir ! Luttant contre une peur profonde et l'impression de risquer un cataclysme, il fit un pas en avant.

La brume se dissipa entièrement et un soleil de midi brûla les yeux du jeune homme. Il était déjà en Leïlan, il avait l'impression d'avoir franchi un monde. L'odeur des marécages et des reptiles avait disparu comme un souvenir fugace, alors qu'il la sentait un pas avant… Il n'y avait plus que trois mouches perdues autour de lui. Il se trouvait sur un haut plateau. Aucun danger ne semblait devoir surgir. Les Brumes Infernales se résumaient à un voile blanc derrière lui. Le contraste était saisissant avec le paysage qu'il pouvait embrasser.

Descendant le reste de la montagne, il aperçut une forêt immense qui s'étalait à sa gauche. Certains arbres atteignaient plus de deux cents pieds de haut. La densité du feuillage était très irrégulière mais, de prime abord, la plupart des espèces de plantes lui semblaient familières. À sa droite s'étendait la Grande Plaine. Une multitude de plans d'eau et de rivières couraient la campagne. Des champs et des prairies vallonnées se succédaient. Ils parsemaient le paysage de taches vertes, ocre ou brunes. Les tuiles d'écaille bises et anthracite de quelques villages se noyaient dans le paysage printanier. S'il n'avait pas été si fatigué, Axel aurait pu croire qu'il se réveillait et qu'il avait rêvé cette traversée.

— Hé bien ! Que penses-tu de ce panorama, Nis ? ! Ne vaut-il pas tous les efforts des Mondes pour le voir ?

Il oubliait soudain sa peur, ses angoisses et les difficultés qu'il avait dû surmonter. Il avait l'impression d'être enivré par le sentiment de liberté qu'il éprouvait maintenant.

Sa jument broutait voracement à ses pieds. Un monceau d'herbe dépassant de part et d'autre de sa bouche, elle remua à peine la tête pour répondre. Mais lorsqu'elle se rendit compte que son maître faisait signe à un oiseau, elle retroussa agressivement ses lèvres vertes : *il était revenu !*

Un pavallois blanc aux longues plumes rouges virevoltait dans le paysage. C'était un animal apprivoisé. Depuis trois jours, il attendait Axel de ce côté de la montagne. Dans le ciel d'un bleu éthéré, il demeurait le dernier lien avec Pandème.

— Du calme, Nis, dit Axel en riant. Je ne lui ai pas demandé de nous rejoindre. Inutile de t'exciter.

Elle renâcla furieusement et détourna la tête avec mépris. Elle ne supportait pas les caresses infidèles qu'Axel faisait à cet animal vaniteux !

— Intéresse-toi à ce que nous devons faire et oublie le pavallois. Regarde, c'est là-bas que nous devons maintenant nous rendre.

Elle porta à peine son attention sur la suite du voyage. Les contours flous du château royal se devinaient au loin, au pied de la Montagne Blanche. Majestueux et impressionnant malgré la distance qui les en séparait. Seule la plus grande des tours se découpait sur l'horizon azuré.

Respirant à pleins poumons, Axel se rappelait les cartes qu'il avait consultées avant de partir.

— *Leïlan est un pays très isolé,* récita-t-il à Nis, suivant les indications mille fois répétées de son père. *Des falaises se succèdent sur toute la longueur ouest du territoire, réduisant la communication avec la Mer Intérieure aux plages de la Plaine Salée...* En gros, ce n'est pas la peine de chercher les bandes de sable pour les galops, Nis, tu ne peux pas les voir d'ici : elles sont derrière la Montagne Blanche.

Il sourit à la vue de sa jument, trop occupée à engranger des herbes dans son estomac pour l'écouter. Il continua son compte rendu dans sa tête.

Le pays Akal partageait toute la frontière est de Leïlan, mais une langue de terre au nord – source du conflit sans âge contre les Pays Insolites – rendait le peuple akalien encore plus méfiant et renfermé. La frontière sud de Leïlan était commune avec Pandème mais les Monts Pétrifiés et les Brumes Infernales étaient difficiles à franchir.

Pour atteindre Leïlan, les gens venant du sud préféraient contourner la chaîne de montagnes par l'est, en passant par le pays Akal. Le trajet était rallongé d'une bonne semaine, mais ils prenaient seulement le risque d'embuscades. Axel y avait renoncé pour éviter les contrôles, les fouilles et les questions. S'il voyageait sans cesse, c'était pour se sentir dégagé de toute contrainte. Il n'avait pas envie d'avoir une escorte parce qu'il était porteur d'un message royal.

L'insécurité des routes de Leïlan avait anéanti la plupart des relations commerciales avec les autres pays. Depuis la mort de la reine, le roi ne semblait plus régner correctement. On disait que la folie avait envahi son esprit. Il ne se montrait même plus aux conseils annuels du Monde de l'Est. En dix-sept ans, les seuls rapports sur le royaume venaient des récits – pas toujours très cohérents – colportés par des voyageurs.

Ce côté mystérieux envoûtait peut-être Axel, à moins que ce ne soit ce magnifique panorama tant attendu qui ne demandait qu'à être visité de près. Le jeune homme se sentait poussé vers l'avant. *Les Fées auraient-elles changé d'avis face à son entêtement à poursuivre sa route ?* Soulagé d'avoir réussi à les convaincre, il arracha Nis à son repas :

— Nous avons encore neuf jours avant de devoir rejoindre père. Et il n'en faudra pas plus de trois pour arriver au château. Tu auras tout le temps de grignoter des trèfles, ma belle.

Il avait délibérément choisi le chemin le plus court malgré sa difficulté pour profiter de la marge de liberté restante. Il connaissait l'importance du pli à remettre et était décidé à prouver à son père qu'on pouvait lui faire confiance. Il appréciait à sa juste valeur l'honneur d'être un messager.

L'odeur de résine, de frais et l'envie de verdure l'attirèrent plus que la chaleur d'un village. Après tant de neige et de boue, il voulait se détendre dans cette nature enfin accueillante. Il préférait pour l'instant ne pas révéler sa présence dans le pays, où un étranger n'était pas forcément le bienvenu.

Vérifiant que le pavallois le suivait de loin, il reprit sa place sur la selle et dirigea Nis tranquillement vers la forêt.

La couverture boisée couvrait près d'un quart du pays en bordure de la Mer Intérieure, suivant les Longues Falaises. Une multitude de pépiements d'oiseaux s'entendait dans l'ombre tiède des épicéas et des mélèzes. Le premier ruisseau qu'Axel rencontra coulait limpide et froid.

À genoux dans l'herbe, les lèvres et la gorge enfin hydratées, le jeune homme sentit tout son corps se relâcher sous la quiétude de l'endroit. La visite de Leïlan n'était pas pour aujourd'hui. Il avait accumulé trop de fatigue et se sentait affamé. Il desserra la courroie de son sac et le laissa glisser de son épaule.

— Et si nous nous arrêtions ici ? Le coin est agréable. Une pause, qu'en dis-tu ?

Nis pointa les oreilles en avant. De toute évidence, elle comprenait la question et semblait ravie d'une telle proposition ! Depuis le temps qu'elle l'attendait ! Elle sembla revigorée un bref instant. Axel rit de ses yeux pétillants et se releva péniblement pour lui défaire son licol. Lorsque ce fut au tour de la selle, à peine eut-il détaché la sangle qu'elle se retourna pour enfouir ses naseaux encore humides dans les affaires qui la chargeaient. Elle fit voler la toile qui la couvrait.

— Attends ! s'écria Axel qu'elle bousculait en tous sens pour obtenir des carottes.

Il lui tourna le dos pour poser son chargement. Nis, impatiente, poussa deux ou trois fois son coude et tira même sur les grandes manches de sa chemise sale.

— Nis ! Je n'arriverai pas à ouvrir ton sac ainsi !

Il réussit tout de même à extraire deux carottes que la jument lui vola des mains. Elle les engloutit sans complexe et jugea même qu'elle n'en avait pas eu suffisamment.

— Ce sont les dernières…

Elle vérifia en enfonçant ses naseaux bruyants jusqu'au fond du sac. Et devant l'évidence, elle le secoua de mécontentement. *Et toutes celles promises, alors ?*

— À la première auberge, tu auras les autres, assura son maître en souriant. Ai-je manqué à ma parole une seule fois ?

Elle souffla et, dépitée, partit brouter. Mais lorsqu'il la brossa avec des branches de bruyère trouvées plus loin, elle passa gentiment son nez dans son cou.

Axel ne fit pas autant de frais pour sa propre toilette. Il se contenta d'un débarbouillage expéditif et se déchaussa avec plaisir avant d'en arriver à l'essentiel : manger. Il avait vu juste question vivres, il ne lui restait plus qu'un fond de farine à gruau, et une miche de pain. Il aurait mieux valu qu'il retourne vers un village, mais il n'arrivait pas à s'y résoudre.

Il avait allumé un petit feu et s'était fait un matelas avec une couverture et le tapis d'aiguilles de pin couvrant le sol. Le coin était vraiment parfait. Il se sentait en sécurité. La fatigue le berçait déjà. Même si l'après-midi ne faisait que commencer, il était prêt pour cette nuit agréable à la belle étoile dont il avait rêvé ces derniers jours. Il avait tout prévu. Tout, sauf la pluie. À sa dernière bouchée, il reçut la première goutte sur le nez. Il leva les yeux au ciel tandis que Nis couchait les oreilles.

— Je ne pouvais pas deviner ! Il n'y avait pas un nuage à l'horizon !

La jument se posta sous un arbre en fouaillant de la queue tandis que le pavallois se cachait entre les branches.

— Nous allons retourner vers un village… Je crois que je n'ai plus le choix… Mais laisse-moi faire une sieste.

Nis tourna la tête avec une mine sceptique. Pour les carottes, elle pouvait le croire, mais pas pour le village. Elle laissa Axel lui étendre sa toile huilée sur le dos et le regarda en placer une autre sur ses sacs. Elle renâcla quand il partit s'enrouler dans une couverture et sous une chape de pluie. Un orage pouvait bien déferler, il était décidé à dormir ici et maintenant.

Axel avait connu pire ces derniers temps et, au moins, l'atmosphère ne sentait pas le moisi d'une chambre d'auberge délabrée. Sa paillasse avait juste un parfum de terre et d'aiguilles de pin, rehaussé par l'humidité de la pluie.

En pensant aux odeurs, celle des Brumes Infernales revint hanter ses poumons. Ou plutôt celle des grands reptiles, amère et piquante. Axel se frotta le nez et se tourna. Cette puanteur restait accrochée à lui. Il se reprocha de ne pas avoir lavé ses affaires correctement, mais il était trop fatigué pour arranger les choses. Il préféra se retourner. Ce relent de mort persistant lui remit en mémoire sa peur absurde au moment de franchir la frontière, son attirance après l'avoir passée. En y réfléchissant, il avait eu l'impression d'être au centre d'un conflit entre Divinités Contraires. Ses sourcils se froncèrent ; il était vraiment fatigué. L'Esprit du Mal était enterré, il ne se réveillerait pas. Les prédictions de son père lui montaient à la tête. Il s'obligea à fermer les yeux.

La pluie était fine et coulait à peine des feuilles et des aiguilles. Elle s'arrêta au coucher du soleil. Sa besace en guise d'oreiller, ses armes auprès de lui, Axel ne se rendit même pas compte qu'il enchaînait sur sa sieste une nuit de sommeil. Il manqua son premier lever de lunes. Dans le pays des Illusions, un reflet mystérieux accompagnait le véritable croissant lunaire. Et cette nuit-là, l'astre laiteux et son double imaginaire faisaient penser à des yeux divins mi-clos observant attentivement ce petit pays du Monde de l'Est ainsi que le jeune étranger.

✧

Le roi de Leïlan se retourna vers le duc d'Alekant. Ses yeux gris étaient plus vides que de coutume. Ils s'attardèrent à peine sur les flammes dorées des chandeliers glissant sur les habits de soie incarnate de son interlocuteur. Ils essayèrent de trouver une réponse dans les tentures vert olive du cabinet royal, mais même les deux croissants de lune argentés sur les bannières du royaume ne lui vinrent pas en aide. Le souverain avait du mal à prendre sa décision. Peut-être parce qu'il ne se sentait plus capable d'en prendre une depuis dix-sept ans…

L'homme debout en face de lui, la joue barrée d'une légère cicatrice violacée, était de haute lignée et s'était toujours montré ami de la famille, même quand les pires bouleversements l'avaient touchée. Korta pouvait être considéré comme un homme fascinant, même si le roi n'était pas très qualifié pour ce genre de jugement. Sa grande carrure athlétique, son bouc soigneusement taillé, aussi noir que ses cheveux, et ses yeux sombres et perçants pouvaient séduire autant qu'appeler la peur. Mais quelque part au fond de lui, le souverain n'arrivait pas à admettre que sa fille aînée, Éline, puisse aimer un homme ayant quatorze ans de plus qu'elle.

Il n'était pourtant pas vraiment vieux. Le duc d'Alekant n'avait que trente-cinq ans. Et lui-même avait eu neuf ans de différence avec sa reine.

La reine... La simple évocation de son visage éclipsa brusquement toutes ses préoccupations. L'esprit du roi s'envola vers la folie d'un amour perdu... vers des erreurs irréparables. Le rubis de sa bague de pouvoir devint aussi terne que son visage.

Le lourd tissu de son manteau de cour pourpre finit par glisser sur son avant-bras. Le mouvement le ramena un instant à la réalité. Korta s'attendait à repartir sur des discussions interminables mais le roi caressa sa barbe brune et leva le bras d'un geste las. Il cédait. Éline aimait le duc, il fallait qu'il l'accepte. Il pouvait bien jouer son rôle de père, au moins pour cette fois.

— Je sais que vous avez engagé des guerriers scylès. Je n'apprécie pas ces hommes des Pays Insolites mais je comprends que leur pouvoir puisse vous être d'un grand secours. Demain, vous recevrez un papier officiel vous accordant la main de la princesse Éline sous la condition que vous débarrassiez le pays de son pire brigand : le Masque. Vous pouvez disposer.

Le duc eut un sourire, légèrement carnassier, et salua Sa Majesté comme il le devait avant de sortir. Dehors, dans un couloir somptueux décoré d'armures et de candélabres, il dut se mordre les lèvres et serrer ses poings le plus fort possible pour ne pas exulter. Il rejoignit à grands pas un escalier qui montait dans l'une des innombrables tours du château de Leïlan. Glissant dans le silence nocturne d'un couloir recouvert d'épais tapis, il ne prêta pas plus attention au petit valet qui passait en portant un repas sur un plateau qu'aux caryatides disposées le long des murs. Il retira ses gants, dégageant sa bague ducale à la main droite, et dénoua sa cape d'un air satisfait. Cette journée était la meilleure qu'il ait eue depuis longtemps ! Ses plans se déroulaient pour le mieux.

Grâce à leur faculté de lire les esprits, les guerriers scylès lui avaient fourni des renseignements sur un petit village au cœur de Leïlan. Un tournant dans son combat contre le Masque ! Il rapporterait sa tête au roi sous quelques jours. Depuis deux ans qu'il promettait à Sa Majesté de tuer le bandit noir et sa troupe, il avait, cette fois, toutes les chances de son côté. L'enjeu en valait enfin la peine !

Korta avait hâte de faire un dernier compte rendu à son puissant allié secret, Ibbak. Une bonne nuit l'attendait avant de partir dans le pays pour y établir un nouvel ordre.

Il entra dans ses appartements dont l'agencement des meubles de bois sombre était rehaussé de liserés d'or. Il n'alluma aucune bougie, aucun chandelier. Il jeta ses gants et sa cape sur un fauteuil de velours rouge que les croissants lunaires éclairaient à travers une fenêtre. Sans hésiter une seule seconde, il se dirigea vers la colossale cheminée aux monstrueuses fresques animales de son salon. Il ne chercha pas à allumer de feu, même si le printemps tirait sur sa fin et que les soirées étaient encore bien plus froides que les journées. Il actionna un levier.

La cheminée se mit à pivoter lentement, dévoilant une étroite volée de marches. Un filet de fumée rouge s'infiltra dans la pièce, montant des fins fonds du couloir secret. Ses volutes s'étendirent comme les bras d'une créature impatiente de connaître les dernières nouvelles.

Couleur bleu nuit

Les naseaux de Nis passèrent dans le cou d'Axel. La chaleur du souffle et le mouvement des lèvres barbues le chatouillèrent. Un pli fendit sa joue mais il grogna :

— Nis… Laisse-moi dormir…

Ses yeux étaient bien trop gonflés de sommeil et trop douloureux pour qu'il puisse les ouvrir, mais un petit bruit insolite réussit à lui faire soulever une paupière. La toile huilée, posée la veille sur ses affaires, bougeait. Intrigué, il redressa la tête juste au moment où un écureuil sortait avec le dernier morceau de pain qu'il s'était astreint à garder.

— Hé ! Espèce de voleur ! s'écria-t-il en faisant voler sa couverture.

Le petit animal, tout saisi sur le moment, s'éclipsa comme un éclair dans les lianes de clématites, avec le morceau de pain. *Plutôt mourir que le lâcher !*

— Saleté ! cria Axel en écartant en vain les buissons.

L'écureuil était déjà loin, son petit déjeuner aussi. Axel bougonna un moment. Le quignon était à moitié rassis mais son estomac creux s'en serait bien contenté pour ce matin. Il se rassit comme un sac sur son matelas de fortune et finit par se rallonger encore sous le coup de ce réveil trop brutal et trop matinal. Nis approcha les naseaux.

— Encore une demi-heure, ma belle, dit-il en frottant ses yeux et ses pommettes brûlées par les récentes traversées de glaciers. Nous allons retourner vers un village. Je n'ai plus rien à manger de toute façon. Tu vas avoir tes carottes, tu le sais.

Et il s'endormit pour deux heures de plus.

À son réveil, il était moins reposé qu'il l'aurait voulu, et tout à fait affamé. Au trépignement d'impatience de Nis, il céda et se leva.

— Tu as à ce point envie de reprendre la route ?

Elle bougea les oreilles.

— Tu m'as l'air en forme, toi. Tu veux aller dans les Bois Obscurs ? Ce n'est pas loin. Juste à une demi-journée d'ici. Droit devant. Il paraît que tous ceux qui s'y enfoncent ne reviennent pas… Mais ce n'est pas forcément parce qu'un Bas-Esprit les retient, sourit-il. Peut-être qu'ils ont trouvé un lieu merveilleux ? Maintenant, si tu veux absolument voir un monstre, il faut aller plus loin, près du château, dans la Forêt Interdite…

Nis ne semblait pas tout comprendre mais elle avait perdu son enthousiasme. Le pli qui fendait la joue de son maître montrait qu'il devait certainement se moquer d'elle. Elle baissa les oreilles. Axel sourit un peu plus. Il n'avait la force d'aller nulle part pour l'instant mais il avait trop faim pour rester là.

Au ralenti, il chargea la selle sur le dos de sa jument et éparpilla les cendres de son feu déjà éteint par la pluie de la veille. Mâchouillant un morceau d'écorce de bouleau, il se remit en route. Nis prit un pas allègre pour descendre dans cette végétation accueillante et chantante. Attirée toujours plus loin comme son maître, elle se mit à suivre les rais de soleil qui s'allongeaient obliquement sur le tapis de mousse, d'humus et de rosée.

✧

Korta d'Alekant forçait l'allure de son grand cheval noir sur les sentiers de Leïlan, en direction du sud. Il avait hâte de rejoindre ses espions scylès, avant de mettre son plan contre le Masque à exécution. Il était satisfait de leur travail, mais certaines de leurs conclusions demandaient des explications plus claires.

Douze soldats suivaient le duc, renâclant comme leurs chevaux ; ils avaient chaud sous leurs casques de fer et leurs cottes de maille. Pourtant aucun d'entre eux ne ralentissait : Korta n'admettait aucune faiblesse.

Au grand soulagement des soldats, leur course s'arrêta moins d'une heure plus tard au sommet d'une colline verdoyante. Trois cavaliers les attendaient à l'ombre des chênes.

Au moins aussi grands que le duc, ces hommes avaient une peau au teint cadavéreux accentué par des traits osseux et des cheveux platine. Tous étaient torse nu, vêtus de pantalons de toile anthracite et de ceintures d'argent ; leur chef portait en plus une étrange cape rouge chevelue que la bise n'arrivait pas à soulever. Les soldats les reconnurent immédiatement : les *Yeux-d'Utahn*, comme ils les appelaient. Les guerriers des Pays Insolites.

Les soldats se sentirent mal à l'aise de devoir faire face aux yeux bleus légèrement bridés ; ils savaient que ces hommes étaient capables de lire leurs pensées, rien qu'en les regardant. Comment faisaient-ils ? Que voyaient-ils exactement ? Personne ne le savait. Ce qui rendait leur présence encore plus effrayante.

Les Scylès avaient pleinement conscience de la crainte qu'ils inspiraient. Ils arboraient des visages méprisants et supérieurs, même en présence du duc. Celui-ci avait plus ou moins réussi à le supporter, peut-être parce qu'il avait vu leur chef l'échine courbée comme un mendiant. Il arrêta son cheval à la hauteur de celui-ci :

— Je croyais que tu trouvais ce pays trop chaud, Muht. N'est-ce pas exagéré de porter ton trophée de guerre par ce temps ? Ou est-ce que tu espères que l'odeur de ta transpiration parviendra à camoufler celle de tes scalps akaliens ?

Le guerrier scylès releva la tête plus haut qu'il ne l'avait déjà.

— Ce ne sont plus seulement des scalps akaliens qui composent mon *Shat-Hunt*, ne l'oublie pas, répondit-il, en montrant sur sa cape une zone de cheveux bruns, à côté de tresses rouges. Le Masque fuit à ma vue.

Korta eut un léger sourire moqueur qui rehaussa sa barbiche d'un seul côté.

— Pas moi, dit-il tranquillement.

Muht serra les dents et détourna les yeux devant la menace qu'il vit dans l'esprit du duc.

— Quelle est cette fable de double esprit à propos du Masque ? reprit Korta.

Muht lui fit face de nouveau, piqué au vif.

— Ce n'est pas une fable !

— Alors comment l'expliques-tu ?

— Moi et les miens avons senti deux esprits à chacune des approches du Masque : celui d'un homme mûr et celui d'une jeune femelle encore utile. Ils sont indissociables. Amante, fille ou sorcière, l'explication est multiple. Je ne peux rien dire de plus. L'amour n'est pas un sentiment qui m'intéresse. En tout cas, la jeune femelle a une grande importance pour le Masque : son visage aux yeux bleu nuit traîne dans de nombreux esprits dès qu'on parle de lui.

— Bien… Bien, bien, bien… Voilà une faiblesse supplémentaire inattendue, apprécia Korta. Je suis obligé d'admettre que tu mérites d'avoir l'aide de mes hommes pour conquérir Akal. Utahn Qashiltar ne manquera pas de faire de toi son nouveau bras droit, comme tu le souhaites.

Muht avait de nouveau le regard fier.

— Nous chercherons cette fille plus tard. Rendons-nous d'abord à Éade, poursuivit Korta en tirant les rênes de son cheval. Tendons notre piège au Masque. Il me file entre les doigts depuis trop longtemps. J'ai une idée pour le mettre à mes pieds.

Le Scylès voulut chevaucher à son côté mais Korta le retint.

— Ton utilité ne t'octroie pas toutes les familiarités, Muht Dabashir. Je ne voudrais pas être blessant, mais ne m'oblige pas à rappeler à ta mémoire la simple comparaison de ta naissance à la mienne… Gardez une lieue de distance avec nous… Ton odeur importune mes hommes.

Muht serra de nouveau les dents au sourire sournois de Korta qui se savait fort. Gorth et Erkem, ses acolytes, attendirent une réaction de sa part. Aucun guerrier scylès ne se laissait insulter de la sorte ! Mais l'enjeu était trop grand, Muht avait besoin de l'aide du duc d'Alekant. Quitte à subir cet affront ; l'avenir de leur guerre en dépendait. Il resta en arrière, encadré par ses deux acolytes vexés.

Avec ordre et discipline, les soldats prirent la suite du duc, tous bien heureux de fuir les Yeux-d'Utahn, même s'ils devaient finalement retrouver la chaleur du soleil.

✧

La forêt faisait oublier à Axel le mystère des Brumes Infernales et les questions sur son gardien. Il retrouvait le plaisir simple de galoper dans les bois.

Au grand malheur de Nis, il ne s'aventura pas vers un village, parce qu'il avait rencontré trois bûcherons qui s'étaient enfuis à son premier mot. Axel grogna un bon moment contre la bêtise de ces hommes et évita soigneusement la route menant à leurs fermes. Une lieue plus loin, deux grives firent les frais d'un repas longuement attendu et quelques fraises des bois, un frugal dessert.

Au fur et à mesure que le temps passait, Axel retrouvait sa forme et son envie de tout visiter de Leïlan. À chaque jour son aventure. Il allait toujours au-devant. Par défi. Il aurait pu avoir une existence facile ; plus que n'importe quel pays, Pandème bénéficiait de l'amour des Trois Fées depuis quatre cents ans. Mais Axel avait besoin de prouver à ses Divinités qu'il pouvait décider lui-même de sa vie et de sa solitude.

Sans l'avoir prémédité – sans l'avoir évité non plus – ses pas l'amenèrent aux frontières des Bois Obscurs. À la vue de grands peupliers noirs s'élevant droits et accolés les uns aux autres, son regard brilla d'intérêt. La barrière gigantesque d'arbres devant lui dégageait un climat de mystère. Axel posa pied à terre et resta un moment pensif, grattant doucement l'irrégularité de sa barbe. Qu'est-ce qui se cachait derrière la légende du lieu ? Quelque chose l'appelait, le poussait à entrer. Il n'avait pas envie de résister.

Il sortit sa belle épée de son fourreau. Mais aux premiers buissons écartés, sa jument se fit soudain réticente. *Il n'allait pas recommencer ?!* Elle avait eu suffisamment de frayeurs ces derniers jours !

— Viens, Nis, je passe devant toi. Ainsi, je te protégerai et tu te reposeras. Où sont passés ta curiosité et ton sens de l'aventure ? ajouta-t-il avec un sourire charmeur.

Ces arguments suffisaient habituellement. Elle ne bougea pas d'un cil.

— Si tu veux rester ici toute seule, à ta guise. Mais je dois te dire que j'ai vu une empreinte de loup tout à l'heure.

La jument hésita une dernière fois puis céda. Certains mots avaient le don de lui faire prendre les bonnes décisions.

Ils pénétrèrent donc, l'un derrière l'autre, dans les bois soudain étouffants et silencieux. Ceux-ci s'assombrirent rapidement comme ils avançaient. Les branches semblèrent vouloir les attraper au passage, les capturer ou les étrangler. Mais la pénombre des premiers pas ne fit jamais place à l'obscurité attendue. Les doigts crochus des quelques ramures dénudées ne les agrippèrent point. De fins bruits d'animaux dans les feuillages épais les entourèrent et, peu à peu, les arbres s'espacèrent de nouveau. *Quel était le piège ?*

En une bouffée de vent frais, le paysage changea aussi soudainement que dans les Brumes Infernales. Mais l'air fut agréable, la beauté des lieux surprenante et la paix semblable à celle d'une église. Une dizaine d'oiseaux argentés s'envolèrent avec légèreté, accentuant la féerie qui se découvrait à Axel et à Nis.

La variété végétale autour d'eux était incroyable ; une véritable forêt vierge où se mêlaient toutes les plantes de la création. Par un fait extraordinaire, elles s'épanouissaient au même endroit alors que leurs caractéristiques étaient très différentes. En parfaite communion, une flore exotique des royaumes du Sud avoisinait une végétation poussant normalement dans les régions septentrionales. Les couleurs et les formes capricieuses, éclairées par un petit nombre de longues colonnes de lumière, avaient quelque chose d'irréel. La composition d'ensemble laissait libre cours à toute imagination un peu fertile. Un lieu sacré, un temple à la Nature.

Axel n'en revenait pas. Leïlan était vraiment un pays étrange ! Quelle était cette nouvelle magie ? Tout était grandiose ! Les Bois Obscurs possédaient cet art du paysage qui mariait à merveille la profusion colorée des arbres aux teintes insaisissables des ruisseaux.

L'envie de goûter à toutes ces plantes merveilleuses titillait fortement Nis, mais la tension de son maître la retenait sagement derrière lui. Le plus silencieusement possible, Axel se mit à glisser entre les hautes herbes et les fourrés, son sac devant sa poitrine pour ne pas l'accrocher aux branches et son épée à la main. Il scrutait la forêt : il ne voyait rien de dangereux mais ce décor lui rappelait l'irréalité des Brumes Infernales. Ayant les reptiles enchanteurs toujours en tête, le jeune homme se méfiait de chaque forme de fleur ou de feuille et observait la moindre ombre.

Il marcha ainsi deux bonnes heures dans un environnement des plus féeriques avant d'apercevoir devant lui une chose informe qu'il n'avait pas encore rencontrée. La matière apparaissait gluante, translucide, avec des reflets vert foncé et noir. Bombée, cette gelée d'environ quinze pouces de diamètre gisait sur le sol et ne donnait pas l'impression d'être vivante.

Axel s'approcha doucement. Il ressentit une désagréable sensation, une odeur légèrement amère et piquante agaça son nez. Il n'arrivait pas à savoir si l'effluve provenait de cette chose ou de ses vêtements. Nis montra son inquiétude en s'agitant. De toute évidence, ils étaient devant un piège, mais le jeune homme ne comprenait pas de quel ordre. Il n'y avait pas de fil, pas de corde, la terre n'avait pas été creusée et les quelques rares feuilles mortes étaient trop dispersées pour cacher un quelconque trou. Néanmoins, il se méfiait, les oreilles aux aguets comme Nis.

Son arme en avant, il avança pour retourner la gelée. Au moment même où il allait toucher la masse gélatineuse, un bruit le fit sursauter. *C'était un rire ! Ici ?! De qui pouvait-il provenir ?!* Il se détourna brusquement de la gelée non identifiée gisant sur le sol. Attirant Nis, il partit dans la direction du rire sans se rendre compte de son surprenant comportement.

Silencieusement, il arriva au bord d'une petite falaise qui surplombait une lagune immense et une clairière en cuve dotée des attraits d'un jardin merveilleux. Là, dans l'herbe constellée de fleurs, irisée de mille couleurs, une adorable jeune fille de dix-sept ou dix-huit ans jouait avec de petits animaux sombres, mi-chats mi-rats.

Axel ne savait plus que penser. Après s'être joué de ses peurs, Leïlan se jouait-il de ses rêves ?

La jeune fille ressemblait à une jolie nymphe des bois. Sa tenue légère était la réplique de celle d'une danseuse de Zhol, un pays lointain des royaumes du Sud : une jupe écourtée à plusieurs pans et un petit corsage. Ses cheveux châtain et doré, disciplinés par trois tresses en couronne, coulaient sur ses épaules jusqu'à sa taille. Sa silhouette très élancée était soulignée par des sortes de lianes, vraisemblablement composées de cette même matière qu'Axel avait trouvée sur son chemin. À la différence que celle-ci arborait un vert très clair. Est-ce que cette délicieuse personne était une illusion ?

Elle avait les bras tendus vers le ciel, les mains pleines de gros fruits jaunes et rouges que les petites bêtes autour d'elle essayaient d'atteindre par des bonds prodigieux pour leur taille. Malgré leur frénésie, la jeune fille avait réussi à se dégager et s'était assise sur un rocher recouvert d'un lit de mousse. Elle tendait les fruits aux plus hardis en échange d'herbes ou de fleurs et reprenait ses rires aux cris de rage des plus craintifs.

L'apparition était assez attrayante pour que Méfiance et Prudence n'aient plus de place dans l'esprit d'Axel. Il voulait voir son visage. Il attacha les rênes de sa jument au pommeau de sa selle et s'allongea près des racines du bord de la falaise. Cette vision était trop magique, la curiosité trop forte. Tout en se cachant derrière les buissons, il se penchait dangereusement.

La jeune fille se tourna pour caresser un des petits animaux qui se laissait enfin apprivoiser. Ses traits paraissaient délicats et son visage respirait une insouciance envoûtante. Si Axel n'avait pas su que les Fées étaient transparentes et vaporeuses, il aurait cru qu'elle était l'une d'elles.

Il planta son épée au pied d'une fougère, et posa sa main sur une pierre pour se dégager de sa besace. Au moment précis où il prenait son appui, la pierre bascula dans le vide. Empêtré dans la courroie desserrée, Axel ne put rétablir son équilibre et tomba à son tour. Son sac se prit dans une racine plus basse mais ses doigts glissèrent. Sa chemise se déchira et il s'entailla profondément le bras en essayant de se rattraper aux pierres qui se dérobèrent les unes derrière les autres : il ne put arrêter sa chute.

Les animaux mi-chats mi-rats s'enfuirent par bonds. La jeune fille se retourna brusquement, lâchant tous les fruits dans l'herbe fleurie. Mais, passé l'instant de surprise, elle ne s'enfuit pas. Elle s'élança vers l'étranger :

— Sors de l'eau ! Cours !

L'eau était peu profonde à l'endroit où Axel était tombé. Quelque chose de moelleux avait amorti sa chute mais il était tout étourdi. *Et encore trempé !* Il releva la tête pour comprendre les cris qu'il entendait et eut la consolation de voir que son apparition n'avait pas disparu.

— Sors de l'eau ! Elle va te tuer !

Qui ?! Il se retourna. Derrière lui se dressait un mur noir immense dont les extrémités commençaient à foncer sur lui. Il recula précipitamment et retomba dans la lagune. Ses cuissardes pleines d'eau alourdissaient ses mouvements. Instinctivement, il porta sa main au côté pour saisir son épée ; il avait oublié qu'elle brillait encore sur le haut de la falaise. La jeune fille sauta à côté de lui.

— Sors ! Sors et n'interviens surtout pas ! ordonna-t-elle en le repoussant.

Axel monta sur la berge. La jeune fille faisait face à l'être étrange, les bras ouverts. Elle allait être ensevelie ! Axel ne pouvait pas rester là sans rien faire ! Elle n'était pas une illusion, elle l'avait touché. Il tira sa longue dague de sa botte et voulut se ruer sur la chose. Mais il fut arrêté dans son élan : contre toute attente, la jeune fille se mettait à chanter.

Semblant aussi surprise qu'Axel, la masse s'arrêta de progresser à quelques pouces du beau visage. La voix n'était pas exceptionnelle mais troublante. Son chant remplit la clairière de douces notes prenant au corps. La créature changea immédiatement de couleur, virant du noir au vert foncé, reprenant ses reflets translucides. Axel reconnut cette même matière étrange.

La chose, manifestement douée de vie, se mit à glisser sur le corps de la jeune fille comme si elle appréciait le chant et acceptait la danse. Elle s'enroula tout autour de sa taille nue et se divisa en plusieurs expansions. Au gré de la mélodie, chacune d'entre elles fila sur les cuisses jusqu'aux genoux de la charmeuse, flirta avec l'eau puis remonta en faisant varier ses reflets. Elles prenaient n'importe quelle forme, épousant celles de la belle enfant, l'envahissant, s'appropriant son être.

Axel s'appuya contre un tronc; il en oubliait complètement son bras blessé. Il ne pouvait quitter des yeux ce spectacle extraordinaire! Il reconnaissait l'ancienne langue de Leïlan. C'était un chant d'amour. Il trouva regrettable de n'en comprendre que quelques mots, mais rien ne pouvait altérer la splendeur de cette danse avec la mort.

En passant sur le corps de la jeune fille, la créature fusionnait avec celles qui s'y trouvaient déjà. Elle était maintenant presque aussi claire que les autres. Ce ne fut que lorsque sa couleur vira complètement que la jeune fille modéra son chant. L'agressive créature replongea lentement dans l'eau, calmée. Elle semblait avoir oublié l'insouciant qui l'avait dérangée. La jeune fille recula alors par petits pas pour sortir de la lagune et ses propres créatures reprirent leur place sur son corps.

Le chant avait pris fin, Axel restait encore sous le choc et le charme de la scène : il avait bien cru que cette créature allait absorber la belle inconnue. Il avait encore la main serrée sur sa dague. L'étendue d'eau était calme. Au jugé, on ne pouvait croire qu'un tel monstre y habitait. Pourtant, il n'avait pas rêvé. Pas cette fois! *Qu'est-ce que c'était?*

Il n'eut pas le temps de poser la question, la jeune fille répondait déjà :

— C'est une amalyse, une *plante tueuse* en leïlannais. C'est un être excessivement susceptible qui n'aime pas être dérangé. Lorsqu'on la blesse, elle répond par la mort sans pitié.

— Charmant. Il y en a beaucoup par ici ?! laissa-t-il échapper avant même de se retourner vers elle.

— C'est leur lieu de naissance! Tu es à la Source aux Amalyses. Je ne comprends pas comment tu as pu venir jusqu'ici.

Il y eut dans son sourire quelque chose de ravissant, mais son regard se montra encore bien plus renversant. Ses yeux étaient bleus mais pas d'un bleu habituel, clair ou délavé. C'était celui de la nuit, profond et mystérieux, un bleu marine scintillant d'étoiles et de rais de lumière, s'harmonisant parfaitement avec un visage aux traits purs. Elle était belle, trop pour qu'on puisse accepter qu'elle soit réelle. Les mots ne sortaient plus de la bouche d'Axel tant il restait subjugué.

Ce fut la douleur qui le ramena sur terre : son bras le faisait souffrir. Ses vêtements mouillés donnaient l'impression qu'il se vidait de son sang.

— Laisse-moi regarder, pria-t-elle, ne semblant s'apercevoir de sa blessure que maintenant.

Il obéit et se laissa asseoir. Elle arracha le morceau de manche déjà déchirée et s'éloigna sans vraiment examiner la plaie. Parmi les plantes qu'elle avait échangées avec les petits animaux mi-chats mi-rats, elle choisit une espèce aux feuilles rosées et trouées. Puis elle revint s'agenouiller auprès du jeune homme. Les élancements furent légèrement apaisés par le contact frais de cette dentelle végétale, mais Axel s'intéressait plus à la sensation procurée par les doigts de la jeune fille qu'à sa peau meurtrie : elle n'était vraiment pas une illusion, elle existait !

— Je ne sais comment vous remercier pour tout ce que vous faites pour moi, balbutia-t-il quand elle eut fini.

Même si elle avait deux ou trois ans de moins que lui, même si elle semblait vivre dans les bois, il ne pouvait pas la tutoyer : elle devait être une petite Divinité.

— *Vous ?!* Quelle idée de me parler ainsi ! Rien n'a moins d'importance dans cette forêt que des futilités de convenances ou de hiérarchies ! Peu importe qui nous sommes, je suis intervenue parce que je n'aime pas la mort. Mais que fais-tu dans cette partie de la forêt ? continua-t-elle dans un même souffle. D'où viens-tu pour qu'aucun Leïlannais n'ait pu t'avertir du danger ?

Il ne savait que répondre, il s'était cru le plus fort, il avait agi comme un crétin.

— Je me nomme Axel. Je viens du royaume de Pandème par les Monts Pétrifiés, et je me rends à la capitale de Leïlan. Les secrets et la beauté de la forêt m'ont attiré, je n'ai pas voulu croire à toutes les histoires que l'on raconte… J'ai voulu voir par moi-même.

Son ton était celui d'un enfant qui avoue sa faute. La jeune fille apprécia cette sincérité : son itinéraire passé prouvait sa témérité. Il s'attendait à ce qu'elle se présente à son tour mais elle ne se pencha vers lui que pour lui dire :

— Avant que tu ne fasses une autre bêtise, sache que la Forêt Interdite existe, et que le Monstre qui l'habite est réel. N'essaie pas de le voir, car lui, je ne pourrais pas l'arrêter.

Elle serra doucement le nœud du pansement fait du morceau de chemise. Axel ferma les yeux en sentant le parfum de sa peau et de ses cheveux. Elle pouvait lui demander n'importe quoi, il accepterait tout sur-le-champ. Il se moquait complètement de la légende du Monstre qui faisait trembler les jeunes générations depuis quatre siècles. Même si enfant, il avait hurlé plus d'une fois la nuit en imaginant qu'il sortait de son territoire.

— C'est ton sac qui pend là-haut ?

Axel sursauta. Il se releva avec peine et vit trente pieds au-dessus de lui, accrochée à la falaise, sa besace qui pendouillait dans le vide. Comment allait-il la récupérer ?

La jeune fille ne lui laissa pas le temps de réfléchir. Avec agilité, elle monta dans le prunier en floraison le plus proche de la falaise. Elle passa de branche en branche lentement mais avec beaucoup d'assurance. Ses gestes étaient naturels : les arbres n'avaient plus de secrets pour elle depuis longtemps. Ses plantes tueuses suivaient ses mouvements sans la gêner, s'entrecroisant comme des cordes sur son corps. Elles bloquaient les vêtements pouvant s'accrocher aux branches.

Sans aucune difficulté, la jeune fille parvint au sommet de l'arbre. Huit pieds la séparaient du sac. Elle s'élança d'un bond contre la falaise; une partie des amalyses se réunirent à sa taille et s'agrippèrent à la roche pour la retenir. On aurait dit un écureuil volant. Elle attrapa la besace et passa la lanière autour de son cou.

L'épée d'Axel était juchée un peu plus haut, au bord du vide. La jeune fille observa un instant les deux quillons en forme de rameaux de laurier recourbés vers la lame plus large que la normale. Son doigt passa sur l'acier effilé, allégé par deux cannelures et orné de trois damasquinages près de la poignée. Elle semblait apprécier la beauté de cette arme ancienne et peu commune.

Un dernier brin d'escalade, aidée par ses harnais vivants, permit à la jeune fille de la saisir; elle l'accrocha au sac. Par le même bond, elle retomba dans le prunier et commença à descendre. Axel admirait son évolution depuis le début. *Qui était-elle?*

Elle avait parcouru la moitié de son trajet quand un craquement se fit entendre: elle avait surestimé la résistance de la branche qui la soutenait. Avant d'avoir pu faire quoi que ce soit, elle tomba dans le feuillage.

Axel se rua sous l'arbre pour la rattraper, mais la chute s'arrêta net au-dessus de lui. Il ne reçut dans les bras que son épée qui s'était décrochée, suivie d'une pluie de pétales blancs. Suspendue dans le vide, la jeune fille avait les jambes nues et les plantes tueuses cerclant sa poitrine quelques instants plus tôt avaient disparu: elles s'étaient toutes réunies à sa taille pour la retenir à une branche. L'énorme liane la fit glisser tout doucement devant Axel. Quand elle toucha le tapis neigeux de pétales, les amalyses serpentèrent sur son corps pour reprendre leur disposition initiale.

— J'aurais préféré être le sauveur, grogna Axel, ne pouvant réprimer sa déception.

Elle lui fit son plus beau sourire et lui tendit le sac. Pendant qu'il la remerciait, elle entra dans l'immense lagune.

— Comment arrives-tu à les dompter? ne put s'empêcher de demander Axel, étonné par tous ses mouvements. Tu leur as fait mal, et elles ne t'attaquent pas?

— Une eau légèrement salée les apaise et elles me connaissent. J'appartiens à la forêt, répondit la jeune fille en tournant dans l'eau. Elles auraient pu me tuer lorsque j'étais enfant mais, au lieu d'en avoir peur, j'ai été fascinée par elles.

Elle sortit de la lagune en se hissant avec souplesse, laissant les plantes tueuses se baigner. Ses vêtements lui collaient à la peau. Axel la trouva idyllique.

Elle s'assit à côté de lui et continua son explication sans gêne:

— Les amalyses ne ressemblent à aucune autre créature. Elles ne réagissent pas à ce qu'elles voient mais à ce qu'elles ressentent. Tu peux prévoir leurs réactions à leurs couleurs : plus elles sont noires, plus elles sont dangereuses. Face à la haine et à la peur, elles deviennent très agressives et peuvent tuer. Face à l'amour, il n'y a pas d'êtres plus dociles et plus maniables. Ce sont des armes de choix et des alliées incomparables qui obéissent à la pensée.

Bien que ravi, Axel n'en revenait pas qu'elle lui dise tout cela. Comme si aucune barrière, aucune frontière ne les séparait. N'avait-elle jamais peur de l'étranger ? Il sentait pourtant qu'elle le détaillait du coin de l'œil et jugeait ses vêtements et son allure. Il regrettait d'être aussi peu engageant avec son ample chemise de lin douteuse, sans col et maintenant déchirée, sa culotte usée de cuir noir, et ses cuissardes épuisées par les lieues arpentées. Mais le fait qu'elle ne semble nullement importunée par sa barbe hirsute et ses pommettes brûlées allégeait son malaise. Le ciel pouvait s'écrouler ou s'évanouir comme les papillons aux ailes transparentes ; enivré par le parfum de l'infinie richesse florale du lieu et par la caresse du vent marin, il n'aurait voulu être ailleurs pour rien en ces Mondes.

Une amalyse ondula dans la verdure. La jeune fille la prit délicatement dans sa main. La plante glissa sur son poignet, formant un gros bracelet.

— Donne-moi ta main, je vais faire venir cette amalyse sur ton bras, proposa-t-elle. Si tu contrôles ta peur, elle ne te fera rien. Pense à quelque chose d'agréable et de doux.

Axel n'aimait pas la chose gluante. La sentir sur sa peau ne l'inspirait pas du tout, mais il avait confiance en cette merveilleuse nymphe des bois. Penser à quelque chose de doux avec elle n'était pas difficile. Il suffisait de regarder ses lèvres rosées, délicatement dessinées, pour rêver de poser les siennes dessus. Agréable et doux. Il contempla chaque grain de sa peau satinée pour s'arrêter sur ses yeux. *Quel bleu !*

Sans qu'il s'en aperçoive, l'amalyse venait sur son poignet. Ce fut lorsqu'il sentit un contact aussi doux que de la soie qu'il le réalisa. Il regarda la plante ; sensible à ses sentiments, elle devenait d'un blanc éblouissant et se muait en caresse. Axel n'aurait jamais pu croire qu'elle serait si veloutée et si légère !

La jeune fille en demeurait bouche bée.

— Jamais une seule de mes amalyses n'a pris cette couleur, murmura-t-elle comme pour elle-même. Il reste toujours des reflets verts… Tu peux sortir des Bois Obscurs ! Tu ne crains plus rien des amalyses ! s'écria-t-elle joyeusement. Tu en as conquis une et les autres le sauront…

Le glapissement d'un aigle passant au-dessus de la forêt l'interrompit brutalement. Elle se leva d'un bond. En quelques secondes, l'amalyse revint sur son poignet et toutes celles qui se trouvaient dans l'eau en sortirent pour reprendre leur place sur son corps. La jeune fille rassembla plusieurs herbes déjà coupées ; elle partait. *Pourquoi ?* L'insouciance avait disparu de son visage, et Axel lisait même de l'inquiétude dans son regard.

Il se leva et la retint par la main. Il pouvait la protéger si elle était en danger ! Elle se retourna, saisie par sa présence. Elle semblait l'avoir oublié pendant un instant.

— Je… je dois m'en aller. Les charatons vont te conduire jusqu'à l'orée de la forêt, près d'un village. Il ne pleuvra pas cette nuit mais il fera très froid. Tu ne peux pas rester avec tes vêtements mouillés.

Elle ajouta un « au revoir » navré en plongeant son regard dans le sien. Mais Axel serra sa main. Il se moquait du temps, de la nuit et du froid !

— Je ne peux savoir ni ton nom, ni qui tu es ?!

— Trop indiscret ! lança-t-elle en lui glissant des doigts.

Elle allait se sauver derrière le rideau de feuillage coulant et rampant d'un saule quand elle se ravisa, un sourire d'enfant malicieux sur les lèvres.

— Fais attention, les charatons sont principalement carnivores !

Elle disparut sur cette pirouette, laissant Axel anéanti par sa fuite. Elle s'était volatilisée tellement vite, si brusquement !

— Trop indiscret ?!

Il secoua lentement la tête sans comprendre et resta un moment immobile. Nis, qui avait réussi à trouver un moyen pour rejoindre son maître, lui poussa le dos de son nez dégorgeant d'herbe. Axel se retourna et posa la main sur son chanfrein. Il caressa tout songeur les naseaux blancs.

Des grognements le firent sortir de ses pensées : les petites bêtes se disputant auparavant des fruits l'avaient entouré. Guère plus grosses qu'une main, elles affectaient chacune une agressivité étonnante : poils hérissés, griffes acérées sorties et yeux rouges, menaçants. Carnivores, Axel ne pouvait en douter. Face aux trois rangées de dents consécutives dans chaque gueule, il dut s'incliner et les suivre.

Escorté par une vingtaine de charatons, petits démons bondissants, et suivi de sa monture, Axel prit ses affaires et sortit des Bois Obscurs à regret. Il ne voulait pas quitter ce rêve. Comment pourrait-il retrouver cette jeune fille ? Leïlan était le plus petit pays des quatre Mondes, mais tout de même, il ne savait rien d'elle !

Il marchait droit devant lui. Aucune amalyse ne l'empêchait de sortir de la forêt et les charatons le guidaient sans l'agresser. Tout ce qui l'entourait avait disparu. Il restait perdu dans le souvenir d'un regard couleur bleu nuit.

L'ennemi du royaume

— Tu cherches que'qu'chose, étranger ?

Cette voix enrouée et grave fit sursauter Axel. Il se trouvait au bord de la forêt. Près de lui se dressait un homme au visage ingrat devant un village. Les charatons avaient disparu sans qu'il le remarque. Il retombait brusquement dans la réalité.

Le paysan allait reformuler sa question, peut-être plus agressivement, lorsque Axel répondit :

— Je… Je cherche des vêtements secs, un repas chaud et un bon lit. Je crois en avoir bien besoin ! Pourrais-tu m'indiquer un endroit, s'il te plaît ?

Il partit en direction de l'auberge désignée, sans se préoccuper de l'effet de sa demande auprès du paysan.

Le village d'Orée était ravissant. Les murs blanchis et les pierres apparentes étaient soutenus par de belles poutres de bois. Les petites maisons solides s'espaçaient dans une ambiance quotidienne relativement paisible. Une fermière balayait le palier de sa chaumière d'où s'échappait une succulente odeur de potage et de porcelet rôti. De petits garçons jouaient à cache-cache dans une grange. Plus loin, un berger, revenu d'une colline voisine, rentrait une trentaine de moutons et de brebis dans une avalanche de laine et de carillons. Dans une rue adjacente, des poules en liberté couraient sur les petits pavés, poursuivies par un chien joueur que sa trop jeune maîtresse ne pouvait arrêter. Là, encore, une jeune femme au chapeau de paille finissait d'étendre de grands draps blancs à côté des lavoirs et un vieil homme sur un banc de cèdre regardait le temps passer, rythmé par le bruit d'une roue à eau.

Axel avait côtoyé trop de lieux et de créatures étranges ces deux derniers jours. Descendant de son nuage, il commençait à peine à apprécier ce qui l'entourait. Lui, en tout cas, ne passait pas inaperçu. Plusieurs personnes se retournaient vers lui et s'arrêtaient de parler. Seuls les enfants rirent de son allure et du bruit que ses pieds mouillés faisaient dans ses bottes. Ignorant la méfiance et le ridicule, Axel entra fièrement dans l'étable de l'auberge.

Sa jument accepta avec joie ce repos longuement demandé. Elle méritait bien la douzaine de carottes promises et les deux picotins supplémentaires. Avant de s'occuper de lui-même, refusant même de l'aide, Axel lui fit une toilette générale, curant les sabots, étrillant, bouchonnant et lustrant l'alezan cuivré, jusqu'à la balzane de sa jambe arrière. Lorsqu'il brossa sa fine crinière, Nis sembla le remercier de son attention et de ses caresses en passant une nouvelle fois ses naseaux blancs sur sa joue. Puis, elle le laissa partir avec tous ses paquets et ses armes.

La femme rousse qui accueillit Axel dans la grande salle de l'auberge était l'image parfaite de la nourrice : grassouillette et de poitrine opulente. Avec ses joues rouges, elle se montra très agréable ; il était extrêmement rare de voir un étranger à Orée.

— Le village est bien trop éloigné de la frontière akalienne ! expliqua-t-elle.

Elle lui indiqua une chambre où elle allait lui apporter de quoi prendre un bain chaud ainsi que des vêtements de rechange.

Tout en cherchant les pièces d'or que lui avait données son roi, Axel entendit des gloussements et des moqueries fuser derrière lui aux mots *bain chaud*. Mais des creux fendirent ses joues. Il n'avait pas envie de se montrer susceptible aujourd'hui.

La chambre était simple et agréable, et, pour une fois, ne sentait pas le moisi. Finalement, il ne regretterait pas de dormir sous un toit.

Tout avait été refait récemment. En fait, plus Axel y réfléchissait, plus il était certain que le village entier avait été remis à neuf. Il avait l'impression d'être chez lui, à Pandème. Les gens semblaient heureux et la vie aisée. Il ne comprenait pas. Il aurait dû trouver un peuple en désolation, si toutes les rumeurs de vandalisme filtrant du pays étaient fondées. Un grand bandit cruel et sanguinaire, dont le nom lui échappait, faisait la loi depuis deux ans. Il détroussait et tuait les nobles, pillait les villages et les commerçants ambulants. Aucun homme d'armes ne parvenait à l'arrêter. Axel ne comprenait plus. Ce pays conjuguait vraiment mystères et secrets.

Il se déchaussa et posa ses bottes trempées près de la porte. Il était neuf heures du soir et déjà le froid se ressentait. L'été n'arriverait que dans un bon mois. Le temps était encore instable. Sa belle inconnue avait raison : ses affaires n'auraient pas eu le temps de sécher.

Askia, la rousse aubergiste, entra pour lui apporter de l'eau chaude. Ce garçon lui plaisait, sa jeunesse et son regard préoccupé étaient attendrissants. Beau jeune homme, bien fait et bien poli. Elle regretta de ne pas avoir vingt ans de moins lorsqu'elle le vit torse nu, et faillit s'évanouir devant son sourire de remerciement tandis qu'elle emmenait ses affaires à laver. Elle lui promit en fermant la porte de lui apporter un excellent repas.

L'eau était à la température idéale. Oubliant sa blessure, Axel s'y plongea entièrement pour se remettre les idées en place. Parce qu'il devait arrêter de rêver ! Une prophétie revenait hanter son esprit… Un mélange de dévotion et de révolte lui serra le cœur : il ne pouvait pas changer le choix des Trois Fées, mais il ne se résoudrait jamais à l'accepter !

Il ressortit violemment la tête de l'eau et passa les mains dans ses cheveux. Les yeux fabuleux qu'il avait vus dans les Bois Obscurs rendaient plus amère la triste fatalité qui le frappait. Il était préférable qu'il les oublie. Il devait se concentrer sur sa mission. Impossible, il le savait déjà. Le décor de la rencontre avait été trop magique.

Quel était le dessein des Fées ? Pourquoi était-il la seule personne qu'elles faisaient souffrir ?

Askia pénétra une nouvelle fois dans la chambre avec des vêtements propres. Elle préféra ne rien dire : Axel avait l'air si malheureux. Mais elle se jura en sortant de vraiment lui mitonner de bons petits plats durant tout son séjour pour lui faire perdre cette morosité.

✧

La nouvelle d'un étranger logeant à l'auberge fit rapidement le tour du village. On se passa le mot pendant la veillée et, le lendemain, il n'y eut pas d'autre sujet de conversation. D'autant qu'Axel ne trouva rien de mieux à faire que de passer l'après-midi à inspecter le village sous toutes les coutures !

Les habitants d'Orée ne se montraient pas malveillants, toutes les bêtises qu'ils disaient, toutes les hypothèses qu'ils échafaudaient, n'étaient dues qu'à leur méfiance et à leur ignorance. La présence de l'étranger les inquiétait. *Qui était-il ? D'où venait-il ? Comment avait-il évité tous les gardes du royaume aux frontières ? Que savait-il de Leïlan ?* La conclusion était toujours la même : *il valait mieux tenir sa langue en sa présence.*

— Vous avez vu son cheval ? Belle bête ! lança un paysan nouvellement arrivé dans la grande salle de l'auberge.

Il rabattit sa cagoule brune sur ses épaules et rejoignit le groupe de villageois autour de la cheminée centrale allumée pour la nouvelle soirée. Il attrapa un gobelet d'hydromel frais au passage et le vida d'un trait avant même de s'asseoir.

— Ouais, il a même pas voulu que j'm'en occupe, hier, grogna un palefrenier irrité. Peu docile au brossage qu'il dit ! Il avait pas confiance, ouais, vous auriez vu toutes les câlineries qu'elle lui a faites. Elle est brave comme tout, c'te bête !

— Calme-toi, répondit Askia en lui renouvelant son vin. Pour un aventurier, la monture doit être aussi importante que l'épée.

Un homme au regard bourru haussa les épaules en réfléchissant.

— J'lui trouve les cheveux bien clairs pour un simple aventurier. Y s'rait un autre espion des Pays Insolites que ça m'étonnerait pas.

Y fouille, y chine, y pose plein d'questions. Vous avez vu le dessous de ses yeux. Son visage a été récemment brûlé par le feu des glaces ou j'm'y connais pas.

— Peut-être, Othal, mais certainement pas par les glaces du Nord, intervint Askia en s'essuyant négligemment les mains sur son tablier de lin. La peau de son corps n'est pas blanche mais, bien au contraire, croquée par le soleil. Et j'aurais bien voulu être à la place du soleil, ajouta-t-elle avec des yeux pétillants.

Tous les hommes la regardèrent, impassibles.

— Il n'a rien d'un cadavre ambulant. Et moi, je sais d'où il vient, continua-t-elle sur le ton du secret.

Elle laissa le silence passer, heureuse de l'attention qu'elle suscitait.

— Les pièces d'or qu'il m'a données – car il m'a donné des pièces d'or ! – étaient frappées du sceau de… *Pandème !*

Les bouches restèrent ouvertes sans un son, mais Othal éclata de rire.

— De Pandème ! Et il vient des Monts Pétrifiés et a traversé les Brumes Infernales pendant que t'y es ! Ton imagination, ma douce Askia, est débordante ! Ton auberge est la meilleure de la région et t'es une cuisinière fantastique, mais j'suis sûr qu't'y connais rien aux sceaux royaux !

Askia tourna la tête, vexée, aux ricanements de tout le monde. Elle attrapa un plateau et commença à débarrasser rapidement leur table malgré leurs plates excuses.

— Ophélie ! cria-t-elle. J'crois que tous ces manants ont suffisamment bu pour ce soir ! Viens m'aider, ma belle, à les mettre dehors !

Mais Axel apparut à l'entrée de la salle des repas et le silence fut immédiat.

La plupart des hommes se levèrent, reprirent leurs verres, et se séparèrent par petits groupes dans les différents coins de la salle. Les hypothèses d'Othal avaient remporté la victoire sur celle d'Askia : les Oréens craignaient que l'étranger ne vienne des Pays Insolites et qu'il ne connaisse déjà leurs pensées grâce à son pouvoir de double vue.

À voir Axel ainsi rasé et peigné, Askia se renouvela intérieurement des félicitations pour lui avoir choisi de beaux habits de rechange. Sa propreté n'était pas le seul élément à le distinguer de tous les paysans. Dans sa chemise blanche en popeline de coton, rehaussée par un long gilet damassé rouge, son élégance naturelle rayonnait.

Le jeune homme se sentait mal : il avait l'impression que les mots *étranger* et *ennemi* étaient gravés sur son front. Il n'avait essuyé que des regards fuyants et quelques grognements à de banales questions. Il aurait dû partir après son repas de midi. Nis et lui s'étaient suffisamment reposés.

— Bonjour, je m'appelle Ophélie. Ma tante vous a préparé de quoi vous restaurer. Par ici, j'vous prie.

La voix était claire, le visage franc et dégagé. Il reconnut la charmante jeune fille qu'il avait vue préparer mystérieusement un chargement de vivres à l'arrière de l'auberge avec deux hommes, trois heures plus tôt. Elle possédait de longues tresses très blondes remontées en gros macarons, et, entre les deux fins et interminables bandeaux de boucles de sa frange, ses yeux noisette brillaient d'espièglerie. Dans son petit tablier blanc, coiffée d'un bonnet de dentelle, elle était vraiment ravissante. Axel se laissa conduire sans résister vers une petite table de chêne.

Askia l'étonna encore avec ses plats. L'oie à la sauge et le pâté d'anguilles argentées en pot, accompagnés d'un bon vin de pays, furent excellents. Au grand plaisir de la femme potelée, le jeune homme fit grand honneur à son repas et retrouva le sourire.

Du plus vieux au plus jeune, dans l'éclat chaud et roussâtre des flammes crépitantes, l'expression méfiante des villageois demeurait identique. Malgré la différence de leurs traits, les barbes et les cheveux de tailles ou de couleurs diverses, tous les hommes, regroupés par petits clans, paraissaient n'avoir qu'un seul visage. Le fait qu'Askia gâte cet étranger n'arrangeait pas ces regards graves. Son geste de servir une tarte d'aeclives n'était pas approuvé par ce conseil de sages.

Axel resta un moment pensif devant les mêmes fruits jaunes et rouges que la jeune fille des Bois Obscurs utilisait pour négocier avec les charatons. Il n'avait plus de petits démons gourmands autour de lui. Mais le subtil mélange de douceur et d'acidité des aeclives ne le laissa pas regretter leur absence très longtemps. Il aurait eu du mal à partager la tarte tant elle était bonne.

Un villageois, plus curieux que les autres, posa la question qui brûlait les lèvres de chacun :

— Tu viens de loin, étranger ?

— Non, de Pandème.

Il y eut un silence de respect pour ce royaume. Un pays riche, où toute personne ayant accompli un acte courageux se voit devenir noble auprès d'un roi généreux, ne peut que faire rêver les gens de petite condition. Askia sourit.

— Et… *Vous* allez loin ? reprit le paysan en se corrigeant.

— Non, jusqu'à Étel.

Cet interrogatoire faisait sourire Axel. Ils osaient enfin ! La peur de l'étranger pouvait être vraiment impressionnante dans certains pays ! L'Oréen ne se laissa pas démonter et poursuivit :

— Vous avez eu des problèmes durant votre voyage ? L'pays est pas des plus tranquilles.

Il faisait allusion au bandage de fortune qu'avait gardé Axel.

— Non, je suis seulement tombé d'une falaise dans une lagune d'amalyses et une jeune fille aux yeux éblouissants m'a sauvé. La connaissez-vous ?

Le ton se voulait ironique mais l'effet fut glacial. Un silence de mort régna, suivi d'une multitude de questions et d'accusations :

— T'es entré dans les Bois Obscurs ?!

— C'est impossible qu'il soit encore en vie !

— Elle l'a sauvé ?! Non, c'est incroyable !

— C'est un menteur ! C'est invraisemblable !

— Jamais une amalyse n'aurait lâché sa proie !

— Elle l'aurait pas sauvé, c'est qu'un étranger !

— Othal, ce que tu dis est stupide !

La dernière intervention venait d'Ophélie.

— Elle n'aime pas la mort, elle soigne ! Elle connaît les amalyses et elle est largement capable de les arrêter pour qui que ce soit, sans distinction !

— Ophélie a raison ! renchérit Askia. Vous n'êtes qu'une bande de jaloux ! Vous n'supportez pas l'idée qu'il ait pu lui parler, uniqu'ment parc'que vous n'avez jamais eu l'audace d'en faire autant !

Cette phrase claqua comme une gifle.

— Euh… Elle a l'air connue… Je ne m'attendais pas à une telle réaction… Mais n'a-t-elle pas un prénom ? demanda timidement Axel à Askia.

— C'est la Fille-aux-yeux-bleus. Elle compte beaucoup pour nous et j'crois bien que tous les hommes de ce pays te tueraient pour l'avoir approchée. Ce sont des sots, pas de vilains bougres. Ils n'ont pas encore compris qu'elle est la seule personne libre dans c'pays.

La réponse était des plus étonnantes mais Axel n'eut pas le temps d'en demander plus, Askia s'éloignait vers ses fourneaux. Il y eut un long moment de silence. Ophélie alluma quelques bougies pour compenser la lumière déclinante du jour.

— Ta tête s'comprend mieux si tu l'as vue, lança un villageois. Elle est belle, hein ?

Le ton semblait cordial, comme pour se faire pardonner d'avoir été excessif. Axel répondit par un énorme soupir qui fit éclater la salle de rire. Un homme se leva et vint s'asseoir, à cheval sur sa chaise, près de la table d'Axel.

— Vas-y, qu'est-ce t'attends ?! Tu vois pas qu'on est pendus à tes lèvres ! Raconte-nous toute l'histoire !

Son brusque mouvement fut suivi par tous les hommes de l'auberge et bientôt Axel fut le cœur de l'univers. Il ne savait que leur dire, il avait l'impression que tous les événements passés lui appartenaient et que le jeu de l'amalyse devait rester secret. Tous les visages étaient penchés sur lui, tous en attente de détails croustillants, tous négligeant la prudence au profit de la curiosité. Mais un cheval au galop s'arrêta devant la porte et un gamin haletant entra dans la pièce.

— Il… Il a… Il a fait enlever les enfants d'Éade !

Le centre d'intérêt changea de personne dans la seconde. Les Oréens s'étaient tournés vers le petit garçon. Celui-ci reprit son souffle en regardant Axel avec méfiance. Il continua :

— Le Masque est désarmé… Ses hommes sont déjà partis… Les soldats le poursuivent. Il est parti vers le duché d'Oemel… mais d'après papa, il va couper par la première colline et passer par ici.

Revenue dans la grande salle, Askia poussa un cri strident :

— Le Doyen a emmené nos enfants à la Rivière Esseulée ! Ils ne sont pas encore rentrés ! Ils seront sur leur chemin ! Ils vont les enlever aussi !

L'homme répondant au prénom d'Othal se rua vers la porte.

Axel avait réagi au mot *Masque* : c'était le nom du terrible bandit de Leïlan ! Il ne pouvait pas manquer une occasion pareille de le voir ! Il sortit comme un fou de la salle et gravit les marches quatre à quatre pour prendre son épée dans sa chambre. Par la fenêtre, il vit Othal à bord d'une charrette commençant à partir. Il n'avait plus le temps de redescendre par l'escalier pour le rattraper ! Sans hésiter, il sauta sur le toit d'un appentis pour atterrir à côté du paysan.

— Qu'est-c'tu viens faire ?! lança froidement Othal, freiné brutalement et surpris par son apparition.

— Découvrir le pays et ses habitants ! rétorqua le jeune homme. Et tu ne peux pas me le refuser, car tu auras peut-être besoin de quelqu'un qui sait manier une arme !

Dans la faible lueur du soleil, l'épée brilla comme pour attirer l'attention sur elle.

Othal ne voulait pas de la présence du Pandémois mais l'argument s'avérait des plus valables. Aussi ne répondit-il pas et fit-il redémarrer les chevaux. Axel était ravi. Il avait hâte de voir le Masque, cette légende vivante.

La charrette roulait à toute allure, prête à se rompre à la première pierre. Axel observait le visage d'Othal. Il semblait très soucieux. Ses mains calleuses crispaient les rênes. Des rides marquaient son front sous les plis de ses sourcils grisonnants. La présence du Masque l'angoissait. Un frisson d'inquiétude parcourut Axel face à son expression. Pourquoi le bandit avait-il fait enlever des enfants ? Cette lâcheté le répugnait. Les paysans n'avaient aucun moyen de défense. Axel sentait l'envie de se battre monter en lui.

Il scruta l'horizon orangé. Un cavalier, tout de noir vêtu, dévalait le col des Collines Jumelles dans leur direction. Plus loin derrière, une demi-douzaine de soldats le poursuivait.

Othal paniqua complètement. Soudain, il oubliait comment mener la charrette. Axel dut lui prendre les rênes des mains : les chevaux s'emballaient. À guère plus de deux cents pas devant eux, un vieillard et une dizaine d'enfants se trouvaient au bord d'une large rivière peu profonde. Le Doyen n'avait pas assez d'autorité pour les faire rentrer au village.

Axel plongea sur l'un des chevaux pour l'arrêter dans sa course et pour stopper la charrette. Se jetant ensuite au sol, il saisit les deux plus petits enfants dans ses bras et ordonna aux autres de monter. Aucun ne discuta.

La cavalcade approchait. Elle avait disparu dans le creux de la vallée voisine mais son bruit sourd se faisait entendre. Othal se reprit et aida le Doyen à monter. Au moment où Axel donna le dernier enfant au vieil homme, le Masque apparut et franchit la Rivière Esseulée dans une grande gerbe d'eau.

Axel bondit immédiatement dans la charrette et sortit son épée. Mais Othal assena un violent coup dans son estomac trop plein, qui le fit tomber à la renverse. Sans comprendre, le jeune homme vit le villageois sortir une grande perche du chariot et la jeter au Masque. De nouveau armé, ce dernier n'hésita pas à faire volte-face, retraversa la rivière et fonça en direction des soldats qui arrivaient. Axel avait l'impression d'avoir sauté un chapitre de l'histoire !

Tous les enfants s'étaient mis au bord du chariot et chuchotaient des encouragements :

— Vic ! Vic ! Vic !

— Allez vas-y ! Tu les auras !

— Tape fort !

En quelques secondes, Axel put se rendre compte, à voir les yeux des enfants et des deux villageois, que le Masque était leur héros. Avec un simple bâton long, ils semblaient convaincus qu'il allait terrasser tous les soldats. Ne sachant plus que penser, Axel accepta de se mettre en retrait de la bagarre.

Le premier homme armé surgit. Homme de très grande carrure, noble dans son apparence vestimentaire, il arborait une barbichette et de fines moustaches noires qui accentuaient l'agressivité de son visage. Dans son regard se lisaient toute la hargne et la rage d'avoir laissé échapper ce détrousseur noir.

Il rua sa monture vers le Masque qui fit de même. Mais, au lieu de se servir de la perche comme d'une joute, ce dernier l'enfonça avec maîtrise dans le sol juste avant le heurt ; il prit appui et décocha ses deux talons dans la mâchoire du noble surpris qui tomba à terre, inconscient.

De son côté, la perche cassa sous la violence du coup et du poids ; le Masque retomba comme un chat sur ses pattes et se rétablit après une roulade. Saisissant l'un des bouts de bâton, il se protégea des autres soldats qui arrivaient. Il esquivait, parait chaque coup d'épée et désarçonnait les cavaliers. À terre, ceux-ci n'avaient plus aucune chance de reprendre le dessus. Avec beaucoup d'adresse, un bon jeu de jambes et trois violents coups de bâton donnés à deux mains, le Masque les clouait au sol.

Axel admirait le combat et y prenait goût. Il ne saisissait pas toute la scène mais cet homme en noir lui plaisait. Il ressemblait plus à un gringalet qu'à une montagne, surtout comparé au noble, mais personne ne l'arrêtait. Il ne manquait pas d'énergie et d'habileté.

Il portait des bottes légères moulant étroitement les jambes, hautes et souples. Et, par-dessus sa chemise sombre, une longue veste sans manches descendait jusqu'à mi-cuisse. La forme ample des habits ne lui permettait pas de gonfler sa stature, mais le noir de ses vêtements et sa vitalité lui donnaient une certaine prestance empreinte de mystère dans la lumière du soleil couchant.

Axel était épaté. Ses doigts frémissaient sur la garde de son épée. Le Masque alliait agilité, élégance et efficacité. Ce qui empêchait le jeune homme de foncer dans la bagarre restait le choix du camp à prendre. Avec ou contre le Masque ? La sensation de douleur au niveau du ventre qui se faisait encore ressentir lui rappela l'opinion des villageois : il ne devait pas intervenir.

Un cruel et précis retour de bâton permit au Masque de se débarrasser du dernier soldat. Six hommes gisaient maintenant à ses pieds. Il jeta son arme de fortune, attrapa le pommeau de sa selle et, d'un saut, fut sur son cheval noir. Maintenant sa monture, il resta un moment immobile devant les occupants de la charrette.

Axel ne savait pas s'il était la cible de ce regard : le visage face à lui était entièrement recouvert. La moindre parcelle de peau était dissimulée sous une étoffe souple entourant sa tête et son cou. Le soir cachait une quelconque fente pour les yeux ou la bouche. Il se demanda si le Masque allait parler mais, d'un coup de reins, ce dernier fit cabrer son cheval, salua Othal et s'élança vers les champs de blé en pleine croissance après avoir chassé de nouveau l'eau de la rivière.

Cavalier émérite, combattant hors pair, cet homme, pensa Axel, *méritait sa légende.*

Korta se releva à ce moment-là dans un juron, la commissure des lèvres ruisselante de sang. Il tonna avec un emportement démesuré en voyant le Masque disparaître et se jeta sur les soldats à terre pour les secouer, en vain.

Devant sa défaite, il se rabattit avec violence sur Othal. Il exigea de savoir comment le Masque s'était procuré la perche. Le paysan prit un air penaud et niais pour répondre :

— Monseigneur, elle était dans l'chariot et c'brigand a m'nacé les enfants si j'lui donnais pas. Pouvez m'croire, si j'avais su c'qu'il en ferait, j'me s'rais battu pour vous.

Il ponctua ses phrases de petites courbettes pour flatter l'orgueil du noble.

Korta ne croyait pas à cette fable ; pour cela, au moins, il n'avait pas besoin de Muht. Mais il avait vu l'épée du jeune homme blond à côté du paysan. Malgré la nuit qui envahissait de plus en plus les yeux, il avait remarqué que cette arme était trop belle pour appartenir à un paysan. *D'où sortait cet individu ?* Il ne pouvait pas être un étranger ! Ses gardes l'auraient arrêté et tué à la frontière. Était-ce un nouvel homme au service du Masque ? Korta était trop meurtri par sa chute de cheval et ses précédents combats pour chercher à savoir, ou pour se battre de nouveau. Il pourrait toujours envoyer les guerriers scylès dans ce village pour savoir.

Il fixa le villageois dans le blanc de l'œil, puis se retira en maugréant dans sa barbe pointue. Il n'était pas vaincu comme on pouvait le croire : il n'avait pas rattrapé le Masque, il n'avait pas cherché à prendre les enfants d'Orée, mais ceux d'Éade étaient *en sa possession*. Sous la menace de leur exécution, le Masque prendrait mille risques pour les récupérer.

Axel n'avait pas bougé, il avait remarqué la chevalière ducale du noble et se contentait d'analyser ce qui se passait autour de lui. Il savait parfaitement qu'il n'était pas pour rien dans le départ prématuré de cet homme. Et l'ennui, dans cette aventure, était d'être repéré par lui sans connaître son importance au palais. Il devrait se méfier de son influence.

Clopin-clopant, les gardes remirent leurs petits casques de fer et s'éloignèrent lentement avec leur chef.

Une fillette se mit à pleurer : elle avait eu très peur. Axel la prit dans ses bras mais ne trouva aucun mot pour la consoler. On lui avait dit tellement de bêtises sur Leïlan. Il avait l'impression d'entrer dans un autre monde, toutes ses méfiances étaient injustifiées et toutes ses vérités fausses. Il devait tout réapprendre. Il serra l'enfant contre lui en signe de protection et caressa doucement son visage et ses cheveux roux.

Othal mit les chevaux en route. L'incident était clos pour les Oréens. Mais, pour Axel, l'histoire commençait ! Il avait bien saisi que les véritables ennemis des villageois étaient les gardes du royaume, mais il désirait tout de même savoir pourquoi. De son air bourru, Othal répliqua :

— J'te r'mercie pour les enfants, et pour avoir fait fuir Korta-le-fourbe, mais l'Masque a pas voulu t'parler. J'ai pas à l'faire à sa place. Moins t'en sauras et mieux ça vaudra contre les Yeux-d'Utahn.

De sa part, faire une phrase aussi longue avec des remerciements paraissait un effort immense. Axel le ressentait bien. Il n'osa même pas lui demander ce qu'il entendait par les *Yeux-d'Utahn*. Le Doyen ne paraissait pas plus causant et les enfants avaient appris à se taire. Même la petite fille contre lui, du haut de ses trois ans, ne disait rien. Elle se contentait de fondre dans ses bras.

Axel accepta ce mur de silence. Que pouvait-il faire d'autre ? C'était la première fois qu'il sentait une union aussi parfaite entre des gens. Il n'était pas de force à l'affronter.

Leur arrivée fut un soulagement. De nombreuses torches les attendaient. Les enfants sautèrent dans les bras de leurs parents et, quand le Doyen leur apprit le sang-froid qu'avait montré Axel pour les sauver, il fut accueilli lui aussi à bras ouverts. Le jeune homme ne pensait pas avoir accompli d'exploit, mais le seul fait de les avoir protégés de Korta-le-fourbe lui valait la reconnaissance du village entier. Ophélie sauta au cou d'Axel et Askia l'étreignit aussi avec force, le laissant à peine respirer, pour le remercier d'avoir ramené leur petite Maï. Sans le lâcher, l'aubergiste lui promit le gîte et le couvert gracieusement pour chacun de ses passages à Orée !

Axel ne connaissait pas l'importance démesurée d'un enfant à Leïlan, il ne pouvait que rester étonné devant cette effusion de remerciements. Sans savoir comment l'arrêter et sans la comprendre, il fut emporté par elle. On l'emmena même jusqu'à l'auberge pour régaler à sa santé. Dans l'hydromel et le vin, les villageois cachèrent leur inquiétude et parurent tous rire de bon cœur. Même les langues semblèrent se délier. Toutefois, personne ne parla des enfants d'Éade prisonniers, du Masque, de Korta-le-fourbe ou de la Fille-aux-yeux-bleus.

Tard dans la nuit, Axel réussit à regagner sa chambre. Il était encore abasourdi de sa longue soirée, trop arrosée. Il s'assit devant la petite table près de la fenêtre et y posa sa chandelle de suif.

Deux croissants blancs et ventrus éclairaient le village enfin calme. La veille, le jeune homme était resté fasciné devant eux. Ce double clair de lune représentait toute l'étrangeté de Leïlan. Il était digne des chansons et des armoiries du royaume. L'une des lunes présentait des contours nets, l'autre légèrement flous. Pourtant, les mélanges d'ombre et de lumière de la surface paraissaient plus précis sur celle qui portait un halo. Difficile de déterminer entre les deux astres lequel était réel et lequel illusoire !

Se couvrant les épaules de sa cape, Axel prit une feuille de papier dans ses affaires et trempa d'encre sa plume d'oie. Depuis l'enfance, une grande complicité le liait avec le prince héritier Cédric. Bon nombre de fois, il lui avait écrit lors de ses voyages. Concernant Leïlan, il avait promis de le tenir au courant de tout ce qu'il découvrirait.

Le prince Cédric ne vivait que pour rencontrer un jour la Première Princesse de Leïlan, Éline. Un coup de foudre pour elle lui avait été prophétisé par les Fées et le faisait rêver depuis des années. Son frère Philip, en revanche, ne croyait pas à l'amour qu'on lui avait prédit pour la Deuxième Princesse, Éloïse. Il n'avait pas foi en ce pouvoir des Divinités. Il ne pouvait pas imaginer que l'on puisse choisir à sa place et que sa volonté puisse être influencée au point d'être contrôlée. Cependant, aucun des deux héritiers royaux ne se désintéressait du sort qu'elles réservaient au jeune garçon blond qui avait partagé la plupart de leurs jeux. Ils espéraient, chacun à leur manière, que l'avenir oublierait les promesses du passé.

Le prince Cédric était très intrigué par Leïlan. Il savait qu'il pouvait compter sur Axel s'il devait régner un jour sur ce pays inconnu. C'était en toute confiance qu'il l'avait laissé partir avec un pavallois blanc pour faire la liaison entre eux.

Celui-ci était juché sur le bord de la fenêtre ; la solitude de son maître et sa passivité l'avaient attiré. Il n'approchait du jeune homme que lorsque celui-ci était seul ou si son maître le lui demandait. Ce soir, il sentait qu'Axel allait bientôt avoir besoin de lui. Il arrangea soigneusement son jabot étoilé rouge, replaça de son bec ses petites plumes mouchetées sous ses ailes blanches et secoua sa huppe : il était prêt.

Mais Axel ne savait pas par où commencer. Il était transporté par ce pays. Il ne ressentait plus la présence de la volonté des Fées autour de lui. L'irrésistible envie d'avancer était passée après le détour par les Bois Obscurs, mais son esprit restait marqué. Il avait vécu tant d'oppositions de sentiments et de mystères dans les Brumes Infernales qu'il avait du mal à se rappeler qu'il n'était là que pour porter un message. Tout lui semblait extraordinaire. Même les histoires sur le pays étaient différentes de ce qui se disait ici ! Si le Masque n'était pas un ennemi potentiel, à quel point Korta-le-fourbe risquait-il de le devenir au château ? Axel éprouvait déjà une profonde aversion pour cet homme.

La couleur de la nuit et l'effet de l'alcool l'empêchèrent de se pencher plus avant sur ce personnage. Son pansement lui rappelait les instants si délicieux des Bois Obscurs. Reverrait-il un jour la Fille-aux-yeux-bleus ? Le parfum de la jeune fille balaya l'odeur des Brumes Infernales et le souvenir de son regard étrange écarta très vite les soucis du messager.

Il resta un long moment les yeux dans le vague, essayant de réordonner ses pensées. L'éclairage feutré et doré faisait danser des lumières et des ombres sur son visage, comme les fins nuages sur les croissants lunaires. Il se remémora les plus infimes détails de ses dernières journées dans ce double clair de lune, puis, d'une petite écriture nette et appliquée, il commença une lettre exaltée.

✧

Dans le noir, la princesse Éline se tenait immobile devant l'une des deux fenêtres de sa chambre. Un grand voile de mousseline noire glissa de sa main. Il effleura sa robe aux nuances lavande et s'échoua sur les bords d'un tapis de laine, tandis qu'une larme mourait sur les lèvres de la jeune fille. Les mensonges et les chantages rongeaient la princesse autant que le désespoir. La solitude de la nuit rendait tout plus difficile à supporter malgré le beau spectacle offert par les lunes.

Quelqu'un frappa à la porte mais Éline ne réagit pas. Elle savait parfaitement qui attendait son invitation. Elle n'avait pas envie de la lui donner. De toute manière, Misty passerait outre un refus de la voir.

Au troisième tambourinement, la vieille fille qui lui servait de chaperon entra comme prévu. L'éclairage du couloir dévoila un petit visage de fouine sec et fripé. Misty ne devait pourtant pas excéder de beaucoup les quarante ans. La guimpe encadrant son visage lui donnait l'air plus austère qu'elle pouvait l'être.

— Pourquoi ce silence, Altesse ? Vous savez pourtant très bien ce que je vous apporte.

Éline ne se retourna pas. Un soupir de mépris s'entendit seulement. Elle ne prit la parole que lorsque Misty s'approcha d'un chandelier pour l'allumer :

— Je désire rester dans le noir. Seule. Posez la fiole sur mon lit et allez-vous-en.

— Modérez votre ton, Altesse. Votre sœur Éloïse pourrait en pâtir.

La menace redressa Éline mais elle ne se retourna pas pour autant. Elle ne faisait plus l'honneur à sa chaperonne de la regarder en face.

— Dites-vous bien, Misty, que vous avez aussi peu d'importance pour votre maître que mes désirs peuvent en avoir pour lui. Éloïse n'a rien à craindre du ton que je peux employer avec vous et l'absence de Korta pourrait me permettre de me débarrasser de vous sans difficulté.

Misty eut un petit air pincé. Elle écarta les voiles brodés de liserons pendus au baldaquin du grand lit et déposa entre deux coussins de soie une petite fiole dont le verre était rougi par le produit qu'elle contenait.

— Ma disparition aurait plus de conséquences que vous ne le croyez. Les renseignements que je peux fournir au duc d'Alekant sur votre comportement auprès de votre père lui sont *très* précieux.

Elle s'éloigna vers la porte.

— Gardez bien votre sœur loin de tout surmenage, ajouta-t-elle avec un petit rire de crécelle avant de sortir.

La princesse Éline porta les mains à son visage. Elle eut envie d'éclater en sanglots. Elle se sentait seule et démunie face à ses ennemis. Il ne lui restait que la possibilité de prier les Fées pour que Korta ne revienne jamais et qu'il se fasse tuer par le Masque. Mais, depuis six ans, elle n'était plus très sûre de l'existence de ses Divinités.

Devant des flammes

Axel se leva en milieu de matinée. Il descendit ensommeillé, encore empreint de ses rêves, le corps toujours présent avant l'esprit. Ophélie rougit à son arrivée : elle s'était jetée dans ses bras, la veille, parce qu'il lui avait ramené sa petite sœur. Elle espérait qu'Axel ne se soit pas imaginé n'importe quoi sur son compte. Elle le trouvait bien séduisant, mais son cœur était déjà pris par un autre homme aux yeux verts.

Le jeune homme était loin de se préoccuper de la sorte. Depuis qu'il avait envoyé son pavallois vers Pandème, il avait du mal à penser à autre chose qu'à sa belle mystérieuse. Malgré les Fées, il avait rêvé d'elle encore toute la nuit et il était décidé à la revoir.

Accoudé au comptoir près des fourneaux, il questionna Ophélie sur le lieu le plus probable pour rencontrer la Fille-aux-yeux-bleus. Avec un air faussement candide, la jeune fille s'approcha de lui en essuyant ses mains pleines de farine sur un torchon :

— Elle essaie d'être partout, à chaque endroit où nous avons besoin de ses soins. Comme elle l'a été pour toi. Ne la cherche pas, tu ne la trouveras pas ainsi. Continue ton chemin. Avec de la chance, elle réapparaîtra.

Axel lui sourit : ce peuple ne savait décidément pas parler sans mystères ! Il devait se satisfaire de ne plus être quelqu'un à éviter. Bien, il allait poursuivre son chemin vers le palais, mais par les abords de la forêt puisque c'était sa seule piste !

Il allait la saluer et partir quand il se ravisa :

— Dis-moi, est-ce que les Yeux-d'Utahn ont un rapport avec Utahn Qashiltar, le Haut commandant des armées de Scyl ?

— Oui… ce sont trois guerriers scylès.

Sur le moment, Axel fut effondré d'avoir vu juste. Il avait déjà côtoyé le pouvoir de ces hommes, lors de visites des différents États belliqueux des Pays Insolites. Il avait été plus d'une fois mal à l'aise et pris au dépourvu par leurs regards. Il se rendait compte qu'il avait tout intérêt à les éviter, pour le message qu'il portait et pour lui-même.

— Ils sont au château, ou dans la campagne ? voulut-il savoir.

— N'importe où. Ils sont arrivés depuis une demi-lune. Ils vont et viennent dans les villages, restent ou non près de Korta-le-fourbe. C'est difficile à savoir. Ils cherchent des informations sur le Masque ou la Fille-aux-yeux-bleus. Ils sauront que tu les as vus.

Axel resta pensif un instant puis son regard tomba sur le petit déjeuner qu'Ophélie allait porter dans la salle des repas. Il engloutit un gros morceau de fromage de brebis et prit une grosse galette beurrée très tentante.

— Je ne crois pas que cela les avancera à grand-chose, mais je saurai tenir compte de ton avertissement. Merci pour tout, Ophélie.

Il remercia aussi les villageois pour leur accueil et leurs vivres, et reprit sa route sur sa monture vigoureuse.

Le soleil avait eu du mal à percer. Le ciel était encore blanc et brumeux. Axel ne voyait plus le château royal. Plus vaporeux qu'auparavant, le temps n'enlevait plus les distances aujourd'hui. Traversant un immense champ de lin, le jeune homme se laissa emporter par le flot de fleurs bleues qui ondulaient sous la brise telles les vagues d'une mer calme. Puis, comme il l'avait décidé, il longea la forêt par l'intérieur, enveloppé dans un air chaud et immobile. Nis trottait ou galopait, comme à son habitude, au gré de l'humeur de son maître.

Axel mit plusieurs fois pied à terre pour manger, reposer sa jument ou se rafraîchir d'une eau claire. Sur de gros galets ronds et une terre sableuse, il marcha un long moment en suivant une rivière calme. La journée était parfaite et reposante. Sauf qu'aucune Fille-aux-yeux-bleus n'apparaissait à l'horizon !

Machinalement, Axel prit une flèche et son arc, et essaya de tendre les cordes du mieux qu'il put. La blessure de son bras le fit légèrement souffrir : s'il avait lâché la flèche, son tir n'aurait pas eu la justesse habituelle. Heureusement, il n'avait pas besoin de chasser. Il restait cependant contrarié par sa blessure, acceptant mal de ne plus pouvoir se servir de son arc.

Il essaya une dernière fois de bander la corde en visant les cimes des arbres qu'une brise balançait. Il aperçut quelques oiseaux qui volaient en rond. Il baissa son arme. Askia lui avait donné suffisamment de vivres et il n'avait pas envie de perdre une flèche pour rien : ce n'était que des corbeaux. Tout ce qu'ils pouvaient lui apporter était la révélation de la présence de loups au-dessous d'eux. Et ceux-ci se trouvaient encore bien loin. Il ne dit rien à Nis.

Il rangea son arc et sortit du lit de la rivière qui chantait l'apparition de petits rapides dans un joyeux clapotis. D'un claquement de langue, il excita le pas de sa jument et poursuivit sa route en direction du nord sur l'étroit sentier qui serpentait dans un nouveau sous-bois.

Toujours aussi imposants, les arbres avaient changé d'apparence depuis la veille. Ils appartenaient à une belle forêt luxuriante de plaine dont une nature coquette se plaisait à habiller les quelques branches mortes de dentelle de lichen. Les troncs massifs, lisses et gris argent des hêtres disputaient parfois la place d'honneur aux éternels chênes majestueux. Les charmes, indifférents à cette guerre, élevaient leur feuillage au-dessus de la laîche des bois, agrémentée de canche gazonnante.

La Source aux Amalyses des Bois Obscurs était très loin. Encore ébloui par le souvenir de sa magie, Axel rabaissait la beauté fertile présente en la considérant comme normale. Il ne cherchait pas les traces de renards, les trous de blaireaux ou les bois de cerfs dépassant de certains buissons. Le silence des charbonniers sur son passage ne lui fit même pas de peine. Il oubliait jusqu'aux préoccupations liées à son arrivée au château ; il n'espérait qu'une seule rencontre.

Soudain, ses pensées furent interrompues par une odeur de feu, par des cris, des coups d'épée ainsi que des cavalcades de chevaux. On se battait plus loin dans la Grande Plaine !

Axel ordonna un galop à Nis pour se rapprocher et descendit d'un saut de sa monture pour écarter les buissons à la lisière de la forêt. Le village d'Ize était en proie à des flammes. Des animaux s'enfuyaient dans la prairie, des femmes hurlaient et couraient en tous sens à la recherche de quelques enfants, et plusieurs hommes cernaient le feu. Au milieu de cette agitation, et de cette fumée suffocante qui cédait malgré tout du terrain, d'autres hommes, un petit nombre, se battaient contre des soldats.

Parmi eux, Axel remarqua un nain, non, un Akalien pour être plus précis : ses cheveux, aussi rouges que les derniers brasiers, trahissaient ses origines étrangères. *Que faisait-il ici ?* Était-ce la présence des Scylès qui l'avait amené en Leïlan ? Il se faufilait avec agilité entre les gardes et profitait de sa petitesse pour les surprendre par sa force et avec des nuages de fumée. Il était secondé par un homme aux dimensions plus qu'imposantes.

Axel allait intervenir. Avec sa dernière expérience, il savait qu'il ne fallait plus croire en la protection des hommes d'armes du château. Mais il repéra un groupe de cinq hommes se battant à l'écart et resta immobile : le Masque luttait au milieu.

Axel était de nouveau impressionné : *cet homme semblait voler et pouvoir parer n'importe quel coup !* Ambidextre, il avait vraiment été instruit à bonne école. Il ne faiblissait pas et attaquait de pied ferme, même lorsque d'autres soldats venaient en renfort. Il s'arrangeait toujours pour n'en avoir que trois de front, ne se laissant jamais submerger par le nombre. Il débordait de stratégies pour compenser son manque de largeur d'épaules et profitait des moindres faiblesses de ses ennemis.

Le reste de deux maisons sacrifiées se consumait lentement. Les villageois avaient réussi à cantonner le feu sans qu'Axel le remarque, et la plupart des soldats étaient hors de combat. Le Masque siffla : cinq hommes, dont l'Akalien et le géant, terrassant leurs derniers adversaires, montèrent sur leurs chevaux. Ils prirent la direction de la forêt et ne passèrent qu'à une centaine de pas d'Axel. Le Masque s'attardait : il ne lui restait que peu d'hommes à affronter mais l'un d'entre eux était Korta-le-fourbe.

Le choix de rester seul semblait très audacieux ; le duc paraissait très doué pour les jeux d'épée. Les trois derniers soldats le savaient. Ils s'éloignèrent pour laisser leur chef avec sa proie.

La vie sembla se suspendre. Tout s'arrêta autour des deux ennemis. Même les villageois, les visages noirs de cendre et de fumée, regardaient la scène. Il y avait autant d'espoir que de peur dans leurs yeux. Tout était redevenu silencieux : on n'entendait plus que le bruit des deux lames d'acier.

Axel avait depuis longtemps pris parti. Il vivait chacun des gestes du Masque, il anticipait les coups, les parades et attaquait avec lui, emporté par la même passion. Malheureusement, au bout d'un moment, l'homme en noir sembla s'épuiser : les coups toujours parfaits étaient portés avec moins de force. Son adversaire s'avérait de taille. Il se montrait même à la hauteur ! Le duc avait compris, lui aussi, que bien qu'excellent, le Masque commençait à se fatiguer.

Un rictus de satisfaction se lisait sur le visage du seigneur, sa barbiche noire pointait vers l'avant à chaque mouvement d'attaque. Il prenait de l'assurance, certain de l'issue du combat : il jouait tel un chat avec une souris.

Le Masque ne cédait pas encore, Axel sentait qu'il allait essayer de fuir : l'énergie du désespoir avait remplacé son ardeur primaire. Après plusieurs minutes de combat, il n'avait blessé Korta que légèrement au bras gauche : il ne parviendrait pas à gagner. Le duc portait un luxueux pourpoint garni de peau dont seuls les rivets des écailles d'acier étaient visibles. Le Masque, lui, n'avait aucune protection. Il fallait qu'il s'enfuie avant d'être à bout de souffle.

Un coup de lame plus rapide et plus précis que les autres lui passa près du cou. Il esquiva, mais l'épée crantée de Korta déchira d'un coup sec le col de sa chemise et arracha la chaîne qu'il portait. Sous le choc, le bijou fut projeté très loin derrière le duc. Impossible de le reprendre facilement ! Les deux hommes s'immobilisèrent, chacun pensant à une tactique éventuelle. Le combat devenait trop long.

Ce fut le Masque qui attaqua de plus belle, comme pour attiser la colère de son ennemi ; puis ses coups devinrent plus rares, il ne se contentait plus que de se défendre. Axel ne comprenait pas. On aurait dit qu'il cherchait à perdre ! Il trépignait de rage devant cet abandon. Comment pouvait-il laisser tomber ?! Le Masque devait avoir une idée pour s'enfuir. Ménageant coups et parades, il cherchait à reprendre des forces. Peu de sang coulait, ce n'étaient que des égratignures ; néanmoins, dans sa chemise lacérée, il pliait presque sous les chocs.

Korta ne voyait que sa victoire et ne se rendait pas compte de ce jeu. Son seul but était de voir enfin le visage de celui qui le ridiculisait auprès de la cour, et du roi, depuis deux ans. Il ne portait plus ses attaques qu'au niveau de la gorge et de la tête. Chaque coup de lame arrachait un morceau d'étoffe. Mais il ne parvenait pas à zébrer la joue de son adversaire, comme celui-ci l'avait fait quelques mois plus tôt en le clamant *Traître au peuple.*

Le Masque lui avait toujours échappé par des effets de surprise, mais aujourd'hui, il était piégé.

Dans un ultime effort, l'épée du noble vint se planter dans le nœud retenant l'étoffe sur la tête noire. Le Masque s'immobilisa, puis lâcha son arme. Un coup à droite, Korta lui tranchait la gorge, un coup à gauche, il faisait enfin tomber le rideau final. Dans son coin, Axel en avait le souffle coupé : la légende allait mourir devant ses yeux. *Pourquoi n'était-il pas intervenu ?!*

L'ego du duc fut plus fort que son désir de vengeance expéditive : il choisit d'arracher le tissu. À sa grande surprise, de longs cheveux châtain et doré, couronnés de tresses, tombèrent sur les épaules du Masque. Son visage n'était toujours pas découvert, mais Axel n'en avait pas besoin. Son cœur n'avait fait qu'un tour dans sa poitrine, il l'avait reconnue. *Elle,* la Fille-aux-yeux-bleus. *Vic ?*

Le masque sur le visage mystérieux se releva tout seul : une amalyse le composait. Korta fut subjugué. Elle en profita pour envoyer un rapide coup de talon entre les jambes du soi-disant vainqueur et un autre dans sa tête. Il s'effondra sous la douleur sans même pouvoir lâcher un cri. Elle avait réussi ! Savoir sacrifier pour vaincre, une leçon qu'elle savait utiliser à bon escient.

Maintenant, il suffisait qu'elle élimine les quelques gardes encore valides et elle pourrait prendre la tangente par la forêt. L'amalyse s'était rabattue sur son visage lorsque les soldats lui tombèrent dessus : elle eut juste le temps de récupérer son arme. De quelques coups de pied dans le ventre et dans la poitrine, elle envoya par terre les hommes lui barrant le chemin et courut vers la forêt.

Axel n'avait rien perdu de l'événement et restait encore sidéré du sang-froid de la jeune fille. Il s'était laissé tromper. Alors que le glas sonnait sa fin, maintenant il clamait sa victoire ! Elle courait dans sa direction : la forêt était son refuge et lui se trouvait en son milieu. Il décrocha la bride-licol de sa monture et frappa sa cuisse.

— Galope, Nis, tu me retrouveras plus tard !

La jument démarra en trombe. Elle était habituée à cet ordre quand elle gênait son maître ou qu'il craignait pour elle. Elle s'élança sur le sentier dans cette soudaine liberté. Axel monta dans un arbre noueux et parasité de lierres feuillus, bien décidé à voir la tête des hommes d'armes lorsque la jeune fille disparaîtrait à son tour.

Korta revenait à lui. Il bouillonnait et hurlait de l'arrêter. Deux gardes rampèrent sur le sol et armèrent leurs arbalètes en tirant sur l'étrier de leurs pieds. Au moment où la Fille-aux-yeux-bleus franchit le seuil de la forêt, deux carreaux la frappèrent de plein fouet. Elle s'écroula sous le choc.

Encore plié en deux, le grand seigneur clama sa gloire tandis que la stupeur et l'anéantissement se lisaient sur la figure des villageois immobiles. Leur espoir semblait mourir en même temps que les dernières braises.

La douleur et la surprise avaient projeté la jeune fille sur le sol, mais elle n'avait pas encore perdu connaissance. L'une des flèches avait traversé de part en part son bras droit, l'autre était fichée au-dessus de sa hanche droite, assez profondément pour l'empêcher de courir. Le visage tendu, elle réussit à se mettre à genoux. Le bruit des pas des soldats lui donnait la force d'oublier la douleur, l'instinct de survie la relevait. Elle rampa dans les buissons en haletant.

Dans sa tête, ses pensées défilaient pour trouver une solution : elle perdait beaucoup de sang et de force, elle ne pourrait jamais se sauver ! Elle porta sa main à son cou, se rendant de nouveau compte que son pendentif était resté dans l'herbe. Elle poussa un cri de désespoir.

Des larmes coulaient sur son visage. Elle se sentait perdue. Une dernière énergie la rappela à l'ordre : elle ne se donnait pas le droit d'abandonner, elle ne pouvait pas ! La douleur devenait de plus en plus forte, elle n'arrivait presque plus à respirer. Serrant les dents, elle s'adossa à un arbre. Après une seconde de réflexion, elle prit un grand bol d'air, cassa l'empenne de la flèche qui lui perçait le bras et tira d'un coup sec la pointe.

Ses traits se crispèrent en emprisonnant ses larmes. Elle glissa lentement sur le côté sans un cri, le visage soudain détendu : elle s'était évanouie.

Korta et ses hommes se ruaient vers la forêt. Le duc avait la certitude que son ennemie était morte ou se mourait. Il oubliait la cicatrice sur sa joue, il ne ressentait plus tous les coups qu'elle lui avait portés aujourd'hui : il avait gagné et allait rapporter sa tête au roi !

Un seul détail le gênait : c'était une femme ou, plutôt, une gamine ! Muht l'avait senti derrière le masque et l'avait bien vu dans tous les esprits des villageois. Cependant elle n'était pas l'amante, la fille ou la sorcière du Masque, mais le Masque lui-même ! Korta pensa que toute la cour allait lui rire au nez quand il montrerait le corps de celle qui faisait trembler le pays depuis deux ans, et que l'armée royale ne pouvait arrêter. Dire que tout ce temps une simple donzelle lui avait tenu tête, à lui ! Avec ses propres armes !

Où et par qui avait-elle appris à se battre de la sorte ? Autant d'un homme cela ne l'étonnait qu'à moitié, mais d'une femme ! Il ne pouvait le concevoir. Et l'homme mûr que Muht et les siens avaient senti aussi dans son esprit ?! *Qui était-il ? Où se cachait-il ?* Korta espérait trouver la solution dans le fin collier d'or qu'il avait ramassé. Serrant dans le creux de sa main un petit bijou en forme de corne d'abondance, il pénétra dans la forêt.

Mais à sa grande surprise, le corps avait disparu ! Il ne restait plus que deux morceaux de flèche couverts de sang.

Korta n'arrivait pas à croire qu'elle ait réussi à fuir.

— C'est impossible ! se répétait-il, entre incompréhension et folie.

Maintenant, il serrait le pendentif dans sa paume avec la volonté de le broyer. Il était rouge de rage.

— Comment ?! Comment a-t-elle fait ?!

Il se mit à frapper les hommes qui avaient tiré, les traitant d'incapables. Il devint fou et arracha les buissons à coups d'épée pour la retrouver. Aucune trace. *Où était-elle ?*

Quelques pieds au-dessus de sa tête, caché par les lierres feuillus, Axel tenait la Fille-aux-yeux-bleus dans ses bras. Il n'avait pas pu la laisser là. Son cœur avait crié trop fort en voyant les flèches transpercer son corps.

Il étendit la jeune fille sur une large branche. Il tremblait encore d'émotion. Il fallait la soigner ! Rapidement ! Il retira son gilet rouge et sa belle chemise blanche. Korta criait tellement qu'Axel n'hésita pas à déchirer sa manche d'un coup sec pour panser le bras transpercé. Ceci fait, il fallait s'occuper de la seconde blessure.

Il ouvrit précautionneusement la veste et la chemise noire pour voir l'étendue de la plaie. Tout baignait dans le sang.

Le corset qui oppressait la poitrine de la Fille-aux-yeux-bleus avait une forme bizarre. Il s'éclaircit au toucher d'Axel : c'était encore une amalyse ! Le jeune homme eut un mouvement de recul. Malgré ce que la Fille-aux-yeux-bleus lui avait dit la veille, il redoutait la plante. L'amalyse s'assombrit immédiatement. Les cris des soldats secouèrent Axel ; il ne devait pas se laisser impressionner. Il devait faire vite pour sauver la jeune fille !

Il repensa à son chant dans les Bois Obscurs, à ses paroles et à ses gestes pour satisfaire la nature étrange des plantes tueuses. Il oublia sa crainte et se rappela son sourire en passant la main sur l'être de gélatine. Il ne voulait pas que sa belle inconnue meure ; l'amalyse reprit sa couleur initiale : elle n'était plus hostile. Lentement, sous ses ordres et ses doigts, elle dégagea la plaie au niveau du rein et la plante qui se trouvait sur le visage évanoui se releva. Axel eut un soupir d'admiration, mais la vue du sang le ramena à la réalité.

À l'aide de sa dague, il entailla la plaie et retira la flèche. Le corps frémit mais le vacarme de Korta et de ses hommes couvrit la plainte. Replaçant son arme dans sa botte, il se servit du reste de sa chemise pour tenter d'arrêter l'hémorragie. Ses yeux avaient du mal à s'arracher à ce corps que les amalyses translucides dévoilaient. Il parvint à ôter complètement la veste et la chemise noire, et attrapa sa cape dans son sac pour rouler la jeune fille dedans.

Le plus important était fait, mais cela suffirait-il? Il regretta d'avoir fait fuir Nis.

Doucement, il porta sa main au visage de la blessée. La peau était douce et fine. Sa beauté avait figé Korta, elle s'en était servie pour gagner. Axel restait fasciné à son tour. *Comment un corps aussi fragile pouvait-il se battre avec autant d'ardeur?*

Il sentait qu'elle revenait doucement à elle. Il posa légèrement la main sur les lèvres qui frémissaient. La jeune fille ouvrit lentement les yeux, papillonnant à cause de la lumière qui rayonnait entre les feuilles. Le cœur d'Axel battait de nouveau. Il eut même la certitude qu'elle le reconnaissait au bout d'un moment.

Voyant les branches autour d'elle, la jeune fille comprit qu'Axel l'avait hissée dans un arbre pour la soustraire aux griffes de Korta. Les cris du duc confirmèrent son hypothèse. Elle esquissa un sourire à l'adresse de son sauveur et essaya de se pencher pour voir les soldats. Mais la douleur se montrait trop intense. Elle était peut-être en sécurité par rapport à Korta mais elle avait perdu beaucoup de sang.

Axel avait enlevé sa main, mais la jeune fille continuait à s'agiter malgré sa souffrance. Il la rallongea. Elle résista au début puis, épuisée, se laissa faire. Elle resta seulement agrippée à son cou, le visage près du sien. Sa pâleur effrayait Axel tout autant que ses grands yeux et la proximité de ses lèvres pouvaient le troubler. Avec beaucoup d'efforts, elle lui chuchota:

— Il me faut la corne… Le bijou que Korta tient dans sa main… Il faut que je récupère la corne…

Sa tête tournait, elle avait des vertiges, mais ne cessait de répéter ces mêmes mots. Ses doigts se décrispèrent du cou d'Axel. Elle perdait connaissance.

Le jeune homme regrettait de s'être occupé de cette affaire. Korta était un noble, il ne fallait pas l'oublier! Des Scylès parcouraient le pays et pourraient deviner ses actions! Mais il suffisait qu'il regarde la blessée pour savoir qu'il n'avait plus le choix. Une idée lui vint à l'esprit pour limiter certains risques.

Il prit la chemise noire. Elle était déchirée et trop étriquée pour la fermer complètement mais c'était suffisant pour brouiller son identité aux yeux de Korta. Il s'enroula la tête dans sa large ceinture pour cacher ses cheveux, à la manière d'un pirate, et mit ses propres gants. Il ne manquait plus que le masque.

Dans ses retours de conscience, la jeune fille comprenait ses agissements. Le voyant hésiter à prendre l'amalyse, elle la fit glisser sur sa main et l'appliqua sur le visage d'Axel. Elle n'enleva ses doigts que lorsque le masque verdâtre devint aussi noir que les habits. Le jeune homme ne put comprendre comment elle l'avait fait changer de couleur sans la rendre agressive.

La jeune fille n'expliqua rien. Elle semblait juste angoissée. Avait-elle des craintes pour lui ? Pensait-elle qu'il ne serait pas à la hauteur pour combattre Korta ? Elle se forçait visiblement à rester éveillée.

Axel n'avait pas peur de Korta, il l'avait vu se battre : l'attaquer par surprise serait le plus facile et le plus rapide. Il craignait surtout les réactions de l'amalyse lors du combat. Il regarda une dernière fois le visage pâle de la jeune fille et entama sa descente.

Les soldats étaient éparpillés dans le secteur, seul Korta trépignait non loin de l'arbre. Il avait éliminé la fuite du Masque par les branches, elle était trop blessée. Mais malgré ses recherches, il ne trouvait de traces ni au sol, ni aux alentours.

Soudain, le Masque apparut devant ses yeux. Il était sidéré de le voir debout ! Mais, quelque chose le gênait, il ne reconnaissait pas cette morphologie. C'était un homme, cette fois-ci ! L'imposteur avait une bonne largeur d'épaules en plus et dépassait les six pieds de plusieurs pouces !

Dans sa première surprise, il oublia qu'il avait une épée pointée sur lui. En un éclair, il fut désarmé et sa main, sous la douleur de la coupure, lâcha le bijou à terre. Aucun des hommes du Masque ne montrait autant de rapidité. Pour Korta, l'identité de ce nouveau Masque était une énigme supplémentaire. Décidément, il allait de surprise en surprise, aujourd'hui ! *Pourquoi les Scylès avaient-ils fui dès le début du combat ?!*

Axel récupéra la petite corne du bout de sa lame et s'apprêta à partir lorsque Korta, ayant repris ses esprits, se jeta sur lui. Mais le combat cessa aussitôt : sous le choc d'un projectile reçu à la nuque, le seigneur s'effondra. Du haut de l'arbre, la Fille-aux-yeux-bleus avait pris un fruit dur et l'avait lancé à l'aide de la lanière du sac d'Axel. Maintenant, elle vacillait, la souffrance s'intensifiait : dans son effort, la plaie s'était rouverte et l'hémorragie reprenait.

L'amalyse d'Axel se releva sur son front. Il grimpa le plus vite qu'il put pour rattraper la jeune fille avant qu'elle ne tombe dans le vide. Elle glissa dans ses bras. Il la serra fortement contre lui, et le souffle dans son cou le rassura. Il lui reprocha intérieurement de ne pas être restée tranquille ;

il aurait très bien su se débrouiller tout seul ! Il l'enroula une seconde fois dans sa cape et la coucha sur la branche.

Quand la jeune fille ouvrit les yeux, il lui tendit le bijou. Avec un sourire de réconfort et de reconnaissance, elle prit l'objet brillant dans ses mains et l'approcha de sa poitrine. Elle ferma les yeux en prononçant d'une voix faible :

— Jerry… Jerry… Entends-moi, je t'en supplie… J'ai besoin de toi.

Axel resta étonné. Il croyait qu'elle voulait simplement récupérer son pendentif par crainte qu'il ne puisse révéler son identité. *Qui était Jerry ? Comment pouvait-elle l'appeler avec ce simple bout de métal ?*

Un cri d'oiseau retentit dans la forêt. Quelques instants plus tard, une bête énorme passa au-dessus des arbres. On aurait dit qu'il cherchait un coin pour entrer dans le feuillage. Quand il réussit enfin à se poser sur une branche au-dessus d'Axel, celui-ci remarqua combien l'animal était gigantesque et impressionnant. Il n'avait jamais vu un oiseau de cette taille !

L'animal posa son bec sur la joue de la Fille-aux-yeux-bleus, qui lui répondit par une caresse. Il se retourna vers Axel et le dévisagea de ses yeux jaunes. Le jeune homme se sentit mal à l'aise devant ce regard, rempli de méfiance. L'oiseau semblait doué d'une intelligence suspecte.

La créature démesurée était assez grande pour emporter la jeune fille sur son dos. Axel allait la perdre ; elle avait besoin de véritables soins, il ne lui était plus nécessaire. Il accepta à contrecœur. Sans attendre qu'on le lui demande, il aida l'oiseau à la hisser sur son dos et l'attacha avec les harnais déjà présents.

La belle enfant ne paraissait plus autant souffrir de ses blessures. Mais une fatigue immense s'emparait d'elle, comme si l'arrivée de son oiseau la privait du reste de son énergie. Ses yeux ne semblaient plus capables de voir correctement, sa main trembla vers le visage d'Axel pour récupérer son amalyse. Le jeune homme la recouvrit aussitôt de ses doigts pour l'aider à atteindre sa joue. Son départ lui faisait mal, elle avait l'air si faible. Un oiseau l'emportait comme dans les Bois Obscurs, et il y avait aussi peu d'espoir de la revoir facilement.

La plante glissa sur les deux poignets et remonta sur le bras de sa maîtresse qui s'évanouissait encore. Lentement, les doigts de la jeune fille se retirèrent de ceux d'Axel et lui laissèrent un grand anneau d'or plat monté en médaillon.

À ce moment-là, l'oiseau se retourna vers le jeune homme et inclina la tête.

— Je prendrai soin d'elle. Merci, émit-il d'une voix grave et très froide.

Sur ce, il prit son essor et s'éloigna dans les airs sans attendre les questions. Axel resta médusé. En écrivant au prince Cédric que Leïlan était un pays magique, le jeune homme n'avait pas cru si bien dire ! *Voilà que les animaux se mettaient à parler !*

Il était obligé de le croire ! Il n'était pas victime d'hallucinations ! Et pourtant, il restait encore incrédule devant ses découvertes : la jeune fille qu'il cherchait se battait, se déguisait en homme et pouvait avec un simple bijou communiquer avec un oiseau immense doué de parole !

Qui était-elle ? Comment faisait-elle ? Où pourrait-il la revoir ?

Des dizaines de questions sans réponse se bousculaient dans sa tête. Le visage mystérieux se recomposait sur toutes les feuilles de lierres et sur toutes les branches. Cette image l'obsédait de nouveau. Il l'aimait comme un fou.

Le cadeau des Trois Fées

Korta s'éveilla en se tenant la nuque. Il était en furie. Le Masque lui avait encore échappé ! Encore et une fois de trop ! Il n'admettait pas son échec face à une gamine, et la seule pensée que la nouvelle soit propagée le mettait hors de lui. Il ne supportait pas qu'on puisse le ridiculiser à ce point. L'avouer à Ibbak serait déjà une épreuve insoutenable ! Une idée machiavélique germa dans son esprit et il se précipita sur ses hommes pour la mettre à exécution.

L'amour d'Axel avait disparu, et ce dernier n'avait pas attendu pour en faire autant. Il avait ramassé ses affaires et s'était enfui par les arbres pour éviter les soldats. L'anneau d'or, qu'il avait passé à son cou, tapait contre son cœur à chacun de ses mouvements et le faisait accélérer. Les rameaux de feuilles lui giflaient le visage mais, peu importait, il ne s'arrêtait pas. Il devait mettre le plus de distance possible entre Korta et lui, fuyant aussi la peine d'une séparation. Il sautait de branche en branche, bondissait d'arbre en arbre. Il n'entendait plus que son cœur battre, de plus en plus fort, de plus en plus vite.

Il ne pourrait plus quitter le pays. Avec une foi d'enfant, il se persuadait que l'envoûtement qui l'avait guidé après la frontière était dû à ses Divinités, et qu'elles avaient voulu qu'il rencontre cette jeune fille. Il s'élançait dans le vide. Elle défilait devant lui : ses yeux, sa peau, son corps. Il avait peur en songeant à tout le sang qu'elle avait perdu.

Un cri brutal et démentiel résonna dans les bois. Une voix de femme qui hurlait de douleur. Axel s'arrêta net, glacé. Perdu dans sa course, il ne savait ni d'où venait ce cri, ni de qui il provenait. *Peut-être était-ce* elle *qui se mourait ?* Cette idée le terrassa.

Il s'assit pour se calmer. Il s'aperçut alors qu'un fossé énorme s'étendait devant lui : s'il ne s'était raccroché à temps à une branche, la mort lui aurait tendu les bras. Il restait interdit. Le silence régnait maintenant, mais il entendait toujours le cri dans sa tête.

Sous ses pieds, à sa droite, s'étalait une petite clairière sauvage qui s'arrêtait abruptement sur une falaise. De l'autre côté, la Forêt Interdite prenait naissance. Quatre pierres blanches s'enfonçaient dans le sol et semblaient former les coins d'un rectangle invisible au-dessus du vide. On aurait dit les canines d'une mâchoire grande ouverte.

Axel se laissa glisser de sa branche. Ce cri l'avait secoué, réduisant à néant toute sa vitalité. Il ne se sentait plus capable de continuer son chemin. Il rechercherait sa jument demain : Nis était suffisamment intelligente pour se débrouiller et passer la nuit toute seule. De toute façon, Axel gardait toujours sa besace sur lui en cas de séparation ou de capture de sa monture. Il savait par ailleurs qu'elle ne se laissait pas facilement maintenir par des inconnus.

Il était loin de Korta-le-fourbe, la clairière lui conviendrait pour passer la nuit.

Deux rus se rejoignaient à cet endroit en une petite mare allongée. Axel s'assit sur un rocher couvert de lichen et surveilla l'autre côté de la falaise. Les grandes pierres blanches avaient quelque chose de fascinant et d'angoissant. Le cri venait peut-être de la Forêt Interdite. C'était le hurlement du Monstre ou alors celui d'une personne tombant dans ses griffes. Ou alors c'était un avertissement. Peut-être aussi que… *Non, ce ne pouvait pas être elle !* L'oiseau lui avait dit qu'il prendrait soin de la jeune fille et non pas qu'il la torturerait !

Axel serra les mains de part et d'autre de ses tempes. Il fallait qu'il arrête de penser ou il allait devenir fou avec toutes ces histoires !

Il enleva la chemise noire déchirée. Elle l'avait recouverte de sang. En la posant près de son sac, il remarqua que celui-ci était énorme. Il ne s'en était pas aperçu dans sa course effrénée. La cape en moins, le sac aurait dû être très plat et non gonflé comme il l'était.

Avait-elle mis quelque chose à l'intérieur ? Ce fut tout juste s'il ne déchira pas sa besace pour le savoir.

En plus de son petit attirail de survie et de sa bourse, il y trouva une chemise blanche en flanelle de Blaud, une belle cape très épaisse et de la nourriture pour le soir. *Comment et à quel moment avait-elle pu mettre tout ceci à l'intérieur ?! Décidément, c'était une personne surprenante et troublante !*

Tout semblait de bonne qualité et le repas, bien emballé, promettait du délice à son palais. La jeune fille avait des goûts raffinés et le souvenir de la douceur de ses mains lui donnait à penser qu'elle n'avait pas passé sa vie dans la forêt. Elle était bien trop naturelle pour être une comtesse en mal d'activité, mais l'idée saugrenue le fit sourire.

Plus sérieusement, elle n'avait pu apprendre à se battre de cette manière que dans les Pays d'Oye. Le résultat montrait que le travail avait dû être acharné. Il était même surprenant qu'une femme soit arrivée à ce niveau. Enfin, si c'était vrai, rien ne pouvait expliquer les pouvoirs qu'elle possédait.

En plongeant la main dans son sac, il toucha un bout de papier. *Qu'est-ce que c'était ?* Le message du roi de Pandème se trouvait dans la poche avant, dans une bourse de cuir. Le nouveau pli était scellé par le même signe qui maintenant ornait son cou : un anneau plat.

Axel comprenait de moins en moins. *Comment avait-elle pu écrire ?!* Il décacheta le pli. L'écriture était claire et féminine, résultat probable d'une éducation qui collait mal avec une vie sauvage.

« Je te remercie du fond du cœur parce que tu n'as pas seulement sauvé ma vie. Je ne l'oublierai jamais. Pour l'heure, je ne puis te prouver ma reconnaissance que par ce pendentif. Porte-le et mets-le toujours en valeur. Tu pourras ainsi parcourir le pays comme bon te semblera : mes amis te reconnaîtront et, dans tous les villages que tu traverseras, tu seras accueilli avec l'honneur qui t'est dû.

Leïlan n'est pas un pays serein, Korta-le-fourbe et trois guerriers scylès veulent lui imposer sa loi. Ne t'attarde pas. Ton pays est heureux, retournes-y vite. C'est le seul conseil que je te donnerai. La forêt est à toi, il ne pleuvra pas ce soir. Bon appétit et bonne nuit.

Que les Fées veillent sur toi,
E. »

E… E… ?!!! Il se rappelait avoir entendu les Oréens l'appeler *Vic!* Ce n'était qu'un surnom ?! Alors quel était son prénom ? Axel ne cessait de se le demander !

— Il y en a tellement qui commencent par un *E!* Éloïse, Énora, Endie, Élena, Éline…

Peu de chance de le deviner. Déçu autant qu'intrigué, il finit de se déshabiller et écarta les nénuphars du bord de l'eau.

Le jour touchait à sa fin, il était passé tellement vite ! De gros nuages envahissaient le ciel, gris ou noirs, prometteurs de pluie. Axel avait confiance, la jeune fille lui avait assuré qu'il ne pleuvrait pas.

Tout en nageant dans le faible courant d'eau claire, il admira les nuances obscures que les nuages du soir donnaient à la forêt. Les ombres ténébreuses se mélangeaient aux formes fantaisistes des arbres, créant un monde de rêves ou de cauchemars. Son imagination vagabondait comme dans les Brumes Infernales.

Il avait tellement observé la jeune fille que son esprit la matérialisait à son gré. Les longs cheveux flottaient avec souplesse, s'entrelaçant dans les branches, le sang avait disparu et elle posait ses yeux bleu nuit sur lui. Il entendait même sa douce voix résonner dans sa tête, lui répétant la lettre. *E…, la Fille-aux-yeux-bleus…, Vic…* Elle était si belle, trop pour mourir. Il adressa une profonde prière à ses Divinités pour qu'elle se rétablisse.

Les grognements d'un loup le firent sortir de ses songes. La bête apparut, majestueuse. Elle s'était faufilée dans la clairière, certainement pour se désaltérer, et constater une présence dans son eau claire ne devait pas lui plaire !

Tant qu'il restait dans la mare, Axel ne craignait rien, mais si les nuits étaient aussi fraîches qu'à Pandème en cette saison, son corps ne résisterait pas longtemps. Il se mit à espérer que la bête allait partir et qu'il suffisait d'un peu de patience.

Le loup s'était arrêté de gronder. Il avait rangé ses crocs sous ses babines et avait même redressé ses oreilles rondes. Humant fortement, il s'approcha des affaires du jeune homme : il avait certainement senti la nourriture !

Voyant déjà son repas partir en fumée, Axel se redressa et se mit à frapper l'eau violemment. Sur le moment, le loup s'enfuit à toutes pattes, mais une odeur plus forte que la peur le poussa à revenir. Axel craignait l'animal et celui-ci dut le ressentir : il reprit de l'assurance et revint à la charge.

La truffe ne s'intéressait pas à la nourriture. Subrepticement, le loup se saisit du reste de la chemise noire et s'enfuit plus loin. Il ne disparut pas derrière les lianes de clématites. Axel comprit son attitude lorsqu'il l'entendit gémir, et le vit se coucher en boule sur l'étoffe en lambeaux.

Axel était dans de beaux draps ! Que devait-il faire ? Ce loup semblait connaître la Fille-aux-yeux-bleus, mais pouvait-il s'approcher ? De toute évidence, il était apprivoisé, mais peut-être n'acceptait-il qu'un seul maître ? Bon. De toute manière, l'animal devait certainement avoir plus peur que lui.

Doucement, sans déranger le loup, Axel sortit de l'eau. Par petits pas, il s'approcha. Le loup ne bougeait pas, il restait recroquevillé sur le bout de tissu au milieu des graminées. De temps à autre, il lançait des yeux inquiets vers Axel, mais ne montrait aucune agressivité. Le jeune homme fit bonne contenance. Toujours avec des gestes lents et posés, il prit son sac et ses vêtements pour s'éloigner. L'animal ne réagit pas.

Axel se rhabilla sans précipitation. Les gros nuages avaient disparu comme par enchantement mais le froid mordait sa peau, annonçant la nuit. Avec précaution, Axel ramassa du bois et alluma un feu. Maintenant, si le loup avançait, il pourrait l'empêcher d'attaquer sans lui faire de mal.

Le jeune homme sortit le gibier qui lui avait été offert. Le petit païeux bleu fut embroché et mis à rôtir au-dessus du feu. Les narines du loup se dilatèrent, mais il ne manifesta rien de plus pendant tout le temps de la cuisson. Ce ne fut que lorsque la viande fut cuite qu'il pointa sa truffe ; il s'approcha en rampant sur le sol, la chemise dans la gueule, fouettant les herbes folles de sa queue fournie.

La position était si comique pour un animal sauvage qu'Axel ne put s'empêcher de rire. Surpris et vexé, le loup se leva d'un bond pour s'éloigner. Ses yeux fendus, aussi brillants que des flammes, imposèrent le silence. Axel se tut et contempla le susceptible animal. Il était d'un gris-roux brillant. Son épaisse livrée virait au blanc éclatant au niveau de ses pattes et sur son front, où se détachait un rond extraordinairement parfait. C'était une belle bête d'environ cent livres de muscles, au poil soyeux. Un loup superbe.

Axel arracha un morceau de viande et lui tendit. Les articulations des genoux touchant presque le sol, la queue entre les jambes et les oreilles complètement aplaties en arrière, le loup étira le cou et le museau au maximum. Mais il n'osait faire un pas de plus. Axel lui lança la viande. Surpris par le geste, l'animal s'écarta puis revint saisir le morceau pour s'éloigner de nouveau. Tout frétillant, il se mit à le manger goulûment, vraisemblablement plus par gourmandise que par faim.

Le jeune homme en fit de même tant la chair était bonne. En fermant les yeux, il se revoyait à la table royale, et le délice des beignets de fleur de sureau lui rappela ses joyeuses escapades dans les cuisines du château de Pandème. Pour un repas pareil et des souvenirs aussi doux, Axel était prêt à sauver son inconnue aussi souvent qu'elle le désirait !

La nuit était tombée. Repu, Axel se réchauffa dans sa cape neuve et s'allongea contre un rocher près du feu. Il se surprit à avoir envie de parler. Nis lui manquait. Elle ne le quittait que très rarement.

Endurante et rapide, elle se montrait toujours meilleure que les chevaux qu'il avait pu monter avant elle. Sous sa couleur commune, elle cachait aux envieux ses extraordinaires qualités ; son corps était une perfection de muscles et de souplesse pour un connaisseur, et Axel était encore plus fier de son intelligence. Son père lui reprochait d'avoir choisi ce qu'il nommait une simple *haquenée*. Mais, pour rien en ces Mondes, Axel n'aurait voulu un autre cheval de couleur unie, noir ou blanc, pour satisfaire une quelconque vanité. Il aimait trop les doux naseaux clairs de sa jument et la balzane de sa jambe arrière !

Le loup s'assit au sommet d'une grosse souche. Les deux fentes de ses yeux brillaient dans l'obscurité. Le jeune homme appréciait cette sauvage compagnie.

— Quelle journée ! s'exclama-t-il en regardant le ciel.

Finalement, il avait été gâté par les événements ! Le loup baissa posément les paupières comme pour appuyer, à son propre compte, la remarque de l'homme.

— Un peu de musique ?

Au milieu d'un rouleau de ficelle, d'une pierre d'amadou et d'une lame d'acier, Axel saisit dans sa besace son corsouflet, petit instrument de musique, fin mélange de lyre et de flûte, qu'il détenait d'un vieux petit homme du pays Akal. Malgré sa complexité d'utilisation, il avait réussi à en maîtriser tous les sons au fil des années.

Aux premières notes, le loup vint doucement s'allonger plus près de lui. Comme s'il connaissait cette mélodie. La petite aubade aiguë et fluide s'éleva dans la nuit, mise en lumière par une seule lune aux reflets mauves. Donnant toute son âme à la musique, Axel jouait pour celle qu'il aimait. La forêt était à lui, tels avaient été les mots de la jeune fille. Dans le calme du soir, accompagné de quelques ululements de chouettes et de hiboux, Axel avait l'impression qu'elle lui avait fait une place et qu'elle se trouvait à ses côtés. Il ressentait sa présence, là, tout près. *Est-ce que son sixième sens devenait aussi fou que lui ?*

L'instinct d'Axel ne le trompait pas. Au-delà du précipice et des pierres blanches, dans la Forêt Interdite, au bord d'une des falaises plongeant dans la Mer Intérieure, un arbre géant aux racines adventives aériennes s'élevait au milieu d'une prairie. Entre ses branches et à ses pieds, de grandes maisons de bois avaient été construites. Dans l'une d'elles, la Fille-aux-yeux-bleus s'éveillait enfin, au son de la petite musique lointaine.

Elle avait dormi toute la soirée : la douleur de la guérison avait été trop forte. Elle ne s'était pas attendue à avoir aussi mal. Elle devait pourtant rendre grâces à sa petite corne pour son rétablissement. Le simple bijou était une véritable corne d'abondance. Seulement, en plus de son pouvoir de concrétiser tout souhait matériel, il possédait celui de guérir une plaie. Mais chaque vœu avait un prix : une fatigue en rapport avec celle qu'aurait engendrée la fabrication des objets demandés, et la souffrance totale qu'aurait apportée une guérison normale.

Vic était la seule à pouvoir se servir de ce cadeau des Trois Fées. Elle l'avait utilisé pour guérir deux heures plus tôt et en transpirait encore. Sa peau était totalement cicatrisée, toutefois, elle ne pourrait pas courir avant deux jours et son bras ne serait rétabli pour un combat que dans trois. Temps de guérison exceptionnel pour de telles blessures ! Mais la jeune fille le trouvait à peine suffisant pour profiter, dans quatre jours, de l'occasion de pénétrer le château.

Estelle entra dans la pièce calme. Enceinte de huit mois, la jeune femme prenait des formes de jour en jour. Elle commençait à avoir du mal à accrocher les nœuds des rubans latéraux de son chemisier fendu. À vingt-cinq ans, c'était sa troisième grossesse, et elle se portait comme un charme ; Vic lui avait appris en secret qu'elle avait entendu les cœurs asynchrones de jumeaux.

Vic adorait cette agréable brune aux cheveux mi-longs et à l'instinct maternel très développé. Une sœur qui l'avait choyée pendant les six premières années de sa vie, avec son frère Ceban. Une véritable famille.

Estelle essuya le front de Vic avec tendresse. Elle était une des trois personnes tenues au secret de son prénom et ne pourrait jamais trahir cet Interdit. Son cœur et son âme étaient voués à la jeune fille. Elle lui devait tant : son bonheur conjugal, sa vie dans cet endroit paradisiaque, la naissance de ses deux fils, et surtout la joie quotidienne que Vic apportait à la petite troupe de la Forêt Interdite.

Même si ces quinze derniers jours avaient été difficiles et démoralisants, sa sœur ramènerait la paix à Leïlan, elle en était persuadée. Elle l'admirait du plus profond de son être.

Une petite souris se faufila hors de la manche de sa brasserole et vint se poser sur le ventre de la malade. Elle se dressa sur ses pattes arrière, courbant ainsi sa fine queue, et allongea son museau pointu. Avec de petits gestes habiles et consciencieux, elle ne put s'empêcher de se frotter le bout de la truffe.

— Alors, comment te sens-tu ? La douleur est passée ? demanda le petit rongeur inquiet, en agitant ses longues moustaches propres.

— Oui. Je ne sens plus rien, j'ai l'impression d'être vidée, complètement vidée.

— Après un pareil cri, cela n'a rien d'étonnant ! répliqua-t-il avec une dureté surprenante pour un être aussi charmant et minuscule. Heureusement que tu t'es évanouie juste après, tu allais ameuter tous les environs et jusqu'au palais !

— Oh ! Jerry ! Elle ne l'a pas fait exprès ! s'écria Estelle. La douleur a dû être atroce ! As-tu vu ses blessures ? !

— Quel besoin avais-tu de donner autant d'affaires à cet homme avant de partir ? ! répliqua Jerry sans se soucier d'Estelle. Tu n'aurais pas eu autant de mal à supporter la douleur !

Vic ne répondit pas et regarda le plafond. Jerry ne saurait jamais ce que signifiait le mot *reconnaissance*. Estelle repassa sa main sur son front en tournant le dos à la petite souris si sévère.

— Veux-tu que je reste auprès de toi ? Sten n'y voit aucun inconvénient. Nous sommes tous très inquiets pour toi.

— Non, répondit la jeune fille avec un léger sourire. Retourne auprès de ton mari et de tes enfants. Je vais dormir. Ne vous tourmentez plus à mon sujet. Rassure tout le monde. Le Masque ne se meurt pas mais prend quelques jours de repos.

Estelle savait parfaitement lire dans les yeux bleu nuit. Vic voulait se montrer forte et rassurante mais ces *jours de repos* étaient un nouvel échec.

— Vous avez dû abandonner trop de combats, ces derniers temps. Les Yeux-d'Utahn sont le meilleur avantage que Korta ait jamais eu. Mais ils craignent Erwan. Je suis certaine qu'il trouvera un moyen de les faire fuir définitivement.

Elle attarda son baiser sur le front de sa sœur silencieuse et sortit sans un bruit.

Jerry avait pris la forme d'un superbe chat angora blanc et, malgré ses reproches, il s'était niché en boule dans la couette de plumes, contre la malade. Il représentait beaucoup pour Vic. La petite famille de la Forêt Interdite s'était agrandie depuis la naissance de la jeune fille, mais, même s'il restait plus un maître et un tuteur qu'un père, Jerry avait une place bien à lui dans son cœur.

À travers les nombreux carreaux de la vitre, Vic vit Estelle parler à tous ses compagnons ; elle les tranquillisait. Il ne fallait surtout pas qu'ils perdent espoir. La mort de Gyl était encore trop présente dans tous les esprits.

La nuit et les étoiles se reflétaient dans le lac, la cascade étincelait, tout était calme. Sur une chaise, à côté de Vic, se trouvait la cape d'Axel. Ce jeune homme s'était trouvé au bon endroit, au bon moment… Pourquoi l'avait-il sauvée ? Parce qu'elle l'avait soustrait à la colère des amalyses ou parce qu'il avait compris son importance dans le pays en tant que Masque ? Il avait joué avec la mort une seconde fois. Pourquoi s'était-il autant exposé ? Peu importait, il ne devait pas regretter son geste à présent. Avec l'anneau, il serait pris en charge par les villageois. Mais… s'il rencontrait Muht Dabashir comme Gyl ? Pendant un instant, le sentiment d'avoir abandonné un ami remonta dans le cœur de la jeune fille. Les cris de Jerry lui hurlant de fuir firent écho dans sa tête. Elle ferma les yeux. Elle n'avait rien pu faire.

Elle ne voulait pas qu'il arrive la même chose à Axel. Elle avait eu un sentiment de confiance inné à l'égard de ce jeune homme. Elle s'en était elle-même effrayée mais n'avait pas pu s'empêcher de lui expliquer la particularité des amalyses dans les Bois Obscurs. Ce n'était pas grave si Korta apprenait qu'elle utilisait les plantes tueuses, bien au contraire même, cela lui apprendrait qu'elle pouvait être plus dangereuse qu'il ne le croyait ! Mais cela donnait une raison supplémentaire aux Scylès de prendre Axel pour l'un de ses complices.

Où était-il en ce moment ? Elle s'étonnait d'avoir envie de le revoir. Pour calmer ses inquiétudes, elle préféra l'imaginer, à la belle étoile, ses yeux émeraude dirigés vers le ciel, un creux de sourire dans la joue. Elle le voyait même auteur de la petite musique dont quelques notes diffuses lui parvenaient. Elle ressentait une douce paix au fond de son corps.

— Je n'ai pas le temps de l'aimer, je le sais, murmura-t-elle comme si on lui faisait la morale. Mais, protégez-le, Divinités de la Vie. Je vous en prie.

Elle serra Jerry ronronnant contre elle et se rendormit. L'expression tranquille de son visage reflétait l'effet des notes étranges dans le silence de la nuit. Dans son esprit, la mort d'un de ses compagnons cédait doucement la place au visage d'un étranger.

Le chat avait gardé les yeux ouverts, la fente de ses iris jaunes totalement dilatée. Jerry attendit un moment avant de se relever ; il regardait Vic. Malgré la baisse de son moral, il était fier d'elle. Elle était trop sensible, mais elle n'avait pas hésité à souffrir pour guérir plus rapidement. Il cligna des paupières dans une attitude de suffisance purement féline.

Il était son Maître et se devait de lui reprocher chacune de ses faiblesses, comme il l'avait fait. Son intransigeance avait transformé cette simple enfant en un être d'exception. Il la trouvait handicapée par sa nature féminine et par ses larmes, mais elle s'était toujours montrée à la hauteur de ses espoirs et le lui prouvait encore aujourd'hui. Il avait fallu qu'elle trouve au fond d'elle un courage immense pour utiliser le pouvoir de la corne sur des blessures aussi graves.

Néanmoins, un nouveau problème se présentait à Jerry. Il connaissait très bien la belle enfant et avait peur de comprendre ses dernières phrases. Le jeune homme de l'arbre était du genre à lui faire tourner la tête. Le vert de ses yeux avait déjà dû l'envoûter plus que de raison.

Il ressentait, pour Vic, un sentiment plus paternel qu'amoureux, mais la jalousie et l'orgueil avaient toujours été les sources de ses malheurs. Il s'était pris d'une profonde haine pour cet étranger au premier regard, et ne supportait pas l'idée qu'il puisse encore s'approcher de sa protégée.

Il sortit furtivement. Il voulait des explications. *Qui était cet étranger ?* Vic semblait le connaître. *D'où ? Comment avait-il appris qu'elle était le Masque ? Pourquoi avait-il fait le choix de la sauver ?*

Il fonça sur Estelle, elle seule pouvait tout savoir !

Celle-ci racontait justement aux sept autres adultes de la Forêt Interdite comment Axel avait sauvé leur amie. Elle allait leur expliquer leur première rencontre dans les Bois Obscurs, lorsque surgit Jerry.

Il avait pris sa forme la plus terrifiante, celle des êtres mi-hommes mi-bêtes perchés sur les bordures des châteaux. Étant condamné à vivre uniquement dans des corps animaux ou semi-animaux, il ne pouvait reprendre son apparence humaine. Aussi l'aspect d'un être chimérique demeurait-il sa forme préférée dans la Forêt Interdite, surtout lorsqu'il avait besoin de liberté gestuelle ou qu'il se mettait en colère. Tel était à présent le cas. Ses traits primates, son corps crochu et sa peau glauque impressionnaient toujours Estelle malgré les années. Elle se tut devant les sombres yeux jaunes.

— Continue, j'aimerais être au courant, lâcha-t-il froidement. D'où sort-il ?

Dominant sa crainte, elle lui expliqua tout ce que lui avait raconté Vic, omettant volontairement les sentiments de la jeune fille et le changement de couleur des amalyses.

Jerry n'en croyait pas ses oreilles. Pourquoi avait-elle sauvé un étranger ? *Un Pandémois, en plus !* Que s'était-il donc passé dans sa tête ? Et pourquoi ne lui avait-elle rien confié ? Ces cachotteries ne lui disaient rien de bon. La jalousie commençait à l'aveugler. Il enrageait et pestait contre le jeune homme. Estelle ne comprenait pas :

— Mais que lui reproches-tu ? Elle lui a sauvé la vie et lui, la sienne. N'est-ce pas suffisant pour nous ? Tous les hommes la croyaient derrière eux, elle serait morte, terrée dans un coin ou torturée par Korta, s'il n'était pas intervenu. Lui souhaites-tu la même mort que Gyl ?! Si Vic n'a pas voulu te parler d'Axel avant, c'est par peur que tu lui refuses ses escapades dans les Bois Obscurs. Tu devrais remercier ce garçon plutôt que de lui reprocher sa présence !

Elle avait repris son assurance et la sévérité de Jerry envers Vic l'exaspérait.

— Je n'aime pas cet homme... Il a les yeux verts ! vociféra-t-il en découvrant à moitié ses crocs.

Abasourdie un instant par la réponse, Estelle reprit de plus belle :

— Et alors, Ceban les a violets, peut-être ? Tu n'as jamais critiqué son existence, que je sache !

— Non, parce que son faible pour lui s'est borné à le considérer uniquement comme son frère ! Cet étranger, par contre, peut lui faire oublier les raisons de son combat ! Je l'ai bien vu quand elle était gamine : elle a avoué son véritable prénom à un jeune garçon, totalement inconnu, simplement parce qu'il avait les yeux verts ! Ils ont sur elle une emprise démentielle ! Qui me dit qu'elle ne l'a pas de nouveau fait ?

— Tu es ridicule ! Vic est suffisamment mûre pour ne pas refaire la même bêtise ! Tu l'as punie plus que de mesure pour cette faute ! Tu n'as plus à le lui reprocher, cela fait neuf ans maintenant ! Tu voudrais en faire un véritable automate sans failles et sans faiblesses, mais c'est un être humain ! L'aurais-tu oublié ?! On ne compte plus les sacrifices qu'elle a faits pour le peuple de Leïlan ! Elle donnerait sa vie pour nous et tu crois encore que ce n'est qu'une enfant !

Il allait la couper dans son accès d'insolence lorsqu'elle conclut brutalement :

— Oh ! Mais ne t'inquiète pas ! Elle ne pourra jamais aimer ce garçon : tu t'es bien arrangé pour qu'elle n'apprenne dans la vie qu'à soigner un homme ou à le battre !

Rouge écrevisse, elle tourna les talons pour se diriger vers sa maison. C'était la première fois qu'elle tenait tête à Jerry. Elle en était toute retournée !

Personne n'avait osé s'immiscer dans la dispute. Le caractère de Jerry était trop instable, et il y avait trop à perdre à se le mettre à dos. Chacun s'éloigna lentement, le laissant seul. Il n'avait pas bougé. Il se rendait bien compte qu'Estelle avait raison, mais il ne pouvait pas se l'avouer. Il avait fait une erreur en quittant Vic lors du combat pour s'assurer de la fuite des Scylès. Il devait beaucoup à ce dénommé Axel, mais il le craignait tout de même, comme s'il appartenait à un vieux et mauvais souvenir. Et puis, s'il n'avait jamais enseigné à Vic les sentiments d'amour, c'était parce qu'elle en débordait naturellement ! Ne lui avait-elle pas appris le respect de la vie à l'aide d'une simple amalyse ?

Estelle l'avait calmé. Il revenait de sa jalousie, même s'il ne l'oubliait pas. Il y avait d'autres inquiétudes à avoir, conséquentes aussi au combat, et bien plus importantes. La principale : *Korta*.

Dans sa folie de ne vouloir prendre une vie qu'en dernier recours – ou tout simplement par esprit de contradiction – Vic ne tuait jamais et ordonnait à ses amalyses d'éviter tous les coups pour empêcher le massacre, si l'une d'elles était touchée. Jerry demeurait persuadé que c'était une erreur vis-à-vis de Korta. Pourquoi attendait-elle ? Pourquoi ne pouvait-elle comprendre que l'avenir du Monde de l'Est était déjà entre ses mains ? Korta n'hésiterait pas à l'exécuter. N'avait-il pas failli le faire aujourd'hui ? La chance tournait et elle n'avait plus tous les atouts en mains. La présence des Scylès compliquait déjà bien les choses. Aujourd'hui, elle avait montré son visage à Korta. La seule personne pour laquelle il lui faisait porter un masque. Quelles en seraient les répercussions ?

Jerry regarda furtivement autour de lui. Personne. Il se transforma en hirondelle et vola vers le château.

✧

Assis tranquillement dans un fauteuil de velours incarnat, Muht Dabashir regardait avec amusement Korta marcher de long en large dans ses appartements. Le pâle guerrier scylès aux cheveux platine avait du mal à lire l'esprit du duc – celui-ci connaissait le secret pour fermer ses pensées – mais, dans l'état actuel des événements, aucun don n'était nécessaire pour comprendre la hargne de Korta.

Le duc n'avait retrouvé que du sang sur les feuilles de l'arbre sous lequel il avait été assommé, rien d'autre ! Il ne savait pas par quel chemin son adversaire s'était enfui ; l'imposteur s'était certainement sauvé par les arbres, mais le véritable Masque ?! Elle semblait trop blessée pour l'avoir suivi ou être transportée ! Un oiseau gigantesque était passé au-dessus de la forêt, voilà tout ce que Korta avait réussi à apprendre de ses hommes : il n'en voyait pas l'intérêt pour ses recherches !

Il fit brutalement face à Muht qui tripotait négligemment les quelques tresses de son manteau de scalps :

— Un double esprit!!! ragea-t-il.

Le guerrier scylès ne bougea pas. Il se retenait plutôt de sourire, tant l'humiliation de Korta lui faisait plaisir. *Une femelle, l'ennemi était une femelle !*

— L'homme mûr est son amant, son père ou un sorcier. Il a une énorme importance à ses yeux. Les hypothèses sont justes dans ce sens-là aussi. Je pencherais pour la solution du sorcier puisqu'un nouveau Masque est apparu alors que tu avais blessé le premier.

Korta manqua de renverser la table pour exprimer sa rage.

— Comment avez-vous pu vous tromper ?!

— Nous ne nous sommes pas trompés, répondit Muht avec acidité. Le Grand Ibbak t'a fait l'inestimable honneur de t'expliquer mon pouvoir et celui de mes hommes. À toi d'admettre qu'un esprit fuyant apporte rarement de l'information !

Korta devait être le seul dans l'ensemble des quatre Mondes à connaître les limites du pouvoir des hommes des Pays Insolites et la manière de le contrer. Pourquoi n'arrivait-il pas à comprendre les tâtonnements de ses recherches ? Les guerriers ne percevaient que la pensée du moment dans un esprit, et sous forme d'images, *exclusivement.* Elles étaient réelles ou symboliques selon que le cerveau se souvenait ou raisonnait. Tout au plus pouvaient-ils ressentir l'innocence d'une âme à la condition d'étudier l'esprit plusieurs minutes, pour déceler sa présence ensuite. Mais tout passait par une interprétation des visions : l'erreur était possible.

— C'est comme si la personne avait bloqué son esprit sur son désir de fuir, rajouta Muht. C'est mieux que de fixer ses pensées sur l'image de ma personne empalée, comme tu le fais.

— Ainsi, tu sais à quoi t'attendre, répliqua Korta en mordant les mots. Je n'ai pas choisi notre alliance.

Un silence passa, lourd de sous-entendus. *Alliance... Alliance dans un seul sens pour l'instant, et sans confiance.* Muht Dabashir avait plutôt l'impression de s'être vendu à cet homme. Il comprenait la déception de ses acolytes.

Ce besoin de venir... Il se demandait toujours si c'était bien lui qui l'avait décidé. Il voulait attaquer Akal en passant par la frontière leïlannaise. Avec des soldats non scylès, l'effet de surprise serait total ! C'était une idée brillante, qui avait plu à Utahn Qashiltar et qui lui promettait mille honneurs. Mais en retour, il devait, par tous les moyens possibles, aider le duc dans sa lutte contre le Masque : savoir qui elle était, où elle se cachait et quels étaient ses prochains plans d'attaque. Ce n'était pas si facile, et comme le duc fermait, obstinément et sans explication, son esprit, le guerrier ne pouvait même pas utiliser ses souvenirs. Cela risquait d'être long et difficilement supportable.

Depuis son arrivée, depuis que le guerrier scylès avait vu le Grand Ibbak, il se sentait entraîné dans une histoire plus effrayante que fascinante.

Dans laquelle il n'arrivait pas à trouver sa place. Il avait hâte de repartir quelques jours dans son pays pour annoncer à Utahn Qashiltar la réalisation prochaine de l'attaque d'Akal. Il préférait oublier un temps ce qu'il avait vu ici. Deux nuits et il prenait le bateau…

Trois tours plus tard, Korta finit par s'asseoir. Il repensait à la jeune fille au masque. Ses traits marquaient son esprit ; surtout les yeux, et de plus en plus. Il avait du mal à se concentrer pour ne rien laisser paraître devant Muht.

— Le Masque et ses hommes n'habitent pas la Grande Plaine, annonça le guerrier scylès pour améliorer le compte rendu de ses maigres trouvailles. Certains villageois imaginent même qu'ils se réfugient dans la Forêt Interdite. Cela expliquerait qu'aucun camp n'ait été trouvé dans les bois.

— Ridicule.

— Pour quelle raison ?!

— Le Monstre : un Bas-Esprit. Il faut être non leïlannais pour imaginer qu'il n'existe pas. Mais je t'en prie, si tu veux franchir le Pont Sans Retour pour vérifier, je ne t'en empêcherai pas. Laisse-moi seulement un de tes hommes et son pouvoir malsain, cela me suffira.

Les yeux bleu nuit réapparurent dans son esprit. Il se leva pour chasser l'image que Muht risquait de voir. Il ne tiendrait pas longtemps cette conversation.

— Que comptes-tu faire des enfants d'Éade ? demanda Muht pour changer de sujet.

Il n'avait pas pour habitude de tout ignorer de ses interlocuteurs, et se montrait péniblement curieux des agissements de son *partenaire.* Il ne supportait pas d'être exclu de certains de ses secrets. *Que cachait-il ?*

— Je pense les brûler la semaine prochaine, répondit hargneusement Korta pour galvaniser son esprit. Ou, mieux, je vais les faire pendre pour que les villageois voient bien la souffrance inscrite sur leurs visages quand j'irai leur rendre les corps. Le courage et le charisme de cette fille au masque devraient perdre un peu plus de crédit.

Muht tiqua comme l'espérait le duc. Dans les Pays Insolites, les femmes étaient cachées et subissaient mille et un mauvais traitements, mais les enfants étaient trop difficiles à obtenir pour être sacrifiés à un désir de vengeance. Korta ne résistait pas à l'envie de choquer son allié.

— Ce n'est pas ce qui entravera la liberté de ton ennemie, répondit le guerrier avec mépris. Tu utilises trop d'hommes pour garder tes frontières. Elle peut faire ce qu'elle veut dans le pays.

— J'en mets surtout trop à ton service dans la Plaine Salée, ne me le fais pas regretter !

Korta maîtrisait de plus en plus mal les va-et-vient du visage du Masque dans son esprit. *Pourquoi ces yeux le hantaient-ils ?*

— Je ne peux pas traquer cette gamine… mais je saurai la faire plier ! Si tu restais chaque fois à mes côtés, les batailles seraient plus vite gagnées ! Mais pour cela, il ne faudrait pas que tu craignes les petites potions de l'Akalien qui est avec elle !

Muht ne répondit pas. Comment un Leïlannais pouvait-il comprendre que l'alchimie d'Akal était particulièrement étudiée pour mettre à mal les guerriers des Pays Insolites ? Muht espérait que le compagnon du Masque n'ait emporté que quelques potions de son pays natal.

— Cela ne répond pas à la question de savoir ce qui te pousse à surveiller tes frontières et à isoler ton pays. Akal a trop à faire avec sa guerre contre nous pour venir t'en déclarer une…

Muht ne chercha pas à aller plus avant dans cette discussion. Il venait de se rendre compte que l'image sanguinaire constante dans l'esprit de Korta faisait place de temps à autre à des yeux bleu nuit.

— Elle… t'obsède ?!

— Non !!!

— Ne serait-il pas utile d'aller le dire…

— Je dirai ce que je voudrai à Ibbak, et quand je le voudrai ! Je n'ai que faire de tes conseils ! De tes questions ! Et de ta présence dans mes appartements !!! Je m'allie avec toi pour que tu espionnes l'esprit des autres, et non le mien ! Retourne auprès de tes hommes ! Faites le tour du château demain ! Et après-demain s'il le faut ! Traquez les esprits subversifs puisque vous êtes incapables de revenir avec des informations utiles et logiques sur le Masque ! Il serait temps que vous trouviez le traître qui informe mon ennemie de tous mes plans, avant votre départ !

Le guerrier se leva avec fierté et se dirigea vers la sortie.

— Et empêche tes hommes de violer toutes les servantes qui leur passent sous la main ! Qu'ils se contentent des femmes que je leur donne !

Korta eut l'impression que son cerveau explosait lorsque le Scylès claqua la porte. Bloquer ses pensées un long moment alors qu'une image le hantait était particulièrement difficile à faire. Il respira un grand coup et releva la tête, laissant enfin le regard étrange du Masque lui envahir l'esprit.

Il avait tué les douze hommes qui l'avaient accompagné à Ize. Une perte d'hommes importante, vu ses besoins, mais il voulait être le seul noble à savoir la féminité du Masque. Il ne voulait pas que l'information fasse le tour du palais. Il savait que les guerriers scylès ne diraient rien.

Ce massacre ne l'avait même pas calmé mais son honneur restait sauf. Devant le roi, il avait plaidé l'embuscade et le surnombre de l'ennemi. Bien sûr, ce n'était pas ainsi qu'il parviendrait à épouser la princesse Éline et à devenir roi du pays. Mais ce n'était qu'un sursis pour le Masque. Il comptait bien se venger.

Il marcha jusqu'à une de ses fenêtres. Il se sentait entouré d'espions invisibles, méprisé et rabaissé par cette alliance obligatoire avec Muht

Dabashir, bafoué par un ennemi qui le narguait sans cesse et qui se trouvait être une simple jeune fille. En voyant la forêt dans la nuit, ses doigts se crispèrent sur le rebord de pierre. Cette fille était là, quelque part. Ses yeux réapparaissaient.

Il fallait qu'il la tue, elle le bouleversait trop. Ce regard lui mangeait l'esprit, il en oubliait même le beau visage d'Éline. Il fallait qu'il la tue ! Il avait un contrat à tenir avec Ibbak et il devait mettre en place ses plans de bataille contre Akal avec les Pays Insolites. *Il fallait qu'il la tue !*

Il frappa de son poing le bord de la fenêtre avec désespoir. Une hirondelle s'envola.

Souvenirs

Les rayons du soleil commençaient à poindre. Axel avait l'impression d'être observé et encerclé. Sortant des brumes de son sommeil, il posa sa main derrière lui pour se redresser. Ses yeux s'ouvrirent sur une quinzaine de loups qui l'entouraient et le fixaient. Sur des pelages blancs, gris, noirs et fauves, les regards de feu et les crocs d'acier étincelèrent dans la lumière timide. Axel eut un sursaut de peur et recula brusquement contre le rocher. Tous les yeux sauvages s'enfuirent. Seul un loup resta : celui qui trônait au-dessus des autres sur la souche, celui à la tache frontale blanche. La gueule de l'animal se fendit un peu plus, à l'instar d'un sourire.

Axel crut encore rêver à cette expression. Il devait trop humaniser le loup. Pourtant, les yeux obliques luisaient de malice. Sans y croire vraiment, le jeune homme lui lança en reproche :

— Et tu trouves ça drôle, de bon matin ?!

L'animal cligna des paupières sans bouger. Il avait l'air satisfait. Axel se rassit en passant la main dans ses cheveux. Pour une fois, il n'avait pas eu de mal à ouvrir son esprit à la journée ! *Mais resterait-il longtemps rationnel en Leïlan ?*

Il se leva, encore mal à l'aise, et essaya de remettre ses idées en place. La veille, il était parti vers l'ouest dans sa course et avait traversé presque toute la forêt en largeur. Un peu plus à l'ouest encore, à guère plus d'un quart de lieue, devait se trouver la Mer Intérieure. Emportant avec lui quelques beignets pour le petit déjeuner, le jeune homme partit voir le lever de soleil sur la grande étendue bleue, pour se réveiller plus calmement.

Les longues falaises de calcaire s'élevaient en puissants remparts inébranlables, d'où quelques cours d'eau perdus se jetaient en fines cascades. Préférant pour l'heure ronronner à leur pied, la mer s'allongeait à l'infini et scintillait dans les premiers rayons du matin. Parfumée d'iode et de sel, elle appelait voluptueusement les âmes vagabondes à tous les désirs de liberté et de voyages. Ses promesses de voiles s'étiraient déjà dans les nuages s'éloignant aussi mollement que de grands navires vers l'horizon.

Devant la beauté et la grandeur de la vue, Axel plongea de nouveau dans ses rêves. La chaleur du soleil lui chauffait lentement les épaules. Il ne pensait pas à son amour, mais au songe de sa nuit qui lui revenait. Tout était vague ; néanmoins il se souvenait de la présence d'une petite fille. Malgré le calme que provoquait le va-et-vient des lames de vagues grises et rosées sur les hauts rochers teintés d'orange, il n'arrivait pas à retenir ce rêve qui s'échappait peu à peu de son esprit.

Il n'eut pas le temps de se concentrer plus longtemps, le loup vint le chercher en déposant le bout de chemise noire près de lui. Il s'éloigna de trois pas.

— Oh non ! Je ne l'oublie pas, soupira Axel.

Mais sa mission devait passer en premier. Il ramassa la chemise et prit le chemin de la clairière. Il devait aller le plus vite possible au château pour se débarrasser de la lettre de son roi. Le mieux serait de suivre le bord de la forêt pour retrouver sa jument. Nis ne devait pas être bien loin.

Brutalement, le loup lui fonça dessus par-derrière et lui happa la cheville. Déséquilibré, Axel s'écroula de tout son long et fit voler le morceau de chemise.

Un instant surpris, il observa l'animal : la gueule se fendit encore dans un rictus de satisfaction. Décidément, ce loup intelligent avait un tempérament joueur qu'il manifestait à ses dépens ! Poussant un cri offensif et levant les bras au ciel, Axel se redressa pour lui faire peur. Le loup s'éloigna en gambadant, la chemise dans la gueule. Son attitude fit sourire le jeune homme. Il se prit au jeu et un chassé-croisé endiablé s'engagea pour l'appropriation de la chemise. Le loup le craignait, il craignait le loup, mais l'amusement, en cet instant, effaça la peur viscérale et les mauvaises légendes. Nis en aurait été malade !

De retour à la clairière, Axel plongea la tête dans l'eau pour supporter la chaleur de la journée. Puis, ramassant ses affaires, il s'éloigna des pierres blanches en longeant la falaise de la Forêt Interdite vers la Grande Plaine. À sa grande surprise, le loup le suivait toujours, ondulant silencieusement avec la chemise dans la gueule. Axel aurait préféré que l'animal le mène à la jeune fille, mais celui-ci ne comprenait pas… ou faisait semblant. Du coin de l'œil, il le surveillait.

Plus tard dans la matinée, ils regagnèrent un étroit sentier qui traversait la forêt en direction du palais. Le précipice s'était resserré et, à cet endroit, on pouvait s'introduire dans la Forêt Interdite par un simple bond. Le chemin s'élargit et le jeune homme distingua à travers le feuillage un petit pont au-dessus de la crevasse. *Le Pont Sans Retour.* Derrière lui, une brume matinale marquait la zone défendue.

L'envie d'aller y voir de plus près démangeait Axel. Si n'importe quelle autre personne en ces Mondes lui en avait proscrit l'accès, il aurait désobéi. Mais l'interdiction venait de la Fille-aux-yeux-bleus. Il revoyait son visage penché pour le lui dire. Il ne pouvait pas franchir le pont.

— Et si c'était là qu'elle habitait ? demanda-t-il, habitué à parler à haute voix à Nis.

Après tout, vu l'étendue de ses pouvoirs, le Monstre n'était peut-être qu'une de ses créations avec laquelle elle avait voulu lui faire peur ! Le loup s'était assis. Il regardait avec patience l'être humain sans comprendre son problème. Il ne renâclait pas, ni ne secouait la tête. Sa queue balayait l'herbe doucement quand sa truffe se mit soudain à frétiller.

Non, elle non plus n'a pas quatre cents ans d'existence, rajouta Axel dans ses pensées.

Alors comment expliquer cette légende ?! Et pourquoi avait-il la sensation que la jeune fille n'était pas loin ? Il était tiraillé. Ce fut le loup qui lui fit prendre la décision. Celui-ci partit comme un fou, non en direction du pont, mais vers le nord, vers le château.

— Il l'a sentie ! cria Axel envahi d'espoir en partant à sa suite.

Quand il l'eut rejoint, il eut la déception de le trouver les quatre pattes sur un homme, aplati au sol par son poids. Le loup restait immobile au-dessus de son visage, comme pour tester l'autorité de sa victime.

— Mais oui, je t'aime, San, mais oui, t'es beau. Ceban ! braillait-il à un autre homme d'une voix faussement apeurée. Enlève-le-moi ou je n'arriverai jamais à me dégager de c'pot de colle !

Ceban se contentait de rire à gorge déployée. Il cessa immédiatement à l'arrivée d'Axel. L'homme qui criait se dégagea finalement du loup avec aisance. Le voir se déplier et sortir son arme était même terriblement impressionnant ! C'était une véritable montagne, il devait faire plus de sept pieds de haut ! Et ses muscles allaient de pair avec sa taille ! Son regard noir donna la chair de poule à Axel qui ne comprenait pas une telle agressivité, si soudaine.

— Sten, arrête ! Regarde le collier qu'il porte ! C'est *lui*, prévint Ceban.

Axel venait de rencontrer les amis de sa jeune aventurière et la nouvelle de son existence s'était propagée assez rapidement.

Ceban, très jeune d'apparence, avait des yeux vert-de-gris brillant d'une intelligence qui, au jugé d'Axel, devait manquer à la grande brute. Mais celle-ci rangea son épée dans sa ceinture de cuir et ses traits se radoucirent, révélant un visage moins féroce qu'on n'aurait pu le croire, voire même sympathique. Il remit son béret tombé à terre. Sa peau tannée par le soleil accusait la trentaine.

Trois chevaux se tenaient derrière eux. L'un d'eux portait une balzane à la jambe arrière. Axel reconnut avec joie sa jument. Le regard de billes noires de Nis était brillant ; elle tira si brusquement sa longe que Ceban la lâcha de surprise. Elle se précipita sur son maître et engouffra bruyamment ses naseaux dans son cou. Pour une fois, la présence d'un loup ne l'avait même pas empêchée d'avancer ! Axel attrapa rapidement sa longe avant qu'elle n'en prenne conscience.

Les deux hommes ne discutèrent pas la propriété de la jument, dont l'action avait prouvé son appartenance à l'étranger. Seul Ceban fit une légère moue en regardant le bel arc accroché à la selle lui échapper.

Le loup ramena curieusement la chemise à Sten : il cherchait une réponse. Le géant s'agenouilla pour l'inviter à s'approcher plus près et examina la chemise dilacérée.

— Alors, tu r'viens enfin nous voir après trois mois d'absence pour nous rapporter c'te loque ? Qu'est-ce que c'est, San, hein ? Qu'est-ce que c'est ? Mais c'est plein de... sang. C'est sec, mais c'est bien du sang ?! répéta-t-il en se retournant vers Axel.

— C'est sa chemise, je veux dire au Masque, enfin à elle... Je... Je ne...

— Tu sais pas son nom ? Moi non plus, répondit malicieusement Sten. C'est pas plus mal. Ça t'évitera de dire n'importe quoi devant n'importe qui. T'inquiète pas, San. Elle va bien. C'est rien.

Il frotta le cou de l'animal. Sa main se perdit dans les poils sombres. Le loup sembla avoir compris et accepta la caresse.

— Elle va bien, elle va bien, marmonna Axel.

Si San pouvait se contenter de si peu de renseignements, lui en désirait plus !

Sten sourit, comme s'il comprenait sa frustration.

— Elle est encore un peu faible et ne peut se battre, mais...

Ses yeux noirs s'attardèrent, comme ses pensées, sur Axel.

— Tu pourras la voir ce matin en Aces, le village de la Colline Creuse. Dans cette direction, à quinze lieues à peu près, indiqua-t-il finalement de son bras.

— Elle y sera dans trois heures, tout au plus, ajouta Ceban heureux lui aussi de faire de tels aveux.

C'était leur manière de le remercier d'avoir sauvé leur amie.

— Mais s'il y a des soldats, ou... les guerriers scylès ?! s'inquiéta Axel.

— Ils ne viendront pas, aujourd'hui. Et s'il leur prenait l'envie de changer d'avis, on trouverait un moyen de s'en charger. Il est évident que ma sœur ne peut le faire entièrement seule, mais elle ramènera la paix dans son pays. Aucun de nous n'en doutera jamais.

L'assurance et le ton de Ceban portaient l'orgueil, la vanité de l'adolescence. Axel l'observa. Il ne lui trouvait aucune ressemblance avec elle, à part l'âge. Il était peut-être joli garçon, imberbe, brun et ténébreux comme pouvaient l'aimer certaines filles de village, mais ses traits n'avaient pas la finesse de ceux qui hantaient son esprit. Bottes et pantalon, sans chemise, juste un gilet à même la peau et un lacet de cuir autour du cou, Ceban avait tout de la forte tête et du frondeur.

Les deux hommes étaient remontés sur leurs chevaux et s'apprêtaient à partir. Axel ne disait rien. Le village ne se trouvait pas sur sa route ; au contraire, il lui fallait rebrousser chemin dans la plaine pour l'atteindre. Quelques heures auparavant, il s'était persuadé d'aller au château le plus vite possible ! *Était-ce raisonnable ?* Il fit ses comptes : il lui restait encore cinq jours pour porter le message. S'il n'était pas passé par les Brumes Infernales, il n'aurait pas encore atteint Leïlan.

— À dans trois heures, jeune étranger, lança Sten en s'en allant.

Ceban fit de même et San partit à leur suite à toutes pattes. La poussière soulevée par les chevaux s'éloignait de plus en plus. Axel se retrouva isolé, un peu malheureux tout de même de perdre la compagnie étrange du loup. Mais il avait retrouvé Nis !

Trois heures. C'était largement suffisant pour arriver au village et ne pas manquer la Fille-aux-yeux-bleus. Axel reprit son sac en bandoulière, raccrocha la bride-licol de sa jument et monta sur son dos. Tout en la flattant et en la complimentant, il pressa son trot dans la direction donnée.

✧

Dans la Grande Plaine, le soleil inondait un ciel bleu d'une insolente pureté. Axel avait gardé des séquelles de ses récentes traversées de glaciers : il devait porter sa main au-dessus de ses yeux pour voir dans quelle direction aller. Curieusement, une bribe de phrase de Ceban résonnait dans sa tête : *Elle ramènera la paix dans son pays.*

Il ne la sortait plus de son esprit.

Soudain, il arrêta sa monture. Il venait de faire le rapprochement avec la petite fille de son rêve. Son cœur se brisa. Il avait tellement voulu oublier cette histoire ! *Pourquoi lui était-elle revenue ?* Une mélancolie l'envahit en repensant à une image de sa vie : une enfant au bord d'une falaise, face au vent, les yeux perdus loin dans la mer. Tout lui revenait.

Il venait d'avoir onze ans à l'époque. C'était le temps où il ignorait encore la prophétie des Trois Fées, le temps où il vivait à la cour de Pandème, le temps où il acceptait son rôle insignifiant de Troisième Prince. C'était avant qu'il ne manque de mourir des Fièvres Folles dans les Pays Noirs, et qu'il n'ait l'idée de laisser diffuser l'annonce de sa mort.

Il se trouvait avec son père dans les Pays d'Oye pour perfectionner sa connaissance des armes. Le plus grand des Maîtres y habitait et formait l'élite des Mondes. Veyk enseignait force et sagesse.

Toutefois, Axel se souvenait que lors de leur première rencontre, le Maître d'armes était agité. Perché sur une caisse en bois, il regardait avec la fébrilité d'un enfant la grande place de la ville par son soupirail. Oubliant même de saluer le robuste roi Frédérik de Pandème, il avait pris le jeune prince près de lui pour lui montrer l'objet de tant de passion : une petite fille de neuf ans chantait et dansait avec légèreté sur un rond de pavés de mosaïques mauves et grises. On aurait dit un petit animal sauvage, provocant et indomptable. Ses cheveux d'un doré plus foncé que sa peau s'écoulaient sur son corsage de dentelle. Flamboyante dans une jupe de cretonne rouge, elle envoûtait les badauds de ses paroles et de ses pas, une souris blanche sur la main.

— *Regarde-la,* lui avait dit le Grand Veyk. *Elle est fantastique. C'est ma meilleure élève, je n'en ai jamais eu de plus avide de connaissance. Jour et nuit, en seulement un an, je lui ai appris plus qu'en trois ans pour d'autres élèves. Et moi, j'ignore presque tout d'elle, même son prénom. Depuis qu'elle a eu six ans, elle parcourt les Mondes et apprend une maîtrise du corps ou de l'esprit dans chaque pays qu'elle traverse. C'est tout ce que j'ai réussi à savoir. Je n'ai vu son père qu'une seule fois ; il s'est montré encore plus mystérieux, en dissimulant son visage. Il m'a affirmé avec suffisance qu'elle allait ramener la paix dans son pays ! Face aux prouesses de cette enfant, je n'en puis plus douter.*

Les souvenirs d'Axel revenaient à flots au fur et à mesure que Nis reprenait son pas. Il avait été subjugué par la fillette.

— *Elle me quitte demain,* avait repris le Maître avec amertume. *Son père a exigé d'elle une dernière épreuve pour savoir si mon enseignement a été à la hauteur de son attente. Elle est parvenue à se faire recevoir par l'empereur d'Oye. Elle a fait le pari avec celui-ci de lui dérober son émeraude et de participer au bal, ce soir, en son palais. Elle a réussi avec brio la première partie. Les gardes sont comme fous et elle danse déjà en toute impunité sur la place principale ! Je suis fier d'elle… Te sens-tu à la hauteur pour lui succéder dans cette petite salle, mon garçon ? Tu as deux atouts de plus qu'elle : tu es plus âgé et tu auras toujours plus de force, puisque tu deviendras un homme. Maintenant, auras-tu autant de détermination et de discipline ?*

Non. Axel n'avait pas eu cette même constance et cette même rigueur, mais la maîtrise des armes était un pouvoir de famille : le Grand Veyk avait été tout aussi fier de lui transmettre son art avec passion et succès. Sauf peut-être en ce qui concernait la sagesse.

Était-il possible que cette enfant soit la jeune fille qu'il venait de sauver ? Axel en doutait : il ne souvenait pas d'avoir vu de pareils yeux avant. Il essaya de revoir le visage enfantin avec plus de précision.

Peu de temps après sa discussion avec le Maître Veyk, des soldats étaient arrivés sur la place, armés de hallebardes et de piques. Il revoyait cette petite fille pleine d'agilité leur glisser entre les doigts. Elle riait tellement. De quelques bonds, elle était montée sur les toits et avait continué à les narguer en courant sur les tuiles mauves imbriquées, au risque de tomber. Ce ne fut que depuis le carrosse se dirigeant vers le palais qu'il l'avait revue. Elle avait distancé bon nombre de soldats et bondissait de toit en toit. Un grand bruit s'était soudain fait entendre au-dessus du carrosse et quelques secondes avaient suffi à l'enfant pour se retrouver à l'intérieur.

— *Veuillez pardonner mon intrusion, je...*

Elle n'avait pas eu le temps d'en dire plus, Frédérik de Pandème lui avait coupé la parole :

— *Tais-toi et cache-toi. Nous connaissons ton histoire et nous serons très heureux de te faire entrer au palais impérial. J'estime l'audace et le courage. Axel, donnez-lui votre manteau avant que les soldats n'arrivent.*

Il avait obéi, tout enchanté de la réaction de son père. Les gardes avaient laissé entrer dans le palais aux tours argentées le roi de Pandème, le prince Axel et sa *cousine*. Personne n'avait décelé la supercherie et tous les trois avaient été installés dans de grandes chambres luxueuses pour se préparer au bal du soir.

Axel se souvenait encore de l'entrée de la fillette. La petite vagabonde aux pieds nus était devenue une princesse comme par magie. Elle s'était vêtue à la mode d'Oye d'une robe toute faite de soie blanche de Filg, brochée, fendue devant pour laisser voir ses jupons composés de mousseline et de fils d'or. Ses cheveux, relevés, retombaient en boucles soyeuses dans sa nuque et sur ses épaules nues. La résille qui les retenait était chamarrée de perles et de fins diamants qui s'harmonisaient avec ses autres bijoux. Tout était délicat et raffiné, il n'y avait pas d'excès de dorure : un joli diadème dentelé, de petites boucles d'oreilles pendantes, un fin collier qui se perdait dans sa robe et juste un jonc pour souligner la finesse de ses poignets. Elle s'était révélée plus belle que toutes les femmes du palais malgré son jeune âge. *Qui l'avait aidée à s'habiller avec autant de grâce ?*

Elle avait les yeux sombres, oui, anthracite, il s'en souvenait ! Il ne pourrait jamais oublier le regard émerveillé qu'elle avait eu lorsqu'il lui avait tendu le bras pour aller danser. Lui, avait été fier comme un paon qu'elle accepte. Tout le monde les avait regardés, séduit par cette fillette. Même son père était resté un moment surpris de la beauté de l'enfant.

Ce soir-là avait été féerique pour Axel. Son cœur avait eu l'impression de s'envoler à chaque pas de danse. Maintenant encore, neuf ans plus tard, il ressentait les mêmes sentiments au gré de ses souvenirs. La forte lumière du soleil lui rappelait celle de l'éclairage de cette salle fantastique. La musique lui revenait, le transportant dans le passé, dans la plus belle histoire de sa vie.

Il revoyait l'enfant, une main délicatement posée sur la sienne. Elle dansait avec souplesse, connaissant tous les pas, comme une dame. Le froufrou de ses jupons se faisait légèrement entendre. Il avait eu l'impression qu'elle flottait dans les airs. Intimidée, elle ne l'avait pourtant jamais quitté des yeux. Avait-elle éprouvé la même tendresse que lui ? Il ne le saurait jamais. L'empereur d'Oye avait rompu le charme. Il s'était brusquement redressé dans sa grande houppelande bordée de vair. Il l'avait reconnue.

Avec le sourire et de toute sa splendeur, elle s'était retournée vers lui. Elle avait gagné ! D'un repli de sa robe, elle avait sorti l'émeraude et l'avait tendue au souverain. Sa souris, issue du même endroit, était montée sur son épaule.

— *Sire, je prouve que la sécurité de ce palais est insuffisante en gagnant notre gageure ! J'espère que Sa Majesté tiendra la part de notre marché !*

— *Nous ne traitons pas avec les voleurs et les individus de ta basse espèce !* avait-il froidement répondu en arrachant le joyau de la main de l'enfant.

— *Mais ce n'était qu'un jeu, Majesté ! Je suis venue la rendre !*

— *De toute manière, nous te l'aurions reprise ! Gardes !!!* avait-il hurlé. *Emmenez cette vilaine aux cachots !*

Axel se rappelait le désespoir qu'il avait ressenti à ces mots. Leurs échanges s'étaient limités à des regards, et pourtant un lien l'unissait déjà à la fillette. Il aurait voulu foncer au milieu des soldats mais son père l'avait retenu et, comprenant son geste, la petite fille emportée par les gardes lui avait crié :

— *Je m'en sortirai toujours !*

Il repensait à cette nuit. C'était affolant à quel point il se remémorait tout ! Même l'odeur des cachots, même le froid des dalles, même les cris des prisonniers.

Il avait réussi à se sauver de sa chambre pour parvenir dans les couloirs aux cellules. Il avait pris beaucoup de risques, pour lui, mais surtout pour le peuple de Pandème si l'on découvrait sa trahison. Son père avait déjà dû mentir en niant être à l'origine de l'intrusion de la fillette. Mais Axel était décidé à tout faire pour la sauver !

Quelle n'avait pas été sa surprise en la rencontrant dans un couloir ! Elle avait failli l'assommer, croyant à l'arrivée d'un garde. Elle portait de nouveau ses vêtements de sauvageonne, cheveux libres avec sa souris sur l'épaule.

Elle avait pris la main du jeune prince et l'avait entraîné dans les dédales des cachots. Tout s'était montré noir et humide, le silence oppressant et angoissant pour les deux fuyards. Combien de fois s'étaient-ils plaqués contre un mur suintant ou enfoncés dans un coin sombre et nauséabond pour éviter les soldats ? Et combien de fois leurs cœurs s'étaient-ils arrêtés alors qu'ils croyaient être pris ? Axel s'en moquait. Il avait aimé cette escapade, il avait eu des frissons chaque fois qu'elle s'était blottie contre lui : il s'était senti important, fort, invincible même ! Malgré l'endroit lugubre, les gémissements des torturés agonisants qui se faisaient entendre, et l'insécurité de leur situation, il n'avait pu s'empêcher de l'admirer. Elle avait été son rayon de soleil. Leurs mains ne s'étaient jamais lâchées et bon nombre de ses sourires ou des regards de ses yeux gris lui avaient prouvé qu'elle était heureuse qu'il soit venu.

Passant par un soupirail descellé, ils étaient parvenus à sortir du palais. Toujours unis, ils avaient couru à en perdre haleine dans la forêt jusqu'à une falaise surplombant la mer. Le sentiment qu'Axel avait éprouvé à ce moment-là lui faisait encore fermer les yeux à présent. Il aurait pu s'envoler, sûr de pouvoir y arriver.

Les deux enfants s'étaient allongés dans les hautes herbes et avaient ri, heureux de vivre ce moment de liberté ensemble. Mais, la curiosité d'Axel avait tout gâché.

La fillette n'avait pas voulu répondre à la plupart de ses questions. Et plus il avait essayé d'en savoir, plus il l'avait réduite au silence et l'avait rendue triste. Elle avait fini par se lever pour regarder la mer, laissant le vent soulever délicatement ses cheveux.

—*Je ne peux pas te suivre à Pandème. Mon pays m'attend au-delà de cette mer. J'ai été choisie par les Trois Fées de l'Est pour lui redonner la paix… Je dois tout faire pour y arriver. Cela fait trois ans que je n'ai pas vu ma famille, et je ne la reverrai pas avant d'avoir treize ans… Mon Maître m'a dit qu'il fallait d'abord parfaire mon éducation. Mais je ne sais pas si un jour je pourrai combattre des hommes entraînés. C'est si lourd, une épée. Tu penses que c'est de la folie d'y croire ?*

Ce n'étaient pas les paroles d'une enfant, mais elles sortaient bien de la bouche d'une fillette de neuf ans.

—*J'aurais aimé rester avec toi,* continua-t-elle avec regret, *mais je dois partir pour les Pays Noirs. Je n'ai plus de bateau puisque l'empereur d'Oye m'a trahie, mais on a d'autres moyens… Je dois obéir.*

Les Mondes s'étaient écroulés sur ses épaules en même temps qu'elle s'était agenouillée. Des larmes étaient nées au bord de ses yeux. C'était une fillette qui n'avait jamais eu le luxe de pouvoir faire un caprice. Effondré, Axel lui avait cueilli une jolie syllis blanche, une fleur sauvage qu'il avait reconnue dans l'herbe. Il lui avait caressé le visage avec les doux et tendres pétales, comme sa mère l'avait fait plus d'une fois pour le consoler. En tant que prince, il connaissait ses devoirs et ses obligations, son père les lui rappelait tous les jours !

Juchée sur l'épaule de la petite fille, la souris avait sauté dans l'herbe et s'était enfuie.

Axel se remémora l'expression du visage de l'enfant au départ de son rongeur. Elle savait qu'ils allaient être séparés, des milliers de décisions s'étaient bousculées derrière cette figure de marbre. Elle avait précipitamment regardé autour d'elle et avait dit tout bas :

—*Je garderai toujours cette fleur en souvenir de toi. Ne m'oublie pas, je t'en prie.*

Puis, d'un air décidé, elle avait rajouté, ses grands yeux foncés levés vers lui :

—*Je m'appelle Éléa.*

La suite avait été tellement rapide ! Un homme était apparu à son prénom. Un véritable colosse en habits sombres ! Un immense chapeau de feutre et un voile cachaient son visage. Enveloppé dans une immense cape, il avait semblé jaillir des ténèbres !

Axel n'avait pas osé bouger. La petite Éléa, en revanche, s'était dirigée vers l'individu d'un pas docile, la tête baissée. On aurait dit une jolie poupée de chiffon prenant la position souhaitée par son propriétaire. Elle n'avait relevé la tête qu'au moment de partir. Avec un visage dénué d'expression, elle avait plongé une dernière fois ses yeux dans les siens. Une larme avait coulé sur sa joue.

Axel ressentait encore le choc qu'il avait reçu face à ce regard. La seconde suivante, elle disparaissait sous la cape de son Maître, et père, et s'en allait avec lui. Axel aurait voulu s'élancer pour la rejoindre, l'arracher des mains de cet homme, mais une voix s'était élevée derrière lui.

— *Non, Axel, ne faites pas cette bêtise.*

C'était son père, le roi de Pandème. Il avait vu les deux enfants s'échapper et les avait suivis.

— *Vous n'avez pas à vous en mêler. Elle a accepté la volonté des Fées.*

— *Mais je peux la suivre, rien ne me l'interdit,* s'était défendu Axel. *Et… et il n'y a aucune loi m'obligeant à épouser quelqu'un de ma condition.*

— *Certes, mais vous êtes bien jeune pour prendre femme et je sais que cette enfant n'est pas faite pour vous.*

La réponse assurée et grave avait étonné Axel. Il avait eu beau argumenter et parler de tous les sentiments qu'il avait éprouvés pour la fillette, son père était resté convaincu qu'elle n'était pas faite pour lui. Devant un tel entêtement, il avait presque hurlé : pourquoi ?! Comment son père pouvait-il le savoir ?! Les Fées ne dévoilaient pas les destinées amoureuses ! Comment pouvait-il en être aussi sûr alors que le cœur d'Axel criait le contraire ?!

Maintenant, il se demandait pourquoi il avait exigé la réponse. Il aurait préféré ne jamais l'entendre. Il se souvint de toutes les larmes qu'il avait versées devant cette prophétie, devant cette fatalité que son père lui révélait.

Frédérik de Pandème s'était assis sur un rocher et avait lentement commencé son récit, choisissant les mots, cachant peut-être même des informations, pour adoucir l'avenir. À la naissance d'Axel, les Fées lui étaient apparues dans toute leur transparence. Elles lui avaient annoncé qu'elles n'avaient pas réussi à reprendre entièrement leurs pouvoirs dans la joute qui les avait opposées à l'Esprit Sorcier Ibbak. Elles n'étaient pas parvenues à arrêter la folie guerrière qu'il avait provoquée chez les habitants des Pays Insolites. Le dernier espoir des Fées pour consolider leur force était la réunion de Pandème et de Leïlan en un seul royaume.

Elles avaient destiné chacun des fils de Frédérik et de Céliane de Pandème à chacune des princesses de Leïlan. Les mariages devraient être célébrés impérativement dans le château royal de Leïlan, au solstice d'été, dans vingt ans. Contrairement aux unions dont les Fées aimaient s'occuper, ces trois-là seraient exclusives : *les princes et princesses ne pourraient aimer et être aimés en retour par aucune autre personne.* Les Trois Fées n'avaient pas pensé mal agir. Il ne leur était seulement pas venu à l'idée que deux années plus tard, la dernière Princesse de Leïlan, la promise d'Axel, allait naître morte juste après qu'elles aient scellé leur sort.

Axel avait mal. Pourquoi avait-il fallu qu'il repense à cette histoire ?! Le sentiment de révolte de ses onze ans remontait en lui. Il ne pouvait toujours pas y croire ! Les Fées n'étaient censées qu'influencer des choix de vie. Jamais, au grand jamais, Axel n'avait pensé qu'elles pouvaient imposer un avenir ! Et encore moins, qu'elles puissent rester impuissantes à la mort de celle qu'elles lui avaient destinée ! Pourquoi avaient-elles révélé tout ceci à son père à sa naissance ? Les paroles de celui-ci revenaient encore :

—Axel, auriez-vous oublié ce que votre ancêtre Enkil a fait pour le peuple de Pandème ? La bataille qu'il a menée contre le sous-fifre de l'Esprit Sorcier pour que les Fées reprennent une partie de leur pouvoir ? Pourquoi croyez-vous que nous sommes privilégiés d'un tel bonheur à Pandème, si ce n'est en récompense de son acte de bravoure ? D'où croyez-vous détenir votre statut de prince ? Avez-vous déjà oublié votre histoire ? Il serait peut-être temps que vous lisiez ses Mémoires… En rentrant, je… Axel… Les Fées nous ont toujours été reconnaissantes et nous font confiance. Elles nous ont choisis pour les aider. Leïlan est le pays le plus stable dans cette partie du Monde de l'Est, et bien avant la Guerre des Siècles, bien avant qu'on instaure la langue commune, nos peuples ne formaient qu'un.

Il avait radouci sa voix et enveloppé le petit pourpoint de velours vert dans son grand manteau pourpre. Le jeune prince n'avait pu avoir foi en tout ceci. Un pan de son univers s'écroulait. Les Fées avaient fait une erreur ! Elles avaient décidé de sa solitude ! Il était donc le seul à aimer ?! Éléa n'avait rien ressenti pour lui ?! La promesse de garder sa fleur, c'était du vent ?! Pourtant, elle lui avait révélé son prénom ! Ses pensées s'étaient bousculées dans sa tête.

—Mais, je peux tout de même la suivre, un peu. Peut-être que les Fées sont revenues sur leur décision. Il y a quelqu'un d'autre pour moi. Et c'est elle !

—Elle est partie pour les Pays Noirs ! Ce continent contient quinze royaumes immenses ! Vous n'avez pas la moindre idée de ce qu'elle va y faire. Vous voulez passer votre vie à la chercher, alors qu'il n'y aura plus aucune place pour vous dans son esprit depuis longtemps… Nous voulons, votre mère et moi, que vous deveniez un grand combattant. Vous… ressemblez tellement à votre ancêtre Enkil que vous y parviendrez. Nous voulons aussi que vous

parcouriez les Mondes pour apprendre la guerre et la paix, mais nous ne voulons en aucun cas que vous perdiez la tête pour une jolie demoiselle mystérieuse… Mon enfant, je suis consterné par le destin. Croyez-moi, j'aurais fait n'importe quoi pour que cela ne vous arrive pas ! Mais il est trop tard.

Serrant le visage de son fils contre sa puissante épaule, il avait ajouté :

— *Vous pouvez aimer, je le sais. À la folie même, et ce sera votre plus grande faiblesse. J'espère du fond du cœur que vous finirez par aimer une femme qui, elle aussi, aura un peu de sentiment à votre égard. Mais je crains qu'elle n'ait au plus pour vous qu'une grande amitié. Je souhaite que cela suffise à votre bonheur.*

Axel n'avait pas trouvé ce maigre contentement. Il avait même peur de le chercher. C'était la raison inconsciente qui l'empêchait de rester en place et qui le poussait à fuir toute compagnie.

Nis marchait tout doucement, presque à pas lourds : elle ressentait la mélancolie de son maître. Il ne lui parlait pas.

Axel repensait à cette petite Éléa. Il avait gardé d'elle une si belle image : une enfant sauvage et fragile, au bord d'une falaise, le vent s'engouffrant dans ses jupes et ses cheveux. Un petit visage délicat aux yeux sombres qui regardaient la mer comme si elle pouvait répondre à tous ses espoirs.

Était-il possible qu'Éléa et la Fille-aux-yeux-bleus ne soient qu'une seule et même personne ? Physiquement, il n'avait pas assez de souvenirs pour faire le rapprochement, la seule chose dont il se rappelait était ses yeux. Or, l'enfant les avait gris foncé et la jeune fille bleu nuit. Mais, s'il pensait à leur manière de se battre, elles pouvaient correspondre. Ne s'était-il pas fait la réflexion que le Masque avait dû être instruite dans les Pays d'Oye ? ! Une fillette qui prend les armes, cela ne se voit pas souvent !

Il l'imaginait encore sur la falaise. Géographiquement, où regardait-elle ? Un moment de réflexion permit à Axel de se situer de nouveau. En face de cette partie des Pays d'Oye se disposaient quatre pays en bordure de la Mer Intérieure : Scyl, l'état le plus au sud des Pays Insolites, Akal, Pandème… et Leïlan !

Une preuve de plus, pensa-t-il.

Oui, mais neuf ans plus tôt, Akal et les Pays Insolites étaient déjà en guerre, pas Leïlan !

— On ne ramène pas la paix dans un pays qui l'a déjà !

Nis secoua les oreilles et souffla en remuant la tête. Son maître n'y prêta aucune attention. Il oscillait entre les deux partis à prendre : les différences qu'il trouvait entre la jeune fille et l'enfant n'étaient peut-être dues qu'à un défaut de mémoire. Il était tellement heureux de penser qu'il avait retrouvé Éléa après tant d'années ! Pourtant, il était sûr de n'avoir jamais vu des yeux bleu nuit auparavant.

Après son année de perfectionnement au maniement des armes auprès du Grand Veyk, Axel avait cherché Éléa durant trois années malgré la désapprobation de son père. Son jeune âge ne l'avait pas empêché de partir à l'aventure. Il avait appris beaucoup de choses durant ses voyages, ne serait-ce qu'à aimer ceux-ci et à oublier le palais. Il avait fini par rejeter toute présence pouvant lui servir d'escorte et avait laissé ses cheveux recouvrir sa nuque, pour cacher sa marque de naissance. Il n'était plus prince, ce statut était inutile et stupide. Il avait même fini par négliger son titre de bravoure. Frédérik de Pandème n'était plus son père, mais un homme ordinaire qui n'avait eu aucun pouvoir pour le protéger et qui ne savait que le juger ! Sa foi et le bonheur de son peuple empêchaient le jeune homme de reprocher quoi que ce soit aux Fées mais, comme son frère Philip, il ne supportait pas que son père refuse le moindre espoir de les voir modifier leur décision.

Axel n'avait jamais retrouvé la trace d'Éléa. Beaucoup trop de régions étaient en guerre dans le Monde de l'Est. Et si c'était en Leïlan qu'il aurait dû tenter de la retrouver, il n'y aurait jamais pensé ! Cela ne faisait que six ans que tout allait au plus mal dans ce pays, et il n'y avait jamais eu de conflit proprement dit depuis la terrible Guerre des Siècles !

Il avait relégué la petite fille de la falaise au fond de sa mémoire. Il n'y pensait plus, il n'en souffrait plus, mais il ne l'avait jamais oubliée comme il l'avait promis.

Et si c'était elle ? C'était bien trop irréel !

— Pourtant... pourtant ! Éléa commence par un *E !* cria-t-il.

Lui qui finissait par se résigner ! C'était une coïncidence de trop ! Peu importaient maintenant la couleur de ces yeux et l'état politique de Leïlan. La certitude prenait place dans sa tête... Et puis, il était toujours temps de trouver une autre preuve, si elle existait. En tout cas, il chercherait. Pour une fois, il voulait savoir s'il pouvait être aimé, même un peu. Tant pis si cela devenait une faiblesse...

Il était radieux, cette décision le transportait. La revoir après l'avoir tant cherchée, sentir en lui de nouveau ce même amour le remplissait de vitalité.

Il flatta Nis qui avait encore donné son avis à son exclamation, et bien plus bruyamment pour se faire entendre ! Il avait envie d'être déjà en Aces. Sans s'en apercevoir, il avait fait accélérer le pas à sa jument qui galopait avec allégresse, le cœur d'un enfant de onze ans dans la poitrine.

Deuxième partie

Dans la Colline Creuse

Le petit garçon s'appuya contre le mur, ramassé sur lui-même, isolé, encore. Il dégagea son visage de sa frange brune, trop grande. Chaque pierre lui rentrait dans le dos, mais c'était le seul endroit où il pouvait bénéficier de la lumière d'une torche. Sa mère ne lui avait jamais expliqué les pouvoirs des Divinités de son Monde, aussi se cachait-il pour lire un passage du petit livre qu'il lui avait emprunté.

« J'ai fait mille et une recherches pour trouver l'origine de l'affrontement entre les Divinités. Mais je n'ai rien trouvé qui remonte au début de la Guerre des Siècles, encore moins avant. Toutes les archives qui auraient pu m'être utiles ont été brûlées dans les attaques ou les invasions. De quelle manière l'Esprit Sorcier Ibbak avait-il gagné la dernière fois ? Je n'en sais rien. Mais Il avait bien toute puissance sur le Monde de l'Est pour réduire le passé à néant de la sorte.

J'ai été témoin que, malgré Leur faiblesse, les Fées avaient tout de même quelques pouvoirs sur de petits territoires : la vallée de Morency, la butte du Mont-Allois ou le lac d'Efedor. Mais Elles devaient partager Leur règne avec le Mal, car aucun lieu n'échappait à Sa loi d'horreur : aucun Bas-Esprit n'avait pu Lui en voler une part.

Je pense que les Divinités Contraires ont une idée de l'avenir – ses grandes lignes en tout cas – et qu'Elles choisissent ou créent des lieux stratégiques pour Leur affrontement futur. Je ne peux pas croire que les Fées ignoraient que la butte de Mont-Allois serait mon lieu de refuge, je ne peux pas imaginer qu'Elles ne savaient pas que, poussé par la faim, j'oserais entrer dans la vallée de Morency pour tuer l'Oiseau de Feu, et que je passerais de voleur à guerrier en buvant son sang.

Du jour où Elles me sont apparues, du jour où Elles m'ont donné un médaillon en forme de corne d'abondance, Elles ne m'ont plus quitté.

Ni dans mes besoins, ni dans mes faiblesses. Elles avaient prédit que je me battrais pour le Bien, Elles l'avaient deviné, j'en suis certain.

Les Divinités influencent nos choix, nos vies. Qui n'a jamais ressenti une peur immense ou une irrésistible attirance devant l'inconnu ? On peut faire abstraction de Leur présence et passer outre Leur suggestion mais bien peu d'hommes en sont capables. Aller contre la volonté des Fées serait l'œuvre d'un sot qui fuit le meilleur, affronter l'Esprit Sorcier Ibbak serait l'œuvre d'un fou qui cherche le pire. Ou qui n'a plus rien à perdre. »

Un bruit de pas mit l'enfant en alerte. Il referma précipitamment son livre en l'entourant grossièrement de son lien tressé avant de le fourrer dans la poche arrière de son pantalon. Il avait repéré le nom de Leïlan dans les lignes suivantes et se sentait frustré de ne pas savoir ce qu'Enkil allait dire sur son pays, mais il était préférable pour l'heure que personne ne découvre qu'il avait ce livre sur lui.

Renaissance

Les sabots de Nis foulèrent la terre sèche. Emporté par son voyage dans le passé, Axel en avait oublié le présent. Le paysage tout autour de lui avait changé. Les vertes prairies, les champs foisonnants, les ombrages des chênes et les claires rivières avaient laissé place à une terre sableuse, à des troncs décharnés et à des lits de ruisseaux asséchés. La belle terre fertile n'était plus qu'un désert. Plus un bruit ne se faisait entendre, tous les animaux avaient fui cette contrée.

Le jeune homme s'approchait d'Aces. Sa joie des instants précédents se changeait en inquiétude. Le village se trouvait juste à l'intérieur de la grande colline qu'il grimpait. Cette dernière était presque réduite à l'état d'un immense monticule de terre noire. Le peu d'herbe paraissait flétri, desséché ou d'un vert étrange, comme si une maladie subite avait dévasté l'endroit.

Dans quel état se trouvait le village ? La réponse ne tarda pas ; Axel était arrivé au sommet de la colline.

En dessous, à moins de deux cents pas, se développait la misère. Tassées dans un coin du vaste creux de colline, les maisons ne tenaient presque plus debout. La terre craquelée des rues se soulevait, et vieillards, enfants, hommes et femmes erraient en silence au milieu de cette poussière de ruine. De vieilles fripes sur le dos, le visage noir, ils devaient être à moitié morts de faim. Les enfants ne jouaient plus et restaient prostrés dans les coins, résignés comme des animaux attendant une fin inéluctable.

La vue de ce village était éprouvante. Axel se rendait compte une fois encore à quel point son peuple était privilégié.

Il posa pied à terre et descendit dans la Colline Creuse lentement. Il y avait une trentaine de maisons délabrées de couleur indéfinissable. La moitié des chaumes manquait, démasquant des soupentes instables. Par endroits, les murs en torchis étaient tombés ou menaçaient de le faire. Une étable n'existait plus d'ailleurs que par ses vestiges : le toit s'était effondré.

Il n'y avait pas un seul animal. Pas une vache, un cheval, un chien ou ne serait-ce qu'une poule! *Comment survivaient-ils?*

Il arriva au centre du village. Là, devant lui, se trouvait une fontaine. Cassée de toutes parts, elle ne remplissait plus sa fonction. Elle semblait bouchée et les villageois restaient dans la crasse et la soif. Axel se souvenait d'avoir croisé le dernier point d'eau à une bonne lieue de là. Ils devaient faire le trajet plusieurs fois par jour. *Pourquoi ne pas plutôt la réparer?* Mais plus il cherchait du regard, et moins il trouvait les outils nécessaires à ce genre d'entreprise: les Acéens manquaient de tout!

Il se sentit faible et impuissant devant cette pauvreté, un sentiment de culpabilité lui serra la poitrine quand il repensa aux belles et riches prairies de Pandème où l'on n'entendait que des rires joyeux. C'était peut-être la crainte de voir tout ceci qui l'avait empêché de traverser la frontière auparavant, et non les Fées. Il en avait trop souvent vu.

Pire! Il n'avait rien sur lui pour faire... *Faire quoi?* Que pouvait-il tenter face à un tel dénuement? Il fallait un matériel énorme pour remettre en état ce village et l'argent nécessaire était introuvable, cela se voyait!

Les gens le regardaient avec étonnement ou avec un sourire. Derrière leurs visages noircis se cachait un espoir. Axel avait remarqué que son arrivée suscitait l'intérêt de tout le village. Le blanc de sa chemise brillait, tant il ressortait au milieu de ce gris, noir et terre! Un petit garçon l'avait suivi, intimidé mais attiré tout de même par sa curiosité et par la belle jument.

Vêtu d'un court sarrau usé, un homme trapu s'approcha lui aussi d'Axel. Il était assez vieux, de grands sourcils drus barraient son visage et une épaisse barbe poivre et sel cachait le reste. Il tendit sa main épaisse et prit le médaillon que le jeune homme portait à son cou. Tous les yeux étaient rivés sur eux. Le vieil homme lança un regard brillant de larmes à Axel.

—Ils arrivent aujourd'hui?

Axel ne savait pas grand-chose mais il comprenait de qui il parlait.

—Je sais que le Masque devrait être là... d'ici une heure.

La vie revint brusquement. Les Acéens avaient résisté au malheur et avaient combattu celui de ces deux dernières semaines grâce à la promesse d'un retour du Masque. Enfin, *elle* arrivait!

Axel se sentit heureux de leur procurer autant de bonheur par cette simple réponse, mais il n'était pas au bout de ses surprises.

—Bonjour! Je suis bien contente de savoir que la relève arrive: je suis épuisée de faire la navette entre Orée et ici.

Il se retourna brusquement, il avait reconnu la voix: c'était Ophélie! Dans une jolie robe beige, toujours protégée d'un grand tablier blanc, l'Oréenne détonait autant que lui dans le village. Que faisait la jeune fille ici, aussi loin de l'auberge de sa tante Askia?!

— C'est si étonnant de me voir ? demanda-t-elle malicieusement en fronçant son nez légèrement piqué de taches de rousseur. Il fallait bien que quelqu'un s'occupe de ces pauvres gens pendant ces quinze derniers jours. Le Masque ne peut être partout à la fois, même si c'est son souhait. Viens !

Intrigué, Axel se laissa conduire. Derrière le premier pâté de maisons, une plus large rue s'ouvrait. Le chariot, qu'il l'avait vu préparer en cachette avec quelques Oréens, se tenait sur le côté, rempli de tonneaux d'eau et de nourriture de première nécessité. Voilà comment ces gens avaient pu survivre tout ce temps ! Ophélie avait fait plusieurs allers-retours pour les aider. Il était vrai qu'en les regardant un peu mieux, Axel s'apercevait que les habitants d'Aces n'étaient pas *aussi* faméliques qu'il l'avait cru. C'était la noirceur de leur visage et de leurs vêtements, due à la sécheresse, qui l'avait trompé.

Les Acéens sortaient de partout calmement, et venaient récupérer quelques vivres. Axel lâcha Nis et monta sur le chariot pour aider Ophélie à distribuer chaque part. Personne ne bousculait, personne ne râlait. Ce partage avait fini par être organisé. Chacun attendait son tour, sachant pertinemment, soit qu'il y en aurait assez pour tout le monde, soit que le Masque ne tarderait pas à amener la suite. Les seuls cris que l'on entendait étaient d'ailleurs de joyeuses manifestations d'impatience à l'égard de sa venue !

Tout en servant et en serrant les mains reconnaissantes, Axel et Ophélie s'échangèrent quelques mots :

— Où as-tu trouvé toute cette nourriture ? demanda-t-il.

— Orée est l'un des villages les plus prospères de la Grande Plaine, il peut en nourrir un autre pendant un petit laps de temps. Chaque village qui a réussi à sortir de cette misère et qui sait se défendre en aide un autre à son tour. Comme un parrainage en attendant les renforts.

— Tu veux dire qu'Orée a ressemblé un jour à ce village ?!

— Oh oui ! s'écria-t-elle en souriant à un remerciement. Et il n'y a pas si longtemps que ça ! Treize mois : ma petite sœur Maï fêtait ses deux ans. On a été dans les premiers aidés. Plus les villages sont dans le sud de Leïlan, plus ils sont à l'abri des colères de Korta-le-fourbe. Tiens… en parlant de secours, je crois qu'au nom de tous, je peux te remercier pour le Masque.

Ses malicieux yeux noisette chatoyaient de reconnaissance.

— Comment le sais-tu ? répliqua-t-il, étonné.

— J'ai rencontré deux amis à elle, ce matin. Mais ils n'ont pas voulu me dire quand elle arrivait. Tu as eu plus de chance que moi. Ceban voulait certainement encore me taquiner.

Elle avait dit cette dernière phrase d'un ton songeur et boudeur à la fois, comme si elle était un peu contrariée du garçon. Ils avaient terminé leur partage et s'étaient assis au fond du chariot pour se restaurer à leur tour de galettes de seigle et d'un peu de pâté d'anguilles d'Askia. Ophélie avait le menton sur ses genoux, les bras croisés sur ses jambes. Elle n'avait pas faim.

— Qu'y a-t-il ? demanda Axel en comprenant déjà.

— J'aurais tellement espéré qu'un jour ils m'acceptent parmi eux. Mais Ceban ne m'aime pas. Il se moque perpétuellement de moi et me traite comme une gamine. Je n'ai que huit mois de moins que lui ! protesta-t-elle.

Axel releva le menton de la jeune fille vers lui. Elle ne pouvait pas renoncer, elle avait la chance de pouvoir tout espérer.

— Peut-être parce que c'est lui le gamin, fier et vaniteux, et qu'il n'a pas encore trouvé les mots pour te dire que tu es très jolie.

Elle devint rouge pivoine et balbutia un « merci ».

— Attends un peu. Il finira bien par comprendre qu'il est un crétin aveugle. Sers-toi de tes atouts< féminins. Montre-lui que tu es une femme, rajouta-t-il avec un sourire des plus charmeurs.

Ses fossettes firent craquer Ophélie ; elle rit de sa propre bêtise et, bousculant galettes et pâté, elle se laissa prendre dans les bras du jeune homme en promettant d'essayer. Elle trouvait Axel vraiment plaisant et ne comprenait pas comment il pouvait être encore célibataire.

La quiétude du village cessa. Un vol d'oiseaux passa au-dessus et fit des cercles tout autour. Pour Axel, cela ne signifiait rien, mais pour les villageois, c'étaient les éclaireurs du Masque !

Un loup se posta sur l'un des flancs de colline. Axel reconnut San grâce à sa tache frontale ronde. Puis, plus loin, apparurent soudain une trentaine de chariots, une centaine d'hommes et du bétail de toute sorte.

Comment pouvaient-ils déplacer un tel convoi en pleine journée ?! N'y avait-il vraiment aucune inquiétude à avoir sur une venue de Korta ?! Ne risquait-il pas de surgir avec un corps d'armée pour les écraser ?! Axel oublia son étonnement en découvrant la présence du Masque sur son cheval noir. Le visage de la jeune fille était dissimulé, mais il le devinait.

Les villageois couraient vers leurs sauveurs en les acclamant, dans une véritable euphorie collective. Les chariots avaient du mal à avancer. Quand ils parvinrent enfin au centre d'Aces, près de la fontaine, les hommes posèrent pied à terre. Seul le Masque resta juché sur sa monture et regarda au-dessus de lui. La jeune fille s'assurait, grâce aux oiseaux et à San, de la tranquillité de son opération. Elle enleva le foulard qui dissimulait son cou et ses cheveux, et releva son masque d'amalyse comme un bandeau. Elle descendit doucement de son cheval ; elle portait son bras en écharpe et ne s'appuyait que légèrement sur sa jambe droite.

Axel la regardait avec passion, la trouvant chaque fois plus belle. Les villageois ne paraissaient pas étonnés de voir son visage. Si tout le monde le connaissait, pourquoi portait-elle un masque ? Il perdit la jeune fille dans la foule agglutinée autour d'elle.

Il s'était rendu sur la place en courant avec Ophélie, abandonnant son repas avant de l'avoir vraiment commencé. Il regardait maintenant autour de lui. Il reconnaissait plusieurs personnes en dehors du Masque : Othal, Askia et d'autres Oréens avaient rejoint Ophélie. Sten et Ceban parlaient avec une femme enceinte et trois autres hommes, dont l'Akalien.

Mais soudain chacun s'activa comme si une tâche lui était attribuée. Certains déchargèrent du mortier, du plâtre, des poutres, du chaume ou des ardoises, d'autres des outils de toute sorte et de toute utilité. D'autres hommes encore, par groupes de cinq ou de dix, se répartirent les maisons à réparer et une douzaine se mirent à ratisser les rues pour poser des pavés. Ils avaient tous l'air de connaître le métier ou se montraient du moins décidés à l'apprendre au plus vite pour se rendre utiles. Remontant leurs robes à troussoir, les femmes vidaient les intérieurs pour les travaux. Et les enfants jusqu'aux plus petits arrivaient à se rendre indispensables en charriant le matériel léger avec résolution. Une véritable fourmilière géante !

Axel ne savait pas où donner de la tête, il n'avait pas encore bougé que le paysage changeait. L'étable en ruines avait disparu et on entreposait sur des tréteaux des vêtements de différentes qualités de cotonnades – chemises, sarraus, pourpoints, jaquettes, robes, culottes, bas et bonnets –, des voiles de dentelle et de flanelle, des draps et des matelas de laine, des couvertures de lin, des toiles de chanvre et de jute, des chaises, du bois, et un amas de denrées non périssables : viandes séchées, farines, céréales, huiles, sel... La liste était trop longue, la profusion trop impressionnante et sa soudaineté si fantastique ! Même la diversité des armes apportées était spectaculaire !

Les bêtes étaient cantonnées dans un parc de fortune où eau et nourriture leur étaient distribuées avec abondance en attendant la fin des réparations. Nis se dirigea d'ailleurs toute seule vers l'enclos bruyant. Il y avait vraiment tout ce qui manquait et tout ce qu'Axel cherchait quelques minutes plus tôt. Il était émerveillé.

Il sentit une présence près de lui, *elle* s'était approchée.

— Ils auront fini demain soir, confia la Fille-aux-yeux-bleus. Mais le plus gros du travail sera terminé avant la tombée de la nuit. Avec un peu de chance, avant la tombée de la pluie.

Sa voix marquait l'assurance et le respect qu'elle avait envers tous ces villageois. Ses prévisions sur le temps firent sourire Axel. La pluie était bien la dernière chose dont il se serait inquiété à sa place ! Il la regarda. Elle ne disait plus rien. Les grands yeux bleus semblèrent intimidés de leur propre silence et se détournèrent. Axel porta lui aussi son attention sur l'effervescence du village.

— Pourquoi n'as-tu pas voulu me dire que tu t'appelais Vic dans les Bois Obscurs ? demanda-t-il doucement sans se retourner.

— Il n'était pas dans mes intentions de me découvrir à un étranger, répondit-elle de la même manière. La Fille-aux-yeux-bleus et le Masque ne sont pas censés ne faire qu'un à la cour.

— Mais pourquoi as-tu signé ta lettre par un *E*, si ton prénom commence par un *V*?

Il épia du coin de l'œil sa réaction. Elle n'était pas surprise, ennuyée plutôt. Il avait touché un point sensible. Mais elle n'avait pas envie de répondre à la question :

— Tu connais l'identité du Masque parce que j'ai échoué. Je te suis sincèrement reconnaissante de m'avoir sauvé la vie mais arrête de poser des questions qui pourraient compliquer les choses.

Elle le regarda sans plus aucune timidité.

— Tu as eu raison de passer par les Brumes Infernales. Avec une telle curiosité, tu serais mort à la frontière akalienne. Tu es la première personne extérieure à connaître les véritables agissements du Masque. Comprends l'importance de mon rôle et de mon silence… Reste un observateur, s'il te plaît. Je ne te laisserai me suivre qu'à cette unique condition. C'est déjà très dangereux pour toi.

Elle n'avait rien dit méchamment, elle avait seulement tenu à éclaircir la situation. Axel s'y attendait et n'ajouta rien de plus. La jolie nymphe des bois était avant tout homme d'armes.

Elle tourna les talons et marcha vers l'un des chariots. Il y avait une certaine raideur dans sa démarche, due à sa blessure, mais elle ne voulait pas montrer sa faiblesse : elle était un symbole ! Elle s'était bien remise, Axel n'en revenait pas. Il avait vu ses plaies, leur profondeur, leur gravité. Comment pouvait-elle être debout ? Comment pouvait-elle marcher et faire du cheval ? L'entaille de sa hanche ne pouvait pas être refermée ! Il ne réalisait tout cela que maintenant, la joie de la revoir lui ayant tout fait oublier… Mais ce n'était plus le moment de la questionner.

Vic sortit deux grands sacs du chariot. Au bruit, ils contenaient des bouteilles de verre. Axel les prit pendant qu'elle en armait un troisième rempli d'herbes sèches sur son dos. Elle lui indiqua la première maison à droite. C'était la plus grande, peut-être aussi celle qui se trouvait en meilleur état. Plusieurs femmes et enfants étaient regroupés à l'intérieur.

La pièce était unique avec seulement quelques renfoncements sommaires pour des lits de fortune. Les murs étaient nus, le plafond bas et le sol en terre battue recouvert de paille noircie. La première chose que fit Vic en entrant fut d'ouvrir les derniers volets intérieurs : une odeur âcre de moisissure et de cuisine flottait dans l'atmosphère confinée. Les rares meubles étaient grossiers, usés par le temps et la vie ; la table se résumait à une vieille porte posée sur des tréteaux.

Testant la solidité d'une chaise, Vic s'assit et sortit d'un des sacs un bric-à-brac d'instruments de toutes formes.

— Si tu as beaucoup voyagé, tu dois savoir à quoi servent toutes ces fioles, souffla-t-elle à Axel avec un sourire.

— Je ne les connais pas toutes, mais c'est avec celle-ci que le Guérisseur Oudal m'a soigné des Fièvres Folles dans les Pays Noirs.

Il avait indiqué sur la table rustique une sorte de cornue tricol contenant un produit verdâtre. Mais Vic ne le regardait pas.

— Un grand homme ! laissa-t-elle échapper, légèrement troublée par ce nom.

Axel acquiesça. Il était fasciné par tous ces flacons et ébloui que la jeune fille sache s'en servir.

Les enfants et les mères s'étaient aussi approchés de ce médecin original. Ils avaient entendu parler du grand savoir de la Fille-aux-yeux-bleus. Les bruits couraient depuis cinq ans qu'elle ramenait des gens à la vie par de simples tisanes.

Axel l'aida de son mieux. Durant sa longue convalescence, il avait appris beaucoup de choses. Mais, il admirait surtout la jeune fille comme il s'était extasié devant le Grand Guérisseur. Elle auscultait chaque enfant, agréable s'il avait peur, caressante s'il avait besoin d'être rassuré. Les petits lui faisaient une confiance aveugle et même les plus grands ne rechignaient pas devant un breuvage turquoise à absorber. Sa tendresse envoûtait tout le monde.

— T'es malade, Vic ? demanda un enfant.

Il avait remarqué son bras et son innocence lui autorisait la question que tout le monde se posait.

— Non, je suis juste blessée mais ce n'est pas grave, expliqua-t-elle. Dans deux jours, mon bras sera guéri et je pourrai me battre de nouveau contre Korta-le-fourbe.

Deux jours ! Axel n'en croyait pas ses oreilles ! La blessure lui avait pourtant semblé terrible. Vic devait certainement mentir pour rassurer parents et enfants ! Pourtant... pourtant elle était debout et ne semblait pas énormément souffrir...

Encore un de ces petits prodiges dont elle avait le secret, pensa-t-il.

Lancés, les bambins posèrent des questions en tous sens et Vic répondit à chacune le plus simplement possible. Ils se pressaient autour d'elle et n'hésitaient pas à monter sur ses genoux accueillants. Elle rit de leur frénésie et eut beaucoup de mal à les calmer malgré leurs mères.

Vint alors le tour d'une petite fille. Celle-ci avait peur, semblait fiévreuse et cachait un de ses bras derrière son dos. Son comportement attira l'attention de Vic. Elle avait beau la rassurer, l'enfant se sentait en faute. À la fin, elle éclata même en sanglots :

— J'ai pas obéi à maman et j'ai l'bras tout mangé !

— Montre-le-moi, s'il te plaît.

Le ton s'était fait ordre, une petite inquiétude se devinait. La fillette remonta sa manche avec peine : son bras n'était plus qu'une plaie, la peau à vif par endroits, sanguinolente à d'autres et des croûtes infectées s'arrachaient avec le tissu. L'image n'était pas belle et Axel en plissa les yeux sur le moment. La mère de l'enfant hurla : elle n'était pas au courant, elle avait amené sa fille parce que celle-ci avait de la fièvre, et elle ne se doutait de rien.

La tête baissée, la fillette avoua sa faute en reniflant :

— C'est d'puis… que j'suis allée voir Imma. J'voulais lui porter à manger… mais elle hurlait. La porte était fermée et elle m'criait de partir… C'est la première fois qu'elle m'parlait comme ça ! J'ai rien dit à maman parce que… elle veut pas que j'la voie… mais c'est mon amie.

Elle avait dit ces derniers mots pour elle, plus que pour se justifier.

— Qui est Imma ? demanda immédiatement Vic.

— Une sorcière aveugle, répondit la mère. Elle jette des mauvais sorts sur l'village. La fontaine, c'est elle, nous, on en est tous persuadés.

Des larmes coulaient des yeux de la fillette qui secouait lentement la tête, essayant vainement de défendre son amie. Elle porta son regard sur le Masque, cherchant dans son héroïne quelqu'un qui pourrait enfin la croire. Mais Vic ne connaissait pas assez l'histoire pour pouvoir prendre parti. Le plus important était de savoir si elle pouvait guérir l'enfant. Elle préféra la décevoir en ne se préoccupant que de son bras sans donner son avis sur la discussion. Elle se retourna vers Axel.

— Peux-tu demander à Estelle de venir, s'il te plaît ? C'est une jeune femme de vingt-cinq ans, enceinte. Elle porte des cheveux bruns coupés au-dessus des épaules, et, si elle m'a écoutée, elle doit être sur un chariot.

Le jeune homme partit sur-le-champ et se retrouva dans un village qu'il ne reconnaissait pas. La moitié des pavés de la rue principale étaient posés et certains hommes s'attaquaient à la fontaine. Les soupentes et les façades avaient été renforcées et l'on commençait à mettre des ardoises ou du chaume neuf. On entendait le bruit des marteaux, des poulies et des brosses à récurer dans tous les coins, ponctués de chants volontaires. Étonnant !

Estelle se trouvait bien sur un chariot. Elle donnait des directives, son état ne lui permettant pas de faire beaucoup d'efforts. Elle ne se sentait pas très utile et voulait en faire plus mais Vic n'avait accepté sa venue qu'à la condition de ne pas la voir debout.

Elle vit un jeune homme venir vers elle. Aux pointes couleur de blé de ses cheveux et à son visage engageant, elle devina qu'il s'agissait du beau Pandémois dont sa sœur lui avait parlé.

— Es-tu Estelle ? demanda-t-il. Vic m'a demandé de t'appeler, elle se trouve dans cette maison.

— Vic ?! J'arrive. Tu m'aides à descendre ?

Axel la souleva et la posa délicatement à terre. Devant lui se dressa une masse lui masquant même le soleil. C'était Sten.

— Où vas-tu avec ma femme, jeune étranger ? questionna-t-il sur un ton qui ne se voulait agressif que par jeu.

— Laisse-le tranquille, petit père. Vic a besoin de moi, il est seulement venu me chercher.

Le géant baissa sa tête vers elle, elle se mit sur la pointe des pieds et lui donna un léger baiser. Ce qu'elle semblait fragile dans ses bras ! Elle était aussi grande que Vic mais entre les mains d'un homme pareil, on aurait dit une fleur dans les pattes d'un ours ! *Petit père ?!* En voilà un surnom ! Pourtant, ce fut avec une infinie tendresse, dans les yeux et dans les gestes, qu'il laissa sa femme partir avec l'étranger.

Alors qu'ils se dirigeaient vers la maison, Axel osa la question qui lui brûlait les lèvres :

— Vic. Ce n'est pas son vrai prénom, n'est-ce pas ?

— Pourquoi ? Tu trouves qu'il ne lui va pas ?

Axel fit une moue peu convaincue.

— Eh bien, c'est moi qui l'ai appelée ainsi. C'est pour *Victoire.* Beaucoup de gens l'ont adopté, c'est tout. Et toi ? Tu es Axel, je ne me trompe pas ? Alors, je dois te remercier de l'avoir sauvée de ce monstre de Korta. Sans toi, tous nos espoirs étaient perdus.

Il n'écoutait qu'à moitié, une passion renaissait en lui. Elle ne s'appelait pas Vic, le *E.* en guise de signature devait donc bien correspondre à son prénom.

Éléa, Éléa, se répétait-il dans sa tête avec allégresse.

Quand ils rentrèrent dans la maison, Victoire était en train de mettre une poudre sur le bras de l'enfant pour sécher la plaie. Elle avait aussi donné à la mère une série d'herbes à faire infuser. Le seul problème maintenant était de trouver la source de l'infection. Très contagieuse, cette maladie aurait pu se répandre et dévaster le village très rapidement. C'était à peine croyable que seule la fillette soit atteinte. Victoire interrogea l'enfant : cela faisait deux jours qu'elle avait approché Imma. Elle avait ramassé l'écharpe de la sorcière sur le seuil de la porte et son bras n'était ainsi que depuis une journée.

Victoire donna à Estelle et Axel une potion à boire, et commença son exposé d'une voix soucieuse :

— Estelle, tu vas me montrer tes talents. Donne ce produit à toutes les personnes ici présentes. Tu connais les petites maladies et les remèdes, je te fais confiance. Si quoi que ce soit te paraît louche – une plaie qui ne cicatrise pas ou des plaques de rougeurs qui se craquellent – tu mets cette poudre et tu m'appelles. C'est une création d'Erwan et je pense que c'est le meilleur produit que l'on pouvait avoir en pareil cas. Quand tu auras fini, et si tu n'es pas trop fatiguée, continue avec les Acéens et les autres villageois.

Elle s'était déjà levée pour laisser la place à Estelle qui se montrait ravie. La jeune femme allait enfin être utile ! Victoire continua gravement :

— Je dois absolument voir cette sorcière. Pourvu qu'elle soit encore en vie ! Il faut savoir d'où vient l'infection !

Elle allait pour sortir précipitamment quand sa hanche lui rappela qu'elle pouvait à peine marcher. Elle siffla cavalièrement son cheval, Zarkinn, et appela Jerry. Axel l'avait suivie sur le pas de la porte et resta étonné de voir arriver un faucon à ce nom. Il n'avait pas rêvé, Jerry était un oiseau, certes, mais énorme, pas un petit rapace ! Montée sur Zarkinn, la jeune fille expliqua toute la situation à l'animal perché sur sa main, comme si elle parlait à un être humain. Axel eut la désagréable impression que les yeux jaunes le regardaient avec hostilité.

Sur l'invitation de Victoire, Axel put les accompagner vers la maison d'Imma. Celle-ci se trouvait tout au bout du village, assez isolée sur un des flancs de la Colline Creuse, à moitié écrasée par deux tilleuls décharnés.

Certains villageois les avaient vus partir vers cette petite baraque de bois et de pierres. *Le Masque allait chez la sorcière !* Le travail fut suspendu par les Acéens et ils allèrent tous vers le taudis. Qu'allait donc faire le Masque ? Imma avait disparu derrière sa porte depuis plus d'une semaine. Le même jour, l'eau de la fontaine s'était arrêtée de couler. Cette femme aveugle voyait les choses avec les mains : elle était le Mal pour eux. Elle avait jeté un sort sur le village. La belle Vic allait les débarrasser de cette ignominie, ils savaient que les Fées étaient avec elle. Elle pouvait le faire. *Pour eux, elle le ferait.*

Pleins de peurs et de superstitions, ils avançaient vers ce qu'ils croyaient être la source de leur malheur.

Les sacrifices d'Imma

Victoire appela Imma en s'approchant du vieux logis. Le silence lui répondit et une odeur de pourriture la prit à la gorge. La maison donnait l'impression de vouloir s'écrouler au premier toucher mais la porte était bloquée. Au travers, Victoire entendit enfin une plainte à peine perceptible. *Elle était vivante !*

N'écoutant que son cœur, elle lança la jambe pour enfoncer la porte de son pied : une violente douleur au rein l'empêcha de frapper.

— Tu ne dois pas faire bouger ta plaie, écervelée ! hurla le faucon en se transformant en loup noir.

Axel resta un moment pétrifié devant cette métamorphose. Puis, il prit la jeune fille par la taille et pulvérisa la porte d'un coup de talon pour l'entraîner à l'intérieur. Il avait fait ces gestes sans réfléchir, comme pour l'emmener loin de cet être démoniaque. Il ne pouvait croire ce qu'il avait vu ! Il devait rêver, ce n'était pas possible autrement !

Victoire ne s'occupait pas de lui, elle n'avait pas remarqué sa stupeur : elle était habituée aux changements de Jerry et là, elle avait un autre problème en tête. La sensation des bras d'Axel autour d'elle fut tellement naturelle qu'elle ne s'en rendit même pas compte.

Tout était très sombre. L'odeur régnante avait une amertume qui rappelait étrangement celle des Brumes Infernales à Axel. Un corps amaigri, à la limite de l'apparence humaine, gisait sur le sol. Les vêtements à moitié déchirés laissaient découvrir des plaies purulentes. Une partie du visage, le cou, les bras et surtout les jambes paraissaient très atteints.

Contre toute attente, ce corps frémissait encore.

— Ne… m'approchez pas… Ne…

— N'aie aucune crainte, Imma, nous sommes venus te soigner, laisse-nous faire, il n'y a plus de danger, chuchota la Fille-aux-yeux-bleus.

Axel sentit une vague présence le frôler. Il faisait trop sombre pour discerner ce que c'était avec précision : un être inhumain presque aussi grand que Sten. Le jeune homme recula d'un pas et plissa ses yeux pour s'assurer de ce qu'il voyait. Ce n'était pas un singe – bien qu'il se tînt debout – parce qu'il possédait des cornes et une barbiche brune ; ce n'était pas un bouc parce que ses pattes ressemblaient à des mains, fines et crochues comme celles d'un rongeur et ce n'était pas un rat gigantesque parce que son corps robuste, mais voûté, était bleuâtre ou verdâtre et seulement parsemé de quelques poils. *Qu'est-ce que c'était ?!*

Stupéfait, Axel vit l'être étrange parler avec la jeune fille qui ne paraissait pas effrayée pour un sou. Elle aida même cette bête à prendre Imma dans ses bras. La créature parla doucement à cette dernière d'une voix chaude et rassurante :

— Essayez de vous tourner et accrochez-vous à mon cou.

Lentement, le corps obéit et toucha la peau de l'animal. Les doigts parcoururent le bras à la recherche du cou, tâtonnant pour voir comment était l'homme qui lui portait secours. La bête se sentait mal à l'aise. Imma tourna la tête vers elle et, dans ce dernier effort, s'endormit en prononçant ces mots :

— J'aime beaucoup votre voix.

L'étrange animal s'était arrêté net et fixait Vic, immobile. Ils échangèrent leurs regards dans un profond silence, brouillés de frayeur et de certitude.

— Laisse-moi la soigner, trancha Victoire. Je ferai tout pour la sauver, Jerry. Axel va m'aider, toi, ne t'en occupe plus.

Pourquoi ce changement d'attitude ? Et comment cet être monstrueux pouvait-il être aussi Jerry ?! Axel ne comprenait plus ! Que se passait-il autour de lui ?! Devenait-il fou ? Ou était-il en proie à une hallucination par un maléfice quelconque ? Il était sûr que cette odeur était la même que dans les Brumes Infernales ! Leïlan était-il vraiment le pays des Illusions ? Avant qu'il ait pu faire quoique ce soit, il avait Imma dans les bras et Jerry, sous forme de loup, partait bouleversé.

— Qui est-ce ? Que se passe-t-il ? balbutia Axel, encore sous le choc.

— Une trop longue histoire que je ne te raconterai pas, répondit la jeune fille en l'entraînant. Garde ce que tu as vu pour toi et sortons d'ici avec elle.

Au-dehors, les rayons lumineux du soleil s'opposaient avec violence aux ténèbres de la pièce. Plusieurs personnes étaient regroupées sur le pas de la porte. Les villageois restèrent tous surpris de voir l'état de leur sorcière, mais ils ne comprenaient pas le comportement du Masque. Si la sorcière se mourait, pourquoi Vic l'aidait-elle ?! Pour eux, sa disparition ne pouvait être que bénéfique : la fontaine se remettrait certainement à couler !

— Éloignez-vous ! hurla Victoire. Que personne ne s'approche d'Imma, de Jerry, d'Axel ou de moi sans être allé voir Estelle d'abord !

Elle vit ses compagnons qui s'étaient rapprochés, intrigués par l'attroupement.

— Sten ! Mets le feu à cette maison ! Erwan, Ceban, Théon ! J'ai besoin de quelques affaires…

Les Acéens ne comprenaient pas et n'approuvaient pas sa position, mais la décision du Masque était aussi incontestable qu'aurait pu l'être celle d'une Divinité. Le bruit sourd des sabots dans la terre poudreuse se fit entendre. Tous s'éloignèrent docilement, avec seulement quelques regards curieux au-dessus de leurs épaules.

Pendant que Victoire parlait avec son frère, Axel regardait le corps inerte dans ses bras. Malgré les plaies, il devinait un visage. Imma ne devait pas avoir trente ans. Ce n'était pas une vieille sorcière et elle ne semblait pas aussi affreuse qu'on avait l'habitude de le raconter. Ses paupières étaient pâles et lisses comme une cicatrice de brûlure. Elle reprenait visage humain dans son esprit, quand soudain il vit de petites bêtes rondes jaune et rouge courir dans ses cheveux noirs et sur certaines plaies. Il dut se retenir pour ne pas lâcher de dégoût ce morceau de chair encore vivant.

Ceban avait fini d'installer avec Erwan, le nain akalien, une tente à une centaine de pas de la maison d'Imma qui brûlait. Les cymes fanées des tilleuls enflammés aromatisaient l'air d'une odeur plus saine. Le souvenir des Brumes Infernales s'effaçait de nouveau de l'esprit d'Axel. Il déposa avec soulagement la sorcière sur le matelas.

Devant son air écœuré, Victoire lui demanda ce qui n'allait pas. Elle faillit éclater de rire en regardant ce qu'il lui montrait. Se contenant, elle s'expliqua :

— Ce ne sont que des pestilles. Ils mangent les peaux mortes. La présence de pus et de plaies augmente leur prolifération. Ta peau ne peut en aucun cas les intéresser. Mais s'il n'y a que cela qui te dérange, je vais t'en débarrasser immédiatement.

Le sarcasme qu'elle avait mis dans ses paroles aurait dû blesser profondément le jeune homme, mais face à son beau visage, il se trouva encore plus bête d'avoir montré ce dégoût.

Elle avait sorti du sac que lui avait ramené Erwan un flacon dont elle fit flamber le contenu. Elle fit glisser la tête d'Imma au-dessus du vide et versa le produit dans les cheveux et sur les plaies touchées. Elle se servait lentement de son bras droit qu'elle avait retiré de son écharpe.

— Tu penses que c'est une vraie sorcière ? demanda Axel.

— Tu le crois, toi ?

— Hou là ! Je ne crois plus en rien. Tout ce qui se passe en Leïlan m'échappe, répondit-il boudeur.

Victoire sourit. Elle comprenait que bien des événements avaient dû le laisser perplexe.

Sous la fraîcheur de l'eau qu'elle rajouta ensuite, Imma se réveilla. Axel fut frappé par son regard blanc. À l'origine, l'iris devait être bleu pâle. Mais là, on en voyait à peine le contour. Le résultat était des plus saisissants.

— Alors, revenue parmi nous ? demanda Victoire en se penchant doucement sur elle. Que s'est-il passé ?

Il lui fallut beaucoup de temps pour sortir de sa léthargie, mais la jeune femme ne manquait pas de volonté. Tout en buvant péniblement la tisane qui lui était offerte, elle commença son histoire dans une lente respiration :

— Je marche souvent la nuit pour être tranquille… Vous devez savoir qu'on me considère comme une sorcière… Une nuit, des soldats sont venus à la source du village, à l'autre bout de la Colline Creuse. Je me suis approchée pour savoir ce qu'ils disaient. Ils riaient fort et jetaient des choses dans l'eau… C'étaient des cadavres d'animaux pourris et empoisonnés pour nous détruire. Korta voulait se venger du Masque en nous décimant avant son arrivée… Sur le moment, je n'ai pas su quoi faire. Quoi que je dise, on ne m'aurait pas crue, ou alors un enfant, par désobéissance, aurait bu de l'eau quand même. Alors, j'ai couru jusqu'au village et j'ai cassé la fontaine… Les Fées m'ont aidée. Un violent orage salutaire a éclaté et a couvert le bruit que je faisais. Personne n'a pu m'arrêter, heureusement… J'ai dû entrer dans l'eau pour boucher les tuyaux, et j'ai compris que j'étais perdue. Quand j'ai été sûre que plus une goutte d'eau ne coulait, je suis rentrée chez moi et je me suis barricadée… Je n'ai pas ma place sur cette terre, je n'ai pas peur de mourir, il faut seulement que je dise tout ça au Masque, lui me croira.

Puis, se tournant vers Victoire dont elle avait pris la main, elle finit par une esquisse de sourire :

— Tu vois, tu as cru en moi et tu es venue me chercher.

Axel était déjà sorti depuis longtemps et avait couru jusqu'à la fontaine pour arrêter les hommes qui essayaient de la réparer. La nouvelle de l'acte héroïque d'Imma fit le tour du village en quelques secondes, et un sentiment de honte se propagea avec elle. Imma ne leur avait pas jeté un sort, elle s'était sacrifiée pour eux. Ils regrettaient leurs gestes et leurs paroles, mais n'était-ce pas trop tard ?

Une demi-douzaine d'hommes partirent vers la source pour la nettoyer tandis qu'Axel revenait auprès de Victoire. Celle-ci était en train de déshabiller Imma pour désinfecter ses plaies. Elle se levait à son arrivée pour chercher quelqu'un.

— J'ai besoin de bras solides pour la soutenir pendant que je la lave.

Il se proposa.

— J'accepte, mais si jamais tu la regardes, nue, avec les yeux d'un homme, tu te prendras mon poing dans la figure, déclara-t-elle.

Il accepta la décision nette en souriant. Cela ne lui posait aucun problème, il n'allait pas lâcher le médecin des yeux ! La décence l'avait empêché de l'observer trop longtemps, il avait enfin une bonne excuse !

Rien ne lui échappa, chaque étoile dans ses yeux, chaque reflet doré dans ses cheveux châtains. Il retraça mille fois le contour de ses lèvres, imaginant leur douceur et leur fraîcheur, puis laissa courir son regard sur sa peau, agrémentée de quelques petits grains de beauté dus à une vie trop ensoleillée. Il lui trouvait une telle grâce, un tel souci de perfection à nettoyer chaque plaie d'Imma : elle semblait se donner corps et âme dans tout ce qu'elle entreprenait. Comme si sa vie en dépendait. Elle lui plaisait comme aucune autre femme en ces Mondes.

Concentrée et déterminée à faire de son mieux pour Imma, Victoire ne se souciait pas d'Axel.

Il était fasciné. Son esprit s'en allait loin, si loin. Une déesse aux yeux étrangement bleus l'emportait dans un univers parfait où tout était blanc et pur. Elle l'entourait de ses bras, le serrait contre elle…

— Pourquoi m'as-tu sauvée ? demanda soudain Victoire qui avait fini.

Axel resta un moment interdit : le retour à la réalité était trop brutal, trop inattendu. Et sans qu'il réfléchisse à sa réponse, encore dans son rêve, il répondit :

— Pour tes yeux.

Victoire resta déconcertée : elle s'attendait à tout, sauf à cette réponse ! Axel avait envie d'être une souris pour se cacher dans un trou tant il se sentait mal à l'aise. Qu'est-ce qui lui avait pris de dire une chose pareille ! Ce fut Imma qui cassa le silence par un petit rire.

— Il est vrai que le bleu de tes yeux doit être extraordinaire.

Comment Imma pouvait-elle le savoir ?! Et comment avait-elle reconnu qu'elle était le Masque ?! Finalement, ils commençaient tous les deux à croire qu'Imma était une véritable sorcière.

— Je n'aime pas mes yeux et je n'aime pas non plus que l'on m'en parle, lâcha brutalement Victoire.

Elle avait jeté un mur entre Axel et elle. Il était d'autant plus désespéré de lui avoir dit cette phrase maintenant. Il allongea Imma sur des draps propres, sans un mot. Victoire n'avait plus besoin de lui pour l'instant. Penaud, il allait sortir quand la sorcière le retint par la main :

— Tu trouveras ce que tu cherches. N'aie plus peur. Pour l'heure, tu ne dois pas oublier la mission qui t'a été confiée.

Victoire se retourna violemment vers Axel. Ses yeux paraissaient froids et hurlaient traîtrise. Elle lui avait parlé trop facilement, elle ne voulait pas regretter sa confiance. Il lui fallait une explication !

— Je dois porter un message au roi de Leïlan de la part de mon souverain.

Ainsi ce n'était qu'un simple messager. Victoire était un peu déçue, elle croyait avoir affaire à un grand aventurier. Son beau sauveur à la noble apparence n'était qu'un homme ordinaire : un certain voile de romantisme tomba. Elle posa un drap sur le corps d'Imma.

— Axel, tu peux rester, dit-elle en se reprochant son attitude. Excuse-moi d'avoir été aussi dure. Mes yeux signifient beaucoup trop pour moi.

Elle marqua une pause, puis continua :

— Les Fées ont envoyé quelqu'un pour m'arracher des bras de mon père, parce qu'il voulait me tuer. La couleur de mes yeux représente celle de cette nuit-là.

Elle avait relevé la tête et regardait Axel. Que pouvait-il répondre ?

— Excuse-moi pour le mauvais souvenir.

Mais, devant la pureté du visage et du regard illuminé par une constellation d'étoiles filantes, il ne put s'abstenir de rajouter :

— Il n'empêche que je les trouve fabuleux.

Sa sincérité la fit sourire ; la glace était rompue. Axel avait le cœur plus léger. La protection des Fées expliquait beaucoup des pouvoirs de la jeune fille. Victoire devait avoir hérité de quelques dons particuliers et Jerry – malgré son apparence hideuse – n'était plus un être d'origine maléfique mais féerique.

— Attends… attends demain soir avant de porter ton message au château, prévint-elle. Il vaut mieux que tu évites les Scylès ; ils retournent dans leur pays pour quelques jours.

— Comment le sais-tu ?!

Victoire posa un doigt sur ses lèvres souriantes. Axel accepta qu'elle garde le secret.

Ils s'attaquèrent ensemble à la guérison des plaies. Vic pouvait les soigner sans problème, mais les risques de cicatrices n'étaient pas négligeables. Elle avait prévenu Imma qui ne s'en souciait guère. Aveugle, elle ignorait la beauté extérieure.

Une pointe de curiosité poussa Victoire à demander d'où provenait son infirmité. Imma resta un moment silencieuse, comme pour chercher ses mots, semblant cacher un terrible secret.

— Tu n'es pas obligée de répondre, rappela la jeune fille.

— Si… Si… J'avais dix ans et je vivais au château royal avec ma mère. Elle était la nourrice des princesses de ce royaume. Cela s'est produit quelques jours après la naissance de la troisième. Comme vous le savez, elle est mort-née, mais… ce ne fut pas naturel. Ma mère connaissait le terrible secret et ils l'ont torturée pour qu'elle parle… Elle est morte dans mes bras. Ensuite, ils s'en sont pris à moi, une gamine, orpheline par leur faute. Je leur ai raconté mille mensonges, mais je n'ai jamais cédé… même lorsqu'ils m'ont brûlé les yeux.

Axel restait horrifié par ce qu'il venait d'apprendre. Qui étaient ces abominables *Ils* ? Quel était cet épouvantable secret ? C'était de sa promise dont elle parlait ! Alors, c'était un meurtre qui brisait sa vie ! Quelle horreur avait-on fait absorber à la reine ? Était-elle morte comme son enfant, à peine un an plus tard, à la suite d'un empoisonnement ? Pourquoi cet acharnement ?

De son côté, Victoire était bouleversée, le cœur déchiré par ce qu'elle venait d'entendre. Elle avait posé les doigts sur sa bouche et se mordait les lèvres pour retenir son émotion, mais des larmes coulaient lentement sur ses joues. Elle tourna la tête pour qu'Axel ne voie pas sa réaction.

Imma chercha sa main et celle du jeune homme. Quand elle les eut toutes deux, elle reprit son récit. Axel espérait que la sorcière révèle quelque chose de nouveau. Il était tellement absorbé par ce que disait Imma qu'il ne vit pas Victoire se sécher rapidement les yeux.

— Ils m'ont chassée du palais, croyant que ma mère avait été suffisamment prudente pour emporter le secret avec elle. Je n'étais pas un témoin gênant, j'étais une simple enfant de nourrice aux yeux brûlés. Bien qu'aveugle, j'ai pu voir une dernière image : c'était celle d'un être immatériel, tout transparent et fait de vapeur. Une apparition. C'était une femme aux cheveux infinis qui flottait dans les airs. Elle s'est approchée de moi et a posé sa main parfumée et chaude sur mon front. Elle a déclaré que ma loyauté méritait récompense. Depuis ce jour, j'ai le don de tout savoir des gens que je touche. Je sais leur passé, leur présent, leurs sentiments et leurs actions, au-delà de ce que des yeux devraient voir... Jusqu'à maintenant ce don ne m'a pas porté chance, plutôt malheur, mais... même si je ne connais rien de l'avenir, je suis persuadée par votre présence que tout va changer.

Encore une personne qui pouvait lire l'esprit ! pensèrent-ils en même temps et avec la même frayeur. *Elle savait tout !*

Victoire avait retiré brusquement sa main vers sa poitrine. Elle se retint pour ne pas s'enfuir, mais se leva d'un bond.

Axel remarqua son mouvement. Il enviait cette voyante. Il aurait tout donné pour savoir ce qui se déroulait dans la tête de la jeune fille. Que cachait-elle de si terrible ? Pourquoi garder son prénom secret ? Puis, il découvrit ses yeux rouges, son visage défait. Il ne comprenait pas. *Qu'y avait-il de si important ?* Elle semblait soudain si loin.

Ne sachant que faire pour la ramener de son mutisme, il soigna et pansa lui-même la dernière blessure d'Imma. Puis, délicatement, il enveloppa celle-ci dans une grosse couverture pour qu'elle se repose. La sorcière s'endormait déjà.

Victoire reprenait ses esprits, elle se passait les mains sur la figure. *Quelle idiote !* Pourquoi avait-elle eu cette réaction ? Jerry l'aurait tuée s'il l'avait vue ! Que devait penser Axel ?!

Le jeune homme était découragé. Il n'arriverait pas à entrer dans le monde de celle qu'il aimait. Il savait depuis le début qu'il était stupide d'y croire. Il ne se sentait pas de force à la harceler de questions : elle ne lui répondrait jamais. Il se leva, la regarda une dernière fois et sortit.

Victoire resta désemparée. Elle s'en voulait d'avoir creusé un tel fossé entre eux. Le cœur brisé, elle le regarda disparaître dans les rues du village. Elle crispa ses doigts sur la toile de tente et baissa la tête devant l'Interdit.

— Éléa.

La jeune fille sursauta à son prénom. Imma n'était pas encore endormie.

— Désolée de te faire peur, dit-elle en souriant. Mais, puisque tu es seule, il serait dommage que je n'appelle pas la Troisième Princesse de ce royaume par son véritable prénom.

Éléa tomba à genoux, le front dans la main d'Imma, et éclata brutalement en sanglots ; son prénom appartenait aux Noms Interdits : Imma ne devait pas le prononcer ! Elle poursuivit ses pleurs en se déclarant monstrueuse, qu'elle ne pourrait jamais réparer le massacre de sa naissance. Tous ces nourrissons tués ! Combien de personnes comme Imma, sa mère ou la famille de Gyl avaient été torturées ou tuées pour elle ? Combien d'autres atrocités avaient été exécutées qu'elle ne connaissait pas encore ? Qu'allait-il arriver à Tanin et aux enfants d'Éade enlevés ? Elle n'osait même plus l'imaginer et pleurait toutes les larmes de son corps. Même si elle réussissait à réhabiliter son prénom en ramenant la paix, comment son peuple pourrait-il oublier ? Comment pourrait-elle oublier ? !

Elle sentit les bandages de la main d'Imma lui caresser la joue.

— Ne pleure pas pour moi. Maintenant que je sais qui est le Masque, je ne peux pas regretter mes yeux. Tu n'es pas coupable, lui répéta-t-elle doucement. Seuls les hommes qui m'ont rendue aveugle doivent payer. Jamais personne ne te reprochera ta naissance, le Mal était déjà là bien avant toi. On ne pourra que t'être reconnaissant, car tu es probablement la seule qui pourra nous en débarrasser… Éléa, tu n'es pas une criminelle, ton prénom et ton âme n'ont pas à être bannis de la sorte. Lève-toi, c'est moi qui te dois respect. Pense à l'avenir, plus au passé. L'enfant qui t'a remplacée dans le berceau est morte de façon naturelle. Alors oublie, sors tout ça de ton esprit, je t'en prie ! Le plus important, maintenant, est d'être forte et heureuse pour vaincre. Va rejoindre les autres, je vais dormir. Amuse-toi, je sais qu'il y a une fête ce soir, comme dans tous les villages à ta venue. Fais-toi belle pour Axel, c'est un jeune homme dont le cœur se brise facilement. Va, cours ! File ! Je suis persuadée qu'il t'attend !

Près de la fontaine, sur un tas de pierres, Axel regardait l'abri de toile en espérant voir sortir la jeune fille. Son esprit ne pouvait se détacher d'elle. Il devait être au moins sept heures du soir, le pâté du midi était loin, mais

Axel n'arrivait pas à manger. Victoire devenait sa faiblesse, comme l'avait prédit son père. C'était mortifiant de lui donner une fois de plus raison.

L'odeur de tilleul avait déjà purifié l'atmosphère. Devant le jeune homme s'entassaient des vieilleries : habits usés, vieux meubles en tout genre et souvenirs d'un passé miséreux. Cela sentait le grand feu de joie. Le malheur perdait une fois de plus du terrain. Des flammes s'élevèrent soudain, embrasant le ciel, et des cris amusés d'enfants résonnèrent dans la Colline Creuse. La fontaine fonctionnait et l'eau coulait, pure. La terre empoisonnée allait bientôt retrouver sa belle verdure et effacer sa blessure.

Après le village, c'était au tour des gens de se laver. Une partie des maisons étaient habitables et l'on y devinait une certaine excitation à l'intérieur. Tout le monde organisait la veillée. Askia, notamment, mettait à profit ses talents de cuisinière en menant la préparation des rôtisseries dans l'effusion et la réjouissance générales.

Face à ce bonheur, Axel restait tout de même morose. *Comment ces villageois pouvaient-ils oublier la menace de Korta à ce point-là ?* Il se sentait décalé, déplacé. Pour une fois, trop loin de chez lui. Il pensait à Pandème, aux Fées et à sa vie…

La sensation d'une présence lui fit tourner la tête. Ophélie était là. Elle le regardait pleine d'espoirs, tout intimidée.

— Ai-je bien suivi tes conseils ? osa-t-elle demander en se pinçant les lèvres.

Axel était muet du changement. Elle portait une ample jupe châtaigne. Son chemisier de fin coton était rehaussé par un corselet rouge à lacets qui révélait sa taille et sa poitrine. Ses cheveux, lâchés, clairs comme un soleil au zénith, tombaient en une pluie de boucles d'or de toutes les tailles sur ses épaules. Elle était belle et naturelle, sans fards qui auraient pu gâcher la jeunesse de son visage.

— Tu es splendide ! s'exclama-t-il.

Il était émerveillé et Ophélie manqua de pleurer de joie à sa réponse.

— Ceban va tomber à genoux en te voyant, s'il ne meurt pas foudroyé !

Elle rit de bonheur en tournoyant. Sa joie candide emportait la tristesse d'Axel. Il oubliait ses noires pensées.

— Mais toi, tu ne te changes pas ? Ta chemise n'est plus très blanche, lui fit-elle remarquer en s'arrêtant de tourner.

Les fossettes s'évanouirent, les yeux brillants disparurent derrière les mèches ambrées, il n'avait pas envie de s'amuser. Il regarda en direction de la tente et fit une légère grimace des lèvres. Ophélie n'était pas naïve. Il était facile de comprendre qui le tourmentait. La jeune Oréenne fronça ses fins sourcils. Il fallait qu'elle le sorte de cette mélancolie !

— Tu ne m'as pas laissée me morfondre pour Ceban. Je ne te laisserai pas le faire pour elle, affirma-t-elle en l'empoignant par la main.

Imma avait réussi à remonter le moral d'Éléa. Celle-ci sortit de l'abri avec le cœur secoué mais prête à suivre le conseil d'oublier un peu, du moins pour ce soir. Elle ne vit pas Axel. Il devait se préparer. Devait-elle en faire autant?

Elle se dirigea vers la première maison réparée. Sa féminité reprenait le dessus dans sa tête: et si elle mettait une robe? Elle se trouvait à l'extérieur de la Forêt Interdite. *Et alors?*

Elle était sur le seuil lorsqu'un bruit derrière un buisson desséché attira son attention. Revenant sur ses pas, elle découvrit Jerry recroquevillé sur lui-même. Il n'avait plus l'air de l'être chimérique intransigeant, mais celui d'une pauvre bête abandonnée. Il leva ses grands yeux jaunes, rougis, vers elle. Elle ne l'avait jamais vu dans cet état.

—Les Fées m'ont trahi, dit-il. Comment pourrai-je l'approcher? Comment pourrai-je savoir si c'est *elle*?! Elles m'avaient dit: « *Tu seras le seul à pouvoir lui apprendre la vérité, sa vie dépendra de tes paroles. Elle aimera ta voix et ne pourra pas deviner tes erreurs passées!* » Je croyais que c'était en tant qu'homme que j'allais la rencontrer, pas en tant que monstruosité! Je n'aurais jamais imaginé qu'elle serait aveugle!

Il en tremblait. Sa souffrance était à l'image de son caractère, excessif en toutes choses. Mais voir un être aussi dur s'abattre comme un enfant était désarmant. Éléa en restait sans voix. Jerry brandit ses bras vers elle; ses mains décharnées possédaient de longues griffes noires à la place des ongles.

—Je ne pourrai même pas la toucher! cria-t-il, désespéré.

Il se cacha soudain le visage et se ratatina sur lui-même avec la volonté de disparaître.

—Jerry! Jerry! Tu l'as dit toi-même, tu ne sais même pas si c'est elle!

Elle voulut dégager avec tendresse les doigts crochus de l'odieuse figure. Il tenta de l'empêcher de le toucher, puis abandonna. Une attitude des plus inhabituelles, lui si désagréable au moindre contact!

—Combien de femmes ont déjà apprécié ta voix? Je l'aime moi aussi.

Il fit silence, elle continua:

—Imma est aveugle. Homme ou animal, elle ne te voit pas. Attends que tout se calme, que le sortilège cesse si tu crois qu'elle correspond… Aurais-tu déjà oublié toutes les jolies leçons que tu m'apprends? Être sûr de ses actes avant d'agir et réfléchir aux conséquences, n'est-ce pas?

Devant son petit sourire narquois, il finit par s'avouer vaincu. Il se faisait peut-être une montagne de rien. La crise s'arrêta net, avec une respiration à peine plus rapide. Il essaya de reprendre contenance et acquiesça à ses dernières paroles avec une petite observation sèche:

—Eh bien, je vais avoir encore plus de mal à me faire respecter.

Éléa sourit en l'aidant à se relever. Il était redevenu lui-même. Main dans la main, la belle enfant et son monstre de père adoptif firent quelques pas, puis la jeune fille et sa souris blanche sur l'épaule pénétrèrent dans la maison éclairée par un gigantesque feu.

De la fumée et des nuages

Penché à l'une de ses fenêtres, le duc d'Alekant distinguait à l'horizon un léger filet de fumée s'élevant dans le ciel. Toute la cour croyait à un pillage de village, lui savait que c'était sa renaissance que l'on fêtait.

Il n'avait pas dormi la nuit précédente et sa journée s'était mal passée. Les yeux de la jeune fille au masque le poursuivaient. Il n'arrivait pas à se concentrer. Muht et ses deux acolytes savaient pertinemment son malaise et cette situation accentuait son agressivité ; il avait gravement blessé un de ses hommes lors d'un entraînement par frustration de ne pas savoir où se trouvait le Masque.

Maintenant, il le savait, elle était en Aces.

Il trépignait de rage. Les habitants de ce village n'étaient pas morts comme prévu. Pourtant, Ibbak lui avait assuré que les plus costauds ne survivraient pas plus de dix jours au poison lancé dans l'eau. Que s'était-il encore passé ?! Rien n'allait ! Tout ce qu'il entreprenait depuis près de deux ans échouait ! *Tout, depuis l'arrivée du Masque !*

La haine l'étouffait lorsqu'il pensait au combattant mais maintenant un étrange sentiment d'envoûtement le prenait aussi lorsqu'il songeait au regard de la gamine. Il ne supportait pas cette nouvelle sensation. Il prit un tabouret et le brisa avec violence contre un mur. Avec ses yeux étranges, elle était une envoyée des Trois Fées, elle était *son* ennemie.

Soudain, il suspendit sa colère. *Quel sombre imbécile il faisait !* Elle était bien trop blessée pour parcourir le pays. Cette fumée ne devait être qu'un leurre. Le Masque essayait seulement de le démoraliser à son tour. Il la détestait, il allait s'en venger d'une manière ou d'une autre ! Il le fallait pour stopper cette étrange fascination !

Il s'écrasa brutalement dans un fauteuil et lissa pensivement sa barbiche noire avec un regard cruel. Un de ses doigts traîna sur la cicatrice de sa joue. La révolte bouillonnait en lui. Il devait prendre une décision pour savoir ce qu'il allait déclarer à Ibbak. Cela faisait déjà un jour qu'il reculait l'échéance…

La porte de ses appartements s'ouvrit, Muht entra.

— Personne ne t'a jamais appris à frapper avant d'entrer ! cracha Korta.

— Il est inconvenant de s'enfermer seul ou de se cacher, dans mon pays, répliqua le guerrier scylès en retirant sa cape de scalps.

Il se versa une coupe de vin et s'installa autoritairement dans un siège, son *Shat-Hunt* servant de coussin à son dos nu. Korta hésita entre l'étrangler ou l'étriper.

— Je croyais que tu préférais me voir empalé, dit tranquillement Muht en souriant.

— Ne me tente pas trop. Je pourrais opter pour plusieurs morts à la fois, répondit gravement le duc en essayant de bloquer sa conscience. J'espère que tu m'amènes de bonnes nouvelles avant de partir.

Muht ne répondit pas immédiatement. Il avait remarqué les débris du tabouret cassé. En prenant le prétexte de boire avant de parler, il étudia les images passant dans l'esprit de Korta et vit encore le regard bleu nuit s'intercaler avec la vision d'empalement si chère au duc. Le guerrier scylès ne comprenait pas comment un homme pouvait se laisser envoûter par une simple femelle. Il voulut poser la question, mais il se ravisa pour répondre à la demande :

— Il n'y a pas de traîtres dans ce château. Enfin, je parle de traîtres à ta cause. Beaucoup ignorent tes agissements, et ceux qui savent te craignent trop pour entraver tes projets. Il est impossible que quelqu'un d'autre que toi sache comment bloquer son esprit. Mon peuple a juré le silence. Pour moi, le Masque a un autre moyen de connaître tes plans à l'avance. Je maintiens que c'est une sorcière.

Korta ne se satisfaisait guère de cette réponse. Et pourtant il ne voyait pas d'autre solution ! Les yeux bleus réapparurent dans sa tête. Il tapa violemment du poing sur la table. Les sourcils platine de Muht eurent un sursaut de surprise, une goutte de vin s'échappa de son verre et glissa lentement entre les poils de son torse blanc.

— Je dois l'arrêter, je dois la tuer ! cria le duc. Je suis trop près du but !

Cela faisait dix-huit ans qu'il préparait toute cette prise de pouvoir ! Il avait fini par croire que rien ne lui barrerait le chemin ! Il en devenait fou !

— Nous sommes au moins d'accord sur ce point, murmura Muht en essuyant sommairement la goutte de vin avec une longue tresse akalienne de sa cape.

Korta ne l'écouta pas. Il se demandait comment il pourrait cacher à l'Esprit Sorcier sa sensibilité au charme de la jeune fille.

— Tu ne lui as toujours pas parlé, déclara d'un ton désapprobateur Muht, qui parvenait à interpréter quelques pensées.

Korta voulut se lever pour le faire taire mais un violent mal de crâne le surprit brutalement. Il en retomba dans son fauteuil. Ce n'était pas un avertissement destiné à contrôler son comportement, mais un appel : *celui d'Ibbak*.

Korta ne voulait pas le voir ! Il ne pouvait pas lui avouer son nouvel échec ! Il prit la décision de résister en refusant de se lever. Une virulente fièvre monta en lui. Derrière la colossale cheminée aux sombres fresques animales, un filet de fumée rouge s'infiltra dans la pièce. Le visage de Muht se décomposa ; le pouvoir et la présence de l'Esprit Sorcier le terrifiaient. Lui seul était capable de mesurer la volonté de la Divinité, et pas seulement à la vue de la douleur exprimée par le visage du duc.

Les dents serrées, les muscles tendus, Korta voulait toujours lutter. Il avait l'impression qu'on lui rongeait le crâne de l'intérieur. Son corps se levait sous la douleur, mais il gardait les mains crispées sur les accoudoirs, les ongles plantés dans le velours incarnat. Il croyait pouvoir résister et désobéir plus longtemps, quand il ressentit une souffrance encore plus forte. Sa violence le frappa, elle eut un effet paralysant : il en tomba à genoux, le souffle coupé, le visage aux pieds de Muht paralysé.

La douleur s'arrêta mais Korta savait qu'elle reprendrait s'il n'obéissait pas immédiatement. Tout tremblant sous le choc de la torture, il se releva pour obéir.

— Il faut lui dire, murmura Muht.

Korta fit volte-face et saisit si violemment le guerrier scylès à la gorge qu'il manqua de l'étrangler.

— Tu lui dis un mot et je te tue, prévint-il en chuchotant.

Il lâcha prise, de peur de perdre trop de temps, et tendit le bras pour abaisser le levier de la cheminée.

Le bloc de marbre monstrueusement décoré pivota. L'épaisse fumée rouge et froide emplit la noble pièce de même couleur. Muht se tassa un peu plus sur son siège. À son grand désarroi, la fumée n'enveloppa pas seulement Korta ; elle vint aussi l'inviter à se lever. Comme hypnotisé ou drogué, le duc pénétra dans le passage. Muht le suivit.

Éclairées seulement par des torches, les marches semblaient plonger dans un gouffre. La danse macabre des flammes parsemait les murs d'ombres étranges et inquiétantes. Des statues olivâtres représentant des colosses gras et chauves paraissaient suivre les hommes du regard. La fumée était vivante et nauséabonde. De ses filets effilochés et déchirés, évoquant de longues mains anguleuses et squelettiques, elle traînait Korta par le cou dans une descente aux enfers. Les yeux révulsés, le pas mécanique, le duc s'enfonçait dans un véritable brouillard : il ne pouvait plus voir les murs ou le plafond. Muht qui marchait timidement derrière ne distinguait que trois ou quatre marches à la fois.

Quelques minutes leur suffirent pour atteindre la fin du voyage. Korta se retrouva sur une place, Muht resta en arrière, encore sur l'escalier, ramassé contre le mur. Seule une légère brume planait autour d'eux, révélant les bas-fonds noirs d'un château et ses nervures de pierre. La fumée rouge avait regagné son origine : un coffret ouvert, taillé dans la pierre. Une lumière incandescente brillait encore à l'intérieur.

Muht Dabashir était en présence de l'Esprit Supérieur pour la cinquième fois, mais il ne pourrait jamais s'habituer à cette vision. Il n'osait pas se tenir debout et droit comme Korta, il n'imaginait même pas prendre la parole. La seule attitude à avoir était de ramper et d'écouter. Le Grand Ibbak avait perdu beaucoup de puissance, il ressemblait à un énorme tcharas dont on aurait coupé les griffes, mais il pouvait encore mordre. Muht sentait ses pouvoirs monter ; entre deux rencontres, il sentait la différence. Il voyait les scènes d'invasions et de haines anciennes, les massacres, les viols, les pillages de la Guerre des Siècles, la frustration aliénante d'être réduit et enfermé, les désirs sanguinaires et les plans de vengeance à venir sur des peuples entiers. L'Esprit Sorcier était *sa* Divinité. Les Pays Insolites lui devaient le pouvoir de double vue et son art de vivre basé sur la convoitise et le besoin de se battre. Muht Dabashir finit par se mettre à genoux, comme chaque fois.

Le duc d'Alekant reprit ses esprits plus dignement. Il savait parfaitement où il se trouvait, mais il n'appréciait pas d'y être emmené de force. Il avait découvert ce passage alors qu'il n'avait que dix-sept ans. Il était déjà un jeune homme ambitieux en quête de pouvoir et de gloire. Tous les moyens étaient bons pour se faire bien voir du souverain et éliminer les concurrents éventuels. Après avoir atteint un haut grade dans la garde du roi, et étant issu d'une des plus grandes familles nobles du pays, il avait bénéficié de ces appartements. Par hasard, il avait actionné le levier et accédé au passage. Dans les torchères, les flammes éternelles éclairaient déjà le corridor funèbre et il s'était retrouvé, comme aujourd'hui, dans la grande salle. Il était descendu de lui-même et avait trouvé le petit coffret de pierre.

Le décor, sombre et ténébreux, ne lui avait pas fait peur ; au contraire, il avait été bien aise de sa découverte. La cupidité l'avait poussé à ouvrir le coffret, sans même lire les avertissements gravés dessus. Il avait eu du mal : la pierre s'était révélée dense et lourde, mais il était parvenu à la soulever un peu. Cela avait été suffisant. Le couvercle s'était levé de lui-même, libérant une épaisse fumée suivie d'un ricanement.

Korta entendait de nouveau ce même rire menaçant qui, dix-huit ans plus tôt, lui avait glacé les veines. L'odeur de mort qui régnait lui rappelait sa peur. Il n'était pas complètement inconscient de la nature de l'Esprit qui lui faisait face.

Une voix forte, d'outre-tombe, emplit la très haute salle pleine de voûtes sur croisées d'ogives. C'était Ibbak qui parlait :

— Alors, après tout ce temps, tu crois encore pouvoir me désobéir !

Le rire résonnant se montrait des plus macabres.

— Que me caches-tu ? Faut-il que je te torture pour le savoir ?

Ibbak n'avait plus le pouvoir de tout savoir sans rien demander, mais il pouvait encore *fouiller*. Deux langues de fumée, sorties du coffret, se dirigèrent vers les oreilles de Korta qui recula de frayeur. Le duc connaissait la souffrance de cet examen et ses éventuelles conséquences. Muht manqua de crier de terreur sous les images. La voix rit de sa supériorité. L'Esprit Sorcier aimait la peur des autres, il s'en délectait.

Presque chancelant, Korta entama son explication. Il détailla sa bagarre de la veille avec le Masque. Il insista sur le fait qu'il ne supportait plus l'attente et ses échecs pour omettre celui de la féminité du Masque. Muht l'écouta, incrédule de son audace.

Le Grand Ibbak ne releva que légèrement son défaitisme. Après tout, ce n'était qu'un homme et l'optimisme de sa jeunesse s'érodait. Il se laissa prendre au mensonge : il ne pensait pas que le duc puisse avoir le toupet de le tromper.

Korta respirait. Il cachait un fait important, mais il ne voulait pas que l'Esprit Sorcier devine que de piètres sentiments le rongeaient. Il se sentait douter et il n'avait pas besoin de ses railleries. Il avait déjà celles de Muht ! Le duc se sentait tout remettre en question. Le contrat qu'il avait passé avec Ibbak lui pesait mais il ne pouvait plus se débarrasser de l'Esprit Supérieur. Il lui était impossible de remettre le couvercle sur la boîte : retrouvant lentement sa force, la fumée rouge s'opposait à son approche.

Korta avait bien profité du lien qui le rattachait à Ibbak jusqu'à présent, mais il se sentait maintenant perdu, réalisant soudain son erreur plus douloureusement que jamais. Même s'il ne voulait pas encore l'admettre, son cœur basculait à la vue des yeux envoûtants : ils lui rongeaient l'esprit !

Dix-huit ans plus tôt, il avait accepté avec plaisir la proposition d'Ibbak. Être ses bras et ses mains dans le monde extérieur en échange d'une ascension royale : devenir le souverain de Leïlan et l'empereur du Monde de l'Est.

Korta avait tout organisé, tout manigancé. Il avait bien sûr trouvé le temps long, mais la réussite lui avait toujours paru inéluctable. Jusqu'à ces deux dernières années… jusqu'à l'apparition du Masque !

Depuis lors, la bataille était rude, quantité de ses plans connaissaient fatalement l'échec. Et maintenant, comble de malheur et d'impuissance, alors qu'il reprenait les rênes en main, son cœur se mettait à avoir des sentiments ! En avait-il exprimé un seul, alors qu'il versait l'Élixir de la Folie dans le verre du roi, le soir de la naissance de sa troisième fille ? Pourtant, à ce moment-là, il savait pertinemment que ce simple geste allait basculer le pays dans l'horreur.

Les images de son passé défilaient trop follement dans sa tête pour être maîtrisées. S'y inséraient les yeux bleus insaisissables, même plus associés à un visage. Muht était le témoin de la folie de son crâne. Il n'arrivait pas à tout saisir. De ces scènes anciennes, le plan des Trois Fées sur l'union de Pandème et de Leïlan lui restait obscur. Mais il suivait les longues heures de méditation du duc dans ses appartements pour échafauder une stratégie afin de déjouer les Fées. La volonté destructrice de cet homme n'était plus à prouver : il avait fait tuer l'une des princesses et contrôlait le comportement des deux autres.

Korta avait tout imaginé pour régner sur le pays en toute légalité et pour solidifier la puissance d'Ibbak avant la date fatidique de la remise en jeu du pouvoir des Esprits. Il avait tout prévu, malgré l'intervention des Trois Fées, le soir de la naissance de la troisième princesse.

Le roi de Leïlan aurait dû tuer sa fille sous l'effet de l'Élixir de la Folie, mais quelque chose s'était produit dans la chambre. Korta n'avait jamais su quoi, néanmoins il demeurait évident que les Fées en étaient les instigatrices. Il n'avait pas été dupe face à l'enfant mort dans le berceau : son visage n'était pas aussi gracieux et ni aussi fin que celui des deux autres princesses ; de plus son doute avait été renforcé par l'expression de la nourrice. Quelqu'un avait enlevé la véritable enfant !

La scène repassait dans sa tête. Revenant de l'effet du poison, le roi ne se souvenait de rien. La reine, terrassée par le chagrin et les larmes, s'était évanouie. Au vu des tortures infligées à la nourrice ayant assisté l'accouchement, Muht put constater que Korta était capable de traiter une femme aussi bien qu'un Scylès. Il avait même rendu aveugle la fille de la nourrice, sans résultat. Le duc n'avait rien appris.

Assoiffé de sang et de vengeance, Korta avait fait envoyer des hommes dans tout le pays, avec l'ordre de tuer toute enfant de moins de trois mois. Les colonnes de mercenaires envahissaient sa tête, ses pensées étaient baignées du sang versé. Les mercenaires à sa solde avaient fait du zèle et, par des méthodes ignobles, avaient exterminé les nouveau-nés sans distinction de sexe jusqu'à l'âge d'un an. Ils avaient même poussé le vice jusqu'à torturer et achever les femmes enceintes, et toute personne se mettant en travers de leur chemin. Un véritable massacre qui révoltait même Muht Dabashir. Le seul moment de leur vie où les Scylèses étaient intouchables, c'était bien durant leur grossesse !

Le guerrier scylès comprenait que Leïlan tout entier soit resté choqué de ce massacre et ne s'en soit jamais vraiment remis. Même lorsque les prétendus meurtriers, arrêtés par Korta lui-même, furent pendus, la peur domina encore le pays. Pendant près de dix ans, les naissances furent rares et cachées. Rien ne pouvait avoir plus d'importance et de valeur, maintenant, que la vie d'un enfant pour les Leïlannais. Cette situation plaisait à Korta et lui convenait : il pouvait s'en servir contre le peuple à son gré.

Korta en aurait crié de rage. Il n'avait rien ressenti à ces moments-là ! *Pourquoi maintenant ?!*

Le souverain ne voyait que par lui, les nobles en avaient déjà fait leur prince, mais le peuple était resté méfiant. La foi dans les jugements du roi paraissait ébranlée depuis la mort de la reine. Surtout en ce qui concernait les princesses !

Korta avait pensé à tout pendant ces dix-sept années, mais pas à ses propres sentiments ! Deux ans après le massacre, le doute sur la mort de la Troisième Princesse s'était évanoui : aucun enfant de Leïlan ne possédait de tache royale dans la nuque à la racine des cheveux. La fillette était donc bien morte avant que ce symbole des Fées n'apparaisse. Sans remords, il avait mis la suite de son plan à exécution. Il avait accablé le peuple d'impôts, de lois injustes et contribué à sa destruction progressive. Les frontières étaient gardées. Le moindre commerçant étranger était dévalisé deux lieues après être entré, le moindre noble venant en visite était assassiné. Sous le couvert de brigands infestant le pays, il agissait à sa guise et la Grande Plaine de Leïlan n'existait plus que par la misère et la famine.

Muht ne comprenait pas pourquoi Korta tenait absolument à dissuader le roi de Pandème de songer à unir son royaume de bonheur et d'abondance avec un pays d'apparence en ruine. Mais si l'utilité de cette partie du plan lui échappait, il en reconnaissait l'exécution simple et parfaite. Korta s'assurait l'exclusivité du mariage avec la princesse Éline en terrassant, ensuite, les brigands qu'il avait lui-même créés.

Mais le Masque était apparu.

L'isolement du pays du reste du Monde de l'Est coûtait beaucoup en hommes à Korta, il ne lui en restait pas assez pour une chasse à l'homme digne de ce nom. De défenses en insoumissions, d'attaques en affronts directs, ces deux dernières années avaient été marquées par une succession de défaites. En aidant le peuple, cette gamine contrecarrait ses projets et l'avait obligé à sortir de l'ombre : il s'était dévoilé au peuple. Heureusement, les nobles leïlannais avaient demandé protection au roi. Ils avaient fui leurs demeures et manoirs par peur d'être dévalisés ou tués sur les routes. Toute la noblesse se terrait avec son souverain dans le palais. Ainsi, les agissements de Korta y restaient secrets : il pouvait déformer la vérité à volonté.

Mais il avait cru que le combat serait rapide. Où pouvait-elle se cacher dans un pays aussi petit ? Korta avait fait piller chaque village, fouiller chaque bois. Le temps passait. Le roi trouvait n'importe quelles excuses pour reporter le mariage avec Éline. Il avait enfin cédé mais en échange de la tête du Masque. Le duc d'Alekant se trouvait pris dans un cercle vicieux. Humilié parce qu'Ibbak lui avait imposé une aide extérieure, il avait tout de même cru l'espace d'une demi-lune que le pouvoir de Muht et de ses hommes avait changé le cours des événements. Mais, sans savoir comment, il sentait qu'un nouvel élément bousculait encore ses espérances. Il risquait-

définitivement de tout perdre à cause d'une gamine, surgie de nulle part, qui se prenait pour un homme !

Les yeux lui mangeaient l'esprit, il perdait son contrôle. Muht le trouvait misérable et sans rapport avec l'homme d'armes qu'il pouvait être. *Était-ce vraiment de l'amour ?!*

L'Esprit Sorcier s'était de nouveau élevé et se modulait dans un visage démoniaque. Les vapeurs glaciales et sanguinaires s'étiraient et se déchiraient comme un cri de torture dans la nuit. Les expressions étaient instables et éphémères, se rapprochant plus de l'animal que de l'humain. Certaines statues avaient bougé. Leurs yeux de rats s'étaient illuminés aux bouillonnements de leur Maître. Elles se raclaient maintenant le fond de la gorge dans un ensemble macabre.

Korta avait oublié Ibbak. Celui-ci observait les expressions du duc. Il se disait qu'il avait peut-être eu tort de compter sur cet être humain pour mener à bien sa revanche contre les Fées. Korta commençait à perdre la fièvre de ses dix-sept ans.

— Je croyais que tu étais meilleur que mon dernier Disciple ! tonna-t-il d'une voix grave. Mais je vois que tu n'es pas plus capable de tenir ton épée qu'une fourche ! Comment comptes-tu mener à bien notre guerre contre Akal avec les Pays Insolites ? Tu mets ton inaptitude et ton imbécillité sur le compte de l'ignorance de l'identité de ton adversaire actuel. Foutaises ! La vérité est que tu es incapable de faire face à ses effets de surprise !

Sa voix emplissait la salle obscure et résonnait comme l'acier sur chaque arcade brisée. Pourtant, Korta ne bougeait pas, ne réagissait pas. Muht le regardait sans y croire. Le duc savait pourtant qu'il connaîtrait la signification du mot *douleur* s'il échouait, mais son esprit demeurait absent. Il cherchait seulement à savoir pourquoi la jeune fille le fascinait autant et pourquoi il ne pouvait lutter.

Défoulant sa méchanceté, la fumée rouge envahit la pièce dans un véritable tourbillon aux multiples formes et visages. Muht préféra détourner les yeux. L'air s'engouffra dans le manteau noir et les crevés orangés du pourpoint du duc. Korta devint un pantin de bois, propulsé par ce vent, assourdi par cette voix et par le raclement de gorge des statues vivantes. Pourtant, il restait désespérément subjugué par le souvenir d'un regard bleu, froid et intense.

✧

C'était avec ces mêmes yeux, pleins d'espoir, qu'Éléa scrutait la place du village. Elle cherchait Axel. Il y avait tant de monde, tant de danses et d'animations qu'elle ne le trouvait pas.

Le spectacle était apaisant malgré son vacarme. Ces cris de joie, ces chants pouvaient réchauffer les cœurs les plus froids. Tout le malheur semblait s'envoler avec la fumée. La prospérité n'était pas certaine, Korta pouvait tout faire basculer de nouveau – pas plus tard que le lendemain, elle en avait conscience – mais Éléa savait qu'elle avait donné à ce village le sentiment d'union et de motivation qui lui manquait. La raison qu'il lui fallait pour se défendre. Ce simple espoir permettrait aux plus fragiles de survivre si les événements venaient encore à se retourner contre eux.

Des enfants hurlèrent à son arrivée et des acclamations suivirent. En toute réponse, elle leur sourit et les applaudit aussi : elle n'acceptait pas d'être la seule à avoir des honneurs. Elle remarqua enfin Axel. Un pantalon noir surmonté de bottes éclatantes, une chemise laiteuse, barrée d'une ceinture de cuir, et un long gilet de daim. Il était superbe. Il avait même poussé l'élégance jusqu'à se raser de près, et sur sa poitrine rayonnait l'anneau d'or. Hissé sur un petit muret de lauze, ses yeux en disaient plus longs que ses applaudissements.

Éléa mit un temps à reconnaître la jeune fille à côté de lui. *Ophélie !* En tournant légèrement le regard, elle put remarquer plus loin que Ceban en restait bouche bée. Souriant de l'expression de son frère de lait, elle s'approcha des deux êtres blonds. Axel descendit immédiatement mais resta intimidé. Victoire avait un air sauvage et révolté avec ses cheveux lâchés. Elle avait changé de vêtements mais pas de tenue.

— Je n'ai pas désiré modifier mon apparence, fit-elle sur un petit ton décidé.

Elle mentait. Elle s'était querellée avec Jerry pendant près d'une demi-heure pour mettre une robe. Il n'avait pas cédé à ce caprice d'adolescente et avait tranché la dispute par une dernière réflexion :

— *Tu ne l'as jamais fait auparavant ! Pourquoi le ferais-tu aujourd'hui ?!*

Ses yeux inquisiteurs avaient fait taire la jeune fille. Elle n'avait pas eu envie de lui avouer ce qu'il attendait. Sans un mot, elle avait remis des habits noirs mais, par rébellion, son corset d'amalyses était desserré, sa veste déboutonnée et ses cheveux libres : le fait que le Masque était une femme ne faisait plus aucun doute. Axel admirait la flamme de provocation qui brillait encore dans ses yeux. Il ne put réprimer un compliment.

Ophélie avait lentement glissé du muret et laissé le couple seul. Elle était heureuse, la fête était parfaite. Du coin de l'œil, elle avait remarqué la tête de Ceban et faisait semblant de l'ignorer. Elle rit et se mit à danser autant que son souffle et ses pieds le lui permettaient avec Virgine. Cette dernière, de trois ans son aînée, avait la plus grande chance à ses yeux : elle vivait au sein du clan du Masque avec son mari et ses jumelles. Ophélie ne comprenait pas pourquoi, malgré tous ses efforts, elle n'en faisait toujours pas partie, mais ce soir elle oubliait tout, elle était radieuse. La danse était son évasion.

Les mouvements synchronisés des deux jeunes femmes, l'une brune et l'autre blonde, l'harmonie de leur attitude laissèrent Éléa songeuse. Axel soupira un peu de l'avoir encore perdue, mais il remarqua qu'elle observait Ophélie. Il approcha ses lèvres de son oreille.

— Pourquoi n'a-t-elle jamais pu faire partie de ta troupe ? Qu'a-t-elle de moins que l'autre danseuse ? demanda-t-il intrigué.

Sortie de ses pensées, Éléa le regarda étonnée de son intérêt :

— Virgine n'a pas de famille à l'extérieur. Ophélie n'a que sa sœur Maï et sa tante, mais je sais qu'Askia n'abandonnera jamais son auberge pour nous suivre. Cela peut lui faire commettre des imprudences ou mettre sa famille en danger… C'est… c'est déjà arrivé à un de mes compagnons… Mais ne t'en soucie plus. Je vais être obligée d'exaucer son vœu : elle vient de résoudre un grave problème. J'ai besoin d'elle.

Elle avançait déjà vers Ophélie. Axel entendit à peine les mots qu'elle s'adressa à elle-même :

— Pardonne-moi, Gyl, d'aller une nouvelle fois à l'encontre de ce principe.

Elle disparut dans l'attroupement encerclant les deux danseuses. Ophélie s'arrêta et regarda Axel. Par son clin d'œil, elle comprit ce qu'allait lui dire le Masque. Elle explosa de joie !

Son bonheur et la fête donnaient au jeune homme l'envie de danser. Après tout, puisqu'il semblait impensable que Korta vienne, autant en profiter ! Malheureusement, la partenaire qu'il avait choisie revenait vers lui en boitant encore. Il était tout près d'elle quand un sifflement très aigu la fit se retourner. Un jeune homme brun, d'à peine plus de vingt-cinq ans, lui faisait signe de venir danser.

Avant de répondre, Éléa chercha Jerry du regard. Elle vit un grand chat noir juché sur un toit. Dans la nuit tombante, ses yeux jaunes se détachaient ; ils se balancèrent au même rythme que sa queue, de gauche à droite, dans un signe de négation. Éléa indiqua donc sa hanche et leva ses bras impuissants à l'invitation. Mettant les mains de part et d'autre de sa bouche, un autre jeune homme se mit à hurler par-dessus les chants :

— Il te reste ta voix ! Non ?

Elle accepta avec joie. Au moment de partir, elle glissa quelques explications à l'oreille d'Axel, déconfit de se faire ravir aussi cavalièrement la jeune fille :

— Le premier s'appelle Théon. La fête est le seul moment où ses lèvres consentent à sourire. Tu ne le verras jamais sans le deuxième, Allan, le mari de Virgine. Si tu sais jouer d'un instrument ou chanter, c'est le moment. Erwan va certainement sortir son corsouflet ! C'est un instrument akalien fabuleux !

Axel sourit et la laissa traverser la foule. Il revint en arrière rapidement. Prenant sa besace dans la maison où il s'était changé, il en sortit son propre corsouflet et, pressé de ne pas faire attendre Victoire, il déposa le sac près d'un chariot en sortant.

Allan, Théon et le grand Sten aidèrent Vic à monter sur des caisses vides disposées en estrade. Quatre personnes vinrent les rejoindre avec des instruments divers.

— Où est mon *rase-mottes* ?! hurla le géant à la foule.

Erwan apparut en riant et attrapa la main de son ami. Le petit homme aux cheveux rouges était parfaitement proportionné et même fortement musclé. Les Akaliens étaient traités de nains parce que les plus grands n'atteignaient jamais les cinq pieds et demi de haut. La critique était facile : les hommes des autres peuples du Monde de l'Est dépassaient couramment les six pieds !

Récemment replongé dans la haine qui enclavait Akal dans une guerre éternelle contre les Pays Insolites, Erwan en avait tout de même oublié la susceptibilité et l'insociabilité associées aux gens de son royaume. Il était petit, certes, et ne pouvait pas espérer que sa croissance reprenne à quarante ans. Mais maintenant, il s'en amusait. Son duo avec le grand Sten lors des batailles était d'ailleurs un pied de nez à la nature. Erwan avait un bras fait pour l'épée, une bouche pour le rire. Ses yeux dorés étincelaient de malice, de rêves et de sagesse. Le nain savait être grand à son heure.

Axel et son corsouflet furent accueillis avec joie et étonnement. Erwan resta saisi d'avoir un concurrent :

— Seul un Akalien ou un homme au cœur pur peut jouer de cet instrument.

Axel eut un sourire intimidé et fut flatté par la déclaration du nain. Son vieil ami akalien ne lui avait pas donné les raisons de son initiation. Devant l'admiration du petit homme aux cheveux rouges, et même s'il doutait de ses dires, il lui chuchota :

— Je comprends maintenant pourquoi je n'arrive plus à m'en servir lorsque je fais des bêtises.

Erwan se mit à rire avec franchise. Les premières notes du duo s'élevèrent, les chants suivirent et la folie reprit le village. Tout le monde dansait et reprenait en chœur les refrains. Entrain, passion et vitalité transportaient Aces.

La voix de Victoire se détachait de celles des hommes : elle serrait la poitrine d'Axel. Il la voyait battre la cadence des pieds. Elle trépignait d'envie de rejoindre Virgine et Ophélie : rester assise ne devait décidément pas faire partie de ses habitudes !

Au bout d'un moment, n'étant pas plus capable de rester sages eux-mêmes, les trois chanteurs masculins se mirent à moduler leurs voix graves de manière fantaisiste, imitant sans peine des percussions. Victoire riait de tout son cœur et n'arrivait même plus à chanter. Un petit sentiment de jalousie pinça Axel. Leur complicité et leur jeu montraient une union parfaite du clan. Il pensait qu'il ne serait pas facile de s'en faire accepter.

Il se trompait. La seule personne à éprouver pour lui de l'antipathie était Jerry. Celui-ci, impassible sur son toit, ne perdait pas des yeux sa protégée et le sauveur de celle-ci. Il la voyait rire, regarder Axel jouer avec émerveillement, applaudir avec excès ses morceaux joués avec Erwan. Elle était épanouie. Il aurait dû s'en contenter, mais une animosité sans pareille l'envahissait en la voyant si près de ce jeune homme, si amoureuse. D'un prompt mouvement d'une patte avant, il bloqua sa queue qui s'emballait à force d'énervement.

Lançant son béret en l'air, Sten quitta l'estrade pour faire danser sa femme et sa future *progéniture*, comme il disait. Allan fut entraîné par Virgine et d'autres chanteurs prirent leur place. Théon resta seul pour les accompagner. Axel saisit l'occasion. Abandonnant Erwan, il invita Victoire. Gentiment et avec beaucoup de regrets, elle refusa.

— Mais qui te demande d'utiliser tes jambes ? s'écria-t-il en l'attrapant par-derrière et en la soulevant dans ses bras.

Avant qu'elle ait pu dire quoi que ce soit, il la faisait déjà tournoyer au milieu des autres. Quoiqu'un peu gêné par le ventre gonflé d'Estelle, Sten trouva l'idée excellente et fit de même. Les cris de surprise des deux jeunes femmes se changèrent en rire et leurs yeux pétillèrent.

Axel était fou, elle était si belle. À chaque tour, la jeune fille se serrait un peu plus contre lui. Son cœur battait à se rompre. Les grands yeux bleus n'existaient plus que pour lui.

Jerry fulminait. Cherchant un moyen de les arrêter sans créer de scandale, il était tout de même descendu, le poil du dos hérissé. Estelle, Sten, Allan et Virgine s'arrêtèrent de danser et se retournèrent ensemble, craignant sa colère. Face à leurs regards désapprobateurs, il hésita. Puis, il feula avec rage, leur tourna le dos de mécontentement et sa queue droite, doublée de volume, disparut derrière un mur.

Axel et Éléa ne s'étaient aperçus de rien. Le monde extérieur s'était envolé, leurs soucis, leurs problèmes, leurs raisons de se battre ou de fuir avaient disparu. Ils s'aimaient. Les quatre amis, comme beaucoup de villageois, s'étaient mis à l'écart pour les contempler. Erwan leur fit un clin d'œil de complicité et, de trois pincements de cordes suivis d'un souffle, il prolongea la musique.

— Il aurait été dommage que Jerry s'en mêle, vous n'trouvez pas ? dit Sten.

— Oh oui ! Ils sont vraiment magnifiques tous les deux, soupira Virgine.

— Je dirais qu'les Trois Fées ne doivent pas être en dehors de tout ça, commenta Allan en prenant sa femme par l'épaule. Connaissant Vic, un tel abandon de soi n'est pas naturel. Mais rien ne pouvait lui faire plus de bien !

Estelle ne disait rien.

— Eh bien, mon amour, t'es la seule à ne pas faire de remarques sur le jeune couple, constata Sten en encerclant le ventre de sa femme de ses mains prévenantes.

— Je pensais à des amalyses, murmura-t-elle, encore songeuse. Des amalyses qui deviennent blanches.

Elle ne comprenait pas. Comment la princesse Éléa pouvait-elle être destinée à quelqu'un si elle était supposée être morte depuis dix-huit ans ? Seul Jerry pouvait lui répondre, mais elle n'avait pas envie de lui poser la question. Elle garda secrètement la raison de sa réflexion pour elle.

La musique d'Erwan ralentissait, les chants faiblissaient. Délicatement, Axel souleva sa partenaire au-dessus de lui et la reposa droite sur le sol à la fin de la chanson. Éléa était sous le charme, sa tête tournait encore, elle n'osait bouger. Elle fut encore plus troublée lorsque, fort de son effet, il la salua pour la remercier. Un rouge écarlate monta à ses joues, mais ses yeux rayonnaient.

L'assistance les applaudit. Éléa se retourna. L'affolement la saisit soudain. Elle réalisait que son exhibition irréfléchie n'avait certainement pas dû plaire à Jerry. Où était-il ? *Pourquoi n'était-il pas intervenu ?*

La peur se devinait sur son visage. Elle balaya les villageois de regards fébriles. Il n'était pas parmi la foule. Il n'était plus sur le toit. Elle le chercha dans les arbres, dans les airs. *Rien.* Son comportement ne se montrait peut-être pas aussi inqualifiable qu'elle le supposait. Son Maître ne le lui reprochait pas. Ses traits se décrispèrent dans un profond soulagement.

Axel s'était retrouvé gêné par les applaudissements. Il ne s'y attendait pas non plus. Il fit un sourire emprunté et, prenant sa partenaire par la main, il la fit sortir de l'attroupement qu'avait créé leur couple. Essoufflés, retournés par leurs sentiments et confus, ils ne savaient plus comment se parler. La convenance aurait été de se séparer, mais aucun des deux ne pouvait s'y résoudre. Ils marchèrent l'un à côté de l'autre, sans but, sans prononcer un mot.

Passant près du chariot où il avait laissé son sac, Axel prit conscience de son insouciance. Sa besace contenait une missive royale et il se permettait de la laisser traîner ! Pour la première fois depuis longtemps, le jeune homme aurait accepté que son père lui fasse la morale tant il se sentait coupable ! Son amour lui faisait vraiment tout oublier, cela devenait sérieux. Il attrapa nerveusement son sac dans l'intention de le ranger. Il fallait vraiment qu'il aille au château !

Éléa était encore troublée et cherchait toujours Jerry du regard. Mal à l'aise du fait de son absence, elle entendait ses remontrances. Probablement par habitude.

Ils avaient dépassé l'entrée du village et un flanc de la colline s'élevait devant eux. Ils continuaient leur chemin, laissant derrière eux la dernière grange un peu isolée. Axel surveillait la démarche de la jeune fille. Il n'y avait quasiment plus aucune trace de ses lésions. Il brisa le silence :

— Je peux te porter jusqu'au sommet si tu crains pour ta blessure.

Elle le regarda dans un sourire.

— Merci, mais je dois commencer à marcher ce soir, si je veux courir demain.

Courir ! Elle pensait déjà à courir !

Devant son regard étonné et curieux, elle fit une grimace.

— Cette proposition était une question déguisée, n'est-ce pas ?

Il ouvrit de grands yeux innocents et lui sourit malicieusement.

Dans un premier mouvement, Éléa tourna la tête. Elle prit sa petite corne entre les doigts et resta pensive. Puis, elle s'arrêta brusquement face à lui.

— D'accord, fit-elle. Tu as vu mes blessures, il est normal que tu me poses cette question. Mais, si tu réfléchissais un peu, tu connaîtrais la réponse.

Axel ne comprenait pas.

— Tu n'as jamais vu ce bijou ? continua-t-elle en lui présentant sa corne d'or. Étonnant ! Ce n'est pas un exemplaire unique dans le Monde de l'Est. Le second est autour du cou de ton souverain.

Axel resta abasourdi. Jamais il n'avait vu son père porter ce collier !

— Oh ! Ce n'est probablement pas si surprenant, poursuivit-elle à son expression. Le roi Frédérik n'a pas dû juger nécessaire de le faire savoir à son peuple. Seuls ses deux fils doivent être au courant. Ce bijou lui a été transmis de génération en génération depuis son ancêtre Enkil. C'est une histoire de famille.

Axel ne se remettait pas de la nouvelle. Il ne comprenait pas un tel secret de la part de son père !

Éléa était étonnée de l'effet produit. Elle laissa Axel en arrière et continua sa route vers l'arête de colline. Son départ réveilla le jeune homme. Il s'élança derrière elle.

— Et que fait ce collier ? Comment Enkil l'a-t-il obtenu ? En existe-t-il d'autres ? Et toi, pourquoi en possèdes-tu un ? Quel rapport avec tes blessures ?

Devant un tel empressement, elle resta muette et lui lança un regard froid.

— Je t'en prie, supplia-t-il. Ne me laisse pas dans le vague ! Tu en as trop dit !

— Exact, et je le regrette amèrement. Je ne fais que des idioties, ce soir.

Le coquillage s'était refermé en emportant son secret. Axel s'y était mal pris, mais il ne se décourageait pas pour autant. Il la dépassa et marcha à reculons face à elle.

— Et si je pose une seule question à la fois ?

Il s'était arrêté devant la jeune fille et lui barrait le chemin. Son regard alliait tendresse et persuasion. Coincée, Victoire leva les yeux sur lui. Elle voulait le repousser mais un pli se creusa dans la joue d'Axel. Il y mettait tout son charme. Elle ferma les yeux, se pinça les lèvres. Il avait perdu, elle faisait un pas de côté pour l'éviter.

— Une à la fois, et je ne promets pas de réponse pour chacune, dit-elle.

Il était fou de joie : il ferma ses poings pour ne pas la prendre dans ses bras. Maintenant, il gambadait plus qu'il ne marchait à côté d'elle !

— En premier lieu, quel est donc le pouvoir de cette corne ? demanda-t-il avec délices.

Éléa l'observa. Elle trouvait le jeune homme à la fois merveilleux et impossible !

— Elle en a deux. Un pouvoir de guérison et un pouvoir d'abondance.

Elle lui expliqua le prix de leur utilisation et il comprit ainsi l'apparition de la lettre, des habits et des victuailles.

— À chaque demande, je partage un temps la fatigue de ceux qui fabriquent habituellement ces objets : les troubles de la vue des tisserands, le mal aux doigts des couturières, la suée des cuisiniers, la difficulté à respirer des fabricants de papier… Quand je demande une arme, j'ai même droit aux courbatures des forgerons.

Axel ne put sourire de la plaisanterie, il fit plutôt une grimace en pensant à la souffrance qu'elle avait dû ressentir en utilisant la corne pour guérir. Il se rappela le cri entendu dans la forêt. Il eut un frisson en pensant que c'était bien elle.

— Combien de temps mets-tu pour faire apparaître tous ces outils et toutes ces fournitures pour un village ?

— Divinités ! Je n'ai pas à le faire ! J'en aurais pour des mois !

— Alors, d'où vient tout ce déménagement ?

Elle marqua une pause, pas très sûre de vouloir répondre.

— Disons que la demande de bijoux est plus facile à supporter et qu'ils permettent des alliances commerciales.

— Des alliances ?! Avec Akal ?!

Éléa sourit des limites de possibilités qu'il avait imaginées.

— Une autre question ?

Axel comprit qu'elle n'avait pas envie de s'étendre sur le sujet :

— Comment sais-tu autant de choses sur mon pays ? Même l'existence de cette deuxième corne ? réclama-t-il, vexé du silence de son père.

Elle pencha sa tête de côté.

— Là, je ne peux pas te répondre. L'explication ne dépend pas de moi. Je sais seulement ce que l'on a bien voulu me dire.

Il essaya de nouveau son charme mais elle répondit *non*. Il accepta sa défaite, heureux qu'elle ait déjà autant parlé, et changea une nouvelle fois de sujet :

— Alors, tu n'as même pas une cicatrice ! Et demain, tu pourras te battre de nouveau ! C'est fabuleux !

Elle releva sa manche pour lui prouver ses dires : sa peau était vierge de blessures.

— Demain, je pourrai courir et m'entraîner, pas me battre. Chaque chose en son temps.

Il resta admiratif de sa sagesse. Il n'aurait jamais cette patience. Il prit dans ses doigts l'anneau qui pendait à son cou. *Celui-ci n'avait pas de pouvoir magique, mais quelle était sa signification ?*

— Tu as passé un long moment avec son origine, fit-elle remarquer avec un sourire mystérieux lorsqu'il lui posa la question.

Ils étaient arrivés au sommet de la Colline Creuse. Toujours à son poste, San vint vers son amie humaine. Éléa s'agenouilla pour inciter le loup à s'approcher et pour profiter de sa fête, bien plus réservée que celle d'un chien. Il bloqua pendant un temps sa tête contre la jeune fille qui le couvrit de caresses et lui gratta la nuque à rebrousse-poil.

— Et là, elle est devant toi, rit-elle en s'adressant à Axel.

Il ne comprenait toujours pas. Éléa prit la tête de San dans ses mains et contempla avec amour le regard sauvage et la truffe humide. La belle tache blanche resplendissait sur le poil sombre.

— Un rond parfait, dit-elle devant cette marque extraordinaire.

Axel s'accroupit à côté du loup. L'animal le regarda en coin. Il ne devait plus trop comprendre ce qui se passait.

— Un cercle pur que j'ai matérialisé en anneau. Loyauté, reconnaissance et fidélité. Tout ce que San possède naturellement et représente pour moi.

Axel resta touché de posséder un tel joyau. La jeune fille se releva, maintenant gênée de son aveu.

Le soleil couchant nimbait de rose les sommets de la Montagne Blanche. Le château s'élevait sur sa droite. Oubliant soudain son embarras, Éléa ne parlait plus. Son regard s'était attaché à cette masse de tours immense. Pour elle, la nuit allongeait ses ombres et le ciel encore embrasé donnait une impression funeste à cet ensemble.

Axel était en retrait, près du loup qui osait de nouveau s'approcher de lui. La fascination que la jeune fille éprouvait pour le palais lui semblait étrange. Le regard d'Éléa était perdu, son visage dur et toutefois sans expression. Le vent se leva soudain, emportant ses cheveux et soulevant sa longue veste déboutonnée. La pose était identique à celle de la petite fille dans son souvenir.

— Éléa, soupira-t-il, ne pouvant plus en douter.

Elle se retourna : elle n'avait pas compris mais le son l'avait sortie de ses pensées.

— Qu'as-tu dit ? demanda-t-elle sans vraiment le voir.

— Rien, rien. Tu n'as pas froid ?

Il se leva et sortit sa cape nerveusement. Son cœur s'emballait et il avait du mal à contenir son émotion.

Les longs cheveux châtain et doré balayaient le visage interdit de Victoire. Elle ne saisissait pas ce qui arrivait au jeune homme. Les frissons la gagnaient mais, lorsqu'il tendit sa cape, elle la refusa en portant la main à son cou.

— Non, garde-la, merci. Tu dois avoir aussi froid que moi. Et je peux en obtenir une.

Dans un gracieux mouvement de bras, une cape apparut et glissa sur ses épaules. Ses yeux papillonnèrent un moment pour stabiliser l'image de ses doigts brusquement engourdis. Elle mit un temps pour nouer les lacets.

— Il était inutile de t'épuiser, regretta Axel en se couvrant.

— Ce n'est rien, sourit-elle sans le voir vraiment. Je n'ai pas de combat à faire, ce soir.

— Ma cape était suffisamment grande pour deux. J'allais… te proposer une place au chaud, dit-il en tendant légèrement les bras.

Éléa sourit et même rougit pour la deuxième fois. Elle en rêvait !

— Je devrais peut-être accepter, je n'ai pas fait apparaître une cape très épaisse, répondit-elle en fausse excuse pour se rapprocher de lui.

Toute chose, elle plaça son dos contre son torse. Avec une absolue tendresse, il ramena le vêtement sur elle en fermant les yeux. Elle était dans ses bras ! La tête contre sa joue. Il sentait sa chaleur. Il la serra légèrement avec l'envie de ne plus jamais la laisser partir.

Ils restèrent, là, figés, à regarder le soleil se coucher. Un peu craintif des mouvements d'Axel, le loup s'assit tout de même à côté d'eux ; d'un air souverain et magnanime, il semblait lui aussi admirer le paysage et la douceur du soir. Des étoiles commencèrent à s'allumer au-dessus du couple et de l'animal. Il ne restait plus qu'une bande rouge étendue sur l'horizon. Les dernières nuances du soleil s'estompaient sur les champs au gré des nuages et les rivières perdaient leur couleur sang pour briller avec celle de la nuit.

Leur passivité, leur bien-être leur faisaient délaisser la réalité. Axel et Éléa étaient seuls, perdus dans le temps et la vie, somnolents de bonheur et d'une paisible fatigue.

Lentement, Axel risqua sa joue sur la tempe de la jeune fille et fit glisser son visage sur le sien. Elle le sentait se diriger vers ses lèvres. Ses paupières se fermèrent. Elle se donnait entière à ce premier baiser. Mais, au lieu de la douceur attendue, une sensation froide la fit sursauter, suivie d'un tonnerre foudroyant. L'orage promis quelques heures plus tôt s'abattait avec violence, coupant l'inspiration des deux jeunes amants.

En quelques secondes, ils furent trempés et la terre inondée. Axel saisit Victoire dans ses bras, enroulée dans sa cape comme un paquet et se mit à courir vers le village. Le loup regarda avec négligence ces êtres humains que trois malheureuses gouttes effrayaient. Il leva son museau vers le ciel, appréciant la fraîcheur de l'eau, et se laissa envelopper par la soudaine folie du ciel.

Victoire se cramponnait au cou d'Axel. Ils manquèrent plus d'une fois de se rompre les os, mais ils riaient de la violence de la surprise. La pente de la colline se transforma rapidement en ruisseaux. Ils pénétrèrent comme des fous dans la première grange du village et durent monter à l'étage pour éviter les inondations.

Perchés sur des bottes de foin, accoudés à une petite ouverture, ils regardèrent le déluge s'abattre sur le sol. Des éclairs fendaient le ciel de part en part. Ils déchiraient dans un vacarme assourdissant le voile noir de la nuit et brisaient en mille morceaux la coupole d'étoiles. Le ciel s'était soudain assombri : le paysage avait disparu. Il ne se révélait que derrière un rideau de pluie illuminé par les nervures et les rameaux lumineux de la foudre.

— Sois le bienvenu en Leïlan ! lança Éléa en riant. J'avais complètement oublié cette promesse des lunes !

— Quelle averse ! Je n'en ai jamais vu de pareille !

L'eau ruisselait encore de ses cheveux sur son visage. Il s'essuya avec l'intérieur de sa cape, encore sec. Les manches de sa chemise, néanmoins, étaient trempées.

— Et ce n'est pas une pluie passagère, répondit-elle en se séchant de même. Elle va durer toute la nuit. Un nouveau ruisseau va naître !

Elle était enthousiasmée par la violence du climat de son pays et Axel émerveillé par son visage resplendissant que les éclairs enflammaient par intermittence. Sa beauté était aussi fascinante que cette nature.

— Regarde cette lune solitaire !

Un écart des nuages avait découvert l'astre un bref instant.

— Tu as vu ces reflets mauves malgré le coucher de soleil ? Ils indiquent qu'il y aura le même orage demain soir. C'est rare ! Le lac risque de déborder : Sélène et les enfants vont se retrouver les pieds dans l'eau !

— Qui est Sélène ? demanda Axel d'un ton curieux.

Il avait retiré son gilet, sa chemise et ses bottes. Il remit sa cape en frissonnant et s'adossa à une meule en attendant sa réponse. Victoire enleva elle aussi sa veste dont le bord inférieur était mouillé et vint s'asseoir à côté de lui.

— Toujours des questions, soupira-t-elle en lui tendant une nouvelle chemise issue de sa corne.

— Toujours une à la fois, répliqua-t-il en regrettant de ne pas avoir refusé à temps le cadeau de la jeune fille qui se frottait les yeux.

— Bon. Sélène est la femme d'Erwan. La plupart de mes compagnons sont mariés et ont des enfants. Comme nous ne pouvons pas les emmener avec nous, Sélène est restée en arrière pour les garder. Voilà.

— Une Akalienne ? demanda-t-il étonné que les deux nains aient fui leur pays pour se battre dans un autre.

— Non. Une Scylèse, répondit-elle calmement en retirant ses hautes bottes.

— Une… c'est impossible ! Tu me racontes des histoires !

— Tu le diras à Chloé, leur fille.

Axel en resta muet. Selon le bruit qui courait, les Scylèses ne pouvaient avoir qu'un enfant, et seul un amour indicible pour le père pouvait le laisser venir en ces Mondes. En unissant ces deux êtres si différents, les Trois Fées avaient réussi un tour de force ! Leur refuge en Leïlan se comprenait !

Victoire tremblait un peu, ses longs cheveux étaient très humides. Axel la recouvrit de sa cape.

— Et où sont-ils ? risqua-t-il.

— Axel, nous sommes coincés ici jusqu'à demain. Tu ne vas tout de même pas me poser des questions toute la nuit. Il y a trop de risques à tout savoir. S'il te plaît. Là où je vis, chacun a le droit de parler ou de se taire. Jerry m'a appris qu'il ne faut jamais poser de questions, mais savoir se contenter d'attendre les réponses. C'est le point d'or de son éducation.

Un éclair impressionnant appuya le dernier mot. Axel ne dit plus rien. Elle était fatiguée, affaiblie par une trop rapide guérison de sa blessure et par de trop nombreuses demandes auprès de sa corne : elle glissa mollement sur le foin tapissant le sol.

— Je peux te servir d'oreiller, si tu as plus de penchant pour moi que pour le foin, proposa-t-il tout de même en tapotant sa poitrine de la main.

Elle n'attendit pas qu'il renouvelle sa demande et vint se blottir dans ses bras en souriant de son effronterie. Jerry n'était pas là pour diriger ses gestes, et elle se laissait emporter par les sentiments de son cœur. Ses mouvements, empreints de gêne et d'une innocence si inattendue, prouvaient sa fragilité et sa crainte de mal agir. Axel la serra contre lui et s'emmitoufla dans sa cape avec elle. Ils ne disaient plus rien, trop inquiets de gâcher le moment par un quelconque mot. De sa main, Axel osa lui caresser le visage. Elle se laissa bercer par les roulements de tonnerre et par cette tendresse qui semblait rendre toutes les inquiétudes futiles. Elle finit par s'endormir.

Le cœur d'Axel était aux anges. Que pouvait-il désirer de plus ? *Un baiser ?* Il avait été si proche quelques instants plus tôt. Malgré la pluie, sa joue conservait le souvenir intact de la douceur de celle de la jeune fille.

Ses lèvres demeuraient frustrées, certes, mais aurait-il pu imaginer, qu'une nuit, la femme de ses rêves dormirait dans le creux de ses bras ? Il aurait voulu que Frédérik de Pandème le voie.

Il déposa ses lèvres sur la tête endormie et respira le parfum de sa peau humide. Il aimait tout en elle. Ses yeux se fermèrent de plaisir et il rejoignit Victoire dans un profond sommeil de bonheur commun.

Traître

Des cris d'oiseaux résonnèrent dans les oreilles d'Éléa. Sortant des brumes du sommeil, elle redressa la tête. Le soleil réchauffait déjà le sol détrempé. Elle était toujours dans les bras d'Axel. Un puissant glapissement la secoua : un de ses oiseaux éclaireurs était passé près de la petite ouverture. Elle se précipita vers celle-ci. Le mouvement réveilla le jeune homme.

— Que se passe-t-il ? grommela-t-il, dépouillé de son rêve.

Elle se pencha à l'ouverture, bascula même. Axel prit peur et la rattrapa avant l'accident.

— Des soldats ! Les pleutres !!! fit-elle avec rage. Ils s'attendent à ce que nous soyons déjà partis ! Et deux Scylès !!! Ils ont différé leur départ ! Cette fois, ils vont avoir des nouvelles d'Erwan et des miennes !

Elle allait pour se ruer sur ses bottes quand les bras d'Axel la retournèrent.

— Non ! Tu m'as dit que tu ne pouvais pas encore te battre aujourd'hui !

— Tu te prends pour Jerry ?! Laisse-moi partir !

— Je n'ai jamais dit que cet oiseau de malheur était idiot ! Je ne veux pas que tu fasses une bêtise qui pourrait avoir de graves conséquences !

Il la retenait. Il n'était jamais raisonnable pour lui-même !

— Axel, tu m'ennuies, prévint-elle en perdant patience.

— Et si tu ne peux plus bouger pendant trois jours supplémentaires après ? Ou même plus encore ? As-tu pensé à ces éventualités ?

Il avait touché le point sensible.

— As-tu une meilleure solution ou continues-tu à me faire perdre mon temps alors qu'ils arrivent ?

— Oui… tu vas me donner une chemise noire, un foulard et ton masque.

— Tu es fou ?!

— Tu n'as pas le choix, stipula-t-il. Et tu peux le faire, c'est… moins qu'une cape.

— Ce n'est pas le problème…

Il avait déjà enlevé sa chemise et la jetait sur le côté. Il lui tendit une main ouverte avec des yeux impatients.

— Alors, dépêche-toi de prendre une décision, ils approchent. J'entends des cris.

Les oiseaux avaient fini par réveiller tout le monde et les villageois avaient enfin aperçu le pourquoi de leur agitation. Une trentaine de soldats arrivaient par l'est.

Victoire céda. Elle porta la main à sa chaîne et ferma les yeux en prévision de l'aveuglement passager. Elle fit apparaître une chemise et un foulard qu'elle jeta à Axel. Elle siffla son cheval aussi dignement qu'un gamin des rues et s'assit sur une botte de foin dans un coin. Elle était vexée ou plutôt blessée : elle n'aimait pas être éconduite au rang des inutiles. En plus, elle s'inquiétait pour Axel. Elle le regarda s'habiller discrètement. Elle se rassura devant la découpe de son dos doré par le soleil de son pays. Utilisée à bon escient, sa musculature devrait lui permettre d'en arrêter plus d'un.

Axel finit par mettre ses bottes et s'approcha d'elle. Posant les mains de part et d'autre du corps de la jeune fille, il pencha son visage vers le sien.

— N'interviens pas, s'il te plaît. J'ai eu un très bon maître d'armes, moi aussi.

Elle se sentit faiblir. Elle dit seulement dans un murmure :

— Ne t'approche pas des Scylès. Laisse Erwan s'en occuper.

Il acquiesça d'un petit signe entendu de la tête.

— J'ai droit au masque ? pria-t-il.

Elle était complètement désarçonnée par son regard. Elle déposa l'amalyse sur son visage et, rapidement, la fit devenir noire.

— Merci, sourit-il en repoussant de ses doigts quelques mèches ébouriffées derrière les oreilles de Victoire.

Sa main glissa dans le cou de la jeune fille, il l'attira vers lui et déposa ses lèvres sur la bouche surprise. Son subtil vol accompli, il s'enfuit et dévala l'échelle.

— Il faudra que tu m'expliques comment l'amalyse reste noire ! lança-t-il comme si rien ne s'était passé.

Il sauta sur Zarkinn et partit comme un fou pour rejoindre les autres combattants. Ses lèvres portaient une fraîcheur qui lui donnait des ailes. Il se sentait capable de terrasser les trente hommes à la fois, et le Monstre de la Forêt Interdite dans la foulée ! Il traversa le village à une vitesse folle.

Jerry cherchait Éléa, lorsqu'il vit le Masque. Ayant veillé la sorcière Imma toute la nuit, il s'élança à sa poursuite sans remarquer sa méprise. Il parvint au niveau de l'épaule d'Axel.

— Vic ! pesta-t-il. Tu ne peux pas te battre ! Tu es inconsciente ou quoi ? Pense à Tanin !

— Elle est restée sagement dans la grange, annonça Axel en relevant l'amalyse. Pourquoi ne jamais employer son vrai prénom ? !

Il sourit malicieusement à Jerry et lui adressa un signe de la main en s'échappant.

Jerry crut perdre l'esprit. Il sentit la fièvre monter en lui. Ce bellâtre l'excédait ! Il avait envie de le tuer ! Ses yeux jaunes avaient viré au rouge. Pourtant, il prit une grande respiration en crispant ses serres : il n'avait pas la possibilité de se débarrasser de lui pour le moment. Mais il suffisait d'attendre que le jeune homme s'approche de la Forêt Interdite. Refoulant sa hargne au plus profond de lui-même, il vola vers la grange. Il avait un compte à régler avec Éléa !

La pauvre enfant avait encore les doigts sur les lèvres, comme pour retenir le baiser furtif. Elle n'avait pas repris ses esprits lorsque Jerry surgit avec violence en être chimérique.

— Que fais-tu ici ? ! tonna-t-il. Pourquoi cet homme porte-t-il tes habits ? ! Que s'est-il passé cette nuit ? !

— Rien… rien, répondit-elle en revenant brutalement à la réalité.

— Tu ne me feras jamais croire ce mensonge ! Regarde ta tête d'éberluée !

Elle resta suffoquée par sa fureur. Elle ne riposta même pas.

— Il m'a embrassée, dit-elle bêtement.

— Et tu lui as dit ton prénom !!!

— Non ! protesta-t-elle avec stupeur.

— Tais-toi !

Sa voix avait soudain changé, la colère n'existait plus, l'ordre était net : il avait entendu un hurlement de loup. San les prévenait d'un danger. Jerry se dirigea vers la petite ouverture, suivi d'Éléa. Une douzaine de soldats descendaient la colline à pied. Profitant de la diversion provoquée à l'est, ils comptaient attaquer par surprise par l'ouest.

— Aucun Scylès de ce côté, Erwan va être déçu. Il espérait les trois d'un coup… Bon, il ne me reste plus qu'à prévenir l'imbécile qui se fait passer pour toi, persifla Jerry.

Sur ce, il s'envola en faucon vers Axel.

Éléa réfléchit rapidement : elle ne pouvait pas rester là. Mais elle ne devait pas sortir ainsi non plus. Personne ne devait savoir qu'il existait *deux* Masques maintenant ! Prestement, elle sauta derrière des bottes de foin, et se résolut à faire apparaître une robe grâce à sa corne.

Quatre soldats contournaient la grange. Les hurlements de Jerry les avaient attirés. Sans bruit, ils s'approchaient de la porte demeurée ouverte.

Les amalyses coulaient sur ses jambes et ses pieds nus au gré de la chute d'une simple robe de lin. Les doigts blessés par une couture imaginaire, Éléa perdit du temps à attacher son corselet. Avec précipitation, elle attrapa ses vêtements de Masque et ceux d'Axel que ses yeux ne distinguaient que sous forme de taches, et les cacha sous le foin. La veste sans manches qu'elle avait retirée la veille gisait encore sur une meule. Au moment où elle la saisit, une ombre s'éleva devant elle. Ses yeux mirent un temps avant de lui révéler l'origine : *un soldat !*

Elle ne l'avait pas entendu monter. L'attitude à prendre ne fit qu'un tour dans son esprit : elle laissa l'homme lui prendre la veste en poussant un petit cri féminin de surprise. Ses cheveux parsemés de paille et sa robe enfilée à la hâte lui donnaient un air négligé. Avec la veste noire du Masque dans les mains, le soldat ne put penser autrement :

— Tiens, son amante ! Belle prise ! s'écria-t-il.

Il allait crier sa découverte quand il se ravisa. Il saisit Éléa par le menton, les yeux pleins de concupiscence.

— Très belle prise ! Dois-je mettre un masque, moi aussi, pour te retrousser les jupes ?

Il vint se plaquer contre elle.

— Tu ne m'en voudras pas de garder mes bottes, ajouta-t-il en ricanant.

Il agrippa violemment la jeune fille par les cuisses. Elle lui asséna un violent coup de poing dans l'estomac avant qu'il ne la culbute dans la meule, et s'enfuit vers l'échelle.

Trois autres soldats l'attendaient en bas.

— Arrêtez-la ! C'est la catin du Masque ! cria le soldat meurtri.

Elle se laissa capturer docilement, satisfaite de son geste. Quelques secondes plus tard, l'homme qu'elle avait frappé la giflait avec force. Elle ne put riposter mais ses yeux, pas loin d'être totalement remis, tuèrent pour elle. Impressionné par son regard étrange, le soldat s'arrêta.

— Emmenez-la avec les autres et tenez-la à l'œil, ordonna-t-il. Elle est à l'image du Masque.

La réflexion fit sourire Éléa. Poings liés dans le dos, elle se laissa tirer par le coude vers le centre du village. Les deux autres hommes restèrent en arrière.

— Vous avez r'marqué la couleur de ses yeux ? demanda le premier au second.

— Oui. Mais ne t'inquiète pas, répondit son chef. Ce doit être la Fille-aux-yeux-bleus et elle n'a que des pouvoirs médicinaux, à ce qu'on raconte. Elle est le meilleur appât pour le Masque. C'est la seule chose importante. Le duc nous en saura gré.

Éléa fut propulsée en avant vers un attroupement de gens. Les Acéens et les quelques habitants de villages voisins – retenus par la pluie de la nuit – étaient pris en otage. Ils reconnurent tous la jeune fille, mais le brouhaha de son arrivée fut incompréhensible pour les soldats.

✧

Erwan avait espéré la confrontation avec les Scylès. Haine ancestrale, haine viscérale. L'apparition des pâles hommes venus du nord avait été marquée par une mort que l'Akalien ne pourrait jamais se pardonner. Ils avaient bénéficié de l'effet de surprise, de la hantise d'un passé oublié. Cette fois, Erwan n'abandonnerait pas. Il avait cherché sans relâche l'arme de la vengeance, et il était à peu près sûr de l'avoir trouvée. Il força son cheval ; avec la petite bonbonne qu'il maintenait entre ses cuisses, les Scylès n'auraient pas le temps de savoir que sa femme était de leur peuple et qu'elle lui avait donné une fille !

Erkem et Gorth étaient les seuls présents. Préparant leur bref retour au pays, Muht Dabashir était resté au château. Les deux hommes n'avaient pas envie de suivre les directives de prudence de leur chef, trop soucieux de leur valeur de guerriers. La première phase de simple observation leur pesait, même s'ils étaient censés n'être en Leïlan que pour lire les esprits ! Le besoin de se battre les démangeait trop. Muht avait bien craqué une fois. Il fallait qu'ils se défoulent. Ils étaient frustrés de devoir se contenter de femmes consentantes dans leur lit. Erkem s'était badigeonné le front du sang de l'une d'elles en signe de guerre.

Les deux Scylès négligeaient que la présence d'un Akalien pouvait s'associer avec des produits de guerre dangereux.

Ils mirent du temps à trier toutes les pensées des esprits enflammés en face d'eux. Qu'est-ce qui donnait à ces hommes le courage de venir au combat avec tant de confiance ?! Puis, Erkem et Gorth se rendirent rapidement compte que personne ne voulait les combattre. La vingtaine de paysans assez fous pour venir avec les compagnons du Masque se jeta sur les soldats en priorité. Leurs premiers échanges de coups d'épée furent esquivés et frustrants. Le visage de l'Akalien apparaissait dans tous les esprits, dès qu'ils s'approchaient. Les villageois et les compagnons du Masque attendaient le nain : il y avait une menace, une petite bonbonne mystérieuse !

Erkem et Gorth auraient dû rompre le combat, Muht le leur aurait imposé :

— *On ne meurt pas dans la guerre d'un autre !*

Mais ils ne voyaient pas de cheveux rouges à l'horizon, juste le sang qu'ils avaient envie de verser.

Erwan arrivait juste avant Axel. Il avait un foulard sur la tête. Il fila droit sur les Scylès sans une once d'hésitation. Il savait que plus il serait rapide, plus il aurait de succès. Gorth le vit en premier, il eut juste le temps de crier. Le front ensanglanté d'Erkem se retourna et la bonbonne d'Erwan se brisa à leurs pieds.

La vapeur bleue qui s'en échappa produisit un effet impressionnant. Piquant seulement les yeux des hommes, elle fit hurler les Scylès. Erkem et Gorth abandonnèrent immédiatement le combat, se tenant les yeux de douleur. Erwan essaya bien de les passer au fil de sa lame, mais ils s'enfuirent tellement vite qu'il ne put y arriver.

— Ce n'est que partie remise. Je te le jure, Gyl, marmonna-t-il en arrêtant la poursuite.

Salué de cris de joie, leur départ déstabilisa un instant les hommes de Korta. L'arrivée du Masque les rappela à l'ordre.

De sa monture, Axel sauta sur un soldat. Il le désarçonna en le projetant au sol avec lui et l'immobilisa d'un violent coup de poing. Un cavalier venu en renfort chercha à l'assommer. Plus rapide, Axel l'évita en se baissant et le déséquilibra en tranchant d'un revers de lame la sangle de sa selle. L'homme bascula dans la boue. Axel se rua sur lui et conclut leur duel par un coup d'épée. Puis, il saisit rapidement le mors du cheval pour prendre sa place et, sans selle, repartit au combat.

Le jeune homme jubilait. Il partageait l'euphorie de la première victoire d'Erwan. Il jonglait presque avec son arme. Avec impétuosité, il se jetait sur ses adversaires. Ses alliés furent impressionnés par son ardeur. Son combat se montrait un peu moins gracieux que celui de Vic, mais il déployait une telle force et une telle fougue qu'il pétrifiait la plupart de ses ennemis. Ses mouvements étaient rapides et agiles, ses coups de pieds secs et nets, sa lame précise et cruelle. Malgré leur supériorité en nombre et leurs pourpoints de guerre rembourrés, les soldats, les uns après les autres, vidaient leurs étriers et s'écroulaient par terre dans les flaques d'eau. Les casques valsaient en tous sens. Ils roulaient au sol dans le même désordre que leurs propriétaires. Certains gardes en restaient anéantis, les autres s'enfuyaient, apeurés.

Au bout d'un moment, plus aucun garde ne voulut l'affronter. Seul un homme se présenta à lui : Korta. Ils restèrent un instant immobiles. Ils savaient tous deux que c'était leur deuxième rencontre. Korta avait décelé l'imposture et se posait encore la question de son identité. Il regarda l'épée aux rameaux de laurier en se disant qu'il l'avait déjà vue, sans se souvenir où. Il ne regrettait plus le départ catastrophique des acolytes de Muht ; cette histoire devenait trop personnelle.

Le Masque étant resté à terre, il descendit de son cheval et lança sa cape sur sa selle pour dégager son arme.

Bien que les compagnons du véritable Masque continuent à se battre, ainsi que les soldats encore vaillants, tous étaient attirés par ce duel à mort. Leur combat dégageait une étrange sensation de haine extrême.

Jerry arriva à ce moment-là. Il éprouva une telle satisfaction devant la scène qu'il en oublia sur l'instant le sujet de sa venue. Tout joyeux, il se dirigea vers Sten et se posa sur son épaule. Habitué, celui-ci ne fut pas surpris et continua son offensive.

— Je rêve d'être à la place de Korta. Mais plus important, chuchota-t-il sérieusement, des soldats attaquent par l'autre côté du village.

Du haut de ses sept pieds, le géant se mit à hurler :

— Les traîtres ! Ils attaquent par-derrière !

En corps à corps avec Axel, Korta eut un rictus de satisfaction. Sa barbe pointue se redressa en signe de provocation.

— Surpris, l'imposteur ? Serait-elle tombée dans le piège à ta place ? Comment se porte-t-elle ? Agoniserait-elle pour que tu viennes la remplacer ? Tu ferais mieux de capituler ou tous les villageois seront tués un par un, cracha-t-il en écrasant le tranchant de sa lame crantée sur celle du Masque.

Brusquement, Axel se dégagea et lui envoya un formidable coup de poing dans la figure. Il sauta sur le premier cheval venu et galopa vers le village. Korta le laissa s'en aller.

Sten était déjà parti à toute allure et les autres le suivaient. Quand Axel arriva au centre du village, il les retrouva figés devant un groupement de prisonniers. Il y avait là leurs femmes, leurs enfants, leurs amantes ou leurs amis. Le désespoir se devinait sans peine sur leurs visages.

Sous son masque, Axel était blême. Quand un garde fit avancer la Fille-aux-yeux-bleus, il crut qu'un poignard lui pénétrait la poitrine. Le sang se figea dans ses veines. Tout se succéda dans sa tête. Il fallait qu'il jette les armes pour elle. Mais Korta les ferait prisonniers. Qu'allait dire son père en apprenant la nouvelle ? Son peuple risquait la guerre ouverte. Il fallait qu'il s'enfuie avant qu'on ne le découvre. *Mais Vic !*

Son cœur et son esprit ne s'accordaient plus. Il restait là, incapable de prendre une décision, pris entre deux feux. L'amour était sa faiblesse.

Korta fit son entrée avec cinq de ses hommes encore vigoureux. Malgré la douleur de sa mâchoire, un sourire se dessinait sur ses lèvres minces. Il était vainqueur ! En plus de mettre le peuple à ses pieds, le Masque – le faux après le vrai – allait déclarer forfait ! Il s'approcha de lui en le toisant. Son costume ridicule ne le cacherait plus très longtemps.

Axel n'avait toujours pas rengainé son épée, il restait dépassé par les événements. Il devait y avoir une solution.

Saisissant brutalement la Fille-aux-yeux-bleus par la nuque, un garde l'entraîna vers Korta.

— Peut-être que la torture de sa bien-aimée le persuadera d'abandonner ! cria-t-il en plaçant un poignard sous la gorge de la jeune fille.

Le duc d'Alekant resta ahuri. Le véritable Masque était devant lui. Il reconnaissait ce regard défiant et extraordinaire. L'absence de blessures sur les bras le sidérait, mais un mot secouait ses oreilles : *sa bien-aimée.* Son cœur s'étouffa de jalousie. Elle appartenait à cet homme ! Il aurait préféré sa mort. Il serra les dents de fureur. Ces yeux bleus le possédaient, il ne pouvait concevoir qu'un autre homme puisse en jouir. La folie s'emparait insidieusement de son esprit.

Axel était perdu. Même s'il lâchait son arme, rien ne lui prouvait que le couteau ne s'enfoncerait pas dans la gorge de Victoire ! Cette pensée l'horrifiait !

— Vous croyez qu'une simple femme peut arrêter le combat du Masque ? ! cria soudain la jeune fille.

Son visage était marqué par la douleur qu'engendrait la crispation des doigts du soldat dans sa nuque. Elle s'adressait plus à Axel qu'à Korta. Le fixant ainsi, elle espérait le faire sortir de sa torpeur avant qu'il ne lâche son arme. Une souris rongeait ses liens, il fallait qu'elle gagne du temps !

— Un peuple entier a besoin de lui, ma mort ne l'arrêtera jamais ! cria-t-elle comme un ordre.

Korta se rendait parfaitement compte de la situation et crut que la jeune fille, dans sa passion, se sacrifiait pour sauver cet homme. Il ne pouvait supporter cet amour.

— Fais-la taire ! Tue-la ! hurla-t-il au garde dans la folie de sa jalousie.

À ces paroles, les liens d'Éléa cédèrent. D'un brusque mouvement de coude, la jeune fille propulsa Jerry dans les airs et assena un coup violent dans le ventre du soldat. Axel plongea immédiatement sur l'homme pendant que ses alliés se déchaînaient sur d'autres gardes surpris. Le revirement de situation déconcerta Korta, mais il se rua rapidement sur la jeune fille.

Axel saisit Victoire par la taille et brandit sa large épée face au duc.

— Vous ne m'échapperez pas ! proféra Korta au couple uni. Vous n'êtes pas de taille !

Éléa leva le bras. Un jet d'amalyses, remontant de ses jambes, sortit de sa manche courte et se serra promptement autour du cou de Korta.

— C'est toi qui n'es pas de taille, corrigea-t-elle froidement. Donne l'ordre de cesser le combat ou cette amalyse te broiera.

La soif sanguinaire de la plante était légendaire : le retrait des armes fut intimé. En l'espace de quelques minutes, chaque garde fut maîtrisé et ligoté, les épées, les arbalètes et les poignards confisqués et la peur envolée. Le dernier coup de théâtre avait eu raison de la traîtrise.

Les vainqueurs se pressaient vers leurs familles. Dans les bras de Ceban, Ophélie pleurait sa frayeur à chaudes larmes.

Axel serra Victoire contre lui : il se remettait lui aussi lentement de ses émotions. La jeune fille demeurait impassible. Tenant toujours Korta en joue avec ses amalyses, elle réprimait tout sentiment. Dans l'intention d'enlever la main d'Axel de sa taille, elle passa ses doigts entre les siens. À sa grande surprise, il les coinça. Le frisson qu'elle éprouva blanchit la moitié de ses amalyses, qui desserrèrent leur étreinte. Korta aurait réussi à se sauver si elle n'avait pas rapidement repris ses esprits et retiré sa main.

— Lâche-moi ! poussa-t-elle dans un cri.

Axel s'écarta, tout déconfit d'une telle réaction. Il avait oublié les propriétés des plantes tueuses. Se métamorphosant rapidement en faucon pour éviter d'être écrasé dans la bagarre, Jerry vint sur son épaule.

— Retire-toi immédiatement avant de lui faire commettre des imprudences, ou je m'occuperai personnellement de ton cas, glissa-t-il agressivement à son oreille. Tourne la tête vers Allan et Théon. Je suis ta voix, dicta-t-il encore.

Axel n'osa pas discuter. Ce substitut de voix lui convenait. En cas de rencontre au château, Korta ne pourrait pas le reconnaître.

— Allan ! Théon ! interpella Jerry. Attachez aussi Korta par sécurité !

Le duc regarda autour de lui pour vérifier à quelle distance étaient ses hommes.

— Ce n'est pas toi qui donnes des ordres, susurra-t-il à la jeune fille avec mépris.

— C'est moi qui détiens ces plantes tueuses et le pouvoir d'effacer ton existence.

Théon attrapa les poignets de Korta. Il n'y avait aucune expression sur son visage. Le joyeux compagnon de la veille avait disparu. Aucune haine ne l'animait pour autant : il semblait absent. Il serra les liens avec excès. Le duc fit une grimace de douleur.

— Où sont tes blessures ? !

Éléa lui sourit.

— Je n'en ai peut-être jamais eu.

— C'est impossible. Il y avait du sang.

Le ton devenait plus curieux que hargneux.

— Il suffit ! déclara Jerry. Tue-le, cette fois !

Éléa en avait la possibilité : en lâchant ses amalyses, la peur de Korta suffirait. Elle le fixa. Ses yeux pénétrèrent l'homme jusqu'à lui glacer les os. La peur monta en lui et une goutte de sueur perla sur son front. Il eut un début de bégaiement : Korta était lâche. Éléa ne bougeait toujours pas. Elle le laissa avaler difficilement sa salive. La larme de sueur coula sur son visage et les amalyses le libérèrent.

— Non, Jerry, dit Éléa. Je préfère savoir qui est mon ennemi. Cet homme mourra par ses propres armes, pas par les miennes.

Korta et Axel restèrent stupéfaits. Par contre, Allan et Théon entraînèrent violemment le duc vers le chariot où étaient regroupés ses hommes.

— Ce village ne t'appartient plus, prévint Allan. Rends grâces à la faiblesse du Masque, nous ne l'aurons pas tous, ajouta-t-il en le projetant au milieu des soldats.

— Traîtres ! éructa Korta, reconnaissant en Théon et en lui deux de ses anciens hommes d'armes.

— Il ne fallait pas raser mon village et tuer ma sœur, expliqua Allan à mi-voix.

Théon ne dit rien.

— Ulizir, tu t'en souviens ? continua Allan. Mon engagement dans ta garde n'était que prétexte à apprendre le maniement des armes pour pouvoir t'anéantir un jour.

La haine l'envahissait de nouveau ; il avait bien du mal à le laisser partir. Il n'était pas aussi vil que le duc pour tuer un homme ligoté, mais il ne put retenir son poing qui partit dans la mâchoire déjà endolorie du noble. Théon prit le bras de son ami pour l'écarter.

— Attendez ! leur cria Éléa.

Elle courut sur les petits pavés humides jusqu'à eux en tenant sa robe.

— Moi aussi, il me reste un léger détail à régler, déclara-t-elle joyeusement en montant dans le chariot.

Elle se dirigea vers le soldat qui l'avait retenue dans la grange. Arrivée à sa hauteur, elle lui lança un regard hautain. Sous ses yeux étonnés, elle découvrit légèrement ses pieds nus puis ses chevilles, ses mollets, ses genoux et une de ses jambes se leva. Un violent coup de talon le frappa dans le bas du ventre, lui coupant le souffle.

— Voilà ce qu'il y a sous mes jupes ! conclut-elle en sautant dans les bras de Théon pour descendre.

Un coup de fouet claqua dans l'air et les chevaux se mirent brutalement en route. Le peu d'hommes encore debout s'écroula. Contusionnés, broyés, lacérés, meurtris et ulcérés par l'échec et l'humiliation, Korta et ses hommes prirent la direction du château royal. Aces était de nouveau en liesse. Erwan était porté en héros.

Axel vit Allan et Théon se disputer à l'écart. Mais la discussion tourna vite court. Ensemble, ils se mirent à regrouper leurs amis tandis que Vic s'isolait soudain avec Jerry. Ils allaient partir, Axel le sentait bien. Il releva le masque d'amalyse et retira l'étoffe de sa tête. *Avait-il fait tout cela pour rien ?*

Il s'assit sur une roue de chariot. Estelle et plusieurs villageois s'approchèrent de lui pour le féliciter.

— Tu as été formidable ! le complimenta-t-elle. Sten le clame à tout le monde, et je sais que les autres le pensent sincèrement aussi. Erwan n'est pas le seul héros.

— Merci, répondit-il avec amertume.

— Je sais que tu aurais préféré l'entendre de la bouche de quelqu'un d'autre. Mais Jerry… est un être difficile. J'essaierai de l'amadouer, ajouta-t-elle en posant sa main sur son poignet pour prendre l'amalyse.

Axel la regarda partir dans un morne sourire. La barrière de ses cheveux blonds était tombée sur son visage.

Les quelques chariots restés de la veille pour les travaux étaient regroupés. La troupe du Masque emportait la sorcière, et la blonde Ophélie faisait des adieux pathétiques à sa tante Askia. Victoire et Jerry s'approchaient d'eux sans regarder Axel. La jeune fille était si jolie dans sa robe, si fine et si fragile, la tête baissée, écoutant son oiseau. *Si inaccessible à cause de lui.*

Son Maître continuait son sermon, mais Éléa se rendait déjà compte de son erreur. Il avait raison. Axel lui faisait perdre la tête. Elle n'avait pas entendu les soldats, et elle avait failli se faire capturer dans son habit de Masque, alors qu'un second se battait.

— Tu ne connais rien de cet homme ! grondait-il. C'est un étranger et peut-être un traître ! Comment as-tu pu le laisser prendre part à ton combat ? Il en sait beaucoup trop sur toi ! Comment est-il au courant de ton prénom si tu ne lui as pas dit ?

Éléa se défendait mais Jerry restait insensible.

— Ton prénom relève des Lois Interdites, dois-je te le rappeler ?! Il y en a peu dans le même cas. Si cet homme en parle à un Leïlannais un tant soit peu instruit ou si un Scylès croise sa route, ton identité sera rapidement révélée. En imagines-tu les conséquences avec Korta ?

Non. Elle n'avait ni le cœur, ni la tête à penser. Elle n'avait compris qu'une chose : il l'empêcherait de revoir Axel. Son être entier en était brisé. Il avait pleins pouvoirs sur elle.

— Ne te retourne pas, ordonna-t-il. Nous devrions déjà être en train de nous préparer pour demain, il nous faut partir sur-le-champ.

Elle obéit. Mais, lorsque la carriole se mit en mouvement, elle regarda en arrière. Une fine larme coula sur son visage dénué de vie. Un rappel à l'ordre la fit se retourner.

Axel la perdait de la même manière que la petite fille de ses souvenirs. Jerry la lui ravissait de nouveau. Le jeune homme avait transformé son désespoir en haine contre l'étrange animal. Quoi que Jerry dise, il retrouverait Victoire. Il saurait tout d'elle : son identité, sa vie, ses sentiments. Il n'accepterait d'être repoussé que par elle. En la voyant disparaître de la Colline Creuse, l'ombre de la rancœur passa sur son visage, obscurcissant même ses yeux. Il était bien décidé à apporter immédiatement son damné message au roi de Leïlan, pour se ruer ensuite sur la Forêt Interdite.

Cette décision lui donna la force d'oublier sa détresse et lui rappela l'oubli de son sac. Il courut jusqu'à la grange et retourna tout le foin. Il trouva ses affaires et celles de Victoire sous une meule. Cette découverte le rassura, mais le plongea aussitôt dans la mélancolie. Il se laissa glisser au sol en portant la chemise noire à son visage.

Un grincement d'échelle le fit sursauter. Un villageois apparut. Attiré par le bruit qu'avait fait Axel, il s'excusa en le reconnaissant avant de descendre.

— Attends ! Pourrais-tu répondre à une question ?

L'Acéen ne dit rien mais ne s'éloigna pas non plus. Le jeune homme dévala l'échelle.

— C'est à treize ans, n'est-ce pas, que tu as vu Victoire pour la première fois ?

Le paysan le fixa. Sa médaille, ses habits de Masque, sa complicité avec la jeune fille jouèrent en sa faveur.

— Ouais, elle d'vait avoir à peu près c't'âge-là, pourquoi ?

— Je croyais l'avoir déjà rencontrée mais l'enfant dont je me rappelle possédait une souris, pas un faucon.

— Oh ! Mais Jerry s'transforme en n'import'quel animal ! déclara le paysan tout confiant.

— Et tu n'as pas eu peur la première fois ?

— Oh si ! Et j'm'en souviens très bien. La p'tite Vic a débarqué un jour, dans une tenue des plus courtes pour son âge. Elle est entrée dans l'village avec une souris. Elle s'disait heureuse d'rentrer chez elle mais ses yeux… Ah ! Ses yeux ! s'arrêta-t-il en oubliant son histoire. Un cadeau des Fées !

— Et que s'est-il donc passé ?

Le villageois n'apprécia pas ce retour au présent.

— Elle a guéri ma fille, coupa-t-il au plus court.

— Quel rapport avec Jerry ?

— Pour la faire rire, elle a j'té sa souris en l'air, et elle s'est transformée en hirondelle.

— Eh bien ! fit Axel exagérément. Cela a dû vous faire un choc à tous !

— Pour sûr ! s'exclama l'Acéen tout crédule. Mais elle nous a rassurés, nous a montré son collier. Il v'nait des Fées. Puis, elle nous a présentés à Jerry, un être merveilleux !

Axel n'approuvait pas le qualificatif mais il se garda de le faire savoir.

— Alors, il ne serait pas le Monstre de la Forêt Interdite ? demanda-t-il d'un air faussement étonné.

À sa grande surprise, le paysan éclata de rire avec sincérité.

— Jerry, l'Monstre ?! Divinités ! Qui a pu te donner une idée pareille ?! L'Monstre est un Bas-Esprit, un être aux dimensions défiant l'imagination ! continua-t-il d'une voix ténébreuse. Il quitte jamais la Forêt Interdite ! Quelle qu'soit l'heure du jour ou d'la nuit, il la garde et dort pas ! Jerry fait jamais de mal à personne et passe sa vie avec Vic. L'Monstre, lui, il a tué des milliers d'hommes trop audacieux et trop prétentieux pour y croire ! Mon grand-père m'racontait de son grand-père à lui qu'des soldats voulant l'exterminer furent déchiquetés et qu'leurs restes furent rejetés aux abords du Pont Sans Retour. J'ai perdu un ami aussi, y a bien vingt ans. Il avait franchi l'Interdit alors qu'il était saoul… L'Monstre existe toujours et j'crois pas qu'des gens aient déjà échappé à sa cruauté.

Il avait dit ces derniers mots en portant la mort dans sa voix. Axel avait déjà entendu tout cela. Il repensait aussi au conseil de Victoire lors de leur première rencontre dans les Bois Obscurs. Néanmoins, sans savoir pourquoi, il était persuadé qu'elle se cachait dans la Forêt Interdite, et il était prêt à aller le vérifier. Si Jerry ne pouvait être le Monstre, il devait y avoir une autre explication.

Cela faisait déjà six jours qu'Axel avait traversé la frontière de Leïlan. Il était temps qu'il fasse passer le devoir avant le plaisir. Il s'était promis de prouver à son père qu'il était digne de confiance mais, jusqu'à présent, il ne s'en était pas encore montré capable. D'un pas résolu, il partit chercher Nis.

Troisième partie

L'anniversaire de la princesse Éline

L'enfant n'osait plus lire. Par trois fois son cœur avait cessé de battre, croyant être découvert. Les *Mémoires d'Enkil* ne bougeaient plus de la poche arrière de son pantalon.

Il attendait sa mère et se contentait de se rappeler ce qu'il avait lu quand un petit garçon blond, de son âge, vint s'asseoir à côté de lui.

— J't'ai vu avec ton bouquin, lui murmura-t-il. Tu sais lire, toi ?

L'enfant au livre le regarda sans répondre. Ses yeux excessivement tirés en amande se plissèrent. Il ne savait pas quel comportement adopter.

— C'est ma maman qui m'a appris, répondit-il au plus court.

Il était beaucoup plus expansif d'habitude.

— Moi, j'ai plus de maman… et plus de papa. J'dois m'occuper tout seul d'ma p'tite sœur et d'mon p'tit frère. C'est moi l'chef de famille ! J'm'appelle Erby.

Il y aurait eu trop de choses à répondre. Le petit garçon au livre préféra se taire.

— Elle a l'air vachement bien, ton histoire. Y a des méchants et des gentils dedans ? Et des batailles ? J'ai plus d'idées pour faire dormir Antonin, tu veux pas m'aider ?

— C'est pas un conte. C'est très sérieux. C'est pas pour les petits.

— Ah… J'suis pas plus p'tit que toi, moi, tu m'lis un passage ? Si j'demande à ma sœur de surveiller la grille ?

L'enfant au livre hésita. Il pesa le pour et le contre. Si sa mère le savait… Il accepta. Erby disparut le temps d'aller chercher sa sœur. Il revint avec une fillette de six ans aux tresses blondes et dont les bras étaient encombrés par un petit garçon de trois ans aux yeux inondés de larmes.

— D'accord, fit-elle, mais c'est toi qui gardes Antonin.

— Y comprendra rien. Y va vite s'endormir, argumenta Erby pour ne pas perdre sa lecture.

L'enfant au livre céda et laissa le garçon et son petit frère s'installer à côté de lui. Il prit son livre et retrouva la dernière page qu'il avait lue.

— « Leïlan… », murmura-t-il.

— Oh, ça parle de Leïlan ! s'exclama Erby.

— Chut, répondit le lecteur.

— Pardon.

— « Leïlan me semble être le lieu du prochain affrontement… »

— Un affrontement ?! Qui contre qui ?!

Le petit garçon au livre le regarda en coin. Il trouvait Antonin au moins silencieux. Il oubliait qu'à la place d'Erby, il aurait peut-être été plus insupportable.

— Entre les Divinités, répondit-il.

— Waouh !!! Quand ça ?

— Tu me laisses lire ?

— Ouais, ouais, ouais. Pardon.

— « Sa position géographique n'est pas le seul point à me le laisser penser. »

— Sa position quoi ?

Le lecteur ferma le livre. Il sentait plein d'yeux le regarder et s'intéresser à la scène. Erby se pinça les lèvres en comprenant sa gêne.

— J'dis plus rien, promis.

L'enfant au livre hésita, regarda encore autour de lui, et reprit sa lecture :

— « Plusieurs événements mystérieux sont survenus dans ce pays depuis la victoire des Fées, comme si les Divinités s'étaient de nouveau partagé un territoire de combat. »

Erby se mangea les lèvres mais ne dit rien.

— « Tout d'abord, des tempêtes se sont déclarées sur les Monts Pétrifiés. Le chemin n'avait jamais été facile pour atteindre Leïlan par là, mais il est devenu presque impossible. Des brumes se sont aussi élevées au pied de cette chaîne de montagnes, un brouillard étrange qui cache un marécage qui n'existait pas avant. On dit que ces Brumes Infernales dissimulent un gardien puissant qui fait fuir les plus vaillants.

» Le deuxième phénomène étrange est qu'il n'y a pas de nuits noires en Leïlan. La lune a un reflet qui apparaît quelquefois et éclaire le ciel lorsque l'astre réel est caché. Quelle est l'utilité de cette double lune ? Je n'en ai pas la moindre idée. Mais ayant eu l'occasion de le voir lors d'une visite à mon voisin, je dois dire que je ne suis pas prêt d'oublier ce spectacle.

» Je n'oublierai pas non plus les étranges créatures des douves du château de Leïlan : les sariclès. Même époque, même mystère. Les personnes qui ont essayé de les chasser ont été dévorées. Ils ont l'intention de vivre là très longtemps. Tout diminué qu'il soit, le Mal a déjà posé ses marques.

» Les Leïlannais m'ont aussi parlé de coins de forêt devenus brusquement impénétrables : les Bois Obscurs, gardés par des plantes tueuses, et la Forêt Interdite, antre réservé d'un Monstre.

» Ce dernier me gêne. Et gêne mes enfants qui font des cauchemars en imaginant sa forme ou son pouvoir. C'est un Bas-Esprit, j'en suis certain. Les Fées n'ont pas été assez rapides pour l'évincer lors du partage de Leïlan et l'Esprit Sorcier Ibbak a dû le négliger. Un Monstre qui tue sans remords ne pouvait que lui plaire. Des milliers de membres ou de corps ont été rejetés de la Forêt Interdite chaque fois que des expéditions ont été menées pour s'en débarrasser… »

— Oh oui, Maman me l'avait dit, lâcha Erby sans pouvoir se retenir plus longtemps.

L'enfant au livre ne dit rien. Il sourit même, dégageant deux grosses incisives irrégulières. Combien de fois lui avait-on dit cela aussi ? Il y avait tant de secrets en Leïlan. Enkil avait raison, Leïlan avait tout pour être le lieu du prochain combat. L'enfant au livre se demanda avec inquiétude où était le Mal. Il n'imaginait pas en être aussi près.

Princesses du Mont Étel

Quel vacarme ! Que de précipitations et de bruits ! Comme le silence de la Grande Plaine manquait à Axel !

Venant d'Aces, sa jument et lui avaient évité le Passage des Cinq Rivières. Ils avaient parcouru les dernières lieues les séparant du palais dans le profond calme de la campagne. Aussi la traversée des rues d'Étel, capitale de Leïlan, se montrait des plus assourdissantes, surtout pour une fin de journée. Elle n'était que foule, cris, mendicités, encombrements de charrettes, insultes et bousculades, baignant dans une épaisse fange qui remontait sur les murs à chaque passage de chevaux. Nis se trouvait dans un triste état, et ne paraissait guère apprécier tout ce remue-ménage.

Axel avait l'impression d'être hors du temps, hors de cette vie : il regardait, détaché, les gens s'animer autour de lui. Il prêta juste une oreille à un troubadour qui chantait un chagrin avec langueur.

Les Étellois n'étaient pas aussi pauvres que certains habitants de la Grande Plaine, mais Axel ne trouvait pas cette ville très fortunée non plus. Sa saleté, le désordre de ses rues, et les privations dont souffraient certaines personnes le lui prouvaient. Korta-le-fourbe n'avait pas rasé Étel mais, derrière les hautes fortifications qu'il avait fait bâtir, la beauté du pays ne pouvait plus être qu'imaginée.

Cependant, au-delà des encorbellements et des toits gris, une forme majestueuse et immense s'élevait, méprisante et indifférente à cette misère. Composé d'une centaine de tours de tailles différentes, toutes surmontées d'un toit pointu et ceintes de corbeaux, le château royal perçait le ciel. Hérissé de pics, de flèches et de pinacles, il ressemblait à une couronne royale des plus orfévrées. Construit de pierres blanches et d'ardoises, sa beauté immaculée s'opposait à la pauvreté régnante.

Une agitation anormale attira l'attention d'Axel. Un attroupement s'activait dans le coin de la ruelle. Tous les badauds regardaient au-dessus d'eux en poussant des exclamations. Le jeune homme serait probablement passé sans y prêter plus d'intérêt mais son regard se posa sur l'objet de tant d'empressements : *son pavallois !*

Perché sur l'enseigne grinçante d'un maréchal-ferrant, l'oiseau faisait sa toilette en toute impunité. Sur le dernier ouvrage forgé de la ville, il savourait l'excitation que suscitait sa présence comme dans tous les pays que traversait son maître ; les pavallois jouissaient d'une admiration débordante. Exclusivement natifs de Pandème, on leur octroyait des pouvoirs de porte-bonheur, et on disait que toute personne ayant aperçu l'un des oiseaux magiques pouvait espérer voir son vœu exaucé.

Axel siffla son oiseau cabotin. Celui-ci s'envola immédiatement, mais ne se posa sur l'épaule de son maître qu'après un dernier grand tour au-dessus de ses admirateurs en extase. Ses grandes rectrices rouges recourbées sur le bras d'Axel, il se laissa retirer le message ornant sa patte, se délectant de la caresse reçue en récompense. La jument n'acceptait pas cette infidélité et s'agita.

— Tout doux, Nis, ne sois pas si jalouse, il s'en va, la rassura Axel, amusé.

En animal vaniteux mais docile, l'oiseau repartit dans le ciel et s'y évanouit.

— Tu devrais être satisfaite, ma belle, tu ne seras plus bousculée.

Axel avait raison. On s'écartait maintenant sur son passage. Le jeune homme avait l'habitude des entrées théâtrales de son oiseau et ne s'en souciait plus. Il se contenta de lire la missive sans prêter attention aux regards émerveillés qui désormais le suivaient.

Le prince Cédric se mourait d'impatience et, à la lecture de la lettre d'Axel, il n'avait pu s'empêcher de rêver un peu plus sur Leïlan : il le pressait de courir jusqu'au château royal et de rentrer avec une description de la princesse Éline, s'il ne pouvait pas obtenir un message de sa part.

Axel sourit. Il se demandait lequel avait raison, de Cédric ou de Philip. Fallait-il croire aux pouvoirs des Fées à en oublier sa propre vie ou, au contraire, rester incrédule et froid jusqu'à l'événement final ? Peu importait, il avait hâte de voir la tête de chacun devant sa princesse respective. Il était impatient de voir leur bonheur se concrétiser. Ils étaient ses frères.

Il s'éloignait des étals des marchands et de leurs cris. Les rues de la ville s'élevaient de plus en plus et les maisons se raréfiaient, laissant place à des ateliers, des logis d'artisans, ceux des domestiques du château, puis se trouvaient les pressoirs et les lavoirs alimentés d'une source provenant de la Montagne Blanche. Le palais, à l'écart, se dressait en partie sur un mont du même nom que la ville. Sa base, entourée de profondes douves reliées à la mer et au lac du Passage des Cinq Rivières, était recouverte de lierre vert et de fleurs blanches. Rien ne laissait penser que la peur avait envahi ce lieu. À part peut-être le silence. Les drapeaux azur assombris par la lumière grise flottaient aux tourelles. Seul un léger chuintement s'entendait dans les bannières aux lunes d'argent.

Pendant qu'Axel se restaurait avant de partir, les Acéens lui avaient appris que toute la noblesse du pays ou de passage s'était cloîtrée dans le château, désertant ainsi les comtés et les duchés depuis l'apparition du Masque. Seul Korta-le-fourbe s'aventurait à l'extérieur pour commettre ses crimes. Le jeune homme allait pénétrer dans un monde véritablement séparé de la réalité par un fossé.

En empruntant une interminable passerelle au-dessus des douves colorées d'un bleu étrange, Axel ressentit un léger malaise. Il eut même l'impression de percevoir cette odeur particulière des Brumes Infernales. Il crut à une simple appréhension de sa part et il la négligea. Pourtant, une vague suivit le moindre pas de Nis sous les planches.

Dépassant quatre têtes de pont, il trouva contre toute attente le pont-levis baissé, mais une herse aussi. Deux gardes se trouvaient en faction avec le visage de marbre habituel. À son arrivée, l'expression ne varia pas, mais ils croisèrent leurs armes d'hast en signe d'arrêt.

Axel posa pied à terre et leur expliqua – plusieurs fois – le but de sa visite, mais leur comportement n'évolua pas. À bout de patience, il sortit la missive de son roi de sa bourse de cuir et brandit le sceau royal étoilé sous leurs nez. Un homme apparut subitement dans la bretèche et la herse se leva. Sans prononcer un mot, il fit signe au jeune homme de s'approcher et de le suivre.

Axel fut outré de cette manière d'accueillir les gens. Il était peut-être d'allure miteuse, crotté des pieds jusqu'à la taille, mais son roi recevait n'importe lequel de ses sujets, et tout voyageur, sans se soucier de leur apparence. Les habitants de ce château devaient être bien précieux pour négliger l'arrivée d'un messager d'un pays voisin.

Tout râleur, il s'avança dans la cour quand une vision terrible faillit l'arrêter : trois hommes aux cheveux platine attendaient dans les écuries que le palefrenier finisse de seller leurs chevaux ! Les Scylès n'étaient pas directement partis après leur défaite comme il l'aurait cru ! Les deux guerriers du matin portaient des bandeaux sur les yeux, mais le chef à la grande cape de cheveux rouges était visiblement en pleine forme !

Le guide d'Axel allait dans leur direction, le jeune homme devait laisser Nis à l'écurie. Il ne pouvait pas faire demi-tour. Il attirerait immédiatement l'attention du chef scylès sur lui. Son esprit s'emballa. *Comment lui échapper ?!* Il fallait trouver un moyen, n'importe quoi. Le plus vite possible, le plus *discrètement* possible !

— Je suis pressé de donner mon message au roi. N'y a-t-il personne pour emmener ma jument ? demanda-t-il avec impatience.

Son guide secoua la tête avec dédain et continua sa route. Dans la tête d'Axel, tout ce qu'il devait cacher au Scylès défilait, sans qu'il le veuille :

la panique le prenait. Le dos chevelu de son ennemi se rapprochait. Le palefrenier aurait fini de seller les chevaux, et les guerriers des Pays Insolites se retourneraient pour partir, au moment où Axel arriverait. Le jeune homme s'arrêta, faisant mine de chercher un caillou sous sa botte. Il devait se calmer et réfléchir vite. Le Scylès n'allait pas tout savoir d'un coup. De ses quelques voyages dans les États du Nord, Axel avait pu remarquer que peu d'entre eux avaient su qu'il était prince au premier regard. Leur pouvoir n'était pas comme celui d'Imma.

Son guide tapait du pied d'impatience. Axel se remit à marcher. Comment cacher au Scylès qu'il avait combattu contre ses hommes, qu'il connaissait le Masque et qu'il aimait la Fille-aux-yeux-bleus ? Son ventre se serrait, rien qu'à l'idée. *Et s'il pensait comme quelqu'un d'autre ?* Est-ce que cela pouvait marcher ? Il n'avait rien à perdre. Mais quelle identité pouvait-il s'imaginer ? Il fallait aussi qu'il s'invente une réaction face aux guerriers des Pays Insolites ! Il fit un nouveau pas et le visage osseux du chef des Scylès se retourna.

Muht Dabashir était excédé. L'aveuglement de ses hommes l'avait retourné et il aurait aimé tuer le duc d'Alekant pour s'être moqué, deux jours plus tôt, de ses inquiétudes concernant les potions akaliennes. Le Masque avait un Alchimiste ! Le nain que Korta prenait pour un petit clown ridicule était une des *Sciences* d'Akal !

Alors qu'il l'avait tant attendu, le guerrier avait déjà envie que son aller-retour pour Scyl soit terminé. Le cycle de la vengeance était amorcé. Son rendez-vous avec Utahn Qashiltar avait lieu le lendemain midi. Quitte à tuer les chevaux dans l'immense galop, il aurait voulu faire le voyage en une journée pour laisser le moins de répit possible au Masque et à son compagnon savant. Mais il lui était impossible, ainsi qu'à ses hommes, de passer par la terre d'Akal ; seul Korta pourrait le faire pour les rejoindre. Les guerriers scylès n'avaient pas d'autre choix que de traverser la Plaine Salée de Leïlan et de contourner Akal par la mer. Une grande perte de temps, mais un retour au pays qui serait bénéfique pour trouver une parade contre les armes chimiques de l'ennemi, devenu soudain plus personnel.

Muht tira sur la bride de son cheval et avança dans la cour. Ses hommes lui emboîtèrent le pas, têtes baissées sous la douleur de leurs yeux aveuglés, guidés par leurs propres montures. Pestant intérieurement, Muht n'en repéra pas moins le portier du château et l'étranger qui arrivaient sur lui. Par réflexe, il entra dans l'esprit du premier mais ne trouva encore que les craintes habituelles de cet homme face au pouvoir des Scylès : le portier aurait définitivement peur que Muht Dabashir sache qu'il avait volé un tonneau de la cargaison de vin amenée au château deux mois plus tôt. Le guerrier scylès négligea ces informations et passa à l'esprit suivant.

Les premières images qu'il trouva dans la tête du jeune homme furent celles d'un mercenaire de Korta ayant intercepté un message venant de Pandème. À son étonnement, il vit plus de dégoût que de peur face à sa cape de scalps akaliens; la grande assurance de la personne semblait décalée avec son âge. Il le regarda donner sa jument au palefrenier et décela une envie de fuir soudain très violente. Muht fut satisfait de constater que l'indifférence que le jeune étranger voulait montrer n'était qu'une carapace pour dissimuler sa peur. *Vanité de la jeunesse.* Il voulut quitter l'esprit du jeune homme quand il perçut, au milieu des désirs de voir Korta au plus vite, des yeux bleu nuit!

Muht se concentra de nouveau. Il décela l'ombre de la peur parmi les pensées professionnelles, l'incertitude apparaissait sous forme de scènes refoulées. Deux ou trois images à peine élaborées disparurent avant même de naître. *Ce jeune homme avait un secret.* Il voulait se tenir droit, il retenait son pas, il espérait passer inaperçu. Voulait-il seulement avoir la fierté de cacher sa peur? Une clarté se diffusait dans son esprit, prouvant la loyauté de son âme, ne coïncidant pas vraiment avec son comportement. Amour caché, naïveté? À part le soin de dissimuler sa peur et de sembler plus indifférent qu'il ne l'était, Muht ne trouva qu'un jeune homme décidé à faire son rapport à Korta. Il n'y avait plus aucune trace d'un regard bleu nuit et Muht finit par penser que la folie de Korta déteignait sur lui. Il quitta l'esprit du jeune homme et poursuivit sa route. Il avait besoin de se changer les idées.

Axel montait un escalier à vis extérieur à la suite de son étrange guide, bloquant toujours ses pensées sur l'identité qu'il s'était forgée. Arrivé dans la cour d'honneur, il osa un œil en arrière et vit à son grand soulagement les guerriers scylès sortir du château. Il avait réussi. Il ne savait pas comment, ni à quel point, mais il était apparu comme un garçon sans intérêt. Il eut un soupir qui décontracta l'intégralité de son corps.

Le guide se retourna au bruit.

— … Beau château, expliqua Axel en se redressant.

Le guide hocha la tête, blasé, et accéda à un escalier monumental à rampes droites. Axel avait proféré cette excuse sans y réfléchir. Mais maintenant que le danger des Scylès s'éloignait de lui – et qu'il espérait ne jamais les recroiser! – il se rendait compte de la réelle somptuosité du lieu.

Dans les galeries, des balcons ronds surplombaient chaque étage, telles les feuilles marbrées d'une tige veloutée de capucine. D'innombrables ornements et une multitude de tentures finement brodées d'oiseaux, de plantes ou de créatures fantasmagoriques décoraient les fenêtres et les murs dans une combinaison de couleurs et de matières des plus minutieusement choisies. Les miroirs et les vitraux étincelaient dans un prodigieux jeu de lumière, tandis que les fresques et les tapis habillaient cette grandeur de leur chaleur.

Toute la richesse de Leïlan était concentrée dans ce palais aussi grand qu'une ville. En parcourant ses dédales, Axel avait du mal à ne pas en rester ébloui. Il oubliait sa précédente angoisse des Scylès. Il se sentait minuscule et fragile, ses yeux ne trouvaient pas un détail qui ne méritait pas l'attention. Il n'arrivait même plus à se souvenir si le château de Pandème était plus beau.

Un large couloir de voûte en berceau le frappa : des tableaux s'enchaînaient dans un polyptyque gigantesque représentant la naissance de Leïlan. Trois voiles blancs et un rouge exprimaient les deux entités se disputant le Monde de l'Est, quatre cents ans plus tôt : les Fées et l'Esprit Sorcier Ibbak. Sur le panneau central, le royaume, en désolation et décimé par la Guerre des Siècles, se relevait et s'édifiait.

Sur le pan de mur opposé, des toiles pendues aux cimaises racontaient les moments forts du pays. Au fur et à mesure qu'Axel marchait, les peintures se succédaient dans le temps, la légende du Monstre et de ses crimes apparaissait. Bien des scènes échappaient à son esprit mais d'autres l'impressionnaient. Leurs couleurs, leur vie, leur violence ou leur sérénité saisissaient le cœur. Axel les vivait.

Victoire n'avait plus besoin de lui pour l'heure. Penaud, il allait sortir quand la sorcière le retint par la main :

— Tu trouveras ce que tu cherches. N'aie plus peur. Pour l'heure, tu ne dois pas oublier la mission qui t'a été confiée.

Un tableau le troubla plus que les autres : il représentait la naissance de la Troisième et dernière Princesse. Sa fureur et son désespoir touchèrent Axel et il ne put s'empêcher de s'attarder un moment devant celui-ci. Le bonheur s'était retiré de sa vie comme il s'était effacé du pays. Leïlan était mort, anéanti par le secret massacre qui avait suivi cette tragédie. Les peintres s'étaient arrêtés sur un ciel rouge, une multitude d'échafauds et un berceau vide. C'était la dernière œuvre.

Le guide d'Axel ouvrit une immense porte à deux battants sculptés dans un grand bruit. Le jeune homme sursauta et se retourna. La grande salle du trône s'offrait à lui. De dimensions fantastiques, elle était sans nul doute la plus belle pièce du palais. Face à l'entrée, un immense balcon s'ouvrait à l'horizon d'un parc fabuleux finissant aux abords de la Mer Intérieure et des falaises de la Forêt Interdite. Les vastes dormants surmontant les portes-fenêtres se composaient de riches et d'incomparables vitraux. À leur droite s'élevait le trône, aussi imposant que le reste, le dais encore illuminé par les feux colorés du soleil.

Le roi de Leïlan était là. De grande stature, son embonpoint ne se remarquait guère. Sa lourde couronne, ses riches étoffes de brocart pourpre et sa barbe brune lui donnaient l'air altier. Mais ses yeux, gris de sage, reflétaient un malheur infini, comme un ciel couvert de nuages. À ses côtés, une femme en robe de soie émeraude se tenait debout. Sa tête couronnée d'un diadème ciselé révélait son rang princier, le saphir de la reine à sa main son aînesse. Mais Axel eut un serrement de poitrine pour son frère Cédric : Éline était voilée.

Ignorant les nobles qui chuchotaient des balcons du premier étage et ceux qui le toisaient dans la salle, Axel salua Sa Majesté de mille grâces et lui remit enfin la missive de son père, par l'intermédiaire d'un adolescent anguleux. Ce fut avec beaucoup d'intérêt que le souverain de Leïlan parcourut la lettre des yeux. Un sourire enjoué sembla même se dessiner sur ses lèvres. Pour toute réponse, il se leva et invita Axel à le suivre. La large létice de vair de son manteau traîna avec souplesse sur les marches de marbre.

Précédés du jeune noble servant de page, ils pénétrèrent tous les deux dans une pièce adjacente aux dimensions nettement plus modestes. Les murs étaient couverts de tapisseries, d'armoiries et de lourds rideaux de velours vert olive. Un escalier de bois permettant un accès aux galeries de la salle du trône s'enroulait autour d'un axe sculpté d'oiseaux et d'entrelacs. Un grand bureau de chêne massif occupait une majeure partie du sol jonché de tapis de laine.

— Vous pouvez nous laisser, Thalan.

Le page s'inclina, laissant traîner la plume de sa coiffe sur le sol, et referma la porte derrière lui. Le roi releva alors les yeux vers Axel :

— Vous voyagez toujours ainsi, Altesse ? Je croyais que vous aviez succombé aux Fièvres Folles. Votre mort n'a jamais été contestée.

Axel fut surpris. Il était trahi !

— Sire… je… je prie Sa Majesté de ne rien divulguer. Mon père m'avait…

— Le roi de Pandème ne me demande pas de révéler votre identité mais j'ai le devoir de vous traiter selon votre rang.

Axel rageait. Ce maudit message n'était qu'un piège !

— Alors… je sollicite à Sa Souveraineté de me présenter à la cour sous la qualité de comte de Mont-Allois, lieu de ma naissance. Cette province est réellement mienne, Sa Majesté ne fera pas un grand mensonge.

— Vous avez déjà un deuxième titre ?

Le roi de Leïlan connaissait les principes de l'étrange royauté de Pandème. Axel était prince de sang. Ce rang s'héritait comme ordinairement, mais les autres titres de noblesse ne se méritaient et ne s'obtenaient qu'au prix d'actes de bravoure. L'étonnement dans la question du roi faisait référence à l'âge d'Axel. Le jeune homme n'avait pas d'orgueil à être comte, mais il avait celui de n'avoir que vingt ans.

— Le Conseil Seigneurial me l'a accordé, et je l'ai accepté, à l'âge de quatorze ans.

Le roi marqua un arrêt avant de répondre :

— Je vous accorde le brin de fantaisie de votre demande, comte de Mont-Allois.

Axel le remercia mais le roi avait déjà perdu son sourire. Il passait une main lasse sur ses tempes grisonnantes.

— Pour le reste de la lettre, je ne puis répondre à l'attente de votre père. Je n'ai plus qu'une seule fille à marier. La princesse Éloïse est gravement malade depuis six ans. Son corps et son âme sont perdus dans un grand sommeil qui s'approche peu à peu de la mort.

L'effet fut brutal. Axel resta un moment interdit. Il n'avait jamais imaginé qu'un de ses frères partagerait son malheur un jour !

— Je ne vous cacherai pas que j'ai promis depuis peu la main de la princesse Éline à l'un de mes plus fidèles sujets : le duc d'Alekant. Ma condition étant qu'il débarrasse le pays du Masque, ajouta-t-il. Mais si le prince Cédric en est davantage capable, et si ma fille y consent, c'est avec joie que je leur donnerai ma bénédiction.

— Majesté, je crois connaître suffisamment l'adresse de mon frère pour me porter garant de sa réussite, affirma Axel en se reprenant.

Le souverain sourit sans conviction avec un petit haussement d'épaules, mais il donna son accord. Cette alliance était inespérée pour l'avenir du pays. Il ne pouvait pas refuser.

✧

Avec pour seul habit des chausses moulantes, Axel regardait par sa fenêtre la grande étendue de parcs prolongeant le château. Le soleil se couchait. Il pensait au pouvoir des Scylès qu'il avait contourné sans comprendre comment, et à la rencontre avec Korta qui n'allait certainement pas tarder. Mais rien ne l'inquiétait plus que son frère Philip ; la princesse Éloïse était en train de mourir. Le Deuxième Prince de Pandème avait dû ressentir au fond de lui cette malédiction puisqu'il n'avait jamais voulu croire au pouvoir de destinée des Fées. Pour Axel, il était préférable que ce soit Éloïse : il n'avait déjà pas le cœur d'écrire à Cédric qu'Éline était voilée !

Il frotta son bras dont la blessure avait complètement cicatrisé et plongea son regard dans la nature qui s'allongeait jusqu'à l'horizon. Une échauguette isolée, à peine visible, marquait la limite des jardins et un mur les cernait. Axel se sentait prisonnier. Il avait accepté à contrecœur de rester pour l'anniversaire des vingt et un ans de la princesse Éline, le lendemain soir. Raisonnablement, il n'avait pu refuser, et les Scylès ne revenaient pas avant trois jours, mais l'amertume emplissait sa poitrine à la vue des arbres de la Forêt Interdite. Il ne savait pas par quel artifice la Fille-aux-yeux-bleus y habitait, mais il était convaincu que sa résidence se trouvait là.

Deux jours sans l'espoir de la revoir.

Cette pensée l'enfonçait un peu plus dans la mélancolie, il tournait comme un animal en cage. N'y tenant plus, il prit la décision d'aller au bout du parc, le plus près possible de la Forêt Interdite. C'était ridicule, mais sortir lui ferait du bien.

Ajustant un pourpoint de couleur cendre verte sur une chemise aux poignets brodés, il passa sa chaîne par-dessus. Il aimait ce large anneau qui se posait près de son cœur. La simplicité de sa ligne en faisait toute la beauté et son origine toute la richesse. Il mit rapidement des souliers légers, boutonna le haut de son col, passa un paletot doublé de satin succinct mais ne put se résoudre à mettre un couvre-chef sur ses cheveux humides. Il courut presque jusqu'aux jardins. Il prit un cheval du palais pour laisser Nis se reposer.

Les fleurs et les bosquets étaient un sincère ravissement, mélange de couleurs et de parfums exquis, mais Axel n'y prêta aucun intérêt. Un bruit de sabots derrière lui et une ombre furtive dans les fourrés d'aubépines attirèrent en revanche son attention : quelqu'un le suivait depuis un moment. Il se retourna brutalement et rua sa monture sur l'espion. À sa grande surprise, il saisit violemment par le bras une femme voilée. *La princesse Éline !* Il se trouva embarrassé.

—Cessez de vous confondre en excuses. Je n'ai pas agi avec dignité, j'en assume les conséquences, fit-elle sagement en frottant son bras meurtri. Ne vous méprenez pas sur mon attitude, c'est une saine curiosité qui m'amène à vous. Je… Nous pouvons continuer votre chemin, si vous le voulez bien ? poursuivit-elle en regardant derrière elle.

Fermée avec des agrafes d'hyacinthe, sa grande capeline de soie à capuche dissimulait sa robe et sa position en amazone. Sa dame de compagnie n'était pas à ses côtés. La princesse Éline avait attisé la curiosité d'Axel.

Ils reprirent la direction de la petite tour dans un rapide galop. Ils quittèrent les allées et les massifs, parsemés de fontaines et de bassins. Ce ne fut que bien plus loin, à l'abri sous les arbres, qu'ils descendirent de cheval et qu'elle avoua le but de sa visite.

—Vous… Vous êtes la seule personne qui puissiez me parler du prince Cédric.

Sa voix trahit ce qu'Axel ne pouvait voir. Elle devait être rouge sous son voile. Il en resta touché.

La réserve n'était pas dans la nature d'Éline mais elle regrettait déjà ses paroles. Axel eut un sourire en coin. Il donna son bras à la jeune femme et posa sa main sur le triangle de soie fine couvrant celle de la princesse. Les yeux pleins de joie, il entama son portrait.

Jeune homme aux cheveux courts et blond foncé, le prince Cédric était de la corpulence d'Axel et possédait lui aussi des yeux verts. Contraint par son aînesse à prendre le métier de roi plus à cœur que ses frères, il n'en oubliait pas pour autant l'aventure et la hardiesse. À vingt-trois ans, il avait, lui aussi, un deuxième titre.

Axel était lancé dans une grande description passionnée partant des actions du noble jusqu'à celle du combattant quand, au bout d'un moment, la jeune princesse le coupa :

— Il vous ressemble beaucoup, fit-elle. Et si vous étiez seulement un de ses meilleurs amis, vous auriez tout de même hésité sur la couleur de ses yeux. Vous êtes son plus jeune frère, n'est-ce pas ?

— Votre père vous l'a dit ? demanda Axel, étonné d'être pris au dépourvu une seconde fois.

— Non, je l'ai deviné par votre attitude. Sous mon voile, je peux à mon gré observer les gens qui m'entourent. La moindre expression ne m'échappe pas. Et puis, vous semblez jeune, vous devez avoir vingt ans. Je sais qu'il y a trois ans de différence entre le prince Cédric et le plus jeune de ses frères. Et enfin, vous êtes arrivé en tant que messager et vous voilà comte. Cela étonnera beaucoup de gens, mais pas moi. J'avais entendu dire que le Troisième Prince de Pandème parcourait les Mondes sans sa couronne et sans ses atours. Vous n'acceptez pas d'afficher votre rang.

— Mais votre père était au courant de la rumeur de ma mort.

— Moi aussi, répondit-elle, songeuse. Mais je ne crois à la mort d'une personne que lorsque je peux voir et toucher le corps.

— Sage précaution, acquiesça-t-il, surpris de la remarque.

— Je vous envie, continua-t-elle d'une voix lointaine. C'est pour être libre que vous portez vos cheveux longs ?

— Oui, une tache royale n'est pas simple à dissimuler avec des cheveux courts.

Il releva les mèches dorées qui dérobaient le haut de sa nuque. Malgré la lumière déclinante, un fin losange horizontal plus foncé que le reste de la peau fut révélé à la racine des cheveux.

— Je ne doutais pas que vous étiez le prince Axel ! s'exclama-t-elle en riant de son geste. Mais peut-être avez-vous des soupçons sur mon identité ?

De ses mains blanches et fines, elle rabaissa le haut col de sa robe. Une tache similaire à celle d'Axel se dessinait à la racine de ses cheveux châtains, relevés en une coiffure élaborée de tresses mêlées de perles.

Les joues du jeune homme ne purent s'empêcher de se fendre. La jeune fille se montrait agréable. Toute princesse qu'elle était, elle savait être drôle et spirituelle. Intelligente, gracieuse et naturelle, elle lui rappelait Victoire.

— Je ne me serais jamais permis l'affront de ne point vous croire, déclara-t-il tout admiratif.

— Vous auriez tort. Il ne faut jamais croire les gens sur parole. Seule la vérité que l'on voit est bonne.

La phrase le laissa un moment pensif.

— Pourquoi votre père tient-il tant à marier ses deux fils aînés à ma sœur et moi ? demanda-t-elle soudain. Quel est l'intérêt pour votre royaume ? Vous ne supportez plus votre bonheur ?

— Vous méconnaissez Pandème et son souverain. L'altruisme fait partie des qualités de mon père. Et notre *bonheur*, comme vous le dites si bien, est suffisamment grand pour qu'un autre pays en bénéficie.

— Je ne désirais pas vous blesser, s'excusa-t-elle. Mais je ne voudrais pas que votre richesse vous fasse croire que je changerai d'avis.

Axel se retourna vers elle. Il ne comprenait pas cette dernière remarque. Si elle savait rire, la princesse Éline lui paraissait très obscure. Un grand voile noir cachait son esprit autant que son visage.

— J'ai déjà donné mon amour à un homme et ma main lui est promise.

Il ne s'attendait pas à une telle explication.

— Je n'en crois rien, trancha-t-il.

— Qui vous permet de mettre mes dires en doute ?!

— Vous-même. Vous m'avez dit qu'il ne fallait jamais croire la vérité que les autres vous donnent de parole.

Éline resta interdite. Si Axel avait pu percevoir ses yeux, il y aurait vu des flammes. Offusquée, elle quitta le jeune homme et entra dans la petite tour qu'ils avaient atteinte. Axel la trouva bien impulsive. *Qu'avait-elle soudain ?*

Il la rejoignit au premier étage. Dans la petite pièce ronde aux murs de pierres nues, seuls un vieux banc de bois et une chaîne pendant du plafond décoraient le vide. La princesse s'était assise et avait porté son visage vers le paysage aux couleurs assombries. Elle ressemblait à un oiseau en cage.

Comme à son habitude, Éline restait figée devant la falaise de la Forêt Interdite. Que n'aurait-elle pas donné pour se faire dévorer par le Monstre qui hantait ces lieux et disparaître ainsi de la vie ? Le soir de ses noces avec le duc d'Alekant, elle n'hésiterait plus. Quitte à forcer une poterne et à se jeter directement dans les douves pleines de sariclès ! Elle était prête à tout pour échapper aux mains de Korta. Une envie de pleurer montait en elle.

— Pourquoi avez-vous dit cela ? demanda-t-elle d'une faible voix.

— Parce que vous n'êtes destinée qu'à un seul homme : mon frère, répondit doucement Axel en s'asseyant à ses côtés.

— Destinée ?! Vous croyez à ce genre de fable ?

Sa raison lui paraissait tellement absurde qu'elle en oublia ses larmes.

— Oui. J'y crois, affirma-t-il avec amertume. Philip, non, bien que je sois persuadé qu'il aurait volé jusqu'ici si la princesse Éloïse avait demandé à le voir. Et Cédric…

Il lui prit la main, englobant dans ses doigts les bagues de diamants et le grand saphir de la reine de Leïlan.

— Princesse Éline, sans vous connaître, mon frère ne pense qu'à vous, ne vit que pour vous. Croyez-moi, c'est avec beaucoup de regrets qu'il m'a laissé venir à sa place. Il sera un roi juste et bon. Je suis certain que sa première loi sera de vous ôter ce voile à tout jamais.

— Arrêtez ! cria-t-elle en retirant sa main. Vous ne connaissez rien de ce pays ! Vous cherchez à me faire rêver en m'endormant de vos belles paroles.

Elle se leva dans toute l'ampleur de sa robe et de sa capeline. Elle était bouleversée. Axel chercha avec agitation dans ses vêtements.

— Tenez, prenez ceci. Elle m'est adressée, mais lisez-la. Elle prouvera mes dires.

Éline regarda le papier roulé qu'il lui tendait. *Qu'est-ce que c'était ?* Elle se rassit et déroula la lettre.

Penchée vers la fenêtre, la lumière du soir traversait son voile et découpait légèrement le contour de son visage. Il semblait doux mais Axel, même en forçant les yeux, ne pouvait en voir davantage. Dommage, il aurait vu une expression de grande sensibilité passer sur les traits d'Éline.

Ses yeux bleu azur n'avaient plus de larmes, ce qu'ils lisaient était tellement beau et si injuste. Chaque mot écrit par le prince Cédric semblait dicté par un amour profond pour elle, elle qu'il ne connaissait même pas. Tout son corps tremblait d'émotion mais elle ne voyait que la fatalité. Elle ne pourrait jamais l'aimer en retour. Elle devait épouser Korta pour sauver sa sœur.

— Je ne puis vous laisser cette lettre. Si je l'ai sur moi, c'est pour la brûler. Je ne tiens pas à ce que l'on sache qui je suis. Mais je peux écrire à mon frère pour qu'il vous en fasse parvenir une, rien que pour vous.

— Non, fit-elle. Je maintiens que j'aime le duc d'Alekant.

Elle lui rendit la missive.

— Alors, pourquoi êtes-vous venue me demander comment était mon frère, si votre cœur n'a pas parlé pour vous ?!

— Je ne sais pas... Curiosité féminine. Mais votre lettre ne prouve rien, répondit-elle en se redonnant du courage. Vous étiez destiné à ma deuxième sœur, si j'ai bien compris vos paroles. Elle est morte depuis longtemps, or votre frère est heureux de savoir que vous aimez une femme.

— Ce n'est pas pour cela que j'en serai aimé, déclara-t-il froidement.

— Je n'ai jamais dit que le duc m'aimait.

— Alors pourquoi voulez-vous l'épouser ? Cédric vous aime.

— Il aime un rêve. Je n'y corresponds certainement pas.

— Acceptez donc de le rencontrer. Vous verrez ensemble vos erreurs.

Éline resta un moment silencieuse, puis céda :

— Soit. Je ne pense pas que d'ici là Korta ait tué le Masque.

Axel crut bondir au prénom. L'esprit perdu par son amour et ses frères, il n'avait pas fait le rapprochement entre le duc d'Alekant et Korta-le-fourbe. La révélation se montrait de taille, mais il jugea préférable de ne rien montrer. Son rôle n'était pas de dévoiler les véritables agissements de celui-ci et du Masque. Il n'était pas censé en savoir autant sur les deux personnages. Il retint son étonnement et poursuivit la discussion comme si de rien n'était. Trop accaparée par ses propres pensées, Éline ne s'en rendit pas compte.

— Je n'ai pas été présenté à cet homme, mais je suis sûr que Cédric terrassera le Masque en premier.

Éline eut le même haussement d'épaules que son père et laissa passer un brin de silence pour suivre ses pensées.

— C'est de la Fille-aux-yeux-bleus que parle le prince Cédric dans sa lettre ? C'est elle que vous aimez ?

— Oui, répondit Axel avec franchise.

— J'aurais tellement souhaité la rencontrer un jour. On dit qu'elle soigne tous les maux. Peut-être aurait-elle le pouvoir de sauver Éloïse ? Vous l'avez revue depuis ?

— Oui. Mais je l'ai de nouveau perdue.

Il se laissa bercer par ses propres paroles. Les yeux égarés sur la falaise de la Forêt Interdite, il espérait la voir apparaître.

Éline s'appuya aussi sur la fenêtre taillée dans l'épaisseur de la pierre, et fixa de même le paysage. Elle n'avait pas perdu son envie de mourir, mais l'existence d'une personne pouvant sauver sa sœur, et donc la sauver elle-même, apaisait son désespoir. La Fille-aux-yeux-bleus existait vraiment. Il suffisait d'observer le regard d'Axel pour le croire. Une espérance était née et son cœur se posait la même question que le jeune homme : *où était-elle ?*

✧

Éléa s'assit en renversant la tête en arrière. Les quelques cheveux non retenus par sa large tresse se collèrent à sa peau. Elle avait chaud. L'entraînement s'était montré assez douloureux. Elle s'étira, son léger corsage glissa sur son épaule gauche.

— Tiens-toi bien, digne de ton rang ! corrigea Jerry.

Il s'assit en face d'elle dans une petite salle isolée sur un côté du Grand Arbre. Éléa se redressa, serra les pieds et ses jambes entrelacées d'amalyses, rétablit son corsage, tira légèrement sur sa jupe pour qu'elle parvienne le plus près possible de ses genoux, et sourit innocemment à Jerry. Il n'avait pas envie de rire. Qu'avait-il donc de si sérieux à lui dire ?

— Je ne t'ai pas caché ton identité parce qu'il était trop hasardeux que tu relèves tes cheveux devant un inconnu, commença-t-il. Tu connais l'existence des voiles sur le visage de tes sœurs, car la loi ne peut être ignorée. Mais je voudrais te révéler, ce soir, quelques détails que j'ai omis de te dire. Étant donné ta destination de demain, il faut que tu les apprennes.

Éléa demeurait attentive. Au fond d'elle-même, elle sentait une petite inquiétude. *Qu'allait-il lui révéler ?*

— J'ai reculé l'échéance jusqu'à aujourd'hui, et je ne sais toujours pas comment je vais te les annoncer, murmura-t-il encore.

Il voulut prendre la main de la jeune fille dans ses doigts anguleux mais elle se déroba. Elle avait soudain besoin de se mettre sur la défensive. Il avala sa salive et se gratta la barbiche brune du bout des griffes.

— Je t'ai dit que tu devais porter un masque parce que les nobles reconnaîtraient ta mère en toi. Ce n'est pas faux. Tu as la même forme de visage, la même peau satinée, le…

Elle l'observait si froidement qu'il ne put continuer.

— Bon. C'est de Korta que j'avais peur : il a vu le visage d'Éline. Je craignais qu'il ne te reconnaisse immédiatement. Vous vous ressemblez trop. Il est étonnant qu'il n'ait pas encore fait le rapprochement. Je ne sais de quelle manière il empêche Muht de fouiller son esprit mais c'est ta chance.

— Korta a peut-être peur que le guerrier scylès le dénonce, sourit-elle.

La révélation ne la troublait pas du tout. Elle était plutôt étonnée que Jerry ne dise pas quelque chose de plus important, vu toutes ses difficultés à l'énoncer. Elle voulut partir quand il la rappela.

— Je n'ai pas fini.

Elle se rassit, de plus en plus intriguée par son Maître.

— Korta compte épouser Éline, lâcha-t-il subitement.

— Et alors, elle n'y consentira pas. Je ne comprends pas tes inquiétudes.

— Elle y consent, parce que depuis six ans…

— Eh bien, depuis six ans, décide-toi à parler ! réclama-t-elle, exaspérée par l'attente.

— Depuis six ans, Éloïse est dans un profond sommeil provoqué par Korta pour faire pression sur Éline.

Il avait tout lâché, d'une traite, sans respirer. Maintenant, il attendait l'orage. Éléa n'était de caractère ni difficile ni colérique, mais spontané, son jeune âge en faisait quelqu'un qui s'emportait facilement devant une injustice. Jerry ne supportait pas les questions, il parlait quand bon lui semblait, mais des vérités cachées ne valaient peut-être pas mieux que des mensonges.

Éléa se leva, un instant saisie. Les yeux ouverts sur la révélation, elle fixa Jerry, le souffle plus rapide.

— Comment ?! dit-elle soudain. Que dis-tu ? Ma sœur se meurt depuis plus longtemps que je ne suis revenue, tu m'as appris à guérir, et tu ne m'as jamais parlé de son mal !

Le ton montait. Le choc était violent, la félonie trop dure. Jerry essaya de la calmer en prétextant que le palais s'avérait trop dangereux, mais la tempête grondait. Elle avait à peine admis la mort de Gyl.

— Et ma mère dans tout cela, elle n'a pas pu l'emmener dans un autre pays ? Ou mon père, rajouta-t-elle dédaigneusement.

— Eh bien justement, en parlant d'elle, tu risques de t'apercevoir demain…

— Qu'y a-t-il ? ! exigea-t-elle en fermant les yeux.

Les amalyses quittaient son corps : la jeune fille s'attendait au pire.

— Elle est morte moins d'un an après ta naissance, prononça-t-il doucement en baissant la tête.

Éléa n'avait pas rouvert les yeux, seules ses mâchoires s'étaient raidies.

— Tu tenais tant à son existence lorsque tu étais enfant, que je n'ai pas eu le cœur de te le dire. Je me disais que tu l'apprendrais un jour par hasard : tout le monde le sait ! C'est insensé que tu ne sois toujours pas au courant ! justifia-t-il violemment.

Il s'était levé lui aussi. Il se passait la main dans les quelques poils hirsutes qui entouraient ses cornes luisantes. Son front était plissé et sa grimace reflétait son sincère désarroi. Il regarda Éléa : elle n'avait toujours pas de réaction. Les yeux clos, elle n'acceptait pas la réalité. Il ne savait que faire quand elle articula d'une voix brisée :

— Alors, il ne reste plus que mon père pour opprimer et négliger mes sœurs.

— Non, ne dis pas cela. Il n'est pas méchant. Il ne l'a jamais été, avoua-t-il, touché par la détresse de la jeune fille.

Elle le fixa soudain, le regard glacial et dur.

— Ton père a réellement voulu te tuer à la naissance, confessa-t-il, mais je n'ai su que beaucoup plus tard qu'on l'avait drogué ce soir-là. Il n'était pas maître de ses actes et ne se souvient même plus de ce qui s'est passé. Il est pour ainsi dire mort en même temps que ta mère. Je ne t'ai pas menti, je n'ai pas jugé nécessaire de te le dire après.

— *Tu n'as pas jugé nécessaire*, répéta-t-elle. Tu n'as pas jugé nécessaire de me dire que j'idolâtrais une morte et que je haïssais un simple pantin. Tu ne crois pas utile de chercher un moyen de sauver Éloïse de la mort. Et il n'est pas non plus indispensable d'aider Éline à se sortir d'un mariage abject !

— Vic, je te somme de te calmer immédiatement ! se mit-il à crier en sentant qu'il perdait le contrôle de la situation.

— Rien du tout ! Tu n'es qu'un traître qui n'agit que pour son compte !

La tempête qu'il craignait tant déferlait, Éléa n'était plus maîtrisable. La jeune fille ne jurait que par lui, ne croyait que ses paroles, et ne voyait que par ses yeux depuis son plus jeune âge. Cette fois-ci, il était allé trop loin !

Il se mit à tonner lui aussi, mais l'enfant n'avait plus peur du Maître depuis longtemps ! Les crocs, les griffes et les yeux injectés de sang avaient perdu de leur autorité. Elle savait pertinemment qu'il ne pourrait pas la toucher : elle était sa seule chance de retrouver son apparence humaine.

Les paroles fusaient, la Forêt Interdite se trouvait en proie aux flammes de la colère. Toute la petite famille avait accouru pour comprendre l'origine du tapage, mais personne ne pouvait et ne voulait s'immiscer dans la bagarre. Jerry avait brisé une chaise, Éléa avait répondu à sa violence en renversant la table. Un meuble gisait à terre, déchiqueté par le monstre qui s'efforçait de ne pas frapper la jeune fille en furie. Elle l'affrontait de toute la rage de ses paroles, sans peur devant le carnage qu'il provoquait.

Soudain, les compagnons de la Forêt Interdite virent la jeune fille débouler de la pièce. Tous s'écartèrent rapidement.

— Vic, reviens immédiatement ! Vic !!!

— Éléa ! cria-t-elle avec véhémence. Éléa ! Arrête tes mensonges ! Appelle-moi Éléa !!!

— Tais-toi ! ordonna-t-il en sortant en trombe. Tais-toi !!!

Elle se mit à courir jusqu'au-dessus du lac et fit face à l'arbre gigantesque et à ses habitants sur ce surplomb de colline.

— Éléa ! Je suis Éléa du Mont Ételn! Troisième Princesse de Leïlan ! Et toi, tu n'es qu'un monstre ! Tu te sers de moi depuis mon enfance ! Même si tu retrouves ton apparence humaine, tu resteras le Monstre ! Je te déteste !!!

Elle se rendit soudain compte qu'elle était seule à hurler. Les trois personnes au courant de son identité n'avaient pas bougé : Jerry, Ceban et Estelle demeuraient muets de stupeur, mais les autres s'inclinaient avec respect. Aucun d'eux n'avait douté de ses paroles, comme si leurs cœurs le savaient depuis toujours.

Devant un tel tableau, Éléa sentit les larmes monter brutalement dans ses yeux. Toute cette folie n'était due qu'à leur retard. Elle en avait tant besoin. Son corps fut secoué de sanglots et elle partit en courant.

Estelle et Ceban se regardèrent, inquiets et peinés pour leur sœur adoptive. Dans l'accord d'un regard, le jeune homme partit à sa suite. Il retrouva Éléa effondrée contre un rocher, juste avant une étendue à découvert. Même si elle hurlait et pleurait toute sa rage et son désespoir, la raison l'avait empêchée de sortir de la Forêt Interdite.

À quelques pas près, elle était sur la falaise donnant sur les jardins du château.

Ceban posa un genou à terre et prit ses épaules dans ses mains. Elle se retourna et, reconnaissant son frère, elle se jeta dans ses bras nus. Il la serra très fort contre lui et lui caressa les cheveux. Elle n'était que larmes et ses baisers sur le front ne pouvaient pas la calmer. Son monde avait été détruit par l'être qu'elle aimait le plus. Ceban savait très bien qu'elle pleurait plus pour la trahison que pour les révélations de Jerry.

La tenant toujours dans ses bras, il s'assit contre le rocher. Elle s'était toute recroquevillée sur lui. Il attendait que son esprit admette la vérité. Lorsque les puits de ses yeux commencèrent à s'assécher, il entama une histoire :

— Pendant près de quatre siècles, il ne vécut que dans le sang et la haine de toutes les personnes franchissant son territoire. On aurait pu croire que le Monstre de la Forêt Interdite était irrécupérable, et pourtant, un jour, les Fées vinrent le voir. Elles lui proposèrent de retrouver son apparence humaine s'il se chargeait d'enlever et d'élever une petite princesse pour en faire un guerrier capable de ramener la paix dans son pays... Le Monstre accepta, bien sûr. Il avait beaucoup voyagé et connaissait toutes les personnes expérimentées capables de l'aider dans son éducation des armes. Mais quelle ne fut pas sa surprise lorsqu'il se retrouva avec un nourrisson sur les bras ! Même s'il connaissait les Mondes par cœur, ce Monstre n'avait pas la moindre idée de comment s'occuper d'un bébé !

Éléa était redevenue silencieuse. Les yeux dans le vide, elle écoutait l'histoire qu'on lui contait depuis son enfance.

— La disparition de la petite princesse dans le château royal eut beaucoup de conséquences. Des hommes, encore plus vils que le Monstre lui-même, se mirent à tuer tous les enfants du royaume pour la retrouver. Une dentellière qui venait d'accoucher s'enfuit avec son petit garçon de quelques jours et sa fillette de six ans dans les bois. Son mari périt en essayant de la défendre... Les mauvais hommes la poursuivirent jusqu'au Pont Sans Retour. Elle croyait être perdue, ne sachant quelle mort préférer, mais son cœur sentit un espoir. Elle franchit la frontière de la Forêt Interdite.

Doucement, Ceban dégagea les cheveux défaits du visage encore humide de Victoire. La voyant tranquille, il la serra contre son gilet de cuir :

— Le Monstre surgit et voulut la tuer sans pitié, comme à son habitude, quand il aperçut les enfants. Il se rendit compte qu'elle pouvait l'aider à nourrir et à élever la petite princesse jusqu'à ce qu'elle ait six ans, pour qu'il puisse l'emmener dans les Mondes et lui apprendre l'art des combats... C'est ainsi que cette femme eut la vie sauve et que la petite princesse retrouva une famille... Pendant six ans, le garçon de cette femme et la petite princesse furent considérés comme des jumeaux. Maman Douce...

Éléa ferma les yeux à ce nom. Elle l'avait tant aimée.

— ... les chérissait autant l'un que l'autre. Leur grande sœur trouva un nouveau prénom pour la petite princesse, car son identité devait toujours rester secrète, et même le Monstre finit par apprécier leur compagnie. Mais il n'aimait pas. La petite princesse était pourtant très jolie et adorable, elle vénérait ce Monstre et le considérait comme son père, mais celui-ci ne montrait aucun sentiment. Pour être aimée de lui, elle aurait fait n'importe quoi. Et elle fit quelque chose d'insensé.

Éléa renifla et prit la parole avec mélancolie :

— Elle s'enfuit un matin alors qu'elle n'avait que cinq ans. Elle courut droit devant elle en direction du sud et passa trois jours dans les bois... Elle n'eut pas peur : le Monstre lui avait dit qu'elle appartenait à la forêt... Elle venait dans les Bois Obscurs pour se faire aimer d'une amalyse. Un jour qu'elle lui avait demandé s'il l'aimait, le Monstre avait répondu qu'il était comme cette plante : il tuait pour le plaisir et par haine. Il n'aimerait que si un jour une amalyse pouvait aimer... La petite princesse ne savait qu'une seule chose : il ne fallait pas blesser les plantes ou elle mourrait sur-le-champ. Elle s'assit à côté d'une plante tueuse, chanta et lui parla toute une journée. Elle remarqua les changements de reflets au gré de ses sentiments... Elle souhaita du fond de son cœur que la plante vienne sur elle, sans lui faire de mal, pour lui prouver qu'elle ne tuait que par haine et l'amalyse se déplaça.

— Elle revint triomphante au bout de six jours d'absence, reprit Ceban. Le Monstre était devenu fou et allait abattre sa colère sur elle lorsqu'elle lui tendit la plante tueuse. Il ne cria pas. Il avait compris ce que voulait l'enfant. Il ne tua plus jamais de sang-froid, sans raison, et arrêta de lui cacher ses sentiments à son égard.

Éléa tourna la tête ; ses yeux, gonflés par la peine, ne pouvaient plus que rougir.

— Je croyais qu'il m'aimait et il me mentait !

— Il ne t'a menti qu'une seule fois ! corrigea brutalement Ceban en redressant de ses mains le visage de la jeune fille vers lui. Tu lui as demandé si tes véritables sœurs étaient aussi heureuses que toi et avaient une Maman Douce pour elles. Il n'a pas pu te dire la vérité. Tu étais si radieuse et il t'aimait déjà tellement. Il a préféré te laisser ce rêve. Et c'est par amour qu'il ne t'a jamais dit la vérité.

— Comment peux-tu prendre sa défense ? ! s'écria-t-elle en repoussant son frère de lait.

Il la bloqua dans ses bras robustes avec résolution.

— Arrête de te débattre, je n'ai pas fini mon histoire, ordonna-t-il. Peu de temps après que tu sois partie, Maman Douce nous a appris la vérité, à Estelle et à moi.

Elle voulut se dégager de lui avec violence, mais il réussit à la coincer et lui murmura la suite, le visage contre sa joue.

— On s'était dit que lorsque tu rentrerais, tu serais suffisamment grande pour comprendre. Mais le cœur de Maman Douce était trop fragile, trop épuisé, trop inquiet de ton absence et de celle de Jerry, même s'il était revenu nous voir plusieurs fois. Je crois qu'au fond d'elle-même elle avait besoin de lui, même si son esprit appartenait toujours à son mari. Elle s'est laissée peu à peu dépérir. Lorsque tu es rentrée, il était trop tard pour la soigner. Elle m'a demandé en mourant de te cacher un peu plus longtemps la mort de ta mère. Elle ne voulait pas que tu en perdes deux à la fois.

Les lèvres et les yeux d'Éléa s'étaient crispés. Elle ne luttait plus contre Ceban.

— Ne dis plus que Jerry est un monstre, ou Estelle et moi en sommes aussi… Et puis, que tu le saches ou pas, de toute manière, tu n'aurais rien pu changer pour tes sœurs !

Éléa était résignée mais pas vaincue. L'injustice et la trahison se heurtaient encore dans son cœur.

— Et tu as une bonne raison pour qu'il ne m'ait rien dit sur la maladie d'Éloïse ? Et pour Éline ? Et mon père ?

— Non, je n'en ai pas, convint-il. Mais il ne faut pas oublier les origines de Jerry. Tu le sais mieux que personne, je crois… Même si ta présence l'a beaucoup changé, il a plus de trois cents ans d'égoïsme et de solitude. Il ne faut pas s'étonner qu'il fasse cavalier seul de temps en temps ! Et puis, tu lui as peut-être appris à aimer et à s'occuper des autres, mais en contrepartie, il a fait de toi un guerrier sans peur ne mesurant même plus les dangers ! S'il t'a caché la maladie d'Éloïse, c'est certainement pour t'empêcher de te ruer au château sans te soucier des sariclès !

— J'aurais très bien pu passer seule avec l'Élixir d'Erwan, c'est exact. Et je compte bien le faire !

— Tu vois, tu es insupportable ! Vous ne savez même pas si vous pourrez entrer au palais demain avec autant d'amalyses : l'Élixir ne sera probablement pas suffisant pour les repousser. Et tu ne penses qu'à faire l'intéressante en prenant des risques inconsidérés !

Elle allait protester : Ceban était de loin le plus inconscient et le plus fonceur des deux ! Mais il ne lui laissa pas le temps de prendre la parole.

— J'ai confiance en Jerry. Je suis certain qu'il ne t'en a pas parlé parce qu'il n'y avait pas de danger pour Éloïse ou qu'il y en avait trop pour toi. Il a beaucoup à perdre dans l'histoire. Je doute qu'il prenne tout ceci à la légère.

Elle fit une moue : *trop de dangers…* Elle ne supportait plus cette phrase, elle entraînait trop de sacrifices. Éléa finit tout de même par déclarer forfait. Il bascula sa tête contre son épaule et passa sa main dans le reste de sa tresse pour la défaire. Avec tendresse, il laissa les cheveux couler entre ses doigts, comme il aimait le faire depuis leur enfance. Elle se serra contre sa peau pour avoir chaud dans ce début de soirée.

— Tu as mûri si vite, Ceban, constata-t-elle presque en chuchotant.

— Je suis ton aîné de trois jours, il faut bien que cela se ressente !

— La présence d'Ophélie a du bon, dit-elle en lui caressant sa joue glabre. Elle n'est guère plus femme que tu es homme, mais à tous les deux vous arrivez à vous rendre adultes.

— Au moins, mes amours ne me font pas perdre la tête ! la piqua-t-il, heureux que le gros nuage de colère se soit dissipé de son esprit. J'en connais une autre qui devrait prendre exemple !

Avec un sourire retrouvé, la jeune fille voulut lui frapper l'estomac mais il arrêta son poing dans sa main.

— Doucement ! rit-il. Ce ne sont pas des manières de princesse ! Jerry a raté ton éducation sur ce point-là !

Elle se rua sur lui. Sa jupe et ses cheveux volèrent en tous sens alors qu'ils roulaient dans l'herbe et les trèfles. Chacun essaya de maîtriser l'autre, mais les rires enlevaient la force ou l'agilité nécessaire pour prendre le dessus. Ils connaissaient les points faibles et les chatouilles adéquates, mais aucun des deux ne voulait céder : coups de pied et coups de poing amortis fusaient lorsqu'ils tentaient de se dégager.

Leur jeu d'enfant s'arrêta sur un combat sans vainqueur. Épuisée d'une douce fatigue, Éléa s'écroula dans les bras de Ceban. Ce défoulement et ces rires lui avaient fait du bien, elle l'embrassa sur sa joue souriante. Leur complicité était pareille aux premiers jeux et leur permettait de faire face à la vie comme plus d'une fois.

— Tu seras une très belle princesse, déclara-t-il tout admiratif. Et toute ta royauté cédera pour un petit messager de campagne.

Elle resta rêveuse. Le vert gris des yeux de son frère lui rappelait le ton céladon de ceux du jeune homme. Jerry lui avait révélé qu'Axel avait croisé Muht Dabashir sans incident dans la cour du château. Il ne l'avait pas dit pour la rassurer, mais plutôt pour la faire réfléchir sur cette étrange facilité. Elle avait ignoré sa malveillance.

— Ses bras me manquent. Je ne reverrai certainement jamais Axel.

— Il est peut-être encore au château. Tu auras la surprise demain.

— Je préférerais le voir n'importe où plutôt que là ! Mais, il n'y a pas de risque, le roi n'invitera pas un petit messager de campagne à l'anniversaire de sa fille, finit-elle en tirant la langue.

Elle glissa sur le sol et rampa promptement vers la falaise. Ceban la rejoignit de même. Ils restèrent enfouis dans les hautes herbes. Leur cachette préférée. De là, ils pouvaient voir les tours du château. Les lumières commençaient à éclairer certaines fenêtres.

Ceban remarqua les yeux soucieux de sa sœur.

— Ne t'inquiète pas, ils n'auront rien fait aux enfants, et Tanin doit leur soutenir le moral. Ils t'attendent. Pense plutôt à Éline, vous allez lui gâcher son anniversaire !

— Nous allons seulement mettre un peu d'animation, corrigea-t-elle malicieusement. À sa place, cela ne me déplairait pas.

Ricanant d'avance, ils retournèrent à plat ventre jusqu'au rocher.

— Il ne nous reste plus qu'à espérer que les sariclès ne sentiront pas les amalyses, et que Korta parte bien pour les Pays Insolites, conclut-elle en se relevant.

— Erwan est un génie. Les Yeux-d'Utahn ne reviendront pas de sitôt grâce à lui !

— Je l'espère, répondit-elle d'une voix morne.

— Les sariclès ne feront pas un pli. En revanche, je n'aime pas les manigances de Korta avec ces fous du Nord. Je ne comprends pas son intérêt à vouloir participer à cette guerre. À sa place, je craindrais que les Pays Insolites ne me trahissent ensuite en attaquant les plages de la Plaine Salée.

— Son intention est certainement de les tromper avant.

— C'est impossible ! D'après Erwan et Sélène, les Scylès découvriraient ses plans avec leur pouvoir, s'écria-t-il, incrédule.

— Jerry dit qu'il connaît leur don. Il doit savoir leurs limites.

— Comment ?!

— Tu oublies l'allié de Korta, l'Esprit qui habite le château. Il a bien des pouvoirs que nous ne connaissons pas.

Ceban acquiesça et ressentit la même crainte. Mais Éléa le regarda soudain en souriant.

— Akal sera au courant de l'attaque. Les Pays Insolites auront une superbe réception en leur honneur et, quels que soient les desseins de Korta, ils s'arrêteront là.

— Il doit vraiment te détester ! déclara-t-il joyeusement en enlaçant sa taille nue. Je me chargerai de surveiller son départ demain avec Sten. Mais toi, fais attention à… Ophélie. Je… Je crois que… Enfin…

Il soupira en repensant à la tenue légère qu'elle avait portée toute la journée.

— Elle a très bien su se débrouiller avec les amalyses, rassura Éléa. Elle ne craint rien.

Elle se blottit dans les bras de son frère et ils prirent lentement la direction de l'arbre géant.

— La nuit tombe. Il serait temps que nous nous occupions de l'arrivée de la pluie, pensa tout haut Ceban en regardant le ciel.

— Je crois que je dois d'abord une explication à tout le monde, et maintenant que j'ai retrouvé mon calme, Jerry va m'en donner plusieurs.

Ils eurent un air amusé à cette idée et leurs ombres s'évanouirent derrière les grands arbres de la Forêt Interdite.

Derrière des voiles

Cahoté dans la boue résultant de la pluie nocturne, le grand chariot contenant Virgine, Ophélie, Éléa et Erwan se dirigeait vers le palais. La brume matinale était basse et tournante. Les cloches sonnaient la fête mais la crainte, la peur, l'angoisse montaient au fur et à mesure que les quatre amis dépassaient les dernières maisons d'Étel. L'Impossible se mesurait à eux.

En voyant les hautes murailles du château se dresser devant elle et les étendards claquer comme des fouets, Ophélie serra la main d'Éléa. Celle-ci la rassura d'un regard avant de dissimuler son visage dans la capuche de sa cape. Ophélie et Virgine engouffrèrent leurs cheveux précipitamment dans les leurs pour faire de même. Le vent se levait avec violence.

Le chariot se mit à la queue des autres à l'entrée de la passerelle, et l'attente devint vite oppressante. Aucun d'eux ne tremblait pourtant. La dernière expression de Vic, concentrée et résolue, avait calmé les premiers signes de panique. Chacun se répétait mentalement les paroles, les gestes et les attitudes à arborer durant la journée à venir. Ils savaient qu'aujourd'hui était leur seule chance pour libérer les enfants d'Éade.

Habituellement, le palais se montrait impénétrable : les gardes, les doubles murs d'enceinte, les sariclès, et depuis peu les Scylès, le protégeaient de toute intrusion. Mais le départ des guerriers et la fête donnée en l'honneur de la princesse Éline constituaient une faiblesse inespérée. Danseurs, comédiens, jongleurs, troubadours et artistes de toutes sortes étaient conviés en cette occasion. Les portes, bien que contrôlées, étaient ouvertes à tous.

Éléa épia son poignet. Un long fil d'amalyses l'entourait et le reliait au faux plancher. Sous ses pieds, une gigantesque plante tueuse baignait dans un habitacle colmaté avec de l'étoupe et de l'argile. L'amalyse était toujours verte. Les chocs du transport ne l'avaient pas rendue agressive : l'eau saumâtre la protégeait et l'apaisait.

Derrière les bandes de tissu rouge lui barrant le visage au gré d'un costume de fou, Erwan regardait dans sa main une petite boule de verre. Elle contenait un mystérieux liquide de sa composition. Le chariot s'ébranla brusquement pour avancer et le petit homme rattrapa au vol son produit dans une frayeur non simulée.

Ils allaient bientôt passer sur la passerelle lorsqu'il plaça, avec un calme retrouvé, sa petite arme dans son corsouflet. Les douves semblaient paisibles, l'étrange forme bleutée se concentrait tout le long du pont. Ils étaient là. Fidèles à leur poste, les sariclès surveillaient tous les passages.

Une dernière charrette et c'était leur tour. Erwan dirigea d'un air naturel l'embout de son corsouflet vers les douves, et profita de l'inattention d'un garde à son égard pour souffler dedans de toutes ses forces. Le bruit résultant fit sursauter tout le monde et le nain s'excusa :

— J'croyais qu'il était bouché, désolé, lança-t-il d'un rire forcé.

Il s'assit, refroidi par les regards glacés de toute la foule d'artistes inquiets de leur passage au-dessus des douves. Chacun craignait une quelconque réaction bizarre ou inattendue des sariclès même s'ils n'étaient pas en faute. *Qui pouvait prévoir ?* Cette journée venteuse aurait peut-être une influence sur leur caractère. Personne ne semblait les maîtriser réellement.

La charrette précédant les quatre amis avait passé la vérification des gardes. Lentement, le conducteur fit avancer les chevaux sur les planches de bois. Une soudaine lueur rouge illumina l'eau et, brusquement, une centaine de tentacules menaçants jaillirent. Ils dressèrent violemment leur peau d'un violet diaphane tout le long de la passerelle comme une haie d'honneur de dix-sept pieds de haut. On entendit comme un cri de rage et ils disparurent aussitôt dans les flots.

Éléa calmait sa respiration et caressait son bracelet d'amalyses devenu instantanément noir. La frayeur avait été trop intense pour tout le monde et la panique avait envahi les esprits. Même les chevaux étaient affolés et ceux de la charrette, sur la passerelle, n'étaient plus contrôlables. Ils se cabrèrent, hennissant toute leur peur, et culbutèrent leurs passagers sur le pont. La charrette se brisa sous leurs coups de sabot, mais au lieu de les libérer, leurs mouvements confus et désordonnés les déséquilibrèrent : ils tombèrent dans les douves, disparaissant comme les sariclès dans quelques remous.

Les quatre amis restèrent glacés par la scène. Ils ne s'étaient pas attendus à ce genre d'incident. En plus, les chevaux ne réapparaissaient pas. Les sariclès devaient toujours être là. De nature destructrice, ils avaient écrasé la boule de verre projetée dans l'eau, mais le produit libéré n'avait pas dû suffire à les écarter des lieux. Les habitants de la Forêt Interdite avalaient leur salive avec difficulté. Chacun d'eux priait pour que les chevaux se soient noyés à cause du poids de la charrette.

Les gardes emmenaient avec violence les pauvres victimes imprévues du complot. Ils criaient leur innocence mais, pour les soldats, la réaction des sariclès était dirigée contre eux. *Trois personnes de plus à sortir des cachots du château.*

— Vous tentez toujours vot'chance ? demanda sournoisement un des gardes à l'adresse du nain et de ses trois compagnes.

— Ben, j'vois pas c'qu'elles nous reproch'raient, ces p'tites bêtes ! répondit Erwan tout goguenard en modifiant son langage et son accent.

Un soldat monta dans le chariot pour vérifier l'absence d'arme.

— À part mes clochettes, y a rien en acier ! dit-il encore, suivi d'un rire forcé et niais.

Le soldat le toisa et se dirigea vers les trois corps féminins, une lame pointée vers Virgine.

— Que dissimulent ces personnes ? Pourquoi se cachent-elles ?

— C'est pour la beauté du spectacle, la surprise, le saisissement de Sa Majesté ! Elles sont trois, comme il le désire, et chacune est plus belle que l'autre ! argumenta le nain avec passion.

Il tournait autour du garde, faisant beaucoup de gestes et de courbettes, jouant de ses clochettes. Mais sa petitesse et son ridicule n'attirèrent pas l'attention du garde.

— Mesd'moiselles, accordez donc à ce garde un soupçon de votre somptuosité, proposa-t-il sans innocence.

Toutes trois, dans un ensemble de grâce, écartèrent leur cape, dévoilant leur corps recouvert de voiles que le vent souleva un peu. Leur peau constellée de paillettes dorées luisait de mille feux. Le soldat en resta bouche bée.

Il s'avança vers Virgine et, de la pointe de son épée, releva la capuche de celle-ci. Elle se laissa faire avec un doux sourire. Il souleva de même celui d'Ophélie et finit par Éléa. Cette dernière l'intrigua : elle portait un fin tissu sur les paupières.

Erwan passa devant le garde et, simulant toujours sa jovialité, il expliqua ce détail :

— Toutes les plus grandes beautés ont des défauts. Celle-ci, elle a les yeux… crevés. La cicatrice est très laide à voir, fit-il avec une horrible grimace qui dégoûta le soldat. Mais elle est époustouflante ! reprit-il avec emphase. Elle possède une voix magique et danse à la perfection ! Sa Majesté ne s'apercevra pas de son handicap. Laissez-nous passer. Notre numéro est fabuleux et plaira à la princesse Éline ainsi qu'à la cour.

Tout en parlant, il avait fait reculer le garde et l'avait obligé à descendre. Celui-ci avait du mal à détacher son regard de ces corps, et il ne reprit ses esprits que lorsque les trois danseuses eurent remis leurs capes correctement. D'un signe, il leur fit comprendre d'avancer mais il resta pensif, frappé de façon étrange. Pourtant, il n'avait pas l'impression de commettre d'erreur. Il devait arrêter toute personne dissimulant son visage. Mais le Masque était un homme et le corps qu'il avait vu était bien celui d'une femme. Trois jeunes filles et un nain, il ne voyait là rien de bien dangereux.

Les quatre compagnons ne respiraient pas encore. Le choc des roues sur chaque latte de bois de la passerelle leur serrait le cœur. *L'Élixir était-il suffisant?*

Erwan scrutait la surface de l'eau. Son dosage se montrait-il juste? Le reflet redouté n'apparaissait pas. Son regard s'éloigna; il distingua des vagues de part et d'autre du pont à plus de cent pas. Les sariclès bouillonnaient mais n'avançaient plus.

— Nous avons réussi, *Mélice*! souffla-t-il en retenant une explosion de joie.

— Rien n'est gagné, murmura doucement Éléa. Voilà pourquoi les autres ne nous ont pas encore avertis de son départ. Regarde qui sort du château.

Cinq cavaliers franchissaient la herse. Korta ouvrait la marche. Ophélie pressa de nouveau la main d'Éléa.

Le duc râlait après ses hommes et pestait contre les gardes. Il n'appréciait pas cette fête. Il ne se préoccupait même pas du chariot et allait passer sans s'en soucier quand une rafale de vent inopiné souleva la capuche d'Ophélie. Les longs cheveux bouclés s'élevèrent en tous sens. Korta se retourna, attiré par cette jeunesse et ce blond parfait. La jeune fille resta pétrifiée, sans expression : elle le fixait.

— Fais-lui un signe, souris-lui, dicta Éléa entre ses dents. Il ne te connaît pas, tu ne risques rien. Remets ta capuche de façon naturelle.

Ophélie envoya soudain un sourire éblouissant à Korta. Elle attrapa délicatement ses cheveux en baissant les yeux, et sa petite bouche ronde disparut sous la cape. Cette ingénuité plut au duc et, lorsqu'il dépassa la dernière tête de pont, il déclara à ses hommes d'un air décidé :

— Finalement, je reste sur ma première idée : nous ne passerons pas par Alekant mais directement par Erinn pour être de retour ce soir. Il y a des spectacles que je ne peux raisonnablement pas manquer.

✧

La bordure de dentelle flottait autour du décolleté de sa robe de moire grenat, le chapelet de rubis sautait à son cou. Lâchés, ses très longs cheveux châtains s'envolaient et mélangeaient leurs boucles dans une grosse couronne de tresse transpercée par les pointes d'un délicat diadème. Éline prit une profonde respiration et laissa le vent plaquer les voiles de mousseline ivoire sur son visage.

Sur le chemin de ronde de la chemise du donjon, elle regardait le duc d'Alekant s'en aller dans la brume. Au-dessus des cloches, un son de corne se fit entendre dans Ételau moment même où il franchissait la porte Est de la ville. Une jolie coïncidence pour elle, qui sonnait les notes de la liberté.

L'idée de la fête ne l'avait jusqu'alors pas égayée, mais l'absence du duc et la présence du prince Axel changeaient tout. Ce dernier mettait une telle lumière dans sa morne existence ! Il ravivait ses moindres espoirs d'enfant et lui donnait envie de vivre ! Habillé de noir et de vert véronais, richement doublé de feuillets d'argent, il s'approchait justement d'elle. Sur son épaule droite, un magnifique oiseau blanc et rouge se pavanait. Elle reconnut instantanément l'animal fabuleux.

— Vous êtes la troisième personne à le caresser, déclara Axel alors qu'elle frôlait de ses doigts les longues plumes brillantes.

— Ce qu'il est beau !

Le pavallois gonfla son jabot de suffisance et de fierté.

— Ses maîtres ne doivent jamais le lui dire s'ils veulent qu'il leur obéisse. Cet oiseau est la vanité personnifiée. Vous ne devrez plus prononcer ces mots en sa présence. Vos caresses seront désormais ses compliments.

— Pourquoi me dites-vous tout ceci ?

L'oiseau frotta son bec contre les ongles fins et enfouit sa tête dans la paume de la jeune princesse.

— Parce que ce pavallois vous appartient désormais autant qu'à Cédric et à moi. La prochaine lettre qu'il portera sera pour vous, confia-t-il.

— Je vous avais dit non, s'écria-t-elle dans une faible protestation.

— Vous n'êtes pas obligée de répondre, répliqua-t-il en creusant ses joues d'un sourire malicieux.

Il leva le bras où s'était posé l'oiseau. Celui-ci déploya ses ailes blanches, découvrant un dessous moucheté de rouge, mais il ne s'envola pas, à cause du cri de ravissement qu'Éline ne put réprimer.

— Tu veux que je fasse un oreiller de tes rémiges ou tu m'obéis ?! lui dit Axel avec sévérité. Vole, vole par-dessus les montagnes, les plaines et les mers, vole jusqu'à Cédric et ne t'arrête pas en route !

Le pavallois prit son essor sans attendre. Luttant quelque peu contre le vent qui le rabattait contre le château, le joli point blanc disparut dans le ciel.

— Vous êtes têtu, murmura Éline.

— Très, admit fièrement Axel.

Il rayonnait. Le départ du duc d'Alekant lui enlevait sa dernière crainte à rester au château pour la fête. Ce fut avec plaisir qu'il laissa la brise lui caresser le visage.

— Finalement, ce pays n'est pas si compliqué, déclara-t-il soudain. Lorsque l'on connaît l'importance de la lune et de son reflet, tout est simple. Blanc précède le soleil, mauve la pluie et orangé le vent !

Il faisait référence aux chatoiements des doubles lunes lors de l'orage de la nuit précédente. Il n'avait pas pu s'empêcher de penser à Victoire en les regardant. Éline rit de sa trouvaille.

— Et les jours sans lunes, comment feriez-vous ? C'est bien plus compliqué, je vous assure, certifia-t-elle. Tout dépend de l'intensité, de la couleur, de la forme et de la présence ou non des deux lunes. Il est vrai que l'on peut en déduire le moment et la durée des variations du temps avec une certaine précision, et pour le vent, il est même possible de savoir quand les bourrasques auront lieu. Je ne maîtrise pas parfaitement ce savoir mais je puis vous assurer que le temps va se dégrader au fil de la journée : le contour rouge de deux trois-quarts de lunes annonce de très grandes rafales. Mais il y a toujours des erreurs.

— Et n'importe qui peut le deviner ?

— Oui, il suffit d'être initié et fin observateur.

Axel avait les yeux dans le vague. Il n'apprenait rien de plus sur la Fille-aux-yeux-bleus. Il était déçu que la prédiction du temps ne soit pas un don particulier.

Les douves attirèrent son attention. Du haut des chemins de ronde, il distinguait de grandes formes étrangement étoilées à l'intérieur. Elles s'agglutinaient à une distance bien définie de la passerelle d'entrée. Lorsqu'il fit part de sa découverte, Éline ne se pencha même pas pour regarder et le lui expliqua avec un mépris évident :

— Ce sont nos chiens de garde. Des êtres immondes qui se nourrissent de n'importe quoi et digèrent tout ce qui peut tomber dans l'eau : des sariclès. De temps en temps, ils agressent un convoi étranger qui passe et les gardes en déduisent, je ne sais pour quelle raison, que celui-ci était une menace pour le royaume. Les personnes sont jetées soit dans les douves elles-mêmes, soit au cachot.

— J'ai eu beaucoup de chance, si je comprends bien ! s'exclama Axel en pensant qu'il avait aussi évité les problèmes à la frontière. Mais pourquoi sont-ils aussi loin du pont s'ils sont censés en surveiller les traversées ?

Elle regarda par-dessus le parapet. Sa traîne diaprée, partant comme un panneau de son décolleté, glissa sur ses longues manches flottantes de dentelle ivoire.

— Je suis certaine que ces monstruosités sont aussi compliquées que le temps. Il y a toujours une partie d'imprévisible dans leurs réactions. Personne ne devrait leur laisser l'importance de juger une vie humaine.

C'était pour elle une décision sans fondement de son père, aussi idiote que son obsession du chiffre trois !

Légèrement essoufflée, une femme sans charme et aux lèvres pincées apparut. D'un geste souple et gracieux, la jeune princesse releva discrètement ses jupons pour tourner le dos à sa chaperonne retrouvée et continua sa flânerie le long du chemin de ronde. Axel lui donna son bras, amusé par ce jeu de cache-cache dans les multiples passages secrets que recelait le château royal.

Tout au long de cette matinée, Axel eut bien du mal à supporter le voile sur le visage d'Éline. Mais il tenait à sa tête. Sous la haute surveillance de Misty, la princesse eut la délicatesse de répondre, pour le satisfaire un peu, à toutes ses questions aussi multiples que diverses sur les contes de Leïlan :

— La distinction d'une deuxième lune dans ce pays provient de la présence des Brumes Infernales, expliqua-t-elle presque en chuchotant pour énerver sa chaperonne. La nuit, ces vapeurs s'étalent sur une grande partie du ciel, ainsi que leur pouvoir d'illusion. Le reflet lunaire est en fait un produit de l'imagination commune des Leïlannais. Nous parlons de deux astres à part entière car, bien des fois, seul le reflet éclaire la nuit. Leïlan veut d'ailleurs dire Deux Lunes, et c'est la raison de leur présence sur les armoiries du royaume… Ce rêve d'un second astre matérialisé révèle peut-être notre peur du noir ou notre refus de ne pas avoir ce spectacle tous les soirs.

Sa voix était douce et reposante, comme si elle racontait une histoire. Avec ce ton mystérieux qui seyait si bien aux habitants de ce pays, elle lui révéla que la dernière nuit totalement noire remontait à quatre siècles, et que les amalyses et les sariclès avaient la même origine dans le temps que le Monstre de la Forêt Interdite.

✧

Les moires, les crêpes, les taffetas et les satins égayaient de leurs reflets et de leurs couleurs vives la grande salle du trône. Lamées, brochées ou damassées, ces fines soieries se réchauffaient de velours ou de fourrure en cette soirée. Voiles, mousselines et dentelles coulaient sous les robes et dégorgeaient des manches évasées, volant de leur légèreté à tous les mouvements ou applaudissements. Ors et pierreries étaient à l'honneur et pas un seul cou de femme ne brillait pas de leurs feux.

Toute cette richesse donnait le vertige à Axel. Depuis longtemps, il ne participait plus à la folie des bals ou des réceptions de la cour de Pandème. Lorsqu'il retournait dans son palais, il retrouvait ses frères comme un voleur – au grand dam de son père – en escaladant les murs ou en passant par les fenêtres avec la complicité de quelques fidèles serviteurs. Mais l'abondance de fortune de son château ne lui semblait pas aussi insultante que celle-ci. Peut-être parce que dehors, dans les villes et dans les campagnes, personne ne souffrait de la misère.

Apportés par des armées de valets, de grands plateaux d'argent chargés de poulardes en broche, de cuissots de chevreuil, de sangliers rôtis, de truites et de païeux farcis avaient donné le ton de la soirée. Les collines de mets variés et les fontaines de vins s'étaient enchaînées et déversées sans fin… ni soif. Devant cette opulence à la limite de la décadence et de l'orgie, Axel avait apprécié la sortie de table lorsque des baladins, jonglant avec des torches enflammées, les avaient invités aux représentations.

Embrasés par les feux des colossales cheminées de marbre, les spectacles et les musiques se succédaient maintenant devant le trône.

Axel profitait de sa place d'honneur avec une légère amertume qu'il essayait de cacher à la belle princesse à ses côtés. Il la sentait si heureuse, si rayonnante, qu'il ne pouvait lui faire part de ses sentiments. Éline ne faisait même plus cas de sa chaperonne, qui ne cessait pourtant de les observer. Axel, en revanche, ne s'habituait pas aux yeux soupçonneux de Misty. Cette petite femme sèche ne lui plaisait pas, et de quelques regards glacés, il ne s'était pas privé de l'en informer.

Les musiciens quittèrent le centre de la salle et un petit bonhomme vint les remplacer. Ses galipettes et le bruit de ses clochettes firent sourire le jeune homme. À la vue du corsouflet, il se rappela les paroles d'Erwan à la fête d'Aces et se mit à regarder d'un peu plus près le visage du fou. Quand ses yeux tombèrent sur le regard doré et rêveur, il eut un choc au cœur : c'était lui !

Éline remarqua immédiatement son changement d'expression. Elle lui demanda discrètement ce qu'il lui arrivait.

— Je… Je croyais avoir reconnu cet Akalien mais c'est une erreur, chuchota-t-il en essayant de retrouver son calme.

Devant la pâleur de son visage et son hésitation, Éline resta incrédule et s'intéressa à ce nain qui troublait tant Axel. Pourquoi le craignait-il ? *Et comment savait-il que cet homme était akalien puisque l'on ne discernait pas la couleur de ses cheveux ?*

Le petit homme continua allégrement ses pirouettes et présenta ses trois partenaires avec grandiloquence. Elles apparurent avec grâce. Leurs corps voilés et brillants se devinaient sous l'ample mousseline de lin posée sur leur tête. Des bracelets ajourés sillonnaient leurs bras ainsi que leurs chevilles.

La respiration d'Axel s'était arrêtée. Il avait peur de comprendre ce qui allait se passer. Lui qui pleurait tant de ne pas revoir Victoire, il désirait soudain se trouver très loin d'elle ! Ils représentaient un danger l'un pour l'autre. Comment allait-elle interpréter sa présence ? Il se mit discrètement en retrait.

Éline l'épiait. De même que Misty, elle essayait de comprendre son tourment. Ses yeux et son esprit passaient d'Axel aux danseuses.

Erwan fit éteindre les lumières des torchères et des lustres : seuls les faibles rayons du soleil et des cheminées éclairaient et jouaient d'ombres dans la grande salle. La cour était soudain silencieuse, l'atmosphère avait pris une étrange chaleur de fascination et d'inquiétude. Certaines dames s'étaient reculées dans les galeries du premier étage. L'Akalien s'assit sur les marches du trône et, au son des premières notes délicieuses, les trois corps commencèrent à évoluer.

Les grands voiles tombèrent, mais d'autres couvraient encore les visages et certaines parties des corps des danseuses en drapés. À chaque teinte de cheveux, Axel pouvait donner un nom et il comprenait le soudain intérêt de Victoire à l'égard d'Ophélie. L'art et la grâce de celle-ci lui avaient permis de pénétrer dans le palais. Le roi n'acceptait que trois danseuses à ses divertissements. Sans doute parce que ce chiffre était devenu important pour lui à la mort de sa troisième fille.

Axel ne savait plus ce qu'il devait craindre : avoir peur pour les danseuses et l'Akalien, ou s'inquiéter pour Éline ? Korta étant absent, la princesse lui sembla le plus en danger. Il était prêt à la défendre.

La voix des danseuses se fit doucement entendre. Malgré sa résolution à rester sur le qui-vive, le chant troubla Axel. Il reconnaissait l'air des Bois Obscurs. Son cœur se serra à ces notes enivrantes qui lui avaient sauvé la vie. Il en oublia ses inquiétudes un instant, replongé dans l'atmosphère d'un proche et merveilleux passé. Il ne quittait plus Victoire des yeux, savourant la beauté de sa danse et le jeu des voiles au gré de ses gestes. La volupté des mouvements de son corps, la grâce de ses arabesques et la légèreté de ses jetés n'avaient de rivale que sa voix. Les piqués et les tours dévoilaient à peine son visage que seul Axel pouvait imaginer. Il n'avait soudain plus besoin de chercher la signification des mots étrangers qu'il entendait.

La noble assistance était aussi envoûtée, hypnotisée par les voix, la musique et la danse. Quelques murmures d'admiration se faisaient encore entendre lorsqu'une douce nappe aux reflets verts coula jusqu'aux pieds des trois danseuses. Plus aucun son ne sortit des bouches entrouvertes subjuguées par cette étrange apparition. Axel resta paralysé. La présence de la plante tueuse ne présageait rien de bon !

— Qu'avez-vous ? Qu'est-ce que c'est ? murmura Éline, trop curieuse.

Comme beaucoup de Leïlannais, elle connaissait la légende de leur existence et de leur cruauté, mais elle n'avait jamais vu d'amalyses de sa vie. Axel la fixa un long moment sans répondre. Ses yeux émeraude étaient devenus aussi froids que la pierre dont ils avaient emprunté la couleur. Un frisson parcourut le dos de la princesse.

— N'ayez pas peur, je vous en prie, n'ayez pas peur, supplia-t-il d'une voix faible.

Rien ne pouvait la rendre plus soucieuse, mais la grandeur du spectacle la captiva de nouveau. Sans comprendre pourquoi, elle pensait à sa sœur Éloïse, lorsque celle-ci chantait et qu'elle l'accompagnait à la harpe. La musique avait la capacité de l'emporter, elle aussi, dans le souvenir d'une ambiance paisible et regrettée.

La mystérieuse matière se leva du sol en vagues. Certaines parties, toutes en ondulation, remontèrent sur les danseuses. Elles entrelacèrent leurs attitudes. Les pas étaient maintenant accompagnés de ces bracelets, de ces rubans, de ces voiles, de ces ailes vivantes se déformant et se découpant au gré de la lumière vespérale et de la musique du nain.

Ce corps à corps enchanteur emportait tous les esprits au fur et à mesure que le rythme s'enflammait. Les tours s'accéléraient, les fondus et les frappés s'enchaînaient. La créature acceptait les moindres désirs du chant et des gestes. Elle sautait, tourbillonnait, arrêtait violemment la passion du mouvement ou se faisait caresse. Suivant un élan des bras vers le plafond et des sons pénétrants, elle s'élança vers les fresques comme un jet et retomba en fontaine pour jaillir de nouveau. Elle envahissait peu à peu la pièce, s'étirant comme un fin voilage, se déchirant comme de la dentelle dans une féerie de reflets qui émerveillait l'assistance. Comme si le vent du dehors avait envahi la pièce, cette fabuleuse draperie flottait dans les airs.

L'amalyse se donnait tout entière aux sentiments de ses dirigeantes. Elle en avait oublié sa nature et volait en lanières autour de chacune des danseuses, tournant à une cadence effrénée. Elle était l'être le plus envoûté de la salle. Ce fut en signe de protestation qu'elle fonça lorsque la magie s'arrêta, lorsque le chant et le murmure des bracelets d'or moururent. Elle se répandit sur le dallage comme pour se reposer de la douceur démesurée qu'elle avait éprouvée.

Personne ne bougeait, l'admiration figeait tous les regards. Ce spectacle, si inattendu, avait été si fantastique ! Peut-être que les esprits prirent soudain conscience que l'inhabituel de cette représentation avait quelque chose de dangereux. Peut-être que l'angoisse du soir s'insinuait en eux ou alors que leurs applaudissements ne pouvaient en rien exprimer leurs émotions. En tout cas, le charme continua à opérer dans un profond silence.

Une des danseuses s'avança vers le souverain. Elle s'arrêta devant les marches mais ne le salua pas. Elle restait debout, immobile, le visage dressé vers Sa Majesté.

Éléa regardait son père. Cet homme qu'elle avait haï pendant tant d'années. Elle ne savait plus quel sentiment avoir à son égard. De l'amour ? Non. Quand elle voyait dans quelle richesse il vivait, indifférent, caché du malheur de son peuple, elle ne pouvait pas l'aimer. Elle avait du mal à concevoir qu'il ne soit pour rien dans les agissements de Korta ! De la pitié pouvait serrer son cœur. Si tout ce que Jerry avait dit était vrai, le souverain devait même être à plaindre. Mais son manque de caractère, sa soumission aux autres blessaient Éléa. Elle, si déterminée, comment pouvait-elle avoir un père aussi faible et inactif ?! Il restait finalement méprisable, indigne d'être roi.

Elle avait préparé un discours mais, face à lui, elle oublia les leçons de Jerry et ses promesses. Elle ne se rendait compte ni de ce qui l'entourait, ni du nombre de personnes qui la regardaient. Pour la première fois de sa vie, elle était devant son père et une seule question sortit de sa bouche :

— Pourquoi vos filles, par des voiles, paient-elles des crimes qu'elles n'ont pas commis ?

Pour Tanin et les enfants d'Éade

Un silence de surprise avait saisi la cour.

Jamais personne ne s'était permis l'affront de poser cette question au souverain. Éline était étonnée de l'intérêt de la danseuse. Sa vie comptait, quelqu'un se souciait de son sort mais, surtout, osait défier la royauté pour elle ! Son monde n'était pas composé que de lâches. Elle était de plus en plus intriguée par cette personne.

Placé à la gauche du roi, un petit baron tout maigre et échauffé bouscula le jeune page près de lui pour intervenir :

— De quel droit te permets-tu une telle insolence envers Sa Majesté ?! Comment peux-tu oser venir insulter Sa Souveraineté et la vouvoyer ?! Qui crois…

Éléa avait baissé les yeux sous son voile. Elle tourna le dos à ce sujet ridicule. Elle se dirigea lentement vers ses amis pendant qu'il se déchaînait en mots inutiles. Mais le roi lui intima le silence. Elle s'arrêta.

— Qui es-tu ? demanda le souverain d'une voix profonde et curieuse devant une telle audace.

Éléa se retourna. Son père avait tout de même un peu d'autorité ! Il était debout, son manteau carmin goutté d'or couvrant fièrement sa longue robe de cour. Pendant un bref instant, il lui parut splendide. Elle retrouva le sourire et son envie de s'opposer à lui. Elle fit signe à Ophélie et à Virgine, et toutes trois enlevèrent le voile de leurs visages.

L'assemblée aristocratique ne put en découvrir que deux. Le troisième, celui de l'effrontée, était encore recouvert d'un masque verdâtre le dissimulant du front jusqu'aux joues seulement.

— On me donne le nom de ce que je porte sur le visage, déclara-t-elle alors que son amalyse faciale virait au noir.

— Korta ne vous avait pas prévenus que le Masque était une jeune fille ? déclara malicieusement Erwan devant le mutisme général.

La peur envahit soudain la salle. *Le terrifiant bandit avait pénétré le château! Combien d'hommes avait-il avec lui?!* Les regards effrayés se portaient sur les galeries du haut, sur les portes. La nouvelle créa des cris et des remous, incrédulité et crainte se brouillèrent. Le petit baron s'insurgea de nouveau, vociférant avec violence qu'elle ne sortirait jamais d'ici vivante!

Seules trois personnes n'eurent pas peur à l'annonce de son identité: Axel, qui le savait depuis longtemps et qui s'inquiétait seulement pour Éline, la princesse elle-même, subjuguée par les événements, et le roi, qui avait retrouvé sa personnalité.

Il fit taire avec dureté le noble agressif, au ravissement d'Éléa, puis il se retourna vers elle.

— J'ai bien du mal à te croire. Mais tu me sembles très hardie et ta témérité peut prouver tes dires. Ton irrespect aussi. Dans ce cas, il me paraît peu probable que tu sois venue te rendre, mais je doute fortement que tu réussisses à prendre ma couronne, si tel est ton dessein. Je ne te laisserai pas me détrôner aussi facilement, et j'espère que tu as conscience que tes chances de survie s'affaiblissent de minute en minute.

— Vous me voyez ravie, Sire, de votre résolution à garder votre trône, mais je laisse à votre fille aînée la charge de vous remplacer. Votre couronne ne m'intéresse pas. Et, en ce qui concerne votre avis sur mes moyens de sortie, je puis vous assurer que ce n'est qu'un point de vue!

— Sire! Pourquoi Sa Majesté accepte-t-elle de telles insolences sous son toit? Si c'est le Masque, pendons-la! Gardes! cria le petit baron nerveux.

Il déploya de nouveau une folie verbale qu'un jet d'amalyse coupa net. Glissant jusqu'aux pieds d'Éléa, la plante était remontée sur son corps et avait suivi la trajectoire de son bras pour s'abattre sur le cou du noble énervant.

— Sa Majesté t'a ordonné le silence! Si ton souverain a suffisamment de patience pour supporter ton manque de soumission, il n'en est pas de même pour moi! Et encore moins pour cette amalyse!

La noblesse se pétrifia à l'action de la plante tueuse. Elle avait perçu la matière étrange comme une simple magie et un effet de voiles, jamais comme une arme. Quand la jeune fille prononça le nom d'*amalyse*, toute l'assemblée titrée s'écarta vers les murs. Même Éline recula contre Axel. Il la retint de ses bras et lui murmura de nouveau de ne pas avoir peur. Elle le regarda sans comprendre. Il connaissait quelque chose, cette danseuse et ses compagnons entre autres, mais comment? Son esprit, si fin habituellement, était trop préoccupé pour y réfléchir.

Éléa fit descendre l'escalier du trône au petit baron. Il rampait presque et en tomba à genoux devant elle.

— Fais attention! prévint-elle avec un sourire de triomphe. Cette créature vient directement des Bois Obscurs, de la Source aux Amalyses:

elle est sauvage! Je connais le caractère de ces plantes tueuses et le pourquoi de leur violence, mais je ne suis en rien leur maître!

Le roi n'avait pas bougé, il était resté digne et droit, sans peur devant la tournure des événements. Son grand pectoral orfévré brillait autant que ses yeux dans les minces lueurs du jour. Il donnait envie à Éléa de savoir à quel point elle pouvait être fière d'être sa fille.

— Quel est ton chantage? demanda-t-il gravement. Je ne pense pas que tu sois venue jusqu'ici pour terroriser et ridiculiser la cour.

La réflexion la fit rire.

— Votre Majesté a raison.

Elle marqua une pause et lâcha sa demande sauvagement:

— Je veux les enfants d'Éade! Ceux que votre bien-aimé duc d'Alekant s'est permis d'arracher des bras de leurs parents pour assouvir une vengeance à mon égard!

— Je te croyais bandit et non justicier! Mais ce mensonge ne te sert à rien, je n'aurais jamais laissé un seul de mes sujets maltraiter des enfants. La seule fois où le duc d'Alekant en a ramené au palais, ce n'étaient que des orphelins, par ta faute, pour lesquels il allait chercher des parents!

Voilà ce dont la royauté se nourrissait: mensonges éhontés, fables inventées et malheurs cachés.

— Ces enfants volés ont des parents! Seulement dix d'entre eux sont réellement orphelins! Et ils ont déjà des familles adoptives qui les attendent! Vous devriez revoir vos croyances envers cet homme que vous prenez déjà pour votre gendre! Si vous osiez sortir de votre palais, vous verriez ses crimes et ses félonies!

Elle allait s'enflammer un peu plus lorsque Ophélie poussa un cri. Profitant de l'attention qu'accaparait le Masque, un garde avait essayé de maîtriser une des danseuses. Il avait oublié qu'elles étaient toutes trois reliées à des amalyses. La plante réagit aussitôt à son agressivité. Elle se jeta à son visage, son cou et son torse. Noire comme l'ébène, elle se mit à étouffer de ses pseudopodes cet homme trop violent à son goût.

Deux marquises et trois duchesses s'évanouirent dans les galeries à cette scène, des cris de panique remplirent la salle alors qu'Éléa lâchait son otage pour courir vers le soldat trop zélé.

La jeune fille avait amené ses propres amalyses qui s'étaient mélangées avec la sauvage. Elle en dissocia une pour la remettre en contact avec le soldat et la masse noire par son intermédiaire. Elle resta immobile, sans ordres oraux, le souffle ralenti. Toute la cour demeura paralysée sans comprendre les événements. Seul Axel admira son pouvoir de persuasion sur la plante. Celle-ci s'éclaircit au bout de quelques longues secondes et desserra son étreinte, avant d'avoir complètement retrouvé sa couleur initiale.

Mais le garde resta inerte: elle n'avait pas été assez rapide. Éléa chercha son pouls en vain. Cette mort laissa un froid.

— Je suis seulement venue chercher des enfants, Votre Majesté, je ne voulais pas mort d'homme. Tout ce que je peux souhaiter, c'est qu'elle ne sera pas inutile et que vos gardes se dispenseront dorénavant d'intervenir.

Sa voix marquait la rage de son impuissance. Le roi la regarda durement.

— Si tu ne désirais pas ce drame, il ne fallait pas le provoquer. On n'utilise pas une arme que l'on ne maîtrise pas.

Sa situation ne lui permettait pas ce genre de remarque. De plus, il savait qu'il usait de mauvaise foi ; il avait très bien senti que la jeune fille avait sincèrement essayé de sauver l'homme. Il profitait de la jeunesse de celle-ci.

Éléa reçut la réflexion comme une gifle. Jerry n'aurait pas dit mieux. Mais cette fois, c'était son père qui lui faisait la morale. Elle ne dit rien, tête baissée comme un enfant. Elle se pinça les lèvres et laissa courir son amalyse sauvage sur le dallage en direction du trône.

La cour était horrifiée. Le jeune page voulut se placer courageusement devant le souverain, mais le roi l'écarta. Il ne voulait pas reculer. Sa bouche demeurait entrouverte dans sa barbe brune mais ses yeux fixaient la jeune fille pour ignorer la progression de la plante.

En arrivant au bas des marches, l'amalyse bifurqua et fonça dans les nobles agglutinés à gauche de Sa Majesté. Poussant des hurlements d'épouvante, ils s'écartèrent au passage de la plante, craignant d'être la prochaine victime. Mais elle continuait son chemin comme si elle avait un but précis. Le petit baron agressif, qui s'était réfugié dans le groupe, se plaqua contre une porte-fenêtre du balcon. L'amalyse arrivait sur lui. De sa main, il chercha fébrilement une poignée mais sa peur l'empêcha de contrôler ses gestes. Quand l'amalyse monta sur son pied, il hurla et se mit à pleurer :

— Dans les cachots de l'aile ouest ! Les enfants d'Éade sont dans les cachots de l'aile ouest !

À cette révélation, Virgine, Ophélie et Erwan se précipitèrent vers Éléa.

— Emportez-le avec vous et sortez au plus vite ! leur dit-elle en donnant une partie de ses amalyses et son otage à Virgine.

Alors qu'ils emmenaient le noble, anéanti de s'être dévoilé, elle se retourna vers le roi brusquement.

— Vous enfermez des enfants dans des cachots pour leur chercher des parents ?!

Le roi était interdit.

— Korta n'en a jamais eu l'intention, siffla-t-elle avec mépris.

Il n'avait plus de voix, sa seule réaction fut de s'asseoir. Dans son propre château, des enfants étaient martyrisés. Il restait effondré. Il devait y avoir une explication.

Derrière le trône, une amalyse glissait silencieusement sur les tentures. Elle était un morceau résiduel de celle qui avait retrouvé le noble hargneux. Dans les cris, les larmes et les bousculades, elle s'était échappée furtivement du contrôle d'Éléa et poursuivait une autre recherche. La douceur du chant ne lui avait pas suffi, elle en désirait plus. Or, lors de la danse, elle avait ressenti la présence de l'homme qui l'avait rendue blanche quelques jours plus tôt. Elle s'approchait d'Axel.

Il se tenait toujours en retrait par rapport à la princesse Éline. Erwan l'avait aperçu en sortant mais n'avait rien dit. Le jeune homme ne se sentait pas à l'aise. Il n'avait plus peur pour la princesse, il avait compris le combat de Victoire et approuvé son acte. Mais il n'était pas à sa place.

Il posa sa main sur la tenture derrière lui dans un geste sans but lorsqu'il sentit une caresse couler entre ses doigts. Surpris, il retira sa main dans un sursaut, entraînant l'amalyse sur son poignet. Il n'éprouva pas de peur – elle était claire – cependant son agitation fit se retourner Éline. Il mit un doigt sur la bouche en signe de silence mais ils avaient déjà attiré l'attention de Misty et de Victoire.

Cette dernière se déplaça pour savoir qui se cachait derrière sa sœur. La couleur ambre des cheveux la saisit. Elle monta les marches, étirant le fin réseau de l'amalyse sauvage par ses chevilles. Elle craignait d'avoir raison.

Éline s'écarta devant le visage sans expression et mystérieusement masqué. Découvert, Axel n'osa pas lever les yeux sur Victoire. Il arborait un air coupable. La princesse vit la bouche du Masque s'ouvrir de surprise et se refermer avec brutalité.

—Je ne te fais pas peur ?! cracha-t-elle en prenant l'anneau d'or d'Axel dans les doigts.

Il releva la tête. Ses lèvres se serrèrent. Ses yeux ne savaient pas comment la regarder. Il ne pouvait pas lui expliquer sa présence et ses riches vêtements. Il lui avait seulement dit qu'il était un messager. *Qu'allait-elle croire ?!*

L'amalyse échappée ne revenait pas sur le poignet de Victoire, elle se contentait de tourner discrètement autour de celui d'Axel, hésitant entre le vert clair et le blanc. La jeune fille agrippa ses doigts autour de l'anneau et, d'un coup sec rageur, elle arracha la chaîne. Elle se retourna et descendit les marches précipitamment, laissant Axel choqué par son geste. Il n'osait même plus respirer, elle lui avait arraché le cœur !

La cour crut que la peur retournait le comte de Mont-Allois et ne prêta pas attention à ses yeux rougis et à sa détresse. Misty ne remarqua pas la plante tueuse, mais elle observa Éline qui se plaça légèrement devant Axel pour serrer sa main dans la sienne. La princesse fut la seule à comprendre la détresse du jeune homme.

Axel ne réagit même pas au geste d'Éline. Celle qu'il aimait de tout son être l'avait poignardé. Il ne sentait plus l'amalyse, il ne réalisait pas qu'elle venait de glisser sur Éline que la peur avait quittée. Il semblait perdu et regardait Victoire avec un visage d'incompréhension.

— Je ne serai pas venue pour rien ! tonna celle-ci en lançant la chaîne à l'amalyse sauvage.

La plante la repoussa dans un des voiles gisant encore sur le marbre.

— Depuis que vous vous cloîtrez dans ce palais, il est difficile de faire survivre la population ! Et je n'ai pas envie d'en faire un peuple perpétuellement secondé. Vous vous êtes enrichis de son malheur, l'anéantissant un peu plus chaque jour. À son tour ! Lancez vos bijoux à cette amalyse ! cria-t-elle avec colère. N'essayez pas de la tromper, vous avez vu ce dont elle est capable !

La cour impressionnée n'hésita pas plus longtemps : au fur et à mesure que le Masque ordonnait, l'amalyse fonçait et prenait une couleur noire, inquiétante.

— Prends cet argent mais arrête tes mensonges ! tonna le roi qui sortait de sa torpeur. Tu n'es qu'un brigand et une voleuse ! C'est pour ton propre compte que tu détrousses ! Aie suffisamment d'honnêteté pour ne pas accuser les autres de tes crimes ! C'est toi qui affames mon peuple et le réduis à la misère !

Son intervention calma Éléa. Sa rage n'était pas dirigée contre lui. Elle se retourna et lui fit face.

— Que savez-vous de mes actions ? Ce que Korta vous rapporte ?! Pourquoi ne croire qu'un seul homme ? Sortez vous-même !

— Tu tues mes gardes avec une méchanceté et une lâcheté gratuites ! Douze sont tombés dans une de tes embuscades et aucun n'en a réchappé ! Tu ne peux être que lâche et sans honneur pour les attaquer en surnombre et les décimer par plaisir ! Tu ignores ce qu'est la mort donnée par défense : tu exécutes ! Ton cœur est plus noir que les ténèbres ! Plus noir que ces amalyses que tu utilises !

— Je n'ai jamais tué qui que ce soit ! Jamais un seul homme n'est mort de mes mains et je n'ai jamais employé mes amalyses à d'autres fins que celle de l'intimidation !

Elle marchait sur lui. Elle était tellement habituée au caractère colérique de Jerry qu'elle ne craignait plus d'affronter qui que ce soit en paroles !

— Korta se sert de vous ! Regardez autour de vous et réfléchissez un peu ! Étel est pauvre alors que je ne puis y venir ! Sortez dans vos campagnes ! Vous verrez que la plupart des villages renaissent au lieu de mourir de votre manque d'intérêt ! J'essaie de les faire revivre et c'est Korta qui les brûle ! Ouvrez vos yeux ! Agissez ! Réagissez !!!

Elle se trouvait devant Sa Majesté et, pour une raison inconnue, elle fit dégager l'amalyse de ses yeux. Les Trois Fées ne leur avaient pas donné cette couleur sans dessein. Ils ne pouvaient pas avoir qu'une simple valeur décorative !

Le bleu extraordinaire cloua le roi sur place de stupéfaction. Face à son expression, Éléa les dissimula aussitôt et se calma.

— Lorsqu'ils sont princes, les hommes se battent, mais une fois rois, la couronne devient aussi lourde que leurs festins. Si je suis le brigand que vous dites, pourquoi ne vous ai-je jamais vu devant moi ?

À la figure pétrifiée de son père sans réaction, elle se mit de nouveau à le mépriser et préféra redescendre s'occuper de la récolte de l'amalyse.

Le roi s'écroula sur son siège. Devant lui, son esprit déroulait soudain une scène insolite et inconnue : la fenêtre de la chambre de la reine s'ouvrait avec violence, un monstre immonde, tenant un enfant mort par le bras, apparaissait dans un éclair éblouissant. La bête se rua dans la pièce envahie par les hurlements de la reine et de la nourrice. La bête se jeta sur lui et lui bloqua le couteau qu'il pointait sur… *sa fille !*

Le roi ne pouvait croire ce que son esprit lui révélait. Il aurait tué son troisième enfant ?! Éléa n'était pas mort-née ! *C'était impossible !*

Le monstre le maîtrisa très vite avec une force démentielle et lui arracha sa fille des mains. La reine pleurait et essayait de ramper sur son lit pour porter secours à son bébé. Le désespoir l'avait envahie : son mari voulait tuer le fruit de leur amour et un monstre essayait maintenant de le lui ravir.

Le brusque souvenir des cris de sa femme déchirait les oreilles du roi et emplissait sa tête dans un bourdonnement qui le rendait fou de douleur.

La nourrice, recroquevillée dans un coin de la pièce, regardait la scène horrifiée, les mains et ses cheveux noirs sur le visage. Le monstre jeta l'enfant mort dans le berceau de la princesse et prit celle-ci, hurlante, sous le bras. Juste avant de disparaître dans le même éclair, la bête se retourna et lui déclara brutalement en découvrant des crocs luisants :

— Tu te souviendras de la couleur de cette nuit.

Le roi tremblait sur son trône. Il comprenait soudain tout ce qui s'était passé ensuite. Jusqu'à présent, il ne s'était rappelé ce soir-là que des gestes de la nourrice. Elle s'était précipitée vers la fenêtre pour la fermer au tambourinement de la porte. Avec rapidité, elle avait jeté un petit drap sur l'enfant mort et avait rallongé dans son lit la reine, en sang, évanouie. Il n'avait pas discerné le pourquoi de tous ses mouvements. Son esprit ne s'était ouvert qu'à ce moment-là, du bonheur de savoir que sa femme venait d'accoucher, il avait basculé dans la tragédie de cette naissance.

Il était blême, fiévreux, les Mondes s'écroulaient autour de lui. Il était à l'origine de toute cette horreur ! Pourquoi et comment avait-il pu avoir ce geste de violence ?! Qu'avait fait ce monstre de son enfant ?! Il crispa les yeux en imaginant cette bête s'en nourrissant. La douleur l'oppressait. Il saisissait enfin la mort de la reine.

Il s'était toujours demandé pourquoi sa femme s'était laissée mourir, pourquoi elle l'avait abandonné ainsi que leurs deux filles. Leur amour n'avait pas d'égal, et soudain elle ne supportait plus sa présence. Elle hurlait et pleurait chaque fois qu'il s'approchait d'elle. Maintenant, il savait : c'était son amour pour lui qui l'avait tuée. Comment aurait-elle pu continuer à vivre et à aimer l'homme qui avait essayé de tuer leur enfant ? Pourquoi ne lui avait-elle pas expliqué ? Pourquoi ne s'était-il jamais rappelé cette scène ? *Pourquoi lui revenait-elle maintenant ?*

Sa vie avait cessé le jour de la mort de sa reine. Il aurait voulu se suicider pour la rejoindre, mais il avait eu l'impression qu'elle le refuserait à ses côtés. Il était resté banni de son cœur même au dernier moment. Les yeux gonflés par tant de nuits de pleurs, elle lui avait seulement demandé avant de s'éteindre : *pourquoi ?*

Mais qu'aurait-il pu répondre ? Il ne savait même pas ce qu'il devait expliquer !

Tout à sa douleur, il n'avait plus jamais régné comme il l'avait fait auparavant. Le duc d'Alekant l'avait soutenu dans sa peine. Le voyant si violemment secoué, détruit par toutes les tragédies consécutives et si meurtri par la mort de sa reine, il lui avait donné l'idée de voiler ses filles avant qu'elles ne ressemblent trop à leur mère et ne le fassent souffrir. Sans réfléchir, il avait signé cette loi. Dans l'égoïsme de son amour brisé, il n'avait pas tenu son rôle de père et les avait oubliées. Dans la fureur de son désespoir, il avait déclaré *Éléa* Nom Interdit au même titre qu'une criminelle, sans penser aux conséquences de tous ces actes. Son seul but était qu'aucune âme ne répète ces syllabes douloureuses.

Il avait depuis longtemps cherché à revenir sur ses décisions mais ces deux lois appartenaient désormais aux Lois Interdites : aucun souverain, même celui qui les avait dictées, ne pouvait les effacer, il ne pouvait que les exécuter.

Il avait les yeux dans le vide. Son anéantissement était total. Ce Masque avait raison. Ses filles payaient des crimes qu'elles n'avaient pas commis et lui, malgré sa couronne, ne pouvait rendre justice. C'était lui l'être immonde, pas celui qui avait emmené son troisième enfant.

Il revoyait, malgré les années passées, le visage de celle qu'il n'avait jamais cessé d'aimer. Sa reine, sa vie s'était enfuie de ces Mondes. Peut-être avait-elle cru qu'il était l'auteur du massacre des nouveau-nés ? Il avait bien eu le premier geste de violence sur Éléa.

Ses yeux gris cendre laissèrent échapper une larme sur sa joue soudain ridée.

✧

Deux chariots quittaient le palais ; les trente enfants d'Éade, recouverts d'une toile de jute, s'étaient plaqués sur leurs planchers et les artistes récemment enfermés s'éclipsaient aussi avec soulagement.

Aucun garde n'arrêtait leur progression dans la basse-cour : les cinq surveillant les écuries et les dix en faction devant les chariots avaient été maîtrisés par Erwan. Son corsouflet n'était pas seulement un instrument de musique. Au moyen de petites pointes enrobées d'une substance endormante de son cru, l'Akalien l'employait aussi comme arme neutralisante. Les soldats de la passerelle ne s'occupaient pas d'eux. Concentrés sur les bourrasques de plus en plus violentes sur le pont, ils regardaient vers l'extérieur et n'avaient pas remarqué leurs manigances dans la cour. En toute logique, les sariclès n'avaient pas regagné leur poste, et la liberté allait sourire aux enfants d'Éade et à leurs sauveurs.

Cachés derrière un poteau de l'écurie, des yeux fins et excessivement tirés en amande les regardaient dépasser la passerelle et s'enfuir dans le vent, devant les gardes sans réaction. L'espion se leva. C'était un petit garçon d'environ huit ans. Les épreuves de son enfance lui avaient appris la dureté de la vie mais son esprit précocement vieilli se dissimulait derrière un visage mutin, renforcé par l'irrégularité de ses deux grosses incisives. Un petit livre dépassait de la poche arrière de son pantalon.

Avec prudence, il regagna la grande cour d'honneur éclairée seulement par quelques sourdes flammes dans des torchères en fer. Puis, il s'élança vers le perron d'une galerie. Il ne savait pas où se trouvait la salle du trône, mais il se dirigeait dans la direction la plus logique : le sommet du donjon. Il prenait tous les escaliers qui montaient. Ses grossiers souliers s'enfonçaient dans l'épaisseur des tapis. Les grandes arcades semblaient se courber sur ce petit bout d'homme intimidé. Il était si étranger à ces lieux avec sa frange brune trop longue et son pantalon troué au genou.

En chemin, un son lui glaça soudain le dos : un bruit de corne s'entendait au loin dans la capitale. Oubliant sa réserve, il se mit à courir dans l'escalier. Il s'étala de tout son long mais se releva sans y prêter attention. Il avait désobéi en ne s'enfuyant pas avec les autres. Le signal allait faire partir le Masque : il allait se retrouver seul dans le château !

L'angoisse le prenait au fur et à mesure qu'il tournait dans les galeries interminables du palais. Il réalisait son erreur. Il n'arrivait pas à trouver son chemin. Il avait peur. Sur les tapisseries, de terribles créatures se mirent à effrayer sa trop grande imagination. Elles le fixaient, l'épiaient, prêtes à lui sauter dessus ! Il s'enfuit du couloir et en prit un autre. Il ferma les yeux pour retrouver son courage et revenir à la réalité. *Le palais était trop grand !*

Les galeries se ressemblaient toutes, les peintures représentaient pour lui toujours les mêmes personnes, les statues, les caryatides, les armures avaient toujours les mêmes postures ! Il se croyait perdu dans ce labyrinthe et cédait à la panique lorsqu'il vit les pieds d'un soldat dépasser de derrière une colonne : Erwan avait signé son passage !

Recouvrant sa hardiesse, l'enfant partit dans la direction que semblait lui indiquer l'être inerte. Au deuxième corps, il reprit sa course effrénée dans un couloir de tableaux sinistres, et s'arrêta devant une porte immense à deux battants. Collant son oreille sur le bois sculpté, la peur revint : il n'entendait aucun bruit. Doucement, reprenant son souffle, il étendit le bras pour actionner la poignée et ouvrit légèrement la porte.

La cour restait silencieuse. Éléa était prête à partir. Au son de la corne, elle avait mis fin à son chantage et noué rapidement deux voiles pleins de bijoux en deux petits sacs. Le grand bruit de l'ouverture de la porte lui fit faire volte-face.

Korta ?! Déjà ! Impossible !

La noblesse s'était aussi retournée et même écartée pour mieux observer l'intrus. Le petit garçon entra dans la pièce, bravant sa peur et les risques de son acte. Il se sentit un instant noyé au milieu de toutes ces robes, de toutes ces coiffes et de tous ces regards inquisiteurs. Mais, là, au centre de la pièce, parée de quelques voiles dorés et de son masque habituel, se trouvait l'amour de sa vie d'enfant. N'écoutant que son cœur et la joie de la revoir, il courut dans ses bras en criant :

— Maman !

Éléa s'agenouilla et le serra contre elle.

— Tanin, murmura-t-elle avec chaleur.

De trois caresses purement maternelles, elle s'assura qu'il n'avait rien et le reprit dans ses bras.

Ce moment d'abandon aurait pu être fatal à Éléa. Quelqu'un aurait pu profiter de son inattention, mais la scène s'offrant à leurs yeux avait saisi les nobles. Pendant ces courtes secondes, leurs esprits oublièrent le guerrier pour ne voir que la mère. Ses actes n'étaient pas pardonnés mais son audace, son effronterie et sa violence semblaient plus compréhensibles.

Tenant la tête de Tanin qui ne faisait plus qu'un avec elle, Éléa regarda vers le trône. Encore secoué par la découverte de son passé, le roi n'avait pas bougé. En voyant le Masque avec son enfant, l'envie de tendresse ranimait pourtant l'âme royale, mais il n'avait encore qu'un regard vide. Éléa crut que le souverain se désintéressait de ce qui l'entourait et le renia sottement, comme si elle pouvait changer sa propre noblesse de sang et faire disparaître sa tache royale.

Elle accorda aussi un dernier regard à Axel mais elle détourna rapidement la tête. Aucun mot ne pouvait décrire son état. Il n'existait plus. Au mot *maman*, son amour déjà en miettes avait été piétiné. Le choc s'était montré si brusque, le déchirement si vif, le désespoir si infini... Il se serait bien enfui, laissant son acte en proie à l'imagination de la cour, mais Éline l'avait retenu.

L'esprit de celle-ci s'ouvrait depuis qu'il se heurtait à un jeu de possibles et d'impossibles. C'était avec une tête froide, lucide et vive qu'elle analysait ce qui s'était passé et ce qui se passait. Elle observait les yeux clairs du petit garçon débordant d'une admiration sans limite pour sa mère, et ses sourires délicieux qui oubliaient la précarité de leur situation. La jeune princesse devinait aisément que Tanin n'avait pu douter un instant que le Masque viendrait le chercher. Elle sourit de sa chance.

Éléa ne reprocha pas à Tanin son arrivée inopinée. Il ne l'étonnait guère : qu'aurait-elle fait à son âge ? Mais la vue du livre coincé dans sa poche arrière manqua de lui faire échapper un cri. Tanin baissa les yeux et serra les lèvres de culpabilité. Elle ne pouvait rien lui dire ici mais il savait que ce n'était que partie remise ! Masquant l'étrange apparition derrière l'enfant, elle fit sortir de sa corne deux fins harnais de cuir pour attacher les sacs de voiles sur leurs dos. Elle mit autoritairement le livre dans l'un d'eux. Tanin se laissa encercler, le visage illuminé de bonheur en comprenant le moyen de fuite. Il déposa ses petites lèvres humides sur la bouche du Masque, espérant un début de pardon.

— Dépêche-toi, mon cœur, il ne va pas tarder, chuchota-t-elle en passant douloureusement ses doigts dans les nombreux épis de ses cheveux bruns.

Avec savoir-faire, il l'aida à s'attacher, allégeant la fatigue de ses mains. Ils étaient prêts.

— Attends ! Attends, Masque !

Éléa se retourna. C'était la princesse Éline qui l'interpellait. Elle s'était approchée et avait même descendu deux marches du trône. L'éclat des reflets grenat de sa robe flamboyait sur sa peau nacrée. Sa splendeur et sa soudaine intervention stoppèrent sa sœur dans sa fuite.

Éline allait parler devant la cour pour la première fois. Son intervention suscita des perturbations – Misty voulut s'en mêler – mais le roi se contenta d'observer sa fille. Devant l'accord tacite de son père, la jeune princesse continua en décrochant le sautoir de rubis qui ornait son cou.

— Je n'accepte pas d'être mise à l'écart de la cour. Tu as dévalisé la plupart des loyaux sujets de mon père, je tiens à partager leur peine.

La plus surprise de ses paroles fut sa chaperonne. Celle-ci savait fort bien qu'Éline ne marquait que peu d'intérêt à la cour qu'elle considérait trop lâche et trop fausse. Aussi se demanda-t-elle la véritable nature de ces agissements.

Ces mots si simples déconcertaient un peu Éléa, mais le geste se montrait des plus princiers.

— Je ne voulais en aucun cas désobliger Votre Altesse et je ne pensais pas blesser votre amour-propre.

Elle tendit la main vers le bijou mais Éline le retint encore.

— Tu caches ton nom et ton visage, et renies le jugement des mortels, mais crains-tu celui des Esprits Supérieurs ?

Éléa ne bougea pas.

— Alors, je les invoque pour toi, prononça-t-elle solennellement de sa voix claire et posée. Devant mon père, vingt et unième souverain de Leïlan, Pays des Deux Lunes et des Illusions, ainsi que devant toute sa cour, j'en appelle aux Trois Fées de l'Est, Divinités du Bien et de la Vie. Entendez mon cœur et écoutez ma requête. S'il existe une parcelle de vérité dans tous les dires de cette personne, que ce collier lui porte bonheur et l'aide dans son action. Sinon, qu'il la maudisse selon votre loi et soit la cause de son trépas.

Elle lâcha le collier qui coula dans les doigts du Masque. Misty resta légèrement incrédule, ne sachant que penser. La cour, en revanche, admira son discours et tout le monde attendit avec impatience la réponse.

Éléa s'inclina devant la justice de sa sœur :

— Soit. Je ne vendrai pas votre collier, Votre Altesse, et je le porterai. Que les Fées entendent votre volonté et l'accomplissent !

Elles restèrent un instant face à face. Chacune scrutait le voile ou le masque dissimulant le visage de l'autre, chacune espérait apercevoir une expression, un signe que leur cœur attendait en secret. Malgré le fossé qui les séparait, quelque chose passa : le sourire du Masque, sa reconnaissance et son assurance plurent à Éline, et Éléa resta éblouie des paroles de sa sœur.

Des bruits de pas de course et des cris dans les couloirs adjacents à la salle du trône ressaisirent son esprit.

— Tanin, ouvre les balcons ! cria-t-elle à l'enfant.

Il s'exécuta sur-le-champ. Mais la force du vent poussant les vitres depuis le début de l'après-midi rabattit avec violence le petit garçon sur le sol. Les battants de la porte-fenêtre volèrent en éclats contre les murs. La brutale bourrasque s'engouffra dans la grande salle, arrachant, bousculant, décoiffant et détruisant tout sur son passage. Le courant d'air se déchaîna un peu plus à l'entrée fracassante de Korta et de ses hommes. Comme prise entre deux feux, emmêlée dans ses cheveux, Éléa releva ses amalyses en bouclier et aida Tanin à faire face au vent.

Korta la fixa. Il arrivait trop tard. Il ruminait sa haine devant ce rideau infranchissable. Ses manigances avec les Pays Insolites avaient pris plus de temps qu'il n'avait escompté et, même pour une jolie blonde, il n'avait pu les faire accélérer. La présence du Masque au palais lui était insupportable. Un jour d'absence et elle en profitait ! Malgré la finesse, les attraits du corps devant lui et l'impertinence du vent dans les drapés de la jeune fille, il ne ressentait pas cette violente passion qu'il éprouvait habituellement en sa présence. Les yeux bleus étaient dissimulés. Son esprit les oubliait lentement.

Il enrageait. Qu'est-ce que cette gamine avait bien pu dire et faire ? Il reconnaissait le petit garçon à ses côtés : c'était celui qu'il avait eu le plus de mal à capturer à Éade ! Pourquoi l'emmenait-elle ? Comment comptait-elle d'ailleurs s'échapper ? Plus de quatre cents pieds la séparaient des douves à la base du château. Le vent laissa une accalmie pour répondre à sa question.

Le Masque poussa le petit garçon vers le bord du balcon et lui hurla de sauter. Dans toute l'insouciance de sa jeunesse et la confiance aveugle qu'il portait en lui et en elle, il se jeta dans le vide. Dans un même bond, le Masque l'imita, le collier d'Éline serré dans la main gauche, entraînant les amalyses à sa suite par son poignet droit.

La princesse Éline hurla d'effroi et courut aux balcons derrière Korta.

Surgissant du crépuscule, un oiseau immense rattrapa l'enfant avec adresse et fila droit sur la jeune fille qui tombait. Une deuxième bourrasque aussi violente que la première la renvoya comme une plume vers le château et l'empêcha de saisir l'oiseau. Elle continua sa chute inexorablement vers les douves.

— Jerry! cria-t-elle d'une voix qui ne pouvait que trahir sa faiblesse.

Tanin s'accrocha de toutes ses forces à l'oiseau qui fendit l'air pour passer sous la jeune fille à quelques pieds des douves. De son bec, il la propulsa au-dessus de lui et elle s'aplatit brutalement sur son dos à côté de Tanin. Le choc et la bousculade lui firent lâcher le sautoir. Glissant entre les plumes brunes, emporté par son propre poids, le chapelet de rubis partait, attiré par le néant.

Alors qu'elle était en sécurité, et que Jerry reprenait son envol contre le vent, Éléa s'élança dans le vide, ne tenant que d'une main une courroie pour rattraper le bijou de l'autre. Sa rapidité et son agilité lui permirent de le saisir mais, au moment où elle voulut se rétablir sur le dos de l'oiseau, le tentacule d'un sariclès lui enserra la cheville. Elle hurla à son contact: la chair visqueuse et gluante la brûlait!

— La corne! ordonna Jerry qui peinait pour ne pas être entraîné.

Tanin cria aussi. Le temps d'un battement de paupières, l'esprit d'Éléa dut prendre sa décision: elle ne voulait pas céder, mais elle ne pouvait pas utiliser sa corne si elle ne lâchait pas le bijou. Les larmes de douleur remplirent ses yeux. Écartelée, elle ne pouvait pas lutter.

— Pardonne-moi, Éline, murmura-t-elle devant sa défaillance.

Elle desserrait ses doigts des rubis quand les amalyses qui la suivaient glissèrent sur son corps et s'effondrèrent sur le sariclès. Le tentacule lâcha Éléa instantanément pour se ruer vers sa nouvelle proie moins fragile et de surcroît plus intéressante. Les amalyses quittèrent le poignet de la jeune fille sans que celle-ci leur en donne l'ordre ou puisse intervenir. Ce combat n'était pas le sien. La seule qui lui resta fut l'inoffensive, celle qui lui servait de masque. Toutes les autres se mêlèrent au sariclès, dans un hurlement sourd.

Les deux monstres, d'égale soif de mort, se déchaînèrent dans une lutte effroyable. Des gerbes d'eau, étincelant du reflet des étoiles, s'élevèrent. Elles remontèrent le long des murs du donjon et éclaboussèrent cent pas à la ronde selon l'apparition ou la disparition sous-marine des tentacules et des filets d'amalyses. La couleur de l'eau s'anima d'éclairs de lumière et de précipités noirs. Des bruits pouvant s'identifier à des cris se discernèrent au milieu de ce tumulte.

Éléa avait réussi à remonter sur le dos de l'oiseau. Tanin s'était jeté dans ses bras et protégeait son jeune âge de cette vision apocalyptique. Jerry prenait de l'altitude : le combat le laissait indifférent. La jeune fille regardait néanmoins ses amalyses avec peine. Il y en avait deux, peut-être trois, qui étaient ses compagnes depuis quelques années. À part celle de son visage, elle n'avait jamais réussi à les discerner individuellement à cause de leur propriété de fusion. Elle n'avait jamais su ce qu'elles ressentaient vraiment à ses chansons ou à ses propres sentiments, pourtant elle sentait comme une partie d'elle-même disparaître dans les flots.

La dernière image dans le noir fut une soudaine inertie des douves. Quel était le vainqueur ? Le gardien du château, de toute évidence, sinon les autres sariclès seraient venus combattre l'amalyse à leur tour.

Éléa serra ses doigts sur le collier d'Éline. Une petite douleur aiguë la surprit. Ce n'était pas le cercle de peau à vif tout autour de sa cheville qui la faisait souffrir. La blessure était tellement grave que son corps avait réagi en conséquence. Elle écarta les doigts : trois de ses ongles avaient pénétré la chair de sa paume de main pour ne pas lâcher le précieux bijou. Le vœu de sa sœur avait pris une telle importance !

Elle décrocha sa corne pour l'approcher de sa cheville et de sa main : elle devait profiter de l'endormissement et des défenses de son organisme. Tanin la regarda, horrifié à l'idée de la souffrance qu'elle allait endurer, et se serra contre elle en signe d'encouragement, peut-être plus pour lui que pour elle.

— Soigne-toi en silence ! précisa Jerry froidement. Assume tes bêtises sentimentales seule ! Et toi, Tanin, qu'as-tu cherché à prouver en désobéissant à Erwan ? !

— Laisse-le ! Il a eu suffisamment peur pour se faire sa propre morale !

Elle avait gardé encore un peu de rancœur à son égard. Elle avait bien des remarques à faire à Tanin, mais elle ne voulait pas les faire devant son Maître. L'oiseau se tut et d'un coup d'ailes plein de rogne, il rattrapa un nouveau courant d'air chaud pour planer entre les nuages jusqu'au village d'Ize.

Désespoirs et regrets

Ses talons claquaient à chaque marche, le bord de sa robe et ses jupons glissaient rapidement sur chaque arête de marbre. Sa traîne volait derrière elle comme ses boucles. La princesse Éline profitait du tumulte provoqué par le départ du Masque pour fuir à la suite du prince Axel.

Lui n'avait pas attendu que Misty soit occupée avec Korta. Il s'était juste assuré que Victoire s'envolait saine et sauve. La douleur maintenant lui faisait presser le pas, sans but autre que de croire que la fuite pourrait apaiser sa peine.

— Comte de Mont-Allois ! Attendez-moi ! suppliait Éline qui n'arrivait pas à le suivre.

Il n'écoutait pas et continuait de plus en plus vite.

— Comte de Mont-Allois, je vous en prie !

Il avait quitté l'escalier et partait dans une galerie déserte. Elle s'était arrêtée sur le dernier palier, il allait disparaître.

— Prince Axel ! cria-t-elle en dernier recours.

Le rappel de son rang stoppa net le jeune homme. Il était vrai que sa conduite n'avait rien de digne. Il se retourna et attendit la princesse, le visage rivé au sol.

Arrivée à sa hauteur, elle lui attrapa le bras et s'assura une seconde fois de leur solitude. Se retournant vers un pan de mur, elle passa la main derrière un tableau. Un mécanisme se déclencha : le mur pivota et révéla un étroit couloir sombre qui se terminait par un escalier donnant sur l'extérieur. Éline s'y engouffra, entraînant Axel. Ils débouchèrent tous les deux derrière une tour, sur le chemin de ronde du côté est.

À l'abri du vent, contre la muraille de pierres blanches ressortant dans la nuit, la jeune princesse fit face à Axel.

— Dites-moi la vérité, pria-t-elle essoufflée. Le Masque et la Fille-aux-yeux-bleus ne font qu'un, n'est-ce pas ?

Il resta silencieux.

— Prince Axel, s'il vous plaît, répondez-moi ! J'ai vu ses gestes de médecin sur le soldat inerte ! Sa surprise à votre présence ! Et c'est avec ses yeux qu'elle a fait taire mon père ! Ne me mentez pas, je n'ai qu'à vous regarder pour savoir que vous l'aimez !

Le jeune homme fit quelques pas dans la nuit pour se mettre dans le champ du vent. Sa violence et sa fraîcheur lui faisaient du bien. Il ferma les yeux et garda les lèvres scellées.

— Je vous en prie, cessez ce silence ! J'ai besoin de savoir si elle agit pour ou contre Sa Majesté ! Pensez à Éloïse ! lança-t-elle à bout d'arguments.

Le regard vert du jeune homme se posa enfin sur elle.

— Pourquoi me posez-vous la question puisque vous connaissez la réponse ?

Le rythme de la respiration d'Éline s'accélérait de nouveau.

— Et… quel est son prénom ? balbutia-t-elle.

— Elle se fait surnommer Victoire pour cacher son véritable nom.

Révéler tout ceci ne lui faisait aucun effet. Son cœur ne réagissait plus, las de tous ces secrets et de toutes ces peines.

— Alors, elle porte un Nom Interdit !

Éline avait parlé dans un cri. Une main sur ses voiles, elle découvrait ce que son esprit essayait de lui dire depuis longtemps. Ses yeux se troublèrent. Enfin, elle était sûre. Enfin, elle comprenait les derniers mots de sa mère.

Avant de mourir, la reine lui avait demandé de veiller sur ses sœurs. Pour Éline, il n'y avait qu'Éloïse, on lui avait dit que sa petite sœur Éléa était morte. Ses quatre ans n'avaient pas pu penser que sa mère devenait folle, et par la suite, elle n'avait pas pu l'admettre. Elle n'avait parlé de tout ceci à personne, et à chaque âge, elle avait donné une signification nouvelle à cette phrase de sa mère. Dix-sept ans de questions sans réponses sur l'esprit de la reine. Elle avait bien une deuxième sœur. La vérité lui créait autant de bonheur que de peine.

— Qu'est-ce qu'un Nom Interdit ? demanda Axel.

Éline renversa la tête contre le mur avant de répondre.

— Ces noms font partie des Lois Interdites. Toute personne considérée par la cour comme meurtrière voit son prénom intégrer cette liste. Même lorsque la personne est morte, il ne doit plus être prononcé, il est banni du pays jusqu'à réparation. Pour les Leïlannais, le nom d'une personne est aussi son âme. La justice ne pouvant pas toujours être rendue, cet artifice bien vu du peuple a permis aux nombreux souverains successifs de Leïlan de couper toute popularité aux criminels et de toucher les rares sensibles.

— Ce n'est pas une criminelle ! s'exclama-t-il.

L'explication l'avait ramené de sa torpeur.

— Je vous crois, répondit-elle. Je lui ai donné mon collier parce que j'ai eu confiance en votre jugement. Je ne connais que trop bien la noirceur des sentiments et des actions du duc d'Alekant pour douter de ce qu'elle a dit.

Même si Victoire lui avait fait mal, Axel ne pouvait supporter qu'on la traite de la sorte. Atterré, il s'approcha d'Éline en répétant son innocence. Il s'adossa contre la muraille, froissant son paletot dont la doublure d'argent luisait dans la nuit. Épuisé de ses tourments, il raconta tout ce qu'il savait de la jeune fille pour se justifier.

Il revivait au fur et à mesure de son récit tous les moments de bonheur qu'il avait éprouvés. Avec passion, il décrivit leur première rencontre dans les Bois Obscurs, l'épopée de la Rivière Esseulée, son intervention à Ize, l'origine du médaillon et toutes ses découvertes en Aces. Il oubliait que Victoire était loin dans cette nuit où les trois quarts d'une lune apparaissaient accompagnés de sa jumelle imaginaire. Il oubliait à qui il parlait, où il se trouvait : il se réfugiait dans son passé.

Éline fut touchée par ce qu'elle apprenait. La voix d'Axel se brisait au fur et à mesure qu'il s'approchait des événements présents, au fur et à mesure qu'il avait cru en leurs sentiments réciproques. La princesse se pinça les lèvres pour essayer de rester insensible devant cet homme déchiré par un amour trop grand pour lui.

Il resta la bouche entrouverte sans un son quand il voulut parler de l'entrée du Masque dans la salle du trône. Ses yeux brouillés se dirigèrent vers Éline, son esprit continua à revivre la scène. Lentement, la réalité emprisonna le rêve dans deux fines larmes. Malgré toute sa volonté, il n'avait pu les retenir.

Cette sincérité, qui ne se préoccupait plus de la dignité de son rang ni de celle de son sexe, laissa un moment la princesse sans voix, trop émue pour prononcer le moindre mot. Elle trouva toutes les larmes de femmes bien insignifiantes.

— La Nature permet bien des choses incroyables mais je suis persuadée que Tanin n'est pas son fils. Elle n'a pas encore dix-huit ans. Je doute qu'une guerrière de sa trempe ait pu être enceinte à neuf ans ! Ne croyez-vous pas ?

Axel eut un petit rictus d'approbation mais cette pensée ne lui avait pas redonné espoir.

— Ce médaillon était une preuve d'amour, vous en convenez vous-même. Se croyant trahie, sa rage pour vous l'arracher en est une autre.

Les efforts qu'Éline déployait pour lui redonner vie le firent péniblement sourire. Il n'écoutait qu'à moitié.

Pourtant, Éline croyait en ce qu'elle disait et soudain elle en réalisait la signification. Axel avait raison. Les trois Princes de Pandème étaient vraiment destinés aux trois Princesses de Leïlan. Les Fées avaient permis la rencontre d'Axel et d'Éléa, et le charme sous lequel ils étaient tous les deux le permettrait peut-être encore. Elle resta fascinée et pensa au prince Cédric d'une façon nouvelle. Elle voulut dévoiler l'identité du Masque, mais une dernière pointe de scepticisme l'en empêcha. Sa sœur ne l'avait pas fait, et Éline était encore trop réaliste pour croire à ce genre de fable.

— Gardez votre foi dans les Fées, dit-elle simplement. Leur volonté a fait croiser vos chemins plus d'une fois, vous arriverez à la revoir avant de quitter le pays. Croyez-le pour le prince Philip et la princesse Éloïse. Elle est leur dernier espoir.

✧

Korta souffla bruyamment en levant les yeux vers le plafond décoré de dorures. Il avait évité le pire. Derrière lui se refermait enfin la porte du cabinet royal. Il ne comprenait pas pourquoi le souverain s'était montré si facile à convaincre mais, peu importait, il ne se montrait que plus satisfait de n'avoir essuyé que des remontrances.

Lors de la disparition du Masque sur le gigantesque oiseau mystérieux, la bataille des sariclès et des amalyses lui avait permis de parler avec Misty. La vieille demoiselle lui avait rapidement révélé toutes les actions du Masque avant que le roi ne l'appelle. Ce simple compte rendu lui avait permis de faire face à la plupart des questions. Notamment pour les enfants d'Éade.

Il avait déclaré au souverain que ce village recelait bon nombre de personnes à la solde du Masque. Pour qu'ils trahissent celui-ci et lui permettent de l'arrêter, il avait fait enlever les enfants de ces traîtres au royaume. Somme toute, une vérité légèrement déformée. Il avait convenu de sa désobéissance : il avait touché des enfants et lui avait menti sur la véritable nature de ses agissements. Mais si le plan avait marché, Sa Majesté ne l'aurait-elle pas félicité ?!

Fort de ses arguments et du silence du roi, il avait appuyé sa défense sur une mise en scène du Masque. Cette danse pour les endormir, cet enfant bien trop vieux pour correspondre au rôle qu'on lui donnait et ce double saut spectaculaire n'avaient pu qu'être préparés : tout n'était que mensonges. La vraie nature du Masque se trouvait dans la mort de ce garde essayant de sauver le royaume et sa soif de richesse par cette rage à dévaliser les nobles. Il avait porté son dernier coup sur l'intervention d'Éline. La princesse au cœur pur avait été entendue par les Trois Fées puisque le collier avait failli coûter la vie au Masque.

Il avait plaidé non coupable avec un tel art de persuasion que le roi s'était laissé prendre au piège. L'argument sur la volonté des Fées avait terrassé les derniers vestiges de méfiance. En plissant sournoisement les yeux, Korta avait promis à Sa Majesté de ne plus s'en prendre à des enfants. Il avait gagné la partie.

Maintenant, il souriait de la naïveté du souverain, comme il s'était moqué de celle d'Utahn Qashiltar qui croyait qu'il suffisait de vendre trois de ses hommes, pendant un cycle et demi de lune, pour gagner une guerre vieille de huit siècles! Il marchait allégrement dans la galerie d'armures, jouant de sa chevalière entre ses doigts. Il riait presque de toutes les précautions et de la manière posée avec laquelle le roi avait déclaré la raison de la visite du comte de Mont-Allois. Muht Dabashir n'avait pas été plus éloquent pour expliquer l'aveuglement momentané d'Erkem et Gorth.

Korta fixa sa bague dans un rictus de supériorité évident, et son regard se mit à luire. Ce petit comte pandémois avait réussi à échapper à ses hommes. Par miracle, il était parvenu au château. Mais il ne porterait jamais de message en retour. Les sariclès allaient se charger de lui donner une mort des plus spectaculaires. Au jugé de tous, la proposition du roi Frédérik serait considérée comme non bénéfique au royaume de Leïlan, et Korta garderait son pouvoir sur Éline sans se salir les mains. Sa chevalière disparut dans son poing et ses yeux brillèrent d'une flamme destructrice.

Il restait le maître. Malgré toutes ses hésitations, le Haut Commandant des armées de Scyl avait cédé pour que Muht et ses deux acolytes reviennent à son service par le premier bateau, comme convenu.

Un bruit de jupons derrière lui le fit se retourner brutalement. Misty avançait à petits pas. Son attitude cachottière n'avait rien de discret. Elle fit un sourire de jeune fille langoureuse qui rebuta Korta. Ce visage dur ne pouvait souffrir la comparaison avec celui, si fin, d'Éline. Ces petits yeux sans couleur vraiment définissable ne pouvaient avoir le même impact sur son esprit que ceux du Masque. En bref, elle ne l'attirait pas pour un sou. Mais en tant qu'espionne des princesses – il avait refusé que Muht s'approche de celles-ci –, elle valait de l'or, aussi feignait-il d'être sensible à son charme.

— Nous n'avons pas eu la possibilité de parler du jeune comte de Mont-Allois, monseigneur, appuya-t-elle avec une volupté qui provoquait des dissonances avec sa voix de crécelle. Je me suis donc permis de faire ma propre enquête. Une trop grande complicité s'est insinuée entre la princesse Éline et lui.

Ces derniers mots semblaient traduire que si elle était la fiancée d'un homme comme lui, elle n'aurait de regards pour personne d'autre. Le duc d'Alekant lui plaisait: si grand, si fort, si intelligent, un bel homme sans égal aux marques de virilité voyantes. Elle aimait jusqu'à la cicatrice sur sa joue. Vieille fille, elle aurait tout donné pour lui, même son âme!

Elle décolla son corsage de sa poitrine, dont la guimpe était ouverte intentionnellement, pour en tirer une lettre qu'elle tendit à Korta. La chaleur moite du papier n'éveilla en lui que du dégoût, mais sa curiosité fut piquée au vif.

C'était la lettre d'Éléa à Axel. Sans signature, sans nom apparent, le jeune homme n'avait pas pu se résoudre à la brûler avec celle de Cédric.

Korta la parcourut avec intérêt. Enfin des informations palpables, et non des hypothèses embrouillées de cerveaux étrangers !

— Le médaillon dont parle cette lettre lui a été arraché par le Masque. Il en a été très bouleversé et c'est même à cette occasion que votre princesse lui a tenu la main, précisa Misty avec un léger mépris.

L'esprit du duc n'était pas aussi bas et ne s'arrêtait pas à ce genre de geste. Des mots retenaient son attention. Ce comte avait sauvé la vie d'une femme, à en juger l'écriture. Une femme connue et très influente puisque tous les villageois de ce pays lui en seraient reconnaissants. Il n'en voyait qu'une. Une ombre noire passa sur son regard.

— Où est ce comte ?! Comment est-il ?! demanda-t-il avec brutalité.

Misty était ravie que son action l'intéresse à ce point.

— Si Sa Grâce veut bien se donner la peine de faire quinze pas en arrière.

Il ne fit pas cas de ses courbettes et se dirigea vivement vers la fenêtre la plus proche. Délimités par des lignes de plomb fondu, les petits carreaux jaune et blanc lui révélèrent la présence de deux personnes à l'étage en dessous. Dessinée sur les murailles du château royal, il reconnut la délicate silhouette d'Éline. En face d'elle, les lunes blanches éclairaient un jeune homme aux cheveux clairs lui tenant une main.

— Elle m'a causé beaucoup de mal au début avec tous les passages secrets de ce château, mais maintenant, je connais toutes les cachettes princières préférées, souligna la vieille demoiselle que le noir des yeux du duc enchantait.

Ce n'était pas le baisemain qui intéressait Korta et qui assombrissait son esprit, mais la carrure de cet homme, sa manière de marcher et de s'éloigner dans la nuit. Il ne regrettait pas l'absence de Muht ; il était quasiment certain d'avoir trouvé l'identité du deuxième Masque !

— Quels sont les prénoms des princes de Pandème ? questionna-t-il sans bouger.

— Je peux me renseigner, monseigneur.

— Filez d'abord remettre cette lettre à sa place et ne quittez plus cet homme des yeux. Je m'occupe de la princesse Éline !

Précipitamment, il se rua dans un escalier à vis extérieur.

Éline retournait dans le passage, Axel désirait rester seul. Sa peine la laissait triste et songeuse, mais elle pensait aussi à sa sœur : elle avait fait promettre au jeune homme de faire passer un message de sa part au Masque avant son retour à Pandème. *Un message qui pouvait tout changer.*

Elle avançait lentement dans le petit couloir sombre, toute à ses espoirs et à ses pensées, quand une ombre obscurcit complètement le passage. Elle se retourna : Korta la suivait et dans son regard se lisait la haine. Elle poussa un cri de frayeur à sa vue et voulut s'enfuir par le pan de mur pivotant qu'elle atteignait, mais il la retint brutalement par le bras.

— Chère princesse Éline, ce ne sont pas des manières d'accueillir votre fiancé, articula-t-il en lui broyant le poignet. Relevez votre voile, il m'est agréable de voir votre visage, continua-t-il en soulevant lui-même l'Interdit.

Les grands yeux bleu ciel étaient emplis de frayeur. Il fit une grimace.

— *Tut, tut, tut*... ce n'est pas non plus ce regard qu'il faut avoir.

Elle essaya de se dégager en le frappant de sa main libre. Il la bloqua et la plaqua contre le mur, les bras relevés.

— Peut-être préférez-vous les baisers de ce jeune... *prince* ? insinua-t-il en l'écrasant un peu plus sur la paroi.

— Lâchez-moi ! cria-t-elle dans son impuissance à se dégager de la force de cet homme. Votre jalousie est infondée ! Le comte de Mont-Allois se retirait seulement. Il n'a eu qu'un geste de politesse à mon égard.

Korta refit la moue devant cet air angélique, puis la toisa d'un regard froid.

— Votre père m'a mis au courant du sujet de sa venue.

Dans le corsage dentelé, il admira le gonflement de la poitrine accéléré par la peur.

— Vous croyez que je vais laisser un autre homme jouir de votre jeunesse. À mon grand regret, je puis déjà vous annoncer que ce messager ne quittera pas le château. Un grand malheur va lui arriver, déclara-t-il avec une peine exagérément simulée.

Éline serra les lèvres.

— Votre cruauté n'est que stupidité. Le messager est déjà parti. Vous avez oublié l'existence des pavallois ! L'oiseau doit déjà être parvenu à ses maîtres et la mort du comte vous sera inutile. Oh ! Je préfère mourir plutôt que de vous appartenir ! cria-t-elle de désespoir.

Korta lui lâcha les poignets et lui assena une gifle magistrale.

— Je n'accepterai jamais que *ma femme* me parle sur ce ton ! Éloïse paiera votre insolence ! Regagnez votre chambre et n'en sortez plus si vous ne voulez pas que je précipite sa mort !

Éline resta saisie, la main sur sa joue endolorie. Comment avait-il pu oser porter la main sur elle ?! Elle se précipita hors du passage et s'enfuit dans les couloirs du château : le duc venait de ruiner par ses paroles et son geste ses rêves les plus fous.

Korta regarda, impassible, les reflets de moire disparaître dans les sanglots. Éline obéissait. Il savait que, chaque fois que le désespoir l'envahissait, elle courait au chevet de sa sœur et y passait la nuit.

✧

Ize, dernier village de la Grande Plaine, coincé entre la Forêt Interdite et le Passage des Cinq Rivières, était le lieu de rendez-vous privilégié de Vic avec ses compagnons. Le plus souvent attaqué par Korta, qui cherchait désespérément la cachette du Masque dans le coin, il bénéficiait d'une haute surveillance. San, le loup, l'avait annexé à son territoire, un oiseau observateur faisait presque perpétuellement des rondes au-dessus, et les deux anciens soldats, Allan et Théon, donnaient des cours d'épée aux paysans.

Toutes ces mesures ne permettaient pas toujours de faire face à la violence des gardes du royaume. Les quelques murs noircis marquaient encore la dernière blessure. Mais ce n'était pas cette inquiétude qui serrait le cœur des villageois ce soir. Tous les habitants scrutaient le ciel où une myriade d'étoiles se plaisait à se camoufler derrière les nuages emportés par le vent. Le silence avait succédé à la joie de voir les enfants d'Éade sauvés. Il manquait deux personnes à l'appel.

Sten et Ceban se trouvaient là aussi. Le retour précipité de Korta les avait effrayés et ils étaient venus s'assurer de la réussite de l'opération. Pas un fragment de ciel n'échappait aux regards de Ceban pour retrouver sa sœur de lait. Ophélie pouvait mesurer son anxiété à la crispation croissante de ses bras autour d'elle.

— Là ! cria-t-il soudain en brandissant son index dans la direction où il avait cru reconnaître Jerry.

Tout le monde se précipita autour de lui et bientôt des cris de joie embrasèrent l'assistance. Deux têtes semblaient se dessiner sur le dos de l'étrange animal. Exclamations et bousculades se suivirent à l'arrivée de Jerry. Erwan et Virgine furent soulagés en voyant Tanin sortir de sous les voiles d'Éléa qui avait essayé de le protéger ainsi du froid de la nuit.

Le nain était encore fou de la frayeur qu'il avait eue en constatant l'absence de l'enfant. Il se retourna vers Éléa que Virgine couvrait d'une cape.

— *Mélice !* Comment cet enfant peut-il te ressembler autant ? !

Sur le visage enfin libre de Victoire passa un sourire et son haussement d'épaules marqua son ignorance. Tout confus, Tanin s'approcha de lui en s'excusant et embrassa l'Akalien qui oubliait déjà sa colère.

Jerry ne voulut pas rester plus longtemps. Il demeurait encore un peu contrarié par la jeune fille, et il n'était pas un grand partisan des effusions. Il reprit son envol en direction de la Forêt Interdite. La présence d'une femme aveugle l'attirait. Il ne l'avait guère approchée, mais Imma l'intriguait énormément. Il passait des heures à observer la lente évolution de la guérison.

À l'arrière de cet attroupement, les enfants d'Éade n'avaient pas osé sortir des chariots et attendaient sagement, emmitouflés dans les toiles de jute. Erwan leur avait appris qu'aucun d'eux ne descendait à Ize : le village n'était pas suffisamment sûr. Sept des dix orphelins allaient être répartis dans d'autres petits bourgs où les attendaient des parents accueillants. Seuls trois d'entre eux étaient encore oubliés : Erby, Mélane et leur benjamin Antonin, les trois enfants qui avaient tenu compagnie à Tanin en prison. Ils participaient à la joie des retrouvailles de leurs aînés mais craignaient de se retrouver séparés.

Éléa aperçut les trois têtes blondes et comprit leur inquiétude. Elle resta étonnée qu'Erwan ne leur ait rien dit.

— J'ai pensé que le bonheur ne serait que plus grand si leur héroïne le leur annonçait, répondit-il malicieusement en débarrassant Tanin de ses harnais.

Les trois orphelins avaient redressé la tête, curieux d'un tel dialogue. Éléa s'approcha d'eux et s'accouda sur le bord de la charrette. Le vent faisait voler ses cheveux sur son joli visage.

— Nous n'avons pas trouvé de famille pour vous accueillir tous trois, dans la Grande Plaine. Nous n'avons pas pu nous résoudre à vous disperser dans le pays.

Les six yeux clairs ne la quittaient pas et absorbaient ses paroles.

— Que diriez-vous de vivre dans la forêt ? Votre père sera un Akalien, votre mère, une Scylèse et vous aurez même une sœur de cinq ans.

Le visage du plus grand garçon s'illumina en regardant Erwan.

— Alors, on habitera avec toi ! s'exclama-t-il. Et l'Masque !

— Je crois que tes déductions sont exactes ! rit Éléa.

Les trois enfants explosèrent de joie.

— Je peux raccompagner les autres enfants jusqu'à Éade ? demanda soudain Ophélie. Il serait dommage que Sélène et Erwan ne soient pas ensemble pour les présenter à Chloé.

Tout près d'elle, Ceban fut attristé de sa requête.

— Tu veux partir ?

Ophélie se glissa dans ses bras.

— Je vais vite revenir. Je ne risque rien jusqu'à Éade, les Scylès sont partis, et je pourrai passer par Orée. Voir tous ces enfants me fait penser à ma petite sœur. Maï me manque. Je ne lui ai même pas dit au revoir.

Il ne put que céder.

— Alors ramène-la, supplia-t-il en lui caressant les joues que le vent dégageait des boucles libres.

Leurs lèvres se rejoignirent dans cet amour simple qui les unissait déjà devant les Fées. Encore transportés par la victoire du Masque, les spectateurs de cette scène intime ne purent réprimer des exclamations d'admiration. Ophélie cacha son visage dans les bras nus de Ceban qui l'accompagna jusqu'aux chariots.

Seule Vic perçut ce baiser avec amertume. Elle les enviait de s'oublier ainsi, mais elle ne voulut pas s'affliger plus sur la fin de son histoire avec Axel.

— Ophélie ! appela-t-elle. N'accompagne pas les enfants jusqu'à Éade, c'est trop loin. Arrête-toi à Orée, Othal pourra les conduire. Je ne veux pas que tu passes plus d'une nuit dehors. Reviens demain au plus tard. Change les chevaux à Unan. Ne passe pas par les prairies à ton retour, même si le chemin est plus court. Abandonne le chariot à une lieue du camp et longe la forêt par le sentier intérieur, promets-le-moi.

La jeune fille donna sa parole et, quelques instants après, un seul chariot gorgé de vingt-sept enfants surexcités partit dans la Grande Plaine.

Il était temps pour le Masque et ses compagnons de prendre congé à leur tour. Il devenait difficile de trouver un abri contre le vent. Erby prit la main de son singulier père adoptif, toujours habillé en bouffon, et entraîna son frère et sa sœur vers le deuxième chariot. Émerveillés, ils marchaient ensemble vers une nouvelle vie.

Ce fut Sten qui prit les rênes des chevaux du chariot. Ceban, sur sa monture, tenant celle du géant par la bride, se mit à trotter à côté. Virgine, Erwan et Victoire adressèrent quelques derniers signes aux villageois et essayèrent de calmer les enfants à l'arrière du chariot. Hurlant à cause du vent, Tanin débordait d'explications et de détails pour ses trois nouveaux compagnons de jeux. Il était heureux de retrouver Erby. Il pouvait lui parler maintenant et se montrait aussi exubérant que le petit blond avait pu l'être en prison. Ils allaient partager plus que le secret du livre.

Éléa réussit à faire taire Tanin avec beaucoup de mal. Elle n'était pas aussi heureuse qu'un succès de mission aurait dû le laisser prévoir et Ceban l'avait remarqué. Virgine lui avait rendu ses amalyses et la jeune fille les avait dispersées sur son corps afin d'estimer combien étaient restées dans les douves du château. Une lanière passant normalement au-dessus de son genou droit manquait et l'amalyse qui lui enserrait habituellement les hanches demeurait absente. Lorsque son frère la questionna sur la raison de sa tristesse, elle prétexta la disparition de ses compagnes. Mais dans son cœur, toutes les peines commençaient en fait à se mêler.

Virgine remarqua, autour de son poignet, les trois tours de collier de rubis qui dépassaient de sa manche ; mais ce fut pourtant la légère noirceur de la peau à sa cheville qui attira son attention.

Éléa n'eut pas le temps de répondre à sa question, Tanin se chargea d'expliquer toutes les péripéties de leur sortie.

— Et tu te rends compte à quel point tu en as réchappé de peu ! fit remarquer judicieusement Erwan en le coupant dans sa passion.

L'enfant acquiesça mais l'histoire ne lui avait certainement pas servi de leçon.

— Pourquoi as-tu dévalisé les nobles ? demanda Virgine qui ne se souvenait pas de cette partie du plan.

— Cela me permettra de ne pas faire apparaître de bijoux pendant quelques soirs avec la corne, allégua Éléa mal à l'aise.

Erwan crut comprendre. Il attrapa le petit sac de voile qu'il avait enlevé à Tanin et qui l'avait si fortement intrigué. Le hasard fit que ce fut justement celui qui contenait le médaillon d'Axel. Lorsque l'Akalien le renversa et que le vent emporta la mousseline dans ses filets, le large anneau aux lignes simples se détacha de toutes les pierreries. Il le saisit, stupéfait d'avoir raison.

— Divinités ! Comment as-tu pu lui faire ça ?! s'écria-t-il effondré.

Éléa ne savait plus. Tous les regards s'étaient retournés vers elle. Erwan attendait une réponse, les autres une explication. Mais la question l'avait transie, la voix de l'Akalien paraissait si choquée qu'elle ne trouvait rien à dire. Son sac de voile sur son ventre, elle serra fortement le petit livre caché à l'intérieur.

— Axel ne t'a pas révélé qu'il était comte, et alors ? Lui as-tu dit qui tu es, toi ?!

— Il est noble ?! Eh bien, Victoire ! Tu dois être ravie ! s'exclama Ceban. Mais alors, il était présent à la petite fête ?!

— Il était au château ?! Je ne l'ai pas vu, fit Virgine surprise.

— Qui est Axel ? quémanda Tanin.

Erwan fixait Éléa, qui détourna le regard sur ses amalyses. Aucun des deux ne s'intéressait aux questions des autres. Ils gardèrent un moment le silence, seulement troublé par les bourrasques qui faisaient toujours rage.

— Vous allez nous expliquer le problème, ou vous avez choisi de nous laisser dans l'vague ? lança Sten.

— Qui est Axel ? insista Tanin.

— L'élève ne doit pas obligatoirement épouser les idées du Maître, poursuivit Erwan sérieusement. Tu ne dois pas réagir comme Jerry ! Je croyais que tu réfléchissais un peu plus !

— Maman, qui est Axel ?

— Tais-toi, Tanin, souffla Virgine qui commençait à comprendre la discussion.

— Vic, j'ai vu ses doigts courir sur le corsouflet ! J'ai entendu les notes qu'il était capable de jouer ! C'est un *forken !* Un… un homme exceptionnel ! traduisit-il dans la langue commune. Il est jeune, plein de fièvre et de maladresse, mais quoi qu'il fasse, la justesse de son cœur ne peut être remise en question ! Je serais prêt à le suivre sans hésiter s'il me le demandait. Il ne *peut pas* être un traître. Je suis certain qu'il ne t'a jamais menti.

— Il… il a croisé les Scylès… dans la cour du château… sans problème, dit-elle, sans arriver à être sûre que ce soit une bonne raison pour s'être emportée.

— Et bien, je ne sais pas… Ces dégénérés avaient l'esprit occupé ailleurs, ils étaient pressés par leur départ, choqués par ma potion qui les avait aveuglés… Je n'en sais rien ! Mais Axel n'est pas un traître !

Éléa se tassa dans le fond du chariot. Les coudes sur les genoux, elle cachait son visage derrière ses bras. Erwan se rendit compte qu'il lui faisait mal.

— Pardonne-moi, dit-il doucement. Ton masque me fait bien souvent oublier ton âge et le poids qui pèse sur tes épaules. Je te reproche des erreurs que j'excuse à Axel, alors que tu es plus jeune que lui. Ma vie t'appartient : je n'aurais pas dû juger ton geste. Je ne suis plus un exemple.

Il s'adossa, peiné. Le chariot avait pénétré la forêt depuis quelques instants, le Pont Sans Retour était en vue. Il fallait prévenir les enfants que son passage risquait d'être impressionnant. Au-dessus d'eux, les branches des sommets hurlaient leur douleur et la folie du vent. Une brise violente s'insinuait encore au niveau du sol mais le chariot se trouvait, en ces quelques instants, protégé par les arbres, dans un relatif calme. Éléa enleva à peine les bras de son visage.

— Erwan, articula-t-elle faiblement. J'ai eu trop peur. Je lui ai dit tant de choses ! J'ai oublié la valeur du corsouflet, j'ai été injuste et tu as raison de me le dire. Tu es libre, je te l'ai déjà répété. Je t'ai toujours laissé le choix de poursuivre ton chemin et je n'ai jamais voulu que tu participes à ce combat qui t'est étranger.

— Il fait pourtant partie des multiples raisons pour lesquelles je te suis attaché, répondit-il avec douceur.

Elle lui sourit péniblement et se terra de nouveau dans sa cape. Elle repensait à Axel et son erreur, son manque de confiance en lui la rendaient de plus en plus malade.

Le silence et le calme étaient revenus aussi dans la charrette. Lentement, les chevaux posèrent leurs sabots sur les planches du pont. Les trois enfants, non initiés à ce passage, se tenaient la main : la légende du Monstre était ancrée dans leur tête. La désinvolture que montraient les adultes et le sourire malicieux de Tanin ne les rassuraient pas totalement, mais le bras d'Erwan en guise de protection les soulagea. Malgré sa taille, leur nouveau père était un grand homme : le Masque l'écoutait !

Peu à peu, les trois enfants virent le devant de la charrette se fondre doucement dans le paysage. Et alors qu'aucune branche ne pouvait les dissimuler, dans un artifice irréel, une luminescence singulière et mirifique, ils disparurent avec les autres habitants de la Forêt Interdite, comme s'ils avaient basculé dans un autre monde.

Dans le noir, Éléa montait lourdement l'escalier de bois. Sa longue jupe bleue balayait ses jambes habituées à la liberté. La jeune fille espérait trouver un peu de réconfort dans les cabanes du sommet du Grand Arbre. Ou plus de solitude. Ce n'était pas seulement le vent qui l'empêchait de dormir.

Les phrases d'Erwan lui envahissaient l'esprit. Elle retournait toutes les scènes, tous les comportements d'Axel dans sa tête et ne comprenait plus comment elle avait pu soupçonner le jeune homme de trahison. La confiance si spontanée qu'elle avait eue en lui dès le premier jour l'avait constamment effrayée. Elle avait eu une réaction de défense au château. Elle ferma les yeux en y repensant.

La jeune fille était arrivée au niveau le plus élevé des constructions. L'arbre était suffisamment haut pour qu'une part du feuillage s'ouvre sur la Grande Plaine. Entre chaque balancement brutal des branches, Éléa devinait le paysage plus qu'elle ne l'apercevait vraiment : Leïlan… son royaume… si petit, si fragile. Le vent dégageait un ciel magnifiquement étoilé et orné de deux trois-quarts de lunes blanches. Pourquoi les jours ne pouvaient-ils être aussi beaux que les nuits ?

Elle se laissait bousculer par le vent sans envie de s'en protéger, quand elle remarqua une lueur diffuse à travers les lattes de bois de la cabane perchée au sud. Elle soupira et, contrainte, entra dans la construction. Malgré la présence d'un hamac, Tanin avait préféré s'asseoir à même le sol, un drap sur le dos pour atténuer la lumière de sa bougie. Éléa comprit immédiatement qu'il avait repris le livre qu'elle avait rangé dans la bibliothèque.

Elle ne lui avait jamais crié après, elle ne s'en était jamais senti la permission. Et ce soir, elle n'avait aucun désir de lui faire un sermon inutile.

— Éteins cette lumière, Tanin, dit-elle d'une voix faible. Même avec ce drap, on peut te voir du château. Et rends-moi ce livre. Ce n'est pas une lecture pour toi.

Il sortit la tête de sous le drap, tout confus d'être pris en flagrant délit.

— Oh ! Maman, je veux savoir la suite ! Il parle de Leïlan, il parle des Fées et d'un Esprit Sorcier, il parle d'un combat…

— Souffle cette bougie.

Il se résigna à l'éteindre alors qu'Éléa s'asseyait dans le hamac. Il se leva et rejoignit sa mère dans le noir.

— C'est toi le prochain Adversaire, n'est-ce pas ? Tu seras la Championne des Fées ? !

Elle ne répondit pas. Elle sentait des larmes de lassitude monter. Elle voulait tout oublier pour ce soir. Elle avait un trop gros poids sur les épaules, trop d'espoirs, trop d'échecs. Elle prit le petit garçon dans ses bras et glissa dans le hamac. Elle aurait voulu être seule pour hurler sa peine mais ne pouvait plus lâcher l'enfant. Elle se rappelait sa peur en apprenant que Korta l'avait attrapé. Toute l'angoisse en imaginant le dangereux Muht Dabashir l'interroger. Elle avait encore du mal à croire qu'il était sauvé. Peut-être parce qu'elle n'arrivait pas à considérer sa mission comme une réussite. Elle serra Tanin contre elle et laissa échapper une larme.

— Maman… je suis désolé d'être parti, je voulais être tout seul… Mais je le ferai plus, promis. Pour le livre…

— N'y pense plus, mon cœur. Il est des secrets qui doivent le rester. Tu ne dois en parler à personne.

Tanin n'osa pas lui dire pour Erby. Contre la joue de sa mère, il sentit une nouvelle larme mourir sur son front. Il en était désespéré. Il ne savait que lui dire pour la consoler. Il croyait être le seul fautif. Entourant son cou de ses petits bras, il lui donna le câlin qui lui avait tant manqué ces derniers jours. Mais à son grand désarroi, il n'arrêta pas les larmes silencieuses.

Pour Éloïse

Leïlan – livre deuxième

Quatrième partie

La Forêt Interdite

L'homme était allongé sur un lit qui n'était pas le sien. Il se sentait loin de chez lui et sa poitrine se gonflait de lourdes respirations. Il avait peur de perdre ses idéaux, de perdre tout ce qui faisait sa vie. Il connaissait le danger de l'Avenir.

Regardant sans les voir les poutres basses de cette chambre silencieuse, il repensait à un livre qu'il avait eu entre les mains. Un petit livre magnifique retraçant les mémoires d'un roi qu'il trouverait à jamais prestigieux et dont les mots l'avaient à ce point troublé qu'il pouvait en réciter des passages entiers sans se tromper. Mais quel usage pouvait-il faire de ce savoir ? L'écriture ronde et lente d'un mendiant devenu souverain réapparaissait dans sa tête.

« Les Divinités ont certainement déjà choisi leur Champion. Avant même sa naissance… Sur quels critères ? J'aimerais bien le savoir.

Mon adversaire était un homme immense, redouté et froid. Quand il sortait son épée, Pandème tremblait. Il s'était fait une place dans un bain de sang. Le nombre de ses crimes était incalculable. Quelquefois, je n'en reviens toujours pas d'avoir osé l'affronter… et d'avoir gagné !

Comment sera le prochain Disciple de l'Esprit Sorcier Ibbak ? Quelle sera sa puissance si son Maître en a beaucoup perdu ? Des questions toujours, des questions sans réponses.

Mon épée s'est éteinte à la mort de mon Adversaire. Elle avait été conçue en vue de mon combat avec lui, au dernier moment. Les Fées avaient mis leur puissance dans cette arme, ma foi aussi. Elle prenait une couleur blanche à l'approche de mon ennemi pour m'en avertir et semblait brûler quand je le combattais. Je n'ai jamais autant aimé et contemplé une arme. Je ne crois pas qu'elle retrouvera sa lumière. La prochaine fois, les Fées auront d'autres ressources pour protéger leurs alliés humains. »

L'homme soupira. *Les Fées auront d'autres ressources… Lesquelles ?!* Il ne cessait de se le demander. Sur ce plan-là, il n'avait jamais senti leur aide !

Il aurait voulu voir apparaître des voiles de vapeur blanche, douce et chaude, pour leur demander quelles étaient leur force, leurs possibilités… Il avait les mêmes questions qu'Enkil en tête. Les mêmes inquiétudes, la même impression de solitude. Il n'était pourtant pas plus seul au monde que l'avait été l'ancien roi. Sa femme l'attendait en bas, pour le petit-déjeuner. Il n'avait d'ailleurs que trop tardé à la rejoindre… Comment partager avec d'autres personnes un aussi lourd secret ? Comment annoncer l'éventualité de la fin de Monde ? Comment prévenir le Champion ? Parce qu'il le connaissait ! Il savait parfaitement qui il était ! Et ce livre, source d'inquiétudes, contraignait l'homme à prendre des décisions qui n'étaient pas toujours évidentes. Comment pouvait-il sembler si fort alors qu'il se sentait si faible ? Il était dépassé par le rôle qui lui revenait.

Il gratta sa barbe et se leva. S'il était là, c'est qu'il voulait agir. Aider le Champion, le seul véritable but de son existence…

Un simple détour

Des serviteurs s'affairaient autour des fours à pain, des chiens aboyaient à l'arrivée de leur nourriture, un homme sifflotait nonchalamment dans les remises.

Rejetant ses cheveux en arrière, Axel simula un air détaché et assuré pour traverser la cour basse du palais. Une certaine agitation se devinait dans les écuries de la noblesse. Bruits de sabots et hennissements attirèrent son attention alors qu'il se dirigeait justement dans cette direction.

Maintenu à un poteau par sa bride, un cheval au poil magnifiquement brillant se débattait à chaque approche d'un jeune garçon d'écurie. Habile au fouet, ce dernier tentait seulement, avec beaucoup d'audace, mais sans aucun succès, de peigner la crinière de l'indocile animal. Axel réalisa soudain que sa jument était l'auteur de tout ce vacarme.

— Nis ! cria-t-il en entrant.

Elle se retourna, tout ébahie d'être prise en flagrant délit de caprice. Dans ses beaux yeux de jais, une lueur d'innocence s'alluma.

Elle ne fut pas la seule surprise : la dureté de la voix d'Axel avait fait peur au jeune serviteur. Certainement habitué à recevoir des coups chaque fois que son travail ne se montrait pas parfait, il s'était prosterné devant le comte de Mont-Allois.

— Pardonnez-moi, Votre Grâce, implora-t-il. Votre jument n'est pas prête pour votre départ. Elle s'est montrée très agréable jusqu'à présent mais elle refuse obstinément de se laisser lisser la crinière. J'ai… j'ai tout essayé.

Interdit devant son geste, Axel regarda le jeune homme à ses pieds. Personne, depuis bien longtemps, ne s'était plus incliné de cette façon devant lui, surtout pour un motif aussi ridicule. N'ayant plus goût à rien, il aurait voulu montrer de l'indifférence. Mais ce palefrenier, à peine plus jeune que lui, se protégeait la tête de ses bras pour parer une éventuelle correction.

— Quel est ton nom ?

— Loïc, Monseigneur.

— Lève-toi, Loïc. Je suis le seul fautif. J'ai oublié de te prévenir qu'elle n'acceptait ce geste que de moi.

Le garçon d'écurie releva la tête, étonné. Il ne savait pas s'il devait croire le jeune noble.

— Donne-moi la brosse, tu vas voir.

Le serviteur obéit mais, en donnant l'objet, il ne put réprimer un geste de protection. Le duc d'Alekant était tellement fourbe et pouvait montrer tant de visages, indifférent et agressif en une même seconde, qu'il avait perdu toute confiance.

Axel posa son sac et s'approcha de Nis en la sermonnant. Elle secoua la tête, comme pour éviter que les mots ne rentrent dans ses oreilles, et rabattit ses naseaux contre la joue de son maître. Elle était si belle, il ne pouvait pas lui en vouloir et puis, elle n'avait rien fait ! Elle était innocente ! Seule la parole lui manquait mais elle savait se faire comprendre.

La comédie de sa jument, sa gaieté et ses câlineries firent du bien à Axel. Cet amour sans retenue était agréable et reposant. Elle semblait adorer ces moments de douceur avec lui. Il lui faisait tant de caresses lorsqu'il la brossait. Peut-être ne pouvait-elle concevoir qu'un autre être humain le fasse à sa place avec de simples flatteries hypocrites ? Elle était reine entre les mains d'Axel.

Le garçon d'écurie fut impressionné par cette complicité. Dans ce palais, la plupart des chevaux étaient considérés comme de simples montures, des animaux d'utilité. Ils devaient mettre en valeur leurs maîtres. Ceux-ci s'abaissaient rarement à montrer leur amour pour une bête, fallait-il encore qu'ils en aient !

— Voilà, mademoiselle, déclara Axel. Votre beauté est sans pareille.

Il salua sa jument comme une dame et afficha un sourire pour cacher sa mélancolie.

— Tu as fait du bon travail, Loïc, dit-il en lui rendant la brosse. Elle est vraiment magnifique, des sabots jusqu'aux oreilles.

— Vous lui parlez comme à une personne, Monseigneur ! remarqua le palefrenier rassuré sur la nature du noble qu'il avait devant lui.

— Elle n'est peut-être pas humaine mais c'est une personne. Elle boude si je ne remarque pas sa beauté.

— Comme une femme ?!

— Oui, acquiesça Axel avec un imperceptible pli de la joue à cette réflexion.

Plus souriant, le serviteur déposa la selle sur Nis. Il y attacha rapidement les affaires et l'arc à double courbure. Axel prit la bride de sa fidèle monture.

— Allez viens, merveille, nous allons retrouver père… nous rentrons à Pandème.

Toute joyeuse d'entendre ce nom synonyme de paix et de tranquillité, la jument suivit son maître à petits pas allègres. Celui-ci attrapa sa besace et posa la main sur un établi.

— Merci, Loïc, et adieu.

— *Au revoir*, Monseigneur, espéra le jeune serviteur avec beaucoup de respect.

C'était la première fois qu'il ressentait et comprenait la signification du dernier mot qu'il avait prononcé. Le comte de Mont-Allois avait une générosité à la mesure de sa noblesse de cœur : sur la planche de bois luisait une pièce. Elle n'était pas en cuivre, comme ordinairement, mais bel et bien en or. Elle représentait plus d'un mois de travail !

Le palefrenier croyait rêver. Il ne savait pas lire mais les quelques signes gravés autour des trois étoiles devaient être : *Pandème, pays de bonheur.* Il regarda le comte de Mont-Allois se diriger lentement vers le pont-levis.

Que les Fées veillent sur lui ! pensa-t-il en lançant la pièce en l'air.

Une main gantée l'attrapa au vol.

— C'est bien trop pour ton travail, il ne faudrait pas que tu prennes de mauvaises habitudes ! coupa Korta en la mettant dans sa poche.

Le garçon d'écurie voulut protester mais il n'était pas de taille et le savait bien. La dernière fois qu'il s'était dressé contre le duc, cela lui avait valu quinze coups de fouet. Loïc ne manquait pas de courage, mais il ne voulait pas mourir aussi jeune. Pas avant d'avoir fait quelque chose de sa vie. Il baissa les yeux en serrant les poings.

— Oui, Votre Grâce.

Il avait honte de lui, de ses paroles, de sa soumission. Il détestait le duc.

Un sourire de satisfaction se dessina dans la barbiche de Korta, ses yeux sournois se plissèrent : il aimait affirmer sa supériorité et humilier ce petit valet. Rabattant sa cape couleur de sang sur son bras, il se tourna vers le cavalier qui sortait du château. Il enleva le gant de sa main baguée et fit signe au serviteur de s'éloigner.

Le jeune palefrenier s'éclipsa rapidement. Mais, passant dans la pièce suivante, il monta l'échelle d'une mezzanine et glissa dans les bottes de foin pour revenir vers le duc. Sous la paille, il pouvait l'observer à sa guise. Son innocence voulait comprendre cette volonté de nuisance.

Il vit Korta poser ses doigts sur sa bague ducale et regarder le comte de Mont-Allois avec des yeux étranges. Loïc avala sa salive avec difficulté. Il était horrifié : plus d'une fois, de son perchoir, il avait remarqué que ce simple geste s'associait à une soudaine attaque des sariclès ! Il ignorait le comment de ce pouvoir, mais les coïncidences s'étaient trop souvent répétées, principalement avec les médecins venus soigner la princesse Éloïse ! Ses yeux passaient du visage du duc au jeune comte. Comment ce dernier pourrait-il échapper aux gardiens du château ?! Le serviteur se mit seulement à prier : les Trois Fées ne pouvaient laisser mourir un homme pareil !

Axel ne voyait rien, n'entendait rien, comme Nis, trop heureuse de rentrer. Les gardes n'avaient pas eu un regard pour eux, le jeune homme les ignora de même. Il partait avant le retour des Scylès et avant que Korta ne se trouve au milieu de son chemin. Il regrettait de pas avoir revu la princesse Éline. Le roi lui avait dit qu'elle se trouvait au chevet de sa sœur. Elle voulait certainement lui rappeler ainsi sa folle promesse : donner un message à Victoire avant de quitter le pays.

Axel n'avait même pas conscience de l'odeur de mort qui flottait de nouveau autour de lui. Il regardait devant lui. *Le beau paysage pastoral, Ételen contrebas, la Grande Plaine et ses collines, les forêts et ses rivières…* Tout ceci se révélait n'être que le décor d'un rêve dont le réveil était brutal et douloureux.

Il avait passé la nuit sur les chemins de ronde du château. Le vent, le froid et la fatigue n'avaient pas réussi à le ramener dans ses appartements. La condamnation des Trois Fées de l'Est le désarmait, le rendait fou. Il connaissait son destin mais ne pouvait s'y soumettre. Impossible de l'accepter, ni même de le concevoir. Il était prêt à donner sa couronne, sa richesse, sa jeunesse, à affronter les pires dangers ou les créatures les plus monstrueuses, à mourir même. Pour une seule minute d'amour. Une seule minute dans les bras de Victoire. Un seul baiser partagé.

Il aurait certainement aimé sa vie d'errance sans se soucier de trouver l'âme sœur. Toutes ses aventures et ses découvertes lui auraient révélé bien tard sa solitude. Il n'aurait peut-être jamais pris la route. Mais il connaissait la prophétie. Elle hantait son esprit, guidait ses pas et sa vie, le brisant chaque jour de toute sa cruauté, l'anéantissant aujourd'hui. Ce n'était pas Aces ou la misère, ni même cette impression de force maléfique qu'il avait craint d'affronter en entrant en Leïlan. Mais le rêve d'un amour impossible qui sommeillait en lui et qui le détruirait jusqu'au plus profond de son âme.

Partir, fuir, oublier.

Il y eut un remous dans les douves. Toujours au poignet d'Axel, la petite amalyse blanche se glissa dans sa manche retroussée. Le jeune homme pensa soudain que la mort serait douce. Mais il ne dut pas suffisamment la souhaiter, car il dépassa la dernière tête de pont et se retrouva sur la terre ferme sans incident.

Le garçon d'écurie souffla dans un sourire et envoya un baiser au ciel. Sa théorie sur la bague était-elle fausse ? Il se retourna vers le duc. Non, la bague était restée fermée et Korta découvrait ses belles dents blanches dans un ricanement abject.

Le jeune serviteur ne comprenait plus rien. Il ne pouvait pas deviner les pensées du duc à ce moment-là. Il ne pouvait pas imaginer l'effort surhumain que Korta avait dû faire sur lui-même pour ne pas exterminer Axel. Un plan avait germé dans la tête du seigneur.

Korta avait appris de Misty la véritable identité du comte de Mont-Allois. Le prénom avait confirmé ses soupçons. Il s'était douté qu'un jour un Enfant des Fées essaierait de venir à Leïlan. *À quoi lui servait-il de barrer les routes depuis six ans si le premier prince venu pouvait passer ?!* Il avait au moins la consolation de savoir qu'Axel était le cœur perdu de la famille royale. Sa vie devait déjà être un délice de souffrances et de déceptions. Le jeune prince allait lui servir pour assouvir sa vengeance.

Il fit soudain un signe de la main, et douze hommes pénétrèrent dans les écuries, beuglant, braillant leur force, puants de suffisance. Le jeune palefrenier recula rapidement dans sa cachette pour descendre. On hurlait déjà son prénom.

Dans les minutes qui suivirent, Loïc fut bousculé, frappé et injurié par les brutes. Korta lui fit face. Son regard noir en disait long. Le jeune serviteur comprit que le duc n'était pas dupe. Il savait parfaitement qu'il avait été espionné.

— Selle mon cheval et douze autres pour mes hommes !

Terrorisé, Loïc courut chercher le cheval noir et obéit. En montant sur sa fière monture, Korta le fixa encore : sa vie ne dépendait plus que de la volonté du noble. Le valet comprit le message et confirma sa soumission en baissant la tête. La barbiche du duc frémit de satisfaction.

— Voilà pour ton silence, railla-t-il en partant à la suite d'Axel avec son escorte.

Devant le jeune serviteur, au milieu des brindilles de paille, une malheureuse pièce de plomb trouée s'arrêta de tourner. *Quelle dérision !*

Loïc regarda les cavaliers et se retourna avec haine. Rageusement, il attrapa un ciseau à bois et le lança sur un poteau de l'écurie. L'outil se ficha dans le mur de derrière. Il ne savait se servir que d'un fouet.

— Tu n'es que Loïc-le-minable, se répéta-t-il en s'agenouillant dans la paille. Tu ne sais même pas viser correctement. Tu ne feras jamais rien de ta vie. Tu es trop lâche pour accomplir quoi que ce soit d'héroïque.

Levant son regard vers les poutres du plafond, il ferma les yeux.

— Fées de la Vie, Divinités du Bien. Vous m'avez fait pauvre et petit. Ne me laissez pas mourir sans avoir fait mordre la poussière à ce chien de duc !

✧

Fouaillant de la queue, Nis franchit les fortifications d'Ételʼ; son beau poil alezan avait perdu son éclat sous la poussière. La boue s'était changée en terre sèche, rendant la ville toujours aussi antipathique à ses yeux.

Axel n'avait plus les rênes en mains depuis leur sortie du château : il laissait sa jument choisir sa route et en profitait pour essayer d'enlever l'amalyse de son poignet.

L'obstination que cette plante, prétendument tueuse, déployait pour s'accrocher à lui le mettait de mauvaise humeur. Elle se déformait à chaque attaque de ses doigts, et même à chaque passage de sa dague. Son manque d'agressivité la poussait à s'écarter du fil de la lame pour revenir de nouveau à sa place initiale. Axel maudit la plante qui gardait sa belle couleur blanche. Comment pouvait-elle réussir à percevoir un sentiment d'amour dans son cœur ?! Il préféra regarder devant lui pour chasser de son esprit cette lutte vaine qui soulignait une nouvelle impuissance de sa part.

Le Passage des Cinq Rivières, obstacle jusqu'alors évité, s'étendait comme une frontière. La jument s'apprêta à le contourner de nouveau quand son maître reprit les brides en main.

— Non, ma belle. Père me reprochera chaque heure de retard mais je dois tenir une promesse faite à une princesse. Le plus court chemin est ce passage.

Elle coucha ses oreilles et secoua la tête de mécontentement.

— J'avoue ne pas avoir le cœur à l'aventure, et j'aurais préféré découvrir cet endroit avant d'aller au palais. Mais nous sommes en plein jour, petite peureuse, et cet endroit n'est vraiment dangereux que la nuit.

À contrecœur, Nis se dirigea vers le lieu mystérieux. Il n'y avait pas de brume épaisse ou légère, caractéristique des soirs de Leïlan, seulement une émanation vaporeuse due au soleil éclatant. Il paraissait possible de se diriger à l'intérieur de ce labyrinthe et d'en sortir.

Cinq rivières se rejoignaient dans un immense lac profond de quelques pieds seulement. Plusieurs pierres semblaient flotter sur la surface immobile, traçant des chemins divers apparemment droits, mais qui, à la lumière du jour, s'avéraient courbes. Le piège nocturne était simple. Sans le soleil ou la forêt pour les guider, entourées de brumes opaques et de carrefours identiques, les personnes pénétrant ce domaine s'emprisonnaient dans des chemins sans fin. Quelques bêtes devaient ensuite faire disparaître leurs cadavres…

Le calme et l'absence de bruits d'animaux remirent les instincts d'Axel en éveil. Il semblait impassible devant le paysage désert, mais pourtant, par habitude, ses yeux parcouraient l'étendue d'eau. Il y avait quelque chose dans ce lac trouble. *Une illusion, une réalité ?* En tout cas, la sensation de sa présence ne faisait aucun doute.

Les pierres dessinaient un chemin trop difficile à suivre pour un cheval. Petites, rondes et bombées, elles ne donnaient pas suffisamment d'appui aux sabots de Nis. Axel devait faire passer sa jument par l'eau. Cette idée n'était pas pour le réjouir.

Il descendit de sa monture pour précéder la marche. L'eau était étrangement chaude. Elle ne dégageait aucune odeur désagréable. Chaque pas entraînait la remontée de bulles de gaz dont les émanations embrumaient la tête. La lame de son épée lui servant de bâton d'aveugle, Axel trancha les eaux vaseuses où des algues brunes et grises s'étiraient. De petites anguilles argentées se faufilèrent entre deux remous, comme réveillées par l'intrus.

Tout semblait dormir d'un sommeil de mort et attendre la nuit. Finalement, Axel n'avait pas grand-chose à craindre du lieu, et ce n'était pas un peu d'action qui allait lui faire oublier la torture de son cœur. La source de son angoisse ne se trouvait pourtant pas loin, son esprit se butait seulement à l'imaginer sous la forme d'un animal extraordinaire. Dans la peau de quelques hommes, respectant une certaine distance, elle ne le quittait pas des yeux. Les soldats s'enfonçaient eux aussi dans le Passage des Cinq Rivières, guidé par un grand connaisseur du lieu : Korta lui-même.

Par chance, le niveau de l'eau ne monta pas au-dessus des cuissardes d'Axel. Le jeune homme ressortit de l'étrange lac au bout d'une heure sans se mouiller. Regardant machinalement en arrière, il eut l'impression de distinguer des formes floues, loin derrière lui. Mais qu'importent leurs origines, il n'avait plus le temps de chercher le secret de cet endroit. Il reprit sa place sur la selle de Nis.

La Grande Plaine s'étalait de nouveau et le premier village qu'il pouvait voir à quelques centaines de pas était celui d'Ize. Un léger pincement à la poitrine lui rappela les événements que son esprit rattachait à ce lieu. Il détourna la tête et tira de côté la bride de sa jument. Docilement, Nis trotta vers la forêt, soulagée de quitter enfin le lugubre passage.

Axel était toujours absent, muet. La fraîcheur de l'air entre les chênes et les charmes passait dans ses cheveux comme une caresse mais ne parvenait pas à le sortir de son détachement. Même lorsque Nis sembla agitée par la présence de poursuivants, il négligea l'avertissement.

— Arrête ce manège ! Même s'il y avait une créature dans le passage, elle n'est certainement pas en train de nous suivre maintenant !

Sa voix était marquée par l'agacement et, lorsque Nis tenta de le prévenir une nouvelle fois, elle fut surprise de sa dureté. Elle ne faisait pas de bêtise ! Pour ne plus le contrarier, elle cessa de manifester son inquiétude, mais elle resta gênée par l'incertitude, une oreille en avant, l'autre en arrière.

Le chemin de terre s'élargit dans la forêt, Axel reconnut l'endroit : il s'approchait du Pont Sans Retour. Nis fit encore quelques pas et il put l'apercevoir. Un tout petit pont de bois au-dessus d'une fosse si ridiculement étroite qu'un grand pas suffisait à la franchir. Un tout petit pont de bois dégagé des arbres et des buissons qui ouvrait, comme une porte, sur une étendue de prairies et de bois. Une invitation à l'Interdit.

Le jeune homme descendit de sa monture et regarda le paysage, cherchant à y percer une illusion. Il avait le cœur suffisamment malade pour résister une seconde fois à cette tentation. Mais elle habitait là. La Fille-aux-yeux-bleus, Victoire, Éléa, qu'importait le nom qu'il lui donnait ou espérait pour elle, il la sentait tout près. Une force le poussait de l'avant.

Les Fées ?! Comment osaient-elles ?!

La douleur tenait Axel en arrière. Mais il avait fait une promesse à la princesse Éline, et il ne voulait à aucun prix que son frère Philip vive la même douleur que la sienne. Il devait traverser ce pont, quelles qu'en soient les conséquences, pour revoir la jeune fille une dernière fois.

Il regarda le ciel. L'azur emporta ses derniers doutes et ses derniers rêves comme s'effilocherait un fin nuage. Il fit un pas vers le pont puis s'arrêta. Il avait entendu du bruit dans le sentier venant du sud. Quelqu'un arrivait : la voix lui tira un sourire.

— Il ne faut pas que tu aies peur, Maï, il n'est pas aussi méchant qu'on le raconte.

Penchée sur la petite rousse attentive, Ophélie apparut aux yeux d'Axel. Elle portait l'une de ses petites robes strictes, cuivrées et grises, comme chez sa tante Askia, mais le tablier avait disparu, la chemise et le bonnet aussi. Ses cheveux blonds étaient peut-être attachés en une queue-de-cheval bridée dans sa longueur par deux anneaux de cuivre, mais il ne faisait aucun doute que la jeune fille avait changé.

Maï vit Axel la première. Son visage parsemé de taches de son s'illumina à sa vue : elle le reconnaissait ! Lâchant brusquement la main de sa grande sœur, elle s'élança vers les bras du jeune homme qui s'accroupit pour la recevoir.

Ophélie resta stupéfaite de la présence d'Axel dans cette partie de la forêt. Il se trouvait bien trop près du Pont Sans Retour !

— Y vient avec nous, Ophy ? demanda la petite fille avec frénésie. Y nous protégera du…

— Maï ! coupa-t-elle avec angoisse et fermeté.

Le regard brutal de sa sœur fit immédiatement taire l'enfant. Elle n'eut pas besoin qu'Ophélie ne lui dise un mot de plus.

Axel la déposa déçue sur le sol. Elle resta près de lui, droite sur ses jambes, son petit ventre en avant. Le visage d'Ophélie retrouva sa tranquillité malgré la délicatesse de la situation.

— Tu es toujours là où l'on ne s'y attend pas.

— Je pourrais en dire autant à ton égard. Ize est derrière toi, et c'est le dernier village de la Grande Plaine.

— L'endroit est agréable pour se promener, répondit-elle en se pinçant les lèvres.

Elle n'aimait pas mentir et ne savait pas le faire.

— Je te croyais déjà reparti pour Pandème.

— Ne te fatigue pas, Ophélie, je sais où *elle* est. Tu n'as rien à craindre, je dois rentrer, je veux seulement lui parler.

La jeune fille eut un sourire non simulé. Elle croyait comprendre le sentiment qui avait poussé Axel jusqu'ici.

— Tu te trompes. Le message que je dois lui porter n'est pas de moi. Je suis venu parce que ma parole est en jeu. Je veux voir le Masque, et non Victoire.

Ophélie s'étonna de ces propos. Axel semblait si froid ! Et les traits de son visage paraissaient marqués par une étrange fatigue. Que s'était-il donc passé ? Avait-il passé une nuit blanche comme elle ?

— Alors va jusqu'à Ize, même si tu crois connaître le secret, insista-t-elle. Je vais demander au Masque de t'y rejoindre.

Il accepta et prit la bride de Nis qui recommençait à s'agiter. Maï avait rejoint sa sœur. Ses trois ans ne comprenaient pas ce départ. Les dix-sept ans d'Ophélie non plus.

— Tu ne reviendras pas, n'est-ce pas ?

Axel détourna le regard sur une courte négation.

— Je ne serai pas la seule à te regretter, tu sais, ajouta-t-elle avec une tendre désolation.

Il eut un pâle sourire. Le menton de Maï se plissa, ses lèvres disparurent et les larmes commencèrent à monter. Elle ne disait toujours rien, elle n'en avait pas le droit, mais ses yeux parlaient pour elle. Cette douleur enfantine attrista Axel. Il s'approcha d'elle et s'accroupit de nouveau. Pourquoi Amour s'unissait-il toujours avec Peine ? Pourquoi cette enfant s'était-elle amourachée de lui, alors qu'il l'avait simplement serrée contre lui, la première fois, pour lui faire oublier sa peur de Korta-le-fourbe ?

Il essuya tendrement la grosse larme qui roulait sur sa joue.

— *Départ* ne veut pas dire *oubli*, Maï. Leïlan restera gravé dans ma mémoire et tes jolis yeux couleur d'automne dans mon cœur.

— Pour ma part, j'aurais plutôt dit ces mots à la jolie blonde.

Non loin du couple et de l'enfant, Korta apparut, les saisissant tous trois. L'assurance de sa voix, ses yeux brillants et son sourire diabolique découpé dans sa barbiche noire ne présageaient rien de bon. Ophélie plaqua immédiatement Maï contre elle et se rapprocha d'Axel.

— Ne soyez pas aussi agressif, continua Korta à l'adresse du jeune homme qui avait déjà sorti son épée. Je sais, moi aussi, que nous nous sommes récemment rencontrés, même si je n'ai pas eu l'honneur d'être présenté à vous au palais, Prince Axel.

Ses yeux s'étaient assombris, teintant les deux derniers mots de mépris.

— *Prince* ? articula faiblement Ophélie, surprise.

Axel serra les dents et son regard vert se glaça au ricanement du noble.

— Que voulez-vous ? lança-t-il brutalement.

— De vous ? Plus rien. Mais cette charmante demoiselle attire une fois de plus mon attention.

Tout en pressant sa sœur dans ses bras, Ophélie se serra un peu plus contre Axel.

— Je suis certain que Votre Altesse est assez résistante à la douleur…

La cicatrice violacée sur la joue de Korta marqua un pli horizontal sous son œil gauche. Il marcha en caressant doucement son bouc avec un sourire en coin. Il s'arrêta à une dizaine de pas devant le Pont Sans Retour.

— ... mais je veux savoir où se cache le Masque!

Devant le regard d'affront d'Axel, il se contint de façon suspecte.

— Vous ne pouvez avoir d'amour en ces Mondes, n'est-ce pas? ricana-t-il. Mais supporterez-vous la souffrance d'une jeune demoiselle aussi délicate?

— Il faudra me tuer d'abord! opposa Axel, prêt au combat depuis longtemps.

— Rien n'est plus facile.

Korta claqua des doigts. Douze hommes sortirent des buissons, tout autour d'eux. La créature pressentie par Nis apparaissait et Axel regrettait soudain son manque de confiance en elle. Seul, il aurait tué un ou deux hommes pour se dégager du cercle, mais, là, avec une jeune fille et une enfant, le combat ne promettait pas de fin heureuse.

Il tira sa longue dague de sa botte pour la donner à Ophélie. Elle déposa Maï entre eux. Tous les mouvements semblaient ralentis: les soldats se délectaient de l'approche. Ils savaient que leurs futures victimes n'avaient aucune chance de s'échapper.

— Débarrassez-moi du prince! ordonna Korta. La rumeur de sa mort n'en sera que plus justifiée! Mais j'ai besoin de la blonde et de la gamine!

Il restait toujours planté devant le pont, sa cape couleur sang flottant légèrement au vent, les mains sur les hanches, le visage droit et arrogant. Sans le savoir, il bloquait la seule issue possible.

Axel rapprocha son visage d'Ophélie et lui murmura furtivement de prendre la fuite avec Nis, dès qu'il se jetterait sur le premier garde. Elle lui adressa un sourire espiègle en lui rendant sa dague.

— J'ai beaucoup mieux. J'ai confiance en toi. Tiens le temps...

— Le temps de quoi?! s'écria-t-il. Non, Ophélie!!!

Trop tard. La jeune fille courut se ruer dans les bras de Korta. Celui-ci la maîtrisa sans grande difficulté, mais elle occupa ses mains et son attention: sa sœur passa.

— Cours, Maï, cours! hurla-t-elle pour lui donner du courage.

Aussi vite que ses petites jambes le lui permirent, l'enfant parvint jusqu'au Pont Sans Retour et, devant les yeux ébahis des trois gardes lancés à sa poursuite, disparut dans l'espace.

Ils en furent stupéfaits. Tournant le dos à la scène, Axel profita de la paralysie momentanée et inexpliquée des soldats pour se jeter sur deux d'entre eux et sortir du cercle. Il fut surpris à son tour par l'absence de l'enfant mais les gardes, que Korta réveillait à grands hurlements, ne lui laissèrent pas le temps de se poser des questions.

Cinq lames s'abattirent sur lui. Deux essayèrent de le prendre de revers. Les épées fendirent l'air et s'entrechoquèrent avec violence. La largeur de celle d'Axel lui permettait une plus grande puissance d'attaque, mais était plus lourde à manier. Il fallait qu'il soit rapide pour répondre à toutes les offensives. Très rapide. Tout reposerait sur son endurance.

Malgré son manque de sommeil, Ophélie se débattait comme une chatte : elle criait, mordait, griffait et parvenait même à prévenir Axel des traîtrises des gardes. Le temps des sourires amadouants était révolu. Korta la laissait faire en évitant au mieux ses attaques. Il aimait ce jeu dont il se savait maître. Malgré toute l'adresse du jeune prince, celui-ci ne pourrait que crouler sous le nombre. Il restait encore trois gardes en arrière. Bien que choqués par ce qu'ils croyaient être un suicide de l'enfant, ils étaient prêts à se ruer sur Axel, s'il s'en sortait.

Avec vaillance et aplomb, le jeune homme parait les assauts venant de droite avec son épée, ceux de gauche avec sa dague. Son épais et couvrant bracelet de cuir lui protégea par trois fois le poignet, mais il n'avait pas la résistance du métal : il s'entailla en profondeur, jusqu'à la chair même.

L'amalyse d'Axel ne lui servait à rien, il n'arrivait pas à la contrôler. Toujours blanche, elle s'était réfugiée dans sa manche.

Korta se lassa très vite du combat. Son intérêt se portait déjà sur les tortures qu'il mettrait à exécution à son retour. Il saisit solidement Ophélie, toujours déchaînée, et l'emporta avec lui vers son cheval. Les cris de la jeune fille firent redoubler la force d'Axel et ses audaces. Il appela Nis, mais celle-ci ne comprit pas son ordre. Au lieu de venir vers lui, elle plaqua ses oreilles en arrière et profita du mouvement de recul d'un soldat situé derrière elle pour lui envoyer une cuisante ruade. Elle l'expédia anéanti sur le sol. Puis, elle se cabra, tous sabots devant : elle craignait peut-être les endroits obscurs et mystérieux mais n'avait pas peur de l'homme.

Son action n'eut pas le résultat escompté : au lieu d'aider son maître, elle l'obligea à décupler ses efforts pour la secourir. Et Korta lança ses trois derniers hommes pour en finir.

Deux lames détournées, un travers évité, un coup de pied décoché et un direct en riposte. Les attaques fusaient de toutes parts. Le métal semblait rougir. Axel frappa trois épées, deux à droite, une à gauche, et donna un coup de pommeau supplémentaire dans la figure du quatrième homme. Il esquiva un estoc en reculant mais, alors, il trébucha sur une pierre et tomba en arrière. Une lame résonna bruyamment sur sa dague. Il propulsa ses deux jambes dans le ventre du garde pour se dégager. Un autre se jetait déjà sur lui.

Des hurlements de démon sortirent de la Forêt Interdite et l'homme qui menaçait Axel s'écroula soudain sur lui. Derrière, se dressait Victoire dans sa courte jupe et son léger corsage. Son masque d'amalyse lui barrait les yeux, mais, sur ses lèvres, Axel crut apercevoir un sourire.

Il n'eut pas le temps de la remercier : les gardes revenaient déjà de l'effet de surprise et attaquaient de nouveau. Mais les six nouveaux arrivants avaient changé la tournure de la bataille en quelques secondes.

Korta fut estomaqué de voir ses ennemis sortir de la Forêt Interdite : *Muht avait raison ! Comment était-ce possible ?!* Il avait conscience du brutal revirement de situation. Il gifla magistralement Ophélie et chargea le corps évanoui sur son cheval. Il espérait encore pouvoir fuir avec elle !

Espoir vain : Ceban était devenu fou à la vue de ce geste. La contraction des tendons de son cou en aurait fait éclater son lacet de cuir. La vengeance et la haine avaient envahi son âme. Il s'élança vers Korta.

Le duc sentit venir sa défaite de tous les côtés : pour éviter un coup d'épée du prince Axel, un de ses gardes avait reculé sans se rendre compte qu'il atteignait la limite du Pont Sans Retour. Il s'était livré au néant et à l'inexplicable dans la lumière d'un vide cruel. Allan et Théon, ses anciens soldats, combattaient auprès du Masque avec une maîtrise incroyable contre quatre de ses hommes. De son côté, le nain akalien avait déjà réglé le compte de son adversaire et accourait vers lui. La grande brute se retournait aussi dans sa direction. La vie de Korta-le-fourbe ne tenait plus à grand-chose.

Le duc prit avec aisance le léger corps de son otage, qui entravait maintenant sa fuite, et le lança vers le jeune brun au regard de dément qui allait se jeter sur lui. Puis il fit cabrer son cheval pour frapper le nain. Celui-ci réussit à éviter le coup avec adresse en roulant dans un fourré. Il ne restait plus qu'un seul garde debout, que l'étrange fille au masque se chargeait de terrasser. Par quel sortilège se trouvait-elle encore en travers de son chemin ? *Et comment pouvait-elle sortir de la Forêt Interdite ?! Le Monstre n'était-il donc pas un Bas-Esprit ?! Comment était-ce possible ?!*

Avant de s'enfuir au galop, Korta saisit à sa ceinture une arme ronde à trois lames tranchantes, et la lança avec justesse en direction du Masque.

Le grand Sten vit son geste et, dans un élan pour protéger Éléa, reçut l'arme de plein fouet. La montagne de muscles s'écroula sur la jeune fille et le sang se mit à inonder sa chemise brune au milieu du ventre.

Ce fut la panique. Les habitants de la Forêt Interdite se précipitèrent vers lui. Éléa avait hurlé sur le moment et réclamait maintenant du secours. La blessure de Sten était trop grave, il fallait l'emmener au plus vite jusqu'au Grand Arbre. Elle ne pouvait pas utiliser sa corne sans que la douleur causée n'entraîne sa mort.

Axel voulut appeler Nis à l'aide mais Ceban avait accaparé la jument au passage. Si tout le monde oubliait la fuite de Korta, lui non ! Nis lui résista et il ne put que lui voler l'arc et les flèches de son maître. Délaissant Ophélie encore inconsciente sur le sol, il sauta par-dessus les corps des gardes et courut dans la direction prise par le duc. Celui-ci allait disparaître dans un tournant. Ceban banda l'arc ; il fut surpris par la résistance des cordes. La flèche déchira l'air avec virulence, mais plongea seulement dans l'épaule du fuyard.

Ceban jeta rageusement l'arc à terre et frappa le casque d'un garde d'un coup de pied. Son manque de précision venait de la dureté inattendue de l'arme. Il se retourna vers les siens. Éléa avait fait apparaître un brancard et ne cessait de répéter les mêmes phrases à Sten pour le garder éveillé :

— Je n'accepterai plus jamais qu'un seul de vous donne sa vie pour moi ! Tu n'as pas le droit de mourir !

Elle s'y accrochait, les hurlait, en devenait presque folle. La douleur d'une mort trop récente envahissait sa tête. S'assurant qu'Ophélie était seulement évanouie, Ceban vint prêter main-forte à Allan, Théon et Erwan pour porter Sten. Axel le rassura en lui faisant signe qu'il s'occupait de la jeune fille blonde.

— Reste auprès d'elle, je reviens la chercher immédiatement ! cria Ceban en partant avec les autres. Ne traverse surtout pas le pont !

Ce fut avec peine qu'il regarda Ophélie avant de partir. Sa joue était entaillée sur toute la longueur à cause du coup porté par la main baguée de Korta. Axel se pencha lui aussi vers la jeune fille courageuse tout en resserrant son bracelet de cuir pour arrêter l'écoulement de son propre sang. Puis il observa avec un intérêt croissant les habitants de la Forêt Interdite se fondre dans l'air comme par magie.

À la sortie du pont, Jerry, en être chimérique, déchargea tout le monde en prenant Sten à lui seul. Contre son gré, il n'avait pu intervenir dans la bagarre et il était surpris d'une issue aussi grave. Des ailes émergèrent de son dos et il s'envola rapidement vers le Grand Arbre, en bas de la prairie.

Tout le monde se mit à courir derrière lui, sauf Ceban qui revint quelques pas en arrière. À sa grande surprise, il n'eut pas à franchir de nouveau le passage, Ophélie gisait sur l'herbe devant lui. Elle était seule et s'éveillait péniblement.

— Comment es-tu entrée dans la forêt ? demanda-t-il sans vouloir entendre la réponse qu'il craignait.

Sa voix inquiète, ses caresses affolées et son insistance la sortirent complètement de sa torpeur.

— Je ne sais pas. Ce n'est pas toi qui m'as amenée jusqu'ici ?

À ce moment, Nis apparut à côté d'eux, solitaire et perdue, avec pour unique bagage sa selle sur le dos.

— Seul Axel a pu le faire.

Ceban n'eut pas le temps d'en ajouter davantage, un cri d'angoisse et de douleur s'éleva de la prairie : Estelle venait de voir arriver son mari en sang dans les bras de Jerry. Éléa appela son frère à la rescousse. Il embrassa rapidement Ophélie et, à contrecœur, il dut la délaisser pour la deuxième fois. Des bras d'Éléa, il arracha Estelle dont les cris déchiraient les oreilles. Quand soudain, le choc, trop violent pour son état, entraîna les premières contractions.

Éléa se sentit submergée : elle ne pourrait pas s'occuper du mari et de la femme en même temps !

— Tu devras te débrouiller pour l'aider à accoucher, annonça-t-elle à son frère en l'aidant à porter rapidement la jeune femme vers le Grand Arbre.

À cause des douleurs, Estelle avait repris son sang-froid et était prête à accepter toute décision sans discussion.

— Ce sont… des jumeaux…

Ceban blêmit.

Malgré l'affolement général, Éléa avait tout de même remarqué Ophélie, près du pont. La jeune fille semblait se remettre lentement de la violence de Korta. Nis était à ses côtés.

— Que fait ce cheval ici ? *Où est Axel ?!*

Ceban ne répondit pas. Son regard suffit : le gris avait pris le pas sur le vert. Le cœur d'Éléa se serra en comprenant ce qui se passait.

Ils étaient parvenus dans une grande salle au pied de l'arbre. Jerry avait disparu, son corps matériel avait été renvoyé dans un autre monde. Éléa l'appela plusieurs fois, le supplia mais rien n'y fit : il était parti en guerre. Elle cria son désespoir mais comprit le choix qu'il lui restait à faire. Sten sombrait vers le néant tandis que la vie se battait dans le corps d'Estelle. Des larmes plein les yeux, Éléa s'engagea dans la même bataille qu'Axel : la lutte contre la mort.

Le Monstre

Dans ses mains, il n'y avait que du vide. Axel les regardait sans comprendre : Ophélie avait disparu comme par enchantement. L'impossible se jouait de ses sens. Le pont, la prairie et la forêt avaient fait place à un marécage noir et sinistre, où quelques arbres torturés supportaient à leur extrémité des sortes de grappes d'algues ou des filets déchirés.

Non loin, une masse gisait dans la bourbe. Le sang et l'eau croupissante se brouillaient sur un corps dont les entrailles semblaient avoir été lacérées avec une rage incroyable. Ce fut à son arme qu'Axel put reconnaître le soldat qui avait évité son attaque en se repliant sur le pont. Il eut un haut-le-cœur : l'homme existait bel et bien, tout ceci n'était pas une illusion.

En reculant avec prudence, Axel s'aperçut que ses affaires, son sac, son arc et ses flèches s'entassaient à côté de lui. Qui avait bien pu les enlever à Nis ? Et puis, où se trouvait-elle ? Sa jument, qui semblait le suivre lorsqu'il était monté sur le pont, avait disparu de la même manière qu'Ophélie.

Égaré dans cet univers où tout semblait s'éteindre dans la souffrance, où le silence se révélait plus assourdissant que des hurlements de douleur et de supplication, Axel essayait de distinguer les limites de cette antichambre de la mort. Derrière lui comme devant, le sombre décor s'étendait à perte de vue sans porte ni passage révélant l'origine de son entrée.

Une brise, un souffle aussi chaud qu'une haleine se fit sentir. Sur le qui-vive, Axel se retourna d'un bond, son épée et sa dague en mains. *Rien.* On cherchait à lui faire perdre le contrôle de ses nerfs. Il se ressaisit dans une grande respiration. Son corps ne bougeait plus, ses sens étaient tous en activité et ses muscles prêts à toute éventualité.

Il repensa soudain à Victoire dans les Bois Obscurs. De toute sa douceur, elle l'avait prévenu du danger :

« Le Monstre est réel. N'essaie pas de le voir car, lui, je ne pourrai pas l'arrêter. »

Ces mots résonnaient dans sa tête et il revoyait le visage de la jeune fille. Il chassa la belle image sentimentale. Les regards angéliques de Victoire cachaient trop souvent des pouvoirs surprenants. Il ne regrettait pas son action. Si monstre il y avait, il n'avait nulle intention de lui laisser sa vie en souvenir !

Une angoisse lui serra soudain le ventre, le point de non-retour était atteint. Il sentit le sol trembler derrière lui au son d'un grognement. Il se retourna lentement, pétrifié par ce que lui montraient ses yeux. L'impensable apparaissait.

Campé sur de puissantes pattes arrières, un corps imposant d'écailles sombres et luisantes s'élevait vers le ciel funèbre. Les pouces des pattes antérieures étaient pareils à des poignards. Sur un long et absurde cou en anneaux se tenait un crâne crochu orné de deux cornes frontales et d'une petite nasale. Placés très haut sur la tête et enfoncés dans de grandes orbites protubérantes, les yeux restaient à demi clos. Le Monstre semblait être en phase de réveil.

Sa longue queue aux côtés aplatis était armée d'une rangée d'épaisses plaques osseuses. Elle se terminait par une palette en forme de losange. D'un mouvement puissant elle inonda un arbre d'eau stagnante. La gueule allongée, parcourue par des veines aussi grosses qu'un doigt, bougea et s'ouvrit dans un râle laissant entrevoir des crocs en forme de coutelas. De la bave s'en échappa et se répandit sur le terrain humide. Axel en oubliait de respirer.

La bête poussa un cri énorme qui ébranla le sol et les tympans du jeune homme.

— Qui ose interrompre le sommeil du Gardien de la Forêt Interdite ?! Quel simple mortel se permet de défier mon autorité ?!

Les fentes des yeux s'ouvrirent sur une couleur jaune. La voix profonde et grave sortant du Monstre en révéla l'identité : *Jerry !* Cette découverte ne rassura pas Axel. Il savait que l'étrange animal chéri par la Fille-aux-yeux-bleus lui vouait une profonde hostilité. La gueule se fendit dans un étrange sourire de mépris.

— Je t'attendais, expira-t-il en mêlant force et plaisir.

Un puissant souffle sortit de la gueule du Monstre. Axel fut projeté sur le sol et, sous le choc et la surprise, lâcha ses armes dans la terre inondée. Aussi vite que le lui dictèrent ses réflexes et son instinct de survie, elles furent de nouveau dans ses mains. Il refit face au Monstre. *Ce souffle était à éviter !*

— Crois-tu que ces armes suffisent pour passer la porte du néant ?

Axel jeta un coup d'œil furtif à son arc et à ses sacs. Si le Monstre les lui avait laissés, ils ne devaient pas avoir une grande utilité. Il fronça les sourcils et, dans ses yeux couleur de liberté, put se lire sa résolution.

— Il faut savoir tout tenter… *Jerry !*

Le Monstre voulut de nouveau le renverser par son souffle, mais Axel se plaqua contre un arbre et fit front au vent ravageur. Il eut l'impression que sa poitrine allait exploser et hurla sa colère pour extirper la douleur de son corps.

— Il n'y a que *le Monstre* ici ! cracha furieusement l'être immonde. Ce n'est pas une souris ou une hirondelle qui va t'exterminer ! Je suis Maître en ce lieu, je peux donner la mort comme un Bas-Esprit et ne la crains pas pour moi-même comme un Esprit Supérieur ! Je suis l'exception parmi toutes les théologies des quatre Mondes ! Il ne tient qu'à moi de te réduire en miettes ou de te laisser errer dans cet endroit pour l'éternité !

Axel respirait par à-coups comme pour décomprimer lentement ses poumons. Toute cette puissance l'impressionnait. Néanmoins, il serra son épée et adressa un regard sauvage à la bête. Les veines sur la face du Monstre se gonflèrent avec l'accélération de sa respiration et de ses grondements. Les morceaux de chair faisant office d'oreilles se plaquèrent derrière le crâne osseux.

— Je ne puis supporter ta présence et je saurai faire taire l'impertinence de ton regard. Je te propose un combat puisque tu n'es pas un gamin qui renonce facilement à la vie.

— Annonce tes règles ! J'ai soif de liberté et de justice !

— Moi, j'ai soif de sang ! tonna le Monstre en expirant de nouveau.

Axel évita cette arme insolite en se protégeant derrière l'arbre. Le Monstre se retourna lourdement en rabattant sa queue avec violence contre l'abri. Les racines s'arrachèrent à moitié du sol.

— Tu veux des règles ?! cria-t-il alors que la haine l'emplissait. Soit, les voici !

Une boule rouge apparut au centre de son crâne.

— Je n'ai aucun point faible, une légende de quatre cents ans ne se fonde pas sur du vent ! Je connais à peine la notion de douleur… Mais cette poche de sang sur mon front est aussi fragile qu'une rose : un choc, un coup de lame suffit à la rompre. Tel sera ton but !

— Retrouverai-je ma liberté ? demanda Axel avec méfiance.

— La question ne se pose pas, tu mourras avant !

Le Monstre s'éleva sur ses pattes arrière, sa tête s'étira dans le ciel sombre à plus de vingt-cinq pieds de hauteur et dans un étrange maléfice, son cou se divisa en cinq. Le combat déjà déloyal se révélait fou. La bête se remit lourdement à quatre pattes et toutes les têtes, parées chacune d'un sac sanglant, se balancèrent dans des grognements de jouissance.

— Traître ! hurla Axel derrière son arbre.

— Maître ! corrigèrent ensemble les cinq têtes. C'est moi qui décide des règles du jeu et qui peux les changer à tout instant. Une seule de ces poches est la bonne, ou peut-être le sont-elles toutes ? Trouve-la ou perds-toi dans ce monde sans espoir de sortie !

— Jamais !!!

Axel se jeta comme un fou sur une tête frôlant le sol. La vivacité de son action surprit le Monstre : il n'eut pas le temps de relever le cou, la large lame le trancha d'un coup net. Par circonvolution, la gorge se rétracta immédiatement dans le corps mais, d'un rapide coup de patte, le monstre rattrapa sa tête avant que celle-ci ne tombe sur une racine émergente.

Axel ne laissa pas aux quatre autres têtes le temps de lui foncer dessus : il courut entre les pattes du Monstre. Pour le rattraper, celui-ci se courba vers l'avant, mais le jeune homme en profita pour sortir du côté de la queue.

Le Monstre ne s'était pas attendu à ce qu'Axel attaque le premier ! Habitué à mener le combat, et à le gagner dans les plus brefs délais, il se laissait prendre par l'agilité de cet adversaire différent. De surprise, il lâcha même la tête tranchée sur le sol lorsqu'Axel lui planta sa dague dans la queue. La fragile poche de sang se déversa dans l'eau trouble.

— Une !

Les yeux jaunes éclatèrent de rouge. La rage au ventre, le Monstre balança sa queue armée vers l'insolent. Axel eut juste le temps de se jeter de côté. Le souffle qui accompagna l'attaque le fit glisser sur la terre boueuse sur une dizaine de pas et il buta contre le cadavre du soldat. Les déchets humains le firent se lever d'un bond.

Le Monstre abattit sur lui une de ses pattes au pouce tranchant. Axel voulut se défendre avec son épée, mais cette griffe luisante était animée par une force gigantesque. La violence du coup eut raison de sa résistance : son arme fut emportée par le choc et il retomba sur le corps déchiqueté.

Le Monstre cria sa victoire au ciel dans un rugissement démoniaque et une tête, gueule ouverte, fonça sur le jeune homme désarmé. Axel eut l'esprit de se saisir avec rapidité de l'épée du soldat. Les mâchoires claquèrent sur du vide. La deuxième tête roula sur le sol, libérant le sang de sa poche.

— Deux !

Les trois têtes restantes s'élevèrent pour prendre de l'élan et fendirent l'air vers Axel. Il s'était jeté sur son arc et ses flèches. Il était capable de tirer les trois flèches nécessaires avant que les têtes n'aient frôlé son visage. Mais cette attaque n'était qu'une diversion pour masquer celle de la queue ; Axel ne la vit surgir qu'au dernier moment. Comme il reculait précipitamment, sa première flèche fut détournée de son but dans la gorge du Monstre, et son arc lui fut ravi des mains par le coup de la palette de la queue. Sous le bracelet de cuir resserré, les blessures du combat précédent se réveillèrent.

Le Monstre ne laissa pas à Axel le temps de reprendre ses armes, le jeune homme put seulement se jeter derrière le tronc décharné : d'un coup de patte, le Monstre balaya l'épée du soldat et les flèches qui traînaient dans la boue. Il les projeta à une cinquantaine de pas. De son pouce armé, il s'entailla le cou pour extraire la flèche, la cassa en deux et la lança rageusement contre Axel. Son sang s'arrêta instantanément de couler.

La victoire et la haine aveuglaient la bête. Son adversaire ne pouvait plus se servir de son arc sans les flèches, les deux épées se trouvaient trop loin pour qu'il puisse les récupérer à temps, et sa dague était encore plantée dans sa queue ! Le Monstre eut un rire impressionnant lorsqu'Axel saisit la flèche cassée. Les trois têtes ensemble s'élancèrent vers le pauvre humain ridicule.

Axel ne bondit hors de son trou qu'au dernier moment. Prenant le morceau de flèche pourvu de la pointe entre ses dents, il sauta avec courage sur une tête latérale et s'accrocha à la corne nasale. Il se cramponna de toutes ses forces lorsque la tête se secoua avec violence. Il oubliait ses blessures et la fatigue qui le gagnait. La volonté contrôlait ses actes et crispait ses muscles. La poche de sang brillait devant ses yeux, le but à atteindre était trop proche. S'aidant des reliefs veineux, il prit appui sur le coin saillant de la mâchoire et sauta sur le front. Il mit toute son ardeur à planter la fine pointe d'acier dans la poche au moment où le Monstre lançait violemment sa tête vers la droite. Il se raccrocha à une protubérance osseuse près de la gueule, et le sang mérité se répandit en filets entre ses doigts.

Sa situation ne lui permit pas de fanfaronner sur sa troisième victoire. La promiscuité des dents acérées, la bave et le sang ne lui promettaient pas une prise durable.

Les deux autres têtes ne pouvaient pas attaquer sur ce côté du corps, aussi le Monstre se rua-t-il sur un arbre pour se débarrasser du parasite humain. Mais les stratagèmes les plus fous germaient dans l'esprit d'Axel. Il se servit des branches de l'arbre et de la violence du coup assené pour prendre appui, et remonta sur la tête de la bête. Il glissa le long des écailles luisantes de la nuque. Les deux autres têtes vengeresses s'abattirent sur lui. Les mâchoires claquèrent dans le vide. Le bruit net et tranchant résonna dans les oreilles d'Axel : il échappa de justesse à ce premier assaut. Les pouces redoutables se déchaînèrent alors. La bête s'éleva sur ses pattes arrière, enragée au plus haut point. Son corps s'arc-bouta : Axel ne put freiner sa chute sur la pente dorsale. Ses mains filèrent sur le corps visqueux et il heurta avec violence chaque arête de vertèbre.

À la seconde charge, Axel ne dut son salut qu'à la rapidité de sa descente : une des cornes frontales l'effleura, incisant son bras gauche sur toute sa longueur. La douleur fut vive mais son cri exprima bien plus la révolte. Le corps meurtri et rudoyé, il tomba dans les quelques pouces d'eau du marécage, heurtant cruellement de la cheville une racine vicieuse.

En relevant la tête, il ne se soucia pourtant pas de ses blessures. Il ne vit que sa dague encore fichée dans le Monstre. De tout son être, il arracha l'arme, sans réaliser d'où il la retirait, et se retourna vers les têtes. Il reçut un choc magistral de la queue dans le flanc gauche. Cette violence inouïe l'envoya au-dessus du sol et il s'effondra dans la boue noire quelques pas plus loin. Sa main avait desserré son étreinte du manche de sa dague, son corps semblait inerte, son visage dénué de vie.

Les trois têtes s'avancèrent. Il restait encore deux poches de sang, mais le combat prenait fin. Jerry ressentait une certaine admiration pour le jeune homme, mais sa haine n'était pas encore assouvie.

— Tu déclares enfin forfait ? Tu croyais vraiment pouvoir me battre ?

La main d'Axel se referma brutalement sur sa dague et la lame fendit l'air pour se ficher dans la quatrième poche de sang.

— Quatre ! hurla-t-il.

La souffrance d'Axel fut indescriptible. Dans son mouvement, il eut l'impression de s'arracher le bras et le thorax : il avait des côtes cassées, trois, peut-être plus. Son geste n'était que pure folie. Il n'avait plus d'armes et fuir le Monstre devenait impossible : sa cheville ne pouvait plus supporter un appui. Il se mit à tousser et à cracher du sang.

Le liquide de la dernière poche crevée s'écoulait, vermeil et épais, entre les deux yeux jaunes. La bête n'avait pas bougé lors du coup, saisie par cette énergie et cette obstination à vivre. Le Monstre était peut-être un être sans loi ni sentiment, mais Jerry respectait les combattants de cette envergure. Pourquoi détestait-il Axel au point de vouloir l'effacer de ces Mondes sans considérer sa valeur ?

Il regarda encore une fois le jeune homme. Le vert de ses yeux ressortait dans le visage inondé et le corps maculé de sang et de boue : ils criaient leur impuissance mais cherchaient encore un moyen de s'en sortir.

— La mort viendra bien assez tôt.

Le sombre regard jaune se referma et le Monstre disparut comme une vision.

Axel hurla. Il ne voulait pas mourir dans cet endroit ! Avec peine, il réussit à se relever en expectorant ses poumons. Ses traits se crispaient à chaque pas. Ses yeux pleuraient seuls la douleur du corps entier. Il se traîna jusqu'à son épée, attrapa deux flèches et revint jusqu'à son arc. S'adossant contre l'arbre que le Monstre avait à moitié déraciné, il banda les cordes à l'aide d'une branche basse.

— Tu n'es plus assez lâche pour me tuer sans arme, maintenant ! Le combat n'est pas terminé ! Il me reste encore une poche ! vociféra-t-il.

La souffrance le rendait fou, ses muscles frémissaient de faiblesse, il n'arriverait même pas à tirer.

Un tremblement sourd se fit sentir, Axel manqua d'en tomber à genoux. Il avait lâché sa flèche pour se retenir à l'arbre, mais sa défaillance n'ébranlait pas sa décision. Il réussit à la reprendre du bout des doigts. Ses mains tremblaient. Lorsqu'il voulut retendre son arc, il n'y parvint pas. Il lâcha tout et prit son épée à deux mains. Sa lourdeur ancienne ne lui permettrait pas de porter un coup, et il ne pourrait jamais la lancer. Il regarda fébrilement autour de lui quand ses yeux tombèrent sur sa besace baignant dans la boue. Il y avait une lame d'acier à l'intérieur !

Axel voulut l'atteindre lorsqu'il s'aperçut que le paysage changeait. L'eau disparaissait, comme aspirée dans les entrailles de la terre. Tout se desséchait progressivement, sa peau comme les arbres. En quelques secondes, le marécage devient un désert et le jeune homme se mit à souffrir de la chaleur. *Quel était ce nouveau sortilège ?*

Un second tremblement se fit ressentir et la terre s'enfonça près de ses pieds. Comme dans un entonnoir, le sable gris semblait être avalé. Le jeune homme se plaqua contre l'arbre dans l'espoir de se retenir aux racines, mais ses pieds glissaient vers le néant. Il n'avait pas assez de forces !

Dans le fond du cône, trois mâchoires en triangle s'entrechoquèrent avec appétit. Déjà affaibli et desséché, l'arbre commençait à craquer et à plier. Fiévreux, Axel coinça son épée sous ses pieds dans une racine souterraine. Il se hissa grâce à ce nouvel appui, en hurlant douleur et traîtrise. Il parvint à retourner sur la terre ferme mais rien ne pouvait l'empêcher de basculer, elle aussi, vers cette monstruosité.

Son arc, ses flèches, son épée étaient engloutis, pourtant Axel rampait vers sa besace. Il passa la main à l'intérieur. Le contact de sa lame d'acier le rassura.

— Si je dois mourir, ce sera face à face ! J'arracherai de mes doigts cette dernière poche de sang !

— De tes doigts ?! s'exclama la cinquième tête en sortant du trou de sable.

Sa voix marquait un intérêt non dissimulé pour cette affirmation des plus stupides. L'énergie du désespoir, un dernier sursaut de volonté permirent la rapidité et la justesse du lancer d'Axel. La lame tapa en plein centre de la dernière poche.

— Cinq ! chuchota Axel en s'effondrant sur le sable. À chacun sa traîtrise, Jerry… J'ai gagné… Laisse-moi mourir libre…

Le Monstre resta indécis sur la réaction à adopter. Il se trouvait confronté à ce problème pour la première fois. Sa rage aurait dû être violente, mais elle retomba comme le vent après une tempête.

— Il n'a jamais été dans mes intentions de te laisser ressortir. Je t'ai seulement laissé le choix de combattre ou non, avant de mourir.

— Chien ! Que te coûterait ce souhait alors que ma vie s'enfuit ?!

Péniblement, Axel se retourna sur le côté. Le sable collait à chaque pore de sa peau, pénétrant sa gorge et piquant la longue coupure de son bras. Liquéfié par la chaleur ambiante, le sang suintait à ses lèvres. Mais ses mains tâtonnaient l'étendue désertique.

Que voulait-il faire ? Où voulait-il aller ? Quelle force pouvait donc encore animer ce corps à l'agonie ?

Jerry le regardait, il le laissait poursuivre les dernières chimères de sa vie. Il ne pouvait se résoudre à le libérer. Il aurait voulu comprendre cette haine et cette peur qui semblaient remonter de son passé. Comme si du fin fond des âges, il avait toujours détesté Axel.

— Tu ne peux rien contre moi. Ne t'arrive-t-il donc jamais de renoncer ?

Le jeune homme avait saisi entre ses doigts un morceau de branche morte.

— Jamais pour ma liberté, répondit-il faiblement en s'appuyant contre une racine.

— Tu t'es battu avec une grande ingéniosité et une puissance exceptionnelle, reconnut la bête. J'ai été le seul à tricher, quel honneur cherches-tu encore ?

— Celui de l'hérédité et du sang.

Les yeux d'Axel se fermèrent. Mais ces derniers mots réveillèrent le Monstre. D'un coup de patte, il déterra l'épée du jeune homme. Sa respiration s'arrêta puis s'accéléra en regardant la lame. Il attrapa dans ses grands ongles crochus le corps inerte, et le retourna comme une marionnette désarticulée. Son souffle puissant décolla tous les grains de sable et le sang de sa nuque : la tache royale d'Axel apparut.

Dans la seconde suivante, les pattes du Monstre éjectèrent avec violence et terreur le corps dans les airs. Axel s'envola sans résistance dans une pluie de sable. À sa disparition, dans un éclair incandescent, la bête hurla sa haine au ciel d'airain.

✧

De l'eau coulait sur son visage, une douce main passait sur son front, sa tempe, sa joue. Deux ou trois fois, Axel devina cette sensation fraîche avant de la percevoir réellement. Son corps se réveillait, mais il ne trouvait pas encore la force de bouger. Paradoxalement, il ne sentait que la douleur de son bras gauche, sous le bracelet de cuir. Ces petites blessures se montraient-elles donc les plus cruelles ?

Il gonfla anxieusement ses poumons et ne ressentit qu'une impression d'écrasement. Une douce plainte déchira le dernier voile de son cauchemar. Les doigts tendres écartant ses mèches souillées devaient appartenir à Victoire. Elle venait le voir, le sauver de l'enfer de la Forêt Interdite. Il fit un effort pour soulever les paupières. Les beaux yeux bleus étaient en fait les deux grandes noisettes d'Ophélie.

Les cheveux de la jeune fille étaient ébouriffés, sa joue balafrée et ses yeux cernés s'inondaient de larmes. Une des bretelles arrachée de sa robe découvrait une épaule nue où les empreintes de larges mains apparaissaient en hématomes, mais au-dessus d'elle, aussi loin que la vision humaine pouvait aller, s'étirait l'azur.

Assise entre une rivière d'eau claire et Axel, Ophélie sourit doucement au visage qui s'ouvrait de nouveau à la vie. Inquiète à sa manière, Nis avança ses lèvres frémissantes vers lui. Axel les regarda toutes deux, apaisé par leur présence et leur bonne santé. Étendu sur l'herbe fraîche d'une calme clairière, entouré d'arbres aux feuillages épais, il avait l'impression de s'éveiller dans un paradis.

Il voulut parler mais Ophélie l'en empêcha avec inquiétude.

— Ne parle pas, ne bouge pas. Tu es entré dans la Forêt Interdite, mais je ne saurais dire à quel prix.

Ses yeux parcouraient le corps du jeune homme. Dans quel état il était ! Elle n'osait le toucher ou écarter sa chemise pour voir l'étendue des plaies. Elle n'avait pas la moindre idée de ce qu'il fallait faire dans pareil cas. Elle mit ses mains sur son visage et se remit à pleurer, dépassée par les événements.

— Tout est de ma faute ! éclata-t-elle. J'aurais jamais dû vouloir retourner à Orée ! J'aurais jamais dû quitter la Forêt Interdite !

Il étendit doucement son bras vers elle. Elle saisit sa main avec effroi.

— Ne bouge pas !

— Je ne suis pas encore mort, dit-il lentement en reprenant de l'assurance.

Il ressentait des étirements mais pas de douleur. Il voulut se relever. Ophélie le retint.

— Ne bouge pas, ma vie ne vaut pas celle d'un prince !

Il s'assit d'un bond et mit sa main sur la bouche d'Ophélie horrifiée.

— *Chut !*

Il n'avait pas repris conscience de son corps, et ce réflexe le mit soudain au fait de sa situation : il avait l'impression d'avoir été broyé, mâché, désarticulé, tant ses muscles se discernaient les uns des autres par leurs courbatures, mais il n'avait plus de plaies. Réflexion faite, il n'avait plus que les blessures sous son bracelet de cuir. Tout son combat avec le Monstre avait été effacé. *Rêve ?* Non, l'état de sa peau, de ses vêtements et le sang séché qui le couvrait en étaient les preuves.

Cette magie le suffoquait. Il observa le sable gris couler de ses manches déchirées. Il ne savait que penser. Il resta un moment le regard dans le vide puis, devant les yeux ahuris d'Ophélie, il bougea chacune de ses articulations avec une grimace. Des plis se creusèrent dans ses joues : il avait envie de hurler… de rire !

Nis n'eut plus de retenue et enfouit avec force ses naseaux dans son cou. Moulu, fourbu, son maître était tout de même vivant ! Axel serra de ses grandes mains sales la tête de sa fidèle amie et caressa son chanfrein. Avec peine, il réussit à se lever et étira ses bras au ciel pour se donner tout entier à cette sensation de renaissance.

L'horizon qui s'offrait à lui était un vrai délice. La rivière, semblant sortir des bois, serpentait entre les herbes de la clairière. Elle disparaissait de sa vue dans un léger bruit de cascade ; en contrebas, un lac se remplissait. Après un plateau en surplomb, une langue de prairie à sa gauche se déroulait sur une pente douce vers une grande étendue plate. Là, s'élevait un arbre aux dimensions incroyables.

Si la prairie s'arrêtait sur une légère falaise, le lac n'était qu'une simple halte pour la rivière qui reprenait sa course en accompagnant un petit chemin incliné vers une plage. Entre deux bancs de sable, elle atteignait enfin le but ultime de sa course. Plus loin, dans la Mer Intérieure, deux bras de terre de la Forêt Interdite semblaient délicatement prendre entre leurs doigts un joyau, une couronne rocheuse : l'Île Perdue.

L'existence d'un accès à la mer de ce côté étonna Axel. Sur toutes les cartes des manuscrits, les Longues Falaises bordant l'ouest de Leïlan se succédaient de la frontière de Pandème jusqu'au château royal. Ce n'était qu'après les douves que les plages s'étendaient dans la petite Plaine Salée, derrière la Montagne Blanche. Les mystères de la Forêt Interdite commençaient à se dévoiler.

La vie semblait sourire à Axel : elle lui donnait une seconde chance de satisfaire sa curiosité. Il repensa au sourire de Victoire lors de la bataille avec les soldats et se retourna joyeusement vers Ophélie.

La jeune fille était restée à genoux lorsque le prince Axel s'était levé. Elle ne savait plus si elle devait rire ou pleurer. Elle le regarda s'agenouiller au bord de la rivière, délacer son bracelet de cuir et plonger ses plaies dans l'eau claire. Il arracha aussi un lambeau de sa chemise pour le nettoyer. Mais, au lieu de s'en servir pour panser son bras, il l'appliqua avec délicatesse sur la joue blessée de la jeune fille. Avec la même tendresse qu'elle avait eue pour lui, il écarta les longs cheveux blonds des sourcils clairs et dégagea le visage enfantin. Leurs yeux se croisèrent.

— Ophélie, je voudrais que tu gardes pour toi le secret de ma naissance.

Il trempa de nouveau le morceau d'étoffe dans l'eau et l'essora. Lorsqu'elle voulut ouvrir la bouche, il le déposa sur ses lèvres.

— Je voudrais que tu me promettes de ne révéler à personne qui je suis. Pas même à Ceban.

Il repassa le linge sur sa joue ronde avec application. Elle ne répondit pas immédiatement et garda ses yeux rivés sur lui.

— Pourquoi, Axel ? Je ne comprends pas ce secret. Il est idiot de cacher une telle qualité !

Elle pensa à Éléa. Pourquoi ce jeu de prince et de princesse qui taisaient leur identité ? Un avenir fabuleux s'ouvrait à eux et ils ne pensaient l'un comme l'autre qu'à se faire passer pour de simples gens.

— Oui, mais avec une telle qualité, rien n'est moins sûr que les sentiments de ceux qui m'entourent. La richesse et la couronne de Pandème ne suscitent que convoitise autour de moi ; il suffirait que je me coupe les cheveux et j'aurais les Mondes à mes pieds. Mais combien de véritables amis, Ophélie ? Je sais que je cherche l'impossible, mais si j'ai une toute petite chance d'être apprécié de Victoire, je veux que ce soit pour moi et non pour mon rang. S'il te plaît, promets-le-moi.

Les yeux verts s'étaient faits suppliants et convaincants. Elle baissa la tête et accepta à contrecœur. Pourquoi l'amour se plaisait-il à compliquer la vie ?

Axel lui embrassa la main en la remerciant. Elle fut émue par le geste et la personne. Les joues rouges, elle l'aida à panser son bras. Puis elle l'accompagna vers la cascade en le soutenant.

Si pour Axel le temps passé avec le Monstre avait semblé une éternité, ce n'était pas le cas dans la réalité. Tout le monde n'avait pas encore rejoint le pied du Grand Arbre et ce fut ainsi qu'arriva précipitamment une petite fille étrange derrière Axel et Ophélie. Au-delà des chênes et des ormes champêtres, son nom fut répété plusieurs fois, sans que la personne ose sortir de la cachette des feuilles.

— Chloé, reviens ! Chloé ! appela la voix affolée.

L'enfant ne répondait pas et poursuivait sa course. La présence d'un inconnu dans la Forêt Interdite l'arrêta pourtant brusquement à sa hauteur.

Elle devait avoir cinq ans. Petite et menue, elle semblait passer comme un songe. Ses cheveux, coupés courts et ondulés, se combinaient dans des couleurs de platine et de rouge donnant une impression d'auréole de cuivre. Sa peau pâle comme du coton se confondait avec sa fine robe blanche. Simple, sauvage et pieds nus, elle paraissait aussi libre et légère que le vent : un ange. Axel n'avait jamais vu de femme scylèse lors de ses voyages ; la première petite fille qu'il voyait, à moitié akalienne pourtant, était un ravissement.

Ses grands yeux dorés lui mangeaient le visage mais, bien que dirigés vers Axel, ils ne le regardaient pas. Ils semblaient voir au-delà, pris dans le tourbillon d'une pensée. Axel était captivé par l'apparition. Un pouvoir enchanteur émanait de cet être fragile, bien différent de l'effrayante promiscuité de Muht et de ses hommes.

Elle ne bougeait toujours pas.

— Son sang s'en va, son corps se vide, articula-t-elle doucement comme si elle voyait ces images. Sten s'envole ! Non !!!

Elle tourna la tête en hurlant ; son esprit ne s'occupait plus de l'inconnu. Son innocence sentait, à sa manière, que la mort gagnait du terrain dans le Grand Arbre. Elle s'élança de nouveau sur la pente herbeuse.

Axel fit quelques pas derrière elle et la base de l'arbre gigantesque devint visible. Plusieurs personnes étaient regroupées à côté d'habitations de bois. Il vit le nain akalien attraper Chloé en bas et s'éloigner avec elle.

Jusqu'à présent, Axel avait oublié la raison de son entrée dans la Forêt Interdite. Quel était l'état de santé du géant ? Est-ce que Sten se mourait, comme semblait le dire l'étrange fillette ? Pour toute réponse, des pleurs de nouveau-né s'élevèrent de l'arbre. Axel, surpris, se retourna vers Ophélie. Celle-ci avait de nouveau les yeux rouges et portait son regard dans le vide.

— Il y a trois ans, des soldats sont venus à Orée pour engager des hommes. Mon père n'a pas voulu partir et l'a payé de sa vie. Ma mère l'a suivi dans la mort en mettant Maï au monde.

Des larmes roulaient de nouveau sur ses joues.

— La vie donne d'un côté ce qu'elle reprend de l'autre. Estelle a accouché, Vic ne sauvera pas Sten.

— Non ! Ce n'est qu'une stupide superstition de campagne ! N'y a-t-il personne pour l'aider ?! Aucun d'entre vous ne connaît la médecine en dehors de Victoire ?!

Les signes de négation d'Ophélie et ses larmes le révoltaient. Il tira Nis pour se diriger vers le Grand Arbre.

— Mais si, il y a moi ! se vanta une voix bien trop connue derrière eux.

Nis faillit détaler de peur, Ophélie sursauta par manque d'habitude et Axel se figea. L'être chimérique aux cornes pointues et aux pattes crochues se tenait immobile tout près d'eux. Il portait les affaires d'Axel.

— Peux-tu t'occuper de ma jument ? murmura Axel à Ophélie.

Il préférait rester seul avec le Monstre. La jeune fille comprit ce qu'il attendait d'elle et accepta de partir sans rien ajouter, impressionnée par Jerry depuis qu'elle lui connaissait cette forme.

— Estelle a aussi quelques notions de médecine mais, dans son état, elles ne peuvent guère lui servir, ricana Jerry.

Axel le regarda d'un air dégoûté. *Comment pouvait-il rire dans un moment pareil ?!*

— Je sais ce que tu penses, mais je n'interviendrai pas. J'ai passé suffisamment de temps à apprendre à Vic ce qu'elle sait. Elle n'a qu'à se montrer à la hauteur, les plus grands des différents Mondes ont été ses Maîtres. Elle montre autant de volonté à sauver la vie des autres que toi la tienne, précisa-t-il perfidement.

Axel n'osait pas affronter Jerry sans connaître vraiment le personnage. Il essaya de garder un ton posé :

— La vie de Sten a si peu d'importance à tes yeux que tu la joues dans une épreuve pour ton élève. Pourquoi ne l'as-tu pas soigné dans le passage de la Forêt Interdite comme tu sembles l'avoir fait pour moi ?

Les sombres yeux jaunes fixèrent l'insolent avec froideur.

— J'ai effacé les blessures faites par le Monstre. Mon pouvoir ne s'étend pas au-delà, tu as gardé les anciennes. Sten a été blessé en dehors de mon territoire. Seule une médecine normale peut le sauver.

Avec un dédain évident, il remonta son menton poilu et lança :

— Tu prétends aimer Vic et tu n'as pas confiance en elle !

Axel prit cette réflexion comme un poignard en pleine poitrine.

— Si je ne suis pas assez bon pour elle, pourquoi ne m'as-tu pas renvoyé de l'autre côté du Pont Sans Retour ?!

— Parce qu'à mon grand regret, je ne contrôle le passage que dans le sens des entrées ! Tu es libre de partir quand tu le désires, et c'est pour cette raison que je te rends tes armes. Je ne te retiens pas ! cracha-t-il en jetant les affaires du jeune homme à ses pieds.

Il partit vers l'arbre géant. Axel regarda ses armes. Il ne comprenait plus rien. Un détail avait dû lui échapper.

— Pourquoi cette soudaine sollicitude ?! Tu étais prêt à me tuer ou à me laisser mourir, et brusquement tu me redonnes ma force, ma vie et ma liberté.

Jerry se retourna avec un regard effrayant.

— Il n'y a aucune pitié dans mon acte ! J'ai seulement un peu d'esprit ! Les Fées ne m'auraient jamais pardonné ta disparition !

Il fit volte-face et poursuivit sa route, laissant Axel toujours aussi décontenancé.

— Que viennent faire les Fées dans cette histoire ?! Explique-toi ! Qu'est-ce que j'ai ? Que t'ai-je fait ?!

Jerry se retourna de nouveau et revint au pas de charge. Axel se sentit soudain minuscule devant l'être qui marchait sur lui avec puissance. Les images et le souvenir du Monstre du Pont Sans Retour défilèrent dans sa tête : il eut un mouvement de recul. Jerry s'arrêta brutalement devant lui. Son corps chimérique, légèrement voûté, ne l'empêchait pas de dépasser le jeune homme d'une bonne demi-tête. Il était aussi imposant que Korta et sa malignité se reflétait dans son apparence physique. Il pointa un doigt menaçant sur Axel.

— Je te hais, commença-t-il d'une voix sinistre. Je te hais du plus profond de mon âme. Tu représentes mon échec, ma condamnation, mon exil. J'ai mis près de quatre cents ans à oublier ton visage, et tu réapparais subitement en me demandant ce que je te reproche ?!

Sa voix devenait de plus en plus rageuse, ses traits se crispaient, il en oubliait sa raison.

— Je n'ai pu que t'observer sans pouvoir me venger, je n'ai pu que pâlir devant ta victoire et fuir devant ton bonheur ! J'ai rêvé chaque jour de ton existence qu'il te prenne la folie de venir en Leïlan et d'entrer dans la Forêt Interdite. Je te réservais une mort lente et douloureuse, un supplice trop court pour assouvir ma vengeance mais dont j'aurais su me contenter avec délices.

La voix se calma, mais les poings restaient serrés et les yeux transperçants.

— Et voilà que tu reviens de la nuit des temps, maintenant ! Alors que tout a changé, alors que j'avais enfin réussi à t'oublier ! Je te hais !!!

Axel ne saisissait pas toutes ces paroles, Jerry lui semblait fou ou vraiment singulier. Le voyant de nouveau calme et résigné, il osa prendre la parole :

— Je ne comprends pas ce que tu racontes. Je vais sur mes vingt et un ans. C'est tout.

— Tu ne comprends pas ! hurla le Monstre en brandissant l'épée d'Axel sous son nez. Et ces damasquinages ?! Qu'est-ce que c'est, alors ?

Son ongle crochu montrait les trois signes d'or en dessous de la garde. Axel en resta stupéfait.

Le jeune homme avait reçu cette épée pour ses douze ans. Malgré les violentes disputes causées par son départ pour retrouver la petite Éléa, le roi de Pandème s'était résolu à lui donner cette arme. Axel n'avait pas vraiment compris pourquoi. Il était le plus jeune de ses fils – et ne semblait jamais correspondre à toutes les attentes de son père – mais, depuis lors, il n'avait d'autre soin que de donner le meilleur de lui-même lors de ses combats. Cette épée représentait la fierté de sa famille : les Trois Fées de l'Est l'avaient forgée pour son glorieux ancêtre Enkil. Les trois symboles insolites n'étaient autres que leurs *signatures*.

— Comment peux-tu connaître ces signes ?!

— J'ai vu les Fées les apposer sur cette lame et j'ai eu tout le temps de les graver dans ma mémoire lorsqu'elle m'a transpercé la poitrine !

Il jeta l'épée dans les mains d'Axel en le repoussant. Ce geste inattendu et doté d'une puissance pareille au souffle du Monstre propulsa le jeune homme encore affaibli sur le sol. Jerry freina sa violence, mais son esprit s'égara de nouveau.

— Un peu plus à gauche et tu aurais touché le cœur. Je serais mort avec l'honneur du combat. Dans le mauvais camp peut-être, quoique, suis-je vraiment dans le bon aujourd'hui ? Mais je n'aurais jamais eu cette lente agonie, ce supplice inhumain des Fées, cette immortalité humiliante et déshonorante.

Axel en avait encore la bouche ouverte et ne s'en était pas relevé. Était-ce possible ?! Pouvait-il avoir devant lui l'adversaire qu'Enkil avait vaincu dans le combat opposant les Trois Fées de l'Est à l'Esprit Sorcier Ibbak, quatre cents ans plus tôt ?! L'ignoble et le tristement célèbre…

— Jerraïkar ?!

Les yeux jaunes le fixaient. Il ne pouvait y lire de réponse, mais en prononçant son nom, Axel l'avait rapproché de celui de Jerry. Le jeune prince était épouvanté par sa découverte. Celui qui avait voulu régner sur le sang du peuple de Pandème se tenait devant lui ! Ce personnage était plus que haïssable à ses yeux ! Il trouvait la condamnation des Fées bien douce par rapport à ses forfaits. Lui laisser la possibilité de tuer et de posséder encore des pouvoirs, bien que réservés à la Forêt Interdite, paraissait même une faiblesse de leur part.

Un deuxième cri d'enfant parvint jusqu'à eux.

Malgré la situation et ses amères pensées, Jerry ne put réprimer un sourire et oublia Axel un instant. Une cinquième naissance sur son territoire élevait aujourd'hui le nombre des enfants à douze. Les cris et l'agitation d'Éléa, de Ceban et d'Estelle l'avaient longtemps exaspéré durant leur enfance mais, maintenant, il regardait grandir avec joie tous ces chenapans et ces démons en herbe.

— Tiens bon, Sten, ne laisse pas quatre orphelins, murmura-t-il.

Axel l'entendit et resta une nouvelle fois indécis devant l'ambivalence du personnage. Jerry se ressaisit en le sentant se relever. Il reprit son air renfermé et agressif et lui montra les crocs.

— Il peut te paraître étrange qu'il y ait autant d'habitants dans la Forêt Interdite, mais j'apprécie leur compagnie. Je trouve par contre la tienne intolérable !

Axel lui fit face : il n'avait plus rien à craindre.

— Je ne suis pas Enkil et…

— Je sais parfaitement qui tu es ! coupa méchamment Jerry. Enkil n'avait pas de tache royale sur la nuque, ce fut sa victoire qui fit de ta famille des générations de rois ! Tu n'es qu'un prince parmi tant d'autres mais tu lui ressembles trop ! Ces saletés de Fées ont dû trouver ce petit jeu à leur goût : je ne pourrai jamais te supporter !

— Je regrette moi aussi qu'Enkil n'ait pas touché ton cœur lors de votre bataille, rétorqua Axel avec froideur.

— Eh bien, maintenant nous avons le même sentiment l'un pour l'autre.

Sans un mot de plus, le Monstre descendit vers le Grand Arbre. Axel resta immobile quelques instants, le temps de digérer la nouvelle, puis il se résolut à prendre la même route. Un fossé le séparait de Jerry.

Peu firent cas de leur arrivée. Assis sur des marches de bois ou sur des rochers épars, tous les habitants de la Forêt Interdite attendaient avec inquiétude le dénouement de l'histoire. Dans les bras de son père, l'étrange fillette du nom de Chloé regarda de nouveau Axel. Ses grands yeux d'or ne semblaient plus inquiets, un sourire éclairait même son visage angélique. Sten était-il hors de danger ? Les adultes ne paraissaient pas vouloir prendre de nouvelles du géant auprès d'elle, comme s'ils n'imaginaient pas qu'elle puisse leur répondre.

Le temps sembla interminable pour les amis angoissés de Sten. Les heures ne furent peut-être que des minutes, personne ne put le dire. Ce fut Ceban qui sortit le premier. Il communiqua son euphorie sans difficulté en annonçant la naissance de faux jumeaux et le rétablissement prochain du père. Avec fierté, Tanin le suivait et reprenait la description de ses cousins par double adoption avec une éloquence incroyable.

Le petit garçon au visage mutin et aux yeux en amande intéressa Axel bien plus que les embrassades. Tanin était vraiment trop âgé pour être l'enfant de Victoire. Le jeune homme sourit intérieurement, bêtement satisfait, et ses yeux se mirent en quête de la jeune fille.

Il n'était pas le seul à la chercher. Jerry, qui avait tout d'abord arboré un air vaniteux au succès d'Éléa, s'inquiétait de ne pas la voir sortir de la grande salle. Sous la forme d'un chat noir, il bondit sur la balustrade; la jeune fille ne se trouvait plus à l'intérieur. Ses petites pattes de velours évoluèrent rapidement sur la rampe de bois pour faire le tour de l'habitation. Axel le suivit en contournant la balustrade.

Éléa était sortie par la porte de derrière et marchait sur la terrasse de bois faisant face à la mer. Elle avait le vertige et dut se tenir contre une poutre. Elle n'avait pas dormi la nuit précédente, ne pensant qu'à son injustice envers Axel, et n'avait quasiment rien absorbé de la journée. Elle venait de donner toute son énergie pour sauver Sten. Elle glissait lentement vers le sol. La fatigue entraînait son cœur déchiré.

Elle avait tant prié pour qu'Axel se retrouve sur sa route, elle aurait tant voulu réparer sa faute, mais ce fou avait franchi l'Interdit ! Pourquoi ne l'avait-il pas écoutée ?! Elle connaissait Jerry. Il préférait tuer plutôt que de laisser passer cette barrière de protection. Il n'aimait pas le jeune homme, il avait dû s'en donner à cœur joie. Elle n'avait plus de larmes et se sentait partir.

Jerry la retrouva inconsciente sur le plancher. Reprenant son apparence chimérique, il fit une grimace et regarda vers le ciel.

— Pourquoi a-t-il fallu que ce soit une fille ?! gémit-il. Elle passe son temps à pleurer, à s'évanouir et manque perpétuellement de forces !

Grognant contre ce coup du sort, il s'agenouilla pour examiner l'adolescente. Axel ne fut pas suffisamment discret et le fit se retourner.

— Tu n'es pas encore parti ?! s'écria Jerry en faisant claquer ses puissantes mâchoires.

— J'ai toutes les raisons des Mondes de vouloir rester.

La protection des Fées lui permettait de garder son effronterie, il savait que Jerry ne le toucherait plus. Il escalada douloureusement la balustrade et marcha vers le Monstre. Celui-ci lui fit face.

— Tu te crois trop à l'abri de ma colère, petit prince de pacotille. Tu n'as aucun droit sur Vic, pas même celui de l'aimer.

— Ce sera à elle de me le dire.

Jerry l'observa un long moment. Le proche et le lointain passés se mélangeaient constamment dans sa tête, mais il venait de retrouver dans sa mémoire cette même obstination. Axel n'était autre que le petit prince à qui Éléa avait dit son nom, neuf ans auparavant ! Alors, ce n'étaient pas les yeux verts qui avaient une emprise magique sur elle, mais ce regard-là, cet individu. L'union d'un prince et d'une princesse avait été bien trop tentante pour les Fées ! Pour le malheur de Jerry, il avait fallu que ce soit celui-là. *Pourquoi les Fées n'avaient-elles pas pu laisser Pandème en dehors de tout cela ?*

Si Éléa semblait avoir oublié le petit garçon d'un soir et retenu la leçon, Jerry se souvenait de plusieurs péripéties et escapades qu'il avait dû faire pendant trois ans pour que les deux enfants ne se rencontrent pas dans les Pays Noirs. Avec soulagement, il était entré en Leïlan où le pouvoir d'illusion des Brumes Infernales avait de nouveau joué dans les yeux d'Éléa : l'anthracite avait repris sa belle couleur bleue, brouillant ainsi toutes les pistes.

Mais cette fois, Jerry ne pouvait plus fuir, et tuer ne semblait pas la bonne solution. Tous ses actes étaient sous la dépendance des Fées : une mort de trop, une erreur de jugement et le compromis obtenu avec elles serait annulé. *L'épée d'Enkil*… La présence de cette arme changeait beaucoup de choses…

Avec aisance, Jerry attrapa le corps endormi et le plaça sans grande douceur dans les bras d'Axel, surpris. Ses yeux jaunes se glacèrent.

— Si par ta présence, elle oublie son combat, si elle met sa vie en jeu à cause de toi ou par ta faute, ou si elle meurt, je n'aurai plus rien à perdre. Fées ou pas, je n'hésiterai pas à t'exterminer.

Les derniers mots tombèrent sans appel, comme une pluie de lames d'acier : la décision était irrévocable. Axel ne répondit rien. Il resta encore un peu désorienté, étonné que le Monstre cède aussi facilement.

— Jerry ! Jerry ! appela une petite voix avec enthousiasme.

Une tête brune apparut et Tanin s'immobilisa dans son élan devant l'ambiance glaciale qui régnait entre Jerry et cet homme inconnu. Du revers de sa main, il se frotta le nez, parfaitement conscient que son arrivée gênait.

— Si maman n'a rien, je crois que je vais m'en aller.

— Elle est seulement endormie, répondit Jerry de sa voix grave. Indique plutôt à Axel où il doit l'emmener.

Sur ce, il reprit sa forme de chat, sauta sur le toit, puis sur une branche et disparut dans les feuilles. Axel regarda l'enfant. Les yeux effilés le fixaient. *Hostilité ou curiosité ?* Il ne put dire sur l'instant s'il avait vraiment gagné au change.

Pendant le sommeil

Un lit gonflé par une couette de dentelle accueillit le corps d'Éléa. Son visage s'enfonça dans les plumes comme dans les songes. De bonnes dimensions, la chambre ne contenait que peu de meubles. Un lit, un grand coffre, une commode basse avec quelques affaires de toilette et une glace. Le bureau n'était constitué que d'une chaise de paille, dissimulée sous une robe chaude, et d'une table carrée où trois livres et plusieurs feuilles de papier s'étalaient sans ordre. Sur le plancher s'étendaient deux grands tapis de laine, et une paire de bottes noires gisait en vrac au pied du lit.

S'il n'y avait pas de tableaux ou d'ornements, plusieurs fenêtres les remplaçaient avantageusement. À travers le feuillage et les branches, elles s'ouvraient sur le paysage de la Forêt Interdite ou sur la mer. À côté d'un petit tonneau, une grande gerbe de fleurs sauvages éclairait de sa fraîcheur le lieu intime, et une dague triangulaire plantée dans une poutre tranchait avec la douce harmonie de la pièce.

Sans prononcer un mot, Tanin avait guidé Axel à travers les différentes pièces et les passerelles de bois du Grand Arbre. Maintenant, de l'autre côté du lit, il observait sans gêne l'homme blond qui ne paraissait plus pouvoir quitter des yeux sa jeune mère adoptive.

Comment le pouvait-il ? Parce qu'Axel avait cru voir un sourire, tous ses rêves reprenaient place malgré lui dans son esprit.

Les longues jambes de Victoire se perdaient dans le nuage du drap et son corsage laissait sa fine taille découverte. Étalés comme un soleil autour de son visage, les cheveux châtain et doré dégageaient la gorge de la jeune fille, dessinant une jolie courbe avec sa poitrine. Ce n'étaient pas les lanières d'amalyse qui pouvaient dissimuler la quasi-nudité du corps et rendre la tenue moins attirante ! Axel avait bien du mal à restreindre ses envies au simple parcours autorisé des yeux.

— C'est toi le comte ? chuchota soudain l'enfant.

Brutalement sorti de sa béatitude, le jeune homme reprit conscience de la présence du petit garçon et confirma son soupçon.

— T'en as pas l'air, renchérit ce dernier.

Axel eut un regard sur sa tenue et un sourire pour la franchise de l'enfant. Il était certain qu'il n'avait rien de l'image que l'on pouvait se faire d'un noble !

— J'ai eu quelques problèmes dans le passage du Pont Sans Retour, répondit-il gentiment.

Tanin fit une moue sceptique.

— Jerry laisse entrer que ceux qu'il a à la bonne.

Axel faillit s'étouffer à cette conclusion, et préféra se lever plutôt que de répondre. Victoire s'était tournée sur le côté. Leur discussion allait la réveiller.

Il aurait voulu rester auprès d'elle mais Tanin, comme un bon petit chien de garde, n'avait pas envie de lui laisser cette joie. Axel lui fit signe de sortir avec lui. L'enfant accepta mais il ouvrit le petit tonneau avant de s'exécuter. Les amalyses d'Éléa quittèrent lentement le corps de la jeune fille pour glisser dans l'eau saumâtre qu'il contenait. Seule celle qui lui servait de Masque resta en bandeau sur ses cheveux. Axel ferma la porte dans un soupir.

Lorsqu'il se retourna, Tanin était toujours là et ne se lassait pas de l'observer. Axel devait se rendre à l'évidence, l'enfant ne le quitterait pas une seconde.

— Si tu connais un endroit où je pourrai trouver des habits, j'accepterai volontiers de te suivre.

Tanin sourit pour la première fois et exhiba deux incisives irrégulières d'une blancheur éclatante. Avec énergie, il monta sur la rampe de bois de la passerelle et attrapa de ses petites mains une racine aérienne. Il s'apprêtait à glisser lorsqu'Axel le retint.

— J'ai essuyé deux batailles aujourd'hui : je ne me sens pas vraiment capable de prendre ce chemin.

Le joli sourire enfin sympathique s'effaça immédiatement et Tanin revint sur la passerelle.

— Maman passe toujours par là, le toisa-t-il en reprenant une descente plus classique par les marches.

Leur relation ne promettait pas d'être facile.

Du haut de leur perchoir, Axel avait une vue d'ensemble sur la Forêt Interdite. Tanin adorait expliquer les choses et, bien que réticent au départ à paraître agréable, il se fit un plaisir de faire passer l'étranger par une passerelle secondaire. Emporté par sa passion des lieux, il indiqua à Axel toute son organisation.

Face au lac, la base du Grand Arbre était réservée aux salles communes. Sur deux étages, grandes pièces d'hiver, cuisines et salons étaient disposés, entourés de terrasses, d'escaliers et de racines. Vers le chemin descendant à la plage se trouvaient le laboratoire d'Erwan et, en dessous, les salles de soins. Une partie de ces salles, dirigée vers la Mer Intérieure, fournissait toute la quiétude nécessaire au rétablissement de Sten et d'Estelle. De l'autre côté de l'arbre, les salles d'armes et d'autres petites pièces finissaient d'occuper les dernières racines au sol.

— À cet étage, en face de la chambre de maman, se trouve celle de Jerry, continua-t-il. Mais, en ce moment, elle est occupée par une gentille sorcière aux yeux blancs.

Le ton de sa voix marqua son incompréhension face à ce geste de Jerry, mais aussi de la douceur envers Imma. Il leva la tête.

— Au-dessus, la bibliothèque. Elle fait tout le tour de l'arbre ! C'est la salle que je préfère. Pas pour les livres, rassura-t-il d'un sourire complice. Mais son toit est fait de vitres. Quand le livre est trop ennuyeux, il suffit de lever la tête pour s'envoler avec les oiseaux !

Finalement, il commençait à plaire à Axel.

Plusieurs petites pièces suspendues s'espaçaient entre les feuilles au même étage que la bibliothèque ou encore plus en hauteur : salles de repos ou de travail, et réserves. Et vers le sommet, quatre petites cabanes indiquaient les points cardinaux dans l'épais feuillage.

— Il est interdit d'allumer des bougies dans ces tours, prévint l'enfant avec sévérité. On les verrait du château. Mais il y a une splendide vue sur une bonne partie de Leïlan, et des hamacs ! J'adore y dormir, Jerry dit que j'en ai fait mon fief !

Il se laissa glisser sur une rampe jusqu'à l'étage du dessous en poussant un cri d'offensive, et regarda avec négligence Axel descendre les marches.

— Hier soir, maman m'a rejoint… pour pleurer.

Une lueur froide s'était éclairée dans le bleu verdâtre de ses yeux, et Axel crut qu'ils hurlaient : *j'ai compris que c'était à cause de toi.*

Un son aigu et court lui faisant soudain oublier son attaque, Tanin releva la tête et se tourna vers le bruit. Il plongea la main dans sa poche, pleine d'objets de toutes sortes, et en sortit un cône de bois. Il le porta à sa bouche, et deux petits sifflements aigus et un très long répondirent au premier. Avec nonchalance, il s'assit sur la balustrade et balança ses pieds en signe d'attente. Axel voulut continuer sa descente, quand il vit une marée d'enfants gravir les marches. Ils n'étaient en fait que huit mais, sur le moment, le jeune homme aurait juré qu'il y en avait le double.

Ils venaient à la rencontre de Tanin, mais la présence d'Axel en étonna plus d'un. Ils voulaient parler des nouveau-nés. La discussion se centra sur le nouvel adulte. Les questions, les regards et l'abondance de mouvements submergèrent Axel. Toujours sur la rampe, Tanin l'observait d'un œil critique. Les bras croisés, il avait pris l'attitude d'un chef et Axel put remarquer que sa favorite n'était autre que Chloé.

Les présentations furent longues et désordonnées, le jeune homme ne retint avec peine que l'essentiel. Les petites jumelles, les plus jeunes de la bande, devaient être les filles d'Allan et Virgine. Les deux garçons de quatre et cinq ans, déjà grands pour leur âge, se trouvaient être les frères des nouveau-nés. Et les deux derniers, un garçon du même âge que Tanin et un petit, venaient d'être adoptés avec leur sœur par Erwan et Sélène, parents de Chloé. *Ouf!*

— C'est toi qui joues du corsouflet ? demanda justement cette dernière avec une diction parfaite. Papa a beaucoup parlé de toi.

Elle ne lui avait pas laissé le temps de répondre. Ses yeux dorés envahissaient Axel, ils ne semblaient pas vouloir cesser de s'agrandir. Tanin sauta de la balustrade et prit la main de la fillette pour l'écarter d'Axel.

— Je crois que tu cherches des habits, non ? fit-il dédaigneusement en invitant le jeune homme à le suivre.

— Tu es un *forken,* un grand homme et un puissant guerrier, et tu as le cœur juste, a dit papa, continua Chloé avec innocence.

— Tu parles ! lança Tanin. Sa chemise est peut-être déchirée et répugnante, mais il n'a aucune plaie dans le dos ! Et parce qu'il a une légère blessure à l'avant-bras, il hésite à prendre les racines pour descendre !

Ce fut trop dur et trop injuste pour l'amour-propre du jeune homme. Il prit appui d'une main sur la balustrade et lança ses jambes par-dessus. Rattrapant une racine au vol, il se laissa glisser sur les dizaines de pieds qui le séparaient du sol.

— Tu disais ?! railla Chloé en admirant la descente.

Le regard buté de Tanin ne s'exprimait plus que par deux fentes. L'ovation que firent tous ses amis à l'arrivée d'Axel au sol le renfrogna plus encore.

— C'est vrai qu'il a le cœur pur, je l'ai vu blanc, affirma l'étrange petite fille en faisant briller l'or de ses yeux.

Tanin fit disparaître ses lèvres dans une grimace. Il ne voulait pas la croire, il ne pouvait pas. Mais, encore partagé entre ses sentiments pour sa mère adoptive et pour elle, il préféra s'enfuir en courant sur la passerelle de bois.

Axel s'assit sur une grosse racine terrestre, juste à côté des salles de soins. Ceban, qui en sortait, l'avait vu descendre.

— Alors tu déchaînes déjà les foules ? lança-t-il joyeusement.

— J'en avais assez de passer pour un imbécile, répondit Axel en souriant péniblement. Mais, Divinités de la Vie ! J'ai maintenant l'impression d'avoir le corps déchiré !

— Je ne t'ai pas quitté dans cet état-là. Je t'avais prévenu. Jerry n'a pas dû te laisser entrer facilement, n'est-ce pas ? Étonnant qu'il l'ait fait d'ailleurs. Ophélie m'a dit qu'elle t'avait cru mort à ton passage.

— J'ai aussi eu cette impression, et bien que je n'en aie plus aucun signe extérieur, je le ressens encore à l'intérieur.

Il bougea les omoplates avec des grimaces. Il s'était fait un plaisir de porter Victoire mais, associée à cette glissade, la sourde douleur de son corps se faisait de plus en plus ressentir.

— Je connais Jerry depuis mon plus jeune âge, j'imagine sans mal ce qu'il a dû te faire subir, reconnut amèrement Ceban. Je ne sais par quel miracle il t'a laissé la vie sauve, mais je suis heureux de pouvoir te remercier pour ce que tu as fait pour Ophélie.

Il sourit. Ses yeux marquaient son admiration et sa sincérité.

— Ne me remercie pas, répondit Axel en posant les coudes sur ses cuisses, laissant pendre ses mains entre ses genoux. Je me suis laissé bêtement suivre par Korta. C'est moi qui ai mis la vie d'Ophélie et de Maï en danger.

— Korta-le-fourbe n'a pas besoin de toi pour se trouver dans les parages. Il cherche depuis un moment notre cachette, mais il n'est pas donné à tout le monde de se battre comme toi. Tu es le bienvenu dans la Forêt Interdite, et qu'importe l'avis des enfants, tous les adultes ici connaissent ta valeur.

Il lui tendit la main :

— Je me ferai un honneur de t'aider. Et si tu veux bien te traîner jusque dans mes nouveaux pénates, j'ai du fromage et quelques galettes de réserve.

Axel saisit le poignet amicalement offert et se releva. Ceban posa sa main sur son épaule.

— Nous faisons à peu près la même taille, je te donnerai quelques vêtements. Il m'arrive quelquefois de porter des chemises en dessous de mon gilet, assura-t-il en souriant. Et tu verras que l'eau de la cascade est délicieuse pour soigner toutes les blessures.

— Merci, soupira Axel qui avait enfin trouvé quelqu'un d'agréable et de compréhensif.

— Ah ! Une dernière chose. Ma mère était une petite dentellière irréprochable et mon père un honnête armurier, cependant, ils ont fait un fils plutôt insoumis et irrespectueux des étiquettes. Je ne suis pas le seul dans cette forêt. Ne compte pas trop sur nous pour t'appeler *Votre Grâce* ou *Monseigneur*.

— Je me serais présenté comme tel dès notre première rencontre si j'avais voulu que l'on me tienne ce langage. Je ne t'en voudrai pas d'épargner mes oreilles.

Ceban se mit à rire et parut plus que satisfait de la réponse. Il se dirigea vers l'une des petites maisons qui s'individualisaient en bordure de la forêt ou de la falaise.

Tanin n'avait pas fini sa visite. À part Théon, l'ami solitaire d'Allan, les familles n'habitaient pas l'arbre lui-même. Chacune avait préféré l'indépendance dans un coin plus ou moins éloigné de la Forêt Interdite.

Du côté est, à égale distance des salles d'armes et du lac, contre les épais feuillages de chênes verts, se dressait une baraque de bois que Ceban s'était octroyée depuis peu. En face, au bord des falaises plongeant dans la mer, le foyer d'Allan, et, un peu plus loin, celui de Sten faisaient suite. Quelques poules picoraient entre les deux. Profitant de la vue sur la Mer Intérieure, une immense table et des bancs étaient disposés pour les repas extérieurs. La prairie s'étendait encore du côté est sur des centaines de pas avec des étables et des écuries au fond. Les chevaux trouvaient leur compte de liberté et Nis vagabondait parmi eux.

— Ici, les animaux ne sont pas attachés et les enfants sont libres, expliqua Ceban. Le Pont Sans Retour est notre barrière de protection et le seul passage visible.

— Jerry retient tout le monde.

— Non, il ne perçoit pas le passage d'animaux et les départs humains. La sagesse veut seulement que personne ne sorte sans défense et, même s'ils en ont la possibilité, les chevaux ne sont jamais partis : ils sont trop dorlotés.

— Mais les enfants ? demanda Axel.

— Il n'y a que Tanin pour désobéir et flâner dans Leïlan, mais je crois que sa capture à Éade lui a servi de leçon.

— C'est un enfant adopté, n'est-ce pas ?

Ceban ne vit pas l'expression d'espoir d'Axel. La teinte grise de ses yeux l'avait enveloppé de ténèbres.

— Oui, comme beaucoup. Leïlan n'avait plus d'enfants et maintenant, ce pays manque d'adultes.

La réponse aurait bien mérité plus d'explications, mais il enchaîna en poursuivant la description de la Forêt Interdite. Il garda la signification de sa remarque pour lui.

Un réseau d'eau détournée irriguait avec science un grand potager du côté ouest, derrière le lac. Ceban finit ses explications sur l'habitation mitoyenne : la maison d'Erwan et de sa femme. Son isolement intrigua Axel et il se demanda si Sélène était aussi fascinante que sa fille. La seule chose qu'il savait des Scylèses était l'ensorcellement qui les contraignait à n'avoir qu'un unique enfant.

Axel n'eut pas le temps, là non plus, de s'appesantir sur le sujet, il arrivait sur le seuil de la maison de son guide. Maï lui sauta dessus, tout heureuse de le retrouver.

— Voilà la véritable héroïne du jour ! s'écria-t-il en faisant un effort pour la garder dans ses bras.

Maï avait le même défaut que sa grande sœur : ses joues se mirent à rougir. Elle tendit ses mains vers Ceban et changea de bras.

— Il a dit que j'ai les yeux couleur d'automne, chuchota-t-elle.

— Oh ! Le beau parleur ! s'exclama Ceban en riant de la timidité et de l'émotion de l'enfant.

Ophélie rentrait du lac. À part une légère rayure sur sa joue, et quelques hématomes qu'elle avait dissimulés sous un chemisier gaufré, il n'y avait plus de trace de la lutte contre Korta. Ceban la regarda venir vers lui avec admiration.

— Estelle vient de mettre aux Mondes deux adorables bébés et Sten semble hors de danger. Ophélie est là avec Maï, Jerry t'a laissé entrer dans la Forêt Interdite et j'ai blessé Korta-le-fourbe. Peut-il y avoir plus beau début d'après-midi ? demanda-t-il avec tranquillité.

Axel pensa à un baiser de Victoire et à la mort du duc d'Alekant.

✧

Assis à cheval sur une chaise, face à une fenêtre, Korta serrait les dents de rage et de douleur. Une aiguille pénétrait la chair de son épaule, ressortait. Le fil courait sous sa peau.

Malgré son apparence passive, il fulminait et le médecin qui le soignait avait bien du mal à garder son sang-froid.

— Ce n'est pas encore fini ?! cracha-t-il en se retournant légèrement.

— Un peu de patience, Monseigneur, il ne me reste qu'un point à finir.

Korta se remit face à la fenêtre mais sentit un léger bourdonnement dans sa tête. En regardant du coin de l'œil la massive cheminée de son salon, il vit un filet de fumée rouge s'échapper de derrière ses murs.

— Va-t'en ! cria-t-il soudain en se levant d'un bond.

La violence de son geste surprit le médecin. Il n'eut pas le temps de lâcher l'aiguille : le fil se tendit et tira sur la plaie. La douleur fit exploser la colère qui bouillonnait en Korta depuis longtemps. Les fioles, les verres et les instruments, tout ce qui traînait sur la grande table valsa dans les airs. Le médecin évita les coups et les projectiles en se précipitant vers la sortie et en s'enfuyant dans les couloirs du château.

Korta claqua la porte derrière lui et se précipita sur la cheminée pour actionner le levier. Ses gestes étaient brutaux et enragés. Il tenait son bras blessé contre son torse, pour éviter que l'épaule ne bouge, mais la peau se tirait à chaque mouvement. L'aiguille, toujours pendue au fil et à la plaie, se balançait dans son dos nu.

Il arracha presque le panneau de la cheminée pour en accélérer l'ouverture et s'engouffra dans le passage. La fumée rouge se retira rapidement devant ses pas, comme aspirée, précédant sa descente et attirant les flammes des torches sous son passage. Elle resta étendue à toute la grande salle ténébreuse quand il arriva en bas. Il n'y eut pas de ricanement. Au-dessus du coffret de pierre, le masque de fumée était déjà présent, en proie aux contorsions maléfiques. Quatre statues de brutes chauves l'encadraient.

Korta s'arrêta un pied sur la dernière marche : la fraîcheur de l'endroit calmait la douleur de son épaule, et l'Esprit en face de lui, sa rage. Ibbak avait senti la promiscuité du pouvoir des Fées dans le palais, la veille. Il demandait confirmation et explication.

Les deux êtres malfaisants poursuivaient le même but de pouvoir mais pas le même combat. Korta se devait de dire la vérité s'il voulait gagner le sien ; il se rendait bien compte qu'Ibbak lui devenait d'un indispensable secours. Après une forte respiration, il lâcha tout ce qu'il savait sur le Masque. L'Esprit Sorcier ne le coupa pas, très intéressé.

— C'est une simple gamine, conclut froidement Korta pour cacher sa crainte et son humiliation.

Le visage de mort sembla sourire.

— Les mortelles sont fragiles, ricana-t-il, mais elles possèdent des pouvoirs très redoutables contre les hommes. Comment est-elle ?

— Elle a des yeux bleus.

— Mais encore ?

Les orbites vides dessinées par la fumée se resserrèrent.

— Ils sont bleu foncé… avec des lumières, bégaya Korta comme si les mots ne venaient pas de lui. On dirait une nuit d'étoiles filantes.

Ibbak devint un grand brouillard rouge, perdant sa forme un instant, et se modula en une tête animale pour persifler :

— Très bon choix des Fées ! Un simple artifice et je n'ai plus de combattant ! Pauvre imbécile ! Je suis persuadé que tu ne sais même pas la couleur de ses cheveux, ni la forme de son visage !

Korta regarda le sol, stupéfait de la véracité de ces propos. Il la reconnaissait lorsqu'il l'avait devant lui, mais était pourtant incapable de la décrire ensuite. Depuis qu'il avait vu ses yeux, il n'avait plus d'esprit. Il força sa mémoire, mais il ne voyait que le Masque ou les yeux seuls. Sa conscience avait enregistré le visage, puisqu'il savait que ce n'était qu'une adolescente, cependant il n'en avait plus l'image en tête.

— Je…

— Tais-toi avant que je ne perde subitement ma patience à ton égard.

Deux bras de fumée tracèrent de grands tours autour de Korta, comme des serpents constricteurs.

— Et Muht n'avait pas deviné que c'était une gamine ?!

Korta avala sa salive et lui rappela :

— Il disait qu'il y avait deux esprits. La fille n'était qu'une pensée hantant un homme mûr !

— Le Masque ne pouvait pas être une femme pour lui, normal. Déformation culturelle. Tu aurais dû le prévoir.

Le duc serra les mâchoires, Ibbak trouvait encore des excuses au guerrier scylès ! Cette sollicitude l'agaçait.

— Le pouvoir de cet homme est sans intérêt ! Il ne trouve même pas l'espion qui court le château ! Ses hommes sont intenables ! Ils violent et torturent les servantes les unes après les autres ! Le roi va bientôt finir par savoir...

— Je t'ai expliqué les limites de leurs capacités et les conséquences de leur présence ! Muht et ses hommes peuvent mettre du temps mais ils finiront toujours par savoir ! Mais dis-moi, tu les laisses voir tes propres pensées pour y puiser des informations ?! Non, bien sûr ! Je t'ai dit le secret de leur don pour leur dissimuler le fait que tes troupes les trahiront après leur victoire et garderont la terre d'Akal pour elles ! Mais toi, il faut que tu leur fermes totalement ton esprit !!!

Les serpents de fumée se resserrèrent violemment, étouffant brusquement Korta, broyant son épaule douloureuse.

— Qu'as-tu de si précieux à leur dissimuler ? Que me caches-tu encore ? Faudra-t-il que je te torture à chaque séance maintenant pour avoir un rapport complet ?

Les doigts agrippés dans les rubans de fumée, Korta gesticula quelques secondes avant d'être libéré.

— J'ai... j'ai vu... le visage de la princesse Éline... Je ne...

Ibbak comprit tout de suite. En cas de trahison des Pays Insolites, les Scylès pouvaient se venger en le dénonçant aux Lois Interdites. Sa tête tomberait automatiquement. L'Esprit Sorcier redevint une boule de vapeur condensée.

— Quel besoin avais-tu ?! explosa-t-il en projetant les mâchoires d'une bête monstrueuse en avant.

Korta s'était cru au-dessus des lois, intouchable de par sa force et son influence. Cette erreur était stupide. Avec ses premiers pouvoirs recouvrés, l'Esprit du Mal lui avait trouvé le meilleur allié possible ! Le plus grand pouvoir d'espionnage qui soit pour trouver son Adversaire, et voilà ce qu'il en faisait !!!

Un bras de brume gigantesque frappa Korta et l'envoya contre le mur. Le duc percuta les pierres avec violence. Il se redressa péniblement et gémit en se ratatinant sur son épaule.

— Ne te plains d'aucune faiblesse, d'aucun retard sur les recherches de Muht Dabashir. Tu ne les devras qu'à toi-même !

Le bras se dissipa, l'Esprit Sorcier reprit d'une voix plus calme :

— Revenons au Masque. Oublie son apparence. Concentre-toi sur ses vêtements, ses armes, ses mouvements. N'a-t-elle pas un bijou ?

Se relevant à peine, le duc secoua négativement la tête sur le moment, puis il se souvint de la petite corne qu'il lui avait arrachée. Il n'eut pas à la décrire en détail, Ibbak la connaissait.

— Les Fées récidivent et manquent d'originalité.

Il oubliait que Korta ressemblait beaucoup à son ancien combattant Jerraïkar. Barbiche, grande stature, guerrier d'excellence, il n'y avait pas de grands changements, là non plus.

— Cela ne peut nous éclairer sur son identité et cette recherche n'a plus d'intérêt. La dernière fois, les Fées l'avaient donnée à un bâtard, un simple gamin des rues.

— Mais à quoi lui sert-elle ? questionna Korta qui reprenait de l'assurance.

— Pouvoir d'abondance matérielle, répondit-il.

Un filet de vapeur s'étira comme un doigt crochu et fit apparaître aux pieds du duc une somptueuse cape d'un brun carmin qui l'aveugla. Il ne lui laissa pas le temps de comprendre la fatigue de ses yeux :

— Et pouvoir de guérison !

Les bras de fumée se refermèrent autour de l'homme. Korta tomba à genoux en hurlant. La surprise de la douleur l'avait foudroyé. La peau de son épaule se cicatrisa et l'aiguille chuta sur les dalles froides.

Encore suffoqué et les yeux pleins de lunules, Korta chercha l'Esprit Sorcier sans comprendre.

— J'aurais pu t'habiller et te soigner sans aucune douleur, mais il fallait bien que tu paies tes mensonges. Sois conscient de ma clémence, aujourd'hui. Couvre-toi ! Ton corps va réagir en provoquant une fièvre que je n'ai pas envie de calmer !

Korta s'enroula dans la cape sans discuter mais son regard encore pailleté resta mauvais.

— Pourquoi ne m'avez-vous pas soigné la joue lorsque le Masque me l'a balafrée, si vous possédez ce pouvoir ?

— Parce que j'ai trouvé qu'il seyait à ton personnage de porter une telle cicatrice, répondit Ibbak tranquillement sans se soucier du détail.

Le visage de fumée sembla s'enrouler sur lui-même, étirant les traits comme sur un cri d'effroi, et reprit le sujet qui l'intéressait.

— Cette gamine ne posséderait-elle pas une épée à large lame et d'aspect ancien ? Tu m'as peut-être menti sur ce point aussi ? insinua-t-il en projetant de nouveau une mâchoire aux crocs démentiels hors de l'amas de brouillard.

— Non ! soutint Korta. Je vous ai seulement caché que c'était une adolescente. Son arme n'a pas d'apparence anormale. Elle semble légère, très solide et sa demi-coquille est sculptée avec un art étranger, mais rien de plus.

La gueule de vapeur fondit et un nouveau visage monstrueux apparut.

— Alors, tu ne dois tes échecs qu'à toi-même.

— Par contre, continua Korta, en faisant semblant de ne pas accuser la remarque, j'ai… oui, j'ai vu l'arme que vous décrivez dans les mains du prince Axel de Pandème.

— Quoi ! Un prince de Pandème est venu jusqu'ici ! Jusqu'au château !

Un tourbillon se forma dans la grande salle, léchant chaque voûte et resserrant son étreinte sur Korta. Les statues de la salle sombre avaient les yeux grands ouverts, et les quatre autour du coffret avaient tourné la tête.

— Oui !!! Mais c'est le Troisième Prince !!! Ce n'est que le Troisième Prince de Pandème !!! hurla Korta propulsé du sol jusqu'au mur.

La fumée frôla son visage et se déchira en crocs :

— Et en quoi cela pourrait me calmer ?!

— La Troisième Princesse de Leïlan est morte ! Il ne pourra jamais être le lien entre les deux pays ! Aucune force ne le retient ici !

— Je me moque de son amour ! Je ne veux pas de sa présence, ni de son alliance ! Qui l'aurait poussé à venir sinon les Fées ?! Comment peut-il avoir franchi la frontière si tu as fait ton travail ?!

Un tourbillon rouge releva Korta contre le mur avec violence, manquant de l'assommer sur le coup. Les yeux du duc voyaient clair maintenant, mais la fièvre prédite commençait à prendre le contrôle de son corps.

— Je... je l'ai vu près d'Orée la première fois. Il est peut-être passé par les Brumes Infernales...

Les vapeurs le comprimèrent plus fort sur la paroi, comme s'il était soulevé par des mains de géant. Des bouillonnements au bord des lèvres de fumée donnaient l'impression d'un écoulement de bave.

— Oserais-tu dire que c'est moi qui fais mal mon travail ?!

Des perles de sueur coulaient du front du duc. Il ne savait plus s'il tremblait de fièvre ou de peur. Plus personne en Leïlan ne l'aurait craint en le voyant dans cet état. Muht aurait pu lui faire ravaler une grande part de sa fierté.

— Non... je n'ai pas dit cela... Je cherchais juste à comprendre... comment il a pu éviter mes gardes.

Ibbak relâcha la pression, Korta en tomba à terre. La gueule se détourna avec mépris.

— Il y a des gens plus ou moins sensibles à la peur, je peux admettre un passage possible par les Brumes Infernales. Mais rien ! Rien n'excuse le fait que ce prince ait survécu jusqu'ici ! Surtout si tu l'as vu à Orée !

— Je ne pouvais pas savoir qui il était ! se défendit Korta en essayant de se relever.

Le retournement d'Ibbak lui fit stopper son mouvement.

— C'était un étranger. Sa venue était une menace. L'épée des Fées...

— Vous ne m'aviez jamais expliqué la puissance de cette arme !

— Parce que tu n'en avais pas besoin. Elle n'a plus aucun pouvoir... Que venait donc faire ce prince, cet Enfant des Fées, aussi près de mon territoire ?

— Il est venu porter la demande en mariage de ses frères.

— Et tu me dis que ce n'est que le Troisième en titre et que je ne devrais pas m'en soucier ?!

Korta passa une main fiévreuse dans ses cheveux humides.

— Éloïse est pour ainsi dire morte et je suis le fiancé d'Éline. J'ai le papier certifiant que...

— ... qu'il faut que tu tues le Masque pour pouvoir être roi ! Mais toi, tu préfères te laisser ensorceler par un pouvoir des Fées et permettre à ton ennemi de venir danser au château ! Sais-tu le temps qu'il nous reste ?!

Korta baissa la tête et s'emmitoufla un peu plus dans sa cape.

— Je le sais parfaitement. Cela fait deux ans que je cherche la cachette du Masque et je l'ai vu sortir de la Forêt Interdite, lieu où vous m'aviez dit qu'il était impossible qu'il se cache ! Le Monstre n'est pas un Bas-Esprit ! Je ne suis pas le seul à sous-estimer mon ennemi !!!

L'insolence de la réplique aurait mérité mille tortures. Mais la remarque stoppa un instant les nappes de fumée, juste le temps qu'elles prennent conscience que l'homme avait raison. Les brutes olivâtres se mirent alors à gémir de façon lugubre et continue. La fumée, qui semblait vouloir dévorer Korta, se mit à hurler de haine et de colère en s'enroulant et se déroulant vers le coffret de pierre. Les murs devinrent glacés autant que brûlants ; les Fées étaient plus malignes que l'Esprit Sorcier ne l'avait pensé : elles avaient réussi à se délimiter *un sanctuaire*.

Ibbak avait pourtant cru leur disputer chaque parcelle de Leïlan au début de cette nouvelle bataille. Il avait tout d'abord isolé les Monts Pétrifiés dans des tempêtes de neige éternelles pour éviter des visites de Pandème, et avait dressé le marécage des Brumes Infernales tout le long de la frontière commune. Les Fées avaient tout de suite répondu en les entourant d'un pouvoir d'illusions et de rêves s'étendant sur tout le pays, qui empêchait la mise en place de pièges mortels. Mais Ibbak avait réussi à le détourner à son avantage avec des démons reptiliens télépathes. Quand les Fées avaient sacré les Bois Obscurs comme jardin regroupant toutes les plantes de la création, il l'avait immédiatement infesté de plantes tueuses : les amalyses. Et bien que les Divinités du Bien aient parsemé les grottes du Mont Ételde sylphides endormies, il avait isolé le château royal au moyen des sariclès.

Dans leur prise de pouvoir de Leïlan, les deux entités d'Esprits opposés s'étaient partagé le pays au cours d'une guerre mesquine. Mais lorsque le Monstre de la Forêt Interdite était apparu, la malveillance de celui-ci avait trompé l'Esprit Sorcier. Sa cruauté égalait celle d'une créature issue de son pouvoir malfaisant : Ibbak avait cru qu'elle provenait d'un Bas-Esprit qui s'était octroyé un morceau du Monde de l'Est pendant le partage. Jamais il n'aurait imaginé que les Fées en étaient les créatrices ! *Comment était-ce possible ?*

Il n'avait pas revendiqué le territoire, parce que ce Monstre se montrait d'une méchanceté à son image. Il ne s'était rien approprié en retour et avait laissé la Forêt Interdite à ce Bas-Esprit sans importance. C'était trop tard maintenant.

Ibbak allait faire éclater sa rage et sa fureur sur les arcades sombres de la haute salle quand il se retourna subitement vers Korta. Trop affaibli, en sueur, le duc prenait la fuite par l'escalier.

— Tu m'as bien dit que le Masque utilise des amalyses ?

Korta le confirma avec méfiance. La fumée coula le long des murs plus noirs que jamais. Elle se ramassa et se regroupa pour former le visage initial. De plus en plus vivantes, les statues cessèrent leur plainte effroyable. En hommes d'aspect gras et brutal, elles reprirent leurs raclements de fond de gorge. De nouveau, les yeux vides d'Ibbak se fendirent, et un rire terrifiant s'éleva pour glacer l'endroit davantage que ne l'auraient fait des cris. Des crocs de fumée s'ajoutèrent au sourire machiavélique qui s'étira pour dire :

— Alors, c'est là son point faible ! Et ce sera sa perte !

Garder le silence

Le vent du soir s'engouffra par les fenêtres ouvertes. De toute sa fraîcheur, il caressa le corps d'Éléa et les deux grands yeux bleus s'ouvrirent. *Axel...* La jeune fille se retourna brusquement: elle était seule. Elle replongea sa tête dans la couette. Elle avait rêvé que le jeune homme avait réussi à franchir le passage du Pont Sans Retour, qu'il l'avait transportée jusqu'ici et qu'il veillait sur elle. Elle avait mal, mal partout en pensant que tout était imaginaire.

Le petit souffle la parcourut de nouveau.

Ses poings se refermèrent sur les plumes et elle rabattit un pan de la couette sur elle. Le courant d'air vint chatouiller ses jambes découvertes. Elle se leva, agacée sans savoir pourquoi. Par la fenêtre dirigée vers l'est, elle vit la grande table dans la prairie. La brune Virgine et la blonde Ophélie se chargeaient de dresser les couverts pour le repas du soir.

Éléa tourna le dos. Elle entendait quelques rires, quelques voix: la vie de la Forêt Interdite. Elle sentait la mort à sa frontière. Un désespoir l'envahit à cette pensée et elle se dépêcha de fermer les trois fenêtres ouvertes. Le silence de la chambre se montra bien plus cruel.

La jeune fille aurait préféré ne jamais se réveiller. Elle avait la tête qui tournait. Elle voulait fuir, disparaître. Elle eut le sentiment qu'une volonté supérieure à la sienne la poussait à prendre la robe chaude étendue sur la chaise pour se changer. Était-ce seulement son sens du devoir qui prenait le dessus? Même si elle n'avait aucune envie de descendre, elle n'avait pas non plus la force de rester. Elle pensa qu'elle pourrait trouver un peu de paix sur la plage dans le spectacle infini des vagues.

Le laçage de son corsage se montra irréalisable. C'était Jerry qui voulait qu'elle mette des robes dans la Forêt Interdite. Comment pouvait-elle lui obéir? Pourrait-elle regarder son Maître en face sans vouloir le tuer pour ce qu'il venait de faire? Tous ses arguments ne suffiraient pas cette fois. La mort d'Axel n'était pas celle de Gyl.

Elle arracha la dague plantée dans la poutre et regarda la lame briller entre ses mains. Jerry lui avait appris la fascination des armes, pas celle des bijoux. Le collier d'Éline à son poignet luisait de mille feux, mais elle n'aurait jamais eu l'envie d'en porter un semblable. Tout en restant le regard fixé sur la lame, elle attrapa une veste courte et se dirigea vers la porte.

Brusquement, elle releva la tête et fit demi-tour vers son lit. Passant sa main sous l'oreiller, elle fit glisser le médaillon d'Axel. Sten l'avait réparé. Elle pressa ses doigts sur l'anneau et ferma les yeux de douleur. La seconde suivante, la dague fusait dans la pièce et se plantait à l'endroit même d'où Éléa l'avait décrochée ; la porte de la chambre claquait derrière la jeune fille.

À l'extérieur, elle mit la veste sur sa robe mal ajustée et ne prit pas sa racine aérienne préférée. Elle n'avait le cœur à rien. Elle ne savait même pas ce qui la poussait à sortir. Les larmes ne venaient pas, il y en avait trop eu. Elle descendit doucement l'escalier. Dans la prairie, quelques enfants accouraient avec leurs sifflets pour le repas. Tout le monde devait être à table.

Elle passa sur la seconde passerelle. De là, elle pouvait voir ses amis, mais elle marchait la tête baissée. Pourtant, une impression, un espoir, un appel lui firent lever le regard vers la grande tablée. Au milieu des gens qui s'asseyaient, elle crut voir Axel.

La même sensation avait fait lever la tête du jeune homme. Il l'aperçut immédiatement à travers les feuilles. Son cœur lui dictait l'endroit où il fallait regarder. Puis il vit la jeune fille partir en courant, remonter comme une folle l'escalier et disparaître dans les étages.

Que faisait-elle ?

Éléa pleurait de joie, son cœur allait exploser à chaque marche. Embarrassée par ses jupons, elle manqua plus d'une fois de s'écrouler dans sa précipitation et se servit de ses mains pour monter plus rapidement. Elle gravit le dernier étage qui la séparait de Jerry en criant presque son nom. Mais sa voix avait disparu sous l'émotion.

Elle entra brutalement dans la salle que se réservait Jerry pour manger, et lui sauta littéralement au cou. L'être chimérique se dégagea rapidement de ses bras.

— Ne me touche pas lorsque j'ai cette forme ! lança-t-il en colère. Et ne me remercie pas ! Je l'ai torturé à plaisir et si je n'avais eu d'autre intérêt, je l'aurais tué sans hésiter !

— Cela n'a aucune importance pour moi, lui déclara-t-elle clairement en retrouvant son calme et sa place. Même si ton geste est calculé, tu es passé outre ta haine et tu lui as laissé la vie. Oh, merci, Jerry !

— Cesse tes bêtises ! intima le Monstre en lui lançant une serviette. Et sèche tes yeux, tu as le visage bouffi de stupidité !

Il se rassit avec rage et tapa la table de ses poings.

— Tu n'as que ce soir pour lui faire tes adieux ! Débrouille-toi pour qu'il parte demain matin !

Éléa voulut protester – c'était trop court ! –, il la coupa :

— Je me fiche de savoir qu'à son réveil Sten prendra tout ton temps. Dis-toi bien que si tu ne m'obéis pas, je ne te laisserai pas une seconde de répit. Alors dépêche-toi ! Et ajuste-toi, tu n'as même pas attaché ton corsage correctement !

La jeune fille eut brusquement un sourire. *Que de cris pour rien !*

Elle se dirigea docilement vers la porte restée ouverte. Jerry la regarda traverser la passerelle.

— Tu es en robe, alors prends l'escalier ! cria-t-il.

Trop tard. Les jambes de la jeune fille avaient entouré une racine et elle disparaissait dans les feuilles.

— Tête de mule, grogna Jerry dans sa barbe.

Il passa ses mains anguleuses sur son visage simiesque. Sa colère cachait en fait un grand désespoir. Il avait peur que tout change : il sentait que les Fées ne jouaient pas franc-jeu avec lui. Il aurait voulu garder égoïstement la jeune fille pour lui.

— Je souffre de te voir l'aimer à ce point, petite princesse, gémit-il. Ne m'oublie pas.

À petits gestes, Éléa défroissa ses jupons retroussés lors de sa descente et remit un peu d'ordre dans sa tenue. Elle longea par-derrière les salles de soins ; les lattes de bois de la terrasse craquèrent légèrement sous ses pieds nus.

Sten et Estelle étaient étendus sur deux lits côte à côte. La jeune femme avait la main sur celle de son mari. Il n'avait pas encore repris connaissance et elle ne pouvait s'empêcher de veiller sur lui malgré sa propre fatigue. Elle adressa un sourire paisible et reconnaissant à la furtive visiteuse.

Rassurée, Éléa se dirigea vers l'autre côté de l'arbre. Elle renvoya ses cheveux en arrière et mit de petites chaussures plates à ses pieds. La main sur la poche de sa jupe, les doigts enserrant l'anneau prisonnier du tissu, elle dépassa la dernière racine et se dirigea vers la table.

Ils l'attendaient tous, du plus grand au plus petit, du plus vieux au plus jeune, du plus amoureux au plus amical. Sur la grande table, qui ne grandissait plus aussi vite que le nombre d'occupants de la Forêt Interdite, un couvert avait été mis pour elle, juste en face d'Axel.

Son cœur battait trop vite lorsqu'elle arriva à sa place, et le sang montait à sa tête dans un bruit de pulsation assourdissant lorsqu'elle se trouva face au jeune homme : elle n'arrivait pas à dire un mot. Elle n'eut la force que d'un autre sourire et détourna rapidement le regard pour ne pas rougir.

Axel n'aurait pas dû être ici, ce soir. Il se sentait à la fois bien et déplacé à cette table. Il n'avait parlé à personne de la véritable raison de sa venue. Il attendait Victoire. En la voyant en bonne santé et toujours aussi ravissante, il oublia ses douloureuses courbatures et ses derniers remords. Il entendit à peine la réclamation de Ceban qui présidait, ce jour, la table du côté adulte :

— Et où se trouvent Sélène, Imma et Chloé ?

— Ma fille est partie chercher Imma. Pour ma femme, je crains qu'elle ne vienne pas, répondit Erwan en grognant. Axel lui fait peur.

— Moi ? répliqua ce dernier en sortant de ses pensées et en se retournant vers le nain à ses côtés.

— Les hommes scylès ont les cheveux très clairs, expliqua doucement Éléa qui avait retrouvé la parole. Et tu es blond, Axel. C'est suffisant pour l'empêcher de venir.

La sensualité de sa voix troubla le jeune homme sur le moment.

— Pourquoi…

— Je ne t'en veux pas, coupa Erwan en le poussant du coude. Cela va bientôt faire cinq Saisons de Feuilles Vertes que nous avons quitté Akal, je ne m'attendais pas à ce que Sélène ait encore des craintes, surtout ici. J'ai fait une erreur en lui annonçant la venue des Scylès dans le pays. Je lui parlerai ce soir.

Axel aurait voulu pousser plus avant la discussion, mais ses yeux furent attirés par un spectacle étonnant : Chloé, rayonnante de blanc, guidait vers la table Imma, vêtue de rouge et de noir. Il semblait que l'ange de la Forêt Interdite amenait la femme des ténèbres.

Axel n'avait pas revu la sorcière aveugle depuis son départ d'Aces ; il fut très surpris à son arrivée. Son visage n'avait pas de traits doux, et il possédait encore quelques marques de sa maladie, cependant l'harmonie était indéniable. Dans une jolie frisure, ses cheveux couleur d'ébène caressaient ses épaules et tranchaient avec ses yeux blancs. La volupté de son corps attirait le regard autant que ses lèvres sensuelles. Drapée dans des habits de feu qui accentuaient ses formes féminines, Imma ignorait ses attraits et n'en paraissait que plus provocante. Brûlant les yeux des hommes et enflammant la jalousie des femmes, cette beauté étrange avait dérangé les Acéens qui n'avaient jamais cherché à reconnaître sa bonté d'âme.

Imma caressa la tête de Chloé et s'assit doucement entre Éléa et Ophélie. Elle aurait voulu être discrète, mais elle sentit le silence autour d'elle. Réservée, elle fut surprise de cette réaction. Tous les gens ici n'étaient que gentillesse avec elle. *Que se passait-il soudain ?*

De grands rires éclatèrent. On se moquait de quelqu'un ; elle entendit un nom.

— Axel est ici ? s'étonna-t-elle en avançant sa main.

Le jeune homme se rappelait ses facultés de voyance ; il prit ses doigts dans les siens avec confiance.

— Oui, et aussi surpris de te voir que toi de m'entendre, fit-il avec admiration.

Ceban riait de bon cœur.

— Tu as fait la même tête que Jerry ! parvint-il à dire. Sauf que lui ne s'en est pas encore remis, ajouta-t-il sous cape.

Les fines oreilles d'Imma n'eurent pas de peine à l'entendre, mais elle ne dit rien. Jerry demeurait une telle énigme pour elle : ses doigts ne l'avaient frôlé qu'une fois et ils n'avaient rien ressenti. Elle pensait que cela était dû à son état de santé du moment : elle s'était évanouie juste après ! Mais elle n'avait pu renouveler l'expérience. Plusieurs fois, elle avait tenté de lui parler, pour découvrir la personne qu'il était sans l'aide de ses yeux et de la magie de ses mains, mais les réponses demeuraient toujours évasives et l'être se faisait de plus en plus mystérieux.

Aux aguets, elle écoutait la belle voix grave, essayait de comprendre le secret que tout le monde lui dissimulait, et s'embrouillait l'esprit avec toutes les phrases qu'elle entendait sur lui. Maître d'Éléa, maître de ces lieux, d'une autorité indiscutable, sa sévérité à la limite de la cruauté n'effrayait pas Imma : il n'y avait pas personne plus avenante avec elle.

La sorcière écouta Éléa lui expliquer le choix du repas et, la trouvant bien nerveuse, effleura la jeune fille lorsque celle-ci la servit. Victoire n'était plus le Masque, combattant de sang-froid et justicier, elle n'était pas la Fille-aux-yeux-bleus, médecin légendaire, mais une jeune fille fragile qui avait du mal à rester naturelle et qui, tout en l'évitant, recherchait le regard du jeune homme en face d'elle.

— Mon seul regret est d'avoir seulement blessé Korta à l'épaule, râla Ceban en prenant de la fricassée de lapin.

— Comment as-tu pu le manquer ? le taquina Ophélie. Je croyais que tu ne manquais jamais ta cible.

— Demande plutôt à Axel pourquoi son arc est si dur à bander !

Interpellé, le jeune homme se retourna vers lui :

— C'est à cause de son bois. Solide mais aussi très souple. Mon arc a une portée une fois et demie supérieure à la normale. Il faut juste un peu d'habitude pour s'en servir, ajouta-t-il en souriant.

— Où as-tu trouvé un tel bijou ? questionna Ceban, amusé.

— Dans les Pays Noirs.

— On raconte que ces pays recèlent les meilleurs artisans des Mondes, intervint soudain Éléa. Certains sont capables de concevoir des armes sur mesure, adaptées aux moindres défauts et qualités du combattant.

L'assurance de sa voix reflétait son indifférence, mais une légère malice semblait parallèlement animer son regard, comme si sa supposition était, en fait, une affirmation.

— C'est exact.

— Il faut que tu nous fasses une démonstration après le repas, s'écria Allan en attrapant un pain au froment qui lui faisait de l'œil depuis un moment.

— Une prochaine fois, regretta Axel. Mon bras est trop douloureux pour ce soir et je dois retourner auprès de mon roi demain.

— Dommage, fit Allan.

— Tu… tu es blessé ? demanda Éléa.

Elle connaissait le pouvoir de Jerry et avait remarqué le pansement d'Axel mais elle préféra cacher son désarroi à l'annonce de son départ en feignant l'inquiétude.

— Trois entailles sans importance qui m'empêchent seulement de refermer fortement mon poing, rassura-t-il avec un sourire. Korta est plus mal en point que moi.

— Ouais, Jerry l'a vu en proie à la fièvre, confirma Allan. Il a fermé les fenêtres de ses appartements et s'est fait porter malade auprès de la cour. On l'verra peut-être plus pendant deux ou trois jours.

— Possible, mais il va certainement faire camper des hommes devant le Pont Sans Retour pour empêcher nos sorties, répliqua l'Akalien. Et Muht revient demain.

— Nous… pourrons toujours passer par les Pierres Blanches… ou Jerry pourra nous porter au-delà des gardes, rassura Éléa, toujours préoccupée par l'idée du départ d'Axel.

— On prendra un retard fou à chaque attaque.

Théon grogna en signe d'accord avec la dernière intervention d'Allan.

— Jerry nous préviendra plus tôt, c'est tout, renchérit négligemment Ceban en engloutissant différents fromages aux herbes.

— Et comment surveillera-t-il Korta en même temps ? Avec Muht, c'est déjà suffisamment compliqué. On n'est pas assez nombreux. Même si la corne permet à Sten de se relever très vite, nous ne serons jamais assez nombreux pour contrer tous les hommes de main de Korta, n'est-ce pas ?

Éléa se rembrunit à la remarque d'Erwan. En retrait de la discussion, Axel regretta que celle-ci tourne autour de batailles, contraignant Éléa à redevenir le Masque. Lui aussi n'aurait pas voulu y penser ce soir.

— Et les leçons d'armes que Théon et Allan donnent aux habitants d'Ize, les astuces que tu as enseignées à Yla ou Aces ou encore à Yil ? reprit Éléa. Tu crois qu'elles ne servent à rien ? La nouvelle de ta victoire sur les Scylès se diffuse. Bientôt les paysans n'auront plus peur d'eux grâce à toi. Ils peuvent se transformer en guerriers, ils sont tous prêts à défendre leurs villages. Korta les a poussés à bout.

— Enfin, *Mélice*, tu crois vraiment que les Izois ou les Acéens pourront nous aider si Korta attaque encore Éade ou un village du sud ? Le peuple ne se révoltera jamais contre ce tyran, même si tu devais lui distribuer autant d'armes que de nourriture. Ils se sentent opprimés mais pas menacés. Tu es leur espoir mais pas leur guide.

Éléa fit la grimace. Il ne lui plaisait vraiment pas d'avoir cette discussion devant Axel.

— C'est tout ce que tu as retenu des Leïlannais depuis cinq ans que tu les côtoies ? répondit-elle plus agacée qu'elle ne l'aurait voulu. Tu oublies une partie de l'histoire de ce pays.

— J'aimerais seulement être sûr qu'il y a un réel espoir d'arrêter Korta un jour. Je ne connais que trop bien les batailles qui s'éternisent. Mon peuple ne connaît pas la paix depuis tant de siècles !

— Puisque l'roi est de notr'côté, pourquoi pas le prévenir des actions de Korta ?! coupa Allan qui ne voulait pas que la discussion s'envenime.

— Vas-y ! sourit Virgine. Mais j'crois pas que t'auras beaucoup de succès auprès de lui. Il a même pas réagi au discours de Vic.

Elle se rendit compte qu'Éléa la regardait de travers. La jeune femme se pinça les lèvres et baissa les yeux en regrettant son manque de respect et de tact.

Éléa ne lui dit rien, elle n'avait de toute manière rien à dire à tous ses compagnons. Ils lui reprochaient indirectement de ne pas se décider à tuer ou à capturer Korta. Elle n'avait pas essayé de venger Gyl. Ils sentaient la tension monter sans savoir que les jours commençaient déjà à compter. Elle ne voulait pas les effrayer en dévoilant que Leïlan était le nouvel enjeu des Divinités du Monde de l'Est. Aucun de ses amis ne pouvait comprendre que ses seuls buts, depuis deux ans, étaient d'empêcher que le conflit ne sorte du pays et de limiter le mal que le duc d'Alekant pouvait faire à son peuple. Elle craignait trop l'Esprit Sorcier Ibbak, et ne voulait pas tuer Korta : elle préférait savoir qui était son ennemi. Muht avait la possibilité de prendre sa place s'il mourait. Il était moins bon en armes mais son pouvoir impressionnait la jeune fille beaucoup plus qu'elle ne pouvait l'avouer à quiconque.

Elle regarda chacun de ses compagnons :

— Si nous avons tenu deux ans sans que Korta ne nous attrape, c'est justement parce que nous sommes peu nombreux, difficiles à traquer et que notre force n'est pas seulement due à nos techniques de combat. L'alliance avec les Scylès a été… un coup dur mais l'espionnage de Jerry et les potions d'Erwan sont nos meilleurs atouts. Korta ne pourra jamais nous empêcher de sortir de la Forêt Interdite et la seule chose que nous pouvons regretter c'est qu'il ne cherchera jamais à y entrer. Je ne pense pas qu'il restera longtemps malade. Alors pourquoi ne pas plutôt empêcher Korta de *sortir* du château ?

Ils la regardèrent tous un peu sceptiques. Elle sourit.

— C'est une très bonne idée que de donner plus d'armes que de nourriture, continua-t-elle. Puisque les Leïlannais semblent encore indécis, nous allons leur donner un petit coup de pouce. De manière à entraver tout mouvement de Korta, je vous propose ceci : Ceban, Allan et Théon, vous allez vous charger de distribuer aux villages les plus près du palais toutes les armes que nous avons en stock ainsi que celles qui sont arrivées hier sur l'Île

Perdue. Erwan, tu concoctes quelques centaines de pointes endormantes et de fioles contenant ta fumée aveuglante pour compléter leur défense. Je ne pense pas que tu manqueras de petites mains pour t'aider. Quant à moi… eh bien… comme d'habitude, on verra ce que Jerry aura prévu. Nous ne sommes pas les plus faibles.

L'Akalien fit une petite moue, il sentait qu'elle ne leur disait pas tout. Il n'était pas un de ces paysans que l'on pouvait enflammer par de belles paroles, il avait trop d'expérience et trop d'éducation. Mais Éléa était une princesse, elle portait à son cou une corne des Fées et elle avait sauvé la vie de sa femme et la sienne lors de leur fuite d'Akal. Trois raisons qui le poussaient à la suivre et à ne rien demander de plus. Il se mit à rire pour effacer le malaise qu'il avait suscité :

— Je t'adore, Vic. Tu devrais être chef de troupe en Akal. Ton optimisme et ta détermination auraient déjà anéanti le fanatisme des Scylès… Je ferai autant de potions que tu voudras. Ils ont plusieurs dettes à mon égard.

— Et compte sur moi pour déménager l'Île Perdue, déclara Allan.

Les autres acquiescèrent également. Éléa était heureuse d'avoir retrouvé leur confiance. Elle osa un regard vers Axel et, au sourire qu'il avait sur les lèvres, regretta de nouveau son départ.

✧

Le soleil commençait à se coucher et le spectacle sur la mer était des plus magnifiques. Ophélie débarrassa les mains d'Éléa des assiettes et lui donna de la tête l'ordre de suivre Axel, que Ceban avait délaissé intentionnellement sur les bords de la falaise. Éléa sourit et s'enfuit, à la suite du jeune homme, derrière le Grand Arbre soudain envahi de lucioles.

Elle fut arrêtée dans son élan par une petite voix dans les racines.

— Y me plaît pas, maman, il saura jamais te protéger.

Éléa recula d'un pas et vit Tanin, taciturne et renfrogné. Depuis l'autre bout de la table, lors du repas, il avait pu observer l'ensemble des convives. Il n'avait pas apprécié tous les regards qu'avaient échangés sa mère adoptive et *le comte*.

— Pourquoi dis-tu cela ? demanda-t-elle en s'approchant de lui.

— Il est mou. Il te mérite pas.

Éléa secoua la tête, étonnée par ce que ces paroles lui apprenaient de la position de l'enfant.

— Alors, tu as la même opinion que Jerry, conclut-elle avec déception. Son affection pour toi te fait oublier ce qu'il a dû faire subir à Axel, et qui il est vraiment, aussi peu que tu en saches sur lui.

Elle s'accroupit devant l'enfant et fit face à son regard buté.

— Tu as peur que je disparaisse, n'est-ce pas ? comprit-elle. Même si tout me destine à être la Championne des Fées, tu sais que je ne suis pas invincible. Comme les autres.

Elle passa sa main avec douceur sur le visage dont les yeux s'étaient fermés devant la réalité.

—Tu as raison, continua-t-elle. J'ai bien failli ne jamais venir te chercher au château.

Les deux amandes s'ouvrirent sur un vert océan bouleversé. Une luciole éclaira furtivement son expression.

—Ize a été de nouveau attaquée et incendiée pendant ton emprisonnement, expliqua calmement Éléa. Pour éteindre le feu avant qu'il se propage à tout le village, les habitants ont abandonné les armes et nous les avons protégés des soldats. Forte de l'abandon précipité des Scylès devant les premières potions d'Erwan, j'ai surestimé notre victoire : j'ai donné le signal du départ avant la fin du combat. Il ne me restait que trois hommes, plus enclins à s'enfuir qu'à se battre. Mais j'avais oublié Korta que la lâcheté avait placé en retrait. Il s'est montré en bien meilleure forme que moi…

Elle baissa la tête.

—Il a gagné, Tanin, il a gagné. J'ai réussi à m'enfuir, mais j'ai reçu deux flèches dans le corps au moment où je franchissais la forêt.

Tanin était épouvanté. Les événements appartenaient déjà au passé mais il les ressentait au présent ! Il avait lu le livre d'Enkil, et pouvait comprendre ce qu'un échec impliquerait !

—Je dois ma vie à un homme qui passait par là, poursuivit-elle. Un homme qui avait franchi les Monts Pétrifiés, traversé les Brumes Infernales quelques jours plus tôt, et qui n'avait pas hésité après tant d'aventures à pénétrer dans les Bois Obscurs. Je l'avais aidé à comprendre les amalyses et il les avait domptées avec son cœur.

Tanin écoutait, subjugué par ce nouveau personnage.

—Me trouvant blessée et en danger, il m'a prise dans ses bras et m'a protégée dans un arbre près d'Ize. Il m'a soignée et a même combattu Korta pour reprendre la corne que celui-ci m'avait arrachée. Et, toujours insatisfait de ces exploits, il est venu me voir à mon passage en Aces et s'est battu sous les traits du Masque à ma place parce que je n'en avais pas encore la force.

Aucun mot ne sortait de la bouche de l'enfant.

—Cet homme, Tanin, c'était Axel.

Il l'avait déjà compris ; il se jeta dans les bras de sa jeune mère. Il se rendait compte de tout ce qu'il devait à ce comte qu'il avait jusqu'alors méprisé. Il retint de justesse ses larmes d'amour et de peur, et se ressaisit en se frottant le nez par habitude.

—Pourquoi il l'a pas dit ? demanda-t-il tout confus de son erreur de jugement.

Éléa prit le petit visage mutin entre ses mains.

—Parce qu'Axel possède une qualité que tu as oublié d'apprendre : la modestie, sourit-elle.

Tanin accusa la leçon d'un air contrarié. Éléa l'embrassa sur la joue.

— Va te coucher, mon cœur, et médite là-dessus. Rassure-toi, tu n'es pas le seul à commettre des injustices et j'en ai une à réparer, ajouta-t-elle en sortant l'anneau d'Axel de sa poche.

Elle voulut se relever, mais Tanin la retint un dernier instant pour appliquer ses petites lèvres sur la commissure des siennes. Éléa lui rendit le baiser dans un sourire, passa sa main dans les cheveux trop longs de l'enfant et se redressa.

Tanin la regarda s'éloigner dans le coucher de soleil, accompagnée de trois lucioles échappées de l'arbre. Elle possédait une inestimable beauté à ses yeux. Toujours un sourire, un baiser, une caresse, une parole réconfortante, toujours de sages conseils sans jamais un mot plus haut que l'autre – malgré ses bêtises –, et elle était toujours là pour le secourir ou pour le soigner. Femme-enfant, elle se montrait la mère parfaite qu'il s'était choisie.

Éléa s'avança sur les abords de la falaise. Sur le banc que Jerry avait dressé quinze ans plus tôt pour Maman Douce, Axel se perdait dans la contemplation des teintes du ciel et de la mer. Une fine écume glissait sur la plage de sable, plus bas, et étincelait dans le murmure des vagues. Les yeux du jeune homme se remplissaient de la vision apaisante du coucher de soleil. Ses cheveux et sa peau se coloraient des nuances qui l'entouraient, et se mariaient avec la nature.

Dans cette palette d'orangé, de rose et de violine, les pensées d'Axel semblaient entraînées comme une boule de feu dans cette calme mer. Le jeune homme réfléchissait. Il remettait en question le choix de garder secrète son identité. Il n'aurait pas voulu dire la vérité à Victoire mais, si elle la demandait…

Il entendit se rapprocher un bruit de jupons, ses joues se creusèrent : il avait tant espéré qu'elle le rejoigne ! Il avait décidé de reporter son départ dans le seul espoir de ce moment de solitude avec elle. Il se retourna vers la belle silhouette. La blancheur du chemisier de la jeune fille, qui dépassait de la veste sombre, accrochait le regard. Elle faisait ressortir sa peau fine, teintée par le crépuscule. Sa robe, rappel du bleu profond de ses yeux, annonçait la couleur de la nuit et trois étoiles entouraient déjà son visage.

Axel ne pourrait pas lui mentir. Impossible. Et pourtant, elle allait certainement lui demander des explications sur sa présence au palais pour l'anniversaire de la princesse Éline. D'un air coupable, il préféra prendre les devants :

— Je voudrais…

— Chut, le coupa doucement Éléa. Nous avons peu de temps, si tu pars demain. Laisse-moi parler, s'il te plaît.

Ses yeux se trouvaient tellement près des siens qu'Axel pouvait déjà voir les astres s'allumer sur la grande toile bleu nuit de ses iris.

— Dans les Bois Obscurs, je t'ai dit que peu m'importaient les rangs et la noblesse. Comte ou messager, je n'ai pas à faire la différence aujourd'hui, et je n'ai pas le droit de te reprocher ton silence.

Son visage envahissait l'esprit d'Axel. Le jeune homme ne pouvait rien ajouter.

— Garde le secret de ta présence en Leïlan, poursuivit-elle de sa voix harmonieuse. Garde tous les secrets qui te concernent, parce que je ne pourrai probablement jamais te révéler les miens.

Elle ouvrit sa main sur l'anneau d'or et le tendit à Axel.

— Et pardonne-moi, si tu peux, de ne pas avoir eu confiance en toi.

Le jeune homme fut ému par toutes ses excuses. En guise de réponse, il lui prit la main et embrassa la frontière de sa paume et de son poignet en prenant le bijou.

L'assurance qu'Éléa avait déployée pour cacher sa timidité s'enfuit. Elle prit peur devant la démonstration de ces sentiments dont la force la dépassait et retira promptement sa main. Les yeux à terre, la voix empreinte de gêne et d'innocence, elle demanda :

— Avais-tu quelque chose d'autre à me dire pour oser affronter le Monstre de la Forêt Interdite ?

Des millions. Le cœur d'Axel aurait pu parler jusqu'à la nuit des temps de son amour pour elle, mais il se souvint de la promesse faite à la princesse Éline. Il fallait trouver un moyen de sortir Éloïse de son sommeil. Sentiment ou devoir, Axel hésita quelques secondes. Malgré sa frustration, sa loyauté envers son frère Philip le retint :

— J'avais un message pour toi de la part de la princesse Éline.

— Éline ?!

Axel regretta son choix qui rompit le charme si doux. La réserve de Victoire s'était envolée, ses yeux ne le craignaient plus, ses lèvres avaient perdu leur invitation et sa voix sa sensualité. Les étoiles étaient redevenues de simples insectes luisants. La frontière qui séparait les trois personnalités habitant le corps de la jeune fille était trop facile à franchir.

— La princesse te propose un projet fou, expliqua Axel quelque peu déçu de perdre l'attention exclusive de la jeune fille. Elle a compris que le Masque était la Fille-aux-yeux-bleus et s'est persuadée que tu devais être la seule capable de guérir la princesse Éloïse.

Malgré tous les espoirs qui reposaient sur les connaissances en médecine de Victoire, l'intérêt que portait la jeune fille à ses moindres paroles troubla légèrement Axel.

— Continue, fit-elle, absorbée.

— Chaque soir, elle allumera une bougie à sa fenêtre et l'éteindra pour prévenir d'éventuels dangers. Chaque soir, elle t'attendra… Elle croit en toi. J'ai essayé de la dissuader : les dangers sont grands, même si Jerry te porte sur son dos, et les possibilités de guérir Éloïse sont peut-être inexistantes…

Il posa sa main sur la joue de Victoire : il voulait retrouver les instants précédents et s'apercevait soudainement qu'il avait peur que la jeune fille accepte le plan d'Éline. Il y avait beaucoup de risques. *Et il ne serait plus là…*

— Ne décide pas à ma place, dit-elle en serrant ses doigts sur ceux d'Axel.

Elle ferma les yeux pour s'enivrer de la chaleur de sa main ; elle se laissait finalement emporter par ses sentiments et par ce geste tendre. Les trois lucioles dansaient autour d'eux en une jolie ronde.

— Tu n'en as parlé à personne ?

Il secoua la tête, les yeux rivés sur elle.

— Alors, continue, s'il te plaît.

— Pourquoi ? demanda-t-il par réflexe plus que par intérêt.

— Vic ! Vic ! Vic ! cria une petite voix venant des salles de soins.

Le plus grand des fils de Sten accourut. La farandole de lumière qui entourait le couple disparut brutalement.

— Papa se réveille, Vic ! Papa se réveille !

Deux ou trois mèches aux reflets dorés glissèrent sur le visage d'Éléa qui regarda tristement Axel. À contrecœur, elle enleva sa main et, avec un petit sourire désolé, se sépara de lui.

— Viens, vite, Vic ! Viens !

Emportée par l'enfant, elle eut juste le temps de dire au jeune homme :

— J'espère que j'aurai le temps de te dire au revoir demain. Tu reviendras en Leïlan ?

— Pour toi, oui.

Il regarda son sourire s'éloigner. Il n'avait retrouvé la jeune fille que pour la perdre. Lorsqu'elle se retourna une dernière fois avant de disparaître dans les salles de soins, il lui adressa un murmure découragé :

— Je t'aime.

Elle ne l'avait pas entendu, elle n'avait certainement même pas vu le mouvement de ses lèvres. Axel avait eu l'audace d'affronter le Monstre mais, devant la jeune fille, la prophétie brisait son courage. Il avait été tellement refroidi par sa réaction au château… Victoire n'avait pour lui que la simple amitié dont avait parlé son père, une simple reconnaissance pour l'avoir aidée et sauvée plusieurs fois… Le chuintement du vent dans les branches lui conseilla de garder le silence.

Une main serrant l'anneau qu'il avait remis à son cou, Axel leva les yeux au ciel par désespoir. La nuit avait tendu son voile. Deux gardiennes astrales, blanches et lumineuses, veillaient sur Leïlan. Leur tranquillité envahissait Axel. Son corps criait sa fatigue. Les chambres se situaient très haut dans le Grand Arbre scintillant, mais le banc se montrait bien trop dur pour ses courbatures.

En montant péniblement l'escalier, Axel se rappela que, s'il avait suivi son plan initial, il aurait dû passer une nuit blanche et franchir la frontière akalienne avant le matin. Le détour effectué pour Éline et le sommeil de Victoire avaient tout retardé, ainsi que son envie de profiter de ce sanctuaire. Mais son pavallois ayant joué les messagers à sa place, le roi de Pandème ne pourrait pas vraiment lui en vouloir de son retard. Indiquer à Victoire un moyen de guérir la princesse Éloïse était tout de même plus important que de retourner auprès de son père pour regarder le temps passer. *Demain*…

Le jeune homme poussa la porte d'une pièce que Ceban lui avait indiquée. Le lit l'attira tant qu'il eut juste le temps de se déchausser avant de s'écrouler. La fatigue de son corps emporta dans un sommeil sans rêves ses derniers sursauts de sagesse.

✧

Assis sur le haut tabouret de son laboratoire, Erwan suivait la montée des vapeurs d'un liquide jaune dans un alambic. Sa course éthérée, de plus en plus verte, se poursuivait dans les spirales d'une colonne à distiller, puis retombait, en gouttes émeraude, dans un grand ballon de réception. Les produits de base pour élaborer sa fumée aveuglante seraient prêts pour le lendemain. Il n'avait aucune inquiétude là-dessus. C'était plutôt la discussion qui avait eu lieu lors du repas qui lui faisait froncer ses sourcils rouges. Éléa cachait quelque chose de grave, il le sentait. Un fait beaucoup plus important que son identité.

Un petit bruit de frôlement le sortit de ses pensées. Il se retourna, mais il n'y avait personne devant les étagères constellées de flacons. Du moins, personne debout, car derrière les tonneaux posés sur le sol dépassait un bout de petit pied qu'il connaissait bien. Il eut un sourire.

— Chloé, ne devrais-tu pas être au lit à cette heure-ci ?

La petite fille se redressa en pinçant les lèvres. Ses grands yeux dorés quémandaient un pardon déjà acquis.

— Je n'arrive pas à dormir, dit-elle d'une petite voix claire et posée.

Il se pencha et tendit les bras. Toute souriante, elle courut vers lui et se laissa hisser jusque sur ses genoux.

— Et qu'est-ce qui t'empêche de faire des jolis rêves, mon ange ? demanda-t-il en passant sa main dans les cheveux de cuivre de sa fille.

Elle ne répondit pas, semblant ne s'occuper soudain que du parcours du liquide dans la verrerie.

— C'est la fabrication de ces produits qui t'inquiète.

Elle retourna ses grands yeux vers lui et hocha la tête doucement.

— Comment ça fait mal aux Scylès ? demanda-t-elle en articulant bien sur les mots encore difficiles à dire pour son âge.

C'était bien la première fois qu'Erwan l'entendait poser une question. Il avait toujours trouvé étonnant qu'elle ne demande jamais quoi que ce soit, sur l'origine de ses parents, sur leur passé ou leur rencontre, par exemple. Mais il avait jusqu'ici pensé qu'elle était encore trop jeune pour s'y intéresser. Elle ne devait même pas savoir qu'elle était à moitié scylèse. Il était heureux de voir que son esprit s'ouvrait enfin à la vie qui l'entourait.

— La fumée leur brûle les yeux.

Chloé fronça les sourcils et Erwan put lire de la peur sur son visage.

— Ne t'inquiète pas, mon ange. C'est une fumée qui ne touche que les hommes scylès. Elle trouble la liaison entre l'œil et le cerveau. Chez une personne normale, elle peut tout au plus provoquer des picotements. Comme les guerriers des Pays Insolites ont une activité visuelle au moins mille fois supérieure à la nôtre, la gêne va jusqu'à la brûlure.

La fillette ne sembla pas très rassurée.

— Ils ne reverront plus jamais ?

— Hélas, je crois que ma fumée n'a qu'un effet temporaire. Je n'ai eu droit qu'à un essai, je n'ai pas encore pu faire un bon dosage. Mais j'ai bien l'intention d'arriver à leur ôter ce pouvoir de démon.

La fillette baissa les yeux, semblant profondément marquée par cette dernière phrase. Erwan se sentit un instant gêné : il ressentait son silence comme un jugement. Avec la mort de Gyl et l'arrivée des Scylès, il avait perdu son idéalisme pacifique. Des combats pour aider Victoire, il était passé aux règlements de compte personnels. Il découvrait maintenant qu'il pouvait arrêter ses expériences et ses actions de guerre sur un mot de sa fille. Il avait déjà laissé sa fortune et ses privilèges en Akal pour Sélène.

— Tu trouves que j'ai tort ? Que je suis méchant de leur faire du mal ? demanda-t-il.

— Non, papa, répondit-elle. Je sais que c'est à cause d'eux que Gyl ne viendra jamais me voir.

Il passa sa main sur le visage de sa fille, à la fois soulagé et désolé qu'elle comprenne. Il se faisait un point d'honneur de retirer le scalp de son ami du manteau de Muht. Gyl n'avait pas mérité une telle mort. C'était un homme trop simple, trop généreux, trop insouciant, même au milieu des batailles. Lui et sa famille n'auraient pas dû payer leur aide à ce prix.

— Comment sais-tu que ces produits font mal aux Scylès ? reprit Chloé, les sourcils froncés.

L'image d'un homme efflanqué et débonnaire disparut de l'esprit d'Erwan. L'Akalien sourit à sa fille, cherchant les mots pour expliquer au mieux son passé :

— J'ai beaucoup, beaucoup étudié, et j'ai bénéficié de la science de milliers d'hommes. Avant ta naissance, je travaillais sur cette potion : j'étais un grand Alchimiste.

— Tu es toujours grand, papa, répliqua la fillette.

Il sourit encore en regardant ses pieds qui touchaient à peine le sol du haut de son grand tabouret.

— Tu es un Alchimiste Suprême. Vic dit que tu es toujours le plus grand flair d'Akal, et Erby trouve que tu es un grand homme.

Erwan manqua d'éclater de rire.

— Erby… Sacré gamin. On a presque hérité d'un deuxième Tanin. Il doit te plaire, non ?

Le visage de la fillette s'éclaira d'un merveilleux sourire à la joie de son père :

— Oui, papa, il est gentil mais c'est toi que j'aime le plus.

Il serra contre lui les petits bras qui s'étaient glissés autour de son cou.

— Moi aussi, je t'aime, mon ange.

Erwan eut l'impression de partir quelques secondes loin du monde extérieur, loin de toutes les préoccupations de sa vie : il avait la plus merveilleuse des petites filles. Il était heureux qu'elle soit protégée de toute la violence des Mondes dans la Forêt Interdite. Il embrassa ses cheveux.

— On rentre tous les deux ?

Le visage de Chloé était redevenu triste. Erwan crut qu'elle n'avait toujours pas envie d'aller au lit.

— Les petites filles doivent dormir si elles veulent grandir, et maman doit encore être en train de te chercher, ajouta-t-il.

Elle accepta de descendre du tabouret et le laissa la reprendre dans ses bras. Le sourire qu'elle affichait n'était destiné qu'à faire plaisir à son père : sa tristesse intérieure demeurait grande. Alors qu'Erwan l'emportait fièrement vers leur maison, elle se demandait si son père l'entourerait de tant d'amour si elle possédait le pouvoir de démon des Scylès.

Combat d'Amour, Histoire de Haine

Enroulé dans les draps, Axel avait l'impression d'avoir le corps moulé dans le matelas. L'intensité de la lumière du jour lui révéla qu'il ne se réveillait pas avec l'aube. Un instant désorienté par la nuit qui s'effaçait de son esprit, il reprit conscience du lieu où il se trouvait et de toutes les bonnes intentions qu'il avait eues en s'endormant. Il se retourna en râlant : il avait perdu cinq heures de cheval de plus !

Les mains sur le visage, assis au bord du lit, il se donna encore quelques secondes et se leva. L'eau glacée d'un broc lui remit les idées en place, mais la présence de l'amalyse, toujours à son poignet, renforça sa rogne. Il ne lui reprochait plus de l'avoir trahi au château, mais il désespérait de s'en séparer un jour.

Axel avait encore moins envie de partir que la veille. Comme s'il était là où il devait être. Mais la future colère du roi de Pandème ne lui laissait pas le choix. Maintenant qu'il avait transmis le message d'Éline, il n'avait plus d'excuses pour rester dans la Forêt Interdite, qui soient du moins valables aux yeux de son père. De mauvais gré, le jeune homme remit ses bottes et rassembla ses affaires. Il fallait qu'il se débrouille pour parler seul avec Victoire. Pour être sûr que tout se passerait bien durant son absence. Il voulait aussi éclaircir le fait qu'elle préférait que personne ne soit au courant de la proposition d'Éline.

Lorsqu'il referma la porte derrière lui, Axel réussit à sourire malgré sa mauvaise humeur. La quiétude de ce territoire était vraiment agréable. Sous les rayons du soleil, la Forêt Interdite se peignait d'une symphonie de couleurs : le camaïeu de vert de la végétation se mariait à merveille avec les teintes de sable ocre, de terre brune et de roche crayeuse, le tout souligné par les tons bleus du ciel, du lac et de la mer. La Nature avait répandu çà et là les vifs coloris de la saison, et la nuance de lait des sommets de la Montagne Blanche se distinguait au-dessus de la cime des arbres. Son éclat offrait aux lieux un peu de son éternité.

— Tanin ! Erby ! Mélane ! Chloé ! Revenez immédiatement !

À la droite d'Axel, s'élevait la bibliothèque dont la brune Virgine sortait, sa colère rompant le calme du moment. Du coin de l'œil, le jeune homme vit les quatre garnements cachés dans les branches de l'arbre. Mais Chloé lui fit des yeux si doux qu'Axel ne put les trahir.

Après quelques vaines menaces, Virgine abandonna sa recherche et retourna dans la bibliothèque. Quand la jeune femme eut disparu, Tanin se glissa jusqu'à la rampe et voulut aider Chloé à descendre. Axel s'approcha et attrapa les petites filles dans ses bras pour les déposer à côté des deux garçons. Il jugeait toutes ses galipettes bien dangereuses pour des enfants.

Chloé et Mélane le remercièrent et Tanin ne lui lança pas de regard mauvais. Bien au contraire, il semblait observer Axel de façon plus saine aujourd'hui. Un imperceptible sourire se dessinait sur son visage même s'il n'osait rien dire.

— Moi et Tanin, et ben, on va aider les hommes sur l'Île Perdue, parc'qu'on est des hommes aussi ! s'écria Erby trop enthousiaste pour rester muet.

— Je croyais que vous deviez aider Erwan aujourd'hui, fit remarquer Axel.

— Cet après-midi, pour les filles, répondit Tanin, quand le mélange des produits sera prêt. Ce matin, c'est encore des leçons.

— Les vitres du toit de la bibliothèque ne suffisent plus à ton esprit pour s'échapper ?

— Avec Estelle, oui, avoua Tanin avec des yeux coupables, mais Virgine est bien plus ennuyeuse.

— Je n'ai pas besoin de ses leçons, annonça fièrement Chloé. Je sais lire depuis un an. Et je peux l'apprendre à Erby et Mélane, mes nouveaux frère et sœur.

À l'expression de Tanin, Axel comprit qu'elle venait de révéler un de leurs secrets.

— Alors pourquoi le caches-tu à Virgine ? demanda-t-il.

— Parce que les adultes sont trop fiers pour penser que les enfants peuvent savoir les choses plus vite qu'eux, répliqua Tanin.

Axel se retourna vers l'enfant, un peu sidéré par sa remarque.

— Je ne veux pas lui faire de peine, je préfère seulement aller voir Imma, expliqua Chloé avec beaucoup plus d'innocence.

À cette phrase, le jeune homme risqua une hypothèse que personne ne semblait prendre au sérieux :

— Parce qu'elle voit au-delà des yeux, comme toi ?

— Qui te l'a dit ?! Comment le sais-tu ?! paniqua Tanin.

— Elle est à moitié scylèse ! Pourquoi serait-ce si extraordinaire ?

Tanin ne savait plus s'il devait reprendre ou non son attitude défensive à l'égard d'Axel.

— Maman n'a pas ce pouvoir. Les femmes des Pays Insolites ne l'ont pas. Tu ne le diras pas, n'est-ce pas ? demanda tristement Chloé.

Axel s'agenouilla devant elle.

— C'est trop important ! Cela pourrait être utile à tout le monde !

— ça ferait pleurer maman, répondit la fillette, les yeux pleins de larmes. Et papa, il… Tu ne le diras pas, n'est-ce pas ?

Axel regarda vers la bibliothèque, puis vers les enfants. Erby et Mélane semblaient dépassés par la situation, Tanin était prêt à montrer les crocs et Chloé pleurait tout en essayant de sonder l'esprit du jeune homme pour savoir quelle décision il allait prendre.

— Je te dirai tout, mais ne leur répète rien, supplia-t-elle.

Il regarda de nouveau ses grands yeux de Scylèse aussi dorés que le regard des Akaliens.

— S'il te plaît, dit-elle encore.

— D'accord, viens avec moi, répondit Axel.

Elle lui tendit la main avant qu'il la prenne et l'entraîna elle-même vers la cabane où le jeune homme avait dormi. Les trois autres enfants les suivirent.

— Qu'est-ce que tu veux lui faire ? grogna Tanin en entrant derrière eux.

Chloé était montée sur le lit puis s'y était assise, droite et déterminée, prête à passer aux aveux. En prenant place sur une chaise à côté, Axel n'eut pas besoin d'amorcer la première question.

— Je ne sais pas pourquoi je peux voir les pensées et pas maman. Mais cela lui ferait beaucoup de mal de le savoir.

Axel ouvrit la bouche, mais elle enchaîna plus vite que lui, de sa voix appliquée :

— Je ne sais pas si je vois comme tous les Scylès, personne ne sait comment ils font, eux. Même sous la torture, les guerriers ne parlent jamais. C'est papa qui l'a dit un jour à maman. Moi, dans ta tête, je vois des images de toi qui marches dans la cour du château. Tu repenses à quand tu as croisé Muht et que tu as fait semblant d'être un méchant de Korta. Moi aussi, je t'aurais cru. Je ne vois que ce que tu penses maintenant, et qu'avec des images. Je ne suis pas comme Imma pour savoir qui tu es et comment tu t'appelles toute seule. Mais ton esprit va plus vite que tu crois, tu as peur soudain que je voie tous tes secrets, et je les vois. Parce que tu y as pensé.

Axel se redressa.

— Je ne dirai rien, moi non plus, le rassura Chloé.

— C'est déroutant, réussit à dire Axel. Et tu…

— Je ne sais pas. Je lis quand je peux voir le visage. Mais si je connais bien la personne, je la sens très loin. Je savais que Tanin allait bien au château.

— Ah ouais ? s'exclama le petit garçon derrière eux.

— Oui, répondit Chloé en se retournant vers lui. Je ne voyais pas d'images de ce que tu pensais mais je savais que tu n'avais pas mal.

— Alors les Scylès peuvent sentir la présence d'autres personnes ? Ils peuvent aussi déterminer où ils sont ? demanda Axel.

— Je connais tout le monde ici, je peux savoir si Vic ou papa vont bien mais je ne peux pas dire où ils sont quand ils se battent. Je sentais rien pour l'ami Gyl : il n'est jamais rentré dans la Forêt Interdite. Je n'ai jamais vu son esprit. J'ai su qu'il était mort parce que cela a fait beaucoup de mal à tout le monde. Et parce qu'ils y pensent encore beaucoup.

— Tu as vu sa mort. Cela veut dire…

— Oui, si tu repenses à un combat, je le verrai, avec le sang, les grimaces et la colère.

Elle troqua son visage de marbre pour un léger sourire :

— Je suis habituée. J'ai toujours vu et personne ne le sait. Tu ne trouves plus que je suis monstrueuse. C'est gentil, mais il ne faut pas avoir mal pour moi.

— Pardon. Je n'ai jamais rencontré de petite fille comme toi. Et je n'avais pas imaginé les conséquences de ce pouvoir sur l'enfance des Scylès.

Elle eut enfin un vrai sourire.

— Je ne suis pas obligée de voir. Je le décide.

— Et…

— Et ce n'est pas fatigant. Pas plus que de lire un livre.

Malgré la gravité de ce que disait Chloé, un pli amusé fendit la joue d'Axel. *Le laisserait-elle finir ses phrases ?*

— Pour quoi faire ?

— Rien, j'en conviens. Mais je me sentirais moins mis à nu. Comment peux-tu savoir les questions que je me pose si tu n'entends rien ?

— Parce que je devine ! Les idées, c'est beaucoup plus difficile que les souvenirs, quelques fois ce ne sont que des solutions que je vois à la suite, ou des choses toutes bizarres qu'il faut comprendre : je ne réussis pas toujours, mais j'aime beaucoup jouer à deviner.

Elle eut de nouveau le sourire ravissant d'une petite fille. Elle laissa le jeune homme poser entièrement sa question suivante :

— Si je contrôle mes pensées, je peux te faire croire n'importe quoi ?

— Si tu peux t'arrêter de penser à Victoire, oui.

Axel se redressa de nouveau, saisi et terriblement mal à l'aise. Il n'avait même pas conscience que la jeune fille occupait son esprit en permanence. Il était d'autant plus gêné que Chloé s'en rende mieux compte que lui. *Ce n'était pas de son âge !*

— Je ne suis pas une toute petite fille, j'ai cinq Saisons de Feuilles Vertes.

Elle descendit du lit et rejoignit Tanin qui arborait une mine interrogative.

— J'ai tout dit. Moi aussi, j'aimerais savoir si je vois comme les Scylès.

Elle glissa sa main dans celle de Tanin et se dirigea vers la porte de la cabane. Tanin lui murmura immédiatement quelque chose à l'oreille.

— Il l'aime autant que papa aime maman, répondit-elle en lançant un dernier regard déroutant à Axel. Il reviendra, c'est sûr.

Les yeux de Tanin devinrent des fentes mais il ne dit rien. Mélane et Erby les rejoignirent pour sortir. Axel se demanda s'ils avaient vraiment conscience du pouvoir de leur nouvelle sœur et de la gravité de son silence. Le rire cristallin de Chloé à une bêtise dite par Erby lui prouva qu'elle n'avait pas seulement le corps d'une petite fille mais qu'elle possédait aussi son insouciance. Il se leva et reprit ses affaires pour les rejoindre à leur point de rencontre initial.

— Je passe par quelle racine pour descendre ? demanda-t-il sans vouloir se soucier de l'encombrement de son sac et de ses armes.

Il croisa de nouveau le regard de Chloé. Il saurait utiliser à bon escient ce qu'elle lui avait dit. Et même s'il n'approuvait pas son silence, il saurait garder pour lui qu'elle n'était pas une petite fille comme les autres. Erby passa devant avec enthousiasme et tous les cinq glissèrent jusqu'à l'étage d'en dessous pour se séparer.

— À bientôt, lui dit Chloé.

Tanin reprit la main de la fillette avec toujours le même désir de l'éloigner d'Axel. Mais au dernier moment, il se retourna :

— Maman se trouve près du surplomb de falaise, à côté de la cascade. Fais attention, elle est avec Jerry.

Puis il força Chloé à fuir avec lui.

Agréablement surpris par sa nouvelle relation avec le garçon, Axel prit note de ce dernier conseil et continua sa descente. Une odeur particulière s'échappait du laboratoire d'Erwan qu'il dépassait et le jeune homme se demanda ce que l'Akalien ferait s'il savait qu'il pouvait aveugler sa fille comme les guerriers scylès. Chloé prenait un sacré risque. Il s'interrogea sur la façon dont il pourrait parler du pouvoir de l'enfant sans la dénoncer. Il n'aimait pas le mensonge.

Le parfum des cuisines attira à son tour ses narines et chassa ses réflexions : Axel réussit à chaparder une brioche à la surveillance d'Ophélie. Satisfait de son forfait, il partit sur la pente herbeuse vers le surplomb de falaise. On entendait des coups de lames, des grognements et des réprimandes aussi : un spectacle hors du commun attendait le jeune homme.

Dans sa courte jupe, Éléa faisait front à Jerry et se battait avec vigueur. L'être chimérique présentait la force stupéfiante de quatre ou cinq hommes et n'hésitait pas, par moments, à l'utiliser tout entière contre la jeune fille. Mais celle-ci parait, esquivait, virevoltait, croisait, coupait, fendait sans se soucier de la brutalité de ses gestes. Les contractions et les relâchements de ses doigts sur la poignée de son arme étaient parfaitement dosés. Elle maniait son épée avec une grande agilité et une vitesse surprenante.

Détournant par surprise la lame de son adversaire, elle fit un tour sur elle-même et décocha un puissant coup de talon dans l'estomac de Jerry.

— Plus fort ! hurla-t-il. Je n'ai même pas vacillé ! Tu as de la guimauve dans les jambes ! Bats-toi avec ton épée ! Ne baisse pas ta garde ! Tranche, n'effleure pas !

La rage de l'animal était visible, mais la jeune fille n'en faisait aucun cas, à son plus grand énervement.

Tuer, elle en était largement capable. Chaque coup de sa lame pouvait être mortel. Mais elle préférait poursuivre un entraînement plus difficile : blesser suffisamment son adversaire pour qu'il abandonne le combat sans qu'elle ait à menacer sa vie. Elle attaquait où bon lui semblait, évitait avec adresse les ripostes et ignorait les réprimandes de Jerry.

Axel avait cessé de toucher à sa brioche en voyant la jeune fille. Sa couronne de tresses la sacrait reine. Elle était aussi dangereuse que belle. Une telle concentration se lisait sur son visage ! Et toutes ces amalyses qui couraient sur son corps au gré de ses mouvements ! Fasciné, comme depuis le premier jour, Axel continua de s'approcher.

Éléa sentit sa présence et détourna légèrement la tête avec un sourire. Elle reçut en récompense une gifle démentielle qui la fit décoller du sol et tomber brutalement. Axel n'eut même pas un moment de réflexion, il balança ses affaires et se rua, l'épée en avant, sur Jerry qui n'attendait que cela. Éléa l'arrêta d'un cri.

— Non, Axel ! Laisse-le ! Je n'ai que ce que je mérite, ajouta-t-elle énervée. Ton arrivée n'avait pas à me déconcentrer.

Elle essuya sa lèvre ouverte avec le dos de la main. Elle semblait agacée et irritée de la sévérité de Jerry.

Axel regardait l'être chimérique avec haine. Il aurait voulu que Jerry soit mortel pour l'étriper. Le Monstre comprit le message et sourit sournoisement :

— Tu désires encore te battre ?

Il jeta brutalement son épée à terre.

— Alors, ce sera contre elle ! ajouta-t-il en montrant la jeune fille qui se relevait.

Quelle idée ridicule ! pensa Axel qui n'en avait aucune envie.

— Avec ton épée, crains-tu d'être battu ? siffla le Monstre perfidement.

Axel regarda la jeune fille pour chercher en elle l'écho de sa propre désapprobation, mais elle ne lui prêtait pas attention. Avec une légère grimace, elle avait appliqué sa corne sur la plaie de ses lèvres et la raccrochait à son cou. Elle lança un regard tueur à Jerry et se retourna enfin vers Axel.

— L'expérience peut être intéressante. Vu le nombre de coups que je prends depuis ce matin, tu as dû te battre de manière exceptionnelle hier, dit-elle froidement.

— Je dois partir…

— Il est presque midi, répliqua Jerry, tu n'es donc pas aussi pressé que tu le dis. Tu peux bien nous offrir une heure de plus de ton temps.

Axel n'eut rien à répondre. Éléa planta violemment son épée dans le sol pour s'avancer vers un coffre et un tonneau posés dans l'herbe derrière son Maître. Elle sortit des vêtements noirs et ses amalyses quittèrent son corps. Négligemment, elle enfila un pantalon sous sa jupe, qu'elle retira ensuite, accrocha un couteau à sa cuisse, mit ses bottes et passa une chemise sur son corsage.

— Nous sommes à égalité en ce qui concerne les vêtements, fit-elle d'un air décidé qui déconcerta Axel. Mon épée est plus légère que la tienne mais, dans ce coffre, tu trouveras d'autres lames.

Axel secoua la tête, par incompréhension, et observa pour la première fois l'arme du Masque d'un peu plus près. Ne pensant pas un jour avoir à se battre contre elle, il avait négligé cet examen. Sur une lame tranchante de métal clair, une demi-coquille de lanières d'argent entrecroisées et soudées protégeait la main. Axel comprit soudain l'allusion de la jeune fille, lors du repas de la veille : il reconnaissait dans cette arme la forge ajourée des Pays Noirs !

Axel voulait se dérober à ce combat inutile mais Victoire, ne semblant pas démordre de sa décision, arracha son épée du sol et la pointa sur lui.

— Tu m'as déjà vue me battre, ce sera ton avantage. Néanmoins, pour être sûre que tu me montreras le meilleur de toi, si tu perds, je te demanderai de quitter cette forêt *à jamais.*

— Et si tu le laisses gagner, Vic, il ne te restera pas assez de secondes de loisir pour apprécier un quelconque retour, prévint Jerry brutalement.

Éléa regarda son Maître froidement sans prononcer un mot. Était-ce vraiment contre Axel qu'elle allait se battre ? Le jeune homme semblait dépassé, entraîné dans un duel qui ne lui plaisait pas. Ce qu'il voulait, c'était prendre la jeune fille dans ses bras et non croiser le fer avec !

— Chaque coup pourra être porté avec violence : ma corne se chargera de faire payer au perdant la souffrance de son échec, acheva-t-elle aussi glaciale que l'acier de sa lame.

Elle eut un regard brûlant et abattit sa lame sur celle d'Axel. Elle ne plaisantait pas. Encore un instant décontenancé, le jeune homme para le coup au dernier moment et releva l'arme offensive. Les yeux des deux adversaires se croisèrent. La jeune fille souriait.

— Je sais que tu peux manquer d'endurance face à un homme, lui fit Axel, rassuré sur la teneur du combat.

— Si tu comptes prolonger ce duel, tu verras que j'ai des ressources pour reprendre mon souffle, répondit-elle en dégageant son épée et en lui envoyant son talon dans le ventre.

Axel évita le coup d'un bond en arrière et riposta.

— Depuis quand parle-t-on lors d'un combat ?! gronda Jerry.

Les deux adversaires ne s'occupaient pas de leur arbitre, chacun se révélant soudain trop curieux de connaître les capacités d'escrimeur de l'autre. Leur échange prouvait leur valeur. Derrière l'admiration d'Axel se dissimulait aussi une autre quête. Quitte à perdre une heure de plus, il pouvait porter ses coups pour obtenir une réponse. Il usa de plusieurs feintes afin de savoir si la jeune fille connaissait les parades.

— Tu me mets à l'essai ? fit soudain Éléa en se dérobant à une attaque.

Axel sourit et lui répondit, les yeux pleins de lumière :

— Je cherche à savoir qui a été ton maître d'armes.

— Vic, je t'interdis de répondre ! intima Jerry qui ne comprenait que trop bien où le jeune homme voulait en venir.

Tranchant l'air de sa lame, Éléa s'écria dans un rire :

— Le meilleur, pour sûr !

— Je n'en doutais pas, répliqua Axel en arrêtant son coup.

— Tu as intérêt à gagner, Vic, je te jure que tu as intérêt, menaça Jerry.

Usant d'une nouvelle feinte, Éléa changea son arme de main, se logea près d'Axel et plongea ses yeux de nuit dans les siens.

— Tu as envie de partir ?

— Pour rien aux Mondes, répondit-il en attaquant de plus belle, lui aussi de la main gauche.

Leurs lames se croisaient maintenant pour le plaisir. Jerry leur tournait autour, les guettait, les dérangeait, criant ou rouspétant, mais il n'intéressait pas les deux combattants. Leurs cheveux, volant comme leurs corps, dégageaient leurs sourires enjoués ou cachaient leurs regards trop provocants. Sans vanité ni orgueil, ils se présentaient l'un à l'autre toute leur science et tout leur art, les connaissances communes ou celles, plus personnelles, apprises dans des luttes diverses. Neuf ans de pratique et d'expérience se dévoilaient dans ce ballet de fers où le rythme était scandé par le choc des lames.

Ils en étaient presque à s'interrompre pour se faire des remarques ou des compliments. Au cours d'une de ces pauses, Éléa aperçut l'amalyse au poignet droit d'Axel qui rentrait de temps en temps dans sa manche. Elle sourit en constatant qu'il ne la contrôlait pas. Axel comprit son regard et fit la grimace :

— Je n'ai pas réussi à m'en débarrasser.

— Tu n'as donc jamais pensé à lui demander gentiment de partir ? s'étonna-t-elle en ramenant une de ses mèches folles derrière son oreille.

Axel resta dubitatif. Il ne savait pas s'il devait la croire. Mais Jerry coupa court à ses pensées. Leurs bavardages le faisaient enrager de plus en plus. L'être chimérique leur rappela méchamment l'enjeu du combat, et le goût de la victoire revint sur les lèvres d'Axel.

Après les techniques vinrent les stratagèmes. Pour gagner, il fallait désarmer l'autre ou le maîtriser. Si la première condition ne se montrait déjà pas sans problème, il semblait invraisemblable, sans se faire de mal, de réussir la seconde. *Pour l'un comme pour l'autre.*

Jouant d'invites et de menaces, Éléa emmenait Axel dans un piège : elle reculait lentement à ses attaques vers le bord de la falaise au-dessus du lac.

Le jeune homme n'était pas dupe. Il savait qu'elle se montrait toujours faible un instant pour gagner par la suite. Il ne devait pas se laisser entraîner car, s'il essayait de la basculer dans le vide, la jeune fille utiliserait sa force pour le faire tomber à sa place. *Tomber…*

Éléa arrivait au bord, Axel ne pourrait pas résister. Son sourire se dessina en coin : elle l'attendait. Elle pensait qu'il essaierait d'abord de la désarmer ou qu'il profiterait d'un coup pour la pousser, ou mieux, qu'il allait plonger sur ses jambes en se plaquant lui-même au sol pour la faire basculer. Elle se tenait prête.

Axel se jeta effectivement sur elle, mais pas au niveau de ses jambes. Après un coup puissant pour écarter la lame de la jeune fille, il l'agrippa à la taille et l'entraîna en arrière avec lui. Le sol se déroba sous leurs pieds, l'élan les propulsa loin et, dans un cri d'impuissance, Éléa ne put que suivre son corps dans le vide.

Bref instant de chaleur avant le plongeon final : les deux corps emmêlés s'engouffrèrent dans la fraîcheur de l'eau.

La remontée fut lente, freinée par leurs bottes. Si Axel n'eut aucun mal à enlever les siennes et à les lancer sur la rive, Éléa était bien trop submergée par ses rires pour y parvenir. Elle buvait la tasse et se noyait presque dans ses éclats.

Axel la prit dans ses bras et la soutint pour l'amener vers la berge en dessous de la falaise d'où ils venaient de tomber. Les bras autour du cou du jeune homme, le visage vers le ciel, la jeune fille se laissait emporter et offrait son rire à la vie. Non sans plaisir, Axel la saisit par la taille et la souleva sur la rive. Que le bonheur était beau sur son visage ! Il eut à cet instant l'envie de consacrer sa vie à ce que ce sourire ne quitte jamais ces lèvres.

Éléa essuya une larme au milieu de l'eau ruisselant sur son visage rougi par l'étouffement et sourit à Axel qui remontait sur la berge :

— Tu crois que Jerry va apprécier ?!

Comme une faux, un faucon scinda l'air en deux au-dessus d'eux et vint clouer ses serres dans un rocher. À chaque colère, les veinules de ses yeux jaunes éclataient : ce moment-là ne fit pas exception.

— Tu l'as laissé t'entraîner exprès, affirma-t-il gravement à Éléa.

— Non ! s'écria-t-elle en s'arrêtant totalement de rire. Comment voulais-tu que je pare un suicide ?

— Tu as échoué, c'est tout ce que je vois !

— Le combat est annulé, nous sommes tous les deux tombés de la falaise, argumenta Axel.

— Solution trop facile, rétorqua Jerry enragé. Pour ma part, vous avez perdu tous les deux ! Ce n'est pas moi qui décide de ton sort mais dis-toi que, si tu reviens dans cette forêt, ton passage sera bien plus difficile. Et toi…

Il se retourna brutalement vers Éléa qui essorait distraitement ses cheveux.

— … de la danse, tu n'as retenu que la souplesse. Je crois qu'une journée à réapprendre le sens de l'équilibre te fera du bien.

Elle le regardait à peine.

— Dans cinq minutes, je veux que tu aies grimpé cette falaise – sans amalyses ! – et que tu me retrouves dans le passage du Pont Sans Retour. Dans cet univers, nous aurons la paix !

Jerry s'envola rageusement sur son dernier ordre, laissant son élève pensive et Axel écœuré.

— J'avais espéré qu'il considère ce combat sans vainqueur et sans vaincu, regretta-t-il tout haut.

— Il n'avait pas l'intention de me laisser tranquille, répondit-elle avec un pâle sourire. Ta présence le rend odieux.

— C'est heureux que je m'en aille. Je me demande même si c'est une bonne idée de revenir.

— Si ! fit Éléa en se levant d'un bond. Ne crois pas que j'aie parié avec toi pour que tu ne reviennes jamais. Je voulais seulement juger de mes propres yeux toutes les qualités que mes compagnons louent en toi. Si je n'avais aucune intention de te laisser gagner facilement, je n'avais pas non plus envie que tu perdes.

Elle le regarda, emplie de ses aveux, et, avec un petit air étrangement inquiet, elle ajouta :

— De toute manière, je me demande si j'aurais gagné…

— Nous n'avons pas utilisé toutes nos armes, répliqua-t-il en lui indiquant le poignard attaché à sa cuisse.

Éléa sourit. Il est vrai qu'Axel aurait eu quelques surprises. Elle n'était pas du genre à l'utiliser comme deuxième épée à l'instar du jeune homme.

— Mon épée ! s'écria-t-elle soudain.

Dans les profondeurs du lac, semblant répondre au cri de sa propriétaire, la lame brilla sous l'effet du soleil.

Éléa se rassit pour retirer ses bottes, mais déjà Axel jouait les galants et plongeait pour rechercher les armes. La jeune fille l'observa évoluer doucement sous l'eau claire, et, avec effort, elle extirpa ses pieds du cuir mouillé.

Lorsqu'Axel revint, elle était toujours assise, pensive. Il allait partir maintenant. Elle eut à peine un sourire en reprenant son arme. Axel attacha la sienne à sa ceinture avec autant de joie.

— Bon… je crois que cette fois…

Éléa ne dit rien. Son départ la déprimait.

— J'espère que la princesse Éloïse sera guérie quand je reviendrai. Tu y vas ce soir ?

— Oui.

— Jerry n'a pas été trop difficile à convaincre ?

— Je ne lui ai rien dit, avoua-t-elle en se levant sans entrain.

— Comment ?! Mais pourquoi ?

— Il m'a interdit l'accès du château.

Cela changeait tout !

— Tu ne vas pas y aller seule, n'est-ce pas ? demanda-t-il avec inquiétude.

Elle releva la tête vers lui.

— Aucun de mes compagnons ne m'aidera à lui désobéir, Ceban encore moins que les autres. Ils auraient trop peur pour moi. Je n'ai pas le choix.

— Vic, que fais-tu ? Je t'ai dit cinq minutes ! cria soudain Jerry du haut de la falaise.

— Fiche-lui la paix ! Elle récupère son arme ! hurla Axel, soudain trop angoissé pour le laisser interrompre la conversation.

Il se retourna vers les grands yeux étonnés de la jeune fille.

— Je ne te laisserai pas y aller seule, c'est trop dangereux. De quelle manière vas-tu passer les douves ?!

— En tirant des cordes vers le château, en… Je trouverai bien. Je saurai me débrouiller, affirma-t-elle en levant le menton.

— Et comment pourras-tu fuir si tu rencontres Korta, Muht ou ses hommes ? Je ne peux pas te laisser prendre autant de risques.

— Et pourquoi ?! s'énerva-t-elle. Une vie a besoin de moi. La vie de *ma* princesse. Que ferais-tu à ma place, si ton roi ou tes princes étaient en danger ? Ne risquerais-tu pas ton existence pour la leur ?

Axel resta silencieux. Elle avait de bonnes raisons. Mais dans l'égoïsme de son amour, il ne voulait seulement pas les entendre. Lui, habituellement si insouciant, inconscient des dangers, n'acceptait pas qu'elle ait le même tempérament.

— Je vais y aller, ce soir, seule, et la princesse Éloïse sera guérie à ton retour. Tu peux partir.

Axel serra les mâchoires. Au diable la colère de son père !

— Non, je reste.

— Mais…

— Il n'y a pas de *mais*. Je viens ce soir, et tu n'as rien à dire. Je suis bon archer : je pourrai t'aider à rallier le château.

Éléa parut indécise. Elle ne voulait pas qu'il parte mais sa présence au château ne lui plaisait pas du tout.

— Je croyais que tu avais mal au bras.

— Eh bien, guéris-le ! ordonna-t-il en défaisant le pansement.

— Vic ! Dans trente secondes, je viens te chercher par la peau du dos ! tonna Jerry que l'on semblait oublier.

— J'arrive ! répondit Éléa pour prolonger l'attente.

Elle fixa de nouveau Axel.

— Que vas-tu dire aux autres pour justifier que tu restes ?

— Ton combat est suffisamment juste pour que n'importe qui y prenne part. Je vais les aider à préparer les armes pour les villageois.

— Tu n'auras aucun reproche de ton roi pour ton retard ?

— C'est mon problème, sourit-il doucement. Je saurai le convaincre que tout ce que j'aurai accompli ici a plus d'importance que tout ce qu'il aurait pu me donner à faire là-bas.

Elle céda. Elle décrocha son collier et posa sa corne sur l'avant-bras d'Axel. Le jeune homme faillit crier de surprise à cette vive douleur. Il regarda les traces de ses blessures s'effacer par un artifice impressionnant. Sa peau garda un moment un doux parfum à cet endroit.

Sans être convaincue que la présence d'Axel serait une bonne idée, Éléa lui tourna le dos et fit apparaître des pieux longs et fins. Après une suée passagère, elle les enfonça dans les légères aspérités de la roche pour se hisser souplement entre chaque point d'appui.

— Hé ! Tu te sauves, là ! Où nous retrouvons-nous ?! s'exclama Axel, abandonné.

— Au premier rocher, près de la falaise qui donne sur les jardins du château. Juste avant le coucher du soleil. À la condition que tu ne dises rien, ajouta-t-elle en lui lançant un nouveau bracelet de cuir.

Il acquiesça. Le corps suspendu dans le vide, la jeune fille se balança légèrement et rattrapa un appui du bout du pied. Avec maîtrise, elle passa tout le surplomb et ne laissa derrière elle que les pieux comme marque de son passage. Au moins, Axel savait comment ils allaient escalader les murs du palais.

Il mit le bracelet offert et prit le même chemin. Arrivé en haut de la falaise, il constata à regrets que Victoire avait déjà disparu. Il s'assit dans l'herbe et soupira bruyamment. Dans quelle aventure s'était-il encore engagé ?!

Un parfum léger et chaud de fleurs et de miel effleura soudain son nez. Derrière les premiers arbres de la Forêt Interdite, certaines feuilles bruissaient. Axel tourna la tête, chassant tous les mauvais pressentiments de son esprit.

— Chloé ? demanda-t-il sans comprendre pourquoi ce nom lui venait à la bouche.

Le silence lui répondit mais la subtile senteur persista. Axel se souvint alors de la première fois où il l'avait perçue : elle provenait de la personne cachée derrière les buissons qui appelait l'enfant.

Axel afficha un sourire de circonstance, celui des découvertes agréables.

— Sélène, prononça-t-il doucement.

Elle ne répondit pas mais Axel savait qu'il avait vu juste. La femme d'Erwan était dans les ombres de la forêt : derrière un tronc, le bord d'une étoffe blanche dépassait.

— Viens, n'aie pas peur, dit-il avec calme. Je n'ai jamais vu de Scylèse, pourquoi te ferais-je du mal ?

— Tu viens vraiment de Pandème ? demanda la jeune femme craintive, toujours cachée.

— Oui.

Il retira sa chemise trempée, découvrant son torse encore bronzé.

— Mon pays est celui du soleil et non celui des glaces.

Elle bougea. Une main se posa sur le tronc, fine et blanche comme la neige, puis le bras, un bout d'épaule, une jambe enlacée par les rubans clairs de sandales. Une tunique laiteuse suivit, glissant jusqu'aux genoux d'un corps d'une minceur fragile, accentuant sa pâleur. La tête se tourna. Les cheveux platine, coupés en rond sous les oreilles, dégagèrent d'immenses yeux légèrement bridés sur un visage de statue. Ils étaient d'un turquoise limpide comme une source.

Elle avait peur. Ses sentiments se lisaient, transparents, sur son visage. Mais malgré son évidente vulnérabilité, elle osa avancer et sortir de l'ombre des arbres.

Sélène ne devait guère être plus grande que son mari, et ses trente ans se devinaient tout aussi mal que les quarante sur le visage du nain. Sculpture de craie représentant un brin de femme, menue, frêle, presque maigre, elle eut pourtant le courage de passer outre sa peur et s'approcha d'Axel. Le jeune homme n'aurait jamais imaginé une Scylèse d'apparence aussi petite et fragile.

À chaque pas, elle prenait de l'assurance et, à ses yeux comme à ses lèvres, Axel vit qu'elle perdait sa frayeur. Il l'encouragea d'un sourire. L'expression apeurée fit place à un regard docile, un peu nostalgique.

— Tu dois me trouver bien craintive et stupide, fit-elle honteusement.

— Pourquoi ? J'ignore tout du passé que je semble faire resurgir avec frayeur dans ton cœur.

— Erwan a une fois de plus raison, remarqua-t-elle en amorçant un sourire.

— C'est lui qui t'a obligée à venir ?

— Erwan ne m'a jamais donné d'ordre, répondit-elle. Il était déçu, hier soir, de ma conduite mais ne m'en a tenu aucune rigueur. Je suis venue de mon plein gré.

Elle s'assit dans l'herbe fraîche. Même si elle avait respecté une certaine distance avec le jeune homme, elle ne le craignait plus.

De toutes les femmes de la Forêt Interdite, elle était la plus parée de bijoux, sans pour autant en posséder à l'excès. Axel avait noté cette différence supplémentaire. Une fine plaque de métal ornait son cou, trois pièces rondes et plates pendaient à chacune de ses oreilles, et ses deux poignets étaient cerclés par de larges bracelets sculptés. Le tout, en argent, aurait dû accentuer l'impression de froideur mais, à la vérité, toute autre couleur de métal aurait juré avec sa peau.

Jouant avec une fleur, sans la cueillir pour autant, Sélène observait Axel de ses grands yeux. Ils possédaient la même qualité hypnotisante que ceux de sa fille. Il était difficile de croire qu'elle n'avait pas le même pouvoir.

— Il y a cinq ans, nous avions décidé d'aller jusqu'à Pandème. Crois-tu que nous avons fait le bon choix en restant ici ?

Axel ne sut si elle posait vraiment une question.

— Pandème est un pays sans guerre et sans violence, mais la jalousie, l'intolérance et la médisance n'épargnent pas ses habitants. J'aime plus que tout mon pays et j'apprécie que les Mondes le considèrent comme un idéal, mais même dans un cadre parfait, les hommes restent des hommes. Et les cheveux blonds y sont très répandus, ajouta-t-il en conclusion.

Sélène sourit : sa réponse lui plaisait et cette franchise lui confirmait tous les dires d'Erwan. Elle savait depuis longtemps que la Forêt Interdite était un havre de paix au-delà de l'espérance humaine. Elle leva la tête et contempla lentement le paysage.

Dans la lumière intense du soleil, Axel discerna, malgré le ton blanc sur blanc, une légère cicatrice partageant en travers ses lèvres fines. Un reste de blessure courant chez les enfants turbulents, mais qui gêna Axel par son contraste avec la sérénité qui émanait de la jeune femme. Il semblait anormal et déplacé.

— J'ai parcouru de nombreux États dans les Pays Insolites et voyagé souvent sur la Mer de Glace, mais je n'ai jamais rencontré une seule femme, dit Axel. Pourquoi et comment…

— Que sais-tu des Scylèses ? l'interrompit Sélène.

— Pas grand-chose. Depuis peu, je connais la rumeur selon laquelle elles ne peuvent avoir qu'un seul enfant, et sous la condition d'aimer le père. Mais je me suis toujours demandé comment les Scylès pouvaient être aussi nombreux.

— Les femmes des Glaces ne sont pas sujettes à cette prophétie des Fées. Et, si les Pays Insolites n'ont toujours pas réussi à s'approprier la terre des Akaliens, malgré le pouvoir des yeux des hommes, c'est parce qu'une guerre sévit aussi entre eux pour se voler les femmes.

— Pour un morceau de terre ? déplora Axel.

— Pour le seul accès sur la mer, avant la nouvelle série de grandes falaises, corrigea-t-elle. La Mer de Glace, dans le grand Nord, n'est praticable que trois mois dans l'année, mais tu dois le savoir mieux que moi…

Sélène resta un instant silencieuse. Il fallait qu'elle parle, il fallait qu'elle exorcise ses cauchemars.

— C'est grâce à moi si tout le monde connaît la prophétie des Scylèses… Si tu n'as jamais vu une seule femme dans les Pays Insolites, c'est parce que les hommes sont trop occupés à les battre ou à les fouetter. Ils épargnent aux étrangers la vue de leur sang.

Elle venait de parler d'une voix tellement neutre et indifférente qu'Axel en resta incrédule :

— Mais, comment font-ils pour avoir des enfants ?!

Les grands yeux turquoise se posèrent sur lui.

— En détournant la prophétie. Les Scylèses sont isolées de tout dans des cachots dès leur plus jeune âge. Elles ne connaissent que la violence de leur père et des amis à qui il les offre. Quand un homme vient un jour en enlever une et qu'il lui dit qu'il l'aime, elle ne peut qu'y croire. Bref moment de rêve. Dès la naissance de son enfant, elle perd tout, la vie comme le reste, parce qu'une Scylèse déjà mère n'a plus aucune utilité.

Axel n'osa dire un seul mot sur le moment. La statue devant lui s'était changée en spectre. La pâleur de Sélène faisait maintenant penser à la mort. Elle rejeta violemment ses mèches en arrière dans le tintement de ses boucles. Elle essayait, désespérément, de se dégager de l'histoire de son peuple. Mais pour Axel, elle semblait soudain aussi terrifiante que Muht.

— Et aucune femme ne peut deviner les intentions des Scylès avec un pouvoir de double vue ? demanda-t-il pour s'assurer de la réponse.

— Seuls les hommes le possèdent.

— Alors Chloé…, commença-t-il pour s'interrompre immédiatement.

— Chloé est une fille et elle est à moitié akalienne. Le seul pouvoir qu'elle possède sera de ne jamais connaître toute cette horreur. Jamais !

Elle reprit son calme dans un profond souffle, gênée d'avoir crié. Elle n'avait aucun pouvoir, il n'y avait plus à douter. Et Axel comprenait le silence de Chloé.

— Dans les Pays Insolites, je n'avais jamais entendu parler de l'existence des Fées, mais maintenant je sais que ce sont elles qui ont permis à ma vie de ne pas prendre la même route que celle des autres Scylèses. J'ai tout appris en surprenant une conversation lors d'une tentative d'évasion. Pour punition, j'ai été envoyée dans un camp près d'Akal pour subir mille expériences servant à passer outre la prophétie… Un jour, les Akaliens ont attaqué le camp. Ils sont peut-être petits, moins nombreux et n'ont pas le pouvoir de double vue, mais ils sont supérieurs aux Scylès dans l'art du combat et des armes. Le camp est tombé et, pour la première fois dans l'histoire des Pays Insolites, une Scylèse a été capturée… Au début, à part l'arrêt des expériences, je n'ai vu aucune différence. J'ai changé de camp et de cellule.

Elle eut un pâle sourire et continua :

— Et puis, la chance a fait qu'un petit homme aux cheveux rouges, comme les autres et pourtant très différent, entre dans ma cellule.

— Erwan, appuya Axel qui croyait avoir tout compris.

Sélène acquiesça avec un sérieux qui montrait que l'histoire n'avait pas été aussi simple. Mais elle n'avait pas envie de s'étaler sur le sujet.

— Sur le moment, je le détestais au même titre que les autres. Et lui haïssait les Scylès qui avaient décimé toute sa famille et tué sa femme. Pourtant une confiance s'est installée malgré lui, malgré moi. Mais les Akaliens n'ont pas accepté cet amour qui naissait entre nous. J'étais accueillie comme l'étrangère martyre mais certainement pas comme sa future épouse ou même la mère de son enfant.

Sélène baissa sensiblement les yeux. Elle regarda un double anneau qui enserrait l'annulaire et le majeur de sa main gauche. Axel ne l'avait pas remarqué sur le moment parce qu'il était très fin et composé d'un simple fil de fer torsadé. Axel plissa les sourcils.

— Je comprends votre fuite maintenant, dit-il gravement. Et le roi de Pandème vous aurait donné des terres, sans aucun doute. Le peuple aurait peut-être été plus réticent, mais je sais que mon souverain n'aurait pas hésité à vous accueillir. La noblesse de sang est d'abord noble de cœur dans mon pays.

— Peut-être irons-nous un jour ? La Forêt Interdite ne devait être qu'une halte.

— Comment êtes-vous arrivés ici ?

Elle eut soudain un sourire magnifique. Les nuages douloureux du passé s'étaient évaporés.

— Les Fées ont fait croiser notre route avec celle d'une jeune fille aux yeux de nuit.

Axel sourit doucement.

— Vic nous a proposé de rester dans la Forêt Interdite le temps que l'on jugerait nécessaire pour oublier le passé. Nous avions l'intention de poursuivre notre route jusqu'à Pandème après la naissance de Chloé, mais nous avons découvert Leïlan et le combat de Vic… Quand Erwan a appris quel était son but, la cause était trop noble pour qu'il n'y participe pas. Dans son pays, il était un Alchimiste Suprême du roi. Il n'a pas hésité à reprendre son épée et ses potions pour faire partie des trois maîtres d'armes du groupe, et nous sommes restés.

— Je crois que j'aurais fait la même chose, confia Axel pensivement.

Chacun resta un moment silencieux. Les yeux de Sélène, qui ne se lassaient pas d'admirer le paysage, tombèrent soudain sur le Grand Arbre.

— Oh ! fit-elle d'une voix consternée.

Axel se retourna. La couronne de cuivre de Chloé et les tresses blondes de Mélane sautillaient vers la plage.

Sélène eut un soupir de déception qui se termina tout de même par un sourire.

— Va, mon ange, murmura-t-elle, tu as tous les privilèges et le plus important est celui de la liberté. Apprends-le à Mélane.

Elle croisa le regard d'Axel.

— Tous les enfants et les adultes peuvent avoir une éducation ici, expliqua-t-elle. Erwan y est très sensible. J'ai aimé apprendre à lire et à écrire, mais aucun de nous n'a la force d'empêcher Chloé de courir.

— Tu ne devrais pas t'inquiéter pour elle, sourit Axel. Elle semble être une petite fille très particulière.

— Elle est le résultat d'un mélange de deux peuples : je doute qu'elle en ait tiré un quelconque profit. Elle ne pourra vivre dans aucun des deux pays.

— Tu n'as jamais imaginé que les Scylès puissent s'arranger pour que leurs femmes perdent le pouvoir de double vue, par un poison quelconque par exemple ?

Sélène se leva mais ne quitta pas le jeune homme du regard.

— Cela fait près de cinq ans que je suis ici et je n'ai jamais vu au-delà de mes propres yeux.

Axel ne dit rien de plus. Il avait touché le point sensible sans le vouloir. Malgré la flagrante ressemblance, la jeune femme reniait chez sa fille toute appartenance au peuple des Pays Insolites.

Dans le mouvement de son départ, la bretelle de la tunique de Sélène descendit sur son épaule. Axel ne put s'empêcher de regarder l'étrange couleur de sa peau. Des stries plus claires marquaient son dos de statue. De fines cicatrices qu'une peau fantastique essayait de cacher, rendant le discours de la Scylèse plus cruel encore.

Elle rétablit sa bretelle en regardant Axel :

— Des souvenirs de mon père… Utahn Qashiltar.

Axel resta abasourdi. Elle était la fille du Haut Commandant des armées de Scyl, le chef de Muht !

Les boucles de Sélène tintèrent dans son mouvement de tête, effaçant de leur joli son le passé brumeux et sombre qui entourait la jeune femme. Elle sembla vouloir s'évanouir comme elle était arrivée, mais le rêve – des yeux turquoise sur fond de neige – se contenta de s'éloigner vers le Grand Arbre.

Axel la laissa partir seule, pensif et touché. Le pouvoir des Fées de l'Est, concentré à Pandème, parvenait à peine aux premiers États des Pays Insolites. La haine guerrière provoquée par l'Esprit Sorcier Ibbak s'élevait comme un mur. Les Fées avaient certainement espéré, par le sort jeté sur certaines femmes de ces pays, que l'amour nécessaire à la conception des enfants adoucirait peu à peu la soif de sang des hommes. Mais tout s'était retourné contre elles. Leur prophétie se révélait être au service du Mal, de la torture de femmes et des plus ignobles machinations contre l'Amour.

Face à un obstacle ou une résistance, l'homme ne parvenait donc jamais à user de patience et de tendresse, mais leur préférait toujours la violence et la haine.

Ce fut sur cette pensée que les yeux d'Axel se posèrent sur son bras droit : l'amalyse avait retrouvé sa place à son poignet. Le jeune homme se sentit soudain coupable. Il n'avait jamais pensé à employer la douceur pour l'enlever, comme le lui avait suggéré Victoire.

Mal à l'aise au souvenir de sa réaction, il posa sa main sur le sol.

— Va-t'en, s'il te plaît, demanda-t-il doucement, bien qu'encore sceptique.

L'amalyse bougea, s'étira et glissa sur l'herbe.

Axel se sentit soudain odieux vis-à-vis de cette plante si pacifique et si fidèle. Il frotta lentement son poignet libéré sur sa poitrine en regardant la demi-sphère verte. Elle était semblable à une grosse goutte de rosée, recroquevillée et abandonnée sur le sol. Elle paraissait lui crier qu'il ne valait pas mieux que les Scylès ! Axel détourna le regard : il accordait trop de sentiments humains à cette chose informe.

Comment ?! Cette créature translucide ne ressemblait ni à un animal ni à une plante. Comment pouvait-on croire qu'elle s'animait par une volonté amoureuse ? Il était trop facile de lui prêter de tels sentiments !

Les yeux d'Axel se posèrent en coin sur l'amalyse immobile.

Mais alors, comment expliquer les réactions des plantes tueuses face à la peur, la haine et l'amour ? Axel fit une moue renfrognée. Il avait plusieurs fois pu vérifier les dires de Victoire. Mais pourquoi cette amalyse était-elle différente des autres ? Pourquoi avait-elle perdu son agressivité et s'était-elle collée à lui comme une ventouse ? Parce qu'elle l'aimait ?

— Ridicule ! se dit Axel en se levant.

Il ne pouvait lui prêter ces sentiments. Il s'était débarrassé de la plante et allait s'empresser de l'oublier.

Axel tourna le dos à l'amalyse dans l'intention de partir, mais resta immobile. Devant sa résistance, il avait usé de force plutôt que de tendresse ; devant l'inexplicable, il préférait la fuite et l'ignorance. Il dénigrait peut-être un sentiment comparable à celui d'un être humain par scepticisme et prétention.

Il secoua la tête à cette dernière supposition et s'éloigna vers la pente de prairie sans regarder l'amalyse.

La petite boule gélatineuse ne prit pas sa suite. Elle se tassa un peu plus sur elle-même. Des plis apparurent à sa surface et sa couleur passa à un vert plus foncé : elle semblait se déshydrater. Elle commença à couler dans les herbes, fondant comme neige au soleil, quand une main se posa à côté d'elle. Axel était revenu.

— Allez, sèche tes larmes, si je dois appeler ainsi le liquide que tu répands sur le sol. Je n'accepterai pas une chose gluante ou visqueuse sur mon bras.

La plante retrouva en un éclair sa forme, sa texture et sa couleur initiale. De son plus beau blanc, elle glissa sur la main du jeune homme.

— D'accord, mets-toi sur mon bras mais ne bouge plus, commanda-t-il doucement.

L'amalyse obéit immédiatement. Elle semblait vouloir se conformer maintenant à ses moindres désirs. Axel eut un sourire amusé. Il ne chercherait pas à comprendre.

— Je suis fou, constata-t-il enjoué, ça y est, complètement fou ! Eh bien, si Victoire ne peut m'aimer, je te demanderai de prendre la forme d'une splendide princesse ! s'écria-t-il ensuite dans un rire.

Il se releva sur cette note de folie et de bonne humeur. Il restait. Il restait pour Victoire, pour Philip, pour Éloïse, pour les Fées. Il dévala la prairie vers le Grand Arbre pour rejoindre la mer et les compagnons de la Forêt Interdite.

À chacun ses préparatifs

Elle avait survécu. L'amalyse géante qu'Éléa avait perdue dans les douves était là, sous le château, noire, tapie dans un coin de roche. Les sariclès lui avaient longtemps tourné autour mais, maintenant, elle sentait un autre désir de destruction l'effleurer.

La bataille avec les créatures tentaculaires n'avait connu aucun vainqueur. Trop de perte, trop de douleur. L'amalyse s'était réfugiée dans la partie immergée des grottes souterraines du Mont Ételle. Trop grands, ses ennemis avaient préféré ne pas la suivre. Ils avaient envoyé plus d'un tentacule la chercher, mais ils avaient fini par comprendre à quel point elle était capable de les broyer.

Une fumée rouge ne leur avait pas laissé assez de temps pour céder à leur envie de vengeance. Coulant des parois des grottes, bouillonnant au-dessus de l'onde, elle s'était immiscée entre eux. À son approche, l'amalyse en avait oublié les sariclès et était sortie de l'eau. Pour la première fois de son existence, elle avait perçu un sentiment de peur et de mort dans l'air qu'elle ne pourrait jamais détruire ou écraser. Elle s'était sentie dominée, envoûtée. Elle avait compris immédiatement qu'elle avait devant elle son maître absolu.

Hypnotisée, elle avait suivi l'Esprit Sorcier dans les grottes, remontant les parois, glissant entre les stalagmites, se déformant et s'étirant pour passer entre les mêmes interstices que les mains ou les crocs de fumée. Après des dizaines de galeries et de grottes semblables, son Créateur l'avait finalement laissée dans une salle dont la moitié des parois était formée par les fondations du château.

Elle attendait, maintenant, s'apercevant qu'elle perdait étrangement la mémoire du bien-être qu'elle avait connu à danser ou à être caressée dans l'atmosphère et le décor qui l'entouraient. Elle se sentait de moins en moins capable de pardonner une crainte ou une blessure par une chanson douce. Chaque composante de sa matière cherchait à comprendre le trouble qu'elle ressentait. Quelques remous vert foncé dans sa substance se raccrochaient péniblement au souvenir agréable de la peau d'une jeune fille qui avait été sa maîtresse.

Un mécanisme se déclencha et le mur près d'elle s'ouvrit. La fumée rouge revenait, accompagnée d'un homme de sinistre apparence. L'amalyse sentit immédiatement la peur humaine, si fragile, si facile. Elle voulut exorciser son malaise en l'attaquant mais la puissante fumée rouge lui barra la route. La plante tueuse se recroquevilla à toute vitesse à l'autre bout de la pièce.

— Ressaisis-toi ! cria l'Esprit Sorcier à Korta. Es-tu trop lâche pour contrôler ta peur ?! Tu dois la dominer si tu veux être son maître. Je veux que ses attaques envers toi ne soient plus provoquées que par ta haine. Ma présence l'empêche de te faire quoi que ce soit.

Le duc redressa le torse, énervé que sa faiblesse soit si visible.

— C'est mieux. Tu as préparé la potion que je t'ai demandée ?

Korta sortit une fiole de sa poche. Mélange d'acides et de venins.

— Bien, nous allons remémorer à ma petite créature ce qu'est le Mal, sourit la fumée machiavélique. Une mesure de cette substance devrait la rappeler à l'ordre.

Sans dire un mot, Korta s'approcha de l'amalyse ratatinée. Il déboucha la fiole et versa une petite quantité de potion dans le bouchon. Comment ce produit allait-il ramener la haine dans cet être ?

— Vas-y, jette ! ordonna Ibbak avec impatience.

Korta lança le liquide sur la gelée noire et recula d'un pas. Au contact du produit, l'amalyse devint folle. Elle sembla exploser, s'étendre le plus loin possible pour diluer une douleur infinie. Chacune de ses composantes chercha à fuir, à attaquer, à se diviser encore. Korta fut impressionné par leurs mouvements agressifs et désordonnés. Ressemblant à des dizaines de limaces, elles grimpèrent sur ses jambes, se jetèrent sur son visage, voulurent même l'étrangler. Sans la protection d'Ibbak, il n'aurait eu aucune chance.

La notion d'amour ou de pardon n'existait plus. Une haine trop forte envahissait les amalyses, provoquée par cette douleur. Les souvenirs partaient dans des cris qu'elles ne pouvaient pousser. Elles se rassemblèrent de nouveau en une seule plante tueuse plus noire qu'aucune ne l'avait jamais été, vibrante comme si elle restait choquée et essoufflée par la souffrance. Une idée de vengeance naissait au fond d'elle, une vengeance dirigée vers une personne qui n'avait pas su la protéger d'une telle épreuve. Une personne qui l'avait trompée et endormie par des chansons d'amour.

Ibbak bouillonnait d'excitation et glissa vers Korta.

— Approche-toi maintenant, que je t'apprenne à être son maître. Elle sera bientôt sous ton contrôle et tu pourras la faire plier à tes moindres désirs. Nous nous occuperons alors des autres, restées dans les Bois Obscurs.

✧

— Encore ! hurla de joie Tanin en se ruant dans les bras de Ceban et d'Axel.

D'une forte poussée de leurs mains jointes, les deux jeunes hommes firent voler dans les airs l'enfant qui retomba de tout son poids dans la Mer Intérieure.

Ceban commençait à en avoir assez et Axel avait mal au bras, mais Erby prenait déjà la relève pour plonger. Comment était-il possible que les deux enfants aient encore la force d'être aussi dynamiques après avoir porté autant de sacs d'armes ?

— Plus haut ! cria Erby en riant.

Axel et Ceban se regardèrent. Arriveraient-ils à épuiser ces deux garnements un jour ? Cela leur semblait impossible !

Erby et Tanin avaient été adorables tout l'après-midi : ils avaient mis tout leur cœur à l'ouvrage pour aider les hommes à déplacer les armes provenant d'alliances secrètes passées avec des marins mercenaires d'Oye, d'Akal et même de Pandème. Les hommes devaient beaucoup aux deux enfants. Aussi Axel et Ceban s'étaient sacrifiés pour leur offrir le plaisir du jeu après tant d'efforts. Mais ils n'en pouvaient plus et désespéraient de se débarrasser des petits garçons.

Ils envoyèrent Erby le plus haut possible et, dans le même élan, refusèrent les bras de Tanin. Ils déclaraient forfait. Le petit garçon insista encore tandis qu'Axel et Ceban sortaient du bord de l'eau. Ils se tenaient par les épaules, comme pour se soutenir dans une rude épreuve.

— Vous êtes fatigués ?! s'écria Tanin en secouant la tête pour ébrouer sa longue frange.

— On s'arrête déjà ? s'étonna Erby en barbotant de son mieux.

Axel et Ceban s'éclipsèrent rapidement. Ils rejoignirent Erwan qui descendait de son laboratoire, son corsouflet à la main. L'Akalien avait passé sa journée derrière ses alambics et ses marmites.

— Tu n'aurais pas fait une pointe endormante en trop ? lui demanda Ceban.

Erwan rit de sa demande :

— Ne vous inquiétez pas, ils tiennent sur les nerfs. Ils s'endormiront tout seuls, d'un seul coup. Et j'aimerais en faire autant ! J'ai la tête comme une grelourde !

Axel et Ceban échangèrent un regard sceptique. Les deux enfants accouraient derrière eux avec une énergie débordante.

— On peut essayer de tirer à l'arc, demanda Tanin avec frénésie.

— Demain, demain, répondit Ceban à bout de forces et d'arguments.

Ils arrivaient enfin au pied du Grand Arbre. Des fumets délicieux s'échappaient entre les racines aériennes et se mélangeaient dans l'atmosphère entourant la grande tablée. Quelques baisers, deux ou trois câlins d'enfants, un soupçon de nouvelles et un brin de compte rendu de l'après-midi s'échangèrent.

— Cent dix fioles aveuglantes et trois cent vingt et une pointes endormantes ! s'exclama Chloé à l'arrivée de son père.

— C'est bien, mon ange, répondit-il en l'attrapant dans ses bras. Mais il en reste encore autant à finir !

— *Pff!* dit-elle en faisant mine de s'évanouir.

Elle partit d'un grand éclat de rire juste après, accompagnée d'Erwan.

— Eh ben nous, on a fini le transport des armes, annonça Allan en arrivant derrière eux. Y nous reste plus que les provisions pour Olase et on peut transporter le tout dans la Grande Plaine. Erby et Tanin ont été formidables.

Chloé glissa des bras de son père pour sauter dans les bras des deux garçons. *Admiration ou reconnaissance ?* En tout cas, elle les embrassa tous deux sur la joue.

Une fois de plus, Erwan trouva le comportement de sa fille étrange. Elle semblait comprendre l'importance du combat de Victoire. La présence des Scylès dans le pays avait changé quelque chose dans la vie de Chloé, à moins que ce soit lui qui fasse plus attention à ses faits et gestes. Elle n'avait pas voulu s'occuper des fioles de fumée aveuglante, elle avait tenu tête à Virgine pour finir les pointes endormantes, même si elle courait le risque de s'endormir pour plusieurs heures. Sa fille eut un éclat de rire d'une innocence qui lui montra que toutes ses questions n'avaient vraiment aucune importance.

— On ne pourra pas aller à Olase si on distribue les armes, dit Ceban. Les villageois autour du Duché d'Yil devront les aider plus longtemps. Il faudra en parler à Vic.

— Tu devrais aussi parler à ta sœur aînée, Ceban, déclara Ophélie. Elle a pris un petit remontant et veut déjà reprendre sa place de combattante parmi vous.

— Déjà ?! Où est-elle ?

— Elle mange avec Sten et ses enfants dans la salle de soins. Sten va beaucoup mieux. Il voudrait déjà être guéri mais Vic ne veut pas utiliser sa corne sur lui avant demain midi. Si bien que lui et Estelle n'arrêtent pas de se disputer sur le sujet de qui reprendra les combats le premier.

— À chaque accouchement, c'est la même chose, grogna Ceban.

— Des fenêtres de mon laboratoire, j'ai vu Vic sortir du Pont Sans Retour. Elle doit être sous la cascade et ne va pas tarder, les rassura Erwan en passant près d'Axel.

Cette phrase fut celle qui retint le plus l'attention du jeune homme. Il n'avait pas revu la jeune fille depuis le matin. L'idée de leur escapade au château le rendait nerveux malgré lui.

— Tiens, Axel. Joue du corsouflet en attendant ta *Mélice*, ajouta le nain.

Le surnom d'Erwan intrigua Axel pour la deuxième fois mais le jeune homme n'osa pas dire à l'Alchimiste qu'il ne maîtrisait pas parfaitement le dialecte akalien. C'était certainement une traduction de *Victoire.*

— Pourquoi n'en joues-tu pas toi-même ? préféra-t-il demander.

— Parce que j'aime à entendre le cœur d'un étranger.

L'assistance renchérit si bien qu'Axel ne put qu'accepter. La petite troupe s'était assise à table. Le repas n'était pas encore prêt, mais c'était surtout une occasion de se réunir. Tous avaient envie de profiter d'un moment de paix dans tous leurs préparatifs de guerre.

Axel décida de jouer un air de son pays. Allégresse, joie de vivre, bonheur insouciant, douceur et amour tranquille se reflétaient dans sa musique. *Quels soucis pouvaient donc bien toucher un peuple comme celui de Pandème ?*

Sous l'effet des notes, les couples s'étaient rapprochés, les enfants s'étaient calmés. Sur les genoux des uns, le bras autour du cou des autres. Le temps s'était suspendu sur un calme tableau, et Axel se laissait prendre par sa propre musique. Comme Imma qui écoutait les yeux fermés, il se sentait seul. Les jolies notes amoureuses lui rappelaient ses espoirs impossibles. Ses doigts couraient toujours avec justesse sur les cordes, son souffle donnait des sons purs, la tristesse de son âme ne rendait la musique que plus belle. Il émerveillait Erwan sans le savoir.

Éléa n'osa pas le couper. Elle s'était approchée le plus silencieusement possible. Axel lui tournait le dos, il ne pouvait pas la voir. Elle était charmée par le petit air. Son cœur avait compris que le chant s'élevait pour elle. Ceban lui sourit, mais la jeune fille n'en eut pas conscience.

Le temps sembla reprendre brusquement son cours lorsqu'Axel s'arrêta, sauf peut-être pour Erwan qui resta encore les yeux dans le vague.

Les mouvements dus à l'arrivée d'Éléa firent se retourner Axel. La jeune fille, dans sa robe bleue, se sentit presque indiscrète, mais le regard d'Axel lui prouva à quel point elle était attendue.

— C'était… c'était très joli, dit-elle, intimidée. Peut-être un peu trop doux pour Erby et Tanin, ajouta-t-elle en souriant.

Affalés sur leurs coudes, les deux garçons avaient succombé au sommeil.

— Axel, je te déclare le meilleur musicien de ces Mondes ! s'écria Ceban en lui tendant la main.

Axel la serra en riant. Il avait maintenant le cœur en joie. Mais il avait tort, Victoire n'était venue que pour la musique.

— Vous n'auriez pas dû m'attendre, fit-elle. J'avais dit à…

La petite Maï mit la main devant sa bouche et fit de grands yeux ronds et confus : elle avait oublié. Éléa fit une légère grimace.

— Vous n'aurez jamais fini de manger avant le coucher du soleil, ajouta-t-elle avec une certaine angoisse.

Ses yeux frôlèrent ceux d'Axel mais échappèrent vite à son regard.

— La nuit ne nous a jamais empêchés de manger, constata Ceban, étonné par sa remarque.

Éléa fut un instant paralysée, lorsqu'elle sentit une souris blanche monter sur son épaule.

— Cette journée sans combat n'a pas été une journée de fête. Les enfants ne tiennent plus debout, trancha-t-elle avec ce sérieux qui déroutait toujours.

Un silence passa, un malaise s'insinua. Ceban regarda Éléa. Il n'eut aucun mal à percer le cœur de sa sœur de lait. Pourtant, elle semblait trop inquiète pour un simple rendez-vous avec Axel. Heureusement pour elle, Jerry était trop sûr de son autorité pour s'en apercevoir.

— Tu n'as pas envie de savoir ce qui les a autant épuisés ? demanda Erwan.

— Cent dix fioles aveuglantes et trois cent vingt et une pointes endormantes ! s'écria fièrement Chloé.

— C'est parfait… parfait, répondit Éléa. Je n'en attendais pas moins de vous tous.

— Alors viens t'asseoir, nous avons plein de choses à nous dire, proposa gravement Ceban à la jeune fille.

— Non, on parlera de la défense de la Grande Plaine demain matin, répondit-elle avec un calme fatigué. Maï aurait dû vous dire que je ne mangeais pas. Je m'occupe de Sten et je vais me coucher. Excusez-moi.

Elle s'approcha de Tanin et dégagea de ses doigts quelques mèches brunes de son visage endormi.

— Je crois que je peux emmener ces deux garçons avec moi.

Elle regarda la souris sur son épaule. Celle-ci sauta en l'air et se transforma en l'être chimérique décidément trop connu. Jerry souleva avec légèreté Erby et enleva Tanin à la compagnie de Chloé. Chacun sur un bras, les deux enfants ouvrirent à peine un œil.

— M'man, émit faiblement Tanin. Erby et moi, nous avons aidé les hommes sur l'Île Perdue aujourd'hui.

— Vous avez été des hommes à part entière, corrigea Allan.

Tanin et Erby s'endormirent avec le sourire, sous les mains caressantes d'Éléa.

Leur départ laissa un froid. Jerry n'avait pas pris la parole ; la jeune fille marchait d'un pas souple mais lent : leurs silhouettes s'effaçaient déjà derrière les branches.

Le Monstre était son Maître. Ophélie repensa à sa tante Askia lorsque celle-ci disait que la Fille-aux-yeux-bleus était la seule personne libre de ce pays. Depuis qu'elle habitait la Forêt Interdite, Ophélie n'avait pas la sensation d'un être plus prisonnier. La princesse Éléa se battait pour la liberté de son peuple mais n'avait pas elle-même le privilège d'être libre.

Ophélie prit un instant Maï dans ses bras, qui ne savait pas comment se faire pardonner son oubli, et, le cœur amer, elle apporta le repas.

Il n'y eut pas beaucoup de discussions, pas beaucoup de rires. Quelques réflexions coupèrent seulement le bruit des plats et des assiettes. Même Axel ne parvint pas à sourire. Et son regard s'assombrit à la vue de celui de Ceban. La franche amitié avait pris la couleur noire de la peur dans son regard. Il avait parfaitement compris ce qu'Axel et Éléa allaient faire ce soir. Un dialogue sans paroles s'échangea.

Jerry te tuera s'il l'apprend, semblait crier Ceban.

Mais les yeux émeraude avaient déjà pris leur décision. Ils préféraient mourir plutôt que de laisser la jeune fille partir seule.

✧

Muht marchait d'un pas énergique dans les couloirs du château. Il ne se dirigeait pas vers les appartements de Korta mais en sortait : le duc parlait avec le Grand Ibbak et le Scylès n'avait aucune envie de s'approcher de l'Esprit Supérieur dès son retour. Il sentait que ce dernier gagnait de plus en plus en puissance. Il percevait sa menace qui suintait de tous les murs des bas étages. Pourrait-il encore arpenter les couloirs du château dans quelques semaines ? Ou serait-il hanté par mille horreurs qui arriveraient à le faire pâlir malgré son propre sadisme ?

Il grimpa deux étages d'un escalier de marbre en colimaçon et ralentit enfin le pas. Si quelqu'un à cet instant l'avait traité de lâche, il l'aurait tué sur le coup. Il considérait son refuge dans les hauteurs du château comme une simple recherche de confort. Il avait trop regardé l'Esprit : il percevait sa présence et sa nuisance. Il ne cherchait qu'à s'en éloigner un peu pour retrouver un semblant de calme intérieur.

Pourtant il n'était pas fier de lui, et pour une fois il marchait en regardant le sol ; mais son malaise ne disparaissait pas. Cette aile du château semblait plus envahie que les autres.

Qui pouvait rester de glace devant une Divinité ? Korta ? Parce qu'il était inconscient d'être exploité, inconscient de sa misérable valeur, inconscient de sa faiblesse ! Le duc se sentait plus grand, plus fort avec le Grand Ibbak, mais il oubliait que même un Esprit peut manquer de parole. D'autant plus si c'était une Divinité du Mal ! Le duc imaginait bien peu ce qu'il risquait s'il perdait, mais était-il sûr d'obtenir ce qu'il désirait dans le cas contraire ?

Muht n'avait aucune confiance dans l'alliance qu'il avait passée avec Korta. Et Utahn Qashiltar avait eu la même intuition, même s'il avait feint le contraire devant le duc leïlannais. Pourquoi Korta essayait-il de masquer son esprit ? Muht ne pouvait pas croire à une marque de pudeur. Korta lui cachait quelque chose : une trahison à venir ou un secret qu'il voulait dissimuler même à Ibbak.

Lors d'un dialogue intérieur, Utahn Qashiltar avait fait comprendre à Muht qu'il n'appréciait guère cette alliance avec un homme qu'il ne cernait pas. Muht avait senti que sa place n'était pas encore acquise auprès du plus grand chef des armées de Scyl. La promesse d'une attaque par le sud de la langue de terre akalienne qu'il convoitait ne l'avait pas autant enthousiasmé que Muht l'avait espéré. Le guerrier scylès avait l'impression de jouer le rôle d'un jeune combattant que l'on attend au tournant. Il allait devoir se vendre un peu plus à Korta alors qu'il le méprisait. Parviendrait-il à se hisser dans cette hiérarchie de complots et de combats qui régnait à Scyl ? Après tout ce qu'il devait supporter avec le duc, il ne concevait pas d'échouer.

Il entendit un bruit venant d'un couloir sur sa gauche. Il redressa brusquement la tête, les yeux en chasse, et bomba le torse. Avant même l'apparition de Misty, il reconnut la vieille fille. Une atmosphère surannée se dégageait d'elle, et il ne fut pas étonné de constater que les pensées de cette femelle allaient vers Korta quand il croisa son visage fripé.

Misty resta un instant interdite devant le guerrier scylès. Une lueur de frayeur passa dans son regard et une teinte rose monta à ses joues. Après une courte révérence, elle réussit à reprendre son chemin vers les chambres des princesses.

Muht savait très bien que la vieille fille frémissait à sa vue au même titre que les autres. Il la trouvait encore plus ridicule et stupide de craindre que soit révélé son amour pour Korta ; comme si celui-ci ne le connaissait pas ! Mais la satisfaction procurée par cette peur remonta le moral du guerrier. Il eut un instant envie de la rattraper et de la violer dans l'escalier ou sur un rebord de fenêtre. Aussi laide qu'elle soit, elle pouvait très bien satisfaire certaines pulsions. En signe de remerciement et de reconnaissance de sa supériorité !

Mais Muht pensait d'abord à son ambition. Il retint son envie en se rappelant qu'il n'était pas dans son pays. Les nombreuses femelles qui couraient les couloirs n'étaient pas des prisonnières de guerre sur lesquelles il avait tous les droits, et il n'y avait aucune Scylèse à prendre de force dans les cachots. Il eut un soupir de regret et comprit le mécontentement de ses hommes.

Ses pensées allèrent un instant à Erkem et Gorth : ils avaient retrouvé la vue. La douleur causée par le produit de l'Akalien s'était dissipée et leur pouvoir était réapparu. Muht avait eu peur que leur corps ait plus de mal à oublier le choc. Mais ils étaient jeunes, la souffrance n'avait pas souvent croisé leur vie. Ils ne risquaient pas de perdre leur pouvoir comme les femmes scylèses sous la torture.

Et puis maintenant, ils avaient une arme, une résine spéciale, rapportée de Scyl, pour contrer le petit Alchimiste du Masque. Les souffleries de verre du château chauffaient déjà pour lui. Le sourire revenu sur ses lèvres minces, il prit un escalier pour descendre observer de plus près le résultat.

✧

Éléa était assise sur le rocher convenu lorsqu'Axel s'approcha. Habillée de noir, sa silhouette se découpait encore dans la ceinture de feu du soleil couchant.

La jeune fille tenait à la main une corde d'une étrange finesse. Elle testait sa solidité en la passant sous sa botte. Elle était tellement absorbée par ses préparatifs qu'elle entendit à peine l'arrivée d'Axel. Elle se retourna un peu surprise. Sa vue la fit sourire.

— Regarde, fit-elle, passionnée, en lui tendant la fine corde. Quand j'ai regagné ma chambre, tout à l'heure, j'ai demandé à ma corne un filin léger et solide, et vois ce que les Fées m'ont offert ! J'ai encore mal aux mains mais cette corde en valait la peine.

Les reflets des mailles serrées accentuaient le caractère féerique de la corde. À sa légèreté, Axel crut avoir de la ficelle entre les doigts, mais sa résistance à la traction semblait à toute épreuve. Est-ce qu'une corde de ce genre pouvait vraiment exister ?

— Et comment comptes-tu t'en servir ? demanda le jeune homme avec beaucoup moins d'entrain.

Elle lui fit poser ses armes et le fit ramper jusqu'au bord de la falaise avec elle.

La vue de l'échauguette en bordure des jardins du château fit sourire Axel. Lorsqu'il était assis à l'intérieur avec la princesse Éline, il avait tant souhaité que la Fille-aux-yeux-bleus apparaisse sur la falaise. Ce soir, il s'y trouvait avec elle.

L'aventure lui plaisait bien plus qu'il ne le laissait entrevoir. Il allait pénétrer en catimini dans un château pour porter secours à une princesse. Et même si celle-ci n'était pas la sienne, les attraits séduisants de sa partenaire, moulée dans des chausses collantes et un pourpoint cintré, demeuraient la plus belle des consolations. Une nuit de cache-cache avec elle. Combien de fois aurait-il la chance de la serrer contre lui ? Il avait soudain envie de revivre une scène de son passé avec neuf ans de plus et l'innocence en moins.

— J'ai pensé qu'on pouvait attacher la corde autour du créneau juste à côté de l'échauguette.

— Comment comptes-tu l'*attacher* ? Si j'envoie une flèche, elle ne va pas revenir.

Elle sourit pour la première fois depuis qu'ils s'étaient allongés dans l'herbe haute.

— J'ai des oiseaux dressés pour surveiller, d'autres pour rapporter ce que je leur demande.

Elle se retourna sur le dos et leva une main gantée vers le ciel. Immédiatement, surgissant des nuages noirs dont se chargeait le ciel, un oiseau apparut et vint se poser sur le perchoir de ses doigts. Son envergure était modeste, mais ses yeux étaient perçants et son obéissance paraissait irréprochable. Mélange d'espèces inconnues de rapaces, cet oiseau venait des Bois Obscurs. Comme les charatons, il demeurait sauvage mais possédait un don particulier.

— Il n'y a pas que les pavallois de Pandème qui soient fabuleux, murmura Éléa.

Trois plis se formèrent aux bords des lèvres amusées du jeune homme :

— D'accord, la flèche peut *revenir*. Mais nous passerons trop près des sariclès.

À cette réflexion, Éléa sortit d'une petite bourse de flanelle trois boules de verres identiques à celle qu'Erwan avait utilisée lors de leur première entrée au château.

— J'ai trouvé les munitions nécessaires dans le laboratoire d'Erwan.

— Voleuse.

— Elles ont été fabriquées en vue de toute intrusion dans le château royal. C'est bien le cas, non ?! s'exclama la jeune fille avec innocence.

Il n'eut rien à dire. Mais l'idée du créneau ne lui convenait pas.

— La corde se défera pendant notre glissade, ou l'arrivée sera difficile

Éléa eut une moue d'enfant. Elle le savait mais elle ne voulait pas s'avouer vaincue avant même d'avoir essayé.

— Si tu n'as pas de meilleure idée, je prendrai tout de même le risque.

— Je le sais. Regarde plutôt par la fenêtre de l'échauguette. Du plafond descendent une chaîne et des anneaux.

Elle concentra davantage son regard : elle aperçut une lueur pâle et métallique, puis finit par vraiment les discerner.

— Comment les as-tu remarqués ?!

— Je suis allé dans cette échauguette, il n'y a pas si longtemps de cela. Je m'en suis souvenu.

— Mais comment veux-tu accrocher la corde à cet anneau ?!

— En attachant ton filin à l'une de mes flèches et en la faisant passer à travers l'un de ces anneaux, dit-il avec évidence.

Elle n'avait pas quitté la tour des yeux. L'idée d'Axel était bien meilleure que la sienne mais semblait encore moins réalisable.

— C'est trop loin. On voit à peine l'anneau.

— On va le savoir, répondit-il. Dans moins de cinq minutes, il n'y aura plus assez de lumière, je n'ai pas droit à trente-six essais.

Quelques instants plus tard, un homme était visible sur la falaise de la Forêt Interdite. Silhouette noire et découpée, bandant un arc magnifique à double courbure. Éléa admira la pose, la force, la concentration, l'homme lui-même. Elle trouva Axel si beau et si majestueux !... Elle ne se soucia même pas du départ de la flèche suivie de la corde. Ses yeux s'étaient arrêtés sur le séduisant visage éclairé par les derniers rayons de soleil. À son sourire, elle comprit qu'il avait réussi.

— Tu es fantastique, murmura-t-elle pour taire son admiration excessive.

— Merci, dit-il fièrement en s'agenouillant à côté d'elle. Mais sincèrement, je ne croyais pas pouvoir réussir du premier coup.

Elle sourit à cet aveu et regretta un peu plus d'avoir entraîné Axel dans cette histoire. Il n'était que comte, mais sa simplicité, son cœur et sa bravoure le rendaient plus grand qu'aucun roi à ses yeux. Elle n'avait pas pensé qu'il puisse autant s'engager dans cette aventure. Elle se sentait indigne de son aide.

Tout en maintenant le filin par une extrémité, Éléa envoya son oiseau chercher l'autre bout attaché à la flèche. Le tout fut accroché à la base d'un chêne. Une liaison s'établissait maintenant entre la Forêt Interdite et les jardins du château, au mépris des doubles murs de protection.

La nuit étirait son drap, une brise froide s'élevait sous la couverture des nuages, il ne restait plus qu'un liseré de soleil à l'horizon. Une lumière s'alluma au sommet d'une tour sombre du château, une lueur faible par rapport aux autres fenêtres. La clarté d'une seule bougie.

La jeune fille s'arma d'un petit sac plat en bandoulière qui, à son bruit métallique diffus, devait contenir les pieux pour gravir le château.

— Il est temps que je m'en aille, je préfère attendre la nuit dans l'échauguette.

— Il est temps que *nous* nous en allions, rectifia Axel.

Les yeux bleus s'élevèrent vers lui sans protestation.

— Muht est rentré ? demanda Axel.

— Oui. Mais il ne s'approche pas des princesses. Il ne rôde pas près de leurs chambres.

— Mais dans les couloirs, oui. Nous pourrions très bien le croiser.

— Je n'aurai pas d'autre choix que de fuir, si c'est ce que tu veux savoir, dit Éléa en baissant la tête.

— Ce serait, certes, la meilleure solution. Mais…

— Tu sais quelque chose sur leur pouvoir ?

— … Oui.

Éléa resta muette sur le moment. Elle avait lancé la question au hasard. La facilité avec laquelle Axel s'était sorti de sa rencontre avec Muht pouvait donc s'expliquer autrement que par une grande part de chance et un bon concours de circonstances !

— Je crois qu'ils ne voient que ce que tu penses sur le moment.

— Comment cela ?

— Ils voient en images tout ce qui te passe à l'esprit à l'instant où ils l'observent. Si tu as peur qu'ils découvrent un secret, c'est à ce moment qu'ils l'apprendront ; si tu fais exprès de penser à autre chose, il y a des chances qu'ils ne percent pas ton secret.

Éléa regarda Axel sans arriver à le croire.

— Comment peux-tu en être sûr ?

— Je n'en suis pas sûr, mais j'ai réussi à éviter les soupçons de Muht au château en essayant de penser comme un mercenaire de Korta.

— C'est un Scylès qui t'a dit comment faire ? ! Tu as un ami parmi eux ?

Le jeune homme hésita à répondre, puis se décida, un pli malicieux sur la joue :

— À chacun ses sources. Cela fait partie de *mes* secrets.

Éléa eut du mal à admettre cette réponse. Mais elle finit par sourire, prise à son propre jeu. Elle resta un bon moment l'esprit occupé par l'envie d'embrasser Axel et de lui tordre le cou.

— On y va ? intervint-il.

Le visage de la jeune fille perdit alors toute la lumière qui l'éclairait : son expression devint plus guerrière, froide et déterminée. *Qui allait vouloir tordre le cou de l'autre ?* Elle sembla hésiter encore quelques secondes, puis elle sortit une sarbacane de sa poche :

— Me laisses-tu passer en premier ? proposa-t-elle. Je n'aurais jamais réussi à tirer cette flèche mais, pour viser en volant, je me défends.

Axel céda.

Des affaires qu'elle avait ramenées, Éléa sortit une roue d'où pendait une longue poignée. Elle l'accrocha sur le filin tendu. Puis, elle en sortit une autre pour Axel, qu'elle laissa sur le sol en attendant qu'il puisse s'en servir. Elle noua ses cheveux en une queue-de-cheval basse avec un ruban bleu nuit et les enroula dans un foulard. Elle adressa au jeune homme un dernier regard, étrange, avant de rabattre son amalyse : aucune expression n'y perçait.

D'un bond, elle agrippa la poignée, y suspendit ses genoux et la glissade commença. La petite roue sur le fil se mit à accélérer. Éléa se renversa rapidement avant de passer la première muraille, porta la sarbacane à sa bouche et tira une boule de verre d'Erwan avec précision dans les douves qu'elle allait survoler ensuite.

Mais elle arrivait vite. Elle arrivait trop vite. Les sariclès risquaient de ne pas attaquer la boule de verre mais elle. Éléa eut soudain peur, elle se recroquevilla sur la poignée et fila vers les eaux en priant. Elle se rappela la douleur de la brûlure ressentie la dernière fois. Elle avait gardé ses amalyses sur elle et leur intima l'ordre de rester. Elle atteignait les limites du danger.

Un éclair incandescent illumina l'eau juste au moment où elle passait. Une demi-douzaine de tentacules en fureur se dressèrent en dessous d'elle. Éléa ferma les yeux de terreur et traversa au beau milieu de cette agitation. Elle eut envie de hurler. Malgré la vitesse, elle sentit la présence visqueuse des sariclès, leur hurlement sinistre et leur odeur de mort la frôler.

Lorsqu'elle ouvrit les yeux, elle s'engouffrait saine et sauve dans la fenêtre de l'échauguette. Elle n'eut pas le temps d'anticiper son arrivée. La roue frappa l'anneau avec violence et Éléa s'écroula comme un paquet sur le sol. La jeune fille resta un moment immobile, non pas de douleur mais sous l'effet de la frayeur qu'elle venait d'avoir.

Le cœur d'Axel lui aussi avait du mal à reprendre son rythme normal. Victoire aurait vraiment pu se faire tuer ! Il avait tiré ses cinq dernières flèches pour stopper l'attaque des tentacules avant qu'ils touchent la jeune fille. Encore heureux que les sariclès aient ensuite abandonné l'agression, repoussés par le produit d'Erwan !

Axel reprit contenance et se prépara pour la descente. Il ne risquait plus rien, les sariclès s'étaient éloignés ; il avait néanmoins du mal à se remettre de son émotion. La nuit promettait d'être intense.

Il ajustait la roue sur le filin quand, soudain, tout s'écroula sur le sol. La corde gisait à terre : elle s'était rompue. *Rompue seule ?* Non, Axel comprit très rapidement ce qui se passait.

— Peste ! maugréa-t-il avec rage.

Il se retint de justesse de hurler ce qu'il pensait de Victoire mais, tout enragé qu'il était, il ne voulait pas mettre la jeune fille en danger. Il se retourna violemment, cherchant à se battre contre quelque chose, contre cette injustice, mais il n'y avait que du vent autour de lui. Il attrapa les sacs qu'elle avait amenés. Il ne trouva à l'intérieur qu'une robe qu'elle avait prévue de mettre pour se changer le lendemain. Axel s'assit sur le sol. Victoire s'était servie de lui. Se mordant les lèvres, les sourcils froncés, il se reprochait sa crédulité. Il étouffait de rage.

Il n'avait aucune possibilité de la rejoindre, il n'avait même pas de ce mystérieux liquide qui faisait fuir les sariclès pour passer à la nage. Malgré les risques, il l'aurait fait. Mais Victoire avait tout emporté avec elle. Elle était loin d'être stupide.

Il se passa la main sur le front. Il s'était laissé rouler par un beau regard. Comment avait-il pu croire qu'elle l'emmènerait avec elle ? C'était lui qui était stupide. Stupide de croire qu'elle le laisserait entrer dans sa vie, d'espérer qu'elle accepterait d'être aimée. Il n'était pour elle qu'un archer qui l'avait aidée à désobéir. *Rien de plus.*

Sale prophétie ! Elle brisait la vie du jeune prince.

Les coudes sur les genoux, le visage dans les mains, l'esprit et le cœur bouleversés, Axel aurait voulu comprendre pourquoi il aimait à ce point Victoire alors qu'il la détestait tant ce soir.

Cinquième partie

Trop de risques

L'homme marchait à pas lents sur le chemin de terre qui entourait le logement où il s'était établi provisoirement. La nuit montait avec l'angoisse que le jour à venir n'apporterait pas les réponses attendues.

Il entendit un craquement de branche derrière lui et entrevit une silhouette de la taille d'un adolescent se cacher rapidement. Ses faits et gestes étaient épiés, il le savait. Il serra le poing et chaque muscle de ses épaules massives se tendit. Il eut envie d'attraper cet espion maladroit et de le secouer violemment pour lui faire entendre une bonne fois pour toutes que cette surveillance énervante était inutile. Mais il eut suffisamment de sang-froid pour desserrer les doigts et ignorer ce gardien, ce soir encore. Il fallait qu'il ait une nouvelle conversation avec *le très estimé et bien-aimé souverain* au plus vite.

Cette pensée lui remit en tête un autre roi et ses mémoires :

« À l'heure où j'écris, la simple évocation des Fées éblouit. Il est facile de le comprendre rien qu'en regardant les changements à Pandème. Mais ce sont des Divinités discrètes, visibles par de très rares personnes, peu enclines à démontrer Leur pouvoir en permanence. Leur plus grande manifestation réside dans cet amour simple, semblable à un hasard romanesque qui fait se rapprocher un homme et une femme, chacun miroir de l'esprit de l'autre.

Les Fées de la Vie restent dans l'ombre, sans autel, sans rituel ; comment peuvent-Elles ne pas craindre l'oubli ou la négligence des hommes ? La paix pourrait devenir un état naturel pour les hommes, sans gratitude, sans même le souvenir de Celles qu'ils doivent remercier.

Je suis certain que bon nombre de gens ne Les auront pas oubliées dans quatre cents ans, mais est-ce que Leur pouvoir sera toujours pris au sérieux ? Ne risque-t-il pas d'y avoir amalgame entre croyance et superstition ? »

L'homme était toujours pris de ce même doute en se rappelant la conversation qu'il avait déjà eue avec *la bien-aimée Majesté.* Les Fées n'avaient pas été oubliées. La foi était restée intacte et pure dans bien des cœurs. Mais pour certaines personnes, leur existence était de plus en plus rattachée à un conte imaginaire, à la beauté d'une mythologie qui pouvait expliquer l'inexplicable, rassurer les peuples et les rendre plus forts. Il lui avait semblé que *la très estimée Majesté* parlait aux Fées comme elle parlait aux étoiles. Et pourtant… Un autre passage du livre remontait à l'esprit de l'homme :

« J'ai maintenant une marque sur la nuque, preuve de mon assignation par les Fées à mon devoir de souverain. Chacun de mes fils et filles en héritera comme n'importe quelle Altesse dans tous les pays de ce Monde. Le peuple suivra leurs ordres les yeux fermés plutôt que d'obéir à n'importe quel autre individu, aussi puissant soit-il. »

Alors ? Le *très estimé souverain* allait réfléchir. Il ne pourrait que le croire, parce que les Fées existaient pour lui. Parce qu'il portait cette marque comme Enkil. Même s'il désespérait de ne pas avoir d'héritiers, malgré toutes ses prières.

L'homme passa une main lasse sur sa barbe blonde. Il se demandait s'il avait bien fait d'engager toute sa famille dans cette histoire. Il n'avait pas le choix, il le savait. Il regrettait un livre, un livre qu'il avait lu mille fois en cachette et qui demain aurait pu lui faciliter la tâche. Un livre qu'il aurait dû partager avec les personnes qui l'entouraient. Et surtout une personne…, surtout une…

« Le prochain Champion des Fées ne pourra être que de sang royal. »

Entre sœurs

Assise sur le banc de bois, Éléa fixait le mur de pierres devant elle. La pièce était nue et déserte. Le jour faisait un dernier clin d'œil, le froid et les nuances obscures des ténèbres enveloppaient le néant où elle se trouvait. La petite tour était noire et glacée.

Éléa ne craignait pas cette atmosphère : l'obscurité était une question d'habitude et le froid passerait avec l'effort, mais le sentiment de solitude la figeait. Elle avait coupé la corde. Sa dague luisait encore dans sa main. Elle avait le sentiment d'avoir tranché le lien qui l'unissait à Axel.

Le jeune homme ne l'aurait jamais laissée voir Éline seule. Éléa n'avait pas eu le choix. Il aurait préféré l'empêcher de partir si elle lui avait dit, dès le départ, qu'il ne viendrait pas avec elle. Éléa se persuadait du bien-fondé de son geste mais son cœur hurlait à la trahison, comme celui d'Axel, et il pleurait dans ce vide qu'elle avait créé, noir et glacé comme cet endroit.

Il faisait suffisamment nuit maintenant, il fallait partir.

Elle devait oublier Axel encore quelques heures, quelques jours peut-être. Si elle trouvait un moyen de sauver la princesse Éloïse, Éline n'aurait plus besoin de cacher les véritables agissements de Korta au roi. La félonie du duc serait dévoilée et une partie de la bataille gagnée. Éléa voulait revenir au palais la tête haute, et avoir la liberté d'aimer Axel.

— Après ce que tu viens de lui faire, il ne lèvera plus jamais les yeux sur toi, marmonna-t-elle pour elle-même.

Elle se leva en soupirant au souvenir de ses rêves. Dans sa tête, elle était une adolescente comme une autre, elle songeait aux princes charmants et à leurs beaux destriers blancs. Mais, princesse sans couronne, elle savait qu'ils n'existaient que dans les histoires pour enfants. Elle gâchait tout, elle brisait les moindres attentions d'Axel. Il allait perdre patience, et partir aimer une personne moins difficile à obtenir qu'elle. Non, elle ne voulait pas qu'il s'en aille !

Elle dévala les marches de la tour jusqu'aux jardins. Elle s'arrêta dans la nuit épaisse. Les lunes étaient à moitié cachées par des nuages amassés, cependant la lueur de quelques étoiles permettait de deviner la présence et la grandeur démesurée du château.

Éléa allait sauver sa sœur Éloïse. Dût-elle y passer la nuit pour trouver le remède ! Et quand tout serait fini, elle serait prête à aller chercher Axel au bout des Mondes.

Légèrement fatiguée des exercices de la journée, mais le cœur soudain regonflé d'enthousiasme, elle s'élança dans les sinistres buissons aux formes angoissantes d'où s'échappait un parfum d'aubépines et de jasmin en fleurs.

La muraille était lisse, les joints si bien faits qu'elle ne les sentait même pas sous les doigts. Aucune aspérité, aucune saillie qui faciliterait l'escalade ; Éléa regardait la fenêtre éclairée de la vertigineuse tour avec la nervosité d'un chat devant un oiseau inaccessible.

Encore essoufflée de sa longue course, elle passait des mains fébriles sur les pierres blanches. Elle n'abandonnerait pas si près du but. Comment était-il possible qu'il n'y ait aucun point d'appui ou aucune faiblesse dans cette muraille ?

Les lierres ?! Ceux-ci devaient bien tenir par quelque chose !

Éléa glissa le long des murs sur une centaine de pas. Elle était à découvert, mais la chance lui souriait dans cette nuit qui se voulait noire : la blancheur du château ne ressortait pas dans la pénombre et la présence de la jeune fille pouvait passer inaperçue.

Ses mains touchèrent des feuilles, des branches tordues courant sur la paroi. Éléa scruta l'obscurité. Elle distingua la légère brillance du cuir végétal et l'expansion rayonnante des tiges volubiles et de leurs vrilles. Avec une volonté de titan, les lierres avaient réussi à se creuser leurs propres brèches. Rongeant de leurs crampons la pierre nue, ils étaient parvenus à prendre racine. Ils s'élevaient sur cinquante pieds jusqu'au deuxième étage, au niveau d'un chemin de ronde secondaire.

Maigre solution et de surcroît peu sûre pour l'ascension, mais Éléa avait ses amalyses et celles-ci pourraient servir de sécurité. De toute manière, elle n'avait pas d'autre choix que d'essayer.

Elle enleva ses bottes et se débarrassa de son sac, dont le contenu ne lui était plus utile. Elle cacha ses affaires à la base des lierres. Elle allait devoir improviser. Sortant du pourpoint, les amalyses se répandirent sur son corps et la jeune fille commença son escalade.

Au départ, rien ne fut plus facile : les tiges étaient presque des branches et elles s'agrippaient à la muraille autant qu'Éléa aux lierres. Mais passé les trente premiers pieds, les signes de faiblesse et de fragilité se firent sentir. La discrétion, qui n'était déjà pas le point fort de sa situation présente, devint carrément inexistante. C'était la première fois qu'Éléa entrait de façon aussi désastreuse dans un palais.

Elle peinait, à moitié suspendue dans le vide, feuilles et fleurs dans la figure. Elle craignait sans cesse de voir apparaître la tête d'un garde pardessus les créneaux. Cela devenait risqué, dangereux. Éléa avait plongé tête baissée dans l'aventure, elle avait oublié Prudence et Bon Sens dans la Forêt Interdite. Elle se rendait compte de sa bêtise – elle avait pensé que le château de son père serait tout aussi facile à infiltrer que les autres – mais elle était lancée maintenant. Il restait moins de dix pieds à escalader, il fallait que cela résiste.

Doucement, elle desserra l'emprise d'une de ses mains et étendit le bras dans la direction d'un créneau. Une amalyse s'élança et s'enroula autour d'un merlon. Une prise assurée. Éléa s'éleva encore d'un ou deux pieds ainsi attachée, et fit de même avec l'autre bras lorsque le lierre devint trop faible pour la soutenir. Elle se hissa péniblement, un peu plus silencieusement. Éléa blessait les amalyses et ne l'oubliait pas : elle savait qu'elle n'avait rien pour les calmer par la suite.

La traction ne dura que quelques secondes ; la jeune fille attrapa de sa main le bord de la pierre, s'y agrippa et grimpa à cheval dans le créneau, sur un parapet large de deux bonnes coudées. Elle resta là, sans vraiment le vouloir, car ses alliées avaient besoin de réconfort. Éléa n'avait pas d'eau salée à leur offrir et ne pouvait pas non plus se mettre à chanter. Mais de simples caresses et ses pensées pour Axel semblèrent suffire aux créatures gélatineuses : elles s'éclaircirent et furent bientôt prêtes à poursuivre la route.

La jeune fille et ses compagnes s'avancèrent sur le chemin de ronde en direction de la tour princière. Éléa était loin d'avoir atteint son but. Huit étages la séparaient encore de la princesse Éline. Mais finalement, en voyant les postes de garde habituels vides, la jeune fille se dit que les habitants de ce château étaient plus prétentieux qu'elle. Ils étaient persuadés de l'inviolabilité du palais et ils négligeaient certaines protections.

Éléa retira sa remarque, un pli enjoué sur les lèvres. Le roi avait bien posté des hommes, mais elle entendait un puissant ronflement. Elle distingua dans la pénombre un homme assis contre le parapet, le menton appuyé contre son torse. Elle passa comme une ombre furtive et feutrée dans les rêves du garde pour s'élancer sous un chemin de ronde couvert. Glissant sans bruit avec ses chausses collantes, elle s'approcha d'une tour de garde presque accolée à celle de la princesse.

Une légère lumière brillait à l'intérieur. Éléa s'avança avec prudence. Elle vit en premier lieu une table de bois grossier, un pichet de vin et un banc servant de lit à un piquier endormi. En face de lui, encore debout, somnolait un deuxième garde devant un escalier qui montait dans les étages.

Éléa ne pouvait pas les attaquer par surprise pour les assommer : elle ne voulait laisser aucune trace de son passage. Traverser la pièce, malgré l'état comateux des gardes, était trop téméraire. Elle se pinça les lèvres et regarda autour d'elle. Elle cherchait une solution : l'escalier brillait plus qu'un diamant dans son esprit.

Elle leva le bras vers le ciel noir de nuages et son oiseau rapporteur apparut. Il se posa sur sa main, méfiant et obéissant. Elle regarda de nouveau la pièce.

Que pouvait donc emporter l'oiseau pour que les deux gardes sortent ? Une arme ne suffirait pas.

Sur un geste, l'oiseau s'engouffra dans la pièce et saisit dans ses serres l'anse du pichet de vin.

Éléa avait bien choisi sa cible. Le courant d'air que l'oiseau produisit et le vin qu'il renversa réveillèrent les deux gardes qui, comme un seul homme, essayèrent de rattraper le voleur. Contenant leur seule ration de vin pour la nuit, le pichet était des plus précieux.

Maugréant, mais sans oser hurler pour ne pas mettre tout le château au courant de leur mésaventure, les gardes sortirent sur le chemin de ronde et poursuivirent l'oiseau qui les narguait en volant à hauteur humaine. Plaquée jusqu'alors dans un coin sombre, Éléa pénétra dans la pièce. Dans la lumière de la torche, elle fit signe à l'oiseau de lâcher le pichet. L'animal lui obéit alors qu'elle disparaissait dans l'escalier. Les deux gardes, tout heureux de rattraper leur pichet au vol, se contentèrent du fond de vin restant pour leur nuit.

Un étage… Deux étages… Éléa se dépêchait et montait les marches aussi silencieusement qu'un chat, mais de façon plus alerte encore que ledit félin. Soudain, elle s'arrêta net, entendant des bruits de pas et des voix. Des gardes venaient d'en haut.

Elle se retourna. Elle ne pouvait pas redescendre. Ses yeux croisèrent une alcôve trop petite, puis s'élevèrent vers le plafond de l'étage. Sans hésitation, elle prit appui, lança ses amalyses sur une grosse poutre et se hissa prestement. Allongée, tapie jusqu'à vouloir se confondre avec les fibres du bois, elle vit quatre hommes descendre. Ils parlaient fort, le ton montait : une dispute pour une servante infidèle. Ils s'arrêtèrent quelques instants sous la jeune fille, les dagues presque sorties, puis continuèrent leur chemin sur de simples paroles agressives.

Une dizaine de caresses d'amalyses plus tard, Éléa sautait de la poutre et reprenait son ascension.

À l'étage suivant, la fenêtre donnait sur le côté de la tour princière. La chandelle n'était plus qu'à trois étages. Éléa sourit : son cœur se réjouissait à l'avance. Reliées par des arcs-boutants, les tours étaient suffisamment près l'une de l'autre, Éléa pourrait facilement traverser en s'aidant des poutres transversales des toits pointus.

Elle continua de monter quelques marches pour atteindre le palier suivant. Elle arrivait sans le savoir au dernier étage de la tour de garde, mais une surprise l'attendait, bien plus grave que cette triste nouvelle.

— N'a pas l'air d'apprécier c'que tu lui offres, ton oiseau, disait un homme dans la pièce du sommet.

Éléa se cacha derrière un pilastre et osa risquer un œil. Trois hommes se trouvaient dans une pièce semblable à celle du rez-de-chaussée. L'un d'eux, moustachu, se tenait devant la fenêtre. Un autre était assis sur la table, à moitié endormi, et le dernier, avec un menton quasiment inexistant, restait affalé près de l'escalier.

— J'ai qu'ça à t'offrir, p'tite hirondelle, déclara le moustachu en lançant des morceaux de pain sur le rebord de la fenêtre. T'es bien difficile, dis donc. Tu préfères les histoires, hein ?

— Tu vas pas r'commencer avec ça ! protesta le garde sans menton près d'Éléa. T'es timbré ou quoi ? Qu'a-t-il à faire de ta vie, c't'oiseau ?

— Ben, il a l'air d'écouter, c'est tout, se défendit le moustachu. Et ça a l'air de lui plaire puisqu'y vient presqu'tous les soirs. C'est pas par intérêt puisqu'y demande même pas à boulotter !

— Oh ! Divinités de la Vie ! s'exclama son compagnon, atterré par la réponse.

Le même cri avait traversé l'esprit d'Éléa. Son regard s'était glacé à la vue de l'hirondelle. Ces yeux jaunes dans la lumière de la torche, elle était capable de les reconnaître entre mille : *Jerry!*

Elle se retourna vers l'escalier, le visage paniqué. Elle avait toujours imaginé que Jerry se contentait de visiter les appartements de Korta. Elle avait bien pensé à l'éventualité d'une rencontre avec le duc cette nuit, même avec Muht, comme l'avait craint Axel, mais jamais elle n'aurait imaginé croiser son Maître !

Elle redescendit lentement à l'étage inférieur. Il fallait qu'elle se calme, elle n'avait rien à craindre. La fenêtre de la pièce donnait de toute manière sur l'autre côté de la tour : elle n'aurait donc pas pu atteindre la tour d'Éline par là ; et ni les gardes ni Jerry ne pourraient la voir l'escalader. La jeune fille jouait avec le feu depuis le départ, Jerry n'était qu'une étincelle supplémentaire. À elle d'être suffisamment prudente pour ne pas se brûler.

Elle se hissa sur le bord de la fenêtre qu'elle avait précédemment croisée. Elle regarda en direction de la chambre de la princesse, si difficile à atteindre. Il y avait toujours trois étages mais, là où la jeune fille se trouvait, un arc-boutant enjambait le vide et rejoignait les deux tours.

Un pied de largeur, trente de long, ce bras de pierre demeurait la dernière solution.

Éléa se laissa glisser sur sa base et regarda autour d'elle. Cent quatre-vingts pieds la séparaient du sol et elle n'avait rien à portée d'amalyse aux alentours. La jeune fille prit une forte respiration et fixa le mur à atteindre en face d'elle. Elle devait oublier la hauteur à laquelle elle se trouvait. Elle avait fait des exercices d'équilibre toute la journée, il n'y avait aucune raison pour qu'elle tombe ce soir.

Progressivement son pied gauche glissa sur l'arête de pierre et avança. De l'autre côté son pied droit fit de même. Cette poutre était suffisamment large, à peine inclinée, elle devait y arriver.

Concentration, résolution, confiance en soi.

Très haut dans le ciel, les nuages dérivaient sous l'action d'une légère brise. Un vent ascendant remonta sur les jambes de la jeune fille et poursuivit dans un frisson sa course le long de son dos. Éléa allongeait ses pas sur l'arc, guidée par tous ses sens en éveil. Comme un funambule, elle bravait sa peur. Forme fragile dans le noir, suspendue dans le vide, hypnotisée par l'autre bout, l'autre côté, l'autre tour.

Plus que deux pas… Plus qu'un… Éléa embrassa le mur de ses deux bras. Le visage collé à la paroi, elle respira profondément et laissa son cœur se libérer de sa peur. Quelque part, elle regretta que Jerry ne l'ait pas vue : il ne lui aurait plus jamais reproché de manquer d'équilibre.

Triomphante, elle releva la tête. Plus que soixante-dix pieds. Il n'y avait pas de fenêtre à cet endroit : les étages étaient décalés par rapport à ceux de la tour de garde. Les parois demeuraient toujours aussi lisses, mais Éléa savait qu'entre les corbeaux qui ornaient le sommet de la tour, elle rencontrerait des poutres de bois. Il faisait trop noir pour les distinguer mais toutes les architectures de château se ressemblaient : Éléa connaissait leur disposition.

Il fallait qu'elle utilise sa corne, elle n'avait plus le choix. Elle s'accroupit contre la paroi et réfléchit quelques secondes aux solutions les plus efficaces et les moins fatigantes. Jerry ne lui avait pas appris à se servir d'un arc, mais elle savait parfaitement viser. Elle pouvait toucher une poutre de cinq pieds de large, même à cette distance, avec une arbalète. Elle en fit apparaître une qu'elle posa sur ses genoux et enchaîna tout de suite les apparitions avec un carreau spécial : très près de sa pointe, une corde était accrochée, et de celle-ci partaient trois filins alourdis par trois poids de plomb.

Éléa avait fait exprès de demander une longue corde, prévoyant sa descente. Mais à travers ses gants, elle avait l'impression d'avoir des milliers de coupures et elle ressentait l'échauffement du tressage du chanvre entre ses doigts. Elle resta les mains coincées sous ses bras croisés à attendre que le prix de sa demande s'estompe.

Plus d'une demi-heure plus tard, elle put se relever. En faisant attention de ne pas trébucher ou perdre pied sur la base de l'arc-boutant à un moment aussi crucial, Éléa pointa son arme vers les corbeaux et tira. Un petit claquement sec se fit entendre, un bruit sourd de pierres frappées lui répondit et le silence de la nuit restaura son empire.

Elle resta encore un moment sans bouger. Jerry et les gardes n'avaient pas pu l'entendre, mais elle craignait la présence d'autres personnes dans les parages. Lorsqu'elle fut rassurée sur sa tranquillité, elle accrocha son arbalète sur son dos et attrapa la corde. Celle-ci résistait comme prévu, les trois filins lestés avaient enlacé une poutre de bois avec fermeté.

À la force des bras, poussant sur ses pieds, Éléa se hissa jusqu'à la première fenêtre. S'appuyant discrètement sur le rebord de pierre, elle fit une halte sur la traverse supérieure. L'ascension était éprouvante après une telle journée et les demandes faites à sa corne. Malgré ses gants, la corde lui faisait mal et elle avait en outre l'impression de s'arracher les bras.

Encore un effort, il n'y en avait plus pour longtemps, se répétait-elle pour s'encourager.

Elle s'élança de nouveau et parvint péniblement à la fenêtre suivante. Épuisée, elle se cramponna au rebord et, la pièce étant plongée dans l'obscurité, elle s'assit dessus. Elle reprit son souffle, se leva le long des carreaux sertis de plomb et attrapa sa corde pour la dernière fois.

Mais soudain, elle entendit du bruit à l'étage. Elle eut juste le temps de s'élancer dans le vide sur le côté, avant que la lumière ne s'allume. Précipitamment, ignorant à présent ses douleurs musculaires, elle grimpa jusque sur le rebord supérieur de l'encadrement de pierre de la fenêtre. Ce qu'elle craignait arriva, la fenêtre s'ouvrit.

Crucifiée sur la paroi par ses amalyses, le souffle coupé, le ventre creusé par la peur, Éléa, du bout des doigts, écarta des côtés de la fenêtre la corde qui pendait au-dessous d'elle. Elle regarda droit devant elle et devina l'étendue de jardins, les murs d'enceinte et la falaise de la Forêt Interdite. Elle pensa à Axel : elle l'aimait.

Elle sentit une brise légère lui caresser les lèvres comme un doigt posé pour faire silence. Petite tache noire découpée sur la pierre blanche, elle ferma les yeux et se sentit soudain emportée par la folie de ses deux dernières heures. Elle entendit un bruit de tapotement sur la pierre en dessous et la fenêtre se referma.

Éléa ouvrit les yeux sans y croire. La personne ne l'avait pas vue, avait seulement vidé sa pipe sur le bord de la fenêtre. L'effluve de tabac s'élevait jusqu'à elle. Une petite musique lui parvenait aussi. Éléa crut que c'était son cœur qui criait victoire mais, en réalité, au-dessus d'elle, quelqu'un jouait de la harpe.

Éline !

Guidée par les légers fredonnements d'une voix agréable, Éléa escalada les derniers pieds qui la séparaient d'elle. La jeune fille négligea soudain sa fatigue et oublia toute l'angoisse qu'elle avait affrontée pour parvenir jusque-là.

Éléa poussa doucement la bougie, toujours allumée, pour s'asseoir et passer ses jambes sans bruit dans la chambre. Elle entraîna la corde avec elle et déposa son arbalète sur le sol.

La chambre était d'un ocre jaune et agréablement parfumée par des bouquets de fleurs odorantes. Éline lui tournait le dos et finissait sa chanson. Assise devant sa harpe sur un tabouret, son ample manteau d'intérieur à parements d'argent s'écoulait sur le tapis. Ses cheveux châtains, retenus par un simple serre-tête, glissaient dans son dos. Brillants, souples, ils s'ordonnaient en une bande presque infinie.

Ses doigts avaient pincé les dernières cordes. L'onde musicale suscitait un léger écho dans la grande pièce riche et claire.

— Je ne porte pas de voile, annonça doucement Éline.

Éléa releva son amalyse sur son front et enleva son foulard.

— Je ne porte pas de masque non plus, lui répondit-elle.

— La loi sanctionne par la mort toute personne voyant mon visage, en dehors de ma sœur et de ma chaperonne, continua Éline sans se retourner.

— La cour m'accuse de bien des crimes, mais elle ne pourra jamais m'exécuter pour celui-ci.

— Tu n'es ni Éloïse ni Misty. Seule une troisième personne pourrait avoir la prétention que tu affiches. Pour cela, il faudrait que tu te nommes Éléa, que tu sois née de sang royal sous une pluie d'étoiles filantes et, qu'au solstice d'été, ta mort fête ses dix-huit ans.

Éline semblait attendre la réponse.

— Je me nomme Éléa. Je suis fille de roi. Les étoiles de ma naissance brillent encore dans mes yeux et, dans une lune, ma vie fêtera ses dix-huit ans.

Il y eut un silence et la princesse Éline se retourna.

Son visage était frais comme un matin, et ne trahissait pas plus de dix-neuf ans. Aucune mèche folle de cheveux ne venait déranger sa peau de nacre, vierge du moindre défaut. Elle avait la perfection d'une figurine. L'éclat rosé du collier de perles fines à son cou s'assortissait à la douce couleur de ses joues. Et, à ses doigts, des bagues de diamants étincelants et le grand saphir azuré de la reine brillaient comme ses yeux.

Éléa avait du mal à croire qu'elle pouvait avoir une sœur pareille. Éline avait la beauté incomparable d'une princesse de rêve.

Pourtant, en voyant le visage des deux jeunes filles, il demeurait impossible de ne pas constater de ressemblance : celle-ci était frappante. Avec sa peau claire, ses cheveux d'un châtain uni et ses yeux bleu ciel, le visage d'Éline possédait plus de contraste. Mais ce furent justement les reflets de soleil pris dans les cheveux et la peau d'Éléa, et la liberté brillant dans son regard éblouissant qui plurent à la princesse. Sa petite sœur avait un air sauvage qu'elle n'aurait jamais et une douce rébellion qui lui manquerait éternellement animait son corps.

Poupée de porcelaine, poupée de cire, elles restèrent un moment sans se parler. Puis leurs cœurs se reconnurent, et peu à peu un sourire se dessina sur leurs lèvres.

— Comment est-ce possible ? demanda Éline qui n'avait pas besoin de voir la tache royale d'Éléa pour la croire.

— C'est bien compliqué à expliquer, et bien douloureux à entendre, répondit-elle en baissant les yeux au sol pour chercher ses paroles. Il serait peut-être préférable de voir Éloïse d'abord.

— Misty se couche très tard en général et la cloison de sa chambre donne sur celle d'Éloïse. Malgré notre impatience, je crois qu'il nous faudra attendre. Par sécurité.

Éléa releva la tête pour acquiescer et lui fit un petit sourire avant de s'expliquer.

— Il faut remonter à la fin de la Guerre des Siècles, lors de la première victoire des Trois Fées de l'Est sur l'Esprit Sorcier Ibbak, il y a quatre cents ans. Les Divinités du Bien ont interrogé les grandes lignes de l'Avenir, et elles ont su qu'elles auraient besoin d'un lieu protégé pour la prochaine bataille... Elles ont mis la méchanceté d'un homme à leur profit. Coupable des pires méfaits, elles l'ont transformé en Monstre dans la Forêt Interdite...

— Tu essaies de me dire que ce lieu est un sanctuaire des Fées ?!

— Oui, Ibbak n'a aucun pouvoir sur ce territoire. Le Monstre a fabriqué sa légende, et l'Esprit du Mal n'a pas jugé nécessaire de s'en occuper.

— C'est impossible, des centaines de gens sont morts, et les Fées en seraient à l'origine ?!

— Non, la rassura Éléa. Elles ont donné certains pouvoirs à ce Monstre pour le faire passer pour un Bas-Esprit, et elles ne sont pas intervenues dans ses tueries.

— Ce que tu me dis m'afflige. J'ai tellement prié les Fées que je commençais à croire qu'elles n'existaient pas, et tu m'annonces que leur pouvoir est allié à un être maléfique, qui ne se soucie même pas de la valeur d'une vie humaine.

Éléa ne répondit rien sur le moment.

— La mort est quelquefois nécessaire pour que le Bien règne de nouveau. Et ce Monstre ne tue plus... plus autant qu'avant, rectifia-t-elle.

— Comment le sais-tu ?

— C'est mon Maître.

La princesse Éline en resta pétrifiée. Tout ce qu'elle entendait la dépassait. Elle eut le réflexe de se lever. Elle avait envie de s'éloigner, de laisser son esprit réfléchir.

— Je ne comprends plus, fit-elle, désorientée dans ses croyances.

Éléa glissa sur le sol et s'approcha d'elle. Elle s'arrêta, la main sur un montant torsadé du grand lit à baldaquin. Éline s'était réfugiée derrière les voiles mouchetés et brodés de liserons blancs.

— Je n'ai pas décidé de ma vie, lui expliqua Éléa. Je n'ai pas été élevée en princesse mais en guerrière. Je ne suis pas une criminelle pour autant, je n'ai jamais tué qui que ce soit. Mes mains sont aussi blanches que les tiennes.

Éline revint vers le montant du lit, face à Éléa.

— Mais pourquoi toi ? demanda-t-elle comme une enfant perdue.

— Parce que je devais fuir le château royal et être protégée dans un lieu sûr. Le roi, sous l'emprise d'une potion administrée par Korta, a tenté de me tuer à ma naissance.

— Tu mens ! cria Éline. Jamais père n'aurait commis un acte pareil !

— Sous l'effet de l'Élixir de la Folie, même le plus pacifique des hommes peut tuer.

— Non ! Non ! refusait Éline en se retournant pour cacher son désarroi face à cette vérité irréfutable. Il est un homme juste et droit…

— Juste ?! Comment peux-tu dire cela, alors que chaque jour, il t'oblige à porter un voile sous le prétexte d'une loi non fondée ?

Éline ouvrit la bouche mais resta sans voix. Elle baissa la tête et s'appuya sur le montant de bois.

— Sous la douleur, le cœur peut commettre des erreurs. Je ne puis plus lui reprocher son geste, je sais qu'il le regrette du plus profond de son âme.

— Le roi te l'a expliqué ?

— Non, répondit Éline en secouant légèrement la tête. Mais je suis la seule personne avec Éloïse à lui faire baisser les yeux. Il n'a osé me regarder qu'une seule fois, avec des yeux brouillés de larmes tant il avait honte.

Elle considéra Éléa : son regard trop brillant disait son émotion.

— Et la seule chose qu'il ait réussi à me dire avant de s'enfuir fut : *pardon*.

À ces mots, ce furent les yeux d'Éléa qui se baissèrent, se fermèrent même. Tout ce qu'elle apprenait sur son père depuis trois jours lui rendait la vie étrange et difficile. Haïr cet homme lui avait été si facile, pourquoi son cœur était-il si bouleversé maintenant ?

— Je ne porte mon masque que pour combattre les gens du château. Tous les villageois, comme mes compagnons, connaissent mon visage.

— Mais les Lois Interdites stipulent que toutes les princesses de Leïlan…

— Alors, il faudrait tuer tous les gens de la Grande Plaine et tous ceux des pays étrangers que j'ai traversés. Une loi disparaît lorsqu'elle n'est plus applicable. Tu n'y as jamais pensé ?!

— Si, bien sûr. Mais avant que tout le monde ait vu mon visage, on m'aurait arrêtée et j'aurais condamné plusieurs personnes à la mort. Je n'ai pas voulu le faire non plus à cause de père. Et puis, je m'y habitue…

Elle s'assit au bord du lit, comme épuisée par les tourments.

— Le roi m'élève en future reine, et il a toutes les attentions. Il m'aime, même s'il ne me l'a jamais dit. Mais je sais qu'il aimait encore bien plus notre mère. La mort de celle-ci l'a brisé à jamais. Il lui a toujours été fidèle. Il n'a jamais voulu se remarier, même pour avoir un fils… Nous ne parlons jamais d'elle, nous ne parlons jamais de nous. Il est des dialogues qui n'ont pas besoin de paroles… Il me considère comme une personne de toute confiance, il me demande souvent des conseils et j'ai mal de lui mentir depuis six ans… Je me sens coupable de tous les malheurs du peuple : le duc d'Alekant me tient sous sa dextre et le roi de Leïlan croit sa fille.

Éléa s'assit à côté de sa sœur. Elle ne savait que lui dire, tout lui paraissait futile. Elle n'osait pas la toucher, elle se contentait d'être là, tout près, comme elle aurait toujours voulu l'être.

— Je me suis fait le serment de ne pas quitter Éloïse tant que je n'aurai pas trouvé le remède, lui dit-elle simplement.

Éline lui adressa un faible sourire. Sa seule joie était de parler à cœur ouvert ce soir, et Éléa semblait comprendre le poids de sa responsabilité.

— Viens, chuchota-t-elle. Il est temps de tenter quelque chose pour la sauver.

Elle se leva et se dirigea vers une petite porte située au fond de sa chambre à côté de la cheminée. Elle leva le grand loquet de fer et poussa doucement le battant sans le faire grincer.

Une marche plus bas, dans une chambre à l'image de la précédente, se trouvait une princesse endormie. Inerte, les mains sur sa poitrine, un voile sur son visage. Les couleurs semblaient fanées autour d'elle. Éléa crut que son imagination lui jouait des tours mais, lorsqu'Éline releva le voile, elle fut étonnée de constater la réalité de cette impression.

Les cheveux d'un blond foncé, d'une beauté semblable à celle de ses sœurs, Éloïse avait un teint cadavéreux à faire peur. La pâleur d'un corps déjà parti pour l'autre monde, semblant entraîner tout ce qui le touchait avec lui. Éloïse portait une robe d'un ton bois de rose, cintrée sous la poitrine, mais sa couleur n'était plus qu'un vague souvenir, les pierres chamarrées n'avaient plus d'éclat, la dentelle semblait jaunie par le temps. Éloïse était une fleur qui s'éteignait.

Éléa resta un moment surprise à sa vue. En descendant la marche, elle eut la désagréable sensation de s'approcher de la mort. Elle sentit son froid lui parcourir les os, son odeur l'effleurer. Un linceul imaginaire avait déjà recouvert la princesse Éloïse. Ce n'était pas réel, ce n'était pas possible ! *Aucune maladie en ces Mondes ne pouvait donner cette impression !*

— Le duc d'Alekant l'a empoisonnée et me donne régulièrement un antidote pour la maintenir en vie, mais évidemment trop faible pour la guérir, chuchota Éline. Chaque jour, il m'oblige à mentir et il a réussi à obtenir ma main. Père a hésité au départ, malgré l'amour que je simulais pour l'ignoble individu, puis il a mis une condition : si tu venais à mourir, Éléa, je serais condamnée à l'épouser.

— Il faudrait qu'il extermine tous mes compagnons pour cela, car ceux-ci prendraient tour à tour mon masque pour poursuivre le combat, murmura-t-elle en réponse.

Éline lui sourit. Elle l'enviait d'avoir des amis aussi fidèles, au point de ne même pas douter d'eux devant l'éventualité de sa disparition.

— Est-elle devenue ainsi du jour au lendemain ? demanda doucement Éléa.

Elle était hypnotisée par le corps d'Éloïse.

— Non, avoua Éline. Elle s'est d'abord endormie pour une nuit. Puis, elle n'a jamais pu se réveiller et tout a sombré avec elle vers la mort. Ces derniers temps, cela en devient effrayant. Elle peut être plus ou moins malade. Tout dépend de mon comportement et de la potion que me donne Korta en conséquence.

— Vile charogne ! étouffa Éléa entre ses dents. Mais personne n'a trouvé un remède ?! Le roi n'a pas cherché de médecins compétents ?! s'écria-t-elle ensuite.

— Si, répondit Éline en calmant son ton.

Elle regarda, inquiète, vers sa droite où se trouvait le mur mitoyen de la chambre de Misty, et même vers l'autre porte, celle qui donnait dans un couloir commun aux trois chambres.

— Une centaine de médecins, au moins, sont venus la voir, reprit-elle plus bas. Les meilleurs du royaume et d'autres encore des pays voisins. Je suis persuadée que certains d'entre eux avaient trouvé la solution. Plusieurs sont partis pour rechercher une plante rare, mais aucun n'est revenu, ou alors les sariclès étaient là pour dévorer les plus futés. La légende de ton savoir est parvenue jusqu'à moi, mais c'est surtout que toi, tu peux passer au-dessus des douves avec ton oiseau.

— Pas vraiment. Mon oiseau est mon Maître et Jerry n'est pas au courant que je suis ici.

— Comment as-tu pu y parvenir ? s'exclama Éline.

— Peu importe, j'y suis arrivée, c'est tout ce qu'il faut retenir, répondit Éléa en s'avançant vers Éloïse.

Il y eut un phénomène étrange à son approche, comme si une auréole de lumière et de couleurs entourait subitement Éléa. La jeune fille n'avait rien de magique, du moins pas en elle-même. Elle comprit très vite ce qu'il se passait et décrocha le collier de son cou. C'était la corne qui émettait le rayonnement. Comme un soleil, ses feux réchauffaient le corps prisonnier des ténèbres glacées. Un instant, Éléa crut qu'Éloïse allait se réveiller, mais la princesse n'étant pas blessée, la corne n'avait aucun pouvoir de guérison sur elle. Elle dissipait l'illusion des yeux, elle enlevait seulement l'artifice maléfique qui entourait le corps endormi.

— Elle est sous l'emprise d'Ibbak.

— Que veux-tu dire ? demanda Éline.

— Jerry m'a dit que l'Esprit du Mal est dans ce château…

— Dans le château ?! s'écria Éline, épouvantée, en regardant autour d'elle.

— Il se dissimule dans les bas-fonds, mais Éloïse doit être dans le champ de son pouvoir.

Elle pensa soudain que les rayons de sa corne pouvaient révéler sa présence. Mais aucun maléfice ne l'avait entourée lors de sa première venue dans le château. Un doute lui fit tout de même ranger le bijou dans son pourpoint ; le linceul funeste recouvrit Éloïse de nouveau.

— Il n'y a rien à faire, alors, s'effondra soudain Éline.

— Je n'ai pas dit cela. Cet artifice qui entoure Éloïse est dû à Ibbak, son aspect étrange dérange l'esprit, mais il ne contribue pas à la maintenir dans cet état.

Dans les yeux azur, les questions défilaient et lorsqu'Éléa lui expliqua l'origine de la corne, une lueur d'espoir sembla renaître avec une foi admirable.

— Lui fait-on porter toujours les mêmes vêtements ?

Éléa s'était assise sur le bord du lit, près du visage maintenant terni.

— Non, mais les habits changent de couleur à son contact. J'ai surveillé les choix vestimentaires de Misty, j'ai souvent changé Éloïse moi-même, je l'ai même habillée de mes propres robes pour être sûre.

Éléa avait enlevé ses gants et passait sa main sur le visage princier. Il n'y avait aucune fièvre. Délicatement, elle lui ouvrit les yeux : ses iris bleu cendré étaient révulsés et immobiles. Le pouls demeurait lent, la résistance musculaire nulle. La vie semblait ralentie mais non pétrifiée. Il n'y avait pas eu d'arrêt dans le développement du corps. Éloïse s'était endormie à quatorze ans, mais elle avait les formes de ses vingt ans.

— Comment la nourrissez-vous ?

— La potion semble suffire, annonça Éline.

— Ah !

Éléa resta un instant dans ses pensées : elle avait trouvé le premier indice. Une seule plante dans les Mondes était capable de remplacer la nourriture, mais son action était limitée.

— Lors des grandes sécheresses, la Baie du Sommeil est utilisée sous forme de pommade à Zhol, un pays du Monde du Sud. Elle met le corps dans un état d'hibernation semblable à celui des animaux dans nos régions. Mais il serait impossible d'endormir quelqu'un plus de trois mois sans le tuer en utilisant ses propriétés.

— J'ai enlevé toutes les pommades de la chambre de ma sœur et je surveille chacune de ses toilettes. L'empoisonnement ne vient pas d'un onguent quelconque.

Éléa l'écoutait attentivement, les idées filaient comme le vent dans son esprit. La princesse Éline avait tenté beaucoup de choses pour trouver la solution, elle n'était pas restée les bras croisés : elle avait accumulé les potions en cachette pour les donner en grosse quantité, elle les avait arrêtées… Son désarroi n'avait pu que croître au fur et à mesure que les années passaient.

— Les habitants de Zhol l'emploient ainsi, mais ce n'est pas pour autant sa seule utilisation possible. J'ai avec moi un Alchimiste Suprême d'Akal. Il m'a souvent dit qu'il n'y a pas seulement la quantité qui influence l'action d'un produit, mais aussi son moyen de préparation et d'administration… Éloïse ne porte jamais les mêmes habits, mais les bijoux ?

— Je les ai inspectés méthodiquement, ils n'ont rien d'anormal et je les fais changer fréquemment, répondit Éline que le désespoir envahissait de nouveau.

— Ne perds pas courage. Si des gens sont morts, c'est que la vérité est trouvable.

Bonne réflexion, mais qui laissait Éline encore désabusée. Sur son front diaphane pouvaient déjà se voir les marques du sacrifice. Elle avait envie de pleurer.

Éléa se retourna vers Éloïse. Elle devait trouver la solution.

La Baie du Sommeil sécrétait une graisse. Si celle-ci était utilisée pure, où pouvait-elle être disposée pour garder un contact permanent avec le corps d'Éloïse ? Les yeux d'Éléa tombèrent sur l'énorme améthyste qui ornait son collier. La pierre avait un aspect gras naturel, mais qu'elle trouva soudain suspect.

— Personne ne peut venir changer les bijoux pendant mon absence, précisa Éline avec lassitude. Les clés de ma chambre et de celle d'Éloïse sont toujours sur moi et, s'il y a un passage secret, je ne l'ai pas encore trouvé après six ans de recherches.

Éléa ne l'écoutait plus, elle cherchait l'utilité de la Baie du Sommeil sous cette forme. Elle commençait à comprendre. Il n'y avait pas qu'un seul produit mais l'association compliquée de plusieurs, et c'était ce qui déroutait les recherches. Si Éloïse avait besoin d'un antidote de temps en temps pour rester en vie, le produit initial devait être mortel. Et la probabilité qu'elle arrête de porter des bijoux était beaucoup trop grande pour que le poison soit uniquement la Baie du Sommeil elle-même. Elle ne devait donc être utilisée que pour accentuer l'effet narcotique. La Baie du Sommeil était même probablement nécessaire pour empêcher que le véritable poison ne domine complètement le corps d'Éloïse. Cela expliquerait l'alternance des états, critique ou meilleur, de la princesse au gré des jours. Le prétendu antidote de Korta devait avoir la même propriété ou permettait l'association des produits sans rejet et mort du sujet.

— Aurais-tu encore du produit que Korta te donne ?

— Oui, dans ma chambre, il m'en reste.

Éline se leva et Éléa, avant de la suivre, regarda une dernière fois le visage d'Éloïse. Elle aurait voulu la dénuder de toutes ces pierreries maléfiques, mais les conséquences risquaient de lui être fatales. Elle rabaissa le voile et sortit de la pièce. Elle referma doucement la porte.

— Tiens.

Éline sortit Éléa de ses pensées en lui présentant une petite fiasque rouge clair et une autre plus foncée.

—Celle-ci m'a été donnée par le duc hier. L'autre est un fond datant de deux jours. L'ancienne avait redonné des couleurs à Éloïse, la plus récente l'a rendue encore plus malade.

Éléa prit les deux fiasques et les déboucha. L'une sentait plus fort que l'autre, une odeur étrange, qui ne lui était pas inconnue. Mais le nom de la substance ne lui venait pas à l'esprit, pas sur le moment du moins. Elle ragea un peu : Erwan aurait trouvé instantanément. Qu'à cela ne tienne, elle les emportait avec elle !

Elle fit apparaître deux minuscules fioles à l'aide de sa corne et versa un peu de produit dans chaque. La princesse Éline fut saisie par ce miracle mais retrouva du même coup sa confiance dans le pouvoir des Fées.

—Il n'y a pas des millions de combinaisons possibles entre les poisons, déclara Éléa en s'épongeant le front comme si elle avait soufflé le verre elle-même. Mon ami akalien trouvera le nom de celui-ci, si je ne le peux moi-même, et je trouverai le poison mortel initial.

—Merci de me redonner espoir, répondit Éline.

—Je n'étais pas au courant du mal d'Éloïse, sinon je serais venue plus tôt. Je… ne savais même pas que la reine était morte, réussit-elle à dire soudain. Je n'ai su tout ceci que la veille de ton anniversaire.

Elle s'arrêta un instant.

—Je croyais que vous étiez cloîtrées, mais que notre mère était à côté de vous. Je l'ai toujours imaginée aussi belle qu'une Fée et aussi douce qu'un songe. Les bras et l'amour d'une mère ne m'ont pas manqué, mais j'ai toujours pensé à vous deux. Te souviens-tu de la reine ?

Éline la regarda. Elle était touchée par cette question qui semblait si douloureuse pour Éléa.

—Je n'en ai qu'un souvenir très flou. J'avais à peu près quatre ans lorsqu'elle est morte. Le bouleversement dans ma vie a été gigantesque, mais je ne me rappelle que d'un visage, aussi doux qu'un enfant peut l'espérer, et aussi blanc que la mort qui l'emportait… Néanmoins, c'est ce qu'elle m'a dit qui n'est jamais sorti de mon esprit. Elle me suppliait d'être forte et de vivre. Elle me disait qu'elle m'aimait, que je ne devrais jamais l'oublier, mais elle m'a surtout demandé de protéger mes sœurs et de prendre soin d'elles.

Les regards d'Éline et Éléa se croisèrent.

—Lourd fardeau pour une enfant aussi jeune, n'est-ce pas ? fit Éline en se pinçant les lèvres. Je n'ai jamais voulu abandonner Éloïse et, pour toi, je ne pouvais pas croire que notre mère était folle. Peut-être à cause de la vénération démente que notre père avait pour elle.

—Tu n'as jamais douté de ton souvenir ?

—Non.

Éléa sourit de cette assurance.

— Et tu n'en as jamais parlé à quelqu'un ?

— Jamais, pas même à Éloïse.

— Pourquoi ?

Éline haussa les épaules sans vraiment s'en rendre compte.

— Les enfants sentent l'anormalité des choses, et bien souvent restent muets. Mais comment as-tu regagné la Forêt Interdite ? la questionna-t-elle à son tour. Il y avait un enfant mort dans le berceau.

— Un enfant né dans la journée et mort naturellement. Les Fées ont passé un accord avec le Monstre de la Forêt Interdite. S'il me sauvait…

— Il est capable de sortir de son territoire ?! coupa Éline, effrayée.

— Oui, sous la forme de n'importe quel animal. Il peut aller où bon lui semble, mais il est alors incapable de nuire à qui que ce soit.

Malgré ces dernières paroles, Éline ne semblait pas très rassurée.

— Les Fées lui ont dit que s'il faisait de moi un combattant apte à affronter Korta plus tard, elles lui redonneraient sa forme humaine.

— Mais c'est un homme indigne ! Cruel ! Tu m'as dit qu'il était coupable des pires méfaits.

— Oui, mais les Fées l'ont déshonoré en conséquence, et si Jerry avait une seule qualité, c'était bien celle de l'honneur.

— Jerry… Quel drôle de nom pour un homme méchant ! s'étonna Éline.

Éléa savait parfaitement quel effet allait produire sa réponse, mais elle tenait à la faire :

— Il est difficile pour un enfant de prononcer le nom de Jerraïkar.

Si les iris azurés d'Éline avaient pu changer de couleur, ils seraient devenus blancs.

— Le…

— Oui, affirma gravement Éléa. Mais il ne mérite plus ce nom, et pour moi il s'appellera définitivement Jerry.

— Mais c'est un sauvage, un tueur, un monstre ! continua Éline.

— Les sauvages sont plutôt tous ceux qui ont participé au massacre des enfants après ma naissance, non ?

Le visage d'Éline devint blême de nouveau.

— Tu veux dire que c'est toi qui étais visée dans ce massacre ?

— Oui, et je crois que nous ne sommes que deux à avoir survécu. Le petit garçon de ma nourrice et moi.

Le mot *nourrice* surprit Éline.

— Le Monstre a laissé la vie sauve à une dentellière, sa fille et son bébé, venus se réfugier dans la Forêt Interdite. Tu vois, ce n'est pas toujours un tueur.

— Il avait un intérêt. Je doute qu'il pouvait te donner le sein, fit Éline, sarcastique.

— Il fait beaucoup de choses par intérêt, c'est exact, mais quelquefois non.

— Aussi méchant qu'il soit, il représente beaucoup pour toi, comprit Éline. Et tu lui cherches des excuses. Je crois que je ne comprendrai jamais ta relation avec lui. Pas plus que toi, celle qui me lie à notre père.

— Peut-être, admit Éléa. Mais il a changé. Jerry a sauvé beaucoup de gens et a recueilli plusieurs personnes sur son territoire.

— Vous êtes aussi nombreux qu'on le raconte.

— Oh, non, hélas ! Au départ, il n'y avait que Ceban et Estelle, mes frère et sœur adoptifs. Puis, il y a cinq ans, nous avons recueilli deux étrangers qui fuyaient Akal : une Scylèse torturée et l'Akalien dont je t'ai parlé… À peu près en même temps, Estelle s'est éprise d'un paysan izois. C'est mon colosse mais il est gravement blessé actuellement, ajouta-t-elle, pensive. Ensuite…

Elle ne pouvait pas parler de Gyl. Non, son cœur ne pourrait expliquer sa mort. Elle avait trop honte de sa fuite. Elle vit de nouveau les Scylès galoper vers eux, elle entendit Jerry lui hurler de partir et préféra fermer les yeux. Éline s'aperçut de la douleur qui passait sur son visage mais ne put la comprendre, car Éléa enchaîna sans qu'elle puisse poser de question :

— … Il y a eu deux soldats et la famille de l'un d'eux, que nous avons accueillis il y a un an, et ces derniers jours, une jeune villageoise douée pour la danse et une sorcière.

— Une sorcière ?!

Éléa lui expliqua l'origine de ce mot et l'histoire de cette femme, comme celle des autres. Toutes sauf celle de Gyl. Éline écoutait la vie de ces gens qu'elle rêvait de rencontrer. Elle imaginait cette foule d'enfants grouillant dans la Forêt Interdite. En un sens, elle commençait à croire que Jerry n'était pas si mauvais. S'il avait eu un intérêt à recueillir des adultes, il n'en avait eu aucun pour les enfants.

Apparemment, le Monstre n'était intransigeant qu'avec Éléa, et comme tous les maîtres, il ne devait certainement l'être que pour garder son autorité. Sans raison, il avait raconté sa vie et son passé à son élève, et paraissait avoir une moralité un peu meilleure que celle d'un monstre normal, du moins dans l'esprit d'Éline. Il était hélas encore loin d'être humain, mais Éléa semblait convaincue qu'il était sur la bonne voie. Les Fées paraissaient du même avis puisqu'au lieu de laisser ce Monstre se tuer pour l'honneur après avoir retrouvé son apparence humaine, elles lui avaient offert une raison de vivre en lui donnant un amour : Imma. À savoir si la sorcière, même aveugle, pouvait aimer un Monstre…

À savoir si Éline pouvait aimer et être aimée du prince Cédric, comme le pouvoir des Fées le laissait imaginer.

Éline, qui n'avait jamais franchi les frontières du château, envia Éléa pour ses voyages et sa connaissance. Celle-ci avait parcouru quinze pays dans les différents Mondes : Zhol, les deux Xylilasia, trois pays d'Oye, cinq Pays Noirs et quatre autres contrées dont le nom même lui était étranger. Éléa avait appris la médecine et toutes les disciplines capables d'en faire un combattant d'excellence. Éline était émerveillée et en oubliait soudain le Maître.

Et pendant qu'Éléa rêvait d'être aussi raffinée et princière qu'Éline, celle-ci se voyait dans la peau de sa sœur et imaginait toutes ses aventures avec passion et désir. Éline avait besoin d'espace et d'évasion.

La nuit montait, les nuages s'en allaient, le temps passait. Dans la chambre adjacente, une princesse attendait. Éline et Éléa auraient bien parlé toute la nuit, mais la guérison de leur sœur était le dernier obstacle à leurs libertés respectives.

— Après-demain, je reviendrai, assura Éléa. Et j'aurai trouvé. Si rare que soit la plante que certains médecins sont partis chercher, je la trouverai dans les Bois Obscurs et je la ramènerai.

Il y avait de la lumière dans les yeux d'Éline, de la peur et de l'espoir dans son cœur. Elle arrivait à y croire. Les deux sœurs ne purent se séparer ainsi, leurs bras les serrèrent l'une contre l'autre.

Puis, sous les yeux étonnés de la princesse, Éléa se pencha à moitié dans le vide et, de trois lancers de couteaux dans le toit de la tour, rattrapa la corde qui lui avait servi à monter. Le plus fabuleux qu'elle put voir fut un oiseau étrange qui récupéra les trois couteaux. Éléa emportait tous les indices de son passage. Pour repartir, elle attacha la corde au crochet du volet intérieur, au-dessus de la fenêtre, ce qui devait permettre à Éline de la décrocher facilement pour la raccrocher plus tard.

— Remercie le comte de Mont-Allois pour moi, dit Éline avant qu'Éléa parte.

— Axel ?

— Oui, Axel, appuya Éline avec un sourire pour ce simple nom.

— Je n'y manquerai pas, promit Éléa d'une voix grave.

Elle se laissa glisser de la fenêtre. Éline la retint encore un peu.

— L'aimes-tu ? lui chuchota-t-elle avec intérêt.

Éléa resta un moment interdite et surprise. Même dans le noir, son émotion dut se voir.

— Inutile de me dire oui, ton bouleversement est évident, sourit Éline. Dépêche-toi de partir, dans moins de deux heures, il fera jour. À après-demain.

Éléa lui dit aussi au revoir, sans comprendre sa dernière question, et se laissa glisser en silence tout le long de la tour. Quelques secondes plus tard, Éline décrochait la corde à sa demande et une ombre furtive repartait dans les fourrés.

Éline avait soudain le cœur léger. Elle poussa un grand soupir et se retourna vers son lit. Elle retira ses derniers bijoux, son manteau d'intérieur et s'apprêtait à se coucher quand une grande ombre à l'une de ses fenêtres obscurcit la clarté de la nuit. Elle faillit pousser un cri de surprise, mais l'animal était un grand oiseau blanc avec de grandes plumes rouges !

À la vue du pavallois, Éline retint sa joie en mettant une main devant sa bouche. Le prince Axel lui avait dit que l'oiseau lui ramènerait une lettre de son frère Cédric, mais elle n'avait pas voulu le croire. Elle s'approcha lentement du somptueux animal. Il la laissa retirer le message de sa patte et roucoula presque sous sa caresse. Éline était enchantée.

Folle et déjà amoureuse, elle alluma la troisième chandelle de la nuit et se jeta sur son lit pour lire la missive. Elle dut la relire dix fois au moins et elle serra ses coussins de satin en pensant au prince. Il fallait qu'elle lui écrive ! Un moment encore, elle resta intimidée devant ce geste : qu'allait-elle lui répondre ? Mais, lorsque sa plume toucha le papier, son cœur prit la parole et les mots s'enchaînèrent sous l'effet de la passion.

Nourri de cerises et de caresses comme jamais il ne l'avait été, le pavallois repartit vers sa condition d'oiseau messager, dans la perpétuelle recherche de ses maîtres. Les coudes affalés sur le rebord de la fenêtre, Éline le regarda s'éloigner. Son regard était embrumé par l'amour et par l'effet d'une nuit blanche. Elle restait dans ses rêves, déjà en route pour le royaume du sommeil avec un merveilleux prince. Elle n'entendit pas un léger bruit, derrière la porte de sa chambre.

Dans la pénombre du couloir, quelqu'un d'autre se tenait devant une fenêtre depuis un long moment. Un sombre regard luisait de jalousie et de méchanceté.

Plus concerné qu'on ne le croit

D'un autre filin et de deux nœuds solides, Éléa avait raccordé les bouts de corde rompus. Par prudence, elle avait préféré lancer une deuxième boule de l'Élixir d'Erwan dans les douves avant de remonter sur la falaise de la Forêt Interdite. Il n'y avait eu aucun incident. Elle était certaine que sa visite n'avait eu aucun témoin.

Maintenant, elle mettait pied à terre dans les herbes hautes, si chères à son enfance. Elle regarda le château encore entouré des teintes silencieuses de la nuit, et sourit.

La sensation d'une présence et d'une légère respiration la fit se retourner. Elle devina Axel endormi, allongé contre le rocher. Elle eut un autre sourire. Le jeune homme n'était pas parti. Il avait passé la nuit à l'attendre. Il ne devait avoir sombré dans le sommeil que depuis peu, puisqu'il ne s'était même pas réveillé à son arrivée. Éléa l'enviait. Son corps endolori n'aspirait plus qu'au repos, mais elle n'avait pas le temps. *Pas encore.*

Doucement, elle décrocha la corde et fit disparaître ce moyen de liaison avec le château. Le bruit glissant dérangea Axel, mais il ne fit que se retourner dans l'herbe.

Avant de prendre le risque de rencontrer quelqu'un, même à cette heure-ci de la nuit, Éléa passa une robe sur place, comme elle l'avait prévu. Chargée de la corde, du paquet de vêtements noirs et de son arbalète, elle s'approcha discrètement d'Axel. Penchée par-dessus le rocher, elle n'osa s'avancer plus près. Elle ne savait pas encore ce qu'elle allait lui dire. Elle se contenta de lui envoyer un baiser en pensée et s'éclipsa.

Près du surplomb de falaise, elle trouva le coffre que Jerry n'avait pas rangé, et put se débarrasser de ses affaires. Toute joyeuse, elle dévala la langue de prairie et se dirigea vers le laboratoire d'Erwan au-dessus des salles de soins. Si son cœur était en fête, c'était en raison de sa découverte. À force de se triturer l'esprit, elle avait trouvé le nom du produit que donnait Korta à Éline : du Rouge de Gyzom. Elle hésitait encore sur la méthode de préparation et, par mesure de sécurité, elle tenait à s'en assurer en comparant cette odeur avec celles d'autres produits appartenant à l'Akalien. Mais, au moment même où elle voulut baisser la poignée, elle s'aperçut qu'un filet de lumière filtrait sous la porte du laboratoire.

Par prudence, elle fit lentement le tour des terrasses de bois pour trouver une fenêtre ouverte. Hissé sur sa haute chaise, au milieu des alambics, des cornues et des flacons, elle trouva le petit homme. Éclairé par l'ambre de deux lampes à huile, il semblait perdu dans ses pensées. Une double bague en fil de fer accrochée à sa chaîne de naissance passait et repassait dans ses doigts.

— Bonjour Erwan, fit gentiment Éléa.

L'Akalien sursauta et regarda par la fenêtre. Sur le fond noir et luisant de la mer, il reconnut la jeune fille.

— *Mélice ?!* Que fais-tu debout ?

— Je... me suis couchée tôt hier soir, et je n'avais apparemment pas tant besoin de sommeil, mentit-elle à regret. Mais toi ?

— Oh ! fit le nain désabusé. Sélène a encore eu un mauvais rêve. Elle a réveillé et effrayé les enfants. Lorsque j'ai réussi à arrêter les pleurs de Chloé, à tous les rassurer et à les rendormir, je n'avais plus sommeil moi-même.

— Sélène a encore beaucoup de cauchemars ? s'inquiéta Éléa.

— Non... En fait, seulement lorsque les nuits sont trop sombres. J'ai de la chance d'habiter un pays où la nouvelle lune n'existe plus, ironisa-t-il pour s'obliger à sourire.

Des bulles éclatant à la surface d'un produit chauffé intriguèrent Éléa.

— Tu fabriques encore des fioles aveuglantes ?!

— Non, ce produit n'a rien à voir avec nos plans.

— Tu cherchais une potion pour supprimer les cauchemars ? fit-elle, étonnée d'une telle possibilité.

Erwan eut soudain un petit rire.

— Non, déclara-t-il joyeusement. Et même si un tel breuvage pouvait exister, je ne ferais jamais une seule expérience sur Sélène.

Il avait pris son parti du silence de la jeune fille sur ses secrets. Il eut un air innocent et farceur pour expliquer sa préparation insolite.

— Je concocte un puissant faiseur de rêves. Un petit hydromel garanti sans mal de tête après abus, dit-il fièrement avec le plus grand sérieux.

— Erwan ! Tu vas faire de ma troupe un tas d'ivrognes ! Je te croyais un grand alchimiste !

— Je suis un Alchimiste Suprême ! s'indigna le petit homme en se redressant sur le haut tabouret, fier des paroles de sa fille. Le plus grand flair d'Akal et l'un des meilleurs préparateurs, rappelle-toi. Mais, ma belle, laisse Connaissance tromper Sagesse, Fantaisie a tant de charmes ! Nous allons tous en avoir besoin.

Éléa sourit de son ton convaincant et de ses yeux implorants. Il savait mieux que quiconque que le dénouement d'une bataille dépendait du moral des combattants.

— Le plus grand flair ?! fit-elle plus intéressée par cette réflexion que par les autres. Alors, mon illustre Erwan Al Kyort, je te lance un défi. Trouve-moi ce que ces deux fioles contiennent.

Renvoyant ses cheveux rouges en arrière d'un fier mouvement de la tête, Erwan saisit les deux petites bouteilles. Celles-ci commençaient déjà à rougir sous l'action du produit qu'elles contenaient.

— Ma chère enfant, annonça le nain avec de grands airs, sans même utiliser mon nez, je peux vous déclarer qu'elles contiennent une substance que l'on appelle Rouge de Gyzom, du nom de celui qui a trouvé cette plante dans les sommets désertiques du Monde du Sud. Outre ses propriétés curatives, elle a la particularité de se fondre dans tout objet et teinte même le verre. Preuve en est céans. L'une des deux fioles est d'ailleurs plus concentrée en ce produit que l'autre.

Il s'arrêta, un sourire sur les lèvres, un sourcil plus haut que l'autre.

— Facile.

Puis, il reprit avec à peine plus de sérieux :

— Maintenant, il existe six variantes pour la préparation du Rouge de Gyzom : brûlé, flambé, chauffé, oxygéné, distillé ou décanté puis filtré. L'exploit consistera donc à deviner duquel il s'agit ici ? dit-il en agitant ses petits doigts.

Il renifla un grand coup et laissa le silence de la nuit pénétrer la pièce. Ses yeux dorés fixant les flammes des lampes, il déboucha les deux petites bouteilles et les passa sous son nez.

Éléa, impatiente de savoir, craignait de devoir encore attendre, mais la réponse fut immédiate.

— Du Rouge de Gyzom uniquement chauffé, déclara-t-il comme l'évidence même.

— Tu es génial ! Dis aux hommes de préparer uniquement deux chariots de nourriture pour Olase. Nous pourrons ainsi distribuer les armes en même temps demain sur cinq villages ! Finissez les fioles ! Si vous avez besoin de moi, je suis dans la bibliothèque !

— Mais il n'y a pas que cette substance ! cria Erwan, étonné par son départ précipité.

Le visage d'Éléa reparut à la fenêtre.

— Heu… Il est possible que j'aie rempli une fiole déjà utilisée à d'autres usages. Pourquoi ? Que sens-tu d'autre ? demanda-t-elle le plus innocemment possible.

— Ce Rouge de Gyzom a été coupé par de l'extrait de fleurs malignes, de la pelure de racine de Tue-Temps et de l'huile d'une…

Il repassa le produit sous son nez :

— … voire deux feuilles de Restacle, la plante de l'équilibre. Es-tu sûre que ce soit un mélange hasardeux ? Où as-tu trouvé cette fiole ? questionna-t-il avec un malaise dans la voix.

La nuit cacha le visage confus d'Éléa.

— Eh bien… Je ne me rappelle plus… Tu sais, j'ai fait beaucoup de voyages… Tu es le plus grand, sourit-elle au petit homme pour changer de conversation. Je n'en ai jamais douté, je voulais juste tester la susceptibilité de mon Akalien, poursuivit-elle en s'éloignant. Préviens les autres pour ce que je t'ai dit ! À plus tard !

Elle avait déjà disparu dans les passerelles. Le mélange laissait encore Erwan pensif.

— Ce n'est pas une coïncidence, *Mélice*, pensa-t-il à haute voix en hochant la tête. J'espère que tu sais ce que tu fais.

Et après un moment de réflexion, il se décida à retourner à sa préparation.

✧

À Cithaë, une ville au sud d'Akal, l'homme aux épaules massives regardait par les petites fenêtres rondes d'une auberge. Sa mâchoire carrée était serrée derrière sa barbe blonde. Ses yeux cachaient un étrange mélange de colère et de désespoir. Il n'aurait pas sa réponse aujourd'hui, comme il l'avait craint la veille.

— Frédérik ? interpella une voix légèrement grave et cotonneuse.

Le roi de Pandème se retourna vers sa femme. Il aurait voulu sourire au beau visage si cher à son cœur, encadré de boucles naturellement blondes et cendrées. Mais ce matin, la douceur de son épouse ne pourrait pas le calmer, ni même le rassurer. Il admira seulement les ondulations de la robe rose thé se faufilant entre les bancs de chêne pour venir jusqu'à lui.

— Est-ce le retard d'Axel qui vous préoccupe, mon aimé ?

Il embrassa les fins doigts richement bagués avant de les laisser se poser sur son pourpoint broché d'argent.

— Il ne viendra pas, dit-il doucement.

— Il ne vous a jamais désobéi…

Il eut un faible sourire avant de lui répondre :

— Il ne m'a jamais obéi non plus.

La reine Céliane ne trouva rien à répondre, la situation lui faisait mal. Elle savait tous les espoirs qui reposaient sur les épaules de son plus jeune fils, elle connaissait tous les efforts que son époux avait dû faire pour céder à tous ses caprices d'évasion, toutes les douleurs que son départ avait engendrées huit ans plus tôt. Frédérik de Pandème n'avait jamais admis que son fils puisse devenir un homme sans lui. Les yeux de la reine Céliane glissèrent sur les murs blancs de l'auberge, jaunis par les lampes à huile accrochées au mur.

— Regrettez-vous de ne pas avoir envoyé Cédric à sa place ?

— Je ne sais pas, soupira le roi… Non, je n'avais pas le choix. Envoyer Cédric ou Philip aurait été une erreur. Cédric aurait tout oublié pour voir la princesse Éline, et Philip… je crois qu'il aurait jeté la lettre avant même de franchir la frontière, ajouta-t-il avec un sourire sarcastique.

— Tout de même ! s'écria-t-elle en manquant de rire à cette exagération.

Un court instant, son sourire aurait pu emporter les soucis de son époux, mais il n'avait pas envie de rire, même de ses propres plaisanteries.

— Il me fallait quelqu'un de suffisamment têtu pour vouloir traverser le pays de manière anonyme. J'ai besoin de savoir si le roi de Leïlan s'opposera à notre venue ou non, si Philip n'est pas en train de perdre son temps en négociations avec Akal. Je ne sais même pas si je fais déplacer utilement les armées de Pandème. Dans quel état d'esprit est mon voisin ? Pourquoi ne vient-il plus aux Conseils du Monde de l'Est ? Pourquoi…

— Mon aimé, j'ai vu Axel partir avec le pavallois qu'il partage avec Cédric. Peut-être lui a-t-il déjà envoyé un courrier ? Comme vous avez préféré envoyer votre fils aîné s'occuper de contrebandes avec les Pays d'Oye, nous recevrons…

— Faites vos reproches correctement, ma douce, sourit-il en coin en passant une main sur sa joue pâle. Je me suis débarrassé de mon héritier avec la première affaire que j'ai trouvée pour ne plus le voir tourner en rond.

Elle acquiesça en lui rendant son sourire.

— Je sais qu'il faisait des efforts pour rester calme, continua le roi, mais il m'aurait rendu fou avant la fin du mois… Trouveriez-vous raisonnable qu'Axel fasse passer un message d'une aussi grande importance avec un simple oiseau ?! reprit-il soudain plus gravement. Un animal qui peut se faire abattre par le premier chasseur ?!

— Qui pourrait tuer un pavallois ?! s'indigna la reine.

— Toute personne qui ne voudrait pas que le message passe. Toute personne qui comprendrait la véritable valeur de ces mariages, le nouveau Disciple de…

Le roi ne put dire le nom de l'Esprit Sorcier. La reine eut un frisson et se blottit dans les bras de son époux. Il aurait pu en profiter pour lui rappeler sa folie de vouloir l'accompagner. Mais il avait déjà usé de tous les arguments sensés pour qu'elle reste à Pandème : les risques de bataille, les périls du voyage, l'inconfort… Il se rendait bien compte ce soir qu'il était un souverain respecté de tous ses sujets mais sans une once d'autorité sur sa famille.

— J'aurais peut-être dû dire à Axel…

Des bruits de pas sur les marches du perron lui coupèrent la parole. Deux Akaliens en armes postés au-dehors laissèrent entrer un grand jeune homme vêtu de cuir. Le roi et la reine s'écartèrent légèrement l'un de l'autre pour faire face à leur fils cadet. De par la largeur de ses épaules, Philip était le prince qui ressemblait physiquement le plus à son père. Cédric et Axel étaient plus longilignes, de caractère moins renfermé aussi, mais l'unicité de leurs regards verts, hérités de leur père, et leur allure trahissaient leur parenté.

— De bonnes nouvelles, Philip ?

— Oui, père, répondit-il en se signant légèrement, Sa *bien-aimée* Majesté d'Akal consent à nous permettre de faire passer la totalité de nos troupes par son pays. Cette auberge est nôtre et le quartier sud de Cithaë accueillera nos hommes. Bien sûr, nos moindres déplacements seront toujours sous surveillance.

— Parfait, je suis fier de vous.

— Cela n'a pas été bien difficile, père. Je vous soupçonne d'avoir eu une discussion avec le roi d'Akal, insinua Philip avec froideur.

Frédérik de Pandème fit une légère moue.

— C'est exact, admit-il. Mais cela n'a pas grandement influencé sa décision.

— Pourquoi ne pas avoir mené toutes les négociations vous-même, dans ce cas ?

— Parce que vous maîtrisez parfaitement le dialecte akalien, et qu'il est plus délicat dans ce pays de discourir dans cette langue. Et parce que je vous laisse les commandes pour les vingt jours à venir afin de ramener nos troupes de la frontière pandémoise jusqu'ici.

Philip baissa les yeux. Son père était de plus en plus secret ces derniers temps, inquiet aussi, et le jeune prince, trop direct et assez susceptible, ne savait pas comment prendre chacune des décisions de Frédérik de Pandème. Cette armée, ce silence, ces conciliabules avec la reine lui paraissaient déplacés pour de simples mariages obligatoires.

— Vous m'éloignez comme Cédric ?

— Non.

J'ai maintenant une marque sur la nuque, preuve de mon assignation par les Fées à mon devoir de souverain, pensa Frédérik en se répétant les phrases d'Enkil qui hantaient sa tête.

— Nos hommes préfèrent suivre leurs princes ou leur roi à tout autre capitaine, expliqua-t-il simplement. N'oubliez pas la tache que vous avez sur la nuque. Je ne cherche pas à vous éloigner, bien au contraire, je vous demande de suivre les volontés de nos Divinités. Je sais que vous serez suffisamment adulte pour ne pas vous enfuir.

Philip releva les yeux. Il aurait voulu rétorquer *« je n'ai pas le choix »*, mais cela lui sembla de trop. Il préféra dire :

— Je vous ramènerai vos hommes, père.

Il allait partir quand une question lui vint à l'esprit :

— Ce n'était pas aujourd'hui qu'Axel devait arriver ?

Il comprit une part de l'inquiétude de son père en voyant le froncement de ses sourcils.

— D'après les Akaliens, aucun étranger venant de Leïlan n'a encore franchi la frontière. Envoyez une semonce à Axel, il accélérera le pas. Et attachez-le bien quand il sera là. Il ne se sent plus concerné.

Son père le laissa monter les marches conduisant au premier étage de l'auberge. Il n'ajouta un murmure qu'après son départ :

— Il l'est bien plus que tu ne le crois. Et j'aurais dû le lui dire depuis longtemps.

✧

Axel se retourna deux, trois fois, puis ne bougea plus du tout. Il s'éveillait et se sentait observé. Il pensa aux loups qui l'avaient encerclé quelques jours plus tôt et ouvrit les yeux brutalement.

Envahi par la lumière timide de l'aube, un grand regard doré était penché sur lui. Assise sur le rocher, Chloé lui sourit :

— Je ne suis pas un loup.

Axel se redressa, un peu courbaturé.

— Tu as la même manière de surprendre.

— Pourquoi tu dors dehors ? Je croyais que tu avais un lit.

Axel se réveilla totalement et regarda autour de lui. Il n'avait pas voulu s'endormir, mais il n'avait pas vraiment lutté contre le sommeil non plus. Les rêves avaient emporté les soucis en trop. Il constata avec soulagement que la corde avait disparu. Victoire était donc rentrée. Chloé prit un petit air inquiet en découvrant les pensées du jeune homme. Axel comprit immédiatement et mit un doigt sur la bouche de l'enfant.

— C'est un secret, imposa-t-il à voix basse. Je n'ai pas révélé le tien à ta mère, alors ne parle à personne de celui-ci.

La fillette accepta.

— L'as-tu vue ? demanda-t-il soudain.

L'enfant savait de qui il parlait. Les images défilaient dans l'esprit d'Axel et elle pouvait les regarder comme dans un livre ouvert.

— Elle est dans la bibliothèque, répondit-elle comme forcée.

Il se levait déjà dans la direction indiquée.

— Tu lui en veux tant que ça ?

Il ne lui répondit pas et s'éloigna. Il attrapa brutalement son arc au passage.

— Non, Axel, je sais que tu ne peux pas lui en vouloir autant que ça ! cria l'enfant.

Il se retourna. Le pouvoir de Chloé devenait impudique et dérangeant. Elle sembla le transpercer de son regard, lui prouvant presque ses dires, mais Axel l'affronta des yeux et repartit.

Il traversa la forêt, longea la rivière jusqu'à la cascade, dévala la langue de terre d'un pas de plomb pour s'élancer dans l'escalier de bois du Grand Arbre. Il rencontra peut-être quelques personnes – tout le monde se levait avec le soleil – mais son esprit n'en prit pas conscience. Il monta les marches avec une seule idée en tête, et rien ne pouvait l'écarter de son chemin.

Il lâcha ses armes à côté de la porte et entra avec détermination. Mais Axel n'était jamais venu dans la bibliothèque. Même s'il n'avait pas l'esprit à regarder autour de lui, il ne put s'empêcher de marquer une pause une fois à l'intérieur.

L'énorme bâtisse s'enroulait comme un collier autour de l'arbre. Tout le plafond était composé de vitres en losange à l'image des fenêtres du château. Le quadrillage d'osier accentuait l'effet de vertige généré par la naissance des branches supérieures, les feuillages s'élançant tout autour du tronc énorme et les quelques fuites de ciel bleu. Axel comprenait soudain la sensation d'évasion qu'éprouvait Tanin en les regardant.

Les murs de la construction s'élevaient jusqu'à dix pieds et semblaient tapissés de manuscrits. Seules quelques fenêtres ou quelques poutres, où s'accrochaient des lanternes, rompaient la succession de cuirs gravés de lettres d'or. Il y avait plus de livres qu'on ne pouvait en lire en une vie.

Quelques tables et chaises étaient disposées contre le tronc suivant la circonférence de celui-ci. Victoire ne semblait pas être là.

Axel commença à faire le tour de cette montagne de manuscrits. Toutes les matières y étaient répertoriées : un véritable puits de science et de littérature. La main gauche du jeune homme courait sur les reliures de toutes tailles, douces et éclatantes, avec l'envie de pouvoir découvrir tout ce qu'elles contenaient par ce seul toucher. Sans la connaître, Axel éprouva un certain respect pour la personne qui avait regroupé autant de savoir en un seul endroit.

Subjugué par le lieu, il en avait presque oublié sa colère et l'objet de sa venue lorsque, dans un tournant, il découvrit Victoire.

Dans une robe claire et fraîche, qu'Axel trouva ravissante mais tout à fait inadaptée à la situation, elle compulsait un grand livre au milieu de cinq ou six autres. Faisant tourner d'une main la lame de sa dague sur la table, elle semblait absorbée dans sa recherche. De temps en temps, elle croquait une pomme à pleines dents. Elle n'avait pas entendu Axel. Il s'appuya avec patience sur le bord d'une table, les bras croisés, le regard soudain brutal.

Éléa dut le sentir car elle tourna ses yeux vers lui. Son cœur se glaça. Axel avait un regard si froid, un visage si dur. Elle se leva et demeura la bouche ouverte sans rien dire.

— Je te dérange ? Désolé, fit-il avec une ironie réfrigérante.

Ses bras se crispèrent, son visage devint un peu plus impénétrable et accusateur. Éléa baissa les yeux. Elle avait pensé qu'il allait prendre mal son abandon, mais pas à ce point-là. Elle se pinça légèrement les lèvres.

— Tu ne pouvais pas venir, articula-t-elle difficilement. Et tu n'es pas un homme à qui l'on peut dire non.

Axel ne se laissa pas désarçonner par ces mots. Il l'aimait. Il l'aimait trop, mais il ne voulait pas lui pardonner aussi facilement !

— C'est ta seule excuse ? siffla-t-il entre ses dents.

Elle releva vers lui des yeux désemparés. Devant la réaction d'Axel, elle se rassit. Ses lèvres s'ouvrirent, se refermèrent ; elle cherchait ses mots.

— Il fallait que je sois seule. Et je ne peux t'expliquer mes raisons, murmura-t-elle en baissant la tête pour faire disparaître ses yeux couleur nuit et ses lèvres douces.

— Bien sûr, je ne suis qu'un étranger, juste bon à faire l'archer et rien de plus ! cracha-t-il avec violence.

— Non ! s'écria-t-elle d'une voix coupée par la surprise. Tu as beaucoup plus d'importance que tu ne crois. Je ne peux pas te dire…

— Tu ne peux rien me dire, tu ne *veux* rien me dire. Des secrets, toujours des secrets ! Je n'aime pas être manipulé ! J'avais confiance en toi et tu as agi en traîtresse ! Tu es la digne élève de Jerraïkar !

Il s'arrêta de parler. Pourquoi s'emportait-il aussi vite ? Il n'avait pas voulu dire cela. Ses paroles étaient allées plus vite que son esprit. Il ne les pensait pas. Mais il avait soudain besoin de lui faire mal pour consoler son cœur de l'injustice de sa souffrance.

Éléa s'était raidie au nom de Jerraïkar. Seule elle, et maintenant Éline, connaissaient ce passé de Jerry. Mais peut-être le Monstre avait-il avoué son identité à ce Pandémois, lors de leur bataille dans le passage du Pont Sans Retour ? Pour accentuer la haine entre eux ? Éléa n'avait jusqu'alors pas protesté aux accusations, elle avait même baissé la tête, mais Axel venait de dépasser la limite. Elle osa soudain lever les yeux sur lui : il avait touché à son *Maître.*

— Il y a des noms qui ne se prononcent pas ici, précisa-t-elle froidement.

Axel hésita avant de répondre. Le terrain était glissant, la guerre inutile, et la cause perdue.

— Comme le tien, dit-il en refrénant sa colère. Il appartient aux Lois Interdites. Tu es une criminelle aux yeux du peuple.

Éléa ne disait plus rien, son regard demeurait froid comme une nuit d'hiver, même les étoiles de ses iris s'étaient éteintes.

— Tu es peut-être le Masque pour réparer ta faute. Tu as probablement un passé à l'image de ton Maître. Peut-être viens-tu de la même époque ? continua-t-il en haussant de nouveau le ton.

Il fit soudain face au visage de marbre, les mains sur la table.

— Quel âge as-tu ? exigea-t-il.

— Celui que me donne mon visage, répondit-elle sans peur.

— Comment pourrais-je te croire ?

— Je ne t'ai jamais menti ! Je ne t'ai jamais dit que tu viendrais avec moi ! protesta-t-elle brusquement.

Axel et Éléa étaient face à face, leurs cœurs tiraillés entre l'amour, l'injustice et la colère.

— Uses-tu de cette mauvaise foi avec ta troupe ou lui préfères-tu carrément les mensonges ? Savent-ils qui tu es et qui est ton Maître ?

— Je n'ai rien eu à dire à mes amis pour qu'ils me suivent ! Je ne leur ai même pas fait miroiter une existence paisible dans la Forêt Interdite pour qu'ils combattent à mes côtés, comme tu sembles l'imaginer. Je suis une criminelle aux yeux du roi ou seulement *porteuse* d'un nom criminel. À toi d'en juger. Théon, Allan, Virgine, Sten, Ophélie, Erwan et Sélène ont fait leur choix. Ils n'ont pas eu besoin de savoir pour me croire. Et tout le peuple est depuis longtemps avec moi !

— Tu t'es bien gardée de lui dire qui est le Monstre et qui se cache derrière ton pouvoir des Fées !

— Laisse Jerry en dehors de cela ! Tu le juges sur un passé que tu n'as même pas connu, et tu refuses de voir le présent !

— Il tue avec la même sauvagerie qui a créé sa légende !

— Jerry a quitté Pandème ! Cela ne te concerne plus !

— Rien ne me concerne ! s'écria Axel en levant les bras au ciel brutalement. Je juge faussement parce que l'on me refuse des explications ! Tout le monde accepte mon aide, mais je n'ai pas le droit de poser de questions ! Tu te sers de moi et je ne dois rien dire car tout ce qui m'entoure ne me concerne pas ! Qu'en sais-tu ?! Tu ne veux même pas le savoir !

Les longs cheveux châtain et doré de la jeune fille tombaient de part et d'autre de son visage refermé. Ses yeux étaient insaisissables, ses lèvres closes. Axel lui trouvait toujours cette beauté fabuleuse, celle qui lui avait fait croire qu'elle était un être divin lors de leur première rencontre. Mais sa douceur pouvait devenir aussi tranchante que la dague passée près de ses doigts.

— De toute manière, je crois que je n'ai plus envie de te le dire, prononça-t-il amèrement avant de se retourner.

Il n'avait plus rien à faire dans ce pays. Il n'aurait jamais dû rester, c'était inutile et douloureux. Il laissa son cœur se nouer à en mourir dans sa poitrine et se dirigea vers la sortie. Il fallait qu'il se détache d'elle. Il devait oublier ses appels. Il ne devait plus écouter sa voix qui le suppliait. Elle ne pouvait que lui faire du mal.

Mais, au moment où il voulut franchir la porte, un éclair d'acier lui frôla le visage et s'enfonça avec violence dans la poutre à côté de lui. La dague lui avait coupé le souffle. À un pouce près, elle l'aurait touché. Immobile, il retourna lentement son visage vers la jeune fille.

Il n'avait pas voulu l'entendre. Éléa ne supportait pas son départ. Tout son corps en souffrait. Ses doigts s'étaient serrés sur la dague. Elle n'avait pas trouvé d'autre moyen pour arrêter le jeune homme. Elle ne reprenait pas son souffle, sa poitrine se gonflait dans son corsage, ses yeux se brouillaient de plus en plus, ses lèvres ne connaissaient plus qu'un seul mot, si difficile à prononcer :

— Reste.

— Et pourquoi ? demanda Axel avec sang-froid.

Éléa ne savait que lui dire. Elle perdait confiance en elle. Si Axel avait eu quelque sentiment à son égard, elle n'en voyait plus la trace dans son regard. Elle se sentait perdue, ridicule et ignorante. En se cachant légèrement le visage de ses cheveux, elle essuya le trop-plein d'eau de ses yeux d'un revers de la main.

— Je voulais te dire…

Elle ne pouvait pas finir sa phrase avec les mots qu'elle aurait voulus. Elle se passa l'autre main sur le visage et se reprit :

— Je voulais te dire merci pour hier soir. La princesse Éline te rend grâces : j'ai pu trouver l'origine du mal dont souffre la princesse Éloïse. Je n'aurais jamais pu réussir sans toi… Je cherchais justement le remède dans ces manuscrits.

Ce n'était pas ce qu'Axel aurait voulu entendre mais la nouvelle d'une guérison prochaine de la princesse Éloïse lui procura tout de même une grande joie. Philip finirait bien par croire la prophétie des Fées, lui qui en souffrait tellement. *Si au moins la princesse Éloïse pouvait être rétablie avant la prochaine pleine lune !*

Axel réprima son agitation à cette idée, mais pas un léger sourire. À sa vue, Éléa eut l'impression de revivre. Que pouvait bien apporter le messager d'un souverain ayant deux fils à un autre roi ayant deux filles, si ce n'était une demande en mariage ? Elle avait trouvé la raison de la venue d'Axel et le moyen de le faire rester. *Encore un peu.*

— Korta l'a empoisonnée et exige de la princesse Éline des mensonges à son père pour taire ses actions. Si je délivre la princesse Éloïse de son sommeil, bien des secrets seront dévoilés. Si tu restes, tu auras toutes les réponses à tes questions.

Axel la regarda sans y croire.

— Dès que j'aurai trouvé le nom de la plante essentielle pour le remède, continua-t-elle, j'irai dans les Bois Obscurs pour la chercher. Veux-tu venir avec moi ?

Son cœur portait un espoir. Elle observa Axel plisser des yeux. Il eut un sourire en coin assez moqueur voire mauvais.

— À quel endroit aurai-je l'honneur d'être abandonné ?

Sa réponse brisa un instant la jeune fille tout entière. Elle reprit son courage et le regarda de nouveau.

— À aucun endroit. Je t'ai invité à me suivre et ce sera jusqu'au bout. Il n'y aura aucune traîtrise de ma part, et je t'aiderai même à entrer dans la Forêt Interdite si tu le désires.

— Tu espères retourner au château dès ce soir, si j'ai bien compris.

— Plutôt demain soir, avoua-t-elle dans un murmure.

— Ton archer te serait donc précieux, répliqua-t-il d'une voix dure.

Éléa ouvrit la bouche, voulut protester, mais Axel n'avait pas tout à fait tort. Elle avait réellement besoin de lui, même si elle avait envie qu'il passe la journée avec elle pour une tout autre raison. Elle baissa de nouveau les yeux sans rien dire, blessée, le cœur piétiné.

— Viendras-tu ? réussit-elle à dire.

Axel ne répondit pas. Il se contenta de s'asseoir sur le bord d'une table et de porter ses yeux vers le plafond vitré. Il avait toujours le visage aussi froid mais son cœur ne l'était plus autant. Il se forçait à croire qu'il n'irait dans les Bois Obscurs que pour son frère. Il se sentit un instant plus fort mais l'amertume que mit la jeune fille dans son remerciement le troubla légèrement. Il ne put s'empêcher de jeter un coup d'œil dans sa direction.

Éléa retournait vers ses livres. Elle avait dû mal à mettre un pied devant l'autre. Elle avait beau se raisonner, elle ne parvenait pas à desserrer l'étau qui emprisonnait sa poitrine. Elle s'assit sur sa chaise et tourna les trois premières pages du manuscrit sans les voir.

— Puis-je te poser une simple question ? demanda soudain Axel.

Elle regarda le beau visage encore lointain et inexpressif du jeune homme.

— Tu peux toujours essayer.

— Pourquoi Jer… *ry* t'a-t-il appris la médecine ?

Éléa ne l'avait pas quitté des yeux. Elle l'avait senti hésiter au prénom.

— Parce que je le lui ai demandé.

Axel resta un peu étonné de la réponse.

— Avant même qu'il ne m'avoue qui il était, j'avais compris que Jerry était un tueur. Je crois que je n'ai pas voulu en être un deuxième et hériter de ses morts. Je ne veux pas toucher à une vie humaine…

Du moins, je voudrais éviter d'en arriver à cette extrémité le plus longtemps possible, pensa-t-elle.

— … Je n'avais que sept ans quand Jerry m'a mis des armes dans les mains, mais je n'ai accepté de combattre qu'à l'unique condition de savoir soigner les blessures que je pouvais causer.

Elle replongea dans ses livres et laissa Axel à ses pensées. Il ne savait qu'ajouter de plus. Elle tourna deux pages, il l'observa : il retombait amoureux. Il avait le cœur trop prompt à s'émouvoir ! Enragé contre ses propres sentiments, il se retourna vers les étagères de la bibliothèque, vers cette étrange tapisserie de cuirs divers.

— Tu n'as pas pu tous les lire, remarqua-t-il à voix haute.

— Non, sourit-elle doucement. Il y a un exemplaire de chaque manuscrit des Royaumes de l'Est et une bonne partie de ceux des trois autres Mondes. Mais Jerry en a déjà fait le tour.

Axel ne put s'empêcher de relever les sourcils d'étonnement et d'admiration. Tout animal qu'il était, Jerry avait des qualités d'homme. Il n'avait pas passé quatre cents ans à tuer et à se venger. Il avait su tirer profit de ses années d'immortalité. Axel n'aurait pas cru qu'une âme aussi noire en soit capable. Impressionné par la connaissance qu'il lui supposait maintenant, il se mit à parcourir du regard les livres placés devant lui, comme les doigts aux ongles courts et soignés de la jeune fille couraient sur les lignes de son manuscrit.

Il se leva et fit deux ou trois pas vers la catégorie *Histoire et Géographie*.

Comme tout bon étranger, il avait envie de savoir ce que l'on écrivait sur son pays, et ce que Victoire pouvait apprendre sur lui. Ses yeux ne furent pas longs à trouver le livre qui concernait Pandème. Sur le cuir clair et apparemment net de tout contact, les lettres d'or brillaient pour leur prince. Il ne put résister à l'envie de compulser le livre. De son doigt, il le fit légèrement basculer et l'attira vers lui. Lourd, épais, neuf, il était aussi beau que le pays qu'il représentait.

Délicatement, Axel l'ouvrit à la première page. Une petite corolle de cinq pétales crémeux, desséchés, à peine flétris et jaunis par le temps, glissa des feuilles et tomba sur le sol. *Une syllis blanche.*

Éléa avait vu Axel s'éloigner et l'avait observé. Il était parti dans la seule direction qu'elle n'aurait pas voulu le voir prendre, il allait ouvrir le seul livre qu'il ne fallait pas. Elle l'avait compris immédiatement, l'acte d'Axel était inévitable.

Lorsque la fleur s'échoua délicatement sur les lames du parquet, elle se rua vers le jeune homme.

— Ne la touche pas !

Elle s'agenouilla pour prendre la fleur avec une infinie précaution.

— Elle est fragile.

Elle remit la syllis blanche dans le livre et ferma celui-ci.

— Il ne faut pas casser les promesses d'enfant, et encore moins celles faites aux morts, dit-elle doucement.

Elle enleva le livre des mains d'Axel pour le remettre autoritairement à sa place. Elle retourna à sa chaise sans faire grand cas de l'expression du jeune homme.

Axel était pourtant abasourdi. Il avait été surpris à la vue de la fleur, puis complètement bouleversé à la réaction de la jeune fille. Il avait cessé de se demander si Victoire était la petite Éléa de son enfance ou non. Il en était intimement persuadé, même si dans son cœur, il n'avait pas encore osé l'appeler ainsi. Non seulement Éléa venait à l'instant de lui en fournir la preuve, mais son attitude lui montrait en outre que leur rencontre, neuf ans plus tôt, l'avait marquée tout autant que lui. Elle avait gardé sa fleur. Elle semblait y tenir et la conservait avec le plus grand soin. Et elle avait même parlé du mort avec tristesse : Éléa croyait, comme beaucoup, que le Troisième Prince de Pandème n'était plus de ces Mondes !

La bouche entrouverte, le regard ébloui, Axel restait paralysé.

Éléa avait le cœur troublé par une histoire lointaine. Comme s'il n'était pas suffisamment perturbé par celle du présent ! Elle avait décidément du mal à se concentrer sur les mots qu'elle lisait. Elle repensait à une erreur ancienne, à la folie de Jerry et à cette fleur qu'elle avait conservée avec tout son amour d'enfant.

Éléa ne se souvenait pas de grand-chose, Jerry avait tout fait pour qu'elle oublie. Le roi de Pandème l'avait aidée à pénétrer dans le château des Pays d'Oye et l'un de ses fils à s'évader des cachots. Elle ne se rappelait même pas un visage, juste une douce sensation à la présence du petit prince. Elle lui avait dit son nom et lorsque Jerry avait hurlé pourquoi, elle aurait répondu innocemment :

« Parce qu'il avait les yeux verts. »

Elle sourit intérieurement. Axel aussi avait les yeux verts : voilà probablement pourquoi elle l'aimait tant tandis que Jerry le haïssait à ce point. Elle avait gardé en secret la fleur avec laquelle le petit prince lui avait caressé le visage. Elle l'avait conservée avec intelligence dans le seul manuscrit jamais consulté par son Maître.

Rien d'autre ne revenait à son esprit, pas même le prénom de ce petit prince, mais cela n'avait plus d'importance, elle n'avait pas cherché à le retrouver. Avec toute sa cruauté, Jerry lui avait annoncé trois ans plus tard que c'était le Troisième Prince de Pandème et qu'il venait de mourir des fièvres folles dans les Pays Noirs, justement voisins du royaume où elle se trouvait alors. Éléa avait eu mal et en ressentait encore une étrange douleur. Elle ne l'avait jamais dit à Jerry. Elle se souvenait encore de quelques nuits de pleurs silencieux, sur le seul amour de son enfance, auquel l'innocence avait donné toute son importance.

Éléa se passa les mains sur le visage encore une fois, comme pour effacer les images qui se succédaient dans son esprit, ainsi que toutes les émotions passées et présentes qui se suivaient dans son cœur. Elle aborda la dernière liste de plantes susceptibles de correspondre à ses recherches et trouva enfin celle qui lui semblait appropriée. Contrairement à ce qu'elle aurait pu croire, elle n'en éprouva presque aucune joie. Trop de sentiments violents l'avaient remuée durant ces dernières minutes.

Axel ne parut pas plus troublé à la nouvelle. Il arborait seulement un air un peu hébété. Il ne retrouva sa voix que lorsqu'Éléa, ayant ajouté le nom précieux à sa liste d'ingrédients, lui annonça qu'il faudrait éviter Jerry, qu'elle avait déjà failli rencontrer au château.

À la question, embrouillée et hésitante, qu'il posa sur le déroulement de la nuit, Éléa fut très évasive. Elle ne voulait pas avouer à Axel toutes les difficultés qu'elle avait dû surmonter pour pénétrer le château. Les reproches du jeune homme n'en auraient été que plus grands. En rangeant ses livres, elle réussit adroitement à détourner la conversation sur un sujet immanquablement intéressant pour toute personne un tant soit peu curieuse : le visage de la princesse Éline.

— Ma tête est déjà à couper, fit-elle joyeusement en haussant les épaules aux Lois Interdites.

— Et comment est-elle ? demanda Axel captivé de nouveau.

Ils avaient des yeux pétillants tous les deux ; le jeu reprenait, la présence de l'autre redevenait un bien-être. Éléa sentait qu'Axel lui avait pardonné.

— Je n'ai pas envie que l'on te tranche la tête, fit-elle en passant le doigt près du cou du jeune homme, parce que je t'aurai dit que ses yeux sont...

Elle s'arrêta, sourit avec espièglerie et passa devant lui en se dirigeant vers la sortie.

— Élé...

Axel s'interrompit net. Ces dix dernières minutes, il avait tant de fois répété son nom dans sa tête qu'il ne pouvait plus l'appeler autrement. Éléa ne s'en aperçut même pas.

— Vic ! se reprit-il.

Elle s'arrêta sur le palier dans les rayons de soleil du matin.

— Regarde le brun chaud de ce tronc d'arbre, ce bleu pur du ciel et cette fraîcheur qui perle à chaque feuille sous forme de rosée. Éline est plus belle qu'une matinée de printemps, avoua-t-elle avec admiration. Et Éloïse...

Elle s'arrêta et balaya le paysage. Les mains posées sur la rampe, elle resta songeuse.

— Sous le rayon de la corne des Fées, elle m'a fait penser aux journées des débuts d'automne, quand l'azur se prend aux jeux des orages, et qu'une ombre légère s'étend et s'enroule sur les champs de blé coupé.

La spontanéité des paroles d'Éléa et son adoration évidente pour les princesses de son pays plurent à Axel. Elle restait une adolescente en mal de rêves et, chaque fois, cette découverte le surprenait.

Les princesses Éline et Éloïse semblaient être des beautés merveilleuses, mais Axel ne pouvait croire qu'Éléa, son amour d'enfance retrouvé, puisse en rougir. Éline s'accordait au matin, Éloïse à la journée, le temps d'Éléa était celui de la nuit. L'une, un printemps, l'autre, un automne, Éléa ne pouvait être qu'un été. Chaude par sa peau de miel, sucre et pêche par sa douceur, claire par le ciel sans nuage de ses yeux et la brillance de leurs paillettes d'or. Elle était celle que le cœur d'Axel aimait, celle que l'esprit du prince ne pouvait oublier.

— Prends garde à toi, dit-elle soudain en le regardant tendrement. Tu en sais suffisamment pour avoir la gorge tranchée. Et je suis persuadée que tu ne garderas pas le silence.

Axel voulut sourire, un pli se creusa dans ses joues, mais Éléa continua sans vouloir y prêter attention :

— Rejoins-moi derrière les salles d'armes, du côté de la mer ! Je passe mon temps à me changer depuis deux jours, marmonna-t-elle ensuite.

— Attends ! Que vont dire les autres ? Ils préparent un plan de bataille contre Korta et tu ne restes pas près d'eux ?!

— Il est rare que Jerry me laisse participer à autre chose que les combats dans la Grande Plaine. Je passe mes journées en entraînement. Ils sont habitués. Il est convenu que nous distribuerons les armes ensemble, ce soir. Je vais simplement essayer de trouver Tanin pour leur dire où nous serons, si le besoin s'en fait sentir avant cela.

Axel la regarda partir. Il restait fasciné par la découverte de la syllis blanche. Il arracha la dague de la poutre. Il était certain maintenant que les Fées mettaient Éléa sur sa route. Si ce n'était pour l'aimer, en tout cas c'était pour l'aider à sauver la princesse Éloïse. Pour l'instant, cela lui suffisait.

Il attrapa son arc à côté de l'arbre et, emportant la dague, descendit vers les salles d'armes.

Trop beau pour être vrai

Viens, Nis, viens.

S'octroyant un petit repos depuis deux jours, sans selle sur le dos et avec de l'herbe fraîche sous les dents, la jument avait du mal à obéir sans regret. Axel lui tendit une carotte. Il connaissait les arguments convaincants !

Les hommes risquaient de revenir de l'Île Perdue d'un instant à l'autre. Tenant son cheval par la bride, Éléa espionnait les alentours des dix chariots préparés pour la distribution des armes, pendant qu'Axel chargeait le dos de Nis. Ils avaient réussi à regagner les écuries grâce à l'aide de Mélane, Erby, Tanin et Chloé. Les quatre enfants s'étaient trouvés sur leur chemin et les avaient aidés à éviter Jerry. Les deux fillettes étaient parties chercher la sorcière aveugle, les deux garçons avaient trouvé Jerry, et les quatre espiègles s'étaient arrangés pour les mettre ensemble. Le Monstre s'était laissé prendre au piège comme le plus grand des naïfs.

Un buisson bougea, Tanin apparut.

— Tu peux y aller, maman. Le terrain est dégagé jusqu'aux Pierres Blanches. Imma s'occupe de Jerry. Elle… est au courant de votre départ, fit-il avec un petit sourire désolé. Mélane a oublié son pouvoir et lui a tenu la main sans le faire exprès.

— Ce n'est pas grave, mon cœur, répondit Éléa en s'approchant de lui. Imma est une personne de confiance, et Jerry l'intrigue tellement qu'elle se fait plutôt plaisir à elle-même. Aide bien tout le monde aujourd'hui. Et si Sten a des problèmes, tu pourras dire à Jerry où je suis, d'accord ?

— Oui… Dis, je pourrai venir avec vous tout distribuer ce soir ?

— Oui, mon cœur. Cette fois, je t'emmènerai avec nous.

Tanin entoura soudain la taille nue d'Éléa, habillée de sa tenue légère et d'un poignard à la cuisse, et pressa fort ses bras en posant sa joue sur son ventre. Surprise et attendrie, elle lui caressa les cheveux.

— Bonne journée, maman, souhaita-t-il en regardant Axel droit dans les yeux.

Puis, il s'enfuit dans les fourrés avant même que la jeune fille ne puisse l'embrasser. Elle en sourit.

— Il a l'air de t'aimer énormément, fit Axel avec compréhension.

— Et j'en suis fière, répondit Éléa avec le ton approprié à la phrase. Je me suis battue pour lui plaire.

— *Leïlan n'avait plus d'enfants, et maintenant ce pays manque d'adultes...* C'est une phrase de Ceban, expliqua-t-il aux yeux étonnés d'Éléa.

Cette dernière resta cruellement pensive.

— Bon, on y va. Aucun Leïlannais ne m'expliquera cette phrase alors toi, je ne l'espère même pas, ajouta Axel en tirant la bride de sa jument vers le Pont Sans Retour.

— Tu prends la mauvaise direction, déclara Éléa en s'éloignant derrière les écuries. Plutôt que de croire n'importe quoi, tu ferais mieux de me suivre.

Son petit ton posé et blessé fit sourire Axel. Il la rejoignit. Éléa le regarda, resta muette un moment et fit une légère moue. Il avait encore trouvé le moyen de la faire parler.

— Durant les trois années précédant l'apparition du Masque, les hommes de Korta ont enrôlé de force les paysans les plus costauds. Ils les ont envoyés dans des prétendues guerres extérieures ou dans des galères pour éviter toute résistance de la Grande Plaine au contrôle du duc. Tous ceux qui ont refusé de les suivre ont été exécutés de façon plus ou moins sauvage et sadique. Sten n'en est pas à sa première blessure... Les tueurs de Korta s'en sont pris parfois à des familles entières. C'est le cas de celle de Tanin. Il a vu plus de massacres que son âge n'aurait dû. À cinq ans, il vivait dans les rues, volant, mendiant, fuyant. Attaché à personne. Par coïncidence, nous nous sommes cachés sur le même toit un jour que des soldats envahissaient un village. Je n'ai pas pu le laisser là, mais il a fallu des mois pour qu'il me tende les bras et qu'il accepte de venir dans la Forêt Interdite... Je suis trop absente pour tenir un rôle de mère mais, en fait, il n'a pas besoin de moi. Il lui suffit de savoir qu'il n'est plus seul en ces Mondes... Leïlan est un pays où l'enfance n'a pas le temps d'être.

Elle écarta les premières branches de l'épais tour de forêt les séparant des limites extérieures de la Forêt Interdite. Lentement, elle s'enfonça dans les fourrés avec son cheval, Axel et sa jument à sa suite. Ce dernier comprenait soudain avec tristesse la maturité de Tanin et son envie perpétuelle de fugues et d'escapades.

— Les trois enfants adoptés par Erwan et Sélène ont été témoins et victimes de scènes similaires. Chaque personne habitant la Forêt Interdite a une bonne raison d'y être et, si j'avais pu y faire entrer le pays, je l'aurais fait.

Éléa sentit qu'elle regretterait certainement d'avoir parlé avec autant de franchise à Axel, mais elle avait envie de lui prouver que ses compagnons l'avaient suivie d'eux-mêmes.

—Théon a tout perdu: ses parents, sa femme, son fils. Je crois qu'il ne s'en remettra jamais. Il n'a même pas le désir de se révolter. Et lors des batailles, j'ai l'impression qu'il cherche à mourir. Heureusement qu'Allan est toujours là. C'est lui qui s'est engagé dans la garde du royaume pour venger la mort de sa sœur. Allan a perfectionné son maniement des armes avec avidité et depuis qu'il est ici, il a fait également d'immenses progrès, mais il sait, comme moi, qu'il n'est pas encore capable d'affronter Korta seul.

—Tu crois qu'il essaiera tout de même? s'inquiéta Axel en prenant la parole pour la première fois.

—Je ne pense pas. Il ne l'a pas tué en Aces. L'image de Virgine et de ses deux petites filles prennent le pas sur la soif de vengeance. Mais je sais qu'il a juré sur la tombe de sa sœur qu'il ne lâcherait les armes que le jour où Korta serait tué… Elle n'avait que onze ans.

Marchant la tête baissée vers le tapis éternel de feuilles mortes, Éléa releva ses yeux vers Axel.

—Tu ne peux pas comprendre l'importance de cet âge, mais pour un Leïlannais, la mort d'un Enfant de la Peur, c'est…

Comment pouvait-elle l'expliquer? *Elle*, le point de départ de tout ce mal. Par chagrin, désolation, respect ou superstition, le peuple de Leïlan faisait silence sur le sujet.

—Il n'y a pas une famille qui n'ait eu sa dose de souffrance pendant ses dix-huit dernières années… Je dis dix-huit, parce qu'à l'annonce de la mort de la Troisième Princesse de Leïlan, une vague de folie s'est déversée sur le pays.

Elle s'arrêta, voulut reprendre, mais les mots se coincèrent dans sa gorge. Elle prit une respiration et recommença autrement:

—As-tu remarqué la différence d'âge entre Maï et Ophélie?

Elle ne laissa pas à Axel le temps de répondre et enchaîna:

—Il est vrai qu'il arrive à une femme d'avoir un enfant sur le tard… Mais combien d'enfants âgés de huit à seize ans as-tu vu depuis que tu es en Leïlan?

Axel fut surpris de la question mais, en y réfléchissant, il se rendit compte que sa réponse était: un seul, le page du roi. Il ne l'avait pas remarqué auparavant, mais Tanin devait être l'enfant le plus vieux qu'il ait rencontré dans les villages, et Ophélie la plus jeune adulte. Il manquait toute une génération à ce pays, qui ne comptait presque aucun jeune adolescent. La voix d'Éléa devint grave et elle réussit à lui expliquer la version officielle des faits:

—Une quarantaine d'hommes fous ont tué tous les enfants en bas âge dans le pays, pour que le peuple ressente la même souffrance que son roi à la mort de sa troisième fille. La mère d'Ophélie faisait partie de ces femmes enceintes sans le savoir, qui ont assisté au massacre. Elle a eu tellement peur qu'il a fallu treize années avant qu'elle ait le courage d'avoir un autre enfant… La plupart des femmes ont eu le même réflexe que la mère d'Ophélie et, sur dix ans, les *Enfants de la Peur*, comme nous les appelons, ne doivent pas excéder la centaine dans tout le pays.

Elle se hissa sur son cheval et, sans même attendre Axel, partit au galop vers les bribes de jour qui filtraient à travers les hêtres. Le jeune homme comprit que leur discussion avait frôlé de nouveau un point sensible. Il la rejoignit près des buissons envahis de lianes de clématites, qui marquaient la fin de la Forêt Interdite.

— Tu es donc une Enfant de la Peur, voulut-il savoir quand même.

Éléa le regarda. Elle ne lui parlerait plus.

— … Si tu veux.

Elle sortit de la forêt, heureuse de trouver une excuse pour interrompre ses confidences douloureuses. Elle était debout devant le précipice. À sa droite et à sa gauche, une pierre blanche semblait s'enfoncer dans le sol. En face, de l'autre côté de l'immense crevasse, deux pointes rondes de roche faisaient de même, symbolisant les angles d'un rectangle au-dessus du vide. Axel reconnut l'endroit près duquel il avait passé la nuit et où il avait senti la jeune fille si proche de lui.

— J'ai besoin de toi et tu le sais. Mais seulement pour demain soir. Si je te demande de venir maintenant, c'est pour te prouver que je ne suis pas aussi mauvaise que tu le penses.

Axel eut un sourire en coin à cette réflexion.

Lorsqu'il fit un pas vers elle, elle eut un délicieux sourire. Elle se retourna vers la crevasse et sauta dans le vide. Le jeune homme manqua de hurler, mais elle resta en l'air, comme suspendue à des ficelles transparentes. Éléa semblait pouvoir traverser le trou béant sur un pont invisible. Elle se mit à rire, un rire franc et moqueur.

— Allez, viens, fit-elle. Tu ne risques rien si tu restes dans le champ des Pierres Blanches.

Plutôt surpris et un instant désarçonné, Axel voulut la suivre, mais Nis freina toute avancée de ses quatre sabots. Malgré l'insistance d'Axel, la jument, les oreilles en arrière, gardait un air aussi buté que celui d'un âne. Éléa revint lancer quelques feuilles mortes au-dessus du vide et fit passer son propre cheval. Avant de franchir totalement le pont dévoilé par les feuilles, elle s'approcha de Nis.

— Toi non plus, tu ne me fais pas confiance ? Eh bien, décidément, ce n'est pas une bonne journée. Mais ton maître a des raisons de m'en vouloir, tu n'en as aucune.

De retour sur la terre ferme, elle caressa les doux naseaux blancs avec tendresse.

— Zarkinn est passé, lui. Regarde. Il est beau, grand, fort, intelligent et racé…

Tournant le dos à son propre cheval, Éléa s'approcha de l'oreille de Nis pour lui chuchoter rapidement :

— Mais ce n'est pas un vrai cheval zain, il a trois poils blancs !

Elle tourna la tête avec innocence en regardant son magnifique animal noir. Celui-ci observait le sourire de sa maîtresse, il savait que l'on parlait de lui, il avait entendu son nom. Il prit un petit air étrangement supérieur, mais aussi très soupçonneux.

Éléa continua de caresser les naseaux de Nis.

— Alors, tu te crois moins capable que lui pour hésiter ainsi à passer par les Pierres Blanches ?

Qu'avait donc compris Nis ? Elle dressa les oreilles et voulut foncer dans le vide.

— Tout doux, ma belle, calma Éléa. Attends ton maître, tout de même.

La jeune fille passa sous la tête de la jument et, tout en maintenant celle-ci par la bride, tendit une main vers Axel. Le jeune homme hésita une fraction de seconde, peut-être surpris par le geste, et resserra ses doigts sur la main offerte.

✧

— Elle reviendra demain soir, Votre Grâce. Elle a parlé d'aller dans les Bois Obscurs. Vous pensez qu'elle pourrait trouver la plante susceptible de réveiller la princesse Éloïse ?

Assis dans l'un de ses fauteuils incarnats, les jambes négligemment croisées, Korta se mit à rire. Ce n'était pas un simple ricanement de satisfaction, mais une véritable euphorie vengeresse. C'était trop beau ! Lui qui cherchait désespérément un plan pour capturer le Masque dans la Grande Plaine ! Le destin le lui amenait sur un plateau d'argent ! Il n'aurait pas besoin d'attirer la Fille-aux-yeux-bleus vers un village ni de la pourchasser comme un gibier, pour retourner les amalyses contre elle. Elle venait à lui de son plein gré, totalement inconsciente du danger qui l'attendait.

Misty plissa les lèvres et gloussa pour accompagner la joie du duc d'Alekant. Elle se sentait forte de son succès, peut-être espérait-elle même apparaître plus sensuelle. Muht, assis un peu à l'écart, préféra détourner un instant le regard pour chercher un sujet moins pitoyable que la vieille demoiselle.

Misty n'avait pas tout surpris de la conversation entre les deux jeunes filles, la veille. Des chuchotements dans la chambre d'Éloïse l'avaient réveillée, mais elle n'avait pas réagi tout de suite. Elle n'avait entendu que des bribes de phrases à travers le mur épais ; seuls les adieux à la fenêtre lui avaient été parfaitement audibles. Mais pour *Sa Grâce*, cela semblait largement suffisant.

Ibbak aussi avait senti la présence du Masque et de sa corne. Mais pris dans ses leçons de maîtrise d'amalyses, Korta n'avait pas pu réagir. Cela n'avait plus d'importance. Son moment de faiblesse lui assurait une future victoire. Le Masque n'allait pas hésiter à revenir.

— *Hum, hum*... Votre Grâce... Si je puis...

— Oui, pardon. Dans le tiroir de cette commode, vous trouverez le prix de vos précieuses paroles.

Misty mordit ses petites lèvres pincées et tortura ses doigts décharnés. La pensée de ce qu'elle voulait vraiment la fit rougir. Muht secoua la tête, atterré.

— Oh, Votre Grâce, ce n'est pas nécessaire, ce fut un tel plaisir de vous aider... Je me disais qu'il serait peut-être mieux de... Enfin, vous savez... il est si agréable de passer une soirée auprès de vous. J'étais déjà tellement inquiète de vous savoir blessé.

Le sourire de Korta s'effaça de son visage. Malgré lui, la vision d'un corps fripé et poisseux se collant contre lui se substitua à l'image qui bloquait son esprit. Muht pouffa de rire et eut envie de dire au duc de s'occuper de la vieille fille une bonne fois pour toutes.

— Allons, mademoiselle, n'oubliez pas que je suis le fiancé de la princesse Éline. Il serait très mal vu que vous restiez. À moins que vous n'ayez envie que votre statut de vieille fille devienne celui d'une femme de petite vertu.

— Heu... oui, vous avez raison, répondit-elle, écarlate. Je demandais seulement la faveur d'un dîner en votre compagnie.

Son émotion était telle que sa voix se perdit dans une note aiguë. Muht ne put cacher son sourire de satisfaction.

— Nous verrons cela plus tard. J'ai beaucoup de choses à préparer pour la venue du Masque, demain soir.

Elle secoua la tête pour montrer qu'elle comprenait très bien, mais se pinçait les lèvres de frustration.

— Bonne nuit, mademoiselle.

— Bonne nuit, Votre Grâce.

Elle s'inclina et, toute contrite, se dirigea vers la porte. Elle se retourna au dernier moment :

— Le duc d'Yil a demandé de vos nouvelles.

— Le duc d'Yil ?! Ah, oui, le page du roi. Vous pouvez lui dire que son père sera vengé demain soir, répondit-il en retrouvant son sourire sournois.

Il eut de nouveau un rire lorsque la chaperonne quitta ses appartements. Il y avait tant de bonnes nouvelles aujourd'hui !

Sans s'occuper de Muht, il se leva et posa les mains sur le rebord d'une fenêtre. Il toisait la Forêt Interdite en vainqueur, comme si le feu l'avait déjà dévastée. La jeune fille protégée des Trois Fées de l'Est allait payer ses affronts.

Korta était décidé à lui montrer qui serait définitivement seigneur de Leïlan. Il oubliait le regard enchanteur et prenait son pouvoir en haine.

La Fille-aux-yeux-bleus croyait pouvoir guérir la princesse Éloïse à son insu. *Prétention stupide!* Il fallait déjà qu'elle trouve quels poisons avaient été utilisés ! En admettant que cela soit possible – elle était médecin après tout – il fallait encore qu'elle fabrique l'antidote. La seule plante efficace et indispensable était bien trop rare en ces Mondes… Même si la jeune fille connaissait les secrets des Bois Obscurs, elle ne pouvait pas trouver seule la fleur de l'Éveil Blanc en moins d'une journée, sans l'aide d'un guide ou d'un connaisseur.

Il se remit à rire, il ne pouvait plus s'arrêter. Qu'elle réussisse ou non n'avait aucune importance ! Elle allait mourir comme tous ces grands médecins venus au château ! Cette fois, avec tout l'hommage des amalyses !

Il se retourna vers Muht. Il était prêt au combat, prêt à gagner. La gloire auréolait déjà son front. Une nouvelle idée venait de traverser son esprit, trop heureux pour la cacher : elle ravit autant qu'elle étonna Muht. Ce dernier laissa au duc la satisfaction de l'expliquer à haute voix :

— Tu voulais une chasse à l'homme ? Quelques scalps à ajouter à ton manteau ? La raison pour laquelle je faisais garder les frontières ne tient plus. J'ai ordonné le retour de tous mes hommes et j'ai assez de confiance pour t'en donner le commandement ! Tu pourras en emmener cinquante de plus pour Akal, après. Cette nuit, nous allons installer nos forces. Je fais envoyer quelques soldats sur les chemins qui joignent les Bois Obscurs et la Forêt Interdite – juste de quoi savoir si elle a essayé de trouver la plante – et nous allons discuter de nos nouveaux accords. Le Masque nous laisse tout le temps qu'il nous faut pour lui préparer une bonne réception !

✧

Les premiers jours de l'été semblaient en avance : la rosée, sous les épais feuillages, s'évaporait rapidement au fil des heures. Les perles étincelantes et diamantées laissaient place à la lumière chaude et quelque peu étouffante du soleil. Le galop pris sur le chemin forestier permettait à Axel et Éléa de ne pas trop en souffrir.

Depuis plus de trois heures, Nis et Zarkinn menaient bon train sans montrer de réel signe de fatigue. Leurs maîtres étaient pressés par le temps, ils devaient rentrer avant le coucher du soleil.

Mais soudain, les chevaux s'agitèrent brutalement, alertant leurs maîtres d'un danger. Éléa se redressa sur les étriers et regarda autour d'elle.

— Des loups, fit-elle.

— Nous ne craignons rien avec San, répondit tranquillement Axel.

— Il y a plusieurs hordes de loups dans la forêt. San est mon seul ami, et il a bien du mal à contenir son instinct lorsqu'il court derrière un cheval. Nous n'avons pas le temps de nous arrêter, alors galope !

Axel n'eut pas besoin d'ordonner quoi que ce soit à Nis : elle avait envie de fuir depuis longtemps. Et lorsqu'elle vit les loups sortir des fourrés, elle accéléra de manière spectaculaire et rattrapa Zarkinn en un rien de temps. Oubliant le nombre de lieues déjà parcourues et la compétition établie entre eux, les deux chevaux s'élancèrent à toute vitesse vers les Bois Obscurs. Éléa et Axel eurent bien du mal à mettre fin à leur course.

Se redressant de nouveau, la jeune fille observa les formes des arbres loin derrière elle.

— Inutile de fatiguer nos montures, les loups sont fainéants.

— Tu vois que je ne suis pas le seul à le dire, dit Axel pour rassurer sa jument nerveuse.

— Non, elle a peut-être raison. Un loup doit nous suivre mais, si Zarkinn ne réagit plus, c'est qu'il doit s'agir de San. Il est plus endurant que les autres. Continuons, il va nous rattraper.

Elle repartit avec Axel dans un petit trot bienfaisant pour les chevaux après un tel galop. Ils finirent leur voyage à pied sur les cent derniers pas. Côte à côte, ils arrivèrent devant les limites des Bois Obscurs.

Nis s'écarta soudain d'Axel avec violence, et le jeune homme, attrapé brutalement à la cheville par San, se retrouva sur le ventre. Éléa ne put s'empêcher de rire de la manière peu délicate et très familière qu'avait le loup de dire bonjour.

— San ! s'écria-t-elle. Tu exagères vraiment.

Elle s'agenouilla pour enfouir sa main dans son pelage.

— Je suis ravie de ta visite, mais je vais dans les Bois Obscurs, et tu sais que les animaux à chair fraîche sont en danger à l'intérieur.

Elle accrocha les rênes de son cheval à la branche d'un peuplier noir. De nouveau debout, Axel calma difficilement sa jument et l'attacha en bougonnant. Ils retirèrent les selles pour laisser les chevaux manger et se reposer tranquillement. Le loup ne sembla pas accepter de rester sagement à attendre les deux jeunes gens et voulut les suivre.

— San ! J'ai besoin des charatons et ta présence va les faire fuir ou les faire se regrouper pour t'attaquer. Reste dehors.

Le loup releva la queue et continua de s'avancer avec eux.

Comme si on pouvait lui donner un ordre aussi facilement !

Éléa s'agenouilla près de lui et lui prit la tête dans les mains pour lui parler avec autant de persuasion qu'elle pouvait en mettre dans sa voix.

— San. Laisse-moi voir les charatons. C'est important. C'est pour soigner la princesse Éloïse. Tu comprends *soigner*. Je sais que tu connais ce mot.

L'aurifère des yeux de feu brilla et le loup s'assit. Éléa caressa la tache blanche sur son front.

— Merci, San. Je te laisserai courir après les charatons la prochaine fois. C'est promis.

Le loup se releva tout frétillant.

— La prochaine fois, rappela-t-elle. *La prochaine fois.*

Un peu dépité, le loup accepta de rester en arrière.

— Loyal, reconnaissant et fidèle mais peu obéissant, constata Axel en souriant ; son médaillon qui lui allait si bien.

— San n'a qu'un seul maître : lui-même. Il doit certainement être le chef de son clan.

Tout aussi d'accord avec cette supposition, Axel suivit du regard la fine silhouette qui s'éloignait entre les branches décharnées. De la même manière que la première fois, la forêt s'obscurcit, puis ses bras de feuilles menaçants s'écartèrent sur les deux aventuriers pour les recevoir en son sein.

La Source aux Amalyses était à plusieurs lieues, mais le décor demeurait toujours aussi merveilleux. On devinait une douce volupté dans la texture des pétales de fleurs, une légèreté infinie dans le duvet de certaines plantes qui s'envolait. La brillance humide des mousses situées près des minuscules cours d'eau scintillait. L'air chaud emplissait les clairières d'une vapeur reposante et le bruissement des feuilles se mêlait aux chants cristallins d'oiseaux invisibles. Une fois de plus, partout où ils se posaient, les yeux ne pouvaient qu'être émerveillés.

Cet endroit restait magique pour Axel. Symbole du pouvoir des Fées et de l'enchantement d'une rencontre fabuleuse, il était ravi d'y revenir. Un des papillons aux ailes transparentes passa près de son visage et s'élança vers un faisceau de lumière. Il s'irisa de mille couleurs au-dessus d'un arbre aux feuilles gigantesques. Axel suivait la jeune fille dans ce paradis avec l'envie d'y rester et de tout oublier.

Ses fréquentes venues rendaient la jeune fille moins sensible que lui à la beauté du lieu ; elle s'était donc déjà mise en quête d'un arbre à aeclives. Attrapant une branche à écorce blanche, elle s'y hissa et s'assit brutalement dessus, stoppant net son ascension.

— Qu'y a-t-il ? demanda Axel, inquiet devant son visage déconfit.

— Je n'ai plus de force, répondit-elle effondrée.

— Et cela t'étonne !

— Non, mais j'ai besoin de quatre grosses aeclives et on ne les trouve qu'aux extrémités des hautes branches !

— Insinuerais-tu que je suis incapable de les attraper à ta place ? fit-il en croisant les bras.

Éléa sourit en secouant la tête. Elle n'avait pas voulu dire cela : elle s'inquiétait seulement au sujet de la sortie de nuit prévue pour la distribution des armes. Si elle ne parvenait pas à grimper à un arbre maintenant, que ferait-elle ce soir ?

— Descends. Saute dans mes bras, je te rattrape.

Éléa hésita et regarda les aeclives si loin de toute atteinte. Elle se sentait vraiment incapable de les attraper. Elle se laissa glisser dans les bras d'Axel.

— J'ai failli me vexer, dit-il en la serrant légèrement contre lui avant de la reposer par terre.

Éléa resta muette face à ce geste.

— Je suis ton archer jusqu'à demain soir, profites-en. J'ai pris des flèches dans ton armurerie. Quelle aeclive désires-tu ?

Il avait enlevé l'arc de son épaule et sorti une flèche.

— Les plus grosses et les plus identiques possible, balbutia-t-elle sans l'avoir encore quitté des yeux.

Il banda son arc, visa et tira vers les sommets. Deux aeclives accrochées ensemble par la queue chutèrent. Elles étaient aussi grosses que des coings dont elles avaient d'ailleurs la forme. Axel les rattrapa avant qu'elles s'écrasent au sol et les tendit à Éléa. Leur poids et leur toucher promettaient une chair dense et juteuse. Axel recommença avec trois autres, mais la jeune fille lui en rendit une en lui proposant d'y goûter. Axel connaissait leur goût délicieux. Son ventre, à peine rempli de galettes de seigle englouties en chemin, ne se fit pas prier. Il en tira même deux autres pour le plaisir.

Leurs agissements n'avaient pas manqué d'attirer des gourmands. Aux premiers fruits tombés, des yeux rouges s'étaient allumés derrière les fougères. Les charatons bavaient devant la grosseur démesurée de leur fruit préféré. Éléa n'eut pas à les appeler. Lorsqu'elle se retourna, une trentaine de petits démons l'entouraient déjà. Ils ne s'approchaient pas trop, ils ne connaissaient pas Axel, mais la gourmandise était la plus forte.

Éléa s'assit et les charatons firent une dizaine de petits pas vers elle. Debout sur leurs pattes arrière, ils quémandèrent avec des cris plaintifs, se mordant presque entre eux pour avoir la première place. Mais Éléa leur fit un chantage : le fruit entier pour le premier qui ramènerait l'un des quatre ingrédients intacts de sa liste. À peine commença-t-elle à énumérer les noms que la bataille s'engagea. Quatre charatons s'étaient déjà combattus pour partir les premiers. On pouvait entendre des coups de dents dans le vide, des cris et des hurlements dans les buissons, une cavalcade de petites pattes dans l'herbe et dans les arbres. Une course démentielle réveilla la béate tranquillité habituelle des Bois Obscurs. Les charatons déclenchèrent comme une vague de folie qui mit en agitation toute la faune du lieu : d'innombrables oiseaux et insectes s'envolèrent, découvrant un bref instant leur beauté fabuleuse.

— Tu as déclenché une véritable guerre ! s'exclama Axel.

— Je ne me sentais pas le courage de les suivre pour trouver les ingrédients moi-même. Ils trouveront ce que je leur ai demandé. Ils tueraient père et mère pour des aeclives.

— Tu crois qu'ils en ont pour combien de temps ?

— Moins de quatre heures, j'espère. Mais les Bois Obscurs sont immenses, et je ne sais pas si les charatons sont suffisamment intelligents pour ne pas se ruer sur la même plante. Du moment qu'ils me ramènent la fleur de l'Éveil Blanc, c'est le plus important.

— Si tu faisais apparaître une cape, maintenant, pas forcément de bonne qualité, quelles seraient les conséquences sur ta propre fatigue ?

— J'aurais des troubles de la vue pendant une dizaine de minutes et j'aurais peu de chance de résister au sommeil. Pourquoi ?

— La mienne est restée sur la selle de mon cheval.

— Tu as froid ?

— Pas moi, mais toi, c'est certain, lorsque tu dormiras.

Elle voulut protester. Pour une fois qu'ils étaient seuls, elle n'allait certainement pas faire la sieste !

— Ne me dis pas que ce n'est pas raisonnable et nécessaire. Tu ne tiendras jamais ce soir si tu ne fais pas un somme maintenant. Dors ou je n'accepterai pas de tirer une flèche de plus.

Il semblait plus que décidé. Éléa hésita, déçue plus que contrainte. Il avait raison.

— Tu… restes ?

Il la rassura d'un sourire. À l'apparition de la cape grossière, les yeux d'Éléa manifestèrent instantanément des signes de fatigue. Ses paupières se baissèrent naturellement. L'air frais qui régnait sous les feuilles et le parfum d'essences rares environnant achevèrent d'immobiliser son corps déjà épuisé. Comme un enfant, elle lutta quelques secondes contre le sommeil et s'avoua vaincue.

Axel s'assit non loin d'elle. Elle pouvait être si forte et si fragile…

La clairière était redevenue calme : le raffut des charatons ne s'entendait plus. Mais il ne fallait pas croire qu'ils s'étaient tous lancés dans la course. Trois petits démons glissaient silencieusement dans l'herbe pour atteindre les quatre aeclives laissées à terre. Ils crièrent toute leur haine lorsqu'Axel se leva pour récupérer les fruits.

Toutes griffes dehors, prêts à mordre, les charatons menaçaient de sauter sur le malotru qui osait prendre ce qu'ils essayaient de voler par traîtrise. Mais le jeune homme, loin de s'inquiéter de leur apparence agressive, la négligeait même, leur réclamant un nouveau service contre la promesse d'une masse importante d'aeclives.

Pour les décider à l'obéissance, Axel enleva sa chemise et mit les quatre fruits, trophées de la course, à l'intérieur. Il noua le tout à sa ceinture. Voler ne serait pas simple, alors que chercher tranquillement ce qu'il demandait paraissait un jeu d'enfant aux petits charatons. Ils semblèrent en tout cas considérer cela plus facile que de s'épuiser lamentablement en bonds pour atteindre les branches de l'arbre à aeclives, car ils disparurent.

Le silence reprit ses droits. Un bruit feutré se fit entendre plusieurs minutes plus tard. Axel crut qu'un charaton revenait à l'attaque. Mais ce fut une toute petite chose ronde et velue qui se faufila entre les fleurs pour atteindre l'un des minuscules ruisseaux tout proche. Axel, qui s'était rassis, ne bougea plus d'un pouce et observa l'étrange animal.

Sur une boule de poils roux terminée par une queue ébouriffée, un museau nu et allongé en pointe se détachait. Il était orné d'une minuscule truffe à son extrémité. C'était le premier mammifère qu'Axel voyait dans les Bois Obscurs. Inquiète, même angoissée, l'agréable petite bête continua son chemin par séries de petits pas. Comme pressentant un danger, elle releva plusieurs fois la tête alors qu'elle se désaltérait. Axel retenait son souffle, seuls ses yeux bougeaient. L'animal ne devait pas être habitué à l'odeur de l'homme, sinon pourquoi semblait-il si agité ?

La réponse vint, cruelle et quotidienne. Caché dans les frondes des fougères, un charaton jaillit dans un cri. Il déchira en deux sa proie avec la sauvagerie des prédateurs grâce à ses puissantes et redoutables mâchoires. Axel n'eut pas le temps de bouger un cil avant qu'une masse énorme se rue sur le charaton, lui attrape la nuque et lui brise les vertèbres d'un coup sec. San regarda sa victime, satisfait : le loup venait de faire la peau à son premier charaton.

Mais il releva soudain les babines dans une mimique de dégoût absolu, en tirant le bout de la langue, et eut un haut-le-cœur : le petit animal mi-chat mi-rat ne devait vraiment pas être à son goût. San en eut un cri plaintif. Il s'éloigna du charaton et s'approcha d'Éléa, la queue entre les jambes.

Axel eut envie de rire mais, toujours aussi susceptible, le loup lui envoya des éclairs de ses yeux obliques. Il reprit cet air majestueux et inquiétant qui valait aux loups toutes ces mauvaises légendes. Axel sourit du nuage d'histoires auréolant la bête comme un seigneur du Mal. Fallait-il être bien simple pour y croire en voyant San ? Posté en protecteur, mais distant et sauvage, le loup veillait sur Éléa. Et, malgré ses jeux avec le jeune homme, il demeurait toujours méfiant en sa présence.

Axel aurait aimé l'approcher et le caresser, mais il n'aurait pas non plus fallu le traiter comme un chien. San devait avoir une dette immense envers Éléa pour courir le risque d'être comparé à son piètre cousin apprivoisé. La jeune fille l'avait soigné, cela semblait évident, mais quelle dévotion et quelle intelligence avaient donc poussé le loup à ne pas repartir dans la forêt à tout jamais ?

Le monde animal demeurait bien étrange pour Axel, et celui de Leïlan encore plus. Paradis régnant en secret au cœur de l'ordinaire, les Bois Obscurs contenaient ses pièges et ses horreurs. Les charatons étaient le plus bel exemple de cette dualité : démons, tueurs, traîtres et hypocrites, toujours intéressés et destructeurs, ils possédaient pourtant une connaissance des plantes du lieu surprenante, un don de guide étrange et une compréhension, totalement incroyable, du langage humain ancien et présent.

Axel se laissait envoûter par le beau côté des choses et par le parfum printanier qui l'enivrait. Vautré dans l'herbe fleurie, il se sentait serein, entouré d'une vie fantastique, même insaisissable pour sa raison. Et, à cause de cet environnement et de la présence d'Éléa, il négligea un avertissement de la Nature. Des masses de nuages gris, dans le ciel, s'enroulaient et se déroulaient dans un bouillonnement sinistre. Ils devenaient menaçants. Si Axel avait pu voir la Montagne Blanche, il aurait cru qu'une main ténébreuse s'avançait sur l'ensemble du pays en prenant sa source au château royal.

L'ombre des nuages, la rage de tuerie des charatons, l'envol par moments soudain et angoissé des oiseaux auraient dû faire sentir à Axel que, même au sein de la beauté et de la paix, le danger demeurait toujours présent. Il aurait dû saisir la menace, entendre les rires de Korta qui résonnaient au château. Mais, un brin d'herbe dans la bouche, il était sur son petit nuage blanc.

Faits l'un pour l'autre

Quatre heures plus tard, lorsqu'Éléa, moyennement réveillée, regarda le ciel, elle fut étonnée de sa noirceur. Elle n'avait pas vraiment fait attention aux lunes la veille, elle ne se souvenait pas d'une promesse de pluie. Mais ce n'était pas le seul détail surprenant. San était là, le poil hérissé et les crocs sortis pour intimider les charatons – revenus, et de moins en moins patients ! – sans vouloir, pour une fois, les chasser.

— Il en a croqué un, répondit Axel à son étonnement. Et le charaton ne doit pas être comestible. Par contre, poursuivit-il en montrant sa main gauche, ma chair est à la convenance de ces sales bêtes.

Son index et son majeur étaient criblés de trous ensanglantés. On pouvait presque suivre le tracé des mâchoires des charatons. *Et ce n'était qu'un avertissement !* Éléa fut épouvantée et retrouva son énergie pour examiner la blessure, mais Axel garda sa main pour lui en souriant d'un pli de joue.

— Si tu t'occupes de moi, ils vont nous manger tout crus, prévint-il.

Les charatons devenaient fous et les encerclaient de plus en plus, loup inclus.

— Ouste ! fit Éléa en se levant autoritairement avec de grands gestes. Je ne veux voir que les quatre premiers arrivés avec ce que j'ai demandé !

Ne montrer aucune crainte face à eux avait le don de désarçonner les charatons et, même si le nombre était de leur côté, leur petitesse allait de pair avec leur lâcheté. La plupart disparurent. San dut se sentir soudain plus vaillant ; il partit à leur poursuite en oubliant leur mauvais goût.

Éléa s'agenouilla devant les quatre charatons restant, tout fiers. Ils étaient couverts de plaies. Axel enleva les aeclives de sa chemise et se rhabilla.

— Ils ne m'ont pas guidée mais m'ont rapporté quelque chose, expliqua Éléa au jeune homme. Ils se sont donc approprié la découverte. Si tu essaies de la leur prendre, ils te mordent. Normal. Tu dois leur donner quelque chose d'autre en échange, avant, pour qu'ils te la cèdent.

— J'ai cru le comprendre, acquiesça Axel en regardant sa main.

Éléa posa les aeclives près de chaque charaton et récupéra les ingrédients de la future mixture, qu'ils avaient lâchés. Les petits monstres partirent précipitamment avec les fruits et, bientôt, tous les autres charatons de la forêt se lancèrent à leurs trousses pour la deuxième course de la journée.

Éléa rangea soigneusement les différentes plantes dans une petite bourse de cuir. Mais elle s'arrêta quelques secondes devant la fleur de l'Éveil Blanc avant de l'aplatir entre deux plaques de bois.

Les longs et gros pétales doubles semblaient lourds mais souples. Les étamines se pressaient autour de trois pistils, comme des prétendants autour d'une jeune fille à marier. Leur blanc de nacre, mêlé de vert, composait le cœur des couleurs dont s'irisait la fleur selon la direction des rayons du soleil. Par son épanouissement, elle donnait l'impression d'une récente éclosion, d'un éveil frais et matinal.

— J'aurai bien du mal à lui arracher les pétales pour les écraser, fit Éléa. Elle est tellement belle.

Axel s'accroupit à côté d'elle.

— Je croyais que tu préférais cette fleur, déclara-t-il faussement attristé en lui tendant une syllis blanche. C'est dommage, j'ai sacrifié deux doigts pour l'obtenir.

Éléa avait perdu sa voix. Ravi, Axel poursuivit son jeu en se caressant la main de la fleur.

— C'est ma mère qui m'a montré cette fleur, avoua-t-il. Au lieu de m'expliquer ce que signifiait *tendresse*, elle m'en a cueilli une. Il est vrai que je n'ai jamais trouvé pétales plus doux.

Délicatement, il passa les ronds de duvets crémeux sur la joue d'Éléa.

— Et toi ?

La jeune fille mit du temps à répondre. Aucun mot ne sortait de sa bouche, elle réussit seulement à secouer la tête. Elle gardait les yeux rivés sur Axel.

— Tu veux bien la prendre ou était-elle liée à une promesse que je ne pourrais pas tenir ?

— Non… heu oui… enfin, je l'accepte.

Axel la lui offrit avec bonheur. Il était heureux du bouleversement que l'apparition de la syllis blanche créait chez Éléa. Il pouvait donc toucher son cœur.

— Que dois-je promettre ? demanda-t-il innocemment.

Éléa baissa soudain les yeux en rougissant.

— De ne jamais m'oublier, murmura-t-elle.

— Parce que le contraire est possible ?

Elle releva la tête vers lui ; l'amour se lisait dans ses yeux et sur chacun de ses traits.

— Je ne t'oublierai jamais, déclara Axel en appuyant avec son cœur sur chacun des mots.

Mais San considéra qu'il n'était plus temps de conter fleurette. Revenant surexcité de sa course aux charatons, il déboula dans la clairière et passa au milieu du couple en manquant de peu de le renverser. Axel se releva dans un juron. Le loup accéléra de toute la puissance de ses pattes à l'approche du jeune homme, traçant de grands cercles autour d'eux. Puis il se mit à sauter comme un cabri, tout déglingué et désarticulé : il semblait fier de lui et de ses niches. Il parut déçu qu'Axel ne porte qu'un instant son attention sur lui. Il s'arrêta, à peine haletant, lorsqu'il vit les deux jeunes gens sortir des Bois Obscurs. Ils s'en allaient déjà ? Il commençait à peine à jouer !

San voulut les suivre en rampant pour attraper Axel par la cheville avant que celui-ci n'arrive près des chevaux, mais le jeune homme le guettait et le loup resta sur son envie. Les deux humains ne semblaient pas apprécier ses farces. *Quels mauvais caractères !*

Éléa paraissait accrochée à la syllis blanche, complètement dans les nuages. Il lui fallut du temps pour remettre sa selle en place. Axel se sentait fort de l'effet qu'il avait produit sur elle. Avant de lancer Nis sur la petite route forestière, il envoya même son dernier coup :

— Je rêve ou tu as les yeux beaucoup plus bleus par ici ?

— Ce sont les Brumes Infernales, balbutia Éléa.

— Ils ne sont pas de cette couleur-là normalement ?

Elle répondit négativement, désemparée de pouvoir perdre ce charme aux yeux d'Axel.

— Alors, j'espère qu'ils sont gris foncé, souhaita-t-il avec malice. Ce sont les regards que je préfère.

Chance ou coïncidence ? Il la bouleversa un peu plus par son sourire et il partit, suivi du loup, en lui rappelant qu'ils étaient pressés.

Leur retour ne se fit pas sans incident. À une vingtaine de lieues de la Forêt Interdite, alors que le soir commençait à ternir le ciel, ils entendirent des galops, loin derrière eux : des soldats ! Le temps de se retourner pour compter six adversaires et…

— Halte là ! Ordre du roi !

Six autres gardes se massaient en deux rangées de trois devant eux, leur barrant le chemin. Ils voulaient probablement seulement leur poser des questions et les fouiller. Les soldats guettaient le Masque ou sa troupe, et ne s'attendaient pas à un aventurier, une jeune fille à moitié dénudée et un loup.

Axel et Éléa échangèrent un seul regard. L'amalyse faciale du Masque se rabattit sur le visage de la jeune fille. Il était hors de question de s'arrêter ou de quitter le chemin maintenant !

— Repars dans la forêt, San ! ordonna-t-elle durement au loup.

Il sembla obéir, effrayé un instant par tout ce monde. Mais, protégé des branches, il continua de les suivre, la truffe frétillante quand les deux jeunes gens serrèrent les talons pour accélérer l'allure des chevaux. Malgré leur évidente fatigue, Nis et Zarkinn acceptèrent de foncer dans le tas.

Axel envoya violemment son premier coup d'épée dans un mouvement de bas en haut à sa gauche et de haut en bas à sa droite. Il arracha ainsi l'arme du premier soldat, entaillant son cou dans la foulée, et fendit la poitrine du deuxième. Son troisième adversaire, maintenu en arrière à cause de l'étroitesse du chemin, gêné par les mouvements des chevaux placés devant lui, eut l'idée d'attaquer Nis pour freiner le jeune homme. Mais la pointe de son arme effleura à peine le cou de la jument. Axel arrêta son geste, et l'acier protecteur glissa sur la traîtresse lame pour aller se perdre dans la poitrine du soldat. La route libérée devant lui, le jeune homme fit volte-face pour aider sa compagne.

Éléa n'avait besoin de personne. Il fallait qu'il se rende à cette évidence. Elle combattait les hommes de Korta depuis deux ans sans lui.

— Dégagez ! Ordre du Masque ! avait-elle crié en chargeant.

Elle ne s'était pas saisie de son épée accrochée à sa selle ; elle avait préféré dégager ses pieds des étriers, prendre appui sur la selle et balancer ses jambes vers le dernier soldat du premier rang. Le choc avait été à ce point violent qu'elle avait manqué de partir en arrière, mais elle était parvenue à se rattraper à la selle du soldat tombé au sol. Comme un acrobate, elle avait retrouvé son assiette, les yeux dirigés vers la croupe du cheval, et avait bondi vers le cavalier de derrière. Stupéfait de voir cette jeune fille – le Masque tout de même ! – lui sauter ainsi dessus, celui-ci n'avait pu arrêter l'assaut. Il avait basculé avec elle et avait eu le souffle coupé au contact du sol. Éléa ne lui avait pas laissé le temps de reprendre ses esprits et avait conclu leur duel d'un étourdissant coup de coude dans la mâchoire. Quand Axel se retourna, elle s'était déjà relevée, criant après San qui venait d'attraper sauvagement la jambe de l'homme.

Le dernier des six soldats avait reporté sa haine sur la jeune fille et le loup, l'épée levée pour les pourfendre. Axel n'eut le temps de rien faire : d'un pas de côté, Éléa évita l'arme et attrapa le poignet de l'homme. D'un coup de pied jeté au cheval – aussi effrayé par le loup que le loup l'était par le cheval –, elle tira l'homme de toutes ses forces vers elle et l'envoya au sol, la tête la première. Il ne s'évanouit pas mais resta ramassé sur lui-même, les mains sur le visage, brisé, tant par le choc du casque sur son crâne, que par son nez cassé. Devant tant de remue-ménage et de cris, San prit le parti d'enfin obéir, et se carapata le plus vite qu'il put dans la forêt. Les chevaux des soldats eurent le même réflexe, mais s'enfuirent dans la direction opposée.

Axel ne put s'empêcher d'être fier de la jeune fille, toujours étonné de son adresse. Ils n'avaient pas la même technique mais étaient aussi efficaces l'un que l'autre. Quand, de trois enjambées, elle rejoignit Zarkinn qui s'était arrêté près de Nis et sauta en selle, il eut l'envie furieuse de l'embrasser. Mais les six autres soldats, témoins de la scène, et qui arrivaient au triple galop, le rappelèrent à l'ordre.

Axel et Éléa n'échangèrent aucune parole. Un regard leur suffit pour décider de leur action. Il fallait se débarrasser de ces hommes, ils étaient trop près de la Forêt Interdite pour essayer de leur échapper. Les chevaux étaient trop fatigués et les soldats ne devaient pas voir le passage des Pierres Blanches : le risque qu'ils puissent en surveiller la sortie par la suite était trop grand. Un regard de plus et le couple lançait Nis et Zarkinn dans un nouvel assaut, dans l'autre sens.

Cette fois, les soldats étaient prêts à les recevoir. Mais ils s'attendaient à une attaque simultanée, de front. Quand ils virent la jeune fille s'engouffrer dans les bois après un hochement de tête, ils ne surent quel comportement adopter. Le Masque allait leur échapper ! La nouvelle que le truand était une jeune fille avait fait le tour du château depuis sa venue au palais. L'amalyse faciale d'Éléa confirmait les dires. Le chef du groupe scinda sa troupe en deux.

Axel n'avait plus que trois hommes face à lui. Un jeu d'enfant. Il serra le chemin à droite, obligeant un seul soldat à donner le premier coup. L'homme avait l'épée brandie au-dessus de sa tête, prêt à fendre l'air et les chairs. Juste avant l'impact, Axel fit glisser tout son corps sur le côté de la selle et allongea brutalement son bras. Le soldat n'eut pas le temps de finir son geste précipité, il eut l'épaule déchiquetée. Axel brisa l'élan de Nis en l'arc-boutant afin de faire face aux soldats suivants. Ceux-ci avaient aussi fait demi-tour, et leurs épées s'abattirent ensemble sur celle d'Axel. Le combat s'engagea, entravé par les mouvements chaotiques des chevaux qui se gênaient entre eux.

Une esquive à droite… deux fentes manquées à gauche… un relevé de lame… un coup porté au poignet : un cri, la chute de l'épée, un homme de moins… Une attaque portée au visage apeuré restant… Une garde haute anticipée… Une attaque au flanc… *Touché.*

De son côté, Éléa ne s'était pas énormément enfoncée dans les bois. Les branches ne permettaient pas le galop et fuir n'était pas son but. Il faisait sombre sous les arbres. Éléa avait tiré son épée et l'avait envoyée se planter au sol, loin devant elle. Au moment où le premier soldat arrivait sur elle, certain d'embrocher la jeune fille désarmée, elle se tenait accroupie sur la selle de son cheval. Lorsque le soldat porta un coup transversal en direction de ses jambes dénudées, elle fit baisser la tête de Zarkinn d'un ordre et bondit vers une branche en hauteur. Le soldat regarda sa proie s'élever dans les airs, surpris, et reçut deux talons en pleine figure. Son casque pointu valsa comme lui.

Éléa lâcha prise et retomba au sol dans une roulade. Elle s'était coupée au pied avec le casque mais ne s'en soucia pas. Elle se lança dans les feuilles mortes pour éviter de se faire piétiner par les chevaux. Elle attrapa son épée avant l'assaut des deux derniers soldats et consentit enfin à se servir de son arme. Le terrain était idéal pour mettre à mal des cavaliers. Parant un premier coup, la jeune fille se faufila sous un tronc couché et réapparut dessus. Contrairement aux soldats, elle n'avait pas à maintenir son cheval ; ses coups étaient rapides, libres et maîtrisés, elle dansait presque sur son tronc, se baissant ou se redressant d'un coup. En trois attaques, les soldats avaient chacun une estafilade au torse. Une estocade de côté et l'un d'eux pliait sous l'entaille douloureuse de ses côtes. Une fente et le deuxième était… *Manqué !* Son cheval avait reculé d'un coup sec, un loup lui avait mordu le jarret avant de sauter de côté pour éviter sa ruade. San ne pouvait pas rester indifférent à une bataille lancée contre Éléa.

— San !!! Va-t'en ! hurla-t-elle.

Il céda tout de suite, mais l'homme en profita pour tirer sur la bride afin de se sauver. En temps normal, Éléa l'aurait laissé s'enfuir. Mais elle choisit de tirer sa dague et visa la cuisse du soldat :

— Désolée, murmura-t-elle à son hurlement. Il faut que je sois certaine que tu n'aies pas envie de nous suivre. Korta sait trop de choses.

Elle se redressa douloureusement. Son corps assumait mal les quatre heures de sommeil, son pied avait maculé le tronc mort de sang et l'élançait. Cela ne l'empêcha pas de se retourner violemment à un cri d'Axel. La jeune fille se rassura : il faisait fuir les chevaux des soldats, il n'avait rien. Elle retrouva une certaine force, l'envie de se jeter dans ses bras. San revint vers elle, effrayant le garde blessé au passage. Elle sourit et tendit les mains en s'accroupissant de nouveau devant l'animal.

— Les combats sont une affaire d'humains. Tu ne dois jamais t'en mêler, sermonna-t-elle doucement en passant sa main dans les poils sombres. Tu côtoies trop d'hommes, tu es en train d'oublier qu'ils sont dangereux pour toi. J'aimerais tant que tu le comprennes.

Les yeux de feu du loup brillaient dans l'obscurité envahissante des arbres, sa queue remuait, mais la jeune fille était bien certaine qu'elle avait parlé dans le vide. Elle appela Zarkinn et rejoignit Axel.

— Tout va bien ? demanda celui-ci, sans pouvoir cacher son inquiétude.

— Je viens juste de comprendre pourquoi il est préférable de porter des bottes pour se battre, répondit-elle en montrant négligemment son pied entaillé.

Mais avant qu'Axel lui dise de prendre le temps de se soigner, elle enchaîna :

— On file. Il faut profiter de notre avance. Viens, San !

Laissant là trois morts, cinq blessés et quatre hommes contusionnés, ils reprirent rapidement le chemin de la Forêt Interdite. Ce fut quelques minutes plus tard qu'ils ralentirent enfin l'allure des chevaux exténués et qu'ils s'attardèrent sur leur aventure.

— Puisque Korta sait que tu habites dans la Forêt Interdite, pourquoi avoir lancé des soldats sur ce chemin ? fit Axel

— Il n'a pas assez d'hommes pour encercler le territoire du Monstre, répondit Éléa en serrant les dents de douleur tandis que sa blessure achevait de guérir. Il peut seulement compliquer nos entrées et nos sorties.

Les Pierres Blanches étaient en vue, le coin était désert, San se lança joyeusement dans les graminées brûlées par la lumière du soleil couchant. Axel et Éléa mirent pied à terre pour soulager leurs montures. Le jeune homme passa la main sur la petite blessure de Nis, et claqua la jambe de la jument d'une main rassurante et encourageante.

— Pourquoi étaient-ils justement sur ce chemin ?

— Simple coïncidence, le rassura Éléa.

Axel n'en était pas aussi sûr. Il avait eu le sentiment d'être attendu.

— Et les Scylès ? Pourquoi n'étaient-ils pas présents ? Tu es sûre de ne pas en avoir croisé, hier soir ?

Le masque d'amalyse se releva, Éléa regarda le jeune homme droit dans les yeux :

— Oui, Axel. Les Scylès ne sont que trois. Ils ne peuvent pas être partout à la fois. Ces soldats n'étaient qu'une ronde ! Dis-moi, pourquoi tu n'es pas venu plus tôt à Leïlan ? On aurait eu bien besoin d'un combattant comme toi.

Il ne put que sourire à ce compliment. Il n'avait pas de réponse à cette question. Il repensa un instant qu'il se l'était posée. Quelque chose l'en avait empêché, une impression… une volonté divine ? Il n'eut pas envie d'aborder le sujet. Les Pierres Blanches faisaient naître en lui une crainte différente. Il allait devoir repasser de l'autre côté. Ce n'était pas le précipice qu'il craignait, mais Jerry. Ce dernier n'avait certainement pas apprécié qu'Éléa et lui soient partis une journée entière, seuls et sans le prévenir. La bataille risquait d'être dure et douloureuse, même si elle ne devait être qu'un simple cauchemar au bout du compte. Si le Monstre, devant la protection des Fées, ne pouvait tuer Axel, il avait la possibilité de le laisser moisir dans son marécage sans même le toucher. Comment Éléa espérait-elle le faire passer ?

— Jerry est trop habitué à mon passage, dit-elle en comprenant son inquiétude. Il ne me sent quasiment plus entrer dans la Forêt Interdite. Il n'a même pas réagi cette nuit lorsque je suis revenue.

Elle lança quelques feuilles sur le pont invisible :

— Par contre, il va certainement me sauter très vite dessus. Pourras-tu t'occuper des chevaux, s'il te plaît ?

Axel acquiesça. Elle revint vers lui et sortit la bourse de plantes issues des Bois Obscurs. Elle garda la fleur de l'Éveil Blanc.

— Si tu pouvais aussi donner tout ceci à Erwan pour qu'il fasse une décoction, ce serait parfait. Dis-lui que c'est pour préparer une potion tonifiante. C'est plausible et ce n'est pas un mensonge. Je m'arrangerai toute seule pour rajouter l'huile de la fleur de l'Éveil Blanc.

Il prit le tout sous ses remerciements.

Éléa fit ensuite passer les chevaux au-dessus du vide avec le loup. Celui-ci plaqua sa truffe sur le sol mystérieux durant toute sa traversée ondulante. Avant de toucher la terre du Monstre, elle fit signe à Axel de la rejoindre. Il se retrouva devant elle ; ils n'avaient plus qu'un seul pas à faire pour être dans la Forêt Interdite.

— Serre-moi contre toi pour que nous ne fassions plus qu'un et passons ensemble, proposa-t-elle sans naïveté.

Axel eut l'impression que quelqu'un avait allumé un feu près de lui tant il avait chaud tout à coup. Il tendit les mains vers Éléa lorsqu'il se rappela que la taille de la jeune fille était nue. Ses bras restèrent une brève seconde dans la même situation que lui : suspendus dans le vide. Mais les mains d'Éléa lui enserrèrent les poignets et obligèrent ses doigts à toucher sa peau.

Les yeux d'Éléa étaient tellement lumineux, ses lèvres semblaient si fraîches et si douces que les doigts du jeune homme finirent par glisser les uns vers les autres. Ils s'approprièrent, doucement mais sûrement, un peu plus de cette douce peau pour la rapprocher de lui. Il n'avait plus qu'un sourire, plus qu'un désir. Il se laissa entraîner un pas en avant par Éléa.

— Vous me prenez réellement pour un imbécile ! grogna Jerry.

Ils furent extrêmement surpris et Éléa fit volte-face. Elle avait sous-estimé son Maître. Jerry était là, comme apparu après un songe. Les griffes de ses mains se plantaient tour à tour dans l'écorce lisse d'un hêtre. Éléa et Axel étaient bien passés de l'autre côté, ils se trouvaient effectivement au milieu de la Forêt Interdite. Ils avaient évité la colère du Monstre, mais Jerry les avait sentis arriver.

L'ombre du feuillage et le soir cachaient le jaune de ses yeux. Éléa crut les voir noirs tant la face de Jerry était peu engageante. Axel ne le craignait plus et, pour affirmer sa position face au Monstre, il se permit même d'enserrer de nouveau la jeune fille dans ses bras. Jerry sembla gronder mais, pour une fois, retint sa colère.

— Pourrais-je te parler seule, Vic ? demanda-t-il presque avec politesse.

Éléa en resta sidérée, Axel devint méfiant. Le jeune homme relâcha doucement son étreinte, contraint de céder par l'attitude de Jerry : il aurait préféré l'affrontement. Éléa se dégagea de ses bras, embarrassée d'être prise sur le fait, et lui confia les brides des chevaux.

Encore une fois, leurs yeux se croisèrent et seuls leurs cœurs se parlèrent. Ils avaient été très près l'un de l'autre et le savaient.

Axel se résolut tant bien que mal à quitter la jeune fille, mais il ne put s'empêcher de fusiller Jerry du regard. Le Monstre ne dit rien et attendit qu'Axel disparaisse totalement dans le feuillage. Éléa avala sa salive. Elle savait ce que Jerry allait hurler, elle était même étonnée de devoir l'attendre. Elle voulut prendre les devants :

— Je...

— Tais-toi ! cracha Jerry. C'est moi qui parle !

Il l'attrapa par le poignet et la propulsa pour la faire avancer. San se mit instantanément à gronder.

— Je peux me défouler sur toi, si tu insistes, grogna Jerry en montrant les dents.

La queue du loup, à l'horizontale du dos en signe de menace, se releva pour tenter d'intimider un peu plus le Monstre. Il usait de tout son courage pour faire face à cette bête immonde, presque aussi grande qu'un ours ! Mais lorsque Jerry poussa un rugissement de lion, la peur eut raison de son audace : il s'enfuit rapidement dans la même direction qu'Axel.

— Ta soudaine gentillesse est excessivement agréable, lança Éléa, méprisante, avant de continuer son chemin.

Toute la mâchoire inférieure de Jerry se décala d'un cran supplémentaire vers l'avant. *Comment pouvait-elle avoir ce toupet ?!*

— Jerry ?

La voix le stoppa net dans son attaque et fit même se retourner Éléa.

— Imma ?! Que faites-vous ici ? s'exclama le Monstre surpris et complètement décontenancé.

— J'avais bien entendu votre voix, dit la sorcière en sortant des buissons.

Elle était guidée par la petite Chloé.

— Qui peut crier pareillement, si ce n'est vous ? ajouta-t-elle avec un sourire.

Elle semblait chercher Jerry de ses yeux aveugles.

— Je... Je ne crie pas, se défendit-il sans convaincre personne. Je voulais sermonner mon élève.

— À grand renfort de hurlements, sourit Imma en levant ses yeux évasifs vers le ciel.

Les crocs de Jerry se refermèrent silencieusement sur une grimace épouvantable.

— Me permettrez-vous de savoir ce que Victoire a commis de si terrible ?

Jerry ne voulut pas répondre sur le moment. La présence d'Imma le dérangeait. La douceur et la diplomatie de la sorcière ruinaient sa force et sa violence. Mais il ne voulait pas être dit sans autorité devant elle.

— Vic a disparu toute la journée sans prévenir, avec tous les risques qu'une attaque de Korta peut impliquer. Il est en outre plus que temps de partir distribuer les armes.

— Je rentre au coucher du soleil, répliqua la jeune fille. Korta est blessé et invisible depuis hier, et Tanin t'aurait dit où j'étais, si un quelconque problème était survenu.

— Tu oublies toute la puissance de l'Esprit qui accompagne ton adversaire ! tonna Jerry. Soigner est complètement dérisoire pour lui. Tu te crois seule à être puissante et tu te penses invincible avec ta corne ! Réalises-tu que l'unique pouvoir qu'Ibbak ne possède pas est celui de te tuer directement ?! Korta est sa main dans ces Mondes et décime à sa place, et tu crois qu'il va le laisser se reposer !

Éléa savait que ces paroles se fondaient sur l'expérience : Jerry avait eu l'Esprit Sorcier comme Maître dans son passé. La jeune fille garda un tel silence que le bruit du vent dans la jupe d'Imma se fit entendre. Jerry se retourna vers celle-ci. La sorcière avait les yeux égarés vers le sol et écoutait avec un petit air déçu, voire découragé. Jerry serra les dents sur une nouvelle grimace : Imma lui prouvait encore qu'il ne savait que crier.

— Douce Imma, je sais que je ne mets pas le ton que vous voudriez, s'excusa-t-il. Je ne sais pas faire autrement. Mais n'ai-je pas raison ?

Elle releva la tête vers lui et dirigea son regard en direction des sons qui lui parvenaient. Elle baissa légèrement les paupières sur ses yeux inertes et répondit de sa voix douce :

— Vous me demandez mon avis ?

— Oui, assura-t-il, certain qu'elle ne pouvait que lui donner raison.

Les lèvres charnues d'Imma dessinèrent un petit sourire.

— Vous n'avez pas tort.

— Ah ! s'exclama Jerry gonflé d'orgueil et prêt à mordre Éléa.

— Mais...

— Mais ? s'étonna-t-il.

— Il ne faut pas exiger des autres ce que l'on n'exige pas de soi, dit-elle avec sagesse.

Jerry en resta muet d'incompréhension.

— Vous êtes-vous inquiété de Korta aujourd'hui ou avez-vous passé votre journée en ma compagnie ? ajouta-t-elle en rougissant.

Éléa aurait dû s'inquiéter – elle avait tout de même rencontré des soldats au cours de son escapade ! – mais ce fut un rire qui sortit, malgré tout, de sa bouche. Jerry coupa net sa moquerie d'un regard. Il avait appris à la jeune fille à se servir de toutes les faiblesses des autres, mais il n'acceptait pas d'être de ses victimes.

— Je... Elle... Mais il n'y a pas que cela ! se défendit-il brutalement. Vic se balade dans des tenues complètement inconvenantes, avec un homme surgi de nulle part, dans une forêt déserte, et ceci toute une journée !

— Mais je porte ces vêtements tous les jours ! se rebiffa la jeune fille. C'est toi qui m'obliges à me vêtir ainsi lorsque je ne suis pas le Masque !

— Eh bien tu es trop grande désormais, et je ne veux plus te voir habillée de la sorte ! Nous ne sommes plus à Zhol !

Jerry se retourna vers Imma.

— Le jury est-il en ma faveur, cette fois-ci ? demanda-t-il, légèrement acide.

— Je ne me permettrai pas de vous juger ni l'un ni l'autre. Vous êtes mon hôte, le plus aimable et le plus charitable que j'aie pu rencontrer, et je connais l'identité de Victoire… Maintenant… il est étonnant de voir comment une jeune fille peut être considérée comme une fillette ou une femme selon les secondes. Dites-moi, mon ami, est-ce par l'intermédiaire du regard d'Axel que vous vous êtes aperçu qu'elle avait grandi ? le piqua-t-elle gentiment.

— Papa appelle ça *démire*, ça veut dire *jalousie* en akalien, appuya Chloé qui s'était arrangée pour se faire oublier jusqu'à présent.

Imma pressa légèrement l'épaule de l'enfant en entendant le souffle de Jerry s'accélérer. Il s'était retourné vers Éléa qui pouffait. Elles étaient toutes trois contre lui ! Son élève l'affrontait franchement, Imma jouait les consciences et Chloé, déjà ralliée au clan des femmes, appuyait le tout de son innocence !

— Tu as de bons avocats, Vic, profites-en. Va te changer en Masque, nous partons sur l'heure ! Douce Imma, vous avez gagné, je n'ai plus rien à dire.

— Vous ne crierez plus ? s'étonna tendrement Imma. Je vous remercie. Mes oreilles sont très sensibles depuis que j'ai perdu mes yeux, justifia-t-elle pour calmer sa joie. Victoire, me permettras-tu deux conseils et une remarque ? proposa-t-elle en tendant la main vers elle.

— Les conseils sont-ils de ne pas sous-estimer Korta, *moi non plus*, et de porter une tenue un peu plus *leïlannaise*, parce que j'ai quitté Zhol depuis sept ans ? demanda Éléa sans donner sa main.

Imma crut comprendre que la jeune fille voulait garder sa journée secrète et ne lui tint pas rigueur de ce qu'elle croyait être une marque de pudeur.

— Tu as pensé juste, répondit Imma. Et ma remarque concerne une promesse que tu as négligé d'honorer auprès de Sten.

Éléa se rappela soudain qu'elle avait juré au géant de se servir de la corne des Fées pour le guérir et accélérer son rétablissement. Elle se pinça les lèvres pour cet oubli impardonnable.

— Tu as juste le temps de le faire.

Éléa partit en courant.

— Je savais bien que j'avais quelque chose à lui reprocher, marmonna Jerry suffisamment fort pour qu'Imma l'entende.

— C'est la seule erreur qu'elle ait vraiment commise. C'est Sten qui a découvert sa fuite, rappela la sorcière aveugle.

Elle se retourna vers le souffle de Jerry.

— Ils sont faits l'un pour l'autre. Pourquoi employez-vous cet acharnement à les séparer ? Plus vous les éloignerez, plus ils souffriront et penseront à leur peine.

— *Faits l'un pour l'autre…*, médita Jerry en regardant Imma.

Sa voix était redevenue grave et chaude. Il admirait sans le vouloir les légères boucles noires sur les épaules de la sorcière. Le vent les soulevait et les laissait courir sur les bords lâches de sa chemise rouge plissée.

Faits l'un pour l'autre.

Imma n'arrivait même pas à ses épaules et pourtant, Jerry désirait de plus en plus la prendre dans ses bras. Sa cécité lui faisait de la peine mais elle était aussi sa chance. Elle n'était que douceur et lui violence, elle avait la beauté de l'enfer et lui sa laideur. *Que tout ceci était ridicule !*

— L'amour est-il forcément inévitable lorsque l'on est fait l'un pour l'autre ? se demanda-il à haute voix.

— La volonté des Fées peut être refusée, répondit Imma, mais quand elles choisissent le meilleur, peut-on vraiment lutter ? C'est une question qui porte sur la croyance même des Fées. Le pouvoir de mes mains ne peut m'en faire douter. Vous êtes un personnage étrange, Jerry, tantôt cruel, tantôt sensible. Pourquoi êtes-vous si gentil avec moi et si intransigeant avec les autres ?

— Votre douceur et votre beauté me désarment.

Imma ne put rien répondre, elle sentit un immense courant d'air passer près d'elle, suivi d'un grand silence.

— Jerry ?

— Il est parti, expliqua Chloé.

— Parti ? Comment, parti ? voulut savoir la sorcière, perdue dans le noir de son univers.

— Il s'est envolé, sourit l'enfant, les yeux pleins de nouveaux aspects de la vie humaine.

— Envolé ?!

Il y eut dans la forêt un sifflement bien connu de l'enfant. L'effervescence était à son comble pour le départ dans la Grande Plaine. Chloé prit la main de la sorcière et l'entraîna avec elle sans répondre. La fillette savait que le pouvoir des mains d'Imma se bornait à lui faire connaître la nature et les actions des personnes qu'elles touchaient. Imma ne pouvait pas savoir ce que les autres voyaient.

Surprises nocturnes

Je ne te demande même pas si Zarkinn peut galoper !

— Je prends le chariot d'armes pour Olase, répondit Éléa pour clore la dispute qui se ranimait.

Elle était de nouveau vêtue plus convenablement, s'il était possible de considérer comme convenable pour une jeune Leïlannaise de porter des vêtements d'homme et une épée à la hanche ! Elle ajustait ses gants avec une noblesse hautaine qui montrait qu'elle ne digérait pas les remontrances de Jerry et qu'elle n'avait plus envie de le laisser discuter chacune de ses paroles.

Des torches à la main, de pâles lanternes sur les bancs de conduite des chariots, les habitants de la Forêt Interdite menaient à bien les derniers préparatifs avant le départ. La tournée de tous les villages plus ou moins frontaliers du château ne pouvait pas être faite en une nuit. Sur les dix chariots prêts, seuls sept étaient attelés. Dans cinq d'entre eux s'entassaient des équipements nécessaires à la défense de dix villages au moins, mais qui n'étaient destinés qu'à cinq villages en réalité. Tout avait été compté et réparti : il y avait dans chacun épées, poignards et cottes de mailles pour deux cents hommes, vingt arcs, quatre cents flèches, cent javelots pour les plus adroits et l'équivalent de vingt sarbacanes accompagnées de cent cinquante pointes endormantes. Le tout dans de multiples sacs. Erwan passait entre les chariots pour ajouter dans chacun deux cents fioles aveuglantes, emballées dans de petits filets.

Dans les deux derniers attelages s'entassaient des réserves de nourriture. Éléa se sentit sceptique en se rappelant l'abondance des victuailles amenées à Aces. Cette fois, ils n'allaient pas reconstruire un village, ils allaient à peine pouvoir le soutenir et alléger la charge qu'il était pour le Duché d'Yil. Quelque part, elle sentait que la fête dans la Colline Creuse avait été la dernière avant longtemps.

— Virgine et Ophélie, le mieux est que vous preniez les chariots de nourriture. Ceban, tu les escortes à cheval, c'est plus prudent.

Le jeune homme, pour une fois vêtu d'une chemise sous son gilet, était parfaitement d'accord avec sa sœur de lait. Il avait d'ailleurs déjà sellé sa monture.

— Erwan, Allan et Théon, vous prendrez les chariots pour Élis, Azel et Uderal ! Pour Orline…

— Je m'en charge, fit Estelle, en pantalon, en apparaissant au milieu des femmes.

— Non. Tu n'es pas encore en état de supporter un tel voyage et tu as tes enfants à nourrir : nous n'allons pas rentrer avant demain midi.

Malgré la faiblesse de l'éclairage, tout le monde vit les lèvres d'Estelle blanchir tant elle les serra. Elle était tenue à l'écart des combats depuis si longtemps ! Elle aimait ses enfants plus que tout, jamais elle ne pourrait les oublier, mais la jeune femme aurait néanmoins voulu participer à l'armement. Se sentir engagée de nouveau, rien qu'une fois. Une seule fois. Au rappel brutal de sa condition de mère et de ses obligations, elle baissa la tête et partit silencieusement rejoindre son mari encore alité. Éléa ferma les yeux, regrettant d'avoir refusé son aide de la sorte. Jerry l'avait trop énervée. Avant qu'elle retrouve la parole, une petite voix s'éleva :

— Moi, j'peux le faire. J'sais tenir les rênes et t'as promis que je viendrais !

Elle sentit qu'elle le regretterait mais elle céda :

— Tu montes avec moi, Tanin. Pas seul.

— Et moi ? émit timidement Erby.

Allons bon ! Chloé aussi allait vouloir venir ?!

Non, la petite fille n'en avait aucune envie. Elle fixait seulement avec respect et crainte les fioles aveuglantes que son père avait déposées dans les chariots. Mélane lui prit la main, et sembla vouloir la rassurer.

— Viens avec moi, Erby, fit Erwan. S'il y a un seul problème, tu plonges sous les cottes de mailles. Tu seras sous la garde de mon épée.

L'Akalien était trop faible pour résister à un regard implorant d'enfant, à celui de son fils adoptif qui plus est. *Tanin venait, pourquoi pas Erby ?* Il eut lui aussi peur que Chloé manifeste le désir de les suivre, et fut soulagé de voir qu'elle ne montrait pas même un signe de jalousie envers son nouveau frère. Avec le retour des Scylès, l'angoisse que les guerriers apprennent l'existence de Chloé revenait dans le cœur du petit homme. Il n'était capable de se battre qu'en sachant sa fille près de sa femme, toutes deux en parfaite sécurité dans la Forêt Interdite. Il regarda soudain le ciel si noir et menaçant, et espéra que Sélène n'ait pas trop de cauchemars durant son absence.

— Moi et Mélane, on va bien s'occuper de maman et d'Antonin, dit Chloé avec l'air le plus candide possible.

Il crut qu'elle avait deviné son inquiétude à son visage et lui sourit.

Entre-temps, Éléa s'était tourné vers Axel. Elle avait de bonnes raisons de refuser tous les candidats pour son chariot mais une seule était vraiment responsable de ses refus : elle voulait qu'Axel le prenne avec elle. Elle n'imaginait pas pouvoir passer les vingt prochaines heures sans lui. Le jeune homme n'avait rien dit jusqu'à présent, occupé encore à panser Nis. Il regardait toute la troupe s'équiper sans regret : il savait que Jerry ne le laisserait pas rentrer une nouvelle fois dans la Forêt Interdite. Il ne pouvait pas partir, il sacrifiait cette nuit à son frère Philip et à la princesse Éloïse.

— Je prends le chariot, grogna Jerry avant même qu'Éléa puisse proposer le périple à Axel.

— Et comment ? En chimère ?

Imma était là et ne comprit pas la réplique d'Éléa. Elle sentit juste le souffle d'Ophélie s'accélérer. Elle ne voyait pas Jerry se dresser en être chimérique devant la jeune fille. Elle ne pouvait pas imaginer à quel point il était grand et impressionnant.

Éléa n'éprouvait aucune frayeur et soutint son regard glacé.

— Tu dois surveiller les routes. Nous avons croisé des gardes en rentrant des Bois Obscurs.

— À ta guise, dit-il en plissant ses yeux jaunes. Mais *il* ne reviendra pas.

— Veuillez nous excuser, nous en avons pour quelques minutes, déclara-t-elle brutalement, en proposant à Jerry, non sans autorité, de poursuivre cette pénible conversation un peu plus loin.

Les torches s'écartèrent. Jerry suivit la jeune fille, bien décidé, lui aussi, à tirer cette affaire au clair définitivement.

Virgine s'approcha d'Axel en lui tendant un petit sac.

— Tiens, c'est de quoi remplir le creux du repas sauté aujourd'hui et de quoi manger demain. J'avais prévu qu'tu viendrais.

— Je ne sais…

— Oh si ! Crois-moi, tu nous accompagnes, sourit-elle. Et tu reviendras ici.

Éléa faisait face à Jerry, plus déterminée que jamais.

— Laisse-moi parler, murmura-t-elle agressivement pour faire taire les crocs. Il ne s'est rien passé entre Axel et moi dans les Bois Obscurs. Mais dis-toi bien, *cher Maître*, que si tu refuses son retour dans la Forêt Interdite, je ne rentrerai pas non plus et je partagerai son lit le soir même.

Jerry, Monstre puissant en ces lieux, considéré comme un des Bas-Esprits les plus sanguinaires du Monde de l'Est, ancien Disciple de l'Esprit Sorcier Ibbak et terreur ancestrale de Pandème, en resta la gueule ouverte. Éléa n'attendit pas qu'il cherche une réponse et retourna près des chariots.

— Axel, voudrais-tu te charger du dernier chariot ? demanda-t-elle d'un ton léger et soudain très paisible.

Le jeune homme jeta un coup d'œil à Virgine. Elle lui souriait, fière d'avoir eu raison.

— J'en serai ravi, répondit-il d'un salut de tête.

Dès qu'ils eurent franchi le Pont Sans Retour, les chariots prirent bonne allure les uns derrière les autres et s'enfoncèrent dans la Grande Plaine. Dans un premier temps, ils allaient tous à Olase. Ils ne se scinderaient en groupes de deux qu'après, pour joindre chaque village. La distribution finie, ils devaient abandonner les chariots et revenir avec les chevaux, au galop.

Depuis plus de deux heures, Jerry était parti en avant, sans avoir adressé un mot de plus à Éléa. La jeune fille se pensait enfin tranquille et mangeait avec appétit, affalée sur le banc de conduite pendant que Tanin tenait les rênes crânement. Mais Ceban vint trotter un instant à côté d'elle.

— Tu as l'air fatiguée, dit-il. Tu as mal dormi cette nuit ?

Elle le regarda en se demandant si le plus surprenant était le ton insidieux qu'il avait pris pour lui poser cette question, ou le fait qu'il ne lui ait pas plutôt demandé comment s'était passée sa journée, comme Jerry ? *Lui aussi jouait les protecteurs !* Elle se retint de lui dire qu'elle ne s'occupait pas de savoir ce qu'il faisait avec Ophélie et préféra répondre d'un ton pincé :

— J'ai passé une nuit excellente ! Et une journée enrichissante ! Après six heures de galop et la rencontre de douze gardes, je crois pouvoir me permettre d'avoir les traits tirés.

Ceban regretta ses paroles qui étaient mal interprétées. Il ne portait aucun jugement sur les amours de sa sœur de lait. Il avait seulement voulu lui reprocher son aventure clandestine au château. Il changea de sujet de discussion quand il vit la jeune fille mordre rageusement dans sa tartine de fromage.

— On aurait peut-être dû en profiter pour amener un chariot sur Ize, non ? Tu comptes le faire avec le chargement de demain ?

Éléa perdit les épines d'énervement hérissées sur son dos.

— Non, répondit-elle calmement. Ces villageois ont déjà beaucoup d'armes. Et comme nous sommes situés juste à côté, nous pouvons leur donner un coup de main en permanence. Je trouve plus utile d'envoyer ces équipements dans des villages isolés, et qui risquent bien davantage de subir les colères de Korta.

— J'peux garder les rênes jusqu'à Olase ? coupa Tanin. Tu vois que j'sais guider longtemps. J'aurais pu prendre le chariot tout seul !

Éléa n'eut pas le temps de répondre : Jerry arrivait comme un fou, semblant vouloir déchirer le noir total du ciel avec ses ailes :

— Arrêtez ! Arrêtez tous !

Éléa vola les rênes des mains de Tanin et stoppa les chevaux. Chacun fit de même derrière. Un bref instant, la confusion fut générale ; Ophélie et Virgine se levèrent sur leurs chariots respectifs pour savoir ce qui se passait ;

les hommes descendirent immédiatement pour connaître le problème ; Jerry planta ses serres sur le chariot d'Éléa.

— J'ai vu deux groupes de cinq cavaliers aux alentours d'Olase, qui se dirigeaient vers le château. Je les ai suivis et plus je me rapprochais du château, plus je voyais de groupes isolés. Cinq en tout, semblant tous venir des frontières.

— Korta fait revenir ses mercenaires ? s'inquiéta Éléa.

— Oui, mais le plus inquiétant, c'est que trois de ces groupes ont rejoint une troupe d'une trentaine de soldats ou hommes de Korta – au vu des torches – en route pour la Grande Plaine. Ils ont ordre de se poster dans les moindres hameaux.

Évidemment, soldats et mercenaires n'avaient pas la même définition de la prise de position. Et les compagnons de la Forêt Interdite le comprirent.

— Olase va nécessairement être leur prochaine cible, dit Erwan.

— Pourquoi le fait-il maintenant ? ne put s'empêcher de murmurer Éléa, l'esprit préoccupé par cet élément de l'histoire. Qu'est-ce qui lui a fait changer d'avis ?

— Ils sont à combien de temps d'Olase ? demanda Axel.

— Une demi-heure tout au plus, maintenant, répondit Jerry, du bout du bec.

— Et nous ?

— À cette allure ?! Plutôt une heure.

— Et au galop ?

— Au galop ?! s'écria Erwan.

— On a mis des toiles pour que rien ne tombe, non ?

— Mais de nuit, avec les enfants, Ophélie et Virgine, c'est de la folie ! Nous sommes obligés de rebrousser chemin !

— Après, il sera impossible de secourir ce village sans une armée.

Une armée ?! Une guerre… Éléa avait l'impression que les événements la dépassaient. Les actions de Korta devenaient de moins en moins maîtrisables. Brimer le peuple, garder les frontières, attiser les querelles éternelles entre les Pays Insolites et Akal, empoisonner une princesse, oui, tout ceci cadrait parfaitement avec ce qu'elle attendait du Disciple d'Ibbak. Mais chercher à provoquer une guerre dans la seule intention de l'attraper, cela frisait la folie ! C'était une attitude inepte entre adversaires.

— Si tu pars en avance pour prévenir les villageois, ils pourront se protéger ! s'écriait Axel à la nouvelle protestation de Jerry.

— Ils n'ont rien ! Pourquoi crois-tu que nous leur amenons des armes ?! Pour faire beau dans leurs salons ?!

Éléa écoutait, mais ne s'interposait pas dans la dispute qui montait. La seule chose importante était de faire avorter le plan de Korta. Il ne fallait pas reculer, Axel avait raison !

— Eh bien, tu prends deux sacs d'épées et tu leur apportes ! répliquait-il.

— Et pourquoi pas le chariot pendant que tu y es ?! Vous êtes six, avec deux femmes et deux enfants, contre une quarantaine d'hommes et trois Scylès !

Erwan tressaillit à la simple évocation des guerriers. La bataille imaginée par Axel était hasardeuse mais il avait soudain envie de la tenter.

— Nous ne pouvons pas les laisser…

— Non, ils ne feront pas la loi sur la Grande Plaine, intervint soudain Éléa.

Elle bondit à l'arrière de son chariot et défit certains liens de la toile. Empoignant avec résolution l'un des sacs d'épées, elle le sortit du paquetage.

— Mais…

— Transforme-toi, Jerry !

— C'est trop risqué !

— Transforme-toi ! Nous n'avons plus le temps de discuter ! Ils sont quatre-vingts hommes et femmes à Olase ! Ils tiendront le temps qu'ils pourront, mais je ne les abandonnerai pas ainsi ! Cela fait deux ans et demi que nous nous battons pour la protection des villageois ! Et soudain, il faudrait baisser les bras ?! Si Korta veut la guerre, il l'aura ! Il peut faire revenir tous ses hommes des frontières, je ne lui laisserai pas une once de terrain de la Grande Plaine !

— Tu te rends compte…

— Je sais parfaitement ce que je fais, Jerry ! Quelle sera *ma motivation* si ma victoire ne m'apporte que la satisfaction de sauver des ruines et des cadavres ?!

En dehors de Jerry, il n'y eut que Tanin, lecteur passionné des *Mémoires d'Enkil,* qui comprit l'allusion de sa mère. Les autres furent seulement surpris de l'effet de cette phrase : après une seconde de silence, Jerry leur fit signe de s'écarter et se transforma en oiseau géant.

— Allan, Théon, attachez ces harnais sur Jerry, je ne peux pas le faire moi-même, dit Éléa en s'asseyant brusquement de fatigue après avoir fait apparaître le matériel. Prenez deux autres sacs d'épées et un de lances.

Erwan avait sauté dans le chariot pour sortir des cottes de mailles pour les enfants.

— Passe-m'en deux de plus avec deux épées et deux poignards pour Ophélie et Virgine ! lui demanda Axel. Et deux lances, elles pourront s'en servir comme armes de jet. Merci.

— Ophélie et Virgine rentrent ! coupa Allan. Et les enfants aussi !

— Ce serait encore plus imprudent de les laisser seuls sur les routes, répondit Éléa. Ils resteront en arrière mais Axel a raison de prévoir leur sécurité. Ceban…

Pas besoin de lui demander. Dans la faible clarté des lampes, elle vit que le jeune homme prenait un arc et deux carquois remplis de vingt flèches chacun.

— Jerry... Si jamais la bataille dégénère... tu t'occuperas d'emmener les enfants et les femmes plus loin ? demanda Éléa avec une pointe d'inquiétude.

L'oiseau géant aux yeux jaunes ne répondit pas sur l'instant. La jeune fille semblait oublier le plus important, le plus vital :

— Si la bataille dégénère, c'est toi que j'emmènerai.

Allan attacha la dernière sangle, Théon accrocha un filet de fioles aveuglantes à son cou et il s'envola.

— J'ai quatre... non, cinq Pastilles de Lumière, ajouta Erwan en faisant toutes ses poches. Elles sont vieilles mais cela devrait aller. Dans le feu des lampes, nous obtiendrons des brasiers pour nous éclairer. Trop dangereux pour maintenant mais cela pourra nous être utile tout à l'heure.

Alors, tout était prêt. Tanin et Erby rejoignirent les chariots de queue avec Ophélie et Virgine. Tous les quatre se retrouvèrent engoncés dans des cottes de maille trop grandes pour eux. Ceban se plaça à l'avant, l'épée à la main et l'arc dans le dos. Erwan donna au passage trois de ses précieuses Pastilles à Ceban, Allan et Théon avant de reprendre son attelage comme les deux anciens soldats. Axel s'attarda un instant près d'Éléa :

— Je suis juste derrière toi.

Elle eut un délicieux sourire.

— Ma fatigue n'est que passagère. Prends plutôt soin de toi.

Un sourire rendu plus tard, la colonne de sept chariots ébranlait la route d'un galop tinté d'acier.

L'opération se passait bien jusque-là et Muht se sentait impérieux. Même s'il n'était pas reconnu comme le meilleur combattant de son pays et qu'il ne méritait pas encore l'honneur d'être un grand chef, il était bon commandant en armes. Son orgueil naturel achevait de lui redonner un visage de cadavre effrayant de supériorité. Il était pleinement satisfait que Korta se lance enfin dans la chasse contre le Masque et l'écrasement des paysans. Les événements allaient se dérouler plus rapidement. Avant une lune, le Masque allait tomber et l'*Ambassadeur* des Pays Insolites pourrait attaquer Akal avec ses troupes alliées. Korta semblait avoir davantage confiance en ses pouvoirs de double vue et lui jetait moins de sarcasmes à la figure. Est-ce que le Grand Ibbak le soutenait ? Dans ce cas, si même *sa* Divinité était avec lui, qui pourrait arrêter son ascension au côté d'Utahn Qashiltar ? Qui pourrait même l'empêcher de prendre sa place ?

Muht, ses deux acolytes et les quarante hommes de Korta galopaient légèrement en plusieurs colonnes désorganisées. Ils n'étaient pressés par aucun impératif. Ils ne se doutaient pas de la nécessité pour eux d'arriver les premiers sur Olase. Les soldats et les mercenaires de Korta, rentrés les plus rapidement, venaient seulement prendre leur première position dans la Grande Plaine en vue d'affrontements futurs. La nuit noire leur assurait la pleine surprise. Du moins le croyaient-ils.

Alors que Muht venait de se défaire de dix soldats pour s'approprier un petit rassemblement de maisons près d'Olase, une lance à moitié enflammée troua l'obscurité de la nuit avant de s'enfoncer dans le sol près d'eux. Accrochées dans des petits filets près de la lame, deux boules de verre se brisèrent sous le choc ; de la fumée bleue s'éleva dans les airs. Muht fit faire un écart à son cheval :

— *Galtak ve ! Galtak ve !*

Il avait empoigné une petite plaque de verre délimitée par un pourtour tressé d'acier et étudié pour s'adapter au visage comme un masque. Sur son ordre en dialecte de combat scylès, Erkem et Gorth avaient lacé aussi vite que lui le lien de cuir de cette invention qui maintiendrait leurs yeux à l'abri des fumées aveuglantes. Chaque Scylès gonfla ses joues pour être certain que la bordure de fer de son masque adhère bien à son visage le temps qu'il la badigeonne avec une résine blanche très pâteuse et étirable. La vapeur monta autour d'eux, leur faisant craindre de ne pas être assez rapides. Chaque soldat les regarda avec l'angoisse – ou l'espoir, peut-être – que les terribles Yeux d'Utahn soient anéantis. Mais les volutes bleues se dissipèrent sans douleur.

— Yaaa ! crièrent les trois Scylès, triomphants.

Ils étaient de nouveau invincibles, les plus forts, les plus craints. D'une ruade, Muht exulta encore une fois et ordonna l'assaut. Tandis que Korta perdait son temps en dressage d'amalyse pour attraper le Masque, lui allait le ramener d'une simple tournée dans la Grande Plaine !

Les premiers tintements d'épée se firent entendre dans la nuit éclairée par quelques flambeaux jetés sur les toitures de chaume. À la surprise de Muht, ni le Masque ni sa troupe ne se trouvaient parmi les insurgés. Seuls des paysans, protégés de cottes de mailles et armés d'épées ou de lances, osaient croire qu'ils pouvaient les tenir en respect. Ils avaient détruit le reste d'une bâtisse et de plusieurs chariots pour aménager des barricades sommaires de derrière lesquelles des femmes lançaient des dizaines de boules de fumée aveuglante.

Mais les armes d'Erwan étaient vaines. À la grande frayeur des villageois, les Scylès ne sourcillaient même pas et leurs masques, entourés de fumées bleues, soulignant des yeux glacés, leur donnaient une allure encore plus effroyable. Ils avançaient comme les soldats, comme les mercenaires, tranchant, décapitant les pauvres hères qui osaient se lever contre eux.

Pourtant, il fallait tenir, tenir suffisamment longtemps pour que Vic et ses compagnons arrivent. Jerry était reparti, ils n'allaient pas tarder, il fallait tenir !

— Ils attendent le Masque ! hurla Muht en creusant les espoirs de chaque esprit.

— Ils arrivent par l'Ouest ! ajouta Erkem.

— Ce sont eux qui leur ont fourni les armes ! Un oiseau géant les aide, il va en apporter d'autres ! renchérit Gorth.

D'un revers d'épée, Muht tua négligemment un paysan assez fou pour l'approcher.

— Erkem ! Prends deux hommes avec toi et va à la rencontre du Masque ! ordonna-t-il ensuite. Ne cherchez pas à l'affronter, je veux juste savoir combien ils sont pour leur ménager une surprise si c'est possible ! Abattez l'oiseau si vous le voyez revenir !

Les hommes s'élancèrent avec trois lances récupérées dans le combat.

— Toi, va chercher les dix hommes qu'on a laissés avant de venir ici, dit-il à un mercenaire. Fais-les passer par la colline la plus au nord pour prendre nos ennemis à revers.

Celui-ci s'exécuta.

Jerry avait vu les flammes des maisons s'élever derrière lui. Coupant les ténèbres de ses ailes, il ressentit une satisfaction mêlée de frayeur en apercevant les ronds diffus des lanternes d'Éléa et de ses compagnons à moins d'une lieue de là, qui finissaient de traverser la rivière d'Yil.

— Ils sont déjà arrivés ! La bataille a commencé ! C'est trop tard !

Les chevaux freinèrent comme des fous. Ils durent s'écarter de la route obscure pour éviter de rentrer en collision avec leurs chariots.

Mais Éléa n'avait pas stoppé pour obéir à Jerry. Alors que ses compagnons se redressaient pour savoir ce qui se décidait, elle sauta à l'arrière de son chariot et arracha une partie de la toile :

— Prends d'autres armes, vite ! Axel…

Le jeune homme avait déjà compris et partageait le même avis. Il monta à côté d'elle pour l'aider à dégager un nouveau sac d'épées.

— C'est hors de question ! cria Jerry. Je ne te…

— Tu ne m'empêcheras pas de faire quoi que ce soit ! Je pars me battre avec ou sans toi ! Erwan, Allan, Théon, dételez des chevaux, nous partons à cru ! Ceban, reste ici avec Ophélie, Virgine et les enfants ! Nous ne pouvons plus les protéger dans le village !

Jerry vola encore un tour au-dessus des chariots en effervescence et descendit, toutes serres devant, vers la jeune fille. Elle dégaina son arme et lui fit face avant qu'il la touche, son masque d'amalyses descendu sur la moitié de son visage.

— Tu m'as obligée à laisser mourir un homme une fois ! Cela ne se reproduira pas ! Je te tuerai dix fois s'il le faut !

Cette sourde menace, aussi étrange qu'elle soit, sembla porter ses fruits. Jerry était de moins en moins son Maître, il s'en rendait compte, et il était persuadé que la présence d'Axel n'était pas pour rien dans sa perte de contrôle. Avec un regard mauvais pour le jeune homme, il planta ses serres sur le chariot et replia les ailes. Folie pour folie, il accepta même d'être chargé une deuxième fois. Erwan lui mit de nouveaux filets de fumées aveuglantes autour du cou sans savoir qu'elles n'étaient plus d'aucune utilité.

Jerry, pour planer plus facilement, ne s'éleva pas haut dans le ciel. Pour moins d'une lieue, il ne voulait pas perdre de temps. Il ne s'attendait pas à ce que son trajet soit plus court encore. Deux coups d'ailes et le choc de la première lance dans son épaule droite le fit crier de douleur. La deuxième lance qui lui transperça le cou lui coupa le souffle. La troisième ne le toucha pas mais cela n'avait plus d'importance : il s'abattit comme une masse sur le sol dans un bruit d'acier et de verre brisé. Une fumée bleue enveloppa son corps de plumes inerte.

Les trois cavaliers ne restèrent pas sur les lieux une seconde de plus. Erkem ordonna le retour au galop. Les compagnons de la Forêt Interdite ne furent pas longs à réagir et sautèrent sur leurs chevaux pour les poursuivre. Malgré toute l'antipathie qu'il éprouvait à son égard, Axel voulut s'occuper de Jerry.

— Laisse-le ! Tu ne lui seras d'aucun secours ! cria Éléa.

Elle avait dit cela sur un ton d'une indifférence qui déconcerta un instant Axel. Il avait oublié que l'abominable oiseau était immortel. Alors qu'il reprenait son galop pour rattraper ses amis, une immense forme cornue, hérissée d'une vingtaine d'épées en désordre et enragée au plus haut point, s'élevait dans la fumée bleue, derrière lui.

Malgré les sacs d'armes à moitié déversés dans son dos, le collier pendouillant de verre brisé encore enfumé, Jerry arriva le premier sur ses attaquants. Juste avant le village. Il ne pouvait pas faire de mal à ces hommes, pas plus qu'il ne pouvait participer à ce combat auquel il refusait de toute manière de prendre part. Mais rien ne l'empêchait de crier ou d'effrayer. Et il les terrorisa. Le Scylès et les deux soldats avaient vu l'oiseau transpercé, ils l'avaient vu tomber. S'il n'était pas mort, il devait en tout cas être suffisamment blessé pour ne plus pouvoir voler ! *Quel était ce prodige, ce maléfice ?!*

Pour éviter l'assaut de ses serres prodigieuses, les trois cavaliers se jetèrent à terre. Si les deux soldats parvinrent à s'enfuir dans le noir sans demander leur reste, Erkem resta pétrifié quand son esprit croisa celui de l'oiseau à travers son masque. Les pensées des animaux étaient inaccessibles aux Scylès, alors comment était-il possible qu'il voie sa mort, imaginée de mille manières, dans la tête de cet oiseau géant ?! L'explication lui parut soudain évidente : il avait devant lui le sorcier dont il avait cru voir l'esprit un jour en regardant le Masque, et dont Muht cherchait tant à percer le mystère.

Il aurait pu se rassurer, analyser la frustration de l'animal qui ne pouvait pas le tuer malgré toutes ses envies, mais les regrets défilaient dans la tête de l'animal sous forme de souvenirs de massacres perpétrés par un Monstre gigantesque et de tortures infligées à l'aide de cette terrible fumée rouge dont Muht osait à peine parler. Quand le bout des griffes de Jerry accrocha son masque d'acier et de verre, que la résine collante arracha une partie de sa peau, Erkem ne bougea pas. Ce ne fut qu'au contact des restes de vapeurs bleues qui s'échappaient de l'étrange collier de l'oiseau qu'il hurla et se roula en tous sens pour clamer en vain la douleur de ses yeux.

Erwan mit pied à terre à côté du Scylès, il n'admira pas son agonie, n'y prit même aucun plaisir : il l'abrégea d'un coup d'épée dans le ventre. *Un démon de moins.*

— Ils ont des masques de verre ! prévint Jerry. Vic, reste ici ! Tu ne peux pas les approcher !

Éléa eut une seconde d'hésitation. Mais elle ne pouvait plus reculer, les flammes qu'elle voyait rongeaient les charpentes comme elles rongeaient son cœur. Elle n'avait toujours pas accepté la mort de Gyl, elle ne pouvait pas imaginer le massacre de ce village sans vouloir intervenir, et ce malgré la présence des Scylès et ses conséquences possibles. Axel la décida :

— Ils ne voient que les images de votre pensée du moment ! cria-t-il à ses compagnons. Concentrez-vous uniquement sur votre combat, sur votre haine ou sur leur mort ! Et ils ne verront rien d'autre !

Alors que Jerry ouvrait des serres d'impuissance et de désespoir, Éléa se rua derrière le jeune homme vers la demi-douzaine de gardes qui arrivaient. Allan et Théon prirent le parti de les aider quoi qu'il leur en coûterait ; Korta savait déjà qu'ils habitaient la Forêt Interdite ! Ils n'avaient rien de plus important à cacher, au premier abord.

Erwan resta seul une seconde de plus. Juste le temps de revoir la mort d'un ami dont il s'accusait autant qu'Éléa. Juste le temps de repenser à sa femme et à sa fille : les raisons de l'abandon de Gyl. Il se demanda à peine comment Axel pouvait connaître le fonctionnement du pouvoir de double vue des Scylès, il avait trop confiance en le jeune homme pour douter d'un seul de ses dires. *Penser au combat, à la haine, à la mort…* Si ce n'était que cela, il en était largement capable ! Il s'élança à son tour.

Jerry rejoignit le village et largua les armes qui lui restaient dans le dos. Il se métamorphosa ensuite en hirondelle pour évaluer les chances de succès. La moitié des villageois étaient au sol, morts ou blessés ; les barricades de fortune étaient défoncées, cinq maisons flambaient comme des torches ; les quelques femmes qui lançaient auparavant les fioles aveuglantes se trouvaient aux prises avec les cinq mercenaires. Tout était entouré d'une fumée bleue qui, en fin de compte, incommodait tout le monde. Avec désespoir, Jerry dénombra seulement sept morts dans le camp de Muht.

Il se retourna vers Éléa et ses compagnons. Un instant, il se dit qu'avec la participation d'Axel la victoire était cependant possible. Il se demanda même si le jeune homme n'était pas meilleur que son élève. Mais la comparaison n'était pas aisée : à coups d'épée, de talon, de dague, ils venaient tous les deux de se débarrasser de quatre gardes chacun. Éléa prenait un léger retard par rapport au jeune Pandémois, mais il était tout simplement dû à son choix de blesser au lieu de tuer ses adversaires. En se forçant à ne viser que les membres, elle prenait des risques aussi, beaucoup de risques. Jerry eut un pincement au cœur quand la mort de son cheval d'emprunt fit tomber la jeune fille. Mais elle roula au sol, se redressa d'un bond et trancha une grande partie des muscles de la cuisse de son agresseur. Elle était prête à affronter toutes les offensives de Korta.

Pourtant Jerry grogna en constatant qu'Axel avait du mal à s'éloigner d'elle. Parce que le doute s'était insinué depuis qu'il avait reconnu l'épée d'Enkil. Et en observant les deux jeunes gens qui se battaient côte à côte, il se demanda lequel était le Champion des Fées. Ils étaient tous deux des têtes couronnées, ce qu'attestait la tache de naissance qu'ils dissimulaient sous leurs cheveux. Les Divinités avaient vraisemblablement pris leurs dispositions pour le cas où l'un d'eux viendrait à mourir. Cette éventualité faisait enrager Jerry : il n'avait pas élevé Éléa dans l'intention d'en faire une simple suppléante ! Il n'avait pas passé tant d'années à l'éduquer pour finalement risquer de la voir mourir et être remplacée comme un vulgaire pion ! La présence et la force d'Axel le rendaient nerveux.

Il ne se rendait pas compte que Muht perdait finalement du terrain. Onze soldats et deux mercenaires étaient tombés à terre. Le guerrier scylès n'attendait pas le Masque si tôt. Il n'avait pas eu le temps de préparer leur arrivée. Il lui était en outre difficile de diriger cette bataille tout en se cachant pour glaner quelques renseignements dans le cerveau de ses ennemis. Ce qui, du reste, ne lui était d'aucune utilité, chaque homme focalisant ses pensées sur la nécessité d'arracher la victoire !

Il avait bon espoir dans les dix hommes qui devaient prendre le Masque par surprise. Mais où étaient-ils ?

Ceban avait regardé nerveusement les cinq cavaliers partir vers l'horizon enflammé. Il n'était pas très sûr d'apprécier son rôle de défenseur tandis que les autres s'enfonçaient dans une bataille incertaine. Il n'imaginait pas que ses protégés et lui étaient sur la route de dix cavaliers. Au premier roulement de sabots dans le silence de la nuit noire, il comprit pourtant instantanément ce qui se tramait, et se prit à regretter sa solitude.

— Ophélie, Virgine, faites une barrière avec les chariots ! Planquez-vous au centre avec les enfants ! Des hommes arrivent !

Il sauta à terre, détacha la toile des chargements de nourriture et courut sur quelques pas pour répandre au sol un sac de farine. Puis il brisa une des lampes : le feu prit immédiatement sur la longue traînée de poudre blanche. Ceban perfectionna sa barrière en y jetant une Pastille d'Erwan. Les flammes dressées sur un pied de hauteur s'élevèrent brusquement à cinq pieds au-dessus du sol.

Les galops se rapprochaient. Si la lumière diffuse des lampes avait attiré les soldats – *des compagnons du Masque en attente d'attaque, certainement!*–, le feu les pressait. Ils savaient maintenant qu'ils ne surprendraient personne et craignaient que l'un des compagnons du Masque ne s'enfuie pour le mettre au courant de leur plan d'attaque. Ils se divisèrent en deux groupes pour charger de part et d'autre des flammes.

Ceban était monté sur le banc d'un chariot, les carquois de flèches à ses épaules, l'arc au poing. Dès qu'il put distinguer un homme au-dessus des flammes qui éclairaient la nuit, il commença à tirer. Il tua trois hommes avant même que les soldats soient vraiment trop proches d'eux. Il avait espéré que les attaquants, intimidés, auraient un mouvement d'hésitation lui permettant d'en supprimer davantage, mais ils lui foncèrent dessus comme si de rien n'était. Sans attendre d'être transpercé de toutes parts par les archers, Ceban jeta lui-même son arc et sauta sur les tonneaux de viandes salées pour s'éloigner un peu. Il sortit son épée, sachant d'avance que, seul contre sept, il n'avait aucune chance.

C'était sans compter sur les petites mains de Tanin et d'Erby. Le premier garçon avait tout de suite eu l'idée de sortir les sarbacanes et les pointes endormantes, avant de se glisser entre les chariots avec les jeunes femmes.

— Tire, tire, tire!!! avait-il crié à Erby en lui tendant une sarbacane et un sac de pointes. Le plus fort que tu peux!

Les premiers projectiles ne touchèrent qu'un cheval qui s'écroula d'un coup. Mais Ceban comprit ce qu'ils étaient en train de faire.

— Tirez à gauche, les garçons, je me charge des deux de droite!

Les soldats étaient déjà sur lui, pressés contre les chariots. Tanin toucha un homme à l'épaule, un autre à la cuisse, Erby réussit à porter un coup à la main d'un troisième qui s'écroula aussi bien que les autres. Mais deux soldats avaient sauté sur les chariots et se jetaient sur les enfants, qui n'eurent pas le temps de réarmer leurs sarbacanes. Au comble de la fébrilité, entendant Ceban trébucher sur les tonneaux, et sentant la mort si proche, Ophélie serra alors entre ses mains la lance que lui avait donnée Axel, et bondit en direction d'un soldat. L'homme s'empala dessus et, dans son élan, tomba entre eux. La lance se cassa sous son poids et, lorsque le corps roula sur le côté, la pointe de l'arme, brusquement ressortie dans le dos du soldat, incisa le front de Tanin. Dans le même temps, l'épée agressive glissa sur la cotte de mailles d'Ophélie et lui coupa le dessus de la main.

Virgine voulut attaquer le deuxième soldat de la même manière, mais il ne se laissa pas prendre au dépourvu comme le premier : d'un coup d'épée, il trancha la pointe de la lance et envoya un autre coup qui porta dans la poitrine de la jeune femme. La cotte de mailles sauva la vie de Virgine mais quelques boucles d'acier cédèrent : la lame réussit à entailler la chair de son sein droit. Ceban ne laissa pas au garde la possibilité de finir son travail. Alors qu'il avait encore un soldat à tuer, il retourna son arme vers l'assaillant de Virgine et lui trancha la gorge de la pointe de son épée. L'homme tomba à son tour dans le trou formé par les chariots, inondant de son sang les femmes et Erby, laissant seulement Tanin libre de ses mouvements.

Son geste trop brusque fit perdre l'équilibre à Ceban, qui prenait appui sur les tonneaux. Le coup d'épée envoyé par-derrière par un garde lui effleura la taille, déchirant brutalement sa chemise. Il chuta dans le chariot de nourriture, percutant de ses reins un autre tonneau de viande, frappant de la tête une jarre d'huile. Il perdit connaissance.

Les dix soldats attendus n'arrivaient pas. Muht ne comprenait pas leur retard. Cela ne lui inspirait rien de bon. Il n'était même plus sûr d'avoir le dessus dans toute cette haïssable fumée bleue qui se dissipait à peine. Il y avait de nombreux cadavres de soldats, au jugé. Il avait envie de crier retraite pour faire un bilan ; des centaines de mercenaires allaient arriver dans les deux jours à venir, il pourrait revenir dans ce village ou en choisir un autre. Mais il aperçut l'Akalien du Masque, en train d'enfoncer son épée dans le ventre d'un garde. Il ne pouvait pas partir maintenant.

Son acolyte Gorth l'avait vu lui aussi. Ce fut lui qui fonça le premier.

Sur le coup, Erwan fut effrayé de voir l'un des grands Scylès devant lui. Les paroles d'Axel lui revinrent à temps en tête. Les épées des ennemis séculaires résonnèrent l'une contre l'autre.

— Pourquoi as-tu peur, Akalien ? C'est ta lâcheté qui t'a fait quitter ton pays de nains ?

Erwan fut déstabilisé un instant. Il n'avait jamais eu peur des Scylès ! *Penser au combat, à la haine…* Il attaqua au ventre.

Muht préféra les laisser se battre, prêt cependant à intervenir au cas où Gorth se trouverait en difficulté. Il se montrait curieux de cet essai d'interrogatoire. Que cachait donc cet Akalien ? Il avait vu les images d'Axel lui criant quelque chose pour le pousser à braver leur pouvoir. Comment ce jeune prince qui se battait à quelques enjambées, qu'il reconnaissait parfaitement pour être le jeune mercenaire croisé au château, connaissait-il leurs faiblesses ?

— Tu es un lâche ! Tu as fui ! renchérit Gorth. Et tes potions ne peuvent plus te cacher !

Erwan envoya deux coups droits de suite. Il était trop petit pour tenter d'arracher le masque du Scylès et enrageait. Pourquoi n'avait-il pas Sten avec lui !

— Je trouverai une solution pour faire fondre le verre ! Je tuerai le pouvoir de tes yeux ! Jerry !!! Viens m'aider !!!

— Petit être prétentieux !

— Demande-le à Erkem ! Je l'ai tué !

L'image de la mort du Scylès lui revint à l'esprit. Ce fut un coup dur pour Muht et Gorth. Si la vie des femmes n'était d'aucun intérêt, celle d'un guerrier était précieuse.

— Je suis un Alchimiste Suprême d'Akal ! continua Erwan du même ton. Je n'aurai de cesse de trouver un moyen de détruire ton pouvoir de démon et ton peuple de tortionnaires !

Pourquoi avait-il fallu qu'il dise cela ? Parce qu'il avait vu Jerry arriver, sous sa forme de faucon ? Parce qu'il croyait que ce Scylès pouvait mourir en sachant son secret ? Sa première phrase s'associa à une petite fille aux cheveux de cuivre que son amour avait apprivoisée, et qui justifiait son bonheur, la deuxième à une femme à la peau de lait marquée par des cauchemars à vie.

Gorth resta un instant sidéré en voyant ces images, juste le temps nécessaire à Jerry pour agripper les tresses d'acier de son masque et arracher sa résine de protection. Mais alors que le Scylès hurlait de douleur, Erwan ne parvint pas à l'achever ; une épée para son coup et renvoya si fortement son bras qu'il en partit à la renverse. Devant lui se dressait Muht, plus blême qu'il ne l'avait jamais été, essoufflé de sa découverte :

— Ta femme est la fille disparue d'Utahn Qashiltar ! Ta fille…

Il ne poursuivit pas. Malgré l'effrayante nouvelle qu'il venait d'apprendre, il n'oubliait pas le faucon qui tournait au-dessus de lui. Il avait reconnu l'esprit de l'homme mûr qu'il avait pris pour le Masque, au début. Tout comme Erkem, il fut surpris de lire les pensées de l'oiseau, mais rien ne pouvait l'étonner comme la découverte de l'existence de Chloé !

Il rejeta son arme en arrière pour parer l'assaut de l'oiseau et se précipita sur Gorth, toujours hurlant, pour l'aider à se lever. Un bras armé, relevé en protection au-dessus de la tête, l'autre soutenant son acolyte aveuglé, il recula pour fuir. Témoin de la scène, Axel se rua sur lui pour l'arrêter mais Muht, contournant au dernier moment une maison, ne lui permit que de déchirer les trois quarts de son manteau de scalps.

Axel ne le poursuivit pas. En voyant leur capitaine s'enfuir, les derniers gardes ou mercenaires abandonnaient le combat pour le rejoindre. La bataille était terminée. Jerry s'envola pour faire un tour d'horizon et s'en assurer. Erwan ne s'était pas relevé, ce qui inquiéta beaucoup Axel. En s'agenouillant devant lui, il eut l'impression de se pencher sur un homme accablé. Une main crispée sur son épée qui gisait sur ses jambes, l'autre enserrant son visage, l'Akalien tentait de cacher son désarroi.

— Ils savent… Ils savent qu'elle existe… Sélène, ma douce Sélène, j'ai laissé mourir Gyl pour rien… Ils savent que nous avons notre Chloé…

En entendant ces mots, Axel se sentit coupable de l'avoir poussé à venir se battre. La haine et l'angoisse d'Erwan avaient été trop fortes pour tout contenir. Le jeune homme ne dit rien à l'Akalien. Son inquiétude était justifiée et elle aurait été plus forte encore s'il avait su le pouvoir de Chloé. Axel se demanda si Muht avait déjà deviné. Il aurait été effrayé d'entendre le guerrier, qui marchait à ce moment vers le château, avec Gorth, murmurer sans fin *« elle voit… elle voit… »*.

Éléa s'approcha à son tour. Posant ses genoux dans la terre sèche et poussiéreuse, elle serra la main armée d'Erwan :

— Sélène et Chloé sont en sécurité. Aucun Scylès ne pourra venir les chercher dans la Forêt Interdite. Utahn Qashiltar pourrait envahir Leïlan, détruire tout le pays, jamais il ne pourrait les approcher. Elles ne craignent rien. Pour ce qui est de Gyl, tu… n'es pas le seul coupable.

Il resserra ses doigts sur ses yeux, son nez puis laissa retomber sa main mollement.

— Jerry t'avait emmenée pour ta sécurité, moi non.

Éléa prit la cape déchirée de Muht qu'Axel avait récupérée.

— Il se serait sacrifié pour Chloé sans hésiter, sans même la connaître, simplement parce que c'était ta fille. Donne à son âme les mêmes honneurs que méritent celles de ces Akaliens.

Erwan saisit les restes de manteau de scalps et respira un grand coup. Sélène et Chloé étaient en sécurité mais elles devenaient définitivement prisonnières de la Forêt Interdite. Il savait que sa femme ne s'en soucierait pas, mais sa fille ? Il ne pourrait jamais la forcer à rester cloîtrée. Il fallait qu'il arrête d'imaginer que l'avenir était sombre. Les Fées avaient protégé son amour, il devait croire qu'elles feraient de même avec sa fille. Il serra encore le manteau de Muht en regardant le scalp de cheveux bruns.

— Merci, Axel.

Le jeune homme sourit légèrement. Pour les Akaliens, les âmes étaient en paix quand les corps étaient entièrement brûlés, et les cendres emportées par le vent vers les Divinités de la Vie. Muht avait donc toujours porté ce manteau pour atteindre psychologiquement son adversaire akalien.

La fumée bleue s'était entièrement dissipée dans le village. Les flammes finissaient de ronger les poutres des maisons touchées par les flambeaux. La nuit reprenait de plus en plus ses droits. Dans le silence de la fin du combat, des râles ou des gémissements se faisaient entendre. Chacun faisait le compte de ses amis ou proches perdus. L'arrivée d'Allan et de Théon rassura leurs trois amis. Ils étaient entiers. Dans sa manière suicidaire de se battre, Théon avait bien gagné une estafilade au cou et une autre à l'avant-bras, mais il était en pleine santé. Erwan se releva avec Axel et Éléa.

— Occupe-toi des villageois, Vic, ils en ont plus besoin que moi. Allan et Théon, vous devriez aller chercher Ceban et les femmes.

Il souffla de nouveau, refoulant son angoisse et sa culpabilité. Il prit les deux Pastilles de Lumière qu'il avait gardées et les lança sur des braises. Les flammes se ravivèrent et éclairèrent de nouveau le village.

Axel partit avec les deux anciens soldats et les chevaux pour revenir avec leurs amis et les différents chariots. Aucun d'eux ne s'attendait à les trouver derrière une barrière de flammes.

Au fur et à mesure qu'ils se rapprochaient, ils sentaient une peur profonde monter en eux. À la vue des cadavres de chevaux et de soldats éparpillés sur le sol, leurs visages pâlirent.

— Virgine ! Virgine !!! cria Allan.

Derrière les chariots, une femme se leva, les boucles de ses cheveux blonds s'élevant dans le souffle du feu.

— Elle est ici ! Nous sommes ici !

Les trois cavaliers firent le tour des chariots et retrouvèrent leurs amis. Ils furent effrayés à la vue du sang qui les couvrait tous, du corps inerte de Ceban, de Virgine et Erby allongés sur le sol. Mais tout ce sang ne leur appartenait pas : Ceban n'était qu'étourdi, Virgine avait une blessure sans gravité et Erby était seulement endormi.

— Que s'est-il passé ?! demanda Allan en serrant sa femme dans ses bras.

— Dix hommes nous sont tombés sur le dos, répondit Ceban encore sous le choc. C'est Tanin qui nous a sauvés.

Le petit garçon se dressait bien droit à ses côtés. Sa fierté n'était pas feinte, il avait attendu d'être introduit comme un héros pour prendre la parole.

— Quand Ceban est tombé, j'ai tiré une pointe sur le dernier garde, et je l'ai eu dans le cou !

Axel le félicita et sourit de sa frimousse triomphale. Il passa ensuite la main sur le front d'Erby.

— Et lui, que lui est-il arrivé ?

— Rien, répondit Tanin, gêné par l'erreur de son ami. Il est pas habitué à tripoter les pointes. Ça m'est déjà arrivé. Il se réveillera dans quelques heures.

Virgine tint à conduire son chariot malgré sa blessure ; Tanin se chargea glorieusement de celui de sa mère, et Ceban de celui d'Erwan : le voyage se fit en une seule fois.

Leur état provoqua les mêmes inquiétudes chez Erwan et Éléa, leurs explications les mêmes soupirs rassurés. Tanin crut qu'il allait s'évanouir de bonheur dans les bras de sa mère tant il était heureux qu'elle soit fière de lui. Pourtant, ce fut avec beaucoup de faiblesse qu'elle le pressa contre elle : pour soigner les blessés, elle avait recours à sa corne et elle menaçait de s'effondrer de fatigue.

Axel lui passa sa main sur la joue. Le geste la sortit un instant de l'univers de sang qui régnait autour d'elle. Une partie de sa lassitude sembla même s'effacer. Tanin regarda avec admiration son visage s'illuminer.

— Jerry n'a pas vu d'autres groupes de gardes dans la grande Plaine, déclara Erwan en venant près d'eux. À part quelques mercenaires qui rentrent au château. Je te laisse mon brave Erby endormi. Ophélie et Tanin vont t'aider à soigner et à sustenter ces pauvres bougres. Je vais partir avec les autres distribuer les armes comme il était prévu. Nous vous rejoignons ici dans la matinée.

Il ne s'était même pas rendu compte qu'il dérangeait. Il ne cherchait plus à réfléchir, de crainte de s'effondrer en songeant aux conséquences de ce qu'avaient appris les Scylès. Il voulait bouger, galoper, oublier. Si Muht revenait, il fallait que tout soit prêt.

— Axel ? Tu restes ou tu viens avec nous ? ajouta-t-il sans ambages.

— Jerry pourra s'occuper de moi, si je n'ai plus de force pour me battre, précisa Éléa avant que le jeune homme annonce sa décision. J'apprécierais beaucoup que tu ailles avec eux. Ceban est encore sonné. De toute façon, s'il y a une nouvelle attaque, je ne crois pas que ce sera cette nuit.

Elle avait eu raison de parler avant lui, il n'aurait pas fait ce choix. Il hésita encore. Un bruit d'ailes le convainquit. Tout odieux qu'il était, Jerry montrait autant de volonté que lui à protéger la jeune fille. Elle était entre *de bonnes serres*.

Il s'éloigna sans arriver à sourire et s'enfonça dans la nuit noire à un rythme soutenu. Il regarda souvent le ciel noir, espérant et craignant de voir le jour se lever. Il occupa ses bras à décharger des armes dans chaque village, écoutant d'une oreille distraite les recommandations de construction de barricades, de fosses et de pièges qu'Erwan faisait aux paysans pour qu'ils se protègent. Un malaise s'était insinué en lui, une peur sourde. Prenait-il de nouveau le temps de faire attention aux avertissements de ses Divinités ? Pourquoi n'avait-il pas pris conscience de cette angoisse avant ? Parce qu'Éléa était près de lui ? Que se tramait-il de dangereux ?

Quand le soleil se leva sur un jour limpide, chassant brutalement l'oppression de cette nuit trop obscure, Axel eut l'impression de mieux respirer. Quand l'achèvement de la distribution d'armes le ramena vers Olase avec ses compagnons, sans qu'aucun soldat ait croisé leur route, il se dit qu'il s'inquiétait trop. Quand il retrouva Éléa, endormie à côté d'Erby dans l'ancien chariot d'armes, il oublia sa peur.

Les vingt-trois morts d'Olase avaient été enveloppés puis alignés, les trente et un blessés avaient été soignés le mieux possible, les pierres des maisons calcinées servaient à reconstruire de nouvelles barricades. Quelques hommes décidés commençaient à creuser des fosses. Les villageois préparaient la nouvelle attaque. Il ne restait plus qu'à constater amèrement qu'Olase n'avait plus rien d'un village. Mais tout semblait mieux préparé pour la suite des événements.

Le retour vers la Forêt Interdite se fit à cheval comme il avait été prévu, mais plus lentement. Erby endormi, Éléa fatiguée, Virgine blessé, Erwan renfermé, le moral n'était pas au meilleur niveau. Axel eut tout de même la satisfaction de pouvoir rentrer dans la Forêt Interdite en n'ayant à subir qu'un regard torve de Jerry. Mais il perdit sa joie quand ce dernier accapara Éléa pour le reste de l'après-midi avec un entraînement supplémentaire, alors que même les hommes allaient dormir. Aurait-elle la force de partir au château le soir même ?

✧

Axel marchait d'un pas rapide dans la forêt. Les ombres tombaient et se propageaient, cachant les derniers rayons. Comme une fumée épaisse, presque gluante, le ciel noir se perforait à peine de quelques trous bleus, blancs, jaunes, orange ou rouges, selon leur distance du soleil. Pareils à des oiseaux de mauvais augure, les nuages étendaient leurs ailes et couvraient le pays d'un sentiment d'inquiétude. Comme la veille, personne n'avait pu dire leur origine.

Axel risquait de ne plus avoir assez de lumière avant le coucher du soleil.

Durant ces dernières heures, la fierté et la gêne s'étaient disputé son visage devant les étincelles qui brillaient dans les yeux de certains habitants de la Forêt Interdite. Tout le monde sentait le lien qui se tissait entre Éléa et lui. Aucun des compagnons de la Forêt Interdite n'avait reproché à Axel d'avoir permis à la jeune fille d'échapper à son Maître la veille. Aujourd'hui, plusieurs de leurs clins d'œil ou de leurs sourires avaient fini par mettre le jeune homme mal à l'aise. Heureusement pour lui, ni Éléa ni Jerry n'avaient été visibles de la journée.

Maintenant, c'était presque du mécontentement qui emplissait le jeune homme. Ceban, qui ne lui avait pas parlé depuis la nuit précédente, venait juste de le prendre à part dans les bois, en le voyant se diriger vers la falaise.

Une dispute avait éclaté entre eux :

— *C'est de la folie d'y retourner !* avait presque crié Ceban.

— Elle n'a rencontré aucun problème la nuit dernière.

— *C'était suffisamment périlleux de le faire une fois ! Tu n'as pas le droit de la mettre à ce point en danger !*

— *Ce n'est pas moi qui la mets en danger. Je lui permets seulement d'entrer au château en jouant un minimum avec sa vie.*

— *Tu ne pouvais pas lui dire non ?! J'espérais plus de toi !*

— *Ah oui ?! Pourquoi ne l'empêches-tu pas de le faire, toi ? Il suffirait de tout dire à Jerry. Pourquoi ne le fais-tu pas ?*

Ceban était resté muet. Il avait serré les mâchoires et frappé un tronc de son poing.

— *Je sais à quel point elle tient à sauver les princesses,* avait-il grincé entre ses dents.

— *Moi aussi. Elle a justement trouvé le remède pour sauver…*

— *Parce que tu pensais qu'elle ne le trouverait pas ?!* avait coupé Ceban brutalement.

— *Je ne comprends pas ta réaction. Ne doit-elle pas ramener la paix dans son pays ? La guérison de la princesse Éloïse ne va-t-elle pas dans ce sens ?*

— *C'est ma sœur. Je sais ce qu'elle est capable de faire. Je sais jusqu'où elle peut aller quand elle a une idée en tête. Mais aucune vie de princesse ne peut avoir autant d'importance pour moi que la sienne. Je la sens en danger. Regarde… regarde ces nuages, on dirait… un piège… un piège qui se referme. Comme hier. Ce n'est pas une bonne nuit pour sortir.*

— *Je ne suis pas superstitieux,* avait répliqué Axel. *Le temps n'est pas plus étrange qu'un autre jour.*

— *Empêche-la de partir. Elle est exténuée. Je croyais que tu tenais à elle.*

— *Oui, mais…*

— *Elle ne veut pas m'écouter, mais toi…*

— *Moi non plus. Et si tu continues de me retarder, je ne pourrai pas l'aider. Elle choisira alors des options plus risquées pour pénétrer le château. Et ce sera de ta faute.*

Ceban l'avait laissé partir par désespoir. Axel avait encore son regard anxieux à l'esprit. Mais il ne pouvait plus arrêter Éléa. Il n'était même plus sûr de le vouloir. La guérison d'Éloïse était trop à portée de main.

Axel trouva Éléa sur le rocher, comme la veille. Les cheveux déjà noués, elle l'attendait tranquillement en regardant avec une certaine gravité les masses de nuages s'épaissir. Elle se leva d'un bond à son arrivée : elle paraissait avoir retrouvé une certaine forme. Du moins en donnait-elle l'apparence. Il sentait qu'elle n'avait plus qu'une envie : réussir.

Elle voulut prendre la fiole qu'Axel avait fait préparer par Erwan – pour la compléter avec l'huile de la fleur de l'Éveil Blanc – mais Axel arrêta son mouvement :

— D'abord, ta sécurité.

Il prit la corde de la veille et avec la même adresse, la fit passer dans l'anneau par le biais de l'une de ses flèches. Mais il mit en plus deux boules contenant l'Élixir d'Erwan dans des petits sacs séparés et, tirant ses flèches le long de la corde tendue, les envoya dans les douves. Les tentacules des sariclès se dressèrent avec violence quelques secondes plus tard et replongèrent, comme chaque fois, dans un grondement.

Tout semblait facile et bien réglé. Ceban se faisait des idées.

Une demi-minute plus tard, les nuages cachaient définitivement le ciel et une coupole ténébreuse s'abattait sur Leïlan : seul un rai de feu, à l'horizon, diffusait péniblement sa lumière sur le pays. Dans cette précoce et étrange obscurité, les yeux d'Éléa et d'Axel se portèrent vers une tour du château. Ils savaient à quelle fenêtre ils pourraient apercevoir la bougie d'Éline.

Le cœur d'Axel se serra à ce moment-là. Un frisson soudain lui parcourut l'échine, et la peur que Ceban avait vainement cherché à lui transmettre, et qu'il refoulait depuis la nuit précédente, monta d'un coup. Éléa dut ressentir la même sensation brutale, car elle le regarda un instant, visiblement effrayée, avant de se retourner rapidement vers le château pour dissimuler ses impressions.

—Je pourrais rester en bas de la tour, proposa Axel, qui n'était plus aussi sûr de sa décision.

Éléa secoua la tête dans un non catégorique.

—Comment saurai-je si tu es en danger ?

—Il n'y aura pas de danger.

Axel ne dit plus rien.

—Surveille la bougie, si tu t'inquiètes vraiment, ajouta-t-elle doucement.

—Il me faudra des ailes, et plus que des prières, pour te venir en aide si elle s'éteint.

Le silence revint un instant, quelques pensées défilèrent dans leurs esprits, puis un cri isolé de chouette se fit entendre. Éléa ne pouvait pas quitter Axel sur ce malaise. Elle avait envie d'être heureuse et de sourire.

—Dans certains royaumes, murmura-t-elle, il existe des hommes qui ne craignent ni les montagnes, ni les mers. Leurs ailes sont dans leur cœur, leur force dans leurs bras et leur courage dans un ruban. Celui-ci, accroché à leur épée, est aux couleurs de celle à qui ils vont porter secours.

—Les chevaliers légendaires, précisa Axel, un peu blessé de ne pas avoir l'air à la hauteur.

—Tu crois toujours que ce qui semble irréalisable est légendaire.

Elle défit le ruban bleu nuit qui maintenait ses cheveux.

—Je suis persuadée que si la bougie d'Éline venait à s'éteindre, tu serais le meilleur chevalier qui ait jamais existé.

Elle lui tendit le ruban.

—Ai-je tort d'y croire et de te faire confiance ?

Le ruban dans les mains, Axel ne répondit pas sur l'instant. Mais son cœur battait plus vite lorsqu'il posa son regard sur Éléa.

—Sais-tu que ces chevaliers puisent leur courage dans un ruban parce que celui-ci est un gage d'amour de leur belle ? demanda-t-il.

Éléa eut un petit sourire intimidé.

— Une bonne source d'inspiration et de coutumes agréables, fit-elle en feignant de l'ignorer.

Il s'avança près d'elle en serrant avec force le ruban dans ses doigts.

— Tu parais si inaccessible…

— Pourtant, il tient à peu de chose que j'appartienne à un seul homme…

Et dans un élan, elle passa outre sa timidité et posa ses lèvres sur celles d'Axel.

Ce fut un agréable choc pour le jeune homme, mais une douleur lorsque ses bras se refermèrent sur du vide. Éléa s'était enfuie avant qu'il en ait conscience. Elle avait déjà attrapé la corde et la dévalait jusqu'à la fenêtre de l'échauguette.

Axel porta la main à sa ceinture : la fiole qu'Erwan lui avait donnée avait disparu. Éléa la lui avait volée en même temps que son baiser. Malgré sa promesse, il eut soudain envie de la suivre, de la retenir, mais la corde se détendit sous ses doigts : Éléa l'avait coupée comme la veille. Axel ne le lui reprocha pas. Ce soir, il n'avait pas envie de lui hurler sa rage, mais son amour.

Il y avait eu soudain comme un coup de balai dans sa vie, un vent fabuleux avait emporté au loin une vilaine prophétie. Plus rien en ces Mondes ne semblait pouvoir empêcher le jeune prince d'être heureux. Éléa avait affronté la réserve de son sexe et l'avait embrassé comme lui l'avait fait dans la grange d'Aces. Elle l'aimait. Avec ou sans l'accord des Fées.

Il regarda en direction de l'échauguette qu'il distinguait à peine dans la pénombre.

— Reviens vite, murmura-t-il.

Fuir

Au prix de dernières souffrances musculaires, de brisants désespoirs et d'encouragements successifs, Éléa parvint à la hauteur de la chandelle. Lorsqu'elle s'assit sur le rebord de la fenêtre d'à côté, elle eut presque envie de pleurer de douleur et de bonheur. Sans force, haletante et transpirante, elle réussit à faire un sourire à Éline qui paraissait inquiète. Ce simple mouvement des lèvres rassura tout de suite la princesse. Elle se précipita vers sa sœur pour l'aider à entrer sans faire de bruit.

Parvenue à son but, Éléa avait l'impression que ses forces l'abandonnaient complètement. Ceban avait raison, elle était exténuée. Plus Éline la soutenait et plus, étrangement, elle se sentait incapable de bouger. Heureuse malgré ses défaillances, elle lui glissa à l'oreille :

— J'ai trouvé.

Elle enleva son gant droit avec ses dents et chercha à attraper la petite fiole plate qu'elle avait dissimulée dans sa manche gauche. Elle ne l'avait sortie que de moitié lorsqu'elle s'aperçut que ses amalyses se retiraient de son corps. Dans ses chausses collantes, elle n'avait pas senti leur passage léger et velouté. Les plantes tueuses se répandaient sur le dallage et glissaient en direction de la porte de la chambre. Seule l'amalyse faciale d'Éléa restait sur elle, toujours relevée en bandeau sur ses cheveux.

La jeune fille resta un moment stupéfaite et fit silence en replaçant, par réflexe, la fiole dans sa manche. Seule l'eau salée pouvait attirer les amalyses de la sorte. Il était impossible qu'il y en ait à cet étage du château. Et, dans le cas contraire, pourquoi n'auraient-elles pas réagi la veille ?

Éléa ne pensait plus à sa fatigue ; s'appuyant quelque peu sur un fauteuil, elle s'approcha de la porte. Le visage décomposé par l'angoisse, Éline ne bougeait plus. Dans un silence de mort, Éléa colla son oreille sur le bois de la porte. *Rien.* Pourtant, ses amalyses disparaissaient sous le seuil sans se soucier de ses commandements mentaux. La jeune fille tira la dague accrochée à sa cuisse. Il n'y avait peut-être personne derrière la porte, mais elle tenait à en avoir le cœur net. La princesse Éline avait mis les mains devant sa bouche pour étouffer sa peur.

Éléa fit glisser le loquet et déverrouilla la porte sans un grincement. Sa main se resserra sur la poignée et elle tira la porte vers elle d'un coup sec : Korta se tenait devant elle !

Éline eut un cri de terreur et Éléa, un moment de stupeur. Puis la jeune combattante repoussa la porte violemment et recula précipitamment : elle glissa sur un tapis de laine et tomba sur le côté du fauteuil. Elle fut renversée en arrière au moment où Korta, d'un coup de pied, entrait dans la pièce.

— Surprise de me voir, ricana le duc en s'avançant d'un pas de plomb.

Il était armé d'une épée et d'un large poignard. Derrière lui, bouchant tout l'encadrement de la porte, ne se dressait pas Muht, comme elle s'y serait attendue, mais deux brutes au teint olivâtre et aux yeux de rats, qui grognaient, tenant un tonneau fermé dans les mains. Des mouvements de jupes perceptibles derrière leurs jambes trapues montraient que Misty était là, et qu'elle cherchait désespérément à voir la scène.

Deux cent cinquante pieds de vide d'un côté, des statues de chair vivante – et semblant immuables – de l'autre, Korta au milieu : les issues étaient bouchées, le combat inévitable.

Éléa s'était relevée. Elle n'avait pas pris son arme par crainte d'être gênée dans l'escalade de la tour. Tandis qu'elle reculait, elle fit le choix de demander une épée à sa corne. Ce ne serait pas la sienne, légère et souple. Celle-ci serait plus commune, moins étudiée pour le combat de la jeune fille.

L'acier apparut dans un éclair en même temps que des douleurs musculaires qui accentuèrent celles provoquées par l'escalade. Éléa manqua de lâcher l'arme sur le moment tant son bras droit lui fit mal. La peur du duc et du combat à venir lui en fit maintenir la poignée. Elle allait devoir se contenter de ce que sa corne lui offrait, de ses quelques heures de sommeil glanées dans le village d'Olase et de son reste d'énergie. L'incertitude emplissait ses yeux.

Korta ressentait l'envoûtement dû à ce regard et essayait d'en faire abstraction. La malignité montait plus vite en lui s'il gardait à l'esprit qu'il se faisait manipuler par un artifice.

— Tu as l'air moins fière sans tes amalyses, persifla-t-il. Et attends que je les éduque à ma façon, tu verras ce dont elles sont capables !

Il eut un rire épouvantable qui glaça Éléa jusqu'aux os :

— Tu ne verras rien. Tu ne verras pas la fin de cette nuit.

Sa lame, aussi lourde qu'une sentence, tomba sur celle d'Éléa. Il put la rabattre jusqu'au sol sans le moindre effort visible. Sous ce seul coup, la jeune fille se sentit déjà brisée. Elle recula de justesse dans un froissement de métal pour éviter la deuxième attaque.

Que pouvait-elle espérer ? Elle était seule et fatiguée, la princesse Éline semblait paralysée et au bord de l'évanouissement. À qui Éléa pouvait-elle demander de l'aide ? Axel ?! Ses premières pensées allaient vers lui naturellement, mais leur jeu de ruban n'était que du badinage ! Que pouvait donc faire le jeune homme ? Même si l'amour semblait tout rendre plus facile et plus léger, ni Éléa ni Axel n'avaient des ailes !

Des ailes ?! Jerry, oui !

De pas en pas, toujours en arrière, Éléa reculait vers le fond de la chambre. Elle ne pouvait pas tout éviter et, à chaque parade, le choc résonnait dans son bras. Mais elle venait de trouver sa lueur d'espoir. Prise au dépourvu, elle n'avait conçu aucun plan d'attaque ou de résistance, mais tout s'ordonnait maintenant dans sa tête. Elle devait lâcher sa dague pour pouvoir appeler Jerry avec sa corne. Elle n'avait plus rien à perdre, plus de temps ni de règles à respecter. Elle se sentait prête à affronter Korta pour les Fées, s'il le fallait. D'un geste sec et rapide, elle envoya sa dague dans la poitrine de son ennemi et porta sa main libre vers sa corne.

La stupeur interrompit son geste. Korta ne vacilla même pas ; une simple petite grimace se dessina derrière sa barbiche noire. Il lâcha son poignard et attrapa la dague d'Éléa avec force. Comme s'il était invincible, il la retira en hurlant sa victoire : il portait un plastron de bois sous son pourpoint !

Le duc renvoya l'arme sur la jeune fille qui contournait le lit : la lame triangulaire se ficha dans un montant torsadé du baldaquin.

— Je ne te laisserai pas toucher cette corne, annonça Korta. Tu n'auras plus un moment de répit pour fermer les yeux et t'en servir !

Il fit trois pas en fendant l'air de son arme devant le nez de son adversaire stupéfaite.

— Tu vois, je connais tous les pouvoirs que tu utilises, et je sais même comment les détourner ! Tu es faite comme un rat !

D'un revers, il fit passer sa lame si près de la jeune fille que le fil déchira le pourpoint et entailla superficiellement la peau du cou. Mais il n'avait pas réussi à attraper et à casser la chaîne de sa corne au passage. Les yeux bleu nuit fixés sur lui l'empêchaient peut-être d'aller au bout de ses attaques. Cette pensée le révolta.

Éléa porta la main à sa blessure, mais Korta ne lui laissa que le temps d'effleurer le sang qui s'écoulait en un filet chaud. Déchaîné, il abattait de tels coups qu'elle devait tenir son épée à deux mains pour les supporter avec peine. Chaque fois qu'elle le pouvait, elle entravait l'avancée de Korta avec une chaise, un tabouret, un coffre. Mais il y avait peu de meubles dans la chambre de la princesse.

Éléa vit que sa sœur affolée reprenait ses esprits et cherchait ce qu'elle pouvait faire pour l'aider.

— Éteins la bougie, Éline !

La princesse se rua immédiatement vers la deuxième fenêtre, mais Korta lança un ordre sec sans se retourner et l'une des deux grosses brutes attrapa Éline avant qu'elle ait pu toucher la chandelle. La princesse eut un cri de désespoir et chercha à se débattre, mais c'était peine perdue : autant vouloir déplacer une montagne avec du vent.

— Il ne faudrait pas que tes amis dérangent notre petite fête, ricana Korta face à Éléa. Cette valse ne se danse qu'à deux.

Son épée partit à l'horizontale dans un large mouvement circulaire pour tenter de décapiter la jeune fille. Presque serrée dans un coin, Éléa était incapable de continuer à faire face à Korta dans cette épreuve de force, mais, néanmoins, la rapidité était encore de son côté. Elle se baissa à temps. Comme une hache, la lame crantée s'enfonça dans un montant du baldaquin sur plus de la moitié de son épaisseur, et resta coincée.

C'était inespéré ! Déchirant les voiles qui ornaient le lit de leurs liserons blancs, Éléa les jeta sur Korta et récupéra sa dague en se dégageant.

Encore leste, elle s'appuya de sa paume sur une commode et sauta vers la porte de la chambre d'Éloïse. Son envie de vivre étouffait ses douleurs. D'un coup de manche du poignard, elle fit sauter la poignée métallique et, d'un coup de reins, ouvrit la porte. Elle voulait se sauver par l'autre issue, celle qui donnait sur le même couloir que la porte principale de la chambre d'Éline. Mais le duc avait déjà arraché son épée du montant lorsqu'elle passa dans l'autre pièce. Il s'engouffra derrière elle.

Dans la chambre aux couleurs effacées, où même les fresques fraîches et fines semblaient avoir pâti du temps, Éléa saisit sa dague entre ses dents et renversa un tabouret avec violence devant Korta. Dans le même mouvement, elle jeta de nouveau sa dague en direction d'une cuisse de son ennemi. Korta avait prévu le coup et se protégea du tabouret juste à temps.

Éléa essaya plus d'une fois de se saisir de sa corne pour appeler Jerry, mais celle-ci volait avec ses mouvements, et l'adresse et la ténacité de Korta ne lui laissait pas le temps de s'en servir. Il revenait déjà sur elle, l'épée haute : il tranchait le bois comme l'air sous son passage. Ses yeux noirs étaient exorbités par la fureur et la folie. Rien ne semblait pouvoir l'arrêter. Éléa se défendait comme elle le pouvait, se baissant à la dernière seconde sous les coups, les parant difficilement avec son épée, bousculant de nouveau tous les meubles et les vases, renversant les hauts chandeliers sur pied. Elle cédait à la panique, elle s'essoufflait, s'épuisait.

Lorsque la porte qu'elle cherchait à atteindre s'ouvrit sur l'une des grosses brutes de Korta, elle sentit sa fin approcher. Elle recula et regarda désespérément à sa droite, en direction du lit de la princesse Éloïse. *Mourir si près du but ! Quelle dérision !*

Éléa avait encore le produit dans sa manche. Elle ne pouvait plus le donner à la princesse Éline, mais elle pouvait encore le glisser discrètement près d'Éloïse. Du moins pouvait-elle toujours essayer, avant que Korta ne la rattrape. Un dernier geste, un dernier sursaut, un dernier espoir, ce qui reste aux vaincus, selon la formule de Jerry.

Le duc crut comprendre qu'elle essayait de revenir sur ses pas pour se sauver en passant par le lit d'Éloïse. Aussi, lorsque la jeune fille s'élança, il courut précipitamment pour arriver le premier de l'autre côté.

Éléa se jeta par-dessus Éloïse dans une roulade sur l'épaule et, rapidement, au passage, fit glisser la fiole plate sous la nuque de la princesse endormie. Le corps inerte fut secoué lorsqu'Éléa atterrit près de lui. La tête voilée s'affaissa du bon côté, masquant la petite fiole. Éléa se renversa sur le sol avec lourdeur, son épée toujours pointée devant elle. Mais elle la lâcha de douleur presque instantanément sous le coup traître que Korta porta à sa main.

Éléa entendit le glas sonner comme son épée chutait sur les dalles froides. Elle recula encore, à moitié courbée sur sa main ensanglantée. Il n'y avait plus d'échappatoire, elle n'avait plus d'arme. Le Dernier Combat n'aurait jamais lieu. Korta avait pointé son épée sous sa gorge. Le cœur d'Éléa s'accéléra un peu plus lorsque son dos entra en contact avec le mur. Tout était fini, tout était de sa faute. Elle ne reverrait jamais Axel. La mort la pénétrait déjà, elle tremblait de froid et de peur, les yeux écarquillés sur son assassin.

Son regard immobilisa Korta. Une larme roulait sur son visage trop jeune pour mourir. Malgré tous les avertissements d'Ibbak, le duc cédait au pouvoir des Fées. Il n'arrivait pas à tuer la jeune fille, son épée ne parvenait pas à s'enfoncer dans cette gorge offerte. Il voulait qu'elle lui appartienne. Il devait la posséder.

Avec un visage inexpressif, il trancha la chaîne d'or et la laissa glisser dans sa main. Éléa crut que ses jambes se dérobaient sous elle. Le duc recula. Il ordonna à la statue humaine qui gardait la porte d'attacher la jeune fille. Éléa plissa les yeux au serrement de la corde sur ses poignets, mais elle garda sans cesse son visage rivé sur celui de Korta, ne comprenant pas ce qu'il voulait faire.

Lorsque le duc tira Éléa dans la chambre d'Éline, les idées ne s'ordonnaient plus normalement dans sa tête. Quelque chose lui échappait, quelque chose la choquait. La mort s'éloignait d'elle mais elle sentait maintenant une entité malsaine, presque plus effrayante, l'entourer de ses griffes. Peut-être était-ce l'obscurité ? La lumière ne provenait plus que de la cheminée et de la bougie posée sur la fenêtre.

La princesse Éline pleura à la vue de sa sœur prisonnière. Elle aurait voulu courir vers elle, mais la brute qui la retenait maintenait de force ses poignets. Toutes ces années de chantage avaient brisé la princesse, la perte de son dernier espoir l'anéantissait. Son état fit souffrir Éléa. Comment lui faire comprendre que la fiole se trouvait à côté du visage d'Éloïse ?

Éléa observa Korta. Cet homme ne lui inspirait que de la peur. Il la regardait avec un visage si impressionnant. Il semblait pouvoir tout détruire, tout posséder par la force. Un frisson glacé parcourut la jeune fille. Elle devait fuir. La fenêtre la plus éloignée, d'où pendait la corde, attira son attention. C'était un pari fou et stupide.

— Princesse Éline, commença Éléa sans idée. Votre collier ne m'a pas porté chance…

Elle lui montrait ses poignets qu'elle frottait légèrement pour les dégager des manches. Elle espérait qu'Éline s'aperçoive qu'elle n'avait plus la fiole, mais la princesse, qui avait tout perdu ce soir, ne remarquait plus rien.

— Éline ! cria Éléa pour la secouer. Vous avez peut-être demandé plus que les Fées ne pouvaient pour moi mais pas pour vous !

— Tais-toi et avance ! cracha Korta en la saisissant brutalement par le bras.

Éléa profita du déséquilibre pour tomber à genoux aux pieds de sa sœur et gagner ainsi du temps.

— J'ai échoué, pardonnez-moi, continua-t-elle d'une voix plaintive. Mais gardez espoir, ma mort n'empêchera pas l'éveil et le bonheur du peuple. Retirez vos richesses, rejetez les Interdits des hommes pour élever votre âme jusqu'aux Esprits Supérieurs, jeûnez deux jours pour prouver votre dévotion. Les Fées ne pourront pas vous oublier…

Korta la souleva par le col du pourpoint avant qu'elle ait fini sa tirade. Elle dut se relever et se mettre sur la pointe des pieds pour ne pas être étranglée. Il la retourna vers lui froidement en la serrant près de son visage.

— Vous êtes bien une paysanne pour avoir de telles croyances. Les Esprits Supérieurs n'ont que faire des affaires des hommes. Ils nous utilisent comme des pions sur l'échiquier de leur éternité.

Il y avait une telle fatalité dans sa voix que l'envie de fuir d'Éléa s'accrut. Lorsque ses pieds touchèrent de nouveau le sol, elle sentit la peur la liquéfier. Korta la propulsa encore vers l'avant en lui intimant le silence. Avec difficulté, elle reprit une respiration lente ; elle se sentait capable de tout tenter pour fuir. Son regard tomba de nouveau sur la fenêtre et sur le chandelier renversé sur le bureau d'Éline. Au point où elle en était, elle pouvait tout risquer.

Elle regarda la princesse et alla au plus court pour ses adieux :

— Éline, la solution n'est jamais loin du problème.

Avant que Korta la rattrape de nouveau, et lui interdise toute évasion, Éléa saisit le chandelier et le retourna de toutes ses forces sur lui. La base du plastron de bois du duc s'enfonça dans son ventre. Suffoqué par le choc et par la surprise, il ne réussit pas à retenir la jeune fille. Elle courut. Elle s'élança, ses deux mains liées tenues en avant pour attraper la corde au passage, et plongea par la fenêtre.

Éléa eut l'impression de s'envoler, mais Jerry n'était pas là pour la rattraper. Elle serra soudain la corde dans ses mains : le choc fut violent à lui en arracher les bras. Elle para à peine le rabattement de son corps sur la tour. Elle crut tout lâcher. Mais elle voulait vivre et serra la corde.

Hélas, bien vite, elle ne se tint presque plus que par une main. L'autre, sans gant et entaillée, se desserrait peu à peu sous l'effet de la douleur. Éléa devait se laisser glisser, mais elle savait qu'elle ne pourrait plus s'arrêter si elle commençait.

Elle entendit la voix de Korta hurler dans la nuit :

— Il y a dix hommes en bas ! Tu ne peux pas m'échapper ! Remonte ! ordonna-t-il. Je te donne trente secondes et je coupe la corde !

Le duc la cherchait dans la pénombre. L'image des yeux bleus lui mangeait encore l'esprit. Il cherchait à terroriser la jeune fille pour l'obtenir. Mais la corde ne bougeait pas, elle ne remontait pas. Il menaça de nouveau et perçut des sanglots :

— Je ne peux pas ! cria-t-elle de désespoir.

Les bras d'Éléa s'étaient tétanisés sur le fil de sa vie.

Korta aurait dû rire et précipiter sa mort, mais il saisit la corde. S'aidant de son pied sur le bord de la fenêtre, il remonta la jeune fille le plus vite qu'il put. Il attrapa ses poignets juste avant qu'elle lâche tout, et la tira dans la pièce. Les yeux avaient fait leur effet.

Éléa était recroquevillée sur elle-même et pleurait. Ses nerfs lâchaient. Korta la souleva brutalement mais comme elle n'avait même plus la force de se porter, elle s'effondra sur un tapis de laine, le visage sur les dalles, les bras repliés de douleur. Elle avait tout détruit. Seuls ses yeux regardaient encore la fenêtre, ouverte sur l'Impossible. Est-ce que Jerry pourrait lui pardonner un jour ?

Dans les nuages sombres, elle vit justement une hirondelle planer près de la tour.

— Jerry !!!

L'hirondelle se retourna. Elle se détachait à peine sur l'étrange fond noir, et personne ne pouvait voir à quel point ses yeux jaunes étaient exorbités de frayeur. Éléa releva la tête. Korta lui rabattit la garde de son épée sur le crâne. Elle s'effondra sans vie.

Jerry fonça vers la fenêtre en se métamorphosant en aigle. Son cri de fureur et ses serres pointées vers l'avant déchirèrent le silence et l'air de la nuit. Il visait Korta qui avait préparé son épée en vue de l'attaque.

Mais Jerry oubliait qu'il lui était impossible de faire du mal en dehors de la Forêt Interdite, et il négligeait un détail particulièrement important dû à sa condition de Bas-Esprit falsifié : il ne pouvait pas pénétrer le château royal sans l'aide des Fées !

Il s'aplatit avec violence sur un mur invisible obturant la fenêtre. Il hurla de douleur et de rage, et se transforma successivement en plusieurs animaux pour trouver la force de passer au-delà de cette barrière insupportable. Mais sans succès. Sous les yeux horrifiés d'Éline, de Korta et des deux brutes muettes, il se maintint en être chimérique, debout sur le rebord de la fenêtre, ses bras plaqués et écartés sur une vitre infranchissable.

Il y eut du désespoir et de l'impuissance dans la crispation de ses mains osseuses. Les griffes grincèrent sur le rempart de verre imaginaire. Il y eut aussi des larmes dans les sombres yeux jaunes.

Jerry regardait la jeune fille anéantie au sol, les bras tendus vers lui, une main et le cou couverts de sang. Le tapis de laine en était rouge. Il n'avait pas pu lui venir en aide. Les Fées lui avaient dit qu'elles ne pourraient le laisser franchir les limites du château qu'une seule fois. Il en devenait fou. Fou de rage et de douleur.

Quand il comprit qu'il ne risquait rien, Korta se mit à rire et s'approcha du Monstre avec un air d'arrogance.

— Elle est morte, confirma-t-il d'un calme atroce.

Et d'un geste net et rapide, il enfonça son épée dans le cœur du Monstre.

Jerry hurla de douleur et se laissa tomber dans le vide. Il perdait tout, sauf la vie. Son esprit se vidait dans les airs : à chaque étage, une image s'échappait, un rêve s'enfuyait. Et sa plaie se refermait, son sang se séchait. Le désir de vengeance fut la seule pensée à laquelle il put se raccrocher. Elle s'amplifia dans son esprit jusqu'à y occuper toute la place, étirant ses noirs fils et ses funestes nœuds dans les moindres recoins.

Croyant avoir triomphé d'une terrible bête, Korta fut surpris de sentir un puissant courant d'air frôler son visage alors qu'il restait penché à la fenêtre. Il ne put voir ce qui l'avait effleuré, mais il aperçut une forme noire s'élancer puissamment dans les airs pour transpercer les nuages. Le duc eut soudain peur. Il ne comprenait pas ce que pouvait être Jerry, mais il doutait soudain de son incapacité à traverser les fenêtres du château.

Il attrapa le corps d'Éléa comme un vulgaire paquet et entraîna avec lui l'une de ses brutes ainsi que les amalyses prisonnières.

— Je m'occuperai de vous plus tard, Altesse, dit-il à l'adresse d'Éline que le deuxième colosse lâchait. Mademoiselle, enchaîna-t-il pour Misty, qui rayonnait, allez déranger ce cher Muht dans sa méditation et dites-lui que notre invitée est arrivée !

Korta posta la statue humaine devant les portes des chambres puis s'enfuit dans les couloirs du château aussi vite que sa lâcheté le lui dictait.

La princesse Éline resta un instant les bras ballants, perdue. L'horreur provoquée par l'apparition de Jerry avait séché ses yeux, mais elle avait encore le regard hagard de tout ce qui venait de se passer. Tout était si calme à présent. Elle s'approcha de la bougie sans s'en rendre compte. Elle l'éteignit d'un souffle court, absente à son geste. La nuit resta noire, vide.

Un Maître monstrueux ne pouvant franchir les fenêtres du château, un prince amoureux, mais qui l'attendait au-delà des douves : Éléa ne s'était laissé aucune chance. Éline baissa les paupières et se retourna vers sa chambre. Elle regardait les dégâts d'un œil distrait, sans s'y attacher.

N'étant plus que l'ombre d'elle-même, elle traversa la pièce sombre. Elle écrasa sous ses pieds les pétales de fleurs odorantes et les morceaux d'agate d'une coupe. Elle s'arrêta sur le seuil de la chambre de sa sœur.

— Tout est fini, Éloïse, murmura-t-elle.

Elle prit difficilement une bouffée d'air glacé.

— Je t'ai condamnée en voulant te sauver. Par ma faute, notre sœur va mourir, si elle n'est pas déjà morte. J'offre mon peuple au pire assassin du royaume et père veut que je sois la reine de cette horreur.

Elle voulut se retourner, aller s'asseoir pour attendre son sort, mais la position chahutée de la princesse Éloïse dérangea son cœur. *Quel manque de respect !* Éloïse avait été bousculée dans la bagarre, au même titre que les objets de la pièce, comme si sa présence n'avait pas eu d'importance.

Éline descendit la marche et se pencha vers sa sœur. Avec douceur, elle replaça les bras sur la poitrine et tira un peu sur les draps. Puis elle souleva la tête pour remettre correctement l'oreiller : le voile glissa sur la fiole plate et la découvrit en partie. Les yeux d'Éline remarquèrent immédiatement cette forme qu'elle reconnaissait. Elle souleva le voile de sa sœur.

À côté du visage angélique, qu'un poison forçait au sommeil, se trouvait le seul remède possible à son mal. Éline comprit soudain la dernière phrase d'Éléa. La jeune princesse prit la fiole sans oser y croire, posa son front sur un bras d'Éloïse et se remit doucement à pleurer.

Axel s'était levé. La lumière avait disparu. Et ce n'était pas un simple nuage ou une brume qui la dissimulait.

— Que se passe-t-il ? répéta Imma à côté de lui.

Vagabonde nocturne, la sorcière avait rejoint le jeune homme peu de temps après la disparition d'Éléa. Elle avait réussi à obtenir de Nis qu'elle l'amène à son maître. La jument ne s'était pas montrée trop difficile à convaincre.

Mais soudain, au milieu de son effusion de bonheur, il y avait eu cette hésitation dans la voix d'Axel. Imma l'avait senti se lever dans un souffle d'inquiétude. Maintenant, il n'était plus que silence.

Horreur que d'être aveugle ! Toujours à l'écart des hommes et des objets, perdue dans une nuit sans issue, à chercher le souvenir des couleurs du bout des doigts. *Que se passait-il ?*

Imma croyait devenir folle à force de poser cette question, à laquelle personne n'avait jamais le temps de répondre. Elle eut presque envie de crier de désespoir lorsqu'elle sentit qu'Axel s'enfuyait.

Il était parti comme un fou vers le Grand Arbre en oubliant tout, Imma comme Nis, qui aurait pourtant pu l'emmener plus rapidement. Il croyait encore pouvoir remonter le temps. Ses idées défilaient comme le paysage. La peur montait, elle rongeait l'espoir qui le faisait courir. Il sentait son ventre se serrer, son cœur éclater. Il courait à en perdre haleine. Dans le noir de la nuit et celui de la forêt, il évitait de justesse les troncs, fonçait dans les feuillages et brisait les branches mortes sous ses foulées.

Il sortit comme un boulet de canon dans le haut de la clairière. Il eut soudain besoin de crier, d'appeler au secours, d'extirper de son cœur toute la douleur de son désespoir. Il hurla en même tant que Sélène qui, dans cette nuit de cauchemars, avait aussi les siens.

Une tache blanche se détacha dans le noir ; Ceban fut le premier à sortir en braies de chez lui. Axel faillit tomber quatre fois par terre en dévalant la langue de prairie. Mais au moment où il voulut tout expliquer à Ceban, une ombre gigantesque, plus noire que les ténèbres qui l'entouraient, s'abattit sur lui avec violence.

Axel sentit une massue lui frapper l'arrière du crâne : il fut propulsé sur le sol sous le choc. Trois poignards s'enfoncèrent dans son bras gauche. Il se retourna, par réflexe, pour arrêter son assaillant. Sa main se referma sur une gorge de plumes. Le bec acéré fut retenu à deux pouces de son visage.

— Tu vas mourir, tu l'as tuée ! étouffa l'oiseau d'une voix déformée par la haine et par le désir de vengeance. Tu ne seras jamais son remplaçant !

Jerry n'avait pas pu s'en prendre à Korta, protégé par les ondes maléfiques – qui envahissaient tout le château – de l'Esprit Sorcier, mais il lui fallait un coupable sur lequel décharger son désespoir. Il n'avait plus rien à perdre, Éléa n'avait pas été que la clé de la liberté : elle avait été sa fille. Axel était la victime idéale. Il l'avait prévenu.

Jerry avait beaucoup plus de force qu'Axel, il sentait le bras de celui-ci trembler de faiblesse sous son poids. Il voulut arracher de ses serres les entrailles du jeune homme, mais Axel ne pensait pas encore à mourir : il lui envoya ses jambes en pleine face pour se dégager. Le coup fit tomber Jerry. Mais il était immortel : qu'importaient l'ampleur et la force du choc, il se redresserait chaque fois !

Le Monstre se releva en pleine métamorphose pour se jeter de nouveau sur Axel lorsqu'il reçut un coup d'épée qui le trancha presque de moitié. Il s'écroula aux pieds de Ceban.

Le frère d'Éléa était plutôt incrédule devant ce qu'il venait de faire.

— Cours, Axel, articula-t-il faiblement.

Son épée gouttait d'un sang éphémère : il disparaissait sur la lame comme sur le ventre de Jerry.

— Cours, Axel ! hurla Ceban. Traverse le Pont Sans Retour ! C'est ta seule chance !

Le roi de Pandème était assis devant un bureau. L'éclairage de sa lampe à huile se mêlait à la lueur de la lune qui filtrait à travers les carreaux ronds des fenêtres. D'une écriture nerveuse, il rédigeait une lettre. Une lettre courte et qu'il espérait claire. Il signa comme il aurait porté un coup de dague et roula la lettre en un fin tuyau. Son pavallois personnel, portant trois plumes dorées à sa longue queue rouge, redressa sa huppe avec fierté. *Prêt!*

La reine Céliane avait regardé faire son époux, navrée et silencieuse. Plus aucun mot ne rassurait le roi, plus aucun geste ne le calmait. Elle savait que sa colère reflétait sa peur. Tous deux sentaient le danger. La même sensation de vertige et de malaise qu'il y a six ans, lorsqu'Axel avait failli mourir des Fièvres Folles dans les Pays Noirs. Mais si la reine priait et gardait espoir envers et contre tout, son époux refusait de croire son fils en fâcheuse posture. Il préférait enrager en pensant qu'Axel n'en faisait qu'à sa tête, comme d'habitude. Il ne voulait pas céder à cette tension nerveuse qui l'envahissait.

Depuis leur voyage dans les Pays d'Oye, son fils et lui n'avaient aucune conversation qui ne finisse sans éclat de voix. Était-ce par manque de confiance en lui-même ou en Axel ? De ses trois enfants, son benjamin était celui qu'il connaissait le moins mais celui qui occupait le plus ses pensées. Cédric et Philip n'avaient pas besoin de lui, ils étaient moins en danger, plus obéissants. Et tout naturellement ses attentions de père retombaient sur ce fils fragile, instable et incompréhensible, qui n'avait pas voulu vivre auprès de lui. Trop de protection durant l'enfance, trop de liberté pendant l'adolescence...

Quelques secondes plus tard, le pavallois royal partait à la recherche de son plus jeune maître, tandis que le père s'asseyait de nouveau, plus abattu qu'il ne l'aurait voulu. Les *Mémoires d'Enkil* ne hantaient plus l'esprit du roi, la peur qui l'habitait lui faisait répéter inlassablement les phrases contenues dans sa lettre comme pour porter l'oiseau plus loin et plus vite. Pourtant, aucun mot du message ne disait *« Reviens vite, mon fils, je sens un danger. Donne-moi de tes nouvelles. Rassure-moi. »* Son angoisse les empêchait de s'exprimer : il se reprochait de ne pas avoir protégé Axel contre sa volonté, de ne pas l'avoir caché jusqu'au dernier moment, de ne pas l'avoir enfermé, même.

Il releva la tête vers sa reine. Il s'attendait à voir dans ses yeux qu'il ne s'y prendrait jamais correctement avec son fils, mais il ne reçut qu'un regard de courage et de confiance aveugle. Sa foi en lui était-elle à ce point inébranlable ? Ne pouvait-elle concevoir que son fils risquait de mourir par sa faute ?

Il était maintenant convaincu d'avoir commis une erreur en envoyant Axel aussi tôt en Leïlan.

Une nuit sans lunes

Leïlan – livre troisième

Sixième partie

Prises de conscience

L’air était bon, même l3e vent s’était apaisé. Le jeune voyageur avait enfin enlevé la cape rouge à haut col qui l’enveloppait dans la journée. Il s’assit sur le rebord de la fenêtre, le talon de sa botte écrasant un coussin de velours violine un peu passé. La lune était belle, claire. Sa lumière soulignait, sur un fond brillant d’étoiles et de reflets, de grands pics de bois dressés, on eût dit les vestiges d’une forêt brûlée caressés par le vent.

Le regard du voyageur était vide. Une jeune fille avait pourtant rempli son âme de la douceur qu’il avait longtemps attendue. Mais il n’arrivait pas à être heureux. Certes, il ne régnait pas au-dehors la quiétude qu’il aurait souhaitée : des cordes claquaient par intermittence et on percevait un grognement sourd derrière les cris avinés de passants trop tardifs. Mais ce n’était pas le bruit extérieur qui le rendait soucieux. Il détourna le regard vers un objet enveloppé, posé sur la table près de lui. Son trouble venait de là.

Il étendit le bras pour saisir la sacoche de peau retournée et l’ouvrit lentement. Une étoffe de soie blanche enveloppait un livre de petite taille. Le jeune homme retira précautionneusement cette protection et admira une fois encore le cuir lie-de-vin, à peine bruni par les ans, embelli de plaques d’or aux angles. La serrure magnifiquement sculptée était parée de trois émeraudes ciselées comme des étoiles.

Le voyageur caressa les gemmes : elles lui rappelaient un drapeau, un départ précipité aussi, des mots restés coincés dans la gorge, la subtilisation de ce livre… Il savait… Maintenant, il connaissait le secret de famille de Frédérik de Pandème. Et il n’arrivait pas à dire s’il pouvait en être satisfait.

Il repoussa le loquet de la serrure et ouvrit le livre vers le dernier quart, tournant les pages de papier fin. Irrégulière, ronde, presque enfantine, l’écriture s’étalait sur un passage de la vie de l’auteur.

« C'est la faim qui m'a fait tuer l'Oiseau de Feu, je ne connaissais pas sa légende. Il ne représentait pour moi que de la chair entourée de plumes, bien armée de serres coupantes et d'un bec puissant, mais que la ruse et l'agilité devaient me permettre d'éviter. Si j'ai bu son sang, c'était uniquement pour satisfaire la soif épouvantable qui me tenaillait pendant la cuisson de ma proie. Ce fut un bien pour le Monde de l'Est, un mal pour mon estomac qui n'a jamais accueilli l'oiseau dans ses replis !

À la dernière goutte de sang, je suis tombé sur la terre pierreuse et un puissant délire s'est emparé de moi. Trois filets de vapeur blanche m'ont entouré. Des visages se sont formés, les uns sur les autres, les uns dans les autres, aussi instables que ma vue. Un feu parcourait mes veines, dévorant le reste de mes forces, me liquéfiant sur le sol. Je croyais mourir empoisonné, quand une voix cristalline s'est élevée pour me rassurer. Mon cœur a ralenti à ce son pur, la douleur s'est effacée. Des images ont défilé dans ma tête, des visions de bonheur irréalisables : des fêtes de village à la suite de bonnes récoltes, des courses d'enfants pour des jeux d'été, des hommes et des femmes marchant tranquillement dans les rues, une jeune fille… une jeune fille magnifique qui me souriait.

Je ne connaissais pas l'existence des Fées, comment aurais-je pu deviner que j'étais en leur présence ? Dans un Monde de guerre, il est impossible de s'imaginer des Divinités du Bien et de la Vie. Mais en voyant ces images, j'ai compris que ces êtres merveilleux me montraient un lendemain qui ne dépendait que de moi.

Je voulais cet avenir, je l'ai crié, et, sincèrement, je crois n'avoir jamais autant désiré quelque chose. Le feu, qui s'était apaisé dans mes veines, s'est rallumé, mais cette fois, sans douleur. Seule la chaleur restait : elle me portait, me donnant l'impression d'être soudain plus grand, plus fort. D'autres images se sont enchaînées dans ma tête, troubles et fugaces, que j'ai encore du mal à me rappeler. Des mois m'ont été nécessaires pour avoir une vue d'ensemble. Comme si la compréhension immédiate n'était pas souhaitée, que seule l'action ramènerait le souvenir, apporterait les réponses.

Les voix des Fées m'ont ainsi bercé de paroles relatant un combat que les Esprits Éternels se livrent tous les quatre cents ans. Ils prennent tour à tour le pouvoir et obtiennent ainsi plus ou moins d'influence dans le Monde de l'Est. Y a-t-il un arbitre ? Un juge suprême ? Qui a instauré cette échéance ? Est-elle toujours la même ? Je ne sais pas. C'est peut-être dans la nature même des Esprits Supérieurs ; on retrouve ce genre de règle dans les autres Mondes.

Les Fées avaient perdu le précédent combat. Si elles perdaient cette fois encore, Pandème et les pays alentour allaient disparaître dans le sang. Sur le moment, je ne comprenais pas en quoi je pouvais leur être utile, je ne savais manier que le couteau. Je n'avais pas l'âme d'un chef de guerre, ni le charisme d'un homme qui rallie les autres à sa cause. J'avais seulement la volonté de vivre et le courage d'affronter tout et n'importe quoi pour y parvenir. Tout juste assez d'altruisme pour ne pas forcément évincer les autres de mon bonheur. C'était suffisant ; les Divinités Contraires ne peuvent s'affronter directement, il leur faut des représentants humains : deux Adversaires.

Lorsque je me suis réveillé de ma léthargie, le cadavre de l'Oiseau de Feu avait disparu, une corne d'abondance pendait à mon cou et je serrais entre mes doigts mon couteau comme s'il avait été une épée. Le nom de mon ennemi me faisait trembler : Jerraïkar. Le tyran de Pandème, qui en dix ans avait éliminé les plus farouches chefs de guerre lui barrant le chemin du trône. Mais renforçant mon courage, ou bien ma folie d'accepter le rôle de Champion des Fées, le feu qui habitait mon corps me donnait l'assurance nécessaire à mon entreprise : je me sentis soudain capable de parer le moindre coup, la moindre attaque alors que, une heure auparavant, l'art du combat m'était pour ainsi dire étranger. J'étais prêt à mourir… pour une simple vision de bonheur. »

Le voyageur arrêta sa lecture. Il y avait tant d'explications sur les agissements de Frédérik de Pandème dans ce livre, qui éclairaient d'une lumière nouvelle les événements présents. Le roi du pays, que les Mondes idéalisaient pour avoir su faire régner la paix, avait cependant toujours entretenu l'utilisation des armes. Sans jamais chercher à provoquer la guerre, il avait conservé une armée au meilleur de sa forme. Dès leur enfance, ses fils avaient eu une épée entre les mains. Frédérik de Pandème devait chercher le Champion.

Le voyageur porta son regard vers l'extérieur. Les tournois des premiers jours de printemps lui revenaient en mémoire. L'attention que le roi Frédérik portait à son troisième fils aussi. La dernière année où le prince Axel avait participé aux jeux, il avait failli tout remporter alors qu'il était bien plus jeune que la plupart des concurrents. Frédérik de Pandème avait murmuré :

« Ce n'est pas la chaleur de l'Oiseau de Feu qui coule dans ses veines, c'est son brasier ! »

Le roi Frédérik savait déjà qui était le Champion.

Le voyageur n'avait pas compris cette phrase à l'époque, comme il n'avait pas compris que le souverain s'absente de son royaume pour emmener personnellement son benjamin dans les Pays d'Oye. Il était resté incrédule devant le cadeau de l'épée d'Enkil fait au Troisième Prince alors que l'enfant, dans un caprice, décidait de partir sur les routes, avant de se faire passer pour mort deux ans plus tard. Malgré sa douleur de père, le roi Frédérik avait tout accepté : il préparait en silence l'affrontement des Divinités.

Le voyageur sourit un instant en repensant à un garçon impétueux qui avait toujours forcé son admiration. Puis une ombre passa sur son visage comme un nuage sur la lune. Il avait peur pour ce prince révolté ; les Fées semblaient l'avoir oublié depuis longtemps. Était-ce un choix délibéré ou est-ce qu'elles ne parvenaient pas à le protéger ? Est-ce que le roi Frédérik se trompait ? Pourquoi le Champion serait-il forcément un enfant de Pandème ?

Une semaine auparavant, le jeune voyageur se sentait le cœur lourd mais avait encore la vie devant lui. Depuis cinq jours qu'il lisait ce livre, les agissements du roi de Pandème le faisaient douter de la réalisation de ses rêves les plus simples…

Il ferma le livre, ne pouvant pas en lire davantage ce soir-là. Et il pria les Fées de veiller sur le prince Axel.

Premiers aveux

Axel se mit à courir sans hésiter.

La capture d'Éléa au château avait rendu Jerry fou de rage et Axel était devenu la cible de sa vengeance. Franchir le Pont Sans Retour était la seule chance qu'avait le jeune homme d'échapper à la colère du Monstre. Mais il lui restait toute une partie de la forêt à parcourir avant d'y parvenir. Immortel, Jerry allait guérir rapidement du coup d'épée que lui avait porté Ceban pour tenter de l'arrêter. Les cris de son ami qui l'incitait à fuir donnèrent à Axel la force d'oublier ses blessures et sa précédente course. Il remonta la langue de prairie de la Forêt Interdite aussi vite qu'il le put.

Alors qu'il arrivait en haut, un hurlement le fit pourtant se retourner. Les braies blanches de Ceban, à peine visibles, gisaient sur le sol et une silhouette féminine, comme une tache de la même couleur, paraissait se lamenter, penchée sur lui. Axel releva les yeux. Il discerna l'ombre noire qui arrivait sur lui : il s'engouffra dans la forêt en courant.

Toute cette folie, ces cris et ces hurlements ! De quel sceau était donc frappée cette nuit ?

Réveillée au milieu de ses propres cauchemars, Sélène avait encore des larmes dans les yeux. Sur le pas de sa maison, elle se tenait dans les bras d'Erwan, attiré par tant de bruit. L'Akalien venait de comprendre la scène trouble qui se déroulait dans l'obscurité. Il eut un serrement de cœur, mais dans le même temps une décision irrévocable se fit jour dans sa tête :

— Prends les enfants, Sélène, l'heure du départ a sonné. Je ne laisserai jamais personne toucher Axel.

Il empoigna son épée, embrassa sa femme et s'enfuit vers le Pont Sans Retour. Encore frissonnante de ses propres peurs, Sélène n'eut pas le temps de le retenir ; son esprit comme ses yeux ne s'habituaient pas à la couleur de cette nuit. Ce fut le départ de Chloé à la suite de son père qui la secoua.

— Chloé, Non ! Reviens !

Mais, comme chaque fois qu'une image la guidait, l'enfant n'entendit pas sa mère et poursuivit sa course.

Sélène voulut la rattraper mais elle se retourna : Erby, Mélane et Antonin, ses nouveaux enfants, se tenaient devant la porte, comme abandonnés. La Scylèse avait trop connu ce sentiment. Elle revint en arrière, attrapa le plus petit garçon dans ses bras et entraîna les deux autres par la main. Elle traversa la rivière et prit la même direction que son mari.

Fuir, fuir encore. Elle avait l'impression que son passé la rattrapait.

Quand elle vit Ophélie près de Ceban, elle s'approcha d'elle avec les autres membres de la Forêt Interdite. Ceban n'était pas mort, mais à moitié assommé et il avait tout le côté droit en sang. Il n'essayait même pas de se relever, parce que lui aussi se laissait aller aux larmes :

— Vic, Vic est morte, gémissait-il. Éléa est morte.

Toute sa vie s'effondrait, ses croyances, ses espérances : sa sœur de lait, la Troisième Princesse de Leïlan, n'était plus. Son désespoir passa comme une vague glacée dans les cœurs de ceux qui l'entouraient.

— Jerry n'a plus de raison de nous garder, et il est devenu fou, réagit soudain Estelle. Il nous faut fuir, tous.

Fuir, fuir. Encore fallait-il pouvoir !

Pour Axel, rien ne paraissait plus difficile. Dans les ténèbres de la forêt, il ne voyait pas Jerry arriver sur lui. Il apercevait seulement au dernier moment ses crocs luisants. Il se battait contre une ombre aux multiples formes et chaque pas qui le séparait du Pont Sans Retour lui semblait une lieue à parcourir. Il n'avait que des branches pour se protéger, mais sous la violence des coups qu'il donnait lui-même, elles se cassaient bien souvent sans pour autant étourdir le Monstre.

Bataille contre l'invisible, bataille contre l'Invincible.

Si Axel parvenait à se dégager, le galop des pattes le rattrapait immanquablement. Chaque obstacle en travers de leur chemin faisait trébucher le jeune homme tandis que Jerry parvenait à l'éviter grâce à sa vue de chat. À chaque attaque, Axel esquivait les coups de la redoutable mâchoire, mais les griffes du Monstre lui déchiraient la poitrine. C'était sans espoir. Axel apercevait le pont dans l'éclaircissement de la clairière, mais il était encore trop loin. Il n'y parviendrait jamais.

Sa tête s'emplissait des hurlements du Monstre, ce chagrin que Jerry transformait en haine pour l'anéantir.

— Elle est morte ! criait-il en se jetant sur lui.

Le jeune homme hurlait contre cette vérité, mais Jerry s'enfonçait toujours plus dans sa folie, fichant davantage ses griffes dans ses épaules à chaque assaut.

— Sa gorge était en sang ! Ses mains en étaient rouges ! Elle s'est effondrée devant moi ! Elle m'a appelé au secours, mais je n'ai rien pu faire !

La scène l'avait marqué. Devant ses yeux éclatés de douleur, elle repassait, se répétait, recommençait sans fin. Jerry était toujours plaqué contre la vitre impénétrable du château.

— Je ne peux tuer qu'ici et tu vas mourir ! conclut-il avec rage. Il n'y a plus de Fées pour elle, il n'y en aura plus pour toi !

Il sentait Axel faiblir. Les forces commençaient en effet à manquer à celui-ci. Le désespoir d'entendre le Monstre hurler la mort d'Éléa terrassait peu à peu le jeune homme. Des larmes brouillaient ses yeux, son envie de vivre s'envolait.

Brusquement, Jerry le lâcha : quelqu'un l'avait frappé par-derrière, l'anéantissant sur le coup.

— Relève-toi, Axel, et cours ! Je le frapperai le temps qu'il te faudra sans lui laisser de répit !

C'était Erwan.

Mais Axel n'avait plus de courage, même plus celui de se lever. Erwan redonna un coup d'épée dans la carcasse de Jerry et souleva Axel. Petit, il n'en était pas moins déterminé ; il traîna le jeune homme sur quelques pas et revint frapper le Monstre. Il saisit de nouveau les épaules ensanglantées d'Axel et réussit à l'amener jusqu'à l'orée de la forêt. Il ne prit pas le risque de le traîner sur les dix ou douze pas qui restaient, préférant retourner vers Jerry. Il porta son coup juste au moment où celui-ci s'apprêtait à lui sauter dessus.

Erwan repartit en courant vers Axel. Son énergique va-et-vient et sa volonté désespéraient le jeune homme.

— Cela ne sert à rien, Erwan, lui souffla-t-il quand le nain le reprit par-dessous les bras. Éléa est morte.

— Mais toi, tu dois vivre ! ordonna l'Akalien en le posant sur le rebord du pont. Tu vas ramper et traverser seul ! Je dois aider les autres à sortir aussi !

Ces paroles firent mal à Axel. Il eut soudain honte de lui, se trouvant égoïste, occupé seulement de son chagrin et de sa fuite. Erwan et Ceban avaient joué leurs vies et leur bonheur pour lui, et il ne les aidait même pas. Axel se retourna. Il agrippa une latte du pont comme pour se traîner. Mais au lieu de cela, il mit tout ce qui lui restait de force dans les bras pour arracher le morceau de bois. À genoux, il regarda l'Akalien.

— Je ne sortirai pas le premier, je ne te laisserai pas seul avec tous les autres en danger.

Erwan voulut protester, mais ils avaient perdu trop de temps. Ils entendirent le Monstre revenir vers eux.

— Je ne veux... que ta vie, Axel, gronda Jerry dont le souffle était encore entrecoupé. Les autres... n'ont rien à craindre de moi.

Il s'approchait d'un pas de plomb, une de ses cornes luisant dans la nuit.

—Écarte-toi, Erwan. J'ai le pouvoir de soigner toutes les blessures que je provoque… alors, je n'hésiterai pas à te faire mal.

—Axel, traverse ! dicta le nain.

Il avait raison. Axel n'avait pas le droit de lui faire risquer sa vie pour lui. Mais, alors qu'il voulut faire un pas en arrière, le pont disparut. L'étroite crevasse s'élargit soudain dans un tremblement et un artifice dignes du Monstre du Pont Sans Retour.

—Pour la dernière fois, Erwan, écarte-toi ! Ma Victoire, ma fille est morte. Plus rien ni personne ne m'empêchera de rester un Monstre. J'ai une vengeance vieille de quatre cents ans à assouvir et une promesse récente de mort à honorer. Tu ne voudrais tout de même pas mourir pour des idées.

—Ce sont pourtant elles qui nous font vivre, rétorqua l'Akalien.

—Tu l'auras voulu.

Mais un cri perçant s'éleva derrière Jerry. L'ultime cri d'amour d'une enfant pour sauver son père.

—Vic est vivante ! Ne fais pas de mal à mon papa !

L'ange apparut. De sa blancheur, Chloé éclaira la nuit un instant, ses larmes étincelant sur ses joues.

—T'es en colère, Jerry, mais je sais que Vic va bien !

Elle avait stoppé net la scène, arrêtant le combat, figeant les regards.

—Je sais pas où elle est, je sais pas ce qu'elle a dans la tête, mais je la sens toujours ! T'as pas le droit de tuer Axel !

Avant que quelqu'un lui coupe la parole, elle se jeta dans les bras de son père, abasourdi par toutes ces révélations.

—Oh ! Pardon, papa. Je vois, je vois moi aussi. J'ai le pouvoir des Scylès. Mais je suis pas méchante. Je veux pas que Jerry te fasse de mal ! Je t'aime !

L'Akalien lâcha son épée en serrant sa fille contre lui. Il avait l'impression de découvrir son enfant pour la première fois de sa vie.

—Tu… Je… Je t'aime moi aussi, mon ange, lui répondit-il un peu perdu en embrassant ses cheveux.

Chloé eut un soupir de bonheur.

Jerry essaya de reprendre un peu contenance. L'arrivée de la fillette dérangeait plutôt ses projets haineux. Il voyait Axel se redresser, comme si l'espoir pouvait réparer ses plaies. Mais le Monstre, lui, n'y croyait pas encore.

—Je l'ai vue mourir, Chloé.

Rassurée par les bras de son père qui la protégeait malgré son ébahissement, elle lui répondit avec assurance :

—Non, tu l'as vue tomber par terre. Korta l'a assommée mais pas tuée. Je lis mieux les images que tu vois. Vic est plus forte qu'un coup sur la tête.

Jerry en resta la bouche ouverte. Il n'arrivait pas à la croire et pourtant... Un bruit de sabots se fit entendre dans le silence.

— Elle dit la vérité, Jerry, ou qui que vous soyez pour obliger une fillette à révéler un si terrible secret.

Imma sortit des buissons sur le dos de Nis. Chez elle, seul son regard blanc, aveugle, se voyait dans le noir.

— Chloé possède le pouvoir de voir au-delà des yeux depuis sa naissance. Je comprends sa réticence à l'avouer, mais je me demande encore où elle trouve le courage de lire votre cœur et votre esprit.

Sa voix était dure et cassante. La déception s'y entendait sans peine.

— Que peut-elle y voir d'autre qu'une mare de fiel ? Je vous remercie de ne m'avoir jamais laissé y regarder... Vous possédez des pouvoirs fabuleux, mais votre esprit ne se nourrit que de haine et de vengeance. Vic a bien tort de mettre autant d'espoirs en vous.

Elle soupira et reprit sa respiration.

— Lorsque vous me parliez, j'avais toujours l'impression que vous étiez à genoux ou perché dans un arbre. Vous m'honoriez comme une reine puis disparaissiez comme un oiseau. Mais, qui que vous soyez, quoi que vous soyez, je me rends compte maintenant que vous ne valez pas mieux qu'un serpent. Vous êtes plein de venin. Victoire est vivante, nous dit Chloé, je la crois. Pourquoi gaspillez-vous votre énergie à vous entre-tuer ? Ne vaudrait-il pas mieux essayer de la sauver ?

Des bruits de pas pressés froissaient l'herbe de la forêt. Ils arrivèrent, tous vêtus de blanc, tels des fantômes. Allan soutenait Ceban blessé, Estelle avec Théon aidait son mari qui tenait à peine debout à marcher, et Virgine, Ophélie et Sélène portaient à bout de bras les enfants, tous âges confondus, qui dormaient. Les âmes de la Forêt Interdite voulaient s'enfuir.

Jerry ne voyait pas bien le visage de ses hôtes, mais il les sentait inquiétés par la disparition du pont. Croyaient-ils donc tous qu'il voulait les tuer ?! Était-il apparu à ce point dément pour qu'ils pensent une chose pareille ?

Il porta son regard vers la crevasse : elle se ferma progressivement et le pont réapparut sans tremblement. Tout n'était qu'illusion d'optique et jeu d'intimidation. Un autre regard et les blessures de Ceban furent guéries sur l'instant. Pas celles d'Axel.

— Victoire est encore vivante, déclara-t-il ensuite. Je me suis trompé.

Il regarda brièvement Chloé – inutile d'annoncer son pouvoir à sa mère – et il poursuivit :

— Plus j'y réfléchis et plus je pense qu'elle n'a été qu'assommée et faite prisonnière.

— Mais tu n'as pas pu l'aider ! s'écria Ceban que la douleur et le désespoir avaient quitté.

— J'ai essayé, mais je ne peux pas pénétrer les limites du château, je peux seulement me poser sur les rebords des fenêtres, avoua-t-il avec douleur.

— Mais…

Ceban s'était interrompu. Habituellement, Jerry ne répondait jamais à ses questions. Pourtant le Monstre comprit celle qui, à ce moment-là, brûlait les lèvres du jeune homme et, pour une fois, il eut envie de donner l'explication attendue.

— L'Esprit Sorcier Ibbak a toute puissance sur le château, le rayonnement de ses maléfices s'étend de plus en plus sur chacune des tours et m'empêche d'y accéder ; les Fées ont dû user beaucoup de leur propre pouvoir rien que pour me permettre de l'approcher.

Axel ne tint pas compte de la surprise qu'il éprouva à entendre que l'Ennemi des Fées n'était pas anéanti comme il l'avait toujours cru. Son esprit ne prit même pas la peine d'analyser ce que ce changement de données expliquait des différentes impressions qu'il avait ressenties depuis qu'il avait franchi la frontière.

— Redonne-moi la force et j'irai la chercher, affirma-t-il en serrant les dents.

— Mais oui, beau sauveur, répliqua Jerry en le toisant. Et où iras-tu la trouver ? Sais-tu que l'étendue des cachots est presque équivalente à celle du château lui-même ? Pourquoi crois-tu qu'il nous a fallu tant de manœuvres pour récupérer Tanin et les enfants d'Éade ? Elle sera morte avant que tu trouves sa cellule, imbécile !

— Attendez, coupa Imma. Les cachots sont peut-être immenses, mais ils se trouvent dans les grottes du Mont Ételt. Et certaines d'entre elles débouchent sur les douves.

Encore retourné par les déclarations de sa fille, Erwan réussit cependant à réagir à l'évocation d'un sauvetage potentiel :

— En une demi-heure, je peux fabriquer des boules d'Élixir qui feraient fuir les sariclès au point que l'on puisse passer à la nage ! assura-t-il face au sourire apaisé de Chloé.

— On se servira plutôt du bateau de l'Île Perdue, rajouta Ceban. Je préfère me battre avec des vêtements secs.

— Je vais chercher les armes ! s'écria soudain le silencieux Théon. On part sur-le-champ ! Plus tôt on ira, plus vite on les surprendra !

— Oui, mais l'embarcation ne peut prendre que cinq personnes, rappela Allan.

— Il faudra que vous trouviez une sacrée bonne raison pour que je n'y aille pas ! prévint brutalement Ceban.

— Mais vous êtes fous ! Les grottes sont de vrais labyrinthes ! s'exclama Jerry.

— Tu manques de foi en tout ! lança perfidement Axel. Personne ne t'oblige à venir !

— Et personne d'autre que moi ne peut t'aider à y aller ! répliqua le Monstre en lui rappelant sa faiblesse.

— Arrêtez tous les deux ! Vous devenez ridicules ! s'exclama la sorcière. Les grottes du Mont Étel sont peut-être infinies et tortueuses, mais nous avons des guides en la personne des sylphides qui les habitent.

— De quoi parles-tu ? demanda Axel.

— Les opalines sont endormies, rappela Jerry.

— Oui, mais je sais comment les réveiller.

Jerry aurait voulu montrer la même espérance qu'Axel, le même enthousiasme que ses compagnons. Mais, à part lui, il calcula qu'ils en auraient pour plusieurs heures avant de trouver la jeune fille. Un temps bien long pour Éléa entre les mains de Muht, de Korta et surtout d'Ibbak.

✧

Ses paupières se baissaient, se soulevaient. Éléa luttait contre la fatigue et la douleur. Elle avait envie et besoin de dormir, mais sa tête et ses poignets lui faisaient mal. La souffrance était vicieuse : elle réveillait la jeune fille et augmentait en puissance à chaque battement de ses cils.

Éléa était allongée sur des montants de bois : elle en prenait durement conscience. Les yeux encore hagards, elle voulut remuer ses chevilles et ses poignets écartelés, mais ceux-ci avaient été liés solidement. Elle réussit à peine à bouger les doigts. Le mouvement la fit souffrir un peu plus et lui fit ouvrir totalement les yeux.

Où était-elle ? Éléa essaya d'observer autour d'elle. Il faisait tellement noir, tellement froid. Et quel mal de tête ! Elle ne pouvait plus faire un mouvement sans souffrir. Et rester immobile lui était tout aussi pénible.

Ses pupilles s'habituaient à l'obscurité, les pores de sa peau se resserraient sous l'effet du froid. Elle était allongée sur une sorte de grande roue de charrue. Deux puissants montants de bois s'élevaient de part et d'autre. À droite, elle distinguait les miroitements d'un mur de pierre humide et lisse. La paroi gauche et le plafond étaient formés par de la roche brute. L'eau suintait sur les courbes irrégulières et chaotiques.

Éléa se trouvait dans l'une des multiples grottes du Mont Étel. Cette découverte accentua le frisson violent qui la parcourait. La fatigue et l'humidité régnante la frigorifiaient.

Dans la direction de ses pieds elle crut deviner une torche, mais sa lumière était assombrie par un voile. Éléa comprit soudain pourquoi : son amalyse faciale, en réflexe à son évanouissement, lui avait recouvert le visage. À sa demande, la dernière de ses plantes fidèles se releva sur son front. Éléa put alors voir distinctement les reflets rougeâtres des flammes sur la roche noire et brune. L'odeur glaciale des profondeurs de la terre lui pénétrait les poumons. Dans sa tête endolorie, le silence résonnait sous le rythme lent de la chute de gouttes d'eau.

— Fées de la Vie, Divinités du Bien, sortez-moi de là, je vous en prie.

Il y eut un grognement à sa requête. Mais ce n'était pas un tremblement de terre précédant une magique apparition qui aurait pu emmener Éléa loin de ce lieu. C'était un simple et bizarre grognement humain, du moins l'espérait-elle.

Dans un raclement de gorge, une grosse brute au service de Korta apparut au-dessus d'elle. Sur ses lèvres molles se dessina un rictus de moquerie. Ses petits yeux noirs brillèrent de traîtrise. Il regarda la main entaillée de la jeune fille, immobilisée par ses liens. Du bout de ses gros doigts froids comme de la pierre, il titilla la plaie et fit bouger la main blanche.

Des fourmillements envahirent les doigts où le sang s'était arrêté de couler. Éléa ne voulut pas donner à cet homme étrange le plaisir de crier, mais elle ne put réprimer des grimaces de douleur. Il eut de nouveau un grognement et se remit à se racler la gorge avec une allégresse sinistre. Il s'éloigna.

Éléa respira, mais son incapacité à bouger lui rappela sa situation. Pourquoi Korta l'avait-il laissée en vie ? Quelle torture l'attendait donc ?

— Pire que ce que tu viens d'imaginer, dit Muht en apparaissant à son tour au-dessus d'elle. Korta ne va pas tarder, il te prépare une surprise.

Éléa avait cessé de respirer en voyant le visage blafard et les yeux turquoise du guerrier scylès. En une fraction de seconde où elle évalua le risque de la confrontation, son esprit rechercha une pensée de salut ; tout son être se fixa sur celui qui représentait ses espoirs : Axel.

Muht eut un rire. Un son aussi glacial que l'endroit. Il approcha ses lèvres de la jeune fille allongée et lui murmura à l'oreille :

— Tu crois que tu pourras tenir tout un interrogatoire juste avec le souvenir d'un baiser volé ? Tu penses pouvoir rester indifférente à ce que je te dirai ? Tu as déjà des sursauts de peur. Tu ne pourras rien me cacher. Lorsque tu souffriras, tu ne contrôleras plus tes pensées.

Éléa ferma les yeux, elle devait s'évader d'ici, oublier ce qui l'entourait, rester sourde aux phrases de Muht.

— Sais-tu comment ton cher amant a découvert qu'un blocage d'esprit sur une image me gêne ?

Rester imperturbable, se réfugier dans le passé, se détacher de la douleur, ressentir la douceur et la sécurité des bras aimés, croire au secours qu'ils vont venir nous porter.

— La fille de ton alchimiste, la Scylèse aux yeux d'Akalien, possède le pouvoir de double vue.

Éléa eut un sursaut malgré elle, et l'image de Chloé passa comme un éclair dans son esprit, ses regards, ses sourires, ses silences qui prenaient un autre sens. La jeune fille se força à penser à autre chose, mais il était trop tard.

— Elle le cache, je m'en doute. Avec un père qui peut l'aveugler à tout instant et une mère traumatisée, il y a de quoi se taire. Depuis au moins trois cents ans, aucune femelle ne peut se vanter de voir. La douleur, la torture les privent de ce don. Imagine si Utahn Qashiltar apprenait l'existence de cette enfant. C'est sa petite-fille, après tout.

Éléa peina pour rester de glace. Elle se retint de lui dire que jamais il ne pourrait l'approcher, en se jetant au cou d'Axel. Dans sa tête, bien sûr.

Muht saisit un tabouret placé près d'une table, et revint s'asseoir près de la jeune fille écartelée. Il avait envie de prendre son temps. Sa façon de s'exprimer était suave et inquiétante. Comme s'il prenait un plaisir nouveau à parler pour obliger son interlocuteur à se dévoiler malgré lui.

— Je sais. La Forêt Interdite est un sanctuaire infranchissable. Mais elle devra en rester prisonnière à vie. Un démon dans un paradis, c'est trop drôle. Du jour où elle a ouvert les yeux, elle a vu les souvenirs, les faiblesses, les peurs, les désirs, les secrets de toute personne l'entourant, toi comme tes compagnons. Des morceaux de vie qu'il faut regrouper, analyser, comprendre comme un rêve ou un cauchemar. Crois-tu qu'elle soit toujours ce que vous appelez une petite fille ?

Éléa se forçait à rester insensible, à ne pas prêter l'oreille, mais Muht effleura de ses doigts son bras attaché. Elle eut un frisson ; l'idée de torture repassa dans sa tête avec l'image des cicatrices de Sélène.

— Tu ne peux pas imaginer comme ça m'excite de voir une femelle trembler sous ma main, sourit-il. Ta peau va peut-être ressembler à celle de cette Scylèse. Je ne sais pas ce que Korta te réserve. Enfin… je ne sais pas ce que le Grand Ibbak te réserve.

La jeune fille détourna la tête. Elle vivait un cauchemar. Muht n'était pas seulement doué en tortures physiques. Axel, Axel… Elle ne parvenait pas à s'enfuir avec lui dans un monde imaginaire.

— Tu vas crier, continua le guerrier scylès doucement. Je peux t'avouer qu'Il me fait peur, à moi aussi. Sa puissance est terrifiante, elle grandit de jour en jour.

Il capta un nouveau sursaut, un être chimérique, assis sur un banc au bord de la mer, qui semblait chercher ses mots.

— Ton Maître reste encore un mystère pour moi, je crois que tes pensées ne me suffiront pas à le comprendre. C'est un étrange sorcier, le Monstre de la Forêt Interdite. Complexe, associé au Grand Ibbak sans que je saisisse encore pourquoi. Les Fées ne m'ont pas l'air en dehors de tout ça, mais je me demande comment elles auraient pu créer un être maléfique.

La jeune fille se pressait le plus fort possible dans des bras inexistants. Muht eut un sourire.

— Étrange, la vie. Tu vois, je suis venu dans ce pays pour vendre mes pouvoirs parce que je voulais attirer l'attention d'Utahn Qashiltar. J'ai pensé à une alliance pour obtenir des hommes afin d'attaquer Akal par surprise, en passant par la frontière leïlannaise. Pour remporter enfin une victoire. Il ne m'intéressait pas de savoir à quelles fins serait utilisée ma double vue. Et depuis que je suis ici, j'ai l'impression d'être entraîné dans une histoire de plus en plus importante, et de plus en plus personnelle à la fois. Je vais avoir ma bataille contre Akal, mais ce n'est pas la nouvelle que j'aurai le plus de plaisir à annoncer à Utahn Qashiltar. Je vais savoir tous tes secrets, mais c'est encore ta résistance qui va le plus me satisfaire.

Éléa entendit le son du glissement de pierres d'un mur pivotant ; la grotte s'éclaircit à l'entrée de Korta. Muht se redressa. Reprenant son tabouret, il s'écarta de la jeune fille et s'appuya sur la table, fortement intéressé par la suite des événements.

La dernière amalyse

À l'aide des deux torches qu'il tenait, Korta alluma celles qui étaient accrochées le long de la paroi : la cavité sembla s'enflammer. Éléa eut l'impression d'être au centre d'un brasier. Les ombres glissaient autour d'elle. De même que la présence de Muht, elles risquaient d'insinuer la peur dans son esprit. Éléa fit donc face à la mise en scène et se concentra sur les points de feu pour y trouver un peu de chaleur.

Korta se rapprocha d'elle. D'un coup de pied sec, il tapa sur la roue à l'endroit où les chevilles de la jeune fille étaient attachées. Brutalement, Éléa se retrouva debout, devant lui. Sous le choc, son poids fit s'écarter un peu plus ses bras, ce qui resserra davantage les liens de ses poignets. Éléa en eut le souffle coupé et se cogna la tête contre le bois. Elle laissa échapper un gémissement et essaya fébrilement de trouver un appui sur ses talons pour soulager ses bras.

Korta était resté de marbre et la fixait froidement.

— Donne-moi ta dernière amalyse, ordonna-t-il.

La plante se répandit sur le visage de la jeune fille pour signer leur refus commun. Muht la vit se dresser dans son esprit : elle serait l'adversaire du duc jusqu'au bout ! Korta serra les mâchoires. Il fit mine de se retourner et, traîtreusement, redonna un coup de pied dans la roue. Le mécanisme se débloqua et Éléa repartit en arrière dans sa position initiale. Sa tête frappa le bois au risque de l'assommer de nouveau, mais la douleur de ses poignets enserrés la tint éveillée.

— Je répète. Donne-moi cette amalyse.

Éléa raidit tous ses muscles et ne bougea pas. La roue bascula derechef verticalement, lui arrachant une seconde fois les mains.

Résistance irrésistible, pensa Muht.

— Je ne te le demanderai plus, prévint Korta. Tu as cinq secondes pour choisir entre m'obéir ou souffrir.

Elle savait que la torture l'attendait de toute manière.

— Elle ne cédera pas, répondit Muht pour abréger ce passage inintéressant.

Korta mit des gants, sortit une fiole et trempa un chiffon avec son contenu. Il revint vers la jeune fille.

— Vrai ?

Éléa ne répondit rien.

De toutes ses forces, Korta la gifla avec le chiffon mouillé. Elle avait contracté les muscles de son visage et de son cou ; le coup ne fut pas aussi fortement perçu qu'il avait été porté. Mais pourquoi avait-il eu ce geste ? Éléa aperçut la lueur rouge dans les yeux de Korta, l'intérêt morbide dans ceux de Muht.

Qu'avait-il fait ? De quoi était trempé ce chiffon ?

La douleur la prit soudain. Elle crut s'en évanouir. Son premier cri remplit la grande cavité souterraine. L'amalyse aussi avait ressenti cette profonde souffrance : elle devint noire de rage. Reprenant soudain conscience de sa nature, elle se jeta à la gorge de Korta. Mais, d'un geste sans crainte, le duc la détacha de son cou et la secoua, comme une masse flasque, au-dessus d'un tonneau. Il referma le couvercle.

Le souffle saccadé, Éléa essayait de comprendre. Sur sa joue en feu, le sang et les larmes coulaient.

— Ainsi toutes les amalyses sont-elles sous le contrôle de l'Esprit Sorcier Ibbak, expliqua-t-il avec satisfaction. N'essaie plus de faire appel à elles. Tu sens la mort et la haine. Elles ont ordre de te tuer. Tu vois qu'il est inutile de penser à t'échapper, sourit-il à cette éventualité.

Il retira ses gants avec désinvolture et fit face à la jeune fille. Hypocritement inquiet, il la prit par le menton et observa sa joue.

— Quelle horrible cicatrice va en résulter ! Quel dommage que ta corne ne soit plus en ta possession !

Éléa se dégagea violemment et douloureusement. Korta plissa les lèvres dans sa barbiche et s'éloigna de trois pas. Il sortit de son pourpoint cramoisi une petite boîte de velours de même couleur filigranée d'or. Il la déposa sur le coin de la table, à côté de Muht.

— Ta corne est dans ce bel écrin. Elle n'est pas très loin. Tu pourrais faire l'effort de la prendre ! s'écria-t-il dans un rire.

Ses yeux croisèrent ceux de la jeune fille.

— Quel froid dans ton regard ! Il est doté d'une puissance et d'une couleur bleue fabuleuses ! Tu ne devrais pas me le cacher, tu lui dois ma faiblesse de ne pas te tuer.

Éléa agrandit ses yeux d'étonnement à cette dernière phrase. Elle comprenait de moins en moins ce qui lui arrivait. Korta la torturait, lui promettait la mort et lui laissait la vie pour son regard ?! Elle oubliait déjà de retenir son esprit contre Muht.

Le guerrier scylès comprenait enfin l'hypnose de Korta. Les yeux de la jeune fille alternaient quelquefois avec l'image fixe de son cadavre empalé dans la tête du duc. Muht avait seulement espéré que, prévenu par le Grand Ibbak, il se laisse moins manipuler.

Korta tourna le dos à la jeune captive : il sentait l'envoûtement le prendre. Il suivit du regard le cheminement lent d'une goutte entre les courbures de la roche. L'eau avait déjà la couleur d'une nuit d'été.

— Comment as-tu traversé les douves ? demanda-t-il presque gentiment. Le jour de l'anniversaire de la princesse Éline, tu étais dans le chariot avec cette jolie blonde... Ophélie, je crois, n'est-ce pas ? Oui, maintenant, j'en suis certain. Tu n'as pas besoin de ton oiseau pour les traverser.

Il voulut se retourner vers la jeune fille, mais il se ravisa. Dans cette grotte illuminée de flammes, il lui semblait voir encore des étoiles.

— Cet oiseau, c'est une créature changeante. Il ne m'a pas été difficile de le comprendre. Lorsque tu t'es effondrée à mes pieds dans la chambre de la princesse Éline, j'ai eu droit à un spectacle très informatif.

Il plissa les yeux pour lui-même.

— Plaqué contre une paroi invisible, il s'est changé en une multitude d'animaux pour finir sous la forme d'un être abject : un véritable monstre. Le plus drôle, c'est que dans sa détresse, il m'a montré comment tu étais au courant de mes projets.

Il se retourna brusquement, la voix soudain brutale :

— Il y a des hirondelles autour du château, et notamment une qui rôde près de mes fenêtres ! C'est bien cela, n'est-ce pas ?!

Le visage du duc se trouvait à deux pouces de celui d'Éléa. Elle n'eut pas un mouvement de recul.

— Tu pleures ?! s'écria Korta en apercevant ses larmes.

Il dut croire que la douleur des poignets de la jeune fille devenait trop grande, et chavira le mécanisme. Éléa se retrouva de nouveau allongée.

— Ce n'est pas la douleur, intervint brusquement Muht, révolté par cette pitié déplacée. C'est seulement la souffrance de son cœur. La créature qui se transforme est le sorcier dont je t'avais parlé : son Maître, le Monstre de la Forêt Interdite. Il l'a élevée. Il a pour elle l'importance d'un père.

— Le Monstre de la Forêt Interdite... médita Korta. Que vois-tu d'autre ?

— Elle sait bloquer son esprit comme toi. Distrais-la et je te dirai tout après.

Korta se retourna vers la jeune fille, épouvantée de se dévoiler malgré elle.

— Tu dois être au courant pour le projet de guerre des Pays Insolites. Mais je ne méditerai plus devant mes fenêtres, et j'établirai de nouveaux plans. Maintenant que je sais d'où viennent les fuites, il n'y aura plus d'échecs.

Il frappa les montants et redressa la jeune fille devant lui. Il lui devenait difficile de se passer de son regard. Il le trouva rougi et inondé.

— Oui, il n'y aura plus d'échecs, affirma-t-il devant la démonstration de faiblesse de son adversaire. Et la disparition du Masque anéantira rapidement tous les espoirs et les soulèvements de paysans.

— Oh, non ! Ma mort ne peut qu'apporter la révolte ! répliqua brutalement Éléa. Le peuple a le goût de la liberté sur les lèvres et il est prêt à payer de son sang !

Korta eut un sourire amusé. Elle ne pouvait pas rester insensible. Muht vit les plans de renforts et de distributions d'armes dans la Grande Plaine. Il n'intervint pas afin de soustraire au maximum sa présence de l'esprit de la prisonnière. Mais elle le voyait. Elle se renferma sur sa vision d'Axel, malheureusement trop trouble, trop perturbée pour la protéger.

— Toujours de grandes phrases et de grandes idées, continua Korta. Si des têtes se relèvent, je les inclinerai de force ou je les couperai. Le peuple pliera sous les désirs de son nouveau roi.

— Éline…

Muht vit pour la première fois le visage de la princesse sans son voile. La grande ressemblance entre les deux jeunes filles le laissa méditatif.

— Le sort de la princesse t'inquiète à ce point ? reprit Korta. Brave paysanne qui donnera jusqu'à son sang pour aider sa princesse. Là où elle est, elle ne risque rien de moi ; tant qu'elle consent à m'épouser, bien sûr.

— Elle ne vous épousera jamais ! vociféra Éléa en regrettant immédiatement de ne pas réussir à se taire.

L'image d'Éloïse debout passa dans son esprit. Muht pensa qu'elle espérait ce réveil, sans toutefois imaginer qu'elle le considérait comme possible grâce à la fiole qu'elle avait laissée près de la jeune princesse endormie.

— La princesse Éline a le même sens du sacrifice que toi, continua Korta. Tu t'es perdue pour elle, elle se donnera pour sa sœur. J'ai déjà fait tuer une Altesse. Il est fort probable qu'après les noces, il arrive un fâcheux incident à la princesse Éline. Et la pauvre princesse Éloïse poursuivra sa lente agonie jusqu'à la mort. Quelle triste destinée que celle de cette famille royale !

Éléa eut un élan violent vers Korta : elle ne pouvait pas le laisser faire ! Elle se moquait que Muht sache qui elle était, plus rien n'avait d'importance. Elles étaient ses sœurs ! Elle ne réussit qu'à se faire mal en bougeant ses liens. Le duc se mit à rire, d'un rire sombre et caverneux.

— Petite idiote, ne vois-tu pas que tu ne peux plus rien ? Il restera peut-être une légende sur toi, mais bien vite ton souvenir réel s'estompera. Je donnerai trop d'occupations à ce pays pour lui laisser le loisir de penser à ces quelques années de chimères.

Il s'arrêta et sembla chercher au-delà du regard de la Fille-aux-yeux-bleus. Et pendant que Muht commençait à comprendre toute la vérité, Korta essayait de visualiser réellement le visage de son ennemie ; il se concentrait pour tenter de cristalliser son image dans sa mémoire. Mais au lieu d'y parvenir, il s'abandonnait de plus en plus au pouvoir de ce regard.

— Tu es une adversaire exceptionnelle, céda-t-il avec difficulté pour son amour-propre. Ensemble, nous pourrions faire de grandes choses. Je n'aurai probablement pas besoin de tuer la princesse Éline, elle se suicidera d'elle-même. Elle est d'un naturel tragique et fataliste. Mais toi, je sais que tu comprendrais les avantages à rester auprès de moi. Pour le meilleur et pour le plaisir.

Muht se raidit. De son côté, Éléa avait changé de visage : elle était devenue blême. Korta semblait parler très sérieusement !

— Le pouvoir, expliqua-t-il comme hypnotisé par celui-ci. Dominer, tout posséder. Tu serais mon plus beau joyau.

Éléa en eut un haut-le-cœur.

— Je comprends ton aversion, la rassura-t-il en avançant une main vers la bouche dont il voulait découvrir la saveur. Tu me détestes depuis deux ans, mais je t'apprendrai à m'aimer. J'habituerai ta pudeur à mes yeux, ton corps à mes caresses, ton ventre à ma chaleur…

— Jamais !!! hurla Éléa en lui crachant au visage.

Elle voulait fuir soudain, elle ne sentait plus la douleur de ses poignets : elle tira dessus, s'arc-boutant avec force pour les défaire, en vain.

Muht voulut intervenir dans cette parodie d'amour, mais il prit conscience de l'envahissement progressif d'une lente fumée rouge dans la pièce, invisible à cause du reflet des flammes sur la pierre. Il recula, soudain épouvanté par l'Esprit qui apparaissait. Il avait la tête baissée quand la fumée rouge se concentra au-dessus de Korta.

— Je crois qu'elle refuse, déclara posément Ibbak.

Cette gueule étrange et démoniaque arrêta tous les mouvements d'Éléa. Son esprit comprit en un éclair tragique ce qu'elle avait devant elle. L'odeur de pourriture ne lui laissait aucun doute.

Mais le désir de Korta ne souffrait aucun refus. Il s'essuya le visage avec rage et empoigna la jeune fille à la gorge.

— Elle ne refusera pas si c'est moi qui lui ordonne !

D'un geste foudroyant, il attrapa le haut du pourpoint noir et le déchira jusqu'en bas. Le vêtement s'ouvrit sur une poitrine libre et jeune, blanche comme une neige vierge de soleil et du moindre regard. Éléa se mit à crier.

Les mains de Korta se prirent dans un tourbillon de fumée rouge avant d'atteindre la peau si convoitée.

— Tu as échoué, stipula Ibbak en l'éloignant de force de la jeune fille. Je t'avais donné assez de temps pour la tuer ou pour la convaincre.

— Donnez-moi encore quelques minutes, enragea Korta dans sa folie.

— Il fallait mieux utiliser ton temps. Maintenant, elle est à moi ! Maintenant, elle est à nous ! Muht, avance et regarde pour moi. Lis bien. Je veux un rapport complet.

Le guerrier scylès obéit sans délai, évitant tout de même de lever le regard vers la Divinité. Korta lui laissa la place avec peine. Il avait beaucoup de mal à se calmer. La rage lui serrait le ventre – ce regard lui appartenait ! – mais la lutte était vaine contre l'Esprit.

— Pauvre imbécile ! cria-t-il à la Fille-aux-yeux-bleus. Tu avais le choix entre m'obéir ou souffrir ! Je t'offrais ma protection et mon rang ! Tu préfères la douleur ! Eh bien ! À ta guise ! Souffre, souffre d'une douleur sans nom, sans blessure et sans mort !!!

Il enclencha un levier et la roue se mit à tourner lentement sur elle-même. Éléa se trouva écartelée dans tous les sens. La fumée se rapprocha de la jeune fille terrorisée et, aussi loin que les échos des grottes du Mont Ételpouvaient porter, on entendit de longs cris effrayants.

Un quatrième éclair rouge avait illuminé les douves un instant. Le grognement de rage des sariclès s'était fait puissant. Malgré toute la science de l'Alchimiste Suprême d'Akal, leurs tentacules ne s'étaient pas éloignés autant que celui-ci l'avait escompté.

— Ils semblent plus agressifs ce soir, s'inquiéta Erwan, debout sur le premier mur d'enceinte.

— Nous nous en contenterons, lui souffla Ceban en attrapant une corde et en se laissant glisser le long de la muraille.

Son épée grinça sur la pierre, et ses bottes firent un bruit étouffé en parvenant à la barque que maintenait Jerry.

— Ne t'inquiète pas pour moi, fit Imma en comprenant l'angoisse de l'Akalien. Avec des hommes tels que vous à mes côtés, je ne crains pas même les sariclès.

— À nous, annonça Axel en lui passant une lanière de cuir pour la soutenir.

Jerry s'était décidé à guérir le jeune homme. Et celui-ci ne voulait faire aucun cas de ses courbatures.

Accrochée à son cou, la sorcière aveugle atteignit la barque et s'y blottit. Erwan fut le dernier à utiliser la corde. Trépignant d'impuissance autant que le géant dans son lit, Théon et Allan avaient accepté de rester en arrière. Le courage, le cœur, le savoir et la détermination embarquaient. Erwan derrière, Axel et Ceban sur les côtés, Imma au milieu, Jerry attrapa enfin la corde au-devant de la barque entre ses serres et commença à la tirer dans le sillon étroit déserté par les sariclès. Des tentacules osèrent se tendre vers eux. Deux ou trois ventouses s'accrochèrent à la fragile embarcation pour la faire chavirer, mais elles furent rapidement tranchées. Les quatre volontaires pour l'expédition gardaient l'équilibre.

On lança une cinquième boule d'Élixir dans les douves pour permettre d'accoster sur les berges où s'élevait le second mur d'enceinte. À sa base, du lierre cachait l'entrée de grottes souterraines. Jerry ne pouvait plus continuer. Il se changea en être chimérique. Une main posée sur une paroi infranchissable pour lui, les griffes plantées dans le bois de la barque, il ne savait que dire.

—Nous la ramènerons, Jerry, assura Ceban.

—Je vous attendrai ici toute mon éternité.

Il tendit une main vers Imma. Il prit ses doigts dans les siens.

—Si vous ne revenez pas, beaucoup de choses n'auront plus d'importance pour moi, expliqua-t-il à la sorcière aveugle. Je tenais à vous remercier… de ne jamais avoir eu peur de moi.

Les mots se coinçaient dans sa gorge, sa voix se perdait. Imma ne pouvait apprendre la vérité que de lui. Par ses mains, la sorcière devait tout savoir : son passé, ses crimes, son horreur. Mais il espérait qu'elle puisse voir aussi son amour pour elle. Il accordait à Imma la vérité qu'elle lui avait toujours demandée, au risque de se voir ensuite haï pour toujours. Juste pour pouvoir toucher ses doigts, une seule fois.

Il lui lâcha la main, effrayé de lui-même. Des ailes lui poussèrent dans le dos et il libéra la barque en s'envolant. L'embarcation fila silencieusement sur l'eau dans la grotte noire.

—Je n'ai rien vu, murmura Imma avec une incompréhension absolue dans la voix. Je n'ai rien vu. Comme la dernière fois.

Jerry étant un animal, elle ne pouvait rien apprendre de lui à son contact. Mais comment aurait-elle pu le savoir ? Ses compagnons étaient trop pris par leurs propres pensées pour se préoccuper d'elle. La douceur d'un premier baiser donnait à l'un d'eux la foi d'avancer, des boucles d'or s'accrochant légèrement aux buissons sous le vent, ou le sourire d'une étrange fillette donnaient aux deux autres l'envie de revenir vivants.

Axel alluma une torche et Ceban, s'aidant d'une rame, accosta sur la première berge trouvée à quelques brasses de l'entrée. Erwan sauta à terre. Il accrocha la corde et aida Imma, en plein doute, à descendre. Axel les suivit.

Le jeune homme perçut immédiatement l'effluve nauséabond. Il le hantait tellement depuis les Brumes Infernales. Il avait surgi presque chaque fois qu'une créature dangereuse croisait sa route. Il réalisa qu'il avait affronté la volonté d'Ibbak et non celle des Fées en franchissant la frontière de Leïlan. Son inquiétude grandit lorsque ses compagnons lui dirent qu'eux sentaient à peine une âcre odeur de moisissure et d'humidité.

Ceban lui lança les arcs, les flèches et deux torches de plus. Il s'apprêtait à envoyer une couverture et des cordes à Axel lorsqu'un tentacule de sariclès, longeant la paroi malgré son aversion pour l'Élixir, parvint à toucher la barque. Ceban n'eut pas le temps de crier qu'il tombait déjà dans l'eau.

Dans un réflexe, Axel sauta sur la barque retournée pour lui saisir le poignet. Le sariclès avait attrapé la botte de Ceban et essayait de l'entraîner par le fond. La main de Ceban se resserra sur le bras sauveur, tandis que sa tête disparaissait sous les flots. Axel tenait bon, mais la puissance du sariclès était telle qu'il tirait la barque même : elle aussi s'enfonçait dans l'eau. Le tentacule était hors d'atteinte d'une lame d'épée. Promptement, Erwan brisa l'une de ses boules d'Élixir comme une coquille d'œuf au-dessus de l'eau.

Le sariclès lâcha prise subitement : Ceban resurgit de l'eau comme un fou et ne demanda pas son reste pour remonter sur la barque au côté d'Axel. À moitié essoufflé, il eut un frisson d'horreur au hurlement sourd du sariclès. Ce cri était bien plus glacial que l'eau dans laquelle il était tombé. Une onde se propagea, un bruit puis l'immobilité et le silence reprirent leur domaine.

— Je croyais que tu ne voulais pas te mouiller, Ceban, et te voilà le premier dans l'eau ! taquina l'Akalien pour sortir tout le monde de la torpeur.

Le jeune homme sourit, se mit à rire et communiqua cette joie nerveuse aux autres. Il y avait eu plus de peur que de mal.

Ceban se déchaussa. La botte où s'était accroché le sariclès était à moitié brûlée. Il retira également l'épaisse chemise qu'il s'était avisé de mettre ce soir-là. Il n'était décidément pas fait pour en porter ! Elle était trempée, il était frigorifié. Il regretta la couverture tombée au fond de l'eau. La rame aussi était perdue, ainsi que des torches et surtout quelques potions d'Erwan comme des poudres explosives, des pointes endormantes, des Pastilles de lumière ou les fumées aveuglantes. Mais les trois combattants avaient leurs armes et les quatre amis, leur vie. Même la rencontre avec Muht n'effrayait plus Erwan : il n'avait plus rien à cacher. Quelque chose lui disait que le guerrier scylès avait su avant lui que Chloé voyait les esprits en image.

Ils retournèrent la barque et avancèrent sur la berge. Cette dernière, à la lumière d'une torche, continuait sur quelques pas et s'arrêtait brutalement sur une barrière noire. L'odeur dérangeante y était puissante, et chacun la perçut enfin.

Axel s'arrêta : du fond de son cœur, une angoisse montait. Le même avertissement qu'à la frontière de Leïlan. Il sentit que ses compagnons n'étaient plus aussi sûrs de vouloir continuer. Une force plus grande que leur détermination les faisait reculer.

Axel craignait pour la vie d'Éléa depuis qu'ils avaient quitté Chloé, mais cette peur qui surgissait s'apparentait à une souffrance. Il leva la torche.

La barrière qu'ils voyaient devant eux était étrange. Il en balaya les contours et comprit.

Les dessous du château royal et des jardins devaient être percés de toutes parts, mais il fallait surtout une malchance inouïe pour qu'elle se trouve là ! Axel avait devant lui l'amalyse sauvage qu'Éléa avait perdue dans les douves. La plante tueuse avait dû se réfugier dans ces grottes à moitié envahies par les eaux salées de la mer. Dans la bagarre, le sariclès n'avait donc pas eu le dessus, ou bien alors le combat s'était achevé sans vainqueur. Quoi qu'il en soit, elle était là, étendue sur toute la cavité, bouchant le passage à quiconque s'aventurait par ici.

Ceban laissa échapper un juron en comprenant la situation, et Erwan se sentit un instant encore plus découragé. Mais Axel, emporté par la vague de ses souvenirs, se revoyait dans le paysage fabuleux des Bois Obscurs. Il se remémorait le sourire émerveillé d'Éléa à la blancheur de l'amalyse, la première fois qu'il en avait pris une sur son poignet : « Tu en as conquis une, les autres le sauront… »

Pourquoi ne réussirait-il pas avec celle-là ? Ce mur n'était pas plus infranchissable qu'un autre, pas plus que la frontière. Il suffisait d'y croire. Axel avait un ruban bleu nuit accroché à la garde de son épée.

Il refoula sa peur et tendit la main vers l'amalyse sauvage. Lentement, la petite plante tueuse cachée sous sa manche glissa sur son bras pour fusionner en partie avec l'autre. Pareilles à un liquide blanc qui se répandrait dans la grande masse noire, des ondes et des nervures s'étendirent, se propagèrent et se rejoignirent. Mais ce fut long, presque pénible, comme si l'amalyse sauvage résistait à la tentation de se calmer. Comme si elle avait oublié depuis longtemps qu'elle pouvait changer de couleur et perdre son agressivité. Elle s'arrêta sur un vert pâle nacré, légèrement rougi par les flammes.

Ébloui par un pouvoir dont il ne se savait pas maître, Axel réussit à écarter l'amalyse sauvage du passage. Pareille à une membrane ou à une peau tendue, elle se rétracta et se retira vers d'autres grottes avec un soupçon de nervosité, et des regrets, peut-être. La petite amalyse d'Axel revint à sa place tranquillement, tournant et ondulant autour du bras solide auquel elle s'accrochait.

Axel se retourna vers ses compagnons immobilisés. Leur angoisse s'était volatilisée ; Ceban et Erwan en avaient la bouche ouverte d'étonnement et Imma essayait toujours désespérément de comprendre la situation à l'aide de ses oreilles.

— Vous comptez bayer aux corneilles longtemps, ou nous partons tous à la chasse aux opalines ?! déclara Axel.

Ceban et Erwan sortirent vite de leur béatitude et entraînèrent Imma à leur suite. Les trois hommes, sous les directives de l'aveugle, poursuivirent leur quête dans les grottes du Mont Ételo.

Il n'y avait plus de cris. Ils ne savaient même pas qu'il y en avait eu. Seul le bruit de leurs pas perturbait le silence. Pataugeant dans des eaux glacées, glissant sur des roches humides, se faufilant entre des stalactites et des stalagmites, les quatre amis avaient l'impression de remonter la gueule putride d'un monstre.

Êtres éphémères et immortels

C'est une histoire que la reine racontait à ma mère, expliqua Imma.

— Tu veux dire que tu n'as pas de preuves ? demanda Ceban.

— Le roi et la reine fuyaient souvent la cour par un passage souterrain pour accéder sans gardes à la ville d'Étel. C'était bien connu du peuple. Et si nous avons trouvé jusqu'ici ce que la reine décrivait à ma mère, le reste ne peut être mensonge. Venant de feue Sa Majesté, les paroles me suffisent, répondit sèchement la sorcière.

Axel avait déjà saisi l'un des fils brillants déposés sur des coins de roche. Dans sa main reposait tout son espoir : il était prêt à croire n'importe quoi pour retrouver Éléa.

— Continue, Imma, dis-moi comment ces fils de soie peuvent être des sylphides endormies ? Dis-moi comment les réveiller ? Comment peuvent-elles nous aider ?

— Prends l'un des fils dans ta main, Axel.

— C'est déjà fait, répondit-il, gonflé d'espérance.

— Alors, fais tomber une goutte sur le fil et souffle dessus de tout ton cœur. Une opaline apparaîtra.

Axel se leva vers une stalactite. Toutes les parois de cette caverne étaient tapissées de petits bouts de fils, de petits bouts de rêve. Le jeune homme laissa tomber une goutte dans sa main. Le cœur battant plus rapidement dans sa poitrine, il souffla avec douceur. Le fil s'agita sous le déplacement d'air. Il sembla s'enrouler sur lui-même, puis une boule lumineuse se forma, surmontée d'une petite spirale. Au troisième tour, il y eut comme un éclair…

Imma ressentit le silence, la chaleur, l'étonnement. Elle se leva avec les autres et s'approcha d'Axel.

— Décris-la-moi, je t'en supplie, dit-elle en lui prenant le bras.

Mais Axel était encore ébloui par ce qu'il avait devant lui. Il laissa passer un silence.

— Elle est belle, Imma, fit-il sans trouver d'autres mots sur le moment.

— Elle est ce que tu te représentes des Fées.

Axel sourit. L'opaline avait une apparence humaine, mais elle ne devait pas dépasser quatre pouces de haut. Petit corps aux pointes de pieds tendues, fin et long, sans sexe, l'opaline avait pourtant de légères formes féminines. Son aspect était laiteux et bleuâtre comme l'opale. Ses ailes, en forme de pétales blancs groupés par deux, n'étaient pas accrochées à son dos. Elles demeuraient suspendues dans le vide, comme l'opaline au-dessus de la main d'Axel.

Son nez était en trompette et elle ne possédait pas de bouche. Ses yeux étaient immenses et leurs extrémités tirées vers l'arrière. Quand ses paupières se soulevèrent, Axel en perdit son langage.

— Comment sont ses yeux ? demanda avidement la sorcière aveugle.

— Elle n'en a pas, balbutia Erwan. Son regard est transparent, il n'y a pas d'iris, pas de pupille et on dirait qu'il reflète toute la lumière de son corps.

— Ses paupières sont fines et ne possèdent qu'un seul long cil chacune, poursuivit Ceban subjugué.

Il n'y avait pas d'autre pilosité sur le corps. L'opaline ne possédait pas de cheveux, mais une petite calotte incrustée dans le sommet de son crâne. Au-dessus, trois nimbes s'arrangeaient en un ordre décroissant. Du dernier sortait un bout de fil.

— C'est le fil de sa vie qui se déroule, expliqua Imma à la question de Ceban. L'opaline est un être éphémère.

C'était bien là le seul défaut de la petite créature alifère.

— Je ne sens pas son poids, s'étonna Axel devant sa brillance de cristal et de pierre. Sa peau semble de velours ou de pollen.

Cependant il n'osait pas approcher le doigt : le moindre contact paraissait pouvoir la détruire.

— Elle a l'odeur d'un vent d'été, dit-il en inspirant.

L'opaline ouvrit ses ailes et un son chaud et cristallin sembla récompenser ses admirateurs de leurs compliments. Ceban se réchauffa de ce souffle. Cette sensation, aussi enivrante que celle de l'amour, ramena immédiatement l'image d'Éléa dans la tête d'Axel.

— Belle opaline, supplia-t-il, emmène-nous jusqu'à elle.

Il ne s'aperçut même pas qu'il n'avait pas donné de nom. Quelle importance ?! Il sentait que l'opaline écoutait son cœur plus que sa voix. Elle s'éleva de sa main, créant un léger tourbillon sur son passage et reproduisant le petit chant plein de chaleur. Ceban n'avait plus froid. Se retournant vers Axel, la petite Divinité tendit une main. Le jeune homme entendit une douce voix résonner dans sa tête :

Suis-moi, suis-nous.

Elle s'envola plus haut, révélant les marbrures blanc, rose et brun de la roche. Elle tourbillonna autour de chaque colonne de calcaire qui descendait des voûtes. Elle frôla chaque fil. En un éclair aveuglant, des centaines d'opalines se réveillèrent, illuminant le décor souterrain mieux que mille chandelles. Comme un extraordinaire essaim, emportant dans leurs vents les deux jeunes hommes, le nain et la sorcière, les sylphides s'élancèrent dans les couloirs de grottes.

Était-ce le pouvoir des Fées ou l'amour d'Axel qui guidait ces génies du vent, cette fantastique armée de petites Divinités ?

Deux hommes gras, au teint olivâtre, se tenaient à un carrefour entre deux grottes. Ils semblaient se parler par gestes et par claquements de bouche. Ils ne ressemblaient en rien à des gardes du château, mais ils étaient armés.

Resté en arrière avec Imma et les opalines, Erwan interrogea de la tête Ceban et Axel qui se retournaient vers lui. Il passa son index sur sa gorge à la façon d'une lame de couteau pour donner son avis : ils devaient s'approcher en silence et rien ne les contraignait à une quelconque pitié. Les deux jeunes hommes acquiescèrent et bandèrent leur arc ensemble. Un sifflement d'air. Les brutes eurent un sursaut, elles se raidirent et s'effondrèrent étrangement, comme des blocs de marbre. Les trois hommes préférèrent taire ce phénomène à Imma. La voie était libre.

Les quatre aventuriers rencontrèrent deux autres statues humaines plus loin et procédèrent de la même manière, les opalines restant chaque fois en arrière pour ne pas les trahir de leur lumière.

Curieusement, Imma commença à se sentir mal. L'épreuve de la barrière d'amalyse l'avait déjà bien ébranlée. Quelques sylphides se mirent à tourner autour d'elle avec douceur, comme pour chasser une mauvaise onde. Ceban la soutint. Qu'avait-elle ?

De nouveau les opalines n'avançaient plus. Axel et Erwan firent quelques pas. Tout était silencieux, mais ils pouvaient sentir le danger. Ceban se rapprocha aussi ; il devait tenir Imma par la taille tant ses étourdissements étaient de plus en plus violents. Leurs yeux balayèrent les parois rocheuses et le mur de pierres noires qui leur faisait face. Le couloir de la grotte faisait un angle.

Ceban assit Imma au sol et vint se coller avec les autres contre la roche. L'opaline se glissa entre eux, accompagnant le moindre geste d'Axel. Ce dernier la protégea de sa main pour cacher sa lumière et risqua un œil dans le nouveau couloir. Il avait entendu un léger bruit.

Korta et Muht se trouvaient là, dans une salle de roches rougies par les flammes, mais on pouvait aussi apercevoir aussi un corps inerte allongé sur une grande roue horizontale.

— Ses yeux ne te tourmenteront plus jamais.

Cette phrase avait été énoncée par une voix d'outre-tombe surgie de nulle part. Imma l'avait entendue aussi. Une peur indicible monta en elle lorsqu'elle la reconnut, son souffle en fut coupé et elle s'évanouit entre les roches. Il y eut également un grand bruit : Axel le prit pour l'anéantissement de son cœur. Mais le grognement suivant et l'avertissement de Ceban le réveillèrent. En face de lui, le mur venait de s'ouvrir sur une des brutes de Korta.

Le jeune homme ne laissa pas au visage hideux le temps de crier : sa lame trancha la chair molle. Un sang noir et nauséabond gicla puis la masse se pétrifia en tombant au sol. L'effet de surprise était rompu : Muht s'était retourné. Korta eut un juron étouffé et se saisit de son épée.

Axel se rua hors de sa cachette pour affronter le duc. À peine eut-il fait un pas dans la pièce qu'une masse de fumée, étrangère à celle provoquée par les torches, chercha à se jeter sur lui. Le jeune homme eut un mouvement de recul et de peur incontrôlable, mais la vague de chaleur des opalines le submergea et son courage revint. Dans un chant aussi chaud qu'un soleil, les génies du vent se mirent à tourbillonner. Un véritable ouragan se créa, tiraillant, déchirant, déchiquetant toute la fumée rouge. L'Esprit Sorcier ne put que hurler de rage. Toutes les torches s'éteignirent dans une vapeur noire suffocante, mais les opalines fournissaient toute la lumière nécessaire au combat.

Axel se jeta sur Korta, un instant encore dérouté par ces tornades déstabilisantes. Leurs épées s'entrechoquèrent entre les bourrasques, comme celles d'Erwan et de Ceban avec les lames de Muht et des brutes venues en renfort par le passage secret. Imma resta évanouie dans le couloir.

Lorsque les mouvements d'attaque amenèrent Axel près d'Éléa, il crut devenir fou. À moitié nue, la jeune fille gisait inconsciente. Derrière ses cheveux soulevés par les tourbillons, le sang de sa joue et les larmes avaient coulé jusqu'au creux de ses seins. Elle semblait désarticulée : les liens d'un de ses poignets avaient lâché sous l'usure de la corde.

Que lui avait fait subir Korta ? Était-elle encore en vie ?

Les coups de lame d'Axel auraient pu trancher la roche. Il allait tuer Korta, le décapiter, le broyer, le trucider ! Les rafales au ras du sol chassaient des flammes s'élevant autour des deux adversaires, bien plus réelles que celles apparues lors de leur duel en Aces. Axel avait l'impression que sa vie n'avait eu pour but que ce combat. Il se jetait sur Korta, comme si la mort de cet homme était la raison de sa naissance. Pourtant, par-dessus les cliquetis des lames d'acier et les hurlements d'impuissance de l'Esprit Sorcier – qui ne pouvait concentrer sa malfaisance – Axel entendit l'opaline lui parler de nouveau :

Le moment n'est pas venu de se battre. Tu dois fuir.

— Non ! cria Axel enragé en rabattant son épée violemment malgré les bourrasques.

Il pouvait gagner, il pouvait supprimer cet être abject maintenant ! Korta luttait avec résolution, mais il était en position de faiblesse et seul ; Ibbak ne pouvait pas l'aider : ses moindres expansions s'enroulaient sur les tourbillons luminescents des sylphides. Les brutes étranges n'étaient pas assez agiles pour des combats d'épée avec Ceban : ils tombaient comme des mouches. Même Muht arrivait à peine à tenir tête à Erwan à cause du vent qui l'assaillait. Mais les petites Divinités ne semblaient pas vouloir croire en la victoire d'Axel. Le jeune homme sentit leur courant chaud l'entourer et l'éloigner de force du duc. Il poussa un cri de révolte et chercha à se défaire des vents. L'opaline cria dans sa tête :

La moitié de ma vie sera bientôt passée, plus encore pour certaines de mes sœurs.

Axel finit par regarder la petite créature qui lui faisait face. Elle n'avait plus que deux auréoles au-dessus de la tête : le fil qui en sortait s'allongeait de plus en plus. Elle allait mourir. Axel l'avait oublié, il accepta de se calmer. Il n'était pas de taille à contrer l'Esprit Sorcier. Korta essaya de tirer avantage de l'immobilisation du jeune homme pour le tuer, mais il fut rabattu contre les parois de la grotte par les vents violents. Il poussa à son tour des cris de rage et de vengeance en voyant le jeune homme s'éloigner de lui.

Axel s'approcha d'Éléa avec peur. Il souleva les cheveux de son visage. La jeune fille semblait sans vie, les lèvres violettes de froid. Pourtant, de ses yeux coulaient encore des larmes.

— Éléa, Éléa, appela-t-il doucement.

Elle ne bougeait pas. Elle ne s'éveillait pas. Elle pleurait, mais restait inerte. Il l'embrassa, mais les lèvres ne répondirent pas.

Dépêche-toi ! cria l'opaline.

Axel coupa les derniers liens. Il ôta sa chemise qu'il passa sommairement à Éléa pour la réchauffer et cacher sa nudité : il se retenait de ne pas provoquer de nouveau Korta en duel ! Puis, il souleva Éléa dans ses bras ; la jeune fille était molle, sa tête tomba en arrière.

— On décampe ! cria-t-il à Ceban et Erwan.

Précédant son ordre, les opalines tourbillonnaient encore plus fort pour aider les deux compagnons d'Axel ; Muht se retrouva balayé par les courants et la brute suivante qui sortait du passage menant au château en fut bloquée. Ceban courut vers Imma et la chargea, toujours évanouie, sur son dos. Erwan passa derrière Axel. L'épée solidement tenue, le nain protégeait les arrières des deux jeunes hommes. Il avait remarqué la disparition de certaines opalines : des fils de soie traînaient sur le sol, l'odeur de vent chaud se mêlait d'un relent de pourriture. Leur protection n'allait pas durer longtemps. L'Akalien regarda Korta brusquement muet, plaqué contre la paroi rocheuse par les sylphides étincelantes.

— N'aie aucune inquiétude, on se reverra ! cria-t-il.

Le duc restait coi, mais ce n'était pas dû à la tournure prise par les événements : il avait entendu le prénom prononcé par Axel. Muht allait commencer son rapport à leur arrivée. Il ne lui avait pas encore dit qui était la Fille-aux-yeux-bleus. La possibilité que le Masque soit la Troisième Princesse de Leïlan statufiait Korta.

Erwan sentit tout à coup une opaline l'effleurer. Elle lui fit tourner le visage vers une petite boîte sur une table de bois. La petite sylphide forma un souffle d'air et le coffret cramoisi et doré tomba au sol, s'ouvrant sur la corne d'or d'Éléa. Erwan ne remarqua pas que le bijou était plus brillant que d'habitude. L'éclairage mirifique des opalines était trop blanc. Précipitamment, reconnaissant le pendentif, il l'enfourna dans le coffret et emporta le tout dans sa main. Il entendit Axel l'appeler. Il jeta un dernier coup d'œil à Muht, regretta amèrement d'avoir perdu ses fumées aveuglantes dans les douves et se mit à courir.

Les opalines s'élancèrent derrière lui pour protéger les fuyards jusqu'à leur sortie. Une seule d'entre elles restait devant, toujours près d'Axel pour lui indiquer le chemin.

Imma s'était à peine remise de son évanouissement, Ceban ne lui laissait pas le temps de réfléchir ou de s'appesantir sur ses malaises. À ses premiers mouvements, il l'avait remise sur ses pieds pour se servir de son arc. Il entraînait la jeune femme aveugle en courant, l'arrêtait pour décocher une flèche dans le cou d'une brute et reprenait sa course en l'attrapant par la taille. Un bruit sourd et démentiel se rapprochait d'eux : Ibbak avait réussi à se regrouper sur lui-même et, suivi de Korta, il s'infiltrait à vive allure dans les couloirs illuminés à leur poursuite. Les opalines désagrégeaient les filets de l'Esprit Sorcier, elles le retenaient le plus possible, mais leur nombre diminuait. Des fils couvraient le chemin.

Combien de grottes avaient-ils traversées pour venir ? La fin de la course semblait toujours plus loin alors que le danger se rapprochait. Erwan sentait le sol trembler sous ses pieds, la mort le talonnait. Il glissait sur la roche humide et tâchait de rétablir son équilibre dans des sauts incohérents. Il traversait les flaques d'eau et bondissait entre les dents de pierre des grottes. Ses petites jambes ne se laissaient pas distancer par ses trois compagnons – il les voyait se retourner de temps en temps pour vérifier qu'il suivait – mais il avait beaucoup de mal à les rattraper. Il n'avait plus vingt ans.

Une grosse brute essaya de le coincer au carrefour de plusieurs souterrains. L'Akalien esquiva avec adresse et ne tenta même pas le combat : il n'avait pas le temps et cette rencontre lui donnait une raison de plus pour courir. Il regretta une seconde fois la perte de ses poudres dans les douves.

Imma était déjà dans la barque au côté d'Éléa lorsqu'il déboula sur la dernière ligne droite. Axel et Ceban, debout, pointaient leurs flèches dans sa direction. Le nain entendit des corps s'effondrer bruyamment derrière lui et, au nombre de flèches que décochèrent les deux habiles jeunes gens, il put juger qu'il n'était vraiment pas seul à courir.

L'Akalien sauta dans la barque avec Axel, et ils empoignèrent leurs épées pour s'en servir comme rames. Mais Ceban resta sur la berge.

— Ceban ! Saute ! cria Axel.

— J'attends Korta ! siffla celui-ci entre ses dents en tendant la corde de son arc. Cette fois-ci, je ne le louperai pas.

— Saute immédiatement ! lui intimèrent ses deux amis.

Le grondement approchait et l'eau de la caverne semblait frémir. Ceban hésita encore une seconde. La barque s'éloignait. Il lança son arc et sauta. Il agrippa une nouvelle fois la main d'Axel et ne laissa guère de temps ses pieds nus dans l'eau.

La sortie n'était plus qu'à deux brasses. Ibbak s'enfla comme une fumée d'explosion dans la grotte, et forma un visage d'horreur, cherchant à attraper au dernier moment l'embarcation de ses crocs de fumée. La dernière opaline se mit à tourner de toutes ses forces, de toute sa puissance pour couper le chemin à l'Esprit Sorcier. Son chant fut presque un cri dans les lambeaux de fumée rouge qui défaisaient la face monstrueuse. Et, au moment où la barque franchit la limite de la grotte, l'opaline réussit à s'élancer derrière elle.

Axel !

Dans la clarté d'un jour encore pâle, où les lunes avaient oublié de se coucher, le jeune homme se retourna et tendit la main. L'opaline attrapa son pouce et le dernier tour de sa vie se déroula. Axel ne tenait plus qu'un fil soyeux dans la main et la goutte d'eau, qui avait donné naissance à la petite Divinité, s'écoulait sur son poignet comme une larme.

Axel n'eut pas le temps d'un pincement au cœur, ses doigts se refermèrent juste sur le fil avant qu'il tombe dans l'eau : Jerry – qui les attendait à la sortie – avait agrippé la barque en même temps que les sariclès. Et de la grotte, où l'eau frémissait de plus en plus, surgit une vague noire d'amalyse !

Pourquoi celle-ci revenait-elle à la charge ? se demanda Axel.

Ne se préoccupant pas des sauveteurs, l'amalyse, sous l'influence d'Ibbak, n'en poursuivait pas moins Éléa. Mais les sariclès avaient, eux, ordre de tout détruire. Comme lors de leur précédente rencontre, l'amalyse constitua une proie bien plus intéressante que les intrus humains pour les gardiens du château. Les sariclès lâchèrent la barque et se jetèrent sur la plante tueuse.

Malgré les hurlements désapprobateurs qui provenaient de la grotte, Imma, Ceban, Erwan et Axel virent disparaître le dernier obstacle de leur expédition dans des gerbes d'eau et des grognements sourds. Jerry les mit rapidement en sécurité sur les murs d'enceinte. Aucun d'eux n'avait pourtant l'impression d'avoir réussi. Ils avaient ramené Éléa, mais dans quel état ? Elle ne se réveillait même pas sous les caresses d'Axel. Et personne ne pouvait arrêter les larmes qui coulaient de ses yeux.

Imma s'était de nouveau évanouie. Dans la barque, son corps s'était comme engourdi, et ses paupières ne se soulevaient plus. Jerry prit la sorcière dans ses bras pour revenir rapidement à la Forêt Interdite. À côté de lui, Axel portait Éléa. Ceban et Erwan se chargeaient de la barque, un peu plus loin en arrière avec Allan et Théon frustrés et inquiets.

Le Monstre n'avait plus d'animosité envers Axel. Comme s'il avait enfin rangé ses crocs et sa haine.

— J'aurais dû prévoir qu'Imma avait déjà rencontré l'Esprit Sorcier Ibbak, se reprochait-il. Son corps se souvient de toutes les tortures qu'il a pu lui faire subir : chaque fois qu'elle se retrouvera en sa présence ou sous son influence, elle aura des malaises… Elle ne pourra plus s'approcher de Vic non plus.

Axel marchait vite à ses côtés.

— Tu ne peux pas soigner Éléa ?

Le jeune homme crut voir des larmes dans les yeux du Monstre lorsqu'il lui posa la question. Jerry n'eut même pas le cœur de reprocher son indiscrétion à Axel. La révélation du véritable prénom de Victoire n'avait plus d'importance pour personne. Il secoua d'abord la tête sans un son, puis il retourna sa face simiesque vers Axel.

— … et j'aurais préféré que vous la trouviez morte plutôt qu'ainsi.

Il baissa les yeux et accéléra le pas, laissant Axel un moment aphone.

— Lors du combat avec ton ancêtre, les Fées ont attrapé mon âme juste avant sa mort, et elles ont fait de moi le monstre que je suis. Les Esprits Supérieurs ne peuvent ni tuer ni ressusciter. Mais ils savent suspendre une vie ou créer un état proche de la mort selon leur envie. J'ai vu plus d'une fois Ibbak réduire à néant des gens par ce pouvoir… lorsque j'étais à son service.

Il resserra dans ses bras le corps d'Imma.

— Je n'en ai vu aucun se réveiller, poursuivit-il. Ils étaient entassés les uns sur les autres dans une cellule, comme des cadavres. Il arrivait que l'un d'entre eux hurle lorsque la douleur de son coma diminuait par intermittence. Pour leur paix, ils avaient la chance de mourir peu à peu de faim, de froid ou de fièvre.

Axel étreignit Éléa contre lui. Il ne pouvait croire tout ceci et pourtant… toute une rivière de larmes coulait à l'infini sur les joues de la jeune fille évanouie. Axel avait mal face à cette souffrance. Elle lui brisait le cœur et réduisait à néant son espoir de la sauver. Il traversa le Pont Sans Retour muet de douleur.

Les révélations de Jerry ne bouleversèrent pas seulement Axel. Bien qu'incapable du moindre mouvement, Imma avait parfaitement conscience de ce qui se passait et se disait autour d'elle. Étrange hasard où elle comprenait enfin qui était son mystérieux hôte alors qu'elle ne pouvait soulever les paupières. Elle ne put ainsi se rendre compte qu'elle avait enfin la possibilité de voir la première clarté du jour après dix-huit ans de cécité.

Le soleil se levait sur le calme champêtre. La nature se réveillait en petits pépiements joyeux accompagnés du clapotis des vagues sur le sable. Pourtant, dans l'une des salles de soins, les habitants de la Forêt Interdite s'étaient regroupés comme autour d'un cercueil : les têtes demeuraient baissées, les âmes se lamentaient.

Estelle pleurait à chaudes larmes en nettoyant la joue et le cou d'Éléa. Par pudeur, Jerry tournait le dos et regardait la mer par une fenêtre ; son esprit essayait de se préparer aux hurlements qu'il risquait d'entendre. Effondré sur une chaise, Axel montrait aussi peu de vie que le corps étendu en face de lui. Il ne cessait de repenser à la prophétie des Fées. Il était condamné à la solitude ; est-ce qu'Éléa payait l'amour qu'elle lui portait ? Il avait l'impression d'avoir perdu son bonheur, sa force, sa vie.

Serrée contre Ceban, Ophélie regardait Axel avec affliction. Elle qui croyait que le malheur était réservé au peuple. Dans son jeune esprit, les princes ne pouvaient être qu'heureux. La vie lui prouvait que les rangs, les richesses, le pouvoir, se pliaient comme la pauvreté devant la maladie et la mort. Ophélie lâcha les mains de Ceban et s'approcha d'Axel. Elle ne savait que lui dire et se contenta de poser sa main sur son épaule.

Axel tourna la tête et enroula ses bras autour de la taille et des boucles blondes.

Ceban n'eut pas une pointe de jalousie. En revanche, le mouvement de désespoir du prince troubla tellement Ophélie qu'elle se rua dans les bras de Ceban pour pleurer dès qu'Axel la lâcha.

Une petite personne, d'apparence encore bien plus fragile, s'approcha elle aussi du jeune homme. Ses yeux dorés n'avaient pas encore osé affronter le corps d'Éléa. S'étant échappée des bras protecteurs de ses parents, Chloé s'avançait. Axel sentit une toute petite main se glisser dans la sienne.

— J'ai pas encore essayé, mais je peux peut-être t'aider, chuchota-t-elle.

Une lueur d'espoir s'alluma dans les yeux d'Axel. En comprenant ce que voulait tenter sa fille, Erwan essaya d'éloigner sa femme loin de la salle de soins, mais Sélène ne voulut pas bouger. Que pouvait donc bien faire Chloé ?

L'enfant regarda une dernière fois sa mère. De toute manière, elle avait déjà pris sa décision. Elle serra les doigts d'Axel et leva les yeux vers

Éléa. Elle sembla se concentrer quelques courtes secondes puis eut un brutal mouvement de recul. Axel sentit la petite main devenir moite de peur.

— Arrête, Chloé.

Mais il était trop tard, l'enfant avait vu une image et se laissait emporter. Son visage gardait une expression de frayeur. Sélène observait sa fille en refusant de comprendre.

— Vic est entourée de feux et de fumée. Je la vois dans un puits, annonça l'enfant. Elle est à genoux. Elle a mal. Elle brûle.

— Mais elle est froide, répondit Axel à la description de l'enfant.

— La chaleur va venir.

Axel perçut de nouveau un serrement de la main blanche de la fillette. Il la vit détourner le regard vers le sol. Elle avait envie de fuir.

— Que vois-tu d'autre ?

— Rien, rien, gémit-elle en lui lâchant brutalement la main pour se cacher les yeux. Elle hurle ! Elle hurle !

Chloé poussa un cri et se mit à pleurer :

— Elle veut mourir ! Elle a mal ! Elle a mal !

Erwan saisit sa fillette dans ses bras pour la calmer : son corps lui-même semblait secoué. Axel était devenu blême. Il avait posé les doigts froids d'Éléa contre sa joue.

— Résiste, ma douce. Je ne pourrais jamais supporter ta mort. Il doit exister un moyen de te sauver.

La main de la jeune fille devint soudain brûlante et son corps s'inonda de sueur. Jerry, qui s'était retourné depuis l'approche de Chloé, comprit :

— Elle peut mourir de fièvre !

Il n'en fallut pas plus pour Axel. Après l'effondrement revint la force du désespoir. Il arracha les couvertures d'Éléa et attrapa la jeune fille dans ses bras. Comme un fou, suivi de Jerry, il sortit pour aller s'engouffrer jusqu'à la taille dans le lac de la Forêt Interdite. Il immergea Éléa dans sa fraîcheur. Dans les Pays Noirs, le Grand Guérisseur Oudal avait abaissé la température du corps d'Axel – aux prises avec les Fièvres Folles – par des bains de plus en plus glacés.

Chloé s'enfuit des bras de son père et suivit l'attroupement dehors, toujours hypnotisée. Erwan resta un instant accroupi puis tourna la tête vers sa femme immobile.

— Nous avions refusé cette possibilité. Mais notre fille a bien le pouvoir des Scylès. Je l'ai appris cette nuit.

Encore plus livide que d'habitude, Sélène avait une expression de peur sur le visage. Elle sortit. Elle aperçut sa fille, dressée de toute sa petite taille sur un rocher. Elle fixait Éléa plongée dans l'eau. En transe et en larmes, elle continuait à décrire les images que son pouvoir lui permettait de voir : les flammes se retiraient comme la chaleur du corps, mais une fumée rouge étranglait toujours la jeune fille. La souffrance ne s'estompait pas.

— Nous ne pouvons pas combattre Ibbak, seules les Fées le peuvent ! cria Jerry en frappant l'eau d'un coup de poing désespéré. Et nous n'avons même plus leur corne !

S'approchant du bord du lac, Erwan rectifia :

— Mais si ! Je l'ai récupérée !

Il la sortit du coffret cramoisi et doré au grand étonnement de tout le monde. Un maillon de la chaîne était cassé, mais c'était bien le cadeau des Trois Fées de l'Est !

— Il faut la réparer ! s'écria Jerry soudain plein d'espérance.

Erwan partit immédiatement chez lui.

— Mais qui pourra s'en servir ? demanda Ceban.

— Axel, répondit Jerry.

Le jeune homme le regarda sans comprendre.

— Ton père possède la même. Étant l'un de ses héritiers, tu dois pouvoir t'en servir.

— Je ne suis que son troisième fils ! rétorqua Axel avec rage. Je n'aurai même rien en héritage ! Et le mal d'Éléa n'est pas une plaie et ne commande pas un besoin matériel !

À part Ophélie et Chloé – qui était dans un état second – personne ne comprenait la dispute qui semblait monter. Mais ce n'était pas le plus important pour le moment. Erwan revenait déjà en courant.

Axel espérait malgré tout tellement pouvoir guérir Éléa qu'il ravit le collier des mains de l'Akalien.

Il avait remarqué que la jeune fille posait sa corne sur les plaies pour les soigner. Axel passa le pendentif au-dessus d'elle, sans effet. Seule une lumière jaillit, qui éclaira la peau sous la chemise trempée. Le jeune homme promena de nouveau le joyau, puis recommença encore. Même les blessures de sa joue, de son cou, de ses mains ne se refermaient pas. Axel souhaita sa guérison, pria, mais Éléa ne bougeait pas. Chloé décrivait toujours la même image et les mêmes tortures. Axel n'était que le troisième fils du roi de Pandème, que le troisième… Il n'aurait jamais sa corne en héritage, il n'aurait jamais le pouvoir de s'en servir.

Désespéré, il passa le collier autour du cou de la jeune fille. Lorsque celle-ci désirait quelque chose de matériel, elle procédait ainsi. Dans ce cas précis, il ne savait pas si quelque chose apparaîtrait, mais il lui prit la main pour la déposer sur sa corne.

Les doigts d'Éléa n'eurent pas le temps de toucher le bijou. Une vapeur transparente s'éleva du pendentif et s'enroula autour d'elle. Son corps fut pris de convulsions. La vapeur la pénétra par tous les pores de sa peau. Éléa se tétanisa et se mit à hurler pour de bon. Ses cris déchirèrent l'air autant que ses brusques mouvements : Axel et Jerry eurent toutes les peines des Mondes à la maintenir à la surface de l'eau. Puis, comme si elle avait exhalé sa dernière bouffée de vie en ce court instant, elle s'effondra, sans force. Chloé s'évanouit au même moment.

L'irréalité de la scène avait pétrifié tout le monde. Une apparition brutale et fugitive. Quel effet avait donc eu cette vapeur ? Était-elle ressortie du corps d'Éléa ? Elle était transparente comme les Fées. Était-ce l'une d'elles ?

Il n'y eut aucune réponse. Même Jerry en restait muet.

Erwan releva sa fillette. Elle rouvrit péniblement les yeux, mais se retourna immédiatement vers Éléa. Axel la regarda sans bouger, les mains agrippées au corps toujours évanoui. Qu'avait-il fait ? Chloé sourit.

— Elle dort. Victoire dort, soupira-t-elle de joie en s'écroulant dans les bras de son père.

Personne n'arriva à la croire sur le moment. Éléa restait couverte de plaies. Son visage était de plus tant inondé d'eau et de larmes qu'il était bien difficile de déterminer si elle avait réellement cessé de pleurer. Mais ses traits paraissaient détendus.

Il y eut des rires et encore des pleurs.

Axel retrouva son calme et caressa le visage endormi. Son cœur croyait Chloé. Il porta les lèvres d'Éléa aux siennes. Un instant, sa peur le reprit devant le sommeil imperturbable de la jeune fille.

— Laisse-la dormir, préconisa Jerry.

Axel regarda de nouveau Chloé.

— Elle rêve de toi, sourit l'enfant avec malice malgré sa faiblesse.

Le jeune homme serra doucement Éléa dans ses bras et lui murmura :

— Fais les plus beaux rêves qui puissent exister en ces Mondes, mon amour, nous les vivrons ensuite.

Il l'embrassa encore.

De son côté, Chloé devait maintenant affronter le regard de sa mère. Elle avait gardé l'amour de son père, mais elle savait la haine profonde que Sélène éprouvait pour cette faculté. Elle n'osait même pas se servir de ses yeux pour savoir ce qu'elle pensait.

— Pardonne-moi, maman, dit-elle tout bas.

— Te pardonner quoi ?

— J'ai ce pouvoir que tu détestes.

Elle sentit les bras de sa mère l'entourer et la serrer avec leur maladresse habituelle.

— Mon ange, tu es mon enfant. Comment peux-tu croire que je puisse t'en vouloir ? J'ai haï ce pouvoir parce qu'il était associé à des hommes qui m'avaient fait souffrir. Mais je suis sûre que rien de mal ne peut sortir de toi… En acceptant ta naissance, j'ai fait plusieurs vœux. Tu sembles tous les exaucer. Et l'un d'eux était…

— … que j'aie la sagesse de papa.

À ces paroles, Erwan enserra de ses bras les deux amours de sa vie. Axel ne pouvait pas se séparer du sien.

— Tu vas l'étouffer, prévint Jerry. Donne-moi Vic… enfin Éléa. Je m'occupe d'elle avec Estelle pendant que tu te changes et… elle sera de nouveau à toi.

Le Monstre semblait déclarer forfait. En une nuit, il avait appris à perdre, à pardonner et, chose étrange, il avait l'impression d'en ressortir vainqueur. Axel lui en voulait d'avoir failli dévoiler son identité, mais Jerry ne l'avait pas fait traîtreusement. Cela avait été un moment mêlé de peurs et d'espoirs. Axel hésita encore et, après un dernier baiser, parvint à confier sa raison de vivre à Jerry.

Le jeune homme se sentit un instant dépossédé de tout et sortit de l'eau. Il se laissa accueillir par plusieurs bras et regarda autour de lui. Ses yeux se portèrent sur le tronc crénelé d'un jeune chêne. Quelqu'un se cachait derrière l'arbre. Quelqu'un que tout le monde avait oublié et qui avait disparu depuis l'annonce de la capture d'Éléa. Les yeux en amande avaient une expression apeurée : Tanin se sentait une fois de plus abandonné et perdu.

Axel s'avança et s'accroupit devant lui en souriant, enfin.

— Elle est toujours là pour toi.

Mais il sentit que Tanin avait besoin de plus pour être rassuré. Ses lèvres entrouvertes n'arrivaient pas à le demander. Le jeune homme comprit la pudeur de l'enfant et tendit les bras le premier. Tanin s'y jeta et l'explosion de larmes qu'il avait retenue toute la nuit éclata. Malgré la dureté de son enfance, malgré toute la volonté mise en œuvre pour rester insensible, ses huit ans hurlaient leur fragilité et la peur ressentie durant ces dernières heures. Lui aussi avait besoin de sentir des bras l'entourer.

Axel le tint fort contre lui.

— T'es tout mouillé ! se plaignit Tanin entre deux sanglots.

Axel se mit à rire et se releva, l'enfant toujours cramponné à son cou. Il allait l'emmener avec lui lorsqu'il aperçut le fil d'opaline accroché à sa ceinture. Pouvait-elle revivre ? Pourquoi serait-elle éphémère ? Une Divinité, petite ou grande, n'est-elle pas nécessairement immortelle ?! Trop de rêves brillaient dans sa tête.

Axel déposa le garçon, qui se frottait le nez dans de grands reniflements. Il n'était pas sûr que l'apparition se fasse, mais il voulait essayer. Sans une parole, comme un magicien exécutant un tour miraculeux, il prit une larme sur les joues de Tanin et souffla.

L'enfant oublia ses pleurs devant la lueur éblouissante.

La petite Divinité étira ses bras, comme si elle sortait d'une sieste, et tourna deux fois autour du jeune homme et de l'enfant fasciné. Puis elle s'élança vers le lac où elle glissa sur le fil de l'eau, dansant avec son reflet dans les rayons du soleil matinal. Son éclat, sa chaleur et sa beauté attirèrent tous les regards. Elle sécha les larmes et emporta dans ses tourbillons les mauvais souvenirs et les cris des enfants.

Axel se demanda si l'opaline était la même Divinité que celle de la grotte. Se souvenait-elle de lui ? Elle s'arrêta soudain de danser et tourna son regard de lumière vers lui.

Je mourrai toujours dans tes mains.

Axel sourit et inclina la tête respectueusement. L'opaline s'envola de nouveau sur la surface étincelante du lac pour continuer ses tours au ravissement des spectateurs. Axel se leva et laissa Tanin se remplir les yeux de merveilleux, la bouche ouverte.

Le bruit de la colère

Comment les sariclès avaient-ils pu laisser entrer des intrus dans les grottes du Mont Ételᅟ?

Korta ne comprenait pas. Il avait tenu sa bague ducale ouverte depuis l'escalade de la tour par le Masque. Il avait ainsi influencé les monstres gardiens, les rendant très agressifs. Personne n'aurait dû pouvoir passer derrière la jeune fille. D'après Muht, le nain akalien était un Alchimiste Suprême ; il avait dû fabriquer une potion ou quelque chose qui neutralisait les sariclès. Lui qui prenait l'étranger pour un simple petit clown habile ! La surprise de lui découvrir de telles capacités était de taille ! Mais il était certain qu'il devait y avoir une autre explication à leur intrusion. L'amalyse, du moins, aurait dû les arrêter.

Comment la Troisième Princesse de Leïlan pouvait-elle être encore en vie ?

La réponse de Muht avait laissé le duc encore plus enragé. Éléa avait été protégée dans la Forêt Interdite dès sa naissance. Elle avait pu échapper au massacre des nouveau-nés.

De son côté, la découverte de l'identité du Masque avait livré l'Esprit Sorcier à la folie pure, au point que les fondations même du château avaient dû en être ébranlées. Les grottes sentaient encore le feu de sa récente colère. Ibbak savait que les Trois Fées risquaient de gagner la partie : il s'était rendu compte, lui aussi, que le prince Axel était amoureux d'Éléa. L'alliance de Pandème et de Leïlan était encore possible, si la jeune princesse héritait du trône. La tache royale qu'on pouvait voir sur la nuque de la Fille-aux-yeux-bleus demeurerait une preuve irréfutable de son rang pour le peuple. Si Éline se suicidait, si Éloïse mourait, le peuple préférerait de toute façon n'importe quelle autre princesse au pouvoir plutôt qu'un duc. Et Korta devrait faire face à plus que de simples soulèvements communaux.

Le sinistre seigneur ne pouvait pas laisser dix-huit ans de manigances et de projets s'effondrer ! Il ne pouvait pas échouer maintenant. Il fallait qu'il épouse Éline au plus vite, et qu'elle reste sur le trône. Au moins jusqu'à la fin des quatre cents ans de pouvoir des Esprits, dans vingt-six jours. Si d'ici là, la princesse Éline venait à disparaître, Korta pourrait toujours réveiller Éloïse pour l'épouser : mais quels arguments pourrait-il avancer pour l'y forcer devant le roi ?

Le roi ! Le roi ! Ce pantin devenait de plus en plus encombrant ! Pourquoi fallait-il que le peuple vénère son souverain, quoi qu'il fasse, simplement parce qu'il possédait une tache sur la nuque ? Pour le symbole, parce que c'était le choix des Fées ?! Ces idolâtries de paysans exaspéraient Korta. Seul le roi pouvait décider de son successeur : ne montait pas sur le trône qui voulait, ou du moins n'y restait pas qui voulait.

La torche, que Korta tenait au-dessus de son visage, dessinait des marbrures instables sur ses traits incendiés. La chaude lumière effilée rehaussait autour de lui les tons bruns de la roche. Elle semblait lécher avec délices la couleur sang de son pourpoint de velours et de soie.

Avec rage, Korta attrapa la dernière poignée de fils d'opalines qui subsistaient et la jeta dans un des lacs profonds des grottes du Mont Étel. Son souffle exhalait tant de haine qu'aucune Divinité ne pouvait en renaître. Les unes après les autres, les sylphides disparaissaient dans l'eau vers les fonds obscurs, loin de tout souffle humain, loin de tout sentiment d'amour, loin de tout espoir de vie.

N'osant pas prendre la parole de son propre chef devant sa Divinité, Muht attendait les questions pour répondre à chacune d'elles. Toujours en arrière, toujours prostré, il sentait les envies de meurtres et de batailles monter en puissance chez l'Esprit Sorcier. Encore moins calme que Korta, le Grand Ibbak regardait par ses orbites de fumée ses ennemies couler vers leur cimetière :

— Tu as conscience qu'avec la corne, ils auront le pouvoir de réveiller la princesse Éléa. Tu as moins d'un mois pour la tuer ou tu devras l'affronter dans le Dernier Combat... En espérant que ce soit bien elle, ton Adversaire.

Korta fronça les sourcils à cette dernière réflexion, et se retourna vers la masse rouge qui s'enroulait lentement sur elle-même.

— Oui, Éléa n'est pas ton véritable ennemi, marmonna l'Esprit Sorcier en reprenant une forme monstrueuse. Elle n'était qu'un leurre, destiné à nous distraire. Les Fées ont essayé de me tromper une nouvelle fois. Ton Adversaire sera le prince Axel !

— Alors son épée a un pouvoir ! s'exclama Korta.

— Non, imbécile. Je te l'ai déjà dit. Ne te cherche pas de fausses excuses ! Il est aussi vulnérable qu'un autre !

— Pourtant, il vous a échappé autant qu'à moi ! répliqua Korta avec insolence.

— Tu veux subir la même souffrance que le Masque pour oser me parler sur ce ton ?!

Muht plissa les yeux en sentant venir l'orage. Korta avait fait un pas en arrière. Le souvenir de la fureur d'Ibbak affaiblissait son envie de révolte. Il ressentit une profonde douleur au ventre et en tomba à genoux devant l'Esprit Sorcier.

— Je mets ton arrogance sur le compte de la colère. Que je ne t'y reprenne pas. Sers-toi de ta rage pour exécuter mes ordres ! Déniche le prince Axel et la princesse Éléa, tue-les, détruis tout ce qui entrave mes plans ! Et ne reviens me voir que vainqueur !

Le duc remontait les couloirs des grottes en fulminant. Ses échecs et la suprématie d'Ibbak lui devenaient insupportables. Il aurait tout donné pour pouvoir fermer le clapet de l'Esprit du Mal en le renfermant dans son coffret de pierre. Korta avait les nerfs à fleur de peau. Il arrivait non sans peine à ordonner cependant des idées judicieuses dans son esprit.

Muht marchait derrière lui. Il suivait les bouillonnements de son esprit. Il sentit que Korta allait l'agresser avant que celui-ci se retourne. Il prit les devants :

— Je dois interpréter des images, je ne pouvais en aucun cas deviner son nom ! Si tu ne m'avais pas caché le visage d'Éline, j'aurais compris depuis longtemps que le Masque était la Troisième Princesse de Leïlan !

Korta s'était arrêté la bouche ouverte, coupé dans son attaque.

— Je sens son esprit maintenant que je l'ai étudié, continua Muht. Je peux déjà te dire qu'elle est guérie, en paix. Négligeras-tu cette information comme les autres ?

— Elle n'a aucune importance par rapport à toutes celles que tu aurais dû me donner depuis longtemps ! Seul le prince Axel compte maintenant !

— Ne te plains pas de la qualité de mes services, tu as faussé toutes mes recherches en refusant que je lise tes souvenirs ! Orgueil de chef, désir de traîtrise, je ne sais, mais tu te refermes tout de suite ! Quoi qu'il en soit, notre collaboration ne tiendra pas longtemps si tu me reproches tes propres erreurs ! J'ai largement tenu mes engagements, je suis à même d'exiger que tu remplisses ta part du marché !

— Tes engagements ?! Qu'ai-je de concret ? Quels avantages ta présence m'a-t-elle octroyés sur mes ennemis ! Que m'as-tu appris que je n'ai découvert seul ?

— La source des armes et des provisions du Masque ! L'emplacement des villages prêts au combat ! Le nombre exact de ses compagnons ! L'origine de chacun ! La nature du Monstre de la Forêt Interdite ! Son pacte avec les Fées !…

— Parce que tu crois que je n'aurais pas réussi à la faire parler avec les tortures d'Ibbak ?! Ton pouvoir ne nous a permis d'avoir tout cela que une heure plus vite ! répliqua Korta avec mauvaise foi.

— Tu n'es qu'un traître, un homme sans honneur !

— Par rapport à Jerraïkar, j'ai donc toutes mes chances de gagner ! Mais je ne suis pas un lâche qui courbe l'échine à la moindre frayeur !

— Je crains les pouvoirs de ma Divinité ! Je les respecte ! Je lui obéis ! Je n'ai pas peur de la mort !

— Eh bien dans ce cas, continue à servir Ibbak et suis nos plans dans la Grande Plaine !

Les deux hommes d'égale stature s'affrontèrent du regard, turquoise des Mers des Glaces contre noir des ténèbres.

— Le Grand Ibbak veut la guerre. Ici ou entre Akal et les Pays Insolites, peu lui importe. Je dirigerai la troupe de tes mercenaires jusqu'au rétablissement de Gorth. Si tes plans de bataille n'apportent rien, je partirai mener la mienne.

Korta resta les poings serrés. Il suivit des yeux le départ du guerrier scylès, plein de l'envie de le tuer. Il se dit que lorsqu'il serait vainqueur, roi de Leïlan et empereur du Monde de l'Est, il saurait quelle tête couper en premier.

Il allait poursuivre son chemin dans le labyrinthe de grottes ténébreuses pour remonter dans ses appartements, lorsque l'idée de sa future royauté lui remit les princesses en tête. Il avait dit à Éléa que la princesse Éline ne risquait rien là où elle se trouvait. C'était exact. Pour reprendre son autorité sur elle, il l'avait enfermée sans scrupule avec sa sœur dans un cachot des plus immondes. Korta prit un nouveau couloir tortueux et s'approcha doucement d'une grille quelque peu rouillée. L'humidité couvrait les murs de salpêtre à cet endroit. Le duc eut envie d'observer discrètement le désespoir solitaire de la princesse Éline.

Dans la petite pièce sombre et basse, dont le plafond était de bois vermoulu et les murs et le sol de pierre, il trouva la jeune fille en chemise de nuit, emmitouflée dans une couverture miteuse. À genoux sur le sol noir et sale, elle ne portait ni voile ni bijoux. À côté d'elle, la princesse Éloïse était allongée sur une vieille natte de paille tressée. Elle dormait toujours du plus grand sommeil, mais sans voile et sans apprêt. Éline l'avait entièrement dévêtue et lui avait passé son lourd manteau d'intérieur.

Pourquoi Éline avait-elle rejeté toutes les affaires de sa sœur dans le coin le plus pestilentiel du cachot ? Cherchait-elle toujours le remède pour Éloïse ? Croyait-elle vraiment pouvoir y arriver de la sorte ?

Korta ne comprenait rien à cette mascarade jusqu'à ce qu'il s'aperçoive que la princesse n'avait pas touché à un morceau de sa nourriture. Là, l'explication lui vint claire et nette dans les dernières phrases qu'Éléa avait adressées à Éline : « Retirez vos richesses, rejetez les Interdits des hommes pour élever votre âme jusqu'aux Esprits Supérieurs, jeûnez deux jours pour prouver votre dévotion. Les Fées ne pourront pas vous oublier. »

Pauvre Princesse ! Que de prières inutiles ! Leïlan était le pays des Illusions et non celui des miracles !

Le duc eut envie de rire aux éclats sur le moment. Les actes d'Éline annulaient les effets des poisons secondaires mais, sans la Fleur de l'Éveil Blanc, Éloïse ne pourrait être que plus malade. Par un heureux hasard, peut-être seulement parce que, désespérée, elle avait cru qu'Éline ne comprendrait pas le message, Éléa n'avait pas visualisé la fiole d'antidote devant Muht. Korta n'était donc pas au courant de son existence, il pensait sincèrement qu'Éléa était revenue au château pour dire à sa sœur qu'elle devait chercher encore.

Ce qui suspendit l'euphorie du duc fut un geste de la princesse. Plus ou moins de dos, elle venait de pousser un petit cri étouffé. Dans sa main droite, Korta aperçut un morceau de carafe brisée dont une pointe aiguë était imbibée de sang.

Croyant que la jeune princesse attentait à sa vie, Korta entra brutalement dans le cachot. De peur, Éline se leva d'un bond. Mais, sur sa chemise blanche, le sang qui coulait provenait seulement d'un doigt. À ses pieds, il y avait un morceau de papier et un brin de paille.

Korta restait interloqué, mais lorsqu'un bruit d'ailes le fit se retourner, il comprit : un oiseau blanc et rouge se trouvait dans la cellule !

Le pavallois était entré par un petit soupirail qui reliait les grottes entre elles. Pour retrouver ses maîtres, cet oiseau messager possédait un instinct qui surpassait le flair du plus fin limier. Il aurait rejoint Éline n'importe où en ces Mondes. Toujours aussi orgueilleux, il s'ébouriffait et se lissait les plumes pour attirer l'attention sur lui, sans se rendre compte que c'était le seul geste à ne pas faire à ce moment précis.

Korta regarda de nouveau Éline. Elle s'était baissée précipitamment pour prendre le morceau de papier et, terrorisée, elle s'était ensuite plaquée contre le mur noir. Elle avait les yeux légèrement cernés et ses cheveux commençaient à s'emmêler dans leurs propres tresses. Mais trahi par les flammes de la torche du couloir, son visage, empreint de peur, était encore plus blanc et plus pur que d'ordinaire.

— Donnez-moi ce message, princesse Éline.

À son approche, elle serra un peu plus le papier dans sa main que, par réflexe, elle cacha dans son dos. Mais comment pouvait-elle empêcher le duc de le lui prendre ? Ses yeux se posaient partout à la recherche d'une solution inexistante. Elle ne pouvait même pas détruire cette lettre du prince Cédric.

— Donnez-moi cette missive, répéta-t-il avec lassitude. Ou j'en viendrai à la force.

Il avait tendu la main dans un geste brusque. Éline baissa la tête et crispa les lèvres. Le duc d'Alekant avait déjà osé porter la main sur elle. Il l'avait même enfermée dans cet horrible cachot. Elle versa une fragile larme en lui donnant la lettre. Elle aimait déjà son prince et croyait en son amour. Elle savait Cédric actuellement au-delà de la Mer Intérieure, mais il l'aurait arrachée des mains du duc pour la prendre dans ses bras. Elle cédait à l'esprit romantique des princesses captives et à ses croyances : Cédric avait toutes les qualités du prince sauveur.

Se penchant vers la faible lumière du couloir, Korta regarda le papier avec attention. D'un côté, on découvrait une lettre enflammée par la passion, de l'autre les premiers mots d'un appel à l'aide écrit avec du sang.

— Vous avez cette petite correspondance depuis combien de temps ? demanda-t-il sèchement en retournant plusieurs fois le bout de papier dans ses mains.

La jeune princesse ne répondit pas. Aucune importance. Korta mit la lettre dans sa poche.

— Le Masque est mort, lâcha-t-il subitement.

— Montrez-moi son corps si vous voulez que je vous croie, répliqua Éline pour se donner du courage. Elle est protégée par les Fées.

— Éléa est morte sous la torture ; j'ai donné le corps de la Troisième Princesse de Leïlan en pâture aux sariclès.

Éline se sentit un instant brisée : elle ne voulait pas le croire, mais il connaissait son nom. Korta savait qui était le Masque et la Fille-aux-yeux-bleus.

— Le petit jeu est fini. Demain soir, vous serez ma femme.

Éline baissa de nouveau la tête. Ses yeux avaient perdu toute lumière. Ici, il n'y avait pas de ciel, pas d'espoir. Que des murs inébranlables que des mains avides de liberté avaient grattés jusqu'au sang ; murs dont la pierre suintait les larmes d'épuisement et l'odeur de mort de leurs captifs. Une horreur sans nom dont la jeune princesse n'avait jamais soupçonné l'existence jusque-là, et dont la cruauté lui pénétrait sournoisement les chairs jusqu'aux os.

La potion d'Éléa aurait-elle fait son effet d'ici demain soir ?

Éline suivait toutes les paroles de sa sœur à la lettre, mais Éloïse ne se réveillait pas. Avait-elle mal compris ? S'égarait-elle sur des phrases qui n'avaient en fait pas le moindre sens ?

— Je ne vous laisse aucun remède pour la princesse Éloïse, évidemment, rajouta Korta avec perversité. Sa souffrance et son agonie ne vous décideront que plus vite. Je veux que vous déclariez à votre père que vous ne désirez vous unir qu'à ma personne... Au fait, le roi vous croit actuellement souffrante. J'ai réussi à le dissuader de vous voir, mais il a dépêché quatre médecins pour vous. Ne vous inquiétez pas, je n'ai eu aucun mal à les mettre sous mes ordres. Faut-il croire que le roi se soucie de son unique héritière ?

Il se mit à ricaner, puis à rire de façon macabre. Éline se retenait de pleurer. Elle se sentait tellement impuissante.

Korta n'avait plus rien à dire. Il boucha le soupirail à l'aide de sa cape et, reprenant son calme, s'approcha doucement du pavallois roucoulant. L'oiseau ne bougea pas jusqu'à ce qu'il avance les mains vers lui pour l'attraper. À ce moment-là, habilement, le pavallois s'esquiva pour s'envoler plus loin.

— Bon, je ne tiens pas à ce qu'un prince arrive en grande pompe dans ce château. Alors, Altesse, attrapez-moi cet oiseau de malheur !

— Attrapez-le vous-même !

Korta savait qu'il n'aurait jamais assez de patience. Mais il essaya. Au bout de cinq minutes de ce petit manège, il dut se résoudre à complimenter l'animal. Celui-ci se gonfla de suffisance. Éline crut un instant que Korta allait parvenir à ses fins. Cependant, s'il aimait les flatteries, le pavallois n'obéissait pas pour autant au flatteur. Il voleta de nouveau de l'autre côté de la pièce et s'accrocha à un morceau de poutre pourrie. Korta commençait à fulminer. Ses mots étaient doux mais ses yeux s'assombrissaient.

Éline s'était sensiblement rapprochée du soupirail et, d'un coup, elle en retira la cape.

— Envole-toi ! cria-t-elle au pavallois. Rejoins le prince Cédric immédiatement !

Le pavallois hésita encore une fraction de seconde pour écouter les compliments du duc puis s'élança. Korta se jeta sur lui, mais l'oiseau fut le plus rapide : il ne lui sacrifia qu'une longue plume rouge en s'engouffrant dans le passage. Juste de quoi rabaisser sa vanité pour quelque temps. Excédé, Korta frappa brutalement Éline. Si le mur ne l'avait retenue, elle serait tombée à terre.

— Je ne serai jamais votre femme ! hurla-t-elle en relevant la tête avec insolence. Je ne céderai pas ! Éloïse ne s'apercevra même pas de sa propre mort ! De toute manière, vous l'avez déjà condamnée depuis longtemps ! J'ai été suffisamment idiote de vous craindre et de croire que vous la soigneriez ! Sortez de cette prison ! Laissez-moi mourir ! Il n'y a plus d'héritière ! J'ai rejeté mon rang autant que mes bagues ! Vous devrez attendre le choix des Fées et voir la couronne vous échapper !

Le mur ne soutint pas Éline une seconde fois ; la gifle fut tellement forte, le choc lorsqu'elle tomba au sol tellement violent, qu'elle en perdit connaissance.

— Mourez de faim. À votre guise. C'est une mort lente et douloureuse.

Korta appela deux de ses brutes. Il leur ordonna de bloquer le soupirail et d'ôter tout ce que le cachot pouvait contenir de dangereux. Sans interrompre leurs dérangeants raclements de gorge, les hommes au teint olivâtre retirèrent jusqu'aux morceaux de carafe brisée, qu'ils échangèrent contre un petit pichet de fer.

Korta se retourna une dernière fois vers Éline avant de sortir. Même elle se révoltait !

Plus de patience, plus de sang-froid ! Korta allait obéir à Ibbak. Il était temps qu'il montre sa force et sa propre rage. On osait se mesurer à lui ! Les grandes tueries allaient recommencer, les incendies allaient se multiplier ! Le prince Axel croyait pouvoir l'affronter sans risque ?! S'il ne pouvait atteindre le jeune homme, alors ce seraient les Leïlannais qui allaient entendre sa colère résonner dans la Grande Plaine ! La Vengeance allait crier sa victoire, la Mort allait triompher de la Vie, la Peur atteindrait son apogée ! D'un pas résolu, il se décida à rattraper Muht : plus de quatre cents hommes étaient revenus des frontières.

Le tocsin d'Ize se mit à hurler son tintement à en perdre haleine. Trois oiseaux déchirèrent le ciel de grands cris d'épouvante. Axel sortit précipitamment d'une pièce de réserve aux hurlements de Jerry :

— Ize ! Ize est attaquée ! Quarante hommes armés !

Ceban, Allan et Théon coururent immédiatement seller les chevaux, Erwan les rejoignit avec les armes. Ils n'étaient que quatre. Sten ne pouvait pas encore se battre, et Éléa ne s'était même pas réveillée. Axel se retourna, attrapa une chemise noire dans le linge et dévala précipitamment une racine aérienne. Saisissant son épée et son arc, il s'élança lui aussi vers les écuries.

Habillé d'une nouvelle chemise, Ceban avait sellé Nis.

— Je savais que tu viendrais, dit-il à Axel en montant sur son propre cheval.

— Oui, mais tu t'es trompé de monture. Désolé Nis, c'est Zarkinn que je prends.

La jument sembla se retourner avec dédain.

— Je suis étranger et messager, expliqua-t-il en attachant prestement la selle. Je ne peux me battre ouvertement et en plein jour contre les soldats de Leïlan sans risquer la guerre pour mon pays.

Il prit place sur le dos du bel animal. Cachant le blond de ses cheveux dans une large étoffe, il fit glisser son amalyse devenue noire sur son visage de la même manière que le Masque.

— Et la légende ne doit pas mourir ! s'exclama-t-il en s'élançant dans la prairie.

Si le moment n'était pas à l'enthousiasme, sa décision ne manqua pas d'approbation. Les cinq cavaliers déboulèrent devant le Grand Arbre, ébranlant la calme prairie du martèlement des sabots. Ils prenaient la direction du Pont Sans Retour lorsqu'une voix les arrêta en criant :

— Attendez-moi !

Estelle sortait en courant vers eux. Elle portait encore bottes et pantalon et tenait une épée à la main. Son mari essayait de la retenir à grand renfort d'arguments, mais elle ne l'écoutait pas.

— Depuis six mois, je suis à l'écart des combats ! Pas aujourd'hui ! Je vous en supplie ! Je suis parfaitement rétablie ! Sten ne peut se battre, laissez-moi reprendre ma place ! Pour un combat ! Ce combat !

— Certains de ces hommes ne portent pas les vêtements des soldats ! lui cria Jerry. Korta a rapatrié ses tueurs et les lâche sur la Grande Plaine !!!

Ceban refusait la présence de sa sœur par peur, Sten voulait quand même aller se battre pour empêcher Estelle de partir. Le géant en oubliait jusqu'aux contraintes de la guérison par la corne. De leur côté, Allan et Axel voyaient toutefois en sa femme un combattant potentiel de plus. Théon restait neutre. Erwan trancha et, passant à côté d'Estelle, il lui attrapa le poignet pour la hisser derrière lui.

— Je n'aurais pas confiance en moi, si je n'avais pas confiance en elle, répondit le nain au géant qui poussait de grands hurlements de désespoir. Je veillerai sur elle.

Les six combattants reprirent leur course, guidés par Jerry, suivis de l'opaline.

Sten s'effondra sur une marche de bois, le front dans les mains. Inquiet ? Sans aucun doute, mais il était aussi en rage contre lui-même. Lui, le plus grand, le plus fort, le plus impliqué dans la bataille lancée sur Ize, en était réduit à attendre. Attendre encore un jour, un simple jour. Il devait prendre patience face au lent pouvoir de la corne sur sa blessure.

Ses deux garçons l'avaient entouré pour lui annoncer que les deux nourrissons s'étaient mis à pleurer dans la maison. Le géant izois se sentit encore plus impuissant.

— Estelle ! Ils ont faim ! gémit-il.

Mais Estelle était déjà loin. Elle se sentait libre. Sa poitrine gonflée lui rappelait bien qu'elle était mère, néanmoins elle avait retrouvé pour un moment son dynamisme, sa liberté de mouvement et son indépendance. Ses cheveux bruns, qu'elle n'avait pas coupés depuis si longtemps, lui effleuraient les lèvres sous le galop précipité du cheval d'Erwan. Elle s'accrochait à la taille de l'Akalien et sentait déjà la bataille lui serrer l'estomac. Elle allait pouvoir extérioriser cette colère qui bouillonnait en elle depuis six mois. Elle allait faire payer sa peur et la blessure infligée à son mari.

Les femmes et les enfants d'Ize s'étaient cachés dans les caves et les hommes faisaient face aux agresseurs. Épées, flèches, fourches et même bâtons se défendaient et tuaient du mieux qu'ils pouvaient. Mais les quarante hommes armés de Korta étaient les plus forts, et bon nombre de paysans avaient déjà payé de leur vie leur résistance et leur audace : les soldats et les mercenaires avaient ordre de raser Ize.

Estelle poussa le même cri d'offensive que les autres en arrivant sur les tueurs et se jeta sur eux avec la même volonté de vengeance. Axel fonça, son épée et sa dague devenues le prolongement de ses bras. Ce que l'une ne pouvait atteindre, l'autre le tranchait. Ce que l'une détournait, l'autre le poignardait. Sa tenue et son masque en étonnaient plus d'un dans son dernier souffle. Même les paysans, non dupes du déguisement, demeuraient surpris de sa présence. Mais le Masque mettait une telle vaillance dans ses attaques que peu importait son identité, ils le suivaient.

Et puis, il y avait cette petite créature alifère qui brillait non loin de lui et protégeait dans des tourbillons de vents illuminés la moindre personne en difficulté. L'opaline créait beaucoup de frayeur du côté des soldats. En la fuyant, l'un d'eux tomba même dans un abreuvoir avant d'être assailli par trois paysans déchaînés. Sa Divinité appelait la crainte et Axel mettait toute son ardeur à finir la bataille avant sa disparition.

Erwan faisait équipe avec Estelle, de même qu'il avait l'habitude de le faire avec le géant. Il savait la valeur de la jeune femme : il avait été son maître d'armes. Cependant, il connaissait aussi ses faiblesses et n'ignorait pas qu'elle manquait d'entraînement à cause de sa grossesse récente. Il n'avait pas envie qu'elle prenne trop de risques. La mort impressionnait Estelle, et elle n'était pas assez agile pour parvenir à risquer sa vie en ne faisant que blesser les gardes comme Victoire.

Glissant le long des murs balafrés de cicatrices de feu, sautant parmi les corps mutilés jonchant le sol, Erwan l'entraînait avec lui pour la protéger le mieux possible. Comme des enfants espiègles, ils profitaient du tumulte et du bruit glacial des lames et du tocsin pour surprendre leurs ennemis. Utilisant des artifices akaliens, ils n'hésitèrent pas cependant à avoir recours à des stratagèmes éculés pour arrêter les soldats : une corde tendue a toujours été un obstacle inévitable pour un cavalier en fuite.

Ils se contentaient du rôle de rabatteurs, rampant même sous les charrettes désarticulées, lorsqu'ils remarquèrent la présence d'un enfant, perdu au milieu de cette atmosphère assourdissante. Ses cris étaient inaudibles et ses larmes emprisonnaient des cauchemars pour la vie. Chaque entrechoquement d'épées étincelait dans ses yeux terrorisés.

Estelle ressentit une vive douleur au ventre en le voyant. Il n'était guère plus âgé que son fils aîné. Plaqué contre un mur noirci, l'enfant ne pensait même pas à s'enfuir. Elle s'élança vers lui en même temps qu'un mercenaire. La lame de la jeune femme détourna celle de l'homme au dernier moment. Elle mit une énergie qu'elle croyait avoir perdue à la relever. Le tueur fut étonné de se retrouver en face d'une femme qui, sachant se battre, n'était pourtant pas le Masque. Il crut pouvoir l'écraser comme un insecte mais son esprit s'éteignit sur cette pensée. Elle l'avait déjà poignardé.

Ceban et Erwan se dressèrent derrière l'homme effondré, sur le qui-vive. Les yeux d'Estelle se perdirent un instant sur leurs visages. Elle n'éprouvait aucun plaisir. Mais ils comprirent qu'elle était capable de défendre cet enfant plus sauvagement qu'une chatte ses petits.

Les combattants de la Forêt Interdite se protégeaient les uns les autres. C'était leur force. Et dans cette atmosphère extrême de sang, de cris, de colère et de peur, Axel incarnait volonté et puissance aux yeux des paysans. S'il semblait marcher sur les soldats sans qu'on puisse l'arrêter, il laissait aux villageois le soin de les piétiner. Et ceux-ci n'avaient aucune pitié.

Ils étaient pourtant quarante au départ. Mais comme à Olase, leur nombre était maintenant dérisoire.

L'apparition de San accéléra peut-être aussi la fuite. Le loup n'hésita pas à se jeter à la gorge de plusieurs tueurs. Ceban le sauva deux ou trois fois d'une épée meurtrière et chercha à le chasser. Mais San, pour une raison inconnue, voulait participer à la bataille et, lorsque les soldats se sauvèrent sur leurs chevaux, il s'élança à la poursuite de trois hommes.

Son action inquiéta Ceban – Éléa n'aurait jamais laissé le loup prendre part à un combat d'hommes – mais il n'avait ni pouvoir ni autorité sur l'animal. Le jeune homme regarda le loup disparaître dans les champs. Il reviendrait bien.

Ceban se retourna sur de nouveaux cris de Jerry. D'autres bourgades étaient attaquées : Inès et Yil. La colère de Korta déferlait comme la lave d'un volcan sur la Grande Plaine. Le duc était décidé à tout réduire en cendres et il connaissait leurs faiblesses. Inès et Yil n'avaient pas eu le temps d'être armés.

Malgré les blessures et les dégâts du village, il ne fallut pas plus d'un seul mot à Axel pour être à la tête d'une petite armée. En se cachant derrière le masque, il avait endossé tout son symbole. Mais, si Éléa avait donné la force à son peuple de se dresser pour résister, Axel parvenait à l'unifier dans le combat. Comme un seul homme, les villageois se relevèrent. Ils montèrent sur des chevaux, armes au poing, pourpoints de guerre sur le dos, le tout volé aux soldats morts. Deux Izois partirent chercher du renfort dans d'autres villages : c'était le soulèvement général.

Axel se sentit un instant désorienté. Pourtant, ses amis ne discutaient pas le choix du peuple : ils étaient tous prêts à le suivre. Axel était étranger, prince de surcroît : il commettait une ingérence. Ce ne serait pas la première fois, non ?! Il accepta le poste de commandant.

La répartition des hommes fut rapide ; Ceban, Allan et Théon partirent les premiers avec la moitié des hommes vers Yil. Il existait une immense place forte non loin de cette ville. Le duc de l'endroit était parti se réfugier au château comme les autres. Les trois hommes devaient aider les habitants à s'y rendre également et attendre les renforts en tenant le siège.

Axel usa de beaucoup de diplomatie pour parler à Estelle. Il la félicita avant de lui rappeler que quatre enfants l'attendaient. L'aide de la jeune femme avait été précieuse parce que les combattants de la Forêt Interdite avaient cru qu'ils ne seraient pas suffisamment nombreux. Mais maintenant…

Estelle ne le laissa pas s'étendre sur de multiples excuses et redescendit de cheval. Elle donna même son épée à un villageois, avant de leur souhaiter à tous bonne chance avec le sourire. Elle avait eu ce qu'elle voulait : elle avait montré ce dont elle était capable. Sa grossesse n'avait rien changé.

Elle les regarda partir en campagne sans grande amertume. La terre reprenait son souffle après la première bataille. La poussière soulevée par le vent au ras du sol semblait pousser les cavaliers vers d'autres combats. Estelle trouva quelque chose de prestigieux chez ces hommes. Éléa aurait été fière de voir tous ces paysans se lever ensemble contre la volonté et la colère de Korta. La jeune femme les admira un long moment au milieu des morts et des tintements assourdissants des tocsins de tous les villages voisins. Il y avait bien cette odeur de feu et ce goût de sang qui pénétraient ses sens – il lui restait une petite angoisse au fond du cœur, comme chaque fois – mais Estelle voulait oublier la peur. Elle, si fragile, s'était sentie tellement invincible dans le regard de l'enfant qu'elle avait sauvé, qu'elle ne pouvait croire que ses amis risquaient de mourir. Et puis Jerry les surveillait du ciel.

L'oiseau reliait les différents points de bataille en anticipant les déplacements des soldats. Il glissait entre les nuages jusqu'à Étel et revenait plus vite que le vent pour prévenir ses troupes. Korta pouvait rester enfermé dans ses appartements pour élaborer ses plans en secret et laisser Muht aller seul sur le terrain, d'en haut Jerry observait les départs des soldats et les directions qu'ils prenaient.

Sans rien en dire, Jerry avait aussi ressenti une petite inquiétude pour les princesses. Il avait fait le tour du château inutilement : il n'avait trouvé que des fenêtres closes dans la tour princière. Mais, en passant subrepticement près du cabinet royal, il avait aperçu une silhouette humaine. Sa Majesté regardait au-dehors. Restait-elle ignorante de tout ce bruit, de toute cette guerre ? Ou se doutait-elle de ce qui l'entourait ?

À huis clos

Seul, oublié de tous. Le roi se tenait devant la fenêtre de son cabinet. Les nuages gris de ses yeux s'éclairaient à peine du soleil de cette journée. Il pensait.

Calfeutrée dans ses fortifications, la ville d'Ètel semblait une immense île sur le verdoyant horizon. Les collines étaient des vagues, les villages, des récifs isolés. Les nuées blanches s'enroulaient au-dessus et s'étiraient sans tempête. Quelques hirondelles volaient aux abords des tours du château, comme l'auraient fait des mouettes autour d'un vaisseau.

Le roi ne pouvait ni voir les troupes dans la Grande Plaine, ni entendre les tintements des tocsins que le vent emportait dans la direction opposée. Néanmoins, sa tête s'emplissait de paroles, de cris et d'images d'horreur qu'il cherchait à comprendre. De ce passé étrangement réapparu, il puisait son désespoir mais aussi une force nouvelle. Celle qui lui donnait le courage de regarder autour de lui, celle qui le sortait de sa somnolence. Il avait passé deux jours à ressasser ses souvenirs, deux autres à faire le point ; il ne lui restait plus qu'à affronter la vérité.

On frappa à la porte. Le souverain de Leïlan fit entrer en reprenant une allure royale. Un adolescent de quatorze ans parut et salua son roi, balayant le marbre avec la plume de son bonnet de soie cobalt.

— Sire, la cour s'inquiète. Voilà déjà quatre jours que Sa Majesté n'a point paru dans la salle du trône.

— Eh bien, Thalan, ce sera mon cinquième jour d'absence, annonça le roi avec simplicité.

Le jeune page sembla déconcerté.

— Mais, Maj…

— Asseyez-vous, coupa le souverain. J'ai une question à vous poser.

La prise de conscience était achevée, mais le roi voulait être sûr de ne pas commettre d'erreurs. L'adolescent hésita sur le siège à prendre et se contenta d'un tabouret au tissu damassé. Serrant ses genoux, qui devenaient de plus en plus encombrants, il laissa ses grands doigts torturer son bonnet.

— Que pensez-vous du duc d'Alekant ? demanda directement le roi.

Le page s'étonna de la question et ne sut que répondre. Il ne connaissait pas la violence de Korta, il avait seulement entendu quelques rumeurs dans les couloirs.

— Je pense que c'est un homme d'honneur, répondit honnêtement l'adolescent. Sa Majesté ne devrait pas croire tous les commérages. Ceux-ci sont le fruit de la jalousie.

— Que de sages conseils pour votre âge. Vous me faites penser à votre père.

Thalan baissa son visage anguleux. Son épaisse frange d'ébène tomba comme un mur. Le roi regretta ses paroles.

— Votre mère est courageuse, et elle vous élève dans la même droiture que lui. Vous pouvez en être fier. Votre père était un homme exceptionnel.

— Je rends grâce à Sa Majesté de l'honneur qu'elle me fait.

— C'est la moindre des choses, Thalan. J'avais beaucoup d'estime pour lui. Sa mort a été une grande perte pour ce royaume.

— Le duc d'Alekant m'a justement promis sa vengeance. Il tuera le Masque pour la princesse Éline et pour moi, grinça l'adolescent entre ses dents.

— Pourtant, je sais que votre père ne portait pas le duc d'Alekant dans son cœur. Faut-il croire que le combat côte à côte les ait rapprochés ?

Thalan ne répondit rien. Son père avait péri lors d'une grande bataille, un mois après l'apparition du Masque. Le duc d'Alekant lui avait décrit tout le courage et toute la fougue qu'il avait eus pour tuer le cruel détrousseur. Trop atteint par la mort d'un père qu'il admirait tant, l'adolescent n'avait pu que le croire.

— Je ne suis pas allé en Ételdepuis des années, déplora soudain Sa Majesté en bousculant son grand manteau de cour d'un geste désinvolte. Il est grand temps que j'y retourne… Aujourd'hui.

— Je fais préparer le carrosse ? proposa Thalan en se relevant d'un bond.

— Non.

— Sa Majesté désire-t-elle monter à cheval ?!

— Non.

Le page ne savait plus que dire. Son souverain ne pensait tout de même pas y aller à pied ?!

— Thalan, je ne veux plus de « Sire » ou de « Sa Majesté », pas plus de « il » que de « vous ». Nous partons pour Étel à pied, seuls. Juste toi et moi.

Le jeune page ouvrit de grands yeux. Sa Majesté était-elle folle ? Il n'avait jamais voulu le croire. Il vit le roi se diriger vers un mur décoré de tapisseries et d'armes, et enfoncer de la main l'une des lunes des armoiries du royaume : un passage secret s'ouvrit, déchirant de grandes toiles d'araignée.

— Cela fait bien longtemps que je n'ai emprunté ce passage. Bien trop longtemps, dit amèrement le roi.

Il alluma une torche, suspendue à l'entrée. Elle troua l'obscurité de sa lumière ambrée. Le roi s'avança vers l'escalier qui sombrait dans les profondeurs du château. Il invita d'un signe le page à le suivre avant de refermer le passage.

Il faisait sombre et, à la clarté de la torche, les marches semblaient se perdre sans fin. Thalan était impressionné, il se sentait coupé du reste des Mondes. L'adolescent n'avait pas tout à fait quitté les cauchemars et la peur du noir de l'enfance. Il suivait son souverain avec angoisse et fascination, s'inquiétant du moindre bruit, mais scrutant l'obscurité à s'en arracher les yeux de curiosité.

Il avait entendu parler de ce passage que le roi et la reine empruntaient, disait-on, durant leur jeunesse. Mais personne n'avait démontré son existence et la fable s'était éteinte avec la reine.

Il y avait des centaines de marches, peut-être des milliers à ses yeux. Il n'y avait pas de fond, pas de plafond. L'escalier s'enroulait en colimaçon vers les entrailles de la terre. Thalan ne voyait que des murs de grandes pierres sombres, quelques arcades éclairées un court instant et une ou deux ombres courant parfois sur les parois. Le silence était celui de la nuit, sans souffle, à peine troublé par le bruit de pattes velues.

Ils descendaient toujours et inexorablement, le roi devant, impassible, le page derrière, hésitant. Une odeur de terre pourrissante monta, un petit courant d'air aussi. À quel niveau se trouvaient-ils par rapport au sol ? Par rapport aux douves ?

Le roi actionna un deuxième mécanisme. La pâle lumière trahit la métamorphose des pierres en roches brunes. Thalan en déduisit qu'ils avaient atteint les grottes du Mont Ételt.

Le roi sembla chercher quelque chose entre les dents de roches humides, marmonna dans sa barbe un nom semblable à opaline que le page ne put comprendre. Puis il continua son chemin, sans hésitation. Il longea plusieurs lacs souterrains et atteignit au bout d'un long moment un renforcement. L'un des murs était fait de grandes dalles.

Le souverain poussa la troisième pierre en partant du haut et la cinquième en comptant de la gauche. Les moindres rochers, les moindres gestes lui semblaient quotidiens et familiers. Un nouveau passage se dégagea.

Là, le roi trouva des torchères. Malgré l'humidité d'une source qui coulait dans un coin, les flammes fuligineuses parvinrent à s'élever. Elles éclairèrent toute la grotte d'incarnat.

C'était une sorte de salle. Le page y découvrit des vêtements anciens et en piteux état pendus comme des cadavres à de sommaires crochets, et des armes, des couteaux pour être plus précis. Comme si le temps les avait à peine touchées, les lames brillaient sous le jeu des flammes.

Thalan observait tout sans rien dire, il était témoin de la fantaisie d'un roi et d'une reine, de la page jaunie d'un temps heureux. Tout dansait au rythme des flammes autour de lui. Il découvrait son souverain.

Le roi enleva sa lourde couronne, son manteau de cour et ses fins souliers. Il passa ensuite une grande et vieille robe de bure et une cagoule. Puis il attrapa une large ceinture contenant quantité d'étuis dans chacun desquels il plaça un couteau. Il l'accrocha au dernier cran autour de sa taille arrondie par les années et les festins. S'affublant de vieux souliers, il se couvrit encore d'une grande cape grise dépenaillée et légèrement déchirée vers le bas.

Où était le roi ?

Le page regardait la transformation s'opérer sans y croire. Le souverain se trouvait maintenant dans la peau d'un vagabond. Un mendiant qui se noircit le visage par endroits pour cacher une peau trop blanche et une barbe trop soignée. Un pauvre hère aux mains sales, sans alliance et sans bague de rang, symbole de son pouvoir. Thalan n'apprécia pas le changement. Il aimait son roi et ne supportait pas de le voir ainsi.

Ce fut peut-être son sourire qui le rassura. Le page s'aperçut que, bien qu'encore nostalgique, le roi était en train de renaître. Sans plus aucune hésitation, l'adolescent se saisit d'une cape rapiécée à son tour et se prit au jeu du déguisement.

Pas de titre, pas même un Vous. Thalan se sentait néanmoins incapable de se conformer à cette nouvelle étiquette. Le roi l'attrapa par l'épaule et l'entraîna dans une nouvelle suite de couloirs entrecoupés de mécanismes divers et de grottes insolites toujours plus profondes. Ils débouchèrent finalement dans les hauteurs de la capitale, près des lavoirs et des pressoirs. Lentement et prudemment, un long bâton dans une main, tenant toujours l'épaule osseuse du page de l'autre, le roi avança vers les premières maisons.

Il y avait beaucoup de bruit, des cris de commerçants surtout. Le souverain retrouvait le souvenir de l'agitation d'une ville. Mais il reconnut avec peine les jolies constructions d'autrefois. Le charme des encorbellements tordus avait cédé la place à une impression de pauvreté et de délabrement. Tout semblait s'entasser dans des rues parfaitement sordides à ses yeux. Hommes et bêtes gesticulaient au milieu des charrettes, cherchant désespérément le peu de lumière que laissaient filtrer les toits rapprochés. Une rigole, parcourue par un filet d'eau indescriptible, répandait un fumet immonde le long de ses ramifications. Le roi eut l'impression de recevoir en pleine figure le seau de détritus qu'une femme jeta négligemment dans le coin d'une ruelle.

Où étaient donc passées les fleurs et les enseignes clinquantes ? Pourquoi les rues étaient-elles encore de terre battue ? Il avait pourtant signé l'autorisation pour les travaux depuis plus de deux ans ! Et toute cette saleté et tous ces mendiants ? !

— Place ! Place, racailles !

Une troupe de dix soldats remontait vers le palais en bousculant tout sur son passage. Enragés par une défaite dont témoignaient leurs blessures, ils n'hésitaient pas à renverser les étals des marchands et à frapper les pauvres gens. Scandalisé, le roi voulut s'interposer, mais il avait oublié son déguisement. Un cavalier le chargea et il dut se jeter à terre pour ne pas être renversé. Le page fut horrifié et prêta main-forte au roi pour se relever. Il voulut l'éloigner de cette bande d'hommes en furie.

— Sire, il est dangereux de rester ici dans cet accoutrement. Ne vaudrait-il pas mieux rentrer maintenant ?

— Thalan ! Ce sont mes hommes ! Ils sont censés protéger mon peuple et non le piétiner !

— Ils reviennent d'une bataille, ils sont énervés, justifia le page pour contraindre son souverain à partir.

— Ce n'est pas une excuse ! Que je retrouve ces hommes et ils entendront parler de moi !

Il s'était dressé de toute sa stature. La ville grouillait d'une foule impressionnante dans laquelle il était impossible de distinguer qui que ce soit. Pourtant le roi repéra facilement quelques soldats : il les avait vus entrer dans une taverne peu avant que beaucoup de villageois s'en sortent.

— Majesté, il serait peut-être préférable…

— Tais-toi, Thalan ! Je t'ai déjà interdit de m'appeler ainsi, trancha-t-il en marchant fermement vers la taverne.

Le page se tut. À petits pas contraints, il suivit son souverain. Que se passait-il dans cette ville ? Il était aussi intrigué que le roi mais, dorloté dans la soie du château, il manquait encore de courage. Les cris se mélangeaient dans sa tête, la foule le pressait, ses sens percevaient confusément l'atmosphère de guerre de la Grande Plaine.

Le roi entra dans un grand bruit au milieu des cris d'une femme. Cinq soldats avaient fait halte dans la minable taverne pour assouvir quelques désirs sur la serveuse. Plusieurs tables avaient été renversées, des bouteilles cassées et le tavernier assommé. Un vieil homme, tombé à terre, pliait sous la menace d'une épée.

— Lâchez cette femme ! hurla le roi en jetant son bâton.

Il y eut un léger silence, dû à l'étonnement plus qu'à la peur. Et les cinq soldats se mirent à rire de l'homme à l'apparence misérable qui osait les affronter. Ils le négligèrent sans autre considération.

Le roi ouvrit sa cape grise sur sa ceinture de couteaux. La première lame fusa vers le cou de l'homme qui menaçait le vieillard, et la seconde traversa la pièce pour s'enfoncer dans la gorge d'un garde qu'elle cloua sinistrement au mur de bois.

— À qui le tour ? demanda le roi, un troisième couteau entre les doigts.

Les gardes restants se retournèrent et lâchèrent la serveuse. Le préposé au viol s'écarta vers le mur, apeuré. Quatre couteaux accrochèrent ses vêtements et il fut épinglé en un clin d'œil contre le bois. Il eut du mal à avaler sa salive et les mots se coincèrent dans sa gorge. Il pria pour sa vie.

Le roi dégagea légèrement son visage de ses deux capuches. Il eut la satisfaction de voir le soldat blêmir en le reconnaissant.

— Je te laisse la vie. Avec juste un détail en moins.

Il lança son dernier couteau vers l'homme. Un hurlement couvrit le bruit sourd de la chair tranchée. Le roi n'y prêta même pas attention et se retourna vers les deux derniers hommes.

— Dégagez ! Débarrassez le plancher ! Emmenez vos cadavres et votre blessé ! Et je vous conseille de ne pas revenir !!! vociféra-t-il.

Les deux soldats ne se firent pas prier. Chargés d'un corps chacun, ils traînèrent le garde dont le pantalon dégoulinait de sang au-dehors.

— Rapportez à Sa Majesté cette blessure de guerre, je suis sûr qu'elle vous plaindra ! lança le roi en claquant la porte.

Le page était encore abasourdi par la scène. S'il n'y avait eu le sang sur le vieux plancher jonché de paille et de sciure, il aurait pu croire avoir rêvé. Les couteaux étaient peut-être légèrement rouillés, mais pas le roi !

— Allez aider le vieil homme à se lever, souffla le souverain en lui tapant familièrement le dos.

Le jeune noble obéit sans un mot pendant que le roi s'approchait de la serveuse. Sur la table, recroquevillée contre le mur, celle-ci pleurait encore son mal et sa peur. Ses mains s'agrippaient fébrilement aux bords de ses vêtements pour en cacher les déchirures. Le souverain lui passa sa cape avec des mots de réconfort et la fit s'asseoir.

Le tavernier s'était réveillé aux hurlements du garde. Il regardait maintenant cet homme étrange qui avait eu la force et le courage d'affronter les soldats.

— Que les Divinités de la Vie veillent sur toi ! J'te remercie de ton intervention, mais y vont certainement revenir, balbutia-t-il ensuite en passant la main sur son douloureux crâne dégarni.

— Ils ne reviendront pas, assura le roi en remettant quelques tables en place et en récupérant ses couteaux au passage. J'y veillerai. Donne quelque chose de fort à boire à cette femme, je crois qu'elle en a besoin.

Les mains tremblantes et les larmes encore chaudes, celle-ci accueillit avec joie le verre d'alcool de grain qu'on lui présenta. Elle l'avala presque d'un trait et toussa pendant une bonne minute après.

— Tu viens d'où, p'tit homme ? demanda le vieillard au page d'une voix chevrotante.

Thalan resta muet. Le roi répondit à sa place :

— De la Plaine Salée.

Le vieillard le regarda de ses yeux vitreux et chassieux. Il exhiba le reste de ses trois dents dans un petit ricanement. Outre ses cheveux blancs crasseux, sa peau avinée et ridée était plus que repoussante. Le page avait déjà envie de se peler les mains pour l'avoir touché.

— T'inquiète pas, y rit tout le temps. C'est un vieil ivrogne inoffensif. Assieds-toi donc, voyageur, proposa le tavernier à son sauveur. Des hommes comme toi nous s'raient très utiles contre les soldats, surtout aujourd'hui. Nous, Étellois, n'avons pas la chance d'avoir l'Masque pour nous protéger.

— Protéger ?! s'écria Thalan incrédule.

— Oui, p'tit homme, hé hé, fit le vieillard. Tes oreilles sont encore bien jeunes pour plus les croire.

— Nous venons de loin, et nous sommes entrés en Ételpar la porte Est. Nous ne sommes pas au courant de ce qu'il se passe dans la Grande Plaine, expliqua le roi pour justifier leur ignorance.

Le vieillard eut de nouveau un petit sourire édenté.

— J'ai la gorge très desséchée mais, si tu m'offres à boire, j'pourrais t'expliquer beaucoup de choses, hé hé.

— Vieil ivrogne, t'exagères ! s'écria le tavernier. Cet homme t'a sauvé la vie et tu penses qu'à boire sur son dos !

— Laisse, fit le roi. Il est toujours plus agréable de converser autour d'un verre. Apporte-nous du vin.

— J'vais voir s'y m'en reste. Avec tout c'qu'y z'ont cassé !

Le souverain s'assit en face du vieillard, les yeux gris dans les yeux glauques. L'haleine alcoolisée de l'ivrogne dérangeait de plus en plus le page qui se recula vers son roi.

— J'ai pas besoin de vin, moi, pour te dire ce qui se passe dans la Grande Plaine aujourd'hui, annonça la serveuse.

Le roi se retourna vers elle. La jeune femme avait séché ses larmes. Derrière des cheveux raides et filasses en bataille, son visage était moins rouge, quoique encore empourpré.

— Korta-le-fourbe a lâché ses hommes qui vont tout réduire à feu et à sang !

Les yeux du roi firent taire la protestation du page avant sa naissance.

— Et le Masque ? demanda-t-il.

— Elle s'bat dans la Grande Plaine d'puis deux ans contre lui, hé hé, déclara doucement le vieillard en scrutant le visage du souverain.

D'un petit mouvement de la tête, ce dernier fit glisser sa cagoule un peu plus sur son front.

— Elle défend les villages attaqués, reconstruit ceux qui sont détruits, guérit les blessés, redonne du courage aux vaincus… Oh ! J'voudrais être à sa place pour tuer tous ces chiens de gardes ! s'écria la jeune femme humiliée.

Elle rejeta brusquement ses cheveux en arrière. Une large cicatrice fut visible quelques instants sur sa joue, mais les mèches emmêlées retombèrent instantanément sur son visage.

— Eh bien, eh bien, j'n'ai pas encore apporté le vin que le ton monte sous de grands bavardages.

Le tavernier semblait vouloir dire au vieillard et à la jeune femme qu'ils parlaient trop.

— Mais notr'voyageur est au courant, n'est-c'pas ? fit le vieillard. C'est un simple Leïlannais comme nous, hé hé.

Le roi avait l'impression que le vieillard l'avait découvert malgré son déguisement. Mais, soudain, les yeux de l'ivrogne ne le fixèrent plus : ils brillaient pour la bouteille que le tavernier venait de poser sur la table.

— Oui, bien sûr, j'étais au courant, assura le roi en prenant sur lui, face à l'effondrement de son univers. Je demandais seulement ce que faisait le Masque aujourd'hui.

— À en croire les soldats qui sont v'nus se défouler ici, elle doit leur donner du fil à retordre dans la Grande Plaine, répondit le tavernier en participant à son tour à la conversation. Et ça, malgré les Yeux-d'Utahn !

Il déboucha négligemment la bouteille et porta de nouveau un chiffon humide à la bosse qui ornait sa calvitie.

— Les Yeux-d'Utahn ?

— Les Scylès, quoi, j'connais pas le nom de ces monstres ! Y paraît qu'y reste plus qu'le chef. Un serait mort, l'autre aveuglé. C'est bien fait, j'trouve pas ça décent de lire dans la tête des gens… Une centaine d'hommes sont déjà passés depuis c'matin, continua-t-il toujours debout. Heureusement pour Leïlan, Korta-le-fourbe a pas l'armée du roi à sa botte !

— Tu parles ! Elle est inexistante cette armée ! lança sauvagement la serveuse. Korta-le-fourbe a supprimé tous les pauvres hères qui auraient eu la force de l'affronter en les enrôlant dans des batailles loin de nos frontières.

Le souverain ne disait rien. Sa tête bourdonnait.

— T'as l'air bien pensif, hé hé, lui fit remarquer le vieil ivrogne en sirotant déjà son deuxième verre.

Le roi leva la tête, les yeux hagards et les lèvres hésitantes.

— Mais que fait Sa Majesté ?

Cette exclamation, qui se voulait être une question pour lui-même, laissa un froid. Thalan lui envoya un regard désespéré. Si le bouleversement de l'adolescent était grand, il comprenait celui de son souverain.

— Le roi ignore, répondit le tavernier gravement. Y voit les Mondes avec des yeux qui ne sont pas les siens.

— Y fait peut-être trop confiance, hé hé.

— Mais il en devient criminel et indigne, s'effondra le souverain.

— Comment peux-tu dire une chose pareille de Sa Majesté ?! s'exclama avec horreur la jeune femme en se levant.

Elle s'interposa entre Thalan et le vieil ivrogne.

— Son pouvoir lui a été donné avec l'approbation d'Esprits Supérieurs, les Fées ! Toi qui as pas hésité à te servir de tes couteaux pour nous venir en aide, comment peux-tu douter de la droiture de ton roi ?

— Cela n'a aucun rapport ! Les soldats auraient pu être de simples manants ou des nobles que je n'aurais pas agi autrement !

— Eh bien, ton cœur est juste. Il est guidé par les Divinités du Bien, comme celui de ton roi, renchérit-elle. Ne perds pas confiance. Notre souverain est bon mais malheureux...

— Alors tout est excusable ?! répliqua-t-il. Un roi doit veiller sur son peuple, le protéger, le faire vivre, mais s'il est malheureux, il a le droit de le laisser détruire ?!

Il ne comprenait pas que l'on puisse prendre sa défense. Il se trouvait si odieux. Où étaient les rires et les fleurs d'Étel ? Au pied de son palais, il ne s'était même pas rendu compte de leur disparition. Comment son peuple pouvait encore avoir foi en lui ? Parce que le pouvoir lui était échu par un accident héréditaire à la vingt et unième génération ?! Comment pouvait-on dire de lui que son cœur était juste, lui qui regrettait tant de ses actions ?

Il voulut encore protester, mais ses yeux s'arrêtèrent sur le visage de la jeune femme en face de lui. Elle avait l'air si consterné de son manque de croyance. Sur un visage pâle de nature, ses sourcils bruns étaient froncés au-dessus de ses yeux clairs. Ses fines lèvres vibraient sous les blasphèmes. Comme si elle ne pouvait en entendre davantage, ses cheveux couleur de paille retombèrent encore sur son agréable visage. Elle s'emmitoufla un peu plus dans la vieille cape grise et repartit s'asseoir à sa place initiale.

Quoi qu'ils disent, quoi qu'ils fassent, les souverains de Leïlan étaient aimés de leur peuple.

— Le roi reste toujours l'espoir, murmura le tavernier en passant un coup de chiffon par habitude sur la table.

— Alors pourquoi le laisse-t-on dans l'ignorance ?

— La population est croyante mais pas fêlée. Comment pénétrer le château sans risquer sa vie avec les sariclès ? Comment approcher Sa Majesté sans croiser Korta-le-fourbe ? Comment pourrait-elle croire les paroles d'un roturier ou d'un mendiant lorsqu'un duc, en qui elle a toute confiance, piaille le contraire ?! Quelle qu'soit la personne qui oserait une chose pareille, elle s'rait jetée dans un cachot ou tuée sur-le-champ !

Le roi ne disait plus rien. Les bras sur la table, les yeux dans son verre, il avait perdu la notion de vie. Si le Masque n'était venu mettre le doute dans son esprit, son peuple aurait continué à prier pour son réveil miraculeux ?! Il ne pouvait pas leur en vouloir, il ne pouvait que s'en vouloir...

— Le Masque tue beaucoup de soldats ? demanda timidement Thalan.

— J'en sais rien, mon petit, répondit le tavernier. Beaucoup de blessés reviennent des batailles, ça oui. Il arrive à Korta-le-fourbe de rentrer seul. Mais avec lui, on peut jurer de rien.

— Vous accuseriez le duc… enfin Korta-le-fourbe de tuer ses propres hommes, afin d'incriminer le Masque à sa place auprès du roi ?

— J'imagine que dans un esprit aussi pernicieux qu'le sien, tous les moyens sont bons pour se débarrasser des gêneurs. Il va jusqu'à utiliser des guerriers cadavériques.

— Mais il y avait bien des bandits au départ ! s'exclama l'adolescent.

Le roi laissait parler Thalan. Il devait lui aussi trouver sa vérité. Le tavernier et le vieillard cynique se chargeaient de lui apprendre le jeu secret du duc d'Alekant mis à jour par l'apparition du Masque. Des mercenaires à sa solde avaient été finalement engagés comme gardiens du royaume. Certains ne se cachaient même pas derrière des vêtements officiels : ils tuaient toute personne qui cherchait à prévenir le roi. On disait que les frontières étaient gardées. Les serviteurs du château, habitants d'Ételle, étaient sous la férule de l'ignoble fourbe. Quelques nobles s'étaient même rangés de son côté, mais les Étellois n'en connaissaient pas les noms.

Le souverain avait les yeux dans le vague. Ses oreilles écoutaient toujours, mais lui était déjà ailleurs. La taverne était vide, pourtant ses odeurs de fumée, de cervoise et de vin accrochées au bois la remplissaient de monde. Ils n'étaient que trois en face de lui, mais ils lui semblaient une armée.

Le roi sentait les fortifications d'Ételle se rapprocher, cette impression d'une ville isolée comme une île. Une tempête l'entourait. Le déchaînement d'une mer l'éclaboussait du sang de son peuple. Les rafales de leurs larmes l'inondaient. Les tornades de leurs gémissements l'abrutissaient. L'auberge n'avait jamais dû être aussi déserte et silencieuse, mais trois bouches suffisaient à créer un bruit assourdissant dans la tête du roi.

— Qui est le Masque ? coupa-t-il pour arrêter l'ouragan de son esprit.

— Tu l'as jamais vue ? lui demanda la serveuse qui s'était de nouveau glissée entre Thalan et l'ivrogne.

— Si, juste une fois, trop vite peut-être. Mais d'où sort cette jeune fille que rien n'arrête ?

— Personne le sait, répondit le tavernier toujours debout. Elle a soudain surgi dans l'pays sans existence passée. Le bruit court qu'elle s'rait fille d'une simple dentellière et d'un armurier. Ce s'rait une Enfant de la Peur, appuya-t-il en regardant Thalan. Une seule chose est sûre : les Fées l'ont élue. Elle porte un bijou de leur pouvoir autour de son cou et possède un animal magique.

Le roi passa sa large main sur son front. Il se sentait fiévreux. La tempête l'anéantissait, et il pouvait soudain entendre les cris de sa reine au milieu. Il avait besoin de réfléchir seul. Il devait faire la part des choses. Il ne devait pas non plus croire toutes les affabulations de ces trois personnes. Pourtant, tant de choses étranges s'étaient déroulées dans la salle du trône lors de l'anniversaire de sa fille aînée…

— Éline ! s'écria-t-il en sortant de ses pensées.

— Tu penses à la princesse ? demanda la serveuse étonnée, et en même temps soulagée de son inquiétude.

Il se retourna vers elle avec des questions plein les yeux et de l'incompréhension plein l'esprit.

— Vous croyez qu'elle peut aimer un homme comme le… comme Korta-le-fourbe ?!

Il y eut un grand silence, chacun parut mal à l'aise. Le roi retint avec peine son envie de couper les cheveux de la serveuse pour lire la réponse dans ses yeux. Que signifiait leur mutisme ? Son peuple priait-il aussi pour que ce mariage ne se réalise pas ? Ils doutaient des sentiments de la jeune princesse à l'égard du duc d'Alekant. Le roi le sentait. Derrière leur réticence à parler semblait se cacher le soupçon d'un chantage. En écoutant son cœur, le roi comprit soudain lequel avec horreur.

De blême, son visage passa au rouge de la colère, puis se rembrunit brusquement. Les yeux du roi se rétrécirent et la tempête qui régnait dans son esprit éclata sur ses iris. Ses poings se resserrèrent. Il se leva d'un bloc.

— V'là un mariage qui n'aura jamais lieu, hé hé, chuchota le vieillard.

— Que t'arrive-t-il soudain ? s'étonna le tavernier en voyant son voyageur debout.

Le souverain se retourna en reprenant conscience du lieu où il se trouvait et des gens qui l'entouraient. Personne ne pouvait comprendre sa réaction.

— Je dois partir. J'ai beaucoup de chemin à faire, je me suis trop attardé, prétexta-t-il. Combien te dois-je pour le vin ?

— Rien ! s'écria le tavernier presque outré. Reste ! J'peux t'offrir un lit pour la nuit et Onémie sait être bonne cuisinière. Y vaut mieux pas sortir d'Étel ni d'chez soi aujourd'hui.

Le roi aurait dû protester et ne pas le laisser finir de parler, mais le tavernier avait prononcé un prénom qui l'avait glacé jusqu'au sang.

— Tu t'appelles Onémie ! s'écria-t-il en regardant la serveuse.

Elle lui fit un petit sourire tout pâle et tout intimidé en répondant par l'affirmative.

— Étonnant quand on s'y attend pas, hé hé.

— Lorsque le peuple a su la décision du roi de prendre femme, celle-ci avait beau être étrangère, les Leïlannais ont approuvé le choix du souverain. Ma mère a voulu souhaiter la bienvenue à la future reine à sa manière. Elle m'a donné son prénom, pour que mon âme soit aussi belle que la sienne.

Ce nom, qui semblait faire remonter le temps au roi, le figeait. Son cœur fut un instant perdu. On lui avait coupé les bras, les jambes, la parole. Dans sa tête, un visage avait submergé les vagues.

— C'est si choquant de voir une serveuse affublée du prénom d'une reine ? demanda-t-elle d'un ton navré. J'ai parfaitement conscience que je le porterai jamais avec autant de grâce qu'elle.

Elle avait terminé sa phrase en lissant quelques cheveux couleur paille sur sa joue pour en dissimuler la cicatrice. Le roi osa s'approcher d'elle et dégagea les mèches énervantes de son visage en gardant ses mains sur ses tempes.

— Non, tu as ta beauté. Je pense que si la reine l'avait su, elle aurait ressenti beaucoup d'honneur et de fierté à partager son âme avec toi.

— Merci, fit-elle timidement en se mordant les lèvres.

— Mais toi, quel est ton nom, voyageur ? demanda le tavernier intrigué.

Le roi baissa la tête et s'éloigna d'Onémie.

— Je n'en ai pas, je n'en ai plus.

Il se dirigea vers la porte. Thalan courut derrière lui. Le roi allait sortir lorsqu'il se retourna vers le tavernier et lui lança une petite bourse. Celui-ci voulut refuser, mais le roi le coupa :

— Pour réparer les dégâts des soldats.

Il les regarda une dernière fois tous les trois. Le tavernier perpétuellement debout, le vieil ivrogne et son verre toujours vide, la jolie serveuse au nom cruel. Onémie, encore immobile, voulut lui rendre sa cape, mais il lui laissa ce peu de chose et se dépêcha d'ouvrir la porte.

Beaucoup de gens s'étaient amassés au-dehors. Intimidés par la porte fermée, ils avaient hésité à entrer. Néanmoins, depuis la sortie sanglante des gardes, la curiosité les avait poussés à s'agglutiner aux fenêtres et devant la porte. Les Étellois s'écartèrent cependant au passage de l'Homme-aux-couteaux et de l'Enfant de la Peur qui l'accompagnait. Sans le savoir, marchands, artisans et mendiants faisaient une haie d'honneur à leur roi dont ils brisaient un peu plus le cœur.

Ils le laissèrent partir avec un silence respectueux dans les venelles tordues. Puis vinrent vite les questions assourdissantes avec leurs commérages. Qui était-ce ? Cet homme n'avait pas de nom. Il était donc criminel ?! Non, il avait de bonnes manières et un courage altruiste. Chercherait-il justement à expier une faute pour retrouver son âme ?

Le tavernier ne savait trop que leur répondre, mais le vieillard ricanait toujours dans son coin, la bouteille à la main.

— Cesse ce rire stupide, vieil ivrogne ! ordonna le tavernier.

— Vieil ivrogne, hé hé. J'suis peut-être un vieil ivrogne, mais j'ai encore de la mémoire, chevrota-t-il. L'Homme-aux-couteaux, comme vous l'appelez, hé hé, c'est Sa Majesté !

Personne ne voulut le croire, bien sûr, et beaucoup se moquèrent de lui. Mais Onémie ouvrit la petite bourse que le tavernier tenait et prit l'une des pièces. Elle regarda sur le côté face : c'était l'effigie du roi.

— Il a raison ! C'est bien le roi ! C'est bien le roi ! s'écria-t-elle. Je me disais bien qu'il avait une barbe trop soignée !

— Hé hé, vieil ivrogne, répétait le vieillard. Mais j'ai de la mémoire, moi. Vingt ans presque que j'l'avais vu dans ce déguisement pourtant ! Vieil ivrogne, hé hé. À ce moment-là, il avait une blonde et bien belle marchande de pommes avec lui, rajouta-t-il pensivement. Hé hé, ça va vous surprendre peut-être, mais vous voulez que je vous dise ? Je me souviens encore de son rire. Elle était si belle quand elle riait.

La taverne était silencieuse maintenant.

— Vous croyez qu'il entend encore son rire, lui ? demanda la serveuse en admirant tour à tour le visage frappé sur la pièce et la direction prise par le roi.

— J'sais pas, lui avoua le tavernier, mais si tu veux garder cet argent, Onémie, va te changer et aide-moi à servir.

La jeune femme partit en courant avec la pièce dans la main. Comme beaucoup d'Ételloïs, le tavernier resta encore sur le pas de la porte. Il avait parlé avec le roi. Avec son roi. Quelles allaient être les conséquences ? Le souverain les avait crus, cela ne faisait guère de doute. L'avenir du pays et le bonheur de son peuple étaient entre ses mains.

Le roi reste toujours l'espoir.

Personne ne pouvait se douter que la tête du souverain était pleine de cris, de visions de sang, de pleurs et de désir de vengeance. Sa capuche dissimulait la détresse de ses yeux. Ombre de lui-même et pourtant plus droit que s'il avait porté sa couronne, il marchait vers son destin.

Thalan respectait son silence et ne pouvait s'empêcher de l'admirer. Il le trouvait tellement beau dans son malheur. Il avait arrêté les soldats avec une telle adresse. Il avait surmonté toutes les trahisons qu'on lui avait révélées avec une telle grandeur. Et avec quelle dignité royale rentrait-il chez lui, humilié et blessé au plus profond de son âme.

L'adolescent aurait voulu pleurer pour lui, il aurait voulu tuer, il aurait voulu trouver un moyen de laver l'honneur de son roi et d'effacer les années de malheur. Par deux ou trois fois, il esquissa un geste de tendresse sans pouvoir l'achever. Il avait peut-être déjà trop grandi en un après-midi : il ne parvenait plus à avoir un geste d'enfant. Il se contenta de suivre son roi, plongé brusquement dans le monde des adultes. Seul et silencieux.

Ils pénétrèrent de nouveau dans les grottes du Mont Étel, et, dans un calme bien différent de celui du départ, ils firent tout le chemin inverse. Curieusement, l'obscurité n'impressionnait plus le page. Dans la grotte où étaient dissimulés les vêtements, ils se lavèrent le visage et les mains avec l'eau gelée de la source. Puis ils remontèrent les mille et une sinistres marches.

Pas un mot ne sortit de la bouche du souverain jusqu'à ce qu'ils parviennent à son cabinet. Et lorsque le roi posa les yeux sur Thalan en refermant le passage obscur, ce ne fut que pour dire :

— Je voudrais que vous patientiez à côté.

La couronne, le vouvoiement, le ton monocorde. Tout était redevenu comme avant. Comme si l'après-midi n'avait jamais existé, comme si rien ne s'était passé. Pourtant... pourtant, en y regardant bien, il y avait peut-être une flamme rouge dans les yeux ternes et inertes. Rien de plus ?

Thalan n'eut pas le temps de chercher, il fallait qu'il obéisse. Baissant la tête, il salua Sa Majesté et passa derrière les grandes tentures vert olive de la pièce adjacente. Il ressentit sans la comprendre une impression de malaise à la clarté des pièces, à leur richesse et à leur confort.

Il y avait trois fauteuils et quatre tabourets. Humblement, et comme à son habitude, Thalan se contenta du plus petit siège pour s'asseoir. Mais il avait la sensation d'avoir encore plus d'épines sous les fesses que de coutume : il avait envie de se lever. Les trois personnes de la taverne lui avaient tout fait comprendre. Il devinait maintenant ce qui était réellement arrivé à son père lors de sa bataille contre le Masque. Il devait crier à son souverain que le duc d'Alekant l'avait assassiné et qu'il réclamait justice pour lui. Il ressentait aussi le besoin de se lever... pour savoir ce que pouvait bien faire Sa Majesté.

Thalan n'avait jamais espionné – il ne se le serait jamais permis ! – mais aujourd'hui était tellement différent des autres jours. Le roi allait-il affûter un couteau pour le lancer ensuite en plein cœur du duc d'Alekant ? Thalan voulait être présent pour voir cela ! Il avait admiré l'adresse des grands doigts de son souverain qui jonglait avec les lames par automatisme en les récupérant. Mais peut-être que, trop humiliée, Sa Majesté allait l'enfoncer dans son propre cœur ?

Non, non, non, se répétait Thalan pour se rassurer.

Et pourtant Sa Majesté avait voulu rester seule !

L'adolescent était déjà debout. Sa poitrine était oppressée par l'angoisse. Ses escarpins de cuir fin glissèrent sur les dalles de marbre sans le moindre bruit. Froissant son bonnet de soie cobalt avec ses mains comme un vulgaire chiffon, il s'approcha des grandes tentures de velours. Il n'entendait rien. Que faisait donc le roi ?

Thalan avait peur. Peur de sa propre peur. Le cœur battant à tout rompre, il risqua un œil dans le cabinet du roi.

Sa Majesté était assise devant son grand bureau de chêne, immobile. Ses yeux désemparés fixaient ses mains. Celles-ci tenaient un médaillon ouvert. Thalan reconnut le petit bijou orfévré que le roi gardait sous scellé dans un tiroir. Un jour que le souverain lui avait demandé un document, le page était tombé dessus par hasard. Par admiration pour le travail exécuté sur les pierreries et l'or, il l'avait observé et même ouvert. Le médaillon ne contenait pas un portrait précieux et minutieux, mais une simple esquisse. Mais, réalisée de main de maître, elle était des plus exquises.

Thalan n'avait pas connu la reine, mais outre le rapprochement qu'il pouvait faire avec un portrait du couple royal qu'il se souvenait avoir vu dans la demeure de son père, il avait deviné que c'était elle qui était représentée. Belle reine Onémie, trop vive et trop vivante pour poser très longtemps. L'artiste l'avait surprise dans un moment de rêverie, probablement près d'une fenêtre. Par son talent et la finesse de son coup de crayon, il avait saisi cette expression de fraîcheur et de bonheur qui avait conquis tout un peuple et mis à genoux un roi.

Malgré ses jeunes yeux, Thalan était tombé amoureux du portrait. Comment la reine avait-elle pu mourir de chagrin alors que tout en elle exprimait la joie ? Comment ses yeux, aussi azurés que le saphir de sa bague, avaient-ils pu se fermer ? Comment avait-elle pu croire qu'il suffisait de mourir pour disparaître ? Dix-sept ans déjà. Le souvenir de son rire glissait comme le vent dans les rues de Leïlan, son nom s'y entendait encore ; et son roi ne se consolait pas de son absence.

Le souverain bougea. Effrayé de son indiscrétion, Thalan se cacha. Mais il avait fait le premier pas vers la curiosité, il ne pouvait plus s'empêcher de regarder et de chercher à comprendre son univers. Il pencha de nouveau la tête.

Le roi avait refermé et posé le médaillon. Que son visage paraissait lointain et froid ! Sa Majesté était-elle suffisamment pleine de colère pour se lever et aller tuer le duc d'Alekant ?! Le souverain ouvrit un tiroir. Allait-il en sortir une puissante dague, tranchante et cruelle ?! Non. Thalan, déconfit, vit Sa Majesté en extraire de simples feuilles. Il ne comprenait plus. Que faisait le souverain ?

Perdu dans ses sentiments, le page retourna vers les fauteuils. Il ne saisissait pas encore toutes les subtilités du monde adulte. Il s'assit, déçu, sur son tabouret et attendit. Le bruit d'une plume grattant du vélin se fit entendre, fébrile et incessant.

Des larmes de sang

Dans la Grande Plaine, le plus gros de la bataille touchait à sa fin. À Inès, les combats avaient été rapides. Les trente mercenaires qui attaquaient le village ne s'étaient pas attendus à être contrés par cinquante paysans armés et déchaînés, conduits par le Masque. Le désir de se défendre à l'image d'Olase leur avait donné la force, et leur surnombre avait pallié leur manque d'agilité ou d'expérience.

Rejoignant les troupes de Ceban, d'Allan et de Théon à la place forte d'Yil, Axel, Erwan et leurs compagnons avaient neutralisé un autre assaut sur Onilen et grossi leurs rangs de cinquante paysans de plus.

Au Duché d'Yil, les soldats se retrouvèrent soudain coincés contre les murailles, d'où il leur plut sur la tête tous les objets qui tombaient sous la main des villageois, protégés par cette armée de fortune révoltée. Ici comme ailleurs, les hommes de Korta durent se replier et s'enfuir dans les campagnes. Beaucoup furent poursuivis et peu durent atteindre le château. Même Jerry, métamorphosé en aigle, avait joué d'intimidation en se jetant serres en avant et bec ouvert sur certains hommes encore hésitants.

Les paysans avaient pris possession de la Grande Plaine. Ce n'était pas qu'ils désiraient se lever contre le pouvoir du roi et faire une révolution, mais ils voulaient vivre enfin en paix avec leur peu de terre, leur peu de biens et leurs familles. Ils en avaient assez de la tyrannie du duc d'Alekant.

Une odeur de guerre et de haine se dégageait encore des corps disloqués. Sur les pics meurtriers s'amoncelaient des cadavres. Les lames brillaient encore malgré le sang et les tripes qui les maculaient. De simples guenilles arrachées flottaient au vent ou roulaient à l'infini vers les champs de colza tachés de rouge. Quelques mains s'étaient crispées sur l'arme ayant mis fin à leur vie, des yeux fixaient à jamais le ciel pour tenter de comprendre. Gardes et paysans se retrouvaient enlacés dans la mort.

Les combattants de la Forêt Interdite se sentirent presque inutiles au moment de la retraite des soldats à Yil. Ils avaient été l'étincelle qui allume le feu. Maintenant, quels que soient les attaques et le nombre des gardes du royaume, les villageois n'avaient plus besoin d'eux. Plusieurs chefs s'étaient affirmés dans des groupes de paysans, exaltant leur courage, les dirigeant vers les points faibles de la Grande Plaine, barrant la route aux soldats et contrecarrant leurs projets. Ils n'avaient même pas remarqué que l'opaline avait disparu en cours de combat. Ils n'avaient plus besoin de magie ou de symbole pour les unir.

Les cinq compagnons restèrent quelques instants immobiles sur leurs chevaux devant le champ de bataille, quelque peu surpris que Korta ne se soit pas montré. Lâcheté, précaution ? Les villageois de la Grande Plaine lui auraient certainement coupé la tête pour en faire un étendard qu'Axel leur aurait disputé. Seul Muht était venu, se maintenant toujours en arrière des troupes pour analyser les stratégies et les pensées, protégé par son masque de verre. Mais sa faculté s'était rapidement trouvée dépassée, la plupart des villageois sachant à peu près comment contrôler leur esprit. Tous n'y arrivaient pas, mais Muht n'avait jamais vu un champ de bataille aussi imperméable à son pouvoir. Il avait fini par repartir, brisé dans son orgueil de guerrier de devoir battre en retraite une deuxième fois. Devinant la suite des événements, le seul combat qu'il voulait encore mener était celui qui l'opposait aux Akaliens, l'Alchimiste Suprême du Masque inclus.

Personne n'était sorti indemne des batailles. Bleus et plaies se disputaient la place sur les corps des cinq amis. Ils étaient plus entraînés pour les duels que pour les guerres. Allan avait la blessure la plus grave : sa cuisse avait été incisée profondément par un revers d'épée. Un garrot de fortune comprimait difficilement l'entaille. Théon avait reçu les pointes dentelées d'une hallebarde dans le bras. Elles avaient aussi ripé sur sa poitrine. La plaie de son cou s'était rouverte et teintait son ancien pansement.

— Tu prends trop de risques, lui reprocha Allan. Tu la cherches, la lame qui te tuera !

Théon banda son bras dans un sourire :

— Pense à ta femme et à tes filles et ne t'occupe plus de moi. Regarde tes blessures avant de regarder les miennes.

Il n'y aurait aucune bataille sans que les deux anciens soldats échangent ce genre de phrases. Comme d'habitude, Allan abandonna la discussion.

Les plaies de Ceban demeuraient les plus spectaculaires. Il avait reçu un coup de ceste au visage. Le gantelet garni de plomb de son adversaire lui avait fendu l'arcade sourcilière en plusieurs endroits. Le sang ruisselait sur la moitié de sa figure et gouttait sur la chemise qui décidément ne valait pas la peine d'être mise.

— Tu devrais t'essuyer, Ceban, lui conseilla l'Akalien. Sélène ne s'impressionne pas facilement devant des blessures, mais même après son aventure à Olase, je doute qu'Ophélie ne tombe pas dans les pommes en te voyant ainsi.

— Tu crois ?! s'étonna Ceban en s'essuyant négligemment du dos de la main.

Il fut encore plus surpris devant les écoulements intempestifs de sa plaie par rapport au peu de douleur qu'il ressentait. Il trouva une utilité à sa chemise : gauchement, il en prit le bord pour tenter d'arrêter l'hémorragie.

L'épée toujours à la main, Axel sentit un effleurement sur ses doigts tachés de sang. Le ruban bleu nuit accroché aux rameaux de laurier de sa garde lui rappela sa présence. Bien qu'encore frustré de l'absence de Korta, Axel eut un soupir en repensant à Éléa. L'après-midi touchait à sa fin. Dormait-elle encore ?

Il ferma les yeux en serrant le ruban. Une douce chaleur envahit son corps, puis il eut l'impression d'entendre des battements de cœur de plus en plus forts. Un réveil, un appel. Lorsqu'il ouvrit les yeux, tout avait disparu. Mais Axel avait compris.

— Ceban, ta sœur est réveillée, murmura-t-il.

Le jeune homme se retourna vers lui, étonné. Il eut une expression bête accentuée par l'étalement maladroit du sang sur son visage.

— Comment le sais-tu ? s'exclama-t-il.

— Je ne sais pas, mais j'en suis certain.

Le ton calme et rassurant qu'il utilisa obligea Ceban à le croire. L'amour qui unissait Éléa et Axel lui semblait suffisamment étrange et puissant pour ne pas douter des pressentiments du jeune homme. Et puis au fond de lui, Ceban espérait tellement que sa sœur se réveille... Il repassa encore une fois sa chemise sur son arcade sourcilière. Même sacrifiée entièrement, elle ne pourrait jamais suffire à stopper l'épanchement.

Elle avait bien les yeux ouverts. Ses paupières s'étaient soulevées comme si on l'avait appelée.

Elle resta un court instant immobile à regarder les lattes du plafond, juste le temps de se souvenir qui elle était et où elle pouvait être. Puis Éléa sentit une présence dans le calme retrouvé de sa chambre. Elle tourna doucement la tête. Ses yeux se fermèrent et s'ouvrirent plusieurs fois sur Estelle donnant le sein à l'un de ses nourrissons. Éléa sourit légèrement.

— Il a l'air d'avoir faim, dit-elle faiblement.

— Oui, je leur ai fait manquer deux... Vic ! Tu es réveillée !

Estelle s'était levée d'un bond. Ses yeux se brouillèrent dans la seconde qui lui fut nécessaire pour prendre la main d'Éléa dans la sienne. Le nourrisson se plaignit d'être dérangé.

— Oh, Vic ! Nous avons eu tellement peur pour toi. Tu ne te réveillais plus et tu pleurais et...

Elle lui passait la main sur le front avec amour.

— Je sais, Estelle, répondit doucement Éléa. Je sais comment vous m'avez sauvée, je sais la peur que vous avez eue…

— Tu nous entendais ?!

— Non… Je crois que je vous voyais plutôt.

— Comment ? Mais tu avais les yeux fermés !

— Oui… Pourtant, c'est la sensation qui se rapproche le plus de ce que j'ai ressenti, expliqua Éléa avec lassitude. J'étais dans une sorte de puits et vous au-dessus…

— C'est comme l'a décrit Chloé.

— Oui, depuis un certain temps, je la soupçonnais bien de posséder ce pouvoir, mais cette petite malicieuse s'arrangeait toujours pour que la preuve irréfutable me manque. Comment a réagi Sélène ? s'inquiéta Éléa.

— Bien, bien. Mais tu ne te souviens pas de cela ?

— Non… non, répondit Éléa en secouant pensivement la tête. La dernière image dont je me souvienne est celle de la Fée venue me chercher.

Elle se retourna vers Estelle qui la regardait étonnée.

— Oui, je crois que j'ai vu une Fée. Avec des voiles blancs et transparents, et des mains douces… Enfin, je ne sais pas… Je ne sais plus. Tout est devenu blanc autour de moi. J'ai entendu des millions de phrases, dont je ne me souviens même pas, et je me suis laissée bercer par cette voix merveilleuse.

Elle avait de nouveau fermé les yeux et semblait prête à replonger dans son sommeil en y pensant.

— Vic ?

La jeune fille souleva les paupières.

— Pourquoi es-tu en pantalon ? demanda Éléa qui ne s'en rendait compte que maintenant.

— Ize a été attaqué ce matin.

Éléa fronça péniblement les sourcils.

— N'aie aucune peur, les hommes ont pris les choses en main, et Axel a été fantastique. Il a une nouvelle fois emprunté ton rôle de Masque et a combattu avec beaucoup de bravoure.

Éléa ferma encore les yeux, mais non pour s'endormir cette fois. Elle imaginait sans peine tout ce qu'Estelle lui décrivait avec passion. Elle voyait le jeune homme victorieux et suivi de tous. Elle respirait avec bonheur en pensant à ce soulèvement dont elle avait tant rêvé.

— Il revient, murmura-t-elle. Axel revient.

Estelle s'arrêta de parler. Il y avait une telle certitude dans la voix d'Éléa.

— Aide-moi à me lever.

— Tu es encore trop faible.

— Que t'a dit Sten lorsque tu es partie te battre ?

— Oh ! Il a hurlé dans tous les sens et sur tous les tons, tu t'en doutes. Et lorsque je suis rentrée, c'était presque pire ! Je lui ai dit que j'avais appris à me battre, comme lui, et que je n'étais pas une poule pondeuse ou une vache laitière. Il m'a prise dans ses bras et ne s'est plus arrêté de m'embrasser ! conclut-elle dans un sourire satisfait.

— Tu n'aimes pas que l'on décide à ta place, fit remarquer Éléa. Alors aide-moi à me lever. Je veux être debout pour Axel.

Estelle ne pouvait plus dire non. Elle s'approcha de la porte.

— Je vais porter Naël dans son lit avec Nuri, et je reviens. Je préviens aussi tout le monde de ton réveil.

— Non !

Éléa avait enlevé les draps qui la couvraient et réussit même à s'asseoir.

— Je veux être debout pour eux aussi.

Estelle se retourna, un peu effrayée.

— Si je n'avais du respect pour tes parents, je clamerais sur tous les toits que tu as du sang d'âne ! s'exclama-t-elle en attrapant un bras d'Éléa pour l'aider à se lever.

— Il faut bien de grandes oreilles pour porter de lourdes couronnes, répondit celle-ci en riant faiblement.

Estelle fut heureuse de sa bonne humeur.

— Tu ne souffres pas trop ? s'inquiéta-t-elle devant sa défaillance musculaire.

— Non, au contraire, je me sens bien, faible mais bien.

Une quiétude se lisait sur son visage fatigué, un bien-être absolu semblait l'envelopper, mais sa peau était presque aussi blanche que sa longue chemise de nuit. Estelle l'assit devant sa petite commode. Éléa se regarda dans la glace et passa la main sur l'effrayante blessure de sa joue. Elle leva le cou sur une longue estafilade et observa sa main entaillée. Ses poignets aussi étaient marqués par le souvenir des liens.

Estelle se pinça les lèvres. Elle avait mal pour Éléa. Elle la vit décrocher sa corne de son cou.

— Oh ! Non ! Tu as suffisamment souffert, s'exclama-t-elle.

— Elle ne me fera plus jamais mal, répondit Éléa avec douceur. Je…

Comment le savait-elle ? Elle fronça de nouveau les sourcils pour réfléchir.

— Cela fait partie des multiples phrases que j'ai entendues.

Elle regarda Estelle en souriant.

— Mais je ne me souviens pas des autres.

— Tu veux que je te peigne les cheveux ? proposa Estelle en déposant son enfant repu et maintenant endormi sur le lit.

Elle le recouvrit tendrement d'un rebord de la couette.

Éléa accepta d'un petit signe de la tête. Elle avait encore les yeux dans le vague, un cavalier noir au galop à l'esprit.

Axel aurait voulu aller plus vite. Mais il n'avait pas pu tout laisser pour retrouver Éléa. Il avait fallu s'assurer d'abord que les nouveaux chefs guerriers seraient capables de maintenir seuls la sécurité de la Grande Plaine.

Jerry s'était rendu au château, plusieurs fois, mais même les rues d'Étel semblaient avoir été désertées par les soldats. Et maintenant, sur le long chemin du retour vers la Forêt Interdite, Axel ne pouvait pas davantage abandonner tout le monde pour arriver plus rapidement.

Il se contraignait à freiner Zarkinn. Heureusement pour lui, ses quatre compagnons étaient tout aussi pressés de rentrer. Ceban avait noué sa chemise autour de sa tête et Allan et Théon serraient les dents pour supporter leurs blessures. L'euphorie de la victoire transportait les cinq cavaliers vers leurs amours ou leurs amis. Même Jerry filait allégrement au-dessus d'eux dans le ciel rosé aux petits nuages pommelés.

Au départ, le faucon ne montrait pas une grande envie de revenir. Mais comme par hasard, lorsqu'Axel lui dit qu'Imma n'avait rien vu de lui – quand il lui avait pris la main dans la barque – Jerry fut le premier à s'élancer vers la Forêt Interdite. S'il avait su que la sorcière aveugle était sensible aux lumières depuis qu'elle avait surpris sa conversation avec Axel, il n'aurait peut-être pas été aussi joyeux.

Imma s'était aperçue en se réveillant, peu de temps avant Éléa, qu'une lueur se discernait dans le noir de sa vie. Elle ne distinguait ni les couleurs ni les formes, mais elle pouvait dire dans quelle direction était le soleil sans chercher sa chaleur. Elle ne savait pas pourquoi le voile de sa nuit se déchirait. En apprenant le passé de Jerry, son aveuglement n'avait plus de raison d'être. Mais comment aurait-elle pu faire le rapprochement ?

Les cinq cavaliers franchirent le Pont Sans Retour au galop. Jerry accéléra tellement leur passage dans son monde, qu'aucun d'eux ne vit le changement furtif du paysage. Il se mit à crier de joie comme pour annoncer l'arrivée des vainqueurs d'un tournoi. Ophélie, Virgine et Sélène vinrent en liesse à la rencontre de leurs champions très abîmés, avec tout le cortège d'enfants. Il y eut des cris effrayés, des soupirs rassurés, des bras serrés et des baisers. Malgré son indifférence foncière à la vie, Théon serra très fort contre lui les jumelles d'Allan et Virgine.

Éléa était debout, une main sur l'épaule de Tanin rayonnant. Le cœur d'Axel en aurait presque explosé de bonheur.

Elle était debout et belle dans sa fatigue. Axel aimait la voir aussi féminine : une longue jupe crème, un corselet aussi bleu que ses yeux et les épaules à peine encombrées d'un léger chemisier.

Elle était debout, belle et vivante. Elle ne regardait que lui. Elle n'avait même plus de blessures. Tout le mal et la peur avaient disparu.

Elle était debout, belle, vivante, et lui, amoureux comme un fou.

Il dégringola presque de Zarkinn pour s'élancer dans ses bras, quand il eut soudain un sourire malicieux : il se jeta à genoux, à ses pieds. Il leva ses bras au-dessus de la tête, ses mains portant son épée en offrande, un ruban bleu nuit toujours accroché à sa garde.

— Dame de mes pensées, reine de mon cœur, par votre amour, je reviens vainqueur.

Arrêtée dans son élan vers lui par ce geste inattendu, Éléa sentit ses yeux se brouiller d'émotion à ces mots. Les joues rougies, elle sourit au visage gonflé de passion et d'espoir à ses pieds. Elle était heureuse que toute cette histoire finisse aussi bien. Elle n'attendait plus que le baiser qui clôt les si belles romances.

Ce fut un cri qui rompit tout le charme, un désespoir dans un « non ! », une voix qui se perdit dans la peur. Les yeux d'Éléa quittèrent ceux d'Axel pour s'envoler vers ce qui effrayait tant Ceban. Sur le surplombement de la colline, San venait d'apparaître.

Éléa perdit le sourire, l'esprit aussi. Elle en resta quelques instants inerte. La Forêt Interdite sembla changer de couleur en même temps que son cœur basculait dans l'horreur. Le loup, son loup, était en sang. Ses dernières forces lui permettant tout juste de ramper au sol, il venait à elle. Éléa s'élança. Qu'importait sa faible énergie, elle se mit à courir vers ce qu'elle ne pouvait croire. San s'effondra devant elle, le peu de vie qui lui restait s'exhalant dans un dernier souffle.

Horrifiée, sans un cri, sans une larme, Éléa s'agenouilla près de lui.

Qu'avait-on fait à San ? Avec quelle cruauté avait-on pu lui faire tant de blessures ? Le poil collé par son sang, ses yeux fixaient Éléa comme dans un dernier espoir. Il venait chercher protection et soin auprès de son amie humaine. Tout jeune louvard, il avait compris en l'observant dans la forêt qu'elle savait guérir. Il était alors venu vers elle avec une grosse épine dans les babines qu'il ne pouvait enlever de ses crocs et qu'il enfonçait avec ses pattes. Dans cette nouvelle souffrance, il revenait vers elle avec confiance. Mais, si la jeune fille l'avait sauvé de l'infection et d'une mort certaine, que pouvait-elle faire aujourd'hui face à un tel carnage ?

Dans sa tête, Éléa entendait résonner une phrase des Fées :

« Cette corne ne t'échangera plus souffrance contre guérison. »

Mais à elle ! Rien qu'à elle ! Éléa ne pouvait l'utiliser sur le loup sans lui faire plus de mal et le tuer ! Pourquoi ? Ne venait-il pas, lui aussi, de dépasser les limites de la souffrance ? Elle voyait dans les yeux de San qu'il était convaincu qu'elle allait le guérir. Lui qui ne tuait que pour manger et défendre les siens, il ne comprenait pas la cruauté des hommes. Il croyait en la jeune fille.

Doucement, Éléa posa la main sur sa tête. Ignorant l'avenir, ignorant le mal, elle retrouva sa voix et le caressa :

— Je vais te soigner San, oui, tu verras, tu n'auras plus mal, tu ne souffriras plus. Je vais te soigner.

Et ses mains, baignant dans le sang, passaient sur le front, sur la tache ronde qui avait maintenant la couleur du sacrifice. Elle le rassurait, elle voulait y croire. Elle sentit un petit bout de langue lui lécher les doigts de reconnaissance, et sut que tout était fini. Courbée en deux, le front sur la tête du loup, elle resta immobile. San n'avait pas eu un seul gémissement. De tout temps à jamais, les loups mourront en silence.

Il n'y avait plus un bruit, même plus le chant d'un oiseau.

Tous les habitants de la Forêt Interdite avaient perdu leur joie. Le grand Sten sut qu'il se demanderait toujours comment ce loup osait se jeter sur lui pour l'aplatir. San emportait le secret de son intelligence avec lui.

Axel s'approcha d'Éléa. Il voulait la prendre dans ses bras pour essayer de la consoler. Mais elle se leva brusquement, et passa devant lui sans le voir. Son visage était figé, fermé à triple tour. Doucement, elle fit quelques pas dans l'herbe en descendant vers la prairie. De ses mains salies, elle attrapa sa jupe maculée et, de ses dents, en déchira les côtés. Elle se retourna alors vers ses amis. Des larmes avaient envahi ses yeux et coulaient silencieusement sur ses joues : elles avaient la couleur du sang sur lequel elles tombaient.

Et tout s'accéléra soudain. Éléa fit apparaître un couteau à l'aide de sa corne et se mit à courir. Avec la force de la haine, elle réussit à monter sur son cheval et s'enfuit dans la forêt. Axel voulut l'empêcher de partir, mais Jerry lui barra la route :

— Elle a droit à sa vengeance.

Axel n'était pas d'accord. Il bouscula violemment l'être chimérique et s'élança vers la prairie. À son sifflement, Nis ne fut pas longue à venir : il sauta sur son dos à cru.

Aussi vite qu'un oiseau dans le ciel, il franchit les premiers arbres et le Pont Sans Retour. Rapidement, il entendit un bruit de galop devant lui. Puis une ombre cavalière se ruant dans les fourrés se dessina. Il intercepta Éléa en se jetant sur elle et l'entraîna au sol. Il la protégea du choc en atterrissant le premier, dos contre terre. Elle chercha à se débattre, elle se mit à crier, mais elle n'eut aucune force contre Axel. Il la laissa épuisée au sol, reprit son arc et ses flèches de la selle de Zarkinn, et partit au galop sur sa jument.

Assise au milieu des feuilles, Éléa hurla sa faiblesse et son refus, mais rien ne pouvait arrêter le jeune homme.

Il n'avançait pas en aveugle. San avait laissé des traces partout sur son passage. Son sang frais tachait la vie et montrait le chemin à prendre, comme un doigt accusateur pointé sur son assassin. Axel déboucha dans la Grande Plaine. Le ciel devenu pâle lui révéla un point de feu dans la campagne.

Calés contre des rochers, trois hommes se trouvaient là, riant, festoyant, loin de tous les villages qu'ils avaient attaqués dans la journée. Ils avaient eu plus de chance que les autres : ils s'étaient retirés de la bataille avant que tout tourne au tragique. À présent, ils fêtaient leur lâcheté et faisaient des gorges chaudes de leur cruauté envers un loup dont ils chercheraient le corps dès le lendemain.

Le soleil avait disparu dans un ciel terne et uniforme, la nuit approchait. Un mouvement, une ombre, un bruit firent se retourner les trois mercenaires. Au sommet d'un tertre, la silhouette d'un cavalier se découpait dans le soir, noire, majestueuse, armée : le Masque !

L'amalyse d'Axel avait devancé l'ordre du jeune homme : elle s'était rabattue sur son visage d'elle-même. Le verdict était la condamnation à mort. Axel banda son arc froidement.

Un instant saisis par l'apparition, les trois hommes reculèrent de peur derrière les rochers. Puis ils se rassurèrent sur la distance qui les séparait du Masque. Celui-ci était trop éloigné pour les atteindre et, s'il se rapprochait, il serait seul contre trois. Il n'y avait pas de fossé ni d'arbres. La terre retournée du champ en jachère n'offrait aucun refuge pour l'attaquant.

Pourtant, au premier tir, l'un des mercenaires tomba, et il ne fallut pas plus d'un souffle pour que le deuxième suive. D'où provenait cette arme à la capacité de tir si exceptionnelle ? Terré derrière son rocher, le dernier mercenaire ne cherchait pas la réponse à cette question. Il se demandait seulement comment il allait bien pouvoir s'en sortir.

Il tenta le tout pour le tout, et se rua sur son cheval pour s'enfuir. Il reçut une flèche dans la cuisse qui, à cause de la douleur du coup, le désarçonna.

Au pas, le jeune homme s'approcha pour descendre de cheval devant le mercenaire courbé sur sa blessure. Axel avait les yeux graves derrière son masque, un visage impassible aussi. Il pointa son épée sous la gorge de l'homme. Celui-ci se mit à le supplier de toute sa lâcheté. Il savait parfaitement ce que le Masque venait venger.

— Y a toujours des morts et des vainqueurs, argumenta-t-il. C'est la loi des batailles. Mais l'honneur des grands laisse les vaincus en vie, hein ? C'était qu'une bête, non ?

Il sentit l'acier de l'épée lui picoter la peau. Il n'aurait pas dû rajouter cette dernière phrase.

— Attends ! Attends ! J'vais t'expliquer un secret. C'est pour faire un philtre d'amour que nous l'avons torturé. J'sais faire une pommade infaillible avec la moelle de la patte arrière gauche d'un loup bien saigné. Tu pourras avoir des milliers de femmes à tes pieds, si tu me laisses en vie.

La lame de l'épée se décolla de sa gorge. Il crut avoir gagné.

— J'savais que ça t'intéresserait. Quel homme en ces Mondes n'est pas à la recherche de l'Amour ? reprit-il avec confiance. Tu auras toutes les femmes que tu désires et pour l'éternité. Il suffit de retrouver le corps de ce loup.

Axel écoutait toute cette horreur. Il laissait l'homme parler pour se remplir de la répugnance qu'il lui inspirait. Jamais, pour Éléa ou qui que ce soit d'autre, il n'aurait pris une vie, même celle d'un animal, dans d'aussi horribles souffrances pour un amour hypothétique. Le jeune homme eut presque un haut-le-cœur en voyant l'homme sortir de sa poche la patte desséchée d'un loup pour lui prouver ses dires. Il la lui tendait en offrande pour sa vie.

Tuer un blessé désarmé ne faisait pas partie des habitudes du jeune homme, mais là, le dégoût fut plus fort que le sentiment de pitié. Avec mépris, Axel lui enfonça l'épée dans la gorge. Pour Éléa. Pour San.

L'amalyse se releva, Axel resta un moment sans bouger devant l'homme à l'expression à jamais étonnée. Puis un cri le fit se retourner. C'était Éléa qui arrivait. Elle descendit de cheval presque en tombant, et se jeta sur Axel. Elle aurait voulu le frapper, se décharger sur lui de la vengeance qu'il lui avait volée, mais ses poings n'avaient pas la force qu'elle voulait.

— Pas toi, pas toi, pleurait-elle.

Ignorant ses faibles coups, Axel la prit dans ses bras. Elle n'arrivait plus à frapper, et pleurait toujours ces mêmes mots. Il la serra un peu plus fort, la joue contre sa tempe. Il aurait voulu la protéger de toute cette douleur, de tout ce chagrin. Une main sur sa couronne de tresses, il l'embrassa doucement, cherchant les lèvres au milieu des pleurs. Éléa releva légèrement la tête : elle avait besoin de cette étreinte qu'elle attendait depuis si longtemps, maintenant plus que jamais. Leur baiser eut l'abandon du premier amour mais aussi le goût du sang, des larmes, de la douleur et de la mort.

Caché loin derrière un orme champêtre, Jerry les regardait avec amertume. Il se sentit soudain petit et minable. Il savait qu'Axel murmurait les seuls mots qui pouvaient consoler le cœur amoureux d'Éléa. Le jeune homme avait envie de les lui dire depuis si longtemps. Jerry savait bien qu'Axel était malheureux de n'avoir la force de les avouer qu'en cet instant.

Le Monstre se haïssait ce soir, il se trouvait ignoble, indigne de vivre et d'aimer.

Il avait toujours souhaité qu'Éléa tue, et il aurait certainement pris du plaisir à voir son épée devenir enfin meurtrière. Elle devait être l'Adversaire de Korta ! Mais ce geste d'Axel, qui au départ lui avait semblé tout gâcher, avait tout sauvé. Elle n'était pas la Championne des Fées. Éléa avait gardé les mains blanches, innocentes du moindre crime, et Jerry en comprenait soudain l'importance.

Il regarda les siennes avec dégoût. Ce qu'elles pouvaient être noires ! Noires et friables, comme si tout le sang de ses victimes avait séché sur ses doigts : quatre cents ans de meurtres. Et il avait voulu qu'Éléa lui ressemble ! C'était lui qui aurait dû lui voler sa vengeance, pas Axel.

Tuer dans la colère avait entraîné la sauvagerie de Jerraïkar. L'écoulement de sang était devenu un plaisir, une abomination nécessaire pour assouvir sa haine. Le Grand Sorcier Ibbak s'en était servi et avait démesuré ses ambitions. Jerraïkar ne s'était pas aperçu qu'il s'écœurait lui-même depuis si longtemps : il avait continué à tuer pour oublier, comme un alcoolique qui vide un verre de plus chaque jour. Il était entré dans le cercle vicieux de la cruauté. Il n'avait jamais voulu prendre la mesure de ses actes.

Jerry se sentait monstrueux.

Après un dernier regard sur le couple enlacé, il se retourna et marcha vers sa forêt, son domaine, le seul monde qu'il méritait. Jerry avait appris sa dernière leçon ce soir. Il aurait voulu éponger le sang et réparer ses actions passées. Mais il ne pouvait les effacer, ni même les oublier.

Le chant des loups

Le roi avait fini d'écrire. Thalan n'entendait plus le grattement de la plume. Le jeune noble s'était redressé. Enfin, cette attente interminable cessait ! Il entendit encore quelques bruits de tiroirs, de papiers, et le roi l'appela.

Thalan tira sur son pourpoint et essaya de défroisser son bonnet. Il ne put s'empêcher de prendre une grande inspiration avant d'entrer. Il feignit de ne pas remarquer le reste de rougeur dans les yeux de Sa Majesté. Mais le souverain n'avait pas envie de faire semblant. Il commença d'une voix grave :

— Vous êtes désormais la seule personne en qui je puisse avoir confiance. Votre désarroi à toutes les révélations dans l'auberge m'a prouvé votre ignorance et votre innocence. Vous êtes jeune, Thalan, encore un rien fragile, mais je n'ai que vous comme allié. Dites-moi que j'ai raison d'y croire.

— Sa Majesté peut tout me demander, même ma vie si elle le désire, répondit l'adolescent avec grandeur d'âme.

Le souverain plissa un instant les sourcils et le regarda de nouveau.

— J'espère que je ne vous en demanderai pas tant.

Le roi s'approcha de son bureau de chêne et prit une grosse missive enfermée dans une bourse de cuir cachetée. Il la tendit au page.

— Je désire seulement que vous apportiez cette lettre à la princesse Éline. Pour des raisons que vous ne pouvez peut-être pas encore comprendre, je ne puis le faire moi-même. Vous devez la lui remettre en mains propres, et si possible à l'abri de tout regard. J'insiste sur le en mains propres. Personne d'autre dans le château ne doit la lire. Et pour ce qui est de tout regard, fuyez les Scylès, n'en laissez plus jamais un seul vous approcher. Il y va de votre vie, mais surtout de votre honneur et de celui que je fais reposer sur vous. Je suis certain que des personnes vous barreront la route, je laisse donc à votre intelligence le soin de vaincre les obstacles. M'avez-vous bien compris ?

— Oui, Sire, répondit sagement Thalan en se sentant de plus en plus intimidé par les propos du roi.

— Je place sur vos épaules un poids bien plus grand que celui que vous imaginez. Et je vous confie aussi ceci.

Le roi retira son imposante chevalière et tendit le rubis de pouvoir au page. Celui-ci ouvrit la bouche d'incompréhension et de peur.

— Je vous demande de la cacher, coupa le roi avant la première protestation. Il est important que le duc d'Alekant ne la trouve pas s'il m'arrivait malheur.

— Majesté !

— Il faut savoir tout prévoir, Thalan, le meilleur comme le pire. Il est possible que je ne ressorte pas de chez le duc d'Alekant. Ce seigneur a des pratiques quelque peu expéditives pour se débarrasser de ceux qui le gênent, et je connais sa puissance.

— Oh ! Que Sa Majesté me laisse venir avec elle ! Qu'elle m'accorde l'honneur de voir Korta mourir de ses couteaux ! Je supplie Sa Souveraineté ! En mémoire de mon père !

— Non, Thalan, je vous laisse des missions bien plus importantes. Et ne trouvez-vous pas que la cruauté a fait couler suffisamment de sang sur ce pays pour avoir des souhaits aussi implacables ?

— Sa Majesté va épargner le duc ?! s'indigna le page.

— Ne vous occupez plus de tout cela, voulez-vous ? Arrêtez de penser, gardez vos idées pour mener à bien ce que je vous ai demandé. Les crimes du duc d'Alekant ne resteront pas impunis et la mémoire de votre père sera vengée. Je vous en donne ma parole. Allez. Et ne revenez que demain midi dans mon cabinet.

Le page s'inclina, prit la lettre et la bague. Mais il resta encore un moment le regard posé sur son roi.

— Je crois en Sa Majesté.

— Prenez garde à vous. N'ayez confiance qu'en vous.

Thalan se signa de nouveau et sortit. Le souverain regarda la lourde porte se fermer sur l'adolescent et resta un instant les yeux dans le vague.

Il se dirigea ensuite lentement vers l'escalier de bois qui menait aux galeries du premier étage à la droite du trône. Il ouvrit un tiroir taillé dans l'axe sculpté d'oiseaux et d'entrelacs. Quelques instants plus tard, un noble salua Sa Majesté dans les couloirs. Celle-ci était trop obnubilée par sa décision pour le voir : elle marchait d'un pas résolu et solitaire vers les appartements du duc d'Alekant. Un serviteur arriva en même temps avec un plateau contenant le repas du seigneur. Muht n'était pas encore rentré, Korta était seul. À la surprise du domestique qui lui donnait tous ces renseignements, le souverain lui prit le plateau des mains et le renvoya.

Peu de temps après, le roi frappait à la porte du duc et entrait à sa demande.

Korta fut très surpris de le voir. Ses hommes lui avaient dit qu'ils avaient reconnu le roi en Étel. Mais le sourire radieux qu'affichait le souverain le faisait douter de leurs dires.

— Je ne vous dérange pas au moins ?

À l'image des somptueux appartements, les habits du duc étaient sombres et à dominance rouge sang.

— Sa Majesté est ici chez elle, répondit Korta avec toute l'hypocrisie souhaitable.

— Tenez, votre plateau, je l'ai intercepté au passage.

— Sa Majesté n'aurait pas dû se donner cette peine. Que Sa Souveraineté prenne un siège, et m'informe sur le but de son honorable visite.

— Je ne viens que pour agrément, répondit le roi en s'asseyant avec élégance dans un moelleux siège à haut dossier.

— Je remercie Sa Majesté de me faire ce plaisir. Désire-t-elle partager mon repas ?

— Je ne vous accompagnerai que d'un verre de vin. Je vous remercie.

Korta se leva. Son pantalon de cuir noir crissa. Il prit la carafe que le roi avait apportée sur le plateau.

— Vous verrez que ce vin est excellent, poursuivit Korta dans sa fourberie en versant l'épais liquide dans deux verres.

— Je suis certain qu'il sera meilleur que celui que j'ai bu dans l'auberge d'Étel aujourd'hui, répondit le roi. Il était un rien trop amer.

Les coudes appuyés sur les accoudoirs, les doigts croisés devant sa bouche, le souverain avait soudain le regard plus noir que les ténèbres dans le dos du duc d'Alekant.

Korta n'avait pas bougé : il avait parfaitement compris le message. Ses yeux se perdirent un instant dans le verre qu'il tenait à la main. Puis il se retourna. Il tendit le vin au souverain qui l'accepta froidement, et s'assit en face de lui avec son propre verre.

— Il y avait bien longtemps que Sa Majesté n'était point sortie du palais. Que Sa Souveraineté me raconte, proposa Korta sans naïveté. Je pense que cela doit être intéressant.

— Très, appuya le roi.

Une quinzaine de loups avaient envahi la Forêt Interdite, tournant autour du cadavre de San. Ils chargeaient les moindres personnes qui osaient s'avancer. Même avec le feu, Sten n'avait pu s'approcher et les tenir suffisamment en respect pour enterrer le loup. Le géant izois tenait à user ses premières forces sur ce geste, mais la horde était décidée à rendre un dernier hommage à son chef.

Le chant commença par un cri semblable au bruit du vent dans les branches : un souffle pur et plein. Il s'éleva d'un seul loup. Mais à peine celui-ci eut-il atteint une note bouleversante de tristesse qu'un autre la reprit. Et chacun à leur tour, les loups l'élevèrent plus haut ou la firent brutalement mourir sur un son grave à peine audible.

Envahissant toute la forêt, ces premiers hurlements glacèrent Éléa jusqu'au sang. Même la tendresse d'Axel ne put la réchauffer.

S'étirant avec lenteur, s'enflant progressivement dans tout l'espace, un son troublant couvrit les autres un instant. Et plusieurs loups reprirent en chœur les longues vagues d'aigus et de graves qui déferlaient sur les plages du vent. Il n'était pas possible de croire que seule l'oreille humaine rendait le chant mélancolique et douloureux. Cet appel portait toute l'injustice et la détresse des Mondes. Ces museaux, tendus à l'équerre vers les étoiles encore pâles, semblaient supplier, comme les arbres dressant leurs branches implorantes. À quelle Divinité s'adressaient-ils ? Comment celle-ci pouvait-elle rester de glace ?

Les ascensions de gammes succédaient aux descentes, les harmoniques s'ajoutaient, se rejoignaient, se confondaient ou s'individualisaient. De tous ces loups différents ne subsistait qu'un seul chant, qu'une seule plainte.

Au milieu de cette sérénade poignante, Éléa revoyait un louvard venir à elle avec les babines enflées. Un loup trop vieux pour avoir une mère, trop jeune pour avoir une femelle qui prenne soin de lui. Elle se rappelait ses approches, ses craintes, son audace, sa reconnaissance, et elle s'accrochait de plus en plus au cou d'Axel.

Le jeune homme avait du mal à rester insensible à tout ceci. Il caressait doucement les cheveux d'Éléa en écoutant ces hurlements déchirants de tristesse. Il aurait dû être tellement heureux ce soir. Il aurait tant voulu n'avoir que l'amour d'Éléa dans son cœur. Mais ses oreilles, qui ne pouvaient plus craindre ces cris dans la nuit, en découvraient la grandeur et le désespoir. Il pressa encore Éléa contre sa poitrine. Il voulait l'emmener, quitter ces hurlements qui s'étendaient sur des lieues à la ronde, mais une apparition l'arrêta dans son élan. Grande, fine et princière, une louve s'était assise sur le bord de la falaise.

Outre le chant qu'elle semblait reprendre avec tant de souffrance, trois louveteaux fourrés dans ses pattes attiraient le regard sur elle. Ils essayaient eux aussi d'accompagner leurs aînés, mais ils n'avaient encore que de petites voix plaintives. Mimétisme ou réelle douleur, ils y mettaient tout leur cœur. Et celui du milieu, à peine plus grand que ses frères, avait une tache blanche frontale extraordinairement ronde.

Éléa prit en plein cœur la torture de cette image. Elle comprenait chaque jour d'absence de San ces trois derniers mois.

— Protège bien tes petits, murmura-t-elle à la mère. Et ne les laisse jamais approcher les hommes.

On disait que les loups restaient fidèles, même après la mort. Éléa regarda la belle louve pleurer sa peine. La forêt avait revêtu une robe noire et compatissait à sa douleur : la louve perdait le même soir son amour et son rang.

Sentant à quel point le désespoir lui serait grand de voir disparaître Axel maintenant, Éléa se blottit de nouveau dans ses bras et se laissa emporter vers les constructions du Grand Arbre.

La haine pesait lourd dans la luxueuse pièce rouge : elle étouffait les deux hommes. Pourtant, toujours assis l'un en face de l'autre, le roi de Leïlan et le duc d'Alekant n'avaient pas bougé. De loin, ils auraient semblé simplement discuter, buvant leurs verres tranquillement, comme deux amis. Mais il y avait ces regards glacés qui dénonçaient la véritable nature de leur relation. Aucun cri, aucune menace ne se faisait entendre : la violence était dans la vérité s'étalant sans détour, avec une douceur cruelle ; chacun détaillait à l'autre les scènes qu'il connaissait. L'Histoire se dévoilait dans cet étrange tête-à-tête.

— L'Élixir de la Folie, méditait le roi.

Il comprenait maintenant son geste de meurtre envers sa troisième fille. Le fait abominable qu'on se soit servi de lui pour commettre ce crime le révoltait, mais il avait soudain le réconfort de savoir que sa perte d'esprit ne lui incombait pas.

De son côté, le souverain avait raconté au duc l'entrée du monstre dans la chambre de la reine. Il eut beaucoup de peine à se retenir d'étrangler Korta lorsque celui-ci lui avoua, sur un ton indifférent, sa responsabilité dans le massacre d'enfants qui avait anéanti Leïlan. Pourtant, le roi eut presque un sourire de triomphe en apprenant qu'Éléa avait survécu. Korta ne voulait pas lui donner le plaisir de savoir sa troisième fille en vie, mais le souverain l'avait compris depuis son retour d'Ételsis. Si le monstre qui avait enlevé la princesse avait voulu la tuer, pourquoi l'aurait-il échangée contre un enfant mort ? Et s'il avait voulu s'en nourrir, pourquoi l'aurait-il préférée à l'autre bébé ? La nourrice avait saisi cela tout de suite. Le roi comprenait dès lors les gestes qu'elle avait eus pour cacher l'enlèvement de la petite princesse. Peut-être savait-elle déjà qui était vraiment Korta ?

Depuis qu'il avait commencé à chercher la vérité, tout était devenu aussi clair que de l'eau de roche.

— Elle est le Masque, n'est-ce pas ?

— Oui, Majesté, avoua Korta avec mépris. Et à mon grand regret, elle a la mauvaise manie de me filer entre les doigts.

À cet instant, le roi eut le bonheur de se sentir bien pour la première fois depuis longtemps. Il en rit même. Inquiet jusqu'à présent de l'entrée possible de Muht, il en était rendu à presque l'espérer. Le guerrier scylès ne pourrait plus rien arrêter. Dehors, un hurlement de loup semblait résonner. Au fil de la journée, le vent avait tourné.

— Dire que je vous demandais de tuer la plus jeune de mes filles pour en épouser l'aînée ! Que la vie est curieuse, ne trouvez-vous pas ? Au succès d'Éléa ! rajouta-t-il en levant son verre.

Le souverain le porta encore à ses lèvres et finit son vin. Il posa le verre à terre près de son fauteuil. Korta observa le roi et ne répondit pas. Les yeux pleins de flammes destructrices, il laissa les dernières gorgées et se débarrassa de son verre sur une table.

— Et maintenant ? sourit diaboliquement le duc.

— Que voulez-vous qu'il se passe ? s'étonna le roi avec une jovialité inattendue. De toute évidence, la princesse Éline va épouser le prince Cédric de Pandème. Je leur laisserai le trône de Leïlan en cadeau de mariage. Ma petite Éléa pourra revenir au palais et l'on clamera son Nom Interdit dans tout le pays. Et il est même possible qu'Éloïse revienne de son sommeil. Bas les masques et les voiles ! Plus rien ne pourra arrêter le bonheur de ce pays. L'alliance avec notre royaume voisin rendra ce rêve possible : il y aura trois liens, trois amours, trois volontés divines. Vous vous serez battu en vain contre la prophétie des Fées de l'Est que vous venez de m'annoncer.

Le chant hurlant des loups montait de plus en plus et se laissait entendre au moindre silence. Korta ne protesta pas et ne parut point effrayé. Il attendit tranquillement que le roi finisse sa tirade pour prendre la parole :

— Sa Majesté n'oublierait-elle pas quelque chose, ou plutôt quelqu'un ?

— Qui ? Vous ?!

— Sa Majesté est-elle assez naïve pour croire que tout sera aussi simple ? Pense-t-elle sincèrement que je lui aie tout avoué simplement pour atténuer la colère de sa punition ?

— Non, admit le roi. Vous ne devez dévoiler vos projets et vos échecs qu'à vos victimes. À leur dernier souffle.

Les yeux noirs de Korta acquiescèrent.

— Dois-je penser que vous avez empoisonné mon verre ?

Un sourire de satisfaction s'étira dans la barbiche du duc pour toute réponse. Le roi ne parut pas bouleversé. Il posa tranquillement son épaisse barbe brune dans sa main.

— Je comptais sur cette perfidie de votre part. Aussi, avant d'entrer, avais-je moi-même empoisonné le vin.

Korta changea de couleur.

— Je ne vous crois pas, cracha-t-il.

— Pourtant vous en oubliez déjà les étiquettes et le respect. Jusqu'à votre dernier soupir, je serai Sa Majesté.

— Vous n'avez pas pu faire ce que vous dites. Cela aurait été du suicide !

— Sa Majesté n'a que faire de la vie, répondit le roi dans un sourire d'enfant. Et vous lui avez donné toutes les joies nécessaires pour mourir en paix. Vous aviez fait de moi votre complice, reprit-il avec sérieux. Il est normal que nous disparaissions tous deux. J'ai choisi cette mort parce qu'elle sied à votre fourberie et à mon indignité de souverain. Je suis votre meurtrier, vous êtes mon assassin. Merci encore.

Le roi se leva et se drapa fièrement dans son manteau de cour. Les hurlements de loups enflaient dans la nuit et accompagnaient ses paroles de ténèbres.

— Je regrette de ne pas pouvoir rester pour vous voir vous rouler de douleur comme un chien, mais je ne tiens pas à vous donner la satisfaction de contempler ma propre torture. Je ne sais ce que fera mon poison associé au vôtre.

Korta ne parlait plus, ne bougeait plus. Il avait des yeux incrédules. Les hurlements des loups emplissaient sa tête d'une peur indicible. Il sentait l'annonce de sa mort dans tous ces cris pénétrants.

— Il existe peut-être un antidote mais, depuis le temps que nous parlons, l'effet est devenu imminent et irréversible, précisa encore le roi avant de se retirer. Il n'y aura pas de sang. Votre mort sera des plus propres. Vos mains vont trembler, votre ventre vous donnera l'impression d'éclater, vous aurez des vertiges et des pertes d'équilibre. Alors le souffle vous manquera et il ne vous en restera qu'un dernier pour vos prières. Pensez à tout le mal que vous avez fait, à ma reine, à ma fille Éloïse, et à toutes les personnes qui ont souffert de votre cruauté. Adieu, ignoble seigneur.

Le roi referma la porte derrière lui. Un homme arrivait juste à ce moment-là dans les couloirs. Pantalon anthracite, ceinture d'argent, torse pâle et nu, cheveux platine, yeux turquoise : Muht Dabashir. Le roi le toisa avec un sourire triomphant ; le guerrier scylès comprit instantanément ce qui se passait. Puis une brusque douleur, insoutenable, fit perdre au souverain toute sa magnificence. Une main sur le ventre, l'autre sur le mur, ses traits se crispèrent sous la souffrance. Il regarda le couloir déserté par la nuit, derrière Muht. Illuminé seulement par un faible éclairage, celui-ci n'était habité que par les armures et les statues. Chancelant de tous ses membres, bousculant le guerrier scylès comme s'il avait été transparent, le souverain reprit la direction du cabinet royal.

Muht resta un moment immobile. Pouvait-il venir en aide à Korta ? L'Esprit Sorcier Ibbak était le seul espoir du duc : celui-ci pouvait retenir sa vie et le guérir. Est-ce que Muht en avait seulement envie ? Il se rendit compte que si le duc mourait, il devrait alors prendre sa place dans le combat des Divinités. Affronter le prince Axel ? Serait-il sûr de gagner ? Il n'était pas venu en Leïlan pour jouer les Champions. Pourtant… tous ses rêves ambitieux pourraient alors voir le jour. Si cette histoire ne le dépassait pas avant… Il hésita puis entra.

Korta était debout, il resta paralysé et muet à l'apparition du Scylès. Il ne pouvait croire ce que lui avait dit le roi. Mais ses mains se mirent à trembler. Les yeux exorbités d'horreur, il les regarda : tout son corps échappait à son contrôle. Il eut brusquement l'impression qu'on lui arrachait les entrailles. Il s'arc-bouta sous la souffrance. Il tomba à genoux de douleur, tendant la main vers Muht pour obtenir son aide. Le guerrier scylès hésita encore, incertain de sa décision. Il ne sut ce qui finalement le poussa à saisir le bras de Korta et à enclencher le levier de la cheminée.

Ils s'engouffrèrent dans l'escalier, Korta manquant de les dévaler sur le ventre. Son salut reposait sur sa vitesse. Il se mit à hurler le nom de la Divinité malfaisante, et sa voix se perdit dans les profondeurs en même temps que la massive cheminée se refermait.

Alors que le Scylès et le duc avaient disparu, quelqu'un frappa à sa porte. Après quelques secondes d'attente, Misty, la chaperonne des princesses, se glissa dans la grande pièce.

— Monseigneur ? demanda-t-elle avec volupté. Le fils du duc d'Yil, le jeune Thalan, rôde près des chambres des princesses. Je crois qu'il se doute de quelque chose. Votre Grâce ?

La petite femme sèche s'avança vers les autres pièces des appartements du duc d'Alekant pour le chercher. Elle ne put s'empêcher de s'arranger légèrement devant une imposante glace.

— Ce jeune garçon risque de découvrir le passage qui mène aux cellules, si vous ne prévenez vos… vos brutes, continua-t-elle en lissant le devant de sa robe.

Elle jeta un dernier coup d'œil dans la chambre, constatant qu'à l'évidence elle était seule, et revint dans la pièce initiale. Mal à l'aise et un peu gênée par le corset trop étroit dont elle s'était affublée, elle attendit quelques instants pour prendre une décision.

Les hurlements de loups déchiraient la nuit. Ils résonnaient dans tous les couloirs du palais. Misty avait peur de ce genre de cris. Elle observa les astres sans comprendre. Les lunes étaient gibbeuses ce soir, et non pleines. Pourquoi ces fauves se mettaient-ils à hurler ? Était-ce un mauvais présage ?

Plongée dans ses réflexions, elle vit le verre du duc sur une table. Ses doigts aussi décharnés que des pattes de poulet s'en approchèrent avec convoitise. Elle avait entendu des petites servantes raconter qu'il suffisait de boire dans le verre de l'homme de ses pensées, en invoquant les Divinités, pour se voir partager ses rêves et se faire aimer de lui. Il n'en fallait pas plus à la vieille fille transie d'amour pour le duc d'Alekant. Elle regarda rapidement autour d'elle et vida d'un coup le fond de vin.

Misty ne revit jamais Korta et ne partagea avec lui que la douleur précédant sa mort.

Thalan retenait son souffle. Plaqué contre les pierres des grottes du Mont Ételqui humidifiaient son pourpoint, le jeune adolescent suivait une grande brute au teint olivâtre. Il avait peur. Il tremblait de tous ses membres. Les mots danger, douleur, prison, mort résonnaient dans sa tête, mais il poursuivait sa filature. Il revoyait l'adresse et le sang-froid de son roi, il entendait les paroles de sagesse et de courage que lui avait dites son père un jour d'automne. Il puisait sa hardiesse dans l'admiration des deux hommes. Pour eux, Thalan irait jusqu'au bout.

Était-il possible que le duc d'Alekant ait enfermé les princesses dans un cachot ?!

À force d'espionnage, ce dont il ne se serait jamais cru capable, Thalan avait fini par arriver à cette terrible découverte. Il avait encore du mal à le croire. C'était la recherche de la vérité qui le poussait au-delà des limites de son courage. Si ses princesses étaient en danger, il devait les aider, si elles étaient prisonnières, il devait les délivrer. Foi, Fidélité, Serment envahissaient sa tête dès que les envies de fuite ou l'évidence de la folie qu'il était en train de commettre le saisissaient.

La lourde brute venait de prendre un autre couloir et avait disparu. Thalan décrocha silencieusement une torche de son anneau de fer et se hissa sur la pointe des pieds. Avec la fumée des flammes, il traça une marque noire sur la voûte rocheuse. Assurant ainsi ses arrières dans le cas d'une fuite nécessaire, il contourna lui aussi une formation rocheuse et retrouva l'ombre massive de l'homme de Korta.

Le noir n'impressionnait plus Thalan, il s'habituait même à l'odeur de renfermé et de moisi qui régnait. Ses escarpins de cuir glissaient silencieusement sur la roche à la suite du bruit claquant des sandales. L'adolescent avait de la chance pour l'instant, personne ne se doutait de son intrusion dans ce passage, et les couloirs des cachots ne semblaient habités que par la brute et lui.

L'homme au teint olivâtre venait de s'arrêter devant une grille. Thalan se terra dans un renfoncement. La brute sembla grogner avec de petits raclements de gorge.

Pourvu qu'il n'ait point rejoint d'autres hommes ! pria Thalan.

Mais il entendit un bruit de plateau renversé et une voix de femme.

— Allez-vous-en ! hurla-t-elle sur tous les tons.

Thalan reconnut instantanément la voix de la princesse Éline. Son cœur fit un bond en avant dans sa poitrine. Il n'avait plus peur, plus froid, le mot sauveur lui brûlait la cervelle. Il réussit à refréner son élan – le temps que la brute disparaisse de sa vue –, puis il se rua vers le cachot des princesses. Il s'arrêta devant la grille, bouleversé par l'horreur et l'odeur de l'endroit. À l'intérieur, un corps était allongé et un autre semblait en état de prière.

— Princesse Éline ?! appela-t-il faiblement.

Un visage d'une blancheur et d'une beauté éblouissantes se retourna vers lui.

— … Thalan ?!

Mais celui-ci ne pouvait plus répondre. Un instant figé par les yeux d'Éline, il avait baissé la tête devant l'Interdit. Il avala sa salive : il était condamné à mort !

— Thalan, comment êtes-vous parvenu jusqu'ici ?! demanda la jeune princesse en s'agenouillant près de lui contre la grille. Vous êtes en danger ! Cette brute va revenir ! Ne restez pas ! Allez prévenir mon père !

Elle lui avait pris le poignet pour le secouer. Il ne réagissait pas.

— Thalan ? M'entendez-vous ?

Il leva de nouveau les yeux sur elle, lentement.

— Vous… vous êtes si belle, balbutia-t-il en oubliant tout, jusqu'à sa mission.

Éline eut une esquisse de sourire.

— Je doute que ce soit le moment et l'endroit pour me faire de tels compliments. Ne vous occupez pas de mon visage et faites ce que je… Attention !!!

Une main s'était abattue sur le page et broyait son épaule anguleuse. Thalan vit sa dernière minute arrivée en se retournant sur la masse de pierre qui le dépassait de deux bonnes têtes. De ses grosses mains, l'homme hideux l'attrapa au cou et le souleva à lui.

— Non ! Lâchez-le ! hurla Éline en essayant d'arracher les barreaux par la force de ses mains et de sa volonté.

Les doigts de Thalan se crispèrent un instant sur les poignets colossaux de la brute, il ouvrit la bouche pour trouver de l'air, en vain. Il se débattit, cherchant le moyen de se dégager de cet étau. Il n'avait pas assez de force pour lutter, il ne pouvait pas l'arrêter, il allait mourir étouffé ! Ses doigts s'accrochèrent aux habits rugueux de l'homme. Dans ses mouvements désordonnés et impuissants, il reconnut le toucher d'un manche de poignard glissé dans la ceinture. Il attrapa l'arme. Il mit toute l'énergie contenue dans son dernier souffle pour l'enfoncer dans le ventre de l'homme.

Touchée, surprise et suffoquant de douleur, la brute desserra son étreinte et ouvrit à son tour la bouche pour crier. À peine dégagé, Thalan lui assena plusieurs coups de couteau. L'espoir de pouvoir respirer donnait à son bras la force d'enfoncer la lame dans la chair durcie. La peau creva comme une poche épaisse. Le sang noir se déversa à flots. Mais les doigts restaient encore contractés autour de sa gorge, et l'adolescent se sentait mourir. Aucune alerte ne sortit de la bouche de la brute, seule une langue tranchée surgit d'entre les lèvres molles. L'homme s'effondra enfin comme un mur de pierre. Il n'émit qu'un simple râle agonisant.

Thalan était lui aussi tombé à terre. À quatre pattes, il recherchait encore son souffle en toussant. L'air qui passait dans sa gorge lui était vital et douloureux.

— Thalan, vous allez bien ? s'inquiéta Éline. Thalan ?!

L'adolescent se redressa sur ses genoux pointus, une main toujours sur son cou, comme pour en extirper des doigts invisibles le serrant encore. Il secoua la tête en regardant avec dégoût le cadavre de la brute tombée devant lui. Le corps semblait se solidifier. En tremblant, Thalan avança la main et arracha subrepticement sa dague avant qu'elle reste coincée dedans. Il recula de deux bons pas et resta un instant immobile devant son premier mort. Insensible et sourd.

Puis il se retourna vers la princesse Éline.

— Je vais vous sortir de là, Altesse ! décréta-t-il, soudain prêt à tout en ces Mondes pour y réussir.

Il chercha en vain les clefs des cellules sur le cadavre, mais il ne se démonta pas et enfonça sa dague dans la serrure rouillée.

— Arrêtez, Thalan. Le duc d'Alekant est le seul à posséder les clefs de ma cellule, et vous n'arriverez jamais à ouvrir les grilles avec cela. De plus, comment comptez-vous que nous portions la princesse Éloïse hors d'ici ? Avez-vous la moindre idée du chemin à parcourir pour sortir du labyrinthe des cellules ?

Les yeux bleu ciel d'Éline enflammaient le cœur de Thalan comme deux soleils. Les quatorze ans du garçon s'enfonçaient dans ses premiers sentiments d'amour comme dans la soie de son enfance. Il se rendit compte que la princesse n'était qu'en chemise de nuit et en rougit jusqu'aux oreilles.

— Je… J'ai marqué mon passage de traces de fumée noire au plafond, bégaya-t-il. Je ne peux laisser céans Votre Altesse. Je me sens suffisamment fort pour porter la princesse Éloïse. Et, je trouverai bien le moyen de casser cette serrure, ajouta-t-il en attrapant une pierre sur le sol.

— Thalan ! s'écria Éline en se cassant la voix. Vous allez ameuter toutes les brutes avec ce bruit. Il y en a au moins une vingtaine dans ces couloirs. Allez plutôt prévenir mon père. Nous devons le mettre au courant.

— Oh ! Belle Éline ! Sa Majesté est au courant de tout ! répondit-il avec désespoir. Nous sommes allés en Ételcet après-midi, en nous faisant passer pour de simples vagabonds. Et tout ce que nous…

— Divinités ! coupa la princesse. Il n'a pas pu tout apprendre de cette manière ! Ce serait trop cruel !

— Si, Altesse. Sa Majesté est partie vers les appartements du duc d'Alekant et m'a chargé de vous remettre ceci en personne.

Éline s'était arrêtée de penser, elle ne voulait plus. Elle avait peur. Elle prit la bourse de cuir sans respirer. Elle déchira presque les deux sacs de toiles qui protégeaient le vélin.

— Essayez de cacher le corps de cette brute, Thalan, demanda-t-elle pour écarter le page avant de se lancer dans sa lecture.

Pourquoi avait-elle déjà les yeux brouillés de larmes ? Pourquoi ses mains tremblaient-elles à ce point ? Pourquoi les efforts de Thalan pour déplacer le cadavre statufié résonnaient-ils comme son cœur dans ses oreilles ?

Éline força ses yeux à se sécher et, la gorge nouée, elle lut la première phrase :

« Mon enfant, lorsque vous lirez ces lignes, je ne serai plus. »

— Non ! cria Éline en se relevant.

Elle s'accrocha à la grille et s'obligea à ne pas hurler.

— Thalan ! Thalan !

L'adolescent n'avait pas réussi à déplacer le colosse. Il était déjà à moitié courbaturé.

— Le roi va se tuer, Thalan ! Je vous en prie, sauvez mon père ! Courez ! Courez ! Arrêtez-le !

Instantanément, l'adolescent s'élança dans les couloirs à toutes jambes et Éline s'effondra devant sa grille.

— Je vous en supplie, sauvez-le, gémit-elle.

Peut-être n'était-il pas trop tard ? Son cœur avait si peur de son absence. Elle s'abandonna un instant aux pleurs et eut la force de reprendre la lecture.

« Je ne mérite ni vos larmes ni le deuil de mon peuple, je n'ai été ni un bon père ni un bon roi. Je ne sais dans quel sommeil j'ai été plongé durant toutes ces années, mais aujourd'hui a été le jour de mon réveil et sera celui de ma mort.

J'ai tout appris, Éline. Un tavernier, sa serveuse et un vieil ivrogne m'ont tout raconté sans savoir qui j'étais. Je connais toutes les horreurs de mon règne, toutes mes erreurs, mes ignorances et mes crédulités. Ces trois Étellois me disaient que le roi restait l'espoir, je le serai donc ce soir pour eux. À mon dernier souffle et à celui du duc d'Alekant, le pays sera libéré de son fou manipulé et de son tortionnaire. »

— Cours, cours Thalan, supplia Éline en essuyant les larmes qui roulaient sur ses joues.

Ses yeux s'égarèrent sur les poutres du plafond comme s'ils pouvaient suivre l'adolescent dans sa course. Celui-ci priait autant qu'Éline. Il s'engouffrait dans des passages déserts ou dans une anfractuosité obscure dès que des brutes passaient. Il remontait vers le château avec une envie de tout renverser sur son chemin. Le visage d'Éline l'accompagnait et son cœur se retournait en pensant à chaque larme que la jeune fille versait en poursuivant la terrible lettre.

« C'est par vous que Leïlan revivra. Je connais votre esprit, votre cœur, votre courage. Croyez-vous que je puisse vous en vouloir de m'avoir caché la vérité pendant six années, alors que vous essayiez seule de sauver votre sœur ainsi ? C'est à moi de me reprocher de ne pas avoir compris vos silences et vos hésitations. Je prenais le duc d'Alekant pour mon ami et pour un homme d'honneur, je croyais que ses treize années d'aînesse vous poussaient à l'aimer en recherchant chez lui le père que j'étais incapable d'être. Pardonnez-moi. »

— Oh père ! Vous étiez contre cette union, murmura Éline en sanglotant. Il a presque fallu que je me mette à genoux pour que vous l'envisagiez.

« Je n'ai qu'une seule prière à vous formuler : n'épousez le prince Cédric que si vous l'aimez. Le royaume de Pandème est riche, son prince héritier est jeune, et l'on chante partout ses louanges, mais je vous veux heureuse avant tout. Vous avez suffisamment de bon sens pour régner seule sur Leïlan, et notre peuple possède hélas une qualité inestimable : la patience. Vous êtes libre de refuser toutes les alliances aussi longtemps que votre cœur vous le dictera. Le bonheur d'un peuple passe par celui de son souverain. Je voudrais tant que vous puissiez aimer autant que j'ai pu aimer votre mère. »

Je joins à cette lettre mes dernières volontés. Ma bague de pouvoir vous sera remise à l'annonce publique de la mort du duc d'Alekant. Je fais de vous la reine incontestée de Leïlan. Je proclame que votre main n'est plus à échanger contre la tête du Masque. Après ce que j'ai appris de cette impétueuse jeune fille, il serait encore plus criminel de ma part de la pourchasser. Mais vous devez savoir tout cela.

Associez votre sagesse à son sens de la justice. Enfant de la Peur, sans origines, j'ai rêvé qu'elle pouvait être votre deuxième sœur. Ne me demandez pas comment je puis avoir une telle idée, il me serait trop douloureux de vous l'expliquer. Laissez-moi conserver cette dernière chimère au crépuscule de ma vie. La disparition de la princesse Éléa a fait basculer le pays dans le malheur et la misère, son retour serait le symbole du bonheur.

Vous devez me trouver fou. Je suis un vieux fou qui va commettre sa dernière folie ce soir. »

— Non, père, vous n'avez jamais été fou, répondit Éline comme si elle pouvait lui parler. Le Masque est bien Éléa, ma sœur et votre troisième fille. Et je prie pour sa vie autant que pour la vôtre.

Pressant la lettre contre sa poitrine, Éline courait en pensée comme Thalan vers les appartements du roi. L'adolescent avait rejoint les étages du château et s'élançait dans les galeries au son d'un chant de loups venant du dehors. Une angoisse lui contractait de plus en plus le ventre, il gravissait les marches couvertes de tapis accompagné par les octaves des hurlements lointains. La fin de la course était proche comme celle des terribles phrases.

« Ma seule peur est la mort de votre sœur Éloïse. Aurez-vous le temps de la guérir ? Vous lui avez sacrifié six années de votre existence, je ne peux vous laisser perdre votre vie. Le duc d'Alekant ne l'aurait jamais guérie. Même sous la torture, il ne vous aurait jamais avoué le remède. Il est probable qu'avec la mort du duc des médecins trouvent l'antidote. Il y aura certainement moins de morts et moins de disparitions aussi. J'avais envoyé une dépêche au Grand Guérisseur Oudal des Pays Noirs, écrivez-lui de nouveau, je suis persuadé qu'il n'a jamais reçu ma lettre.

Soyez libre ma fille, et si vous vous mariez avant la nouvelle lune, je n'en concevrai aucun outrage, bien au contraire. Je ne veux pas voir l'ombre de la couleur noire sur vos robes. Pardonnez-moi pour tout ce que je vous ai fait, pardonnez-moi pour tout ce que je n'ai pu changer. Et lorsque votre rire montera vers le ciel comme celui de votre mère auparavant, songez qu'au-delà des nuages, un homme vous regarde et sourit à votre bonheur. Peut-être pourrai-je veiller sur vous au côté de ma reine ? J'ai tant de choses, maintenant, à expliquer à Onémie.

Adieu mon enfant et puissent mes dernières pensées vous accompagner où que vous soyez.

Votre père. »

— Non, ne m'abandonnez pas ! cria Éline en versant ses dernières larmes. J'ai besoin de vous.

Mais avec la fin de cette lettre s'achevait l'espoir. Pauvre petite princesse enfermée dans un profond cachot obscur, loin de tout, elle se mit à appeler son père comme une enfant perdue dans un univers trop grand pour elle. Recroquevillée sur elle-même, elle regardait sans le voir le plafond de bois vermoulu. Elle hurlait sa peine avec le même désespoir qui poussait Thalan à tambouriner contre la porte du cabinet royal.

Il y avait de la lumière sur le seuil, mais le souverain ne répondait pas. Les cris de Thalan ne pouvaient plus réveiller Sa Majesté. Effondré sur le sol, le roi tenait dans sa main le médaillon qui contenait le portrait esquissé de la reine. Ses yeux, couleur de nuage, étaient révulsés en direction des étoiles qui scintillaient derrière les petits carreaux en losange des fenêtres. Aucune lumière ne pourrait les rallumer un jour.

Au-dehors, accompagnant les vents qui couraient sur les forêts et les campagnes, les hurlements des loups s'intensifiaient. Les lunes n'étaient pas pleines ce soir, mais le chant funèbre et profond saluait respectueusement la mort de deux rois.

Septième partie

Tout quitter

Le jeune voyageur n'avait pas réussi à fermer l'œil de la nuit. Un mauvais pressentiment peut-être. Il s'était retourné mille fois dans son lit. Les draps étaient noués autour de lui.

La lueur qui filtrait de la fenêtre annonçait l'aurore. Le voyageur se dépêtra de ses draps et s'assit sur le bord du matelas. Il n'avait plus aucun espoir de dormir. Dans moins de une heure, des centaines de voix s'élèveraient du dehors, criant, beuglant à qui mieux mieux. Il enfila un pantalon de cuir avant de se lever.

Devant la glace, il fit triste mine. Ses cheveux blonds de Pandémois étaient ébouriffés et, ajoutés à la barbe qu'il s'obligeait à laisser pousser ici, ses yeux cernés lui disaient qu'une certaine jeune fille hurlerait en le voyant. Toute l'eau dont il s'aspergea n'améliora en rien son allure. Déconfit, il compléta son sommaire habillement par une chemise à grandes manches et partit s'affaler près de la fenêtre.

Un instant, il regarda la lumière du jour ramener les couleurs violettes aux toits et les tons verts aux pavés de la rue. Puis, machinalement, son regard tomba sur le livre qu'il avait laissé près de la fenêtre. Il se dit que Frédérik de Pandème aurait hurlé de voir son précieux livre posé ainsi, sans protection, mais le jeune voyageur était à cette heure inaccessible à sa colère. Il reprit sa lecture avant d'être dérangé par l'hôtelière.

« Jerraïkar était un homme étrange. Il connaissait pourtant l'enjeu, son Maître était puissant et redoutable. Néanmoins, du jour où il comprit que j'étais son Adversaire, il ne chercha pas à me faire tuer. L'idée d'un duel avec moi l'amusait et il ne cessait de tester mon courage en mettant partout en scène des corps mutilés sur ma route. Est-ce que l'Esprit du Mal lui laissait toute liberté parce qu'il se sentait trop fort pour craindre les Fées qui me guidaient ? Étaient-elles enchaînées à la corne que je portais au cou, pour sembler aussi insignifiantes ? Et ne pouvaient-elles rien au jeu macabre qui allait se poursuivre jusqu'au bout ? Est-ce que le prochain disciple de l'Esprit Sorcier Ibbak sera aussi patient ?

Il pourrait l'être, mais, en raison de ma victoire, j'en doute. Parmi les règles que les Fées m'ont transmises, il est dit que la mort prématurée d'un des Adversaires sera considérée comme abandon s'il n'y a pas de remplaçant. Jerraïkar a fait l'erreur de croire que je serais facile à battre et qu'il était préférable de savoir à l'avance qui il allait affronter. Dans tous les combats que nous avons eus avant la date de la remise en jeu des pouvoirs des Esprits Éternels, il évaluait mon niveau. Sans le savoir, il m'a beaucoup appris ; découvrant mes points faibles, je mettais toute mon ardeur à les éliminer. C'est à son sens de l'honneur bien particulier, à son goût du jeu, à son orgueil aussi, qu'il doit sa défaite.

Pour ces raisons, l'Esprit Sorcier va certainement choisir un homme à l'esprit traître et fourbe pour lui succéder… »

— Eh bien ! C'est encourageant ! s'écria le jeune homme.

Ce livre n'était qu'une succession de mauvaises nouvelles ! Vraiment rien de bon pour essayer d'oublier une nuit aussi pénible ! Ainsi le prince Axel pouvait être tué à n'importe quel moment et hop ! tout serait fini, le Monde de l'Est retournait entre les mains de l'Esprit Sorcier Ibbak !

Le voyageur se leva d'un bond. Devenir le remplaçant ne lui aurait posé aucun problème, un mot des Fées et il aurait répondu présent. Mais l'assassinat possible du prince Axel l'horrifiait, le révoltait même. Le jeune homme comprit soudain pourquoi Frédérik de Pandème n'avait jamais contredit la rumeur qui courait sur la mort de son benjamin. Il s'était certainement dit que d'une manière ou d'une autre, si le Disciple de l'Esprit Sorcier apprenait qui était le Champion des Fées, il le ferait tuer sans hésiter.

Le jeune homme se rassit et passa la main dans ses cheveux ébouriffés par le sommeil. Il aurait dû lire ce livre depuis longtemps. Frédérik de Pandème n'aurait jamais dû le cacher. Bien des quiproquos auraient ainsi été évités…

Évasion

La vie continuait. Un nouveau jour se levait. De ses premiers rayons, le soleil réchauffait les cœurs et séchait les larmes. Même les oiseaux avaient repris leurs gazouillements. Éléa regarda en direction du surplomb de colline. Il n'y avait plus de loups. Il ne restait plus qu'un petit tas de pierres posé par Sten.

— Viens, le navire ne va pas tarder à arriver près de l'Île Perdue, dit gentiment Ceban en posant la main sur son épaule. Il faut rejoindre les autres, la Grande Plaine a besoin d'armes.

— Je n'ai plus de masque, répondit-elle d'une voix dénuée de vie.

— Ce n'est pas grave. Cela n'a plus d'importance.

La vie continuait. Éléa soupira en opinant de la tête. Elle fit un pâle sourire à son frère qui s'éloignait déjà vers la plage. Mais les mains d'Axel glissèrent discrètement sur sa taille et elle se sentit mieux.

— On y va ?

Elle se noya un instant dans le lac vert des yeux du jeune homme et eut l'impression d'être plus forte pour affronter cette journée.

— Oui, répondit-elle.

— Axel ! Axel !!! appelèrent soudain Tanin et Chloé.

Le jeune homme se retourna. Erby et Mélane couraient eux aussi vers lui.

— Viens vite, il y a un superbe oiseau dans la forêt ! lui annonça Tanin. C'est un oiseau de Pandème, j'en suis certain. Un… un…

Il ne se souvenait plus du nom dans son excitation.

— Un pavallois ?! demanda Axel.

— Oui ! C'est ça !

— Il est bien blanc avec de grandes plumes rouges ?

— Oui !!! lui assurèrent les quatre enfants.

Axel était surpris que son pavallois ait déjà achevé d'assurer la correspondance entre son frère et la princesse Éline. Il se retourna vers Éléa qui lui fit un petit sourire.

— Rejoins-nous vite.

Sa voix résonnait avec douceur dans le cœur d'Axel. Il eut une petite fossette sur le bord des lèvres.

— Le plus vite possible, princesse.

Éléa fut un instant désarçonnée par ce dernier mot.

— Pourquoi m'as-tu appelée ainsi ?!

Les joues du prince se fendirent pour de bon.

— C'est le seul rang qui serait assez digne de ta beauté.

Éléa se sentit légèrement rougir et, rassurée sur l'ignorance d'Axel, elle n'hésita pas à l'embrasser avec tendresse. Les enfants, groupés autour d'eux, poussèrent des cris et se mirent à rire. Axel eut beaucoup de mal à lâcher son étreinte. Mais, le tirant par les bras et par les vêtements, les enfants réussirent à l'entraîner à leur suite. Il n'eut que le temps d'apercevoir les cheveux châtain et doré flotter derrière la forme féminine qui courait vers la mer.

Le jeune homme se souvint alors furtivement de la prophétie qui avait tant dirigé sa vie. Il avait eu raison de croire que les Divinités du Bien ne pouvaient pas abandonner un enfant de Pandème. Il n'aurait jamais espéré autant de bonheur.

Sous les branches de la Forêt Interdite, il suivit ses petits guides endiablés. Rapidement, il entendit d'autres rires d'enfants et sut qu'il était arrivé. Cependant, à son amusement devant l'attroupement que créait l'oiseau succéda la stupeur lorsqu'il vit l'animal. C'était bien un pavallois, mais ce n'était pas le sien ! Celui-ci portait, au milieu de ses grandes rectrices rouges, deux plumes dorées.

Axel eut l'impression soudaine d'avoir l'âge des enfants qui l'entouraient.

— C'est bien un pavallois, hein ?

— Oui, Tanin, répondit calmement Axel en s'approchant. Mais ce n'est pas celui auquel je m'attendais. Tu as devant toi le pavallois royal.

Axel avait fini par oublier complètement le rendez-vous prévu avec son père. Le souverain de Pandème n'avait certainement pas apprécié.

— Il est si beau, on peut le caresser ?

— Non, Chloé. Seuls ses maîtres peuvent le toucher. Mais si tu veux t'amuser à lui faire des compliments, je pense qu'il en sera tout aussi satisfait.

— C'est vrai qu'il porte bonheur ? demanda la blonde Mélane.

— Je n'en sais rien, répondit honnêtement Axel. Mais dans le cas présent, j'aimerais bien.

Il décrocha le message de l'oiseau royal et, tout en le caressant, maintenant qu'il était juché sur son épaule, il essaya d'oublier le bruit qui l'environnait pour se concentrer sur sa lecture. Les enfants s'amusaient à complimenter l'animal pour le voir gonfler son jabot de suffisance. Pouvait-il éclater ?!

— Des mauvaises nouvelles ? s'enquit Tanin lorsqu'Axel eut fini de lire.

— Non. Quelques tirages d'oreille seulement, précisa Axel d'un ton bougon. Mais… il faut que je parte immédiatement.

Dur à dire, dur à admettre.

— Tu vas nous quitter ?! Pourquoi ?!

— Ordre de mon roi.

— Mais… mais tu reviendras, n'est-ce pas ? s'effraya Tanin.

— Bien sûr, fit Axel en ébouriffant les grandes mèches du garçon.

— Tu nous fais un bisou ? demanda Maï en agrippant ses petits doigts à sa ceinture.

Le jeune homme attrapa la petite rousse dans ses bras, en même temps que le pavallois quittait son épaule pour une branche. Mais la jalousie des autres petites filles ne permit pas à Maï de garder Axel pour elle toute seule : le jeune homme eut bien du mal à se détacher du groupe des enfants. Et alors qu'il s'éloignait à pas énergiques vers le Grand Arbre, il fut rattrapé par Tanin.

— Attends, je…

Les mots avaient du mal à sortir.

— Je… je croyais que tu ne méritais pas maman au départ. Mais…

— Ce n'est pas grave, coupa Axel pour poursuivre sa route.

— Tu es vraiment quelqu'un de formidable, tu sais.

— Ce n'est pourtant pas ce que vient de m'écrire mon roi.

— Eh bien, si je le vois un jour, je lui dirai tout ce que tu as fait pour nous, et il ne pourra plus jamais rien te reprocher.

— Je te remercie, Tanin.

— Quand je serai plus grand, je voudrais être comme toi.

Axel lui sourit : il n'aurait pas pensé avoir créé autant d'admiration.

— Mais, je ne serai jamais noble, ajouta l'enfant dans un soupir.

— Est-ce si important pour toi ? demanda Axel.

Tanin ne répondit pas et regarda ses pieds. Le jeune homme résolut de perdre quelques minutes et s'accroupit devant lui.

— Sais-tu que le premier roi de Pandème, après la Guerre des Siècles, fut un enfant vagabond sans parents et sans origines ? Les Fées ont élu Enkil pour le cœur qui battait dans sa poitrine. C'est la seule véritable noblesse en ces Mondes. Fais en sorte qu'il y ait toujours de la justice dans ce que tu entreprends, et tu n'auras pas besoin d'avoir de titre pour être le plus grand des seigneurs.

Les deux amandes effilées brillèrent. Tanin découvrit ses grandes incisives irrégulières :

— J'essaierai. Promis.

Axel lui serra l'épaule et se releva. Derrière les branches d'un charme, il vit Chloé lui sourire. Le jeune homme lui envoya un clin d'œil et s'en alla rapidement vers la langue de prairie ensoleillée. Passant près des cuisines, il intercepta Ophélie :

— Tu pourrais me préparer un sac de vivres pour deux jours, s'il te plaît ? Je dois partir tout de suite.

— Ah bon ? Pourquoi ?

— Ordre de mon roi, coupa Axel en gravissant l'escalier de bois pour récupérer ses affaires dans les étages.

Cette phrase avait au moins l'avantage de faire taire toutes les questions embarrassantes ou exigeant des réponses trop longues. Lorsqu'il revint, le sac était prêt.

— Je t'ai mis quatre tranches de viande séchée, autant de fromage que de beurre et du pain de seigle, deux gourdes d'eau et une de vin...

— C'est parfait, Ophélie, c'est plus que je ne t'en demandais, fit-il en chargeant le sac supplémentaire sur son épaule.

— Et trois brioches encore fumantes, sourit-elle avec malice.

— Divinités ! Que de délices en perspective ! s'exclama-t-il.

— Tu reviendras, cette fois-ci ? demanda-t-elle tout en sachant la réponse.

— Bien sûr. Cette question inquiète décidément tout le monde !

— Tu devrais en conclure que nous t'aimons tous.

Elle lui attrapa le bras avant qu'il se retourne et déposa un doux baiser sur sa joue.

— Faites un bon voyage, Altesse, et revenez-nous vite.

Le jeune homme lui pinça le menton en souriant et partit en courant vers les écuries. Il fit un signe à Virgine et Sélène qui étendaient de grands draps blancs sur l'herbe, mais elles ne comprirent pas son geste tout de suite.

Nis l'attendait. On aurait dit que la jument avait senti le départ arriver. Elle était venue à sa rencontre et lui fourrait joyeusement ses naseaux dans le cou.

Alors qu'Axel chargeait la selle sur le dos de sa monture, il remarqua une forme noire au pied d'un sureau touffu. Imma semblait seule et malheureuse. Axel attacha la sangle de Nis. Il n'avait pas le temps de s'occuper de la tristesse de la sorcière aveugle ; les termes de la lettre paternelle étaient clairs : il était pressé ! Pourtant il ne put monter sur sa jument avant d'être allé voir la jeune femme. Il la trouva en train de passer ses mains devant son visage à un rythme monotone. Elle sursauta à son approche.

— Que fais-tu aussi isolée ? demanda Axel.

— Je suis isolée, affirma doucement Imma.

— Que veux-tu dire ? s'inquiéta-t-il en s'accroupissant devant elle.

— Rien. Oublie.

— Si je me suis arrêté, c'est pour avoir une réponse.

— Pourquoi ? Tu es pressé ?

—Oui, je dois rejoindre mon père en Akal. Tu te souviens de la mission que tu m'avais dit de ne pas oublier ? Et bien, je ne l'ai pas remplie correctement.

—Akal ?! s'étonna la sorcière en avançant ses mains avides d'explications.

—Plutôt que de rentrer avec la réponse du roi de Leïlan, j'ai envoyé le message à mon frère aîné par l'intermédiaire de mon pavallois. J'étais persuadé que Cédric était auprès de mon père. Mais je viens d'apprendre qu'il est actuellement de l'autre côté de la Mer Intérieure, dans les Pays d'Oye. Il enquête sur des navires pandémois trafiquants ! S'il savait que c'est ici, sur l'Île Perdue, qu'il faut venir les chercher ! Enfin, mon message va arriver en retard et mon père n'a pas apprécié, en plus, que je charge un oiseau d'une mission aussi importante.

La sorcière sourit de sa sincérité et de sa rogne, mais elle perdit cette joie lorsqu'il lui demanda à son tour de répondre à sa question. Elle tourna la tête.

—Rien, te dis-je.

—Imma, je t'ai répondu, moi. Et en te donnant mes mains, je t'ai prouvé toute la confiance que j'ai en toi. Sois honnête toi aussi.

Imma baissa la tête. Elle se sentait soudain gênée et ridicule.

—Il y a que d'habitude Jerry est auprès de moi, lâcha-t-elle avec une pointe de honte.

—Ah !

—Oh ! Ne dis pas ça comme ça ! Je me sens seule, c'est tout. Et c'est peut-être mieux ainsi.

—Mmm.

—Je sais ce qu'il essaie de me cacher depuis le début, avoua-t-elle soudain. Je vous ai entendus parler lorsque nous sommes revenus des grottes. Je ne dormais pas.

—Oh !

—Dis-moi, il a fait autant de méchancetés que Korta ? C'est un monstre, maintenant, c'est vrai ?

—Ce n'est pas à moi de te répondre, Imma.

—Ce n'est pas un homme et c'était un tyran : on ne peut pas l'aimer, n'est-ce pas ?

—Il a fait ce qu'il a fait, il est ce qu'il est, mais personne ne peut dire ce qu'il fera ou sera.

Axel lui-même n'en revint pas de sa réponse. À croire qu'il avait cessé de juger Jerry sur son passé, comme le lui avait reproché Éléa. Pourtant il n'appréciait pas l'idée qu'une femme comme Imma puisse aimer le Monstre, même si elle était aveugle. Les actions de Jerraïkar ne pouvaient pas s'oublier facilement. Mais il n'osa pas perturber le brin de sourire accroché aux lèvres charnues de la sorcière. Ses iris étaient bleutés, et Axel pensa que c'était seulement l'effet de la lumière du soleil dans l'ombre du sureau.

—Je dois m'en aller, Imma. Ne te monte pas la tête avec des questions.

—Toi non plus. Je ne pense pas que ton père soit aussi implacable que tu sembles le croire.

Axel acquiesça avec une moue et monta sur Nis.

—Le problème, c'est que je l'ai quitté pour parcourir les Mondes à l'âge de douze ans. Il n'a jamais pu admettre que j'avais pu grandir loin de lui.

—Et tu as bien du mal à lui prouver que tu es adulte, n'est-ce pas ?

—Au revoir, Imma.

—Au revoir, Axel.

La Forêt Interdite constituait décidément une famille bien difficile à quitter. Axel avait perdu beaucoup de temps. Trop. Malgré le galop vigoureux de Nis, lorsqu'il arriva à la pointe du bras de terre, non loin de l'Île Perdue, les hommes et Éléa avaient déjà embarqué et voguaient vers les ponts brumeux.

Axel siffla de toutes ses forces. Éléa se retourna et, en voyant le jeune homme au loin sur sa jument, commença à s'inquiéter. Que se passait-il ?

Jerry, sous sa forme de faucon, s'élança pour le savoir. Il referma vigoureusement ses serres sur le bracelet de cuir qui recouvrait l'avant-bras d'Axel.

—Je dois partir. Tu ne pouvais pas m'amener Éléa sur ton dos ? se plaignit-il.

—Je n'aurais pas eu assez de place dans la barque pour me transformer en un animal aussi grand et lui permettre l'escalade, répondit l'oiseau. Et puis, je n'y avais pas pensé. Le navire est en train d'accoster. Tu pars ?

—Je rejoins mon père. J'aurais déjà dû quitter la Forêt Interdite depuis quatre jours, mais…

—Comme je t'avais ordonné de partir, par esprit de contradiction, tu es resté, souffla Jerry.

Axel n'écoutait pas, il était mortifié de ne pas pouvoir dire au revoir à Éléa. Il regardait dans sa direction avec désespoir.

—Je…

—Je vois à peu près ce que j'ai à lui dire, lui fit Jerry. Ne t'inquiète pas, on saura se débrouiller sans toi.

—Je reviendrai le plus vite que je pourrai, annonça Axel avec une précipitation d'enfant. Et je l'épouserai. Ne lui dis pas qui je suis. Pas encore. Je voudrais qu'elle ait la surprise de devenir princesse.

Le bec de Jerry empêcha de valider sa grimace en un véritable sourire.

— Elle sera très étonnée, c'est certain. Rien de plus ?

— Non, préféra répondre Axel coupé dans son entrain. J'ai vraiment du mal à quitter cet endroit.

— Et encore, tu n'as pas dépassé les frontières de Leïlan. Chaque parfum de ce pays restera gravé dans ta mémoire. Il est impossible de ne pas en être nostalgique.

— Merci de me donner du courage.

— De rien.

C'était plus du jeu que de l'animosité. Chacun avait l'impression presque agréable d'avoir fait de son pire ennemi son ami. Enfin, il était encore trop tôt pour s'avancer sur l'ambiguïté de leur nouvelle relation. Jerry fit mine de vouloir s'envoler.

— Et dis-moi, toi qui t'attachais à revoir Imma après les batailles, pourquoi l'abandonnes-tu maintenant ? demanda Axel en le coupant dans son élan.

— Je ne suis pas la compagnie idéale pour elle, trancha Jerry sur la défensive.

— Je n'en disconviens pas. Mais, apparemment, ce n'est pas son avis. Et je n'aime pas voir une femme malheureuse.

— Occupe-toi plutôt de rendre Victoire heureuse.

Axel l'avait cherché et n'avait pas volé cette réponse sèche. Il regarda les ailes se déplier dans le ciel.

Éléa attendait toujours à l'avant de la barque. Elle parut effondrée du départ du jeune homme.

— Ordre de son roi, coupa Jerry.

— Mais…

— Il lui a déjà désobéi en restant ici quatre jours de plus, renchérit-il.

La protestation d'Éléa fut un soupir à fendre l'âme. En haut du rocher, Axel leva son médaillon et en fit briller les contours dans le soleil matinal en guise d'adieu. Un majestueux oiseau blanc aux plumes rouges et dorées s'envola au-dessus de lui. Axel tira sur les rênes et s'enleva au galop.

Éléa sentit une main lui saisir l'épaule. Elle fut entraînée dans les bras de Ceban.

— Allons, pour toi, il reviendra toujours.

Mais c'était maintenant qu'Éléa avait besoin de lui. Axel avait été sa seule joie ces derniers jours. Elle avait du mal à envisager les journées à venir sans sa présence. Elle pensa à la louve de San.

Et pendant que la barque continuait sa progression vers les rochers escarpés de l'Île Perdue, Axel traversait la forêt pour se jeter dans les champs de la Grande Plaine. L'odeur de l'été semblait lui coller à la peau. Dans son for intérieur il reprocha à Jerry d'avoir fait allusion aux parfums inoubliables. Au fur et à mesure qu'il avançait, au fur et à mesure que le soleil montait dans le ciel limpide, Axel n'arrêtait plus de se remémorer les délicieuses senteurs de Leïlan. Que ce soit l'odeur fraîche de la nuit ou le parfum chaud des cheveux d'Éléa, tout lui revenait à l'esprit pour se fixer dans son cœur.

Pas une seule fois, il ne se rappela l'odeur de mort d'Ibbak et de ses maléfices. Comme si les Fées avaient été les seules à l'accompagner de souvenirs pour l'inciter à revenir le plus vite possible.

Nis cavalait avec puissance, emportant rapidement son maître loin d'ici avant qu'il change d'avis. Ses sabots arrachaient des mottes de terre molle. Dévalant les collines, s'élançant dans les prairies et les champs, sautant les rivières, elle anticipait le moindre obstacle et le franchissait avec assurance. Rien ne semblait pouvoir l'arrêter. De loin, on aurait pu croire qu'elle volait au-dessus du sol.

Axel filait vers l'est, en ligne droite pour échapper au plus vite à l'emprise de Leïlan. Il comptait redescendre vers la ville de Cithaë, en Akal, après la traversée de la frontière.

Il ne s'arrêta ni pour manger ni pour boire, et se concentra sur l'endurance de sa jument pour oublier tout ce qu'il laissait derrière lui. Il entendit pourtant retentir les cloches en début d'après-midi. Mais les tocsins ne sonnaient pas l'alarme. Axel ne connaissait pas toutes les coutumes de Leïlan : il ne prêta pas attention aux tintements lourds et lents. Ne traversant aucun village, il n'eut pas le loisir d'apprendre la nature de cet appel et poursuivit sa route à bride abattue.

Les tocsins étaient hélas l'écho des cloches du château : on annonçait au peuple la mort du roi.

Déjà atterrée par une matinée qui lui avait semblée bien vide, Éléa fut terrassée par ces sons. Elle se tint droite, les larmes aux yeux, tandis que tous les Leïlannais se prosternaient au sol, Erwan et Sélène compris. Pourtant Éléa ne connaissait pas le roi, qui n'avait été son père que par le sang. Mais c'était une perte de plus. Une perte de trop.

Elle sentit de nouveau une main se poser sur son épaule. Elle voulut se jeter d'elle-même dans les bras de Ceban, mais se rendit compte au dernier moment que c'était Jerry qui la tenait ainsi. Pour la première fois, il se permettait un geste de tendresse envers elle. Elle n'osa pourtant pas se réfugier dans ses bras. Elle regarda les grands yeux jaunes qui l'observaient de façon paternelle. Il y eut un long silence entre eux puis Jerry lui pressa de nouveau l'épaule.

— Il faut vraiment que nous trouvions tes sœurs, elles sont en danger maintenant.

Éline demeurait tout aussi droite sous les cloches lugubres. De son cachot, elle entendait le tintement sourd dont le rythme et les notes ne laissaient aucun doute sur sa signification. Son regard bleu, fixé sur le sol de pierres crasseuses, n'avait plus de larmes. Elle avait repris la bague de sa mère et l'avait remise à son doigt. Elle était reine et, malgré tout ce qui l'entourait, elle devait se montrer digne des dernières volontés de son père.

Des bruits de pas francs troublèrent le calme funèbre du couloir des cellules. Peut-être était-ce Thalan qui venait la chercher ? L'adolescent avait dû trouver les clés sur le corps du duc d'Alekant. Éline ne bougea pas. Elle resta encore un peu à ce grand sentiment de solitude qui l'enveloppait.

Pourtant la grille s'ouvrit dans un tel bruit et avec une telle violence qu'elle dut se retourner. Elle en perdit soudain tout espoir de vie : c'était Korta qui était devant elle ! Elle le regarda avec stupéfaction et avec toute l'horreur que cette vision créait en elle. Il était vivant. Son teint était jaune, de grands cernes noirs entouraient ses yeux, il puait la mort mais il était vivant ! Ce n'était pas possible !

Éline faillit hurler de terreur et de rage. Son père n'avait pas pu mourir en laissant ce monstre derrière lui ?!

— Vous entendez les cloches ?! lui cracha Korta d'un ton menaçant. Vous êtes seule maintenant ! J'ai tué un roi et plus rien ne m'arrêtera ! J'aurais dû le faire depuis longtemps ! éructa-t-il en attrapant violemment Éline par le bras.

La princesse était bien trop paralysée pour lui résister. La couverture miteuse qui lui couvrait les épaules tomba dans le mouvement. Bien qu'elle soit en chemise, elle eut le sentiment d'être nue et fragile devant le duc.

— Votre père a essayé de me tuer. J'avais empoisonné son verre, mais le perfide avait déjà mis du poison dans le vin. J'ai passé la nuit à combattre son effet, et puisque le roi est mort, c'est sur vous que je compte venger toutes mes souffrances. Je vous ferai vomir le mot mariage ! Je vois que vous avez remis votre bague, eh bien ! venez, ma reine de douleur ! J'ai besoin de votre trône.

Il allait emporter Éline, réduite à l'état de marionnette, lorsqu'il fut arrêté dans son geste.

— Où suis-je ? demanda avec panique Éloïse en se réveillant à ce moment précis.

Elle se redressa et regarda les plafonds pourris qui laissaient filtrer un son de cloche qu'elle aurait voulu ne jamais entendre.

— Père ?! fit-elle horrifiée.

Elle se mit à considérer avec frayeur et désespoir les lieux sombres qui l'entouraient. Elle rencontra les yeux stupéfaits d'un homme, qu'elle ne prit pas immédiatement pour le duc d'Alekant, et d'une jeune femme qui, malgré toutes les apparences, ne pouvait être que sa sœur.

— Éline ?! Que se passe-t-il ? quémanda-t-elle au bord des larmes.

Elle n'eut pas besoin de réponse. Le regard glacé du duc d'Alekant lui fit sentir que rien de bon ne se tramait. Dépassée par les événements, elle le vit s'approcher d'elle avec une terreur grandissante. Mais il n'eut pas le temps de faire beaucoup de pas. Dans un retour fulgurant à la réalité, Éline avait saisi le petit pichet de fer et lui avait assené un coup magistral sur la tête.

La jeune fille resta suffoquée de son acte. Mais les yeux bleu cendré, encore enfantins, d'Éloïse lui firent comprendre où elle avait pu trouver la force de le commettre.

La pauvre princesse à peine réveillée n'osait rien dire, rien faire. Elle venait d'ouvrir les yeux sur un univers qu'elle ne connaissait pas et ne comprenait pas. Un cauchemar dont l'atmosphère hurlait la mort de son père, où sa sœur et elle étaient enfermées dans un immonde cachot, et où l'un des meilleurs amis de la famille lui voulait du mal. Elle ne reconnut que la tendresse d'Éline qui la prit dans ses bras, et sa voix qui murmura son nom en pleurant de joie :

— Oh ! Éloïse, j'ai cru que tu ne te réveillerais jamais !

Éloïse se laissait étreindre sans comprendre. Comment son esprit aurait-il pu admettre que ce qu'elle considérait être une nuit avait en fait emporté six années de sa vie ?

Éline reprit rapidement son sang-froid et regarda le corps du duc gisant à terre.

— Vite, il nous faut fuir. Tu peux marcher ?

Éloïse ne s'était pas posé la question, elle en avait d'autres en tête. Mais celles-ci se bousculaient tellement dans son esprit que pas une seule ne pouvait sortir de sa bouche. Et puis, pourquoi ne pourrait-elle pas marcher ?

Elle fit glisser ses jambes dans la soie du manteau d'intérieur qui l'habillait et posa pied à terre. Le froid et la couche de crasse des dalles l'arrêtèrent : elle ne pouvait pas poser les pieds là-dessus ! Elle dut pourtant s'y résoudre tant les yeux de sa sœur l'imposaient. Elle essaya de se mettre debout tout en frissonnant de froid et de dégoût. Elle sentit une grande faiblesse dans ses muscles. Ses jambes manquèrent de se dérober sous elle. Mais Éline la prit à bras-le-corps et la soutint. Attrapant la bourse de cuir qu'elle avait dissimulée sous la natte où reposait jusqu'alors Éloïse, elle aida celle-ci à faire quelques pas.

Nourri pendant des années par des produits étranges, le corps d'Éloïse sortait de son sommeil avec douleur. La jeune princesse ne comprenait pas d'où lui venait cette souffrance, et de toute manière, elle ne comprenait rien à ce qui lui arrivait. Elle se laissait emporter, trébuchant presque à chaque pas dans les galeries sombres à peine éclairées de flammes fuligineuses. Elle avait mal, elle avait froid, elle avait peur. Mais Éline, qui avait trouvé plus faible qu'elle, ne cessait de l'encourager pour accélérer l'allure. Elle ne lui laissait pas le temps de réfléchir.

Partie d'abord dans la direction qu'elle avait vu Thalan prendre, la princesse Éline se dirigeait maintenant grâce aux marques noires laissées par les torches de l'adolescent sur les voûtes. Elle apprécia l'ingéniosité du jeune garçon. Elle n'aurait jamais pu espérer sortir de ce labyrinthe sans cela.

Éline donnait toute sa force à sa sœur. Elle n'avait pas mangé depuis deux jours, mais le réveil d'Éloïse et la peur qu'elle avait de Korta lui auraient fait déplacer des montagnes. Elle commençait à trouver étrange que les couloirs et les escaliers soient aussi déserts, lorsqu'elle entendit un claquement de sandales résonner sur la roche. Plaquées contre un mur dans un coin sombre, les deux princesses fugitives virent passer trois brutes à la démarche décidée. Cela rajouta au cauchemar d'Éloïse. Puis elles reprirent leur chemin pour s'arrêter dix pas plus loin dans une enclave et laisser passer cinq brutes de plus. L'affluence des hideux personnages indiquait sans nul doute que la route était la bonne.

Éloïse observait tout, en essayant de trouver une explication logique à l'incompréhensible. Elle était partie se coucher la veille très lasse de sa journée. Son père, bien que toujours étrange, était en bonne santé. Elle se souvenait même parfaitement qu'Éline, les cheveux remontés en macarons, portait la robe vert d'eau aux tissages d'argent que lui avait offerte le roi quelques jours plus tôt pour ses quinze ans. Quelques voiles cachaient alors son visage qu'elle savait souriant. Le duc d'Alekant était là aussi. Il lui avait gentiment souhaité bonne nuit.

Toute cette pénible course dans ces grottes fétides ne pouvait être qu'un cauchemar, et ces tintements de cloche le reflet de sa peur pour un père qu'elle aimait tendrement. Pourtant, dans la succession des événements vécus depuis son réveil, il n'y avait pas l'incohérence des rêves. Les lieux se suivaient sans changements brutaux, Éline avait toujours le même discours encourageant. Il n'y avait pas de monstre derrière elle dont le visage se transformait chaque fois qu'elle regardait par-dessus son épaule. Et puis, Éloïse avait vraiment mal aux jambes, et la douleur faisait partie de la réalité.

Alors qu'un groupe de trois hommes au teint olivâtre venait de les dépasser, Éloïse s'effondra : elle n'eut pas la force de repartir et se mit à pleurer.

— Éline, explique-moi, je t'en prie. Je deviens folle. Où sommes-nous ? Que faisons-nous ici ? Que se passe-t-il ? Où allons-nous ? Pourquoi ne portons-nous pas de voiles ? Est-ce que… Est-ce que tu entends les cloches comme moi ?

Elle avait laissé son dos glisser le long de la paroi humide de la roche. Le grand manteau d'intérieur s'était ouvert sur ses jambes nues et glacées. Éline voulait courir, mais le désarroi de sa sœur l'obligea à refréner son envie. Alors qu'elle se penchait vers Éloïse, celle-ci lui dit d'une voix entrecoupée :

— Même toi, je te reconnais à peine. J'ai l'impression que tu es plus âgée.

Les lèvres d'Éline tremblèrent. Elle n'avait pas encore pris conscience que le temps n'était pas passé pour sa sœur.

— Tu as mis le doigt sur la vérité, annonça-t-elle en la prenant courageusement par les épaules.

Elle eut un petit silence inquiet, à l'affût des bruits environnants.

— Je n'ai plus quinze ans mais vingt et un. Le duc d'Alekant t'avait empoisonnée et tu as dormi six années entières.

Les yeux d'Éloïse s'écarquillèrent à la brutalité de la révélation. Éline se tut brusquement et se serra davantage contre sa sœur pour laisser passer d'autres brutes en silence.

— Beaucoup de choses se sont passées que je n'ai pas le temps de t'expliquer, continua-t-elle. Nous sommes en danger. Il nous faut fuir le château. Et…

Elle baissa la tête vers le sol, masquant d'ombre tout son visage.

— … Père est bien mort hier soir en voulant tuer le duc d'Alekant.

Éloïse secoua la tête pour rejeter tous ces mots.

— Le duc est notre ami !

— Non, Éloïse, le duc est notre pire ennemi. Viens.

Mais à peine se relevait-elle que la pâle clarté des flammes lui fut cachée par une masse gigantesque. Une des brutes venait de les trouver. Devant les petits yeux de rat menaçants et le sourire machiavélique, Éline étouffa un hurlement de peur. Déjà, il la saisissait par le bras avec violence. Mais une voix jeune, au début de sa mue, ordonna sauvagement :

— Lâche-la, gros porc !

La brute se retourna, un couteau planté dans les reins. Le sang noir gicla. La montagne se raidit et s'écroula sans comprendre sous le coup d'une deuxième lame, enfoncée froidement dans son cœur par ce qu'elle considéra n'être qu'un gamin. Thalan avait pourtant énormément vieilli en un jour et une nuit. Mais peut-être pas encore assez pour contrôler sa réaction lorsque la belle Éline lui sauta au cou : l'adolescent anguleux se sentit rougir de la tête aux pieds.

— Thalan ! Vous êtes formidable !

— Heu… Merci Altesse, bégaya-t-il alors qu'elle desserrait son étreinte. Je… vous avais dit que je vous sortirais d'ici. Pardonnez-moi d'avoir été aussi long, mais le temps que je parvienne…

— Ne vous excusez pas. Vous êtes arrivé exactement au moment où il le fallait.

— Non, Altesse. Je n'ai pu arrêter votre père.

Ses yeux s'étaient portés vers les voûtes rocheuses. Sa voix était cassée par l'émotion.

— Et Korta est toujours en vie.

Éline le regarda avec une grande tendresse.

— Je sais que vous avez fait tout ce que vous pouviez. Il était déjà trop tard lorsque j'ai lu la lettre.

Elle avait un visage si limpide et si beau. Thalan réussit à oublier l'aigreur de son cœur.

— Vite, allons-nous-en, déclara Éline.

— Oui, répondit le page sans bouger. Korta a dû sonner l'alarme. J'ai eu du mal à entrer dans le passage avec toutes ces brutes qui y circulaient. Mais il n'y en a plus derrière moi. Je vais aller tuer Korta pendant que vous sortirez d'ici.

— Vous tenez à mourir ?

— Je dois mourir à cause de vous : j'ai vu votre visage. Alors autant que je meure pour vous, et en vengeant la mémoire de mon père et celle de mon roi.

— Il n'y a rien d'aussi ridicule, Thalan. Le duc d'Alekant est bien trop fort pour vous et je ne tiens pas à ce que vous soyez de ses prochaines victimes. Aidez-nous plutôt à sortir rapidement.

— Nous ?! Vous avez porté la princesse Éloïse ?! Où est-elle ?

— Ici, fit une voix fluette dans un coin sombre.

— Princesse Éloïse ?! Divinités de la Vie, vous êtes éveillée ! s'écria Thalan en tombant presque à genoux.

La jeune fille sortit péniblement de sa cachette. Le cœur de l'adolescent reçut un deuxième choc. Mais Éline ne le laissa pas s'appesantir sur son émoi. Elle attrapa sa sœur sous le bras et demanda à Thalan de faire l'éclaireur.

— Dis-moi, Éline, qui est ce garçon ? murmura Éloïse en marchant aussi vite que ses pieds le lui permettaient.

— Le fils du duc d'Yil.

— C'est le petit garçon qui le suivait partout comme un chien ? demanda-t-elle entre deux souffles.

— Oui, mais il a arrêté de le suivre, il y a quatre ans. Le duc d'Yil est mort.

— J'ai cru le comprendre. Cela m'attriste beaucoup. Ai-je raison ? Ce n'était pas un méchant homme, lui au moins ?

— Non, Éloïse, c'était un brave.

La jeune princesse, encore étourdie par son sommeil, essayait de se remettre les idées en place et tentait d'assimiler tout ce qu'on lui disait. Six ans à rattraper, ce n'était pas rien.

Ils ne rencontrèrent qu'une dernière brute qui passa en courant sans les voir. Serré contre elles dans un coin, Thalan était prêt à protéger ses princesses de son corps. Rouge pivoine, il se sentait fort comme un lion. Mais un sourd brouhaha montait des couloirs : toutes les brutes arpentaient les grottes à leur recherche et se rapprochaient d'eux.

— La sortie est au prochain tournant, assura l'adolescent. Et s'il le faut, je les retarderai : j'ai six dagues sur moi.

— Rien que cela, fit Éline. Je ne vous savais pas aussi belliqueux. Vous tenez vraiment à mourir, à ce que je vois.

Les bruits de pas résonnaient au même rythme que les cloches. Au bout du dernier couloir se trouvait un simple mur. Sous un mécanisme de levier, il coulissa. D'un esprit vif, Thalan referma le passage, mais en bloqua le mécanisme par le côté extérieur avant sa complète fermeture.

— Cela devrait leur prendre un certain temps. Et si je me protège bien, je devrais en abattre trois ou quatre à leur sortie.

— Et les autres feront de vous de la chair à pâté, décréta Éline en l'entraînant autoritairement par le poignet.

Ils débouchèrent sur les caves à vin et accédèrent au cellier. Ils avaient la merveilleuse impression de pouvoir respirer, comme si les murs s'étaient enfin écartés sous leur désir de liberté. L'amoncellement de provisions rappela à Éloïse la présence de son estomac.

— J'ai faim, remarqua-t-elle tout bas. Pourtant, j'ai fait un grand repas hier…

Elle ne finit pas sa phrase. Elle avait du mal à s'habituer à l'idée de tout ce temps passé.

— Nous n'avons pas mangé depuis deux jours, toutes les deux, lui expliqua Éline en posant la main sur sa joue.

Elle lui prit une pomme au passage.

— Altesse, il faut tuer Korta. Où allez-vous fuir ? Vous n'allez tout de même pas laisser le palais à cet infâme ?!

— Je veux rejoindre le clan du Masque.

— Avez-vous la moindre idée de l'endroit où il se cache ?!

— Dans la Forêt Interdite.

Thalan était devenu blême, et Éloïse n'avait pas beaucoup plus de couleurs au visage.

— Ne vous inquiétez pas, je sais ce que je fais. Et pour ce qui est du contrôle du château, vous m'avez donné une idée, Thalan. Êtes-vous prêt à m'obéir en tout ?

— Bien sûr, répondit l'adolescent outré.

— Alors, je veux que vous soyez ma dernière carte dans ce château. Vous allez remonter dans vos appartements, comme si rien ne s'était passé, et vous allez tranquillement pleurer le roi.

— Mais…

— Vous revenez déjà sur votre parole ?

L'adolescent baissa la tête, vaincu. Ses cheveux d'ébène lui couvrirent la figure.

— Je veux que vous fassiez l'innocent. Je veux que vous redeveniez comme avant.

— C'est impossible, Votre Altesse.

— Personne ne doit savoir que vous êtes au courant de tout. Fuyez les Scylès. Faites semblant. Et avec le plus grand art. Car je vous demande de vous mettre au service du duc d'Alekant dès qu'il se proclamera Grand Seigneur de ce pays.

Thalan voulut protester, mais elle ne lui laissa pas le temps. Ce n'était pas le moment de discuter.

— Vous êtes déjà mon héros, Thalan, je vous demande d'être mon espion.

Espion ! Ah ! Finalement, cette idée n'était pas pour lui déplaire. Et puis, elle avait dit qu'il était son héros ! Un ton rosé envahit encore son visage.

— Mais comment pourrai-je vous communiquer quoi que ce soit, princesse ?

— Vous irez dans la plus haute des petites tours à l'ouest, où un oiseau viendra vous voir. C'est à lui que vous raconterez tout.

— Raconter ? À un oiseau ?!

— Ne cherchez pas à comprendre, Thalan. Promettez-moi de m'obéir, de ne rien tenter pour tuer le duc d'Alekant et de fuir si vous êtes découvert.

— Je vous en donne ma parole, Altesse, répondit l'adolescent avec contrainte.

— Alors, c'est ici que nos chemins se séparent, fit-elle en approchant des cuisines dont l'odeur emplissait les narines et creusait le ventre. Nous allons essayer d'atteindre les écuries toutes seules.

— Je pourrais encore vous aider.

— Non, personne ne doit vous voir avec nous. Je tiens à votre tête, Thalan. Elle est pleine d'envie de bagarre, mais elle compte d'innombrables qualités aussi. J'aimerais que le premier jeune homme qui m'ait dit que j'étais belle avec autant de sincérité reste en vie pendant de nombreuses années. Au revoir, mon héros.

Sa main effleura une joue de l'adolescent pour amener l'autre à ses lèvres. Le baiser claqua sur la peau juvénile.

— Bonne chance, mes princesses, articula Thalan en devenant cramoisi.

Éline et Éloïse reprirent leur chemin vers les cuisines. Les grandes salles aux cuivres clinquants et aux couteaux aiguisés étaient presque vides. En hommage à leur roi, la plupart des gens étaient en train de se prosterner dans les cours. Éline lançait de furtifs regards de droite à gauche avant d'avancer. Elle se laissait glisser au sol dès qu'elle entendait un bruit ou qu'un marmiton isolé venait à passer.

Des fumées diverses s'élevaient et s'entrelaçaient à merveille. Des mets délicieux s'entassaient sur toutes les longues tables ; les chaudrons rutilants débordaient de sauces ; les grandes broches tournaient sans fin dans les cheminées où des bœufs entiers pouvaient cuire ; les flammes faisaient luire la moindre cuiller plongée dans le plus fin des ragoûts et les lames incurvées laissées près des volailles parées ; les épices embaumaient l'atmosphère chaude et une odeur réconfortante de pain leur parvenait des fourneaux. Les princesses ne purent s'empêcher d'engloutir au passage quelques morceaux de toute cette profusion de nourriture avec une voracité qui ne laissait plus paraître une once de dignité.

Les mains pleines, Éloïse ne pensait presque plus à la douleur de ses jambes. Jusqu'au moment où elles parvinrent dans une lingerie et qu'Éline la fit asseoir sur un banc. Là, Éloïse sentit à quel point ses muscles étaient faibles. Elle n'arrivait plus à bouger.

— Encore un petit effort, Éloïse. Il ne nous faut plus que traverser la basse-cour pour atteindre les écuries, après ce sera le cheval qui te portera.

— On ne peut pas traverser la cour en vêtements de nuit !

— Regarde autour de toi, il y a tout ici pour faire de nous de parfaites servantes. Allez, vite, déshabille-toi. Je ne pense pas que le contretemps créé par Thalan retarde beaucoup le duc. Et il saura très vite où nous chercher.

Korta était peut-être déjà en train de forcer le passage. Éline lança un regard au-dehors.

Éloïse n'avait plus froid depuis qu'elles avaient croisé les cuisines : les feux qui y brûlaient en permanence et la nourriture l'avaient réchauffée. Elle dégrafa rapidement le manteau d'intérieur. Mais elle resta un moment étonnée en ôtant la soierie d'un corps qu'elle ne se connaissait pas. Concentrée sur sa douleur musculaire et la fuite, elle n'avait pas pris conscience qu'elle n'avait plus quatorze ans. Sa poitrine fut peut-être le détail qui la sidéra le plus.

— Tu vois, je t'avais dit qu'il suffisait d'attendre, lança Éline amusée par son étonnement.

Déjà habillée, celle-ci lui passa rapidement une robe autour du cou.

— Ce n'était pas la peine de m'envier parce que mes seins poussaient plus vite que les tiens, sourit-elle. Et encore, tu n'as attendu qu'une nuit.

Une seule nuit. C'était bien là le problème. Elles firent de nouveau silence en entendant des bruits de tonneaux que l'on roulait sur le sol.

— Éline, dit doucement Éloïse en s'appuyant sur elle pour enfiler un tablier. Je n'ai pas l'impression d'avoir changé dans ma tête.

Éline se pinça légèrement les lèvres et attrapa les cheveux de sa sœur pour les cacher en boule dans un bonnet de dentelle.

— Qui sait, peut-être mûriras-tu très vite ? Si tu savais qu'un beau prince t'attend, cela t'aiderait-il ?

— Un prince ?!

Un bruit de pas suspendit la réponse un moment.

— Il est dit que vous tomberez foudroyés d'amour l'un pour l'autre au premier regard, murmura Éline en sachant pertinemment que si elle ne croyait plus à ce genre de fable, sa sœur, oui.

Éline finit d'attacher son propre bonnet devant les yeux éblouis d'Éloïse.

— Veux-tu le rejoindre ? Eh bien, ma chérie, il est temps de serrer les dents et de marcher le plus droit que tu peux vers les écuries sans te faire remarquer.

Elle fit glisser des chaussures devant ses pieds. Bien qu'elles fussent légèrement trop grandes, Éloïse les enfila sans hésiter.

Éline sortit un instant pour vérifier que la voie était libre. Elle aperçut Muht dans la cour basse. Sans sa cape de scalps, il n'en était pas moins repérable à sa peau cadavérique. Impossible de le manquer ! Il donnait ses derniers ordres avant de prendre le chemin de la Grande Plaine avec de nouveaux soldats. Éline patienta jusqu'à ce qu'il monte à cheval et prenne la direction du pont-levis.

Pendant ce temps, les yeux d'Éloïse étaient tombés sur le gros saphir de la reine posé sur une table. Éline avait de nouveau abandonné son rang. La réaction d'Éloïse fut très rapide : elle le saisit et l'enfila, saphir tourné vers la paume de sa main gauche. Elle ne pouvait pas laisser ce bijou ici, c'était le seul objet qui leur restait de leur mère.

Sa sœur ne se rendit compte de rien et l'aida à se lever. Accrochée à son bras, raide comme un piquet – elle se récitait les leçons de maintien de Misty ! – Éloïse s'avança vers la cour. Elle baissa tout de même la tête : elle n'était pas habituée à montrer son visage. Elle craignait tant tous les regards qu'elle croisait. Mais son attitude parut liée au décès du roi et à l'ambiance funèbre qui régnait dans les cours.

— Les cloches ne s'arrêteront donc jamais, chuchota-t-elle en crispant ses mâchoires pour taire la douleur de son cœur et de ses jambes.

— Pas avant la nuit, Éloïse, pas avant la nuit. Moi aussi, elles me font mal.

Elle sentit la main de sa sœur se tétaniser sur son avant-bras, comme pour exprimer qu'elle était à bout de forces.

— Pense à Philip, murmura Éline.

— Philip ?!

— C'est le prénom de ton prince.

Éloïse n'avait pas peur de Korta, comme Éline du moins. Elle ne pouvait se rendre compte de tout le danger qu'il représentait. Aussi, Éline utilisait-elle le subterfuge d'une promesse d'amour pour amener sa sœur à aller au-delà de ses capacités.

Croisant des valets aux visages graves, contournant des artisans prosternés et des servantes éplorées, les princesses parvinrent aux écuries sans trop attirer le regard. Éloïse crut alors s'évanouir. Éline eut beaucoup de mal à la retenir. Elle réussit à l'asseoir sur une botte de paille, complètement essoufflée. Éloïse transpirait à grosses gouttes, ses muscles tremblaient de toutes parts. Éline lui épongea le front avec son tablier. Elle avait tellement peur que sa sœur s'endorme de nouveau, et pour l'éternité, que cette inquiétude dut se lire dans ses yeux.

— Prince ou pas, je ne veux plus vieillir sans m'en rendre compte… Je veux vivre, assura Éloïse. J'arriverai jusqu'à ce cheval.

Elle prit la main de sa sœur et se releva. Elles marchèrent quelques instants dans les brins de paille et parvinrent aux écuries de la noblesse. Éline assit Éloïse exténuée et se mit à la recherche de deux selles.

Dans la mezzanine, couché sur le foin, le jeune palefrenier responsable de cette partie des écuries contemplait les poutres du plafond. Il mâchouillait un brin de paille avec nostalgie. Les cloches lui disaient que la journée était terne malgré le soleil éclatant. Il se demandait si les Fées n'avaient pas abandonné les hommes à leur triste sort. La Grande Plaine était en guerre et le duc d'Alekant allait prendre la place du roi… La vie n'était déjà pas facile !

Puis il entendit un bruit au-dessous, qui le détourna de ses funestes pensées. Une jeune servante essayait d'attraper une selle de l'étalage. Il allait rudement et crûment surprendre la chapardeuse, lorsqu'il se rendit compte qu'il y en avait une deuxième assise plus loin, et que toutes deux avaient des minois à rendre fou.

Il descendit en silence par l'échelle dans la pièce d'à côté et vint doucement vers les deux jeunes filles.

— Bonjour, mes mignonnes, fit-il avec un sourire charmeur. Vous avez besoin d'un cheval pour aller en Étel ? Maître Loïc est à votre service, ajouta-t-il en s'inclinant.

Éline n'osait plus bouger, et Éloïse fixait des yeux un adolescent apprenti devenu en une nuit un jeune homme à responsabilités.

— Faut pas perdre ta langue, ma belle, fit-il, encouragé par son effet apparemment hypnotisant, tout en prenant la lourde selle des mains d'Éline. Un sourire et je te pose cette selle sur le cheval que tu désires. Tu pourras toujours me donner un baiser après.

Éline esquissa un petit sourire qui émerveilla le jeune homme. Elle pouvait lui demander la lune et son reflet en prime.

— J'aimerais deux chevaux, maître Loïc, et les plus rapides, s'il te plaît.

Le jeune palefrenier aurait dû être aux anges, mais la selle lui en tomba des mains. Il ne connaissait de la princesse Éline que sa voix, et il avait retrouvé son s'il te plaît.

Il resta un moment figé devant le visage et en tomba à genoux. Le bonheur de la voir lui rappelait dans le même temps toute l'horreur des Lois Interdites. Éline se sentit mal à l'aise. Elle savait ce qu'encourait toute personne qui voyait son visage, mais il fallait bien essayer pour espérer ne plus porter de voiles un jour. Elle n'aurait pas voulu que cela tombe sur le palefrenier. En y réfléchissant un peu, sur personne d'autre non plus. Elle n'avait pas vraiment le courage de faire face à un carnage.

— Loïc, je t'en prie, je ne dirai jamais à personne que tu as vu mon visage. Donne-moi deux chevaux. Vite.

Il avait bien du mal à se dépêcher, mais le ton de la princesse suggérait quelques problèmes, probablement avec sa chaperonne. Personne n'était encore au courant de la mort de Misty. Il sortit rapidement deux chevaux blancs sur lesquels il posa les selles sans détacher son regard du visage d'Éline. Celle-ci s'approcha de sa sœur et l'aida à se lever.

— C'est le dernier effort, Éloïse.

— Éloïse?!

Le palefrenier en retomba à genoux. Concentré sur le teint porcelaine de la princesse Éline, il avait oublié les traits délicats de la deuxième jeune fille. Il resta un moment la bouche ouverte. Ses yeux se mirent à briller de larmes.

— J'ai tant prié et tant pleuré pour que vous vous réveilliez.

— Est-ce vrai? Pourtant, je ne suis pas intervenue tout de suite lorsque maître Courtin t'a corrigé. Je t'ai valu un coup de fouet, fit Éloïse en revivant le passé avec émotion.

— Une princesse peut taquiner ses serviteurs, non le contraire. Et si vous saviez le nombre de coups de fouet que j'ai reçus depuis... C'est le seul que j'ai eu avec justice.

Il laissa une larme rouler sur sa joue en se brûlant les yeux au visage d'Éloïse.

— Puisque j'ai vu l'Interdit, pourrais-je avoir l'audace de vous demander d'ôter votre bonnet? Je n'ai jamais pu voir que vos cheveux voler sur vos épaules, mais je dois dire qu'ils m'ont terriblement manqué ces dernières années.

— Excusez-moi tous les deux, fit Éline, mais il nous faut partir!

Pourtant la jeune princesse, revenue depuis si peu de temps à la vie, avait déjà défait le cordon et ôté son bonnet.

— Je n'ai plus peur de mourir, dit Loïc plein d'admiration à la chute des boucles blond foncé.

— Nous sommes en danger! Le duc peut arriver d'un moment à l'autre! s'écria Éline exaspérée par l'attente.

— Le duc d'Alekant?! réagit immédiatement le palefrenier.

— Oui! Nous devons le fuir à tout prix!

— Quoi?! s'écria-t-il affolé. Il fallait le dire tout de suite!!!

Mais déjà un brouhaha s'élevait dans la cour. On entendait des cris de rage au milieu du son des cloches.

— Divinités!!! s'exclama-t-il de plus belle.

Il aida les deux princesses à monter sur leurs chevaux et posa ses lèvres sur la main d'Éloïse.

— Galopez le plus vite possible sur la passerelle, ne ralentissez surtout pas. Je m'occupe des sariclès. Bonne chance, belles princesses.

— Adieu Loïc, répondit Éloïse avant d'éperonner son cheval sur les ordres d'Éline.

Les sabots arrachèrent des échos aux pavés et la cavalcade commença. Surpris par Korta – et par des brutalités que personne n'avait jamais vues auparavant – les serviteurs occupés à rendre hommage à leur roi furent tout aussi saisis par la fuite des deux jeunes filles. Plusieurs personnes se jetèrent au sol pour éviter les chevaux. Même les gardes postés devant le pont ne purent croiser leurs armes d'hast. Ils manquèrent de tomber dans les douves comme les gens qui venaient d'Étel.

Korta traversa la cour jusqu'au puits et, voyant les princesses lui échapper, il voulut influencer les sariclès avec sa bague. Un ciseau à bois se planta en plein milieu de la poutre à côté de laquelle il se tenait. Loïc ne savait pas viser. Il n'avait pas réussi à l'atteindre. Mais le palefrenier, qui se doutait bien qu'il raterait son coup, s'était aussi armé d'un fouet. Avant que Korta ait sorti sa propre dague de son fourreau, le lien de cuir lui avait enserré la cheville et le faisait s'affaler de tout son long sur les pavés.

Le palefrenier connut un moment d'extase, et ne se cacha même pas de Korta. Se tenant droit au milieu de la cour, des fuyards, des cris et des cloches, il regarda les cheveux d'Éloïse s'envoler dans les airs comme une toison d'or. Le visage de la princesse remplissait encore son esprit. Elle dépassait la quatrième tête de pont derrière Éline lorsqu'il reçut la dague de Korta en plein cœur. Mais quelle importance ?! En accaparant son attention, il avait sauvé ses princesses et il avait fait mordre la poussière au duc d'Alekant.

Loïc ne savait pas viser, il ne saurait jamais, mais il remercia les Fées d'avoir exaucé son vœu. Sur les pavés chauffés par le soleil de la journée, il mourut en héros, comme il l'avait toujours voulu, un sourire au coin des lèvres.

À travers Ételv

Éloïse était réveillée ! Jerry avait vu les princesses. Ses yeux perçants de rapace les avaient repérées dans la bousculade de la cour basse. À tire-d'aile, il était revenu vers elles, mais n'avait pas réussi à les rattraper avant Étel.

Muht aussi les avait vues. Un regard et il avait compris qui s'échappait du château. Il fit faire demi-tour à ses hommes pour intercepter les jeunes filles. Il y avait beaucoup de monde dans les rues de la capitale. Les princesses s'étaient engouffrées dans la foule de charrettes et de piétons, mais elles seraient vite ralenties par cette masse grouillante. Au retentissement éclatant de trois sonneries de trompette, des cavaliers sortirent en trombe du château pour rejoindre les mercenaires et le guerrier scylès.

Jerry ne pouvait pas se métamorphoser au milieu de cette cohue. Et puis rien ne lui prouvait que les deux princesses ne le fuiraient pas comme tout le monde. Il décida de les aider autrement jusqu'à la sortie d'Étel. En rase campagne, il serait toujours temps de trouver un moyen pour les emmener avec lui.

Il se changea en hirondelle, pour passer inaperçu, et fila au ras des toits derrière les deux jeunes filles.

— Ces femmes sont poursuivies par Korta ! Nous devons les aider ! hurla-t-il par trois fois.

Nul Étellois ne sut d'où venait la prodigieuse voix de ténor. Elle sembla même un instant couvrir le son des cloches. Peut-être parce qu'il est des mots qui ont le don d'attirer l'attention. Muht comprit ce qui allait suivre sans rien pouvoir faire.

Éline porta des yeux inquiets derrière elle.

— Vous êtes poursuivies par des hommes de Korta ? lui répéta un homme qui venait juste de l'insulter pour passer le premier dans la ruelle.

— Oui ! répondit-elle avec un regard apeuré.

L'homme se redressa sur son chariot et, d'une voix tonitruante à l'instar de celle de Jerry, il hurla à son tour :

— Nous sommes contre l'autorité du duc ! Au nom du roi, aidons ces femmes à fuir !

Muht ragea. Jerry fit avec son bec la petite grimace qui se voulait un sourire. La foule se fendait déjà. Elle laissait passer les deux cavalières pour se refermer hermétiquement après leur passage. Le Monstre aimait vraiment les Leïlannais. Il était dur de les inciter à se soulever ; mais on pouvait compter sur leur courage et leurs sens de l'honneur, ce qui lui plaisait. Les Étellois ne se posaient même pas la question de savoir qui étaient les deux fugitives.

— La porte sud ?! demanda plusieurs fois Éline qui se perdait dans les petites rues étroites et sinueuses.

Les bras se tendaient sans hésiter pour lui indiquer la direction. Mais déjà Korta atteignait la ville et suivait le chemin de Muht, frayé à coups d'épée.

— Plus vite, lança Éline à sa sœur.

Éloïse avait du mal à serrer ses mains sur les rênes. Depuis leur sortie du château, des larmes et des larmes se succédaient sur ses joues. Son destin défilait à toute allure dans sa tête. Elle pleurait sa peine, elle pleurait son manque de force pour lutter. Elle n'aurait jamais dû se réveiller dans un tel monde. Après le teint olivâtre des premiers, ses nouveaux poursuivants avaient la couleur de la mort !

— Il a tué père, il a tué Loïc, fit Éloïse au bord de la crise de nerfs.

— Et tu tiens à ce que les prochaines cloches sonnent pour toi !

La jeune princesse secoua la tête et, en entendant les cavaliers se tracer une route de sang derrière elle, elle réussit à sécher ses larmes et à suivre sa sœur dans une ruelle minuscule.

Évitant une cheminée et frôlant les tuiles ébréchées, Jerry poussa un cri terrible de terreur pour effrayer un chat qui se prélassait au soleil. Il glissa entre deux toits qui semblaient vouloir se toucher et continua son vol derrière les princesses.

La rue était encombrée. S'écartant devant les jeunes filles, les passants leur révélèrent la raison de leur attroupement : deux charrettes, dont une renversée, bloquaient tout le passage. Deux hommes perchés dessus s'étaient échangé des insultes avant d'en venir aux mains. Ils se retournèrent au bruit précipité des sabots dans la terre. Les chevaux blancs des princesses n'avaient pas assez d'élan pour sauter par-dessus l'obstacle, et il n'y avait pas assez de place pour le contourner sur les côtés. Elles voulurent reculer. Leurs poursuivants s'engageaient déjà dans la ruelle. Jerry était prêt à se transformer en n'importe quoi lorsqu'elles mirent pied à terre. Aidées par les Étellois, qui avaient compris le problème, elles escaladèrent les charrettes.

L'un des hommes perchés attrapa le bras gauche d'Éloïse et la souleva à lui. Leurs mains glissèrent l'une sur l'autre et l'homme sentit la forme du saphir sous ses doigts. Machinalement, par curiosité, il retourna rapidement la paume de la jeune fille avant de la lâcher de l'autre côté de la charrette. Ses yeux se rivèrent sur ceux d'Éloïse alors qu'Éline le remerciait et entraînait vivement sa sœur à sa suite. Il savait qui il venait d'aider. Et alors qu'en voyant Muht et des hommes de Korta arriver la première chose à faire aurait été de fuir, l'Étellois attrapa les fruits de sa charrette et les lança sur les cavaliers. Lui qui tenait tant à se faire rembourser et à récupérer quand même ses fruits quelques instants plus tôt !

Bien qu'aussi énervé que lui par la perte de son bien, le second commerçant ne fut pas long à le suivre avec sa propre marchandise. Et tous les badauds les imitèrent. Il suffisait que l'un d'eux se révolte... Les Étellois déchargeaient sur les hommes de Korta leur haine à la pensée de sa future succession au trône. Les exploits rapportés des villageois de la Grande Plaine leur donnaient du cœur au ventre, même contre les Yeux-d'Utahn.

Ils auraient pu tous se faire tuer. Ce n'étaient pas de maigres tomates ou des pêches éclatées qui pouvaient arrêter les mercenaires et leurs épées. Mais un charaton de dix pieds de haut, oui ! Ravis du repli terrifié des cavaliers, qu'ils mettaient au compte de leurs projectiles, les Étellois n'avaient pas remarqué la transformation inopinée de Jerry derrière eux. Pourtant il exhibait avec délices ses triples mâchoires au-dessus de leurs têtes. Aux hurlements vainqueurs des Étellois, le Monstre disparut immédiatement. Il poursuivit sa recherche des princesses en poussant des cris de satisfaction, avec son cœur d'hirondelle.

Mais Muht n'avait pas été dupe de la métamorphose, il avait reconnu l'esprit du Monstre de la Forêt Interdite. Il rappela ses mercenaires en criant, aidé de l'autorité de Korta, qui avait lui aussi compris l'astuce. Brusquement conscients d'être trop faibles, les Étellois s'éparpillèrent. Quelques-uns prirent les représailles de plein fouet.

Ses jambes étaient toujours aussi faibles, mais Éloïse bandait son esprit contre la douleur. Ses pieds frappaient lourdement le sol derrière Éline et, bien que trébuchant rarement, elle se sentait fléchir de plus en plus. Sa sœur aînée la tirait par le bras.

Des rues adjacentes, d'autres poursuivants arrivaient. Si des charrettes encombraient le passage, ils mettaient pied à terre et s'élançaient à leur tour sur le sol poussiéreux. Éline prit la première ruelle à gauche qui se dirigeait vers le sud. Elle était tortueuse, ses encorbellements semblaient se plier au risque de tomber sur les jeunes filles. Les passants s'écartaient à peine : courbés sous le poids des ballots qu'ils portaient sur leur dos, ils voyaient au dernier moment les deux fugitives arriver en courant.

Jerry rasait les tuiles à toute vitesse pour trouver une entrée dans la ruelle. Les toits s'appuyaient les uns sur les autres à cet endroit. Dans le filet de visibilité qu'il avait sur la venelle, il constata que les hommes de Korta gagnaient du terrain sur les princesses. Il ne quittait pas du regard les mercenaires. Il était prêt à glisser en souris entre les deux gouttières écrasées et à s'imposer au milieu de la bousculade en tcharas des neiges !

Alors qu'Éline avait retenu au dernier moment Éloïse sur le point de s'effondrer au sol, elle sentit qu'une main lui saisissait le bras.

— Par ici, Altesse, chuchota une jeune femme aux cheveux couleur paille retenus par un bandeau noir.

Éline eut peur. Elle voulut fuir l'Ételloise qui connaissait son identité, mais le regard persuasif de l'inconnue et l'approche bruyante des hommes de Korta la contraignirent à la confiance. Elle n'avait plus le choix. La jeune femme vêtue de noir attrapa également Éloïse sous l'épaule. Elle entraîna les deux princesses dans une autre petite rue. Elles s'engouffrèrent dans la première bâtisse : un entrepôt abandonné. La jeune femme inconnue ferma la porte et l'assujettit rapidement d'une grande barre de bois.

Par la fenêtre sale, elles virent leurs poursuivants continuer leur course dans la rue. Une hirondelle volait en tous sens, semblant apeurée par tant de remue-ménage. Éline pensa enfin à reprendre son souffle. Effondrée sur une caisse, Éloïse pleurait sa douleur : elle ne pouvait plus bouger les jambes.

— Pour l'instant, Altesse, vous ne risquez rien, fit la jeune femme en s'approchant de la princesse éplorée. Vous pouvez vous reposer en attendant qu'ils commencent à fouiller les maisons.

Éline s'assit près de sa sœur pour la prendre dans ses bras. Elle regardait l'étrangère sans trop savoir quel sentiment avoir à son égard. Celle-ci n'avait pas un vilain visage, juste une cruelle cicatrice sur la joue, visible malgré la faible luminosité de la pièce.

— Merci pour ton aide, balbutia Éline, mais... comment peux-tu savoir qui nous sommes ?

— Un homme dans l'auberge où je travaille a reconnu la reine en votre sœur lorsque vous êtes passées à cheval. C'est un vieil ivrogne, mais hier, il avait reconnu le roi et nous avons su après coup, en observant les pièces de monnaie que celui-ci avait laissées, qu'il avait raison.

La jeune femme ne laissa pas à Éline le temps de s'étonner ou de s'effondrer à ses révélations.

— J'ai couru tout de suite derrière vous. Je connais les raccourcis et les cachettes de cette ville. Je voulais vous arrêter avant que vous tombiez dans le piège.

— Quel piège ? s'inquiéta Éline.

— Par les trompettes, Korta a immédiatement fait prévenir les gardiens des portes de la ville. Au bout de votre course, vous seriez tombées entre leurs mains.

— Je te remercie doublement.

Éline repensa à la lettre de son père. Elle prenait Ételi pour une plus grande ville : elle n'aurait jamais imaginé tomber sur les mêmes personnes que le roi. La jeune femme pourrait peut-être lui expliquer ce qui s'était passé dans l'auberge. Celle-ci dut lire la question dans ses yeux :

— Nous ne savions pas que c'était le roi, avoua-t-elle. Enfin, je veux dire le tavernier et moi. Nous ne savions pas que nous lui faisions autant de mal. J'ai repensé à cette discussion toute la nuit, et à midi, lorsque j'ai entendu les cloches, je me suis sentie si coupable…

Elle avait l'air abattue, assise sur l'une des caisses vides de la pièce sombre. Elle avait porté avec lassitude les mains à son visage.

— Il s'est suicidé par notre faute. Il s'est battu pour mon honneur, il m'a sauvé la vie, et je l'ai assassiné par des vérités cruelles. J'avais le cœur trop plein de rage contre les soldats… Et le pire dans tout ça, c'est que je m'appelle Onémie.

Éline fut un instant abasourdie. Puis elle chercha à la rassurer. Mais Onémie ne voulut rien entendre.

— Oh ! J'ai dû lui faire tant de mal ! Votre Altesse pourra dire ce qu'elle veut, mon prénom a contribué à la mort du roi. Au nom de tout l'amour que je portais à mon souverain et de celui que j'ai pour vous, je vous fais le serment de vous sortir d'Étel ce soir.

Le temps devenait lourd, l'après-midi touchait à sa fin. La terre semblait recracher la chaleur de la journée : l'atmosphère était humide et étouffante.

Toujours sous la forme d'une hirondelle, Jerry scrutait de ses yeux jaunes les ruelles alentour. Il était juché sur un toit près de la porte sud, caché derrière une cheminée branlante. Non loin de lui, hissés sur les fortifications, Korta et Muht observaient Étel tout autant que lui. Les princesses devaient passer par là pour sortir de la ville. Les deux autres portes étaient fermées.

— Tu ne les sens toujours pas ? demanda Korta.

— Je n'ai jamais eu le temps d'étudier leurs esprits. Il me faut plusieurs visions pour cela. Mais tu avais trop peur que je les approche. Crois-tu que je t'aurais dénoncé parce que j'aurais découvert que tu connaissais le visage d'Éline ?

Korta se raidit sans répondre. Il bloquait son esprit comme toujours.

— Si j'avais voulu prendre ta place, je ne t'aurais pas aidé, hier soir, ajouta Muht. Maintenant, je peux te dire que je sens toujours l'esprit du Monstre de la Forêt Interdite. Il n'est pas loin, il est angoissé, il ne doit pas savoir où elles sont, lui non plus.

Korta eut un petit sourire en coin : plusieurs maisons d'Étel étaient en feu, les soldats ne cessaient pas leur recherche, l'étau se refermait de plus en plus sur les deux fugitives. L'oiseau du Masque n'aurait pas le temps d'intervenir.

Jerry tournait la tête en tous sens. Il fallait trouver les princesses en premier ! Il ne savait pas comment s'y prendre si elles se présentaient maintenant à sa vue ; il ne pourrait jamais les emmener sur son dos, le temps de les convaincre et mille épieux l'auraient déjà transpercé ! De temps en temps, il entendait Éléa l'appeler avec la corne. La jeune fille était restée dans la Forêt Interdite pour que la communication demeure meilleure entre eux : il pouvait lui répondre en faisant trembler la terre de son domaine. À ses nombreux appels, il devinait sans peine qu'Éléa trépignait sur place. La jeune fille et ses amis ne pouvaient pas venir en Étel sans danger. Mais si Korta s'emparait d'Éline et d'Éloïse avant lui ? Jerry ne pourrait rien faire d'autre qu'une tentative d'intimidation.

Où étaient-elles ? Comment avaient-elles pu disparaître ainsi ?

Quelques personnes sortirent de la ville avant la tombée de la nuit. Elles étaient pour ainsi dire déshabillées par les gardes et leurs chargements se trouvaient passés au crible. Personne ne pouvait échapper au contrôle.

Qu'est-ce qui attira le regard de Jerry derrière les vitres de la maison ? Il n'aurait pu le dire, mais il eut l'impression de reconnaître les princesses. Des chiffons dépenaillés sur la tête, des tabliers rapiécés et des capes usées par-dessus leurs vêtements, elles étaient escortées par quatre hommes et une femme en noir.

Il les vit sortir et s'avancer silencieusement vers la porte sud en se plaquant contre les murs. Jerry craignait qu'en se rapprochant trop, il ne les fasse repérer. Il devait essayer de leur parler ! Il était sur le point de se transformer en chat pour avoir une meilleure vision de la scène lorsqu'une pierre lui fit exploser la tête. Jerry s'effondra sur le coup, glissa sur les tuiles et chuta sur le sol.

— Je ne sens plus le Monstre, constata Muht.

— Comment cela ? répondit Korta.

— Je ne sais pas. Il est peut-être parti. Très loin dans ce cas, je n'ai pas senti l'éloignement.

— Tu crois qu'il les a trouvées ?!

— Je n'en sais rien. C'est comme s'il était mort.

Les deux hommes scrutèrent les toits et les rues visibles de leur place sans distinguer quoi que ce soit de nouveau.

Des petites mains se saisirent de l'hirondelle ensanglantée en gloussant de joie. Sa fronde déjà raccrochée à la ceinture, le petit garçon se redressa triomphalement vers ses deux compagnons éblouis par son tir. Malgré la présence des soldats dans la ville, certains enfants oubliaient qu'il n'était plus l'heure de jouer.

— Hé ! Psitt !!!

Les trois garnements se retournèrent avec une expression fautive.

— T'es toujours aussi bon tireur, l'gamin ? demanda l'un des quatre hommes qui se cachaient derrière un mur.

— J'suis le meilleur de la ville, rétorqua l'enfant en enfournant sa victime dans une bourse de toile. J'te tire une hirondelle à trente pas. Pourquoi, le vieux, ça t'intéresse ? continua-t-il avec suffisance.

— Tout dépend de toi, si t'es aussi courageux que grande gueule, tu pourrais gagner six pièces de cuivre.

— J'ai pas encore fixé mon prix, répliqua le petit garçon. T'as pas dit en quoi consistait ta magouille.

Neuf ans et déjà resquilleur !

— Oh non, Onémie ! Ne leur fais pas prendre de risques, supplia Éline à voix basse.

— N'ayez crainte, Altesse, répondit la serveuse de la même manière. C'est pas encore aujourd'hui que Korta attrapera ce genre de gamin. Ils sont plus rapides que des chats sauvages et plus débrouillards que des singes. Laissez mes amis leur parler et les amadouer. Je vous ai fait une promesse.

— Je préférerais qu'il n'y ait plus de morts.

— Je vous comprends, Altesse, mais comprenez aussi que je préférerais me tuer plutôt que d'échouer.

Éline se pinça les lèvres. Elle voulait protester, mais quel que soit l'argument qu'elle avancerait, Onémie lui sortirait encore le même couplet sur la condamnation des Lois Interdites, la fidélité des sujets au royaume et la dette qu'elle avait contractée envers le roi. Même si Éline n'avait jamais personnellement eu affaire à une mule, la serveuse lui semblait plus têtue que cet ongulé.

— Tu ne veux vraiment pas venir avec nous ?

— Non, Altesse. Je suis Ételloise. Malgré toute sa crasse et sa pauvreté, je ne saurais vivre en dehors de cette ville. Et puis je dois dire comment le roi est mort. Je ne laisserai personne ternir son image et son courage. Le peuple doit être au courant de tout ce qui s'est passé.

Éline avait les larmes aux yeux. Elle se sentait si fragile tout à coup. Aurait-elle la force d'aller jusqu'au bout ? Elle s'effondra un instant dans les bras d'Onémie.

— J'ai peur. Faites attention à vous.

Onémie fut touchée et serra un instant sa princesse contre elle.

— Allons, Altesse. Ressaisissez-vous. Je sais que vous y arriverez. Vous n'allez pas laisser votre sœur tomber entre les mains de Korta après tant d'épreuves.

Éline secoua la tête en s'essuyant les yeux avant qu'ils soient baignés de larmes.

— Alors, il va falloir du courage pour deux, continua Onémie en la prenant par les épaules. Votre sœur est encore faible et semble bien perdue.

Vous devez oublier votre peur et contrôler la sienne. Pour aller là où vous allez, c'est un sentiment qui ne doit pas exister dans votre cœur.

Éline acquiesça du menton. Elle regarda sa sœur dissimulée un peu plus loin derrière elle. Les paupières d'Éloïse semblaient lourdes, mais la jeune princesse refusait de s'endormir. Elle se laissait entraîner de maison en maison sans force et pourtant avec courage. Elle s'était reposée dans l'entrepôt mais ce n'était pas suffisant dans son état. Les discussions d'Éline et d'Onémie lui avaient complètement embrouillé l'esprit et le tambourinement des cloches l'abrutissait.

Les deux jeunes princesses n'étaient jamais sorties du palais. Leur père, à l'image de beaucoup de souverains, avait eu la volonté de protéger leur innocence des agitations de la vie, en les cloîtrant dans le château royal jusqu'à leur mariage. En quelques heures, les étoffes de velours et de soie avaient cédé la place aux guenilles de lin et de chanvre, l'or et l'argent au fer et au plomb, le marbre à la terre battue. Les deux princesses avaient plusieurs fois essayé de se représenter la vie extérieure ; elles avaient manqué d'imagination sur sa misère.

Si Éline avait presque envie d'en pleurer, Éloïse ne s'en rendait plus vraiment compte. Elle avait oublié qu'elle était princesse, elle avait oublié qu'elle ne portait plus de voiles, elle avait oublié la raison de leur fuite. Les regards graves qu'elle croisait lui faisaient peur, comme ce décor cauchemardesque. Elle fuyait tout. Éloïse n'était pas simple d'esprit, peut-être même plus enfant mais, par moments, elle n'arrivait plus à comprendre.

Elle prit la main qu'Éline lui tendait. Elle ne sursauta même pas à la vue des cordelettes de cuir et des lames courbes que sortirent les quatre hommes qui les accompagnaient. Elle aperçut à peine l'ombre de trois enfants se dirigeant vers les chevaux des gardes. Ils furent si rapides qu'Éloïse eut l'impression de voir des éclairs d'acier trancher les sangles des selles. Elle se concentra trop tard : ils avaient déjà disparu derrière les barils déchargés d'une charrette. Elle se laissait emporter vers un autre renfoncement à la suite d'Onémie. Elle vit seulement une des petites mains s'étirer hors de sa cachette pour récolter quelques cailloux.

Puis la jeune princesse remarqua que les quatre hommes n'étaient plus avec elles. Elle se retourna : elle aperçut leurs formes osseuses se fondre dans les murailles de la ville. Là encore, elle ne distingua qu'une brillance de métal sous le cou de deux gardes. Le silence de cette mort lui glaça le sang et lui remit l'esprit en éveil. Elle comprenait qu'il allait falloir courir.

Le signal fut un cri. Un ami d'Onémie n'avait pas réussi à surprendre l'un des gardes. La scène s'accéléra soudain. Muht aperçut l'un des hommes et décela ses intentions. Korta réagit immédiatement et se rua dans l'escalier pour atteindre la porte de la ville. Il reçut alors une pierre à la tempe et une autre dans le front avant même d'avoir pu réagir. Il en resta presque assommé. Le visage ensanglanté, il se replia derrière le parapet de la muraille en criant de donner l'assaut.

Mais les quelques gardes encore en vie ne surent qui arrêter. Les villageois qui se trouvaient près de la porte s'écartaient dans une bousculade incohérente et incontrôlable. Derrière les barils, de petites voix vindicatives hurlaient des insultes et des Male mort au tyran ! en lançant des pierres avec une précision diabolique. Et une demi-douzaine de soldats avaient été égorgés.

Avant qu'ils reprennent leurs esprits ou que des renforts arrivent, Éline et Éloïse se jetèrent dans la première charrette libre et en précipitèrent les chevaux vers la sortie. Un soldat voulut les intercepter au passage. Malgré l'avertissement de Muht, Onémie eut le temps de lui rabattre de toutes ses forces une planche de bois dans la figure.

— Tout droit, Altesses ! cria-t-elle.

— Arrêtez-les ! ordonna Korta toujours coincé sur la muraille. Arrêtez cette femme !

Mais déjà Onémie s'esquivait par-dessus les corps et les marchandises étalés au sol. Elle appela les enfants et s'enfonça dans les sombres rues d'Étel avec ses quatre amis.

— Rattrapez la charrette, bande d'incapables ! hurla le duc à l'adresse de ses hommes qui partaient à la suite des Étellois.

— Non, ils ne peuvent pas…

Muht n'eut pas le temps de finir sa phrase ; les gardes tombèrent à terre avant d'avoir pu mettre un pied dans les étriers.

— Hé ! Le balafré ! On dirait que tes sbires ont des problèmes d'équilibre ! rirent les enfants restés derrière leurs barils.

Korta saisit son couteau et l'envoya dans leur direction. Ils s'aplatirent juste à temps.

— Pas rapide, le vieux. Tu veux des leçons ? provoqua le plus habile des trois.

— Étripez-les ! dicta Korta à ses hommes. Et toi, Muht, rattrape les princesses !

Les enfants comprirent qu'il devenait pressant de changer d'air. Ils entendaient les renforts arriver. Ils n'étaient plus de taille à combattre. Korta parvint à répartir en groupes ses hommes ballottés entre tous ses ordres. Il réussit même à sauter de son perchoir et enfourcha un cheval à cru derrière Muht. Dix gardes quittèrent Étel avec eux pour attraper les princesses. Cinq autres se jetèrent sur les enfants.

Le meilleur tireur arma une autre pierre dans sa fronde pour protéger la fuite de ses compagnons. Mais, au moment où il voulut tirer, la bourse fixée à sa ceinture, qui contenait l'hirondelle, se mit à bouger avec violence. Il resta stupéfait. L'oiseau était vivant et remuait avec une force démentielle ! Il grossissait !

Les soldats allaient se saisir de l'enfant statufié lorsque la bourse de toile se déchira : des crocs de lion s'écartèrent sur un grognement époustouflant, des cornes de taureau étincelèrent dans la clarté du soir, un corps mi-humain mi-animal s'éleva devant leurs yeux ébahis.

La rage au ventre, les yeux injectés de sang, Jerry se tourna de tous côtés, prêt à mordre. Les soldats qui arrivaient à la rescousse se replièrent ventre à terre en hurlant d'épouvante. Le petit garçon resta décomposé sur place. En quelques coups d'œil, Jerry comprit ce qui s'était passé : il pouvait encore voir la poussière voler à la sortie de la ville.

— Tire-toi, espèce de crétin ! cracha-t-il à l'enfant.

Le petit garçon attendait peut-être l'autorisation. En tout cas, il reprit sa respiration et, comme si l'air lui redonnait des réflexes, il dérapa sur le sol et courut comme un fou dans les rues de la ville. Promis, il ne toucherait plus à une hirondelle de sa vie !

Jerry se transforma brutalement en rapace et s'envola. Il fendit l'air aussi vite que les muscles de ses ailes le lui permirent. Il n'allait pas perdre les princesses maintenant ! Il se surprit en train de prier les Divinités du Bien pour obtenir une once de pouvoir en dehors de la Forêt Interdite. Il aurait voulu juste une minute de liberté pour sauver les deux jeunes filles. Personne ne savait qu'il couvait leurs moindres faits et gestes depuis qu'il avait la garde d'Éléa. Il jura même au ciel qu'il pouvait se contenter d'assommer ses adversaires. Mais les Fées ne lui répondaient plus depuis l'enlèvement d'Éléa au berceau.

Muht et les hommes de Korta avaient arrêté leurs chevaux à côté d'une charrette. Jerry fonça sans vouloir croire à l'échec. Il vola au-dessus de Korta qui faisait de grands gestes violents. Le duc semblait dans une colère noire. Les princesses avaient disparu : elles s'étaient engouffrées dans le Passage des Cinq Rivières !

Jerry vira immédiatement à l'approche des masses nuageuses qui envahissaient l'endroit durant la nuit. Il n'était pas capable de se diriger à l'intérieur. Il ne sut dire si les princesses avaient fait le bon choix. Habituées au cocon du palais, pourraient-elles supporter les émotions à venir ?

— Tu parles d'un allié ! hurla Korta. Tu ne peux même pas anticiper une fuite ! Tu n'as même pas vu que le Masque avait apporté l'antidote à la princesse Éloïse !

— Hasard de l'interrogatoire, se défendit Muht. Elle n'y a pas pensé naturellement, et tu ne lui as pas demandé parce que tu étais certain qu'elle n'avait pas pu le trouver !

— Tu ne vois rien ! Ton pouvoir ne sert à rien ! Tu n'es qu'un incapable ! Tu...

Le poing partit tout seul. Muht n'avait pas pu le retenir. Korta se retrouva à terre, le coup porté à la mâchoire l'y ayant jeté. Les mercenaires et les soldats ne savaient quel comportement adopter : certains sortirent leurs armes, d'autres attendirent de voir ce qui allait se produire.

— Je m'en vais, annonça tranquillement Muht alors que Korta se relevait avec fureur. Il n'y a jamais eu d'alliance, tu ne m'as jamais fait confiance. Je rejoins les hommes postés dans la Plaine Salée. Ma guerre n'est pas ici. Utahn Qashiltar est un chef difficile à conquérir, mais il a du respect pour ses hommes.

— Ibbak…

— L'Esprit Sorcier me soutient. Je reviendrai dans moins d'une lune, selon ses désirs. Je n'ai jamais été ton remplaçant éventuel, juste un atout dont tu n'as pas su te servir. Tant pis pour toi. Tu es roi maintenant, mène ton combat comme tu l'entends, je ferai de même de mon côté.

Korta serra les dents à son départ. La cicatrice apparue sur sa joue semblait trancher son visage du côté gauche. Un ordre et ses hommes tuaient le guerrier scylès. Muht pourrait anticiper l'assaut mais pas le vaincre. La colère d'Ibbak l'arrêta.

— Ne souhaite pas que je gagne ! Ta récompense serait saignante ! cria-t-il pour ne pas perdre complètement la face devant ses hommes.

Muht ne se retourna même pas. Ce n'était déjà plus son histoire. Il eut juste un regard pour le faucon qui tournoyait dans le ciel et continua sa route sans rien dire.

Jerry se rapprocha alors de Korta. Le duc n'avait pas perdu l'espoir de rattraper les princesses. Il lançait des ordres. Il connaissait par cœur l'emplacement correspondant à la sortie de chaque chemin de pierres. Les princesses en avaient pour plusieurs heures.

La poitrine plus légère grâce au départ du Scylès, Jerry éprouva cependant de nouveau de l'angoisse. Comment retrouver les deux jeunes filles dans le Passage des Cinq Rivières, avant Korta ? Comment les en faire sortir ? Il leur faudrait un guide. Un véritable charaton, par exemple ?!

Jerry sentit Éléa l'appeler avec insistance. Le temps leur était compté. Il disparut en un éclair pour rejoindre son monde. Tous les non-Leïlannais quittaient le combat, mais les affrontements n'étaient pas terminés pour autant.

Les fantasmes de la peur

Elles s'étaient jetées à corps perdu dans les épaisses vapeurs. Elles avaient couru sur les premières pierres à en perdre haleine. Mais soudain les princesses avaient pris conscience du lieu où elles se trouvaient. Elles sautèrent sur le rocher suivant et s'arrêtèrent pour se blottir l'une contre l'autre.

La chaleur que dégageait l'étendue d'eau noire et immobile créait des tourbillons avec l'air frais de la nuit. Des vapeurs s'élevaient sans fin. Seuls les petits chemins de pierre blanche ressortaient dans l'obscurité. Ils en étaient presque phosphorescents et conféraient une clarté surnaturelle à l'endroit. Pour le reste, la vue se troublait complètement au-delà de six pieds alentour.

Il était impossible de voir quoi que ce soit, une issue, ou même un repère. Les brumes se déplaçaient et formaient une couverture de coton au-dessus des princesses. Elles s'en sentaient presque écrasées. Elles avaient déjà enfoncé la tête dans leurs épaules.

Tout était si silencieux. Les cloches du château ne se faisaient plus entendre : la nuit était tombée. Dans une telle atmosphère, l'imagination des deux jeunes filles commençait sérieusement à s'emballer. La peur du noir s'intensifiait. Éloïse était maintenant parfaitement réveillée : ses yeux s'écarquillaient sur la moindre vapeur, elle se retournait au moindre souffle.

Éline lui serra la main droite en essayant de surmonter sa propre angoisse. Elles continuèrent à avancer prudemment. Il ne fallait pas paniquer. Leïlan était surnommé le pays des Illusions : ce passage, de même que les Brumes Infernales, en débordait. Il ne fallait pas écouter la peur, ou alors la folie s'emparerait d'elles. Onémie l'avait prévenue. Rien ne se matérialisait ici.

— Tu as entendu ce sifflement ?! s'écria Éloïse.

— La nuit amplifie les sons, récita Éline d'une voix neutre. C'est seulement le vent dans les roseaux et les joncs.

— J'ai vu une ombre. On nous suit !

— Les vapeurs se modulent dans des formes fantasques, déclara Éline sans se retourner.

— L'eau bouge ! J'ai vu l'eau bouger ! s'affola Éloïse d'une voix de plus en plus stridente.

— Ce sont des bulles de gaz qui remontent à la surface. Évite de les respirer.

— Et ce bruit ?!

— Une rainette qui a attrapé un insecte, répartit Éline à bout d'arguments.

— Une rainette ?! Pourquoi ne chante-t-elle pas ? Les grenouilles chantent toujours la nuit !

— Elle a la bouche pleine, répondit brutalement sa sœur.

— Oh ! Éline, j'ai peur ! J'ai peur ! Comment fais-tu pour ne pas trembler ?!

Si elle avait su que son aînée serrait les dents pour ne pas hurler ou se mettre à courir, elle aurait probablement pris ses jambes à son cou et rebroussé chemin.

— Il faut bien qu'une de nous garde la tête froide, sourit Éline avec beaucoup de peine. Il n'y a aucune raison d'avoir peur. Seules des anguilles habitent ces eaux.

— Des anguilles ?! s'écria Éloïse avec une grimace de dégoût.

— Je les préfère moi aussi en pâté.

Éline se mentait à elle-même. Elle essayait de faire de l'humour pour oublier tout ce qui l'entourait. Elle tentait de tout prendre en dérision, mais rien n'inspirait le rire ici. Tout était vaseux.

La plus grande force d'Éline lui venait de la main moite qu'elle serrait dans ses doigts. Sa petite sœur tremblait comme une feuille et sursautait, ou hurlait même, aux moindres formes qu'elle croyait reconnaître dans le brouillard. Éline puisait son courage dans la peur d'Éloïse. Son imagination voulait créer des monstres dans les nuages qui les frôlaient, des démons glissant derrière elles dans le clapotement de l'eau, mais sa raison lui ramenait en tête les paroles d'Onémie. Éline se rappelait calmement l'origine rationnelle de chaque bruit insolite.

Sa froideur calma peu à peu Éloïse qui se sentait ridicule. Mais si elle ne frisait plus l'hystérie, elle ne parvenait pas à maîtriser ses cris pour autant. Son cœur se contractait avec une telle brutalité par moments. Elle n'avait que quatorze ans.

Elle lâchait difficilement la main de sa sœur aînée chaque fois qu'il fallait sauter sur une pierre. Elle l'empoignait avec presque plus de violence dès qu'elles se retrouvaient côte à côte. Elle n'arrivait pas à se concentrer sur autre chose que sur cette eau opaque et vibrante. Elle regardait attentivement chaque bulle éclater à sa surface et vérifiait qu'il n'y ait bien aucune bête à l'intérieur. L'étrange odeur lui montait à la tête. Des petites lumières lui brouillaient les yeux. Elles accentuaient sa peur.

Le chemin de pierre semblait ne pas avoir de fin, comme leur fuite. Quelquefois, un gros rocher plat s'individualisait. Il annonçait un carrefour ou une simple bifurcation. Les princesses devaient par moments revenir sur leurs pas parce que les pierres réduisaient leur taille jusqu'à disparaître dans l'eau, formant comme un cul-de-sac. Les jeunes filles essayaient d'aller toujours tout droit, mais ici ce qui semblait rectiligne était courbe.

Les rochers étaient rapidement devenus glissants. Éloïse, concentrée sur tout sauf sur ses pieds, finit par déraper. Éline la rattrapa vite, mais la jeune princesse déséquilibrée tomba tout de même les pieds dans l'eau. Le lac n'était pas profond. Éloïse se retrouva mouillée jusqu'aux mollets seulement. Mais une viscosité se fit sentir autour de ses chevilles. La jeune fille poussa un hurlement déchirant et sortit de l'eau comme une furie. Elle s'accrocha à sa sœur en criant une peur à faire se hérisser les cheveux d'Éline sous son foulard dépenaillé. Elles coururent jusqu'à une grosse pierre qui marquait un carrefour. Éline eut beaucoup de mal à ne pas céder à sa propre panique. Elle pressa sa sœur, qui était dans des transes terribles, contre elle : la princesse Éloïse n'était plus qu'une boule de nerfs explosant sous les larmes. Elle arrivait à communiquer peu à peu sa frayeur à Éline.

— On ne sortira jamais d'ici ! hurlait-elle.

— Calme-toi, Éloïse, je t'en supplie ! s'écria Éline en lui enserrant le visage entre ses mains.

La jeune princesse apeurée avait dormi six ans sans l'ombre d'un cauchemar, sans même le souvenir d'une douleur. Elle ne risquait pas, en revanche, d'oublier sa première journée de réveil ! Elle était rouge et transpirante, ses lèvres demeuraient crispées sur des cris qu'elle tentait de retenir. Ses yeux trop brillants avaient pris la dimension de la peur. Son état terrifiait Éline. Elle la bloqua dans ses bras pour calmer du mieux possible les frissons désordonnés de ses membres.

— Fées de la Vie ! Aidez-nous, aidez-moi, pria Éline.

Elle sentait qu'elle ne parviendrait pas à cacher sa propre peur plus longtemps. Elle releva la tête sur cet univers obscur et brumeux en y cherchant des yeux un signe quelconque des Divinités du Bien. Sa foi était prête à tout suivre, même le souffle du vent. La princesse se sentait abandonnée sur son île de pierre. Elle était impuissante à protéger sa sœur de la panique, incapable de trouver la sortie de cet enfer de vapeurs.

— Père, guidez-moi, je n'y arriverai pas, murmura-t-elle en cédant aux larmes de faiblesse.

Elle ne poursuivit pas ses prières. Elle oublia même ses pleurs. Une lueur se devinait derrière les voiles de brouillard. Éline resta un instant silencieuse. Rêvait-elle ? Avait-elle des hallucinations dues au gaz qui émanait de l'eau ? Était-ce le duc qui arrivait avec ses hommes ? La lumière était immobile, d'intensité toujours identique : elle restait stable. Peut-être s'agissait-il de l'éclairage d'une chaumière à l'orée du Passage des Cinq Rivières ?! L'espoir naquit dans le cœur d'Éline. C'était son mirage, l'appel des Fées.

— Éloïse, Éloïse regarde ! Une lueur ! Nous sommes sauvées ! Nous allons sortir d'ici !

Cette pensée calma la crise de celle-ci. Fuir cet endroit était sa seule envie. Éloïse n'hésita pas à la suivre.

La lumière se précisait de plus en plus. Elle paraissait être sur le chemin et celui-ci ne semblait pas se terminer avant de l'avoir atteint. Les princesses ne voulaient plus faire attention aux bruits, aux ombres et aux vapeurs. Éloïse accélérait le pas. Elle sautait sur les pierres sans fatigue. L'espoir lui donnait des ailes. Elle allait découvrir la campagne sous les étoiles, elle allait quitter tous ces univers d'horreur traversés depuis son réveil.

Les brumes s'étiraient, des ombres apparaissaient, la liberté brillait dans cette étoile de feu. À moins que ce soit la mort. Lorsque le dernier voile se retira, le visage éclairé par la torche saisit Éline d'effroi.

— Ravi de vous revoir, princesse Éline, sourit Korta avec délectation. Votre promenade du soir était-elle agréable ? Je savais que vous arriveriez jusqu'ici.

Encore lui ! Toujours lui ! Était-il impossible de lui échapper ? N'y avait-il aucun espoir ?

Les yeux rivés sur l'invincible duc, Éline voulut crier, mais sa voix avait disparu. Elle sentit une main lui saisir le bras. Tout était fini. Mais elle fut emportée dans la direction opposée à celle de Korta : Éloïse l'entraînait de nouveau dans le sinistre passage.

C'était de la folie, c'était inutile, il les rattraperait toujours ! Toujours !

— Cours, Éline ! Cours ! lui cria Éloïse pour la faire sortir de sa torpeur.

— Attrapez-les ! hurla le duc dans son dos. Elles n'iront pas loin ! Suivez les pierres !

Éloïse, la jolie princesse encore endormie quelques heures plus tôt et pleurant de peur peu de minutes auparavant, prenait soudain les choses en mains. C'était elle cette fois qui traînait Éline trop effondrée. En entendant le claquement des bottes sur les rochers et le bruit des éclaboussures, elle comprit que leur seule chance était de quitter le chemin. Elle regarda le lac avec dégoût, se rappelant encore le frôlement ressenti. Puis elle sauta et tira sa sœur vers elle. Elle crut déraisonner en sentant les corps visqueux s'enrouler autour de ses chevilles. Elle entendit Éline crier et reprendre ses esprits.

Malgré leur répugnance, les princesses se mirent à courir dans l'eau pour fuir Korta, ses hommes et les anguilles. La vase s'écrasait sous leurs pieds, en libérant des millions de bulles gazeuses. Les algues giclaient comme les gerbes d'eau chaude. Les deux princesses filaient aussi vite qu'elles le pouvaient, escaladaient les pierres blanches pour se jeter jusqu'aux cuisses dans le lac en frissonnant de terreur. Elles chutèrent plus d'une fois dans l'eau, se relevant mutuellement, elles en perdirent leurs foulards et leurs capes. Elles auraient presque nagé pour fuir si leurs hardes ne les avaient alourdies. Peu importe où et comment, elles devaient fuir.

Dans les vapeurs épaisses, les hommes de Korta ne tardèrent pas à les perdre. Le bruit de leur course semblait résonner dans les brumes comme entre des murs. Ils faisaient trop de vacarme eux-mêmes. Ils s'étaient égarés.

Éloïse aida Éline à se hisser hors de l'eau sur une pierre. Elles restèrent un instant immobiles pour reprendre leur souffle et écouter leurs poursuivants. Elles entendaient au loin des voix diffuses. Des cris s'élevèrent également, arrachés quelquefois par la peur : les vapeurs hallucinogènes se jouaient maintenant des soldats. Les princesses avaient réussi. Elles poursuivirent leur chemin jusqu'à un gros rocher de carrefour. Dégoulinantes d'eau et de vase, elles s'assirent essoufflées l'une contre l'autre sans trop savoir comment se toucher.

— Je croyais… que tu avais peur de cet endroit, Éloïse.

— Ma peur n'était rien à côté de celle que tu avais dans les yeux… lorsque tu as vu le duc d'Alekant… Tu n'arrivais même pas à crier.

— Il a détruit chacun de mes espoirs, expliqua Éline en tentant d'un doigt hésitant de dégager son visage des cheveux qui s'y étaient collés. J'ai l'impression de lui appartenir. De n'être qu'un jouet qu'il manipule.

— Les pantins ne se révoltent pas.

— Sans toi, je n'y serais jamais parvenue… Si tu ne m'avais entraînée, je ne serais pas partie.

— Tu faisais abstraction de ta peur dans ces lieux pour que j'oublie la mienne. Et je n'ai été qu'une enfant stupide, répondit Éloïse sans oser essorer ses cheveux ruisselant de vase. Tu ne penses jamais à toi et je ne suis qu'un fardeau. Je n'ai pas simplifié les choses aujourd'hui.

— Éloïse, voyons…

— Je ne laisserai pas Korta te toucher, je te protégerai de lui à mon tour si tu en perds la force. Je ne te laisserai plus te battre toute seule. La petite sœur va devenir grande, je te le promets.

Éline serra sa joue contre la sienne, méprisant la saleté.

— Après tout, ce n'est que de la vase et des anguilles, un peu de vapeur et beaucoup d'imagination, fit Éloïse sans être aussi rassurée qu'elle le voulait.

— Et c'est répugnant, répondit Éline dans un sourire grimacier. J'ai cru devenir folle en sentant ces bêtes me passer entre les jambes.

— Plains-toi, j'ai perdu une chaussure. Elle est restée collée au fond. Tu ne peux pas imaginer la sensation de la vase qui se glisse entre les doigts de pied !

— Oh ! s'écria Éline écœurée à cette idée.

Elles se mirent à rire de leur mésaventure, heureuses de la vivre au moins ensemble. Les brumes s'enroulaient autour d'elles et les éloignaient de Korta. Seules et pourtant unies sur leur rocher, les princesses s'adonnaient à une gaieté qui décontractait enfin leurs nerfs. Elles avaient failli oublier le bienfait d'un éclat de joie.

— Que faisons-nous maintenant ? demanda soudain Éline.

— Je crois que je commence à m'habituer à ces lieux. Autant rester ici. On dit que le Passage des Cinq Rivières peut se traverser dans la journée. Attendons l'aube. Au moindre bruit suspect, nous aurons toujours le temps de déguerpir.

— Nous n'avons pas fini de nous lever, sourit Éline.

— Dis plutôt à ta rainette de faire moins de bruit en mangeant et demande-lui de chanter. J'oublierai plus facilement ma peur.

Éline rit encore et prit sa sœur contre son cœur.

— Tu m'as tellement manqué.

Éloïse lui passa les bras autour du cou et cala sa tête mouillée contre sa joue.

— Empêche-moi de dormir. Raconte-moi la lettre de père. Explique-moi encore ce qu'il s'est passé ces six dernières années.

La nuit était belle, claire et étoilée. Les trois quarts de lunes étincelaient de blancheur. Un petit vent soufflait vers Ize. La tête sur la nuque de Jerry, Éléa laissait courir ses pensées. Elle était heureuse que sa sœur Éloïse soit réveillée, rassurée qu'Éline ait réussi à échapper à Korta en se réfugiant dans le Passage des Cinq Rivières, soulagée du départ de Muht. Elle fermait légèrement les yeux et se laissait porter par son Maître. Bien souvent lors de leurs voyages, elle s'était endormie ainsi sur le dos de l'oiseau géant.

Éléa songeait aussi à Axel. Reviendrait-il vite ? Il lui manquait déjà tellement.

— Réveille-toi, nous sommes arrivés ! annonça soudain Jerry.

Éléa sursauta. En redressant la tête, elle eut la surprise de constater que le charaton qu'ils avaient réussi à attraper aux Bois Obscurs était parvenu à déchirer les deux sacs qui le retenaient prisonnier. Malheureusement pour la petite bête, Jerry volait trop haut pour sauter. Aplati, oreilles rabattues, les griffes plantées dans les courroies qui enserraient l'immense oiseau, le petit démon était littéralement terrorisé.

— Le charaton est sorti des sacs, Jerry !

— Je l'ai senti ! Mais cette teigne n'est pas libre pour autant ! Accroche-toi !

Jerry descendit au gré des courants d'air. Plusieurs torches éclairaient le village. Les compagnons d'Éléa les attendaient. L'oiseau passa au-dessus de Sten.

— Rejoignez-nous au Passage des Cinq Rivières !

Le géant fit passer le message et sauta sur son cheval. Au lieu-dit, il retrouva Jerry en furie contre un petit monstre. Le tenant par la peau du cou, il le secouait comme un chiffon.

— Tu me mords encore une fois et je t'estropie !

La gueule ouverte, le charaton était paralysé par la prise comme par la peur. Jerry avait peut-être moins de crocs que lui mais ils étaient nettement plus impressionnants ! Le petit démon céda. Il se laissa mettre un collier de rubis autour du cou. Mais les oreilles en arrière, il arborait toujours un air traître et mauvais.

— Ceban a repéré plusieurs groupes d'hommes de Korta. Ils sont principalement concentrés sur la partie est du passage à deux lieues d'ici, annonça Sten en regardant avec méfiance la petite bête.

— Ils n'osent pas s'aventurer trop loin dans la Grande Plaine, ajouta l'Akalien debout à côté de lui. Mais il y a des mouvements quand même. Allan et Théon les ont vus pénétrer brusquement dans le passage. Ils n'en sont pas encore sortis. On peut espérer que les princesses leur aient échappé. Tout le monde est sur le pied de guerre au cas où.

— Bon, alors c'est à toi de jouer, dit Jerry en se retournant vers le charaton. Tu vas bien m'écouter, petite teigne. Il y a dans ces brumes deux princesses perdues, tu vas me les trouver et me les ramener. Attention ! Tu leur fais mal et je t'explose le crâne. Et tu pourras dire adieu aux Bois Obscurs. Compris ?

Le petit démon feula de rage en découvrant ses triples mâchoires.

— Je prends cela pour un accord, décréta Jerry en le posant à terre.

Le charaton ne bougea pas et garda des yeux vengeurs et sournois.

— Grouille !

De mauvaise grâce, il s'élança dans les vapeurs, griffant de ses pattes de rat les pierres blanches à chaque saut. Le Passage des Cinq Rivières était tout de même d'une grande étendue, et ce n'était pas le domaine du charaton. Le petit animal mi-chat mi-rat se releva plus d'une fois sur ses pattes arrière pour augmenter son champ de vision. Ici, tout était opaque et sans beauté. Le charaton fut tenté de se pêcher une anguille, mais ne désirant pas vraiment se mouiller, il préféra obéir au grand monstre agressif qui l'avait enlevé. Au bout de maintes recherches, il découvrit les princesses pelotonnées sur un rocher. L'une d'elles le repéra.

— Éline, il y a une vilaine bête sur une pierre, dit celle-ci d'une voix nouée. Je crois que je vais hurler.

Sa sœur se retourna vers le charaton et se leva d'un bond.

— Divinités ! Qu'est-ce que c'est ?

Elle chercha du regard une arme quelconque pour empêcher la petite bête monstrueuse d'avancer. Il n'y avait que quelques joncs perdus autour d'elle.

Le mangeur de grenouilles ! pensa Éloïse en reculant.

Le petit démon s'approcha encore, heureux de faire peur à son tour. Il se redressa de toute sa hauteur avec les yeux brillants comme des rubis. Les pierres accrochées à son cou renvoyèrent leurs feux sur les princesses.

— Éloïse ! Regarde ce qu'il a autour du cou ! C'est mon collier ! s'écria Éline en se vidant de toute sa peur. C'est Éléa qui l'envoie !

— Éléa ?! Mais tu m'as dit que Korta l'avait capturée et tuée !

— Il m'a menti ! J'en étais certaine ! Je savais que les Fées la protégeaient ! Ses amis sont venus la sauver ! Viens, cette petite bête va nous emmener jusqu'à elle !

— Tu es sûre ? Elle a plutôt l'air agressive et méchante. Korta a peut-être volé le collier à Éléa pour te tromper.

— Il ne l'aurait pas accroché à une bête aussi monstrueuse pour m'amener à lui.

Éline attrapa le bras de sa sœur. Elle l'entraîna à la suite du petit démon dans une nouvelle course effrénée. Les deux princesses bondirent derrière le charaton sur le chemin de pierres. Elles soulevèrent leurs jupons déchirés et encore mouillés avec une élégance princière. Éline avait envie de rire de bonheur. Elle communiquait sa joie à Éloïse qui finit par oublier la vase et les anguilles, même lorsque le charaton sautait trop loin pour qu'elles puissent le suivre de pierre en pierre. L'eau tiède et croupissante ne lui tirait plus de haut-le-cœur. Les bulles de gaz ne lui faisaient plus autant d'effet. Pourtant, lorsque les vapeurs se dissipèrent, que plusieurs torches furent visibles, Éloïse retint un instant sa sœur.

— Sois prête à courir si ce n'est pas Éléa. Je doute que Korta nous laisse lui échapper encore.

Le cœur d'Éline battait à tout rompre. Elle distinguait plusieurs ombres. Pourvu que ce ne soit pas un piège ! Elle entendit une voix l'appeler, une voix féminine à souhait.

— C'est elle ! C'est elle !

Personne n'aurait pu l'arrêter. Elle sortit du Passage des Cinq Rivières pour sauter dans les bras d'Éléa.

— Tu es en vie !

Éline en pleurait de joie. La course était finie. Éloïse resta un instant en arrière. Elle ne savait pas quelle attitude adopter. Elle se sentait crasseuse et minable.

— Ravie de te voir debout, grande sœur, lui dit Éléa avec simplicité.

Grande sœur, déjà. Éloïse se laissa prendre dans ses bras.

Plusieurs paysans étaient venus par curiosité. Sten avait soufflé avec puissance dans une corne pour rapatrier tout le monde à l'arrivée des princesses. Les paysans furent très troublés par la ressemblance que dévoilaient les flammes des torches.

— Je croyais que t'étais le frère de Vic, s'exclama un Izois à l'adresse de Ceban.

— De lait, oui, pas de sang, avoua le jeune homme en contemplant les trois princesses.

La nouvelle fit sensation auprès des villageois. La Fille-aux-yeux-bleus avait deux sœurs et Ceban et Estelle n'étaient pas sa véritable famille. Tous les yeux scrutèrent avec animation les jeunes filles que Victoire présentait rapidement à ses amis. Pourquoi s'inclinaient-ils avec autant de respect devant des petites servantes en si piteux état ? Il semblait y avoir de l'admiration dans les yeux de Sten, d'Allan et de Théon qui proposaient leurs chevaux. Un villageois comprit tout en apercevant soudain la bague au doigt d'Éloïse. Au gré des ballottements dus à leurs courses, le saphir s'était retourné et la princesse, habituée à porter des bagues, n'y avait pas prêté attention.

— C'est la princesse Éline ! s'écria l'Izois. Elle porte l'anneau de la reine !

Éloïse cacha instantanément sa main. Éline la regarda stupéfaite.

— Je ne pouvais la laisser sur la table. N'importe qui aurait pu la prendre, avoua la jeune princesse confuse d'être découverte.

Éléa sourit à ses deux sœurs et se retourna vers le villageois. Après tout, il n'y avait plus de raison de garder le secret.

— Tu as presque raison, lui dit-elle. C'est la princesse Éloïse qui porte la bague de la reine actuellement, la princesse Éline est à côté de moi.

Les villageois étaient stupéfaits, effrayés mais encore plus éblouis d'être en présence des deux Altesses du royaume. Deux ? Mais ils venaient de découvrir que Victoire était leur sœur. Était-ce possible ? Les murmures des paysans déferlaient comme des vagues. Le moment n'était plus aux inclinations ou aux salutations.

— N'ayez pas peur de voir leurs visages, poursuivit Éléa. Beaucoup de gens les ont vues aujourd'hui et vous voyez le mien depuis des années.

Un prénom glissa entre les villageois. Personne n'avait jamais tenté de le prononcer. Quelques courageux osèrent :

— Éléa ! Tu es la princesse Éléa !

La jeune fille ne put qu'acquiescer.

— Je crois que nous devrions rentrer, dit-elle gênée à ses amis.

Mais il était trop tard, la certitude avait pris la place du doute. Le peuple de Leïlan avait perdu un roi aujourd'hui, mais il avait retrouvé ses trois princesses. Et quelle princesse que la dernière ! Le Masque, la Fille-aux-yeux-bleus, Victoire, celle qui leur faisait garder espoir et qui se battait pour eux. Ils ne se prosternèrent pas. Ce n'était pas du respect qu'ils voulaient lui offrir. Qu'importaient les Lois Interdites ! Ils se mirent à hurler son prénom.

Éléa avait les joues aussi rouges que les yeux. La nuit ne cachait guère son émotion.

— Korta va nous entendre, murmura-t-elle à la petite souris perchée sur son épaule.

— Il est temps, non ? répondit Jerry. Il faut qu'il sache qu'il ne fera pas plier le peuple de Leïlan facilement. La nouvelle de ton identité va faire le tour du pays en quelques jours. Cela ne lui laissera pas beaucoup de temps pour se sentir seigneur du royaume. Son pouvoir ne pourra guère s'étendre au-delà du château royal et de la Plaine Salée.

— Si Son Altesse veut bien indiquer le chemin à Leurs Altesses, nous pourrons rentrer dormir et laisser Korta le bec dans l'eau, déclara joyeusement Ceban.

Et sous des acclamations chaleureuses, les trois princesses et leurs amis se dirigèrent vers la Forêt Interdite. Les villageois ne purent dormir cette nuit-là, pas plus que les suivantes : ils furent trop occupés à parcourir la Grande Plaine pour clamer la nouvelle.

Huitième partie

VINGT ET UN JOURS PLUS TARD

Le jeune voyageur avait bonne allure ce matin. Rasé de près, bien coiffé, habillé de propre, il se sentait revivre. Il avait oublié les nuits tourmentées qu'il avait eues, l'angoisse qui avait comprimé sa poitrine pendant trois jours, la comédie inutile de ces dernières semaines. Plusieurs échanges d'informations lui avaient donné un espoir nouveau et mis pas mal de baume au cœur, heureusement. Il avait une faute à réparer.

Emmitouflé dans sa cape rouge à haut col, il laissait le vent marin glisser sur son visage. Il relisait pour la vingtième fois les dernières lignes des Mémoires d'Enkil :

« J'avais une date, un lieu. Tout aurait pu m'empêcher d'être à temps au château près du lac d'Efedor. Tout aurait pu m'empêcher de l'atteindre. Jerraïkar avait laissé passer sa chance de me tuer avant ce dernier jour. Plus rien ne semblait pouvoir arrêter le duel. Je crois que même avec une armée, il n'aurait pu m'empêcher d'entrer dans le palais. Le dernier jour, Bien et Mal retrouvent leur puissance. Aucun des deux n'a de suprématie, à peine ont-ils quelques avantages.

Faudra-t-il pour autant que mon successeur vienne les mains vides, sans aide ou sans amis ? Pourra-t-il compter sur le fait que les Fées lui forgeront une nouvelle arme, au dernier moment, pour remplacer sa piteuse épée cassée ?

Est-ce que ma victoire a été suffisante pour annihiler toutes les faiblesses dont avaient hérité les Fées à la suite de leur précédente défaite ? Si elles gagnaient deux fois de suite, seraient-elles libres ? Auraient-elles la puissance de repousser l'étendue de leur règne ou quatre cents ans seulement leur seraient-ils accordés, de façon immuable, reportant les angoisses et les questions sur les Adversaires suivants sans interrompre le cycle ?

Serait-il possible qu'un jour le Bien gouverne seul le Monde de l'Est ? Anéantirait-il pour autant le Mal ancré dans la nature humaine ? Est-ce que des Akaliens et des Scylès pourront s'aimer un jour ? À Pandème, il reste toujours des hommes corrompus, des ambitieux, des égoïstes, des mauvais. Et l'angoisse de l'avenir entraîne des peurs et des méfiances.

Pour cette raison, je ne crois pas que le Mal puisse être détruit, peut-être seulement endormi. C'est le vœu que j'ai voulu formuler dans ces mémoires. Que mon expérience aide mon successeur et qu'elle lui permette d'apporter la victoire aux Fées… quelle que soit la force de sa motivation. Et qu'à son tour, il transmette son savoir au prochain.

À toi, héritier, Champion ou simple lecteur,
que les Fées veillent sur toi,
Enkil. »

Le voyageur referma le livre. Comment ces mémoires pouvaient-ils aider le prince Axel si celui-ci ne les avait jamais eus entre les mains ?! Le jeune homme savait pertinemment que Frédérik de Pandème ne les lui avait jamais fait lire. Pas plus ces derniers jours, puisqu'il n'avait plus le livre. Lui en parlerait-il, au moins ? Le roi craindrait trop que son jeune fils ne le croie pas. Le manque de dialogue entre eux devenait de pire en pire. Est-ce que le roi allait se décider au dernier moment ? Est-ce que seules les Fées amèneraient le jeune prince à son destin ? Le voyageur ragea contre le roi de son pays, il se reprocha aussi son vol stupide qui n'améliorait pas les choses. Son amour pour ses fils, sa peur pour le dernier, son silence sur l'avenir, et l'angoisse des secrets avaient fait de Frédérik de Pandème un père renfermé, incompris et injustement fui.

Mélice Orlane

Vautré sur un banc de chêne, le dos contre le mur blanc, Axel regardait sans la voir la mousse de cervoise couler lentement de son verre. Avec ses mèches à moitié rabattues sur le visage, il avait l'air boudeur d'un enfant contrarié.

Vingt et un jours. Depuis vingt et un jours, son père l'obligeait à rester dans cette auberge réquisitionnée de Cithaë !

Le jeune prince ne pouvait plus souffrir les plafonds de poutres basses, les fenêtres rondes clinquantes et l'ordre méticuleux des Akaliens. Il ne supportait plus le petit homme aux cheveux rouges qui passait son temps à essuyer les verres dans un coin pour surveiller sans en avoir l'air les moindres gestes du roi étranger et de sa suite. Même le cliquetis familier des armures de Pandème sur le parquet ciré lui portait sur les nerfs. Et les cris de victoire « Mélice Orlane ! » qu'il entendait au-dehors depuis le début de l'après-midi l'excédaient. L'attente devenait trop longue. Beaucoup trop longue.

Frédérik de Pandème ne voulait plus entendre parler de vagabondages, ni d'aucune autre fantaisie de la part d'Axel. De toute manière, le jeune homme n'avait pas réussi à placer un seul mot dans leur conversation.

À son arrivée dans la grande ville akalienne, les soldats pandémois venus escorter Axel jusqu'à son père l'avaient salué de toutes les marques de joie possibles, heureux d'avoir retrouvé leur Troisième Prince : le roi avait démenti officiellement sa mort. Alors qu'Axel se glorifiait de la simplicité dont faisait montre son père pour recevoir qui que ce soit, le souverain avait refusé de s'entretenir avec son fils tant que celui-ci n'aurait pas revêtu des habits dignes de son rang. Et au moment où Axel s'était retrouvé devant lui, il avait eu beaucoup de mal à croire qu'il avait hérité de son père la couleur émeraude de ses yeux.

D'un visage grave comme jamais, Frédérik de Pandème lui avait déclaré que sa trop grande indulgence à son égard était terminée : Axel devrait désormais rester à Cithaë jusqu'à nouvel ordre. Et, puisque le jeune homme refusait catégoriquement de se couper les cheveux, il serait condamné à porter tous ses atours de prince, jusqu'à la couronne ! Aucune protestation ou désobéissance ne serait tolérée.

Ils s'étaient à peine adressé la parole depuis.

Axel n'avait même pas soif. Il avait seulement envie de mordre. Par sa seule volonté, il aurait voulu faire fondre sa couronne. Elle rayonnait sur la table éclairée par les grandes lampes à huile. Il poussa un soupir à fendre l'âme : malgré tout le confort de cette auberge, il se sentait moisir ici.

— Ne pourrai-je jamais espérer voir un sourire sur le visage de mon fils ?

En se retournant vers sa mère, Axel voulut lui en offrir un, mais ses lèvres firent presque une grimace.

— Vous savez très bien ce qui me redonnerait ma joie de vivre, répondit-il en enlevant ses jambes du banc pour s'asseoir plus correctement. Dites à père de me laisser partir. J'en ai assez de jouer au singe savant.

Il s'enfonça rageusement la couronne sur la tête.

Avec délicatesse, Céliane de Pandème lui retira le cercle d'or crénelé de pierres précieuses et le reposa sur la table. Elle s'assit à côté d'Axel.

— Nous partons demain. Votre cœur ne peut-il avoir de patience ?

Il regarda le visage limpide et royal, encadré de boucles naturellement cendrées et blondes. Sa voix légèrement grave et cotonneuse appelait le calme et la raison. Elle venait toujours apaiser de sa tendresse la colère et l'incompréhension qui mettaient systématiquement une barrière entre son père et lui. Axel hésita à répondre : il lui avait tout raconté de ses batailles et de son amour en Leïlan, mais il n'arrivait pas à avouer qu'il avait de nouveau peur de la prophétie. Loin d'Éléa, la volonté des Fées le rongeait. Il eut soudain l'angoisse de ne jamais revoir la jeune fille. Il ne pouvait même pas lui écrire avec le pavallois !

— Non, mère, répondit-il simplement. Je ne puis plus attendre. Vous allez peut-être me trouver encore adolescent, mais je vais en devenir fou. Je croyais être parti pour quatre ou cinq jours…

Machinalement, la reine tenta en vain d'arranger le désordre des cheveux d'Axel. Elle eut un petit sourire : tant d'espoirs reposaient sur ses épaules, et il ne pensait qu'à son amour… Malgré le silence de son père, il aurait pu sentir que des événements plus sérieux se préparaient…

— Je suis presque heureuse de vous voir ainsi, avoua-t-elle. J'ai hâte de partir, moi aussi. J'aimerais vraiment connaître celle qui a su accaparer votre cœur, tout en vous donnant le sien. Ne vous affligez pas de toutes les réprimandes de votre père. Il veut vous protéger. Derrière ses cris se cache une véritable peur pour vous.

— Je ne le savais pas si grand menteur.

— Axel ! Je vous interdis de dire une chose pareille !

— Pardonnez-moi, mère.

— Vous lui reprochez encore son secret sur la corne des Fées ! Mais mon enfant, s'il vous avait dit qu'il était aussi facile de régner sur Pandème, seriez-vous devenus ce que vous êtes, vos frères et vous ?

Axel ne répondit pas. Il garda un visage renfrogné au-dessus de son verre.

— Je crois que c'est vous qui êtes de mauvaise foi, conclut-elle.

Le jeune homme accusa le coup et retourna les yeux vers elle. Il voulut lui parler, mais son regard resta accroché à la broche qui ornait la robe rose thé de la reine. Il perdit ses phrases sur les jolis pétales de la syllis de nacre et d'or.

— Laissez-moi partir, gémit-il. Je n'ai même pas pu lui dire au revoir. Nis irait plus vite que le carrosse.

Céliane de Pandème parut un instant effondrée devant son chagrin. Ses doigts glissèrent sur la joue de son fils avec la douceur et la tendresse qui émanaient de la fleur sculptée accrochée à sa poitrine.

— Je regrette, votre père est intraitable sur le sujet. Vous la reverrez au plus tard dans trois jours…

Elle fut interrompue par une descente intempestive de l'escalier qui accédait aux étages supérieurs de l'auberge.

— Axel ! As-tu lu la dernière lettre de Cédric ?!

Le prince Philip, de retour depuis deux jours, allait crier encore lorsqu'il aperçut la reine aux côtés de son frère. Il retint sa fougue et se signa légèrement, un bras barrant son gilet de cuir :

— Mère.

— Je vous en prie, Philip, exprimez-vous, répondit-elle en souriant.

Mais le jeune homme avait été coupé dans son élan. Il s'assit presque sagement en face d'Axel.

— Qu'écrit-il ? demanda ce dernier, intéressé dès le premier cri de son frère.

— La princesse Éloïse est réveillée !

Une lumière se répandit sur le visage d'Axel, un sourire l'éclaira un instant comme un soleil.

— Elle a quand même réussi, murmura-t-il d'admiration.

Il avait encore plus envie de serrer Éléa dans ses bras.

— Comment ?! Mais… Je vais devoir l'épouser ! éclata Philip scandalisé.

Il baissa le ton en voyant le visage surpris de sa mère.

— Je n'en ai aucune envie. Je ne la connais même pas, justifia-t-il en passant une main embarrassée sur sa nuque rasée. Maintenant que je sais que tu aimes quelqu'un, Axel, je peux te dire que j'ai toujours trouvé cette prophétie des Fées idiote.

La reine se raidit légèrement. Philip ne se démonta pas :

— Oui, mère, et j'en avais presque sauté de joie lorsqu'Axel nous avait écrit que la princesse Éloïse dormait de son long sommeil. Je me suis un peu inquiété pour sa santé, certes, je ne lui veux aucun mal. Mais je ne tiens pas à en faire ma femme.

— Je croyais que vous aimiez bien son prénom.

— Oui, mais on n'épouse pas une personne pour son prénom ! Ah ! Axel, je commence à t'envier sérieusement ! Tu vas me croire jaloux, mais j'ai toujours préféré ta situation à la mienne. Je suis voué depuis l'enfance à faire une cour interminable à une jeune, belle et riche étourdie ou à épouser sans rechigner une princesse inconnue. Toi au moins, on t'a laissé aimer qui tu voulais, grogna-t-il encore.

Malgré le regard noir de sa mère, il continua :

— Je ne pourrai même pas m'enfuir si elle est laide !

Axel fronça légèrement les sourcils en recherchant une phrase dans sa mémoire :

« Elle m'a fait penser aux journées des débuts d'automne, quand l'azur se prend aux jeux des orages, et qu'une ombre légère s'étend et s'enroule sur les champs de blé coupé. »

Même la reine s'était retournée vers lui, étonnée.

— Je ne vous savais pas aussi poétique, Axel.

— C'est la description de la princesse Éloïse que m'a faite Éléa, répondit-il toujours rêveur.

Philip ne sut plus que dire sur le moment, mais il essaya de reprendre bonne contenance :

— Je doute que ce soit très objectif. En plus, elle est certainement capricieuse et écervelée comme la plupart des jeunes nobles que j'ai eu l'honneur de rencontrer.

— Et vous, vous êtes empli de préjugés, répliqua la reine.

— Enfin, mère, comment voulez-vous qu'elle soit autrement ? Dorlotée et cloîtrée dans son château, elle a tout ce qu'elle désire et ne connaît rien à la misère. Elle a tant de gens qui se pressent autour d'elle pour tout faire à sa place qu'elle n'a jamais dû se salir de sa vie !

— Eh bien, j'ai eu moi aussi cette enfance, et je ne crois pas être capricieuse et écervelée.

Philip sentit qu'il était parti sur le mauvais terrain.

— Ce n'est pas ce que je voulais dire…

— Non, bien sûr, vous êtes mes enfants, je suis donc parfaite à vos yeux ; mais vos femmes seront mères un jour, du moins je vous le souhaite.

La douce Céliane de Pandème avec sa voix légèrement grave et enveloppante avait fait taire les deux jeunes princes. Mais ils faisaient de ces têtes !

— Qu'ai-je fait aux Fées pour mériter un mari et des fils aussi grognons que vous trois en ce moment ! s'écria-t-elle en faisant valser ses rebras de dentelle. Où est donc Cédric ? Qu'il ramène un peu de joie dans cette famille !

— Il a quitté les Pays d'Oye, annonça doucement Philip. Mais il n'a pris le bateau qu'il y a deux jours. Il nous rejoindra en Leïlan directement.

— A-t-il trouvé ses trafiquants ? sourit légèrement Axel en passant ses doigts sur son verre, mouillé de cervoise et de condensation.

— Apparemment, père aura de quoi s'occuper en rentrant.

— Ainsi il vous laissera en paix, c'est bien ce que vous désiriez, n'est-ce pas ? repartit la reine.

— J'aurais préféré que ce soit maintenant.

La reine soupira bruyamment et se leva. Jusqu'à aujourd'hui, seuls Axel et son père avaient été difficiles. Mais si Philip faisait la forte tête à son tour, le voyage risquait de ne pas être gai !

— C'est vous qui êtes capricieux et écervelés. Je vous ai beaucoup trop gâtés, conclut-elle en voulant partir.

— Mère. Je suis de mauvaise humeur et je vous prie de me pardonner. De toute manière, je sais que je n'ai pas le choix. Elle est peut-être bien, votre princesse. Elle s'est sauvée de son château à la mort de son père.

— Comment ?! réagit instantanément Axel.

— La princesse Éline aurait écrit à Cédric de la Forêt Interdite où elle s'est réfugiée avec sa sœur.

Il n'en fallait pas beaucoup plus pour sortir totalement Axel de sa mélancolie.

— Il parle d'Éléa dans sa lettre ?! De Victoire ou de la Fille-aux-yeux-bleus ?! fit-il en se levant déjà.

— Non, il dit seulement que le Masque et les paysans contrôlent la Grande Plaine et que le château royal est aux mains du duc d'Ale… kar.

Axel se rassit en premier lieu par déception, puis son visage se figea sur une expression de haine.

— Le duc d'Alekant… Je tuerai cet homme, murmura-t-il ensuite en serrant les poings.

La reine fut surprise de découvrir son fils aussi implacable. Son voyage en Leïlan l'avait décidément beaucoup marqué.

— Mère, laissez-moi partir. Je dois aider Éléa à se débarrasser de cet individu.

— D'après ce que j'ai compris, le Masque n'a pas eu besoin de vous pour se battre contre lui ces deux dernières années, précisa le roi de Pandème en entrant dans la pièce.

Axel aurait presque montré les dents en entendant son père. Il refusa de tourner les yeux vers le grand homme à barbe blonde.

— Si le duc d'Alekant a pris le château royal, j'aurai besoin de tous mes fils pour aider les princesses de Leïlan à le lui reprendre. Si je vous laisse partir avant, vous oublierez cela un peu trop facilement dans les bras de cette fille. Je commence à connaître la valeur de vos promesses.

Axel se sentit bouillir mais ne répondit rien. Il se mouilla de nouveau les doigts en les passant sur le verre qu'il ne parvenait pas à boire. Il aurait au moins voulu avoir des nouvelles d'Éléa. Où était-elle en ce moment ? Dans les champs foisonnants de la Grande Plaine, dans la magnificence des Bois Obscurs, ou dans la tranquillité de la Forêt Interdite ? Se battait-elle encore dans les villages ou attaquait-elle directement le château ? Et tous ses amis ? Axel n'oubliait aucun habitant de la Forêt Interdite. Il s'inquiétait pour chacun d'eux et se rendait malade à cause de l'attente que ses parents lui infligeaient.

Sans s'en rendre compte, il avait saisi le fil d'opaline accroché à un bouton doré de son pourpoint. Il le tournait souvent entre ses doigts ces derniers temps. Mais aujourd'hui, il avait les mains humides d'eau et de cervoise. Au soupir qui suivit son geste, le fil se dénoua et l'éclair mirifique se produisit.

Philip en tomba presque du banc, la reine ne put retenir un cri de surprise et le roi en resta statufié. Seul Axel admira vraiment l'apparition de l'opaline. Son corps luminescent, ses ailes de pétales et ses trois anneaux de vie étaient toujours les mêmes. Axel l'avait pensée ainsi la première fois et ainsi serait-elle pour l'éternité.

La petite Divinité fit un tour sur elle-même et sembla froncer l'unique cil de chacun de ses yeux en apercevant le bout froissé de ses ailes. De ses agiles et fragiles doigts, elle y remédia et se retourna vers Axel.

Tu me froisses les ailes en me tripotant sans arrêt, entendit-il dans sa tête.

— Oh ! Je suis confus. Je ne pensais pas à mal, répondit-il.

— Elle t'a parlé ?! s'écria Philip.

— Qu'est-ce donc, Axel ? Cette petite créature est merveilleuse ! s'exclama la reine.

Frédérik de Pandème resta immobile, sans dire un mot.

— C'est une Divinité, mère, une opaline. Il y en avait d'innombrables dans les grottes du Mont Étel. J'ai réveillé celle-ci en premier et elle m'est restée attachée.

Veux-tu toujours des nouvelles d'Éléa ?

— Oui ! s'écria Axel en se retournant vers la sylphide.

Alors, suis-moi.

Il était déjà debout, prêt à l'accompagner au bout des Mondes.

— Attends, Axel ! Où vas-tu ? demanda son frère en se levant aussi.

— Elle m'a dit de la suivre.

Il attrapa sa couronne par suite de l'habitude prise ces trois dernières semaines et la plaça gauchement sur sa tête. Il ne détourna les yeux que pour faire face à son père.

— C'est la volonté des Fées, je pense que Sa Majesté n'y voit aucune objection.

— Non, répondit sobrement le roi en ne lâchant pas l'opaline des yeux. Pourquoi ne m'avez-vous pas montré cette Divinité avant ?

— Vous ne m'avez guère laissé l'occasion de m'expliquer.

Le jeune homme se sentait fort et libre tout à coup :

— J'espère qu'elle m'emmènera jusqu'à Nis et qu'elle me dira de partir.

Frédérik de Pandème ne releva pas l'insolence.

— Attends, je te suis, dit Philip. Si tu sors de l'enceinte d'habitations que le roi d'Akal a réquisitionnée pour nous, les Akaliens risqueraient de mal le prendre. Je ne veux pas que tu ruines des semaines de pourparlers dans une escapade.

Près de la porte, il rajouta en regardant son frère de travers :

— Tu ne vas tout de même pas sortir avec ta couronne.

Axel se retourna vers son père.

— Je vous autorise à l'enlever pour ce soir, fit ce dernier.

Il ne fallut pas plus d'un mouvement au jeune prince pour la retirer et la jeter comme un disque à travers la pièce. Le cercle d'or glissa sur la table jusqu'au verre, qu'il renversa.

— Axel ! s'écria le roi scandalisé.

Mais son fils était déjà parti et le rire de Philip retentissait derrière lui malgré le vacarme des Akaliens qui faisaient la fête dans les rues.

— C'est un véritable irresponsable, s'énerva le souverain.

— Un jeune chien fou, préféra la reine en lui prenant doucement la main. C'est bien ainsi que votre père vous appelait, n'est-ce pas ? Vous rêviez de liberté et d'escapades. Pardonnez-moi de vous avoir donné des fils qui vous ressemblent.

Frédérik de Pandème regarda sa femme Céliane et lui fit un petit sourire enjoué. Il lui embrassa la main. Elle était radieuse. Ses fils lui ressemblaient aussi. Entêtés et inconscients du danger. En essayant de remettre le sujet de sa venue en question, la veille, elle avait même failli perdre sa douceur légendaire :

« Si vous deviez mourir avec nos fils, voyez-vous une raison pour que je reste en vie ? Et si Axel réussissait, pourrais-je me pardonner de ne pas avoir assisté à sa victoire ? »

Il n'avait définitivement aucune autorité sur sa famille.

— Dites-moi, mon aimé, votre curiosité est-elle à ce point érodée que vous n'avez pas envie de suivre cette opaline ? Vous allez me décevoir, dit Céliane en le sortant de ses pensées.

Frédérik de Pandème eut un franc sourire. Attrapant joyeusement sa reine par la taille, il l'emmena vers les cris du dehors.

— Et si Axel était véritablement aussi aimé qu'il aime ? demanda-t-elle sur le pas de la porte.

— Alors, je serais le plus heureux des hommes, avoua-t-il en l'entraînant dans sa course pour rattraper l'opaline et ses fils. Peut-être l'amour serait-il la seule motivation qui lui ferait accepter son destin.

Dans un tonnerre de cris et de hurlements, les Akaliens s'agitaient en tous sens. Ils dansaient leur victoire dans une cohue incroyable. De nombreux commerçants encombraient les rues de leurs charrettes où ils vendaient des produits explosifs qui çà et là projetaient des étincelles colorées au-dessus de la foule.

Habillés pour la plupart de blanc, surtout les petites femmes rondes, les cheveux rouges des Akaliens flamboyaient comme les flammes des torches dans le crépuscule. Les deux mêmes mots revenaient inlassablement dans de grandes exclamations : « Mélice Orlane ! Mélice Orlane ! ». On se serait cru à la fête de la Saison des Fleurs.

Axel et Philip dépassaient d'une bonne tête tout ce peuple et, par la couleur ambre de leurs cheveux, ne passaient pas inaperçus. Les voix se taisaient soudain ou se baissaient à leur approche. Les regards devenaient méfiants, certains hommes sortaient même leurs armes. Mais immédiatement, les trois Akaliens qui escortaient les deux princes et les trois autres qui suivaient avec Leurs Majestés rassuraient tout le monde. Le nom de Pandème ouvrait tous les passages. La folie ambiante reprenait très rapidement ses droits et les hurlements s'étiraient de nouveau dans les airs.

L'opaline qu'Axel cachait dans ses mains guidait le jeune homme vers une taverne très bruyante.

— Dis-moi, Philip, Mélice veut dire victoire, mais que signifie Orlane ? Grande, puissante… ?

— Tu as tout faux, cher frère. Orlane veut dire étrangère et Mélice, belle. Depuis midi, ils hurlent leur victoire et rendent grâce à une belle étrangère.

Belle. Ainsi Erwan avait toujours appelé Éléa par ce joli compliment, et non par un surnom qui lui aurait sans cesse rappelé le seul but de son existence. Quelque chose disait à Axel que les louanges criées par les Akaliens s'adressaient à la jeune fille. Il accéléra le pas. Il entra dans la taverne enfumée avec le cœur battant à tout rompre. Tous les yeux de la salle basse se retournèrent sur les grandes personnes aux cheveux trop clairs postées sur le pas de la porte. Un Akalien vêtu de blanc, dressé sur une table grossière pour clamer de grandes phrases dans sa langue, s'arrêta net dans son histoire. Il adressa un regard de feu aux perturbateurs. Axel s'avança vers lui pour prendre la parole dans un silence entrecoupé de chuchotements.

— Pard…

— Ses Majestés et Ses Altesses de Pandème désirent connaître la source de notre joie aujourd'hui, clama solennellement le petit garde à côté de lui.

Axel n'apprécia pas beaucoup de se faire couper la parole. L'Akalien perché sur la table s'inclina à peine à la présentation.

— Je croyais que Leurs Majestés et Leurs Altesses ne devaient pas sortir du quartier sud de Cithaë, dit-il froidement.

— Nous…, commença Axel.

— Leurs Majestés et Leurs Altesses de Pandème sont autorisées à parcourir les rues sous escorte et sans arme. Nous y avons veillé, répondit le garde.

Le petit homme sur la table ne parut pas beaucoup se détendre.

— Nous avons remporté une victoire éclatante sur les Pays Insolites, expliqua-t-il avec sobriété.

— Mais…

— Leurs Majestés et Leurs Altesses…

Axel lâcha brusquement l'opaline. Elle s'envola vers une poutre dans un éclair blanc et un tourbillon de vent. Elle chassa la fumée régnante et éclaira d'émerveillement tous les visages rougeauds.

— Si tu peux expliquer la nature de cet être, alors je ne prononcerai plus un mot de la soirée, décréta Axel à l'égard du garde. Sinon, j'aimerais bien avoir la parole.

— Doucement, souffla Philip. Tous les Akaliens sont susceptibles.

— Non, pas tous, répondit son frère en pensant à Erwan. Les plus grands ne le sont pas.

Le garde avait le souffle aussi coupé que les autres personnes de l'assistance. Axel eut un sourire satisfait et se retourna vers l'Akalien toujours perché sur sa table au centre de la salle.

— Je me nomme Axel et je te présente une opaline, créature des Divinités du Bien. Sa volonté m'a guidé jusqu'à toi pour entendre une histoire.

— En quoi notre guerre vous concerne ? répliqua l'Akalien en regardant de plus en plus admirativement l'opaline.

— J'ai de grandes raisons de croire que je connais votre Mélice Orlane.

L'Akalien eut un rire franc, le même qui faisait d'Erwan un compagnon si agréable. Puis, il s'arrêta. Le jeune prince avait des paroles bien prétentieuses, mais la présence de l'opaline ajoutait un soupçon de crédibilité à ses propos.

— Je m'appelle Nathal, fit-il soudain avec sérieux. Prends place, Axel. Viens écouter le conteur du roi dans ses délires. Viens écouter l'histoire de la Mélice Orlane et de la Grande Victoire d'Akal. Écartez-vous, Akaliens ! cria-t-il puissamment. Laissez Leurs Majestés et Leurs Altesses de Pandème s'approcher. Clévine, Armonia, apportez à boire ! Une étrangère a sauvé notre royaume et nous a donné notre plus grande victoire !

Il accompagnait chacun de ses mots de grands gestes. Nathal avait la prestance et l'autorité d'un souverain. Malgré sa petite taille, il semblait emplir toute la taverne de sa présence. Les Akaliens poussaient de grands hurlements de victoire à chacun de ses silences ou ponctuaient ses arrêts par l'entrechoquement de leurs verres.

Le roi de Pandème s'était assis dans un coin. Il serrait dans son manteau pourpre sa reine qui riait de se trouver dans un endroit aussi vulgaire et peu royal. Pourtant elle n'aurait échangé sa place pour rien en ces Mondes. Philip était resté près d'Axel, devant Nathal le grand conteur. Ce dernier les regarda une dernière fois.

— L'histoire aurait été plus jolie en langue akalienne, glissa-t-il avec regret. Je prendrai en compte les présences royales de cette salle et surveillerai mon langage pour votre mère.

Des plis fendirent les joues d'Axel devant le changement d'état d'esprit de l'Akalien. Puis il fut surpris par une explosion qui cacha l'homme en blanc derrière un écran de fumée : Nathal posait déjà son décor et son ambiance.

Des mains émergèrent des vapeurs et les écartèrent comme des rideaux sur les portes du passé. Il apparut, Maître des contes, Seigneur des légendes. Un vent remonta sur son pantalon bouffant serré aux chevilles. L'opaline s'était mise à son service : ses tourbillons s'engouffrèrent dans l'ample chemise et firent flotter les longs cheveux couleur de sang. L'Akalien fit claquer ses sandales à lacets sur le bois de la table pour obtenir un silence qu'il avait déjà. Ses yeux de braise s'enflammèrent d'un coup :

— Là-bas ! cria-t-il brusquement en tendant le bras vers le fond de la salle. Elle est apparue dans une nuit obscure comme un éclair, comme une étoile !

Le ventre d'Axel s'était contracté. Les vapeurs qui entouraient Nathal étaient d'un bleu nuit profond et des paillettes d'or voltigeaient dans l'espace. Le conteur avait plein d'artifices dans ses poches et les utilisait à bon escient : Akal était le pays de l'Alchimie.

— Elle était vêtue de la couleur de la mort, mais elle nous apportait la vie. Chevauchant le plus puissant des aigles, elle cercla d'abord le château royal de mille tours, arrachant le respect du plus petit guerrier jusqu'à celui de notre très estimée Majesté.

Il y avait les cris de l'oiseau, les battements d'ailes et l'odeur de la nuit dans sa voix. Axel avait les yeux rivés sur l'Akalien. Les poils de ses avant-bras s'étaient dressés, son souffle se réduisit à néant. Il pouvait voir Éléa sur le dos de Jerry, resplendissante et jouant d'intimidation à la première occasion. Il entendait les hurlements des Akaliens. Il souriait en même temps qu'avait dû le faire la jeune fille.

Grâce à Nathal et à sa magie, Éléa s'avançait de nouveau sur les dalles de mica noir du palais d'Akal. Ses cheveux châtain et doré s'envolaient dans les vents du soir et Jerry appelait le respect en se transformant en loup noir à ses pieds. Comme rayonnante d'un pouvoir surnaturel, elle avait fait place autour d'elle et personne n'avait essayé de l'arrêter lorsqu'elle avait demandé à parler à Sa Majesté d'Akal. Là encore, Axel l'imaginait sans peine marcher dans le château aux murs blancs et au sol plus noir que des cendres. Son petit menton bien haut le faisait sourire, l'inaccessibilité de ses lèvres lui pesait moins.

— Notre très estimé et bien-aimé souverain la reçut avec sagesse, mais elle ne le salua que d'une inclination de tête, continua Nathal dans un chuchotement. Elle reconnaissait sa noblesse, mais n'en acceptait pas l'autorité. Elle agissait en rebelle en ne se considérant pas inférieure à lui. Notre très estimée Majesté n'en conçut aucun outrage car sa grandeur d'âme est au-delà de tout cela. Il s'enquit paisiblement de la raison de sa visite.

Comment Axel entendit-il la voix d'Éléa répondre ? Il ne sut le dire. Les fumées de Nathal étaient peut-être droguées ? Ou alors son cœur, trop heureux d'entendre des nouvelles de la jeune fille, s'emballait dans ses propres souvenirs ? Il connaissait la chaleur de ses murmures.

Pourtant, Éléa annonçait froidement une attaque prochaine des Pays Insolites. Elle avertissait Sa Majesté d'Akal que le diabolique duc d'Alekant, nommé par la force à la tête du royaume de Leïlan, avait fait alliance avec un certain Muht Dabashir. Ils comptaient attaquer la bande de terre akalienne qui accédait à la Mer Intérieure par la frontière leïlannaise. Par des pouvoirs qu'elle gardait secrets, mais qui ne pouvaient être mis en doute au vu de son arrivée spectaculaire, elle avait eu connaissance de tous les déplacements des soldats.

— Ils sont en ce moment même en marche pour la frontière et l'atteindront probablement demain soir, révéla-t-elle…

— Comment puis-je vous faire confiance ? fit finement remarquer notre très estimée Majesté…

La belle étrangère eut un rire semblable à des gouttes de pluie tombant sur un toit d'ardoise…

— Je n'ai aucune preuve de ce que j'avance, annonça-t-elle. J'en appelle au bon sens que les Trois Fées de l'Est ont bien voulu voir en vous. Croyez que je n'ai aucun intérêt dans cette affaire, autre que celui de ridiculiser le duc d'Alekant. Votre guerre séculaire est le cadet de mes soucis. Mais deux amis qui me sont chers ont insisté pour que je vous prévienne. L'un deux m'a remis ceci pour vous.

Nathal reprit sa respiration pour suspendre l'attention.

— Elle a ouvert sa main blanche sur deux doubles bagues akaliennes en or, torsadées ensemble avec l'art des plus grands. Elles étaient toutes deux sculptées des signes de haute lignée et la plus petite avait même une marque princière… J'ai vu notre bien-aimé roi pâlir et c'est avec une infinie tristesse qu'il a pris les deux bagues enchaînées dans ses propres mains. Je ne sais quel mauvais souvenir cette femme faisait renaître chez notre très estimé souverain mais elle a eu le pouvoir de le laisser silencieux un moment.

La taverne ne laissait plus entendre un bruit non plus. Que la Mélice Orlane ait ainsi réussi à faire taire leur très estimée Majesté laissait les Akaliens abasourdis. La jeune fille leur paraissait encore bien plus irréelle et fantastique.

De son côté, Axel était un peu sorti de son rêve à cette partie du récit. Il repensait maintenant à Erwan et Sélène. Expatrié par la haine de son propre peuple, l'Alchimiste Suprême était tout de même resté akalien dans l'âme. Même s'il en voulait aux siens de ne pas avoir accepté son amour pour Sélène, il n'avait pu rester insensible au massacre qu'aurait entraîné une attaque surprise menée par les Pays Insolites. Par les doubles bagues akaliennes, Erwan avait dévoilé son identité à son roi. Il avait aussi tenu à rappeler le différend qui les avait séparés. Le roi d'Akal avait en effet seul autorité sur les mariages dans son pays. Bien qu'il ne s'occupât pas personnellement des unions de petite classe, il forgeait lui-même les bagues pour celles de la noblesse et les offrait aux futurs époux en signe de consentement. En refusant le mariage d'Erwan et de Sélène, le roi avait renforcé la haine des Akaliens envers cette union et cette Scylèse qui osait vouloir mettre aux Mondes ce qu'ils considéraient être une abomination.

Axel sourit à cette pensée. Chloé, une abomination ! Un ange avec un pouvoir de démon, peut-être, mais un ange tout de même.

Nathal avait continué son récit. La Mélice Orlane avait exposé le plan des Pays Insolites et de Muht Dabashir. Elle avait également révélé le fonctionnement du pouvoir des guerriers des Pays Insolites ainsi que ses faiblesses. Les bagues dans la main, le roi d'Akal l'avait attentivement écoutée sans jamais remettre ses paroles en doute.

Axel était distrait. Les yeux toujours dans le vague, il contemplait l'image d'Éléa que l'Akalien animait de ses phrases. Le jeune homme se sentit plus léger que le matin, plus léger qu'il ne l'avait été ces vingt et un derniers jours. Bien que solitaire devant le conteur, il éprouvait une sensation de bien-être et de repos au cœur. La voix de Nathal se fit pourtant dure et cassante pour exposer l'alliance du duc leïlannais et du guerrier scylès, mais Axel était trop amoureux pour ne pas imaginer quelques douceurs sur le visage d'Éléa.

Il se trouvait à mille lieues de la taverne enfumée, assis en tailleur sur deux coussins de satin à la gauche du souverain d'Akal. Ses yeux étaient ceux d'un conteur akalien mais son cœur celui d'un prince de Pandème. Il voyait les généraux entrer dans la salle du trône à l'appel du roi. Il visualisait leur mouvement de surprise face à la Mélice Orlane et à ses révélations. Il découvrait leur fébrilité à dérouler les cartes du pays et à échafauder des plans, leurs questions avides d'explications sur le pouvoir de double vue. Axel souriait des idées de stratégie proposées par la jeune fille, étrangère à tout le monde sauf à lui. La description de Nathal était précise jusqu'à mentionner le petit geste familier qu'avait Éléa de passer ses doigts derrière ses oreilles pour enlever une mèche folle de devant ses yeux.

Axel eut un pincement dans la poitrine lorsqu'il sentit que la jeune fille partait. Nathal n'en était pas moins exalté dans son récit : il allait enchaîner avec la description de la bataille et de la victoire. Il fit tout d'abord partir sa belle étrangère sans un mot, toujours accompagnée de son loup noir. Ce ne fut qu'après avoir provoqué un silence par son mouvement qu'elle s'était retournée vers le roi.

— Vous êtes moins inintéressant que je le croyais, Majesté, déclara-t-elle avec un petit sourire narquois. J'espère que nous nous reverrons un jour après votre victoire…

— Rendez mille grâces à celui qui vous envoie, Mélice Orlane, répondit notre très aimé souverain. Notre dette lui sera éternelle et…

— Elle le coupa d'une voix glacée comme une source de montagne pour lui dire : Elle l'était déjà, Sire, elle l'était déjà…, reprit le conteur. Elle lui tourna le dos et, claquant de ses talons les dalles de mica noir, elle disparut de notre vue. Certains disent que le loup s'est transformé de nouveau en oiseau géant, d'autres racontent que la Mélice Orlane s'est volatilisée en devenant transparente. Je n'ai pas cherché à le savoir vraiment. J'ai préféré garder au fond de mon cœur le souvenir de la flamme qui brillait dans les yeux dorés de la Mélice Orlane.

— Dorés ?! s'exclama Axel en émergeant totalement de son rêve. C'est impossible ! Ils sont gris en dehors de Leïlan !

Son intervention provoqua un véritable brouhaha : il osait interrompre le conteur ! Axel se rendit compte de son impolitesse et aurait presque voulu se cacher sous la table pour se faire oublier.

— C'est la deuxième fois que tu me coupes dans mes histoires, Axel. Tu as beau être prince et étranger, je vais finir par le prendre mal, fit brutalement Nathal.

Les fumées s'étaient soudain volatilisées, les paillettes avaient disparu, le vent avait cessé de souffler dans la taverne.

— Pardonne-moi, fit Axel. J'avais l'impression d'être dans ton histoire et de la vivre. Lorsque tu as énoncé cette incohérence, je suis sorti de mon rêve. J'avais oublié que je me trouvais dans une taverne et que tu racontais la nouvelle légende des années à venir.

— Mmm. Bien rattrapé. Tes excuses sont des compliments alors je vais laisser ma susceptibilité de côté aujourd'hui. Tu as raison, je n'ai pas dit la vérité. Les yeux de la Mélice Orlane sont gris et non dorés. Seulement, les critères akaliens de beauté sont différents des tiens, jeune étranger. J'ai menti pour faire rêver mes compatriotes et je t'ai réveillé. C'est le risque du métier. Mais dis-moi, connais-tu donc vraiment cette étrangère pour savoir la couleur de ses yeux ?

— Je les ai vus de plus près que tu ne les verras jamais, répondit Axel avec une pointe de fierté.

— Hum, fit Nathal en souriant. Mais pourquoi as-tu précisé que ses yeux étaient gris en dehors de Leïlan ? demanda-t-il sans cacher sa curiosité.

— Parce qu'ils sont bleu nuit dans son pays.

Nathal se mit à rire alors que la plupart des Akaliens restaient muets devant l'effronterie du jeune prince.

— Tu te moques de moi, Axel !

— Non. C'est le pouvoir d'illusion des Brumes Infernales qui leur donne cette couleur.

Nathal partit d'un nouveau rire plus gras.

— Et tu dis que c'est moi qui affabule !

— Mais c'est vrai ! assura le jeune homme offensé.

— Et comment puis-je croire un tel mensonge ?

Céliane de Pandème retint de justesse Frédérik par le bras, mais son fils cadet était trop loin d'elle pour qu'elle puisse l'arrêter. Philip se leva, indigné :

— Vous mettez la parole d'un prince en doute ! Jamais un mensonge n'a effleuré la bouche de mon frère ! Je suis prêt à payer par le sang une telle insulte !

Axel voulut arrêter Philip et prendre la parole à sa place pour rassurer le conteur, mais celui-ci, malgré la menace, était pris de fou rire.

— Je savais bien que les Akaliens n'étaient pas le seul peuple susceptible ! réussit-il à expliquer entre deux gloussements.

À cette plaisanterie douteuse, Philip resta coi. Le roi de Pandème remercia intérieurement sa femme de l'avoir retenu.

— Altesse, fit Nathal au prince Philip, je ne puis douter des dires de votre frère quand je regarde la merveilleuse Divinité qui lui est attachée. Mais permettez-moi de rester encore perplexe devant tant de féerie inhabituelle.

L'opaline vola autour de Nathal avec ses petits tourbillons chauds. Elle se posa sur la table devant Axel. Sans qu'un seul mot ne fasse écho dans sa tête, le jeune homme regarda les yeux de lumière qui le fixaient. Il eut la sensation qu'elle était fière de lui, lui insignifiant humain.

Pourquoi te crois-tu toujours plus simple que tu ne l'es ? Oublies-tu ce que les gens disent de ton cœur ? lui fit-elle.

Elle voleta jusqu'à sa main et enroula ses bras autour de son pouce en y apposant sa tête.

Tu es l'humain que je préfère : je t'aime autant que tu me vénères.

Ce furent ses derniers mots, l'ultime tour de sa vie se déroula. Elle n'avait pourtant pas semblé dépenser beaucoup d'énergie pour mourir aussi vite : est-ce que son temps d'existence variait selon la mission qu'elle voulait remplir ? Axel regarda la goutte d'eau et de cervoise couler du fil de soie sur son poignet. Il se sentait tout étrange. La déclaration d'amour qu'on lui avait faite venait d'une Divinité : aussi petite fût-elle, Axel en était bouleversé et serra le fil dans sa main.

Nathal s'accroupit sur la table près de lui.

— Elle est morte ? s'inquiéta-t-il devant les yeux légèrement rougis du jeune prince.

— Non, répondit Axel embarrassé en attachant le fil à son pourpoint. Mais sa disparition me cause de la peine chaque fois.

— Je n'ai aucun mal à te croire sur ce point-là.

Un creux se forma dans la joue d'Axel.

— Mais pour la Mélice Orlane, c'est plus difficile, n'est-ce pas ?

Nathal ne répondit rien. Un sourire effleura ses lèvres.

— Je n'ai pas pour habitude que l'on me croie parce que je suis prince, décréta Axel. J'ai voyagé pendant de nombreuses années sans que l'on sache mon rang. C'est en outre une des raisons qui m'ont fait agir de la sorte.

Dans le fond de la salle, Axel espéra en vain entendre gronder son père. Nathal eut un franc sourire à ses révélations.

— Je crois savoir que ton peuple accorde une grande importance à la faculté de jouer du corsouflet, poursuivit-il. Mettrais-tu encore mes paroles en doute si je savais en jouer ?

Il monta un brouhaha de moqueries dans la taverne, mais Nathal ne savait plus s'il pouvait rire. Il s'assit sur le bord de la table.

— Tu me plais, jeune prince. On dit chez nous que seul un Akalien ou un homme au cœur pur peut jouer du corsouflet. Si tu parviens à enchaîner dix notes consécutives, en plus de ne plus jamais douter de tes dires, j'écrirai une histoire sur toi.

— Ne te donne pas cette peine, sourit Axel. Contente-toi de ne plus jamais dire que la Mélice Orlane a les yeux dorés.

Plusieurs Akaliens avaient déjà fouillé dans des placards pour en sortir un corsouflet miteux. Mais Nathal les arrêta :

— Il ne faut pas que son échec soit imputé à la qualité de son instrument. Clévine, apporte-moi mon sac.

La petite servante aux joues aussi rouges que ses tresses le lui remit avec une petite révérence. Nathal ouvrit délicatement la besace de cuir. Plusieurs tours de flanelle protégeaient un instrument somptueux. Son bois était si poli qu'il en paraissait de soie ; les pièces de métal étaient orfévrées avec finesse, prenant toutes les formes imaginables de créatures gracieuses ; les cordes brillaient d'une lumière semblant venir d'autres Mondes. Axel en eut un soupir d'admiration.

— C'est le plus beau existant et l'un des plus vieux à ce jour, expliqua Nathal. On dit que les cordes ont été tressées avec des fils touchés par les Fées. Il m'arrive de ne pas trouver les mots pour exprimer un sentiment puissant : mon corsouflet y parvient toujours et il sait juger le cœur de l'étranger qui l'utilise.

Axel s'assit à côté de Nathal sur la table de chêne avachie par le temps. Il prit le corsouflet avec d'infinies précautions pour l'admirer encore un peu. L'enchevêtrement des cordes et des trous était le même que sur le sien. Le jeune homme sourit légèrement au conteur. Il enchaîna doucement et même de façon trompeusement hasardeuse les dix notes demandées. Et, sous le regard effaré de tous les Akaliens de la taverne, il se lança dans une mélodie avec une dextérité peu commune.

Si Axel avait consciemment choisi un morceau, il se laissait emporter par son interprétation comme chaque fois. Il oubliait presque qu'il jouait pour se concentrer sans le vouloir sur les sentiments qui traversaient son cœur. Ses doigts couraient sur les cordes à la recherche de la peau d'Éléa, ses lèvres se perdaient dans des souvenirs de baisers et son souffle sur des soupirs de solitude. L'air des Bois Obscurs lui remontait encore tel un refrain. Il était le seul à imaginer la voix qui l'accompagnait.

Philip était assez épaté de ce don qu'il ne connaissait pas à son frère. Frédérik de Pandème réprimait son admiration tant bien que mal. Et sa reine avait du mal à retenir ses larmes. Céliane retrouvait dans ces notes la sensibilité d'Axel enfant, celle qui lui faisait croire qu'il serait trop fragile pour affronter le destin choisi par les Fées. Elle avait eu envers lui une attitude excessivement protectrice. Elle était elle-même trop sensible pour se le cacher.

De leur côté, les Akaliens laissaient paraître toutes les réactions possibles. Certains poussaient des cris d'admiration, d'autres sortaient pour répandre la nouvelle ou en restaient muets de stupeur comme Nathal. Clévine et Armonia, les deux serveuses, se pressèrent rapidement autour du prince étranger comme deux jeunes filles langoureuses. Elles entraînèrent un mouvement de foule. Personne ne coupa Axel, mais chacun se rapprocha comme si la musique était encore plus belle de près.

Lorsqu'Axel s'arrêta, ce fut un véritable ban d'honneur qui le salua. Il y eut de grandes acclamations et beaucoup d'applaudissements dont l'enthousiasme allait bien au-delà de la simple politesse. Axel eut la sensation d'être un Akalien parmi les siens, plus adulé que Nathal à qui il avait volé la vedette.

— Père s'est trompé, déclara Philip. C'est toi qui aurais dû venir en Akal pour convaincre le roi de nous laisser traverser son territoire. Tu as réussi en quelques secondes plus que moi en plusieurs semaines !

— Et je n'aurais rien vécu de tout ce qui s'est passé en Leïlan ! Jamais ! répondit joyeusement Axel. Alors Nathal, de quelle couleur sont les yeux de la Mélice Orlane ? enchaîna-t-il.

— Gris… Gris foncé en dehors de Leïlan, et bleu…

— Bleu nuit, précisa Axel.

— Bleu nuit dans son pays.

— Merci.

Axel lui rendit son prodigieux corsouflet et voulut se lever, mais Nathal le retint :

— Attends. Si tu ne veux pas que j'écrive une histoire sur toi, parle-moi au moins d'elle. Qui est-elle ?

Le jeune homme eut un pli au coin des lèvres.

— Sincèrement, je ne le sais pas moi-même. Elle n'a jamais voulu me répondre sur ce point.

Nathal leva un sourcil sceptique. Il le perdit en regardant le corsouflet.

— Et tu connais son nom au moins ?!

— Par hasard. Mais je ne peux te le dire : elle le cache même à ses amis.

Nathal parut déçu, mais n'insista pas.

— Elle a un surnom et je pense qu'il pourrait te plaire, rassura Axel.

Le conteur fit briller ses yeux dorés d'intérêt.

— Les Leïlannais la connaissent sous le prénom de Victoire.

Nathal sourit : son esprit s'envolait déjà dans des phrases idéales. Il redonna le corsouflet à Axel les yeux toujours dans le vague.

— Si tu ne peux me parler de la Mélice Orlane, alors joue. Je n'ai pu te raconter la mienne, alors chante-moi ta Victoire.

Un troisième prince

Seul le bruit des roues et des sabots perturbait le silence du carrosse royal. Chacun restait dans ses pensées. Personne n'affichait de véritable sourire.

Frédérik de Pandème se montrait irrité depuis le départ : Axel se plaisait à titiller son autorité en portant sa couronne non sur la tête mais sur le genou. Un stupide adolescent. Pour lui, Axel montrait aussi peu de cervelle qu'un marcassin. Pourtant, son plus jeune fils l'avait étonné la veille. Le roi cachait même une immense curiosité envers Éléa, la Mélice Orlane, Victoire ou tous autres surnoms donnés à cette jeune fille si peu ordinaire. Enfant, elle l'avait surpris dans les Pays d'Oye.

Le roi aurait certainement eu envie de la revoir adulte s'il n'avait enragé de son effet néfaste sur Axel. Le jeune prince s'enfonçait dans des croyances infondées, le souverain le savait. Il avait vu les transparentes Fées de la Vie, il avait entendu leurs explications et leurs demandes. Axel n'avait plus qu'un avenir : remporter le Dernier Combat. Et il ne croyait pas qu'avoir des papillons bleus plein la tête l'aiderait à y parvenir.

La reine Céliane, à ses côtés, profitait des cahotements du carrosse pour pousser des petits soupirs. Elle avait hâte que tout cela cesse, que Philip ait un peu plus de foi dans le choix des Fées, que… Oh, elle aussi se mentait. Elle avait peur. Elle était même terrorisée à l'idée des batailles hasardeuses qui se profilaient à l'horizon. La guerre la rendait nerveuse comme toute femme, même si elle ne voulait pas le montrer. Sentir le bonheur d'un Monde, alors même qu'il était à ce point au bord du chaos lui faisait froid dans le dos. Pourquoi Frédérik avait-il voulu partir aussi tard alors qu'il pouvait y avoir tant d'obstacles sur leur route ? Pourquoi n'avait-il toujours rien dit à Axel ?

Elle avait hâte que tout cela finisse mais quelle serait cette fin en cas d'échec ? Son cœur se serrait. Axel était fougueux, trop fragile. Il suffisait de voir à quel point le regard d'une jeune fille pouvait lui retourner le sang. Qu'il était dur pour elle d'être reine et mère.

Philip demeurait le plus renfrogné de tous. Les batailles ne l'inquiétaient pas. Leurs difficultés éventuelles n'avaient pas le moins des mondes effleuré son esprit. L'enjeu ? Il n'y croyait même pas. Il n'avait jamais eu le livre d'Enkil entre les mains. Il était seulement préoccupé de sa liberté qui lui échappait de plus en plus. Que son sort soit décidé par les Divinités l'emprisonnait à chaque pas. Seules l'obéissance qu'il devait à son père et une curiosité toute familiale l'empêchaient de fuir.

Quant à Axel, que tout le monde aurait pu croire heureux, il était assez étonnant de le sentir au contraire nerveux voire angoissé. Son cœur était dans tous ses états parce que le temps se rapprochait où il allait revoir Éléa. Mais, sans comprendre pourquoi, il craignait un empêchement de dernière minute. Il serrait avec force l'anneau d'or pendu à son cou. Il se tournait sans arrêt sur le siège de cuir. Il cherchait désespérément un autre sujet de pensée. La conversation qu'il avait eue le matin de son départ avec Nathal lui apporta un peu de repos.

Le conteur avait fait déferler une cascade de questions et Axel s'était rendu compte à quel point il devait être lui-même pénible lorsqu'il voulait une réponse. L'Akalien avait fini par obtenir la sienne. Celui qui avait envoyé la Mélice Orlane n'était autre que :

— Erwan Al Kyort ! s'était écrié Nathal moitié enthousiaste, moitié épouvanté. Je n'ai pas pensé à lui parce que je le croyais mort ! Les bagues, j'aurais dû comprendre !

Axel avait eu la patience de lui expliquer comment Erwan avait survécu à la chasse des Akaliens et pourquoi il n'avait pas poursuivi son chemin jusqu'à Pandème.

— Mais la Scylèse était enceinte. L'enfant est né ou la Nature a bien fait les choses ?

— Les Divinités du Bien ont accordé à Erwan et Sélène d'être parents d'une adorable petite fille, avait froidement rétorqué Axel.

Sa réponse avait laissé Nathal un moment silencieux. Ses yeux avaient traîné sur le sol comme les vestiges de la fête dans la rue.

— Elle… elle voit ?… C'est elle qui a dit comment contrer le pouvoir des Scylès ? Je n'ai jamais cru que la Scylèse ne pouvait pas avoir ce pouvoir.

Axel n'avait pas répondu, mais Nathal n'en avait pas eu besoin.

— Le corsouflet est à ton service, les Divinités te suivent et te protègent, si tu dis que cette enfant est adorable, c'est que je dois l'admettre. Mais ce ne sera pas à moi de le raconter…

Il s'était montré hésitant comme le petit matin timide sur la ville encore endormie.

— Si tu revois Erwan un jour, dis-lui que le roi n'avait aucune mauvaise intention à son égard, avait-il avoué. En refusant son union avec la Scylèse, il voulait seulement qu'il prenne conscience que cette femme étrangère le manipulait peut-être. Ce n'est pas notre très estimé souverain qui a déclenché la chasse mais ceux qui étaient jaloux de la place privilégiée d'Erwan Al Kyort. Le roi l'a su trop tard pour l'arrêter. Dis tout ceci à Erwan, dis-lui aussi que Chloé est en parfaite santé...

— Chloé?!

— Oui, sa servante et nourrice. C'est grâce à elle si leurs poursuivants ont eu autant de retard. Elle a su se servir de plusieurs potions qu'Erwan avait fabriquées et, avec son air faussement stupide, elle a fourvoyé tout le monde. Quand on a cru à la mort d'Erwan, le roi a voulu la prendre à son service, mais Chloé se serait damnée plutôt que d'être infidèle à sa mémoire et à celle que tu nommes Sélène... Je crois que je vais aller la voir. Je lui dois bien la joie de lui annoncer qu'ils sont encore en vie... J'étais au courant du complot qui se tramait contre Erwan Al Kyort et la Scylèse, et moi non plus, je n'ai rien dit à Sa Majesté.

L'Akalien n'avait pas semblé très fier de lui.

— Tu as beaucoup de chance d'être aimé de ta Mélice Orlane, mais je crois qu'elle a encore plus de chance d'être aimée de toi. Bon voyage, Altesse. Si vous repassez un jour par Akal, j'aurai plaisir à vous revoir.

Mais Axel ne se souvenait plus vraiment des adieux de Nathal. Il espérait seulement être toujours aimé d'Éléa. Il se mettait soudain à croire à l'instabilité féminine, surtout avec une volonté de Fées derrière. Il n'était plus sûr de lui : il était parti trop vite et trop longtemps des bras de la jeune fille pour ne pas la craindre.

Et dans le silence du carrosse, il ne parvenait pas à chasser Éléa de ses pensées, ni l'angoisse bien humaine qui l'étouffait. Elle croissait au contraire comme il regardait la jolie broche en forme de syllis accrochée au corsage de sa mère.

Le voyage de deux jours se déroula ainsi, d'une lenteur désespérante à la limite du supportable; notamment la traversée du dernier défilé où les pierres se dérobaient sous les roues du carrosse. Mais un cri d'oiseau annonça la fin de l'attente. Le jeune prince mit la tête à la fenêtre sur l'instant. C'était bien Jerry! Et il portait Éléa sur son dos!

— Axel! cria son père.

Dans la brutalité de son geste, le jeune homme avait fait tomber la couronne de son genou. Philip n'avait pu s'empêcher d'en sourire.

Axel se rassit, mais son siège lui parut rempli d'épines. Par la fenêtre, il ne pouvait quitter des yeux l'oiseau gigantesque et sa compagne. Il suivit le moindre battement d'ailes jusqu'au rocher proéminent où ils atterrirent. Derrière eux, une barrière d'hommes sembla émerger de la terre pour marquer la frontière. Ils étaient tous en armes, mais ne se voulaient pas soldats. Protégés de cottes de mailles ou de sommaires pourpoints de guerre aux mille couleurs, ils constituaient une étrange armée où régnait une seule discipline : l'obéissance aveugle envers la jeune fille vêtue de noir postée sur le rocher.

Les hommes de Pandème ralentirent, le cliquetis des cottes de mailles se répandit tout le long des colonnes, les chevaux s'écartèrent dans un salut devant le carrosse royal.

Éléa ne bougeait pas. Pourtant elle était surexcitée depuis qu'elle avait vu la tête d'Axel dépasser de la fenêtre. Il était parti depuis si longtemps ! Elle acceptait avec beaucoup de peine le protocole que Frédérik de Pandème semblait vouloir utiliser. Elle attendit tant bien que mal que l'un de ses plus costauds sujets, qui tous étincelaient pompeusement d'acier de la tête au pied, plante à quelques pas de son rocher un étendard vert aux armoiries de Pandème. D'un geste, elle fit apparaître de sa corne le drapeau bleu ciel de Leïlan et le lança à Sten. Il ne fallut pas plus du temps d'un sourire pour que le géant izois ajuste son béret et exécute les mêmes pas pour planter le fanion à côté de celui de Pandème. Dans un coup de vent, l'azur aux lunes d'argent enroula les trois étoiles d'or sur fond sinople.

Éléa frémit à l'ouverture de la porte du carrosse, mais Frédérik de Pandème descendit seul. Elle glissa de son rocher au sol et marcha au milieu de ses hommes jusqu'aux drapeaux. Elle caressa l'encolure de son cheval noir au passage.

Bien que jetant des coups d'œil furtifs au carrosse pour entrevoir Axel, elle observa avec intérêt le souverain qui s'avançait vers elle. Elle n'avait qu'un souvenir très vague de lui. La fine barbe blonde que Frédérik arborait depuis peu d'années ne lui permettait pas de le reconnaître. Les broderies et les dorures couvraient les épaules et les bras de son manteau pourpre. Elle le trouva bel homme. Peut-être moins grand que ne l'était son père mais moins enrobé aussi.

— Majesté, fit-elle sobrement en inclinant la tête.

Ses cheveux châtain et doré attachés en une queue-de-cheval glissèrent sur une de ses épaules. Toujours belle au naturel. Pour Frédérik, le passé avait surpassé ses promesses. Il comprenait maintenant l'émotion de son jeune fils. Il ne sembla pas trouver ses mots sur le moment : il n'avait pas pensé la rencontrer aussi vite et ne savait pas comment la nommer.

— Mademoiselle, répondit-il simplement avec la même inclination que la rebelle.

Elle lui rendit un adorable sourire et le roi remarqua les étoiles qui scintillaient dans ses yeux.

— Appelez-moi Éléa, Votre Majesté. Ce sera plus simple. J'ai retrouvé depuis peu mon prénom et j'aime à l'entendre.

Comme en réponse à sa demande, l'un des hommes postés derrière elle le hurla. Éléa se retourna en bloc.

— Ceban !

Elle ne paraissait pas réellement fâchée contre le jeune effronté qui riait sous cape. En réplique, celui-ci afficha un sourire des plus niais :

— J'ai seulement voulu t'être agréable, Éléa.

Elle lui envoya un regard de travers et se retourna vers le souverain.

— Pardonnez, Majesté, l'enthousiasme de certains de mes compagnons. Aucun d'eux n'est voué au respect des étiquettes. Notre roi est mort et le peuple est en révolution contre l'autorité abusive d'un duc. Les princesses de ce royaume sont à nos côtés et chaque événement pouvant les aider à retrouver leur trône nous met en liesse. Vous avez amené une armée avec vous mais, sans mon accord, vous ne pourriez traverser la Grande Plaine jusqu'au château royal, ni même franchir cette frontière.

— Dois-je penser que vous allez mettre votre veto à ma venue dans ce pays ?

— Non, Sire, sourit-elle. Les seules résistances que vous risquez de rencontrer seront celles du duc d'Alekant. Le peuple vous ouvrira les portes et je mets tous mes compagnons à votre service. Ils n'ont certes pas l'allure de vos soldats mais ce sont des hommes de grande bravoure. Surtout si vous avez la place de prendre leurs princesses dans votre carrosse.

Deux chevaux blancs s'avancèrent, montés chacun par une femme enveloppée d'une grande cape gris perle.

— Je m'en ferai un devoir, Éléa. Et si je n'avais eu assez de sièges, mes fils et moi-même serions montés à cheval. Mais permettez-moi de vous présenter ma famille.

Un laquais aida la douce reine de Pandème à descendre avec élégance. Drapée dans sa fine robe rose thé, celle-ci adressa une légère salutation à Éléa qui s'inclinait. Céliane ne put s'empêcher de scruter, en vain, les princesses dissimulées derrière leurs capuches rabattues ainsi que la jeune fille en noir qui se tenait devant elle. Petite pointe de jalousie maternelle.

— Et mes fils, Philip et Axel, poursuivit le roi sans quitter Éléa des yeux pour observer l'effet de sa surprise.

Pour une surprise, cela en fut une, mais pas une bonne. Lorsqu'elle vit Axel sortir avec son frère, son cœur s'accéléra en comprenant qu'il était prince et non simplement privilégié d'une place auprès du roi. Seulement persuadée depuis l'âge de onze ans que le Troisième Prince de Pandème était mort, l'absence du prince Cédric lui fit croire que Philip était le fils aîné et Axel le cadet : son cœur s'arrêta sur l'instant. Elle qui attendait Axel avec tant d'impatience et depuis si longtemps, croyait maintenant le jeune homme revenu pour épouser sa sœur Éloïse.

Éléa avait toujours confondu les noms des comtés et des duchés, oubliant d'un jour sur l'autre leur situation géographique. Préférant la médecine, elle était mauvaise élève en histoire où elle mélangeait allégrement les prénoms, les dates et les rangs des principaux personnages du Monde de l'Est. Elle interpréta donc de façon erronée l'intérêt d'Axel à soigner sa sœur Éloïse de son empoisonnement.

Le pire fut qu'Axel lui souriait, semblant tout heureux de lui briser jusqu'à son âme. Dans son pourpoint vert feuille galonné de dorures et ses collants blancs, elle le trouva soudain monstrueux et ridicule. Il ne lui manquait plus qu'une couronne sur la tête pour le rendre encore plus niais !

Elle se sentait trahie, bafouée, humiliée ; elle en aurait presque tué Axel sur le moment si son premier réflexe n'avait pas été de sauter sur son cheval pour s'enfuir au galop.

— Éléa ! cria Axel désespérément sans rien comprendre à sa réaction.

— Non, Éléa, ce n'est pas ce que tu crois ! lui hurla sans succès l'une des femmes encapuchonnées. Oh ! Prince Axel, vous avez tout gâché !

Il se retourna sans comprendre. Qu'avait-il fait ? Que se passait-il ? Mais comme il se posait ces questions, son esprit avait reconnu la voix d'Éline et ses yeux pouvaient enfin la voir à visage découvert. La surprise de la voir sans voiles ne fut pas aussi grande que celle que provoqua sa ressemblance avec Éléa. Il en resta planté au sol, sans aucune réaction par rapport à la fuite de la jeune fille.

— Je croyais que le prince Cédric vous avait déjà rejoint, gémit Éline. Nous voulions tous lui faire la surprise de votre identité.

— Éline ?! s'étonnait-il, ses yeux passant de la princesse à la cavalière en fuite.

— Et, de son côté, elle voulait vous faire la surprise de la sienne. Éléa est ma sœur, la Troisième Princesse de Leïlan.

Axel en tomba presque à la renverse. Mais il se ressaisit vite et se rua sur Nis qui suivait jusque-là le carrosse au côté du cheval blanc de Philip. Le roi de Pandème ne l'arrêta pas. Il était bien trop médusé par ce qu'il venait d'entendre. Ce fut Jerry, métamorphosé en faucon, qui voulut retenir le jeune prince :

— Laisse-la, Axel. Il serait ridicule de lui courir après dans la Grande Plaine. Nous avons besoin de toi.

— Je ne peux pas la laisser ainsi, Jerry. Je vais vite la rattraper et je vais tout lui expliquer. Je…

— Elle reviendra d'elle-même. Je la connais, elle ne nous rejoindra que plus tard, peut-être demain. Elle a suffisamment d'honneur pour ne pas se montrer le visage bouffi de larmes, mais elle reviendra.

Axel n'acceptait pas le supplice. Il n'avait aucune intention d'obéir à Jerry et il comptait bien s'échapper, profitant de ce que son père ne se remettait pas de la scène. Le faucon se fit menaçant :

— Aurais-tu aussi peu de cervelle qu'elle ?! Le château est loin et je ne connais pas grand-chose des plans de Korta. Notre voyage pourra se faire sans histoires ou être plein d'embuscades. Ton armée de métal ne fait peur à aucun Leïlannais. Ce peuple ne porte pas d'armures parce que même les enfants en connaissent les faiblesses ! J'ai besoin d'hommes qui portent leur foi au bout de leurs épées et non sur leurs carapaces de fer !

Axel se retourna vers son père en espérant que celui-ci ait conçu quelque outrage pour ses soldats et le laisse partir, par esprit de contradiction.

Mais le souverain de Pandème, tout stupéfait qu'il était, lui fit gentiment signe qu'il approuvait le prodigieux animal parlant.

Axel frappa rageusement une pierre de son pied.

— Il y a intérêt à ce que je puisse me servir de mon épée, Jerry. Ou c'est sur toi que je me défoulerai.

L'oiseau ouvrit un large bec effrayé :

— Quand tu veux, mon mignon ! répliqua-t-il en s'envolant au-dessus de lui. Allez, rangez-vous ! adressa-t-il aux paysans comme si de rien n'était.

Tous les compagnons d'Éléa se mirent à la queue leu leu. Ils défilèrent sur leurs chevaux devant le roi de Pandème avant de s'intercaler entre ses soldats. Leurs salutations avaient l'humilité de leur naissance. Ils oubliaient ou ne connaissaient pas l'étrangeté de la noblesse de Pandème. Ils murmurèrent des Majestés, la gorge nouée de respect. Erwan, avec ses cheveux rouges et sa petite taille, détonnait au milieu de ces grands paysans, mais ce fut le seul à tirer une révérence convenable sans oublier un compliment élégant pour la reine.

Le roi, encore un peu perdu et surpris comme la plupart de ses nobles, ne manqua pas pour autant de sourire en les remerciant chaleureusement de se joindre à eux. Il n'eut un regard critique qu'envers le dernier, à moitié nu, qui passa gaiement sur sa monture en saluant juste du chapeau. Le joyeux drille s'arrêta à la hauteur d'Axel.

— Je t'ai cru messager de campagne, puis comte, et finalement tu es prince… Tu as d'autres surprises de ce genre ?!

— Non, Ceban, mais tu aurais pu me prévenir pour ta soi-disant sœur, reprocha Axel.

— J'ai partagé le lait de ma mère avec elle et c'est Estelle la première qui l'a appelée petite sœur. Je ne t'ai jamais menti, comme toi. Nous avons chacun omis de dire la vérité. Avoue que si tout avait marché comme prévu, cela aurait été une belle surprise.

— Oui, mais cela n'a pas marché comme prévu, répondit amèrement Axel.

— Elle reviendra, le rassura Ceban, elle sait où est son devoir. Mais gare à toi si tu n'arrives pas à lui expliquer à temps qui tu es vraiment. Eh ! Au fait, ajouta-t-il avant de poursuivre son chemin. Je peux toujours te tutoyer, tu n'as pas grossi de la tête pour y placer ta couronne, au moins ?

— Non, rassura Axel avec un petit sourire. Elle a toujours tendance à me glisser sur les oreilles.

— Tous mes compliments, Majestés ! s'écria Ceban. Voilà un prince comme je les aime !

Si la reine sourit sans complexe, le roi ne put s'empêcher de froncer les sourcils.

— Si ma merveille de fils voulait bien aider les jeunes princesses ici présentes à descendre de cheval, nous pourrions peut-être espérer repartir, lança-t-il froidement.

Si Axel s'exécuta sans gêne pour aider Éline, Philip eut en revanche beaucoup de mal à s'approcher de la princesse Éloïse. Sa cape lui dissimulait encore le visage, et elle demeurait un mystère entier pour lui. Son manque de foi avait été ébranlé en apprenant que la jolie jeune fille énigmatique que son frère aimait n'était autre que la princesse qui lui était destinée depuis la naissance. Philip avait admiré la beauté d'Éléa et admirait encore celle d'Éline, mais comment était Éloïse ?

Le ventre noué, il s'approcha des lèvres minces qu'il entrapercevait sous la capuche. Elle avait dormi six ans, cela avait peut-être eu beaucoup de conséquences ? Avait-elle quatorze ou vingt ans ? Pourquoi se posait-il ce genre de question maintenant ?

Philip tendit lentement les bras pour saisir la princesse par la taille. Les longues mains blanches glissèrent jusqu'à ses massives épaules sans aucune hésitation. Il eut la satisfaction de sentir un corps fin sous ses doigts. Il la souleva et la posa à terre devant lui sans quitter des yeux le seul morceau visible de son visage. Éloïse eut un petit sourire et fit glisser sa capuche sur ses boucles retenues par un simple cercle d'or.

— Merci, dit-elle avec une ingénuité certainement calculée.

Savait-elle qu'elle pouvait à ce point toucher le cœur d'un homme ? Axel jugea en tout cas que si Philip s'était trouvé au bord d'une falaise, il en serait tombé : sa mâchoire avait déjà chuté à terre. Il se demanda s'il avait eu l'air aussi bête devant Éléa la première fois. Des plis se creusèrent dans ses joues quand il se rappela qu'à ce moment-là, il était même mouillé de la tête aux pieds.

Celui qui rompit le charme fut Jerry, évidemment. Mais les mains de Philip devaient aussi le brûler terriblement sur la taille d'Éloïse. Au « On se presse ! » de Jerry, il les retira comme si elles avaient été sur de la braise. Et bien qu'il essayât de remettre bon ordre à son allure en accompagnant la jeune princesse jusqu'au carrosse, il ne put que se trouver gauche sous le regard sondeur qu'elle fixait sur lui en permanence.

— J'espère que tu ne trouves pas de raison de fuir, lui glissa mielleusement la reine lorsque la princesse prit place dans le carrosse.

— Non, mère, pas pour l'instant, chuchota-t-il avec mauvaise foi.

Mais personne n'était dupe de sa comédie. Pas plus Éline qu'une autre. Cependant cette dernière se sentit soudain préoccupée en voyant opérer le charme foudroyant des Fées.

— Votre frère Cédric est-il loin ? demanda-t-elle à Axel d'une petite voix.

— Non, rassurez-vous, sourit-il en lui pressant le bras de sa main.

Dans sa tête, il ne put s'empêcher de terminer sa phrase :

Certainement moins loin qu'Éléa.

Et alors que tout le monde pouvait croire qu'il s'était résigné à rester, il enfourcha Nis et partit au galop. Il avait essayé d'obéir, il aurait même voulu y arriver mais, ayant retourné la situation mille fois dans sa tête, il trouvait la disparition et le désespoir d'Éléa par trop insoutenables. Son père cria, Jerry ébouriffa toutes ses plumes de colère. En vain.

— Il la suivra. Les Fées l'ont voulu ainsi, soupira l'oiseau pour refouler son découragement.

Frédérik de Pandème le regarda, étonné de cet être et de ses paroles.

— Qui êtes-vous ?

— Dépêchons-nous, nous devons gagner le duché d'Yil avant la nuit, répliqua l'oiseau avant de s'envoler plus loin.

Le roi resta un moment encore indécis et stupéfait de ne pas obtenir la moindre réponse. Et il ne lâcha plus cette pensée de la journée.

Il était déjà tard alors qu'Éléa s'essuyait encore les yeux. Elle n'avait pas réussi à calmer ses larmes de la journée. Elle avait galopé loin, loin, terriblement loin. Elle marchait à la lisière des Bois Obscurs, cherchant suffisamment de beauté pour faire oublier à ses yeux leur chagrin. Mais même le spectacle des premières fleurs qui ne connaissaient jamais l'automne n'eut pas son impact habituel sur elle. Cet endroit éveillait aussi des souvenirs rattachés à Axel.

Zarkinn renâcla de fatigue. Éléa se reprocha de ne pas avoir pensé à son cheval dans la folie de sa fuite. Elle l'amena près de l'un des minuscules ruisseaux des Bois Obscurs et desserra la sangle de sa selle d'un cran. Elle s'assit ensuite comme un sac sur un rocher et arracha presque le nœud qui retenait ses cheveux.

Zarkinn était mousseux de transpiration : Éléa pouvait à peine le caresser. Elle se mit bêtement à en pleurer. Comment allait-elle rejoindre ses amis ? Parce que d'une façon ou d'une autre, il fallait qu'elle soit au château demain soir. Pour combattre Korta, mais aussi pour prévenir Éloïse de l'odieux mari qu'elle allait avoir !

Ses pensées sur Axel défilaient et chaque geste de tendresse naturelle qu'il avait eu envers elle lui paraissait le signe d'une séduction intéressée. Elle haït tous les baisers et toutes les caresses qu'il lui avait faits pour la consoler de la mort de San. Elle prenait tout pour de la pitié ou de l'opportunisme. Elle ne s'en calmait plus et avait envie de hurler.

— Un coup de fouet pour chaque larme qu'une jolie femme versera par ta faute, dit-on dans les Pays d'Oye, et deux si tu n'essaies pas d'apaiser la peine de celle que tu rencontreras sur ta route, fit une voix masculine dans son dos.

Éléa se retourna brutalement, surprise d'une présence humaine en ces lieux. Il était grand, blond et son regard se révélait être du même vert que la végétation environnante. Monté sur un magnifique cheval blanc, il était enveloppé dans une grande cape rouge à haut col. Pour peu, Éléa aurait cru que c'était Axel mais, les yeux rapidement essuyés, elle constata qu'il n'en était rien. Il y avait beaucoup de ressemblance, certes, mais probablement due au cadre. Elle le jugea rapidement. Il avait les cheveux plus courts, plus raides, plus foncés, il semblait trop guindé, trop pompeux dans son port de tête. Même son cheval avait une allure prétentieuse impossible à dissimuler. Encore un aristocrate qui voulait en mettre plein la vue. Axel, au moins…

Mais pourquoi toujours comparer à Axel et trouver des qualités à ce monstre ! s'exclama Éléa en elle-même.

L'homme qui se tenait devant elle était magnifique. Son seul défaut était de lui rappeler Axel.

— Pardonnez-moi l'expression jolie femme. Si j'avais vu tout de suite votre visage, j'aurais trouvé un adjectif plus approprié à votre beauté.

Et en plus, il était charmant. Malgré le visage qu'elle arborait, rougi et déformé par les larmes, il ne se montrait pas difficile. Éléa pouvait bien lui offrir un sourire en retour.

— Qui es-tu ? préféra-t-elle demander, sur la défensive.

Il ne parut pas étonné de sa réaction.

— Je manque au savoir-vivre le plus élémentaire, reconnut-il en descendant de cheval.

D'un geste désinvolte, il envoya valser sa grande cape sur une épaule, dévoilant ainsi un pourpoint brun cramoisi brodé. Sublimé par une colonne de lumière filtrée par les Bois Obscurs, il fit une élégante révérence :

— Je suis Cédric de Pandème, prince héritier du trône, duc de Morency et… le reste est sans importance, s'arrêta-t-il en se redressant.

— C'est impossible ! s'exclama Éléa en se levant. J'ai vu les deux princes de Pandème ce matin !

— Nous sommes trois, mademoiselle, fit-il sans comprendre.

— Mais le Troisième Prince est mort, il y a sept ans !

— Mon frère Axel a fait répandre cette nouvelle pour pouvoir voyager tranquille, expliqua Cédric. Mais mon père a proclamé un démenti officiel, il y a plus de trois semaines. Je croyais que les nouvelles allaient plus vite dans cette partie des Mondes.

Éléa ne savait plus que dire. Elle se rendait compte qu'elle avait pleuré toute la journée pour rien et maudit intérieurement l'homme qu'elle aimait le plus en ces Mondes.

— Il règne trop de confusion dans mon pays pour qu'elles y circulent correctement, répondit-elle en se pinçant les lèvres.

Il la regarda sommairement de bas en haut.

— Je n'avais d'abord pas remarqué votre tenue et encore moins votre épée. Seriez-vous la belle Victoire dont mon frère m'a tant parlé ? Vous trouver aux abords de ce paradis aurait dû m'y faire penser.

Éléa confirma à peine de la tête. Elle se trouvait tellement bête de toutes les pensées qu'elle avait eues. Axel n'avait même certainement pas dû comprendre le motif de sa fuite.

— Serait-ce à cause d'Axel que vous pleuriez ? demanda Cédric étonné.

Elle n'osa pas lui répondre. Elle aurait dû être dans ses bras à l'heure actuelle, entrecoupant de baisers chaque nouvelle apprise sur ces trois dernières semaines.

— Vous avez cru qu'il était venu épouser la princesse Éloïse ?!

Éléa se sentit rougir comme une pivoine tant elle avait honte. Elle aurait aimé pouvoir se transformer en souris comme Jerry et s'engouffrer dans un trou, surtout lorsqu'elle remarqua le petit sourire malicieux que Cédric affichait.

— Comment se fait-il que vous soyez ici et non avec votre famille ? fit-elle pour détourner la conversation et reprendre une allure plus présentable.

— Je reviens d'une enquête… à cause de vous, sourit encore Cédric.

— Moi ?!

— Vous êtes bien le Masque si je ne m'abuse. Vous pratiquez un petit commerce assez illégal avec des navires pandémois. Pour en arriver à cette conclusion, il m'a fallu aller jusque dans les Pays d'Oye parce que les trafiquants brouillaient les pistes en traversant deux fois la Mer Intérieure.

— Je me suis toujours souciée d'être identifiable par l'étendard de Leïlan, je n'ai jamais pensé que les royaumes d'origine des navires se plaindraient de ce commerce.

— Il y a eu des vols de récoltes pour contenter votre demande.

Éléa était effondrée. Pourquoi Axel n'avait pas cherché à la rattraper ?!

— Ne vous inquiétez pas, je ne vous reproche rien. J'ai arrêté les trafiquants, mais le commerce continuera légalement. Vous nourrissez des villages qui ont faim avec ce blé. À Pandème, il pourrissait dans les granges trop pleines.

— Je vous remercie, balbutia Éléa.

— Remerciez plutôt Axel, c'est grâce à ses lettres que j'ai eu connaissance de vos agissements.

Éléa restait mal à l'aise. Une graine plumeuse et légère s'accrocha à ses cheveux libres. Elle la retira lentement. Jerry avait dû arrêter Axel, oui, c'était certain. Il ne l'avait pas poursuivie.

— J'avais pensé que des navires issus d'un pays riche seraient plus honnêtes que d'autres, répondit-elle.

— L'or appelle l'or. Vous les payiez trop bien.

— Je saurai m'en souvenir, assura-t-elle en renvoyant la plumule au caprice du vent. Mais dites-moi, où avez-vous accosté ?

Cédric fit un léger sourire. Il n'avait pas de fossettes comme Axel.

— Aux lagunes de la Source aux Amalyses. Les falaises sont basses, un brin d'escalade et même mon cheval pouvait être hissé. Mon frère m'a fait rêver sur ce pays. J'avais besoin de voir les endroits féeriques qu'il avait traversés. L'aventure par procuration ramollit. Mais je n'ai pas trouvé une seule amalyse.

— Mais heureusement pour vous qu'il n'y en a plus dans ces bois ! s'écria Éléa effarée devant son insouciance. Axel ne vous a pas mis en garde contre cette plante tueuse ? !

— Si, mais il est d'une telle précision dans ses descriptions de combat ou de parades que même les Brumes Infernales n'avaient plus d'intérêt.

— Je vois que la folie est un trait de famille chez vous.

Cédric eut un rire semblable à celui d'Axel. Éléa eut envie de se jeter dans ses bras pour pleurer sa bêtise.

— Je pense que c'est une idée à étudier, sourit-il encore. Mais pourquoi la Source aux Amalyses est-elle vide ? voulut-il savoir.

— Je n'en sais rien, avoua Éléa de plus en plus mal à l'aise. Je m'en suis aperçue il y a un mois en venant chercher un démon guide. L'Esprit Sorcier Ibbak les a apparemment toutes reprises sous son contrôle.

— Je n'étais pas au courant de cette soumission. Cela ne présage rien de bon.

— Vous devez en être ravi.

— Détrompez-vous, j'aime le danger uniquement lorsque ma vie est la seule en jeu.

— Eh bien, je vais donc vous laisser poursuivre votre route. Mon cheval ne veut plus rien savoir pour aujourd'hui.

— Vous ne pensez tout de même pas que je vais vous laisser seule !

Son indignation fit éclater de rire Éléa. Cédric était vraiment trop attentionné. Comment lui faire comprendre qu'elle ne désirait qu'une seule personne près d'elle ce soir ?

— Je suis venue ici non accompagnée des centaines de fois. Je connais un village à deux ou trois lieues où mon cheval sera traité le mieux des Mondes. Je vous rejoindrai au château demain.

— C'est hors de question ! Je devais de toute manière m'arrêter pour la nuit. Nous ferons la route ensemble demain. Axel ne me pardonnerait pas si je ne vous accompagnais. Prenez mon cheval, je marcherai à côté de vous jusqu'au village, proposa-t-il.

— J'apprécie, mais la marche ne me fait pas peur. De plus mon cheval est d'un tempérament assez jaloux.

— Deux ou trois lieues, cela fait tout de même une certaine distance.

— Mais Orée en vaut le détour. Il y a la meilleure auberge de la région, peut-être même du pays.

— Orée ! Axel m'avait parlé de ce village. J'ai bien cherché à le traverser, mais ses indications, pour une fois, étaient embrouillées voire inexactes. Il devait être déjà très perturbé par votre première rencontre.

— Eh bien, suivez-moi, prince Cédric, sourit-elle, les joues légèrement roses.

Il avança près d'elle et s'aligna sur son pas. Il avait une démarche royale. Éléa se sentait presque paysanne à côté de lui.

— Puisque m'est avis que vous allez bientôt faire partie de ma famille, vous pourriez peut-être oublier le mot prince, proposa-t-il gentiment.

Cette pensée fit sourire Éléa. Il fallait d'abord espérer revoir un jour Axel ! Mais elle se sentit soudain plus forte.

— Hum. Vous avez raison. Et puisque vous allez bientôt faire partie de la mienne, oubliez le mot princesse.

Cédric ne comprit pas sur l'instant. Il écarta une branche pour laisser le passage à Éléa.

— Vous allez épouser ma sœur Éline, dit-elle en guise d'explication.

— Votre sœur ?! Vous n'êtes pas Éloïse !

— Nous sommes trois, monseigneur.

— Mais… la Troisième Princesse est morte à sa naissance.

— On a répandu la fausse nouvelle pour que je puisse grandir tranquille, rétorqua-t-elle en riant. Le peuple de Leïlan crie mon prénom depuis plus de trois semaines et leurs voix n'ont pas porté au-delà de la Mer Intérieure ?!

Elle rattacha ses cheveux en queue-de-cheval et dépassa Cédric avec fierté. Au gré du balancement de sa démarche, sa tache royale se dévoilait par intermittence.

— Je m'appelle Éléa, conclut-elle avec le nez bien haut.

À la sortie de la forêt, ils virent un cavalier arriver en trombe. Éléa lâcha son cheval en reconnaissant Axel. Il était revenu ! Il était là pour elle ! Lorsqu'il descendit de cheval, elle se jeta dans ses bras.

— Plus de cachotteries ? demanda Axel entre deux baisers.

— Plus jamais, promit Éléa en se laissant enlacer encore plus fortement.

Ils étaient ensemble, le temps s'était arrêté. Les lèvres scellées comme leurs cœurs, ils seraient bien restés ainsi une éternité. Mais Cédric, malheureusement en trop dans la scène, toussa légèrement pour leur rappeler sa présence. Il était gêné d'avoir à les interrompre dans leurs retrouvailles, mais ils avaient encore beaucoup de chemin à faire. Et la pensée de pouvoir embrasser la princesse Éline de cette manière taraudait sa patience, même s'il savait qu'Axel et Éléa n'étaient pas l'exemple à suivre.

Axel se retourna à la deuxième ou troisième toux avec un visage rayonnant : un soleil avait pris place sur son front. Il rit de la gêne de son frère et serra encore une fois Éléa dans ses bras.

— Alors grand vadrouilleur, la visite des Pays d'Oye était intéressante ?

Là, ce fut Cédric qui sourit.

Deux frères se retrouvaient. L'ambiance générale de bonheur amplifiait leur joie. Ils s'attrapèrent les bras, se tapèrent le dos de rustres mouvements d'hommes et se mirent à rire des taquineries et des banalités qu'ils pouvaient se dire. Axel ne desserra pas Éléa de son cœur et la jeune fille ne se plaignit en aucune manière des bousculades.

—Allons à Orée, profitons de notre soirée. Nous avons plein de choses à nous dire et j'ai un livre dont je voudrais que tu lises certains passages.

Une petite ombre passa sur le visage d'Éléa. Elle se doutait de quel livre il voulait parler. À un moment pareil, elle avait oublié le combat des Esprits Éternels à venir.

Sous deux lunes et trois étoiles

— Je l'ai tout de suite vu qu'Axel venait d'une bonne famille, décréta la grassouillette aubergiste d'Orée en s'essuyant les mains sur son tablier de lin. Vous avez un frère formidable, Altesse. Il a protégé avec beaucoup de bravoure nos enfants d'une bataille et…

Askia était un vrai moulin à paroles. Cédric ne pouvait s'empêcher de sourire de l'extravagante femme. Elle passait avec légèreté entre les tables de chêne malgré ses rondeurs. Les paysans s'écartaient devant elle à ses moindres gestes et l'éclat du feu de cheminée se reflétait dans ses cheveux roux. Maîtresse de tout son petit monde, elle semblait pouvoir tout faire à la fois.

— Tu as vu, Othal, mon aventurier est devenu prince ! lança-t-elle à un paysan bourru.

— Ma douce Askia, ta clairvoyance m'étonnera toujours, répondit celui-ci légèrement ironique.

— Mon intuition féminine ! Mon intuition féminine !

Elle ignora le soupir du grand paysan en se retournant vers les trois jeunes gens.

— Ah ! Altesses, je suis fort honorée de vous recevoir sous mon toit. Je ferai tout mon possible pour en être digne. J'ai du lapin sauté au romarin, un ragoût de chapon et de choux, des galettes de seigle et de froment, des fromages de brebis avec ou sans herbes, du beurre… Mais je peux aussi vous faire une soupe d'avoine et de poireaux au serpolet, ajouta-t-elle comme si les yeux impressionnés de Cédric ne lui suffisaient pas, ou une omelette de campagne avec des tranches de lard, j'ai des œufs frais de ce matin…

— Je sais qu'il y a toujours une tarte d'aeclives dans tes fourneaux, cela me suffira amplement, répondit Éléa. Tu m'as déjà plus d'une fois épatée avec ta cuisine et Ophélie me gâte maintenant tous les jours.

— Ah ! C'est qu'elle est douée ma petite ! Elle a appris à bonne école ! Comment se porte-t-elle ? reprit-elle avec beaucoup de sérieux. Elle se débrouille bien avec Maï ? C'est qu'elle a la bougeotte cette gamine, et pour une jeune fille, ce n'est pas facile.

— Il n'y a aucun problème, Askia, Ceban s'occupe de tes deux nièces avec beaucoup d'amour.

— Il faudrait peut-être penser à leurs épousailles, tu… vous ne croyez pas, Altesse ?

Éléa sourit de l'allusion.

— N'aie aucun souci, nous nous en occuperons quand tout sera rentré dans l'ordre.

La petite femme ronde approuva. Elle prit commande auprès des jeunes hommes et s'inclina pour retourner à ses fourneaux.

— Askia, rappela Éléa. Je préférais lorsque tu me pinçais les joues et que tu m'appelais Vic. Tu sais, je suis encore le Masque, plus qu'une princesse.

L'aubergiste rubiconde la regarda gentiment de ses petits yeux marron :

— Non, vous êtes la Fille-aux-yeux-bleus. J'ai toujours trouvé ce surnom plus romantique.

Et elle s'éloigna de son pas chaloupé.

— Vous vous ressemblez, chuchota Cédric.

— Qui ? fit Éléa inquiète.

— Axel et vous. Vous vous glissez dans le cœur du peuple avec facilité, vous vous battez pour la liberté et la justice, et vous ne supportez pas les marques de rang.

Axel sourit sans rien dire.

— Cloîtrée dans un château, j'aurais certainement été insupportable, convint Éléa. Venez avec moi, sortons pendant qu'Askia vous concocte quelques mets délicieux : je dois savoir comment se porte mon cheval et nous serons mieux pour parler des Mémoires d'Enkil.

Cédric et Axel la suivirent. Dehors, l'air était doux, le vent du soir léger. Une roue à eau rythmait sans fin le jour et la nuit.

— Vous connaissez l'existence de ce livre ?! s'exclama Cédric à peine sorti.

— J'en ai une copie.

— Une copie ?!

— Il y a douze ans, mon Maître l'a retranscrit pour me permettre de le lire.

— Comment ?! Notre père le tient scellé dans un cabinet gardé à Pandème, j'ai pu lui dérober parce qu'il avait pris le risque de l'emmener en Akal dans ses bagages !

— Quand tu connaîtras Jerry, tu comprendras, répondit Axel. Mais de quoi traite ce livre si précieux ? Père m'a parlé plusieurs fois de son existence lorsque j'étais enfant, sans jamais m'en dire plus.

— Parce qu'il t'est destiné plus qu'à aucun autre et qu'il en a peur.

Éléa ne sourcilla pas. Elle avait longuement réfléchi ces derniers temps. Elle pouvait correspondre à tous les critères, à toutes les qualités requises pour être la Championne des Fées. Mais sans l'aide d'Axel – au moment où tout s'était retourné contre elle – elle n'aurait jamais réussi à maintenir la paix à Leïlan. Il avait plus de puissance, plus de liberté, mais surtout moins d'états d'âme. Elle avait la volonté de se battre contre Korta, mais lui seul avait la possibilité de le tuer. La croyance qu'il n'était pas de sang royal l'avait longtemps fait douter de ses constatations, mais lorsqu'elle avait appris qu'Axel était prince, héritier d'Enkil, et compris que l'épée ancienne qu'il portait à sa hanche devait être la sienne, il n'y avait alors plus eu aucun doute dans son esprit.

Tandis que Cédric expliquait à Axel le rôle qu'il avait à jouer, Éléa sentait qu'il n'y avait plus de justification valable pour expliquer l'enfance guerrière qu'elle avait eue. Elle avait l'impression de perdre pied, de ne plus être utile à personne. Lorsque Cédric risqua l'hypothèse qu'elle avait servi à détourner l'attention de Korta, qu'Axel l'embrassa pour l'en remercier, elle retrouva un léger sourire. Pour qu'il soit devenu ce qu'il était, elle aurait mené n'importe quel combat.

Dans le ciel encore clair s'allumaient lentement deux lunes. Coupant la discussion animée entre les deux frères sur leur père et son silence, Éléa leur fit lever la tête :

— Regardez, Seigneurs. Ce royaume est le plus petit du Monde de l'Est, mais il est à ce point précieux, que les Divinités le veillent de leurs deux yeux. Elles comptent sur toi, Axel.

L'idée d'un duel contre Korta ne pouvait que lui plaire. L'enjeu de la paix d'un Monde lui donnait plus le vertige. Mais Axel retrouva une certaine paix en son cœur aux paroles d'Éléa ; les Fées avaient protégé l'amour de sa vie, elles pouvaient lui demander n'importe quoi. Jouer à personnifier les astres lui plaisait : devant le front pâle et déjà étoilé du soir, il inclina respectueusement la tête.

La place forte d'Yil s'éclairait de mille lumières. Les torches de résine animaient les grandes murailles de pierre en y réfléchissant les ombres des soldats de Pandème. Les rondes se relayaient sur les courtines pendant qu'on édifiait les camps de fortune à l'intérieur de l'enceinte. Les champs de colza alentour offraient une vue étendue à des lieues à la ronde : on pouvait apercevoir chaque feu de la ville voisine et l'éclairage que promettaient les deux lunes assurait chacun de la position de l'autre.

Entre ces murs de simples paysans avaient contré les forces de Korta quelques semaines plus tôt. Ce soir, cette place était imprenable.

Dans les couloirs de l'immense demeure édifiée contre le flanc sud, on entendait encore le cliquetis de ferraille des soldats malgré l'épaisseur des tapis. Une vaste salle décorée de lambris et illuminée de grands candélabres avait été préparée pour l'occasion. Les drapeaux de Leïlan et de Pandème avaient été accrochés au côté des tapisseries chaudes aux figures allégoriques. Une grande table massive entourée de sièges à coussins de velours avait accueilli le roi de Pandème et sa suite. Sculptée dans une belle pierre blanche somptueusement incrustée de marbre, la cheminée retrouvait, comme tout le manoir, sa fonction oubliée depuis deux ans.

Ayant fait les présentations de sa reine, de son fils cadet et des quelques nobles qui l'accompagnaient, le souverain écoutait attentivement les noms déclamés par le faucon perché sur le dossier d'un siège : les deux Altesses du royaume, l'Alchimiste Suprême Erwan Al Kyort, Ceban l'effronté, Sten le géant, Allan et Théon les anciens soldats s'inclinaient à tour de rôle. Le roi de Pandème répondit à chaque salutation et essaya même de mettre à l'aise ceux que leurs humbles origines rendaient nerveux.

— Bon, je crois que nous pouvons commencer, décréta Jerry. Princesse Éline, je vous laisse la parole.

Jusque-là, la voix grave et chaude de l'oiseau avait continué à stupéfier Frédérik de Pandème. Mais il avait réussi à garder noble allure. Pourtant, sans paraître aussi impressionné que ses sujets, il n'en demeurait pas moins dévoré de curiosité. La question tournait toujours dans sa tête.

— Pardonnez-moi, coupa-t-il. Pourrais-je savoir qui vous êtes ?

Le faucon le regarda, sans répondre sur le moment. Son regard jaune n'était ni agressif ni amical, seulement transperçant.

— Je vous présente Jerry, censura Éline en sentant que rien ne serait établi tant que le roi n'aurait pas sa réponse. Monstre d'état, gardien de la Forêt Interdite, sauveur et Maître de ma sœur Éléa, animal de compagnie ou espion occasionnel. Il peut être fort peu sympathique si vous titillez sa susceptibilité ou son autorité.

— Vous ne ressemblez pas à un monstre, répondit Frédérik pour paraître agréable.

Jerry sauta à terre et rebondit sur la table à côté du roi, transformé en chat noir.

— Je pourrais étonner Sa Souveraineté sur ce point-là, prévint Jerry. La forme que j'affectionne est un peu trop monstrueuse pour votre reine, mais je me ferai un plaisir de la montrer à Sa Majesté si nous nous retrouvons seuls.

Le roi parut un instant décontenancé par la métamorphose de Jerry. Sa femme en était de plus en plus éblouie.

Devant le silence provoqué par l'incident et le visage décomposé des nobles de Pandème, Éline prit la parole. Le taffetas chiné de sa robe lilas et les pendeloques qui allongeaient ses tresses châtain mettaient en valeur la finesse des traits de son visage. Elle retint vite l'attention.

La jeune princesse avait changé en trois semaines. Sa voix douce était désormais très assurée, ses gestes gracieux s'étaient mis au service d'une prestance rayonnante et ses paroles ne s'enroulaient pas dans de futiles explications désordonnées. Elle était reine et ses qualités d'esprit la présageaient bonne souveraine. Elle surprit même davantage Frédérik de Pandème par la forme de son discours que par son contenu. Pourtant ce dernier n'était pas sans gravité.

Korta détenait le château royal et la Plaine Salée, partie la plus riche de Leïlan. Le duc n'avait pu reprendre le contrôle de la Grande Plaine à cause de la bravoure des paysans révoltés. Leurs sacrifices avaient été nombreux et ils n'auraient probablement pas résisté longtemps si Ételn'avait à son tour succombé à la folie. Les habitants de la capitale s'étaient en effet crus capables de pouvoir faire face à l'autorité du duc d'Alekant comme les paysans de la Grande Plaine. Coincés entre les fortifications de la ville, personne n'avait pu venir en aide aux Étellois ni même les calmer.

— Korta a fait raser des quartiers entiers, révéla froidement Jerry en s'asseyant sur les genoux de la princesse Éloïse pour se faire caresser.

— Et paradoxalement, ce massacre nous a sauvés, poursuivit Éline. En accaparant l'attention de Korta, les Étellois nous ont permis de reprendre des forces pour pouvoir de nouveau faire front à ses attaques. Mais le peuple de Leïlan est incapable de faire la guerre. Depuis l'édification de ce royaume, aucun combat n'a été mené. Mises à part les invasions de pays lointains instiguées par Korta lui-même pour se débarrasser d'éventuels rebelles.

— Votre duc d'Alekant n'est qu'un bélître. Comment un personnage aussi pernicieux a-t-il pu prendre autant d'importance ? s'exclama un seigneur de Pandème. Dans notre royaume, il n'aurait jamais accédé à un tel titre.

— Votre prétention est sans fondement, rétorqua Jerry en feulant. Votre système de noblesse est tout aussi vicié qu'un autre. Il est toujours aisé de tuer le héros et de conserver les honneurs à sa place.

Le duc de Pandème, glacé, sembla outré de cette manière de parler.

— À vous entendre, on pourrait croire que vous l'avez déjà fait, insinua-t-il d'un air pincé.

Jerry ne répondit pas tout de suite. Il jeta un coup d'œil au roi de Pandème qui s'intéressait particulièrement à sa réponse.

— Peut-être, peut-être, avoua le chat avec désinvolture.

Il leva le menton pour offrir son cou aux mains d'Éloïse, qui le gratta. Chacun se demanda si la jeune princesse avait bien conscience de ce qu'elle avait entre les doigts.

— Korta est duc, et il se trouve à la tête du royaume de Leïlan. Il est futile de chercher à savoir comment il y est parvenu, l'important est de l'en déloger, déclara le prince Philip avec aplomb.

Éloïse leva les yeux sur le jeune homme couronné d'argent. Son visage s'illumina d'une pointe d'admiration mais, comme le regard de Philip semblait la fuir depuis qu'elle était montée dans le carrosse, elle retourna à ses caresses machinales. Elle ne s'impliquait pas dans la discussion, non qu'elle n'eût rien à en dire, mais elle préférait écouter, comme le faisait la reine de Pandème. Elle retrouva son air grave, regardant dans le vide.

— On ne peut pas facilement expulser un homme qui se prend pour un roi, lui répliqua son père. S'il peut prouver qu'il est monté sur le trône de manière légitime, il pourra trouver protection auprès du conseil royal du Monde de l'Est et nous perdrons…

— Pour ce qu'il s'occupe d'Akal et des Pays Insolites, ce conseil, ne put se retenir de dire le petit homme aux cheveux rouges enfoncé dans son coussin.

— Alchimiste Suprême, les Pays Insolites ne sont pas un royaume mais une réunion d'états guerriers.

Erwan préféra ne rien rajouter à cette excuse qu'il trouvait de mauvaise foi.

— Ma parole et la lettre officielle de mon père devraient suffire à ce conseil.

— Non, chère princesse, lui répondit le roi. Votre fuite est considérée comme abandon de pouvoir. Même si je comprends votre geste, il n'en reste pas moins que vous êtes discréditée du point de vue du conseil royal et qu'aucun document émanant de vous ne sera retenu. Si le duc a contrefait une cession de pouvoir en sa faveur, vous n'avez aucune chance.

Éline sembla recevoir un coup sur les épaules. Jerry prit la parole :

— Même s'il possédait un tel document, il ne pourrait être considéré comme souverain, il n'a pas le sceau du roi de Leïlan.

— Vous l'avez ? s'exclama joyeusement le souverain de Pandème.

— Non, je n'ai que celui de la reine, déclara Éline en déboîtant le saphir de sa bague.

Sous le joyau, un sceau était incrusté dans le chaton. La marque parut briller d'une lueur surnaturelle.

— Où est celui de votre père, alors ?

— Sous la garde de celui qui vous offre l'hospitalité cette nuit : le duc d'Yil. Enfin, son fils pour être exacte. Il est resté au château et nous sert d'espion.

— Peut-on avoir confiance en cet homme ? s'enquit le roi.

— Thalan est une personne des plus sûres, déclara Éline. Mon père lui vouait une profonde affection et Thalan n'avait d'autre honneur que celui de servir mon père en tant que page.

— Page ?! Mais quel âge a-t-il ?

— Quatorze ans, Votre Majesté. Mais…

— N'est-ce pas prendre trop de risques que de laisser le sceau de pouvoir aussi près du duc d'Alekant, et sous la garde d'un enfant qui plus est ?!

— C'est bien souvent ce que l'on a devant les yeux qu'on voit le moins, glissa Jerry en fermant les yeux de plaisir sous la main qu'Éloïse passait entre ses oreilles.

— Cet enfant, comme vous dites, a déjà tué deux hommes dont un pour sauver la vie de ma sœur et la mienne. C'est à son courage que je dois l'obtention de la dernière lettre de mon père, c'est à son intelligence que je dois mon évasion avec Éloïse, et c'est à sa fidélité que je dois les précieux renseignements dont nous disposons sur les agissements de Korta. Il risque sa vie à tout instant depuis deux jours avec le retour de guerriers scylès au château. Croyez-vous que je puisse douter de sa droiture ? Son père était le plus loyal des sujets de mon père et s'il existait un digne titre entre duc et prince, il l'aurait obtenu dans votre royaume. Thalan est mon héros et sera décoré en tant que tel lorsque je serai reconnue reine. Avez-vous autre chose à dire sur l'âge du duc d'Yil ?

Frédérik de Pandème secoua la tête en se disant qu'il n'y avait pas que Jerry qui pouvait être fort peu sympathique lorsqu'on touchait à sa susceptibilité.

— Bon, maintenant que tout le monde est d'accord, je vous propose une idée, fit Ceban qui s'était retenu péniblement de mettre son grain de sel dans la conversation. On fonce dans le tas, on tue Korta et on marie les princes et les princesses qui traînent ici et dehors pour rétablir la paix !

Son plan et son franc-parler en firent sourire plus d'un, et même rougir certaines. Mais le roi de Pandème ne parut encore pas vouloir prendre les choses aussi à la légère.

— L'enjeu ici n'est pas simplement une question de mariage. Soyez certaine, princesse Éline, que je n'ai rien contre votre union avec mon fils aîné, ou contre celles de vos sœurs avec mes autres fils. Je me suis mal exprimé. Si vous n'en aviez marqué le désir, je ne me serais pas permis de m'imposer dans le débat. Votre royaume connaît des problèmes, mais à toute crise on peut trouver un redressement. Vous avez des qualités de souveraine et je ne doute pas de vos capacités. Il est fort probable que je vous aurais accordé mon aide si vous me l'aviez demandée dans d'autres circonstances. Mais vos mariages m'ont été imposés par les Fées et je n'ai de vie que pour satisfaire jusqu'à leur moindre désir. L'alliance de nos pays est nécessaire à l'extension de leur pouvoir de bienfaisance sur le Monde de l'Est. Vous n'êtes pas sans savoir que le combat des Esprits Supérieurs est éternel. À certaine date, leur pouvoir est remis en jeu et… demain soir sera ce jour.

Sa révélation provoqua beaucoup d'étonnement. Éléa et Jerry avaient préféré cacher à leurs amis et aux princesses la nature de leur véritable combat, tout comme le roi n'avait pas réussi à avouer les paroles des Fées à Axel.

— N'est-ce pas là une croyance démesurée et présomptueuse ? demanda Ceban. Comment des humains peuvent-ils aider des Esprits ou prendre part à leur combat qui dépasse le temps de leur vie ?

— Ce n'est pas une croyance mais une révélation que j'ai eue qui me fait tenir ce langage. Les Fées me sont apparues à la naissance de mon fils Axel. Elles m'ont spécifié l'importance de ces trois mariages. J'avais aussi un livre, mais…

— Alors, si cela a une importance divine, unissons-les ici !

— Il n'y aura pas de décalage dans le temps, ni de changement de lieu possible. Par caprice ou nécessité, les Fées les ont exigés demain soir et dans l'enceinte du château de Leïlan.

Les compagnons d'Éléa, qui croyaient avoir du temps devant eux en restèrent sans voix. Ils avaient bien senti l'inquiétude d'Éléa par rapport à l'avancée des jours, mais ils n'auraient jamais pensé que cela avait autant d'importance. De son côté, Éloïse sembla blêmir. Elle ne regarda même pas le prince Philip. Elle n'eut aucun sourire. Elle avait peur de perdre certains rêves d'enfance.

— Caprice, ronronna Jerry sans le vouloir. Nous voilà d'accord sur un point, Sire.

— Les Divinités n'ont aucun compte à nous rendre.

— En effet, nous sommes seulement leurs instruments.

— Les Fées nous protègent et veillent sur nous.

— Oui, que ce soit par le Bien ou par le Mal, les Divinités nous amènent à les adorer. Leur protection n'est qu'une manière de se garder cette adoration, expliqua Jerry en resserrant ses moustaches de plaisir.

— Vos paroles deviennent outrageantes.

— Telle n'était pas mon intention. Je voulais seulement ouvrir les yeux de Sa Majesté. Les Divinités n'ont en effet que peu de caprices et leurs actions sont rarement désintéressées. Pour leur défense, elles sont sujettes à des lois et des obligations qui les dépassent elles-mêmes. Et cela est valable pour tout Esprit Supérieur, quel que soit le Monde qu'il ait à sa charge. Les Trois Fées de l'Est ou l'Esprit Sorcier Ibbak pour nous.

— Vous paraissez connaître le sujet, remarqua le souverain.

— Depuis de nombreuses années, je me documente sur les Divinités des différents Mondes. Je connais parfaitement l'étendue de leurs pouvoirs. Je maîtrise aussi leur hiérarchie puisque je suis censé représenter un Bas-Esprit dans la Forêt Interdite.

— Vous êtes un Monstre en théologie, ironisa le roi.

— Un Monstre tout court suffit. J'ai côtoyé toutes sortes de Divinités et même celles dont Sa Majesté préfère taire le nom à ses propres enfants.

Le souverain de Pandème resta mal à l'aise des phrases de Jerry. D'autant plus que celui-ci ne paraissait se soucier que peu de leur gravité. Il gardait sa forme de félin, lové sur les genoux de la blonde princesse, ronronnant à qui mieux mieux sous ses caresses. Personne ne pouvait comprendre qu'il se sentait chat jusqu'au bout des griffes. Ainsi enveloppé dans la soie mandarine des manches volumineuses d'Éloïse et allongé sur le voile d'or de sa jupe, comment aurait-il pu résister ? Pour tous cependant, la jeune princesse, malgré son visage soucieux, était simplement écervelée de ne pas avoir peur du personnage dissimulé dans l'adorable créature qu'elle chérissait.

— Maintenant que tout le monde est au courant de l'importance de notre action, nous pourrions peut-être passer aux conditions de sa réalisation, fit Jerry en s'extirpant des doigts princiers avant d'en oublier sa nature. Il serait peut-être temps de sortir les cartes et les idées.

Il fit le gros dos et s'étira. Son mouvement et son allégresse réveillèrent l'assemblée et chacun sembla oublier les allusions théologiques de l'étrange animal. Tous sauf Frédérik de Pandème qui resta un moment silencieux, lorsqu'on déplia les cartes pour se rassembler autour. Il observa Jerry qui, comme il se passait une patte derrière l'oreille en un geste quasi automatique, critiquait dans le même temps froidement la moindre idée. Il sembla au souverain que Jerry ne connaissait pas seulement la théologie des Mondes mais qu'il en possédait presque tout le savoir. L'éclairage des cierges auréolait de mystère le chat noir. Derrière lui, les bateaux et les armées des tapisseries représentaient un passé de batailles et de conquêtes qui se mariait à merveille avec sa fière allure. Qui était-il ?

Frédérik avait envie de le savoir, mais quelque part au fond de lui, il craignait la réponse. Malgré toute sa répugnance, il commençait à éprouver un certain respect pour le félin posé sur la table. Il semblait si indifférent par moments et si impliqué par d'autres.

— Korta n'a lancé aucune attaque jusqu'à présent, comme l'avait annoncé Thalan. Je doute qu'il en déclenche sur la Grande Plaine, dit Jerry. Il n'y a plus beaucoup d'intérêt maintenant.

— Peut-être n'est-il pas au courant de notre venue, fit remarquer le Prince Philip.

— Si, il est entré en possession d'une lettre que votre frère Cédric m'adressait. À l'intérieur, il y avait la description de toutes les conditions de votre arrivée.

— L'inaction de Korta est donc anormale, reprit Philip.

— Il préfère peut-être nous attaquer sur son terrain, allégua Jerry. J'entreprendrai de faire des va-et-vient si cela peut vous rassurer. À partir d'Onilen, cela deviendra plus hasardeux.

— Les villageois rejoindront leurs familles, expliqua Éline. Je ne veux pas prendre le risque que la Grande Plaine soit attaquée alors que nous serons près du château. Ils nous ont suivis jusqu'ici pour pouvoir contrecarrer plus facilement une embuscade lancée contre nous dans des collines qu'ils connaissent par cœur. Mais après Onilen, leur présence n'aura plus d'importance.

— Il ne faudrait pas être pris en tenaille.

Et la traversée d'Étel ? La ville promettait d'être un passage mouvementé, mais la présence d'alliés à l'intérieur en faciliterait l'entrée. Pour les douves, Erwan avait amélioré son produit. Le petit homme sembla aux Pandémois un personnage bien précieux.

— Vous avez aussi des potions contre les Scylès ?

— Non, répondit Erwan. Je n'en fabrique plus. C'est trop risqué pour…

Il ne réussit pas à dire que sa fille possédait le pouvoir de double vue. Depuis qu'il était au courant, il n'avait pas pu créer de nouvelles fioles de fumée aveuglante. La simple éventualité que l'une d'elles se brise devant Chloé l'avait fait renoncer à cette arme.

— Les Scylès ne sont que deux et ils ne sont pas plus dangereux que des soldats quand on sait bloquer son esprit.

Mais si le château résistait ? Frédérik de Pandème n'avait pas amené assez d'hommes pour faire un siège, mais il comptait sur une belle offensive. Comme Jerry, il savait que les Esprits allaient retrouver leurs forces, il ne craignait pas les batailles. Thalan avait également donné le plan des moindres poternes du château ; quant aux changements de poste des gardes, Jerry les avait repérés. En ce qui concernait l'intérieur du palais, Éline en connaissait tous les passages secrets.

Les tactiques fusaient de toutes parts, les idées circulaient, les craintes et les espoirs aussi. Il n'y avait plus de réserve et les divergences d'opinions n'étaient plus en rapport avec les différences culturelles. Ce n'était même plus deux pays assemblés dans la vaste salle décorée de chauds lambris : il semblait n'y avoir qu'un seul drapeau au-dessus de l'ardente et somptueuse cheminée.

Tout ce conseil de guerre avait épuisé nerveusement la princesse Éloïse. Pourtant, elle n'avait pas pu se décider à aller dormir. Depuis son réveil, elle avait du mal à fermer les yeux chaque soir. Elle marchait seule et pensive dans une galerie ouverte sur l'extérieur. Elle remonta le col de sa capeline, enfouissant ses boucles blond foncé dans l'épaisse fourrure d'hermine. Dans la cour éclairée par la blancheur des lunes et l'ambre des torches, elle observa sans joie la cohabitation des soldats de Pandème et des paysans de Leïlan.

Elle ressentait une angoisse au fond de son cœur. Celle-ci n'était pas due aux batailles à venir, au danger précipité ni à l'enjeu inquiétant de toute l'affaire. Paradoxalement, c'étaient ses noces imposées qui lui faisaient de la peine. Quel dénouement pouvait-elle souhaiter au combat si elle refusait l'avenir que sa réussite entraînait ?

Éloïse avait goûté à une telle liberté depuis trois semaines ! Elle avait traversé des centaines de villages, vu des milliers de gens. Elle avait appris la misère, la peine et la mort, mais aussi la simplicité et la générosité d'une vie à la campagne. Elle avait trempé ses mains dans le sang pour sauver des blessés de batailles avec Éléa. Elle s'était recouverte de farine pour aider la blonde Ophélie à faire des galettes. Elle avait grimpé aux arbres, galopé des journées entières, pleuré en serrant les mains calleuses de paysans mourants. Elle s'était roulée dans l'herbe et même baignée dans la mer.

Éloïse ne savait plus quel âge elle avait dans sa tête, mais elle se trouvait de toute façon trop jeune pour se marier. Le désir d'amour s'était envolé avec ses découvertes. Elle n'avait pas envie de retourner dans un château pour vivre selon un rythme dicté par les lois et le protocole. Elle voulait voyager, s'enfuir, rattraper ses six années de vie perdues. Physiquement, elle ne trouvait rien à reprocher au prince Philip, elle avait sincèrement senti son cœur s'emballer en le voyant, une envie irrésistible l'avait poussée vers lui, mais quel mari ferait-il ? Il avait l'air froid, il ne lui avait même pas adressé la parole.

Un léger sanglot la sortit de ses pensées. Près du puits à l'écart de la cour, elle aperçut une fillette recroquevillée sur son genou. À côté d'elle gisait un seau d'eau renversé. Éloïse s'était déjà rapprochée et, de trois paroles réconfortantes et d'une caresse, elle avait réussi à écarter les mains agrippées autour de la blessure.

— Ce n'est rien, petite, continua-t-elle de rassurer.

Mais la fillette aux longues tresses châtaines pleurait encore. Éloïse avait eu affaire à toute la troupe d'enfants de la Forêt Interdite, elle n'en était pas à sa première consolation :

— Veux-tu un pansement ?

La fillette accepta avec de grands reniflements et de grosses larmes. La jeune princesse releva sa jupe et, sans hésitation, déchira une bande de ses jupons. Avec précaution, elle nettoya la plaie à l'aide du fond d'eau resté dans le seau et noua le morceau de dentelle autour du genou.

— Tout va mieux ?

La fillette acquiesça en essuyant ses larmes devant les riches broderies qui se coloraient sensiblement de rouge.

— C'est… c'est de la soie ? demanda-t-elle entre deux derniers hoquets.

— Oui, tu as le plus beau pansement de ces Mondes.

— Oh oui ! Je n'ai plus mal du tout.

Éloïse sourit.

— Vous êtes une des princesses de Leïlan ? demanda la fillette. Il y a un portrait avec la reine Onémie dans la demeure du duc d'Yil. Vous êtes encore plus belle qu'elle.

— Merci, c'est très gentil.

— Pourquoi ne portez-vous plus de voile ? demanda-t-elle encore. Il n'y a plus de Lois Interdites ?

Les rouages de la curiosité étaient lancés.

— Disons que l'on peut simplifier les choses ainsi. Plus vite les gens verront mon visage et plus vite les Lois Interdites disparaîtront.

La fillette branla la tête sans vraiment être sûre de comprendre.

— Vous n'allez pas vous faire gronder pour votre jupon déchiré ?

Éloïse eut un petit pli au bord des lèvres.

— Oh, si ma chaperonne m'avait vu faire cela, j'aurais eu droit à de grands hurlements. Mais elle n'est plus là et, avec ma jupe bien replacée, personne n'en saura rien.

— J'aimerais être princesse. Je ne serais pas obligée de venir chercher l'eau tous les soirs.

— Non, mais tu ne pourrais jamais courir, jamais crier, jamais sortir.

— Ah bon ?!

— Un château, c'est comme une petite cage. Il y a toujours de la nourriture et de l'eau, le nid est fait de soie et les barreaux sont d'or, mais il n'y a pas la place d'étendre ses ailes pour voler, répondit la princesse encore mélancolique.

— Mais vous êtes dehors.

— Je me suis échappée, et demain soir, pour mon mariage, on refermera certainement les portes de la cage.

La petite fille ne répondit rien. Quelque part, c'était toute une idéologie qui s'effondrait.

Éloïse se releva et prit le seau pour le remplir de nouveau. La chaîne grinça en se déroulant et le seau plongea dans les eaux profondes. Au moment où elle prenait la manivelle pour le remonter, une grande main se posa à côté de la sienne.

— Puis-je vous aider ? demanda Philip.

La jeune princesse se retourna, surprise, sur son prince et son cœur eut un battement de trop. Elle n'eut pas le temps de lui répondre. En deux temps trois mouvements, il avait déjà remonté le seau plein : il ne faisait jamais les choses à moitié. Son attitude laissait penser qu'il était sûr de lui, pourtant ses yeux étaient fuyants.

— Je… je n'ai jamais eu l'intention de vous enfermer, fit-il d'une voix mal assurée en posant le seau sur le bord du puits. Les chutes d'Anderra, la vallée de Jasmin de Tirak ou les déserts bleus des Xylilasia sont autant d'endroits que j'aimerais vous faire connaître. Si les longs voyages ne vous effraient pas, bien sûr.

Le cœur d'Éloïse sourit autant que son visage. C'étaient de loin les seules phrases qu'elle avait espérées de Philip.

— Je n'ai déjà plus peur des grottes obscures, des étendues d'eau vaseuse et des monstres… À vos côtés, que pourrais-je craindre ?

Philip ajusta d'un doigt nerveux le col trop serré de son pourpoint. Il se garda de répondre. De toute manière, il n'aurait pas pu articuler un mot. Il ne lui dit rien non plus sur les fils arrachés dépassant de sa jupe que la trop grande clarté de lunes dévoilait. Il n'eut qu'un petit sourire emprunté.

La fillette attrapa son seau doucement dans le profond silence qui s'était immiscé dans le couple : Éloïse attendait la suite sans quitter Philip des yeux, celui-ci cherchait des phrases anodines pour cacher son trouble. Comment dire à cette splendide princesse que les paroles qu'il venait de l'entendre prononcer avaient totalement conquis son cœur ? Qu'en la voyant effrayée par son mariage, il avait la preuve qu'elle n'était pas une écervelée qui se jetait sur le meilleur parti qui soit ? Comment admettre que les Fées avaient eu raison de son incrédulité ? Il n'avait jamais su tergiverser.

— Éloïse, voulez-vous m'épouser ? demanda-t-il à brûle-pourpoint. Enfin, je veux dire, s'il n'y avait aucune contrainte, si vous aviez le choix, voudriez-vous faire de moi un homme heureux de sa chance et m'aimer aussi ?

C'était dit. La fillette aux tresses châtaines ne chercha pas à entendre la réponse d'Éloïse. Boitant légèrement, elle se fit la plus discrète possible pour s'éloigner. Dans son dos, elle entendit un bruissement de tissu et devina le silence de lèvres qui se joignent. Elle sourit. Sa tête était pleine de contes, et maintenant elle savait qu'ils existaient vraiment. Ce soir, en regardant la nuit qui lui paraissait toujours si noire quand elle allait chercher de l'eau, elle eut l'impression d'y voir de nouvelles étoiles.

Tanin entra dans l'écurie de la Forêt Interdite. Il avait repéré un cheval et l'endroit où il allait devoir monter pour lui attacher la selle.

L'incorrigible petit fuyard n'était pas seul pour une fois. Derrière lui, dans la clarté du soir, se dessinaient deux têtes : la blanche Chloé l'accompagnait ainsi que son meilleur ami Erby.

— Tu crois qu'il pourra nous porter tous les trois ? lui chuchota ce dernier.

— Il a déjà été monté par Sten, alors…

L'idée que le cheval avait déjà porté le géant de la troupe sembla rassurer le garçon blond. Il n'hésita pas à venir prêter main-forte à Tanin pour soulever une selle de l'étalage.

— Bon, je monte le premier sur la caisse et je t'aide à monter ensuite, décida Tanin. Après on fera un balancement des bras et on posera la selle sur le dos du cheval.

La théorie était simple, mais la pratique fut bien moins évidente. La caisse se révéla bancale et, même après avoir y ajouté une cale, elle demeura assez instable. Si Tanin avait acquis un certain équilibre par ses courses sur les toits, Erby n'avait jamais eu ce genre d'expérience. Lorsque ce fut son tour de monter sur la caisse, la secousse le fit partir en arrière et, malgré son coup de reins, il bascula sur la terre battue. Ne pouvant soutenir la selle tout seul, Tanin dut la laisser choir et elle atterrit avec grand fracas sur le ventre d'Erby.

Le petit garçon manqua de hurler et il ne retint ses pleurs qu'à cause de l'arrivée précipitée de Chloé sur lui. Devant une fille, il ne pouvait se montrer en larmes, même si c'était une fille qu'il pouvait considérer comme sa sœur depuis un mois.

— Tu vas bien ? Tu n'as rien de cassé ?

— Non, non, ça va, fit-il à moitié étouffé.

— Tu peux pleurer si tu as très mal, dit-elle en aidant Tanin à le dégager. Je me moquerais pas de toi, tu sais.

Cette petite sœur avait quelque chose de bien plus énervant que n'importe quelle autre petite sœur : elle savait tout ce que l'on pouvait bien penser !

— Je le fais pas exprès, s'excusa-t-elle en comprenant les images qui passaient dans son esprit.

Erby carra ses épaules et se releva tant bien que mal en l'ignorant. Il épousseta fièrement les brins de paille accrochés à sa chemise :

— Bon, on recommence ?

À peu de choses près, le résultat de la deuxième tentative ressembla en effet à la première. Cette fois-ci le balancement des bras causa la chute des deux garçons à la fois, avec la selle, bien entendu. Enfin, après plusieurs essais consécutifs pour trouver l'équilibre en plus du bon balancement de bras, c'est le cheval qui ne trouva rien de mieux à faire que de leur fausser compagnie au moment où ils allaient poser la selle. Après tout, ces enfants le dérangeaient dans son repos, il pouvait bien les faire courir un peu. Cette troisième chute mina les deux garçons, mais Chloé les menaça de partir seule sur un cheval à cru.

Effrayé à cette idée et à celle que la fillette ne saurait pas contourner le Passage des Cinq Rivières, Tanin attrapa un cheval moins récalcitrant : au bout d'efforts franchement louables, la selle fut mise et attachée. Mélane, la véritable sœur d'Erby, arriva à ce moment-là :

— Sélène bouge beaucoup dans le lit. Vous devriez vous dépêcher. Elle va peut-être se réveiller.

Chloé regarda les lunes sans comprendre.

— Maman devrait dormir, la nuit est claire, médita-t-elle.

— Elle sent peut-être quelque chose, lui fit Mélane. Pourquoi t'as le pouvoir de voir les pensées et pas elle ?

— Je sais pas. Tiens-lui la main, je veux pas qu'elle soit toute seule si elle a un cauchemar.

Chloé se mordit les lèvres en regardant les tresses blondes sauter dans la nuit.

— C'est la première fois que tu décides de désobéir, lui fit remarquer Tanin devant son hésitation soudaine à partir. T'es sûre que tu veux pas lui en reparler ?

— Non. Maman veut pas comprendre, et maintenant que papa est parti, elle dira jamais oui. Je suis moins une petite fille pour eux depuis qu'ils savent que j'ai le pouvoir des Scylès, mais ils m'écoutent pas encore. Ils ont peur de Muht, d'Utahn Qashiltar et de tous les hommes des Pays Insolites. Mais je dois être au château demain soir. Je veux voir les Fées. Et même toute seule, j'y serai, décréta-t-elle avec l'expression d'un enfant gâté.

— Je ne te savais pas aussi capricieuse, déclara soudain une voix d'adulte.

Ce n'était pas Sélène heureusement, mais Imma. Dans sa balade du soir, la sorcière aveugle avait surpris les enfants. Sur le moment, ils en restèrent tous sans voix, incapables de savoir comment réagir.

— Je veux pas rester prisonnière de la Forêt Interdite, expliqua Chloé.

— Je le comprends, mais Sélène va énormément s'inquiéter.

— Tu vas nous trahir ? demanda Tanin.

— Non… Si vous m'emmenez avec vous.

— C'est impossible ! Tu nous ferais trop remarquer, tu pourras jamais te faufiler !

— Alors, je vais de ce pas réveiller Sélène et Estelle.

— Tu ne ferais pas ça, c'est du chantage ! s'écria l'enfant.

— Oui et le plus ignoble, je le reconnais. Mais j'ai décidé avec la même volonté que Chloé d'aller au château. Si les Fées apparaissent, j'aurai quelques questions à leur poser. Je fais confiance à ton intelligence pour m'aider. Si vous guidez mes pas, je pourrai peut-être passer pour votre nourrice.

Tanin se frotta le nez, Chloé fit un signe de la tête, Erby leva les épaules : ils acceptèrent. Pourtant, alors que le deuxième cheval était sellé, Tanin s'approcha de la petite fille et lui chuchota :

— On peut toujours essayer de la perdre avant le Pont Sans Retour. Le temps qu'elle retourne jusqu'au Grand Arbre, on sera loin.

Chloé secoua négativement la tête :

— Elle nous retrouverait, elle discerne presque les couleurs maintenant.

Une capitale de cendres

Éline n'avait pas le cœur à rire et Éloïse, plus émotive, retenait difficilement ses larmes. Ce qu'elles voyaient devant elles pouvait se résumer à du sang et des cendres. Dans la lumière pâle d'une fin d'après-midi, Étel était en ruine.

La fumée noire au loin les avait avertis, les quelques Étellois en fuite aussi, mais comment imaginer le massacre de toute une ville ? Devant les cendres encore chaudes de la porte sud, la princesse Éline avait tenu à descendre du carrosse. Il n'y avait aucun soldat, aucun garde, aucun habitant visible. La capitale était désertée par toute vie.

— Pourquoi m'as-tu caché l'ampleur de ce désastre ? dit-elle la gorge nouée d'émotion.

— Parce que tu ne pouvais rien faire contre, répondit Jerry sur son épaule. Ils se sont sacrifiés tout seuls, leur soulèvement était voué à l'échec.

— Y a-t-il des survivants ? demanda-t-elle, voyant une main ensanglantée dépasser des éboulis.

— Oui, beaucoup, la rassura l'oiseau. Les caves sont pleines de réfugiés. Les dégâts sont très impressionnants mais les pertes humaines restent légères.

— Mille âmes innocentes seront toujours plus légères qu'une âme damnée, mais seulement pour les Fées, pas pour moi.

Jerry se tut, on entendit un grincement, un corps pendu tournait sous l'effet du vent.

— Je n'étais pas préparée à voir cela, convint Éline, en respirant difficilement.

— Personne n'est préparé à voir les vestiges d'un massacre, encore moins quand il s'agit de son propre peuple, fit Frédérik de Pandème en s'approchant de la jeune princesse. Vous devriez remonter dans le carrosse avec votre sœur. Contre toute attente, cette ville n'est plus un obstacle, nous pourrons la traverser rapidement et vous en épargner la vue.

— Non, Majesté, répondit solidement Éline. Je vous rends grâces du souci que vous donne mon émotion mais je traverserai cette ville à pied.

— Je vous comprends, je marcherai à vos côtés.

— Permettez-moi de refuser votre obligeante attention. Si vous voulez vraiment faire quelque chose pour moi, demandez à vos soldats de décrocher ces corps pendus et de recouvrir tous les visages des morts qu'ils rencontreront en attendant de pouvoir leur consacrer une véritable sépulture.

— Il en sera fait selon vos désirs.

Le souverain se retourna pour donner des ordres. Plusieurs détachements de soldats se mirent en mouvement pour les exécuter. Tout le monde mit pied à terre. Jerry s'envola pour assurer la sécurité des rues.

Philip tenait tendrement la main d'Éloïse pour l'aider à surmonter la vision d'Étel. Mais elle la lui lâcha. Lui adressant un pâle sourire reconnaissant, elle rejoignit Éline. Les doigts des deux sœurs se crispèrent les uns sur les autres et, doucement, les deux jeunes princesses s'avancèrent parmi les ruines de leur capitale.

La poussière que soulevaient leurs pas retombait au sol sur les pierres calcinées. Le silence de mort qui régnait là n'était coupé que par le pas des chevaux, le grincement des armures et le craquement de bois du carrosse vide.

Il aurait pu en être ainsi jusqu'à l'autre bout de la ville, mais la colonne de soldats de Pandème attira beaucoup de regards jusqu'alors cachés. Le fait que des hommes en armure s'occupent des cadavres les avait mis en confiance. Les Étellois sortirent les uns après les autres de leurs abris. Une femme aux cheveux de paille retenus par un bandeau noir s'avança vers les princesses. Elle avait une large cicatrice sur la joue.

— Altesses ! s'écria-t-elle, réjouie. Vous voici de retour !

Éline était folle de joie de revoir Onémie. Elle n'avait même pas espéré pouvoir la retrouver en vie dans un tel carnage. Elle se retint de justesse de ne pas lui sauter dans les bras.

— Nous nous serions battus jusqu'au dernier, vous savez, lui assura fièrement la serveuse.

Au contentement de revoir la jeune femme succéda l'horreur de ces paroles. Éline en resta interdite.

— Pourquoi, Onémie ? Je ne vous avais pas demandé de vous révolter.

— Mais pour vous prouver notre fidélité ! répondit la jeune femme toujours en deuil. Nous n'allions pas nous soumettre à la volonté de Korta alors qu'il a tué notre souverain et qu'il vous a obligées à fuir aussitôt !

— Pourquoi t'ai-je raconté tout cela ? Je t'avais demandé de m'attendre.

— Nous ne pouvions rester les bras croisés ! Il y allait de notre honneur et de notre croyance.

— Ce n'est pas toujours dans la bataille que se trouve la victoire. Et il y a croyance et fanatisme, répondit posément Éline. Je t'avais dit que je préférais qu'il n'y ait pas de mort.

La jeune femme aux cheveux de paille blêmit un peu.

— Dois-je comprendre que vous me reprochez d'avoir désobéi à vos ordres ?

— Non. Je ne t'avais donné aucun ordre. Tu as seulement mal compris mes paroles. Mon père ne voulait ni deuil ni larmes après sa mort et je ne crois pas qu'il ait souhaité que le sang coule. Je ne peux vous reprocher la révolte qu'a causée sa mort dans votre cœur. Le sacrifice d'Ételd a permis à la Grande Plaine de ne pas tomber sous la férule de Korta. Mais je ne puis m'empêcher de me demander si finalement cela aurait été pire que tout ceci.

Onémie avait baissé la tête, elle n'osait plus rien ajouter sur les notions de fidélité. Elle se rendait compte des changements qui s'étaient opérés en Éline. Ce n'était plus une jeune princesse fragile qui pleurait par manque de courage.

— Le Mal ou le Bien est fait, on ne peut plus y revenir. Explique-moi plutôt pourquoi les hommes de Korta ne sont plus dans la ville.

— Ils sont partis hier, répondit Onémie d'une petite voix. Ils ont incendié les derniers quartiers près de la porte sud. Ils ont détruit et tué tout qui se trouvait sur leur passage menant droit au château royal.

— C'est une simple manière de nous accueillir, chuchota Jerry.

La jeune princesse sursauta. Onémie n'avait pas entendu l'oiseau.

— Il manque les têtes accrochées au-dessus des portes de la ville pour nous souhaiter la bienvenue, répliqua Éline sarcastique.

— Nous les avons enlevées, répondit Onémie en murmurant. Pour les enfants.

— Parce que le reste n'est pas choquant ! répliqua Éline en regardant autour d'elle.

Onémie n'osa plus dire un mot. Éline regretta la dureté de ses paroles.

— Je pense que les Étellois devraient s'occuper de leurs morts. Si je ne parviens pas à reprendre le trône, vous pourrez vous révolter et vous faire massacrer si telle est votre envie, je ne serai plus votre reine. Mais tant que je suis en vie, je vous ordonne de l'être aussi.

La jeune femme s'inclina et s'éloigna vers les autres Étellois. Frédérik de Pandème avait tout entendu, Éline se retourna vers lui.

— Ai-je été trop dure ?

— Pourquoi ne me le demandes-tu pas à moi ? fit Jerry.

Elle haussa les épaules et attendit la réponse du roi.

— Non. Vos paroles seront toujours déformées ou détournées parce qu'il faut que le peuple y entende une empreinte divine. Il est bon de leur rendre leur véritable valeur de temps en temps. Ne vous inquiétez pas, le peuple ne vous reprochera jamais votre dureté ou votre souplesse d'esprit.

Plus rassurée, la princesse Éline continua son chemin avec sa sœur. La route de cendres que Korta avait tracée à leur intention prit soudain un autre sens : elle aurait existé même si les Étellois ne s'étaient pas révoltés. Éline et Éloïse n'avaient plus envie de pleurer, elles ne se sentaient plus coupables, elles étaient indignées de la cruauté de Korta et se sentaient vengeresses. Elles marchaient d'un pas énergique. Elles n'allaient pas simplement se marier, comme semblaient le vouloir les Fées, mais bien se battre.

Elles auraient probablement gardé cette allure jusqu'au château si deux chevaux montés par trois femmes ne les avaient arrêtées.

— Estelle ! Ophélie ! Sélène !!! Que faites-vous ici ?! s'écria Éline.

À la présence de la Scylèse et à son visage emmitouflé plus cadavéreux que de coutume, elle comprit que quelque événement grave s'était produit. Mais elle n'eut pas le temps de demander quoi que ce soit. Sten, Ceban et Erwan accouraient déjà vers leurs femmes.

La Scylèse s'écroula dans les bras de l'Akalien dans des millions de sanglots. Le petit homme essaya bien de contenir les tremblements de sa femme, mais la peur de celle-ci dépassait ses forces. Il s'assit donc par terre, se moquant éperdument des gens qui l'entouraient, pour étreindre Sélène contre lui. Avec une infinie patience, il lui caressa les joues, les cheveux. Il l'entoura un peu plus de ses bras. Il lui embrassa le front et posa sa propre joue contre sa tête en la berçant d'un léger balancement. Sélène semblait une enfant et personne n'osa les déranger de paroles intempestives. Lorsque les sanglots de la Scylèse commencèrent à se calmer, Erwan releva la tête, visiblement bouleversé et angoissé.

— Elle n'avait plus eu ce genre de crise depuis notre fuite d'Akal. Chloé s'est enfuie, n'est-ce pas ? C'est la seule raison qui aurait pu faire sortir Sélène de la Forêt Interdite.

— Oui, répondit Estelle. Chloé a disparu, Tanin et Erby aussi.

— Et Imma, ajouta Ophélie.

À ce nom, Jerry changea de couleur de plumes.

— Nous savons qu'ils sont ensemble, rassura Estelle, mais…

— Mais ? demanda Erwan.

Les sanglots de Sélène reprirent de plus belle.

— Ils sont déjà dans le château, répondit Ophélie.

Erwan ferma les yeux et nul ne sut sur le moment s'il berçait Sélène pour la rassurer ou se rassurer lui-même. Muht Dabashir était revenu avec Gorth. Et s'ils découvraient l'enfant, et s'ils l'emmenaient entre les mains d'Utahn Qashiltar… Chloé… Chloé…

— Je ne sais comment ils se sont procuré un chariot ni comment ils ont pu avoir le courage de traverser la passerelle au-dessus des douves, mais nous sommes arrivées trop tard, expliqua Estelle. Ils avaient déjà franchi la herse. Nous avons préféré vous attendre, mais face à ce décor, Sélène a été difficile à contenir. Elle s'est évanouie je ne sais combien de fois depuis ce matin.

— Et nos enfants ? demanda Sten à sa femme.

— Ils sont restés avec Virgine.

— Les sept avec deux bébés !

— Ils ont parfaitement compris que l'heure était grave. Il était impossible de garder Sélène dans la Forêt Interdite. On ne pouvait pas la retenir. Je suis la seule à savoir me battre, mais Ophélie a dû venir, car je ne pouvais pas me charger de Sélène toute seule. Virgine saura s'occuper d'eux.

— Et pour les tétées ?

— Elle est plus débrouillarde que toi ! Elle ne les laissera pas mourir de faim ! Elle leur donnera du lait de vache !

Le géant se sentit un instant minuscule sous les paroles de sa femme. En passant le doigt sur les joues mal rasées de son mari, elle calma la peur qui la rendait agressive.

— Nos enfants sont en sécurité. Ce n'est pas d'eux qu'il faut s'inquiéter, petit père angoissé, mais de nos trois fuyards et d'Imma.

— Cela nous donne une motivation supplémentaire pour entrer dans le château royal et pour massacrer Korta, décréta Ceban.

Le prince Philip hocha la tête pour marquer son approbation totale. Les deux jeunes hommes étaient des fonceurs de nature. Ils ne pensaient au danger qu'après. Et pour l'heure, il ne leur venait même pas à l'idée qu'Erwan, toujours assis par terre, avait bien du mal à desserrer l'étreinte de Sélène. La princesse Éloïse fut la plus judicieuse. Elle fit un signe à Jerry et s'écarta un instant.

— Quand j'étais enfant, chaque fois que j'avais de la peine, je me cachais dans les jardins du château. Il y avait toujours par là un gros chat blanc angora qui venait chercher des caresses. Il me faisait oublier mes larmes. Je n'ai pas peur de toi, Jerry, parce que je sais que c'était toi. Tes yeux t'ont trahi.

L'oiseau la regardait en face, sans gêne. Il savait qu'elle l'avait compris depuis un moment.

— Ne pourrais-tu faire la même chose pour Sélène ? demanda-t-elle.

Il ne répondit rien. Mais l'instant suivant, Éloïse tenait un minuscule chaton blanc dans ses mains.

— Que tu es beau ! chuchota Éloïse éblouie.

— Il faut bien cela pour enlever Sélène des bras d'Erwan, répondit Jerry en passant sa petite langue râpeuse entre ses coussinets roses.

Éloïse porta le chaton à Sélène. Avec ses petits miaulements et ses ronrons trop forts, il réussit à attirer l'attention de la jeune femme que tout le monde essayait de rassurer. Elle ne pensa pas que ce pouvait être Jerry. Elle l'accueillit de ses mains maladroites et finit par accepter de lâcher Erwan pour mieux se raccrocher à la douceur des poils blancs. L'Akalien se releva et aida sa femme à faire pareil.

Sur l'invitation de Frédérik de Pandème, il l'emmena jusqu'au carrosse où il l'installa avec le chat. Celui-ci lança un clin d'œil à Erwan qui eut un faible sourire. Les yeux toujours pleins de larmes mais l'esprit apaisé, Sélène s'en rendit compte :

— Oh ! Jerry ! C'est toi ! Traître que tu es ! renifla-t-elle sans le penser vraiment. Comment peux-tu te transformer en un animal aussi petit et adorable ? !

— Par le simple désir de te rassurer, dit-il en lui léchant les mains. Je peux même te faire sourire si tu veux.

Il se transforma en kump, petit animal du royaume d'Akal qui possédait une queue en panache et des moustaches frisées. Sélène sourit en reconnaissant la première créature qu'elle avait caressée. Mais ses yeux se brouillèrent de nouveau face au flot de souvenirs que sa vision faisait remonter.

— Allons, Sélène. On va te la ramener ta sale gamine, et par la peau du dos s'il le faut. Elle saura fuir Muht ; Tanin est avec elle. Aie confiance en nous.

Sélène acquiesça d'un brin de sourire en prenant une grande respiration. Erwan la serra un instant dans ses bras.

— Vous avez des compagnons fabuleux, Altesse, fit Frédérik de Pandème à la princesse Éline. Chacun étonne par un pouvoir ou un don. Et même les pires peuvent être les meilleurs.

— Espérons, Majesté, que notre originalité nous permettra de gagner ce soir.

Ensemble, ils portèrent leurs regards vers le grand château royal de Leïlan. Les jolies pierres blanches du colossal édifice semblaient avoir noirci, les tours aux toits d'ardoise n'avaient jamais paru aussi pointues et acérées. Les étendards qui flottaient avaient la couleur rouge sang de la famille d'Alekant et le pont-levis baissé faisait penser à une immense langue déroulée devant la gueule d'un démon inquiétant. Était-ce seulement le ciel rayé de violet et d'orange qui leur donnait ces impressions ? Leur malaise se faisait de plus en plus ressentir au fur et à mesure qu'ils avançaient.

Tout était ouvert et désert, et l'Élixir d'Erwan semblait inutile : les sariclès se tenaient déjà loin de la passerelle. Cela sentait le piège. Éline se retourna vers le carrosse d'où Jerry sortait sa truffe et ses petites pattes poilues.

— Dis-moi, Jerraïkar avait accueilli Enkil de la même manière ?

Jerry fut un peu pris de court, mais il répondit :

— Le chemin de cendres était moins spectaculaire, mais il y avait deux têtes de seigneurs au-dessus de chaque porte. Jerraïkar les avait chacun provoqués en duel et attendait Enkil pour lui faire subir le même sort.

— Il n'y avait donc aucun piège. Il n'y en aura pas cette fois-ci non plus.

— Ne crois pas cela, Éline, répondit le kump. Je… Jerraïkar n'était pas un lâche, il n'attaquait jamais par-derrière. Ce n'est pas le cas de Korta.

— D'où tenez-vous ces détails ? s'étonna le roi de Pandème. Avez-vous des documents sur le sujet ?

— Non, répondit rapidement Jerry. J'ai déduit son caractère de recherches personnelles.

Il n'osa pas lui dire qu'il n'avait jamais ouvert le manuscrit sur Pandème qu'il avait dans sa bibliothèque. Il avait à peine jeté un œil sur certains passages des Mémoires d'Enkil ; il n'en avait fait faire les copies que pour l'éducation d'Éléa.

— Mon ancêtre a écrit un livre. Il y consigne que Jerraïkar était l'un des hommes les plus cruels de l'époque mais que son sens de l'honneur en avait fait un adversaire hautement estimable. Il finit le récit de sa bataille en regrettant sa mort. Il pensait qu'il aurait dû avoir une deuxième chance. Que si Jerraïkar avait pu se rendre compte de sa cruauté, il aurait pu devenir un homme de bien.

— De bien ?! Quelle ânerie ! cracha Jerry.

Mais sous ses paroles acides, il cachait le sacré bouleversement de son cœur. Les Fées avaient exaucé le vœu d'Enkil ! Il était Monstre à cause de ce vagabond ! Il aurait voulu le détester plus encore, mais qu'Enkil lui ait reconnu une qualité le touchait :

— L'ancêtre de Sa Majesté avait l'esprit trop encombré par ses sentiments, mais je dois avouer que son courage et sa valeur méritaient sa noblesse.

Il ne se serait jamais cru capable de dire une phrase pareille sur Enkil un jour. Frédérik de Pandème hocha la tête devant ces louanges.

— Je vous remercie pour lui, sourit le roi.

— Eh bien, je pense que nous pourrions décider maintenant si nous entrons ou pas dans le château, coupa Éline qui craignait que leur échange de louanges ne dure encore longtemps.

— Mon instable fils Axel n'est pas là, répondit le souverain.

— Éléa non plus, appuya Jerry.

— Comme Cédric, glissa Éline.

Ils laissèrent tous trois passer un silence.

— Les attendons-nous ? demanda Frédérik.

— Je ne sais pas. De toute manière, je ne peux pas entrer dans le château.

— Pour quelle raison ?

— Un Bas-Esprit ne peut pénétrer le territoire d'un Esprit Supérieur sans son consentement. Sa Majesté l'aurait-elle oublié ?

— Non, j'avais oublié qui vous étiez, dit le roi dans un sourire. Eh bien entrons. Votre Altesse pourra tester mon courage ainsi, envoya-t-il à Éline. Nous avons échafaudé des plans une bonne partie de la nuit pour nous introduire dans ce château et on nous ouvre la porte. Nous savons que nous allons droit dans un piège et qu'il manque trois combattants. Mais nous sommes prévenus et nous pouvons peut-être donner une bonne correction à ce château. Il n'y a pas que Korta à l'intérieur. Si j'ai amené autant d'hommes, c'est pour cette raison. Et vous, Jerry, vous nous ferez la surprise de nous amener nos trois retardataires. Qu'en pensez-vous ?

— Résolument excellent, père, dit Philip. Mais nous pourrions mettre les femmes à l'abri dans le carrosse, avant.

Frédérik de Pandème regarda la princesse Éloïse debout à ses côtés :

— Merci, Altesse, votre rencontre a déjà mis du poids dans la cervelle de mon fils.

Il se mit à rire de la tête indignée de Philip et aida sa reine Céliane à monter aux côtés de Sélène. Celle-ci, pleine d'espoir et d'inquiétude, laissa Erwan reprendre sa place sur son cheval. Le grand Sten réussit à convaincre sa femme de se réfugier dans le carrosse comme Ophélie et les princesses. Mais Estelle accepta la chose uniquement parce qu'elle pouvait protéger les autres femmes si quelqu'un venait à menacer leur sécurité.

Jerry quitta les mains de Sélène en se transformant en faucon.

— Je vais déjà voir où en sont les autres !

Et sous ses ailes qui se déployaient à l'infini, la grande colonne de soldats avança sur la passerelle du château de Leïlan. Ils étaient tous sur leurs gardes, les épées déjà en main. Certains regardaient les douves avec appréhension, d'autres le petit homme aux cheveux rouges avec confiance : l'Akalien avait criblé les bords du pont de produits de ses expériences. Il avait amélioré son élixir, mais les sariclès paraissaient plutôt obéir à un ordre qu'à une répulsion envers la préparation de l'Alchimiste Suprême.

Est-ce que les Fées les aidaient à pénétrer le territoire d'Ibbak ou est-ce que Korta cachait quelque traîtrise pour être aussi sûr de lui ?

— Éline a traversé cet endroit avec sa sœur en pleine nuit, murmura Cédric abasourdi.

Éléa et les deux princes pataugeaient dans le Passage des Cinq Rivières. Les chevaux avaient du mal à galoper dans les eaux vaseuses. Fatigués de leur longue course qui durait depuis le matin, ils se cabraient au contact des anguilles. Le terrain instable ne permettait même pas un véritable pas de course. Les algues brunes giclaient autour d'eux dans des gerbes d'eau chaude. Leur passage bouleversait la quiétude du lieu. Cédric imaginait sans peine l'endroit sous l'emprise des brumes nocturnes avec les hallucinations dues aux bulles de gaz en prime. Mais il ne parvenait pas à y voir deux jeunes princesses, même en fuite.

Ils arrivaient à la fin du sinistre paysage. Les fortifications d'Étel apparaissaient au loin. Lorsqu'ils sortirent du passage, un faucon vint tout de suite sur eux. Éléa le reçut sur son poignet gauche. Jerry ne leur fit aucun commentaire sur leur retard ou leur escapade. Il leur annonça tout de suite la situation d'Étel et les prévint que la colonne de soldats de Pandème devait finir au moment même de s'enfoncer dans l'ouverture béante du château.

— Ils sont fous ! s'écria Éléa.

— Peut-être pas, répondit Jerry, l'important était qu'ils entrent dans le château avant la nuit. Quelle que soit leur façon de procéder.

— Mais Korta leur a préparé un piège, pour ouvrir les portes de la sorte ! Il n'est pas comme toi !

— … Fort probable, mais vous serez la surprise.

— Tu comptes nous porter sur ton dos jusqu'aux balcons ! Ce ne sera pas très discret.

— Non, Thalan m'a indiqué le passage secret du roi, répondit Jerry. Il débouche dans le cabinet royal.

— Mais cela risque d'être long à trouver, pour nous. Éline m'a écrit que le château contient un vrai dédale de passages secrets. On peut se perdre, fit Cédric.

— Non, j'ai mon opaline, elle nous conduira, dit Axel.

— Mais Erwan et Ceban m'ont dit qu'il y avait des amalyses dans les grottes du Mont Étel. Je ne peux plus les approcher, rappela Éléa. Elles sont toutes sous le contrôle de l'Esprit Sorcier !

— C'est faux. J'ai toujours la mienne, répliqua Axel en montrant sa compagne enroulée autour de son bras. Je peux toujours contrecarrer les ordres d'Ibbak.

— Tu es vraiment un homme plein de ressources, dit Cédric.

— Hé, sourit Axel en relevant les sourcils avec évidence. Je crois que les Fées m'ont bien armé.

— Alors, on perd encore du temps à discuter ou vous vous décidez à partir ? s'impatienta Jerry.

L'oiseau et les deux jeunes princes se retournèrent vers Éléa pour avoir la réponse.

— Tu as confiance en moi ? demanda Axel en lui prenant la main.

Elle sourit en oubliant toute crainte. Elle se sentait invincible à ses côtés, plus rien ne pouvait les séparer. Dans un moment pareil, il lui était impossible de songer à la mort.

Sous les ailes de Jerry, les trois cavaliers s'élancèrent vers les lavoirs et les pressoirs d'Étel. Axel fut effondré en ne retrouvant même plus les encorbellements qui caractérisaient la capitale. Cédric resta impressionné par l'ampleur des démolitions. Quant à Éléa, elle avait pourtant déjà survolé la ville en proie à la fureur de Korta, mais là, elle dut fermer les yeux.

— Dépêchez-vous, ils sont peut-être encore dans la cour d'honneur, leur cria Jerry en les quittant à l'entrée du passage secret. Je vais les prévenir.

L'oiseau s'envola vers les tours d'ardoise qui flamboyaient sous les reflets du ciel pourpre et orangé. Axel et Éléa s'enfoncèrent dans les grottes du Mont Étel, suivis de Cédric subjugué par l'apparition de l'opaline. La petite Divinité filait dans les couloirs de roche et ses trois poursuivants devaient courir pour ne pas la perdre.

La puissance d'Ibbak

La roche s'éclairait mystérieusement de rouge et non de brun rosé sous la lumière de l'opaline. Les pierres du château n'étaient plus blanches mais grises. Les trois jeunes gens ne remarquaient pas ces changements de couleur, ils n'avaient pas conscience de l'atmosphère inquiétante qui les entourait ni des grondements sourds qu'on entendait vaguement. Ils prenaient à peine le temps de respirer l'odeur fétide qui flottait pour ne pas perdre l'opaline.

Éléa ressentait une légère angoisse due à sa récente captivité dans ce lieu, mais elle l'oubliait dès que la main d'Axel serrait la sienne.

Seraient-ils suffisamment rapides pour rejoindre les autres dans la salle du trône ? La suite de Frédérik de Pandème arriverait-elle entière jusque-là ? La passivité de Korta était-elle normale ?

La princesse Éline était tout aussi occupée par ces pensées. Un guide était venu remplir son rôle d'accueil comme s'il s'agissait là d'une simple visite de courtoisie au roi de Leïlan. Il aurait fallu être aveugle pour ne pas remarquer que toutes les mains étaient armées. Le guide ne semblait pas s'en soucier : il parlait de façon anodine ; seul le tremblement de ses mains permettait de déceler une certaine nervosité chez lui.

La cour basse était vide. Une servante l'avait traversée en courant pour se réfugier dans les cuisines. Aucun aboiement de chien ne s'entendait. Aucune odeur de pain ne flottait dans l'air. Pourtant, derrière chaque porte se sentait la présence de gardes prêts à bondir.

Jouant de la même innocence contrefaite que le guide, le roi de Pandème lança quelques regards lourds de sens à ses nobles guerriers : les hommes en fin de colonne se détachèrent doucement les uns après les autres. Pour anticiper la bataille, le souverain à la barbe blonde avait fait entourer chaque femme de cinq hommes et Céliane était auprès de lui avec Éline. Personne n'écoutait la verve sans intérêt du guide. Les oreilles et les yeux se concentraient seulement sur le silence et le vide environnants.

Malgré toute la confiance qu'Erwan cherchait à communiquer à sa femme, Sélène tremblait: le lieu, l'absence de Chloé, la possibilité de croiser un Scylès la terrifiaient. À ses côtés, Estelle ne cherchait plus Tanin du regard. D'une manière ou d'une autre, elle savait que l'enfant avait réussi à entrer dans la salle du trône avec ses compagnons. Elle priait seulement pour qu'ils y soient encore et qu'aucun des fuyards de la Forêt Interdite n'ait été tué.

Sous sa capuche de nouveau rabattue, la princesse Éline sentait son cœur s'emballer chaque fois qu'elle remarquait des taches sur le dallage de la cour. Le sang était encore frais et précédait leurs pas. Dans le grand escalier à vis, il gouttait encore de certaines marches.

Elle se répétait que tout n'était que mise en scène. Mais au fond d'elle, la peur montait comme chez les autres femmes. Sa poitrine se comprima plus encore lorsque la cour d'honneur lui fut visible. Des corps décapités étaient accrochés à la façade et les têtes s'éparpillaient au sol comme un jeu de boules. Les lèvres mangées pour contenir une envie de vomir, Éline essayait d'oublier les noms qu'elle pouvait mettre sur chaque visage déformé par la mort.

Le guide ne disait plus rien; son silence n'était pas dû à l'étonnement mais à la peur. Il avait du mal à jouer la comédie devant ce spectacle.

Éline se sentait seule et fragile malgré tous ses gardes du corps. Personne ne lui tenait la main ou ne la rassurait. Axel était parti, Cédric n'était toujours pas près d'elle. Où était son Prince? Elle avait les yeux trop brouillés pour apercevoir l'hirondelle aux yeux jaunes posée sur l'une des gargouilles de l'escalier extérieur de la galerie principale. La princesse s'enfonça dans le grand couloir sans remarquer les mouvements de l'oiseau, sans savoir que Cédric, au même instant, courait sous ses pas. Parviendrait-il à elle?

Cédric se le demandait en sautant par-dessus les stalagmites et les flaques d'eau. Les mécanismes de ce passage s'enchaînaient sans qu'il en voie la fin. La grotte suivante n'était que le reflet de la précédente. Le jeune prince avait l'impression que ce chemin ne menait nulle part.

Le dernier mécanisme fit déboucher les trois retardataires sur les bords d'un grand lac souterrain. Ils s'apprêtaient à le longer rapidement sans se soucier de ce maigre changement de décor lorsque l'eau frémit, pour gronder ensuite avec puissance.

— Une amalyse! comprit Éléa avec frayeur.

La plante tueuse s'élevait déjà hors de l'eau, énorme et plus noire que les ténèbres.

— Cédric, prends Éléa avec toi et courez! réagit immédiatement Axel en faisant face à la créature.

— Non! C'est de la folie! cria la jeune fille en résistant aux bras qui l'emportaient.

La vague d'amalyse tapissait le plafond et plongeait déjà sur Axel. Il se retourna vers la jeune fille terrifiée.

— Il ne faut pas avoir peur, c'est toi qui me l'as appris. Pars, je vous rejoins.

L'assurance d'Axel laissa Éléa un instant sans voix. Au poignet du jeune homme brillait une amalyse du blanc le plus pur. La jeune fille, entraînée, ne le quitta pas des yeux.

— Je t'aime, dit-elle en sursaut au moment où l'amalyse noire s'effondrait sur lui.

Axel tendit le bras vers la plante tueuse et comme s'il avait entendu Éléa, il murmura :

— Moi aussi.

Malgré eux, Cédric et Éléa avaient ralenti leur course. La jeune fille n'arrivait plus à respirer, sa vie même était en suspens. Elle piétinait sur les premières marches qu'ils avaient atteintes. Cédric retint lui aussi son souffle en voyant l'être gélatineux englober la main et le poignet de son frère. Allait-il absorber Axel en entier ? Il ne pouvait pas fuir.

La progression de la plante tueuse s'était arrêtée. Un point lumineux l'envahissait peu à peu. Tout alla très vite alors. Un reflet blanc parcourut entièrement l'amalyse. Elle sembla fondre sur le poignet d'Axel. Éléa faillit en pleurer de joie. Elle accepta enfin de disparaître à la suite de l'opaline et de Cédric.

Axel attendit simplement que l'amalyse sauvage retourne complètement dans l'eau saumâtre avant de s'élancer le long du lac souterrain puis dans l'escalier. L'amour lui donna les ailes qu'il lui fallait pour rattraper Éléa et retrouver son souffle dans son baiser. Ils ne s'attardèrent pas pour autant : au-dessus d'eux, les marches s'élevaient à perte de vue malgré l'éclairage puissant de l'opaline. Ils se sentaient encore forts, unis et Cédric bénéficiait de leur moral. La salle du trône n'était plus très loin et plus rien ne comptait. Ils n'entendaient pas le grondement toujours latent alentour. Ils ne virent pas l'amalyse ressortir de l'eau.

La troupe menée par Frédérik de Pandème gravissait elle aussi des marches et se perdait dans des couloirs sans fin. Le guide mensonger décrivait de nouveau la joie du roi de Leïlan à les accueillir dans sa demeure tandis que l'arrière-garde des soldats s'éparpillait, le long des ouvertures des passages secrets révélés par la princesse Éline.

Les couloirs étaient sombres, noir et rouge. Éloïse s'étonnait un peu du décor, et ce n'était pas dû à son sommeil de six ans, car Éline aussi était surprise. Les couloirs qu'elle connaissait si bien avaient toujours autant de candélabres sur pied, mais, si quelques tapisseries avaient été changées, elles ne pouvaient en rien à elles seules rendre les lieux somptueux aussi inquiétants. Chacun croyait que l'angoisse brouillait ses yeux. Une odeur désagréable leur titillait le nez.

Lorsque les portes à double battant de la salle du trône s'ouvrirent, ils eurent tous la conviction que la peur seule ne pouvait à ce point déformer la vision. Une atmosphère étouffante et malsaine les écrasait malgré la hauteur des plafonds. Les feux des colossales cheminées tentaient d'éclairer l'immense pièce, mais, comme les lustres, ils trouaient avec difficulté l'obscurité. Même les portes-fenêtres des balcons n'apportaient aucune clarté. La nuit était tombée d'un coup, plus noire que du charbon, sans lunes et sans étoiles. Il n'y avait pas un souffle de vent. L'air était immobile comme le temps.

La présence de grands hommes en chasuble le long des différents murs n'échappa pas à Frédérik de Pandème et à ses seigneurs. Sélène, Erwan, Estelle et Ophélie cherchèrent bien du regard Imma et leurs petits fuyards, mais la cour, regroupée dans la salle comme un troupeau de brebis apeurées, était trop dense pour remarquer qui que ce soit.

Dans ce décor suintant de peur, seul le dais du trône rayonnait, d'une lumière visqueuse qui ne pouvait s'étendre très loin. Muht et Gorth étaient là, leur masque de verre sur les yeux. Habillé de noir avec magnificence, le teint jaune accentué par des cernes sous les yeux, Korta, récemment promu au rang de roi de Leïlan, trônait au milieu dans la faible lueur.

En voyant un gros rubis accroché à son doigt, Éline eut soudain une frayeur pour le jeune Thalan, mais elle aperçut l'adolescent en parfaite santé à la base des marches du trône. Droit comme un piquet, vêtu aussi lugubrement que le palais, le page remplissait toujours sa fonction. Il cachait la haine de son nouveau roi et son double jeu derrière un visage inexpressif. Pas l'ombre d'un sourire n'effleura même ses lèvres à la vue du roi de Pandème et de sa suite. Pourtant parmi les six femmes encapuchonnées, il savait que se trouvait la princesse Éline. Mais depuis son retour, Muht n'arrêtait pas de l'observer et de le soupçonner.

— Quelle agréable surprise, Majesté, que votre venue dans mon royaume ! fit soudain Korta à l'adresse de Frédérik de Pandème.

Sa voix était neutre, exempte de la chaleur appropriée à ces paroles. Elle résonna dans le froid de la salle. Korta ne prit même pas la peine de se lever ni de bouger.

— Il était dans mes intentions de faire la visite des royaumes voisins pendant l'automne. Vous devancez mes projets.

— J'ai remarqué dans votre cour que vous aviez beaucoup de traîtres à décapiter et de rebelles à pendre. Cela prend beaucoup de temps, répliqua Frédérik avec sarcasme.

— En effet, j'ai quelques problèmes pour redresser le pays. Il n'est pas toujours facile de succéder à un roi sans autorité, répondit Korta d'un ton léger.

Dans le cabinet royal, un pan de mur bougeait. Axel passa la tête en premier puis se glissa dans la pièce, Éléa et Cédric sur les talons. La jeune fille souffla en posant les mains sur ses jambes : l'escalade se faisait ressentir dans ses cuisses.

Les tentures qui les entouraient étaient noires. La nouvelle décoration appelait au silence : chacun garda ses réflexions pour soi. Les trois jeunes gens se reprirent très vite et se dirigèrent vers l'escalier de bois sculpté qui menait vers les galeries ouvertes à la droite du trône. Ils furent obligés de ralentir leur cadence : le bois craquait sous leurs pas. Ils sortirent tous les trois leurs épées, mais la chance voulut que les galeries soient désertes.

— Nous ne pouvons pas avancer plus loin, murmura Éléa. Muht va sentir l'esprit d'Axel et le mien, si ce n'est pas déjà fait. Il faudrait attendre et écouter.

Des voix s'élevaient de la salle. Où en étaient les autres ? Les trois retardataires arrivaient au milieu d'une discussion.

— Mon prédécesseur a eu la malheureuse idée de consoler son veuvage avec plusieurs femmes. L'une d'elles, la chaperonne des princesses, a conçu une jalousie sans borne pour ses rivales. Peut-être que le souverain lui avait fait espérer un mariage ou des préférences, et qu'il est revenu sur sa décision. Toujours est-il qu'elle l'a sauvagement empoisonné. Prise de remords et prenant conscience de la gravité de son acte, elle s'est suicidée directement après.

— Est-ce toutes les calomnies que vous pouvez cracher sur la tombe de mon père ?

Korta tourna la tête vers la jeune princesse au visage brusquement découvert.

— Éline ?! fit-il avec une surprise feinte. Est-ce bien votre voix que je reconnais là ?

— Ne faites pas semblant de ne pas connaître mon visage. J'aurais aimé que les Lois Interdites soient encore applicables rien que pour voir votre tête tomber sous la hache du bourreau.

— Je vois que vous avez pris de l'assurance. Je vous remercie, cher souverain, de m'avoir ramené ma future épouse.

— Je ne suis point venue me marier avec vous. Je viens pour vous reprendre mon trône, répliqua froidement Éline.

— Vous en avez enfin le courage ?! À votre fuite, j'étais persuadé que vous aviez abandonné de plein gré tous vos droits et privilèges. Votre père avait entrevu votre faiblesse de caractère, et c'est pour cette raison qu'il voulait vous donner à ma personne. Il essayait ainsi de vous protéger de cette passivité et de la folie familiale.

— Mon père n'a jamais été fou. Par contre, je ne peux dire la même chose de vous qui vous prétendez souverain.

— J'ai des papiers attestant…

— Des documents se falsifient et je suis certaine que ceux-ci l'ont été.

Korta resta coi devant l'aplomb d'Éline, mais il avança sa main vers elle.

— Et que dites-vous de cette bague, si votre père ne me l'a pas léguée ?

— C'est une somptueuse copie. Si vous connaissiez mieux votre histoire, elle aurait été parfaite.

Korta en fut interdit. Était-il possible qu'Éline ait la bague de son père ? Cela pouvait expliquer pourquoi il ne parvenait pas à mettre la main sur le bijou de pouvoir.

— Votre bague n'a que six côtés, sourit triomphalement Éline, elle est vulgairement régulière. Le rubis de mon père était à sept faces, car lors de l'édification de Leïlan, il n'y avait plus que sept familles de grande noblesse sur le territoire en désuétude. Si vous ne me croyez pas, montrez-nous donc le sceau de votre puissance.

Ce fut dans le silence provoqué par cette mise au défi que Cédric vit la princesse Éline pour la première fois. Avec Axel sur les talons, il s'était glissé jusqu'aux balustres accolés au trône. Il ne voulait pas se montrer tout de suite, il s'était plaqué au sol sur les tapis. Mais malgré la crainte de Muht, la curiosité avait fait succomber le prince héritier en quête de sa belle. L'envie de la voir avait été plus forte que lui. Il avait relevé la tête.

Éline était déjà sa femme dans son cœur. Il avait toujours fait confiance aux pouvoirs des Fées. Cédric était prêt depuis longtemps à épouser aveuglément celle qu'elles avaient choisie. Mais, depuis un mois, il aimait en outre sincèrement sa princesse. L'esprit caché derrière les lettres, l'audace des mots et la simplicité de l'écriture l'avaient séduit puis complètement conquis. Au contraire de son frère Philip, Cédric se moquait assez de la beauté d'Éline. Il avait rangé cette qualité au rang du désirable mais superflu. En passant la tête par-dessus les balustres, il aurait certainement été déçu de voir un laideron, mais une jeune fille quelconque lui aurait largement plu avec un esprit tel qu'il l'avait perçu dans les lettres de la princesse.

Quelle ne fut pas sa surprise en apercevant le visage de figurine d'Éline ! Il perdit toute conscience du danger. Ce fut la main d'Axel qui le plaqua brutalement au sol. Les Fées n'auraient-elles pas un peu trop exagéré leur charme ? Ces mariages étaient-ils à ce point importants ? !

Cédric fit un sourire tellement bête et émerveillé à son frère qu'Éléa manqua d'en éclater de rire. Ce fut le cri de Muht qui l'en empêcha, il les avait sentis ! Occupé à essayer de gratter toute information dans les esprits présents malgré leur blocage et à sonder la grande peur de certains, il venait juste de percevoir Éléa.

Mais Korta ne fut pas gêné de cette présence. Il savait qu'elle arrivait trop tard. Un violent mal de tête la prit soudain. Un bouillonnement dément, l'impression de devenir sourde. Éléa entendit à peine la voix de Korta s'élever avec force. Il se moquait de l'avis d'Éline. Il proclamait qu'il était roi d'un ordre nouveau ! Mais les mots se brouillaient dans la tête de la jeune fille. Le mal la comprimait. Elle mit les mains de part et d'autre de ses tempes pour tenter de se protéger.

Elle leva les yeux vers Axel qui était venu poser ses mains inquiètes sur ses épaules. La douleur s'était stabilisée. Pourtant, elle la sentait monter en puissance autour d'elle. Éléa voulait comprendre. Au fond de sa mémoire, elle entendit une voix limpide lui dire :

« Ensemble. »

Mais qui, quoi ?! Éléa avait l'impression de ne voir que du rouge. Que se passait-il ? Pourquoi l'opaline s'affolait-elle ?

Un aigle s'abattit soudain contre les vitres du château : il tentait de briser les carreaux à l'aide de ses serres. Jerry avait compris quelque chose, il cherchait à les prévenir. Dans la salle, une femme s'était évanouie. Une petite fille, debout à côté d'elle, se mit à hurler.

Les cris de l'enfant provoquèrent un sentiment de panique. C'était plus que de l'angoisse qu'ils exprimaient, c'était de l'horreur. Erwan et Sélène avaient reconnu la voix de leur fille et avaient accouru vers elle, bousculant violemment les nobles sur leur passage. Mais il n'y avait aucun danger autour de Chloé. Tanin et Erby, déguisés aussi en jeunes nobles, essayaient de la calmer tout en tentant de ranimer Imma évanouie à ses pieds. Mais peine perdue pour l'une comme pour l'autre. La fillette ne sembla même pas sentir les bras de son père la serrer contre lui. Le visage crispé sur une image, les yeux exorbités par la peur, elle voyait par son esprit le Mal envahir la grande salle de son ombre et de son odeur. Ce soir, Il avait retrouvé tous ses pouvoirs.

Muht vit Chloé. Le seul moment de pitié qu'il devait avoir dans sa vie, il l'eut à ce moment-là. Il comprenait la peur de l'enfant, son horreur ; ses cris étaient ceux qu'il n'avait jamais pu pousser. En même temps, il fut fasciné par cette petite femelle capable de lire les esprits comme un guerrier. Il se rendit compte de la chance que représentait le fait de l'avoir à portée de main. Il avait perdu sa bataille contre Akal, tout le Monde de l'Est savait comment fermer ses pensées aux hommes des Pays Insolites, mais peut-être qu'Utahn Qashiltar pourrait se consoler avec cette enfant…

— Vous vouliez avoir une idée de ma puissance, princesse Éline ?! tonna Korta à côté de lui. Alors admirez ! L'Esprit que j'adule va vous montrer comment réduire tout un peuple au servage ! Je suis votre empereur, prosternez-vous ! Quant à vous, anciens souverains de Pandème, enfants privilégiés des Trois Fées de l'Est, subissez la douleur d'avoir mal choisi vos Divinités ! Pliez-vous devant l'Esprit Sorcier Ibbak !

Le château entier sembla exploser sous le grondement fracassant qui suivit ce nom. Les vitres et les vitraux des dormants volèrent en éclats et même les pierres de marbre parurent trembler et se desceller. L'aigle, dehors, sembla crier comme un homme mais ses hurlements se perdirent dans le bruit. La fumée rouge qui s'insinuait dans la pièce depuis un moment jaillit en bouillonnements et aux rires de Korta répondit un ricanement effroyable.

Dans la même seconde, la cour et toutes les personnes qui accompagnaient le roi de Pandème se retrouvèrent à genoux devant le trône, le ventre plié sous la douleur. Dans son manteau noir et de brocart d'or, les bras levés au ciel, Korta exultait. Au-dessus de lui, un visage démoniaque s'était condensé.

Même les plus forts des hommes de Pandème avaient du mal à se relever. Ils s'appuyaient sur leurs épées pour tenter de dépasser la douleur. Certains avaient réussi à redresser les épaules, mais les traits de leurs visages tremblaient sous la torture. Il n'y en eut qu'un qui réussit à se mettre debout et à pointer son épée vers Korta sans trop d'efforts : Frédérik de Pandème. Une force l'aidait à surmonter l'épreuve, un champ protecteur émettait des rayonnements de sa poitrine : sa corne d'or brillait sous son manteau pourpre. Mais pourquoi la puissance des Fées était-elle aussi faible ? Les Esprits Éternels n'étaient-ils pas censés être d'égal pouvoir ce soir ?

Au cou d'Éléa, la deuxième corne luisait également et protégeait la jeune fille trop sensible de la présence d'Ibbak. Mais seuls les tourbillons de l'opaline, qui voletait autour des trois jeunes gens sur les galeries, arrêtaient net l'effet de l'Esprit maléfique.

Ranimée une fois juste avant la sortie des grottes, la petite Divinité était prête à tenir tête à l'Esprit Sorcier. Malgré sa solitude, malgré la force de son adversaire, l'intensité de sa lumière montrait sa détermination. Si son temps d'existence pouvait varier, ce soir, les minutes de ses auréoles semblaient capables de devenir des heures. C'était la mission de toutes ses vies.

Comme son frère ou Éléa, Axel était resté suffoqué par la violence et la rapidité de tout ce qui s'était passé dans la salle. Mais il avait réussi à se redresser totalement. Lorsqu'il vit son père se relever, il sentit de nouveau cette force qui l'envahissait à chaque combat, la volonté de vaincre qui le poussait à aller au-delà de ses limites. Ses muscles furent débloqués de leur tétanie, il oublia un instant la douleur qui régnait dans l'immense salle.

Sa première inquiétude porta sur Muht et Gorth.

— Gas chilla ! avait crié le chef scylès à son acolyte.

À peine moins effrayés que Chloé par Ibbak, ils descendaient lentement les marches du trône pour s'approcher de l'enfant. Il n'était pas difficile de comprendre l'intention des Scylès. Axel voulut s'élancer vers l'escalier qui se trouvait au bout de la galerie. Mais il entendit Korta clamer avec fureur la condamnation du roi de Pandème :

— Tuez-le ! Écharpez-moi cet homme !

— Non ! cria Axel.

Les mercenaires et les brutes encapuchonnées, aussi insensibles que les Scylès aux assauts d'Ibbak, entouraient déjà le souverain. Pour Axel, il n'était plus question de prendre l'escalier. Il en oubliait même Chloé. Il passa par-dessus la rampe et, malgré les neuf pieds de haut, il sauta. Il amortit sa chute dans une roulade et ne chercha même pas à savoir s'il s'était fait mal ou non : il se rua comme un fou vers son père. L'opaline tâcha de rattraper le jeune homme et, avec la même puissance, elle déchira sur son passage les nuages de fumée rouge.

Le départ de la sylphide fit plier les forces d'Éléa que la corne ne protégeait pas assez des maléfices d'Ibbak. Mais en soutenant la jeune fille de ses bras, Cédric bénéficiait de ce maigre champ de protection. Lui aussi voulait porter secours aux siens : il courut avec Éléa et dévala les marches en bout de galerie.

Plusieurs brutes au teint olivâtre s'étaient mises en travers de la route d'Axel, mais il créait le vide autour de lui par de grands moulinets de sa lame d'acier. Il ne faisait pas dans le détail. Son père était assailli par les mercenaires de Korta qui l'attaquaient, ses réflexes étaient ralentis par la douleur infligée par Ibbak : il ne pourrait jamais s'en sortir seul !

L'énergie qu'Axel déployait pour porter secours à son père se reflétait dans l'ardeur de l'opaline. À force de tourbillons, la petite Divinité avait créé un véritable cyclone dans la salle du trône. Et même si elle entravait la progression d'Axel et les combats, elle dissipait la fumée d'Ibbak : la douleur provoquée par celui-ci perdait de sa puissance. Éléa n'avait plus besoin de Cédric pour tenir debout, celui-ci n'avait plus besoin d'elle pour se protéger de l'Esprit Sorcier. Les ducs de Pandème, les comtes et les marquis, le prince Philip et tous les compagnons d'Éléa purent se redresser grâce au vent.

Emmitouflé dans son manteau de cour noir, qui s'était brusquement plaqué contre le trône, Korta tonnait des ordres et enrageait avec la même puissance qu'Ibbak face au léger revirement de situation. L'Esprit Sorcier se battait contre la petite Divinité à sa manière. Il se concentrait tout entier au-dessus des tourbillons et s'abattait sur la petite sylphide pour la noyer dans ses maléfices. Mais rien ne pouvait arrêter les tours de l'opaline si ce n'était la fin de sa vie. Les doigts de fumée se désagrégeaient avant même de la toucher, et l'énervement que la Divinité provoquait en lui occupait une grande part de l'attention de l'Esprit Sorcier.

Les gardes de Leïlan sortaient de toutes parts, mercenaires à la solde de Korta, grandes brutes à la langue coupée. Dans tous les étages du château résonnait le choc de leurs épées contre celles des soldats de Pandème. Korta avait lancé l'assaut, mais leurs adversaires, contre toute attente, avaient du répondant. Même si les Fées n'apparaissaient pas pour équilibrer les combats, l'opaline, à elle seule, contrecarrait les projets d'Ibbak en atténuant l'effet de son asservissement.

Côte à côte, Cédric et Éléa progressaient contre le courant d'air. Ils essayaient de parvenir jusqu'aux femmes, restées au centre de la salle, abruties par la souffrance. Les nobles courageux de Pandème et les compagnons d'Éléa les protégeaient et tentaient de les mettre à l'abri dans un recoin.

Main dans la main, la blonde Ophélie et la princesse Éloïse soutenaient du regard l'intrépidité des attaques de Ceban et du prince Philip : la peur de perdre leurs amants leur glaçait le sang bien plus que l'agressivité des hommes de Korta. À côté d'elles, Estelle avait pris Tanin et Erby sous sa protection. Son mari, le géant izois, lui faisait une muraille de son corps. En arrière du groupe, recroquevillée comme un animal apeuré, Sélène, la blanche Scylèse, se sentait mourir sous les tremblements incessants de sa petite Chloé. L'enfant accentuait toutes les peurs de ses cris; grâce à l'opaline, Erwan avait réussi à blesser mortellement Gorth au cou, mais la fillette voyait la hargne de Muht à vouloir venger son acolyte et tuer cet Akalien de malheur! Les images qui entouraient l'enfant étaient trop fortes pour son esprit.

Les plus en avant de la scène, Allan et Théon, aidaient les ducs de Pandème à protéger la reine, le corps d'Imma toujours évanouie et la princesse Éline.

Cette dernière était la seule à ne s'être pas relevée, peut-être manquait-elle totalement de force? Elle ne bougeait pas. Elle gardait le visage fixé au sol. Elle ne réagissait pas même aux cris de la noblesse pandémoise ou à ceux du jeune Thalan qui dès le début de la bagarre avait dévoilé ses véritables attachements. Elle semblait attendre.

— Éline, venez avec moi, vous devez vous mettre à l'abri.

Une tendre main s'était posée sur son épaule. Elle releva la tête. Son cœur reconnut instantanément le visage qu'elle n'avait jamais vu.

— Cédric! soupira-t-elle en se jetant à son cou.

Dans les bras de son prince, elle se laissa enfin emporter. La lame d'Éléa arrêtait quiconque s'approchait d'eux.

Mais les forces n'étaient pas égales. Malgré toute leur volonté de résistance, les enfants privilégiés des Trois Fées de l'Est pliaient sous la douleur et sous le nombre de leurs adversaires. Les lames fendaient l'air, les têtes volaient, le sang coulait à flots. Deux ducs de Pandème avaient déjà donné leurs vies en affrontant dix brutes de Korta.

Ignorant les limites de ses capacités, le suicidaire Théon fonça vers les statues humaines qui restaient. Il s'attaqua aux cinq lames à la fois. Son épée trancha un cou. Il ressentit une violente douleur à l'épaule. Son arme réussit à s'enfoncer dans un ventre, puis dans un deuxième. Il le paya d'un poignard dans la cuisse. Bloqué dans ses mouvements, il aurait dû recevoir le coup de couteau de la cinquième brute. Mais Allan était venu l'aider. Une fois de plus, il n'avait pas accepté ce combat où son ami cherchait la mort de façon si évidente. Allan avait tué la dernière brute, mais en retour, c'était lui qui avait reçu la lame en plein cœur.

Théon voulut rattraper Allan avant qu'il s'effondre au milieu des êtres de pierre au sang noir. Mais plus rien ne pouvait le retenir. Théon glissa au sol et prit le visage de son ami entre ses mains.

— Je n'ai pas réussi, murmura Allan… Je voulais voir mourir Korta.

Des larmes coulaient sur les joues de Théon.

— Virgine, je voulais venger ma sœur…, ajouta Allan. Pardonne-moi.

Il entendait des milliers de cris autour de lui. Théon n'était pas arrivé à parler. Quand les yeux de son ami se fermèrent, il eut l'impression de perdre la raison. Pourquoi ?! Pourquoi ce n'était pas lui qui était mort ?! Il resta là, le cœur plus mal en point que le corps. Il ne voulut même pas entendre les hurlements de désespoir et de colère qu'Éléa poussa en l'apercevant. Il ignora les mains de Sten ou de Ceban qui cherchaient à l'éloigner. Allongé sur le corps de son ami, il oubliait la bataille qui faisait rage autour de lui.

Axel était parvenu à rejoindre son père. Il avait réussi à le sauver par deux fois des assauts terrifiants de six mercenaires de Korta. Le roi à la barbe blonde était épuisé ; il était excellent homme d'armes, mais cela faisait de nombreuses années qu'il ne s'était retrouvé encerclé par autant d'adversaires. Son fils avait beau l'aider, il se sentait faiblir et reculer. Il avait du mal à contrôler son équilibre ; les vents de l'opaline s'engouffraient dans son grand manteau. La fatigue harcelait Frédérik de Pandème. Il se fit surprendre par un violent coup de lame qui s'abattit sur la garde de son épée : son arme lui vola des mains et il tomba à la renverse.

Axel était déjà au-dessus de lui, toutes ses lames sorties. Son épée tournoyait et tranchait l'air comme les chairs. Il faisait face à tous les assauts pour permettre à son père de récupérer son arme. Mais celle-ci avait glissé trop loin sur les dalles de marbre. Un mercenaire franchit la barrière de défense d'Axel et se jeta sur lui.

— Majesté, attrapez ceci ! entendit-il derrière lui avec l'arrivée entre ses mains d'un montant de porte aiguisé à coup de griffes.

Le roi ne chercha pas à comprendre, il tendit devant lui l'épieu qui s'enfonça mollement dans le ventre de son agresseur. Puis, il se retourna vers les balcons pour remercier la voix grave qu'il avait reconnue comme étant celle de Jerry. Il fut stupéfait de ne pas voir un aigle ou un chat mais un monstre cornu à la peau glauque.

— Attention ! lui cria celui-ci avec frayeur.

Le roi, embarrassé par le corps tombé sur lui, ne put éviter complètement le coup. La lame d'un mercenaire lui entailla le flanc.

Philip et Cédric n'étaient pas loin. La confusion de la bataille ne leur avait pas permis de parvenir plus tôt jusqu'à lui. Peut-être une seconde plus tard, les trois frères firent ensemble un vide radical autour de leur père. Éléa avait déjà perdu un ami. Elle refusait tout ce sang. Toujours guidée par son instinct de médecin, elle savait qu'elle pouvait au moins guérir le roi. Elle abandonna les armes pour s'agenouiller près de lui.

— Ce n'est rien ! fit le souverain irrité de faire l'objet de tant d'attention tandis que nombre de ses amis mouraient ou étaient en difficulté. Je peux me lever et me soigner seul !

Une main agrippée à son rein, il chercha de l'autre sa corne dans son manteau. Le bijou dégageait une lumière extraordinaire et celui d'Éléa brillait d'autant de feux. Négligeant l'importance de la blessure, la jeune fille et le roi se sentirent tous les deux attirés par la corne féerique de l'autre.

Des phrases entendues dans son sommeil proche de la mort revenaient à l'esprit d'Éléa, des mots oubliés depuis la naissance d'Axel refaisaient surface dans celui du roi. Sans se concerter, Ils saisirent la corne pendue au cou de l'autre dans leurs mains : ils avaient enfin compris le sens du mot ensemble qui résonnait dans leur tête.

L'éclair fut plus éblouissant que la naissance simultanée de dix mille opalines. À l'opposé de la pièce, une note pure s'éleva, portée par trois voix enchanteresses. Le vent s'arrêta brusquement et le fil d'opaline retomba dans la main d'Axel. Chloé ne criait plus, mais ses yeux pleuraient en se brûlant devant la splendeur de l'Esprit qui apparaissait.

Le Dernier Combat

Le mot *beauté* perdait toute signification en présence des Trois Fées de l'Est. Elles étaient transparentes, comme faites de vapeur, et leurs traits étaient tout aussi instables que ceux de l'Esprit Sorcier. Pourtant, chaque visage qui apparaissait provoquait un sentiment de plénitude chez tous ceux qui le regardaient. Des lignes blanches et scintillantes encadraient les têtes divines, formant comme une infinie chevelure. Elles flottaient dans un courant imperceptible, créé par un vent inconnu qui avait le doux parfum de la Vie. Les Fées dégageaient une chaleur enivrante qui faisait fermer les yeux.

Le silence régnant dans la salle était d'or. L'apparition avait coupé les voix et fait s'abaisser les armes. Même Korta, sur son trône, ne disait mot. Quant à l'épaisse fumée rouge, elle s'était regroupée avec répugnance au-dessus du dais royal.

Hormis Korta et ses brutes, tout le monde s'agenouilla devant les Trois Divinités du Bien. Cette fois-ci, ce fut sans ordre et sans contrainte, y compris pour les gardes de Leïlan et les mercenaires de Korta qui soudain changeaient de camp d'eux-mêmes. Le roi de Pandème se prosterna lui aussi. Il n'avait plus de plaie. Il en était de même pour tout homme jusqu'alors blessé, et ceci quel que soit son camp.

Faiblissant sous la détermination et la science de son adversaire, Muht avait fini par tomber au sol, contre le cadavre de Gorth, sous la surprise de l'apparition des Fées. Il était maintenant sous la menace directe de la lame d'Erwan. L'Alchimiste Suprême l'avait vaincu sans fioles, sans fumées. Il ne restait plus qu'un coup d'épée à donner et la venue des Scylès en Leïlan ne serait plus qu'un mauvais souvenir.

— Vas-y ! Qu'attends-tu ? demanda Muht. Tu n'oses pas tuer devant Elles ? Avons-nous chacun nos Divinités à craindre ?

— Non, à respecter seulement, répondit Erwan. Elles sont la vie et non la mort. Tu as de la chance.

Depuis l'apparition des Fées, toute souffrance avait disparu. Seule une trentaine de cadavres gisait sur le sol. Allan en faisait toujours partie. Théon, inconsolable, perçut l'injustice de cette mort plus fortement encore à la guérison de ses blessures. Le cœur des souverains et des seigneurs de Pandème pleura une seconde fois devant les courageux sacrifiés.

— Il n'y a pas moyen que tu joues le jeu correctement, Ibbak. Ta nature est félonie pure, émit une voix merveilleuse.

La fumée rouge, toujours en amas informe, poussa un grondement bestial.

Chloé en cria de frayeur et se remit à pleurer. Muht, sursautant de peur, manqua de s'enfoncer lui-même l'épée d'Erwan dans la gorge.

— Pourquoi as-tu amené ta fille ? Tu méprises mon peuple pour les tortures qu'il inflige aux femelles mais tu n'imagines pas celle que tu lui fais subir en ce moment.

Erwan ne lâcha pas son arme, mais il regarda Chloé, brisé par son incapacité à la calmer.

Une silhouette transparente se retourna vers la petite fille et tendit une main de vapeur vers ses yeux. Elle caressa le visage de l'enfant qui peu à peu commença à sourire, enfermant son esprit dans une image de bonheur. Ce fut Sélène alors qui pleura de joie en la serrant dans ses bras. L'extension de vapeur blanche et transparente s'en retourna vers les deux autres formes pures, ignorant l'étonnement de Muht et le soulagement d'Erwan. D'une même voix, elles s'adressèrent à l'Esprit Sorcier :

— Le moment est venu. Nous aussi l'attendons depuis longtemps. Voyons celui qui l'a le mieux préparé. Ta verve se serait-elle rouillée dans l'humidité du coffret que nous t'avons offert, pour que tu n'oses plus parler ?

La fumée rouge bouillonna et s'étala sur un visage terrifiant.

— C'est vous qui allez croupir dans la pierre avant la fin de cette nuit ! menaça-t-il. Je me ferai un plaisir de vous envoyer dans le néant ; je regrette seulement de ne pouvoir vous condamner aux mille années d'exil que je vous destinais à notre dernière rencontre. Mais cette fois, dans quatre cents ans, ce Monde vous aura oubliées, et vous ne reconnaîtrez même pas les âmes qui arpentent cette terre. La haine sera le seul sentiment connu des hommes qui n'auront de vie que dans mon idolâtrie.

Les vapeurs blanches se dressèrent devant les bouillonnements de fumée rouge. Les Divinités semblèrent s'affronter, s'absorbant l'une l'autre sans jamais se confondre. Le choc de leur puissance fut rapide, car elles le savaient vain, mais il coupa le souffle à tous en aspirant la tonalité de l'air ambiant en un instant. Puis chacun reprit sa place. Plus aucun mot ne s'échangea. Ce n'était plus l'épée d'Erwan qui plaquait Muht au sol.

La brume rouge se gonfla par la base. D'une forte expiration, elle écarta les corps qui gisaient au centre de la salle, comme des pantins. Tous les vivants furent eux aussi repoussés sur les côtés, plus doucement, par les voiles blancs et transparents des Fées. Les amis se regroupèrent. Sten réussit à arracher les mains de Théon du corps d'Allan. Les mercenaires s'étaient rassemblés dans un coin, terrifiés. La salle du trône semblait coupée en deux.

Dans un courant rouge, Ibbak fit descendre Korta au milieu du cercle des Fées. Il ne restait plus qu'à désigner son Adversaire pour que tout s'achève et qu'une seule entité d'Esprit Supérieur règne sur le Monde de l'Est. Éléa se détacha avec peine des bras d'Axel. C'était tout de même étrange de s'être tant battue, tant entraînée pour un combat qui n'avait jamais été fait pour elle. Elle sentit son cœur s'arracher à la pensée que le baiser d'Axel était peut-être le dernier. Elle en aurait crié, de sentir ses mains la quitter.

Axel s'avança vers le centre de la salle dégagé par les Fées. Il croisa plusieurs regards pleins d'espérance. Son père semblait soudain croire en sa force. Il avait toujours su pour quoi Axel était né, et s'en voulait de n'avoir jamais cru qu'Axel l'accepterait. Le visage de la reine Céliane n'avait jamais été aussi blanc, ceux de Cédric et Philip paraissaient fermes et confiants. Des murmures, des mains encourageantes l'accompagnèrent. Mais il les écoutait et les sentait à peine.

— Vas-y, fais-lui boulotter sa barbichette ! lui cria-t-on brutalement.

C'était Tanin qui le soutenait à sa manière avec Ceban.

— T'es le plus fort ! lui cria encore l'enfant.

Un imperceptible creux brisa la joue d'Axel et il entra dans le cercle des Fées. Il lui sembla que celles-ci arboraient un doux sourire.

Viens, héritier d'Enkil. C'est toi que nous attendions. Tu représentes tous nos espoirs de paix. Dans ton combat contre Korta d'Alekant, tu vas jouer l'avenir de ce Monde et des tiens. Écoute ton cœur et laisse-le guider chacun de tes gestes. Ne te fie qu'à son jugement et à ses sentiments, quels qu'ils soient. La victoire sera alors à toi.

Axel remarqua que les trois signes gravés sur le haut de son épée brillaient légèrement de blanc. Son cœur était totalement en paix. Pas une seule angoisse ne l'oppressait. Il se plaça devant Korta. Celui-ci enleva doucement son ample manteau de cour d'un air suffisant.

Contre toute attente, Axel n'éprouvait pas la haine démesurée à l'égard du duc qu'il ressentait chaque fois. Trop d'amour l'entourait. Il détourna le regard quelques secondes vers Éléa qui s'était avancée. Elle ne pouvait le rejoindre : des dalles de marbre avaient soudain émergé des flammes. Tout d'abord minuscules, elles s'élevèrent jusqu'à former un rempart à hauteur des cuisses des spectateurs du combat. Le feu divin semblait vivant : glissant sur le sol, il s'approchait des deux Adversaires ou s'en éloignait. Il était prêt à les suivre dans leurs moindres déplacements, les séparant ainsi de toute intervention possible.

— Attention ! cria soudain Éléa.

Axel para au dernier moment l'assaut traître de Korta. Le Dernier Combat avait déjà commencé. L'acier émit son premier sifflement crissant lorsque les lames se séparèrent. Les flammes s'affolèrent un instant. Leurs reflets dorés brillèrent dans tous les yeux. Leurs ombres se mirent à danser sur le décor rouge de la salle. Les Adversaires avaient des silhouettes de géants monstrueux.

Avec empressement, Korta attaqua de nouveau de toute sa puissance. Axel fit un pas en arrière. Il détourna la pointe d'un seul mouvement. Mais Korta lançait déjà une nouvelle offensive. Le duc voulait mener le combat à son plus court terme : il faisait usage de toute sa force dans ses coups. La rage peinte sur son visage éclairé par le feu divin était terrible. Il se jetait sur Axel l'épée haute, comme pour le pourfendre. Deux ou trois fois, son arme crantée toucha le sol et des étincelles jaillirent de la pierre. Ses gestes étaient sauvages, même sa respiration était animale.

Axel parait et ripostait avec sang-froid, détournait la lame et lançait des coups droits, esquivait lestement et frappait à son tour. Korta ne l'impressionnait pas. S'il reculait plusieurs fois de suite, c'était juste pour tromper le duc et lui faire commettre des erreurs. Ses assauts suivants n'en étaient que plus déroutants. Il se baissait alors et se relevait brusquement en arrachant un morceau de pourpoint à chaque riposte. Son agilité ne permettait pas à Korta de lui rendre coup pour coup.

L'acier de leurs épées brillait sous les flammes, il accaparait les moindres rayons de lumière. Les deux combattants froissaient l'air sans répit, les cliquetis des lames qui s'entrechoquaient étaient incessants.

Les spectateurs de la scène retenaient leur souffle. Personne n'arrivait à dire quoi que ce soit. Le cœur d'Éléa bondissait à chaque coup. Axel ne pouvait que vaincre, il le fallait. Elle sautait presque lorsque le jeune homme se dérobait sur le côté. Ses mains se crispaient au même rythme que les doigts d'Axel sur la poignée de son épée. Elle se brûlait par moments au feu divin en voulant rester le plus près possible. Elle souffrait à la moindre écorchure du jeune homme.

Attaque au fer, attaque simultanée, combat rapproché, feintes, croisés, dégagements, demi-cercles. Tous les chocs se succédaient avec force. Une estocade d'Axel fut arrêtée par une surprenante parade de Korta. À l'offensive suivante, le jeune prince suspendit son geste en plein mouvement et recula de deux pas en arrière : il rompait la mesure. Il laissa le duc surpris de cette dérobade soudaine. Toujours imprévisible, il eut une reprise foudroyante provoquant une légère retraite de Korta. Mais c'était sans compter sur l'esprit calculateur de celui-ci. Le duc avait remarqué un défaut d'appui d'Axel, et sa riposte fut saignante. Korta sembla reprendre le dessus plusieurs coups de suite puis Axel revint à la charge avec puissance, négligeant sa blessure au bras.

Le combat se faisait long, le sort d'un Monde était en jeu ; la mort était nécessairement son issue, mais aucun combattant ne voulait y laisser sa vie. Korta fut le premier à montrer des signes de fatigue. Il s'était trop donné, trop vite. Il fit son premier pas en arrière, puis enchaîna avec un autre. Axel se méfiait mais, en voyant le duc s'énerver, le jeune homme comprit que l'épuisement n'était pas feint. En trois coups, Axel l'érafla au bras, au torse et à la joue en symétrie avec la cicatrice faite précédemment par Éléa.

Korta hurla de douleur et perdit soudain confiance. Il recula encore et gravit les premières marches du trône pour s'écarter de son adversaire. Il s'essuya la joue. Axel ne le laissa pas reprendre son souffle. Il monta les marches qui les séparaient. Le jeune prince accula son adversaire contre le trône et leurs échanges arrachèrent des morceaux de bois entiers du siège royal.

Pour éviter un mouvement circulaire de Korta, Axel se plaqua brutalement : rabattu violemment dans son geste, le pommeau de son épée fêla le haut dossier du trône. L'intensité du coup dut se répercuter dans le dais qui le surmontait. L'énorme rubis encastré dans l'une des lunes des armoiries qui symbolisaient le pouvoir du roi se détacha. Elle tomba entre les deux Adversaires. C'était la bague du roi ! Quelqu'un avait creusé le dais pour l'y loger, cachant l'anneau d'or tout en laissant le rubis visible aux yeux de tous !

Korta lâcha un juron et voulut saisir le bijou qu'il avait tant cherché. Mais la pointe de l'épée d'Axel attrapa habilement l'anneau et l'éjecta dans le même mouvement hors du cercle de combat. Le duc vit sa royauté s'envoler au-dessus de la barrière de flammes. Elle fut rattrapée par Thalan. Korta lâcha un deuxième juron en prenant conscience du double jeu qu'avait mené, depuis le début, le page que Muht avait soupçonné sans certitude. Un de ses gardes resté fidèle se jeta sur l'adolescent pour lui ravir la bague. Thalan n'eut pas le temps de réagir qu'une lame pointée sous sa gorge stoppa l'homme en plein mouvement.

—Laisse cet enfant tranquille, décréta Estelle en pressant son poignard un peu plus fort. On ne touche pas au héros de la reine.

—Et n'essaie même pas de penser à t'échapper des mains de ma femme, sauf si tu préfères que c'soit les miennes qui te serrent le cou, ajouta le géant izois à ses côtés. On va attendre tranquillement la fin de ce combat.

Avec cette diversion, Axel avait gardé son avantage, réussissant à érafler encore Korta au bras ; et, malgré tous les efforts que fit celui-ci pour se débattre, il finit par le coincer contre la tenture. Axel saisit l'épée de son adversaire d'un adroit revers et la lui fit sauter des mains. Point final. L'acier sous la gorge, Korta soufflait comme un veau.

—Ibbak ! cria-t-il.

Il y eut de nouveau une explosion à ce nom, mais les portes et les vitres de la salle avaient déjà éclaté à la première. Que pouvait donc avoir détruit ce cri ?

La réponse surgit du cabinet royal, noire, gélatineuse et gigantesque : le passage secret du roi avait cédé sous l'entrée de l'amalyse sauvage.

La plante tueuse glissa sur le dallage à toute vitesse comme une immense vague. Sa proie n'était pas Axel. Il était intouchable derrière le rideau de flammes. Non, elle fonçait sur Éléa, restée seule près du feu divin.

La jeune fille en était paralysée. L'amalyse semblait trop forte, trop incontrôlable même pour les Trois Fées !

— Axel ! hurla-t-elle juste avant d'être ensevelie.

Le jeune homme ne chercha pas à comprendre. Il lâcha Korta et courut vers le point de disparition d'Éléa. Il n'eut pas conscience que les flammes s'écartaient devant lui. Il jeta son épée sur les dalles de marbre et s'engouffra comme un fou dans l'amalyse.

Son action dérouta Korta, mais les orbites de fumée de l'Esprit Sorcier s'étaient étrécies de satisfaction. Personne n'osait bouger ou parler. Sauf Korta qui chercha à profiter de l'instant pour passer outre le feu divin. L'épée de nouveau en main, il voulut être le seul à tuer Axel, quitte à le suivre dans l'amalyse s'il le fallait. Mais les flammes mystérieuses s'élevèrent avec puissance pour lui barrer la route.

De l'autre côté, chacun observait la grande masse noire. Cédric avait arrêté Philip dans son élan. Il cherchait la lumière blanche de l'amalyse d'Axel dans la masse gélatineuse. Il priait comme les autres pour que son frère domine la plante tueuse encore une fois.

Le point de nacre apparut et se répandit enfin. L'amalyse sauvage s'écoula comme une lourde étoffe des épaules d'Axel. Mais elle ne fut pas la seule : Éléa tombait aussi. Axel serra la jeune fille contre lui, lui parla, la secoua légèrement. Inquiet, il s'agenouilla pour l'allonger, mais elle ne bougeait plus. Aucun souffle ne sortait de sa bouche. Il lui passa les mains sur le visage ; il ne voulait pas y croire. Morte ?! Morte ?! Cette fois-ci, elle était bien morte ?!

— Alors, votre combattant aurait-il perdu toute envie de se battre ? demanda Ibbak aux Trois Fées. Je crois qu'il abandonne, j'ai gagné.

La fumée rouge s'éleva en boule dans un hurlement de victoire. Le feu divin sembla se calmer pour disparaître. Korta fit un pas en avant. Un des voiles des Fées s'interposa. Un autre, qui enveloppait Axel depuis qu'il s'était jeté dans l'amalyse, se pencha vers le jeune homme au visage aussi dénué de vie que celui d'Éléa.

Abandonnes-tu ? C'est ton droit. Que dit ton cœur ?

Axel leva la tête vers elle. Des larmes coulaient sur ses joues, mais ses dents étaient serrées et ses yeux enflammés : son cœur était fou de douleur. Les Fées n'avaient pas pu protéger Éléa. Peut-être parce que ce n'était plus à elles de le faire, mais à lui…

D'un simple mouvement d'air, les Fées firent glisser l'épée d'Enkil jusqu'aux pieds du jeune homme. Quelques secondes d'hésitation et les doigts d'Axel empoignèrent l'arme avec rage. Il se leva et se retourna vers Korta. Derrière lui, personne ne put approcher le corps d'Éléa : les Fées l'avaient recouvert de leur protection comme d'un cercueil de verre.

Le duc d'Alekant sentit le vent tourner furieusement. Il para à temps le coup d'Axel et sentit le choc résonner dans son bras. En relevant la tête, il s'aperçut avec frayeur que toute l'épée du jeune homme brillait d'une flamme blanche. Il se dégagea, mais Axel abattit un autre coup d'une puissance incroyable après autant de temps de combat.

Le visage d'Axel n'avait plus l'apparence de la vie. Ses gestes étaient celui d'un automate mû par la volonté de tuer. Son esprit ne se représentait plus que l'image du corps d'Éléa gisant sur le marbre. Ses attaques reflétaient le désespoir dans sa poitrine. Il ne laissait pas la possibilité à Korta de s'échapper. Sa motivation était bassement humaine : la vengeance. Faire payer sa perte, sa douleur, ce si grand bonheur tant cherché, tant souhaité dont il venait d'être dépossédé. Cet amour qui avait éclipsé toute la gravité des enjeux du combat, et dont la mort ramenait tant de haine dans son corps. Devenait-il mauvais ? Ou éprouvait-il les sentiments les plus humains qui soient devant la douleur ?

À chaque emplacement occupé par le duc quelques instants plus tôt, les tentures étaient déchirées, les torchères arrachées. Les quelques rambardes de bois qui entouraient le trône n'étaient plus que des souvenirs.

Concentré sur sa défense, Korta reculait. Terrifié par la lumière éblouissante de l'épée d'Axel, il descendait même les marches du trône. Ibbak lui hurlait dans sa tête que l'arme du jeune prince n'avait aucun pouvoir, que les Fées le trompaient, Korta n'y croyait pas. Pour lui, il était impossible qu'Axel ait encore autant de force. Il perdait confiance en Ibbak, il perdait confiance en lui.

Dans leur duel, les deux combattants se dirigeaient vers les balcons. Les morceaux de vitres et de portes brisées crissèrent sous les pas de Korta qui s'affolait. Il savait qu'il se laissait prendre dans un piège. Poussé au dehors, il allait bientôt être acculé contre le rebord des balcons. Il voulut courir pour revenir dans la salle du trône par l'ouverture d'une autre porte-fenêtre, mais un monstre se dressa sur sa route.

Parce qu'il ne pouvait rien, Jerry ne craignait pas les flammes divines. Sa présence hideuse arrêta Korta. Le duc ne comprenait pas pourquoi le monstre avait le droit de s'interposer. Tout le monde lui mentait, alors ? Il était perdu ! Jerry usa du seul pouvoir qui lui restait en dehors de son territoire : il lui montra les crocs pour le terrifier plus encore.

Korta recula sur les balcons. Il paniquait. Le Monstre se rapprochait. L'épée d'Axel scinda l'air en deux devant son visage. Le duc fit un pas en arrière et fut surpris d'entrer brutalement en contact avec le rebord du balcon. Il perdit l'équilibre en glissant sur les morceaux de vitraux épars et tomba en arrière. La rambarde de pierre était basse, trop basse, Korta bascula. Il se rattrapa de justesse sur une corniche en contrebas. Ses doigts s'y agrippèrent et se crispèrent sur la pierre. Quelques centaines de pieds au-dessous de lui s'agitaient les sariclès excités par ses ordres et par ses contraintes. En voyant qu'il allait perdre, Ibbak n'avait même pas calmé les monstres gardiens. Korta se mit à crier :

— Aidez-moi ! Je vous en supplie ! Ils vont me dévorer !

Au-dessus de lui Axel ne bougeait pas.

— Aidez-moi. Je ferai tout ce que vous voudrez ! Je me rachèterai comme Jerraïkar !

Axel n'écoutait pas. Il n'y avait aucune pitié dans son cœur et s'il y en avait eu un brin, Jerry, à ses côtés, l'aurait empêché de l'exercer. Le jeune homme tendit son épée devant le front de Korta. Le duc hurlait sa peur et son mal. Il était perdu, Ibbak l'avait abandonné. Il était déjà mort.

— Rattrapez-moi ! Je dirai tout ! J'expliquerai tout ! Vous avez gagné ! Je suis votre esclave ! Aidez-moi, je vous en supplie !

Toutes ses blessures affaiblissaient ses forces. Ses doigts lâchaient prise. Le sang coulait de ses plaies et il teintait la corniche. L'homme pleurait.

— J'étais obligé ! Je ne voulais pas tuer ! Aidez-moi ! Altesse !

L'épée d'Axel était toujours braquée sur lui. Sa pointe lui piquait le front.

— Fends-lui le crâne, conseilla Jerry. Il n'a aucun honneur, pas même celui de ses idées. Il a vendu son âme. Vas-y doucement, que ce soit le plus douloureux possible.

Lente et acérée, l'épée d'Axel avança encore. Korta ne pouvait plus l'éviter. Il hurlait sa lâcheté. La peur fut trop forte, le duc voulut se retenir : il attrapa l'arme devant lui à pleines mains. Il s'ouvrit les paumes jusqu'aux os sans parvenir à se hisser. Sur la lame de lumière blanche, le sang se répandit à flots. Il coula jusqu'à la pointe de l'épée. Le Monstre et le jeune prince ignorèrent les appels de Korta. Leurs yeux suivirent le glissement de chacun de ses doigts sur l'arme rougie. Le cri du duc lâchant sa prise fut englouti par le râle impitoyable des sariclès. La nuit ne permit d'entendre que quelques bulles d'éructation remonter à la surface.

— Éléa avait raison, fit Jerry satisfait. Korta est mort avec ses propres armes.

— Elle aussi, murmura Axel.

Le Monstre se retourna, le jeune homme avait disparu.

Axel était rentré dans la salle du trône. Il s'avançait vers Éléa en ignorant tout le reste. Pourtant le vacarme était impressionnant. Les flammes avaient disparu. Un tourbillon semblable à celui de l'opaline enveloppait l'Esprit Sorcier pour l'obliger à se rétracter sur lui-même. La Divinité maléfique n'était que hurlements et vociférations. Ils n'exprimaient aucune faiblesse, au contraire des cris de Korta. Ce n'était que de la rage. Mais malgré toute sa résistance, l'Esprit fut réduit à une lueur incandescente et propulsé par les vents des Fées vers les profondeurs du château.

— Nous te condamnons au sort que tu nous réservais, énoncèrent en chœur les Trois Fées. Soit mille années d'exil dans les profondeurs maudites de la terre.

Il y eut un tremblement gigantesque, un hurlement effarant puis un silence absolu digne de celui qui entourait les étoiles. On entendit un claquement de pierre résonner : le coffret était refermé.

Mais tout ceci était sans importance pour Axel. Même le réveil d'Imma ne le toucha pas. Il entra sous la coupole des Fées qui recouvrait Éléa. Il ne voyait pas les siens, il n'entendait pas leur propre chagrin, il était tout à sa douleur. Il s'agenouilla et prit le corps d'Éléa dans ses bras. Il n'avait plus de raison de vivre. Il ne concevait pas son existence sans la jeune fille.

La Fée, qui englobait le corps fragile, se pencha au-dessus de lui et réussit à prendre la forme d'une grande femme humaine :

—Axel, ta victoire est la nôtre. L'amour était ta faiblesse et ta force. Parce que tu as choisi de combattre et non d'abandonner, nous avons gardé notre pouvoir. Grâce à toi, la princesse Éléa est toujours en vie : j'ai pu conserver son âme entre mes mains.

Les longs doigts de vapeur s'ouvrirent sur une boule de lumière. Et devant les yeux éblouis d'Axel, elle retourna au corps d'Éléa. La jeune fille ouvrit les yeux brusquement.

—Axel ! cria-t-elle encore apeurée.

Il la serra contre lui à la broyer.

—Je suis là, mon amour. Tu ne crains rien, tout est fini, réussit-il à dire malgré la boule qu'il avait dans la gorge.

Éléa ne comprit rien sur le moment. Mais constatant l'absence de Korta, et d'Ibbak, et l'empressement d'Axel à la serrer contre lui, elle fut rassurée sur le bon déroulement de l'histoire. Elle l'étreignit à son tour.

—Merci, fit le jeune homme à la Fée vaporeuse qui flottait en face de lui.

Mais elles lui devaient bien cela.

Éléa avait du mal à tout saisir. Elle regardait autour d'elle. Tout était fini ? Le Mal avait disparu ? Mais alors :

—Où est Jerry ? demanda-t-elle d'une petite voix inquiète.

Un voile de Fée près des balcons le trouva changé en hirondelle et se transforma en visage près de lui. L'oiseau s'envola à tire-d'aile. La vapeur blanche le rattrapa et le ramena dans la salle du trône sans difficulté. Quand leur ferait-il confiance ?

Le visage féerique souriant rapprocha l'oiseau de lui. La vapeur se dilata et s'étira en l'entourant. Entre ciel et terre, les ailes s'étendirent, s'amincirent, se transformèrent. Elles changèrent de couleur de même que les pattes. L'animal sembla écartelé dans sa métamorphose. Pourtant il n'y eut aucune souffrance, aucun cri, juste le sentiment d'exploser et d'être enfin libre.

Le voile de Fée redescendit Jerry au sol. L'ancien Monstre regarda ses mains en tremblant ; il ne pouvait croire ce qu'il voyait. Il portait les riches vêtements d'une autre époque, déchirés et tachés de sang près du cœur. Il se passa les doigts sur le visage. Il retrouvait sa forme osseuse faussement maigre, ses traits un rien trop pointus, les trois poils de sa barbiche et ses cheveux raides et bruns. Quatre cents ans qu'il s'était perdu.

Éléa avait mis la main devant sa bouche pour cacher son émotion. Elle le découvrait comme lui après tant d'espérances. Leurs regards se croisèrent. Jerry avait toujours les mêmes yeux jaunes. Ils étaient aussi brouillés que ceux d'Éléa.

— Viens dans mes bras, petite princesse, pria-t-il. Viens, je suis un homme, plus un animal.

Axel laissa Éléa s'y ruer. Du coin de l'œil, il vit que son père avait parfaitement compris qui était Jerry. Mais pour eux, comme pour les Fées, qu'importe ce qu'avait été le Monstre, cette nuit Jerraïkar était mort en même temps que Korta.

— Et les mariages, alors ? demanda gauchement Tanin en reniflant.

Une Fée se tourna vers l'enfant. Il fut impressionné par le mouvement de vapeur qui vint vers lui. Sa remarque était-elle si déplacée ? Y avait-il trop de morts dans la salle pour faire une telle demande ? Pour la première fois de son existence il regretta d'avoir pris la parole et fut prêt à s'enfuir.

— Pour nous, ils sont mari et femme depuis la naissance, répondit-elle simplement à son grand soulagement.

Les mariages n'avaient été qu'un prétexte pour qu'au bon moment, les deux cornes et Axel se trouvent là où ils devaient être.

— Loyaux souverains de Pandème, nous vous remercions de votre fidélité. À tous, pour mille ans, votre avenir sera celui que vous choisirez.

Elle allait s'éloigner vers les autres voiles lorsqu'elle s'arrêta soudain. Elle glissa devant Chloé dont le visage était toujours pris dans un sourire de béatitude. Muht, témoin de toutes ces scènes, de la mort de Korta, de la défaite de sa Divinité, comprit les images que les Fées transmirent à l'enfant. Il resta une fois de plus saisi de ce qu'elles préconisèrent. Et davantage encore lorsque la fillette secoua la tête :

— Je veux arrêter la guerre entre les Pays Insolites et Akal, dit-elle solidement dans le silence respectueux de la salle.

Sélène et Erwan eurent le souffle coupé par cette déclaration. L'Akalien en oublia le Scylès à peine redressé à ses pieds. Mais Muht était trop fasciné pour s'échapper ou pour entreprendre quoi que ce soit, avec les Fées aussi près de lui.

— Je suis la preuve que l'on peut s'aimer, laissez-moi essayer, supplia l'enfant. Aidez-moi.

Erwan n'en revenait pas et Sélène secouait lentement la tête de peur que les Fées n'acceptent. Celles-ci se retournèrent vers la jeune femme.

Ne fais-tu pas ce même vœu tous les soirs, jolie Scylèse à la peau de lune ? Nous ne pouvons refuser l'aide que nous demande ta fille avec autant d'amour.

— Mais j'ai peur pour elle, ce n'est qu'une enfant. Je ne veux pas qu'elle souffre.

— Je la défendrai, affirma Tanin brusquement.

— Et moi aussi, décréta Erby posté derrière lui.

Les Fées regardèrent les deux petits garçons et un sourire parcourut les voiles instables de leurs visages angéliques.

— Il vous faudra grandir, leur dirent-elles. Mais n'ayez aucune crainte, Chloé sera traitée comme une reine en attendant ce jour, car reine, elle le sera.

Elles se retournèrent vers Chloé.

— Le roi d'Akal n'a pas d'héritier, parce que tu lui succéderas, proclamèrent les Divinités. Et pour qu'aucun homme ne te refuse ce droit, que ta nuque soit gravée du sceau de la royauté.

Et avant que quiconque réagisse, une petite tache apparut sur la nuque de l'enfant.

Chloé n'en demandait pas tant, elle fut un instant effrayée.

Tel est le destin que tu as choisi en voulant exaucer le vœu de celle à qui tu dois ton nom. Mais pour bien l'accomplir…

— … il te faudra aussi ceci, dirent-elles tout haut.

Un tourbillon de vapeur et une corne se matérialisèrent au cou de Chloé.

— C'est la troisième, la dernière.

La fillette aux cheveux de cuivre se tenait immobile devant tant de féerie et d'espoirs enfin posés sur ses épaules. Un dialogue interne s'instaura entre les Fées et l'enfant. Personne ne sut de quoi il retournait, sauf Muht. Il n'en resta qu'un sourire qui éclaira le visage de Chloé.

— Laisse Muht, papa. Il faut qu'il dise à grand-père que la guerre est bientôt finie. Et que je ne serai jamais prisonnière de la Forêt Interdite.

Erwan se rappela soudain la présence du Scylès et ne fut pas sûr d'approuver la décision de sa fille. Les Fées repoussèrent son arme pour le convaincre. Muht Dabashir se releva, à la fois épouvanté et séduit par sa mission. Il était un témoin, il avait été un simple témoin dans toute cette histoire ! Il comprit pourquoi il n'avait jamais vraiment réussi à prendre part à cette bataille. Ibbak, comme les Fées, avait seulement voulu qu'il assiste aux événements, qu'il reconnaisse sa puissance et qu'il en parle autour de lui. Il s'éloigna vers la sortie sans pouvoir franchir la porte tout de suite, retenu encore par la vision des Fées. Un témoin…

— Nous nous reverrons, petite reine Chloé, si tu choisis ce chemin, reprirent tout haut les Divinités. Mais pour l'heure, nous devons partir lutter contre les maléfices d'Ibbak et étendre notre pouvoir avant que de nouveaux Bas-Esprits s'installent dans le Monde de l'Est.

Elles adressèrent un dernier regard à Frédérik de Pandème :

— Les tempêtes des Monts Pétrifiés sont l'œuvre de l'Esprit Sorcier. Que diriez-vous, Majesté, si une partie dégelait ? Cela permettrait une bonne communication entre les deux pays.

Le souverain à la barbe blonde s'inclina.

— Mais si vous détruisez les Brumes Infernales, il n'y aura plus les deux lunes, s'écria la princesse Éline avec inquiétude.

— Non, Majesté, les illusions étaient un petit cadeau de notre part, les lunes restent et elles réapparaîtront dès notre départ quand la nouvelle ère débutera.

— Et les amalyses ? demanda Éléa en regardant la nappe inerte étalée au sol.

— Elles ne connaîtront plus jamais l'agressivité. Elles resteront blanches à jamais.

— Et les sariclès ? fit Éloïse.

— Penchez-vous aux balcons et vous verrez.

Timidement, tout le monde se dirigea vers les balcons. Les vitraux craquaient sous les pas. Dans les douves noires s'élançaient des statues de cygnes en vol ou des chars de chevaux. Et brusquement, à la sortie des grottes du Mont Ételt, surgit un essaim d'opalines. Les Fées avaient libéré les sylphides du fond des lacs souterrains. Minuscules et brillantes, elles avaient toutes les formes de corps imaginables.

L'opaline d'Axel se dénoua de son pourpoint et s'envola dans un premier temps pour rejoindre ses sœurs. Le jeune homme en fut terriblement déçu. Mais elle fit demi-tour et revint s'accrocher à son pouce. Une Fée sourit encore dans une étrange douceur de voiles et laissa l'opaline faire son choix.

Elles s'en allaient, c'était presque douloureux de les voir s'étirer. La présence des Trois Fées de l'Est n'était plus utile : les hommes avaient tout ce qu'il fallait pour reconstruire. Les opalines s'éparpillaient dans toutes les directions. Les Fées semblaient toutes les suivre à la fois. Les voiles se firent de plus en plus transparents, les chevelures parurent crépiter en s'étalant dans l'espace et les dernières étincelles s'éteignirent. Dans le ciel noir et immobile, les étoiles s'allumèrent une à une et les deux lunes apparurent, toujours blanches et laiteuses, toujours semblables à deux yeux protecteurs.

Les hommes restèrent tous silencieux, se sentant seuls et démunis. Ils ressentaient le départ des Fées comme un abandon. Ils n'étaient qu'un temps, qu'un passage dans l'éternité de leurs Divinités. Puis un petit vent frais se leva : ils se pressèrent les uns contre les autres et chacun retrouva le sourire dans la chaleur humaine. Ils n'étaient peut-être qu'un temps, qu'un passage, mais ils venaient de vivre l'un des moments les plus importants de l'Histoire. Et la suite ne dépendait que d'eux.

Encore mal à l'aise de cette situation inhabituelle, ils se mirent à parler de la bataille comme s'ils l'avaient rêvée, puis peu à peu, ils prirent conscience de tout ce qui s'était passé et s'enlacèrent les uns les autres pour se prouver qu'ils étaient encore entiers. Muht avait disparu. Des serviteurs surgissaient de toutes les portes, suivis des soldats de Pandème survivants.

Il sembla à Axel que le Monde de l'Est en entier le félicitait mais il n'était guère attentif à autre chose qu'aux yeux d'Éléa.

Éline et Cédric ne se connaissaient que par lettres, mais cela avait suffi à les rendre aussi inséparables que les autres. Thalan réussit seulement à détourner leur attention quelques instants. L'adolescent avait rapporté la bague du roi de Leïlan à Cédric.

— Cet anneau de pouvoir revient de droit à Sa Majesté puisqu'elle est le mari de la reine Éline, dit-il avec une légère amertume.

— Êtes-vous le duc d'Yil ? demanda Cédric intéressé par la morosité de l'adolescent.

— Oui, Sire, répondit-il étonné qu'on lui donne son rang.

— Je vous remercie pour ma reine Éline. Votre courage et votre intelligence ont été exceptionnels. Si ma femme ne vous avait déjà promis de faire de vous son héros, je vous aurais demandé de l'être.

Thalan parut requinqué à cette déclaration. Il était fier comme un paon.

— Il y a peu de nobles leïlannais en qui nous pouvons avoir confiance. Les conseils seront certainement à remanier et des lois nouvelles devront être édictées. Avez-vous déjà assisté à ce genre de réunion, Votre Grâce ?

— Oui, Majesté, répondit l'adolescent sans trop comprendre.

— Dépêchez-vous de grandir, duc d'Yil, que nous puissions vous y faire siéger.

Thalan s'inclina au moins dix fois et s'éclipsa avant de devenir rouge pivoine d'émotion. Le couple resta seul, Éline demanda quelque chose à Cédric. Penché sur son oreille, il ne lui répondit qu'avec le sourire, si bien que tout le monde se fourvoya sur la teneur de ce discours intime.

Les Divinités restaient dans les cœurs, mais les besoins demeuraient toujours matériels. La salle bougeait, la vie reprenait son cours, les hommes redevenaient de simples hommes dans un château et un pays en triste état. Les quelques mercenaires à la solde de Korta qui ne s'étaient pas enfuis s'étaient prosternés pour demander grâce. Aussi lâches que leur maître. On les traînait vers les cachots. Les brutes de Korta n'avaient pas posé un seul souci. À la disparition d'Ibbak, elles s'étaient toutes donné la mort et s'étaient effondrées, statufiées.

On transportait les corps, on ramassait les débris, on rallumait les torchères. On effaçait tout, on recommençait tout. Certaines morts faisaient plus de peine que d'autres. Pandème avait perdu des hommes de valeur et des soldats de grande bravoure. Une partie de l'âme de Leïlan avait disparu avec celles de ses paysans décédés. Les compagnons de la Forêt Interdite avaient du mal à sourire. Théon sentait qu'il ne se pardonnerait jamais la mort d'Allan. Plus rien ne le retenait dans ces Mondes, plus rien ! Qui allait protéger Virgine et ses jumelles maintenant ?! Comment pourrait-il leur dire qu'Allan ne reviendrait pas par sa faute ?!

Mais malgré les larmes, on entendit le premier rire. Chacun était obligé de se confronter aux changements que provoquait cette soirée dans sa vie. Chloé parlait à son père et il était difficile pour le petit homme aux cheveux rouges de s'apercevoir que sa fillette était déjà une adulte. Mais, grand idéaliste, il avait toujours rêvé que son enfant soit le trait d'union entre Akal et les Pays Insolites. Dépassé par les événements, terrorisé par l'avenir, il ne pouvait cependant être qu'heureux.

Puis on vit le roi Cédric et la reine Éline parler à leurs sœur et frère cadets. La princesse Éloïse ne parut pas d'accord sur le moment puis sembla proposer une solution que tout le monde accepta.

Jerry se sentait un peu étrange, pas à sa place pour tout dire. Il avait l'impression de ne même plus savoir marcher comme un homme. Frédérik de Pandème l'avait rejoint pour le remercier de lui avoir sauvé la vie. Il ne fit aucune remarque ou allusion sur les vêtements insolites de Jerry. Mais de toute manière, celui-ci n'écoutait pas vraiment. Il regardait une belle femme en noir. Imma voyait, il le savait. Ses yeux bleu ciel étaient un ravissement. Elle le fixait, sans doute possible. La sorcière n'était plus aveugle.

Jerry était affolé de ne pas savoir quand elle avait recouvré la vue, et en même temps il s'en moquait éperdument, comme ce regard semblait lui dire de le faire. Le sourire qu'elle lui envoya l'enchanta, mais il ne se sentait pas encore suffisamment à l'aise pour l'approcher. Il n'avait pas courtisé une femme depuis quatre cents ans ! Alors, sans qu'aucune explication des Fées ne soit nécessaire, Imma fit le premier pas vers lui. Jerry avala sa salive avec difficulté.

Isolés dans leur couple, Axel et Éléa ne se parlaient pas. Leur amour avait encore le goût amer de la mort, mais ils ne s'étaient pas perdus. Au-delà de la tristesse, ils pouvaient voir dans les yeux de l'autre la promesse d'une vie douce faite d'aventures et de voyages. Leur contemplation mutuelle fut interrompue par leurs frères et sœurs. Accentuant le tumulte des sentiments qui emplissaient déjà la salle, ceux-ci venaient leur offrir brutalement la garde du trône.

— Ce ne serait pas pour toujours, rassura Éline, quelques mois, un an, deux tout au plus. Juste le temps d'atténuer les souvenirs que ce château recèle pour moi.

— Mais Éloïse ne peut en prendre la charge ?! s'exclama Éléa.

— J'ai dormi six ans, laisse-moi découvrir les Mondes pour rattraper ma vie perdue.

Axel et Éléa se regardèrent, moitié effondrés, moitié épouvantés.

— Nous n'avons pas été préparés à cela ! opposa Axel.

— Tu as aidé tout un peuple à se battre, tu as tué Korta et sauvé ce Monde de l'asservissement de l'Esprit Sorcier Ibbak. Je crois que si on demandait son avis au peuple, à côté de toi, je ferais pâle figure, déclara Cédric.

— Ton passé de Masque enchantera les Leïlannais, ta résurrection a été un tel bonheur pour eux et je suis certaine que tu porteras très bien l'habit de cour, argumenta Éline pour sa sœur.

Éléa en resta la bouche ouverte. Elle regarda Axel avec inquiétude.

— Il faut trouver une autre solution.

Il l'approuva sans difficulté. Lui-même ne désirait aucunement perdre sa liberté en montant sur le trône, même pour un an ou deux.

Éléa glissait silencieusement dans les couloirs du château. Chaussée de bottes, elle portait un pantalon et une belle chemise blanche sous un gilet de cuir. Son épée tapait légèrement sur sa cuisse à chaque pas. La jeune princesse n'avait gardé de sa récente noblesse qu'un peigne de nacre. Accroché dans ses cheveux châtain et doré, il laissait quelques boucles retomber sur ses épaules.

Cela faisait une lune que le Dernier Combat s'était déroulé, quatre semaines de fête et de reconstruction. Ételle refleurissait de jour en jour. Grâce à l'aide de Pandème, Leïlan effaçait toutes les blessures de la misère.

Chez le peuple, la perte de proches avait suscité beaucoup de larmes, mais les morts avaient été tellement célébrés, élevés au rang de héros que leur disparition était presque devenue une gloire pour les familles.

On avait vu des charrettes entières d'hommes aller de village en village pour réparer ensemble les dégâts. Aucun habitant de la Grande Plaine n'avait manqué de contribuer à la reconstruction d'Étel. Chaque soir, les fêtes battaient encore leur plein dans l'abondance. Les rires et les danses résonnaient aussi bien au château que dans les villages.

Éléa s'arrêta devant une porte et frappa deux coups sourds. Elle ouvrit et se glissa subrepticement à l'intérieur. Dans l'embrasure, on put voir Sten, Estelle, Ceban et Ophélie ainsi que tous leurs enfants regroupés.

Les deux couples allaient repartir pour la Forêt Interdite. Ils n'étaient pas vraiment paysans, mais ils n'avaient pas l'âme de nobles non plus. Ils préféraient le grand air simple et pur. Personne ne savait que le Monstre de la Forêt Interdite avait disparu. Ils comptaient sur l'incertitude pour vivre encore quelques années tranquilles.

Erwan et Sélène, leurs trois enfants adoptés et Chloé étaient déjà retournés dans les cabanes du Grand Arbre. Sélène devait se faire à l'idée d'un prochain départ pour Akal. Même s'il pouvait encore attendre quelques années, il était devenu inévitable. Chacun avait cru que l'Akalien et sa Scylèse ne quitteraient jamais Leïlan. Ce serait une dure séparation. Muht Dabashir avait certainement atteint les Pays Insolites maintenant… Qu'avait-il dit à Utahn Qashiltar ?

Théon avait réussi à retrouver sa voix pour parler à Virgine. La jeune femme était partie avec lui et ses jumelles pour honorer la promesse de son défunt mari. Korta était mort. Théon avait enterré Allan à côté de sa sœur dans les cendres d'Ulizir au pied du Mont Sans Hiver. Virgine avait planté l'épée de son mari entre les deux tombes. La vengeance était achevée. Théon n'avait plus envie de mourir. Il se devait de protéger Virgine et ses filles. Mais s'il pouvait remplacer un père, pouvait-il vraiment compenser la perte d'un mari ? Il se sentait trop coupable de sa mort.

Éléa s'essuya les yeux en sortant de la pièce. Partir ne serait jamais chose facile. Elle continua son avancée silencieuse. Elle descendit dans le noir, couloir après couloir, en évitant la moindre personne. Éline lui avait parlé d'un passage, elle l'ouvrit et se retrouva dans les jardins du château. La suite fut une évidence, cela faisait quatre semaines qu'elle s'astreignait à ne pas courir : elle put se défouler.

Le ciel était déjà sombre, les lunes brillantes. Éléa avait perdu du temps en faisant ses adieux, mais elle riait presque maintenant en filant entre les buissons de roses et de lis en fleur. Elle ouvrit une poterne et s'élança sur l'une des passerelles récemment installées pour enjamber les douves. Même ici des statues s'élevaient de l'eau à la place des sariclès.

Éléa n'interrompit pas sa course et gravit dans le même élan un petit monticule de terre. Les derniers pas étaient les plus raides, mais une main lui saisit soudain le poignet. Axel la hissa vers lui et ses lèvres ne laissèrent pas à Éléa le temps de reprendre son souffle. La jeune fille lui sourit en se serrant contre lui et se retourna vers le château encore tout excitée.

Il n'y avait plus aucun membre de la royauté dans le palais. Cédric et Éline étaient à Pandème, juste le temps de présenter la reine de Leïlan au peuple pandémois. La suite de leur escapade n'était connue que d'eux seuls. Philip et Éloïse ne s'étaient même pas donné la peine de faire le même arrêt. Ils s'étaient tout de suite embarqués pour les deux Xylilasia. À les entendre, ils allaient faire le tour des Mondes. Axel et Éléa s'enfuyaient ce soir.

— Tu ne regrettes rien ? demanda Axel en posant son menton sur l'épaule de la jeune fille.

Elle serra un peu plus ses bras autour d'elle. L'imposant château royal resplendissait au pied de la vertigineuse Montagne Blanche. Aucun nuage ne voyageait dans le ciel, les étoiles s'étalaient comme de la poudre d'argent. Douce sérénité. Le pays de Leïlan n'avait jamais été aussi beau que depuis qu'il était en paix. Un lointain hurlement de loups attira l'attention d'Éléa. Ils rappelaient juste leur présence aux belles lunes pleines. Leur vie sauvage et rituelle se poursuivait parallèlement à celle des hommes. La jeune fille eut un pincement au cœur, quelques morts traversèrent son esprit, San, Gyl, Allan, quelques vivants aussi, puis elle sourit.

— J'aurai encore plus de plaisir à retrouver Leïlan plus tard.

Axel lui embrassa la nuque, juste à l'endroit de sa tache royale si longtemps dissimulée.

— Ma princesse.

Éléa se retourna et retira le peigne de nacre de ses cheveux. Toutes les lourdes boucles s'écoulèrent dans son cou.

— Ta femme, corrigea-t-elle.

Et dans le baiser qu'ils échangèrent, elle lâcha le peigne à terre.

— Il ne serait pas temps de partir ? marmonna une petite voix derrière eux.

Monté sur Zarkinn, tenant Nis par la bride, Tanin perdait patience.

— Es-tu si pressé d'aller dans les Pays d'Oye ? lui sourit Axel.

— Oui, je veux être aussi fort que vous et il faut vite que j'apprenne à me battre pour retrouver Chloé.

— Un bon perfectionnement dure des années, prévint Éléa.

— Eh bien plus vite je commencerai, plus vite je le finirai, décréta l'enfant avec évidence.

Axel et Éléa ne purent s'empêcher de rire. Chacun monta sur son cheval, Tanin devant Éléa. Mais au moment où ils allaient faire avancer leur monture, le couple resta un instant noyé dans le regard de l'autre.

— Je vais perdre la couleur de mes yeux, murmura Éléa.

— Ce n'est pas pour eux que je suis tombé dans la Source aux Amalyses.

Elle lui sourit, il l'embrassa, Tanin soupira :

— Ce n'est pas à ce rythme-là qu'on va l'avoir notre bateau !

Axel ébouriffa les cheveux trop longs de l'enfant.

— Oui, on se dépêche, vilain têtard ! De toute manière, il nous faut bien fuir avant que la Montagne Blanche s'écroule sous les hurlements de Jerry, non ?

Éléa regarda vers les fenêtres éclairées du château. Imma lui avait dit qu'elle saurait calmer Jerry. Pourtant il lui semblait déjà entendre la voix de son Maître hurler son nom. Le silence du soir portait les sons au loin, mais peut-être n'était-ce que le vent et son imagination ?

Non. Jerry hurlait bien à une fenêtre. Il criait le nom de la jeune fille comme un fou à s'en arracher la gorge. Imma entra dans la pièce affolée par sa colère mêlée de désespoir. Elle réussit à retirer ses doigts agrippés à l'encadrement de la fenêtre. Mais à peine retourné vers elle, il s'écroula à ses pieds en pleurant comme un enfant sur le tissage de soie de sa robe.

— Je ne peux pas. Je suis trop mauvais, je n'y arriverai pas.

Le désespoir de son mari désarmait Imma. Comment pouvait-il être aussi fort et aussi fragile à la fois ? Elle remarqua une lettre posée sur la table, à côté d'un petit livre ancien orfévré avec art. Tout en caressant les cheveux bruns de Jerry, elle prit le papier dans ses mains.

« Cher Jerry,

Comme tu le sais, Cédric, Éline, Philip et Éloïse nous ont laissé à Axel et à moi la charge du trône de Leïlan. Tu as été le premier à en rire, tu sais parfaitement que nous ne sommes pas faits pour régner. Nous n'avons pas la sagesse et la connaissance nécessaires pour diriger un royaume en pleine reconstruction. Alors, j'ai cherché dans ma mémoire qui pourrait les avoir pour nous.

Qui m'a toujours donné de sages conseils depuis mon enfance ? Qui a lu et appris tous les livres du Monde de l'Est ? Qui a plus d'expériences et de connaissances qu'aucun homme ici-bas ? Qui serait plus à même de poursuivre les Mémoires d'Enkil ? Toi, mon Maître et tuteur.

Je ne suis pas la seule à penser tout cela. Nous nous sommes tous concertés avant de prendre la décision. Même le roi de Pandème en a convenu. Il est prêt à t'aider dans tes moindres pas de cette régence que nous t'offrons.

Ne t'énerve pas, je t'en prie, ne refuse pas, tu sais que j'ai raison. C'est une chance bien plus grande que celle que t'ont donnée les Fées. Je sais que tu ne décevras personne. Il y a longtemps vivait un homme qui voulait être roi au prix du sang et du malheur d'un peuple, montre-lui qu'il est possible d'être bon et de régner dans la paix.

Ne cherche pas à nous rattraper, nous sommes déjà loin. Pardonne-moi de ne pas t'avoir dit tout cela en face, mais tes hurlements auraient empêché toute discussion. Les princes et princesses de ce royaume ne sont pas lâches, ils ont simplement besoin de liberté. Laisse-les vivre, laisse-les croire, laisse-nous fuir. Nous reviendrons.

Que les Divinités t'accompagnent,
Éléa. »

Imma reposa la lettre et prit la tête de Jerry entre ses mains. Elle avait gardé son pouvoir, elle savait mieux que quiconque ce que valait Jerry depuis qu'il n'était plus animal.

— Tu n'es pas mauvais, mon aimé. Je suis certaine que tu y arriveras.

Elle le sentait douter de lui, remettre en question le fait même qu'il n'était plus un monstre. Elle s'agenouilla à son tour devant lui, sur le tapis de laine.

— Tu es un homme, Jerry, et le meilleur qui soit, sourit-elle en lui maintenant le visage. Je… Je suis enceinte.

L'ancien Monstre en tomba les bras ballants. Elle avait coupé court à sa colère et à ses lamentations.

— Je crois que ce sera un garçon, continua-t-elle avec timidité et douceur.

Elle caressa le visage encore interdit de Jerry. Ses mains glissaient sur les joues sèches.

— Je n'y arriverai pas, balbutia-t-il.

Imma lui fit un doux sourire :

— Nous sommes deux, c'est toujours plus facile ensemble.

Elle déposa tendrement ses lèvres charnues sur celles de Jerry. Il était encore sous le choc des deux coups consécutifs. Il se laissa envoûter par le baiser. Imma resterait une sorcière pour lui. Et, au fur et à mesure qu'il l'étreignait contre lui, il retrouva toute sa force et sa dignité. Bientôt père et déjà régent, il ne démarrait pas sa nouvelle vie en homme simple. L'était-il vraiment redevenu ?

Les lunes étaient hautes, Leïlan avait retrouvé son calme. Jerry aussi. Il s'était relevé, les cheveux frisés d'Imma appuyés contre sa poitrine. Il tira dignement sur son pourpoint safrané : il se sentait prêt à assumer toutes les responsabilités qui s'abattaient brusquement sur lui. Rien que par défi. Par la fenêtre, il lança tout de même un regard torve au-delà des murailles blanches du château. En imagination, il tordait le cou à Axel et à Éléa, et les ramenait pour les enchaîner au nouveau trône de Leïlan.

Peine perdue. Sur la petite colline, salués par un chant de loups mélancolique, deux chevaux s'élançaient vers la Plaine Salée, vers l'aventure et la liberté. Et derrière eux, ils ne laissaient aucun regret, aucun remords. Juste un peigne dans l'herbe humide de la nuit, dont la nacre reflétait la lueur des lunes et des étoiles.

FIN

À Chloé

Nouvelle

Je suis née quelque part dans les Pays Insolites, dans l'un des dix-sept États. Scyl, probablement. Je n'ai aucun souvenir de mon enfance. Seuls les coups, le sang et les cris hantent encore mon esprit. Peut-être m'as-tu déjà entendue ? Il m'arrive encore de hurler la nuit.

J'ai vécu entre quatre murs pendant des années, avec pour seule ouverture sur la vie un carré inaccessible de ciel, souvent gris. Le vent venant du Grand Nord pénétrait parfois en rafales par cette lucarne et glaçait les dalles ; je dormais à même le sol, ou écartelée par des chaînes fixées dans un mur, selon l'humeur de mon père.

Oui, j'ai connu cet homme, ce monstre. Il était très grand, comme tous les Scylès, avec des cheveux platine et une peau trop blanche. Il était pâle comme la mort. La mort… J'ai longtemps cru que ce mot n'était qu'un rêve.

Et moi, comment étais-je ? Comme un animal qui n'a aucune notion de propreté ni de dignité humaine. Terrée dans un coin de ma cellule, j'attendais que les jours passent, guettant l'eau ou la pitance que l'on voulait bien me donner, craignant les coups de fouet qui les accompagnaient.

Mais je vois que je commence mal mon histoire. Comment pourrais-tu comprendre la suite si je ne t'explique pas le conflit qui oppose Akal et les Pays Insolites depuis des siècles ?

L'immense territoire des Pays Insolites ne possède que de rares accès à la mer. Ses plus grandes frontières plongent dans deux mers, mais la Mer de Glace n'est praticable que trois mois dans l'année et les côtes de la Mer Intérieure ne sont qu'une succession de falaises. Akal est un petit royaume, en comparaison, mais il a gagné une bande de terre basse sur la Mer Intérieure. Se situant juste à la frontière de Scyl, au carrefour des Mondes, celle-ci suscite bien des convoitises.

C'est pour ce morceau de terre que des générations et des générations se sont entre-tuées et s'entre-tuent encore. Les Akaliens sont de petits hommes aux cheveux rouges. Contrairement aux hommes des Pays Insolites, ils n'ont pas la faculté de voir les pensées d'autrui – simplement en le regardant –, mais ils sont les plus grands alchimistes de tous les temps et sont passés maîtres dans l'art de la guerre. Malgré tous leurs efforts, en près de huit cents ans, les Scylès n'ont jamais réussi à leur prendre le morceau de terre.

Mais tout ceci, je ne l'ai su que bien plus tard ; bien des nuits de souffrances ont précédé ces découvertes.

Mon père est Utahn Qashiltar, le Haut Commandant des armées de Scyl, le plus important des grades et des personnages de ce pays. Il passe son temps en guerre contre le royaume frontalier Akal, bien sûr, mais aussi contre Skar et Ctin, deux États des Pays Insolites. Tu comprendras plus loin pourquoi.

Ce Grand Homme donc, puisqu'il était qualifié ainsi – et l'est certainement encore – ne supportait pas ses échecs et aimait se défouler sur moi. Pour chaque homme mort dans ses troupes, je recevais dix coups de fouet. Inutile de te dire à quel point je pouvais haïr les Akaliens. J'ignorais tout de cette guerre mais à chaque claquement de cuir, mon cœur devenait aussi rouge sang que mon dos. Lorsque mes jambes ne soutenaient plus le poids de mon corps, que l'inconscience avait remplacé la douleur, mon père poussait le vice jusqu'à m'inonder d'eau salée. Le moindre pore de ma peau se réveillait à la souffrance. Ce tyran aimait laisser mes gémissements emplir le cachot jusqu'à épuisement.

Ce n'est certes pas la pire torture que j'aie pu endurer. L'esprit humain n'a que les limites du corps en cette matière. Mais au fil des jours, la souffrance devient une compagne et une caresse, le plus merveilleux des rêves. Le seul qui reste avec celui de finir par quitter cette vie.

Un jour, mon père est entré dans mon cachot avec un immense bac. Il m'a lavée, grattée et récurée dans tous les sens, ravivant de son gant de crin les plaies à peine fermées. J'ai découvert que j'avais la même peau que lui. Tremblante de froid, de douleur et de peur, je n'ai pas su qu'en penser. Il a coupé tous les nœuds de mes cheveux clairs et m'a emmenée, nue, dans le couloir. Je sortais pour la première fois. J'ai cru que j'allais atteindre le carré de ciel, mais la porte s'est ouverte sur un balcon en surplomb d'une grande salle réchauffée de velours sombre. Cinq hommes y étaient réunis.

Je n'avais pas la moindre idée de ce que pouvait être la pudeur. Mais la lueur qui s'alluma dans leurs yeux me fit peur. J'ai longtemps gardé le souvenir du contact glacé de leurs mains, de la violence de leurs passages dans mon corps, et de leurs rires au milieu de mes hurlements. L'enfance a tourné la page sans que je la connaisse. Quand je suis retournée le soir dans ma cellule, j'avais appris une chose de la vie : le mot « sale ». À ce moment-là, j'aurais aimé avoir une brosse pour m'arracher moi-même la peau.

Plus d'une fois, mon père m'a offerte à ses amis. Et, comme on s'endurcit à la douleur, j'ai fini par ne plus rien ressentir en leur présence. Je me raccrochais au carré de ciel gris de ma cellule et je pleurais doucement pendant la nuit. Je croyais être née pour souffrir.

Ma vie aurait été une suite de tortures et de viols si, un soir, mon père n'avait oublié, ou négligé, de refermer ma cellule. Il m'avait encore battue jusqu'au sang et laissée à moitié évanouie. Il a certainement cru que je ne me relèverai pas ; ma fragilité apparente a joué en ma faveur. Quel courage m'a animée ? Peut-être l'espoir des condamnés.

Je me suis précipitée vers le couloir, la seule issue que je connaissais. J'avais remarqué une deuxième porte dans la grande salle ; était-ce celle de la liberté ?

J'ai dû laisser de nombreuses traces sur mon passage. J'ai rampé sur le sol du balcon. Les tapis m'offraient leur douceur et étouffaient mon souffle, mais des voix en dessous de moi m'ont arrêtée. Je me souviendrai à jamais des moindres mots : ils ont bouleversé mon existence.

— Un mauvais coup de la vie ! s'écria une voix rauque énervée. Nous avons besoin de plus de combattants et nos femmes ne peuvent avoir qu'un seul enfant. Et toutes les simagrées qui m'attendent afin de l'obtenir !

— Je la bats depuis son plus jeune âge, argumenta mon père. Une caresse et elle vous aimera. La prophétie est facile à détourner. Pourquoi ne pas l'enlever cette nuit ? Faites-lui croire que vous la sauvez, que vous n'aimez qu'elle. Les femmes ne possèdent pas notre pouvoir de double vue. Vous pourrez manipuler ses sentiments à votre guise. Elle appartient à une lignée qui n'a engendré jusqu'ici que des femelles, aussi pourrez-vous espérer un mâle guerrier. Pourquoi croyez-vous que je vous ai choisi ? Vous êtes le meilleur combattant du pays.

La voix rauque sembla approuver, et une claque dans le dos se fit entendre. J'aurais dû m'enfuir mais, le cœur noué, je ne pouvais plus m'empêcher de les écouter. Comment t'expliquer simplement tout ce que j'ai appris ?

Les Pays Insolites ne sont peuplés que d'une seule race. Leur nature belliqueuse les a séparés en dix-sept États. Mais un charme étrange s'est abattu sur les femmes naissant dans les sept États du sud : elles ne peuvent concevoir qu'un unique enfant et à la condition de vouer un amour profond au père. Les États touchés par le destin sont contraints d'enlever les femmes des dix autres dans une guerre fratricide pour que la race survive. Et leurs propres femmes sont battues et torturées. Pourquoi ? Mais pour parer au coup du sort ! Ils se servent de leur manque d'amour. Un soupçon de tendresse simulée et ils obtiennent leur enfant, et des hommes pour combattre Akal.

Les femmes de la partie sud des Pays Insolites sont abusées toute leur vie et ne trouvent que la mort à l'issue de leur grossesse ; leur existence n'a plus d'utilité.

Le peu de rêve qui éclairait encore ma vie s'est éteint ce jour-là. Tous les coups n'avaient jamais frappé aussi violemment mon corps ; j'ai versé mes dernières larmes pour longtemps sur cette fatalité. La force me manqua pour fuir et mon esprit dut trop crier son désespoir : mon père sentit ma présence.

Je n'ai pas bougé lorsqu'il s'est dressé devant moi, j'étais perdue, je le savais, il le savait. Ce fut presque un soulagement de sentir ses mains m'enserrer les poignets avec brutalité. Il m'a emmenée immédiatement avec lui. J'ai vu le ciel en grand, la lune et les étoiles sur le fond bleu nuit infini. Les maisons ont défilé devant moi, les rues, les hommes. Je ne me souciais plus de la douleur et du froid, je remplissais mes yeux de ces dernières images, de ces couleurs intenses. Je croyais que la fin était au bout du chemin. Mais l'espoir que je donne un fils avait rendu mon père plus fanatique que les autres : il m'emportait dans un camp de guerriers aux abords d'Akal.

Certaines drogues en usage dans ce pays avaient été récupérées et un ou deux traîtres de ce royaume travaillaient au service de l'ennemi, pour l'aider à échapper la prophétie. Mon père leur ordonna d'accélérer les recherches, et, à tout perdre, de faire toutes leurs expériences sur moi. Je crois que je me suis désespérée d'avoir une aussi grande résistance physique ; le glas ne voulait pas sonner pour moi. La mort m'avait oubliée et si chaque breuvage n'était que souffrance, au bout de deux ou trois jours, mon corps chétif s'en remettait toujours. Des mois, des années peut-être, ont dû passer dans l'horreur des potions fortifiantes et des poisons successifs. Le temps paraissait s'être arrêté tant les jours se ressemblaient. J'en ai même perdu la parole.

Une nuit, le silence du couloir fut troublé par de grands cris et des chocs d'épées : le camp était attaqué par les Akaliens. Tu dois te demander comment les Scylès ne l'ont pas pressenti. Je pense que l'assaut a été tellement expéditif que personne n'a eu le temps de réagir. Les Akaliens sont arrivés de tous les côtés avec violence et agressivité comme une nuée de fourmis, leurs cheveux aussi rouges que le sang qu'ils versaient, leurs yeux aussi brûlants que les feux qu'ils allumaient. J'ai entendu les cris d'agonie de mes bourreaux, j'ai vu leurs têtes rouler sur le sol, j'ai senti la mort approcher. J'ai eu peur. Les Akaliens tuaient tous les Scylès, et j'en étais une. Je ne sais pas pourquoi mais à ce moment-là, je n'ai plus voulu mourir.

Je me souviens encore du bruit assourdissant que faisaient les battements de mon cœur dans mes oreilles lorsque l'un des Akaliens me repéra dans le fond de ma cellule. Plusieurs autres se sont arrêtés devant les grilles. Ils étaient plus petits ou aussi grands que moi. Les Akaliens ne dépassent pas les cinq pieds et demi de haut, ce qui leur vaut le surnom de « nains » de par les Mondes, malgré leur fort développement musculaire. Je me suis soudain sentie suffisamment forte pour les affronter tous. Mais mes yeux affûtés par l'habitude de l'obscurité ont vu un objet brillant tomber sur le sol, et tout a disparu. Encore une drogue.

J'ai rouvert les yeux sur d'autres murs sales, d'autres plafonds sombres, d'autres rangées de grilles. Existait-il autre chose pour moi dans ces Mondes ?

Mes geôliers ne m'ont pas approchée tout de suite ; ils se sont contentés de me lancer ma subsistance avec le mépris que leur inspirait ma vue. J'eus droit à quelques insultes aussi, mais, chose qui m'étonna au départ, ils croyaient que je ne les comprenais pas.

Il faut que tu saches qu'il y a bien longtemps que la langue commune a été instaurée dans les Mondes. Mais il est vrai aussi que chaque pays a gardé son dialecte. Les Scylès employaient toujours le leur lors des combats et les Akaliens étaient persuadés que les hommes des Pays Insolites ne parlaient pas la langue commune, par rébellion contre les lois des Mondes. Il n'en était point ainsi. Les Scylès trompaient leurs ennemis : le dialecte de combat m'était pour ainsi dire étranger. Je ne connaissais et ne parlais que la langue commune.

J'ai laissé mes gardiens dans leur erreur. Affichant un air d'incompréhension, je remplissais ma tête de tous leurs bavardages à leur insu. Ils me prenaient pour une criminelle à cause des traitements de mes anciens geôliers : je n'en étais apparemment que plus méprisable et intouchable. Mais j'étais la première Scylèse que les Akaliens aient vue et capturée, et leur roi leur demanda de me faire parler par tous les moyens. Ils devaient tirer de moi tous les secrets concernant les hommes et les femmes des Pays Insolites. Et la torture fut naturellement la première manière qui leur vint à l'esprit.

J'ai essayé de me débattre mais, avec leurs fioles traîtresses, ils sont parvenus à m'attacher. Les bras en croix, je n'avais plus le courage de lutter, j'en connaissais l'inutilité. Malgré ma passivité, la peur semblait s'emparer des petits hommes si mes yeux croisaient les leurs. Ils ignoraient que les femmes des Pays Insolites n'avaient pas le pouvoir de double vue. Combien de fois ai-je regretté de ne pas posséder cette monstrueuse capacité ?

Certains Akaliens m'ont parlé scylès ; d'après le ton, ce devait être des menaces. Mais je ne comprenais pas, je ne répondais pas, je ne criais pas, je ne pleurais pas. Je ne me suis jamais retenue. Le regard fixé sur le mur de pierres suintantes, j'imaginais ma lucarne au ciel gris et j'attendais que cela passe. Mon comportement leur était incompréhensible : si enragée lorsqu'on me détachait, si inerte lorsqu'on me malmenait.

— Elle aime ça ! s'écria un jour un de ces hommes.

Non. J'étais habituée tout simplement.

— Elle est muette, décréta un autre.

Peut-être. Je n'avais surtout pas envie de donner à mes tortionnaires le plaisir d'entendre mes gémissements de douleur.

À force, ils se sont lassés. J'ai eu enfin la paix des jouets délaissés. Je suis restée deux jours tranquille ; j'ai vu un rayon de lumière s'allonger et se retirer dans les couloirs. Mes gardiens attendaient quelqu'un, un Alchimiste

Suprême, un combattant hors pair, un de ces surhommes glorifiés pour leurs actes sanguinaires et pour leur cruauté. Si mon mutisme était simulé, Sa Science trouverait une potion pour me faire parler.

En les entendant, j'ai senti mes lèvres se sceller dans une crispation d'entêtement. Cet Erwan Al Kyort pourrait tenter tout ce qu'il voudrait, j'étais décidée à ne pas prononcer un seul mot.

Il est venu directement d'une bataille. Il est arrivé l'épée fraîchement rentrée dans son fourreau, le sang de ses victimes coulant encore sur ses mains. Ses cheveux étaient ébouriffés comme des flammes et, dans ses yeux dorés, brûlaient encore les derniers brasiers dont les cendres lui avaient noirci le visage. Les Akaliens tuaient peut-être ceux que je ne considérerai jamais comme les miens, mais leur barbarie m'écœurait tout autant.

Ignorant les saluts respectueux des gardes, il s'est avancé d'un pas de plomb jusque devant mes grilles. Il est resté là un moment en fronçant les sourcils. Malgré moi, j'ai été glacée par ses yeux de feu.

— Qui l'a battue ?

Ce furent ses premiers mots, exigeants et violents. Il avait beaucoup de mal à croire que j'avais été trouvée dans cet état. Pourtant, à quelques blessures près, mes gardiens ne mentaient pas. J'avais plusieurs bleus sur le corps. Mes lèvres étaient fendues et des plaies récentes à mes poignets et à mes chevilles ne s'étaient pas encore totalement refermées. La blancheur de ma peau demeurait à peine visible sous l'épaisseur de crasse avec laquelle on me laissait.

L'Alchimiste Suprême entra dans une colère noire. L'état de putréfaction de mon cachot lui était insupportable, l'odeur intolérable : Sa Grandeur n'acceptait pas de m'interroger dans un lieu aussi infect. J'ai bien failli lui rétorquer que cela n'avait dérangé personne jusqu'à présent, mais j'ai préféré garder ma voix pour moi. En avais-je encore une ?

Il voulut ouvrir les grilles, les gardes le prévinrent du danger que je pouvais représenter. Il répondit en parlant de responsabilité, de rapport à faire au roi, et la porte céda. Je me suis sentie pousser des crocs et des griffes à l'approche des gardes. Mais encore une fois, je n'ai pas pu utiliser mes défenses. J'ai sombré dans l'inconscience : une de ces petites fioles brillantes était tombée sur le sol.

À mon réveil, j'étais bâillonnée et ligotée dans la cape de mon nouveau geôlier. Nous étions dans un carrosse. L'Alchimiste Suprême se trouvait en face de moi et me fixait. J'avais envie de lui cracher au visage, de le mordre, de le griffer, de l'insulter et chacun de ces désirs dut se voir dans mes yeux.

— Tu n'as pas l'air commode, dit-il tranquillement. Arrête de gigoter, tes plaies vont se remettre à saigner. Tu simplifierais beaucoup les choses si tu te laissais faire.

Je n'en avais aucune envie ! J'aurais préféré me couper les mains sur leurs liens que de lui faire ce plaisir.

— À ta guise, ajouta-t-il simplement en haussant les épaules. Si tu aimes vivre attachée…

Il souleva d'un doigt le petit rideau de la fenêtre et eut un brin de sourire. De joie ou de sadisme, je n'ai su le dire sur le moment. Quelques secondes plus tard, le carrosse s'arrêta et il me prit dans ses bras pour me faire descendre. Ses mains étaient robustes ; elles eurent raison de ma détermination : il réussit à me traîner.

Dehors, il n'eut en revanche aucun problème à me porter ; le paysage était tellement nouveau que j'en oubliais de me défendre. Il y avait devant moi une maison composée de cinq grands dômes de pierres réfléchissantes, entourée de larges espaces verts, constellés d'autres couleurs. Chaque fenêtre de cette bâtisse étrange était ronde ou ovale avec de petits carreaux propres et brillants. Et le plus grand des édifices, au centre, était coupé dans sa partie supérieure par une immense terrasse exposée au soleil. Toute cette lumière m'impressionnait.

Erwan Al Kyort entra chez lui avec un paquet immobile dans les bras et plusieurs gardes à sa suite. Une petite femme d'un certain âge, entièrement vêtue de blanc, vint à notre rencontre. Elle était la première femme que je voyais de toute ma vie. D'un sourire simple et frais, elle salua « monseigneur » et reconduisit immédiatement les gardes jusqu'à la grille des jardins. L'Alchimiste Suprême m'avait déjà posée dans un coin lorsqu'elle revint. À peine ferma-t-elle la porte, qu'elle lui sauta au cou avec exubérance.

— Erwan, mon petit ! Que je suis contente que tu sois revenu aussi vite ! Oh ! Tes mains, mon ange ! Quel monstrueux Scylès a pu te faire d'aussi vilaines blessures ? Je vais te soigner. Oh ! Ta bouche ! Tu saignes encore !

— C'est ce petit chat sauvage qui m'a ouvert la lèvre en arrivant, réussit-il à dire en me désignant.

Elle se retourna vers moi, saisie ; elle ne m'avait pas vue. Ficelée comme je l'étais, je devais encore moins ressembler à un être humain.

— Fées de la Vie ! s'écria-t-elle. Qui est cette pauvre petite ?

Avant même qu'Erwan Al Kyort n'ait pu l'arrêter, elle s'était approchée de moi et s'était accroupie. Je restais subjuguée. Je n'arrivais même pas à respirer. L'Akalienne avait des joues rondes et joyeuses comme toutes les formes de son corps, de longues tresses rouges, dans lesquelles quelques fils d'argent trahissaient son âge, et des petits doigts tendres qui me caressaient déjà le front.

— Chloé ! Fais attention ! C'est une Scylèse et nous ne savons rien d'elle !

— C'est toi qui l'as mise dans cet état-là ? s'indigna-t-elle sans se soucier le moins des Mondes de mes origines.

— Non, mais…

— Pauvre enfant ! poursuivit-elle en me retirant mon bâillon et en me caressant les joues.

J'eus l'impression de fondre. Je sentis mes yeux se gorger de larmes et mes lèvres trembler. Je ne pouvais plus bouger et j'absorbais toutes les paroles qu'elle disait.

— C'est tout de même toi qui l'as saucissonnée de la sorte !

— Elle était prête à mordre et à griffer !

— Voyons, regarde-la, elle est totalement inoffensive. Comment voudrais-tu que de si grands yeux turquoise puissent appartenir à quelqu'un d'agressif ?

— Je te ferai seulement remarquer que la quasi-totalité des Scylès ont les yeux bleus !

— Détache-la !

Ces deux mots ont tellement résonné dans ma tête que j'entends encore la voix de Chloé les prononcer. Un petit visage rubicond crispé sur une décision irrévocable.

— Chloé !

— Je ne dormirai jamais sous le même toit que quelqu'un privé de sa liberté !

— Mais ce n'est que pour une nuit, je l'emmène à Sciteïa demain. Je n'ai fait le détour que pour toi…

— Que comptes-tu faire d'elle ?

— L'interroger…

— Tu trouves qu'elle n'a pas été suffisamment torturée ?

Je conçus sur l'instant une admiration débordante pour cette femme. Te rends-tu compte qu'elle revendiquait ma liberté ?! J'étais Scylèse et elle Akalienne !

— Chloé ! Laisse-moi parler !

Elle marqua une pause dans ses cris mais ne lui laissa pas la parole tout de suite :

— Bien sûr, monseigneur. Vous êtes ici chez vous. Mais si vous torturez sous votre toit, vous vous passerez de votre ancienne nourrice et de votre servante.

L'Akalien passa la main doucement sur son front.

— Chloé, j'ai sorti cette Scylèse des cachots de Treht parce que ses conditions de détention étaient inacceptables. Même si elle appartient à la pire des races, elle sera traitée comme un être humain à Sciteïa. Il existe des milliers de façon d'interroger les gens sans les torturer.

— Tu es un bon petit. Elle reste ici pour la nuit ?

Il acquiesça lentement.

— Détache-la et soigne-la, exigea-t-elle brutalement.

Elle était fantastique et têtue comme une mule.

— Non. J'ai déjà engagé ma responsabilité pour la faire changer de lieu de détention et j'ai pris le risque de venir jusqu'ici : il est hors de question que je la libère. Je ne peux plus l'endormir aujourd'hui et… je ne peux pas l'approcher.

— Avec tes grosses pattes pleines de sang, tu as dû lui faire peur. Laisse-moi faire.

L'Alchimiste Suprême voulut l'en empêcher mais elle avait déjà dénoué les premiers liens. Je n'ai pas bougé un cil lorsque la cape est tombée de mes épaules. Chloé pouvait faire de moi ce qu'elle voulait. Je lui appartenais.

— Pauvre petite, chuchota-t-elle en voyant l'état de mon corps. Et tu voulais la laisser ainsi ? Tu me déçois, Erwan. Viens avec moi, me proposa-t-elle en posant sa main chaude sur ma joue.

— Elle ne te comprend pas.

— Il existe un langage universel bien plus puissant que la langue commune : celui de la tendresse, rétorqua-t-elle avec un air hautain. Viens avec moi, jeune Orlane.

J'ai pris sa main et je me suis laissée emporter par ce bout de femme. Oubliant toutes les peurs, toutes les défenses, j'ai suivi le premier sourire que m'offrait la vie.

— Tu dompterais un tcharas, déclara Erwan.

Elle sourit de son triomphe.

Elle me fit traverser une immense pièce dans laquelle une mezzanine donnait sur des balcons. Un frisson me parcourut le dos devant cette architecture. Même si les couleurs et les formes étaient différentes, la disposition de la salle me rappelait la maison de mon père. J'ai accéléré le pas sans le vouloir pour entrer dans la pièce suivante. Celle-ci était beaucoup plus petite, chaude et encombrée de meubles, de pots et d'ustensiles de toutes sortes.

Après m'avoir lâché la main, Chloé tira un grand bac de bois au centre de la pièce, près d'un foyer. Si elle n'avait aucune méfiance à mon égard, il n'en était point de même pour l'Akalien qui nous suivait et me surveillait de près. Il s'était posté à côté de la porte, non loin de l'étalage de couteaux. Je n'aimais pas cet homme. Combien de coups de fouet avais-je reçu de mon père par sa faute ? Ses yeux me dérangeaient et il en était de même pour lui. Il craignait certainement que je lise dans son esprit et je ne cherchais pas à le détromper.

Chloé avait fait chauffer de l'eau et la versa dans le grand bac. De la vapeur s'éleva en même temps qu'une douce chaleur humide. Elle plongea sa main dans l'eau et me mouilla les doigts doucement. Je ne voyais que de la lumière dans ses yeux et que des flammes dans ceux d'Erwan Al Kyort. Pourquoi ? Ils avaient pourtant la même couleur.

Une deuxième dispute se déclencha lorsque Chloé voulut que l'Akalien sorte. Mais, comme lors de la première, il déclara forfait. Il ne put que fermer les portes, les fenêtres, et emporter les couteaux avec lui. Comme si je pouvais fuir ou faire du mal à la première source de tendresse qu'il m'était donné de rencontrer.

Lorsque nous fûmes seules, Chloé retira le bout de chiffon qui m'entourait encore et me fit glisser dans cette eau délicieuse. Elle ronronnait derrière moi des mots tendres en passant doucement le savon sur mon corps. Elle avait entrepris de m'apprendre sa langue en m'enivrant de paroles. Elle me posait des questions, se créait des histoires pour répondre, s'émerveillait sur ma peau ou se morfondait sur les multiples cicatrices que l'eau savonneuse dévoilait : elle ne s'arrêtait plus de parler.

Elle m'enveloppa dans une serviette douce et chaude et me fit asseoir. J'étais un pantin dans ses bras et je l'ai même laissée m'ébouriffer les cheveux pour les sécher. Lorsqu'elle retira la serviette, ses lèvres se posèrent bruyamment sur mon front. J'ai dû la regarder avec un air de grand étonnement, car elle s'excusa de ce geste en prétextant qu'il était devenu un réflexe avec le temps. Erwan avait été le neuvième enfant d'une famille de douze.

Plus d'une fois, l'Alchimiste Suprême tapa à la porte pour s'assurer que tout se passait bien. Les réprimandes furent toutes les mêmes. Je sentais bien qu'elle ne m'avait pas lavée pour me donner à cet homme. Je fermais les yeux un instant sur ce bien-être que je connaissais pour la première fois. Le bruit des ciseaux dans mes cheveux ne me fit même pas peur. Elle passa encore ses petits doigts potelés sur mon visage. Je ne pouvais plus concevoir une existence sans cette douceur.

— Quel âge as-tu ? se demanda-t-elle en me regardant avec insistance. Entre vingt et vingt-cinq ans, décida-t-elle.

Comment aurais-je pu la contredire ? Je n'avais pas la moindre idée de mon âge. Je savais compter les coups de fouet mais j'ignorais la notion de temps. Entre vingt et vingt-cinq ans ? Pourquoi pas ? Était-ce beaucoup de jours et de nuits emprisonnée ? Alors oui, j'avais entre vingt et vingt-cinq ans.

Je suis sortie de la pièce aussi blanche que la serviette qui me servait de vêtement. Je crois avoir jeté un regard défiant à Erwan Al Kyort, car il s'inclina presque pour nous laisser passer. La troisième dispute faillit avoir lieu lorsqu'il sut que Chloé m'emmenait dans son laboratoire. Mais il convint que mes blessures nécessitaient des soins.

J'eus de nouveau un frisson en passant dans la grande salle aux balcons et fus terrorisée lorsque Chloé ouvrit la porte de ce qu'elle appelait : « un laboratoire ». Ces fioles, ces alambics, ces cornues, ces produits, ces odeurs, cette vapeur : tout ce qui représentait des années d'horreur. Je n'ai pas pu arrêter la peur. Des images ont sauté à mon visage, des hurlements ont envahi ma tête ; je me suis mise à crier et à courir. Erwan et Chloé, trop surpris, n'ont pas pu me retenir. J'ai tout renversé sur mon passage : grands chandeliers, meubles et objets. Et le bruit que je faisais me terrifiait davantage.

Déboulant dans la grande salle, je me suis ruée sans raison dans l'escalier pour monter vers les balcons. Ils me faisaient peur mais ils m'appelaient plus encore. Je me suis engouffrée dans un couloir et j'ai fini ma course dans le coin d'une pièce sombre, recroquevillée sur moi-même. J'avais les bras en protection au-dessus de ma tête lorsqu'Erwan Al Kyort entra dans la pièce. J'eus l'impression d'entendre des grilles s'ouvrir. Le craquement du plancher sous ses bottes devint le bruit froid et résonnant des dalles de pierre. Je criai de nouveau ; je voyais le fouet, il allait me frapper !

Une serviette glissa sur mes épaules. Je me suis presque instantanément arrêtée de hurler. Les souvenirs de Scyl avaient disparu, j'étais de nouveau en Akal. Dans un souffle toujours rapide, j'ai relevé la tête. Il était là, impassible, l'Alchimiste Suprême devant une peur inexplicable. Trois rayures ensanglantaient sa joue.

Il ne dit et ne fit plus rien jusqu'à l'arrivée de Chloé. Celle-ci fut effondrée de mon état. Lui, déclara que j'étais folle. Il avait peut-être raison. Mais lorsqu'il avoua à Chloé où l'on m'avait trouvée, elle le traita de simplet. Ne pas avoir pensé que j'avais été victime de centaines d'expériences traumatisantes, quelle naïveté ! répétait-elle.

Bonne Chloé ! Avait-elle, sans le savoir, un pouvoir de double vue ? En tout cas, la croyance que j'en possédais un disparut. D'après Erwan Al Kyort, les Scylès n'avaient pour ainsi dire jamais peur : ils devinaient trop de choses.

— Une lueur de terreur s'allume dans leurs yeux au moment où ils comprennent que ma lame sera plus rapide que la leur, trancha-t-il en me regardant.

Chloé fit taire la haine de l'alchimiste. Elle déclara qu'il était inutile de me faire plus peur encore avec une voix agressive et des yeux mauvais. Si elle avait su que j'avais même compris les mots, elle ne m'aurait pas laissée un instant de plus avec lui. Il semblait de mauvaise humeur. J'ai resserré la serviette autour de mes épaules, mais il ne s'est pas occupé de moi.

Chloé revint les bras chargés. Elle s'approcha de moi avec hésitation. J'étais désolée de ma réaction, car elle se ravisa et décida de soigner l'Akalien en premier pour me prouver que je n'avais rien à craindre. Elle eut beaucoup de mal à le retenir ; il ne tenait pas en place. Il y a des discussions que l'on n'oublie jamais, la leur est restée gravée dans ma mémoire.

— Que vas-tu faire d'elle ?

— Lui couper les griffes, grinça-t-il entre ses dents.

Chloé ignora la remarque et abandonna sa joue pour lui soigner les mains.

— Tu es toujours aussi douillet, mon petit, répondit-elle à un « aie » intempestif.

— Tu as pris le produit qui pique le plus.

— Si tu fais autant de grimaces, l'Orlane ne se laissera pas soigner.

— Que m'importe !

Elle s'arrêta de le panser et le fixa droit dans les yeux.

— Tu ne crois pas en ces paroles, affirma-t-elle.

Il voulut protester mais elle enchaîna :

— Je te connais comme si je t'avais conçu, Erwan. Tu es incapable d'être indifférent à la souffrance des autres. Sur un champ de bataille, tu te caches derrière le tumulte de haine et le masque de la vengeance pour être le plus cruel. Mais je sais que là…

Elle pointa un doigt sur sa poitrine.

— … là, il y a le cœur d'un enfant qui aspire à la paix depuis treize ans.

— Je ne suis plus un enfant, protesta-t-il.

— Oh ! Je sais, je sais, tu as trente-trois saisons de feuilles vertes. Tu me le répètes assez souvent…

— Trente-quatre, Chloé.

— Trente-quatre. Ce n'est pas là le problème. Demain, tu vas emmener cette Orlane, cette étrangère, avec toi à Sciteïa. Elle y retrouvera des barreaux et des gardiens. Elle ne connaît pas notre langue, elle est perdue, blessée, elle a des peurs incontrôlables et un passé inconnu. Des dizaines d'Akaliens vont se regrouper autour d'elle avec des fioles et des potions en tout genre. Ils vont la terroriser un peu plus et ne sortiront d'elle que des cris. Regarde-moi quand je te parle, Erwan. Dis-moi qu'au fond de ton cœur, tu vas faire tout ceci sans regrets et sans remords ; que chaque nuit, tu vas pouvoir dormir sur tes deux oreilles sans entendre ses hurlements et que ta haine des Scylès est suffisamment forte pour t'en prendre à une jeune femme qui n'a commis qu'un seul crime connu à ce jour : appartenir à la mauvaise race.

Il mit du temps à répondre. C'était un ordre de son roi, il n'avait pas le choix.

— Il y a pourtant une autre solution que de la donner en pâture à toute ta troupe d'alchimistes. Garde-la ici.

Il leva les yeux au plafond mais elle ne le laissa pas parler.

— Elle a besoin de calme et de repos, elle doit trouver une personne en qui avoir confiance. Je lui apprendrai la langue commune. Et toi, comme ça, tu pourras rester ici. Je te verrai plus souvent. Tu as tellement changé, mon petit, il est tellement rare de voir un sourire sur tes lèvres.

Chloé avait beaucoup de pouvoir. Il y mit plusieurs conditions, mais le grand Alchimiste Suprême céda à une caresse de ses mains.

J'étais libre ! Plus d'expériences, plus de tortures, plus de cachots. J'allais rester dans cette maison avec Chloé ! Je logerais même dans cette chambre ! J'ai levé à mon tour les yeux vers le plafond. Il était haut et bombé. La pièce que j'avais choisie dans ma fuite était grande et spacieuse. Elle avait une ouverture sur l'extérieur. Mais pas une petite lucarne carrée. Une immense porte ovale qui donnait sur la grande terrasse que j'avais vue en arrivant. Chloé me prit les mains pour soigner mes poignets, sans que je m'en rende compte. Je n'ai même pas sourcillé aux picotements. Je regardais les coffres de bois et la terrasse, les coussins et le ciel, les voilages et l'horizon.

Était-il possible qu'une autre vie commence ? Sincèrement, je ne crois pas m'être posé la question sur le moment. Même le soir, alors que Chloé m'avait allongée dans un lit et enroulée de couvertures, je n'y croyais pas encore. Je suis restée un long moment les yeux dans le noir ; toute cette douceur et cette chaleur m'étaient trop inhabituelles. Et puis, la terrasse m'attirait trop. Ils n'avaient pas fermé cette porte à clé.

J'ai glissé sur le parquet. J'ai tiré la couverture avec moi et je me suis avancée vers la nuit. Mes doigts se sont arrêtés un instant sur les petits carreaux ronds. Ma main a tremblé sur la poignée mais j'ai ouvert, j'ai franchi cette dernière barrière qui me séparait du ciel. Un souffle frais a remonté mon corps comme le sentiment de la liberté.

Sur cette toile du bleu le plus profond, des étincelles de lumière s'allumaient autour d'une boule magnifiquement brillante. J'ai tendu la main pour l'atteindre mais sa beauté n'était accessible que pour les yeux. Sur la terre tranquille, d'autres flambeaux éclairaient l'obscurité, mais peu m'importaient les hommes et leur paix nocturne, mes espoirs et mes rêves ne s'adressaient qu'aux étoiles et à la lune.

Je me suis assise sur le sol, contre le balustre de pierre. J'ai retrouvé le froid des dalles et le sifflement du vent. J'ai bien entendu bouger dans la maison – Erwan Al Kyort était à la porte-fenêtre voisine, surveillant chacun de mes gestes, et il y avait aussi trois gardes sous la terrasse –, mais je n'en fis aucun cas. Rien ni personne n'aurait pu m'empêcher de dormir dehors cette nuit-là.

Le lendemain, quatre gardes se sont postés à l'extérieur de la maison. Chloé eut beau protester, l'Akalien ne les retira pas : il devait s'absenter pour aller parler à son roi.

J'ai passé trois jours agréables et nouveaux dans cette immense maison. Je suivais Chloé partout. Elle évitait de passer trop près du laboratoire et j'essayais de raisonner mes peurs. Elle me parlait constamment et répétait les mots en me montrant les objets. Je dois dire que j'ai appris beaucoup de choses ; même si mon père me faisait de véritables conférences de guerre avant de me battre, j'avais peu de vocabulaire.

De la grande terrasse, je pouvais voir les rues de la ville. Des femmes, rondes et joviales, les sillonnaient avec des enfants, garçons ou filles sans distinction. Leurs cheveux rouges flamboyaient sur leurs vêtements blancs. J'entendais des cris mais ce n'étaient que des marchandes qui vantaient leurs produits. En raison de la guerre, les femmes avaient la première place dans les villes. Une conception de la vie bien différente de celle que je connaissais et que j'avais beaucoup de mal à croire.

Mais ce qui me marqua le plus durant ces trois jours, ce fut la découverte des glaces et des jardins.

J'ai vu mon image pour la première fois dans un miroir à bascule. Je crois que c'est ce dernier détail qui m'a le plus amusée. Je faisais disparaître mes yeux bridés, mes cheveux platine et mon visage trop blanc d'un coup de pouce. Seules mes lèvres n'arrivaient pas encore à sourire.

Et les fleurs ! Je n'avais vu leurs formes que sur des tentures. Leurs couleurs véritables, leur velouté, leur fraîcheur, leurs parfums, tout m'émerveillait. Et les kumps ! Ces petites bêtes qui couraient dans l'herbe, avec leur queue en panache et leurs moustaches frisées. Je n'avais jamais vu que des rats et je n'avais jamais réussi à en attraper un seul. Les kumps se sont laissé approcher et Chloé m'en a même mis un dans les bras. Que c'est tendre et chaud la vie ! Comprends-tu à quel point je pouvais aimer Chloé ?

Ma bouche s'est ouverte pour lui parler mais aucun son n'est sorti. Je n'ai pas réussi à articuler un seul mot. Je me suis rendu compte qu'il en était peut-être mieux ainsi. Si je lui parlais, Erwan le saurait. Que ferait-il de moi, si je lui disais tout ce qu'il voulait ? J'ai préféré me taire pour profiter le plus possible de ce qui m'était offert.

J'avais du temps à rattraper et du temps à gagner. Je touchais, je goûtais, je sentais, j'écoutais, j'observais, je mémorisais, je comparais. J'avais soif d'apprendre et faim de vivre. Je me surprenais même à fixer les doigts de Chloé qui me cousait une robe blanche destinée à remplacer celle que je ne devrais plus porter en présence d'Erwan. Aucun geste, aucun mot ne m'échappait.

Puis, il est revenu, l'Alchimiste.

Le roi d'Akal avait pris en compte le problème de la langue et de la peur. De plus, il avait pleinement confiance en son Alchimiste Suprême. Il savait aussi que mes gardiens de Treht avaient tout essayé. Il devenait possible que ma capture n'ait plus toute son importance en raison de mon silence. En tout état de cause, le souverain avait laissé quatre mois à Erwan Al Kyort pour me faire parler. Quatre mois durant lesquels il ne participerait que dans les cas de grande nécessité à la Guerre éternelle. Chloé avait gagné toutes les batailles.

Quatre mois, était-ce beaucoup ? J'ai souhaité sur l'instant que ce soit toute une vie.

J'ai entendu Chloé crier de joie du haut d'un des balcons du grand salon. J'ai vu ses longues tresses rouges et argentées sauter mais pas un seul sourire n'a effleuré le visage d'Erwan.

— J'ai vu une robe pendue dehors avec le reste du linge, dit-il sourdement.

La joie de Chloé disparut instantanément.

— Je ne pouvais tout de même pas la laisser nue le temps que je lui fasse une robe. Mes tuniques lui étaient trop petites, expliqua-t-elle maladroitement.

— Ne touche plus jamais à une seule robe de Calicia.

Sa voix me fit froid dans le dos. Ce nom tomba comme une pierre. Chloé baissa même la tête. Je n'ai pas cherché à savoir qui était Calicia ; lorsqu'Erwan Al Kyort monta l'escalier pour regagner sa chambre, j'ai couru jusque dans la mienne pour le fuir.

Il a plu ce soir-là. Les roulements du tonnerre semblaient ébranler toute la maison. Collée contre une vitre du salon, je regardais l'eau inonder les jardins.

Chloé était venue me chercher et, après avoir ordonné les boucles de mes cheveux, elle m'avait fait descendre au salon pour manger. Elle avait admiré, pendant ces trois jours, l'exceptionnelle capacité de ma peau à cicatriser. Lorsqu'elle défit les bandages de mes poignets et de mes chevilles ce soir-là, il n'y avait plus que quelques marques, comme des rayures. Elles se confondaient avec la blancheur cadavérique de ma peau. Une légère strie barrait mes lèvres et tous les bleus avaient disparu.

Elle me répéta ces mots que j'avais du mal à comprendre :

— Tu es très belle, jeune Orlane.

Cela me semblait gentil, elle disait la même chose des fleurs. Les fleurs, je les voyais à peine à travers les carreaux ruisselant de pluie.

Erwan Al Kyort est descendu, lui aussi. Il avait remplacé sa tenue de combat classique – bottes, culotte de cuir et veste de peau – par une ample chemise, un pantalon bouffant serré aux chevilles et des sandales tressées comme les miennes. Il était plus petit que moi sans ses bottes. Pas beaucoup hélas, il faisait partie des Akaliens les plus grands. Et sa carrure restait toujours le double de la mienne.

Ses yeux se sont arrêtés plusieurs fois sur moi lors du repas, pendant lequel Chloé s'évertua à m'apprendre à manger correctement. Je les ai sentis me parcourir ; ils devenaient de plus en plus insistants. Je ne connaissais que trop bien ce genre de regard. J'eus du dégoût à me dire que tous les hommes étaient les mêmes.

Les roulements de tonnerre, les clapotis de la pluie m'obsédaient toujours. La mémoire peut parfois être le pire ennemi. Je revoyais les gouttes d'eau couler le long des pierres de mes cachots. Pourquoi mon esprit ne pouvait-il se satisfaire du présent ? J'étais traitée comme une princesse dans une demeure de roi et une goutte de pluie détruisait tout.

L'esprit n'oublie pas, il ne sait pas sélectionner les souvenirs.

Pourquoi pleuvait-il ? Je me désespérais de ne pas pouvoir toucher les fleurs une dernière fois ou de ne pas pouvoir regarder la lune depuis la terrasse. Je me suis levée et me suis de nouveau plaquée contre les vitres. Ma main a glissé sur la poignée : je devais voir le ciel !

On a essayé de me retenir mais je me suis dégagée et j'ai couru dans les jardins. Un torrent d'eau s'est déversé sur moi. Des éclairs m'ont pétrifiée. Il ne faisait pas encore nuit et pourtant tout s'obscurcissait tant entre deux éclairs. La nature semblait stupéfaite par cette lumière impudique. Saisies dans leur préparation pour la nuit, les corolles des fleurs étaient déjà à moitié fermées. L'eau inondait mon visage et collait ma robe sur mon corps, le froid me pénétrait et me faisait trembler mais je cherchais les limites de la terre et du ciel.

Une cape est tombée sur mes épaules et des bras m'ont saisie. Erwan Al Kyort m'a portée à l'intérieur, près du feu. Chloé m'a réchauffée dans une nouvelle serviette et tous deux se sont inquiétés de ma santé mentale. Mais Chloé était persévérante et ne voyait en moi qu'une enfant : je découvrais tout ce qui m'entourait. Elle avait compris que je cherchais quelque chose dehors.

Elle amena une feuille de papier, de l'encre et une plume. Adroitement, sur un coin de table, elle dessina ce qu'elle croyait être ma quête : une fleur, une azalée, je m'en souviens encore. Je suis tombée en admiration devant. J'en ai même souri pour la première fois, au ravissement de Chloé. La fleur était si simple, si belle, si exacte. Mon imagination lui donnait déjà sa véritable couleur et je sentais son odeur. J'ai tendu les mains et je me serais presque levée nue pour obtenir ce trésor.

Erwan Al Kyort intercepta quelques secondes la feuille pour rajouter un gribouillage et me tendit le dessin en me disant : « fleur ».

Mes doigts ont caressé le papier en suivant les lignes de Chloé mais mes yeux ont compris ce que voulait dire l'Akalien. En dessous de la belle azalée, il y avait des signes, comme ceux que j'avais vus dans le salon, dans la bibliothèque, ou même sur les étiquettes des pots de la cuisine. Il m'offrait l'écriture. Je ne lui ai pas montré mon intérêt, je n'ai pas eu envie de lui faire ce plaisir, mais j'ai bien retenu la clé des premières lettres.

— Avant de lire ou d'écrire, il faudrait lui apprendre à comprendre, fit remarquer Chloé. Tu veux trop en faire, mon petit.

L'Alchimiste Suprême approuva sans grande conviction.

— Si tu me jouais du corsouflet, lui proposa-t-elle pour changer de sujet. Il y a longtemps que je ne t'ai pas entendu. Montre-moi que ton cœur est encore bon.

Il eut un sourire à cette réflexion.

— Chère Chloé, tous les Akaliens, bons ou mauvais, savent jouer du corsouflet, tu le sais autant que moi. Seul un étranger, s'il est capable d'en tirer une musique, peut se prévaloir d'avoir le cœur juste.

— Il y a tripatouiller les cordes et jouer à la perfection. Même chez les Akaliens, je pense que cela fait une différence, soutint-elle.

Au premier son, au premier souffle de l'instrument à cordes et à vent, j'eus d'abord peur puis un sentiment étrange me saisit. Tous les poils de mes bras se sont relevés comme si le moindre sifflement s'infiltrait dans mon corps. Des notes ont caressé mon cœur, d'autres l'ont serré… J'ai ressenti presque un soulagement lorsqu'elles se sont tues, et pourtant… une déception a suivi face au vide cruel que l'arrêt de la musique laissait dans mon corps. Était-ce trop doux ou trop violent comme sentiment pour m'être encore supportable ?

Les coussins, les couvertures, la porte fermée, la pluie ne furent pas les seuls à m'empêcher de dormir cette nuit-là. Cette musique me hantait et troublait aussi mon repos. J'ai entendu l'Akalien bouger dans la pièce adjacente. Pourquoi me suis-je levée ? Je ne saurais te le dire. J'ai seulement marché sans hésiter jusqu'à sa chambre.

Assis devant une table jonchée de papiers et de livres, il n'était vêtu que de son pantalon bouffant. Ses cheveux rouges flottaient sur sa large nuque. Ma présence le surprit.

— Cherches-tu Chloé ? demanda-t-il.

Non. Je savais parfaitement qu'elle dormait en bas.

— Que veux-tu ?

Je n'en savais rien.

Je regardais ses mains ; elles m'avaient serrée pour m'empêcher de fuir mais elles ne m'avaient jamais battue. Il cherchait à m'amadouer pour arriver à ses fins, comme les Scylès pour avoir un enfant de moi. Mais pour une raison qui m'échappait, je m'approchais de cet homme pour pouvoir le mépriser et le détester plus encore. Sans le lâcher une seule fois des yeux, j'ai dénoué le cordon du col de ma chemise et j'ai laissé tomber celle-ci jusqu'à mes pieds. Je me suis assise sur le bord de son lit et j'ai attendu sa violence.

Il m'a regardé longuement ; j'ai lu de l'incompréhension dans ses yeux. Je crois qu'il a même cherché à m'ignorer. Puis, il s'est levé lentement et s'est approché. Ses lèvres et ses mains hésitaient à me parler et à me toucher.

— Pourquoi ?

Sa main a effleuré mon bras et s'est refermée.

— Rhabille-toi.

Je n'ai pas bougé, j'ai gardé mon attitude d'affrontement. Il a pris la chemise et l'a remise à mon cou pour me cacher de ses yeux. Mais ses gestes se sont arrêtés, comme suspendus. Il hésitait encore sur la décision à prendre.

— Tu me détestes, déclara-t-il avec mépris. As-tu si peu d'amour-propre pour te donner de la sorte ?

Il a rajusté ma chemise et en a serré le cordon. Son regard m'a fixée pendant une seconde d'éternité.

— Je devrais prendre ce que tu m'offres.

Sa main a glissé entre mes seins en lâchant le cordon.

— Va-t'en, a-t-il murmuré.

Je lui ai obéi en courant. J'ai tremblé dans mon lit encore longtemps et, si j'avais eu des larmes, je crois que j'aurais pleuré. Son refus me rendait furieuse, aussi invraisemblable que cela puisse te paraître, et j'avais soudain presque honte. J'ai même mordu les draps pour pouvoir crier en silence. Puis, mes nerfs se sont calmés et, dans le noir absolu qui envahissait ma chambre, j'ai trouvé le repos.

Un repos bien bref. J'ai dû ressentir cette obscurité dans mon sommeil. Est-ce la peur de prendre la réalité pour un rêve qui nous fait faire des cauchemars ? Je ne sais pas. Toujours est-il que la longue série de mauvais rêves sur mon passé à Scyl a commencé à me hanter : la goutte d'eau s'est remise à couler entre les dalles de mon cachot. J'ai entendu les bruits, ma peau a frémi, j'ai vu le sang couler, je me suis mise à hurler.

Je me suis redressée, transpirante et terrifiée. Alerté, Erwan Al Kyort est entré comme un fou et m'a bloqué la tête entre ses mains pour me calmer : je n'arrivais même plus à reprendre mon souffle. J'étais figée sur une image, les yeux exorbités par son horreur. Il m'a abreuvée de paroles, dépêtrée de mes draps et recouchée. Son visage s'est arrêté quelques secondes au-dessus du mien :

— Je t'ai vue dormir dehors. Aurais-tu peur du noir ou d'être enfermée ?

Je lui ai tourné le dos. Il a allumé un grand chandelier dans un coin de ma chambre, puis il est sorti en laissant la porte ouverte.

Je le détestais. Son semblant de compassion était écœurant. Il croyait que je ne voyais pas son hypocrisie. Il bernait peut-être Chloé mais pas moi ! Ses yeux étaient de feu, les miens de glace ; s'il pensait pouvoir me faire fondre, il comprendrait très vite que l'eau éteint toutes les flammes. J'ai soufflé les bougies et j'ai refermé la porte. Quelque temps plus tard, lassée de tourner dans mon lit avec angoisse, je me suis résolue à rallumer le chandelier. Le sommeil est venu.

Les jours suivants furent tout aussi pluvieux ; Chloé disait que la saison des feuilles jaunes arrivait en avance. À travers les vitres, je regardais les arbres des heures entières et je n'observais aucun changement. La pluie n'en finissait plus de tomber.

Pour passer le temps, Chloé m'avait donné une grande quantité de papier et une tige de plomb. Mais si j'aimais ses dessins, j'étais trop maladroite pour en faire. Pourtant, les doigts crispés sur le cuir qui enrobait la mine, j'ai réussi à retracer de mémoire le mot « fleur ». Chloé était à ce moment-là trop occupée à coudre et l'Akalien demeurait dans l'antre maudite de son laboratoire. Pendant que personne ne faisait attention à moi, je me suis lentement éclipsée dans la cuisine.

Assise sur une table, j'ai regroupé le plus possible de pots étiquetés autour de moi. Plongeant les doigts dans chacun, pour identifier le contenu en le goûtant, j'apprenais et je comparais les étiquettes. Crachant de dégoût pour certains, je me suis longuement attardée sur d'autres. J'ai englouti toute la crème d'oltine et le pot entier de miel éternel. Je m'en suçais encore le pouce lorsque Chloé est entrée.

Elle a poussé de grands cris épouvantés devant mon carnage et mon sursaut de peur a brisé les quelques pots qui avaient survécu à mon ventre. Attiré par tant de bruit, Erwan Al Kyort n'a pu s'empêcher de rire en me voyant. Barbouillée de sucreries, de compote de pommes gult et de fromage de brebis, j'avais ma robe couverte de beurre, de morceaux de pâte de fruits et de tache de verjus. Mes cuisses étaient farinées au froment et mes jambes éclaboussées de mélasse et de moutarde. Le rire d'Erwan eut raison de l'indignation de Chloé. Elle finit par succomber à sa joie et se mit à rire aussi.

J'eus droit à un nouveau bain, accompagné du baiser sur le front.

— Qui mange trop goulûment du miel éternel a la peau qui prend le parfum de cette merveille ! s'exclama l'Alchimiste lorsque je vins me réchauffer près du grand feu du salon.

En passant un manteau de laine sur ma chemise, il se permit de me sentir le cou.

— Ne t'inquiète pas, cela n'a rien de désagréable. Les dames de ce pays suivraient ce régime si elles n'avaient pas déjà assez de rondeurs.

Son regard se perdit un instant sur le cordon de ma chemise, comme à regret, et il eut encore un petit sourire aux lèvres. Il sortit de sa poche le morceau de papier que j'avais laissé dans la cuisine.

— Tu as fait cette lettre à l'envers, expliqua-t-il en corrigeant ma désastreuse écriture.

Je fus vexée d'être découverte et les quelques plaisanteries qu'il fit sur mon parfum gourmand n'arrangèrent pas les choses. Heureusement, sa belle musique était là pour me faire tout oublier et ses mains me calmaient toujours lors de mes cauchemars. Il ne disait pas à Chloé que j'en avais. Il gardait secrets ces moments pour me parler doucement. Il savait que je comprenais très bien la langue commune ; je n'avais pas dû être assez fine pour le tromper ou je devais parler dans mon sommeil.

Son attitude changeait sensiblement. À l'indifférence succédait le sentiment d'impuissance devant mes obsessions nocturnes. Commençait-il à me plaindre ?

Il regardait longuement les cicatrices de mes poignets ou celles qui rayaient mes clavicules. Il avait compris que leur origine me hantait toujours mais il n'exigeait aucune explication. Il devait être à la phase terminale de son élixir de vérité. Sachant mon antipathie à son égard, il peut te paraître étrange que j'aie accepté ses caresses dans ces moments-là, mais, à moitié revenue dans le monde réel, elles m'aidaient à me calmer. Je ne détournais la tête que lorsque je reprenais conscience du but de sa présence.

À la suite d'un de mes cauchemars, lors de ses interminables nuits d'orage, il était resté près de moi jusqu'à ce que mes mains lâchent mon oreiller. Mes yeux se fermaient d'épuisement et je n'avais même pas la force de le repousser. J'ai senti ses doigts passer sur mon front et, lorsque mes paupières se sont soulevées, sa bouche a effleuré la mienne. Il fut gêné par son propre geste de tendresse. Les mots « prisonnière », « Scylèse », « étrangère » ou « Orlane » devaient se bousculer dans sa tête. Mais ses mains ont tout de même glissé sur mon visage et sa bouche m'a embrassée de nouveau.

— Les lèvres ne servent pas qu'à hurler et à manger, murmura-t-il devant mon inertie totale.

Je ne le savais que trop bien. Combien de bouches s'étaient écrasées sur la mienne avec violence et avidité ? Combien de baisers, bavant de désir et de brutalité, m'avait-on infligés ? Les lèvres d'Erwan Al Kyort avaient une étonnante douceur, sans obligation. Quel était ce nouveau piège ?

Il m'embrassa encore plusieurs fois les jours suivants, toujours en invitation, sans régularité, sans préméditation, juste mu par une simple envie. Je me rendormais avec cette fraîcheur sans vouloir lui donner de l'importance. Que ses lèvres se perdent sur les miennes ne me dérangeait pas : il y avait bien longtemps que mon corps ne m'appartenait plus. Et puis, cela m'amusait presque ; ses baisers solitaires lui donnaient un air coupable.

Un matin, alors que je dormais tranquillement, je fus réveillée par cette caresse. Toujours inertes, mes lèvres ne lui donnaient pas la satisfaction d'une réponse. Mais j'ai ouvert les yeux.

— Je repars pour la guerre, belle Orlane. Ils ont besoin de moi. Je vais tuer les tiens et mourir peut-être. Je sais que l'un comme l'autre te sont indifférents mais j'avais envie de te voir une dernière fois. J'aimerais savoir un jour si tous les Scylès sont incapables d'aimer. Les Trois Fées, n'ont-elles jamais eu la force de le leur apprendre ?

Sa bouche s'est de nouveau posée sur la mienne et il s'est relevé toujours aussi seul.

— Je t'ai laissé un livre sur ce coffre. Si tu as un peu de respect pour Chloé, ne le lui montre pas. Elle est si fière de t'apprendre la langue commune.

Il avait du mal à partir. Il sentit même une dernière fois le parfum de miel de mes paumes.

— J'ai prié les Divinités du Bien pour que le temps se dégage. Essaie de ne pas faire trop de cauchemars.

Qu'aurait-il fait s'il avait vu mes lèvres bouger après son départ ? Elles se mangèrent mutuellement comme pour goûter enfin la fraîcheur qu'il avait laissée dessus.

Je ne l'ai pas attendu pourtant. Pas comme Chloé du moins. Sa musique m'a manqué, ses mains aussi, même si je n'arrivais pas à me l'avouer, et je n'ai eu aucun cauchemar. Il faisait de plus en plus froid mais la pluie s'était arrêtée : j'ai commencé à croire que les Fées pouvaient exister. Les arbres ont jauni finalement et j'ai noirci des centaines de feuilles de papier pour comprendre et apprendre la langue commune dans sa forme écrite.

Puis, il est revenu, mon Alchimiste.

Il y eut encore des « vous » et des « monseigneur » devant les gardes et des « tu » et des « mon petit » derrière eux. Moi, je me suis cachée. Il m'a retrouvée sur la terrasse.

— Toujours attirée par les étoiles ? m'a-t-il demandé en souriant.

Il était joyeux, les Akaliens avaient obtenu une belle victoire. J'ai feint de l'ignorer en observant la lune. Celle-ci m'inquiétait depuis deux jours ; elle se résumait à un minuscule croissant. Je savais qu'elle allait disparaître.

Il m'a mis sa veste sur les épaules. C'était une manie chez lui de me couvrir. À croire qu'il ne pouvait concevoir que je ne craigne pas le froid. À croire que sa bouche était incapable de se passer de la mienne. Mais, surprise, mes lèvres se sont avancées aussi. Par réflexe ou par désir ? Les bras d'Erwan n'ont pas attendu la réponse. Ses mains ont glissé comme le vent sur moi pour me serrer contre lui. J'ai ressenti le frisson qui cloue le cœur sur place et qui le fait tant accélérer, après. Pour la suite, tout s'est enchaîné trop vite, trop naturellement pour que je m'en aperçoive. J'oserai seulement te dire qu'au fil des jours j'ai perdu l'esprit et mes peurs dans un comportement qui était alors si cauchemardesque pour moi.

J'ai compris l'amour avant d'apprendre à aimer. Mais le verbe est bien plus difficile pour un cœur qui a peur de se tromper ou d'être abusé.

Chloé était le seul témoin de cette relation clandestine. Erwan mettait une pudeur câline dans ses gestes devant elle. Il me caressait à peine les mains et ne risquait un baiser sur ma nuque que lorsqu'elle sortait de la pièce. Sans en concevoir de honte, elle considérait notre affection comme fabuleuse : « un vœu des Fées », disait-elle. Elle se glorifiait secrètement de s'être opposée à mon internement à Sciteïa.

Erwan disparaissait de moins en moins dans son laboratoire : avait-il abandonné l'idée de me droguer ou l'étais-je déjà ?

Il m'apprenait son Monde, ses croyances et ses espérances. Devant les peaux d'ours et de tcharas, éclairées par les fascinantes flammes bleues et orangées de la grande cheminée du salon, de belles cartes s'étendaient. Que de pays, que de royaumes, que de terres et d'eau ! Je me sentais minuscule par moments. Erwan accompagnait son exposé d'histoires et de contes sur chaque frontière. Je n'arrivais jamais à savoir si je pouvais le croire. Je souriais en imaginant les déserts bleus des deux îles Xylilasia. L'hibernation humaine par ingérence d'une baie dans les royaumes du Sud me laissait perplexe, même pour des périodes de grande sécheresse. Mais je ne pouvais avoir foi en l'existence d'un oiseau géant volant au-dessus des Pays Noirs depuis cinq ans. Peut-être parce que partir sur ses ailes était un rêve trop fou, peut-être parce qu'Erwan lui-même n'arrivait pas à lui donner un rôle.

— Seules les Fées doivent savoir pourquoi il plane dans le ciel.

L'imagination et la foi des hommes sont parfois étonnantes et amusantes.

Aux confins d'Akal, le long de la frontière sud, un pays de soleil et de paix attirait énormément Erwan : Pandème. Tous les Mondes le considéraient comme idéal tant l'harmonie de son peuple était parfaite ;

on disait que les Trois Fées avaient centré leur pouvoir en ce royaume. Il n'en fallait pas plus pour un homme qui n'avait rien connu d'autre que de maigres moments de paix dans une guerre séculaire. Erwan avait la sagesse des plus grands mais l'espoir des enfants.

Moi, c'est Leïlan qui me plaisait le plus. Enclavé entre Akal, Pandème et la Mer Intérieure, ce pays était un mystère à lui seul. On le nommait « pays des Illusions » ou « Pays des Deux Lunes » parce qu'une vapeur étrange l'entourait la nuit : la lune s'y reflétait certains soirs et il n'existait pas de nuit noire !

Cette seule pensée suffisait à mon esprit pour s'envoler comme l'oiseau géant. C'était pendant les nuits obscures ou de nouvelle lune que j'avais mes cauchemars. La présence d'Erwan, à mes côtés, les avait beaucoup atténués, mais mon passé cherchait toujours à me rattraper durant mon sommeil. Il ne cessera probablement jamais. Comment l'espérer s'il n'a pas pu me laisser en paix après de telles journées de bonheur tranquille ?

Emmitouflés dans des manteaux à col d'hermine et de lihgen, Chloé, Erwan et moi vivions des moments où le temps touchait seulement la nature. J'ai été bercée de musique et de légendes, éduquée à l'histoire et à la géographie, entourée de feux et de chaleur humaine.

La saison des feuilles jaunes dénuda entièrement les forêts et la saison morte vint les couvrir de son beau linceul de neige. L'échéance du roi d'Akal avançait avec le froid. Pourtant, Erwan ne me demandait rien. Il oubliait tout, il ne rêvait que d'un Monde où la paix serait loi, il ne vivait que pour un de mes sourires. Même son regard était différent. Ce n'était plus des flammes mais de l'or, des millions de cristaux qui étincelaient à chaque battement de paupières. La glace et l'eau n'ont aucun pouvoir sur ce métal. Malgré toute ma résistance, je succombais lentement.

— Ne dis rien, belle Orlane. Laisse le temps passer. Je finirai bien par trouver une solution pour te garder auprès de moi, me répétait-il quelquefois entre deux baisers.

Il m'aimait. Mon cœur le sentait. Mais je ne savais pas dans quelle mesure. J'appartenais à une race qui avait massacré sa famille. Mon père avait peut-être tué sa femme.

Passionnée par la lune et l'écriture, je n'en finissais plus de recopier des phrases de livres, laissant la porte ouverte sur la terrasse enneigée. C'est ainsi que j'ai pu observer Erwan cassant un pot d'agate et répandant les cendres qu'il contenait sur les ailes du vent.

— Adieu Calicia, a-t-il murmuré. Je te rends ta liberté. Pardonne mon égoïsme, je ne pouvais pas me séparer de toi. Pense à moi pour que je t'oublie.

Je n'ai pas compris son geste sur le moment et encore moins la réaction de Chloé le lendemain lorsqu'elle s'aperçut qu'il n'avait plus de double bague attachée à sa chaîne de naissance. Je l'ai trouvée seule dans la cuisine, assise sur un tabouret, des larmes coulant sur ses joues. Je me suis agenouillée près d'elle, affolée par sa tristesse. J'ai mis ma tête sur ses genoux et sa main sur ma joue. Je ne savais pas consoler. Elle m'a souri.

— Je ne suis pas triste, jeune Orlane. Bien au contraire. Grâce à toi, l'esprit de Calicia est libre.

Grâce à moi ? Je ne connaissais pas Calicia, encore moins son esprit, comment pouvais-je l'avoir libéré ? Chloé m'a expliqué les pouvoirs de la tendresse. Je ne pensais pas prendre autant de place auprès d'Erwan. Avait-il envie d'oublier à ce point sa vengeance ? Je croyais n'être encore qu'une Orlane.

Une nuit, loin de la guerre et de ses cris, malgré le froid sur la terrasse, il s'est mis à jouer du corsouflet à la blanche et mystérieuse lune. Enroulée dans un drap, je l'ai rejoint pour l'écouter mais il s'est arrêté.

— Tends une main vers la lune, m'a-t-il doucement demandé.

Docilement, j'ai tendu mes doigts pour atteindre l'astre comme la première fois.

— Tu as la même couleur de peau qu'elle, dit-il en souriant. Et tu l'aimes tant. Je crois que je t'ai enfin trouvé un prénom. De la lune : « Sélène ».

Je croyais ne plus pouvoir pleurer. Et pourtant ce mot a touché mon cœur. Les larmes se sont mises à couler sans fin sur mon visage. Il en fut désespéré ; il croyait avoir dit quelque chose de mal, alors qu'il venait de faire de moi un être à part entière. Ses caresses et ses excuses ont accentué mes sanglots et mes bras, couleur de lune, se sont jetés à son cou.

— Je n'ai jamais eu de nom, ai-je hoqueté.

Il m'a serrée contre lui. Il ne comprenait pas. Je lui ai tout expliqué : les cris de Scyl, les fantômes du camp, les ombres de Treht ont envahi la nuit avec mes paroles, avec ma voix retrouvée et entrecoupée de larmes. J'ai senti les doigts d'Erwan se crisper sur mon dos, son souffle chaud et lent dans mon cou, les cris silencieux de son cœur. Je n'ai pu douter de son amour à ce moment-là. Le désespoir et la douleur exprimés par son visage ne pouvaient être plus sincères.

Il n'a pas desserré son étreinte et n'a rien su dire. C'était lui qui n'avait plus de voix. Épuisée nerveusement, je me suis effondrée contre lui, mon père et mes bourreaux ne pesaient plus sur mon cœur et la lune était haute et pleine.

Sélène, je m'appelais Sélène.

Le lendemain, le jour s'est levé sur un soleil pâle et humide. Erwan se devait de tout raconter à Sa Majesté. Il n'avait pas besoin de lui parler de ses sentiments pour moi et mon passé n'apportait aucune révélation d'importance militaire, autre que la vérité sur l'emploi de la langue commune. Mais Erwan était inquiet. Son roi accepterait-il que je reste auprès de lui ?

Je l'ai attendu durant toute cette absence. Je n'ai pas eu besoin de nuits noires pour avoir des cauchemars. J'avais peur de tout perdre mais surtout de me retrouver séparée de lui et de Chloé. Celle-ci essayait de me rassurer avec sa tendresse naturelle, mais elle était aussi angoissée que moi.

Puis, il est revenu, mon Erwan.

C'est sous une tempête de neige qu'il a renvoyé les gardes postés devant la maison. C'est dans un tourbillon de flocons qu'il m'a prise dans ses bras pour me dire « Je t'aime ». C'est dans les hurlements du vent qu'il m'a appris que son roi avait accepté que je reste sous sa protection.

J'étais libre de circuler où bon me semblait dans le pays et j'aimais Erwan Al Kyort, Alchimiste Suprême de Sa Majesté royale d'Akal. Oui, je l'aimais à ce moment-là plus que les nuits étoilées et plus que la vie.

Mais le bonheur est simple et fragile, il n'a d'intelligence que dans sa manière d'être aimé. Il souffre du moindre trouble de sa paix.

Combattant sans pareil avec ses potions, Erwan dut repartir à la guerre, pour ne revenir qu'en périodes d'accalmie ou de victoire. Et son absence ne fut pas la plus dure épreuve. Des dizaines, des centaines de personnes ont défilé dans la maison pour me voir, me questionner sur mes connaissances quasi nulles et dépassées des actions de mon père, ou pour s'assurer de ma crédibilité. Chloé ne pouvait pas les arrêter tous, ils étaient pour la plupart mandatés par leur roi. Elle n'était qu'une servante aux yeux des autres. Elle ne put renvoyer brutalement que les curieux qui me prenaient pour un animal de foire.

Et mes sorties ? Elles se limitèrent à deux ou trois promenades au marché. Ma peau livide attirait tous les regards et les mains se précipitaient sur mes poignets pour vérifier mes cicatrices. Aucun Akalien n'était pourtant désagréable avec moi. Ils avaient pitié de l'étrangère martyre mais je n'aimais pas ce sentiment.

Quand Erwan revenait, il était fou de rage. Il aurait arraché les yeux de tous ces curieux et incrédules. Il avait beaucoup de mal à se contrôler devant eux. Par provocation, il m'offrit même une parure d'argent dont les larges bracelets cachèrent mes cicatrices.

Je sentais dans la chaleur de ses bras qu'il ne supportait pas que l'on me traite de la sorte. Il haïssait les Scylès pour ce qu'ils m'avaient fait, il haïssait cette guerre qui le séparait de moi, il haïssait même jusqu'aux siens qui ne savaient pas m'aimer. Je n'avais pas besoin d'un pouvoir de double vue pour sentir tout cela.

Heureusement, la curiosité se fatigue vite. Les rivières ont dégelé, les petits kumps sont sortis de leurs terriers et les perce-neige ont éclos dans une paix presque retrouvée. Les Akaliens désertaient de plus en plus la maison pour préparer la fête de la saison des fleurs. Il n'y eut plus qu'un dernier événement qui marqua la fin des chutes de neige : ce fut la visite de deux grands hommes, blonds comme les blés.

J'ai hurlé en les voyant. Et, comme devant le laboratoire, la peur a été trop forte pour que je puisse l'arrêter. Je me suis enfuie en renversant tout sur mon passage. Erwan était présent ce jour-là, d'ailleurs ces hommes venaient le voir. Il me rattrapa dans ma chambre et me calma par des bercements et des paroles douces.

— Ce sont des habitants de Pandème, pas des Scylès. Voyons, Sélène, aucun homme des Pays Insolites ne pourrait survivre jusqu'ici pour te reprendre. Ces deux Pandémois sont venus me parler de leur pays.

Malgré son insistance, je ne suis pas descendue. J'ai à peine accepté de les observer en cachette depuis les balcons donnant sur le salon. À travers les barreaux de bois, je me suis rendu compte qu'Erwan avait raison : ces hommes n'étaient pas suffisamment blonds pour être Scylès, leur peau était bronzée, et leurs yeux, bien que clairs, n'étaient pas immensément bleu turquoise. Ils ont parlé de leur roi, bon et généreux, d'une noblesse de cœur et d'une croyance démesurée envers les Trois Fées. Mais je n'ai pas bougé et Erwan les a laissés repartir dans leur Monde de rêve. Il ne m'en a pas voulu ; il était seulement attristé de mes peurs.

Les fleurs ont poussé, les Akaliens m'ont un peu oubliée, l'envie de rêves est passée. Les soirées sur la terrasse sont devenues de plus en plus agréables et tout semblait redevenir calme autour de nous. Pourtant, la tête appuyée sur la poitrine d'Erwan, le regard tourné vers les étoiles, j'entendis, au milieu des battements de son cœur et du mien, un troisième cœur ! J'ai relevé la tête, un instant étonnée, et le bruit s'est précisé dans mon esprit. Il y avait une pulsation étrangère au fond de moi, oui, au fond de moi ! Un petit cœur qui battait près du mien, un petit cœur déjà grand, déjà parti dans la marche pour la vie.

J'ai dû me changer en statue sur le moment, mais Erwan, trop heureux d'être près de moi et loin des batailles, ne s'est aperçu de rien. Je ne lui ai rien dit. Je ressentais soudain une peur qui remontait de mon passé, un doute qui s'insinuait même jusque dans mon amour. J'ai laissé Erwan repartir le lendemain en silence. Quand sa main s'est posée sur ma joue, j'ai senti à quel point j'étais emprisonnée dans la prophétie des Pays Insolites : j'aimais trop Erwan et un enfant allait naître de cet amour.

J'ai écouté des nuits entières ces battements de cœur. Je me suis sentie soudain égoïste de n'avoir jamais pensé à toutes ces femmes qui continuaient d'être torturées dans mon pays : j'étais coupable d'aimer. Je connaissais la prophétie et je n'avais rien pu faire contre. Et plus je me répétais de ne plus aimer Erwan, plus je sentais cette vie grandir en moi et s'épanouir. Je ne pouvais plus que croire aux Fées et aux légendes d'Erwan. Depuis, j'adresse tous les soirs la même prière aux Divinités du Bien avant de dormir. Tu la trouveras peut-être futile ; que leur pouvoir remonte vers les Pays Insolites pour qu'elles aident toutes ces femmes, comme Chloé croit qu'elles l'ont déjà fait pour moi.

Chloé s'est rendu compte de mon changement d'humeur : je ne mangeais plus, je ne souriais plus, je ne parlais plus. Elle avait peur pour ma santé et s'inquiétait. Elle me répétait qu'Erwan était un grand combattant et que, même si cette bataille durait des mois, il reviendrait. Elle disait que notre amour avait trop d'importance pour être brisé. Elle ne parlait que de croyance, que de Fées, que d'alliances et de destinées. Elle me faisait pleurer. Avec ses longues tresses rouges et argentées, ses rides joyeuses au coin des yeux et ses petits doigts tendres, elle aussi, je l'aimais trop.

Le temps a suivi son cours dans l'attente et le silence. J'espérais que personne ne remarquerait que j'étais enceinte, mais l'espoir fut vain. Mon ventre, si maigre et si plat se mit rapidement à s'arrondir. Ce fut le coup de grâce à mon désespoir. J'avais beau essayer de le rentrer, de le comprimer dans des bandes de tissu il grossissait toujours et de plus en plus.

Chloé fut évidemment la première à s'en apercevoir. Elle ne parvint pas à me communiquer une parcelle de sa joie. Elle me parlait d'une maison qui rêvait d'entendre courir à nouveau des petits pieds, mais elle ne déclenchait que des flots de larmes chez moi.

Les jours passaient inexorablement, imperturbables. La saison des fleurs était magnifique mais je n'arrivais pas à lui accorder l'importance qu'elle méritait. La chaleur montait, les fruits grossissaient à mon image et Erwan ne revenait pas. Malgré tous les efforts que Chloé déploya dans la confection de mes vêtements, le secret ne put être gardé. Il se diffusa comme une brise dans toutes les chaumières, recouvrant d'une fine poussière de déshonneur et de haine le moindre cœur qu'il pouvait toucher.

Puis, il est revenu, mon amour.

La rumeur n'était pas parvenue à ses oreilles. Mais il remarqua que tous les regards étaient étranges, quand il rentra sous le soleil éclatant du mois le plus chaud de l'année. Chloé lui raconta tout. J'aurais presque voulu mourir, avec mon petit cœur supplémentaire, plutôt que de le revoir et de l'aimer plus encore. Je croyais pouvoir faire marche arrière. Mais, devant lui, j'ai compris combien il était inutile de lutter.

— Pourquoi ne m'as-tu rien dit ? demanda-t-il avec un petit air de reproche. Tu le savais avant que je parte, n'est-ce pas ?

Il m'a serré contre lui, mon visage dans son cou.

— Quelle peur te traverse encore ? N'ai-je aucun moyen dans ces Mondes pour te prouver que je t'aime ?

Ses mains ont remonté ma nuque et se sont perdues dans mes boucles.

— Cet enfant, c'est merveilleux, Sélène. Ne doute pas de moi, je t'en prie. Si quelqu'un doit mourir pour lui, ce sera moi. Je te protégerai, je défendrai notre amour, je ne t'abandonnerai jamais. Cette guerre est stupide, cette naissance leur montrera que notre union est possible.

Mais un enfant ne peut avoir le pouvoir de balayer des nuages de haine, des montagnes de morts et des rivières de sang. Mon Erwan, avec ses yeux de sage et son idéalisme, oubliait huit cents ans de guerre.

La folie des hommes. Elle vient silencieuse et sans pitié au moment où l'on oublie de regarder autour de soi. Concentrée sur mon ventre et ce cœur que j'entendais, je n'ai pas remarqué le changement dans l'attitude des gens. Je ne parle pas de Chloé, mais de tous les Akaliens qui propageaient l'annonce de ma grossesse comme une honte. Nombreux furent ceux qui crachaient devant la porte, criant des insultes ou jetant des pierres par les fenêtres. Mais personne n'apparaissait lorsqu'Erwan sortait pour se battre. Lâcheté humaine.

À l'annonce d'une nouvelle bataille, Erwan refusa d'y participer. Il ne voulait pas me laisser trop longtemps seule avec Chloé. Jusqu'où la haine des Akaliens pourrait-elle aller envers notre enfant ? Il me barricada dans la maison le mieux qu'il put et partit trouver son roi.

Des années durant, son souverain lui avait proposé des femmes en mariage pour oublier Calicia. J'étais la fille d'un homme abominable mais d'un rang équivalent à celui d'un prince. Le roi ne verrait aucun déshonneur à me faire entrer dans la famille Kyort. Le souverain d'Akal s'était toujours montré agréable envers moi. Il m'avait beaucoup plainte en écoutant mon histoire. Il ne pourrait pas refuser notre mariage. Du moins, Erwan l'espérait-il.

Un mariage ? Je ne savais même pas ce que c'était. Dans notre amour serein, Erwan avait oublié ce petit détail indispensable dans l'esprit des autres, ce petit plus obligatoire pour avoir le droit d'aimer. Qu'importe les serments de cœur, les liens de corps et les promesses d'esprit, tout est déshonorant et immonde dans ce pays où une croyance en des Divinités est censée diriger chaque pas. Les hommes avaient besoin de cette attestation matérielle pour accepter notre amour.

J'ai à peine reconnu Erwan lorsqu'il est revenu. Ses yeux étaient vides. J'ai tout de suite compris. J'étais sur un des balcons du salon, immobile et silencieuse à ma place habituelle. Des Akaliens ont investi la maison comme un territoire conquis. Deux se sont approchés de moi avec des fioles brillantes. Le cauchemar m'avait rattrapée. Je me suis serrée contre les montants de bois du balcon avec frayeur.

— Inutile de l'endormir, cria Erwan. Sélène, laisse-toi faire. Le roi a déclaré que notre union serait inconcevable et notre enfant, une insulte à son règne.

Il ne me regardait même pas en disant tous ces mots. Il fixait seulement Chloé que les cris de révolte allaient bientôt submerger. J'ai cru m'évanouir. Il a eu un mouvement pour me rejoindre. Des Akaliens l'ont intercepté et d'autres m'ont soutenue.

— Quoique vous fassiez de cette Orlane, si vous ne voulez pas que l'enfant naisse prématurément, laissez-la se reposer cette nuit ici, conseilla-t-il.

Ses phrases me déchiraient le cœur comme des milliers de ronces. J'étais trahie ! Non ! Je ne pouvais y croire. J'ai cherché des yeux Erwan alors que les Akaliens m'emmenaient vers ma chambre. Nos regards se sont croisés. Comment un amour qui n'a pas besoin de paroles pour se comprendre peut-il être inconcevable ? J'offrais à Erwan la preuve de mon adoration par cet enfant mais lui, dans ce regard, me donnait tout en son nom : son rang, sa richesse, son statut d'alchimiste, sa vie… Car, dans ses yeux d'or ne s'inscrivait qu'un seul mot : « fuir ».

Les portes se sont refermées sur cet espoir. J'ai entendu les clés tourner dans les serrures. Je me suis agenouillée sur le parquet et j'ai attendu. Je croyais en Erwan, en nous, en cet enfant que je portais. Je savais qu'il ne laisserait personne m'enfermer dans un cachot.

Je me suis assoupie contre la porte avec cette certitude tranquille. Le bruit grinçant de la clé m'a réveillée, et j'ai naturellement tendu les bras vers lui. Qui d'autre aurait pu venir ? Il m'a emportée dans le couloir silencieux. Les Akaliens dormaient d'un sommeil de plomb dans le grand salon éclairé. Les petits hommes avaient oublié qu'ils se trouvaient dans la demeure d'un des plus grands Alchimistes Suprêmes d'Akal. Erwan n'avait pas besoin d'aller dans son laboratoire pour fabriquer des potions. Chloé endormait la méfiance dans son rôle de simple servante et la maison recelait dans tous les coins de produits expérimentaux. Erwan s'était servi de son corsouflet pour envoyer des pointes enrobées de substances endormantes sur les Akaliens trop présomptueux ; ils ne se réveilleraient pas avant vingt-quatre heures.

J'ai retrouvé la tendresse de Chloé dans la cuisine. Elle avait préparé des paquets… pour deux. Elle ne partait pas. Erwan a mis la main à temps sur ma bouche pour étouffer mon cri. Il avait accepté la cruelle décision de Chloé en se mordant les lèvres : qui d'autre qu'elle pouvait protéger notre fuite en montrant que la maison était toujours habitée ? Les rues étaient sous surveillance. Il avait fait les papiers nécessaires pour la protéger de toutes représailles : il lui léguait tous ses biens ainsi qu'une quantité importante de recettes de potions à négocier avec le roi. Mais rien n'a pu me consoler.

Au moment des adieux, elle a posé ses mains sur mon ventre.

— Cet enfant est l'espoir de ceux qui veulent la paix, a-t-elle déclaré.

Le cœur s'est accéléré sous ses mains et le petit corps a bougé dans mon ventre. Je ne sais pas pourquoi j'ai eu cette certitude, mais je n'ai pu que lui répondre :

— Ce sera une fille, elle portera ton nom.

Et nous sommes partis, en endormant les guetteurs, en brouillant les pistes et en effaçant nos traces. Personne en ces Mondes ne pourra me faire oublier cette femme dont le premier geste fut ma première caresse. Derrière mon foulard, j'ai longtemps regardé les lumières de la maison rapetisser au fur et à mesure de notre fuite dans les champs de blé coupé. J'ai perdu la mère que je n'avais jamais eue et l'amie qui m'avait toujours tant manqué.

Deux semaines de vivres, une bourse, une épée, deux couteaux, une couverture, un corsouflet, deux ou trois potions et une carte étaient toute notre richesse. Le vent chaud nous poussait vers l'espoir. Pandème était notre but, bien sûr, mais il était trop risqué de traverser Akal dans toute sa longueur. Erwan avait décidé de couper la bande de terre akalienne que les Pays Insolites convoitaient pour atteindre Leïlan. Dans ce pays aux deux lunes légendaires, nous devions trouver un bateau pour Pandème.

La seule partie difficile et éprouvante pour moi de ce voyage serait la traversée de la basse terre. Malgré la chaleur de fin de saison et l'angoisse de la fuite, Erwan espérait que je n'accoucherais pas avant la frontière de Leïlan.

Nous ne marchions que la nuit pour profiter d'un peu de fraîcheur et éviter d'être repérés. Le jour, une grange abandonnée, une grotte isolée ou un fossé ombragé nous suffisaient pour dormir. Erwan veillait et montait la garde le plus possible, rationnait ses parts mais pas les miennes, m'épongeant le front quand la chaleur devenait trop insupportable et s'inquiétant au moindre mouvement de l'enfant. Pour lui, je n'ai jamais pu abandonner.

Nous avons traversé des terres hostiles, brûlées par le soleil et dévastées par la guerre. Nous sommes passés près de camps retranchés d'où s'échappaient encore des cris de rage. Erwan ne m'a jamais dit que nous étions poursuivis. Par ses gestes de tendresse, il essayait de me faire oublier cette course vers l'impossible.

Une nuit, près d'une forge, il s'est saisi d'un fil de fer. Il a passé plusieurs heures à fabriquer deux doubles bagues akaliennes. À mon réveil, sous les premières lueurs des étoiles, il m'a entouré l'annulaire et le majeur de la main gauche avec l'une et a fait glisser la sienne sur sa chaîne de naissance. La lune et un pouvoir du Bien omniprésent furent nos seuls témoins. Nos âmes étaient déjà scellées l'une à l'autre, mais ce bout de métal devait renfermer l'esprit de chacun et devait accompagner l'autre tant qu'il le posséderait.

Il avait peur ce soir-là, mon Erwan. Est-ce que les flammes de nos poursuivants étaient déjà si proches de nous ?

— Si cet enfant doit naître aujourd'hui, je ne veux pas que ce soit dans la honte de ses parents, préféra-t-il m'expliquer.

Il était presque rouillé ce morceau de fer. Il l'est toujours. Je pense que tu peux comprendre pourquoi je ne l'ai jamais enlevé de mes doigts.

Toute la nuit, Erwan m'a parlé de ce que nous allions faire, arrivés en Leïlan. Il me montrait des rochers au loin qui devaient être la frontière. J'ai vu la mer d'un noir étincelant sous la lune. Il ne restait plus beaucoup de lieues à parcourir. J'étais fatiguée, épuisée, mais je pensais à lui qui devait l'être plus que moi. Lorsque l'aube s'est levée, il n'a pas voulu s'arrêter. Il pressait même le pas. Le bonheur et la paix étaient si proches. Les rochers étaient sur un tertre de terre à quelques pas. Je ne pouvais plus suivre.

— Tu es sûre que ce sera une fille ? me demanda-t-il soudain.

— Oui, ai-je simplement répondu.

— Alors, je veux qu'elle ait la beauté de sa mère.

J'ai entendu comme des bruits de pas et des voix derrière nous. Mais les paroles d'Erwan m'avaient saisie.

— Je veux qu'elle ait la bonté de son père, ai-je ajouté en souriant.

— Et elle aura ta couleur de peau, n'est-ce pas ?

— Oui. Mais la couleur de tes yeux, mon amour.

J'ai senti dans son baiser que l'espoir était fini. J'ai entendu les cris qui venaient déchirer et détruire un amour qui les dépassait.

Erwan m'a poussée dans une anfractuosité d'un grand rocher surélevé pour que je sois protégée derrière lui et m'a donné un couteau. Je suis restée pétrifiée avec l'arme dans les mains ; j'avais toujours subi la violence.

Comme dans le camp scylès, ils sont arrivés de toutes parts. Je ne sais pas combien ils étaient. Trop, beaucoup trop. Sans peur, Erwan s'est jeté au-devant d'eux, barrant le seul passage permettant de m'atteindre. Son épée a sifflé dans l'air, elle a tourné et tranché. Elle n'était pas animée par la haine, mais plutôt par le désespoir de blesser ou de tuer ceux pour qui il s'était toujours battu. Mais, en face, l'inimitié et la mort avaient fait alliance.

Les lames se sont frappées, choquées, aiguisées, détournées dans d'horribles froissements de métal. Je n'avais jamais vu la guerre mais j'assistais pour la deuxième fois à un aperçu de ses batailles. Il y avait la même odeur de peur et de sang, le tumulte sourd des râles et des mouvements, le vacarme assourdissant et aigu des cris et des lames d'acier.

Erwan disparaissait parfois derrière un nuage de fumée ou sous la multitude d'épées. Les Akaliens étaient immunisés contre la plupart de leurs potions mais ils n'avaient pas l'habitude de combattre contre un des leurs. Aucune ruse n'échappait à Erwan pour s'en sortir. Il profitait des effets de fumée, de la proximité des rochers, de sa position surélevée. Il revenait toujours en arrière pour me protéger, pour retarder l'inévitable, et il nous défendait de pied ferme. Il était le meilleur, sans nul doute. Mais ils étaient trop nombreux.

Un Akalien passa par-dessus le rocher contre lequel j'étais plaquée, et sauta devant moi. À cet instant, Erwan avait basculé à terre pour éviter une attaque. Je n'ai vu que les yeux et les mains de l'homme. Un regard de sang et de feu, et des doigts aussi puissants et décharnés que l'idée de mort qui les animait. Je n'ai pas bougé, je n'ai même pas crié lorsque ses mains ont serré ma gorge. Je ne voyais que ses yeux, brûlant de folie. Son regard est presque sorti de son visage et il est tombé brutalement.

Erwan n'était pour rien dans sa mort : il venait de rouler sur le sol pour éviter le tranchant d'une lame. J'ai regardé mon couteau ; il était plein de sang. J'avais tué, mes mains portaient la couleur du meurtre. Une image de plus pour nourrir mes cauchemars. J'ai eu envie de vomir mais la pierre qui s'écrasa sur le rocher, près de mon visage, me sortit de ma torpeur.

Ils y avaient tant d'Akaliens, ils seraient venus à bout d'Erwan avec leurs épées. Un soupçon d'organisation et ils le mettaient en pièce. Mais leur haine était trop pressée. C'était à moi qu'ils en voulaient. Ils ont pris toutes les pierres qu'ils pouvaient trouver et, par-dessus Erwan, ils me les ont lancées.

Erwan a lâché son arme et s'est serré contre moi pour que j'en prenne le moins possible. Il abandonnait même la dignité d'un combat d'hommes jusqu'à la mort.

Alors, j'ai crié, j'ai hurlé. Il n'y avait même plus l'espoir de l'impossible. Si les Trois Fées étaient à l'origine de notre amour, elles n'allaient pas le laisser détruire de la sorte ! Je voulais croire moi aussi que notre amour était leur vœu, qu'elles nous protégeaient. Je me suis mise à prier de toutes mes forces, de tout mon cœur en sentant Erwan faiblir. J'ai supplié par-dessus tous ces cris de sauvages en regardant le ciel. Les Fées existaient, elles avaient changé le cours de ma vie. Elles allaient nous emporter loin, le plus loin possible, vers les pays de contes d'Erwan. Il fallait que nous revivions ses moments de bonheur près de la cheminée, ou les rêves n'avaient plus de sens.

Au-dessus des épaules d'Erwan, à travers les voiles des nuages, j'ai aperçu une forme sombre. Mon miracle.

Il faucha les cieux aussi vite que le vent pour s'abattre sur cette masse d'Akaliens déchaînés. C'était l'oiseau, l'oiseau géant des histoires d'Erwan. Il avait quitté les Pays Noirs. Ses serres ont poursuivi nos agresseurs et ses cris ont à peine couvert leurs hurlements. En quelques instants, ils ont tous disparu. Il ne restait que des cadavres, des épées, des sandales et des pierres.

Erwan a relevé la tête sans y croire. De son front coulaient des filets de sang comme des mèches de cheveux. L'oiseau s'est posé à côté de nous. Sur son dos, il y avait une jeune et belle adolescente. Erwan ne l'avait jamais mentionnée dans ses récits, peut-être parce que personne ne connaissait son existence. Est-ce que le rôle de l'oiseau était simplement de la faire voyager ? Elle a eu un sourire divin et nous a tendu la main :

— Venez, je vous offre la liberté.

Était-elle une Fée ? On les disait pourtant transparentes. Erwan et moi sommes restés un instant sans savoir si nous étions déjà ou non dans le pays des Illusions. Puis, nos esprits se sont réveillés et nous nous sommes avancés vers le somptueux animal aux yeux jaunes. Quelques instants plus tard, nous nous envolions magiquement au-dessus de la frontière leïlannaise si difficile à atteindre.

C'était irréel. Nous avons plané au-dessus de campagnes et de montagnes dans un état total d'apesanteur et de rêve. Les Fées exauçaient ma prière. Je revoyais les cartes d'Erwan près de la cheminée. J'étais au-dessus de l'une d'elles. Chaque lande, chaque forêt, chaque prairie, chaque champ labouré étaient dessinés de main de maître, animés par la magie de la vie. Et les eaux vives ou dormantes brillaient parmi toutes ses couleurs posées les unes à côté des autres avec tant d'harmonie. La fraîcheur du vent et de l'altitude me reposait, la beauté du paysage m'envoûtait ; ce voyage était vraiment extraordinaire.

La belle enfant se retournait vers nous pour présenter avec simplicité le pays qu'elle avait quitté depuis longtemps. J'ai alors remarqué ses yeux. Ils étaient bleus comme la nuit avec des paillettes étoilées. Pouvait-il exister un regard pareil en ces Mondes ? Elle était envoyée par les Fées, cela ne faisait plus aucun doute. Je ne pouvais la croire lorsqu'elle disait que notre rencontre était seulement le fruit du hasard. Les Divinités sont si généreuses et si subtiles.

Nous frôlions les nuages, nous nous approchions du soleil, nous coulions sur les courants d'air chaud. L'espace était à nous.

J'aurais fini par penser qu'Erwan et moi étions morts et que tout ceci n'était que le fruit de mon imagination, mais j'eus les premières contractions. Nous atteignions un splendide château blanc. Malgré la hauteur à laquelle nous le survolions, notre regard ne pouvait embrasser l'ensemble des tours. Je regrette de n'avoir pas pu l'admirer plus longtemps. Erwan m'a donné sa main pour m'aider à supporter la douleur et la petite adolescente a fait accélérer son oiseau.

Nous touchions au but. L'oiseau s'est précipité sur une bande de forêt immense, le long de la Mer Intérieure. La belle enfant nous a dit de fermer les yeux, j'ai ressenti comme un trouble passager et l'oiseau s'est posé.

J'ai entraperçu le visage d'un adolescent et d'une jeune fille brune de dix-huit environ. Ils voulaient accueillir leur sœur avec les démonstrations de joie des grandes retrouvailles mais mes contractions abrégèrent les embrassades. On m'a transportée dans un arbre gigantesque où s'accrochaient des maisons entre les branches et les racines aériennes.

Et c'est cette fille, de treize ans tout au plus, qui m'a aidée à accoucher ! Elle avait appris quantité de sciences dans les Pays Noirs et il y avait une telle assurance dans ses yeux que j'ai fini par oublier son âge. Quand Erwan lui a demandé son nom, elle lui a juste répondu en posant un doigt sur ses lèvres :

— On me surnommera « Victoire ».

Les dernières douleurs sont arrivées avec mon deuxième sourire de la vie, ma Chloé, mon enfant, mon cœur supplémentaire, mon amour, toi. Toi qui as fait pleurer ton père de joie, toi à qui j'écris tout ceci, toi que je regarde en ce moment.

Je ne sais pas si tu auras ma beauté et la bonté de ton père, mais tu as hérité de ma peau et je t'ai vue ouvrir un œil doré tout à l'heure. Tu as quelques cheveux qui n'ont pas pu se décider sur la couleur à prendre : certains sont rouges, d'autres dorés ou même platine. On dirait une auréole de cuivre. Tu ressembles à un ange.

Erwan t'a prise dans ses bras hier soir – il est si fier de toi – et il nous a emmenées visiter l'endroit où nous allons vivre désormais. La petite Victoire nous a proposé de rester ici, le temps d'oublier. Cette enfant a plu à Erwan : les grandes Connaissances se sont rencontrées. Elle ne veut pas entendre parler de dette d'honneur mais il y a des troubles dans ce pays et je sais qu'Erwan se battra pour elle à son premier signe.

Cela ne me déplaît pas de rester dans cette forêt. Elle est si belle et si tranquille. Il y a une cascade, un lac, des coins de prairie et même un accès à la mer, cette étendue d'eau si fantastique. Il y a aussi la légende d'un Monstre qui protège cet endroit. Personne ne peut y accéder sans son accord. S'il existe vraiment, je le remercie de nous avoir accordé cette somptueuse hospitalité, ou sinon, je le remercie d'avoir été inventé.

Je me sens bien. J'aime voir la double lune se refléter dans le lac et la mer. Je sais qu'il n'y aura pas de nuits noires ici, juste des nuits sombres. Il ne peut y avoir dans ces Mondes un endroit plus en paix que la Forêt Interdite. Erwan le sait, il ne parle plus de Pandème. Ces yeux sont de nouveau pleins d'espoir et d'idéaux. Que ma chère et bonne Chloé restée en Akal puisse être aussi en paix que nous. Puisse-t-elle entendre dans son cœur Erwan jouer du corsouflet. Elle y accordait tellement d'importance : tripatouiller les cordes ou jouer à la perfection. Je pense comme elle que, même chez les Akaliens, cela fait une différence… Et ton père joue à la perfection.

Voilà, mon ange. Voilà pourquoi je peux paraître étrange, voilà pourquoi j'aime Erwan plus que ma vie, voilà pourquoi tu portes ce nom. Seras-tu l'espoir de ceux qui veulent la paix, comme l'a souhaité Chloé avant de nous quitter ? Je ne l'espère pas. Je ne veux pas que tu souffres. Reste loin de cette guerre, loin de ces deux peuples qui se déchirent, loin de leurs pouvoirs de démon et de leurs cœurs rongés par la haine.

J'ai eu tellement peur lors de cette fuite que j'ai eu besoin de t'écrire. Peut-être n'aurai-je jamais plus le courage de te raconter notre vie, ton histoire. Nous allons vers l'inconnu. Que les Fées nous protègent encore.

Avec tout mon amour et mes espoirs.
Ta mère,
Sélène

AUBIN IMPRIMEUR

Achevé d'imprimer en avril 2011
N° d'impression L 74392
Dépôt légal, mai 2011
Imprimé en France
35294493-1